大唐泰斗 韩愈

文起八代之衰　道济天下之溺
“百代文宗”　“泰山北斗”

河阳柳◎著

（二）

中州古籍出版社
·郑州·

第27章
受重托扶柩西行　避兵祸妻走他乡

唐贞元十五年正月，董晋病危，由陆长源暂理州事。汴州军心骤然浮动。

董晋虽病情沉重，但心中清楚，对汴州前景十分担忧：一是他深知宣武军历来兵骄将悍，极易兵变。二是陆长源性格刚烈，在平息邓惟恭之乱中杀戮过重，积怨较深，担心那些受过株连的将校进行发难。三是监军俱文珍阴险奸诈，与陆长源等人不和，害怕趁机对陆长源背后施奸，因而放心不下。一日见陆长源与韩愈前来探病，看看周围没有他人，便拉着陆长源和韩愈的手道：

“汴州历来兵骄将悍，战乱不断。这几年虽比较安定。但依然危机四伏。我将不久于人世，死后三天成殓，请韩大人携犬子一起，将老夫灵柩送回河中安葬。”说罢，向着陆长源道：

“我已向朝廷表奏陆大人为汴州之主，朝廷近日即可诏拜到来。但使我担忧的是司马性格刚烈，用刑过重，容易被人利用，激起事端。望陆大人能刚柔相济，恩威并施，汴州可长治久安也。”说到此，他又看了看四周，见旁边确无他人，继续道：

“另一方面使老夫担心的是监军俱文珍，此人心胸狭隘，惯弄权术，既能成事，也能败事。我深知其人，常礼让三分。你们一向与他不和，切不可再得罪于他；否则，后果不堪设想！”

陆长源和韩愈听后，虽心里不以为然，但见董晋在病危之际，还对自己关怀备至，十分感动，表示一定谨遵嘱咐，请董晋安心养病就是。

二月三日，董晋病逝，汴州军民闻知，无不哀恸，三军将校和州府官员蜂拥前来为董晋吊祭，一连三日哭声不断。

董晋死后的第三天，按照其遗嘱，举行了成殓仪式，由陆长源和俱文珍为董晋共举丧事。时节度府衙挽联高悬，哀乐阵阵，汴州文武官吏和三军将校，皆披麻戴孝，齐聚节度府衙，向董晋遗体拜祭告别。

时至巳时，陆长源带领文武官吏和三军将校，在哀恸中将董晋遗体置入棺木。在场人等，随着盖棺之声，顿时又发出一片震天动地的哭声。

韩愈受陆长源、孟叔度和丘颖等人所托，为董晋献作祭文，并宣读于灵前。

韩愈念罢，周围更是哭成一片。陆长源与俱文珍先后含泪表示，要继承董晋未竟之志，为朝廷社稷殚精竭虑，鞠躬尽瘁，以确保汴州长治久安，万民乐业。

董晋成殓之后，韩愈即遵照董晋遗嘱，携其子护送灵柩于当日离开汴州。汴州军民哭祭于道，络绎数十余里。

韩愈出发之前曾向卢夫人告曰："汴州局势十分险恶：邓惟恭旧部蠢蠢欲动，俱文珍心怀叵测，陆司马性格特刚，遇事过急，汴州随时都有兵变的可能。要卢夫人处处小心，以防不测。"

卢夫人见韩愈受人所托，护灵西行，不愿使其分心，便劝慰道："目前汴州虽然危机四伏，但董公刚刚过世，我看不会马上有变。夫君尽管放心前去，为妻处处小心就是，一有不测，便马上离开汴州。"

韩愈见此，只好匆匆而去。

韩愈护送董晋灵柩走后的第三天，即有人向陆长源举报：邓惟恭旧部偏将张彪、李成，欲发动兵变。这张彪其兄张强、李成之友赵亮，均为邓惟恭旧部，在平息邓惟恭之乱中，被陆长源诛杀。二人怀恨在心，常有为兄友报仇之念。今见董晋病逝，俱文珍与陆长源不和，便欲乘机举兵发难。

陆长源听后大怒。他早就对军中的一些骄兵悍将不满，今见邓惟恭旧部蠢蠢欲动，马上召集判官孟叔度、监察御史丘颖和监军俱文珍等人商议此事，准备在宣武军中清洗乱党，整饬军纪，捕杀张彪、李成等人。

孟叔度听后，极为赞成。原来孟叔度风流倜傥，自称孟郎。近为争夺一青楼女子李娇香，与宣武军一将领结下仇怨。此将姓汪名虎，在平息邓惟恭之乱中颇有微功，被俱文珍由偏将奏擢为主将。其人仗着与俱文珍交厚，竟将李娇香掳入军营，宣告为妾。孟叔度得知后，极为恼恨，因而想借机除掉汪虎，夺回李娇香。

俱文珍听孟叔度讲完后，嘿嘿冷笑道："孟大人极力拥赞清洗乱党，莫不是为了青楼女子之故吧？咱家认为，在此董公刚刚仙世，人心浮动之际，应以大局为重，怎能为泄私愤而轻举妄动哪！"然后向着陆长源道：

"以咱家看来，宣武军历来兵骄将悍，应以赏抚为主。过去汴州主帅，如玄佐、万荣莫不如此。董公在世时，也是遵循此道。今日之计，不是清洗乱党，而是要广散财物，进行劳军，使其感恩，不致有变。如若清洗乱党，必然激起兵变。"

陆长源听后，甚为愤慨。他过去对董晋的宽柔政策就很有看法。认为目前兵骄将悍，屡屡兵变，是军纪松弛，执法不严，主帅过于宽容放纵所至。带兵就应像孙子、武侯那样，从严治军，才能从根本上消除兵祸。便道：

"俱公所论，下官实难苟同。我绝不效河北贼，用钱去买将士之心！"

俱文珍一听，不由脸色一沉。心里骂道："不知死活的东西，我原想看在朝廷的份上，帮你稳定住局势，看来不识抬举。咱家定叫你死无葬身之地！"遂下定颠覆陆长源之决心，便眼珠一转，嘿嘿笑道：

"大人刚正不阿，疾恶如仇，深令咱家佩服。要清洗乱党，除掉张彪、李成等人，也不是不可，但要有备而行。目前需要先稳定住军心，然后再慢慢图之。不若待咱家先到各部察看虚实，晓以利害，争取多数将领为我所用。然后对顽愚不化，继续抗拒节度号令者，再格杀无论。"

此时，俱文珍已在运筹如何搞垮陆长源的计划，如果陆长源马上采取军事行动，进行清洗军中乱党，有激起兵变的可能；但如果清洗成功，势必使陆长源声威大振，名扬朝野，那时要整倒陆长源，就非易事，这是他不愿看到的。他自荐到宣武军中去探察虚实，进行宣抚，具有一举三得之效：一是给人以主动支持陆长源，竭力稳定汴州大局之印象；二是以此为缓兵之计，使陆长源不能马上采取军事行动，消灭其敌对势力；三是借用此机，可堂而皇之地到各军去联络亲信死党，策划倒陆活动。这是陆长源和孟叔度所万万没有料到的。

陆长源不知俱文珍的用意，见其说得也有道理，还以为俱文珍是在真心帮助自己，便道："那就先依俱公所言，待查明虚实后，对确属顽愚不化，骄横不羁者，定严惩不贷！"

二月八日，俱文珍来到张彪、李成所部，明的是对其宣抚劝说，暗中却故意泄露陆长源准备清洗军队，欲除二人之意。两人听后，坐卧难宁，决心举行兵变，先发制人，并对俱文珍心怀感激。正在此时，不料发生了一件不该发生的事：孟叔度在其门下清客的蛊纵下，于三月十日趁汪虎外出之机，打着陆长源的旗号，带着侍卫跑到汪虎军中，将李娇香抢去。晚上，汪虎回来一看不见了李娇香，不由大怒，遂到俱文珍处告说此事。大叫道："陆长源纵容孟叔度抢去末将爱妾，末将定与陆长源誓不两立。"要俱文珍为其讨说公道。

俱文珍见此，不由心中大喜。但却故意大声斥责道："你喊什么，不要命了，陆大人正要清洗乱党，诛杀悖逆之人，你这不是送死吗？"然后看着汪虎，又用调唆的口味道：

"一个爱妾算得了什么！陆大人就是看中了你的夫人，你还敢不给送去？天下戴绿帽子的就你一个！"

那汪虎鸱目虎吻，赤面虬髯，听后，更如火上浇油，气得发须倒竖，大喊道："大丈夫可杀不可辱！俱公身为监军，难道就置之不理乎！"

俱文珍故意为难地道："陆大人从不把咱家放在眼里，这是大家都知道的，最近陆大人准备清洗军队，铲除乱党，你也在其列。

我劝说了几句，要他体恤将士，以宽柔为怀，他竟将我斥责了一番。若不是我晓以利害，竭力阻拦，恐怕你们几个早已人头落地了！”

那汪虎听后，气得面如青石，环眼暴裂，喊道：“老子反了，先宰了陆长源那厮再说！”说罢，手握钢刀转身欲去。

“站住！”俱文珍喝道。汪虎见俱文珍喝住自己，不知何故，气得紧握刀柄看着俱文珍。

俱文珍向着汪虎道：“陆长源剑法精熟，侍卫如林，你这样前去简直是以卵击石，岂不是白白送死！”

汪虎发指眦裂，把脚一跺喊道：“难道就这样罢了不成？”

俱文珍狡黠地看着汪虎道：“不知将军怕死否？”

“老子五尺男儿，从吃粮那天起，就把脑袋挂在了裤腰带上，怕死就不当这个兵！”

“好！”俱文珍看着汪虎道，“你若真的不怕死，现在就去见见张彪、李成二人，陆长源近日清洗乱党，首先要诛杀的就是你们三人。明天朝廷钦差，前来宣读陆长源擢拜节度使的诏令，各部主要将领和州府官吏，都要到节度衙门去迎接特使；是生是死，你们酌情着办吧。”

那汪虎一听，已知俱文珍之意，拱手道：“多谢俱公指点，此次若大事有成，定终生相报。”说完转身离去。俱文珍看着汪虎离去的背影，脸上不觉浮现出阴险而得意的微笑。

第二天清晨，俱文珍刚刚起床，只见侍卫上前禀道：“外面有一军士求见公公，说有要事相告。”俱文珍不知何人何事，即让侍卫传那军士进来相见。

不一会儿，只见侍卫领着一军士进来，那军士慌慌张张进来后，向着俱文珍禀报道：

“启告公公，大事不好，张彪、李成、汪虎等人要谋反。”

俱文珍一听，不觉一惊。暗道：“此人怎知三人举事！”忙道：“你是何人，怎说三位将军要谋反？有何凭证！”

那军士道：“小人名叫汤全，是张彪营中一小卒，昨晚小人当值站哨，见汪虎、李成先后来到张彪帐中。张彪摒退左右，一直密谋到鸡叫。小人路过张彪帐前，听其三人在帐中商定于今天下午举行兵变。我想这是悖逆杀头之罪，特来禀告大人。”

俱文珍听后，不觉吓了一跳，暗道：“这三人如此大意，若让陆长源知晓，岂不大事败露，毁于一旦！”忙道：“这事你报告给陆司马否？”

“没有。小人听到后大惊，便马上来向公公禀报。”

俱文珍一听，方松了一口气，道：“很好，你举报得很及时，咱家马上传告陆大人采取防变措施。为防走露消息，与你不利，你可暂在府中住下，待平息兵变后再领赏回去，你看如何？”那军士不知俱文珍之意，便高高兴兴地随侍卫退下。

二月十一日上午，陆长源带领监军俱文珍、判官孟叔度、监察御史丘颖，以及宣武军主要将领和州府官员，迎接朝廷颁诏特使于城外十里。然后来到节度衙门，由特使焚香宣诏，拜陆长源为检校礼部尚书、汴州刺史、御史大夫、宣武军节度使。

此时陆长源春风得意，踌躇满志。汴州官吏和宣武军各部将领，齐向陆长源祝贺。陆长源在节度衙门设宴款待宣诏特使和各部将领官员，直到未时方罢，同俱文珍一起将特使送至馆驿歇息。

陆长源从馆驿出来，向着身旁的俱文珍问道：“这几日俱公巡视各军，不知军心如何？张、李所部是否有异常现象？”此时，忙着迎接颁诏特使的陆长源，还不知俱文珍已经策划成功了一场置其于死地、即将暴发的兵变。

俱文珍狡诈地一笑道：“请大人放心，军中有少数人担心大人整治军纪，会株连他们。我已向他们进行了宣抚，其皆消除了顾虑，军心已安。讲张、李所部欲举行兵变，纯属个别人猜测。二人知道后痛哭流涕，屡表忠心，准备近日亲自向大人申表曲衷呢。”

陆长源听后，一是今日心中高兴，二是多喝了几杯酒，想早点回去休息，对俱文珍所言也未加细究，便道：“俱公辛苦了，汴州之安，乃大家之福也！”说罢，拱手而别。

俱文珍看着陆长源离去的背影，嘿嘿冷笑道：“你的福气可能就这半天了！”说罢也忙打道回府。

陆长源回到府宅刚躺下不久，忽听外面远处人喊马嘶，炮声震天。很觉奇怪，正要喊人查问，只见一侍卫慌慌张张跑进来禀道："大……大人，不……不好了，发生……兵……兵变了！"

陆长源一听，不觉一惊，一下从床上跳下来，看着那个侍卫道："什么兵变？哪里来的兵变？"刚才俱文珍还向他禀告军心安定，平安无事，怎突然会有兵变，他感到奇怪和迷惑不解。

这时只见一官吏跑进来，满脸流着汗水，向着陆长源道："大人，快走！张彪、李成和汪虎发动兵变。乱军正向府宅冲来，声声要杀害大人！"

陆长源一听，不觉出了一身冷汗，猛然省悟，此次兵变乃为俱文珍所谋划，自己竟然被蒙在鼓里。这时四周喊杀之声愈来愈近，他心里清楚，这次兵变是完全冲着他来的，现在走已是来不及了。

他向着那个官员和侍卫喊道："你们都赶快躲一躲吧，不要管我。"说着，从一侍卫手中拿过一把刀来。这时，只听外面似有千军万马，喊着冲杀过来。家中侍卫见陆长源手握大刀，十分镇定地站在院中，没有一个退后的，一齐围到陆长源四周。只听哗啦一声巨响，大门被乱军撞开，只见乱军像潮水一样涌了进来。

陆长源凛然而立，向着乱军大声喝道："站住！你们是何人部下，竟敢谋反，难道不怕诛灭九族？"

那些乱军见陆长源威风凛凛、正气如虹，不由一怔，一时站在院中不知所措。这时只见张彪从外面进来，向着乱军喊道："不要听他鼓舌，凡取陆长源首级者，赏银五千两！"那些乱军听张彪喊罢，互相看看，像一群饿狼看到了一只肥美的羔羊，狂喊着扑了上来。陆长源身旁侍卫见此，个个奋不顾身地举刀相迎，只见刀剑闪动，喊杀震天，霎时血肉飞溅，纷纷尸首倒地。

这次兵变，张彪率所部围杀陆长源官邸；李成率所部进攻丘颖府宅；汪虎率所部直取孟叔度所居，一时三府俱遭兵祸。当三路叛军蜂拥杀向三府时，汴州官吏数人急告俱文珍，要其调兵平叛，急救三府。俱文珍以情况不明为借口，严令各军自守营塞，不得轻举妄动，而置之不理。致使叛军肆无忌惮，横行无阻，出入于无人之境。

叛军首先攻入孟叔度府中，汪虎喝令叛军将孟叔度砍为肉泥，并抢走妓女李娇香；将孟叔度尸体切成细块，用锅烹之，散与士兵，凡食一块肉者赏银十两。一时，将孟叔度尸肉抢食一空。

再说，叛军攻入陆长源府中后，受到了陆长源及侍卫的顽强抵抗。长源舞动钢刀，如蛟龙出水，势不可挡。几个叛军迎面倒地，其他叛军见此，面呈惧色，纷纷后退。

张彪复又大喊道："凡取陆长源首级者，赏银一万两，取其一块肉者，赏银五百两。"俗话说"重赏之下，必有勇夫"，那些红了眼的乱军，再次蜂拥而上，可叹陆长源寡不敌众，被乱军砍翻在地，分尸而去。

张彪与李成、汪虎率领叛军，抄杀陆长源、孟叔度、丘颖等全家之后，狂妄地喊道："这次杀得痛快，可惜走了韩愈、杨凝二人，便宜了他们两个！"

汪虎道："韩愈走了，听说他老婆还在，跑了和尚跑不了庙！不如把他老婆杀了，以解心中之恨！"

张彪一听，高兴地道："好！"说罢，遂带领叛军直向韩愈府宅拥来。

再说卢夫人自韩愈走后，每日提心吊胆。这天下午，忽听远处人喊马叫，炮声不断，心中甚是惊疑，只见邻居节度衙门书吏吴刚，慌慌张张地敲门进来，向着卢夫人道："夫人，大事不好，宣武军张彪、李成、汪虎作乱，已将陆大人、孟判官、丘御史等满门抄杀。现正在城中搜捕其部下好友，你快躲一躲吧。"

卢夫人一听，不由吓得两腿直颤，道："妾在汴州无亲无故，到何处去躲？"

吴刚见此，忙道："走，先到我家去。"

卢夫人看着吴刚，犹豫地道："那岂不是要连累大哥你全家。"

吴刚着急地道："韩大人为人正直，待我们像亲兄弟一样，说什么连累不连累的，再不走就来不及了。"

卢夫人见此，深为感动，忙喊丫环秋香，将急用物品拿了几件，即随吴刚离去。当卢夫人刚刚离开不到一刻时辰，张彪即带领叛军呐喊着赶到，一见院中无人，气得将房子一把火烧得净光，然后悻悻而去。

卢夫人在吴刚家中躲了三日，见叛军每天到处搜捕陆长源等人亲友，感到老躲在吴刚家中也不是个办法，弄不好被叛军发现，后果不堪设想。吴刚因在衙门当差，也怕叛军株连问罪，便与卢夫人商定，一起逃往徐州的亲戚家去暂避一时。

三月十四日凌晨，卢夫人和吴刚全家一起，随着逃难的百姓离开汴州，由汴水乘船，顺流东下。

俱文珍见张彪等人兵变成功，已将陆长源等人杀戮殆尽，感到目的已经达到。即暗中召来宋州刺史刘逸准。这刘逸准曾为宣武军大将，与俱文珍交厚，在宣武军中多有旧部。俱文珍向其许以汴州刺史、宣武军节度使之职，令其率部平叛。刘逸准大喜，遂暗中联络旧部，许以官职，突然向张彪、李成、汪虎叛军发起攻击。

张彪、李成等叛军认为有俱文珍暗中支持，有恃无恐，毫无戒备，被刘逸准率军一举歼灭。张彪、李成、汪虎俱被捕获，俱文珍令当即押赴刑场，斩首示众，并宣布其罪状十款。

张彪、汪虎等人大呼道："我等奉俱公之意行事，怎能杀我！"

刘逸准喝道："胡说，俱公宣抚各军将士，人人皆知，唯你三人举兵叛乱，怎说俱公所使？难道俱公既纵尔谋反，又调兵剿尔不成！"

汪虎见此，大叫道："我等乃俱公之人，你敢杀我，难道不怕俱公所怪！"刘逸准冷笑道："我等正是奉俱公之令行事。"

汪虎此时已觉上当受骗，大嚷道："我要面见俱公。"

刘逸准冷笑道："等到来世吧。"说完，即喝令武士将三人押赴刑场。至此，张彪等人才知被俱文珍所误，在刑场上大骂俱文珍狡诈奸恶，借刀杀人，又兔死狗烹，杀人灭口。

俱文珍平息张彪等人之乱后，于三月二十一日表奏刘逸准为检校工部尚书兼汴州刺史、宣武军节度使，赐名刘全谅。同时厚葬陆长源、孟叔度等人，并向汴州官吏道：

"张彪等人发难时，咱家因情况不明，运筹未妥，故让大家莫轻举妄动，实为大家之安危也！这次兵变虽因陆大人、孟判官失误所至，然咱家实痛心疾首尔！”众人听后，莫不顿首称是。

此次由俱文珍一手策划和平息的汴州叛乱，既铲除了俱文珍在汴州的政敌陆长源等人，同时又以迅速平定叛乱而名扬朝野，被德宗李适所看重。汴州军民不知俱文珍的奸诈所为，还以为是陆长源、孟叔度激起兵变，俱文珍运筹帷幄，予以平定，为汴州百姓带来了福音；多有怨陆长源、孟叔度之过，而歌俱文珍之德者。

第28章
闻凶信绕壁彷徨　奔彭城夜渡黄河

却说韩愈护送董晋家眷及灵柩离开汴州后，一路心绪不宁，走到偃师后，便传来汴州兵变的消息。韩愈担心妻子安危，夜宿客栈，绕壁彷徨，辗转难以入眠。想到妻子娇弱，幼女乃在襁褓之中，耳边好似听到他们的哭声。

第二天，韩愈站于客栈门外，延颈举踵，翘首东望，希望能从汴州来客中打听到妻子的情况。不少逃难的人言道："叛军分三路攻入陆司马、孟判官、丘御史的府中，将三家满门抄杀，烹尸而食；并每日在城中搜捕他们的亲友，出入如无人之境。至于卢夫人情况却无人知晓。韩愈听后，更加担心。董公子见此，也甚为韩愈忧虑，便建议在偃师暂停两日，以观汴州消息。

第三天，韩愈正在大道上打探汴州情况，忽见宣武军节度衙门书吏宋祥在人群中走动，韩愈喜出望外，忙迎上去打招呼。那宋祥一见韩愈，是又喜又悲。韩愈将其邀入客栈坐下，急询问汴州情况和妻子的安危。宋祥看着韩愈痛哭道：

"宣武军张彪、李成、汪虎突然发难，俱文珍坐视不管，并严令各军不得抵抗。可怜陆大人、孟判官、丘御史等，俱被叛军满门抄杀，分尸而去。叛军并闯入节度衙门，杀戮大小官吏近百人，并将府库抢劫一空。小人当时外出，才幸免一死。"这宋祥只知俱文珍见死不救，那知此次兵变竟是俱文珍一手策划所至。他说到这里，看着韩愈继续道：

"听说叛军将陆大人等杀害后，又往大人府上去杀害夫人，幸好被吴刚得知消息后，将夫人和小姐转移到他家躲藏，方得幸免。但府宅却被叛军焚烧殆尽。后，吴刚怕受株连，携夫人一起逃往徐州避难。”

韩愈听后方松了一口气。但想到陆长源、孟叔度、丘颖等惨死在叛军的乱刀之下，连尸骨都未能留下，两行热泪不由夺眶而出。

韩愈送走宋祥后，想到陆长源之刚直、孟叔度之潇洒、丘颖之诙谐。昔日大家在一起游戏斗酒，谈诗论文，运帷幄，息兵变，疏河道，筑水门，华车高马，何等峥嵘豪迈；而今却俱为罹难，死无葬身之地！俱文珍阴险狡诈，竟见死不救，任凭叛军烧杀抢掠；弱妻幼女竟险遭毒手，虽逃离虎口，但前途凶吉难料，如今不知流落何处。不由心中又痛、又恨、又忧，遂于客栈挥毫赋《汴州乱二首》，以抒胸中忧愤。其辞曰：

汴州城门朝不开，天狗堕地声如雷。健儿争夸杀留侯，连屋累栋烧成灰。诸侯咫尺不能救，孤士何者自兴哀？

母从子走者为谁？大夫夫人留后儿。昨日乘车骑大马，坐者起趋乘者下。庙堂不肯用干戈，呜呼奈汝母子何！

韩愈得知卢夫人的下落后，虽有所安心，但想到弱妻幼女在乱军之中逃往他乡，途中是祸是福难以预料。心中是一阵高兴，一阵担忧。董公子见此，向着韩愈道：

“大人，这里离老家已经不远，过了黄河就到了济源和河中府。你不要再往前送了，快去寻找夫人要紧。”

韩愈看了看董公子年纪尚幼，随行家眷多妇孺之人，甚不放心。便道：“等过了黄河再说吧。”遂与董公子启程继续西行。两个月后，韩愈在给张籍的诗中，谈到他现在的担忧和焦虑心情时，曾写道：

暮宿偃师西，徒展转在床。夜闻汴州乱，绕壁行彷徨。我时留妻子，仓卒不及将。相见不复期，零落甘所丁。骄女未绝乳，念之不能忘，忽如在我所，耳若闻啼声。中途安得返，一日不可更。俄有东来说，我家免罹殃，乘船下汴水，东去趋彭城。

从丧朝至洛，还走不及停。

韩愈护送董晋灵柩到达洛阳后，经孟津渡过黄河，来到河阳三城。河阳三城节度使李元淳闻知消息后，将韩愈和董公子邀入官邸，向董晋灵柩进行了吊祭，并置酒款待韩愈等人。

这李元淳昔年与韩愈的岳丈卢贻、兄韩会交厚，对韩愈的才学文章十分赏识。韩愈在东都和河阳老家居住时，也常到三城拜谒李元淳。李元淳在韩愈的生活上曾给予过不少资助。

酒宴上，韩愈因思念卢夫人和幼女。看着满桌佳肴，难以下咽。见李元淳盛情相待，深受感动，随于酒宴之上赋诗一首，赠与李元淳，以表谢意。其诗曰：

四海失巢穴，两都困尘埃，感恩犹未报，惆怅空一来。裘破气不暖，马羸鸣且哀。主人情更重，空使剑锋摧。

董公子见韩愈忧心忡忡，食不甘味，决意不让其再往前送。便道："前方就是济源了，翻过王屋山，就到家了。此去一路顺畅，请大人放心就是。"

韩愈见此，因担心妻女安危，只好匆匆辞别李元淳和董公子，于第二天拂晓，便慌慌忙忙启程向东。

韩愈离开河阳三城后，惶惶如失巢之鸟，急急似亡命之徒。约两个时辰，便催马来到了城东紫金山下的义井村。这里是他少年时代生活过的地方，他望着紫金山上那金壁辉煌的寺庙，不由浮想联翩：

——唐大历十四年秋，兄长韩会病死在韶州任上，十二岁的他同嫂嫂郑夫人一起扶柩回到河阳老家，从这紫金山下经过，将兄长韩会葬于古尹村的韩氏祖茔；

——唐建中元年初夏，在嫂嫂督导下，闭门刻苦读书的他，为给年迈的姑母祝寿，他同家人秦济经过这紫金山下，来到义井村。那时紫金山上正在修建金山寺，山上山下，车水马龙，人如潮涌。

四乡百姓纷纷拆房伐木，将砖瓦木石送往山上，为修建寺庙所用。当时他姑母家唯一的三间瓦房，也被表兄捐给了和尚，七十岁的姑母只好住在一间草棚里……

韩愈看了看山上那苍松翠柏掩映着的寺庙，摇了摇头，不由叹了口气。心里暗道："这到处修建寺庙，不知毁了多少人家！"

他不由放慢速度，边走边向北望去：由紫金山向北约十五里，就是他家的祖茔古尹村。那里是他的父母和兄嫂的长眠之地，他真想到父母兄嫂坟前痛哭一场，但妻子和幼女的安危，使他不敢停步。他只好在心中默默地向着他们祈祷道：

"父母亲大人和兄长嫂嫂，请恕孩儿和小弟不孝！只因卢小姐和幼女至今生死下落不明，孩儿心急如焚，真想一步跨到彭城，今天就不去看望你们了！待找到他们母女后，再回来给你们焚香膜拜……"

韩愈边念祷，边催马离开金山寺。他急急扬鞭策马，穿过南庄、招贤和祥云镇等村寨，待到达温县县城时，太阳已经快要落山了。此时已是人困马乏，他感到浑身无力，腰酸腿痛；虽初春的寒风十分料峭，但他的内衣已全被汗水浸透。看到路边的客栈，他真想进去住下；但想到卢夫人在逃难路上可能遇到的种种危险，便咬咬牙，继续催马向黄河渡口奔去。

落日的余辉，将大地染上一片金黄，阡陌间慢慢走着肩扛犁头，吆赶着牲口的收工农夫；一队队北归的大雁，从头顶上急急飞过，发出一阵阵哀鸣。韩愈无意欣赏这初春晚景，他驱赶着疲惫的坐骑，竭力向前奔跑，当赶到汜水渡口的黄河北岸时，已是定更时分。只见奔腾咆哮的河水，在夜色中闪动着灰暗色的亮光，发出隆隆的轰鸣声。岸边站着五六个等着渡河的旅客，远处朦胧夜色中，依稀停靠着两只客船。

韩愈忙翻身下马，走上前一问，才知船家因嫌客人特少，不愿在夜里摆渡。旁边一位带着三个孩子的妇人，向着韩愈道："他们不开船，这前不着村，后不靠店的，天又这么冷，我们可咋办呢！"

韩愈一看，只见那妇人有三十多岁，面黄肌瘦，衣服破烂；三个孩子，大的有八九岁，小的只有两三岁，个个衣服单薄，破烂不堪，冻得紧缩在妇人身边。韩愈见此，不觉想到卢夫人和小女，顿起怜悯之心。忙问道：

“大嫂，家住在哪里？怎么这么晚才来过河？”

那妇人见韩愈骑着马，一身儒士打扮，举止沉稳大度，像是个读书有学问之人，忙答道：“民妇家住在城北的赵家庄，孩子他爹是个木匠。在河南边的荥阳镇给人家干活。上午托人捎来口信说突然得了急症，让我赶快过去。”说着两眼一红，眼泪就像断了线的珠儿一样，顺着脸颊流下来，忙抬手用衣袖把眼泪擦了擦，然后，看了看身边的三个孩子，继续道：

“家里他爷爷还病在床上，无奈，只好带着他三个赶往荥阳。谁知这船家嫌人少夜黑，不愿摆渡。”说罢，又看着韩愈道：

“先生，我看你像个读书人，会说话，能否再去给船家说说，把大家给渡过去，要不，这半夜三更的，在这荒滩野地可怎么办啊！”

其他几个旅客见妇人和韩愈说话，也围了过来。韩愈看着他们焦急的面容，便道：“好吧，我去试试！”

“走，我和你一块去。”旁边一个四十来岁、商人打扮的人见韩愈要去喊船家，忙挺身上前向着韩愈说道。

韩愈见此，忙高兴应诺，二人相携来到船前。只见这些船每条有五六丈长，中间竖着高高的桅杆，离岸边有一丈多远，抛锚停在那里。韩愈和那位商人站在岸上，向船上大声喊了两遍，只见从船舱里慢慢走出一个船夫，向着他俩道：

“喊什么！老板不是说过了，今天夜里不摆渡了，都回去吧，再喊也无用。”说罢，转身欲回船舱。

那位客商见此，面上现出失望之色，韩愈心中也十分焦急。只听身后几个旅客议论道：

“这船老板心可黑，只认钱，不认人！”

“那是看遇到啥人哩，前天晚上县衙门一个班头路过这里，老板开始也不想摆渡，那个班头上去就是两个耳光，打后，一个铜子儿也没给，老板乖乖地给开船送到河那边。听说第二天那个班头回来，船老板还拿钱请他去喝酒陪礼呢！”

韩愈听后，不觉皱了皱眉头，扭头看看身后正在议论的几个旅客，只见大家都用企盼的目光看着自己。他回头再看看那两条客船，只听从船舱中隐约传来说笑之声。韩愈心中不由一阵气愤，便向着那个刚要进舱的船夫喊道：

“喂，去告诉你家老板，我乃河阳三城节度衙门的官员，奉李大人之命前往郑州公干，快快渡我过河，若要耽误了公事，拿你们是问。”

这一招还真灵，那位船夫一听，马上停住了脚步，忙扭头往岸上张望一阵，见韩愈手里拉着大马，气宇轩昂地站在岸上，遂转身进入船舱。不一会儿，从船舱里钻出一个胖乎乎的人来，向岸上巡视道：“哪……哪位是节度衙门的官爷？”

韩愈见此，心想，此人定是老板，便故意矜持地答道：“本人就是，现有公文在此，怎么，要验证验证不成？”

那老板站在船头，星光下见韩愈一身打扮与众不同，忙卑躬地答道：“不敢，不敢，请官爷稍后。”说罢，即喊船夫起锚靠岸。岸上的旅客见此，个个喜笑颜开，忙去整理拿取各自的行李。

船靠稳后，老板忙令人将韩愈的马牵到船上，韩愈帮着那位妇人抱起孩子，一起上了船，向着那个老板道：“这些客人在河边等了这么久，为什么不摆渡？”

那老板因前天刚刚挨过打，至今仍心有余悸，见韩愈一身不官不民的打扮，不知其来历，见其说话举止确像官府之人，忙陪笑道：“不是不渡，只因眼下生意不好，这十里水路来往要两个多时辰，想等客人多一点再渡。只要官爷说渡，咱马上就开船，嘿嘿！”

韩愈听后，也知其是为了钱，便道：“现在天将二更。凡这么晚过河的谁无急事！你快开船吧，船费我加倍与你就是。”

“不敢，不敢，哪能收官爷的钱！”那个老板见韩愈虽说话客气，却一脸威严，忙道：“只要不耽误官爷的公事就行。”

韩愈朝着那个老板脸上细看了一眼，星光下，隐约可见其左边脸上还高高凸着，知是前天被那个班头殴打所致。便道：“你们做生意的也不容易。”边说，边从衣袋里拿出二两银子，递向那老板道：“这位大嫂家里公公卧病在床，丈夫在外做工又突染暴疾。她的船费就算在我的身上。”说着，将银子送到船老板的面前。

那船老板见此，真有点丈二和尚，摸不着头脑，他感到奇怪和不解：“过去来往的官差从不给船钱，一时照顾不周，还要挨打受骂，今日是怎么啦？太阳竟从西边出来！说他不是官府里人吧，观其举止言行，一副官吏模样；说他是官府里的人吧，却又如此彬彬有理？看来定是一位不露行迹的高官贵人！”他看着面前白花花的银子，接也不是，不接也不是。

韩愈见此，已明其心意，将银子塞到他的手中道：“拿上吧，天这么冷，伙计们在这河上挣口饭吃也不容易，你不要害怕，只要把大家安全渡过河去，我不会难为你！”

那老板见韩愈执意要给船钱，只好点头哈腰地把钱接过来，道：“这！这！如官爷坚决要给钱，那就先寄存在小人这里，等官爷回来时我请客。”

韩愈点了点头，不想再和他多说什么。那老板见此，也忙知趣地搭讪着离开。

船离岸后，不一会儿便进入了急流。巨大的浪涛扑打在船舷上，浑浊的浪花从四面飞溅到船板上，整个船身在波涛中上下颠簸着，人们被摇晃的东倒西歪，不由地发出一阵惊叫。只听艄公在船后厉声喝道：

“大家站好，都不要动！要不，船一倾斜，明年今天就是大家的周年！”这一声喊果起作用，一时船上鸦雀无声，旅客们个个面呈惧色，互相搀扶着站在船舱中，谁也不敢再动。韩愈见此，忙把那妇人的两个孩子拉到身边，紧紧搂在怀里。

船行了约一个时辰后，慢慢平稳下来，隐约望见前面一片沙滩，韩愈见此，舒了口气，高兴地向着身边的两个孩子道：“喂，到岸了，我们该下船了，今天的船走得真快，刚一个时辰就过了河。”

旁边一客人见韩愈说过了河，知韩愈是初次从这里经过，便道：“这是夹河滩，离河南岸还有五里多远呢。过了这个滩，还要再坐船走一个时辰，才能到南岸呢。”

韩愈一听，恍然大悟，这黄河东出河阳三城后，河道猛然变宽，河水流速减缓，大量泥沙沉积于河床，在河中心形成了许多像岛屿一样的滩涂。他见自己说了白脖话，不由脸上一热。这时，只听船老板喊道：“下船了，下船了！”

韩愈忙往船外一看，只见离黑糊糊的滩岸还有十几丈远，船已经停了下来。只听周围旅客纷纷议论道：

“天这么冷，怎么下水！”

“老板，能不能把船再往边处靠点，你看这离滩边还远着哩！”

“不能再靠了，要不，我这船就要搁浅了，都赶快脱衣服吧。”老板站在船舱门口说道。

大家互相看看，料峭的寒风像小刀一样吹在脸上，只好无可奈何地脱去鞋袜和棉裤，捆在一起，背在肩上。那位妇人怀中的小儿，不知是饿是冷，竟不住地哇哇直哭。她不停地哄着孩子，又看了看船外茫茫河水，面上现出畏难之色。韩愈见此，向着那位妇人道：

“大嫂，你带着小的，两个大的，我帮你带过去。”

旁边那个商人模样的人见此，被韩愈的行为所感动，走过来向着韩愈道：“你真是个大好人！一个人怎么带两个孩子？来，咱们一人背一个过去。这时，一船工牵着韩愈的马已下到河中，那马下到水中，竟蹭蹬踯躅着不肯向前，转着圈子猛叫不止。

韩愈忙和那个商人一起，每人背起一个孩子，互相搀扶着，从船上下到水里。当韩愈的脚刚一接触到河水时，冰冷的河水，就像万根尖针刺入骨髓，他不由得倒抽了一口冷气。

河水有二尺多深，直没到大腿处，打着旋儿从腿下流过。他咬着牙，将背上的孩子往上颠了颠，拉着那位浑身不住颤抖的妇人，趟着冰冷的河水，小心翼翼地向河滩上走过去。当大家登上河滩时，他已冻得浑身发抖。那位妇人不顾个人寒冷，忙帮着韩愈把棉裤和鞋袜穿上，嘴里不停地说着感激的话。

大家穿好衣服，互相招呼着，在黑黝黝的沙滩上，借着刚刚升起的月光，向前走去。韩愈白天被汗水湿透的内衣，现在被风一吹，像结了冰一样，又硬又凉。他拉着马往前走了一阵，扭脸看看四周，却不见了那个妇人和孩子，忙往后一看，只见那妇人背上背着小的，两手拉着大的，已落到人群后边很远的地方。便忙又折转回去，把地上走着的两个孩子，抱起放到马背上。那妇人看着韩愈，无限感激地道:“先生，俺真拖累你了！”

韩愈忙道:“出门在外，互相帮忙是应该的。”

那妇人跟在韩愈身后，无话找话地问道:“先生家是啥地方的?怎么也这么晚才过河，家中的夫人和公子小姐都好吧?”

韩愈见问，不觉勾动心中忧伤，想到卢夫人和小女不知今在何处，一路是否平安。不由叹了口气道:“学生乃河阳人氏，现在汴州谋职;夫人和小女不幸遭遇兵祸，听说逃往徐州，现在不知是死是活，学生这是前去寻找她们。”

那妇人听后，心里也沉甸甸的。见韩愈忧心忡忡的样子，忙劝慰道:“先生是个好心人，老天定会保佑夫人和小姐平安无事的！”说着，他们已赶上了前面的人群。

大约又走了半个多时辰，才穿过夹河滩，只见一条渡船停在河边上。大家忙互相拉扯着登上那条客船。船上老板看着他们道:“你们若是再来晚一步，我们就开船走了。”

船渡到河南岸时，已是四更多天了。韩愈因急着赶路，只好向那个妇人告辞先行一步。此后，韩愈在给张籍的诗中，回忆这段经历时写道:

> 黄昏次汜水，欲过无舟航，号呼久乃至，夜济十里黄。中流上滩潬，沙水不可详。惊波暗合沓，星宿争翻芒。辕马蹢躅鸣，左右泣仆童。

第29章
居符离诗赠张籍　晓大义语惊建封

韩愈从汜水渡口渡过黄河后，于第二天赶到郑州。听说汴州叛军仍在烧杀抢掠，过往商客多绕道新郑，经时门向东。便南下至新郑，憩时门，经临泉，出陈许，绕道向徐州进发。

时陈许一带乃黄河故道，漫天黄沙滚滚，一望陂泽茫茫；到处是枯苇残茅，百里不见人烟。韩愈在路上顶风冒雨，昼夜兼程，边走边问，号腹重趼。经过十余天艰难跋涉，行程达一千五百余里，于月底方赶到了徐州城南的符离。

再说卢夫人随吴刚逃出汴州后，慌慌如脱笼之鸟，乘船由汴水至睢县，然后弃舟上岸，经宁陵，商丘到达徐州，住在城南符离的吴刚亲戚家中。卢夫人一见韩愈到来，真是又惊又喜，两行热泪不由夺眶而出。韩愈见卢夫人与小女安然无恙，方将心放下，向吴刚表示了千恩万谢。

卢夫人见韩愈又黑又瘦，浑身衣服又脏又破，心里是既喜又痛。忙去为韩愈打水洗漱，烧菜做饭。吴刚看着韩愈道："大人是怎么找到这里的？汴州的局势如何？"

韩愈遂将路遇宋祥，得知他们逃来徐州，便绕道新郑，穿越陈许找到这里的情况说了一遍。并道："学生路经郑州时，汴州的叛乱还未平息，朝廷是剿是抚，还不清楚。"

吴刚叹了口气道："陆司马性格特刚，且不善权术，完全栽入俱文珍的手中。听传言，此次兵变乃为俱文珍一手策划。可叹陆大人、孟判官、丘御史，俱惨死在叛军的乱刀之下，连个尸骨也没能留下。

好在大人扶柩离开汴州，得脱此难。这也是大人洪福齐天，不幸之中之大幸也！”

韩愈听后不觉一惊，道：“俱文珍阴险狡诈，惯弄权术，我和长源等一向与他不和，但为此也不至于挑起兵变，置陆大人于死地呀！难道他不怕朝廷知道后降罪！这不是特残无人性了吗！”

吴刚道：“如今人心叵测，官场之争，不是你死就是我活。据说俱文珍心胸狭隘，一向心狠手辣。究竟传言是真是假，我也说不清楚。”韩愈听后，想到俱文珍昔日对自己的暗算，倒也有些相信。

晚上，韩愈望着熟睡的小女，向着卢夫人询问了逃离汴州的经过。卢夫人看着韩愈，不觉眼睛又是一红，道：

“夫君走后，为妻心神不定，既担心夫君安危，又怕汴州出事，日夜提心吊胆。闻说宣武军兵变，吓得为妻两腿直颤，心想，这次恐难再与夫君相见了。不想，吴刚挺身相救，方脱此难。逃离汴州后，船小人多，大家互相拥挤在一起，连个坐的地方都没有。偏偏小女又受了风寒，嗷嗷直哭，身上烧得像火炭一样。我抱着小女，忧心如焚。到了睢县后，多亏吴刚请医治疗，小女方脱病厄。不料走到芒砀山时，又遇到山寇拦劫，将所带细软之物全部掠去，把为妻吓得失魂落魄，至今想起，仍心惊肉跳。”

韩愈听后，忙予以安慰。卢夫人看着韩愈道：“夫君这一路定吃了不少苦吧？”

韩愈遂将路上经历说了一遍。卢夫人叹了口气道：“人人都盼着做官，没想到做官这么难！”

韩愈看了看屋内的简陋陈设，感叹地道：“难是因为我们想正正当当地做官，并做一个好官！若要趋炎附势，投靠权门，这做官也不难；若是做官随波逐流，与权贵豪门同流合污，这官也好当。只是学生不愿为也！”

卢夫人见此，深知韩愈之志，故意娇嗔道：“谁让你趋炎附势，与他们同流合污了？我是说当今朝政腐败，做个忠臣难，做个良臣就更难。陆大人一生刚直，竟死无葬身之地。你傲视权门，十年求仕竟屡遭挫折；这次几乎全家罹难！我是愤世不公，替你们鸣不平尔。”

韩愈忙笑道：“夫人误解了，学生岂不知夫人是个贤明之人，若无夫人相助，学生怎敢言大志。我只不过是对世俗忧愤而发，对夫人感谢尚不及，岂有他意哉！”

卢夫人听后，扑哧一声笑道：“看你急的！我和你画眉举案、相敬如宾，这是故意和你玩的，你可当成真的了。”说罢，看了看窗外，向着韩愈低低地道：

“天不早了，你走了一天的路，也该早点歇着了。”说罢，向着韩愈微微一笑。

韩愈到达徐州的第三天，便去拜谒了武宁军兼徐泗濠淄青五州节度使张建封。

这张建封字本立，登州南阳人氏。少客居兖州，喜文善辩，深谙韬略。马燧为河阳三城镇遏使时，雅其名，表为判官。在平息“四王二帝”之乱中，军中之事多出于建封之手，后出为岳州刺史。贞元四年拜为御史大夫，徐泗濠节度使，不久朝廷又将淄青两州并入其麾下。

唐贞元十三年，张建封入京朝觐，德宗赐宴延英殿，与宰相共榻食。其还镇，德宗赋诗以饯，声誉盛极一时。建封治军有方，恩威并施，麾下皆畏悦；且性乐士，喜交结，帐下多文人雅士。韩愈父兄早年与张建封交厚，本人青少年时已与张建封来往，可谓世交。

张建封一见韩愈到来，喜出望外，忙邀至客厅，捧茶款待。看着韩愈道：“公子何时来到徐州？现落脚何处？前时听说公子佐董公于汴州，老夫听后甚喜。这几天又传言董相国病故后汴州军乱，叛军将陆长源等人杀后烹之，我还正为公子的安危担心呢，不想公子今日竟来到这里！不知汴州兵变目前情况如何？”

韩愈听后，遂将佐董晋神速入汴，出良策安定军心，运帷幄平息兵变；以及董晋病卒，宣武军作乱，陆长源被杀等情况说了一遍。张建封听后，不觉叹了口气道：

“如今兵骄将悍，并非汴州一处。董公谙于韬略，方保汴州四年太平。长源特刚，故有杀身之祸。”然后向着韩愈问道：

“现在家眷何处，有啥难处请告诉老夫，不要客气。”

韩愈遂将自己护送董晋灵柩西去，妻子留在汴州，为避兵祸逃来徐州，现住在城南符离的情况说了一遍。张建封听后，是又惊又喜。遂向着韩愈道：

“公子既然全家到此，不如就在这里住下，以观汴州消息。如愿在老夫帐下供职时，请告诉老夫。”

韩愈听后，忙向张建封表示谢意。第二天张建封即着人送衣物钱帛至韩愈处，韩愈复又前往道谢。

不几天，即从汴州传来俱文珍平息叛乱，刘逸准任宣武军节度使的消息。韩愈因恼恨俱文珍阴险狡诈，不愿再回汴州，便暂时住在符离。

韩愈来到符离不久，一日正在室内读书，只见张籍进来。韩愈一见大为惊喜，二人拉住手，久久互相凝视着。韩愈高兴地道：“文昌怎知我在这里？这次赴京一举成名，真乃可喜可贺！前天我还和夫人谈起你来，不想今日你竟从天而降！你和东野、习之真让我想得好苦！”

张籍看着韩愈道：“学生在京听到汴州兵变的消息后，十分担心先生的安危，昼夜辗转难以入眠。后听说长源、叔度俱被杀害，却未闻先生情况。科考结束后，学生即奔赴汴州寻找先生；恰遇书吏宋祥，才知先生幸免罹难，逃来徐州，故寻迹来此。”说罢，又高兴地向着韩愈道：

“先生这次遇难呈祥，实是可喜可贺！”韩愈听罢也不禁欣慰地道：

“看来学生的使命还未完成，苍天不想让学生早点回去！”说罢，高兴地向着张籍道：“这次学生大难不死，逢凶化吉；你蟾宫折桂，一举成名，可谓双喜也！”张籍看着韩愈道：“这次赴京应试，朱衣点头，侥幸得中，实乃先生教诲之功也！”

韩愈忙道：“张兄才华超伦，文章绝俗，我不过是披榛采兰，推轮捧毂而已。”说罢忙高兴地喊卢夫人置酒烹菜，为张籍接风洗尘。然后又向着张籍道：

“张兄高中之时，正是董公病亡之日，得知张兄喜讯后，真是又悲又喜！”二人说到董晋之死，都有些惋惜嗟叹。

自张籍来后，韩愈复又精神大振，二人住在一起，每日谈诗论文，评说时政，常常通宵达旦不倦，不觉一晃将有月余。张籍因思念妻子、老母，决意南行。韩愈苦留不住，只好置酒相饯，向着张籍道：“东野、习之和你我四人，隳肝沥胆，谊切苔岑。目下东野游于会稽，习之滞留越中，你也要离我而去，不知我们四人何时才能再聚一处，怎不叫人伤感！”说罢不觉潸然泪下。

张籍见此，也是泪流满面，道：“先生莫忧，学生回去见过老母后，即寻访东野、习之，一起到彭城来相聚。”

韩愈想到张籍初来汴州时，由孟郊华车接入，馆于城西，每日谈诗论文，共倡古文，亲如手足，契若金兰，不想今日大家各奔东西。不由叹了口气道：

“天下何故没有不散的宴席，以酬我等心愿！”说罢，遂离席展纸于案，提笔写道：“此日足可惜，一首赠张籍。”

张籍一看，只见韩愈笔走龙蛇，往下写道：

> 此日足可惜，此酒不足尝；舍酒去相语，共分一日光。念昔未知子，孟君自南方；自矜有所得，言子有文章。我名属相府，欲往不得行。思之不可见，百端在中肠。维时月魄死，冬日朝在房，驱驰公事退，闻子适及城。命车载之至，引坐于中堂；开怀听其说，往往副以望。孔丘殁已远，仁义路久荒，纷纷百家起，诡怪相披猖。长老守所闻，后生习为常；少知诚难得，纯粹古已亡。譬彼植园木，有根易为长。留之不遣去，馆置城西旁。……

韩愈写到此，顿了顿，看着张籍，无可奈何地摇了摇头，提笔又继续写道：

> 日念子来游，子岂知我情？别离未为久，辛苦多所经。对食每不饱，共言无倦听；连延三十日，晨坐达五更。我友二三子，

宦游在西京；东野窥禹穴，李翱观涛江。萧条千万里，会合安可逢？淮之水舒舒，楚山青丛丛。子又舍我去，我怀焉所穷？男儿不再壮，百岁如风狂；高爵尚可求，无为守一乡。

韩愈写罢，将诗赠与张籍，二人惙怛伤悴，抱头痛哭。这天，韩愈将张籍送出十里方回。

三月末，淮西节度使吴少诚作乱，率叛军袭取唐州，大肆烧杀抢掠。这吴少诚原是李希烈旧部，久有叛逆之心，于三月初遣人密约韩弘准备起事，共抗朝命，被韩弘拒绝而诛杀密使。吴少诚见逆谋已泄，遂杀监军举兵发难。先后掠寿州，袭唐州，杀死镇遏使谢祥、张嘉瑜等。唐州百姓纷纷逃至徐州。

一日，韩愈外出，见逃难百姓，扶老携幼，流落街头，苦不堪言。想到汴州之乱，甚为忧心，忙上前询问唐州情况。众难民道："叛军攻破城池后，到处烧杀抢掠，无恶不作。"一难民指着两个六十多岁、带着一个不满十岁的孩子，互相搀扶着的老汉和老太婆道：

"他儿媳被一伙叛军轮番糟蹋，儿子上前争斗，被叛军乱刀砍死，最后儿媳也跳了井……"

旁边一对带着三个孩子、衣服破烂、难以遮体的夫妇，忧愤地道："叛军就像一群饿狼，闯入家中，把所有值钱的东西全部抢去，临走，还放了一把火，把房子烧得净光。"

韩愈听后，气愤地道："难道朝廷就没有派官军去征讨吗？"

一儒生模样的难民道："听说唐州逃出的官吏，来到武宁军求救，张大人说：'没有朝廷的诏令，不敢用兵。'至今未有官军前去征剿。"

韩愈见此，心情十分沉重。回到家中，向着卢夫人道："唐州惨遭叛军蹂躏，张大人雄居徐州，统辖五州兵马，却以没有朝廷诏令为由，而坐视不管，岂不有失忠臣良将之道！我要前往节度衙门，说动张大人迅速出兵，以解救唐州百姓于水火。"

卢夫人听后，看着韩愈道："张大人年事已高，多有求稳怕乱之想，见朝廷没有诏令，也就不愿去引火烧身。我们现在寄人篱下，客居于此，况张大人待我们不薄，我们怎好再去干预张大人的政务呢！”

韩愈道：“天下兴亡，人人有责，我们岂能因客居在此而坐视不闻？况张大人深明大义，礼贤下士。我想，目前张大人按兵不动，是情况不明，有所顾忌。只要向其阐明利弊，晓以大义，其定会出兵前往平叛。”

卢夫人听此，知韩愈认准了的事非办不可，便道：“夫君若真要前去，试试也行，张大人若能听从夫君的主张，倒也是为唐州百姓办了件好事。不过见了张大人时，要见机行事，说话要有分寸，切莫引起人家不悦为好。”

韩愈听后点了点头，道：“谨遵夫人吩咐就是。”说罢，即前往节度使衙门。

韩愈来到节度衙门时，不巧张建封外出不在。韩愈无奈，只好要来纸墨，给张建封留下一封书信，希望张建封能以朝廷社稷和黎民百姓为重，尽快发兵唐州。

晚上张建封回来，掌书记将书信交与张建封，并将韩愈来访之事说了一遍。张建封看完信后不觉一怔。过去，他对韩愈虽有所了解，知道韩愈不仅才雄志高，文章奇秀，而且刚正不阿，疾恶如仇，但并无亲验；今日一看此信，深感惊愕。暗道：

“此人客居别人篱下，竟敢向主人直言弊端，真乃忧国忧民之奇人也！将来必为朝廷之良臣。”但也随之有些担忧：“从信中可以看出，这韩愈傲骨铮铮，难免将来在仕途中要碰壁受挫！”他顿了顿，不禁微微苦笑了一下，摇了摇头，向着旁边的掌书记道：

“这韩公子虽壮志凌云，但政坛阅历不足，没有朝廷诏令，那个敢随意用兵？如打了胜仗倒还罢了，如若用兵失利，朝廷怪罪下来，岂不罪加一等！”他停了一下，向着掌书记道：

“明天老夫还要外出，韩公子若要再来时，你可转告于他：朝廷正在调兵遣将，近日即要对吴少诚进行讨伐。没有朝廷的诏令，武宁军不敢随意出兵，请韩公子谅解就是。”

第二天，韩愈又诣张建封处，那位掌书记将张建封之意告诉韩愈。韩愈听后，知张建封害怕招惹是非，不肯用兵。想到自己寄人篱下，无官无职，再说无用;看到叛军任意烧杀抢掠，百姓叫苦连天，却无能为力，只好怏怏而回。

一日，韩愈携卢夫人同吴刚正要出门访友，只见邻居张彻携同一商人模样的人进来。这张彻二十余岁，颇有文才，常常和韩愈在一起谈诗论文，请教文章，二人来往甚契。韩愈见此，忙邀入客厅坐下。

张彻坐下后，指着那位商人模样的人向着韩愈介绍道:“此位乃徐州商会会长，姓郑名源。”韩愈一看，只见那人有五十多岁，面色红润，丰容靓饰，韩愈忙点头示礼。

张彻看着韩愈道:“郑会长听说韩兄与节度大人交厚，特烦学生引见，想请韩兄从中助一臂之力。”韩愈听后，不知何事，遂向着郑源道:“学生初来乍到，虽与张大人有一面之交，然只是客居而已。不知郑会长所托何事，看能否力所能及。”

郑源忙道:“在下祖籍唐州，近来唐州屡遭兵祸，家乡父老纷纷逃来徐州。徐州商人不少来自唐州，甚感忧心。张大人统辖五州兵马，威镇东方。大家想请张大人出兵唐州，平息兵祸，军资费用由商会筹集。打算明天商会召集唐州商人共议此事，并想请张大人光临，以成全此事。因此，特来拜请韩大人从中予以说项。”

韩愈听后，多少有点为难地道:“学生与张大人只是故交，为唐州平叛一事，两天前曾专程到节度衙门去劝说过张大人，张大人以朝廷没有诏令为由而不愿出兵。如今商会既愿筹措军资，不妨再到张大人处谈谈，若能出兵，是大家所望也。我因今日与人有约，无法同郑会长同往，请会长见谅。不过，学生可向张大人修书一封，由会长带给张大人，以说明学生之意。”

郑源见此，忙致谢意。韩愈遂展纸挥毫，疾书一封。书中言道:唐州兵祸不息，徐州将长期处于战备状态而不得安宁。长此下去，将士们也会怨声载道。建议张建封向朝廷请缨平贼，既能安定唐州，又能稳定徐州，可一举双全。同时劝说张建封能应邀莅临商会。并于信后附《赠张徐州莫辞酒》诗一首。

郑源接过信后，十分高兴，即拜辞韩愈，同商会几个绅士来到节度衙门，向张建封说明来意，并呈上韩愈的书信。张建封看完信后，只见后面所附诗曰：

莫辞酒，此会固难同。请看工女机上帛，半作军人旗上红。
莫辞酒，谁为君王之爪牙？春雷三月不作响，战士岂得来还家。

张建封看完信后震动很大，深为韩愈的执著精神所感动。正当准备向朝廷请缨平叛时，闻报朝廷已诏令山南东道节度使于狄、安黄节度使伊慎、知寿州事王宗和汴州节度使韩弘共讨淮西，方罢。

第30章
两上书直言相劝　赋贺诗轰动三军

韩愈两次劝说张建封出兵唐州未遂，后闲居于符离，既叹生活窘迫，又感壮志难酬。他想到自己从幼年起就苦读圣贤之书，博采六艺之术。年未及冠,已深谙孔孟之道,尽纳诸子所长。虽怀珠抱玉，文章惊世，然而自赴京求仕以来，却屡屡受挫，四处碰壁；至今仍一事无成，寄人篱下，不觉更加伤感。

一日，族上一侄儿前来探望，说起往事，不觉激情涌动，遂赋诗一首赠与族侄，其诗中言道：

> 我年十八九，壮气起胸中，作书献云阙，辞家逐秋蓬。岁时易迁次,身命多厄穷,一名虽云就,片禄不足充,今者复何事?卑栖寄徐戎。萧条资用尽，濩落门巷空。朝眠未能起，远怀方郁悰，击门者谁子？问言乃吾宗。

唐贞元十五年七月，张建封聘任韩愈为观察推官。不久，韩愈又喜获弄璋之喜，得贵子韩昶，取名小符。这对韩愈来说可谓双喜临门，忧闷之心稍为缓解。

韩愈入幕府后，虽任观察推官，但未被朝廷正式委任，每日无甚要事。时淮西兵乱未息，郑滑又发大水。百姓流离失所，尸骨漂流遍野。而张建封此时已六十五岁，多有功成名就，安享晚年之意。其不仅斥巨资在徐州城内修建燕子楼，将名妓关盼盼纳入楼中，每日沉溺于歌舞酒宴之中。同时豢养一帮清客小人，整日围绕四周，极尽阿谀奉承之能事，许多军政大事却得过且过，抛在一旁。韩愈见此，甚为忧心，遂赋诗《龊龊》，以抒胸中之忧叹。他在诗中写道：

龊龊当世士，所忧在饥寒，但见贱者悲，不闻贵者叹。大贤事业异，远抱非俗观，报国心皎洁，念时涕汍澜。妖姬坐左右，柔指发哀弹，酒肴虽日陈，感激宁为欢？秋阴欺白日，泥潦不少干，河堤决东郡，老弱随惊湍。天意固有属，谁能诘其端？愿辱太守荐，得充谏诤官，排云叫阊阖，披腹呈琅玕。致君岂无术，自进诚独难。

时至九月，韩愈入幕府已两月有余。一日节度衙门规定：自九月起至明年二月止，凡幕府官吏，无论有事无事，必须晨入夜归，除有疾病事故外，辄不许出入。人们对此，多有怨言。

韩愈感到此项规定不仅难以实行，而且也无补于军纪整肃，便上书张建封，陈明自己主张。他在信中首先论述了人都有能和不能之处。若不能时强使为之，必得其反。接着论述了节度衙门任用官吏，绝不应是为了能晨入夜归，而应是能为国家和百姓作出成就和贡献。若是为了用人之才能，只要能达到用人之目的就行，无须非要晨入夜归不可。韩愈在最后进一步论述了用人之道，他在书中指出：

下之事上，不一其事；上之使下，不以其事。量力而任之，度才而处之。其所不能，不强使为是，故为下者不获罪于上，为上者不得怨于下矣。

张建封看完韩愈之信后，微微一笑，把书信递给旁边几个清客道：“你们看看，韩推官劝我废除晨入夜归之制，大家看看如何办好？”

几个清客互相看看，揣度着张建封之意。一个留着几根山羊胡须，颧骨突兀，脸如瓦刀的清客，忙拿过韩愈的书信浏览了一遍，把书信递给旁边另一个身材矮胖的清客，然后看着大家道：“古人曰：没有规距，不成方圆。执事要统帅五州兵马，没有法度和军纪怎么能行？若没有晨入夜归之制，大家想来就来，想走就走，岂不成了赶庙会啦！”说罢，故意现出吃惊的样子看着大家。

那个接过书信刚看了一半的矮胖清客，见山羊胡讲完，马上接口道：“这韩推官在信中引经据典，虽讲了执事一些好话，但出言不逊，傲气十足。我看是以下犯上，目无上司，有失上下尊属之礼！”

旁边另一个胁肩谄笑，长颈鸟喙的清客见此，马上接口道：“这韩推官逃难到此，被大人收留，并委以官职，其不思感恩图报，反而说三道四，真是不识好歹！”

张建封听他们说到这里，笑了笑，打断他们的话头道：“你们还不了解韩推官，韩推官志向远大，刚正不阿，且胸怀忠烈之心。其书中所论虽语言有些尖刻，但立意深远，浩气如虹；且论述精妙，令人震撼。”众清客听后，也知张建封历来看重韩愈，忙谄笑道：“执事说得极是，我们不及执事看得深远。”

张建封顿了顿，道：“不过，此制也不宜全废，可转告掌书记和值日官吏，按照各部公务情况，灵活执行为宜。”

众清客见此，忙又接口道：“执事英明！”

张建封虽令值日官员灵活执行，然值日官员感到难以掌握，随说说而已，仍就按部就班，陈规未变。韩愈每天还是晨入夜归。一日，韩愈拖着沉重的身体回到家中，和卢夫人谈及此事，卢夫人劝其忍耐勿躁。韩愈心中忧闷难抑。望着窗外沉沉夜空，遂吟道：

> 闲居食不足，从仕力难任。两事皆害性，一生恒苦心。黄昏归私室，惆怅起叹音。弃置人间世，古来非独今。

张建封晚年，不仅沉溺于歌舞酒宴，而且喜射猎，爱马球。在汴泗交流一带，修建了多个马球场，经常带着节度衙门官吏和武宁军将士，驰骋于马球场上。这马球也称波罗球，由波斯传入中国，在唐代上层社会中非常流行，军队中也经常比赛。但此球竞技十分激烈，常常使人碰撞伤残。

一日，韩愈随张建封来到马球场观球，只见球场逶迤千步，短墙环抱；场内旌旗如林，战鼓震天。对垒双方，个个磨拳擦掌，盘马而视。只听一声号角鸣响，双方如离弦之箭，冲入场中，百十匹战马在球场上互相冲撞驰骋。只见马蹄疾飞，球如流星，杖球相击，声如霹雳。第一场结束时，不少人被球杖击伤面部，或摔下马来，鲜血染红了他们的衣甲。

第二场开始，张建封亲自上场，全场将士欢声雷动。只见他紧扎战袍，银须飘动，威风凛凛，驰骋于球场之上。突然，他将身体一侧，贴于马腹，扬手将球击出，那球像利箭一样，直入对方门户。全场顿时又响起一片欢呼。就在此时，张建封一不留神，几乎从马上堕下，左右将士忙伸手扶住。韩愈见此，也不觉一惊。

第三场刚刚开始不久，数十匹战马即冲撞摔倒在一起，他们互相挣扎倾压，其中三匹战马当场骨折筋断，奄奄待毙。

韩愈观后，对此很有看法。认为游戏马球，不仅使人玩物丧志，而且有损身心健康，应予以废之。他回到官署，遂赋诗一首，赠与张建封，希望建封能停止马球竞技，使军队养精蓄税，运筹帷幄，早日前去讨伐叛军。

张建封接到韩愈的诗一看，只见韩愈写道："汴泗交流赠张仆射。"其辞曰：

> 汴泗交流郡城角，筑场千步平如削。短墙三面缭逶迤，击鼓腾腾树赤旗。新雨朝凉未见日，公早结束来何为？分曹决胜约前定，百马攒蹄近相映。球惊杖奋合且离，红牛缨绂黄金羁。侧身转臂着马腹，霹雳应手神球驰。超遥散漫两闲暇，挥霍纷纭争变化。发难得巧意气粗，欢声四合壮士呼。此诚习战非为剧，岂若安坐行良图？当今忠臣不可得，公马莫走须杀贼！

张建封看罢，暗道："此诗写得真是绝妙：将球场景状、对垒双方、战马驰骋、将士情感和击球之变化、发球之巧妙、动作之敏捷、攻防之猛烈，描写得活灵活现，维妙维肖。阅之使人如身临其境之感！然所持主张，实乃腐儒之见。岂不知这马球非战，即战，实乃培养将校之谋略，战士之勇猛尔。"他深知韩愈的性格，只微微一笑，也不与之争论，仍继续驰骋于球场之上。

韩愈见张建封继续打球如故，很是忧心，于七月下旬再次向张建封上书，即《上张仆射第二书》。韩愈在书中从打马球“有危堕之忧，激射之虞，小者伤面目，大者残形躯”之外伤，到人马驰骋球场，“荡摇其心腑，震挠其骨筋”，危及生命的内伤两个方面，论述了打马球的种种弊端。并引《春秋》中“夫有尤物，足以移人，苟非德義，则必有祸”之语，劝说张建封。指出：既是职高位显，有神灵保佑，也需珍惜生命，怡养天年，不宜过分沉溺于此举。

张建封看完韩愈之书，认为韩愈所论虽辞彩精拔，但乃是只知其一，不知其二。为此，他也写了一首叫《酬韩校书愈打球歌》的诗以回应，在诗中他写道：

> 儒生疑我新发狂，武夫爱我生辉光。杖移鬃底拂尾后，星从月下流中场。人人不约心自一，马马不鞭蹄自疾。凡情莫便捷中能，拙自翻惊巧时失。韩生讶我为斯艺，劝我徐驱作安计。不知戎事竟何成，且愧吾人一言惠。

韩愈见此，甚是疾首，而张建封仍打球如故。

几天之后，朝廷对韩愈的观察推官任命批复下来，同时还加了个试太常寺协律郎的正八品官衔。太常寺乃朝廷的九寺之一，掌管礼仪祭祀；八品虽职衔不大，但却比原九品的校书郎擢升了一级。张建封亲为韩愈设宴祝贺，韩愈见此，也不由心中振喜。

秋末冬初，一日张建封又率领徐州官吏和武宁军将士飞苍走黄，围猎于郊外。大队人马肩担鹰，手掣犬，举着火把，从四面围向猎场。一时，猎场上空雄鹰盘旋，地下恶犬奔走，周围火光四射；雉鸡野兔被惊得上窜下跳，四处奔逃。

围猎圈越缩越小。人喊马嘶，锣鸣鼓响，一只野雉刚刚被惊飞起，见空中鸢鹰盘旋，复又钻入草丛。张建封骑在一匹高头大马上，左挽弓，右执箭。见此，盘马左右，两眼直视草丛，引而不发。突然，那只野雉被猎犬惊起，从草丛中窜起。张建封看得准确，张弓用力射去，只听弓弦响处，箭已穿透雉鸡。只见那雉鸡带着羽箭，向上冲起百余尺，复又一头栽下，鲜血顺着箭杆流下，染红了雕翎。

几个侍卫忙跑上去，拾起雉鸡，献于张建封马前。左右官吏和随行将士见此，齐高声欢呼，向张建封祝贺。

张建封见首发命中雉鸡，十分高兴，捋着胸前白须，连连向四周祝贺的官吏和将校致意。转脸向着身旁骑在马上的韩愈道：

“听说韩推官十二能文，落笔风雷，妙笔生华，有子建之才。今日秋高气爽，围场盛况空前；三军将士个个踊跃振奋。韩推官何不就此赋诗一首，以添雅兴如何？”

韩愈虽对张建封每日沉溺于歌舞、马球和围猎之中多有不满，但见张建封待自己不薄，而且对自己的直言所劝，从不计较，实内存感激之情。现见张建封正在兴头之上，不愿使其扫兴，遂在马上略一思忖，便大声吟道：

> 原头火烧静兀兀，野雉畏鹰出复没。将军欲以巧伏人，盘马弯弓惜不发。地形渐窄观者多，雉惊弓满劲箭加。冲人决起百余尺，红翎白镞随倾斜。将军仰笑军吏贺，五色离披马前堕。

韩愈吟罢，四周官吏将校齐声喝彩。张建封也高兴地连连点头。

旁边一将校谄媚地道：“张大人箭法精妙，空前绝后，真乃飞将军再世也；韩推官出口成章，绝妙好辞，岂非子建复生乎！”

那个留着山羊胡的清客站在旁边，马上接口道：“我看张执事比那李广更胜一筹！李广虽箭法高强，但却把石头当虎，显得遇事慌乱；哪及张大人沉稳大度，稳操胜券！啊！哈哈。”然后又摇着脑袋道：

“曹植虽能七步成诗，也不过四句；哪及韩推官出口成章，一气呵成大作！”

韩愈听后，甚觉反感可笑：曹植曾作《七启》，对围猎进行了精彩描写，成为脍炙人口的美谈。山羊胡子不知此作，竟闹出了笑话。韩愈不愿与之为伍，遂借故走开。张建封深知韩愈之意，也不加强留，便向着那几个还在不停吹捧的军吏和清客道：

“好啦，好啦！咱们还是继续围猎吧。凡捕获猎物者有赏。”

左右官吏将校听后，遂又放鹰逐犬，簇拥着张建封，敲着锣鼓向前奔去。

第31章
受委托赴京朝覲　会故友学子请诏

韩愈三次向张建封上书，均未被采纳，仍需晨入夜归。且张建封依然沉溺于歌舞酒宴和马球场上。军政之事得过且过，多置之不理。节度衙门官吏见此，乐得清闲自在，遂也顺波逐流，跟着嬉戏玩乐。

韩愈看在眼里，愁在心头；既为张建封痛惜，又为徐州百姓忧虑。同时深感自己在此默默无为，壮志难酬。欲辞职他往，却又没有辞职理由；又见建封待之甚厚，不忍启齿。遂作《忽忽》、《鸣雁》，以抒胸中之忧闷。

时至年末，张建封令韩愈赴京朝覲。唐时，各地藩镇于每年岁末，都要派官吏入京，向朝廷奏报本年度政绩，并送上所贡物品。张建封一是看重韩愈之才，二是与韩愈乃是故交；也想让韩愈借此入京结识上层，为以后前程铺设道路，便将此项重任交给韩愈。

韩愈见过张建封后，即准备赴京事项。晚上韩愈回到家中，向卢夫人告知此事。卢夫人听后十分高兴。她一是见韩愈每日愁眉不展，忧闷难抑，正好借此让韩愈进京散散心。二是久知韩愈有凌云之志，此次入京朝覲，也可借此接触上层，晓达天庭，为今后实施报国之志奠定基础，便高兴地为韩愈准备行装。

韩愈望着卢夫人道：“学生这次赴京，夫人又要在家吃苦了！”

卢夫人笑着道：“夫君尽管放心前去。此次夫君入京，和上次在汴州时扶柩西去大不相同。那时汴州危机四伏，随时都有兵变的可能；今日徐州却是国泰民安，一派祥和景象。夫君此次入京，若能面达当今圣上，明所抱负，为妻在家虽苦犹乐呢！”

韩愈听后，摇了摇头，苦笑了一下道：“如今朝廷昏弱，权佞窃幸乘宠，把持朝堂，能否如夫人所愿，学生实不敢有所奢望也。不过入京后，倒可会会多年不见的朋友，岂也算是一件幸事！”

几天后，韩愈准备就绪。节度衙门掌书记将有关文书、贺表和各项贡品，一一查点清楚，交付与韩愈。韩愈即前往张建封处辞行。此时，张建封正在燕子楼上同关盼盼歌舞饮宴。见韩愈过来，忙让人赐座，邀韩愈入席。韩愈见此，不愿多停，只客气地将准备情况和打算明日启程之事，叙说了一遍。张建封知韩愈性格，也不多留。韩愈即拜别建封，离开燕子楼。

第二天，韩愈带着随从和各项贡品，启程进京。卢夫人和邻居张彻，以及节度衙门几位同僚，将韩愈送出城外十里方回。

韩愈带着随从，晓行夜宿，急急西去。由于秋天这一带刚刚发过大水，沿途一片败壁颓垣：路旁田地荒芜，饿殍载道，满目尽是泥沼枯草；百姓哀毁骨立，个个衣服褴褛，面黄肌瘦。韩愈见此十分伤感，深怨各地官吏只顾个人花天酒地，搜刮民脂民膏，而不顾百姓死活；感叹当今政治腐败，民不聊生。

这日，韩愈一行人马来到汴水河边。冬日的白天极短，不觉已红日西沉，幕色迅速降临。大家只好加快速度，顺着河堤奔向渡口。韩愈在河堤上边走边张望四野：只见周围黑沉沉的，既无行人，又无村庄，连个鸡鸣狗叫之声也听不到；惟有凛冽的西北风，把岸边的杨柳吹得呜呜直响。他们往前又走了约半个多时辰，方隐约看到渡口方向闪动着忽明忽暗的几点灯火。当他们来到渡口，登上客船时，已是二更多天。

晚上，韩愈躺在船上，辗转难以入眠，他望着岸上黑乎乎的河堤和天上寒冷的星光，回忆着这几天路上的凄凉景象，不觉低声吟道：

暮行河堤上，四顾不见人。衰草际黄云，感叹愁我神。夜深孤舟卧，辗转空及晨。谋计竟何就，嗟嗟世与身。

韩愈经过半个多月的跋涉，于春节前来到京师长安。他先到吏部和礼部，将有关文书递交给值日官员后，方率同随从宿于驿馆，以待皇上召见。

过罢新年，德宗李适在德政殿召见了韩愈。韩愈行罢晋见礼之后，即呈上奏章、贺表以及贡品名单。德宗阅后甚喜，连连夸赞张建封之功；并对韩愈勉励了几句。韩愈听后，遂谢恩退出。

韩愈在京期间，先后拜访了昔日的故交好友。一日到国子监看望同年欧阳詹。这欧阳詹字行周，乃泉州晋江人，与韩愈同为贞元八年进士；贞元十四年登博学宏词科，授国子监四门助教。昔年韩愈在京求仕期间，曾与欧阳詹、李观、王涯、崔群、李降、裴度、柳宗元，刘禹锡等人交厚相契。后，大家金榜得中，各奔东西。除李观早逝外，崔群、李降、裴度和刘禹锡俱授外任，柳宗元任集贤殿正字。

欧阳詹一见韩愈，喜出望外。忙捧茶相待，向着韩愈高兴地道："韩兄几时到的京城？贞元十一年，韩兄愤离长安后，屈指已五年有余，我们弟兄再也没有见面了！这几年听说韩兄先佐董晋于汴州，后从建封去彭城。如今情况如何，是否得意？"

韩愈见问，不由叹了口气，遂将愤离长安后，闲居洛阳，结识董晋，投军从戎，佐董晋神速入汴，遇兵变寻妻彭城；现在张建封麾下任观察推官，甚不得志之事，说了一遍。

欧阳詹听后，看着韩愈道："韩兄如在徐州不得意时，不如到国子监来任教。目前人们既不愿求师，又羞于为师，国子监缺少有真才实学之人。年内九月，祭酒阳城又出为道州刺史，目前国子监是少将缺帅。如韩兄能来国子监任教，既可振兴国子学风，又可使韩兄摆脱在徐州的无聊处境；同时又能借此倡导古文，弘扬儒教，以实现韩兄的大志，岂不三全齐美！如韩兄愿意时，明天学生就到吏部说去。"

韩愈听后，不由精神一振，忙致谢意。欧阳詹道："我等兄弟亲如手足，说什么谢字！遥想八年前，你我风华正茂，血气方刚，那时我们几个在一起谈诗论文，指点江山，豪气如虹，奋力搏击春场秋闱，其何等雄壮豪迈！如今一晃将近十年，可惜元宾（李观）早逝；深之（李降）、敦诗（崔群）等放赴外任；陈羽、广津（王涯）不知漂泊何方。韩兄若能来京共事，你我也可朝夕相处，岂不快哉！”

韩愈也不由感慨地道：“贞元八年，陆侍郎知贡举，梁补阙任阅审，当时满城举子欢腾雀跃，一扫科场阴霾之气，我等方得金榜题名。如今，奸佞当道，宦官弄权，小弟处处碰壁，深感心寒！欧阳兄所谋，能否如愿以偿，小弟真有些不敢奢望呢！”

欧阳詹满怀信心地道：“事在人为，好事多磨。韩兄在仕途上多有不顺，故心有余悸。这次如吏部不允，小弟将率诸学子前往阙前，为韩兄请诏。”

韩愈听后，深为感动。事隔两日，韩愈在馆驿隐约听说国子监学子，跪伏阙前，皇上甚为动怒，不与召见。韩愈担心怕为自己的事情，而连累欧阳詹，忙赶到国子监来询问究竟，只见欧阳詹垂头丧气，愤慨难抑。一见韩愈到来，不由叹口气道：

“果不出韩兄所料，看来此事竟无希望。前天你走之后，学生我即前往吏部禀明此事，举荐韩兄为国子监四门博士。谁知吏部侍郎张大人竟怪我多管闲事，说国子监博士历来由朝廷委任，哪有自己提出张三李四的！并拒绝向朝廷进行表举。无奈，我于昨天率领学子百人，跪伏于阙前，请求朝廷能诏任韩兄。结果从辰时跪至午时，值日太监走出来，传示皇上口谕：说任用官吏乃吏部之事，国子监学子应闭门读书，跑来阙前跪伏求诏，是干预朝政的胡闹；若不退去，定严惩不贷。我因担心学子安危，只好带领大家回来。”

韩愈道：“昨日之事，学生在馆驿已有所闻，此事已传遍京城，满朝文武大臣议论沸扬。有赞国子监学子的；也有怨学子无知，多管闲事的。听说宦官窦文杨、霍先鸣对欧阳兄十分不满，说欧阳兄蛊惑学子闹事，在圣上面前说了国子监学子的不少坏话，德宗皇帝听后十分恼火。因此，小弟特来告知欧阳兄：此事到此为止，切莫为学生一人，而使国子监诸学子受到蒙冤。”

欧阳詹气愤地道：“学子为朝廷举荐贤良，本是件有益于国家社稷的好事，结果竟成了干预朝政的胡闹！这是什么世道！若这样下去，有才德之人得不到重用，大唐何日才能中兴，真叫人为之担忧啊！”

韩愈见此也十分感动，忙向欧阳詹宽慰道：“如今朝廷昏弱，权佞当道，你我就如龙困泥沼，骥囚槽枥，而不被世人所重用。夫子曰‘天生我材必有用’。我等若壮志不移，奋发蹈厉，总有一日，定会龙腾长空，马驰千里，以展我等之才！”

说罢，遂走至案前，展纸挥毫，赋诗一首，赠与欧阳詹。欧阳詹看时，只见韩愈诗云：

驽骀诚龌龊，市者何其稠！力小苦易制，价微良易酬。渴饮一斗水，饥食一束刍。嘶鸣当大路，志气若有余。骐骥生绝域，自矜无匹俦。牵驱入市门，行者不为留。借问价几何？黄金比嵩丘。借问行几何？咫尺视九州。饥食玉山禾，渴饮醴泉流。问谁能为御？旷世不可求。惟昔穆天子，乘之极遐游，王良执其辔，造父夹其鞧。因言天外事，茫惚使人愁。驽骀谓骐骥，饿死余尔羞，有能必见用，有德必见收，孰云时与命，通塞皆自由！骐骥不敢言，低徊但垂头。人皆劣骐骥，共以驽骀优。喟余独兴叹，才命不同谋。寄诗同心子，为我商声讴。

欧阳詹看罢，深为韩愈的凌云豪气所激动，又为其卓越才华而不被世人所重用而惋惜。遂之也展纸挥毫相和一首。在诗中，欧阳詹无可奈何地吟道：

“故人抒其愤，作尔《驽骀篇》，驽取易售陈，骥以难知音。委曲感慨深，咨嗟词也殷”，“伤哉昌黎韩，焉得不屯邅”。

韩愈与欧阳詹相和吟罢，只好分手回到馆驿。时陆贽仍被贬在忠州，梁肃出放外任，柳宗元回故里探亲。韩愈感到在京知音难觅，甚觉无聊，便于正月底辞别欧阳詹，郁郁离开京城。

第 32 章
忧天下借酒消愁　感失意寄书孟郊

韩愈于二月中旬回到徐州，向张建封禀报了赴京情况，并转达了朝廷对建封的嘉奖。时张建封仍每日与关盼盼甜歌恒舞于燕子楼上，韩愈几次拜谒方得一见。由于张建封过分沉溺酒色，热衷马球围猎，加上年事已高，身体已远不如之前。韩愈见之，甚为担心。

一日，韩愈忧闷难抑，遂纵马郊外，只见黄沙滚滚，衰草茫茫，满目疮痍，饿殍相望。田间耕者廖廖，路上行人稀少。他信马来到一个小镇，只见街道不整，房倒屋塌，人们衣服破烂，一片狼藉景象。韩愈见此，甚感惆怅。他在村中间看到一家破小酒店，便停下马来，走了进去。只见灰暗的酒店内，摆放着两张掉了漆的八仙桌和几条木凳。店老板一见韩愈进来，不由脸上露出喜色，忙擦桌抹凳，招呼韩愈坐下。

韩愈一看，只见那店老板有三十余岁，头上戴着一顶破毡帽，身上穿着一件打着补丁的旧夹衣。他一边提着个破了嘴的茶壶给韩愈倒茶，一边向里屋喊道："桂花，来客人了。"

"来啦！"随着话音，一个三十多岁的妇人，边整着身上的衣服，边从里屋走出来，后边还跟着两个五六岁的孩子。韩愈仔细一看，见那妇人虽骨瘦如柴，衣服补了又补，倒也干净利索。那妇人也把韩愈上下打量了一眼，见韩愈一身文人打扮，门前拴着军马，估摸是州府衙门里人，忙道："客官是吃酒，还是用饭？"

韩愈原本没有吃饭的打算，只是随意进来坐坐，现见老板娘眼巴巴地看着自己，又不好说不吃不喝，便道："就打二两酒，切一盘豆腐干吧。”

那妇人原估摸着韩愈是个有钱之人，会要许多酒菜，给好久没人光顾的小酒店带来一点财气；没想到韩愈只要了一盘豆腐干，多少有些失望。她转脸向着店老板道：“你去给客官把酒烫上，我来给客官切豆腐干。”说罢，转身过去。

不一会儿，店老板用条盘托着烫好的酒和一盘豆腐干过来，摆放在韩愈的面前，并为韩愈把酒斟到杯中。韩愈端起酒杯呷了一口，感到又苦又涩，难以下咽。便向着店老板道：

“此酒怎如此苦涩，可是粮食所酿？”

那店老板看着韩愈，叹口气道：“如今世道不好，连年灾荒，哪来的粮食酿酒！这些酒都是麸皮和谷糠所造。不过价钱便宜。粮食酿的酒价格特高，村里人谁喝得起！”

韩愈听后，点了点头，用筷子夹了一块豆腐干，放入口中，但觉清香爽口。便道：“这豆腐干味道不错。”

那店老板见韩愈夸赞其豆腐干不错，忙接口道：“这豆腐干是自家卤制的，从我爷爷起，三代家传，远近闻名。”

韩愈听后，看着那店老板道：“你老家是什么地方的，听说话口音不像是本地人啊？这镇子叫什么名字，怎如此荒凉破败？”

那店老板见问，不觉脸色阴沉下来，叹了口气道：“小人乃唐州人氏，去年春天，吴少诚兵掠唐州，家中东西被抢，房屋被烧，只好随着逃难的百姓来到这里，在这村中开了一家小酒店糊口。不想祸不单行，去秋这里又遭了水灾，村里大部分人被水溺死，我等爬上房顶，方得幸免。原打算过罢年后就回老家，不想纷纷传说，朝廷派出的十七道征讨吴少诚的兵马，却连连败北。唐州一代仍是兵荒马乱的，只好待在这里。”说罢又叹息了一声，道：

“这村叫王家集，眼前已是十室九空。”说罢，又连连叹息不止。

韩愈听后，想到淮西战乱不止，百姓流离失所；郑滑又发大水，人畜流尸遍野。自己虽三次上书张建封，希望其能请缨平叛，赈济灾民；而建封每日沉溺于歌舞酒色，却不予采纳，顿觉忧愤难抑。想到自己命运多舛，处处受挫，壮志难酬，更加心情沉重，遂将壶中之酒一饮而尽。谁知那酒竟如一团烈火，在胸中左冲右撞，然后直冲脑门。他感到头重脚轻，天旋地转，便一头昏倒在桌上。

店老板见此大惊，忙向老板娘道："这位客官是怎么啦，喝了二两酒就醉成这样！"

那老板娘看看韩愈，道："这位客官好像心事重重，刚才听你讲了咱们的家事，更加气愤，遂将那二两酒一口气喝下。虽然二两酒不算多，但这酒质特差，加上喝得过猛，心情又不好，哪能不醉？"然后又看着韩愈道：

"这位客官看来像是个好人，我去给他做碗醒酒汤，你在这里照护着他。"说罢，忙转身过去。

不一会儿，老板娘将醒酒汤做好，端了过来，店老板忙上前扶起韩愈，轻轻叫道："客官，客官，你醒醒。"

韩愈隐隐听到有人在喊他，他感到胸中又烧又闷，头脑阵阵发痛，微微睁开双眼，只见店老板和老板娘正轻轻地喊着自己。见自己醒来，高兴地道："客官醒过来了！"

老板娘向着韩愈道："客官，你喝醉了，这里有碗酸汤，你把它喝下去，就会好些。"

韩愈听他们说罢，看看老板娘手里端的一碗热气腾腾的鸡蛋汤，一股清香的醋酸味扑面而来，他意识到自己刚才因心情激动，喝酒过猛而醉倒了，便慢慢接过汤来喝了两口，方觉心里舒服了许多，他看着老板夫妇，感激地道："谢谢你们了！"

那老板道："谢什么，别说你是我们的客人，就是路过我这店门前的陌生人，有了难处，我们也会帮助照顾的。"

韩愈将那碗醒酒汤喝完后，觉得浑身轻松了不少，看看天色不早，便向那店家加倍付了酒钱，那店老板坚决不肯收，只留下所需酒钱，把剩余的钱硬塞给了韩愈。韩愈无奈，只好表示谢意，告别店家，上马返回。

韩愈回到家时，已是晚上二更多天。卢夫人站在大门外，整整等了一个多时辰。见韩愈回来，忙上前将韩愈接入屋内，看韩愈面色苍白，忙端来一杯热茶递给韩愈。韩愈此时仍有些头脑沉沉，喝罢茶后，即倒头睡下。卢夫人知韩愈一直心情不好，见其醉意沉沉，也不便多问，忙帮其更衣宽带。

第二天巳时，韩愈方醒来，浑身仍有些不大舒服。卢夫人侍候韩愈漱洗罢，拿来早点。韩愈用毕，卢夫人望着韩愈笑道："夫君昨日在何处吃酒？怎醉成那样？"

韩愈见问，叹了口气，遂将昨日信马郊外，遇村野酒肆，因谈及时政，忧愤难抑，不由借酒消愁，致使醉卧酒店之事，叙说了一遍。卢夫人听后，方明究里，叹口气道："夫君忧国忧民，实是可嘉，但切不可义气用事，有伤身体才好！倘若昨夜夫君路上出了什么意外，让全家如何是好！"说罢，眼睛不由噙满泪水。

韩愈忙道："学生以后注意就是。"卢夫人看着韩愈，苦笑了一下道："你啊，一激动起来，什么都忘了！"说罢转身过去。

韩愈想到当今天子宠信小人，朝内权佞当道；朝外藩镇割据。眼下天灾连绵，兵祸不断，百姓生活于水深火热之中。自己虽有满腹经纶，一腔热血，却无报国之门，不觉忧愤更甚，随展纸磨墨，赋诗《归彭城》一首。其辞曰：

天下兵又动，太平竟何时？讦谟者谁子？天乃失所宜。前年关中旱，闾井多死饥。去岁东郡水，生民为流尸。上天不虚应，祸福各有随。我欲进短策，无由至彤墀。刳肝以为纸，沥血以书辞。上言陈尧舜，下言引龙夔。言词多感激，文字少葳蕤。一读已自怪，再寻良自疑。食芹虽云美，献御固已痴。缄封在骨髓，耿耿空自奇。昨者到京城，屡陪高车驰。周行多俊异，议论无瑕疵。见待颇异礼，未能去毛皮。到口不敢吐，徐徐俟其巇。归来戎马间，惊顾似羁雌。连日或不语，终朝见相欺。乘间辄骑马，茫茫诣空陂，遇酒即酩酊，君知我为谁？

韩愈写罢，掷笔于案。两行热泪不由潸然而下。

时至三月，韩愈忧国、忧民、忧己愈烈，每日愁容满面，郁郁寡欢。一日，见有人南下江东，想到远在会稽的孟郊，顿起思慕之情，遂修书一封，托人带往。

韩愈在书中向孟郊倾诉了自己目前悲观失意的心情，表达了对孟郊的崇拜和思念，并通报了李翱和张籍的近况；告知孟郊，李翱将于下月来彭与兄女完婚。希望孟郊能来彭相聚。在书中他写道：

与足下别久矣，以吾心之思足下，知足下也悬悬于吾也。各以事牵，不可合并，其于人人，非足下之为见而日与之处。足下知吾心乐否也！吾言之而听者谁欤？吾唱之而和者谁欤？言无听也，唱无和也，独行，而无徒也，是非无所与同也，足下知吾心乐否也！

足下才高气清，行古道，处今世。无田而衣食，事亲左右无违；足下之用心勤矣，足下之处身劳且苦矣！混混与世相浊，独其心追古人而从之，足下之道其使吾悲也！

去年春，脱汴州之乱，幸不死，无所于归，遂来于此。主人与吾有故，哀其穷，居吾于符离、睢上。及秋将辞去，因被留以职事。默默在此，行一年矣。到今年秋，聊复辞去。江湖余乐也，与足下终幸矣！

李习之娶吾亡兄之女，期在后月，朝夕当来此。张籍在和州居丧，家甚贫；恐足下不知，故具此白，冀足下一来相视也。自彼至此虽远，要皆舟行可至，速图之，吾之望也！春且尽，时气向热，惟侍奉吉庆。愈眼疾比剧，甚无聊，不复一一。愈再拜。

十天之后，李翱到来，韩愈甚喜。李翱于唐贞元十四年高举进士后，褐授秘书省校书郎。韩愈视李翱为挚友，将叔兄韩弇之女许与李翱为妻。韩弇于贞元三年在平凉同吐蕃会盟时遇难，时该女还未满周岁，由韩愈抚养成人，现年方十四岁。

四月上旬，韩愈主婚，为李翱与侄女完婚。届时，州府衙门的同僚好友，多有前来道喜祝贺。时韩愈虽囊中羞涩，但还是竭力筹措婚事，一时倒也热热闹闹，韩愈的心情也稍有舒展。

第33章
燕子楼谒见受阻　徐州城怅辞建封

一日，韩愈外出回到节度衙门，只见众幕僚议论纷纭，正在谈论淮西平乱三战三北之事。只听一幕僚气愤地道：

“朝廷真是胡闹，完全听信宦官窦文杨、霍仙鸣之言，竟将不懂军事，只会攀龙附凤、投靠宦官的韩全义拜为三军统帅，那还能不打败仗！”

另一个幕僚接口道：“听说韩全义当了蔡州招讨使，统帅十七道兵马后，即用阉党数十人作为监军。每逢议事，阉党高坐帐中，争论哗然，无一成议。时天气骤变，士卒病殁，韩全义也不加抚慰，致使军心涣散，斗志尽失。到了淮西，一遇叛军，便溃不成军。”

刚才那个议论的幕僚接着道：“这韩全义治军打仗不行，可整人和玩弄权术却是个行家。十七道兵马三战三北后，他为推御责任，竟归罪于昭义军将领夏仲宣、义成军将领时昂、河阳军将领权文变、河中军将领郭湘等；并将诸将诱至帐中，设伏捕戮，以显示其治军威严。”韩愈听后，深为朝廷昏庸，宦官弄权而痛心。他无心再听下去，便郁郁地走出节度衙门。

韩愈在街上漫无目的地走着，他猛一抬头，只见前方绿树丛中高高耸立着燕子楼。暗道：“这徐州养着数十万兵马，且张建封深谙兵法，颇得将士之心。如能前去平叛，定能马到成功。走，再去面见张建封，劝他务必请缨杀敌。”韩愈想到此，便向燕子楼快步走去。

韩愈来到燕子楼前，只见楼高三层，雕梁画栋，耸立于蓝天白云之间，隐约从楼中飘出轻轻的丝竹之声。

韩愈走到门前，向侍卫说明来意，那侍卫认识韩愈。十分为难地道："大人吩咐小人，任何人不得进入，也不准通报！"

韩愈道："我有军情急事，要与张大人相商。"

"有军情急事也不行！大人有言在先，小人实不敢有违。"

韩愈见此，焦急地向着那个侍卫道："军情重于泰山，误了大事，你能担当得起吗？"旁边一个侍卫见此，知韩愈同张建封关系非同一般。况且见韩愈十分着急，如果真得耽误了什么事情，若追究起来，自己也难脱干系，便向着那个侍卫道：

"韩大人看来真有急事，咱们就再犯一回忌，去向张大人通报一声；张大人见与不见，与咱们无关。"说罢，转向韩愈道：

"大人暂且稍等。待小人去向张大人通禀一声。"说罢，转身推门入内，然后又把门关上。

此时燕子楼上轻歌缭绕，幽香溢室，张建封正与关盼盼在欣赏着歌舞。他斜躺在坐榻上，随着悠扬的音乐声，轻轻地敲击着坐榻的扶臂；关盼盼紧紧地依偎在他的身边。

这关盼盼年约二十余岁，生得朱唇皓齿、娥眉杏目，面如桃李，肌如凝脂，有沉鱼落雁之貌，闭月羞花之容，乃徐州第一名妓。只见她伸手从案上的盘子里拿过一个鲜红的杏子，用手轻轻一掰两半，取出中间杏核，转身把杏肉送到张建封的嘴里。张建封边口中嚼着杏子，边欣赏着面前四个歌女的翩翩舞姿。

须臾，四个歌女随着袅袅的音乐之声，舞罢退下。张建封向着关盼盼笑道："下面是否请卿将新编的飞天琵琶舞，演示一下，让老夫开开眼界如何？"关盼盼故意撒娇地斜躺在张建封的怀里道："妾还没有练好呢，若跳得不好，你会笑奴家的！"

"不，不会笑你的！"张建封边说，边在关盼盼的粉脸上吻了一下，并把关盼盼从身上推了起来。

关盼盼站起身来，娇笑着整了整鬓发，向旁边的乐师点了点头，只见旁边四个手执笙箫、指按琴瑟的妙龄乐师，互相示意看了看。随着纤指和樱唇启动，一阵轻柔飘渺的丝竹之声，又慢慢响起，萦绕于大厅之中。

关盼盼轻纱薄衣，翠绽珠围，樱唇含玉，怀抱琵琶，像只美丽的彩蝶，慢慢飞向大厅中央。只见她随着袅袅音乐之声，轻舒玉臂，宛转纤腰，微微拨动琴弦。一会儿将琵琶斜举头顶，一会儿将琵琶侧转身后，一会儿又半遮玉面，摆出种种优美的飞天造型；线条流畅的盈胸、丰臀，在张建封面前有意识地晃动着。

“好！好！”张建封边看，边不停地喝彩。

关盼盼跳完一曲后，已是气喘吁吁，香汗淋淋。她跑回坐到张建封身边，拿手帕擦了擦脸上的汗水。张建封忙拿起一个杏子喂到关盼盼的嘴里，道：“妙，真是特妙了！”

却说那个侍卫进来后，见张建封正在聚精会神地欣赏着关盼盼的琵琶舞，不敢贸然上前通报，只好远远地站着观看，待关盼盼歌舞结束后，才慢慢走到张建封身边，低声禀道：

“大人，韩推官在外面求见。”

张建封一听，不由一怔，还未答言，只见关盼盼不高兴地向着那个侍卫道：“大人不是说过了吗，任何人不准进来，也不许通报，你怎么进来禀报？”

“他……他说有重要军情要向大人禀报，若小人不来回话，一旦误事，就要拿小人是问。小人不敢不来。”那个侍卫见关盼盼发怒，吓得结结巴巴地答道。

张建封听侍卫说罢，明知近日无甚军政大事，就是有，也轮不着韩愈前来禀报，定是韩愈有什么事要来告说，借口有军情要事。便向着那个侍卫道：

“如韩推官有重要军情禀报，就让他进来吧。”

“不行！”关盼盼拦住张建封的话头道，“你说过，今天谁也不见，咱们好好玩一玩。那韩愈进来，还不知说出什么话来，岂不扫了大家的兴头！”说罢不管建封同意不同意，便向着那个侍卫道：

“去，告诉韩推官，就说大人身体欠安，已经睡下，有事，让他改日到节度衙门回禀就是。”

那侍卫见此，走也不是，不走也不是。看看关盼盼，又看看张建封。关盼盼见此，故意向着张建封娇嗔道：“你要是接见韩愈，现在就到衙门里去，我不愿见到他！”

张建封见关盼盼不高兴，忙向着那个侍卫道：“去吧，告诉韩推官，就说我身体不适，已经躺下，让他明天到衙门书房见我。”那侍卫见此，只好弯着腰，慌忙退出。

关盼盼见那侍卫退出，方“扑哧”一声笑了出来。张建封看着关盼盼道：“你是怎么啦？昨天还称赞韩愈的文章词清句丽、婉转真挚、海立云垂、荡气回肠！拿着韩愈的诗爱不释手，怎么今天竟这样恨他？”

关盼盼向着张建封道：“我是对韩愈同时又爱又恨，可不是昨天爱，今天恨的！”

“这是为何？”张建封看着关盼盼，不解地问道。

“我喜欢他的诗赋文章，爱其语言优美、清新自然，寓意深刻、超逸绝伦；但恨其主张。他在诗词文章中，动不动就以救世菩萨的面貌出现：一会儿劝你请缨平叛，说什么‘春雷三月不作声，战士岂的来还乡’；一会儿又谏阻你不要打马球，说什么‘此城习战非为剧，岂若安坐行良图。当今忠臣不可得，公马莫走须杀贼’。我看，他是整天想着把你往战场上推。”

关盼盼说到这里，将身子靠在张建封的怀里，故作忧伤地道：“若是仆射真的带兵前去平贼，妾一人留在这燕子楼上有啥意思！若是仆射在战场上有个好歹，妾今后可依靠何人？因此，我恨死那韩愈了！”

张建封听后，不由笑道：“你呀，真是妇人之心！”说着，在关盼盼的粉脸上，轻轻捏了一把。

再说韩愈站在门外，辗转徘徊，焦急地等待着，只见从院内楼上不断传出阵阵音乐歌舞之声，却不见侍卫出来。大约过了半个多时辰，才见那个侍卫慌慌张张地走出，边走边擦着头上的冷汗。

韩愈忙迎上去，还未开口，那个侍卫便道：“韩推官，大人让你先回去；大人说他身体不好，已经睡下，让你明天到书房去见他。”说罢，又擦了擦头上的冷汗。

韩愈一听，不由心中一阵气愤：“刚才楼上还笙箫齐鸣，轻歌萦绕，怎说身体欠安，已经睡下？分明是不想见我！”想到此，韩愈感到受了莫大的屈辱。暗道:“既是如此,就是见了面,也无甚益处,这地方看来再也待不下去了！”

他抬头向楼上望了一眼，转身拂袖而去。两个侍卫望着韩愈的背影，无可奈何地摇了摇头。

韩愈回到家后，愤愤不已，遂与卢夫人和李翱相商，决意离开徐州。

李翱道:“先生在此虚度时光，壮志难酬，真还不如回到洛阳，开馆授徒，以宏扬儒教；或者随学生一块进京，另谋他图。”

卢夫人深知韩愈之意，看着韩愈道:“夫君在此如笼中之鹏，槽枥之驹，每日愁眉不展，郁郁于怀，离开也好，只是本立待我们不薄，如何向人启齿？”

韩愈遂将今日之事，向卢夫人和李翱叙述一遍，道:“此事倒也好办，待学生写一辞呈，递与节度衙门，转交本立即可，可避免当面辞退之窘境。”

卢夫人听后，叹了口气，点了点头道:“也只好这样吧。”

韩愈遂即写好辞呈，正准备送往节度衙门，只见从门外进来二人，一人四旬左右，上身颀长，颔下蓄着三绺微须，蚕眉凤目，看着十分精明；另一人三十余岁，显得非常英俊潇洒。

韩愈仔细一看，不觉惊喜道:“啊！王涯兄，原来是你呀？”忙上前拉住那个蚕眉凤目之人的手，继续道:“啥时到得徐州，快快屋内请坐！”

那个被称为王涯之人笑道:“你这地方还真难找哩，我们打听了好几个人，才找到这里。今天是刚刚来到徐州。”韩愈高兴地拉着王涯的手，向着那位儒士道:“这位是？”

王涯看着那位儒士道:“这位是上谷才子侯喜。”

那侯喜见王涯介绍自己，忙向韩愈见礼，韩愈慌忙还礼，然后高兴地拉着二人来到客厅。卢夫人和李翱见韩愈如此振奋，料定必是以前好友。

韩愈指着王涯向着李翱和卢夫人介绍道:“这位就是我经常给

你们说的，才思敏捷、文章惊世的同科进士，太原王涯王兄。”

王涯忙笑着点了点头，韩愈又指着侯喜道：“这位是上谷侯公子。”侯喜忙也向李翱和卢夫人点头示意。

韩愈介绍罢王涯和侯喜后，然后指着卢夫人和李翱向着二人也一一作了介绍。王涯和侯喜听后，忙与卢夫人和李翱见礼，并看着卢夫人笑道：

“久闻嫂夫人乃洛阳名门闺秀，今日一睹芳容，果然才貌双全，名不虚传！”

卢夫人听后，忙不好意思地谦让道：“看你说的，我可不敢当！”然后向着韩愈和王涯等人笑道：

“你们坐着，我去准备酒饭。你们多年不见，今日要好好热闹热闹。”说罢，笑着转身离去。

王涯和侯喜忙致谢意，大家目送卢夫人过去后，方一起坐下。王涯向着李翱道：“李校书才名远播，早有所闻，不想在这里相遇，真乃三生有幸！”李翱听后，忙连连谦让。

韩愈向着王涯道：“兄台这几年身居何处？一向可好？今日怎来到此地？自贞元十年京城一别，咱们已有八九年没有见面了。”

王涯道：“学生自贞元十年于京城返回太原后，便隐居村野，侍奉老母仙逝；后周游天下名山大川。前时在泰山遇到侯公子，听说韩兄在此，故相携而来。”然后指着侯喜道：

“侯公子崧生岳降、凤叹虎视，游学天下到此。”说罢，又向着韩愈道：

“在洛阳就听说韩兄先佐董晋于汴州，后就建封来彭城。如今可否得意？”

韩愈见问，不由叹了口气。遂将这几年不幸遭遇叙说一遍。向着二人道：“在下正准备到节度衙门去递交辞呈，不想你们两位到来。”

王涯本来就是个孤傲之人，听韩愈讲到仕途处处受挫，到处为权佞所忌，便极力赞成韩愈的辞职主张，并邀韩愈一起游历江南。

韩愈得到了王涯的支持，更加坚定了辞去幕府之职的决心。便于当天下午将辞呈递交到了节度衙门。

第四卷
授徒洛阳邑

第 34 章
游淮北感慨古贤　应邀请题壁抒怀

第二天，张建封至节度衙门，等了约两个时辰，不见韩愈到来，便着人传掌书记询问。掌书记向张建封回禀道："韩愈已决定辞职还乡。昨天送来了辞呈，今天已没有前来应卯。"说着，将韩愈的辞呈递与张建封。

张建封一听，不由一惊，他没想到韩愈会辞职而去。暗道："这韩愈历来要强好胜，从不屈从于人。定是昨日登门求见，自己没有接待，而受到刺激和伤害，故而怀愤而去。"不由惋惜地道：

"这事怪我，是我将他逼走的！"

站在旁边的山羊胡子见此，忙谄媚地道："仆射何必为一韩愈而伤感！自韩愈来到徐州后，大人待如上宾，并赐以衣食官职。这是天下多少读书人梦寐以求，想都不敢想的好事，他倒不领情！不值得去为他惋惜。"

那个长颈鸟喙的清客，忙掇臀捧屁地接着道："这韩愈虽说怀珠抱玉，文章冠世，但也特狂妄自大，不识抬举了！每天拿着俸禄，在衙门里清闲自在，还不满足！今天一个建议，明天一个上书，多少有点不随意便要辞职不干。我看这个人简直是个书呆子，缺心眼！"

张建封看了他们一眼，不高兴地打断他们的话头，道："你们呀，真是鼠目寸光！燕雀焉知鸿鹄之志！韩愈所要的并不是清闲俸禄，而是能够施展其才华的官职，是能够扭转乾坤，济世安民，振兴大唐的权力！懂吗？"

几个清客听后，互相看看，很有些茫然。

张建封向着众清客道：“韩愈一直认为老夫沉溺于歌舞酒宴，不思报国安民。岂不知老夫此举乃是韬晦之计：既是为了老夫，也是为了韩愈的安危。”张建封讲到此，顿了顿道：

“如今朝廷暗弱，宦官弄权，朝中权臣互相倾轧，今天不是你倒台，明天就是他被贬。这做官就如身履薄冰，一不小心就会身败名裂。老夫今年已六十有六，很快将不久于人世，现在是既不求有功，但也不望有过，因此不想引火烧身。韩愈是个刚直不阿，一心想干一番大事业的人，但徐州不是他的久留之地！若付以实权重任，定会惹祸上身，故老夫不愿委以要职与他。此举老夫不便明言，实乃为韩愈着想，为国家储一栋梁尔！韩愈不知老夫之意，故多埋怨老夫，此也是必然所致也。”

众清客听张建封讲罢，频频点头道：“大人用心良苦，实乃国家之幸，韩愈之福也！”

张建封向着掌书记道：“你代我前去送送韩推官。他家人口众多，生活十分拮据，从我的俸银中拿出一些给他作为盘缠所用。”

众清客见此，忙又故作惊叹，谄媚地道：“这韩愈是哪世修来的福气，竟遇到了仆射这样大慈大悲之人，真叫人眼馋！”

第二天，掌书记带着钱物来到韩愈住处，向韩愈表明了张建封之意。韩愈听后，深表谢意。

掌书记走后，韩愈思绪难平。遂赋诗《海水》一首。在诗中，他把张建封比作大海和森林；把自己比作离开林海的鱼鸟，抒发了自己辞离张建封的感叹。

韩愈于五月上旬，携夫人与李翱、王涯、侯喜等人离开徐州。他们走到下邳，正在路边饭店打尖休息，只见一辆轿车来至店前，从车上跳下一个三十多岁的儒生，带着夫人和公子，也向店里走来。

韩愈抬头一看，甚觉面熟，好像在哪里见过。那人一见韩愈，也不由一愣，看着韩愈两目直视。

韩愈猛然想起此人，不觉又惊又喜，忙站起身招呼道：“唉呀！这不是李平兄弟吗！”那人此时也认出了韩愈，惊喜地跑上一步，抓住韩愈的手道:“你可是韩愈兄长?”

众人见此，都一齐看着他俩，现出惊异的目光。李平高兴地拉着韩愈的手道:“兄长怎在这里?这一向可好?赴京应试可否金榜高中?”

韩愈也高兴地道:“学生现由徐州前往东都，路经这里，不想在这里遇见贤弟。条山一别，转眼已十四年矣!那时我俩年未及冠，可如今已是皆有妻室子女了，哈哈!”说着，看了看李平身后站着的夫人和两位公子。

李平忙转身向着身后的夫人和孩子道:“快过来拜见韩愈伯伯，这就是我经常给你们说的文章奇秀、才华绝伦、河阳才子韩愈。”那夫人听后，也不由一喜，忙拉着两个孩子上前施礼问好。韩愈忙还礼不迭，然后转身招呼卢夫人，道:

“夫人，快过来，见过贵客!”卢夫人见此，忙从店里走出，笑着向李平夫妇见礼问好，然后拉着李平夫人和两个公子坐到一边拉起家常来。

韩愈遂握着李平，转身向着王涯、侯喜、李翱介绍道:“这位就是过去曾向诸位提过的彭城李平兄弟。贞元二年，我赴京应试，路过条山，遇见李平贤弟，同谒阳城，在河中相处了半月有余。李平贤弟聪慧好学，那时专程从徐州跑到陈留、东都和河中求学，拜阳城为师。”说罢，又向着李平，指着王涯、侯喜、李翱等，一一作了介绍。

韩愈介绍完之后看着李平道:“贤弟这些年身居何处?可曾上京求仕?现在是从哪里来，到何处去?”

李平见问，答道:“在下与兄长在条山分手后，于阳城处求学约半载。后阳城被召入京为官，在下即返回故里。后听说朝中权佞当道，贿考成风，赴京求仕甚难。在下自思才疏学浅，又不愿投靠权门，故一直在家耕读和侍奉老母。今日是从东海探亲返回，路过此地。”

韩愈听后，见李平言谈举止和昔年大不一样，多有古人之风，颇有感触，遂邀李平夫妇同桌而食。

饭后，韩愈向着李平道:“学生和王涯兄、侯喜兄及李翱等人，将分道前往微子庙和修竹园游玩；家眷将先回东都，不知贤弟如何行进？”

李平听后道：“此住东都，正好路经家门。不如我与韩兄同游，让贱妻陪同夫人和家眷先到家中稍候，待我们游玩结束后，韩兄再随我到家中与嫂夫人会合，一块西去，岂不两全齐美！”

韩愈听后甚喜，遂与卢夫人商定，大家便分别上路。

韩愈离开徐州后，真有点如鱼游大海、鸟翔蓝天之感。特别是与王涯、侯喜、李翱和李平等人相携而游，大家吊古寻幽，互诉衷肠，谈诗论文，评说时政，一扫昔日之忧闷心情。

这日，大家来到微子庙，只见苍松翠柏遮天蔽日，殿宇楼阁比连相接。五人相携进入庙内，登上雄伟的大殿台阶。王涯环顾四周，向着大家感慨地道：

“时代造就英雄，英雄创造历史！昔日，若没有微子出走，周公举荐，哪来得这东周宋国！”

侯喜接口道：“微子可谓当世之英杰也！其见纣王荒淫无道，屡谏不听，难展其才，遂弃而远遁。后，方能得遇周王明主，成就大业！”

韩愈听着大家议论，想到武王之圣明，周公之贤德；致使微子以展宏图，方有宋国崛立，襄王称霸之壮举！不由感慨万千。他想到自己虽有满腹经纶，一腔热血，却难遇明主贤相，致使壮志难酬，不觉一股忧愤之情又涌上心头。

李翱见此，知韩愈触景生情，忙携韩愈一起进入大殿。

第三天，大家相携来到修竹园。这修竹园乃是南北朝时皇家花园，园内亭台楼榭、苍松翠柏、奇石修竹、曲桥流水，构成了一幅具有南北园林特点的优美景观。

五人相携来到翠竹掩映的碑廊前，只见墙壁和碑石上镌刻着历代名人的诗赋文章。韩愈一看不觉大喜。他们边看边议论，来到一块石碑前，只见上面镌刻着西汉司马相如的诗赋。王涯向着大家笑道：

“这司马相如也算是个风流才子了！不仅有才华出众，美若天仙的卓文君相随，而且在政坛和文坛上也风骚一时。”

李翱道：“按史记所载，司马相如应是成都人氏，在汉武帝时，因献赋而被武帝授予侍郎之职，后通使邛符，屡建大功。其所著辞赋《子虚》、《上林》、《大人》等，在当时可谓名冠天下。”

侯喜接口道：“司马相如诗赋以讽喻著称，其文章华丽雕琢，精彩绝伦，成为汉魏之后，文人墨客的追慕楷模。”

韩愈听着大家所谈，想到司马相如以其在政坛和文坛之上的丰功伟绩，而光耀后世，不禁多有感慨，决心回到洛阳后，致力于宏扬儒教，改革文坛之宏志，以待来日风云际会，干出一番震古烁今的事业来。

韩愈同王涯、侯喜等人游罢微子庙、修竹园等名胜景观之后，便分道南北。王涯、侯喜相携前往江南游历；韩愈和李翱、李平回至李平家中。

此时卢夫人等已先到李平家中等侯了三日。这李平在当地也算是个富户，家中房舍宽绰，多有田产。韩愈到后原打算马上启程，李平坚决不依，苦留又住了数日。

一天，李平陪同韩愈在其花园游览，只见厅内一墙壁洁白如玉，李平邀韩愈在墙上题赋留念。韩愈想到离开徐州后，喜遇李平畅游淮北各地名胜，多有感触，便欣然应喏。李平即着人取来笔墨。韩愈接过笔来，蘸足墨汁，在墙上写道：“题李生壁”，然后略一思忖，随一挥而就，李平看时，只见韩愈写道：

余始得李生于河中，今相遇于下邳。自始至今，十四年矣。始相见，吾与之皆未冠，未通人事，追思多有可笑者，与生皆然也。今者相遇，皆有妻子。昔时无度量之心，宁复可有是？生之为交，何其近古人也！

是来也，余黜于徐州，将西居于洛阳。泛舟于清冷池，泊于文雅台下。西望商丘，东望修竹园。入微子庙，求邹阳、枚叔、司马相如之故文。久立于庙陛间，悲《那颂》之不作于是者已久。陇西李翱、太原王涯、上谷侯喜实同与焉。贞元十六年五月十四日。昌黎韩愈书。

李平看罢，欣喜若狂，赞不绝口。第二天，韩愈坚辞李平，启程西行。李平夫妇将韩愈送出十里，方挥泪而别。

五月底，韩愈携卢夫人同李翱回到洛阳。李翱在洛阳住了半个月后，即携新婚妻子前往长安。韩愈和卢夫人将其送出城外五里方回。

第 35 章
居东都纳徒传道　钓温洛夜宿山寺

韩愈送走李翱，回到家中刚刚坐下，忽见一家仆慌慌进来，向着韩愈道：“老爷，不好了，徐州发生兵变。”

韩愈一听，不觉一惊，忙问究竟，那家仆道：“小人在街上听人传论：五月十三日，张建封去世，十五日徐州军乱，叛军杀留侯郑通城，拥立张建封子张愔为留后。听说朝廷已诏拜淮南节度使杜佑为平章事，兼徐泗濠节度使，调兵前去平乱。”

韩愈听后，不觉叹道：“建封在徐日久，且善于笼络人心，多有心腹死党，致使徐州将士只知有建封，而不知有朝廷。故有杀留侯之变也！”

卢夫人得知徐州兵变消息后，向着韩愈道：“夫君辞离徐州时，为妻虽口上赞成，但内心想到夫君求官之难，得官不易；况且建封待之又厚，实不愿也。现在看来，是因祸而得福也！若目前夫君仍在徐州为官，兵变之中，玉石俱焚，还不知会发生什么事呢！真是让人不寒而栗！”

韩愈叹了口气道：“目前朝廷暗弱，纲常废弛：朝内是奸佞当道，宦官弄权；朝外是藩镇割据，海水群飞，真叫人忧心啊！眼下，个人安危事小，国家兴亡事大。淮西战乱未平，徐州兵变又起，天灾人祸，接连不断，大唐何时才能中兴！”韩愈说着，眼睛不禁有些湿润。

卢夫人见此，知韩愈胸怀拳拳报国之心，虽辞官在家，仍心系朝廷和百姓，便道：“大厦久历风雨，已千疮百孔，摇摇欲倾，非一人一时之力所能复新也。夫君也不要过于伤感，目前既然辞官在家，倒可静下心来，集中精力，研究古文，传播圣道，岂不也是报国济世之路？”

韩愈听后，虽感有理，但忧伤之情终难平抑。向着卢夫人道：“学生为酬报国之志，十年求仕受尽炎凉和饥寒之苦。为得位以济天下：三上书遭人耻笑，佐董晋冒死入汴，奔徐州夜渡黄水，依建封委曲求全，至今，仍一事无成。夫子曰：‘三十而立’。学生今年已三十有三，岂不愧对列祖列宗！”

卢夫人道：“夫君此言差也，俗话说大器晚成：姜子牙年逾八旬方在渭水遇文王，而成就周朝八百载基业；孔丘、孟轲也都是在花甲之年才道学有成，传喻后世。然，他们在未遇明主和得道之前，也都屡遭厄难：姜子牙卖面，贩猪，开酒馆事事受挫；孔子游说列国，到处碰壁，也曾困于陈蔡而不能自拔。夫君切莫为眼下的暂时困厄而忧世伤身才好。”

韩愈听卢夫人讲罢，不觉感慨万千，随作《闵已赋》以消愁释愤。

贞元十六年冬，韩愈赴京调选，在京辗转四个多月，谒选无成。于十七年春郁郁返回洛阳。他在离京前写给好友孟郊和房次卿的诗中，无可奈何地吟道：

> 君门不可入，势利互相推。借问读书客，胡为在京师？举头未能对，闭眼聊自思。倏忽十六年，终朝苦寒饥。宦途竟廖落，鬓发坐差池。颖水清且寂，箕山坦而夷，如今便当去，咄咄无自疑。

韩愈赴京调选未成，返回洛阳后便决心致力于古文研究和宏扬儒教。一日韩愈正在书房推敲一篇文章，忽见卢夫人笑着进来道：“老爷，你看谁来了？”

韩愈忙扭头一看，只见侯喜随着卢夫人进来，后面还跟着一位年轻书生。韩愈忙掷下手中之笔，高兴地拉着侯喜道：

“公子何时来到东都？这一向身在何处？真让我好想！”然后

看着那位年轻书生问道:"这位是?"

侯喜道:"淮北一别,学生随王兄南游苏杭、太湖,后至岳阳洞庭,历时半年有余。王兄在江南遇友羁留,学生一人返回,路上喜遇景兴贤弟。"说着指了指身边那位年轻公子。

韩愈将那人仔细端详了一下:只见那人年约二十五六岁,神清骨秀,浓眉大眼,十分英俊。侯喜继续道:

"景兴贤弟乃河北名士,久慕先生大名,特约学生一同前来,欲拜先生为师,学习诗赋文章。"

韩愈听后不觉大喜,便欣然地道:"拜师请教不敢当,但在一起切磋文章,研讨古文,宏扬儒教,倒是学生终生之愿。"

李景兴见此,忙上前施礼道:"盛感先生不弃,请受弟子一拜。"韩愈见此,忙一把扶住道:"若是这样。倒羞煞学生也!今后我们只以兄弟相称,且莫提师徒二字。"

侯喜道:"先生何必过谦,夫子曰:'三人行,必有我师'。先生高才远识,超尘拔俗,道德文章闻名遐迩;且勇开古文创新一代先河,成为目前文坛之楷模。听说孟郊、张籍、李翱早已投在先生门下学文,在先生的熏陶下,俱已学业有成,荣登高第。我二人拜先生为师,先生当受之无愧。"

韩愈见此方道:"这样岂不有屈二位公子!"李景兴高兴地道:"先生乃当今年轻人追慕之偶像,我等能有先生为师,深感三生有幸也!"说罢,遂与侯喜向韩愈行了拜师之礼,韩愈忙扶住不迭。

自侯喜、李景兴来后,韩愈精神随之一振,每日与之谈诗论道,讲习古文。一天,三人正在书房谈论秦汉文章,只见家人又带进两个儒生进来求见。韩愈一看:只见一人年约二十七八岁,生得唇红齿白,丰神逸容;另一人年刚及冠,面色微黑,额宽口阔。二人俱肩负行装。

韩愈忙站起相迎,道:"二位从何而来,请坐下说话。"

那二人放下行李,其中年龄稍长一点的向着韩愈施礼道:"在下复姓尉迟,名汾,河北邢州人氏。"然后手指身旁那位年轻儒生,道:

"这位姓李名翊,冀州人氏。我二人久慕先生大名,特来拜先生为师,以求道德文章,望先生勿弃。"

韩愈忙还礼后，令其坐下说话，道：“二位怎知学生在此？”

尉迟汾道：“原听说先生在张建封处，我二人先寻访到徐州，遇见张彻，言道先生已辞官回到东都，故又来到这里。”

韩愈听后大喜，又见其二人谈吐风雅、思维敏捷，便道：“学生命运多舛，徒有虚名，但酷爱文章，崇扬儒教。若二位公子不怕有误前程，可在此暂且住下，我们一起共商学问。”

尉迟汾和李翊听后，十分高兴，遂向韩愈行了拜师之礼，韩愈慌忙伸手拦住。指着侯喜和李景兴，向他俩进行了一一介绍。四人一见，互相致意，好似久别重逢的老朋友一般，韩愈观之愈加喜悦。

自尉迟汾和李翊来后，韩愈遂将主要精力用于指导四人的古文创作和儒学研究上，且四人天资聪慧，一点即通，在古文的写作上进展极快。

时至七月下旬，一日秋高气爽，侯喜约韩愈和李景兴、尉迟汾三人前往温洛垂钓。这侯喜一是和韩愈相交最早，而且年龄相近，名为师徒，实乃挚友；二是性格豪放，喜结交游玩和垂钓嬉戏。这日，天刚黎明，四人便策马出城，来到郊外的温洛河边。

这温洛河位于洛阳城西北的邙山脚下，时逢天旱无雨，河水只宽约丈余，时断时流，河中皆芦苇荆棘，泥沼浅塘。

韩愈与侯喜等人到此，只见泥沼和细流之中，虾蟆跳跃，雀儿浴嬉，连个鱼儿影子都看不到。韩愈见此向着侯喜道：

“此地河小水浅，那能有鱼！既是有鱼，也是小而又小，何足为钓？”

侯喜道：“有水即有鱼。垂钓不在水之大小，鱼之多少，而在钓技高低和运气尔。先生不信，一钓便知。”说着，即放下行装，拿出渔具，向水中投放鱼饵。

韩愈见侯喜信心十足，只好与李景兴、尉迟汾各寻一处，举杆于水。

韩愈与侯喜离得较近，二人坐在水边，凝目而视，静待鱼儿上钩。初秋的阳光，虽不及暑夏那样灼热，但仍是火辣辣的，晒得大家个个汗流满面。同时，成群的蚊子围着他们直转，冷不防地在他们的脸上和手上，狠狠咬上一口。

韩愈和侯喜边驱赶蚊子，边注视渔漂；几次见浮漂晃动，忙拉起一看，竟是空空，原来却是虾蛭游动，撞动钓饵，误为鱼儿。

他们从上午一直垂钓到夕阳西下，大家累得精疲力尽，又饥又渴，只钓得约一寸多长的几条小鱼。四人相互看看，只好叹息收兵。

李景兴向着侯喜道："先生早有预言，说此地无鱼，你非说有鱼，结果如何？俗话说：'水深鱼则大，海阔藏蛟龙'，看来今天大家钓鱼是钓错了地方。"

侯喜看了看手中几条才分鳞鳍的小鱼，笑了笑道："山不在高，有仙则名；水不在深，有龙则灵。今日这里因旱魃为虐，故水浅鱼小；说不定他日天降甘露，此处水阔浪涌，小鱼还要去跳龙门呢！哈哈，只不过，今日我们时运不佳，未遇天时而已！"

看看天色已晚，侯喜道："前面有个惠林寺，不如今晚咱们借宿寺中，一者可观山寺夜景，向那老和尚讨顿斋饭尝尝味道；二者大家住在荒郊野寺，谈论天下古今，更有一番情趣，不知诸位意下如何？"

韩愈本也是个喜欢猎奇之人，见太阳即将下山，并常听人说惠林寺的和尚多高雅之人，而且寺中壁画闻名遐迩，虽平时极厌和尚道士，今日倒也想去看个究竟，便首先表示赞成。李景兴和尉迟汾见此，乐得跟着开心，忙也附和称善。

四人遂整装上马，顺着荆棘横生的小径，来到惠林寺前。这惠林寺坐落在北邙岭半山腰的古松林中，在暮色中依稀可见山门巍峨，大殿高耸。

四人下马后，侯喜上前敲门。不一会儿，一小和尚开门出来，侯喜遂说明来意。那小和尚将四人带至院中，只见院中古松横空，芭蕉掩窗。主持方丈见有客人到来，忙走出大殿相迎。大家一看，只见那方丈年逾七旬，须如银丝，两眼灼灼如星，举止甚是清高风雅。

韩愈与侯喜等人忙上前施礼，那老和尚忙还礼不迭，将四人让至客房。

韩愈等人进入客房后，老和尚谦恭地请四人坐下，令小和尚沏上茶水。然后将韩愈等人看了又看，点了点头道：

"昨晚老衲得一奇梦，见东都上空出现四颗巨星，其光芒万丈，灿若中日。慢慢坠入寺前，化为四只白虎，进入寺中。老衲醒来，甚感诧异，不知是何吉兆，不想今日四位光临寒寺，岂非上天垂象！请问四位施主可是从东都而来？观四位施主仪容，皆大富大贵之人，将来必为国家栋梁！"

韩愈历来不信佛释，见老和尚说罢，只是淡淡一笑置之，向着老和尚道："师傅今年高龄几何？在此寺中已修炼几载？此寺建于何年？"

那老和尚看着韩愈道："老衲今年八十有五，在寺中已虚度七十个春秋。此寺建于北魏天兴年间，传说当年释迦牟尼佛祖度化东方，路经东都上空，见此处山清水秀，鹿走鹤鸣，紫气环绕，是块佛门圣地。遂在身上摘下一颗璎珞从空中抛下，那璎珞在空中闪着五彩光环，慢慢坠入林中，化为一老僧，取名惠安，便在林中结庐而居。"

大家听到此，都不由现出奇异的表情，那老和尚看了看大家，继续道：

"有一年天降瘟疫，百姓多染疾病亡，苦不堪言。惠安即采山中草药，用锅烹之，布施于路人，凡饮者皆病疾全消。人们互相传告，百姓成群结队到林中向惠安求药，使周围数十里百姓尽脱瘟疫之厄。大家为感惠安之德，遂捐资砖瓦木石，修建此寺。将此林称作惠林，将此寺取名惠林寺，距今已有四百余年。"

侯喜等人听后，不由惊奇地连连点头。韩愈知其所说，皆释家传教所杜撰，也不便与以细究，向着那个老和尚道："此寺既为佛祖点化而成。可有令世人为之瞩目之处？"

那老和尚见问，道："此寺建造雄伟，依山傍水；寺院前后多千年苍松古柏，也为之一绝。然，最令世人叹之的还是殿内的佛门壁画。此画分为三组构成，讲述了释迦牟尼及其弟子成佛的经过，以及惠安老僧的故事，四位施主不妨一观。"

韩愈听罢，欣然地道："那就请大师带路，让我们一开眼界。"

那老和尚甚喜，遂让小和尚点起灯烛火把，带着韩愈等人至前后大殿。只见前边的大雄宝殿墙壁上，绘的是释迦牟尼成佛的组画；中间两边配殿的墙壁上，画的是释迦牟尼十大弟子修炼的经过；后边大殿的墙壁上，画着惠安老僧降临凡尘，拯救百姓，承建惠林寺的故事。这些壁画，色彩明亮，线条流畅，各种人物栩栩如生，甚是罕见。韩愈等人观后，不由惊叹不已。

看罢壁画后，那老和尚即陪着韩愈等人来到客房，刚坐下不久，小和尚便端来斋饭，摆到桌上。大家一看，见是一碗清炖豆腐，一碗红烧腐竹，一碗油炸茄子和一碗凉拌面筋，旁边放着一大盘馒头。一股清香之气迎面扑来。老和尚看着大家道：

“山野小寺，没有什么可招待大家的，请将就着用些。”

韩愈忙道：“这些即可，已让寺里破费了。”大家在野外待了一天，此时是又饥又渴。韩愈说罢，大家便狼吞虎咽地将那斋饭一啖而光。虽是素菜淡饭，食之犹如山珍海味。

饭罢，老和尚辞去，韩愈等人将老和尚送出客房。只见天空群星闪烁，四周苍松翠柏在夜风中发出阵阵涛声；大殿佛堂内，灯光忽明忽暗，隐约传出阵阵咏经之声。

大家送走老和尚后，回来洗漱毕便上床睡下。侯喜三人刚躺到床上，没有说上三句话，便呼呼进入梦乡。韩愈却辗转难以入眠。远处山林中，不时传来野狼和山猫的啼叫声；大殿里那时紧时慢的咏经声，也一直响在耳边。

韩愈躺在床上，翻来覆去，越想睡越睡不着。大约又过了一个多时辰，大殿里的咏经之声方渐渐停了下来，只见半壁残月从东方冉冉升起，将几缕清光从窗外悄悄洒到床前的地面上。直到三更多天。韩愈才朦胧入睡。

第二天黎明。韩愈同侯喜等人刚刚起床洗漱毕，两个小和尚便端着早点斋饭进来。大家吃罢早点，正要去向老和尚辞行，只见老和尚笑着进来，道：

“施主晚上睡得可好？”

韩愈和大家忙致谢意。那老和尚道：“施主乃是贵人，难得再到我这山野小寺中来。请施主留下姓名，以为小寺增光添彩如何？”

说着，一招手，身后小和尚即捧着文房四宝进来。

韩愈见此，不好推托，随执笔于手，写道：

韩愈、李景兴、侯喜、尉迟汾。贞元十七年七月，二十二日，渔于温洛，宿此而归。昌黎韩愈书。

那老和尚看后甚喜，遂将韩愈等人送出山门。

大家立马山门前，只见东方一轮红日，从苍山翠岭间冉冉升起，将万道金光洒向林海碧涛。周围古松参天，山花烂漫；不时传来阵阵流水之声。山下晨雾缭绕，炊烟袅袅；路边一丛丛碧绿挺拔的芭蕉和山枣树上，挂满了晶莹的露珠，在阳光下闪动着五色光华。

大家跨上马背，沐浴着朝霞金辉，欣赏着山林景色。边说笑着，边寻路离开惠林寺。

大家回到城内时，已是巳时左右。侯喜等人仍余兴未尽，热烈地谈论着这次垂钓温洛和夜宿惠林寺的收获和感想。侯喜向着韩愈道：“先生能否就昨日垂钓，为学生赋诗一首？”

韩愈听着他们的议论，不觉思绪涌动；从温洛久旱无雨，流断泽竭，鱼虾寥歿，想到目前朝政腐败，战乱四起，民不聊生之状。看看自己困居洛都，侯喜等人雄心勃勃，前来求学，将来能否以酬大志，真有点令人担忧。他见侯喜相邀，便欣然应喏，遂展纸提笔写道：“赠侯喜。”然后略一思忖，一挥而就。大家看时，只见韩愈写道：

吾党侯生字叔起，呼我持杆钓温水。平明鞭马出都门，尽日行行荆棘里。温水微茫绝又流，深入车辙阔容辀。虾蟆跳过雀儿浴，此纵有鱼何足求。我为侯生不能已，盘针擘粒投泥滓。晡时坚坐到黄昏，手倦目劳方一起。暂动还休未可期，虾行蛭渡似皆疑。举杆引线忽有得，一寸方分鳞与鳍。是时侯生与韩子，良久叹息相看悲。我今行事尽如此，此事正好为吾规，半世遑遑就举选，一名始得红颜衰。人间事势岂不见，徒自辛苦终何为？便当提携妻与子，南入箕颍无还时。叔起君今气方锐，

韩愈见此，遂展纸又赋《山石》一首。

我言至切君勿嗤。君欲钓鱼须远去，大鱼岂肯居沮洳。

韩愈写罢，不由叹息一声，侯喜见此，知韩愈触景生情，便道：“先生何必伤感，夫子曰，凡成就大器者，必先冻饿其肌肤，磨炼其意志。天下先贤者，莫若如此。先生今日正如微子退隐于野，姜尚垂钓于渭尔。”

尉迟汾道：“先生昂霄耸壑，意略纵横。眼下只不过是龙囚泥沼，鹏陷荆棘而已。一旦时来运转，定能龙腾长空，鹏程万里。”

韩愈听后，知其为宽慰自己所言，不由苦笑一下。李景兴道：“先生刚才就侯喜所邀，赋垂钓一首，何不为昨晚夜宿惠林寺，也赋诗一首，以让大家饱览为快。”

韩愈见此，遂展纸又赋《山石》一首，大家围着看时，只见韩愈写道：

山石荦确行径微，黄昏到寺蝙蝠飞。升堂坐阶新雨足，芭蕉叶大支子肥。僧言古壁佛画好，以火来照所见稀。铺床拂席置羹饭，疏粝亦足饱我饥。夜深静卧百虫绝，清月出岭光入扉。天明独去无道路，出入高下穷烟霏。山红涧碧纷烂漫，时见松枥皆十围。当流赤足蹋涧石，水声激激风吹衣。人生如此自可乐，岂必局束为人鞿。嗟哉吾党二三子，安得至老不更归。

韩愈赋罢，大家互相传看，无不惊叹叫绝。忽听背后一人道：“你们这么高兴，得了什么宝贝了？”

大家不由一怔，忙扭头看去，只见一人笑着进来。欲知来者何人，须看下章分解。

第36章
答李翊说文论本　送李愿赠诗赋序

却说侯喜、李景兴和尉迟汾三人正在评赞韩愈的《山石》之诗，忽听背后有人笑问，大家忙扭头一看，见是李翊进来。遂笑道："李兄回来了，快过来看看，这是先生的刚刚新作。"

李翊因家境贫寒，为解衣食之忧，前时被人聘为西席。他先向韩愈见过礼，即拿过《答侯喜》和《山石》两篇诗稿阅看，边看边露出无限欣喜之色。李翊看完后，向着侯喜等人惋惜地道："在下几日不在家，你们是又钓鱼，又夜宿山寺，又得先生赋诗相赠。既玩得痛快惬意，又饱览名胜美景，还得了先生的真传。我悔不该出去为人授业，真是太亏了！"

侯喜见此，忙笑道："李兄不必懊丧，若李兄有兴，改日在下定专程陪李兄前去垂钓如何？"李翊听后，笑道："那就多谢侯兄了！"韩愈望着李翊道："公子在彼处可否顺意？"

李翊叹了口气道："那家主人也是个读书之人，倒还客气，只是小儿玩愚不化，恐难成材。今日主人携全家外出访友，学生特抽身回来看看先生和大家。"

韩愈听后，点了点头，道："他们几个昨天还在议论你呢，说你走了这么多天，也不捎个信来，让人好想。你快过去和他们说话吧。"

那李翊见此，向韩愈施礼罢，便和侯喜几个笑谈在一起。韩愈见他们四人谈笑甚契，便悄悄离开回到书房。

第二天，李翊告辞离去。韩愈和侯喜等人将其送出大门。李翊向着韩愈恋恋不舍地道："学生本想在先生身边专心学文习道，不想为生计所累，不得不往，还望先生多来书信赐教。”

韩愈道：“公子聪慧好学，且热衷文章儒道，只要持之以恒，坚持不懈，将来必成大器。”然后将手中几篇文章交与李翊道：

“这是学生早年的几篇旧作，公子可拿去，抽时间看看。有什么想法可来信告知。”李翊接过文章，向韩愈和侯喜等人挥泪拜别。

数日后，李翊捎来书信。向韩愈请教文与道的关系。韩愈看完信后，立即回书予以解答，他在书中精辟地论述了文与道的辩证关系，指出儒家之道乃是文章的根本和源泉：道犹如生物的根和沃土，文章则是道的结晶和光华；即文出于道，而又反映于道。因此，要写好文章，首先要学好儒道，打好基础。在书中韩愈写道：

……养其根而俟其实，加其膏而希其光。根其茂者其实遂，膏其沃者其光晔；仁义之人，其言蔼如也。

不久，李翊又来书信，韩愈在二次复书中再次强调了儒道在文章中的作用，指出：“言辞之不酬，礼貌之不答，虽孔子不得行于互乡，宜乎余之不为也。”李翊接书后，深受教益，他在认真学习古文的同时，进一步加强了对儒家之道的学习和探索。

过了几天，尉迟汾也将所著文章呈与韩愈阅批，并向韩愈询问作文之法。韩愈在给尉迟汾的书中，进一步论述了文与道的相互关系，在书中指出：

……夫所谓文者，必有诸其中，是故君子慎其实；实之美恶，其发也不掩；本深而末茂，形大而声宏，行峻而言厉，心醇而气和；昭晰者无疑，优游者有余；体不备不可以为成人，辞不足不可以为成文。愈之所闻者如是，有问于愈者，亦以是对。

韩愈在对李翊和尉迟汾的答书中，不仅回答了写作文章的要旨，同时进一步阐明了他的道为文魂，以文载道的思想。

时至秋末，一日韩愈正与侯喜等人讲论两汉文章，只见家仆从门外又引进一个人来，韩愈一看，只见那人四十余岁，面容清癯，三绺长须飘于胸前，不觉大喜，忙上前拉住那人的手道：

“唉呀！李愿兄，原来是你！怎么今日才来？快请堂内坐。你若再不来，我就要进山去找你了！”

那李愿边走边道：“愚兄所居乃深山野林，穷乡僻壤，消息十分闭塞。今日到洛，才知贤弟辞官在家；否则，愚兄还以为贤弟仍在汴州为官呢！”

这李愿乃是韩愈青年时的好友，现隐居在济源的盘谷山中，其诗歌文章颇有盛名。建中四年，“四王二帝”之乱时，韩愈避祸江东，求学于五泉山古文大家李华处，与逃难江东的李愿相遇，遂结为挚友。贞元二年，十九岁的韩愈初次赴京应试，与李愿一起离开江东，结伴北上；路经盘谷小住，又经李愿指荐入条山拜谒阳城。贞元十二年，韩愈十年求仕不果，愤离长安回到洛阳，曾到盘谷去看望过李愿。后韩愈随董晋入汴，二人再未见面，至今一晃又是五六年过去。

韩愈与李愿相携来到客厅，李愿坐下后向着韩愈道：“贤弟何时回来东都，这几年仕途可否得意？”

韩愈见问，不由叹了口气，遂将这几年经历叙说一遍。李愿听后道：“朝政腐败，权佞当道；做官难，做个好官就更难。十五年前，山人曾告诫过贤弟，那时贤弟血气方刚，豪气凌云，还怨为兄空有满腹经纶，而不能为朝廷所用。当时山人曾言道：如今天下，虽有报国之心，但难有报国之门。贤弟还以为山人在妄言，如今可信服尔？”

韩愈道：“为兄瑰意琦行，超然独处，乃脱俗之世外高人。此种境界，岂是所有人都能够达到的！至今，小弟仍难脱仕途名利之缚。虽痛恶权佞当道，宦官弄权，然拳拳报国之心却更为激烈。此非也是命乎？”

李愿看着韩愈道：“贤弟钦崎磊落，奇志凌云；虽屡遭挫折，然心存魏阙，报国之心始终不泯。不知贤弟今后有何打算？”

韩愈道：“小弟自幼受父兄熏陶，立志改革文坛，宏扬儒教。

如今宦官弄权，藩镇割据，邪教猖獗，盖圣教不振，纲常废弛所致矣。小弟将终生致力于倡导古文，宏扬儒教之大业。从而改革文坛，力扼八代文章之衰；振兴儒道，以拯天下众生之溺。解救百姓于倒悬，重振大唐之盛世！目前小弟虽辞官在家，然此志不敢移也！”

李愿听后，不觉被韩愈的奇志不移所感动，看着韩愈道：“天下做官的，哪个不是为了个人的前程爵位、荣华富贵所着想；唯有贤弟一心从宏扬儒教，改革文坛出发，把个人利益抛在一边。贤弟真乃当世之大贤矣！实令山人敬佩！大唐能有贤弟，真乃天下之幸也！”

韩愈自李愿来后，每日在一起谈文论道，评说时政，二人常常形影不离，韩愈也为之精神大振。不觉一晃将近月余，李愿欲回盘谷，韩愈见挽留不住，只好置酒相送。

酒至半酣，韩愈向着李愿道：“兄长满腹经纶，身怀奇才，为何要急急回山？岂不有负上天所赋之才！不如留在东都，暂同小弟一起合力倡导古文，宏扬儒教，等待机会以逞报国之志如何？”

李愿叹口气道：“为兄不是不愿济世安民，实是痛恶朝政腐败，权佞当道，官场之争也！”说到此，李愿顿了顿，继续道：

“记得十五年前，贤弟上京应试在盘谷小住时，曾劝我一同赴京求官。我曾讲道：天下读书人有三种趋向：一是求仕为官，入相拜将，高官厚禄；二是依附权贵，沦为清客，奔走于朱户豪门；三是远避尘世，隐居山林，吟风颂月。记得那时我曾经对天说过：豪门权贵我不屑一顾；阿谀小人我实恶之；世外桃源乃是我的归宿！”李愿说到此，向着韩愈道：

“人各有志，不能相强，就像贤弟不能摆脱仕途名利一样。”

韩愈听后，知李愿心清如水，志坚如石，难以挽留。不觉有感，遂赋诗作序以饯之，其序曰：

大行之阳有盘谷，盘谷之间，泉甘而土肥，草木繁茂，居民鲜少。或曰：谓其环两山其间，故曰“盘”；或曰：是谷也，宅幽而势阻，隐者之所盘旋。友人李愿居之。

愿之言曰：人之称大丈夫者，我知之也：利泽施于人，名声昭于时，坐于庙朝，进退百官而佐天子出令。其在外，则树旗旄，罗弓矢，武夫前呵，从者塞途，供给之人，各执其物，夹道而疾驰。喜有赏，怒有刑，才畯满前，道古今而誉盛德，入耳而不烦。曲眉丰颊，清声而便体，秀外而慧中，飘轻裾，翳长袖，粉白黛绿者，列屋而闲居，妒宠而负恃，争妍而取怜。大丈夫之遇知于天子，用力于当世者之所为也。吾非恶此而逃之，是有命焉，不可幸而致也。穷居而野处，升高而望远，坐茂林以终日，濯清泉以自洁。采于山，美可茹；钓于水，鲜可食；起居无时，惟适而安。与其有誉于前，孰若无毁于其后；与其有乐于身，孰若无忧于其心。车服不维，刀锯不加，理乱不知，黜陟不闻，大丈夫不遇于时者之所为也，我则行之。伺候于公卿之门，奔走于形势之途，足将进而趑趄，口将言而嗫嚅，处污秽而不羞，触刑辟而诛戮，徼幸于万一，老死而后止者，其于为人贤不肖何如也？

昌黎韩愈闻其言而壮之，与之酒而为之歌曰：盘谷之中，维子之宫。盘之土，可以稼。盘之泉可濯可沿。盘之阻，谁争子所。窈而深，廓其有容。缭而曲，如往而复。嗟盘之乐兮，乐且无殃；虎豹远迹兮，蛟龙遁藏；鬼神守护兮，呵禁不祥。饮则食兮寿而康，无不足奚兮所望；膏吾车兮秣吾马，从子于盘谷兮，终吾生以徜徉。

李愿看罢诗序，不觉大惊，道："知我者贤弟也！"

韩愈道："兄长若执意要去，小弟也难挽留，说不定有朝一日，小弟也将追随兄长于盘谷尔。"

"不会，不会！"李愿道，"贤弟胸怀经天纬地之才，腹有治国安邦之术，奇志凌云，志坚如盘，乃衮职之良才，台辅之妙器！将来必为国家之栋梁，岂能为山人所惑乎！"

李愿说罢，将诗稿藏于袖袋，拱手飘然而去。韩愈率侯喜等人，将其送出城外十里方回。

第五卷

扬师国子监

第 37 章
四门馆走马上任　论治学辞儆纨绔

唐贞元十七年冬，三十四岁的韩愈再次赴京调选，终于被授为国子监四门博士。这是他首次踏入京官之门。

国子监乃唐王朝的最高学府，由国子监祭酒掌管。下设太学、国子学、广文学、四门馆、律学和书学六个学馆。每个学馆的主讲称博士，副主讲为助教。四门馆的学生大都来自下层官宦子弟。

两年前，韩愈由徐州赴京朝觐时，曾被时任国子监四门助教的欧阳詹，率众学子伏阙请诏推举为国子监博士，因当时宦官窦文杨等人阻挠，未被朝廷采纳，但韩愈之名已享誉国子学府。

韩愈接到任命后，即前往国子监拜谒了司业武少仪。时国子监祭酒缺位，由司业主持校务。武少仪一见韩愈，十分高兴，便道："韩大人来得正好，这四门馆有望也！"

韩愈忙谦恭地道："学生才疏学浅，初来乍到，眼下一抹黑，今后还要靠司业大人多多关照提携。"

武少仪笑道："韩大人不必过谦，老夫久闻大人盛名：大人如蓝田日暖，良玉生烟！贞元八年连中礼部、吏部两元科试，虽中途黜于中书，但才名早已播洒京师！且大人倔强傲倨，推群独步，矢志改革文坛，宏扬儒教，已为当今文坛所推崇。听说大人门下弟子多儒林奇秀：进士李翱、张籍、孟郊等，皆出自大人手下。这四门馆博士之职，对韩大人来说，应是得心应手之劳。"

韩愈忙道："大人过奖了！"

武少仪看着韩愈，收敛笑容继续道："韩大人虽然才藻艳逸，深谙儒道，但目前四门馆情况相当严峻，大人可以说是受命于危难之中！到任后需要下大力气方能扭转局势。”

韩愈来京后也曾听说过四门馆的情况，但不是很清楚，现见武少仪面呈担忧之色，忙道：“大人此话怎讲？”

武少仪道：“这四门馆长期没有主讲，原由助教欧阳詹代为管理。欧阳詹博学多才，贞元十四年登博学宏词科后，授国子监四门助教。十五年春向宰相郑馀庆上书，指出国子监种种弊制，要求进行改革，但未被采纳。因此心中郁闷，便于是年之夏休假太原。在太原，欧阳詹结识了名妓赵寒香，遂订终身之好，并答应寒香于秋后接其赴京完婚。欧阳詹返回长安后，因事所牵，未能如期相迎，那赵寒香忧怨而死。欧阳詹得知消息后，悲痛欲绝，也于今春郁郁而亡。从此四门馆便无授业之人，致使学业中断；况这四门馆中尽为官宦子弟，多是纨绔之徒，依势骄奢，顽愚不化。因而大人既要传道授业，又要整饬学风，故其难度重重也。”

韩愈听罢道：“四门馆之状，学生过去也略有所闻，但不知如此严重，既然学生已受任此职，定鞠躬尽瘁，殚精竭虑，努力扭转时下之局面，以不负朝廷所望。”

武少仪听后，不由欣慰地点了点头。

第二天，韩愈在司业武少仪的陪同下来到四门馆，只见馆舍冷冷清清，案上尘土有半指多厚。几个闻讯前来探听消息的学子，站在馆外望着韩愈和武少仪，小声地议论道：

“这人就是新来的博士韩愈？”

“嗯，看此人丰神逸秀，器宇轩昂，听说文章奇绝，热衷古文？”

“不错，我读过他的文章，气势雄浑，语言流畅，词清句丽，闳中肆外。既非古文，也非骈文，是一种新的文体，读后令人耳目一新，精神一振。”

“谢天谢地！这下我们四门馆有望了！”

武少仪向着正在议论的几个学生道：“你们几个可是四门馆的学子吗？请过来说话。”

那几个学子听后，互相看看，便一起快步走了过来。武少仪向着他们问道：“你们叫什么名字？可都是四门馆的学子？”

其中一个二十四五岁，生得浓眉大眼的学子，看了看其他几个，向着武少仪和韩愈道：“我们几个都是四门馆的学子，我姓刘名述古。”然后指着其他几个学子介绍道：“他姓韦名群玉，他姓张名弘……”

韩愈边听着刘述古的介绍，边端详着面前这几个学子。只见韦群玉眉清目秀，十分潇洒机敏；张弘沉稳大度，两眼晶莹闪光，给人以内蕴无限智慧之感。暗道：“这四门馆学子中看来有不少出类拔萃之人，若加以正确引导，定能成为国家栋梁之材！”

韦群玉看了看韩愈，向着武少仪道：“这位大人，莫非就是新任我们四门馆的主讲博士韩愈韩大人？”

“正是。”武少仪看了看韩愈道。韦群玉听后，现出无限欣喜的样子，看了看刘述古和张弘，向着韩愈高兴地道：

“韩大人，我们早就听说过你的大名。前年欧阳大人曾带领我们到阙前跪伏请诏，要求朝廷委派大人到四门馆来任教。因当时令监有狱，朝廷不允；现在终于把大人给盼来了！”

韩愈看着面前这几个热血青年，不由心中有些激动，向着韦群玉几个人道：“多谢诸位学子看重我韩愈！今后咱们将在一起共商学业，还要请诸位学了鼎力相助，把咱们四门馆办成将相之摇篮，以不负朝廷之重望！”

韦群玉和刘述古几个互相看看，不由高兴地点了点头。

武少仪向着韦群玉等人道：“你们几个分头下去告诉其他学子，就说新任主讲大人已经到任，让大家明天就到学馆来上课。”韦群玉几个听后，互相看看，高兴地向着韩愈和武少仪施了一礼，然后转身疾步离去。

韩愈望着他们远去的背影，向着武少仪道：“这四门馆还真是个藏龙卧虎之地呢！”武少仪看着韩愈笑道：“看来，韩大人已经喜欢上他们了？”

韩愈望着他们已经消失的背影，不由踌躇满志地点了点头。

翌日，韩愈在武少仪的陪同下，第一次来到四门馆授课。此时情况与昨天已大不相同，只见馆内或站或坐挤满了学子，三五一堆地在热烈地议论着；见韩愈和武少仪走进来，忙各自坐到自己的座位上。

韩愈随武少仪登上讲台，刚才还雷动风响的议论，一下变得鸦雀无声。韩愈向着台下横扫了一眼，只见众学子在齐齐地看着自己：有满面欣喜的，有怀着期盼目光的，也有满不在乎，现出不屑一顾的。

武少仪向大家将韩愈的情况介绍了一遍后，在众学子中不由响起一阵低低地兴奋议论声。这时突然中排一学子站起，多少带着傲慢和挑衅的口气道：

“在下听人传言：说韩大人跌宕昭彰，独超众类，意略纵横，拔新领异；自诩七岁读书，十三能文，视那些高中博学宏词科的文章不屑一顾。不知韩大人今后当如何执教，能使我们学有所成？”

韩愈一看，只见那学子一身锦绣，肥头大耳，面呈轻浮和得意之色。坐在其旁边的三四个锦衣学子，也都洋洋不睬地斜视着自己。暗道：“此人如此狂妄，看来定是朝中的权贵之后。”不由心中涌起厌恶之感。只听旁边武少仪小声道：

“此人乃前宰相贾耽之子，名叫贾桂，不学无术，每日游荡于酒楼妓院，是馆中几个纨绔子弟的小头领。本人原应在太学馆读书，只因其几个小弟兄都在这四门馆，故也就读于这四门馆之中。”

韩愈听后，不由微微冷笑，待那贾桂讲罢后，遂道：“请问这位学子尊姓大名？”

“在下姓贾名桂。”

韩愈道：“令尊可是当朝前宰相贾耽贾大人？”

“正是！”贾桂洋洋得意地答道。

韩愈道：“我朝有一篇著名文章，叫《论治学之道》，可知之否？”

那贾桂将两眼一扑闪，道：“这篇文章听说过。”

“能否背诵？”

“我背诵它何用？”

韩愈道：“不能背诵全文犹可，文章中有这样一段论述：‘养子不教者，父之过也；教徒不严者，师之惰也！盖天下无劣子顽童，而只有未尽职责之父母和师长也！’此段论述能道出其意乎？”

那贾桂不屑一顾地道："什么乱七八糟的谬论，我哪知其用意，不会是让我们挨板子吧？啊，哈哈！"说罢看了看身边几个纨袴子弟。那几个见此，忙跟着挤眉弄眼地嬉笑起来，并小声地道："什么狗屁文章！完全是欺世盗名而已！"

这时馆内其他学子不由响起一阵嘲笑声。

韩愈示意大家静了下来，然后向着贾桂道："你可知此文作者是谁？"

那贾桂看了看左右几个纨绔子弟道："我们哪里知道他是阿猫阿狗！"

旁边那几个纨绔子弟忙又跟着附和起轰，发出一片低低的怪叫声。周围众学子见此，随又响起一阵轻蔑地嘲笑。

"真是笨蛋，连自己老子的东西都不知道！"

"孤陋寡闻，只知花天酒地！"

"哼！这下骂得好！真是恶有恶报。"

韩愈身边的武少仪见此，气得连连摇头，正要站起进行呵止，韩愈向他示意摇了摇手，然后向着贾桂道：

"据本职所知，此篇文章正是令尊大人所著。二十年前，令尊为国子监博士时，曾撰写此文。当时本职已能将其全篇背诵。此文论述十分精彩，天下读书人无有不知者。"

韩愈讲罢，周围众学子禁不住又发出一阵轰笑声。那贾桂听后，不由面红耳赤，羞得一时说不出话来。周围几个纨绔子弟也互相看看，不知所措。

韩愈向着贾桂道："你坐下吧。"然后向着大家道：

"贾老相国在这篇文章中对治学进行了精辟论述，刚才贾桂学子问本职如何执教，我想，就按照贾老相国所提倡的治学之道进行，不知贾桂学子是否赞成？"

那贾桂本想给韩愈来个下马威，不想搬起石头反砸了自己的脚。此时是又羞又恨，头脑轰轰直响，韩愈问的是啥，他都没有听清，看着大家直愣神儿。

韩愈见此，顿了顿，向着大家道："俗话说，业精于勤而荒于嬉，行成于思而毁于随。本职执教的方略为两句话：一是坚持办学宗旨；

二是从严治学。”他看了看大家继续道：

“坚持办学宗旨，就是学馆将以传教、授业、解惑为目的。使众学子获以圣人之道，善其身，而济于世；学会和掌握谋生之术；明白人生中的哲理。成为品学兼优，才雄德茂的栋梁之材。从严治学，就是在讲学和授课上一丝不苟；在宏扬圣人之道和雕琢文章上一丝不苟；在执行国子监的学规和大唐的法度上一丝不苟。我想，只要我们做到了这两条，四门馆就能够成为将相之摇篮，大家一定能够学业有成！”

韩愈讲罢，馆内众学子个个面上现出振喜之色，高兴地互相低声议论着，司业武少仪也满意地看了看韩愈，高兴地连连点头。这时只见贾桂身旁一学子站起道：

“韩大人，你刚才所讲治学之道，在下深感佩服，也深令贾桂同窗羞愧难言。但在下听说，大人早在多年之前，就自诩天降大任于一身，要继承圣人之衣钵；二十多岁就在王公大臣家中传道授业，在汴州和东都收授门徒，以师自居。孟子曰：‘人之患，在好为人师’。大人所行，岂不有违圣人之道，请大人明示？”

韩愈一看，只见那学子二十余岁，八字眉，三角眼，面孔清瘦，两颊突起，暗道：“此人贼眉鼠眼，一脸奸相，说话尖刻带讽，咄咄逼人，似有为贾桂雪耻之意，看来定是个奸佞子弟！”这时，只听武少仪小声说道：“此人乃左司郎中杜谦之子，名叫杜凤鸣，是贾桂一伙纨绔子弟中摇鹅毛扇的。”

韩愈听罢，心中猛然明白：这杜谦原在京中给人授业，被主人赶出，后投靠在贾耽门下为帮闲清客。其人有掇臀捧屁之能，吮痈舔痔之术，很快得到贾耽的欢心，因而被贾耽举为左司郎中。他看了看杜凤鸣道：“请问这位学子尊姓大名？”

“在下姓杜名凤鸣。”

韩愈道：“听杜公子所言，看来君熟读圣贤之书，深谙孔孟之道，能否告诉本职：孟子的‘人之患，在好为人师’此说其意否？”

那杜凤鸣得意地道：“孟子之说，就是告诫人们要谦虚谨慎，不要处处以尊者和教训人的姿态出现。”

韩愈道：“孔子曰：‘学而不厌，诲人不倦’，‘三人行必有我师’，此意能讲否？”

那杜凤鸣不屑一顾地道：“夫子此言，人人皆知，是讲学者要虚心，教者要耐心。此七岁顽童也能知之，何需多问！”

韩愈微微一笑道：“你讲得很精彩，但不够全面：夫子所讲的诲人不倦，不仅是施教者要有耐心，而且要甘为人师。古往今来，凡学有大成者必有师。师者，传道，授业，解惑也。与孟子所摒弃的‘好为人师’，是完全不同的。昔日，荀卿收授门徒，始有佐秦吞并六国、一统天下的政治家李斯；王禅老祖设馆授徒，方造就了强齐灭魏、名震列国的军事家孙膑；夫子甘为人师，致有弟子三千，贤人七十，为后世奉为万世师表。即是孟子，若无子思门徒为师，哪能成为儒家集大成者？难道他们都是违背圣人之道，好为人师不成！”

那杜凤鸣听韩愈讲到此，一时张口结舌，难以回答。

韩愈看了看杜凤鸣，接着道：“听说杜公子令尊大人杜谦杜郎中，在未入仕之前，也曾在京师为人西席，我想杜大人绝不会是因为好为人师而为之，你说呢？”

这时，馆内众学子不由又发出一阵嘲笑声。

那杜凤鸣原打算给韩愈一个难堪，一是显示显示自己；二是以讨好贾桂。没想到自己反倒搬起石头砸了自己的脚，此时已羞得无地自容，结结巴巴地道：“学生，知……知错了。”其他几个纨绔子弟见此，忙把头低下。

韩愈道：“你坐下吧。”然后向着大家道：“古往今来，凡学者必有师。人非生而知之，无师何以求学？人生首要地是明道；同时又要掌握生养的知识和方法；懂得人世间的事理。这就必须有师。师者，传道，授业，解惑也。”

韩愈讲罢，馆内众学子又发出一阵欣喜地议论声。韩愈向着众学子道：“大家还有什么不清楚的，请讲出来，我们一块商榷？”

这时馆内众学子中又响起一阵轻轻的议论声。只见在纷纷议论的学子中，又有一人站起，向着韩愈道：

“先生，你的执教方略和精辟论述，使我们大家感到非常振奋。但这学业有成，在当今社会中又有多大用处？”韩愈一看，只见那学子年约二十余岁，身材较矮，五官棱角分明，看去十分精明。

那学子向着韩愈继续说道："先生可能已经听说何蕃之事，何蕃进太学二十余载，虽品学兼优，德才兼备，但只因其不愿干谒权贵，无人举荐，结果岁岁应试，年年落第，只好愤离太学，怅恨而去。"他说到这里，看了看周围几个学子，见大家俱用鼓励的目光看着自己，然后向着韩愈大胆地说道：

"当今，朝廷每年任用官吏，多则千人，少则数百，而科举入仕者不过一二十人而已。况且这些高中之人，能否金榜题名，不在诗文写得好坏，品行是否端正，而在有无权贵推举引荐。中与不中，与学馆无关。因而，大家感到目前在学馆书读得再多，文章作得再好，也用处不大，请先生能予以明示？"

韩愈听后，颇有感触，他看了看那位学子道："请问这位学子尊姓大名？"

"在下姓李名绅。"

韩愈向着李绅道："你请坐下。"然后向着大家道："李绅学子提出这个问题很值得我们深思，这个问题本职也探索了多年，有一些粗浅的看法供大家商榷。"他讲到此，顿了顿道：

"首先，我感到李绅学子所提出的问题确实是个现实问题，也是一个必须解决的问题。目前由于在官吏任用制度上的种种弊端和官场中腐败之风的存在，形成了入仕做官，一靠权势，二靠金钱，三靠运气的局面。本职对此深有感触，也深恶痛绝！大家可能有所风闻，本职十九岁入京求仕，四举于礼部方一得，三选于吏部卒无成。中途虽侥幸被吏部选中，结果又黜于中书，致使十年求仕，一无所成，只好愤离长安。"

韩愈讲到此，看了看大家，只见全馆学子都在聚精会神地听着他的讲话。他多少有点激动地道："我的第二点看法是：对目前官场存在的腐败现象和吏制上的弊端，我们既不回避它，同时又不因为它的存在而悲观失望，放弃学业和努力，而是要以多种途径去改变它。"大家听到此，都不由地点了点头，韩愈继续道：

"这包括运用多种方式向朝廷谏言举策，改革吏制；包括规劝我们的父兄要为官以清，举贤以明；同时，一旦将来我们踏入仕途，就要做到政清风廉，举贤任能。这样官场上的腐败之气和吏制上的弊端，就会逐步得到清除。那时，天下有才德的读书人将会如愿以偿，得到朝廷的重用，成为国家的栋梁之材。”

韩愈讲到此，在场众学子无不颔首称是，轻轻响起一阵议论。韩愈看了看大家，接着道：“我要讲的第三点看法是：读书无疑是为了将来金榜题名，拜将入相，济世安民。但，这只是一个方面，试想，天下有多少读书之人，而入仕为官的能有几人？更重要的则是通过读书，以明圣人之道，传授六艺之术，解答天下之惑，使仁义行于四海，六艺布于万民，众生脱离愚顽。这些比入仕为官更为重要。”

韩愈讲到此，更加激动。他继续道：“古往今来，多少圣贤名家和作出杰出贡献的人物，他们并非官场之人，或开始并非仕途出身。如儒家集大成者孟轲，辅佐汉高祖刘邦统一天下的张良、萧何，一代名相魏征，诗仙李白，诗圣杜甫等，都是为世人所敬仰的读书人。但这些人，有的一生未涉仕途；有的开始乃是庶民和道士；有的虽做了几天官，但又辞官退隐。因此，我们不能说因官场腐败，吏制有弊，就说读书无用。”

韩愈讲罢，众学子无不欣喜若狂，点头称是。韩愈接着道：“本职第四点的看法是：我们所说的官场腐败，乃是指少数奸佞之徒，这些人不顾国家利益和社稷安危，利用权势，贪赃枉法，买官卖官，造成极坏影响。而朝中绝大多数官吏还是清正廉明，或基本清正廉明的，是能够举贤任能，以才取士的。如贞元八年，陆侍郎知贡举，梁补阙任阅审，金榜题名二十三人，皆才华出众，诗文佼佼者。近几年，随我学习古文的好友孟郊、李翱、张籍等，都是无权、无势的贫寒之士，因德才兼优，诗文奇秀，皆连连金榜高中。只要大家努力，学业有成，定有一天会蟾宫折桂，金榜题名，龙腾长空！”

韩愈讲罢，李绅和左右几个学子互相看看，站起身来，高兴地道：

“先生之论，如高屋建瓴、春日惊雷，我们这几年萦绕在心头的疙瘩，一下被先生给解开了！今后，我们定将遵循先生的教诲，严格要求，认真读书，不学业有成，绝不罢休。”

韩愈听后，看着李绅和馆内众学子，满意地点了点头。

第38章
作《师说》扬师倡学　举贤能力荐十杰

韩愈讲学结束后，同司业武少仪一起回到住所，武少仪高兴地道："大人今天讲学，真乃精彩绝伦，语言婉转而尖锐，论述精辟而真挚。那帮纨绔子弟得到了应有教训，今后将不敢妄为也！众学子受到了巨大鼓舞，将来四门馆的前程不可量尔！"

韩愈道："大人过讲了，学生一见那些纨绔子弟不学无术，狂妄自大，便有恨铁不成钢之感。我想，精诚所至，金石为开，这帮纨绔子弟总会醒悟的！"

"大人高见，真乃令本职钦佩。"少仪说罢，拱手告辞。韩愈将其送出住所。

第二天，韩愈正在书房查看众学子的以前文章，只听门外传来一少年声音："韩大人，我可以进来吗？"

韩愈扭头一看，只见一十七八岁的少年书生站在门口，忙道："请进无妨。"

那少年多少有些拘谨地走进来，向着韩愈施礼道："学生姓李名蟠，乃四门馆学子，特来向先生请教。"

韩愈仔细一看，见那李蟠韶颜稚齿，眉清目秀，十分机灵。便高兴地道："公子请坐下说话。"那李蟠坐下后，拿出一卷文章，向着韩愈道：

"学生十分喜爱古文，听说先生乃古文大家，极力改革文坛。学生现将往日几篇旧作，拿与先生阅示，望先生不吝赐教。"说罢站起，将那些文稿呈向韩愈。

韩愈接过文章，先浏览了一下文章的标题。那李蟠向着韩愈道："学生先行告辞，改日再来聆听先生教诲。"说罢站起身来。韩愈见其年龄不大，举止言谈彬彬有礼，十分高兴，便将其送出门外。

韩愈送走李蟠后，便拿过李蟠的文章细细看来，见其文章发意挺志，清新自然，暗自惊喜。见其中一篇文章《论三人行必有我师》乃是新作，便仔细阅看，原来是昨日听了自己在学馆讲学之后，有感而发。

韩愈看罢这篇文章深有感触，想到贾桂和杜凤鸣的发难；当今人们重佛老而轻儒道，甚至蔑视师道，既不愿从师，而又羞于为师的状况。不觉思绪涌动，随展纸于案，作《师说》一篇。精辟地论述了师者的职责、条件和重要地位；明确指出了师者的天职就是明道、授业和解惑；提出了师无长幼、贵贱之分；能者为师的主张。在文章中写道：

古之学者必有师。师者，所以传道授业解惑也。人非生而知之者，孰能无惑？惑而不从师，其为惑也终不解矣。生乎吾前，其闻道也固先乎吾，吾从而师之；生乎吾后，其闻道也先乎吾，吾从而师之；吾师道也，夫庸知其年之先后生于吾乎？是故无贵无贱，无长无少。道之所存，师之所存也。

嗟乎，师道之不传也久矣，欲人之无惑也难矣！古之圣人，其出人也远矣，犹且从师而问焉：今之众人，其下圣人也远矣，而耻学于师。是故圣益圣，愚益愚，圣人之所以为圣，愚人之所以为愚，其皆出于此乎？

爱其子，择师而教之；于其身也，则耻师焉，惑矣！彼童子之师，授之书而习其句读者，非吾所谓传其道解其惑者也。句读之不知，惑之不解，或师焉，或不焉，小学而大遗，吾未见其明也。

巫医乐师百工之人，不耻相师。士大夫之族，曰师、曰弟子云者，则群聚而笑之。问之，则曰：彼与彼年相若也，道相似也，位卑则足羞，官盛则近谀。呜呼，师道之不复可知矣！巫医药师百工之人，君子不齿，今其智乃反不能及，其可怪也欤！

圣人无常师，孔子师郯子、苌弘、师襄、老聃。郯子之徒，其贤不及孔子，孔子曰："三人行，则必有我师。"是故弟子不必不如师，师不必贤于弟子。闻道有先后，术业有专攻，如是而已。

李氏子蟠，年十七，好古文，六艺经传皆通习之。不拘于时，学于余。余嘉其能行古道，作师说以贻之。

三日后，李蟠又至韩愈处，韩愈将其修改过的文章交与李蟠，并拿出《师说》文章相赠。李蟠接过文章看后，非常激动。很快，《师说》之文迅速在学馆传开。

韩愈自入四门馆执教后，整饬馆纪、严肃学风，那些纨绔弟子见韩愈威仪森严，才高名盛，俱从心中感到畏服，莫敢妄为；出身较为贫寒的学子，见韩愈执教有方，馆风大变，对前程充满了信心。一时馆内呈现出一派蒸蒸日上，奋发进取的新气象。武少仪见此，更加对韩愈佩服。

不久，侯喜、李景兴、尉迟汾和李翊等人，也先后来到京师，韩愈将他们安置在四门馆继续读书。为了掌握馆内众学子的学业情况，韩愈对馆内学子进行了命题考试。通过赋诗，著文和答辩，侯喜、刘述古、侯云长、韦群玉等人名列前茅。韩愈深爱之，经常与他们在一起谈诗论文，切磋文章，很快成为其良师益友。

过罢新春后，一年一度的科选即将开始，韩愈感到学馆应将品学兼优的学子，积极向礼部主考官员推荐，使他们能够金榜题名。这样不仅能使德才兼备之人早日为朝廷所用；同时又能鼓舞其他学子的读书热情。他通过了解，得知这年由礼部侍郎权德舆知贡举，祠部员外郎陆傪为辅佐时，十分高兴。时权德舆为人正直，精通文墨；而陆傪好贤乐善，颇有重才举贤之名，况二人交厚。韩愈与陆傪于去年赴京调选时相识，且相交甚挚，便向陆傪极力举荐侯喜等十人。

韩愈为慎重起见，特向陆傪认真写了举荐书信，即《与祠部陆员外书》。在书中，他首先对陆傪进行了高度评价。接着论述了向陆傪举荐的原因，是因为陆傪与主考大人权德舆相交甚厚，深得主考官的信任与重视。同时指出：主考官的天职是为朝廷选拔出最杰出的人才；而辅佐的任务则是当好参谋，向主考大人举贤荐能。

在书中，韩愈详细地介绍了所荐十人的才学、品行以及文章的优长。同时表明，侯喜、侯云长、刘述古、韦群玉等四人为人淳厚方实，才华横溢，为首荐极论者；其他沈杞、张弘、尉迟汾、李绅、张后余、李翊等六人，其文章道德，皆是出类拔萃之辈，将来前程无量，俱可成为国家栋梁之材。

最后韩愈在书中回顾和列举了贞元八年，陆贽知贡举，梁肃、王础任阅审，由于梁肃、王础竭力向陆贽举荐贤能，致使所录取的二十三名进士，很快赫然有声，轰动朝野，被世人称为龙虎榜。希望陆俢也能和梁肃、王础一样，借此良机，为朝廷举荐贤能。他在书中指出：

> 往者陆相公司贡士，考文章甚详，愈时亦幸在得中，而未知陆之得人也。其后一二年，所与及第者皆赫然有声。原其所以，亦由梁补阙肃王郎中础佐之。梁举八人无有失者，其余则王皆与谋焉。陆相之考文章甚详也，待梁与王如此不疑也，梁与王举人如此之当也，至今以为美谈。自后主司不能信人，人亦不足信者，故蔑蔑无闻。今执事之与司贡士者有相信之资，谋行之道，惜乎其不可失也！
>
> 方今在朝廷者，多以游宴娱乐为事；独执事眇然高举，有深思长虑，为国家树根本之道。宜乎，小子之以此言闻于左右也。愈恐惧再拜。

据说，陆俢接到此书后，阅读数遍，极为重视。遂将韩愈所荐十人，推举与权德舆。不久春试开始，韩愈将所荐十人和参加春闱的其他学子召集在一起，详细嘱咐了科试中应注意的事项，并亲自将他们送入考场。

这年，侯云长、尉迟汾、沈杞、李翊四人金榜题名。此后，侯喜于贞元十九年；刘述古、韦群玉于贞元二十一年；李绅于元和元年，张后余、张弘于元和二年，先后不出六年皆进士及第。

第39章
西岳庙携妻揽胜　玉泉院谈天说古

这年科考结束后，国子监大为振动，众学子欢呼雀跃，弹冠相庆。学监一年四人金榜高中，这在过去是从来没有过的。韩愈此时也异常兴奋，同尉迟汾、李翊、侯云长、沈杞等人一连庆贺了好几天。

时至三月初三，国子监司业武少仪，集聚太学儒官三十六人于祭酒大堂共度“三令节”。这“三令节”始于贞元四年，时德宗李适为粉饰太平，笼络人心，颁诏将正月晦日、三月三日、九月九日定为全国节日。此日文武百官放假一天，可选胜地追赏为乐。朝廷并按官职大小予以赏赐。宰相和常参官为五百贯；左右神威、神策等军，每厢五百贯；金吾、英武、威远诸卫将军二百贯；翰林学士一百贯。贞元五年，德宗又颁诏，将正月诲日改为二月一日，定为中和节。自此，“三令节”遂盛行于中唐后期。

这日，韩愈和国子监博士、助教、各馆儒官，在武少仪率领下欢聚一堂。大家边饮酒边歌颂风雅之辞，谈论古贤圣人之道。席间一儒生抱琴而至，鼓虞氏《南风》一曲。此曲悠扬激越，全场无不为之喝彩。司业武少仪神采飞扬，令大家赋诗颂之，并让韩愈为之作序。韩愈此时更觉心旷神怡，遂即兴赋序于纸。呈于少仪，少仪阅后甚喜，命在坐众儒官传看，大家俱赞不绝口，欢宴至暮方散。

这年春天，孟郊也到京城参加调选，与韩愈、李翱经常游于长安四郊。四月初孟郊被授溧阳尉，韩愈与李翱设宴为孟郊送行。席间三人互相吟诗唱和，韩愈为之作序。并在序中精辟地论述了物以不平则鸣的哲理。

四月底，卢夫人托人寄来书信，在信中询问了韩愈的生活起居和公务情况，并表达了对韩愈的无限思念。韩愈见馆内诸事就绪，新风蔚然，便于五月初请假回到洛阳，将卢夫人和女儿莹莹、儿子韩昶等接往京都。

这日，他们路经华阴县，顺便来到西岳庙游览，只见庙内古松参天，翠柏蔽日，巍峨雄伟的大殿，朱扉碧瓦，飞檐斗拱。殿前金虬怒视，玉兽蹲伏；巨大的紫铜香炉内火光闪闪，青烟缭绕。前来进香的善男信女，擦肩蹭鬓，拥塞丹墀；从大殿内不时传出咏经和敲击钟磬之声。

韩愈携同卢夫人来到殿前。他们停站在一棵古柏树荫下，望着熙熙攘攘的进香之人。此时卢夫人蝉衫麟带，玉辉冰洁，手拿一把湘绣绢扇，显得十分文静高雅。她依在韩愈身旁，望了望殿前台阶上拥挤的人群，向着韩愈道：

“我们既不拜佛烧香，不如到后院去走走，看看庙内的景观？”

韩愈生性好奇，喜游览山水名胜，爱观赏古贤遗迹。他从不拜佛烧香，今日到这西岳庙来，纯属观赏游玩。现听卢夫人之言，正合心意，便携同卢夫人一起，顺着大殿一侧的林荫甬道，来到岳庙后院。只见后院假山剔透，芭蕉滴翠；幽榭曲廊，轩窗掩映。台前阶下，一簇簇盛开的芍药，争芳斗艳，姹紫嫣红。

韩愈边欣赏着院内的景观，边向着卢夫人感叹地道：“学生求仕来往于两京之间，不下十数次。那时心绪不宁，来去匆匆，只是从这庙前经过，却不曾踏进山门一步。今日方有幸一睹这西岳庙的雄姿丰采，看来佛门之中也不乏喜花弄草、谙于园林之人。这西岳庙不仅宏伟豪华，而且幽雅怡人！”

卢夫人听韩愈说罢，遂笑道：“夫君历来厌恶佛老，那有兴致光顾寺庙！今天若不是在此歇息，大家多次提议，夫君即使再闲暇无事，也不会一人到这庙中来的。”

卢夫人的话还未说完，忽听远处一人高声喊道：“唉！这不是退之兄吗？退之兄！”

韩愈和卢夫人忙扭头一看，只见一年约三十的儒生，高兴地边喊，边向他们这边快步跑来，身后还跟着一个年轻书生。

韩愈一看不觉大喜，忙迎上前道：“鲍兄，你怎也在这里？”

那人高兴地道：“小弟到东都访友路经这里，远远望着好像是韩兄在赏花，近前一看，果然是韩兄在此。韩兄何时到在这里？”说着看了看卢夫人和莹莹、小昶，笑道：

“这可是嫂夫人和公子小姐？”

韩愈忙将卢夫人和莹莹、小昶向那人作了介绍，道：“学生前往洛阳接取家眷，现返回京城路经这里，不想在此与鲍兄相遇，真乃令人兴奋。”然后又向着卢夫人道：

“这位是江南才子鲍溶贤弟，去秋学生赴京调选，我二人同住一客栈，相交甚契。鲍兄浑金璞玉，广见洽闻，善于诗赋，在京颇有盛名。”

鲍溶忙道：“韩兄讲此话，真让小弟汗颜了！小弟那些歪诗，在韩兄面前不值一提！”

韩愈道：“鲍兄太过谦了，这一向身在何方？”然后看着鲍溶身旁的那位微笑着的儒生道：“这位是？”

鲍溶看着那位儒生，忙介绍道：“这位是武昌才子张琰，去冬赴京应试，与小弟结为挚友。”然后向着张琰道：

“你不是要寻求名师吗？现在见了真佛也不知磕头！这位就是驰名京师的国子监四门博士、新古文大家韩愈。”

那儒生一听，不觉惊喜异常，忙上前与韩愈见礼，道：“学生久闻先生大名，心怀慕蔺，正盼着能有缘拜谒，不想在此得遇先生，真使学生振奋难抑！”韩愈仔细一看，见那张琰二十余岁，瑰姿艳逸，眉清目秀，十分英俊，遂高兴地询问了其人京应试情况。

鲍溶待二人说罢，向着韩愈道：“韩兄是否上过山？听说西峰上新近修建了一座圣母庙，屹立险峰，十分壮观；通向东南西三峰的悬崖栈道也已竣工，前往游览之人络绎不绝。韩兄若没有上去过时，不妨上去一观。”

韩愈看了看在群山之中拔地而起的莲花、落雁、朝阳三峰，道：“学生今天刚刚来到这里，也听说山上奇峰悬道，玉井莲池，云绕宝刹，景色旖旎。正想着是否前往一观，又恐体力不支，无伴相导；

且家眷皆妇孺之人，如何上得去？”

鲍溶一听，大喜道：“小弟五年前曾上山去过一次，今天打算再次上山游览，我们正好结伴前往。而且山下有一玉泉院，景色秀丽，幽静怡人，我们相携上山，嫂嫂和公子小姐可在院中游玩等候，不知韩兄意下如何？”

韩愈听后十分激奋，即同卢夫人商定照此而行。大家相携游罢西岳庙后，即向玉泉院而来。

这玉泉院位于华山脚下的入山之处，是攀登华山的必经之地。因园中数处银泉喷涌，十分壮观，故而得名。

韩愈携同卢夫人与鲍溶、张琰等人，顺着被秀竹古柏掩映着的逶迤官道，走约三里多路，便来到山前，远远望见玉泉院内古松苍郁，楼阁高耸。大家来到园门前，只见蜿蜒的围墙中间，镶嵌着一朱扉门楼，上悬一黑底金字匾额。大家走近一看，只见那金匾之字雄劲有力，潇洒奔放，乃是颜真卿手书“玉泉院”三字。

韩愈看着匾额，叹道：“颜太师真乃忠烈之士也！不仅书法冠世，且刚直不阿，忠心不二，实令世人敬佩！”

鲍溶道：“韩兄说得不错，可惜当今天下像颜真卿这样的贤臣良相，实在是太少了！”

大家说罢，进入园内。只见园内亭台楼榭，耸立于苍松古柏之中；曲廊小桥，掩映在秀竹芭蕉之间。玉栏朱扉，金碧相辉；花木繁茂，绿水环绕。特别是那一片片亭亭玉立、随风摇曳的修竹，更显得清雅动人。

韩愈欣喜地向着鲍溶道：“没想到此地还有如此幽胜之处！真乃令人心旷神怡，不知此园建于何时？为何人所造？”

鲍溶道：“据说此园建于春秋时期，时秦穆公厉兵秣马，称霸诸侯，闻说华山奇峰秀丽，欲前来游猎观赏，遂令大臣在此建造楼台御苑，作为行宫。”鲍溶讲到此，看看卢夫人和众人道：

“此园建成后，秦穆公经常带着大臣和嫔妃到此围猎游乐；由此还引出一段神话故事呢！”韩愈和卢夫人听此，见鲍溶绘声绘色，都不由地一起看着他。那鲍溶继续道：

“有一次，秦穆公带着公主弄玉游猎于此，这弄玉不仅貌似天仙，而且聪慧异常，极喜爱音乐，善于吹箫，被秦穆公视为掌上明珠。晚上，弄玉见皓月当空，万籁俱寂，不觉思绪涌动，遂执箫依栏，轻轻吹动。那箫声如轻风细雨，山泉流水，穿过花荫柳影，楼台亭榭，飞向静静的夜空。”鲍溶讲到这里，看了看卢夫人，向着莹莹故作神秘地道：

“却说这华山之中有一仙人，姓箫名史，这日正在洞中打坐，忽听从洞外传来阵阵箫声，他仔细一听，见那萧声清新高雅，不觉大喜。原来这箫史乃是天上瑶池司掌箫笙管乐之人，深谙笙箫之术，被谪在此修炼。便循着箫声来到玉泉院，见那弄玉依栏而坐：头顶簪一只金光闪闪镂金凤，两耳垂一对银色飘飘白玉环；一双杏目秋波滚动，两道柳眉弯向鬓间，娴静如芙蓉出水，稳坐若冰雕玉砌。箫史见此，不觉神魂飘荡，顿起爱慕之心。待弄玉将一曲吹完，遂上前施礼道：

‘公主请了！’

“那弄玉不由一惊，忙抬头一看，见面前站一妙龄男子：月光下，只见那人头戴镂金嵌玉紫金冠，身穿鸳鸯戏水蓝锦袍。腰结长穗丝绦垂一对闪闪明珠，脚踏青缎朝靴绣两朵五彩海棠。面如中秋之月，色似春晓之花。不由心中一惊，忙站起还礼道：

‘公子何人，怎深夜到此？’

“箫史道：‘我乃山中草民，为公主箫声所动，特来一会尔。公主之箫声真乃美妙非凡，若有人和之，将如锦上添花也。’说罢，遂从袖中取出一箫管。那箫管刚拿出时只有五寸长短，但迎风一晃却变得三尺余长，色如紫金，在月光下闪闪发亮。箫尾垂一丝绦，打一如意结，结上系着一颗硕大夜明珠。

“箫史将箫管放到唇边，轻轻一吹，那声音如裂金碎玉，凤鸣莺啼一般。弄玉一听，不觉心动神驰，便执箫随那箫史和之。两箫之声如龙吟凤鸣，悠扬激荡。一曲奏完，箫史道：‘今日天色已晚，咱们后会有期！’说罢，向弄玉施一礼，慢慢转身而去。

“那弄玉望着箫史飘然而去的身影，如痴如醉，久久难以平静。第二天晚上箫史又至，二人喃喃互相倾吐箫技，遂又相和吹奏一起，天色将晓，箫史方恋恋不舍而去。自此，箫史每晚必至，二人相互爱慕，数日后便订下了百年之好。”

韩愈听到此，不觉笑道：“鲍兄是否又在杜撰：据野史所载，箫史与弄玉以箫声为媒，确有其事，但是在秦都咸阳的吹台，怎跑到这华山脚下？”

鲍溶笑道：“韩兄是只知其一，而不知其二；知其然，而不知其所以然也！在这方面，你可不如小弟了。”然后，看着大家继续道：

“却说箫史与弄玉在这玉泉院互订终身的第二天，不料穆公突然接到京城快马来报，说晋国派使臣到京，有重要国情相商，便带领随行的文武大臣和嫔妃及公主弄玉，连夜启程返回。弄玉回到咸阳后，因思念箫史，每日愁眉不展，茶饭不思，身体渐渐消瘦。穆公见此，十分心痛，经太医诊治无效，甚感疑惑，遂询及弄玉身边宫女，方知缘由，即派人前往华山寻访箫史，结果毫无音讯。穆公颇为忧心，为搏取弄玉之欢，遂在咸阳依照玉泉院景观，为弄玉修建一吹台凤楼。自此，弄玉每晚在吹台凤楼之上对空吹箫，以寄托对箫史的眷恋。”鲍溶讲到这里，向着卢夫人和莹莹，故作遗憾道：

“话说箫史那日与弄玉互订终身之后，不料被西王母发觉，竟将其以违犯天规之罪打入天牢。弄玉每晚在吹台焚香吹奏，其声委婉哀怜，如泣如诉，直达天庭，时间一长，玉帝为之所动，遂免除箫史之过，令其临凡度化弄玉。”

鲍溶讲到此，笑道：“往后的事，大家都已知晓，那箫史随弄玉之箫声来到凤楼吹台，与弄玉相会。后二人乘龙跨凤而去，这些我就不再多讲了。”

卢夫人听后不觉笑道：“鲍兄真乃博学多才，这箫史与弄玉的故事，被你一讲，就更加精彩生动了！”

鲍溶笑着道：“什么博学多才，在下只不过是借题发挥，让大家高兴高兴。韩兄说小弟是在杜撰，确是如此。试想，天上哪来的神仙？箫史与弄玉岂能乘龙跨凤而去！这不也是前人在杜撰的吗？哈哈。”

大家说笑着绕过假山，来到园中的玉泉旁，只见汉白玉砌成的水池中，碧波荡漾，清澈见底，中间数处清泉喷涌而起，像珍珠一样的水泡，经池底翻着花儿冲向水面，形成了三尺多高的水柱。池旁站满了观看的游人。

大家站在池边一看，只见对过依着假山修竹，耸立着一六角亭，亭中眉梁上悬挂一金字匾额，上书“览胜亭”三字。两边的柱上，镌刻着一副金字对联：上联是：“抬头望西岳莲花盛开”；下联是：“俯首看玉泉珍珠飞溅”。

韩愈看罢，向着鲍溶道：“这玉泉院果然名不虚传，不枉到此一游！”鲍溶道：“山上的风光比这里还要令人惊叹，你若上去一看，说不定还不想下来呢！”说罢，又向着大家道：

“今晚咱们就借宿在这玉泉院中，明日天一亮，咱们再动身上山。”

韩愈点头称善。鲍溶即去向院内主持说明其意。那院内主持忙令人去打扫了三间房舍，将韩愈等人安排住下。欲知韩愈如何登览华山，请看下章分解。

第 40 章
莲花峰玉井观莲　苍龙岭绝壁惊魂

第二天天还未大亮，鲍溶就已起床，招呼着韩愈、张琰等人起来。大家匆匆吃罢早点，即带上干粮和饮水启程出发。韩愈临出发前，又向卢夫人嘱咐了几句；看看还在酣睡的莹莹和韩昶，便在他们的小脸上轻轻亲了一下，然后悄悄离开房间。同鲍溶等人进入通向华山的峡谷。

大家顺着峡谷山道拾阶而上，不时踏着像巨大馍头一样的鹅卵石，在湍急的山溪间左右穿越着。两旁陡峭的悬崖如刀劈斧斫，直立直下，好像要倾砸下来一样。岩壁上苍松倒悬，野草横生，在晨风中不时发出一片令人惊悸的鸣响。

三人在山道上走了不到一个时辰，便已是气喘吁吁，汗流满面。韩愈将外衣脱下，敞开胸膛，一股清凉的小风，一下吹遍全身，感到分外清爽惬意。他望了望天空，这时刚刚升起的旭日，将几缕金色的阳光，从东面的山崖中间穿过，洒射到西边的山头上，将西边的山崖抹上一层金辉。

山道越来越陡，身边的溪水也越流越激，从巨大的鹅卵石之间，发出哗哗的响声。韩愈向着鲍溶问道："到山顶还有多远，这两条腿已有些软了。"

鲍溶向前看了一眼，笑道："远着哩！从山根到山顶有四十里路程，我们进山才一个多时辰，走得还不到三分之一呢。"说着，三人来到一块大石前，只见那块石头高有三丈，横卧在溪流和山道中间，上面镌刻着"回心石"三个大字。

鲍溶道："我们休息一会儿再往上走。上山得沉住气，慢慢来。"

韩愈坐到一块石头上，看着"回心石"三个大字，向着鲍溶道："这'回心石'怎讲？"

鲍溶道："据说过去有一位才子，闻说华山风光秀丽，曾三次上山欲观胜景，结果每次走到这里便畏难而回。故后人将此石称作'回心石'！"

韩愈听后，不觉点了点头道："这登山也和人生一样，前面布满了艰难险阻。只要坚毅不拔，勇往直前，就一定能够攀登到最高顶峰；若要见异思迁，遇难而退，永远也实现不了自己的愿望和目的！"

旁边的张琰听后，深受启示，向着韩愈道："先生说得极是：人生如登山，登山似人生！只有意志坚定者，才能攀登到最高峰。先生此论真乃精辟透彻。"

鲍溶道："好！今天我们就如韩兄所论，不达顶峰，绝不罢休！走！"说着站起身来。

他们继续向上又走了约一个时辰，来到华山主峰下的圣母殿。站在殿前抬头望去：只见西岳三峰如刀削一般直插云天。峰顶祥光霭霭，彩云缭绕；在苍松翠柏之间，隐隐现出一楼台殿阁，并传来悠悠的钟磬之声。鲍溶指着峰顶道："上面就是新建的圣母庙。"

韩愈望了望西峰之巅的隐约楼阁，又看了看眼前雄伟的圣母殿，不解地问道："这大殿既为圣母殿，怎在峰顶之上又建了个圣母庙？"

鲍溶笑道："这下韩兄就需要请教学生了。这圣母殿原是供奉华山圣母的香火之处，昔年江南才子杨彦昌赴京赶考，路经华山，与圣母一见钟情，遂在这圣母殿内结为连理。此事被显圣真君二郎神得知，将圣母压于华山之下，后被圣母的儿子小沉香劈开华山救出。世人为颂赞沉香劈山救母之孝，故又在这西峰顶上的劈山之处，建了一座圣母庙。"

韩愈听后，笑道："又是杜撰！市井弹唱之人的胡编乱造，你也当成真的了！"说着，三人一起进入圣母殿。只见大殿中央供奉着圣母塑像，两边站着金童玉女。那塑像有六尺多高，身着五彩霓衣，面如桃花，口若含樱，雕塑得栩栩如生。

张琰看着圣母塑像，笑道："这圣母像雕塑得如此美貌动人，怪不得倾倒了书生杨彦昌。古人曰：'窈窕淑女，君子好逑'，看来天上人间皆莫如此！"

三人离开圣母殿，来到千尺峡前。这千尺峡乃是北峰下的绝壁上所裂开的一条石缝，被人们凿造而成。峡宽仅能容过一人，站在下面往上一看，犹如井底望天一般。

鲍溶向着大家道："这是前往华山主峰的唯一通道，是华山的第一险要之处。上面出口若一人扼守，既使千军万马，也难以上去。故有'一人当关，万夫莫开'之称。"

说着，三人进入峡道。拉着身边石壁上的铁索，一阶阶鱼贯攀登而上。那台阶十分陡峭，前面之人的脚一不小心，就会踏在后边人的头上。鲍溶走在最前面，他边往上攀登，边往后嘱咐道："不要跟得太紧，眼睛要看着脚下，不要往身后看。"

韩愈好奇，不由扭头往下一看，只见身后如万丈深渊，顿感头晕目眩，两腿发软，忙紧紧抓住身边铁链。

大家登上千尺峡后，只见前方峡道上方，夹悬着一块鹅卵巨石，距离地面约有一丈多高，眼看着就要掉下来。鲍溶道："这石叫'平心石'：若是心怀恶念之人从石下经过，石头便会掉下来，砸向那人；善行之人从下经过时却无妨。"

韩愈听后笑道："这石头悬在上面，不知已有几多万年！看来上山的游客，竟无一作恶之徒？要不，这石头怎未见掉下！"

大家边说笑，边穿过"平心石"来到华山的北峰。北峰也称云台，是华山主峰的门户，前往东西南三峰必须经过这里。三人登上北峰，只见峰上两排虬枝古松，斜横在甬道两旁；四五座楼阁小殿，依着山脊梯接而建。左右和后面皆是悬崖峭壁，万丈深壑。

大家站在峰上一看，只见四周雾霭茫茫，山如浪涌；向南望去，华山的东西南三峰：落雁、朝阳、莲花，高耸入云，犹如莲心；外罗诸峰好似莲瓣。宛如青色莲花，开于云台之上。

鲍溶向着大家道："这云台峰，上冠景云，下贯地脉，巍然独秀，有若灵台。据晋葛洪的《神仙传》所载:汉代卫叔卿成仙后,乘云车,驾白鹿周游天下,人们曾见他在这云台峰上与诸仙博戏。”

张琰接口道:“昔年李白曾携道友丹邱子游于此地,作有《西岳云台歌送丹邱子》的七言长诗。诗中有‘三峰却立如欲摧,翠崖丹谷高掌开。白帝金精运元气,石作莲花云作台。云台阁道连窈冥,中有不死丹邱生。明星玉女多洒扫,麻姑搔背指爪轻。’‘玉浆傥惠故人饮,骑上苍龙上天飞。’之句。如今于此咏之,更觉气势恢宏,浪漫飘逸,给人以奇丽梦幻之感。”

韩愈道:“李白青年时曾结交戴天山的道士和纵横家赵蕤。深受纵横家和道家的思想影响。是继屈原之后,我国又一位最伟大的浪漫诗人。其在作品中,以驰骋想象,运用神话的离奇境界,把自己热烈的情感,注入到所描写的对象之中;以惊俗骇世的笔墨,恣意挥洒,描写了壮丽奇谲的世界,给人们展现了雄奇瑰丽、幻梦般的神仙天地。表达了自己对自由、光明的渴望和追求。”

张琰和鲍溶听后,俱频频点头。此时已近午时,大家都感到又饥又渴又累,便在北峰之上稍作休息。吃罢干粮后,即向通往华山主峰的苍龙岭而来。

这苍龙岭乃是华山北峰与东西南三峰的交连之处。三人来到苍龙岭下,只见一绝壁高约数丈,挡住去路。来往游客俱是拉着岩壁上的铁链攀缘上下,甚是危险。鲍溶向着韩愈道:“退之兄敢上乎?”

韩愈见此,虽心中有些胆怯,但他历来争强好胜,便道:“这有何难!”说罢,便首先攀登而上。鲍溶见此,忙上前把住摆动的铁链,将韩愈推了上去。

三人来到苍龙岭上,只见两边皆是悬崖深谷,中间一条羊肠小道仅能容一人通过,远远望去,就像一条蜿蜒起伏的龙脊。韩愈望了望两边:只见群山在脚下滚动,一片片茂密的松柏老林,布满山涧峡谷。好在这日天气晴朗,万物清新,观后并不令人十分畏惧。三人顺着苍龙岭上的石阶小道,向前攀行约五里多路,方来到东峰之下。

鲍溶道:“从这里向左通向东峰,向右通向西峰。不如咱们先到西峰，今晚就住在那里。明天再从西峰到南峰和东峰游览，然后下山回去。不知诸位意下如何？”

此时韩愈已累得精疲力竭，他敲打着两条腿道：“鲍兄说得极是，我这两条腿是又酸又痛，简直是一步也不愿往前迈了。先到西峰，住下最好！”

三人说罢，即拐入右边通向西峰的小道。说来也奇，这华山顶端，四周三峰突兀，中间却是一块盆地。只见盆地里苍松参天，翠竹依依，葛藤缠绕，野草横生，犹如热带雨林一般。三人用手拨开横在小道上的荆棘和茅草，踏着满是苔藓和枯叶的曲径向前走去。突然，眼前现出一片被苍松翠竹怀抱着的荷花池塘，只见池中芦苇茂盛，浮萍青青，一片碧莲挺立水面，簇拥着妖艳欲滴，含苞欲放的数十朵荷花。

韩愈一见惊喜地道：“这莫不是传说中的玉井莲池吗？”

“正是！”鲍溶道。

“我还以为这玉井莲池只是传说，没想到在这峰顶绝壁之上，真有这人间仙池！”

鲍溶看了看四周，道：“这西岳华山之颠，四周三峰突起，就像一个金瓯，雨雪之水汇集于瓯底中心，便形成这玉井莲池。”

韩愈向着鲍溶道：“听传说，这玉井莲池之中所生长的千叶莲花，花下之藕，冷若雪霜，甘甜如蜜，人若食之，百病俱消，不知可否是真？”

“此言一点不差。”鲍溶道，“不少久病不癒之人，常专程来到山上采取莲藕入药。现在正值仲夏，莲藕还未成形，若是秋后来此，倒可采挖一些带回。”

韩愈环视着莲池道：“道家传说，古时有两个叫明星和玉女的仙女，在这玉井莲池旁修炼；二人饮琼浆，食玉莲，白日升天。李白游览到此，曾赋诗《西上莲花山》。在诗中有‘西上莲花山，迢迢见明星；素手把芙蓉，虚步蹑大清。霓裳曳广带，飘拂升天行。邀我登云台，高揖卫叔卿。恍恍与之去，驾鸿凌紫冥。’之句。看来李白确实到过此地。”

三人说着绕过玉井莲池，穿过一片松林，来到西峰之下。只见峰顶依着山脊新建数间宫阙，看那宫阙，青砖蓝瓦，朱扉石柱，虽不十分高大华丽，却也分外精巧玲珑。

三人互相搀扶，登上峰顶，来到圣母庙前。顿觉凉风飕飕，若置身于半空之中。俯瞰四周：只见脚下群山如巨浪翻腾，身后玉井莲池犹如碧波中的一面明镜。极目北望：天地茫茫相接之处，隐约可见西岳神庙和如丝一般的渭水与黄河。

张琰叹道："李白曾在诗中写道：'西岳峥嵘何壮哉！黄河如丝天际来。'看来不到此处，不知李白所写其景之雄壮也！"

韩愈道："李白对大唐山河十分热爱，在他的诗中，多处以豪迈的情怀，奔放的诗句，再现了大自然的雄伟景象。如奔腾咆哮的黄河、崎岖险阻的蜀道、落自九天的瀑布等。这里对华山和黄河的描写，可见李白对大唐壮丽山河热情歌颂之一斑。"

三人说罢，进入圣母庙内；一老尼走出合掌相迎，将三人邀入僧堂坐下，并捧出三碗素茶相待。韩愈看那老尼年约五旬以上，表情庄重沉稳。便道："师傅在这峰上已有几载？"

那老尼合掌道："贫僧原在峰下圣母殿，去年此庙重修后，贫僧方到这峰上来。"

韩愈听后点了点头。鲍溶即向那老尼说明晚上借宿之事。老尼道："施主若不嫌小庙简陋，但住下无妨，只是山道难行，上下不便，无甚斋饭相待。"鲍溶忙道："我们自己备有干粮，只要有碗热茶即可。"老尼听后，即去与三人打扫了一间空房，并烧来一壶茶水。

三人攀登了一天的山路，此时是又累又乏，只简单吃了点干粮，便早早睡下。半夜时分，忽听外边雷鸣电内，竟下起雨来。第二天早上起来，虽然雨已停止，但天上仍是阴云密布，时而有几点雨丝飘下，周围的树木和地上全是湿漉漉的。

鲍溶看了看天空和地上的水洼，叹口气道：

"这雨下得真不是时候：前往南峰和东峰的路，都是盘旋在悬崖峭壁之上的羊肠小道；这一下雨，石光路滑，更难行走。看来今天是去不成了，只能等到明日看情况再说。"

韩愈见此，担心卢夫人在山下着急，也看了看天，向着鲍溶道：

“这天今天能不能晴，明天会不会再下，还很难说。要不，我们今天先下山回去？以后有机会时再来游览南峰和东峰？”

鲍溶见韩愈提出下山，想其定是怕夫人担忧；又见到南峰和东峰的道路十分危险难行，也恐韩愈发生意外，便点头称是。三人遂留下施金，辞别老尼，寻原路离开西峰。

当三人来到苍龙岭时，忽然云雾突起，如万马奔腾一般从身边飞驰而过，四周群山忽隐忽现，两边深壑云涛翻涌。韩愈往下一看，不觉头晕目眩，两腿发软，面色顿时变得苍白。

鲍溶和张琰见此，忙上前搀住，扶着韩愈坐到一块石头上。韩愈休息一会儿后，方定下神来，道：“学生本有恐高之症，现见这云涌风号，两边深渊望不见底，不觉魂飞魄荡，如何是好？”

鲍溶道：“韩兄不必惊惧，只看着脚下之路，不要四处张望，有我们二人在，保管韩兄平安无事。”韩愈此时虽心中担忧，两腿发软，但也不愿过分显得懦弱，便站起道：“那咱们就继续往前走吧，学生这条性命就交给你们二位了！”

鲍溶道：“韩兄尽管放心。”说着和张琰二人拉扶着韩愈，慢慢往前鱼贯而下。快到苍龙岭下头的绝壁时，只听从前方的云雾中传来沸沸扬扬地议论之声。三人来到绝壁处一看，只见三四个游客站在那里，个个面现惊恐之色，望着绝壁在叹息；绝壁之下也隐约传来人们互相招呼和抬运之声。

鲍溶见此，已感不妙，料定可能发生了什么不幸的事情，忙上前询问，其中一人看着韩愈等人道：“刚才一游客从这绝壁上摔下，听说腿已折断，现在昏迷不醒，下面的人正在抢救。”

另一游客接着道：“雨后这铁链和石壁又光又滑，稍微手脚抓蹬不紧，那还不摔下！”

韩愈本来就心惊腿软，见此更加害怕，听那崖下不断传来人们你呼我喊的抢救之声，此时是一步也不敢往前迈动了。他依着一块岩石，望了一眼四周翻腾的云涛，真有点后悔不该到这华山绝顶上来。假如真的有点闪失和不测，不仅抛下弱妻幼子无人照管，而且为之奋斗半生的振兴儒教，改革文坛之大业，也将会付之东流，这岂不有负兄嫂之望和李华、梁肃所托！为一时之兴趣，而失一生之大业，怎不叫人痛心！韩愈想到此，不觉追悔莫及，潸然泪下。

大约又过了一个时辰，云雾渐渐散去，先前来到的几个游客，也都先后攀着铁链下去。鲍溶看了看面色苍白的韩愈，道："韩兄现在觉得如何？"

韩愈向着鲍溶道："学生现在往那崖下一看，仍是头晕腿颤，动弹不得！"

张琰看了看韩愈，向着鲍溶道："不如学生先行下去，到在北峰云台寺中，向那和尚借条绳索过来，系在韩大人腰间，我二人前后把持，方保无虞。"

鲍溶一听甚喜，道："这主意不错，快去快回。"张琰听后，即转身拉着铁链飞身下去。

不一会儿，张琰即拿着根绳子返回，将绳子系在韩愈腰间，二人用手把定。韩愈见有绳子相持，心中稍安，慢慢来到绝壁前。鲍溶和张琰一人拉着绳子，一人扶着韩愈攀登而下。

三人下到绝壁底下时，每人都出了一身虚汗。韩愈抬头望了望绝壁，道："多亏二位相助，不然，学生这条性命要留在这里了！"

鲍溶笑道："韩兄乃大福大贵之人！吉人自有天相，必然逢凶化吉，遇难呈祥！我二人只不过是承天命而已！哈哈。"

三人说着离开苍龙岭。张琰将绳子还给云台寺的和尚，然后过"平心石"、"千尺峡"来到圣母殿。韩愈抬头望了望云雾中的苍龙岭和时隐时现的西岳三峰，心中仍余悸未平。叹道："看来学生今后再无缘上去了！"

韩愈和鲍溶、张琰回到玉泉院时，已是午时之后，只见卢夫人带着莹莹和韩昶，正站在山口处等候他们。此后，韩愈在《答张彻》诗里，回忆这次登览华山经过时曾写道：

> 洛邑得休告，华山穷绝径。倚岩睨海浪，引袖拂天星。日驾此回辖，金神所司刑。泉绅拖修白，石剑攒高青。磴藓达拳跼，梯飙飐伶俜。悔狂已咋指，垂诫仍镌铭。

当日下午，鲍溶和张琰分道前往洛阳；韩愈携卢夫人等返回华阴县，第二天，启程赴京。

韩愈携卢夫人回到长安后，先后擢迁御史台，贬徙阳山县，分司东都城。历尽千辛万苦，屡遭奸佞暗算。欲知详情，请看第二部分《奋进篇》。

第二部　奋进篇

第六卷

请命失御史

第 41 章
闻停选忧心如焚　上谏书直论弊端

韩愈接取家眷回到长安后，在京的亲朋好友纷纷前来看望。一时家中宾客云集，谈笑飞声。韩愈每谈及登览华山之事，不免仍心有余悸。

一日，韩愈送走前来探望的客人后，想到华山之险，传说之奇，不由诗兴勃动，遂赋《古意》一首。其辞曰：

太华峰头玉井连，开花十丈藕如船。冷比雪霜甘比蜜，一片入口沈阿痊。我欲求之不惮远，青壁无路难夤缘。安乃长梯上摘实，下种七泽根株连。

是年秋，韩愈侄儿老成病亡。韩愈闻讯后悲痛欲绝，亲作祭文，令家人建中南下悼之，并处理后事。

这日，韩愈来到学馆，只见众学子议论纷扬，面现忧怨之色，甚觉诧异。见刘述古、李绅、张弘等人走来，忙询问究竟。

刘述古道："昨日朝廷颁诏，今年礼部、吏部权停科选，各地考生均不得进京，在京的考生也要限期离开。"

韩愈听后不觉一惊，忙问原因。李绅道："听说今年因关中大旱，粮食歉收，京城乏食。朝廷为解城中人多争食之状，特下诏暂停科选，以绝来者。"

张弘愤慨地道："当今天子不知又是听信了哪个奸佞的谗言，竟下诏权停科选。试想偌大一个长安城，有百万之众，日食粮粟千石，参加科选之人只不过寥寥数千。不让他们进城，岂非杯水车薪，这不是笑话吗！”

李绅叹口气道：“朝廷这一下诏不当紧，不知要愁坏天下多少读书人。且不说各地经过层层乡试举荐，准备到京来参加应试的举子感到失望；不少现已到京，住在客栈准备应试的考生，将会空跑一趟，白白花去路费盘缠。更兼家境贫寒之士，来京一趟不知要积攒几年，挪借几家，这下将付之东流，他们怎受得了！”

刘述古接口道：“今年关中虽旱魃为虐，粮食歉收，但去年风调雨顺，五谷丰登，豪绅商贾多有储蓄。朝廷若下诏让他们开仓于市，赈济于民，京城何有乏食之忧！”

韩愈听他们讲后，深感有理，不由对朝廷停选一事甚觉不妥。晚上韩愈从国子监回来，见停选消息已在大街传开，路上三五成群之人在纷纷议论此事。只见一衣服破旧的儒生，向着他人忧愤地道：“这……这不是要我的命吗！我老娘在家种桑养蚕，省吃俭用，连件衣服都舍不得穿；积攒了六年，才为我凑齐了这一点来京赶考的路费。这选举一停，白跑一趟，不把老娘给气死！”

旁边另一个操着南方口音的儒生道：“学生从广州来京应试，来回跋涉一趟需要五个多月。现在回去吧，再来已无路费，住下等明年应试吧，盘缠已将用尽，这可怎么办才好……”

韩愈听到此，更觉事情严重，他回到家后，想到朝廷昏暗，奸佞弄权，不禁连连叹气。卢夫人见此，忙关切地问道：“老爷这又是为了何事，竟愁眉不展，闷闷不乐？”

韩愈遂将朝廷权停科选之事说了一遍。卢夫人听后也不禁忧虑地道：“朝廷怎能这样！这科选乃国家之大计，关系到天下多少读书人的前程和命运，怎能说停就停，岂非儿戏！”

韩愈道：“夫人说得极是，这科选是万万停不得的，我要向朝廷上书，力谏此事，让皇上收回成命。”

卢夫人看着韩愈，有些担心地道：“那能行吗？当今皇上刚愎自用，宠幸小人，能听你的？再说，老爷乃小小的四门博士，既非朝官，也非谏臣，如何能上达天庭？”

韩愈道：“夫人说的也是。但俗话说事在人为，听说子厚（柳宗元）

已于前天由蓝田尉擢迁御史台，御史中丞李纹乃重才举贤、刚正不阿之人，我想将奏章写好后，由御史台转呈皇上。”

卢夫人听后，看着韩愈，知其胸怀天下，忧国忧民，只好点了点头。韩愈便连夜将奏章写好。

第二天，韩愈带着奏章来到御史台，正好遇到柳宗元，二人久别重逢，高兴地互相拉着手，久久难以放开。韩愈看着柳宗元道："听说贤弟擢迁御史台，为兄真为之振奋，贤弟是前天到京的吧？"

"正是。"柳宗元也高兴地道，"这次小弟为中丞李大人所荐调任御史台，今后，我们又可相处一起了。听说过几天梦得（刘禹锡）也要调来御史台，那时我们几个人又能聚在一起谈诗论文，评说天下。"柳宗元说到这里，向着韩愈道：

"小弟原打算这两天把家眷安顿好后，就去拜访仁兄，不想仁兄今日竟光临御史台。仁兄是个胸怀大志之人，今日到此定有重要事情？"

韩愈向着宗元道："学生今日到此，一是来看望贤弟，二是近闻圣上下诏权停今年科选，满城考生人心惶惶，怨声载道，国子监内也流言不断、群情激愤。学生深感此举不妥，特草拟论今年权停科选一文，想烦请御史台转呈当今皇上，因此特来拜见贤弟。"说着从衣袋中拿出奏章来。

柳宗元听后笑道："小弟猜得果然不错，看来仁兄的性格一点也没变，真地是为国家社稷而来。朝廷权停科选之事，昨日已满城风雨，御史台也在议论此事。听说朝中几位大臣也意见各异。"说着从韩愈手中接过奏章，道：

"退之兄的大作，小弟已好久没有拜读了，今日能否让小弟先睹为快，以饱眼福？"

"正要请贤弟赐教，"韩愈忙道，"不知如此陈述是否恰当？"

柳宗元打开奏章，边看边现出惊喜之色；看罢向着韩愈道："仁兄之作，愈来愈气势恢宏，摛艳薰香，阅后令人拍案叫绝，心驰神动；文中所论精辟剔透，铿锵有力。我看皇上御览后，定会称赞采纳。"

韩愈道："学生虽非朝官，但月受俸钱，岁享禄粟，苟有所知，不敢不言，实为朝廷社稷和天下儒士着想，而不敢有他望也。”

柳宗元看着韩愈道：“我带你马上去见中丞大人，禀明此事，中丞大人钦崎磊落，刚正不阿，若读了你的奏章，定会转呈皇上，使退之兄如愿以偿。”

“那就有劳贤弟了！”韩愈忙致谢意。

“你我兄弟，何谈有劳二字！”柳宗元说罢，遂携韩愈来到御史中丞李纹的书房，只见李纹正在伏案疾书，见柳宗元与韩愈进来，忙停下笔来让座。韩愈一看，只见那李纹五十多岁，高冠博带，神清气正，三绺长须垂于颔下。柳宗元向着李纹介绍道：“此乃国子监四门博士韩愈，今为权停科选一事，特来谒见大人。”

那李纹欣喜地将韩愈上下端详一下，高兴地道：“久闻韩大人之名，今日方有缘相见。人言韩大人才雄志高，文章推群独步，久思一睹尊颜，不想今日韩大人光临到此。”

韩愈忙道：“大人过奖了，学生实惶恐难当！大人渊渟岳峙，重贤举能，在京名重如山。学生久怀慕蔺，只是无缘相见。”

李纹笑道：“韩大人过誉了，有何事需要本官帮忙的，请讲无妨。”

柳宗元接口道：“韩大人对朝廷权停科选一事，很有些独道卓见，现草拟奏章一本，想请大人过目，并代为转呈圣上。”说着将韩愈所写奏章呈向李纹。

李纹向着韩愈道：“早就听说韩大人奇志凌云，忧国忧民，有王佐之才。身非朝廷谏官，竟能直言时弊，真乃可嘉可贺。”说着从柳宗元手中接过奏章，展示一看，只见题目为《论今年权停举选状》。李纹往下看去，只见文中写道：

> 右臣伏见今月十日敕，今年诸色举选宜权停者。道路相传，皆云以岁之旱，陛下怜悯京师之人，虑其乏食，故权停举选以绝其来者；所以省费而足食也。
>
> 臣伏思之：窃以为十口之家益之以一二人，于食未有所费。今京师之人，不啻百万；都计举者不过五七千人，并其僮仆畜马，不当京师百万分之一。以十口之家计之，诚未为有所损益。又今年虽旱，去岁大丰，商贾之家，必有储蓄，举选者皆赍持资用，

以有易无，未见其弊。今若暂停举选，或恐所害实深：一则远近惊惶；二则人士失业。臣闻古之求雨之词曰：“人失职欤！”然则人之失职，足以致旱。今缘旱而停举选，是使人失职而召灾也。

李纹看到此，不由频频点头，面现欣喜之色。接着又往下继续看去：

臣又闻君者阳也，臣者阴也，独阳为旱，独阴为水。今者陛下圣明在上，虽尧舜无以加之；而群臣之贤，不及于古，又不能尽心于国，与陛下同心，助陛下为理；有君无臣，是以久旱。以臣之愚，以为宜求纯信之士，骨鲠之臣，忧国如家，忘身奉上者，超其爵位，置在左右：如殷高宗之用傅说，周文王之举太公，齐桓公之拔甯戚，汉武帝之取公孙弘。请闲之余，时赐召问，必能辅宣王化，销殄旱灾。

李纹看到此，不由拍案叫绝，心里暗道：“此论妙也，借用消除天灾之故，而劝说朝廷选贤任能，消除弊政，真乃睿智英才也！”李纹惊叹不已，十分振喜，继续向下观看，只见文章最后写道：

臣虽非朝官，月受俸钱，岁受禄粟，苟有所知，不敢不言。谨奉状以闻。伏听圣旨。

李纹看完，连连点头。高兴地向着韩愈道：“韩大人果然名不虚传，此文酣畅淋漓，闳远微妙；且辞简意赅，论述精辟；读后令人荡气回肠，震动折服！”不觉对韩愈更加看重。

韩愈听后忙谦恭地道：“大人过奖了，学生此文只是袒露胸臆，略表拙见，未加修饰雕琢，还望大人多多赐教。”

李纹向着韩愈笑道：“韩大人不必过谦，此论正合吾意。朝廷这次权停科选，看来确是弊多利少，在京城已引起不小震动。刚才老夫也正为此事在拟写奏章；现看了韩大人的奏状，我那个奏章就不用再写了。明天早朝就将韩大人的奏章面呈圣上，皇上看后一定会准奏的！”

韩愈听后，心中不由一喜。李纹说罢，又问及韩愈的目前情况，韩愈遂将在国子监任期已满，今后何去何从还不清楚的情况说了一遍。李纹听后点了点头，遂有提携重用韩愈之意。

韩愈和柳宗元离开李纹书房时，李纹亲将其送到门外。柳宗元望了望李纹入房的背影，高兴地向着韩愈道：“恭喜退之兄，看来李大人是看中了仁兄，要不了几天，退之兄定会被李大人举荐到御史台来。”

“若是这样，那就要多谢贤弟的引荐之力了！”韩愈见此，心里也感到十分振喜。

第 42 章
御史台走马上任　谈时政忧愤难抑

威森肃穆的宣政殿内，紫烟缭绕，兰麝溢香。低沉的钟鼓之声九响之后，德宗李适驾临早朝。顿时，两班文武大臣蹑足闭息，排班而立。整个大殿万籁俱寂。

宦官俱文珍怀抱拂尘，走到御座前，向着下面唱道：“早朝开始——”这俱文珍于贞元十五年制造和平息了汴州兵变之后，一时名声大噪。德宗李适十分赏识，遂擢迁为内务府总管之职。

两班文武大臣听俱文珍唱罢，遂弹衣正冠，舒展广袖，趋前三呼万岁。行罢朝礼之后站于两边。俱文珍向着文武大臣道：

“皇上有旨，有事奏来，无事退朝。”俱文珍话音刚落，只见御史中丞李纹出班奏道：

“臣御史中丞李纹有本上奏，朝廷七月十日权停今年举选诏敕颁发之后，在京的学子和各地考生议论沸扬，引起不小波动；满朝文武官员对此也多有异议。现有国子监四门博士韩愈《论今年权停举选状》一本，请皇上御览。”说罢，将韩愈的奏状呈上。

俱文珍走下台来，从李纹手中接过奏状，呈与李适。李适接过奏状看了一遍，脸上现出不悦之色，向着李纹道：

“国子监四门博士既非朝臣，也非谏官，怎也上书评论时政？且在奏章中危言耸听，说什么人之失职，足以致旱，今缘旱而停举选，是使人失职而召灾也。看来这韩愈定是个狂妄之徒！”

李纹见此，忙奏道：“皇上明鉴，听微臣说明其中道理：韩愈虽非朝官，但摅心报国，心存魏阙；且刚正不阿，忠心昭彰。自言虽非朝官，然月受俸钱，岁享禄粟，受恩于皇上，当为朝廷社稷分忧。苟有所知，不敢不言。据微臣看来，其所论精辟剔透，言简意赅，虽语言激烈，然赤胆忠心，跃然纸上。”

这时主掌科选的礼部侍郎权德舆出班奏道：“李大人所言，微臣也有同感：韩愈所论虽语言有些过激，但所论乃是为了朝廷社稷。眼下各地考生已大部云集京城，他们苦读寒窗，由各地层层选拨方来到京城，希望能搏击龙门，为朝廷所用。现听说权停科选，俱悲观失望，怨声载道。更有家境贫寒者，通过借贷和变卖家资，才筹足路费来到京城。这些人听说暂停举选，走留十分为难，竟哭天抢地，痛不欲生。京城人心也为之所动，势必损及朝廷社稷。以微臣所见，不如今年举选仍照常进行，若旱情不解，明年可及早下诏停止举选，请皇上明鉴。”

李适听后，不觉点了点头，向着一旁的宰相杜佑道：“杜爱卿有何高见？”这杜佑乃年初由淮南节度使擢迁中书省，官拜校检司空同中书门下平章事。为人精明圆润。现见德宗询问，忙出班奏道：“皇上原定今年权停举选，乃是因关中大旱，粮食歉收，怜悯京师之人，虑其乏食，此乃皇上爱民之所举也；现李大人和权大人所奏，乃是从各地赴京考生之得失，朝廷社稷之安危出发，实为大唐天下而着想。是权停举选还是照常进行，请皇上明断就是。”

李适听后，顿了顿道：“那就按李、权两位爱卿所奏吧，今年举选照常进行。”然后又向着两班文武大臣道：“众位爱卿还有什么要上奏的？”

“微臣还有一事相奏。”德宗刚说完，只见李纹忙又接口道。那李适看了一眼李纹，道：“李爱卿刚才所奏，寡人已经答应，还有何事要奏？”

李纹道：“臣闻古人云：得人才者得天下。昔日，秦灭六国，一统天下，实因天下之人才尽为秦所用；本朝高祖、太宗，除杨广，扫群雄，一现贞观之盛世，也是因为擢用了一批像李绩、魏征这样的贤臣良相。今皇上要实现大唐中兴，非擢犀拔象，广选天下贤良之士不可！今韩愈有王佐之才，且刚正不阿，实乃旷世之人才。现其四门博士之职任期已满，微臣欲举荐其为御史台御史，使其更好地为朝廷效力，请皇上予以准奏。”

德宗听后，看了看李纹道：“听说这个韩愈自恃才高，狂傲不羁，从不把朝中大臣放在眼里，可否是真？”

李纹道：“韩愈怀珠抱玉，才略深茂，且刚正不阿，超尘拔俗，乃鲠骨之奇人。贞元八年，连中礼部、吏部两科元魁，只因不愿干谒权贵，结果被黜于中书。后，佐董晋神速入汴，趋彭城力劝建封。今在国子监又竭力扬师振道。虽震古铄今，脱颖而出，但常为世俗小人所谗，故有皇上所闻之恶语也。”

李适听后，点了点头道：“既然李爱卿认为韩愈是个难得之人才，寡人准奏，由吏部拟办就是。”

“谢主隆恩！”李纹见此，高兴地退回班中。

唐贞元十九年秋，韩愈在四门博士任满两个月后，经李纹举荐，擢迁为监察御史。

此消息传出后，在京的亲朋好友，纷至沓来向韩愈祝贺。这御史台乃是监督朝廷各部官吏的机构，有弹劾参奏各级官员的权力。监察御史可随朝上殿，属于朝官，比四门博士的权力大得多。韩愈此时也踌躇满志，打算在御史台一展抱负。

韩愈在接到吏部诏令的第二天，便来到御史台上任。李纹一见，异常兴奋，向韩愈说了一番鼓励的话。韩愈表示绝不辜负李纹的知遇之恩，决心在御史台殚精竭虑，以尽职守，为消除弊风，振兴朝纲，而誓死献身！李纹更加欣喜。此次与韩愈一同擢迁御史台的还有刘禹锡、张署、李方叔等人。

韩愈拜见过李纹后，遂来到前厅。柳宗元和先于韩愈到任的刘禹锡、李方叔等人已在那里等候多时。大家见韩愈到来，一起高兴地迎了上去。柳宗元拉着韩愈的手道：“果不出学生所料，退之兄真的也擢迁到御史台，这下我们可以天天在一起了，哈哈！”

李方叔笑着道：“退之胸怀环宇，疾恶如仇，久有治国安邦之大志！这御史台正好是用武之地。”

刘禹锡道：“李兄说得不错，退之历来忧国忧民，对当今宦官干政，藩镇割据，权佞当道深恶痛绝。从今以后，即可利用御史之职，为朝廷扫除弊政，铲除奸邪，为大唐中兴干一番事业。”

韩愈听后，也不禁道：“各位仁兄过奖了！这次朝廷调任学生到御史台来，学生将不负众望，定鞠躬尽瘁，摅忠报国，誓死为朝廷进忠言，扬正气、谏良策、除奸邪。虽肝脑涂地，也在所不惜！今后还要靠各位仁兄多多赐教！”

柳宗元向着大家道：“退之兄刚毅奔放，壮志凌云，其志其心，实在让人敬佩。当今朝政腐败，弊政如山，历来谏臣难当，但愿韩兄能如愿以偿。”

四人边说边进入厅内。高兴地倾诉着各自的抱负。

韩愈自擢迁御史台后，瑰意琦行，超然独出。凡朝中有大狱大疑，由文武百官合议时，韩愈都要深入考察，引经据典，义正词严地阐明自己的主张。到职不久，即德才昭彰，美名蜚然，受到朝中大臣们的重视。

不久，张署也擢迁到御史台来。这张署乃河间人氏，形貌魁硕，长于文辞，以进士登博学宏词科，先为校书郎，后迁京兆武功尉，两年前与韩愈相识。

一日，韩愈与柳宗元、李方叔、刘禹锡三人正在府衙闲谈，只见张署满面怒容地从外面进来。大家一起望着张署，不知发生了什么事。

张署坐下喝了一口茶，气愤地道：“这些太监们，真是伤天害理，无恶不作！昭昭天子脚下，竟允许他们胡作非为！大唐何日方能中兴？”

韩愈看着张署问道：“张兄今日又遇到了什么不开心的事，竟如此动怒？”

“学生刚才路过宫市，那些宦官们又在抢夺百姓的东西！”张署向着大家道，“一个五十多岁，衣服褴褛的老太婆，提着一篮鸡蛋刚刚走到宫市，即被两个太监强行拿去。那老太婆气得坐在地上抢天呼地，痛哭欲绝；一弯腰驼背、骨瘦如柴的老汉，同衣不遮体，满脸烟灰的儿子，推着一车刚刚烧好的木炭来到宫市，三四个太监便马上跑上前，给那老汉扔下一条黄绢，拉着木炭就走。那老汉气得追到宫门口，被守卫在宫门口的侍卫一脚踢倒在地。那老汉爬在地上哭喊道：‘天哪！我和儿子烧了一个月的炭，才烧成这千把斤，家里五六口人，还等着它换米下锅哩，你们用几尺黄绢就把他抢走，我们全家可怎么活呀！’气得我真想上去揍那些太监们一顿！”

刘禹锡听后叹了口气道：“张兄若为此生气，那非气死不可！这样的事天天都有。前几天我在街上行走，见前面人声沸腾，来往人员被阻塞于道。走到跟前一看，只见七八个太监正在张网追捕一只鸟儿，不准行人从此通过。一问才知是宫中一只鸟儿脱笼飞出，几个太监追到这里，将这条大街用网张住，不准行人经过出入，已经大半天时间。百姓无奈，只好绕道而行。”

李方叔气愤地道：“这‘宫市’和‘五坊小儿’，可真把百姓给害苦了，朝廷若再不制止，任其下去，老百姓可非造反不行！”

韩愈听着大家议论，也不禁忧愤难抑。

柳宗元道：“当今皇上宠幸宦官，虽不少大臣反对宫市，皇上仍不愿废除。贞元十三年，徐泗濠节度使张建封入京朝觐，皇上召见于延英殿，赐宴曲江，命与宰相同榻食；其还镇时并赐诗以饯，予以空前殊荣。时正值宦官于宫市抢夺百姓财物，而激起民变，轰动整个京师。张建封为此特向皇上建议取消宫市，以平民愤。然皇上只黜罢肇事宦官，而宫市仍然照常设置。”

柳宗元讲到这里，看了看大家道：“这宫市之弊，乃根深蒂固。目前朝政腐败，皇上刚愎自用，宠幸宦官佞臣。朝中大权由杜佑、李实和宦官窦文扬、俱文珍所把持，其他大臣的声音，很难进入皇上的耳中。要去掉宫市和五坊小儿之害，非实行革新变法，彻底铲除弊政不可！”

刘禹锡接口道：“前几天我和东宫侍读王叔文交谈。王道：宫市之害，太子也深恶痛绝，但没有办法。要解决宫市之弊，实现大唐中兴，关键是要铲除弊政。他说东宫太子宽厚仁慈，英明卓荦，将来继承大统，必将是一位明君。现在他正向太子说以革新变法，中兴大唐的治国之道。”

韩愈听刘禹锡一说，想到昔年在五泉山同王叔文一起拜李华为师学文，那时大家在一起谈论治国之道：刘叉提出练好剑术，像荆轲、聂政那样，行侠仗义，铲除暴君和贪官污吏，以拯救百姓于水火；柏耆则坚持纵横家学说，像张仪、苏秦那样，游说于帝王将相之间，使他们施以仁政；而叔文则强调要实现大唐中兴，必须铲除弊政，像管仲商秧那样实行革新变法。不禁暗道："如今叔文为东宫侍读，看来已在付诸实施自己的政治主张。"便向着刘禹锡道：

"梦得说的叔文，早年曾与学生同师学文，此人博古通今，高谈雄辩；且胸有丘壑，怀管晏之术。青年时代就崇拜管仲商秧之道，如其改革之路能够走得通的话，大唐还有希望。但这革新变法必然要损及权贵的利益，他们势必要拼死反对，这革新变法能否成功，还很难说。"

柳宗元充满激情地道："退之兄考虑的也是。但只要太子登基，这革新变法就有希望！我们只要有一线希望，就要用十倍的努力去促成他！"

"那是自然。"韩愈道。

李方叔看了看柳宗元和韩愈道："这革新变法是以后的事，我们还是说说眼前的吧。最近听说皇上召见京兆尹李实，询问京师和关中灾情，李实慌称虽关中今年大旱，然皇威浩荡，五谷仍然丰登。皇上一听十分高兴，让李实如数征收今年赋税。听说京城四周饿殍载道，哀鸿遍野，百姓已开始卖房卖地，四处逃难。"

张署接口道："李兄说得不错，今春以来，关中大旱，种不入土，赤地千里。听说李实已下令，要京兆各地强征税赋，务必全额入库，凡抗税不交者，以违犯大唐律条之罪严惩不贷。各地官吏也趁此强取豪夺，百姓哭声震天动地。不少人家流着眼泪，把房屋树木，牲畜青苗，以极低的价钱卖掉来交纳税赋。四乡民谣唱道：'秦地城池二百年，何时如此贱田园？一顷麦苗五斗米，三间瓦房两串钱。'这样下去，百姓如何生计？大唐江山岂不动摇！"

韩愈听后更加愤慨。近些时，他被免除四门博士之职后，在家闭门读书，很少外出，这些情况虽略有所闻，但不很清楚，现听了大家的议论，深感震惊，道："民乃国之根本，既能立国，又能覆国。民心不稳，国家岂能安定！"说到此，他看了看大家道：

"我等身为御史，乃朝中谏臣，应将关中灾情如实上奏皇上，使皇上能体恤民情，减免税赋，此乃我等之职责也，不知诸位意下如何？”

李方叔道：“退之说得极是，不如我们明天出城，到四乡去看看，然后向朝廷上书直谏。”

“好！”张署看着韩愈和李方叔道，“明天子厚和梦得还有其他公事，咱们三人一块出去，定将灾情查明。”

第43章
查民情触目惊心　言天灾连夜疾书

第二天，韩愈与张署、李方叔相携走出城来。只见城门前一群群衣服褴褛，槁项黄馘的饥民，被守门士兵挡住，不准进城。

张署看了看寒风中辗转抖嗦、偎缩在一起的讨饭饥民，恍悟道："我说今年城内怎看不到要饭之人，原来是不让他们进城！"韩愈走到一个士兵面前道：

"为何不让这些饥民进城？"那个士兵抬头看了看韩愈，见其方领矩步，举止大度，料定是府衙之人，不敢怠慢地道："京兆尹李大人有令，今年一个讨饭的也不准放进城去，否则将拿我们是问。"

韩愈感到奇怪，还要再问，李方叔道："这是李实怕灾情暴露，才不让饥民入城，以此蒙蔽圣上。"说罢，拉着韩愈道："走吧，下乡查看要紧。"

三人出城来到郊外，只见北风呼啸，天寒地冻，大路上逃荒要饭的饥民，成群结队，络绎不绝。一望无际的原野上，枯黄而稀疏的麦苗蜷缩在地面上；路边几株刚刚被刮了皮的树木，在寒风中抖动着赤裸的枝干，发出一阵阵如泣如诉的哀鸣；远处田头和沟壑边，几座新坟依稀可见，散落在地上的纸钱和挽联，不时被风吹到天空，打着旋儿向远处飞去。

韩愈和张署、李方叔三人，顺着满是冰凌的乡间小道向前走去。迎面像尖刀一样的寒风，裹着沙子和枯草，不停地扑打到他们的身上和脸上。有时三人只好侧着身子往前行走。

大家约走有二里多路，只见前边路旁有几只野狗在一起，正争抢着什么东西。三人走到跟前一看，不由吓了一跳，原来是一具尸体，已被野狗吃了一半。李方叔拾了块石头扔了过去，那几只野狗瞪着血红的眼睛，露出尖利的牙齿看着他们，连动都不动。

张署道："这京城边上就已饿殍载道，再往前走，还不知是啥样子哩！大家往前又走了不到一里地，看到路边沟壑里躺着一具尸体，大家忙过去一看，只见那人刚死不久，但两股的肌肉已被人割去，地上鲜血淋漓。韩愈见此，不觉忧愤填膺，道："灾情如此严重，已到了人吃人的地步，皇上竟然不知，还让如数征收税赋，怎不叫人痛心！"

李方叔往四周看了看，向着大家道："前方路边树下有几个人聚在一起，好像还有哭声，我们过去看看。"韩愈和张署往前一看，果然见不远处一棵剥了皮的榆树下，几个人围在一起。

三人来到树下，只见地上躺着一个骨瘦如柴，满头白发，年约六十多岁的老太婆，看看已奄奄待毙，旁边跪着一面黄肌瘦，衣服破烂的妇人，不停地哀叫道："婆婆？婆婆？你醒醒，你不能走啊……"两个蓬头垢面、衣不遮体、年约八九岁的孩子，站在老太婆身边，哭着直喊奶奶。大家一看，不由一阵心酸。

韩愈上前一问，那妇人哭着道："民妇乃长安县李家庄人，今年家乡遭灾，夏天麦子只收了两成，秋天禾苗全被旱死，颗粒未收。因交不起租税，孩子他爹被官府抓去坐牢，我只好带着孩子和婆婆出来讨饭。谁知婆婆饥寒交加，竟染上重病，走到这里躺下后，再也起不来了！"说罢又痛哭起来。

韩愈听后，看了看地上躺着的老太婆，不由眼睛也有些湿润。他从衣袋里掏出两串铜钱，送到那妇人面前道："看来老太太已经不行了，你也不要太悲哀，照顾好这两个孩子要紧，拿着去给他们买点吃的吧。"说着，将铜钱递到那妇人手里。

那妇人瞪着迷惑的眼睛看着韩愈，半天方张开像鸡爪一样颤抖着的双手，接过钱来，然后突然一头跪倒在地，直向韩愈叩头，嘴里不停地说道："谢谢大爷！谢谢大爷！你真是好人！……"

李方叔叹息了一声，向着韩愈道："走吧，这样的情况到处都是！”

三人来到一个村镇，只见十室九空，人们哀毁骨立，衣服破烂。大街上摆放着几张桌椅板凳和三四块门板，五六个身上披着破棉烂絮，腰间扎着草绳的农夫，袖着手、缩着腰站在那里，巡视着过往之人，见韩愈三人过来，都用期盼的目光，齐刷刷地盯着他们。

韩愈走到一个四十来岁，弯腰驼背，脸上布满深深皱纹和泪痕的农夫跟前，看了看他身边放着的两块门板，道："老乡，这门板是卖的吗？"

"是！是！"那农夫上下打量着韩愈，见其衣着整齐、举止文雅，不像是附近村里人，疑惑地道："客官是从城里来的吧，如要时给五十个铜子就行，俺给你送到城里去。"

韩愈看着那农夫道："你把门板卖了，晚上怎关门使用，岂不怕贼人入户，把东西给偷了去？"

那农夫哭丧着脸，叹了口气道："东西？哪里还有东西！客官看来是城里人，不知俺们这里的情形。自开春以来天不下雨，粮食颗粒不收，大家以野菜树皮和草根充饥，也不知饿死了多少人；就这，官府还天天来逼捐要税，无奈只好卖儿卖女，变卖家产以交税度日。眼下，家中值钱的东西都已全部卖光，就剩下这两块门板了；屋里还有六十多岁的老母和婆娘孩子六七口人，已有三天没有揭开锅了。今天将这两块门板卖了，先换点吃的，顾顾眼前。明天是死是活，还不知道哩。"

那位农夫还未说完，忽听从村子中间传来一阵凄惨的哭喊之声。大家忙扭头看去，只见远处两个身着裘衣纨裤之人，正拉着一个十二三岁的小女孩，从一农户家中出来。那女孩拼命地哭喊着："妈妈，妈妈！俺不去，俺不去！你别卖俺，俺以后光干活，不再吃饭了！……妈妈，妈妈！……"

那个卖门板的农夫看了看，叹息了一声，道："这是张三宝家的二闺女。家中老爹重病卧床，前天已将大闺女卖给了城中的人贩子，看来今天把二闺女也给卖了！唉，这是啥世道啊！"说罢，用手擦了擦眼睛。

韩愈看到此已气得脸色铁青。李方叔道："走吧，不要再看了，这灾情真让人惨不忍睹！"

三人离开那个村镇刚走了几步，只见迎面走过来三四个八九岁的小孩子，个个衣不遮体，骨瘦如柴，细细的脖子上，顶着一个个大脑袋，每人挎着一个大篮子。一见韩愈等人，忙站到路边，用痴呆的大眼睛看着他们。

韩愈走到他们身边，往篮子里一看，只见每个人的篮子里，都装着半篮像鸡粪一样的东西。不觉有点奇怪，向着其中稍大一点的小女孩问道："你的篮子里是什么东西？"

"是雁屎。"那个女孩看着韩愈，怯怯地答道。

"拾这些雁屎是回家上地（施肥）的吗？"

"不，是放吃哩。"

"什么！是放吃哩？这雁屎能吃？"韩愈感到十分惊奇。

"能吃，俺们家天天都吃这个。"旁边一个小男孩抢着答道。

一旁张署向着韩愈道："老百姓遇到灾荒之年没有粮吃，只好吃野菜。像这寒冬腊月，地冻三尺，哪里去找野菜，只好刮树皮，挖草根来充饥；像这拾雁屎来吃，还很少见！"

韩愈看了看三个孩子篮子中的雁屎，摇了摇头，他没有想到百姓如此困苦，竟拿雁屎来充饥。

三人顺着大道来到一小河边，只见不少人在河滩上在挖掘什么。韩愈同张署、李方叔来到一个带着两个孩子的村妇跟前，只见她弯着腰，正吃力地拉拽着地下的草根，身边已挖出了一堆。两个孩子，大的有五六岁，小的只有两岁多，在寒风中紧紧挤在一起，每人手里拿着一截草根在嘴里嚼着。

韩愈向着那位村妇道："大嫂，你挖这是什么草根？"

那村妇听韩愈询问，直起腰来，韩愈一看，只见那村妇年约三十来岁，鸠形鹄面，衣服破烂。她惊奇地望着韩愈等人，道："这是蒲草根。"

"这蒲草根能吃？"韩愈问道。

"能吃。"那村妇看了看身旁的两个孩子，道："不能吃也得吃呀，家里一颗粮食都没有，要不就得饿死！”

“请问大嫂，这草根怎么个吃法？”李方叔不禁上前问道。那村妇拍了拍手上的泥土，道：“回去将这蒲草根用水洗一洗，切成小块，放在锅里用火焙干，然后放在碓臼里捣碎，用水和成团，蒸熟后就可以吃了。”

李方叔拿起一节草根放到鼻前闻了闻，稍稍有一股淡淡的甜味。他向着那个村妇又问道：“这草根蒸熟后好吃吗？”

那村妇走到两个孩子跟前，忙伸手从那个两岁左右孩子的嘴里，掏出一团因没有嚼烂就往下咽，憋得满脸通红的草根，道：“这草根多少有点甜味，但吃到肚里不好克化，腹胀如鼓，又拉不出来，孩子他爹就是因为吃了这草根后，五天大便不通，活活给憋死的！”说罢眼泪夺眶而出。

“那为啥还要吃这草根？”李方叔又问道。

“那有啥办法，看着是毒药也得往下咽，总不能等着饿死呀！”那村妇看着两个孩子说道。

“走吧，越看越令人愤慨！”张署向着李方叔道。

三人回到城内，个个忧愤难抑，心里都像压了块石头一样，张署向着韩愈和方叔道：“天灾如此严重，关中民不聊生，皇上竟听信奸佞之言，不仅不开仓赈济灾民，反而继续强征暴敛，大唐江山危也！”说到此，他看着韩愈道：

“退之文笔犀利，论理精辟，我看由退之执笔，我们三人联名马上向皇上上书。”

“好，就以张兄所言，退之多辛苦点，尽快写出奏章，我们马上上奏朝廷。”李方叔接口说道。

韩愈见此，激动地道：“二位仁兄如此信任我韩愈，今晚回到家中，学生就立即动手去写。如实向皇上奏明天灾民情，以拆穿奸佞的谎言，使皇上明白真相，尽快开仓放粮，减免税赋，以拯救关中百姓于水火！”

“好！就这么办。”张署和方叔信任地看着韩愈。

晚上，韩愈回到家中，他望着卢夫人端上来的饭菜，心里就像被鱼骨卡住一样难受，一口也吃不下去。他放下筷子，来到书房展纸于案。白天，荒野里那野狗争食人尸；沟壑边被割去两股肌肉，鲜血淋淋的尸体；躺在树下，奄奄待毙的讨饭老妇，和被人贩子强拉而去哭叫着的小女孩，不停地浮现在眼前。他不由愤慨难抑，文如泉涌，迅速将奏章一气呵成。

卢夫人见韩愈从府衙回来，脸色十分沉重，连晚饭未吃便伏案疾书，估计是遇到了什么重要事情。看看已到二更多天，便走到韩愈的书案前，只见韩愈刚刚写完，正在收笔，书案上放着《御史台上论天旱人饥状》的奏章。

卢夫人看了一眼奏章，向着韩愈道："老爷今天的心情竟如此沉重，是否遇到了什么不顺心的事？这奏章是……"

韩愈不由叹了口气，遂将关中大旱，民不聊生，皇上听信奸佞之言，不仅不开仓赈灾，反而强征赋税，以及今天他们出城查看灾情的状况，和决定向皇上联名上书之事，简要叙述了一遍。说着，将奏章递给卢夫人阅看。

卢夫人听韩愈说罢，也不禁忧愤不已，遂接过奏章，只见韩愈在奏章中写道：

> 右臣伏以今年以来，京畿诸县夏逢亢旱，秋又早霜，田种所收，十不存一。陛下恩逾慈母，仁过春阳，租赋之间，例皆蠲免。所征至少，所放至多；上恩虽弘，下困犹甚。至闻有弃子逐妻以求口食，拆屋伐树以纳税钱，寒馁道途，毙踣沟壑。有者皆已输纳，无者徒被追征。臣愚以为此皆群臣之所未言，陛下之所未知者也！
>
> 臣窃见陛下怜念黎元，同于赤子；至或犯法当戮，犹且宽而宥之；况此无辜之人，岂有知而不救？又京师者，四方之腹心，国家之根本，其百姓实宜倍加忧恤。今瑞雪频降，来年必丰，急之则得少而人伤，缓之则事存而利远。伏乞特敕京兆府：应今年税钱及草粟等在百姓腹内征未得者，并且停征；容至来年，蚕麦庶得少有存立。

臣至陋至愚，无所知识；受恩思效，有见辄言，无任恳款，惭惧之至，谨录奏闻，谨奏。

卢夫人看罢，沉思了好一阵。韩愈向着卢夫人问道：“夫人看此奏章写的可行？有无不妥之处？”卢夫人多少有些担心地道：“老爷的文章闳中肆外，论述精辟，应是无瑕可击。但当今皇上刚愎自用，宠信小人，能否听进老爷的忠言，采纳老爷的直谏，为妻很是有些担心。”

韩愈向着卢夫人道：“此事关系到关中多少百姓的性命和大唐社稷的安稳，学生身为监察御史，向皇上直谏时弊，是应尽职责；即是学生不在这御史台上，也不会对此熟视无睹的。况且当今皇上也是个明理之人，只是被奸佞小人所蒙蔽；只要向皇上陈明利害，我想皇上是会采纳的，请夫人放心就是。”

卢夫人虽知此举凶多吉少，但深知韩愈之志，只好道：“但愿老天保佑，能如老爷所说就好。”

第 44 章
进忠言怒斥奸佞　遭诬陷立贬出京

长安德政殿内，唐德宗李适斜卧在龙椅上，正满意地欣赏着面前十六个妙龄宫女的袅娜舞姿。只见这些舞女个个娥眉皓齿，冰肌玉骨，云鬟雾鬓，顾盼神飞。李实和俱文珍站在德宗一旁，不时察看着德宗的表情。

“嗯，不错！这几个舞女跳得比上次那几个好多了；而且身姿窈窕，形貌姣丽。”李适看完一曲后，满意地说道。

一旁俱文珍见李适高兴，忙接口道：“这都是李大人的功劳，为挑选这几个宫女，李大人风尘仆仆，亲自跑到米脂。”

“哦！这些舞女是从米脂选来的？”德宗一听，转脸笑着看向李实道。这李实四十来岁，长项鸟喙，鹰视鹘望，乃当朝第一幸臣。其曾为江西府判官，因刻薄军费，士卒怨怒，欲杀之，其连夜缒城逃至京师，投靠在宦官窦文扬、俱文珍门下。只因其有谄谀取客之能，掇臀捧屁之术，遂迁至司农卿，现又擢拜京兆尹。与宦官窦文扬、俱文珍内外勾连，专一取颜蒙蔽德宗。他见德宗高兴，忙谄媚地道：

“北方女子多粗野丑陋，卑职在京师附近披沙拣金，难为皇上选出可意之人，后闻说陕北的米脂姑娘娇妍妩媚，有‘米脂姑娘绥德汉’之美誉，故专程跑到米脂。”

德宗一听，看着李实，很有兴趣地问道：“何为米脂姑娘绥德汉？”那李实见此，忙谄笑着答道：

“米脂和绥德都在陕北原上，因水土关系，绥德的小伙子个个长得眉清目秀，身材轩昂。特别是两道眉毛，中间有一条眉峰，像两把利剑刺向双鬓。东汉末年，威震天下的美男子吕布，就出生在这里。而米脂的姑娘，则个个身材秀丽，袅娜多姿。特别是那肤色，娇艳欲滴，白里透红，如初春之粉桃，带雨之梨花。被人称为古今四大美女的貂禅，就是米脂的姑娘。”

“嗯！李爱卿不仅有安邦之术，而且还是个博古通今之人呢！”德宗听后，不由高兴地夸赞道。李实受宠若惊，慌忙卑谄足恭地道：“不敢，不敢，皇上过奖了！”

这时俱文珍故作姿态地向着李实道：“皇上乃我大唐中兴之君，英明卓荦，千载一人，历来奖罚分明。你为皇上解忧效力，皇上定会予以褒奖擢迁。这次为皇上选送这几个宫女还远远不够，今后有什么能让皇上开心悦目之物，尽管为皇上办理，皇上不会亏待于你！”

“那是，那是！”李实深知俱文珍之意，忙答应着。俱文珍看了看德宗，又向着李实道：

“过去裴延龄任京兆尹时，每年都要从京畿税赋余额中拿出几千缗，供皇上宫内所用，李大人是否也应着手此事？”

李实看了一眼德宗，向着俱文珍道：“公公说得极是，此事卑职早已有所安排。预计今年京兆各地税赋将有万缗余额，拿出几千缗供宫中使用乃是小事一件。”

俱文珍斜视了一眼德宗，道：“那好！那好！看来皇上没有用错人！”德宗看了看李实，笑着道：“听说今年关中旱情不小，这税赋能全额入库就不错了，怎能还有上万的余额？”

李实谄媚地道：“这都是皇恩浩荡，感动天地，关中虽有灾情，但仍五谷丰登，家家丰衣足食，盗贼不敢起，谷价不敢涨，百姓齐呼皇上万岁，踊跃交纳钱粮，故有余额高于往年尔。”

德宗听后，更加高兴，对李实大大褒奖了一番。

翌日，德宗李适早朝宣政殿，文武大臣三呼万岁之后，排班而立。俱文珍操着公鸡嗓子喝道：“皇上有旨，有事奏来，无事退朝。”只见站在排尾的韩愈走出班来。向着德宗道：

“微臣监察御史韩愈，有本上奏。”说着将奏章呈上前。俱文珍一看又是韩愈，不高兴地走下台来接过奏章，转身上去交给李适。

德宗接过奏章一看，见题目为《御史台上论天旱人饥状》，不觉一愣。当看完奏章后，面上呈现疑惑和不悦之色，向着台下李实道：“李大人？”

“臣在。”李实见德宗阅完奏章后，面有怒色，不知韩愈所奏何事。韩愈不仅才华横溢，文章奇秀，而且疾恶如仇，敢言时弊，在朝中已小有名气。李实作贼心虚，不觉心中咚咚直跳，忙出班应诺。

德宗看着李实道：“你昨天向朕说，关中虽旱，但五谷丰登，百姓家家丰衣足食，踊跃交粮纳税。今年赋税不仅可以全额入库，而且还有余额。韩愈在奏章上却讲：京畿各县夏逢亢旱，秋又早霜，田种所收，十不存一，百姓弃子抛妻，以求口食，拆屋伐树，以纳税钱，饿殍遍野，尸体填壑。这是怎么讲？莫非是你在欺瞒朕听不成！”

李实一听是此事，慌忙跪下道：“陛下容禀：微臣自任京兆尹以来，忠心耿耿，一切为朝廷社稷着想，所言句句是实，天地可鉴，望皇上明查。”

德宗将奏章扔给李实道：“你自己看去，难道韩愈所奏，有假不成？”

李实慌忙从地上捡起奏章一看，不由吓了一跳，心想坏了，这奏章所论有理有据，句句是实，一时不知如何回答。俱文珍见此，心中十分着急，忙提醒道：“李大人，皇上问你这奏章所言是否有假，你怎不说话？”

李实猛然醒悟，忙向着德宗道：“请皇上明鉴，韩愈所论纯属凭空捏造，无稽之谈！”

德宗看着李实疑惑地道：“据朕所知，韩愈崇礼重道，刚正无私，怎会凭空捏造灾情？”

李实两眼一转道：“皇上容臣回禀：韩愈一向恃才傲物，藐视众卿。自入御史台以来，每每抨击朝政，危言耸听，蛊惑人心，以此沽名钓誉，哗众取宠，这是凭空捏造其因一也。其二：韩愈对微臣心怀怨恨，想借此找微臣的不是。今年秋天，韩愈的四门博士届满，曾写信给微臣，要微臣予以推举提携。微臣以为擢迁乃吏部之事，未予理睬，故有借机泄愤之举。”

德宗一听，不由点了点头。韩愈没想到李实竟如此阴险狡诈，颠倒黑白，对自己进行恶意诬陷，气得脸色发白，正要向前申辩。只见李实又抢先说道：

“其三：韩愈常常散布流言蜚语，说皇上昏暗不明，宠信小人，当今朝政腐败，奸佞当道。他要振儒教，明天道，拯救百姓于水火。在奏章中，他把大唐中兴之盛世，说得漆黑一团，肆意对皇上的丰功伟绩进行诬蔑！是可忍，孰不可忍！”

那德宗听到这里，已气得脸色铁青。韩愈见此，不由热血上涌，上前一步道：“皇上！”正要驳斥李实，只见德宗怒容满面，向着韩愈喝斥道：“你不要说了，朕心里清楚！”

此时李实见德宗已动怒，心里不由一阵高兴，决心置韩愈于死地。他故作气愤地道：“韩愈为哗众取宠，还和张署、李方叔等人说皇上骄奢淫逸、玩物丧志、纵容五坊小儿祸害百姓；还说朝廷设置宫市是强取豪夺、坑害百姓，搜刮民脂民膏。”

韩愈听李实讲到此，再也控制不住自己，指着李实道：“李实，你这个谗谀的奸佞，平日欺下瞒上，蒙蔽圣听，干尽伤天害理之事；今日在这神圣的朝堂之上，又颠倒黑白，混淆是非，极尽诽谤诬陷之能事，还知天下有羞耻二字否？”

韩愈的话还未说完，只见德宗已盛怒难抑，一拍龙案，大声喝道：“韩愈，你如此狂妄，竟敢当着朕面斥责大臣，咆哮龙庭！来人哪，将韩愈与我拿下，交刑部治罪；把张署、李方叔也一块赶出御史台！”

德宗的话音刚落，只见四个殿前侍卫一起上前，不容分说，将韩愈的朝服脱下，推出大殿。

“皇上息怒！”御史中丞李纹见此，慌忙从班中走出，跪下道：“请皇上开恩，韩愈虽言词激烈，但一片忠心。奏章所言天灾虽有些严重，但却是实情，实为大唐江山社稷而着想，请皇上明鉴。”

德宗看了一眼李纹，仍盛怒难抑，只“嗯”了一声。只见吏部尚书郑珣瑜出班跪奏道：“皇上乃圣明之君，韩愈敢于直言，是因为皇上有从谏如流之美誉。今若对韩愈治罪，必为后人所非议，有损圣上清誉。我朝太宗皇帝曾言：兼听则明，偏听则暗。韩愈乃是御史台谏官，向皇上直言，乃是其职责。古人曰：言者无罪，闻者足戒。

韩愈指着李实道：“李实，你这个谗谀的奸佞，平日欺下瞒上，蒙蔽圣听，干尽伤天害理之事……”

因此，韩愈所言即使有不当之处，也不应治罪。”

郑珣瑜讲到此，看了看德宗，继续说道：“再者：今年关中大旱，粮食歉收，确是实情。大臣们多有奏章上报朝廷。民乃立国之根本，得民心者得天下。韩愈此举是使民心归于陛下，而使我朝廷社稷永固尔，此乃难得之鲠骨诤臣也！请皇上三思。”

李适听后，怒气方消，道：“韩愈虽心怀忠烈，然自恃才高，狂傲不羁；议事多危言耸听，藐视朝廷。虽不宜治罪，但也不能留在京中。”说罢向着杜佑道：

“此事就由中书处置吧。”

杜佑出班向前奏道：“现岭南连州管辖之阳山县。久缺县令，因地域偏僻，无人愿往，就让韩愈到阳山任职，以观后效。”

“好，准奏。”李适点了点头。

韩愈被赶出朝堂后，义愤填膺。他没有想到自己一腔热血，拳拳忠心。竟被奸佞所诬陷；为当今皇上所不容，不禁仰天长叹！

他满面忧愤地回到家里，卢夫人一见不由大吃一惊，只见韩愈一脸沮丧，身上朝服已经不见，暗道：“坏了！”她没想到自己所担心的事情，竟然这么快来到。忙扶韩愈坐下，沏了一杯热茶，递给韩愈道：

“老爷，今天上朝将奏章呈给了皇上？”韩愈气愤地将早朝情况说了一遍，叹口气道：“没想到李实竟如此颠倒黑白，卑鄙无耻；皇上偏听偏信，是非不分。朝堂之上竟不容学生分辩，历代忠臣为奸佞所陷害，今日学生方有切身之感也！”

此时，秦济、建中带着韩昶、韩湘也来到客厅。韩愈接着道：“最令学生遗憾的是，过去自己对李实的卑劣行径竟没有看清，还向他上书，说了他许多好话。今日反成了他诬陷自己的把柄！”

韩愈刚讲到这里，只见柳宗元、刘禹锡急急进来，韩愈忙起身相迎。柳宗元向着韩愈和卢夫人道：“这次退之兄和张署、方叔三人吃了大亏了，没想到皇上竟如此偏信奸佞之言！”

韩愈道：“学生在朝堂之上，见那李实颠倒黑白，肆意诬陷，已气得失去理智，真想上去咬那李实一口；后见皇上拍案大怒，要将学生治罪，把学生押出朝堂，心想，这次要为国家尽忠了！”

“这次多亏了郑珣瑜和李纹两位大人的极力保奏。”刘禹锡道：“你被押出朝堂后，两位大人力陈仁兄赤胆忠心，所言无误，皇上方稍稍息怒，但还是将仁兄和张署、方叔三人贬出京师。”

柳宗元道：“这次仁兄被贬往岭南的阳山县任县令，张署被贬到湖南的临武县任县令，方叔被贬向何处，还不太清楚，估计吏部批文明日就要下来。一散朝，我二人即来向仁兄告知。”

韩愈听后，叹了口气道：“多谢二位贤弟关照，当今朝廷昏暗，奸佞当道，当个诤臣可真难啊！贤相陆贽刚正不阿，为裴延龄所陷，被贬为忠州别驾；良相郑馀庆不与奸佞同流合污，为权贵所不容，被贬到郴州；诤臣阳城，因直言时弊，弹劾佞臣，被贬往道州！今日也轮到我韩愈了。”

柳宗元道：“仁兄莫忧，只要青山在，就会有柴烧！听说当今沉溺酒色，身体已如槁木；只要太子临朝，革除弊政，大唐中兴指日可待！那时仁兄定会重返朝堂。”

韩愈苦笑了一下道：“那就要看老天如何安排了！”柳宗元和刘禹锡又说了一会儿话，方告辞离去，韩愈将他们送出大门。

晚上，卢夫人安排莹莹和小昶睡下后，来到韩愈书房。只见韩愈站在书案前，面色严峻，正凝视着墙上悬挂着的屈原《橘颂》条幅。卢夫人走上前，心痛地道：

“老爷，天不早了，安歇吧，这京官不做也罢，用不着为此生气，若气坏了身体可怎么办！”

韩愈转过身，看着卢夫人道：“这京官做不做倒是事小，只是皇上如此昏庸，宠信奸佞，这大唐何日才能中兴！此乃事大矣！”韩愈说到此，看了一眼墙上的条幅道：

“纵观古今，历来良臣多厄。昔日，比干进忠言，被妲己所谗，身遭炮烙；屈原忧国忧民，为靳尚所陷，被贬洞庭。对此，学生已早有思想准备，并不以此为憾！”韩愈讲到此，看着卢夫人道：

“只是学生对不住夫人，而使学生惴惴不安！想学生为寻求报国之路，十年求仕远离家门，致使夫人独守空房，望眼欲穿；后虽于汴州相携两载，却又遭遇兵变，使夫人险些丧命。今夫人刚刚来到京师，还未过上几天安顿日子，学生却又要贬往阳山；夫人也将会被赶出京城，又要宝钗分股，鸾泊凤飘，岂不叫学生伤感有愧！”韩愈说到这里，不由眼睛一湿，望了望里屋，道：

“而且眼下小女莹莹重病在身，儿子小昶年纪尚幼，家中重担就又要落在夫人一人肩上，实让学生心绪不宁。”

卢夫人见此忙道：“老爷说哪里话来！为妻的心怀老爷难道不知，只要老爷能实现报国之志，为妻虽赴汤蹈火也再所不惜，何况这是暂时分离呢！”说到此，卢夫人也不由两眼一红，两行热泪夺眶而出，继续向着韩愈道：

“使为妻所不安的是，阳山乃万里之外的荒蛮之地，眼下寒冬腊月，冰封雪飘，这路程茫茫，千山万水，老爷近来身体又不太好，如何能够受得了，让为妻怎能放下心来！”

韩愈见卢夫人落泪，上前轻轻将卢夫人的眼泪擦去，强打笑脸道：“你看，说着就又流泪了。”此时，卢夫人再也控制不住自己的感情，一下扑到韩愈的怀里，痛哭起来。

第45章
辞京师百姓相送　过秦岭遇刺惊魂

韩愈因上书朝廷，直言天灾民情，而被幸臣李实诬陷，谪贬阳山的消息，迅速在京传开。第二天，刘述古、张弘、李绅等一批国子监学子，纷纷来到韩愈家中探问安慰。韩愈此时倒显得十分坦然，和卢夫人一起招呼大家坐下叙话。

刘述古等人对韩愈被贬表示了极大愤慨和同情。他们刚说了几句话，只见家人建中进来禀道："有两个公公向家里来了，现已快到门前。"韩愈一听，知是前来传谕诏书的，忙迎出客厅。只见两个太监昂着头，大摇大摆地走进来，边走边道：

"这是韩愈的府宅吗？让韩愈接旨！"

韩愈见此，不由心中怒气上升，道："学生就是韩愈！"那两个太监把韩愈斜视了一眼道：

"韩愈听旨，皇上口谕：韩愈狂傲不羁，危言耸听，诽谤大臣，咆哮龙庭，免去其御史台监察御史之职，贬为连州阳山县令。限三日内离京赴任，家眷在五日内迁出京城，不得有误！钦此！"说罢，又看了一眼韩愈道：

"韩大人都听明白了吗？明天就到吏部去领取文牍印信吧！"

卢夫人在屋内听院中两个太监口传圣旨，要五天内全家离开京城，想到莹莹重病在身，知韩愈性情耿直，一向痛恶太监，怕语言有犯，忙走出客厅，向着两个太监道：

"外面天气寒冷，请公公屋内用茶。"那两个太监把脸一仰道："不用了，咱家公务在身，不便久留。"

卢夫人上前一步，央求道："眼下小女重病在身，公公能否宽限几日，待小女病愈后，全家再离开京城？"

那两个太监把嘴一咧道："这是圣旨，谁敢违抗？咱家没这个权，要不，你们向皇上说去！"

这时刘述古、张弘和李绅也来到院中，向着那两个太监道："请公公积积德，回去向皇上如实奏明，待小姐病情好转，我们就立即动身离京。"

那两个太监看了刘述古等人一眼，轻蔑地道："你这话等于是嘴上抹石灰——白说！人言韩大人刚正不阿，钉是钉，卯是卯的，怎么也求起情来着！这情能求吗？"

韩愈见此，更加气愤，向着卢夫人和刘述古等人道："不要再央求他们了，这话给他们说没用，他们不会可怜你们的，我们按期离开京城就是。"

"知道就好！"两个太监说罢，昂着头转身而去。

刘述古和张弘等人，望着两个太监离去的背影，气愤地骂道："这些阉狗，没有一个是好东西！"

第二天，韩愈到吏部办理了有关文书印信，并到御史台向李纹等人进行了辞行。李纹一见韩愈，深感痛惜，说了不少安慰和鼓励的话。柳宗元和刘禹锡等人为韩愈、张署、李方叔在偏僻小巷，进行了饯行。大家虽愤愤不平，然毫无回天之术，只好对酒相望，说了一些互相宽慰的话。韩愈同张署、李方叔约定明天一块出发。

晚上，韩愈回到家中，李翱和夫人已在客厅等候，大家又说了一会儿话。韩愈和卢夫人商定：由秦济随同韩愈前往阳山，建中留下料理家中诸事，两天后全家迁回东都洛阳。

翌日凌晨，天还未大亮，卢夫人就起来为韩愈打点行装，准备早点。韩愈刚用罢早膳，只见柳宗元、刘禹锡等一班同僚及刘述古、张弘、李绅等国子监众学子，已先后到来，客厅和院子里站满了前来送行之人。

大家正在互相叙话，只见吏部催行的官吏也已来到，大家忙捧茶让座。那官吏向着韩愈道："郑大人让韩大人早点出发，以免引起不测。”说罢，只呷了口茶，便告辞回去。韩愈和众人将其送至门外。

送走吏部官员后，韩愈向着大家道：“天不早了，诸位都请回吧，学生也该启程了。”柳宗元道：“退之兄说哪里话，此去岭南万里之遥，不知哪一天我们大家才能重新相聚！今天定要为兄长远送一程方罢。”说着，不由眼睛一湿。

刘述古道：“今天大家都是来为先生送行的，先生就是赶我们，我们也不会走的。”

韩愈见此，只好到里屋看了看病床上的莹莹，然后出来，在大家的簇拥下走出家门。这次韩愈虽是被贬谪出京，但京城之人都知韩愈是个忠臣，为关中百姓上书而被奸佞陷害，个个为之不平，纷纷冒着刺骨的寒风，来到韩府门前相送。韩愈见此，忙向大家拱手致意。

送行的百姓主动为韩愈让出道来。两个年迈的儒士走到韩愈面前，呼着白茫茫的热气，带着遗憾和关切的口气道：“大人是当朝第一忠臣，您可要多多保重自己呀，我们还在等着大人你早日回朝哩！”

旁边两个年青后生向着韩愈道：“大人尽管放心前往，家中有什么事，我们大家会帮助照看的。”

“大人是个好人，上天会保佑大人一路平安的！”一个拄着拐仗的老太婆，擦了一把眼泪，向着韩愈说道。韩愈见此，感动得热泪盈眶，连连向大家拱手致意道：

“学生何德何能，只不过向皇上奏明了实情，说了自己应该说的话，竟让大家如此看重学生，使学生深感惶恐不安！天这么冷，大家都请回去吧。”韩愈边说，边从相送的人群中走过。

长安郊外，朔风呼啸，彤云低沉，地上的断蓬枯草，不时被凛冽的北风吹上天空。

韩愈在卢夫人和柳宗元、刘禹锡、李翱等人相送下，来到灞水桥边。只见河水冰封，岸柳萧瑟，桥头几家酒肆门窗紧闭，低垂的酒旗在寒风中不停地摆动着。这时张署、李方叔已先前来到，大家一见忙互致问候。

韩愈向着柳宗元，柳禹锡等人道：“大家盛情已领，送君千里，总有一别，就到此为止吧。”

柳宗元事先已让随从带着酒肴在桥边长亭等候，便道：“小弟和梦得略备薄酒一杯，权为三位兄长饯行。”说罢即邀韩愈、张署、李方叔等人进入长亭。那随从忙打开食盒，取出烫好的壶酒和四碟小菜，摆放到石桌上，然后满满斟了三杯酒端了过来。

柳宗元和刘禹锡接过杯，捧向韩愈和张署、李方叔三人，道：“此去关山重重，望三位仁兄饮罢此酒，一路平安，顺利到达任所。”

韩愈和张署、李方叔三人接过酒杯，齐道：“多谢二位贤弟盛情！”说罢，一饮而尽。

柳宗元和刘禹锡命随从斟上第二杯酒，端向三人道：“望三位仁兄到在任上，万事如意，政通人和，捷报早传！”三人接过酒杯又一饮而尽。

柳宗元和刘禹锡端起第三杯酒道：“这第三杯酒祝愿三位仁兄，吉星高照，平步云衢，并能早日返回京都！”

张署接过酒杯，叹息一声道：“但愿能顺利到达岭南，为百姓做点好事就行。在这奸佞当道之际，平步云衢，返回京都，不敢有望也！”说罢，将酒一饮而尽。

刘禹锡道：“三位仁兄请放心前往，只要太子登基，实行变法，三位仁兄自当在首迁之列，返还京都指日可待！”

韩愈向着柳宗元和刘禹锡道：“推行新政，虽乃大唐中兴之捷径，但历来革新变法道路艰辛，风云莫测，二位贤弟也要事事小心为好！我等将以候佳音也。”

柳宗元自信地道：“只要太子登基，这推行新政即可水到渠成，势在必然。”

韩愈点了点头，然后转身走到卢夫人面前，道：“学生这就要上路了，请夫人回去吧。夫人明日也要前往东都，万望夫人一路小心，多多保重，到了洛阳后，代我向母亲问安。”

卢夫人听到此，不由两行热泪潸然而下，道：“老爷尽管放心前往，一路多多保重。为妻谨记老爷的嘱咐就是。”

韩愈见此，怕时间长了引起大家伤感，不敢久停，遂转身与柳宗元、刘禹锡等人一一道别，同张署、李方叔三人挥泪而去。柳宗元、刘禹锡和卢夫人等，站在灞水桥头，一直望着他们的背影消失在茫茫大道上，方转身回城。

再说李实那日在朝堂之上，极尽诬陷之能事，虽激怒德宗，将韩愈等人赶出御史台，但由于郑珣瑜和李纹二人极力保奏，将韩愈等人只是贬赴外任，并未治罪，心中仍愤愤不已，便来找俱文珍商议此事。

俱文珍看着李实，阴阴地道："韩愈倔强傲倨，意略纵横。这次被赶出京师，关键是皇上对李大人宠幸所至。据闻，韩愈等人与东宫之人多有来往，将来一旦太子就位，这些人结为死党，你我将无立身之地也！"

李实听后，不由心中一震，忙向俱文珍讨教良策。俱文珍道："目前东宫之人，你我动他不得，只能以观其变；郑珣瑜和李纹乃两个腐儒，可慢慢图之，一遇机会，便借皇上之手将他们铲除。眼前最要紧的是除掉韩愈等人。俗话说：打蛇不死，反受其害。不能让他们平安地到达任所，一旦将来其羽翼丰满，就悔之晚矣！这点大人比我清楚，该怎么办，大人回去斟酌斟酌，咱家就不需多说了。"

那李实一听，马上心领神会，道："承蒙公公赐教，下官回去就着手此事，定将斩草除根，以绝后患。"

"好！好！"俱文珍阴险地点了点头。

韩愈与张署、李方叔辞别卢夫人和柳宗元、刘禹锡等人后，相携行有二十余里，李方叔分道向东前往闽越赴任，韩愈与张署转弯向南，往蓝田方向行进。此时雪压冬云，寒风呼啸，像米粒一样的冰冷雪花，不时扑打到他们的脸上。不一会儿，坚硬的雪粒竟便变成鹅毛大雪，铺天盖地从天而降。

韩愈和张署并辔骑在马上，秦济和张署的仆人王忠挑着行李，走在后面。张署望了望纷纷扬扬的大雪，向着韩愈道：

"看来天公也是个昏庸无道之君，很少为穷苦百姓和罹难之人作美！"

“此话怎讲？”韩愈望着张署。张署手指远处路上风雪中影影绰绰的讨饭饥民，道：

“你看，今年开春以来，百姓等着春雨播种，它却一点不下，使百姓颗粒难以入土，形成赤地千里，夏粮十不收一；而秋天又突降早霜，农夫补种的晚秋和冬菜，又全被冻死。现在，百姓身上缺衣，腹中无食，它却大雪不断，百姓连出门逃荒要饭都找不到路。”

韩愈望了望天空，叹了口气道：“天灾不断，弊政愈烈，奸佞当政。三分天灾，七分人祸，这大唐何日方能中兴！百姓几时才能安居乐业？真让人忧心啊！”

二人说着来到前面一个小镇，只见街上到处都是身着破衣烂衫，扯儿带女的来往讨饭饥民，个个形销骨立，满面菜色。他们来到一家饭铺门前，秦济向着韩愈道：

“老爷，天已到中午，我们就在这里用些饭吧？再往前走，就没有村镇了。”韩愈看了看路旁那个小饭店，只见冷冷清清，内中无人，便向着张署道：“要不，我们就在这里用点饭？”

“行。”张署看了一眼饭店，答道。韩愈和张署从马上跳下来，牵着马来到店门前。店老板见韩愈等人过来，忙跑上前接过马缰绳，将马拴到旁边的槐树下，向着店里喊道：“兰花，来客人了！”

韩愈和张署拍了拍了身上的雪花，进入店内。只见一三十来岁的妇人笑着迎了上来，忙擦桌抹凳，请四人坐下。提着茶壶给四人每人面前倒了一杯热茶，向着韩愈和张署道：“客官想吃点什么？”那老板娘话还未说完，只见几个蓬头垢面的讨饭之人，已站在饭店门前，探着头向里面望着韩愈等人。

秦济向着老板娘道：“炒四个菜，烫一壶酒，然后再下四碗炸酱面。”

张署看了看门外，只见又有五六个讨饭之人拥到门口，已有三四个半大孩子挤到屋内，站在离他们的不远之处，瞪着大大的眼睛看着他们，不禁皱了皱眉头，向着韩愈道：“酒菜就算了吧，光有面条就行了。”

韩愈看了看门口站着的一排讨饭难民，向着老板娘道：“好，就光来四碗面条吧。”那老板娘多少有点失望，刚才接拴马的那个老板见此，已知张署和韩愈之意，走到那一群讨饭之人面前，央告道：“大家先出去一下好不好！请客人用罢饭再进来，你们站这一堆，我这生意可怎么做！我求求诸位了。”说着，用力将挤进来的几个半大孩子推到门外。

不一会儿，老板娘端着四碗炸酱面出来，放到四人面前。韩愈和张署还未端起碗来，不知什么时候，屋内已经进来十几个讨饭之人，马上围到他们的身后站了一圈，个个瞪着饥饿的眼睛，盯着桌上的四碗面条。向着韩愈等人哀求道：

“老爷，请给一点吧？”

“老爷，你行行好，给俺一点吧？”

一个五十多岁，蓬头垢面，骨瘦如柴的老妇人，拉着一个四五岁的小男孩，挤到韩愈身边，哆嗦着手中的破碗，向着韩愈道：“老爷，你可怜可怜俺这个小孙子吧，他已有两天没有吃过东西了，眼看着就要活活饿死，你给他一点吧！”

韩愈一看：只见那个小孙子也是蓬头垢面，瘦骨嶙峋，脸上冻得紫一块，红一块。两只痴呆的大眼睛，深深地塌陷在眼眶里。身上穿着一件露着棉絮，分不清颜色的破棉袄，下面露出两只没有穿鞋，被冻烂的流着血水，又肿又黑的脚丫子。韩愈见此，不由心中一阵酸痛，这碗面他再也吃不下去了，端起碗，向着那个老妇人道：“老人家，别难过，拿去给孩子吃吧。”韩愈的话音刚落，周围七八个讨饭之人马上围了过来，四五个破碗，一齐争抢着递到韩愈面前。那位老妇人还未接过韩愈的饭碗，突然，一只手伸过来，将韩愈那碗面条夺去，接着几个人争抢着扭在一起，不顾刚出锅的面条烫手，抓着就往嘴里塞。

韩愈见此，不由心里一阵颤抖。接着张署的那碗面条也被饥民拿去。两个半大孩子不顾别人踩踏，爬到地上去抢食因争夺掉在地上的几根面条，被踩得啊啊直叫。

不一会儿，四碗面条先后被这十几个讨饭人迅速抢食一空。韩愈望了望四周饥民，向着站在一旁束手无策的老板娘道：

“你这店里还有什么吃的？”

“还有十几个馒头。”老板娘以为韩愈把面条给了人，想找其他东西充饥，忙答道。

“都拿来吧。”韩愈说道。秦济不知韩愈之意，用疑惑的目光看着韩愈。

那老板娘忙进里间，端出一盘馒头放到桌上。韩愈向着秦济道：“看好这盘馒头。”秦济不知韩愈何意，忙将那盘馒头拉放到自己的面前，用手护住。

韩愈拿起两个馒头，递给刚才没有吃上面条的老妇人，道：“老人家，拿去吧。”

那老妇人伸出不停颤抖的双手接过馒头。看着韩愈道：“谢谢大爷，谢谢大爷……”

韩愈转过身，向着站在周围，死死盯着桌上那盘馒头的饥民道：“这些馒头，每人一个，大家都不要争抢。”说罢，向着奏济道：“把馒头分给他们吧。”

秦济一听，方知韩愈要这些馒头是给讨饭之人的，有些不解地道：“这……”

韩愈向着秦济道：“分给他们吧，看他们饿的！”秦济深知韩愈心意，摇了摇头，向着那些饥民道：“每人一个，不要争抢，拿了后就出去吧。”说罢，将那盘馒头很快分给了周围的饥民。

韩愈和张署离开那个小镇后，心情都十分沉重，虽然没有吃上饭，但每个人的肚子里一点食欲也没有。张署道：“天下百姓如此苦难，何时才能吃上饱饭，过上安居乐业的日子！”

韩愈叹息了一声，感慨地道：“看着天下这些苦苦挣扎的百姓，为了使他们能脱离苦海，过上安居乐业的生活，我们就是受再大的冤枉，也算不了什么！为了他们，为了大唐，这官一定要做好，即使这身家性命不要！”

“退之说得极是。”张署也感慨地道。

傍晚时分，雪慢慢停了下来。四人来到蓝田县城，找一家客店住下。约二更天时，只见店中来了七八个腰悬刀剑之人，探头探脑地往韩愈住的房间看了看，便在隔壁的客房住了来下，天不亮即起床而去。韩愈等人也未在意。

第二天，大家早早起了床，用罢早膳，便向蓝关进发。走有约一个时辰，便进入连绵的终南山中，这终南山乃秦岭中段山脉，横亘在蓝田和商州之间，是长安通向江汉之地的必经之道。山高路险，道路极其难行。

韩愈等人进入山中后，只见险峰突兀，峭壁横空；刺骨的寒风裹着雪花，顺着山谷，呼啸肆虐，吹得人睁不开眼睛。路上全是没有融化的积雪和厚厚的冰凌，又陡又滑，马走在上面摇摇晃晃，难以站稳。韩愈和张署只好拉着马，一步一步地往前行进。他们刚转过一个山口，突然从前面山坳中走出三四个蒙面之人，个个手握利刀，挡住去路。

秦济一见，惊叫道："老爷，不好！有强人。"说着抽出腰刀，大踏步地跑到韩愈身旁。

"后边也有人！"只听张署仆人王忠惊呀地说道，韩愈忙扭头一看，果见后边不远处也是三四个蒙面之人，手握刀剑跟在后面。嗜道："此路乃南北来往官道，从未听说过有强人出没，这些强人从何而来？"

前后蒙面之人以夹功之势，越来越近。秦济和王忠都已执刀在手，挡在韩愈和张署身边。韩愈看了看前后七八个蒙面之人，只见个个身体魁硕，衣着整齐，不像一般落草饥民，更加疑惑，已感来者不善。向着他们斥问道：

"汝等是何方之人，竟敢光天化日之下，在此翦经，难道不怕官府治罪！"

秦济忙道："我等乃过往旅客，身上并无多余银两，请诸位好汉让条道，放我等过去，以后相见，定感谢不忘。"

只见其中一蒙面之人向着秦济道："我们只要韩愈、张署性命，其他东西一概不要，晓事的赶快离开！"说罢一挥手，前后蒙面之人一齐扑了上来。

秦济和王忠见此，不敢怠慢，大喝一声："贼人休来！"忙挺刀迎了上去。只见刀剑相碰，声震峡谷，互相厮杀在一起。韩愈和张署见此，忙也从马背上抽出剑来，紧紧握在手中。

这时，两个蒙面人突然窜到韩愈面前，提刀砍来。韩愈一见，急忙执剑相迎，边招架边往后退。不料脚下一滑，摔到在地。那两个蒙面人见韩愈摔倒，一齐举刀就砍。韩愈不禁惊呼道："吾命休也！"

就在这千钧一发之际，只听"哐当"一声断金碎玉之声，从空中飞下一人，随着剑影晃动，一蒙面人在手中钢刀被剑震飞的一刹那间，人头已被削掉滚落在地。接着是"噗"的一声，一腔热血从颈项间喷涌而出。

另一蒙面人见此，不由一惊，忙举刀向那人砍去，只见那人将身一转，一道剑光闪过，这个蒙面人也随之人头落地。此时不远处，两个蒙面人正在围攻张署，看看张署已招架不住，危在旦夕。只见那人将手一扬，两道白光飞去，只听"啊"的一声惨叫，围攻张署的两个蒙面人晃了晃身子，"扑通"一声摔倒在地。

其他与秦济、王忠交战的三四个蒙面之人，见此，吓得转身就走。只听那人低沉地喝道："都与我站住，想走者留下性命！"那三四个蒙面人已被吓破了胆，忙转过身来，扔下手中刀剑，跪在地上，只求饶命。

此时韩愈已惊得出了一身冷汗。只见那人转身走到韩愈身旁，将韩愈扶起道："退之受惊了！"

韩愈忙将那人一看，只见那人年近四旬，身材颀长，猿臂狼腰，剑眉风目，颔下长须飘于胸前。好像在哪里见过，但一时想不起来。忙致谢道："多谢壮士救命之恩！"

那人看着韩愈道："怎么，退之不认识在下了？我是刘叉啊！"

"什么？你是刘叉兄长！"韩愈没有想到在这里能遇到刘叉，忙揉了揉眼睛，又将刘叉端详了一下，高兴地道："不错，是刘叉兄长！我们自五泉山分手后，已有快二十年没有见面了！这些年兄长飘流何方？今日怎会来到这里？"

刘叉道："贤弟下山不久，李华先生得病身亡，李观扶柩回原籍安葬，我便漂流江湖，浪迹天涯，做此除暴安良，行侠仗义之事。前几天游荡来至京师，闻说贤弟为奸佞所谗，贬往阳山，甚是气愤，便夜至京兆府，想刺杀奸佞，为民除害，但见防卫森严，无从下手；却意外发现李实正在派遣府中军兵，化装成强人，欲在这秦岭之中杀害贤弟等人。故尾随其后，来到这里。”

此时张署也走过来，韩愈高兴地将二人进行了互相介绍，张署道：“壮士真神人也，若无壮士相救，今日我二人性命休也！”韩愈又将刚才刘叉之言说了一遍，张署气愤地道：“这李实真是心狠手辣，丧尽天良，皇上怎么就宠信这样的奸贼！

韩愈看了一眼跪在地上的四个蒙面之人，向着刘叉道：“这些人也是身不由己，被差遣而来。罪魁祸首乃是李实，兄长就饶了他们的性命吧？”

刘叉看了一眼跪在地上不停抖动的四个蒙面人，道：“在下也没打算杀他们，要不，他们早已人头落地了。”说罢，又看了一眼地上躺着的四具尸体，道：“这四人若不是刚才要对二位大人下毒手，在下也不会取他们的性命。”说着，走到其中两具尸体旁，从其身上拔出两支飞镖，擦了擦上面的血迹，放到身上。然后向着跪在地上的四个蒙面人道：

“你们都起来滚吧，但不准再到京兆府去当差，今天你们没有为李实杀掉两位大人，就是回到京兆府，李实也不会放过你们。以后若再为虎作伥，干伤天害理之事，让在下碰到，可别怪我手下无情！”

“是，是！多谢大侠不杀之恩！”那四个蒙面之人此时如丧家之犬，忙爬在地上向刘叉磕了几个响头，起身落荒而去。

刘叉看着四个蒙面人逃走后，转过身向着韩愈道：“咱们也上路吧，再往前走三十里地，就到了蓝关，过了蓝关路就好走了。”

第七卷

披荆振阳山

第46章
汨罗江凭吊屈子　九嶷山瞻仰舜陵

韩愈和张署被刘叉相救之后，心中是又惊又喜。刘叉道："再往前走不到三十里就是蓝关了，在下想顺便到商州去看个朋友。咱们就结伴同行吧。"

韩愈一听大喜，他和刘叉久别重逢，真有一肚子话要说，便高兴地道："有兄长相携，小弟路上无忧也！我们正好一诉衷肠。"说着，便招呼大家整装上路。

刘叉从山坳树林中牵过自己的马来，同韩愈、张署并辔而行。向着韩愈道："贤弟同李愿相携下山后，听说赴京求仕，不愿依附权贵，屡受挫折；后又从戎汴徐，多不得志。可否是真？"

韩愈不由叹了口气，遂将二十年来，求仕之艰难，仕途之坎坷，说了一遍。刘叉道："贤弟才雄德茂，超尘拔俗，乃人中骐骥，在山上最受李华先生器重。然当今朝廷昏暗，奸佞当道，虽有满腹经纶，一腔热血，却难酬报国之志，岂不叫人愤慨！"

二人说着又谈及他人，韩愈惋惜地道："李观英年早逝，国家损一栋梁，你我失一挚友；李愿隐居盘谷，柏耆不知漂泊何方；只有叔文现为太子侍读，如冉冉东升之日。"

刘叉道："李观死后三年，在下方闻知，专程到长安东门外哭了一场。听说柏耆现在淮西老家闲居，仍在演绎纵横家学说。"

五人相携约走有十几里路，渐渐登临山顶，只见道路越来越陡，路面也越来越滑。三人所骑之马几次被滑到在地，大家只好又推又拉，方上到山顶。此时已夕阳西下，夜幕慢慢降临，轮明月从东方冉冉升起，大家踏着月光，待走到蓝关时已有二更天气。

晚上，大家在蓝关一客栈住下，刘叉主动作东，向店家要来酒菜，邀请大家畅饮至深夜。第二天，太阳升起三杆时，大家方起床上路。到达商州后，刘叉即访友而去，韩愈和张署继续南行。

韩愈与张署由旱路到达江陵时已值春节，在江陵过罢新年，然后乘船南下。到达洞庭时，正值东南信风骤起，湖面之上波涛汹涌，白浪滔天。客船在波峰浪谷中颠来荡去，行走十分困难，只好停靠到岸边。

韩愈站在船头，望着远处巨浪翻腾，波涌连天的湖水，向着身旁的张署道："大历十二年，兄长韩会因元载一案，被贬到韶州去做刺史，时学生只有十岁，随兄嫂流徙岭南。记得那时路经这里，也是遇到风雨天气，舟不能行，在岳阳楼下整整停了三天。不想二十六年后，学生也被贬往岭南，路经这洞庭湖上时，也被风雨所阻。"

张署不由感慨地道："大历十二年时，学生年方及冠，第一次上京应试，在京正遇元载事发。当时株连近百人，元载被赐死，妻妾子女三百余口皆伏诛于市。对令兄韩会受牵也略有所闻，那时韩会兄长高情远逸，名重一时，被人称为"四夔"之一。因元载极喜韩会兄长的诗赋文章，常被邀到府中交谈，故也被划为一党，实在是冤枉得很。记得那时同韩会兄长一起贬出京师的还有吏部侍郎杨炎、谏议大夫韩泗、包佶等人。"

"张兄说得不错。"韩愈多少有点伤感地道，"兄长刚正不阿，掞藻飞声，对元载专横跋扈，弄权朝堂，早已深恶痛绝，只是勉强敷衍而已，竟也被诬为一党，使兄长心中受到了极大创伤和打击。他在贬往岭南途中和在韶州的两年期间，因此而忧愤成疾；加上操劳过度，不幸竟早早离开人世。"

张署听后道："君主不明，致有奸佞弄权，忠奸争斗之举；朝堂之上互相倾轧，不是风，便是雨。远的不说，自大历以来，朝中宰相大臣被贬，被诛，年年皆有，受株连牵涉者不可胜数。致使多少无辜之人难脱罹难，含冤九泉！"

韩愈不觉叹息一声道:“张兄说得很是，当今主暗臣佞，说到底乃是圣教不振，纲常废弛，仁义不行所致也！欲消除弊政，非振兴儒教不可！”二人越说越激动，直到秦济请他们去用饭方罢。

第二天，风渐渐停息下来，客船继续南行。两天后的晚上，客船停泊在洞庭湖畔的汨罗江口。这汨罗江乃是战国时期楚国大夫屈原以身殉国的地方；在洞庭湖东南三十里的江边建有屈子祠。南来北往，路经这里的文人墨客，达官名士，大多都要到屈子祠去膜拜吊祭。

夜里，韩愈站在船头，只见天空皓月如洗，湖边蒲萍苍茫；远处几点渔火忽明忽暗，不时传来断断续续的渔歌之声。他遥望东方，想到屈子一生忠心报国，才华横溢，结果被奸佞所陷，悲愤投江而死。联想到自己的目前处境，多有相似之处，很想前往一吊，但又怕耽误行程，不由感慨尤甚，遂低声吟道：

猿愁鱼踊水翻波，自古流传是汨罗，蘋藻满盘无处奠，空闻渔父叩舷歌。

这时正好张署走过来，听韩愈吟诵罢，向着韩愈道:“退之是否想去凭吊屈子祠？在下也有此意。眼下离赴任期限尚早，不如我们在此停留一日，吊祭罢屈子祠再走不迟。”

韩愈一听大喜，道:“如若不会有误赴任之期，能亲身到屈子祠进行凭吊，那是最好不过了！”二人遂商定在此暂停一天，游罢屈子祠后再继续南行。

翌日，韩愈和张署带着秦济王忠，雇来一条小船，顺着汨罗江溯流而上。约行有三十多里，果见前方出现一清水潭。船家向着大家道:“这潭叫作屈潭，当年屈原就是在这里投江的。”

大家一看，只见潭有三四亩大，水清见底，岸上翠竹掩映，远处潭对岸建有一庙宇祠堂。船家手指那庙宇道:“前方就是屈子祠。”

秦济向着韩愈和张署道:“这屈原是何方人氏，人们为何要为他建祠祭祀？”

韩愈道：“屈原乃战国时楚国大夫，是我国古代杰出的诗人、政治家和伟大的爱国者。他为振兴楚国，主张对内选贤任能，提倡法制；对外坚持联齐抗秦。为上官大夫和佞臣靳尚所谗，被楚王贬逐到这汨罗江畔。屈原虽被贬黜，仍忧国忧民，愤作《离骚》，成为千古绝唱。秦军攻陷楚都后，屈原不愿做亡国之民，在这里愤然投江而死。成为后世忠臣贤士之楷模。人们为了纪念屈原的爱国精神，和他为文坛所作出的巨大贡献，特在此修庙建祠，以寄敬仰之情。”

王忠听后道：“闻说每年端午节，南方人都要吃粽子，据说是为了纪念屈原，可是真的？”

“不错。”张署接口道，“传说屈原被流放到这里后，人们都为之愤愤不平，并为其爱国精神所感动。屈原投江后，人们为了使其尸体不被鱼虾所噬咬吞食，便向江中抛撒米团和饭粒，想借此引开鱼虾。因为屈原是在五月初五那天投江身亡的，以后每年五月初五这天，人们都要进行这种祭奠活动，并将米团饭粒演变成为粽子。南方人端午吃粽子便由此而始。”

四人边说边弃舟上岸，来到祠前，只见前来吊祭之人络绎不绝。大家进入祠内，只见苍松参天，秀竹碧翠，中间五间大殿，青砖碧瓦，朱扉玉栏，显得十分壮观，殿中塑立着屈原的站像。

韩愈同张署进入大殿，仰望着屈原的塑像，都有一种敬慕之感。大家转到殿侧，只见四周墙壁上镌刻着屈原的《离骚》、《天问》、《九歌》和《九章》等辞赋。

韩愈向着张署感慨地道：“屈原一生为后人留下了两件珍贵的东西：一是刚正不阿，忧国忧民，为国捐躯的高风亮节；二是辞彩精拔，天机云锦的《离骚》、《天问》等楚辞诗赋。成为文坛之千古绝唱，为后世辞赋文章的发展，起到了巨大而深远的影响！”

张署道：“屈原之作，海立云垂，大气磅礴，可谓空前绝后。尤其《离骚》，运用浪漫主义手法和长篇抒情诗的形式；以驰骋无比的丰富想象力，把现实世界，神话世界和理想世界，融合在一起。描绘出一幅色彩斑斓，迷离惝恍的诗的意境天地；塑造了一个志行高洁，顽强不屈的主人翁形象。《天问》则是对自然和社会现象，提出了一百七十多个疑问。以其丰富的想象力，从开天辟地问起，到神话传说和历史人物，表现了诗人的愤慨和追求真理的精神。”

“张兄说得不错！”韩愈道，“屈原之作应首推《离骚》和《天问》，但其《九章》和《九歌》，也不乏为精彩绝伦。《九歌》生动地反映了楚国的民风民俗，充满了人神恋爱的浪漫主义色彩；而《九章》则是通过《哀郢》、《怀沙》、《橘颂》等九篇诗歌，表达了诗人的爱国情怀和高风亮节。特别是《橘颂》，学生最为赏识；其借颂橘而明志抒怀，展示了其忧国忧民，报效无门的绝望和悲凉的思想感情。”

张署听后，不由点了点头，道：“退之说得极是。”大家边说边来到殿后的碑廊。这里是历代达官贵人，文人墨客凭吊屈原所留下的墨迹。只见一块壁坊上镌刻着贾谊的《吊屈原赋》，大家看后无不感慨叹之。

离开汨罗后，大家继续乘船南下。第三天进入湘江，正月底经长沙到达衡阳，二月初至郴州。在郴州二人专程拜谒了前宰相郴州司马郑馀庆。

郑馀庆于贞元十四年拜中书侍郎，同中书门下平章事；贞元十六年因得罪朝中权贵，被诬陷贬到郴州。早在贞元八年，郑馀庆为翰林学士、工部侍郎时已对韩愈十分赏识，曾向当时主考官陆贽和梁肃举荐过韩愈。今见韩愈前来拜谒，既高兴又惋惜，说了不少安慰和鼓励的话。韩愈与张署在郴州停留了两天后，即动身前往临武。

从郴州到临武路经九嶷山下。这九嶷山在郴州西南约二百里处，曾是远古时期五帝之一的虞舜所葬之地。四人来到山下，只见此山峻秀迤丽，烟岚云岫，峰回路转，溪水环绕。

韩愈望着千岩竞秀，流丹浮翠，扑朔迷离的奇峰秀水，感慨地道：“此山人称九嶷，看来一点不虚！”

张署道：“水经注三八湘水所载：蟠基苍梧之野，峰秀数郡之间；罗岩九举，各导一溪；岫壑关阻，异岭同势。游者疑焉，故曰‘九嶷山’，看来古人所论甚是恰当。”

王忠向着张署和韩愈道：“听说此山有一舜陵，葬着古代帝王虞舜和他的两个妃子。”

张署看着王忠道：“你说得不错，舜乃我国古代五帝之一，是一位非常贤明的君王。他经常带着随从到民间私访，巡视全国各地，为百姓排忧解难，深受百姓的拥戴。有一年，他南巡来至这九嶷山下时，因积劳成疾，就再也走不动了。死后人们把他葬在山上。”说到这里，张署望了望山顶，继续道：

“舜有两个妃子，一个叫娥皇，一个叫女英，都是尧的女儿。二人闻说舜病死在苍梧，便哭着从北方万里迢迢，跑到这九嶷山来吊祭他。娥皇和女英的眼泪撒了一路，连路旁的竹子上也落满了泪珠，慢慢眼泪变成了血水，竹子上也留下了斑斑血迹。后人就把这种竹子称作湘妃竹。娥皇和女英来到九嶷山后，看到舜的坟墓，悲痛欲绝，爬在舜的坟墓上哭了九天九夜，最后流干了眼中之血悲痛而死。人们为了悼念娥皇和女英，就把她俩葬在舜的两旁。今天我们路过这里，正要上山以瞻舜陵。”

秦济听后，不由为舜和两位妃子的传说所感动，道：“天下的帝王，若都能像舜那样该有多好！两位大人也就不会被贬往岭南了。”

韩愈感慨地道：“尧舜时期，君明臣贤，民风淳仆，没有暴虐和战争；百姓安居乐业，仁善盛行于道。今天大唐能有其一半之盛世，我们死而无憾也！”

大家边说边进入山中，只见山上苍松吐翠，桃李争妍，飞瀑流泻，鹿鸣鹤舞。远远望见山顶苍松翠柏间隐隐现出一宫殿庙宇。大家不由精神一振，都加快了脚步。

登上山顶后，只见苍松翠柏之间，耸立着一高大牌坊，上书“舜陵”两个大字。大家从牌坊下走过，顺着翠柏掩映着的神道，来到飨堂前。只见飨堂雕梁画栋，飞檐斗拱，十分壮观。飨堂后面是参天古松围绕着的高大坟陵。

大家相携进入飨堂，只见堂内塑立着舜和二妃的雕像。大家瞻仰了良久，方缓缓离开下山。

第47章
贞女峡飞舟击水 过同冠诗兴勃发

离开九嶷山的第三天，便到达了临武县境。张署到县衙办理了有关交接事项，留韩愈在县衙住了三天。第四天韩愈坚辞要走，张署无奈，只好为之相送南下。

这天，二人相携来到临武与连州的交界之处，只见此处山明水秀，江水清澈见底，远近山坳中散落着数户人家，隐隐传来鸡鸣猿啼之声。

二人走进路旁一家酒店，张署向店家要来酒菜，二人边饮边互诉衷肠。张署不觉泪流满面，道:“今日一别，不知何日才能相见!”遂让王忠取来纸墨，赋诗为韩愈饯行。韩愈阅后也不由热泪盈眶，遂也展纸赋诗相答。张署接过看时，只见韩愈写道：

> 山净江空水见沙，哀猿啼处两三家。篔筜竞长纤纤笋，踯躅闲开艳艳花。未报恩波知死所，莫令炎瘴送生涯。吟君诗罢看双鬓，斗觉霜毛一半加。

张署看罢又赋诗相赠，韩愈又作诗相答，二人一唱一合，竟到日落西山方罢。

晚上，二人在酒栈同榻而眠，睡至夜半，韩愈竟将一条腿跷到张署身上。

突然，秦济慌忙进来禀报道:“老爷，不好了，一条猛虎窜入马厩，正在噬咬老爷的坐骑。”韩愈一下惊醒，忙从张署身上取下腿来，同张署、秦济一起跑到后院的马厩旁，果见一条斑斓猛虎，张着血盆大口，正围着自己的坐骑在噬咬，那马因缰绳缠绕，无法脱身，只能在原地嘶鸣蹦跳。

韩愈和张署见此，一齐捶胸大喊，那虎见众人呐喊过来，方慢慢离去。大家到马厩一看，韩愈所乘之马已被猛虎咬伤多处，浑身鲜血淋漓。韩愈见此，痛惜地道："这马陪我从郴州来到这里，竟被猛虎所伤，明日怎好乘坐！"

张署见此，忙道："退之莫忧心，明日骑我的马便是。"韩愈见那马因伤势过重，已躺倒在地，奄奄待毙，只好伤感地点了点头。

第二天，韩愈乘坐张署之马，挥泪而别。张署站在大道上，直到韩愈背影消失在茫茫山坳之中，方转身回去。

韩愈在连绵大山之中又行进了两天，方到达连州。时连州所辖有连南、连山、阳山、贺县、怀集等五个州县。韩愈到达连州后，向州衙投递了有关公文，并拜谒了连州刺史。时韩愈之友王仲舒在连州任司户，这王仲舒字宏中，乃当时文坛雅士。贞元十一年，因与阳城等人为宰相陆贽鸣冤，并弹劾佞臣裴延龄，而被贬徙在此。二人一见，悲喜交加，各诉衷肠。仲舒忙设宴为韩愈接风洗尘。

韩愈在连州停留了两天后，便乘船顺连江南下。时正值二月中旬，只见两岸奇峰突兀，苍林如屏，秀竹掩江，山茶斗妍。约行有两个时辰，客船漫漫进入峡谷。只见河道逐渐变窄，水流湍急直下。翻滚的急流，撞击到江中巨大的岩石上，涌起像云雪一样的浪涛，发出雷鸣般的响声。

客船在急流中忽上忽下，左摆右拐，飞驰向前。韩愈坐在船中，紧紧抓着船舷，肚里五脏六腑全都提到胸口之上。他看着两岸悬崖峭壁，奇峰怪石，向着船家道："这峡可有名字？"

"有，叫贞女峡。"那船家边紧握舵柄，边回答道，"再往前走，河西岸有一石人，就是贞女。"

韩愈不觉好奇，忙往西岸望去，客船如箭飞驰向前，不一会儿，果见西岸悬崖下竖立一石柱，高约数丈，远看道像是一位翘首张望的姑娘。韩愈转脸向着船家道：

“这贞女和贞女峡是怎么回事？可有来历？”

“有，有！”船家望了一眼已被抛在身后的贞女石，道：

“相传很早以前，在这江边住着一户人家，家中只有一个叫贞女的姑娘和一个六十多岁的老妈妈。母女二人每天靠在江边打鱼相依为命。一天，附近一恶霸路过江边，见贞女长得眉清目秀，亭亭玉立，虽荆钗布衣，倒也十分动人。顿起不良之心，欲霸占强暴贞女。那贞女坚决不从，咬伤和挣脱恶霸之手，便投入江中，被江水冲到这峡谷之中，被一巨石挡住。贞女爬到岸上，一看，周围皆是悬崖峭壁，无路可回。因担心老母生死安危，每天站在悬崖下遥望家乡，痛哭不止，时间一长，竟化为石人。后人为悼念贞女，就将这江峡称为贞女峡。”

韩愈听后，不由点了点头。正在这时，客船猛然顺着急流冲下，接着又被高高抛起，大家几乎被从船舱中弹出，都不由啊了一声。韩愈不由出了一身冷汗。大家还未定下神下来，只见客船又被急流托起，直向江中一块巨石撞去，大家不由又惊叫起来。只见船家猛地一推船舵，那客船擦着巨石，飞驰而过。

韩愈不由倒吸了一口冷气，暗道：“今日弄不好，这命要丢在这里了！客船在这峡谷急流中行走，看来随时都有性命之忧！”

大约又走了一个时辰，客船才驶出贞女峡。韩愈回头望了望峡谷飞流，仍心有余悸，不觉暗暗吟道：

> 江盘峡束春湍豪，雷风战斗鱼龙逃。悬流轰轰射水府，一泻百里翻云涛，飘船摆石万瓦裂，咫尺性命轻鸿毛。

过了贞女峡不久，天已渐晚，客船在一码头停下，晚上韩愈同秦济宿于江船之上。第二天拂晓，客船继续南行。只见群山环绕，两岸猿声此起彼伏。大约又走了两个时辰，远远望见前面江岸奇峰高耸，宛若两群巨人站在江两边，遥相对望，形成又一峡谷。

韩愈向着船家道：“前面这峡叫什么名字？”

“叫同冠峡。”船家回答道。

“可有典故？”

“有，有！”船家道。

韩愈本来好奇，忙又问道：“敢问是何典故？”

那船家手指两岸高峰道：“客官请看，这些山峰像不像对望着的人群？”

“有点像。”韩愈看着山峰道。那船家多少带点卖弄口气道：

“相传在远古时候，每逢七月初七，江两岸的百姓为庆贺稻禾丰收，都要来到江边，对江相望，进行祭祀天公和风雨之神，并互相对歌，一连数日不散。双方将当年收获的新鲜瓜果堆放在面前，凡对歌输者，需将自己的产品赠送给对方。此时正值盛夏，烈日如火。大家为赢得胜利，都拼命歌唱，人人汗流浃背，甚至中暑昏倒。”船家讲到这里，故作神秘地道：

“时山中有一神仙，为之所动，遂将头上草帽摘下，抛到众人上空，那帽子一下变为数亩之大，挡住了炎炎烈日，使对歌之人免去了烈日灼烤之苦。后来时间一长，对歌人化为两岸群峰，神仙那顶草帽却变成了一团祥云。覆盖在群峰之上，远远看去，就像江两岸的群山共戴一顶帽子。所以，人们就把这峡称为同冠峡。”

韩愈听后笑道：“这个传说倒很有趣。”那船家道：“客官若是秋天从此经过，就可看到峡谷上空像花冠一样的彩云了。”

大家说着，客船已进入峡谷，此峡虽两岸奇峰耸立，但却没有贞玉峡那样的惊涛险滩。只见两岸群峰竞秀，松竹苍翠，山花烂漫，飞瀑流泻，落英飘飘而下，猿鸟啼鸣相和。韩愈虽心中忧闷，见此倒也心旷神怡，不觉诗兴勃发，遂吟道：

南方二月半，春物亦已少。维舟山水间，晨坐听百鸟。宿云尚含姿，朝日忽升晓。羁旅感和鸣，囚拘念轻矫。潺湲泪久迸，诘曲思增绕，行矣且无然，盖棺事乃了。

“好！好！好！”那船家听韩愈吟罢，高兴地道，“在下草民，不懂得诗赋文章，今天是第一次听客官对景吟诗，出口成章！小民真开了眼界了！”

韩愈笑道：“船家过奖了，学生是触景生情，信口拈来，让你见笑了！”

这时一阵小风吹过，崖上落英飘飘洒洒，随风而降，落了韩愈一身，韩愈不觉诗兴更浓，遂又吟道：

今日是何朝？天晴物色饶。落英千尺坠，游丝百丈飘。泄乳交岩脉，悬流揭浪标。无心思岭北，猿鸟莫相撩。

“妙！真是太妙了！”那船家听韩愈吟到这里，高兴地拍着手道，“客官能否将这几首诗写下赠与小人？让小人拿回家中，给我那孙子念一念，让他也学一学。”

韩愈笑着看了看船家道：“好，只要船家不嫌学生丢丑，待到在阳山后，即录下与你就是。”

“谢谢！谢谢！”那船家高兴地说道。

客船约又行有一个多时辰，方驶出同冠峡。

第48章
寻县衙画地问路　察民情惊闻“三害”

二月中旬，韩愈到达阳山县。这阳山县城坐落在连江岸边的丛林茂竹之间，既无城廓，又无大街小巷，只有数十户散落在山坳间的百姓。

韩愈和秦济经船家指点来到县城，只见人们披发垢面，形似猿猴。个个面目狰狞，言如鸟语。二人见此甚感惊异。

韩愈和秦济来到街上，见一年轻后生，赤着臂膀，腰间系着一条狗皮裙子，肩上扛着锄头迎面走来，忙上前询问县衙去处。那后生看着韩愈和秦济，惊奇地瞪着眼睛，好像听不懂韩愈的问话。

韩愈见此，猛然想到在连州时曾听王仲舒介绍过：这阳山乃偏僻蛮夷之地，百姓说话多方言土语，不识官方语言。忙蹲到地上，用手在地上写了“县衙在何处”五个大字。那后生弯下腰，左看看，右看看，为难地摇了摇头。

韩愈见此，知其不识字，深感失望。这时从远处又来一老者，年约五十余岁，身穿一件长衫。那后生忙高兴地上前将那老者拦住，拉了过来，手指地上韩愈所写之字，叽叽呱呱说了一阵，那老者往地上一看，向着韩愈道：“先生要打听县衙？”

“正是。”韩愈一听，见其人既识字，而且还会说几句半官半土的话，不觉大喜。那老者手指远方山坳间一破旧庄园道：“那就是县衙。”

韩愈见此，忙致谢意，遂和秦济奔县衙而来。

二人来到县衙前一看，只见门窗破旧，墙垣残损，缺了一角的大门虚掩着。

韩愈推门进入县衙，只见前厅地上满是尘灰落叶。一旁木架上，斜挂着一个破了个大洞的惊堂鼓；地上泥土里，半埋着一截分不清颜色的烂鼓捶。静悄悄，空无一人。

韩愈见此甚感诧异，带着秦济来到县大堂，只见大堂的两扇大门歪斜着。韩愈往里一看：只见尘土满地，蛛网横空，黑洞洞的什么也看不清楚。

秦济上前将门一推，谁知那门竟是斜着靠在那里，摇晃了一下后，只听“啪”地一声摔倒在地，随着地上的尘土被“呼”地声震起，群蝙蝠从大堂内“呼啦”一声，夺门飞出，几乎碰到秦济的脸上。秦济不由一惊，忙侧身退到一旁。

韩愈见此，不由惊叹道：“这县衙怎变成这个样子！”说着同秦济一起来到县衙后院，只见后院荆棘丛生，高约盈丈，前后五六间房子，都破旧堪。秦济见此，高声喊道：

“有人吗？”

“谁啊！”当秦济喊了几声后，才从厢房中传出一声询问。随着声音过后，走出一个睡眼惺忪、赤背露胸之人，边揉着眼睛，边操半官半土的话问道：

“二位有何贵干？”边说边将韩愈和秦济上下打量了一番。秦济向着那人道：“你可是县里的差役？”

“是呀！”那人用疑惑的眼光审视着韩愈和秦济道。秦济指着韩愈道：“这是新来的县令韩大人，你们的县丞和县尉何在？怎么就你一人？”

那人听后不觉一愣，忙将韩愈又打量了一下，见韩愈威严文雅、举止大度，慌忙跪下道：“小人不知大人驾到，有失远迎，请大人恕罪！”

韩愈见此，忙道：“快起来吧，不知不为罪。这县衙怎弄成这个样子？人都到哪里去了？”

那人从地上爬起来，忙回禀道：“俺这里已有两年没有县令了，去年县丞和县尉也先后离此而去，县衙里只剩下张班头和我们七八个差役，大家都住在前面树林那边。”

韩愈一听更加奇怪，向着那个差役问道：“他们怎不住在县衙，住到那里干什么？”

那差役不由叹口气道：“自从两年前县令大人被人用蛊毒害死后，朝廷就再也没有派县令来。大家是群龙无首，赋税也收不上来，一年多大家没有领到一粒俸米。县丞和县尉都是外地人，无奈，只好卷起铺盖走了。我们这几个差役都是本地人，无处去，只好留了下来。为了糊口，张班头带着大家到前面林子里去开荒种地，因此住在那里。小人名叫王贵，是留在县衙看门的。”

韩愈听此，不觉心中又是一震：在连州，王宏中虽然介绍过阳山的情况，但他没有想到这阳山县衙竟废弛破烂到如此地步，不由叹了口气。

秦济望着满院茅草和残垣破屋，向着王贵道：“这哪像个县衙！老爷住在何处？”

王贵忙手指上首缺了一个窗户的三间堂屋道：“那就是大人的书房和住宿地方。”

韩愈见此，同秦济一起随着王贵来到房前，只见房门虚掩着。秦济上前推开房门一看，只见地上和桌椅上的灰尘有一指多厚，墙壁和梁上挂满了蛛网，不禁摇了摇头。

王贵忙进自己的屋内搬了个断了靠背的椅子放到院中，让韩愈坐下，然后又转身进屋倒了碗茶水，送到韩愈面前。

韩愈接过那碗茶一看，只见沾满油腻的碗内，晃动着像马尿一样的黄黄东西，不由向着王贵道：“你这泡得是什么茶？”

王贵不好意思地道：“这是在山上摘的桑树叶，小人已有半年多没有喝茶了！”

韩愈听此，想到刚才他介绍说县里因两年多没有县令，赋税无人征收，他们已有一年多没有领到分文俸银了。眼前连吃饭都无钱买米，更不要说喝茶了。想到此，再看了看那碗茶水，虽感实难入口，但从码头走到这里，是又累又渴，嗓子像要冒烟一样。正要端起碗往嘴边送，只见秦济从屋内一步跑出，拦住道：

“老爷，且慢！”说着从怀中掏出一根银针。

韩愈见此，向着秦济道：“无妨，这位衙役小哥看去十分憨厚，不会有啥事的。”那王贵见此，马上明白过来，向着韩愈道：“大人还是试试为好，免得有啥不测。”

韩愈笑道：“你我无冤无仇，况且本职刚刚到此，你怎会害我？”说罢，端起碗来呷了一口。

那王贵见韩愈如此信任自己，不觉脸上露出欣喜之色。原来这阳山县蛊害成灾，韩愈路经连州时，王宏中曾介绍说，在阳山下毒成风，凡用餐喝茶，需用银针测试后方可进行。故韩愈一到阳山，秦济便处处小心。

秦济与王贵费了好大功夫才将韩愈的房间打扫干净，韩愈和秦济安顿好住处时，已是夕阳西下时分。

晚上，韩愈躺在床上，虽一路劳顿，但却难以入睡，白天的所见所闻，不时浮现在脑海；更兼远处时断时续的猿啼声和山猫的嘶叫声，不断传来，使他的心情难以平静：

“这阳山县衙竟如此破烂败落，看来朝廷的政令在此已不复存在，百姓的疾苦更说不上有人过问了。”他不由叹了口气，暗暗地道：“这种状况再也不能让他继续下去了！”

他翻了个身，望着黑洞洞的窗户：一时，朝堂上李实那肆意诬陷的表情，德宗李适怒不可遏的斥责，又浮现在眼前；秦岭漫天大雪，和一步一滑的陡峭山路；蒙面强人那凶野的面孔和举在手中的大刀，也不断出现在脑际。

这时，房顶和梁上突然响起老鼠的打斗声。他越是想睡，越睡不着。耳边好似听到女儿莹莹的哭声，仿佛看到中使傲慢地走入家门，口传皇上圣谕，卢夫人抱着儿子小昶跑到院中，向其苦苦哀求……

“现在她们的情况如何，前往洛阳一路可否顺利，莹莹病好些了没有？唉！怎么光想这些，还是想想这阳山县怎么办吧！”

韩愈翻了个身，使劲将眼睛闭上，但一点睡意也没有：“不好，看来今夜又要失眠了。”这时屋梁上老鼠打斗的声音更加厉害。他索性拿被子把头裹起来，尽量什么都不去想。

过了一会儿，隐隐忽忽看见王贵和几个差役走进来，向着韩愈道：“大人，我们这些当差的，已有一年多没有领到一文俸银了，家中老的老，小的小，你可得替我们想想办法呀？”

韩愈暗道：“这些年县里没有县令，这些人就像是丧家犬一样无处安身，真是为难了他们！”便道：“诸位请放心，本职一定解决好你们的俸金之事。”

“大人，你要替我们百姓作主啊！”韩愈刚讲到这里，忽听有人喊冤，忙扭头一看，只见一骨瘦如柴，白发如霜的老太婆，带着一蓬头垢面的小孙子，跪伏在县衙前。韩愈忙喊秦济上前扶起那老太婆道：“老人家有什么冤屈，本职一定替你作主！”

那老太婆哭诉道：“王财主打死我家儿子，又抢走我的儿媳妇，老婆我求助无门，告状无处，已经两年有余。大人要为我儿伸冤啊！”

韩愈一听，不觉大怒，正要喊人去传那王财主，忽然从屋梁上传来老鼠被什么东西咬住的惨叫声，他不由一惊，睁开眼一看，只见屋内黑洞洞的，原来是刚才在朦胧中作了个梦。

梁上老鼠的惨叫声慢慢变小，接着“啪”的一声响，不知什么东西从梁上掉了下来，重重地摔在床前的地面上。

韩愈的一点睡意全被惊跑了：“唉！真糟糕。”他翻来覆去，再也无法入睡，过了一会儿，他有点想去小解的感觉，便披衣起来，脚刚一着地，好像踏到一软软的东西。韩愈还未来得及抬脚，只感到那东西挣扎着在他的脚面上重重地咬了一口。韩愈不由痛得“啊呀”地大叫一声。

秦济听到韩愈的叫声，慌忙掌灯过来一看，只见韩愈床下爬着两条三尺多长的毒蛇，腹中鼓鼓的，好像刚吞吃了什么东西，忙跨前一步，随手抽出床头宝剑，将那蛇斩为两截。再看韩愈脚时，只见脚面之上已经肿起一块，黑红色的血水，正从伤口处往外流。

秦济见此，惊慌地道：“不好！老爷的脚被毒蛇给咬了！”边说，边一下扑到韩愈的脚上，用嘴对着伤口，狠劲地吸吮起来。

韩愈蜷卧在床上，那被毒蛇咬伤的脚面，像针扎一样又痛又麻，他不由出了一身冷汗。这时王贵也闻声进来，见此，忙到附近村子里寻来解毒药膏，涂在韩愈的伤口处，韩愈的疼痛方慢慢有所缓解。

这一夜，大家几乎都没有睡成。韩愈直到五更天方朦胧合上眼，秦济一直守护在他的身旁。

第二天早上，韩愈见伤口已基本痊愈，心中方稳定下来。王贵向着韩愈道："昨晚多亏了这位秦济大叔及时将蛇毒吸出，要不，时间一长，那后果可不得了！轻者，大人这条腿就会残废，重则，大人的命就没了！"

韩愈听后，想到昨晚秦济不顾自己脚上脏臭，爬在上面，用嘴吸允蛇毒的情景，十分感激地看了看秦济。

秦济不好意思地道："这算个啥！是小人应该做的。"然后向着王贵道：

"若没有王贵兄弟半夜跑到村子里找来解毒药膏，老爷的伤也不会好得这样快！"

韩愈看了看自己的脚，向着秦济和王贵，多少有点诙谐地道："没想到刚到阳山的第一天，就让毒蛇给咬了，看来是老天爷给学生来了个下马威！"

不一会儿，王贵做好早饭，仍是玉米面窝窝头和粗米稀饭。韩愈昨晚已吃了一次，他知道这已经是很不错的了。

用罢早点，王贵向着韩愈道："大人昨晚一夜未睡，白天这蛇一般不出来，大人可安心睡一觉，这伤就会好了。"

韩愈向着王贵道："不睡了，你不是说张班头他们在林子那边开荒种地吗？咱们一块过去看看。"

"怎么！大人去看张班头他们？"王贵一听，奇怪地看着韩愈道，"你一夜未睡，脚又被毒蛇刚刚咬过，从县衙到张班头开荒种地的地方，需要走很远的山路，这怎么成？"

秦济见此，也心痛地向着韩愈道："要不，让王贵去把张班头他们叫过来？"

韩愈向着秦济和王贵道："我这伤不碍事，咱们一块前去，一是看看他们这些舞刀弄剑，手拿板子的人，是如何在那里种地的；

二是可早一点见到他们，同他们商议商议这县里的公务。阳山县变成这个样子，老百姓盼星星，盼月亮等着我们到来，我们能早一天为百姓办事，就不要再拖后一天。”

王贵见韩愈一心想着是百姓的事，与以往来的官吏完全不同，心中十分感动，高兴地道：“大人若要亲自前去，小人在前面给大人带路。”

“好。”韩愈看着王贵点了点头。秦济深知韩愈的性格，知道再劝也无用，只得将房门掩上，随着韩愈一起走出县衙。

韩愈和秦济随着王贵翻过一条山梁，穿过一片树林，来到一片竹林前，果见前面一条沟坡旁搭着三间茅屋，周围种着玉米和水稻。七八个赤臂袒胸之人正在地里锄草干活。那王贵还未走到房前就高声喊道：

“张班头，张班头，新县令来了！”

在地里干活的人听到喊声，都不由停下手中的活计，一齐望着韩愈和秦济，脸上露出欣喜之色。只见从茅屋中跑出一四十余岁的汉子，高兴地向着韩愈和秦济道：“新县令来了？哪位是县令大人？”

王贵忙指着韩愈道：“这位就是新来的县令，韩愈韩大人。”

那张班头听此，忙跑上几步，迎着韩愈倒身下拜道：“大人来得正好！可把你给盼来了。”

韩愈忙伸手将张班头扶起，环视一下周围在田里干活的众人，道：“果然大家都在这里，听说大家在这里开荒种地，可真吃了大苦了。”

张班头高兴地转过身，向着在地里干活的众人招呼道：“大家都过来，见过韩大人。”张班头的话音刚落，在地里干活的人便呼呼啦啦地围了过来，一起向韩愈施礼问安。韩愈忙伸手扶起大家。

张班头向着韩愈道：“前几天，州衙捎来口信，说朝廷派大人来做县令，近几日就要到任。大家高兴得一个晚上都没有睡着觉，等呀等呀，今天终于把大人给等来了。这下我们可算熬到头了！”

旁边一差役高兴地道：“大人这一来，我们就可重操旧业，再不用住在这荒山野沟，开荒种地，饿肚子了。”

“那是当然！”另一个差役接口道，“大人这一来，不仅我们有事干了，老百姓也有了父母官，往后，大事小事也有人作主了！”

韩愈听他们一说，刚才那种沉重的心情，一下轻松了不少，向着大家道：“听说这几年咱阳山没有县令，不仅大家的俸禄分毫未给，只好在此开荒种地，而且百姓也有事无人管，有冤无处申，尤如无父无母之孤儿。本职奉朝廷之命今日到此，定重整县政，励精图治，还望大家鼎力相助，使咱阳山百姓安居乐业。”

张班头向着韩愈道：“大人请放心，咱这县衙虽人员不多，但个个忠诚朴实，办事勤快，定会让大人满意的！”韩愈听后点了点头，高兴地随张班头进入茅屋。

韩愈来到阳山的第三天，即带着秦济和张班头来到城外乡下察看民情，只见山坳和土岗之上散落着几处人家，俱是竹篱茅舍，柴门荆窗。房前屋后，茂竹如屏，流水潺潺。

韩愈一行人来到一处人家门前，只见屋檐下的横木上各架着数只鸺鹠，几个衣不遮体的年轻人，围在鸺鹠周围，边吹着口哨，边斗那鸺鹠取乐。只见那些鸺鹠扇动着褐色横斑的翅膀，在横木上跳来跳去，张着像钢钩一样血红大嘴，发出尖利的叫声。韩愈见此，向着张班头道：“此正农忙之时，这此年轻人怎不在田间耕作，却聚在屋檐下斗戏鸺鹠？”

张班头看了一眼正兴高采烈，围在一起斗戏鸺鹠的几个年轻人，道：“我们这里是个极偏僻的地方，民间既无社火杂耍，也无学堂读书，人们常年只能以斗戏鸺鹠取乐。时间一长，形成习俗，有时几处年青人聚在一起，一斗就是数天不散，往往把田间农活抛在一旁，故有眼前之状。”

韩愈听后不由摇了摇头。三人离开那儿户人家刚走不多远，忽听秦济惊叫一声：“唉呀！快看，这蛇怎么是两个头？”

韩愈忙扭头一看，只见路边草地上果然有一条蛇长着两个头，正在向前爬行。那蛇有二尺多长，手指粗细，背上长着红色花鳞，看后令人毛骨悚然。

韩愈向着张班头道：“此蛇怎生双头？是否有毒？”

张班头道："此地气候潮湿，故蛇特别多，各种各样的蛇都有。大的有碗口粗细，长约数丈，能吞食牲畜；小的只有四五寸长短，而且剧毒无比，这双头蛇就是一种毒蛇。说着抽出腰刀，走上前一刀将那双头蛇斩为两截。那蛇被截成两段后，仍在地上弯曲扭动。张班头用刀尖扎着那蛇的前半段，挑起来向着韩愈道：

"大人请看，这蛇两个头，一个头长着眼睛和嘴，另一个却没有。"

韩愈一看，果然不错。张班头道："这种蛇毒性很强，当地百姓把这种蛇和其他毒蛇捉到后放到一个器皿里，让他们互相噬咬吞食，最后剩下一种毒性最强的蛇，称为蛊，把这种蛇的毒取出来制成药，其毒无比，人若食之，就会立即中毒身亡。"

张班头还未说完，只听从前面一户人家传来一阵呼救喧闹之声，周围不少人慌忙向那栋房子跑去。张班头一看，向着韩愈道："不好！那户人家出事了。"韩愈见此，忙带着秦济和张班头疾步走了过去。

韩愈等人来到这户人家，只见院中已围了不少人。张班头分开人群，陪着韩愈进到屋内一看，都不由大吃一惊，只见地上横三顺四躺着大小五六具尸体，个个脸色铁青，七窍流血，面部呈现痛苦之状。张班头忙蹲到地上一摸，尸体已僵硬冰凉。

张班头站起身，拍了拍手，向着旁边的人问道："这是咋回事？谁下的毒？这家人姓啥，可有冤家？"

只见周围之人互相看看，面面相觑，无人敢与回答。韩愈见此，大为惊疑，向着周围问道："谁是这里的地保里正？"只见那些人瞅着韩愈，互相低声叽叽咕咕不知说了些什么，无人予以回答。

张班头一看，知是听不懂韩愈的问话，便指着韩愈道："这是新任县令韩大人，今天下乡察看，在向大家问话，谁是这里的地保里正？"

周围之人一听，见说是县令到此，马上现出敬畏之色，望着韩愈，纷纷向后退缩。

韩愈见此，知这里乃偏僻之地，人们不懂礼议，而且害怕见官。便拱手道："诸位不要害怕，本官受朝廷差遣，初来贵地，还要靠大家鼎力相助。这户人家是被何人下毒所害，有知情者可到县衙举报，本官定严惩凶手，为苦主伸冤。”

周围之人又互相看看，现出迷惑之色。张班头见此，向着大家道：“韩大人说了，今后大家有什么冤枉之事，可到县衙告状，大人定会为大家作主的，不准再互相下毒。”然后向着韩愈道：

“这里的地保住在前面的寨子里，咱们过去吧。”韩愈见此，只好同张班头离开那户人家。

大家来到大路上，韩愈向着张班头道：“这户人家怎会全家被人毒杀？死得好惨！”

张班头叹了口气道：“此地百姓性格凶狠，不懂礼议王法，只要有一点对不住，就要下毒报复，像这样的事，几乎天天都有。刚才我们在屋里询问谁是下毒的，说不定凶手就在周围。我们不清楚，可附近的百姓知道，因为怕也遭到报复，故此不敢说话。”

韩愈一听，不由心里一震，道：“难道下毒之人就不怕被官府治罪？”

张班头苦笑了一下，道：“此地之人不懂王法，再说，像这样的事天天都有，百姓也不知报官告状，县衙里的人怕连累自己，谁也不愿去多管，故而今天你给我下毒，明天我向你下毒，有的人没有蛊，或不会下毒的，还出钱雇人请杀手下毒，遂成为阳山一害。”

韩愈见张班头讲到此，忽然想到传说前任县令也是被毒死的，便道：“听说原县令中毒身亡，可有此事？”

张班头不禁又叹息了一声道：“确是这样，两年前，原县令大人在审理一桩斗殴案时，被判输的一方不服，竟潜入县衙，在大人的饭菜中投下蛊毒，结果大人一家三口全部遇难。”

韩愈听此，不由心中一颤。张班头接着道：“大人初来乍到，对这里情况还不清楚，时间一长也就知道了，俺这里山穷水恶，百姓愚顽不化，富者不知仁义，穷者不畏王法，遂形成了三大害！”

“‘三大害’！哪‘三大害’？”韩愈一听，不觉一愣。

那张班头正要回答，只听路旁一户人家传来哭闹之声。大家忙扭头看去，只见两个腰挂刀剑之人，从旁边一户人家中拉出一个绳捆索绑、袒胸露臂的年轻汉子。那汉子边走边奋力挣扎，后面一拔头散发、瘦骨如柴的老太婆，边哭边从屋里跌跌撞撞地扶着门框出来，央求道："你们行行好，别抓他去呀！"

那汉子边被推着往前走，边扭头喊道："娘，你等着，我还会回来看你的……"

韩愈见此，看了看张班头，忙大步迎上去，向着那两个腰挂刀剑之人喝斥道："你们是干什么的？怎么捆绑这年轻人？"

那两个腰挂刀剑之人抬头将韩愈看了一眼，骄横地道："咋地？挡道呀！这是我们家的奴隶，几次逃跑出来，东家让抓他回去！"

张班头抢前一步喝道："你们的东家是谁？竟敢对大人放肆！这是县令大人，还不跪下回话！"

那两人一听，不觉一愣，见韩愈虽便装简行，却威仪森严，而且带着腰悬刀剑的随从。互相看了看，忙跪到地上道："在下的东家是蓝富海蓝财主，小人不知县令大人来到，万望恕罪。"

韩愈看了一眼那个被绳捆索绑的汉子：只见他年约二十余岁，身上衣不遮体，鞭伤累累；面上浓眉如剑，眼睛深陷，颧骨突起，鼻直口方。愤怒的眼睛里，喷射着倔强的火焰。他见韩愈望着自己，也扑通一声跪下道：

"请大人给小人作主，我家老母双目失明，一人孤苦伶丁在家，最近又身染重病。我向东家央求几次，想请假回家看看老母，他们硬是不允，无奈，只好偷着回来。"

韩愈见此，不觉心中一阵气愤，向着张班头问道："这蓝富海是何许人也？怎如此不通情理！"

张班头道："这蓝富海乃阳山第一富户，家资万贯，良田千顷，奴隶不知有多少，周围这些山林都是他家的。"

韩愈一听暗道："看来也是个为富不仁之徒！"便向着那两个家仆道：

"这位汉子老母双眼失明，且身患重病，为何不让探望，怎一点怜悯之心都没有？将他的绳索去掉，让他回去与老母相见。"

那两个家仆互相看看，向着韩愈道："请大人恕罪，小人实实不敢从命！今若放了这个奴隶，回去老爷定会要了我俩的性命。"

张班头见此，向着韩愈道："蓝富海十分霸道凶狠，今天若放了这个汉子，不仅两个家奴回去要吃鞭子，而且明天他还会派人将这奴隶重新抓去。在这阳山，当奴隶的都是这样，就像主人的一头牲畜，身不由己！”

韩愈听后，想了想，气愤地道：“今天不放人可以，早晚我要叫他自己把人放掉！”然后向着那两个家奴道：“回去告诉你家主人，他若敢再虐待这个奴隶，本职知道后绝不轻饶。”

“是！是！”那两个家奴忙从地上爬起来，拉着那个汉子离去。那汉子见县令在此也没有办法，只好回头看了看扶门而哭的老母，愤愤地随那两个家奴而去。

韩愈望着他们离去的背影，忧愤地向着张班头道：“阳山为何这么多奴隶？刚才你讲的‘三大害’是怎么回事？”

张班头叹了口气道：“俺这阳山乃荒蛮之地，民间流传这样一句话：‘阳山三大害：蛊毒、飓风、高利贷。’‘蛊毒’，就是刚才我们说的互相下毒，报复对方；‘飓风’大人还未遇到，这里一到夏秋两季，常常飓风突起，雷电交加，掀倒房屋，劈死人畜，被称为阳山第二害。”韩愈听后，不觉茫然地点了点头。张班头继续道：

“这高利贷乃是第三害。不知从什么时候起，此地财主一到冬春之季，便以两到三倍的利息向外放债。那些度不了春荒的穷苦百姓只好去借债，并以自身或儿女作为抵押。凡到期还不了债的，抵押之人便成了财主的奴隶。”

韩愈一听，不由愤然道：“这些财主如此非为，官府怎不予以制止？”

张班头淡然一笑道：“过去凡是到任的大人，开始都是立誓要管的，可慢慢说说也就算了。以致这高利贷越来越厉害，全县的百姓，十中有三已变为奴隶。”

韩愈听后，不由疑惑地道：“难道这此财主不怕奴隶向他们下毒？”张班头道：“他们当然害怕，但防范得十分严密：每餐必用银针测试，用象牙筷子进食。这样即使奴隶们给下了毒，也是会被发现的。”

韩愈听后点了点头道：“原来是这样。”说罢，向着张班头道：“本官不再立誓，但一定要除去这三害。”

张班头望着韩愈，摇了摇头道：“难哪！”

第49章
访神医力除蛊患　惩恶绅释放奴隶

韩愈察看完民情回到县衙后，心情十分沉重。那被蛊毒害死，横三顺四躺在地上的尸体；身上鞭痕累累，被绳捆索绑拖出家门的奴隶，不时晃动在眼前。心中暗道：自己既然来到这里，身为百姓的父母官，就要为当地的百姓着想，当好这个县令，竭力造福一方！决心铲除这三害。

第二天，韩愈一面派人整修县衙，一边差人通告四乡里正，于三日后到县衙共商除“三害”之事。这日，大堂之中，或坐或站挤满了前来议事的四乡里正。韩愈简要地作了自我介绍后，即向大家提出了自己的执政主张和措施，表示要力除“三害”，为阳山百姓造福。与会的四乡里正听后，虽有精神为之一振，喜形于色者，但绝大多数人却疑虑重重，面现担忧之色。

会后，韩愈即让张班头请回原县衙书吏，就执政主张，严禁蛊毒，废除高利贷和不准买卖私蓄奴隶等，书写成告示，张贴于四乡。

数日后，韩愈正在后衙书斋查看案卷，只见秦济进来禀道：“老爷，外面有一先生求见。”韩愈暗道：“此地读书人甚少，哪来的先生！”便高兴地道：“快快有请。”

不一会儿，秦济带进一个人来，韩愈一看，只见那人有三十余岁，头戴儒巾，方领矩步，真真地北方儒士一个，忙起身相迎。

那人一见韩愈，忙拱手施礼道：“在下姓刘名师命，贸然前来求见，望大人见谅！”韩愈到任已将近月余，每天所遇到的都是赤身垢面，说话像鸟叫一样的山野村民，从未看到像刘师命这样潇洒倜傥的读书之人，不觉心中大喜，忙邀其坐下，喊秦济捧上茶来。

韩愈待刘师命坐下后，如获珍宝一样看着刘师命，高兴地道：“先生从何而来？尊府在于何地？怎来到此处？见本职有何赐教？”

那刘师命喝了一口茶道：“在下原本阳山人氏，自幼随父经商在外，极喜诗书文章，曾求学两京和江南各地。大人之名如雷贯耳，但在下无缘相见。去年老父仙逝，在下扶先人之柩归葬祖茔，暂居在家。今见大人于四乡张贴告示，举措宏伟，深得民心。一打听，方知大人到此任职，故特上门来求谒。”

韩愈道：“本职因关中大旱，上书天庭，被权幸所谗，贬徙到此。前时巡视乡里，见蛊毒和蓄奴之害触目惊心，欲力除之，以解救百姓于倒悬。故连发三道告示，不知百姓如何看待，眼前可有成效？”

刘师命听后道：“今日在下求谒，一是仰慕大人才学，欲求大人赐教，特来拜大人为师；二是大人欲除三害，为阳山百姓造福，在下愿助一臂之力。”说到此，刘师命顿了顿道：

“阳山乃荒蛮之地，人们不知礼义法度，此三害根深蒂固，非一朝一夕能够铲除。据在下所知，此地百姓读书识字者寥寥，大人的告示贴出后，虽乃惊世绝策，然观者不多，闻者甚少。眼下四乡炮制蛊毒者照常如旧，放债蓄奴者毫无所忌。虽大人精心熟虑，然下面无动于衷也！”

韩愈听后，不觉茫然，看着刘师命道：“依先生之见，此事当如何办好？”刘师命道：

“以在下愚见，欲除三害，首先要广施教化，宏扬仁义，推行法度，使人们懂礼守法。”韩愈听后不由点了点头。刘师命继续道：

“二是要以法治县。对以制毒，下毒为业，横行乡里的毒枭、杀手，要严惩不贷，杀一儆百；对大肆出放高利贷和逼人为奴的首恶之人，要予以严厉惩处，以威慑震动他人。”

“好！讲得好！”韩愈听刘师命讲到这里，不觉拍案而起。刘师命接着道：“这第三条是，除三害需先易后难，一步一步稳扎稳打，一项一项进行，才能奏效。眼前可先从除蛊害开始，因为这蛊害无论是官商士绅，还是平民百姓，都恨之入骨，其阻力不大，而且容易唤起民众的支持和参与。一旦除蛊成功，百姓就有了信心和勇气，然后再去清除蓄奴之害就不难了。”

韩愈听后如获珍宝，高兴地拉着刘师命的手道：“君真乃萧曹避席之人也！学生今日遇君，真有文王遇子牙，玄德逢卧龙之感也！”

刘师命忙谦逊地一笑道：“大人过奖了，在下乃当地之人，只不过谙知乡俗民情罢了。据在下所知，这城东城西各有一伙专门制毒下毒为业的不法之徒。城东为首的名叫赵二，城西为首的名叫徐孬。门下各养着四五名杀手，人们见之莫不避道而行，谈之无不掩口结舌。若将此两伙之人正法，蛊害除去一半也。”

韩愈听后，一拍案子道：“先生之言，真乃治世安邦之良策也，就依先生之言，先从治蛊入手。”说罢，又高兴地同刘师命谈起北方求学之事，二人越谈越投机，一直谈到吃晚饭时方罢。

第二天，韩愈即召来张班头和刚刚到职不久的县尉李成。同刘师命一起议定了治蛊之策，并由张班头和李成各带一班衙役，连夜缉拿赵二、徐孬等人。

三天之后，被缉拿归案的毒枭赵二、徐孬等人，经公开审理，各对自己的罪行供认不讳，被判处死刑，打入死牢。韩愈立即派人连夜呈文州府，欲以速决。十日后，连州府批文回复，韩愈亲自监斩，将其一干毒犯予以正法。这日阳山城内人如潮涌，百姓争相告说，为之大振，无不喜笑颜开。

一天，刘师命向着韩愈道：“这次严惩赵二、徐孬一批毒犯，虽对制毒下毒之人是个威慑，有效地控制了蛊害，但阳山乃偏僻之地，百姓居住分散，官府长鞭莫及，要彻底清除蛊害，还需让百姓能够自己预防蛊害。时下有钱之人多用银针、象牙来验察蛊毒，而大多数百姓穷得衣不遮体，食不裹腹，哪来的银针、象牙？在下闻说城南有一位隐居多年的老神医，知道一种很方便的验毒方法，若能让他出山相助，传教于民，岂不使百姓免于蛊害之苦。”

韩愈一听，高兴地道：“这几日本职也在琢磨此事，正愁没有良策，不想先生竟有此善谋！事不宜迟，咱们马上就去寻访那位老神医。”说罢，即让秦济喊来张班头，一同和刘师命往城南而来。

这阳山城南五里之外有一陈家寨，寨内住着一位祖传老医生，因其医术十分高明，被人称为神仙陈，过去曾用一种草茎验查蛊毒，十分灵验，十年前不知何故，竟突然谢绝给人治病，也不再教人用草茎验毒。

韩愈带着刘师命和张班头，寻访来到神仙陈的家中，只见那神仙陈年逾七旬，童颜鹤发，白须垂胸，两眼灼灼有神。韩愈施礼罢，遂说明来意。

那神仙陈一听高兴地道："县令大人屈驾光临，令草民实在惶恐不安！大人清正廉洁，爱民如子，立誓要为阳山百姓除却三害，到任不久即将横行乡里的大毒枭赵二、徐孬等人市曹正法，百姓无不拍手称快，同时也为草民去掉了一块心病，报了血海深仇！"那神医陈说到此，向着韩愈和张班头不由叹息一声继续道：

"当年，草民也曾立誓要为百姓解除蛊害之苦，用了十年时间在山中采集各种草药，进行验毒试验，终于找到了一种叫黄藤的草药，用其茎杆经过炮制做成筷子，一遇蛊毒，筷子马上由白色变为黑色，无不灵验。便将这种草茎分送给周围的百姓。谁知此事竟得罪了城东蛊枭赵二，他们暗中将我那大孙子掳去，并传来口信说，如再行医用草茎验毒，就把我那大孙子杀死。当时我义愤填膺，没有答应，谁知这伙人竟丧尽天良，将我那刚满九岁的大孙子杀害！"神仙陈说到这里，不由潸然泪下，他擦了把眼泪，继续道：

"五天后，在村外路边发现了我那大孙子的尸体，上面还放着一封信，说我断了他们的财路，他们就要绝我的后路。如若再行医为百姓用草茎验毒，就把我那二孙子也掳去杀死，让我断子绝孙。我看了信后，禁不住老泪横流，为了我那二孙子不被他们杀害，只好违心地屈从了他们的要求，放弃了祖传一百多年的行医治病，隐居在家。"说到此，神仙陈不由擦去眼泪，高兴地向着韩愈道：

"今天，大人铲除了城东、城西两伙毒枭，不仅为百姓除了一害，而且也为我陈家报了大仇，是我们老陈家的大恩人，大人需要我做什么事，尽管吩咐就是。"

韩愈听罢，高兴地道："刘先生和张班头说老神医不仅医术高超，而且宽厚仁善，德行高洁，看来果然不虚。本职想请老神医出山，助本职一臂之力，继续行医治病，将那草茎验毒之方传给百姓，以彻底解除阳山百姓的蛊害之苦。”

神仙陈听后，激动地道：“请大人放心，明天草民就带着小孙子上山采集黄藤，以不负大人所望。”

韩愈忙道：“老神医现在年大体弱，怎经得起爬山越岭之劳累！况且全县几万百姓，需要大量的解毒之物，就是你们全家都上山去采药，能采来多少？明天，我和县衙三班衙役，一同随老神医上山采药，你看如何？”

“好！好！”那神医陈一听，更加激动。

第二天，韩愈在刘师命的陪同下，带着李成、张班头和三班衙役，跟着神仙陈进入大山之中。只见这大山之中峰峦叠嶂，古松参天，悬崖陡峭，怪石横空。天上苍鹰盘旋，林间猿啼虎啸。

大家随着神仙陈翻过八架山梁，跨过九条山谷，来到一处老林之中。韩愈几次被地上的藤蔓绊倒，衣服也被荆棘挂破了几个大口子。在神仙陈的指点下，终于找到了大片的黄藤。大家高兴地忙采集起来。

中午时分，韩愈正指挥大家收集采割下来的黄藤，突然，一条巨蟒窜到韩愈面前。韩愈不由一惊，“啊呀”一声，忙向后退了两步；秦济见此，急忙跨上一步，抽出腰刀，将那巨蟒劈为两段。大家闻讯后，一齐围了过来，看着地上躺着的碗口粗细的巨蟒，都不由吃了一惊。

第二天，大家担心韩愈的安危，俱劝说韩愈留在县衙，不要再到山上去了。韩愈道：“老神医那么大年龄还带着大家上山，我坐在家里能安下心吗？”仍旧带着大家随同老神医上了山。大家见此，个个奋不顾身，争先恐后地到最危险的地方去采集黄藤。经过连续三天的采集，神医陈高兴地道：“够了，足够了！”

大家将这些黄藤运到县衙，神医陈亲自将炮制的秘方传授给大家。经过半个多月的炮制，造成了十万双黄藤筷子，由四乡里正分送到百姓的手中。

当阳山的百姓拿到这些验毒筷子时，大家高兴地热泪盈眶，竟纷纷传说韩愈是上天临凡的活菩萨，是专来解救阳山百姓的。

韩愈采用刘师命的主张，邀请神医陈出山，为百姓提供了用黄藤验毒的方法，有效地铲除了蛊害之后，便决心着手解决高利贷和蓄奴之弊。

一日，韩愈请来刘师命和县丞崔宏、县尉李成共商此事。崔宏道："这铲除高利贷和蓄奴之弊，关系到豪绅富户的切身利益，他们必然要极力反对；同时这里百姓不懂王法，并散居于大山之中，政令很难贯通，要废除高利贷和蓄奴之弊，没有大的决心和举措，将难以奏效。"

李成道："这阳山县最大的财主是蓝富海，他家放出的高利贷也最多，是阳山县富豪乡绅的头领，大家都是看着他的脸色行事。民间有这样的传言：'阳山水和山，一半都姓蓝；蓝家哼一哼，全县都晃动！'若能扳倒蓝富海，这件事就算成功了一半。"

刘师命道："李大人说得不错，俗话道：'打蛇先打头，擒贼先擒王。'这蓝富海乃阳山第一恶霸，不仅大肆出放高利贷和逼人为奴，而且在阳山影响颇大。如将蓝富海降伏，其他富豪财主将会伏首听命。同时，蓝富海为人刻薄，富而不仁，民怨极大，若从他身上开刀，不仅能起到杀一儆百，动一子能活全棋之功效，而且易于得手。"

"刘先生说得极是。"崔宏又接口道，"这蓝富海横行乡里，无恶不做，眼下还有三四个案子压在县里；前年，他私设刑堂，将两个奴隶活活打死；去年又将乔老汉的独生女儿抢去为妾，乔老汉的女儿坚决不从，他竟将其女打伤致残，推出门外。"

韩愈听后，想到前时下乡察访民情时所碰到的情况：那双目失明，扶门哭喊的老太婆，和身上鞭痕累累，被绳捆索绑拖着而去的奴隶，又浮现在眼前，不由义愤填膺，向着大家道："好，我看就从蓝富海身上开刀，一定要把这高利贷和蓄奴之害铲除！"韩愈说罢，大家遂又一起详细议定了具体行动方案。

三天之后，阳山县衙人声沸腾，观者如潮。韩愈到任后进行第二次开堂问案，审理蓝富海出放高利贷，逼人为奴和打死人命一案。只见大堂之外人头攒动，议论沸扬；大堂之内衙役瞪目，威声阵阵。

五短身材，长着一双八字眉、老鼠眼的蓝富海跪伏在地，已没有先前那股神气劲，大堂地面上散乱滚落着一地银子。刚才蓝富海被带到大堂时，昂首挺胸，迈着八字方步，指使管家将三百两银子送到韩愈面前，傲慢地道：

“大人今天传唤在下到来，莫非想要点银子花花！这三百两若不够，在下另派人给送来，何必搞这个架势？”

韩愈当时一听，不由怒火上升，一把将那银子摔到堂下，怒喝道：“不知王法的土豪劣绅，竟敢在大堂之上贿赂羞辱本官！本官只认朝廷、王法和百姓，从来不认金钱！来人哪，先打二十大板，以此为戒！”

那蓝富海见此，不由一惊，大出所料：他没有想到天下竟有不爱财的官。还未来得及分辩，两边衙役已跨步上前，像猛虎扑食一样，将其捺翻在地。只听劈劈啪啪和呼喊求饶之声，板子已像雨点般地落在了蓝富海的屁股上。

二十板打后，蓝富海的屁股已是皮开肉绽，疼入心肺。他过去都是打的别人，从来没有被别人打过。原以为这次传他上堂，只不过是新来县令想要些银子花花，故意作个样子给百姓们看看，没想到今天韩愈竟来真的，一时晕头转向，不知所措，像一条断了脊梁骨的丧家犬，爬在地上只叫开恩。韩愈怒视着蓝富海道：

“汝无视王法律条，竟敢以三到五倍的利息，出放高利贷和逼人为奴；并打死奴隶。现有诉状告你，你可知罪？”

那蓝富海被衙役拉起，跪在地上，听韩愈讲罢，扑闪着两只老鼠眼结结巴巴地道：“大……大人，小……小……小人，实在是冤……冤枉！这出……出放高利贷……贷，是祖上传……传下来的，双……双方愿打愿挨；历来借……借债还……还钱，无钱以……以人抵……抵债，这是……是我们阳山的规……规距，怎说违犯王法？这……这些奴隶，都是抵……抵债和用……用钱买……买的，和家……家里的牲畜一……一样，愿打……愿杀，是……是我们家的事，怎说也……也违犯王……王法？”

韩愈听后喝道：“自东汉以来，历代朝廷都明令禁止官宦商绅，不准以高利贷盘剥百姓；并自先秦以来，早已废除了奴隶制度。我朝自高祖皇帝开基以来，也曾多次颁发刑律：凡出放高利贷和逼人为奴者，定严惩不贷；其利息超过两倍者，不论数额大小，均处以死刑。杀人者，无论被杀者是何种身份，均要予以偿命。你以两到三倍的利息出放高利贷，并私设刑堂，打死多名奴隶，条条都是死罪。怎说不违犯王法？难道祖上传下来的规距比王法还大？这阳山县莫非王土，敢与朝廷相抗不成！”

那蓝富海听韩愈讲罢，顿时瞠目结舌，难以答辩。跪在一旁的管家见此，忙道：“请大人开恩，俺这阳山乃穷乡僻壤，荒蛮之地，大家确实不知王法。今听大人一说方才明白，蓝财主，不，蓝草民，虽犯了王法，还望大人网开一面，从轻发落。”

韩愈见此，知其确实不懂王法，而且已经慑服，便向着蓝富海道：“现在知罪否？”

“草……草民知……知罪了！”蓝富海忙答道。

韩愈不由心中一喜，向着蓝富海道：“既然知罪，本官就给你一个改过的机会：第一，从现在起不准再出放高利贷，凡是过去出放的，不准再收取利息，你可答应？”

“草民答应。”那蓝富海忙点头应诺。

“第二件，本官到任时，已经发出告示，不准买卖蓄养奴隶，你家所有奴隶要全部放出，并不得索要卖身钱和所抵债务，你可答应？”

“答应……答应！”那蓝富海忙应道。

“第三，本官来到阳山后，一连贴出三张告示，严禁制造投放蛊毒，严禁出放高利贷和买卖奴隶，然知者甚少。今县衙再书写告示一千张，由你亲自送到全县所有乡绅财主家中，并劝说他们也取消所有高利贷和释放家中奴隶，否则均严惩不贷，你可答应？”

“草民一定照办。”

“好！”韩愈道，“本官给你一个月的时间，你回去办理好这三件事后，来向本官禀报所办理情况，本官将派人下去察看，若办理得好，可将功赎罪，免去死刑，从轻处置，若办理得不好，本官定严惩不贷，你可愿意？”

“愿意！愿意！”那蓝富海听到此，忙爬在地上连连磕头。

韩愈至此，方满意地点了点头，向着一旁的县丞崔宏道：“退堂！”

当蓝富海在管家的搀扶下，垂头丧气地走出县衙时，已获悉韩愈审案结果的百姓，高兴地欢呼雀跃，看着蓝富海灰溜溜的样子，赞叹道：“这韩大人真行，我们阳山的百姓，这下可算有了救星！”

第50章
结雅友诗赠惠师　抗飓风广植林木

那蓝富海如斗败的公鸡，回到家中，不敢怠慢，忙将所有奴隶释放，并宣布废除全部高利贷。第二天即到县衙领取告示，亲自挨门逐户送到四乡。

阳山的其他乡绅土豪见此，大为震惊，也不敢怠慢，忙也纷纷宣布废除高利贷和释放家中的奴隶。一时，阳山县出现了翻天覆地的变化：在不到两个月的时间内，彻底铲除了流行一千多年的高利贷和奴隶制，解救了大批奴隶。从而使阳山的“三害”，除去了两害。

一日韩愈正与刘师命在县斋饮酒论文，忽见秦济走来禀道：“有一年轻书生，自称窦存亮，自长安而来，要见老爷。”

韩愈一听，甚为惊喜，忙说有请。不一会儿，秦济带着窦存亮进来。韩愈一看，只见那窦存亮年刚二十出头，眉清目秀，风尘仆仆。

窦存亮一见韩愈，忙放下行李，倒身下拜道：“在下姓窦名存亮，乃长安人氏。久慕先生道德文章，特来向先生求学，望先生勿吝赐教。”

韩愈一听，甚为惊喜，忙一把扶起窦存亮道：“公子快快请起，从长安到此，千山万水，遥遥万里，公子不畏艰险，来此求学，真让学生感动难抑。”

窦存亮坐到一旁，从刘师命手中接过一杯茶来，呷了一口，向着韩愈道：“在下久慕先生的道德文章：先生崧生岳降，辞彩精拔，拔新领异，独步文坛。在下乃一草民，无缘进国子监求学，甚感遗憾！后闻说先生被贬谪来到阳山，深感机遇难得，便辞别父母，寻访到此。”

韩愈听罢，更加高兴，向着刘师命道：“窦公子求学若渴，志坚如磐，真乃锐意之士也，可与先生媲美了！”然后将刘师命介绍于窦存亮，二人又互相进行了见礼。

韩愈向着窦存亮道：“阳山乃蛮夷之地，民不知礼义，绅不懂王法，且蛊毒难禁，飓风为虐，公子到此追随学生求学，不惧乎？”

窦存亮向着韩愈道：“先生不惧，学生何惧之有！欲得先生真传，即使赴汤蹈火也在所不惜，何况蛊毒飓风乎！”

韩愈听后，满意地点了点头。即安排窦存亮在县衙与刘师命住在一起。自此，韩愈每日处理完公务之后，便与二人在一起谈诗论文，切磋文章，倒也十分惬意。

夏去秋来，韩愈到阳山一晃已半年有余。在这期间，他不仅力除“三害”，有效地扼制了蛊毒，废除了高利贷和奴隶制，解救了一大批奴隶，而且还结交了一批社会上的文士雅客，其中有两位是释家弟子。一个叫惠师，另一个叫灵师。

那惠师和尚儒雅倜傥，博古通今，精通诗赋文章。十五岁出家于天台山，曾游历于大江南北，与当世名流多有交往。灵师和尚复姓皇甫，能诗善文，因仕途不得志而半途削发为僧。其性豪爽、喜交游，也是一云游僧人。此二僧先后来至连州寺，初与连州司户王仲舒交往，后经王介绍，陆续来到阳山与韩愈相会。韩愈虽厌恶僧道，但见其谈吐文雅，爱其诗赋文章，遂成挚友。

时至初秋，惠师又自连州来访。韩愈留住县衙，与刘师命、窦存亮等人一起谈诗论文，十分相契，一连数日不倦。一日，惠师不辞而去，韩愈不知其因，忙四处找寻。当追及惠师后，责其不辞而别之失。惠师道：

“君乃阳山之宰，身系数万百姓之祸福，岂能天天陪着我等谈天说地！若要面辞，恐君不依，故不如别而不辞为好。”

韩愈见苦留不住，只好赋诗相送。他在诗中写道：

惠师浮屠者，乃是不羁人。十五爱山水，超然谢朋亲。脱冠剪头发，飞步遗踪尘。发迹入四明，梯空上秋旻，遂登天台望，众壑皆嶙峋。夜宿最高顶，举头看星辰，光芒相照烛，南北争罗陈。……

惠师看罢，不觉热泪盈眶，遂将诗稿藏于袖中，挥泪而去。

惠师走后不久，一天韩愈正在县斋与刘师命、窦存亮讲论古文，忽见窗外西北天空浓云密布，黑如锅底。刘师命一看，大惊道："不好，飓风来了！"大家忙跑到门外，向西北天空望去，只见镶着耀眼金边的云团，翻滚着向上涌来，并隐隐传来隆隆的沉闷雷声。

刘师命向着大家道："这阳山每到夏秋之季，便会经常出现飓风，并伴随雷雨冰雹。看来今天这飓风来势不小。"说着，翻滚的云团已到头顶，沉闷的雷声也越来越近。突然，只见一阵狂风吹来，顿时飞沙走石，天昏地暗。只听"咔嚓"一声响，县衙外边两棵合抱粗的大树，被拦腰吹断。

大家慌忙走入屋内，还未站稳，只见随着耀眼的闪电光芒，头顶上空响起一声震天动地的霹雳雷声，只震得房上土块直往下掉，大家的耳朵也被震得轰轰直响。刘师命向着大家道："这雷一个接着一个，快把耳朵给掩上，要不，耳朵会被震聋的。"

大家忙抬手去掩耳朵，手还未伸到耳旁，随着白光闪动，又一个炸雷在房顶上空响起。窦存亮向着刘师命道："这雷果然厉害，真是迅雷不及掩耳也！"

窦存亮的话还未说完，只听从房上和院中突然传来乒乒乓乓，像炒豆一样的响声，只见宛如核桃大小的冰雹从天而降，砸在房顶的瓦上和院中的石桌上，发出清脆的响声。一刹时，风声、雷声和冰雹声响成一片，像虎啸狼嚎一般。漆黑的云团，贴着房顶呼啸而过，天空昏暗得像突然到了夜晚；不停的闪电，像一条条耀眼的金蛇，在空中上下翻腾着。大家完全被这突入其来的飓风给惊呆了！

约莫过了半个时辰，冰雹变成了暴雨。那雨如天河开裂，瀑布倒悬，从天空倾泻而下，顿时院中积水盈尺。暴雨持续约一个时辰，天空方渐渐发亮，雷声才慢慢远去。

韩愈与刘师命、窦存亮待雨停后走出县衙，只见大街上洪水滚滚，被风吹倒的树木横三顺四地倒在路上，远处几座民房已被飓风掀去了顶盖。

韩愈见此，不由一阵心惊。这时县丞崔宏和县尉李成也走了出来。韩愈向着诸人道:“人言阳山‘三害’果然不虚!这场飓风不知又毁坏了多少农田，吹毁了多少民房和树木?咱们不如到前面几个村寨去察看一下灾情如何?”

李成看了看街上的洪水，道:“暴雨刚刚停止，山洪已经下来，到前面村寨要经过几条河谷，路上十分危险。”

韩愈低头想了一下，向着李成道:“这样吧，让在县衙的差役一块同我们前往，带上绳索铁锹，遇到山洪我们就拉着绳索过河，这样即可互相照顾，同时又可帮助百姓抢救出现的灾情。”

崔宏和李成见韩愈一心想着百姓，十分感动，忙招乎在县衙的差役，拿来绳索和铁锹，跟随着韩愈，踏着泥泞的山道，向前面几个村寨疾步过去。

大家离开县衙向前行走不远，果见一条山洪挡住去路，往日干枯的河道，现在却是浊浪翻滚。咆哮的洪水，裹着泥沙，奔腾而下，发出隆隆之声。李成担心韩愈的安危，向着韩愈道:

“这山洪水流湍急，而且还在不断上涨，不如我们暂且回去，等明天洪水退后，再去察看不迟。”韩愈望了望远处的村寨，又看了看洪水，向着李成道:“这水有多深?”

“这水倒不是很深。”李成看了看河水道，“最多不过三四尺，只是流得特急，人在河中难以行走。”

韩愈向着李成道:“既然这水不是很深，我们现带着绳索，不如让一会水之人，腰里系上绳索，先下到河中试试。如被水冲倒，我们即可将其拽回，如能过去一人，将绳子拴到对岸树上。大家便可扶着绳子过河，不会有多大危险。”

李成见韩愈为了百姓疾苦而不顾个人安危，更加感动，便亲自腰缠绳索，拿了根木棍，下到河中。湍急的洪水几乎将他冲倒，他忙用木棍撑住身体，一步一步挪到对岸，韩愈见此，不觉大喜。

李成将绳子拴到对岸一棵树上，高兴地向岸这边招手示意，众衙役见此，忙脱去身上衣服，扛到肩上，扶着绳索跳人湍急的洪水之中。这时崔宏带着一年轻体壮衙役来到韩愈面前，道:“这水流得特急，让郑三背着大人过去吧!”

韩愈看了看正在过河，被洪水冲的东倒西歪的衙役，向着崔宏和郑三道:“这水流得这么急，空身行走还有困难，怎能再背一个人！我自己能趟过去。”边说边抓住绳子跳入水中。谁知那湍急的洪水，就像一群奔腾向前的野马，直向韩愈的身上撞来，韩愈刚一抬脚，就被洪水冲倒。崔宏和郑三忙一把抓住韩愈，两人用力将韩愈扶起，韩愈的上衣已被弄湿了一大片。二人扶着韩愈，抓着绳索，互相搀扶着，方一步一挨也渡到对岸。

过了山洪，大家来到前面的一个寨子，只见山寨一片狼藉：田间的玉米稻子全被飓风吹伏在地，浸泡在白茫茫的水中；路旁的树木不少被连根拔起，倒在地上；百姓的茅屋房顶十不存一。人们哭爹喊娘，在倒塌的房屋中，寻找着被埋在下面的亲人和东西。

韩愈见此，不由一阵心酸，向着崔宏和李成道:“大家分头过去，赶快帮助百姓抢救遇难人员和东西。”李成和崔宏听后，马上带着众衙役四散向百姓家中跑去，有的帮着百姓搭房顶，有的帮助百姓抬东西。

韩愈同刘师命、窦存亮来到路旁一户人家，只见这户人家的房顶被大风掀去了一半，一年轻人正爬在房上搭放稻草，下面站着一六十多岁的老汉和一个十二三岁的小男孩，用木叉顶着一捆稻草，吃力地往房顶上送。韩愈忙疾步上前，伸手帮着那老汉将稻草送到房顶上。

那老汉扭头看着韩愈，惊喜地道:“这……这不是县令大人吗！”说着就要下跪施礼。

韩愈忙一把拦住，道:“老爹免礼！”那老汉看着韩愈，疑惑地道:“天刚住雨，大人来到俺这山坳中有啥急事？”

韩愈还来回答，旁边的刘师命道:“大人见这飓风历害，是专程来察看灾情的。”

那老汉一听，激动地看着韩愈道:“大人真是俺阳山百姓的救命活菩萨，一到任就为俺老百姓除蛊害，放奴隶；今天又不顾个人安危来察看灾情。也不知俺阳山百姓几世烧了高香，竟遇到大人这样好的父母官！”

韩愈忙谦恭地道:“老爹过奖了！这是本职应该做的。”然后看了看正在整修的房子，向着那老汉道:“老爹贵姓大名，这场风造成的灾害不轻啊！”

那老汉忙道:“不敢，在下姓赵名良善。”然后扭头看了一眼被风掀起半个屋顶的草房，叹了口气道:“俺这阳山，一到夏秋之时，就刮这飓风，真把老百姓给害苦了！”

“这飓风是从哪里刮来的？可有办法防治？”韩愈向着那老汉问道。

赵老汉用手指着西北方向道:“大人请看，由此往西约三十里地，南北两山之间有一峡谷，叫做风口，这飓风就是从那里刮过来的。要问有没有办法防治，那就难说了。不过据老一辈人传说，很早以前俺这里是没有这飓风的。那时这两旁山上都是茂密的树林。后来，不知怎么得罪了上天，天上两条火龙下界，用雷火烧了九天九夜，把这两旁山上的树木全部化为灰烬，从此就有了这飓风。”那赵老汉讲到此，顿了顿，接着又道:

“后来，有一位云游僧人到此，看了看阳山县城四周光秃秃的山梁，道:‘要想飓风停，山上种满树’。你想，百姓犹如一盘散沙，各有各的营生，没人去领这个头，谁会上山去种树？故此，多少辈以来，这山还是光秃秃的，而这飓风也越刮越厉害。”

韩愈听后，不由心中一动，道:“这山上载上树，就能挡住飓风？”

旁边的刘师命接口道:“这老爹说得不错，我也听老辈人说过这个事。俗话说:树大挡风。若是满山遍野都有栽上树，这飓风自然就刮不起来了。但要将这山山岭岭都栽上树，谈何容易！只能是痴儿说梦罢了！”

韩愈听后高兴地道:“若将这山上栽上树，就能治住飓风的话，我们不妨一试。此事回去咱们好好合计合计。”然后向着那赵老汉道:“如果县里号召大家上山去栽树，大家愿意吗？”

“愿意！愿意！”赵老汉高兴地道，“这种树是为咱百姓办好事，百姓是求之不得的，哪能不愿意！”

韩愈听那赵老汉说罢，踌躇满志地道:“多谢老爹指点，本职回去后就商议这治风树种之事。”那赵老汉高兴地道:“只要大人发令，俺这寨子里的人，我一户一户的去通知他们上山，保证不会误事！”

韩愈看着赵老汉，满意地点了点头道:“咱们一言为定！”说罢，又帮着赵老汉将院中剩下的几捆稻草全部送上房顶后，方离开那户人家。

韩愈察看完灾情，回到县衙已是半夜时分。第二天，他召来崔宏、李成和刘师命等人，认真商讨了治风种树之事，决定秋后带领全县百姓，到山上植树造林，以除飓风之害。

九月的阳山风和日丽、天高云淡。南北山上喧笑沸腾，人如潮涌。漫山遍野的四乡百姓，有的挥锹挖坑，有的在弯腰栽树，有的在担水浇灌刚刚种下的树苗。到处是热火朝天的植树盛况。

韩愈穿着短衣，敞着胸口，汗流满面地和刘师命、窦存亮以及县里衙役，正在一个山梁上挖坑植树。今天是全县百姓上山植树的第三天，每天全县上山植树的百姓达到五万人以上。张班头提了个茶壶走到韩愈跟前，向着韩愈道："大人，歇会吧，喝口水，看你热的，汗都把衣服湿透了。"

韩愈抬起身，从腰间抽出一条手巾擦了擦脸上的汗珠。看了一眼满山遍野植树的百姓，高兴地从张班头手里接过茶碗，喝了口水，向着张班头问道："今天咱们又栽了多少棵树？"

"现在已经又栽了两百多棵，搭上昨天和前天栽的，光咱县衙种的足有一千多棵。你看，这条山梁都快栽满了！"张班头高兴地说道。

刘师命向着张班头道："我们县衙种了这千把棵树，就把你乐的，全县这三天上山栽树的人不下十五万人次，每人每天按栽十棵树计算，就是一百五十万棵。这些树要是长大后，该是多么大一片树林啊！"

张班头高兴地向着韩愈道："真没有想到百姓种树的劲头这样大，热情这样高！过去，县里也曾多次号召百姓种树，可就是没人动。开始我还真担心老百姓三人两不齐，这次也没人愿上山来栽树呢！"

刘师命向着张班头感慨地道："百姓就像一群龙，关键是要有一个好的领头人；同时还要让大家看到植树的好处。这次全县百姓涌跃上山植树，主要是大人决策英明！"刘师命讲到此，看了一眼韩愈，继续道：

"首先，大人把全县的荒山收归县里所有，然后分给四乡百姓，并贴出告示：规定谁种树归谁所有。百姓有了自己的山、自己的地，这种树有了地方，长大了都是自己的，还能没有劲头！第二，县里规定，每户只要栽种一百棵树，将免去全年的徭役。大家既为自己种了树，同时还免除了劳役，何乐而不为呢？”

旁边的窦存亮接口道：“第三，大人把蓝富海等一帮土豪乡绅召集到县衙，限定他们将自己家的山地全部栽上树木，以此将功补过。你想，这些财主那家没有百十顷山地，他们为了将功补过，自然要雇请周围百姓去为他家种树了。第四，大人还派崔县丞、李县尉带着衙役到四乡巡视察看，凡阻碍植树的将严惩不贷，有难处的帮助解决。百姓能没有劲头？”

韩愈听他们议论到此，也感慨地道：“天下没有不通情理的百姓，也没有办不成的事；只有不为百姓着想和办事的官吏。只要我们时时想着百姓，处处为百姓办事，百姓就会一呼而起，所向披靡，再难再大的事也能办成。”

刘师命等人听后，无不点头称是。韩愈看了看漫山遍野的植树之人，向着张班头和刘师命道：“走，咱们过去转转，看看百姓植的树。”

刘师命和张班头忙高兴地整了整衣冠，跟随着韩愈向附近正在植树的百姓中走去。周围的百姓见韩愈走过来，忙停下手中的活计，看着韩愈，高兴地议论着：

“这韩大人真行，一下就把全县的老百姓都给鼓动起来了。”

“嗯！这韩大人不仅发动大家植树，而且还亲自上山和大家一块干，真了不起！从来还未见过这样好的官！”

“老兄说得不错，咱阳山百姓这下算是走了鸿运，遇到这么个好县令，前半年给咱们禁了蛊毒，解救了奴隶；现在又带领咱们上山植树，治理飓风。这韩大人可真是咱们阳山百姓的大恩人！”

韩愈来到一伙百姓面前，人群中一浓眉毛、深眼窝、高颧骨的年轻汉子跨前一步，向着韩愈施礼道：“给大人请安，大人辛苦了！”韩愈一看，甚觉面熟，忙拱手道：“大家都辛苦了！”

那人看着韩愈道：“大人不记得草民了？”

一旁的张班头忙上前向着韩愈道:“这位就是大人初到阳山下乡察看时，碰到的那个被蓝富海派人抓去的奴隶，姓陶名勇。”

韩愈一听，高兴地道:“我说怎如此面熟，好像在哪里见过，但一时又想不起来。”说罢又向着那陶勇问道:“蓝富海将汝释放否?”

“放了，放了!”陶勇高兴地道，“大人将那蓝富海传到县衙的第二天，我们这些奴隶就都被放了出来。”说罢，转身指着周围的几个年轻人道:“这几个都是放出来的奴隶。”

韩愈一看，只见周围站着十几个年轻人，都用感激的眼光看着自己。其中一个二十余岁，身体颇瘦、面色黝黑的年轻人向着韩愈道:“我们几个都是陶大哥的患难兄弟，陶大哥经常给我们讲大人的恩德，我们大家每天都在为大人烧香祝福，感谢大人的救命之恩，愿大人步步高升!”

韩愈听后，不由心里一阵激动。只见陶勇转身从人群中拉出一个年约二十余岁的年轻少妇，道:“来，见过恩人韩大人。”然后向着韩愈道:

“这是贱内，名叫玉兰；也是蓝家的奴隶。今年夏天，蓝财主把我们放出来后，俺俩就订了婚，中秋节时办了喜事。”

韩愈一看，只见那玉兰浓眉大眼，身体丰盈，虽荆钗布衣，倒也十分干净利索。忙连连贺喜。然后向着陶勇等人问道:“这次你们都分有荒山吗?各栽了多少树?”

陶勇高兴地道:“这一片荒山原来被蓝富海所霸占，县里收回后，分给了我们几家，每家都有五六顷之多。我们几家觉得单家独户地栽树，不仅速度慢，而且冷冷清清，干着没劲。一商量，大家就合在了一起，有的管挖坑，有的管栽植，有的管浇水。前天大家是给王三家栽的，昨天是给宋贵家栽的，今天大家是来给我栽的，明天准备去给李祥家栽。计划今年每家栽植两百棵，现在愁得是没有树苗。”

韩愈高兴地点了点头道:“现在全县这么多人上山植树，树苗就成了个大难题，看来，今后大家不仅要重视植树，而且还要进行育苗才行。”

大家听后连连点头。韩愈又向他们嘱咐了一番后，继续朝前走去。

韩愈等人边走边看，翻过一条山梁，远远望见一老汉指挥着一群人，正在一山坳间植树。大家来到跟前一看，认得是赵家寨的赵老汉。那赵老汉见韩愈过来，忙停下手里的活计，高兴地迎着韩愈施礼道：

“大人过来了。”韩愈忙拱手还礼，边看着满坡栽下的小树，边问道：“这些树都是你的寨子里栽的？”

“是的！是的！”赵老汉高兴地答道。

“多少棵？”

“至少两千棵。”

韩愈满意地道：“每天寨子里出来多少人栽树？这块地是谁家的？”

那赵老汉道：“每天寨子里上山栽树的有一百多人，你看，连老婆孩子都来了。这条山坳是寨子里的公田，按每人五棵树苗分摊到各户。今天，大家都是自动带着树苗来的，中午，寨子里免费管大家一顿午饭。”

韩愈边听边不住地点着头。那赵老汉又高兴地道：“大人说到办到，想不到全县的百姓都让大人给动员起来了。这飓风一定能被治服！看来祸害俺阳山多少辈的‘三害’，真要被大人给彻底铲除了！”

韩愈向着赵老汉道：“这整治飓风不比禁蛊和释放奴隶，那些都是管人的，好管，能马上看到效果。这抵抗飓风是管天的，可不容易，三两年不一定能看到成效；需要咱一代人，一代人地去努力才行。希望咱们阳山人能年年上山植树，并管好这些树木。总有一天，这阳山的两旁山上都会绿树成林，披上绿装，到那时就不怕飓风了！”

“大人说得极是，我们赵家寨的人一定照着大人的话去做，绝不辜负大人的希望，请大人放心就是！”

韩愈听后，高兴地点了点头。

韩愈忙上前扶住赵老汉，道：“老爹免礼！这一向可好？寨子里的乡亲们都好吧？”

第51章
纳门徒传授古文　办学馆广施教化

韩愈为防治飓风，带领全县百姓广植林木，深得阳山民心，被百姓称为救苦救难的活菩萨。

一日，他正在书斋读书，忽见秦济领着两个年轻儒生进来，一人年约二十五六岁，生得浓眉大眼，仪表堂堂；另一人年刚及冠，唇红齿白，一脸稚气。二人肩扛书札，风尘仆仆。秦济向着韩愈道：“这两位公子自南海而来，要见老爷。”

韩愈忙站起，让二人坐下说话。那年龄稍大一点的儒士坐下后向着韩愈道：“在下姓区名册，这位姓区名弘。我二人皆南海之人，闻说大人乃当今文坛泰斗，被谪于此，特乘舟溯江来到阳山，欲拜大人为师，以求赐教。”

韩愈听此，十分高兴，暗道：“自己被谪于此，虽远离京师，若能借以收授门徒，广传圣教，倡导古文，倒也可酬报国之志。这些年轻人，若是学业有成，将来宏扬吾教于天下，其作用不可量也！”遂欣喜地道：

“本职崇扬儒教，热衷古文，欲振兴文坛，然道途艰辛，福祸难料。二位若不怕有误前程，可留下共同切磋学问，此乃本职喜之不尽也！”

那区册、区弘听后，十分高兴，遂站起向韩愈行了拜师之礼。韩愈忙伸手将他们扶起，然后让秦济去叫来刘师命和窦存亮，与二人相见。

自区册、区弘来到阳山后，韩愈精神更为振奋。时至冬日，阳山经韩愈治理的已是政通人和，百姓安乐。韩愈便乘暇与四人在一起讲论儒道，切磋古文。县衙书斋之中，每日议论飞扬，读书朗朗。

那日，韩愈正与刘师命等人在县斋谈论古文，只见秦济进来禀道："赵家寨的赵老汉带着孙子前来求见。"韩愈忙道有请。只见赵老汉领着两个十二三岁的孩子进来，一见韩愈便跪下施礼。韩愈慌忙上前一把扶起，笑道：

"老爹免礼，这一向可好！寨子里的乡亲们都好吧？"

"好！好！乡亲们都好！"赵老汉高兴地道，"大家都托我向大人请安问好哩！"说罢转身拉着身边的两个半大孩子道：

"来，跪下，给大人行礼请安。"那两个孩子多少有点羞怯地跪倒在地，给韩愈叩了三个头。韩愈笑着道："免礼，免礼！"然后向着赵老汉道："这两个都是老爹的孙子？"

"不，这个是，那个是邻居家的！"赵老汉分别指着两个孩子介绍道。韩愈仔细一看，只见赵老汉的孙子长得浓眉大眼，虎头虎脑。他秋天下乡察看灾情时，曾看到过这个孩子，邻居家的那个孩子却显得有些瘦弱。

韩愈向着赵老汉道："半年没见，令孙的个头又长高了，真还有点虎气呢！"赵老汉忙道："大人特夸奖他了！"

韩愈高兴地向着赵老汉道："这几天还正打算着到寨子里去看看老爹呢，不想老爹今日竟光临敝衙。"那赵老汉向着韩愈道："在下不知高低，今日贸然前来，有一事相求，不知当讲与不当讲？"

韩愈一听，不知所求何事，忙道："但讲无妨，只要本职能办得到的，定尽力而为，绝不推托。"

赵老汉看了看站在身旁的两个孩子，向着韩愈道："最近四乡传闻，说大人在京不仅是个忠臣，而且是当今天下最有学问之人，不仅文章盖世，而且门下弟子多赫赫有名；大人来到阳山后，许多年轻人不远万里前来拜师求学。我们阳山的百姓，很少有人读书识字，因此不懂王法礼仪，去到外地，常常被人耻笑欺辱！我想将这小孙子送到大人身边，请大人闲暇之时，教他认上几个字，学学礼仪王法。邻居张老汉听说我要送孙子来读书，非让我把他的小孙子也带来不可。此事不知是否妥当？如行，就算我这小孙子走了鸿运；如不行，大人也不要放在心上。”

韩愈听此，心中不由一振，高兴地道：“老爹想让令孙读书识字，学习礼仪王法，此乃天大的好事，哪有不行之理！本职近来也在思索此事；要使阳山彻底铲除“三害”，首先就要让百姓懂礼仪，知王法，这就必须以圣人之道教化万民。老爹此举，真乃治县安民之根本也。可将令孙尽管送来，本职定竭力传授圣人之道，务使其学业有成、凤翔龙腾。”

坐在一旁的刘师命见此，接口道：“眼前阳山像老爹这样想让子孙读书之人，何止千百。县衙乃处理公务之地，不可能容纳很多人来此读书。以在下之见，不如开办一个学馆，这样既能宏扬圣道，广施教化，又不影响县衙办理公务，岂不更好。”

那赵老汉听刘师命说罢，高兴地道：“县里若能开办一学馆，那是再好不过了。就我们赵家寨来看，想要读书的孩子就有十几个。”

韩愈道：“此事我也思忖多时，看来开办学馆是势在必行，但目前仍有两点尚无善策解决：一是筹建学馆的经费问题；二是缺少教书先生。此两件事让本职决心难下。”

赵老汉忙接口道：“开办学馆乃是为百姓办好事，功在千秋万代，造福子孙后人，只要县里下一道令，各村寨分摊一点，百姓们捐助一点。有钱的出钱，有物的出物，有力的出力，这学馆建起来也不难。”

刘师命道：“这教书先生也好办，据在下所知，阳山县虽读书人不多，但也有几个识字之人，只要登门聘请，晓以大义，他们定会乐意前来担当此职。如教书先生一时不够，我和窦存亮等人，也可暂为代理。”

韩愈听后，不觉大喜，道：“二位之论，顿使本职消除了心头之虑，明日即叫崔宏、李成一块前来议定此事。我看咱们可分两步同时进行：一方面动员四乡百姓捐资筹建学馆和聘请教书先生；另一方面，可将县衙大堂暂作学馆，由刘先生和窦存亮等人充任教师，把学馆先办起来。”

赵老汉一听，高兴地站起身道：“若此说，在下现在就回去告诉乡亲们，让寨子里的人都高兴高兴！”边说边拉着两个孩子，向着韩愈道：

“这两个小孙子，在下先带回去，等学馆开学时，我第一个送他俩过来。”韩愈见此，高兴地将其送出大门。

第二天，韩愈即召来县丞崔宏和县尉李成，同刘师命一起商议开办学馆之事。大家都不由精神大振，踌躇满志。最后议定：由崔宏负责筹措资金，李成分管选址建馆，刘师命主持选聘先生。在新学馆未建成之前，先借用县衙大堂把学馆开办起来。

十一月五日，韩愈亲自主持了办学筹资会议。这天，四乡里正及富豪乡绅，云集县衙。韩愈首先讲了兴办学馆、传道育人的好处；宣布了县里筹资办学的方案，以及县里关于集资办学、建立功德碑的决定。

与会人员见韩愈处处为阳山百姓着想，大受感动；而且通过韩愈到任以来，力除蛊害，解放奴隶，发动全县百姓植树造林，抵御飓风的三次大的行动，深感韩愈刚正不阿，胸怀大略，具有治世安邦之伟才，莫不为之折服和敬畏。韩愈刚刚讲完，便纷纷表示赞成。

坐在前排的蓝富海对韩愈是又敬又怕。今年夏天，在这大堂之上，那二十大板打得他皮开肉绽，至今仍记忆犹新。后来他带头释放奴隶，废除高利贷，韩愈竟将功折罪予以了褒奖。使得他哭笑不得、又惊又喜，深感韩愈执法如山，泾渭分明。刚才，韩愈在会前，又将他和县里的几个巨富财主请到书房，先行告知会议内容，希望他们几个能带头捐资建学。今天，他一是对韩愈的旨意不敢有违，二是觉得这捐资办学是个露脸扬名的机会，便马上站起身道：

“这捐资办学，是为我们的子孙后代造福，我双手赞成，在下先捐银子一百两。”其他乡绅财主见此，也不敢怠慢，忙也纷纷站起来道：“蓝财主带头捐资一百两，我们也不能落后，但不敢与蓝财主相比！”说罢，有捐八十两的，有捐五十两的，最少的也捐了二十两。崔宏见此，一时乐得合不上嘴。

筹资会后不久，韩愈和李成等人即在县衙西边不远处，选定一块空地，作为建学地址。

开工奠基这天，闻讯前来捐资和祝兴的四乡百姓，敲着锣鼓，拉着砖瓦木石，从四面八方来到工地。工地上彩旗飘扬，四周堆放着近日由四乡百姓捐送的各种砖瓦木石。韩愈带着刘师命，李成早早来到工地，笑容满面地恭迎着前来的百姓。

这时只见陶勇用布带吊着胳脖，和十几个年轻汉子，光着脊背，打着号子，拉着两车又粗又长的圆木过来。韩愈忙迎上去，笑道：

“恭迎诸位光临！”然后看着车上那些新伐的松木,向着陶勇道：“这木材是从哪里弄来的？这么大！”

陶勇擦了一把脸上的汗水，向着韩愈道：“我们几个奴隶，听说大人要建学馆，便于前天连夜进到山里，伐来这两车树，略表一下我们的心意！”

李成走上前，看着车上那又粗又大的松木，高兴地道：“这几根松木正好用来做大梁，这下，木材就基本够用了。”

韩愈见陶勇吊着胳脖，关心地问道：“你这胳脖是怎么回事？”陶勇还未回答，旁边的李祥道：

“我们下山时，车子特重，把握不住，直往下冲，眼看就要压在王三身上。陶勇大哥见此，用力一顶，王三得救了，木头却砸在陶勇大哥的胳脖上，看来骨头已经断了！”

韩愈听此，不由心中一阵激动。这时，又一阵锣鼓声由远而近响起。大家忙扭头一看，只见赵家寨的赵老汉，带着乡亲们，敲着锣鼓，拉着两车砖瓦木石过来。

韩愈忙叮嘱陶勇注意养伤，然后和李成迎了上去。

赵老汉向着韩愈笑道：“大家听说学馆今天动工奠基，特前来进行助兴,顺便将昨天大家捐助的木石送来。”韩愈拉着赵老汉的手，高兴地道：

“昨天老爹已让人送来了三车木石，今天又送来两车。有老爹和乡亲们大力相助，这兴办学馆无忧也！”

赵老汉忙谦恭地道：“这是应该的，大人一心一意为我们阳山百姓着想，呕心沥血，没日没夜。我们捐献这点木石算得了什么！”

这时李成走上前，向着赵老汉道：“听说老爹把自己的房子拆了三间，取下木石捐送到工地，可是真的？”

赵老汉一听，不由一愣，向着李成道："你的消息真快，听谁说的？"李成道：

"昨天前来送木石的乔三告诉说：老爹为带头捐助建学，见家中没有多余之物，就让全家三代人搬住到一座房里，腾出三间房拆后，将木石捐给了学馆。寨子里的人见此，一下都捐起木石来，不到一天时间就捐了三大车。"

韩愈听后，不由心里一阵激动，拉着赵老汉的手，连连说到："谢谢！谢谢！这学馆建成之后，老爹应是第一功！"

在新学馆奠基后的第三天，刘师命与窦存亮、区弘等人，经过精心筹备，在县衙大堂举行了临时学馆的开学典礼。这日，闻讯前来观看的百姓和前来上学的孩子，挤满了县衙门前。

韩愈来到县衙大堂，只见大堂内摆放着数排桌子和板凳，刘师命坐在大堂门前，正在登记着前来报名上学的人名，窦存亮站在旁边，向报了名的学生发放着书籍。这时，赵老汉已早早带着小孙子和寨子里的五六个孩子，报名后进入堂内，拿着新书，坐在前排的凳子上。一见韩愈过来，忙打招乎。

韩愈高兴地拱手还礼后，和赵老汉拉起话来。还未说上两句，只听背后传来一熟悉的老者声音。韩愈忙扭头一看，只见城南陈家庄的老神医，领着几个半大孩子也走了过来。

韩愈忙转身迎上前笑道："怎么，老神医今天也来了？"说着看了看神医陈身边的小孙子，道：

"令孙也要来上学？"韩愈知道神医陈早年曾外出求学，读过一些医书；现今在家每天教小孙子念书识字，故而有些惊奇地看着神医陈。那神医陈高兴地道：

"听说大人乃当今文坛泰斗，天下读书之人多崇拜仰慕，云集大人门下。今大人在此办学授徒，传授圣道，此乃天赐良机，我怎能不送小孙子来请大人雕琢赐教呢！只是小孙子愚顽笨拙，还望大人不弃为盼！"

韩愈听后，高兴地拉着神医陈的手道："老神仙过奖了，此乃市井传闻，不足为信。本职虽崇扬儒教，热衷古文，也只是邯郸学步而已，如老神仙不怕有误令孙前程，尽管送来就是，本职将竭力传授所学之业。”

那神医陈听后十分高兴，忙让小孙子给韩愈行了拜师之礼。正说着，只见陶勇和七八个年轻汉子也走了过来，向着韩愈道：“我们几个也想来上学读书，不知是否可行？”

韩愈看着陶勇等人，高兴地道：“可以！可以！只要你们愿意读书，这是好事，哪有不行之理！”

旁边的窦存亮看着陶勇等人赤臂露胸，腰缠皮衣，个个像南岳庙里的把门金刚，便向着刘师命小声地道：“这些汉子也要念书，和那些孩子坐在一起，岂不是骆驼跑到羊群里，怎么个教法？”

刘师命看了一眼陶勇等人，低头想了一下，向着窦存亮道：“在下倒有个主意：这些成年人可单独成立一个班，小学生白天来上学读书，晚上让他们来上学读书，这样既可避免大人和孩子挤在一起，授课多有不便之虞，同时又不耽误他们的活计，可一举两全。”

站在一旁，正和陶勇等人说话的韩愈，听到他俩的议论，很觉有理，便转身向着刘师命和窦存亮道：“你们的主意不错，我看可行！”然后转向陶勇等人道：

“大家看这样可好：白天孩子们来上学，晚上大家来上学。这样读书农活两不误，你们看怎么样？”

陶勇等人原来也担心和孩子们挤在一起念书多有不便，同时也怕有误农活，现听韩愈一说，自然高兴，个个乐得手舞足蹈起来。

第 52 章
题石壁鸢飞鱼跃　观梨花诗赠刘生

韩愈在刘师命等人的支持和帮助下，一方面发动群众捐资筹建学馆；另一方面利用县衙大堂办起了临时学堂。一时，在阳山又出现了一股上学读书热。韩愈见此十分欣慰。

一日风和日丽，韩愈见诸事就绪，不觉心情愉悦，便携同刘师命、窦存亮和区册、区弘等人，乘暇外出游玩。大家来到连江边上，只见翠竹苍郁，江水如蓝，鱼翔浅底，鹰盘长空。大家高兴的欢笑雀跃，遂脱去鞋袜，跳入江中，那清凉的江水沁入肺腑，便大家顿感神清气爽。

韩愈坐到一块半浸在水中的石头上，只见水下之鱼，成群结队，自由自在地游来游去，不时窜出水面，击起一片水花，不由感慨地道："鸢飞鱼跃，江山如画，这荒蛮之地，竟有如此美景，怎不叫人陶醉！"

刘师命趟着江水来到韩愈面前，指着江边一块两丈多高的石壁道："大人刚才所吟'鸢飞鱼跃'四字，将这远山近水，天上地下，描绘得淋漓尽致，如同一幅呼之欲出的山水画，何不将此四字题写在这石壁之上，岂不锦上添花，为这美景再增风韵！"

韩愈此时也心情大悦，遂让窦存亮取来纸墨，就着岸边一块方石，挥笔写了"鸢飞鱼跃"四个大字，交与刘师命。令来日刻于石壁之上。

刘师命接过韩愈所写之字，让区册放于岸上晾干，然后向着韩愈道："从这儿往右约半里之遥，有一钓鱼矶，今日天高气爽，大人难得有此闲情逸致，不如前往那里，学学渔翁垂钓如何？"

韩愈见大家兴致盎然，便高兴地点头应诺，遂一起向钓鱼矶而来。

这钓鱼矶乃在江边一奇峰茂林之旁。大家向前行有约吃一杯茶的工夫，转过一个山嘴，果见面前呈现一风光旖旎之处。只见岸上垂柳依依，翠竹掩映，周围奇峰异石，千姿百态。那江水在此转了个弯，形成一缓流碧潭；柳阴之下，或坐或站，不少人正举竿垂钓。窦存亮高兴地道：

“此地果然是个钓鱼的好去处！”

大家来到柳阴之下，只见青石如玉，光洁如镜。韩愈欣喜地向着刘师命等人道：

“贞元十七年，本职辞退徐州之职，回到洛阳隐居，那时侯喜、李景兴、尉迟汾等人闻讯后也来到洛阳，投在本职门下学习圣人之道。一日大家垂钓于洛北温水之滨，时值秋末，河水宽不盈丈，深不足尺，荆棘丛生，雀戏蛭游，那鱼细小得难分鳞鳍。大家从晨至晚，只钓得小鱼三四尾。遥想那温水之景况，和此处相比，真天上地下也！”

刘师命道：“在下游学两京时，曾在洛阳停留了半载。北方气候干燥，风多雨少，河流多枯竭无水。阳山虽属蛮夷之地，然地处岭南，气候湿润，雨水充沛，故而江河四季奔流不息；鱼虾肥美，而随处可得。此地捕鱼不仅是一种娱乐，而且也是不少百姓的生计。到了春天，这连江里的鱼又大又肥，当地百姓夜晚驾上舟船，烧上火把，便一起到江中去叉鱼，那满江的灯笼火把，把江水照得通红通红，如同白昼一般，看去十分壮观。到时大人如能亲临一看，定会为之惊叹不已。”

韩愈听刘师命一说，很感有趣，道：“届时一定前来一看。”

这时窦存亮和区册已将钓具准备齐备，区册拿着一安好鱼饵的钓竿，来到韩愈面前道：“大人是否先垂钓一试，看看手气如何？”

韩愈十分高兴，忙接过钓竿，走到江边，将那钓钩抛入水中，然后坐到旁边的一块石头之上。只见那钓钩入水后不久，漂在水面上的浮子，便猛然震动一下，接着沉入水中。韩愈心中不由一喜，忙将钓竿往起一提，感到十分沉重，只见那钓竿弯如新月，水面翻起巨大浪花，一条尺把长的银色鲢鱼被托出水面。

韩愈高兴地喊道：“快来，快来！钓住了一条大鱼！”

不远处的刘师命和区册见此，忙一齐跑了过来。见那被钓住之鱼，在水中拖着钓线，奋力挣扎游动，忙道：“稳住，稳住，慢慢往岸边拉。”边说边一起帮着韩愈拉住竿线，待那条鱼游得没了力气，方慢慢将其提到岸上。

韩愈看着银光闪闪，在地上翻滚挣扎的硕大之鱼，心里高兴地像喝了一碗蜜糖一样甜美。今天是他多年来第一次钓鱼，也是他有生以来所钓的最大一条鱼，他乐得眼睛笑成了一条线。

刘师命忙上前一步，一把捺住那鱼，取下鱼钩，扣着鱼鳃提了起来，高兴地道：“这条鱼足有三斤多重，大人今天的手气真好，为大家开了个好头！”边说边将那条鱼放入鱼篓之中。

这时窦存亮和区弘也各钓了一条。那窦存亮乃北方之人，今天是初次学钓，在区弘的指点下，竟一举成功，高兴地手舞足蹈。不到两个时辰，大家已钓了十几条，然而最大的还属韩愈所钓的第一条鱼。这天，大家一直玩到太阳西沉方回。

冬去春来，刚过罢新春不久，一日区册接到家书，要其速归。区册不愿离去，辗转数日，无奈，只好向韩愈辞行。韩愈在县斋为其饯行。席间，大家互诉眷恋，难舍难分，纷纷作诗寄怀。韩愈嘱咐区册归去后莫忘学业，并为之作序相送，其辞曰：

阳山，天下之穷处也。陆有丘陵之险，虎豹之虞；江流悍急，横波之石廉利侔剑戟，舟上下失势，破碎沦溺者往往有之。县郭无居民，官无丞尉。夹江荒茅篁竹之间，小吏十余家，皆鸟言夷面。始至言语不通，画地为字，然后可告以出租赋，奉期约；是以宾客游从之士无所为而至。

愈待罪于斯且半岁矣。有区生者，誓言相好，自南海挐舟而来，升自宾阶，仪观甚伟，坐与之语，文义卓然。庄周云：“逃虚空者，闻人足音跫然而喜矣。”况如斯人者，岂易得哉！入吾室，闻《诗》、《书》仁义之说，欣然喜，若有志于其间也。与之翳嘉林，坐石矶，投竿而渔，陶然以乐。若能遗外声利而不厌乎贫贱也。

岁之初吉，归拜其亲，酒壶既倾，序以识别。

区册接过韩愈所写之序，不觉热泪盈眶。然归心已决，只好挥泪而去。韩愈同刘师命、窦存亮、区弘等人将其送到江边码头，望其登舟远去方回。

一日春光明媚，刘师命约韩愈外出踏青。二人来到城外，只见山青水碧，浮翠流丹，燕语莺歌，桃夭李浓。二人不觉心旷神怡，相携来到一片桃林旁，只见那桃花争奇斗艳，开满枝头。树下落满了粉红色的花瓣。

韩愈伏身从地上抓起一把花瓣，轻轻一扬，那花瓣随着微风，飘飘洒洒，落了一身。扭头向着刘师命感慨地道："在北方，此时刚刚冰消雪融，春归大地，而这里却已是柳暗花明，繁花似锦了！如这桃花，在洛阳三月方绽蕾开放，在这里，刚到正月不久，就已斗妍枝头了。"

刘师命望了望如火如霞一般的桃林，道："这岭南气候温暖，故有'新年桃花开，正月梨花发'之说。从这儿往前，翻过一道山梁，越过一条小河，有一梨园，现在满树的梨花正含苞欲放。每年此时，四乡百姓，或携朋带友，或全家而行，担着酒食，前往观赏踏青；在梨园之中纵情歌舞跳唱，一连数日不散。"

韩愈听后，不觉遐想翩翩，高兴地道："若是我们也带着酒食，去到那梨园之中，一边饮酒，一面吟诗，直到酩酊大醉方罢，那将是何等地舒心惬意！只是这满地桃花，娇妍妩媚，我们怎好从她们的身上踏过！"说到此，不由诗兴勃发，遂望着满地桃花吟道：

桃蹊惆怅不能过，红艳纷纷落地多。闻道郭西千树雪，欲将君去醉如何？

刘师命听后，惊喜地道："大人出口成章，辞致雅瞻，铺锦列绣，真乃子建在世也！大人回去后，可否将此诗录下，送与在下如何？"

韩愈笑道："此等歪诗，乃随心所欲拈来，怎敢与曹植的文炳雕龙相提并论。先生若不嫌低劣，回去抄与先生就是。"

刘师命道："大人若欲前往梨园观游，不如再迟几日，待那梨花完全盛开之时，我们约上窦存亮、区弘等人，带上酒肴纸墨，到在那里，边饮酒，边赋诗，岂不快哉！"

"好！就依先生所言。"韩愈望着西边远处的微微白色，高兴地道。二人边说边穿过桃林，向前慢慢走去。

五日之后，韩愈携同刘师命、窦存亮等人，带着文房四宝，担着酒食来到梨园。只见层林霜染，千树堆雪。那碧玉洁白的梨花，如冰雕玉砌一般。漫山遍野的梨树，银装素裹，在阳光下闪动着晶莹的白光；路上和树下，游人如织，呼朋唤友，三五成群；或坐或走，或歌或舞，笑语飞声，霓衣流彩。真如人间仙境一般。

韩愈望着眼前的美景，不由欣喜难禁，随着踏青人群来到一棵硕大的梨树下。此时轻风吹拂，阵阵花香沁入肺腑。他环视了一下四周，向着刘师命等人道："此处甚佳，我们就在这里饮酒赋诗如何？"

大家俱道甚妙，遂让书童取出毡席铺到地上，拿出酒具菜肴，纸墨笔砚，摆于上面。大家席地而坐。

酒过三巡，刘师命向着大家道："今天我等有幸相聚一起，到此观花饮酒，此乃人生之奇遇也！这良辰美景不可多得，大家就以梨花为题，各赋诗一首，以增雅兴如何。"说罢，向着韩愈道："大人看此可好？"

韩愈忙颔首称善。刘师命向着窦存亮和区弘道："大人的诗赋文章，拔新领异，扬葩振藻。有飞云惊龙之势，摧花折柳之力，摘艳熏香之妙，雕龙绣凤之功！咱们是否请大人先吟诵一首，以开诗路？"

"好！好！"窦存亮和区弘听后，忙高兴地附和并向着韩愈道："就请大人为我们先吟一首，让我等开开眼界，以引发学生的思路。"

韩愈忙笑道："刘先生过奖了，本职遵命就是。"说罢，略一思忖，便吟道：

洛阳城外清明节，百花寥落梨花发。今日相逢瘴海头，共惊烂慢开正月。

韩愈吟罢，大家齐鼓掌称妙。窦存亮道：“先生之诗，有景有情，寥寥四句，将大江南北景色之奇妙，梨发之先后，大家相聚之情感，描绘得淋漓尽致，闻后令人荡气回肠，心醉神驰！”

刘师命道：“大人之诗，海立云垂，神功妙笔，非同凡响。我等虽不及万一，但也需东施效颦，搪塞几句。”然后向着窦存亮和区弘道：

“下面我们每人需赋诗一首，诗中要有阳山、正月、梨花和作者自己，而且还要有观花的感受，缺一不可。哪位先来？”

窦存亮看了看区弘，向着刘师命和韩愈道：“要不在下先献丑几句，请大人和诸位教正。”说罢，看了看周围的梨花，遂吟道：

岭南阳山春来早，梨发正月枝头俏。喜煞花下西京客，遥想北国雪还飘。

“好！好！”窦存亮吟罢，韩愈和刘师命等一齐称赞不已。韩愈道：“特别是这‘喜煞花下西京客，遥想北国雪还飘’两句，将来自北方作者的惊喜心情，描绘得活灵活现；同时用南方梨花、北国飞雪来互相映衬，更显得大千世界之奇妙，诗境之宽广尔！”

刘师命道：“这‘遥想北国雪还飘’，既可体现南北时令之别，又可给人以雪如梨花，梨花如雪之感，真可谓一语双关也！”

窦存亮忙道：“大人和先生过奖了！”区册道：“在下也有几句，请诸位指教。”说罢遂也吟道：

阳山正月春风来，漫山遍野梨花开。南海愚生观芳容，疑似冰塑玉雕砌！

“妙！妙！”大家听后，又一起连连称赞。韩愈道：“区公子这首诗，如初发芙蓉，清新俊逸。特别是后一句，‘疑似冰塑玉雕砌’，把这漫山遍野的梨花，描写得晶莹剔透，令人心动神往。”

区弘听后，忙谦恭地道：“大人过奖了！”

刘师命向着韩愈道：“窦公子和区公子的佳作，沉博绝丽，辞喻横生，令在下不敢出口也！”

窦存亮道：“师命兄宏览博物，怀珠抱玉，何须特谦！我等恭闻佳音呢。”

刘师命见此，低头略一思忖，向着大家道：“诸位若是不依，在下只好献丑了。”说罢遂吟道：

阳山城西雨水节，千树梨花如堆雪。南朋北友共此时，掞藻雕章星仰月。

“绝！实在是绝！”刘师命吟罢，窦存亮和区弘不由拍手叫好。窦存亮道：“这‘掞藻雕章星仰月’，既描绘了大家雕龙绣虎、吟诗抒怀的情景，又展现了我们向大人求学的渴望心情和对大人的无限崇拜。真乃辞喻横生，恰到好处！”

韩愈笑道：“刘先生这首诗朱弦疏越，天机云锦，可见其功底深厚。”刘师命忙道：“大人过誉了，在下这首歪诗，纯粹是搪塞而已，让大家见笑了。”

大家正在评说所作，忽听背后有人笑着说道：“原来是大人和诸位在此赏花做诗？”

大家忙扭头一看，只见赵家寨的赵老汉和三四个老者相携而来，后面还跟着一群年轻之人。

韩愈忙站起身来，和他们一一拱手见礼，笑道：“老爹今日也来赏花踏青？”

赵老汉笑道：“大人到任以来，俺阳山‘三害’尽除，百姓安居乐业，大家心情舒畅，故也来看看花，踏踏青。你看，这漫山遍野踏青之人，比往年不知要多了多少倍！”说罢，向着左右几个老者道：“大家说说，是也不是？”

“那是，那是！”旁边几个老者忙接口附和道。其中一个身穿长衫的老者，捋着花白的胡子笑道："过去百姓一到春天，一是愁锅中无米；二是愁财主到家逼债；三是愁仇家暗中下毒。故每日忧心重重，惶惶不可终日，谁还有心思去赏花玩景！如今，这阳山被大人治理得政通人和，路不拾遗，夜不闭户。大家安居乐业，自然要想着出来游游山，玩玩水也！"

韩愈边听边高兴地点着头，然后看着大家道："咱们这里百姓的生活太苦了，一年到头，除了斗斗鸺鹠外，连个娱乐的东西都没有。如北方，一到冬春农闲之时，百姓们不是闹社火、舞龙灯、耍旱船，就是赶庙会，搞祭祀。各种民间文化活动此起彼伏，接连不断。今后，咱们阳山百姓也要学学北方，搞一些民间娱乐活动，让大家的文化生活也丰富起来！"

站在周围的年青人听后，俱高兴地欣喜若狂，向着韩愈道："我们大家早就听说北方人一到冬春就闹社火，赶庙会，我们也想那样，可就是不知道该怎么样办，也没有人来领这个头，只好站在屋檐下斗斗鸺鹠取乐。"

韩愈听后向着他们道："这件事好办！"说着手指刘师命和窦存亮道：

"刘先生曾游历两京和大江南北，窦公子来自长安京师，二人深谙北方各种文化活动，可以传授教给大家。今后每到冬春农闲之时，由县衙出面，带领大家进行这些文化活动，大家看可好？"

"好！这样太好了！"周围的年轻人听后，都高兴地又笑又跳。那位身穿长衫的老者向着韩愈道："刚才我们大家站在远处听大人和几位先生吟诗，虽然大家不懂诗，但听后都感到心情激荡，清新愉悦。老朽虽然识得几个字，但也是第一次看到像大人这样的文人，即兴吟诵！大人能否将刚才所作之诗，抄录一份，送与老朽，让老朽回去细细欣赏把玩，并传教于子孙后人。"

韩愈听后，欣然应诺。一面命刘师命将大家所吟之诗抄下递与老者。一面拉着赵老汉和那几个老者一同坐下，并让窦存亮和区弘为他们斟上酒肴。那赵老汉和几个老者见此，忙恭敬地接过酒杯，慢慢将酒喝下。

韩愈看着他们高兴地道："本职来到阳山已将近一载，深受阳山百姓的爱戴和鼎力相助，从内心深表谢意！请诸位能将本职的感激之情，传喻大家，今后还要靠大家继续相助！”

赵老汉激动地道：“大人为我们阳山百姓除三害，办学堂，乃是俺阳山百姓的大恩人！众百姓不知如何报答大人才好，天天都在为大人焚香祈祷，怎反而还感激大家呢？这叫俺阳山的百姓，如何能过意得去！”

韩愈郑重地道：“本职身为百姓的父母官，肩负着朝廷的所赋重任，所作所为，都是应尽职责。有许多事情深感力莫能及，做得还很不够，心中常常进行自责！何敢受百姓如此厚意！”

赵老汉和几位老者听后更加感动。韩愈又询问了各家的目前状况，以及今年的农耕打算，直到午时方送他们离去。

第53章
连江岸夜观叉鱼　逢大赦惜别阳山

时至二月下旬，一日韩愈正在同刘师命、窦存亮等人谈论古文，只见秦济带着灵师进来。韩愈忙站起相迎，笑道：

“啥风把大师给吹过来了？这一向可好？我还以为大师云游到江北去了呢！怎么这么久才到我这里来？”

那灵师合掌笑道：“贫僧早就想过来聆听大人的赐教，只因前时被人拉去九嶷山和南岳庙游览，后又随人前往桂林、柳州，故而迟迟难以脱身。”说罢，遂又与刘师命和窦存亮等人见礼，然后看着区弘道：“这位公子是？”

韩愈忙介绍道：“这是区公子，南海人氏，去年秋天来到这里求学圣道。”那区弘原先也曾听刘师命和窦存亮讲过灵师之事，今见此人虽一身衲衣，却谈吐风雅，举止倜傥，宛若一风流儒士，忙上前与之见礼。

灵师看着刘师命和区弘等人，向着韩愈笑道：“人说家有梧桐树，自有凤凰来，看来一点不假，大人虽被谪徙于这偏僻之地，然天下文人仍闻风而来，求学于门下，可见大人名声之重，道学之高也！”说着坐下，遂接过刘师命递来的茶瓯，呷了一口。

韩愈忙笑道：“大师过奖了，学生只不过得道于先，立志宏扬儒教，振兴古文，故而有为之士多愿相处也！”灵师笑道：

“大人鸿鹄之志，目前已响彻大江南北。尤其大人到阳山之后，力除‘三害’，施惠于民，已传遍岭南各地；阳山百姓无不赞于口而颂于道。刚才贫僧一进县衙，便听到大堂内朗朗读书之声，甚感惊奇，往内一看，见大堂竟变成了学堂。一问才知大人于去冬在阳山办起了学馆。”

韩愈道：“阳山乃偏僻之地。过去民不懂礼仪，绅不知王法，致使‘三害’难禁，愈演愈烈。究其所然，概圣教不至所故也！欲彻底铲除‘三害’，使百姓安居乐业，非传扬圣道、广施教化不可。故本职采纳刘先生之见，于去冬利用县衙大堂，办起了临时学馆，暂由刘先生和窦存亮等人轮流任教。待新学馆建成之后，再把大堂改过来。”

灵师听后不由感叹地道：“阳山百姓能有大人为令，真不知几世烧了高香也！”然后又看着韩愈道：“贫僧今日前来有一事相告，不知大人是否闻说？”韩愈忙道：“不知大师所指何事？”

灵师道：“德宗皇帝于正月十三日驾崩，太子诵于二十六日即位，号为顺宗。”

韩愈听后道：“此事月初已有快马传来文告，本职已有所知。”灵师道：“顺宗即位大人虽然知道，但其中有些传闻不知大人是否听到？”

韩愈忙道：“不知有何传闻，愿听赐教。”

灵师道：“顺宗李诵于去年九月因患风病而不能言语，百官奏事多重帷而听，或有宦官李忠言和昭容牛氏代为传达。这李诵在东宫时，十分宠信翰林学士王丕和侍读王叔文，特别是那王叔文常言民间疾苦与他，主张革除弊政，实行新法，很得李诵器重。听说李诵登基后，朝中大事多有王丕、王叔文和宦官李忠言议定，然后宣于中书，由韦执宜施行。”韩愈听灵师讲到此，不由心中一动，忙道：

“你说的王丕和叔文，本职过去在京时与他们也有过交往，此二人皆是才略纵横，胸怀大志，有管晏王佐之才人物。特别是那叔文，本职昔年与他同学于李华门下，青年时期就主张革新变法，铲除弊政，以实现大唐中兴。”

“大人说得不错。”灵师接着道，“顺宗登基不久，王叔文即入中书议事，并举引韩泰、柳宗元、刘禹锡等人参与朝政，推行革新变法。昨日又听说吏部侍朗韦执宜已擢迁为尚书左丞，同中书门下平章事，将京兆尹李实贬为通州长史。那李实被迁出京城时，百姓拦道追打，撕破其衣衫。李实如丧家之犬，逃出城外不久便惊恐而死。传闻顺宗近日即要颁诏大赦天下，看来不久大人将要被昭雪擢迁也！”

韩愈听后不禁振喜道：“叔文果然大志有成，以展鸿图！柳宗元、禹锡与其交往甚厚，深受其影响，多主张革新变法，铲除弊政。看来大唐中兴真的有望也！这李实依靠宦官，阿谀取宠，弄权朝堂，骄横一时，竟也有今日，真所谓善恶终有报也！”

灵师笑道：“大人乃无神论者，从不信因果报应，怎么今天也有此感叹？”韩愈道：“大师有所不知，那李实与宦官相勾结，欺下瞒上，残害忠良，鱼肉百姓，京师之人恨不得啖其肉、饮其血而快之！”灵师叹道：“朝廷昏暗，政治腐败，宦官弄权，方有李实之害也！纵观大唐天下，如李实者何止一人乎！”

韩愈听后，不由得点了点头道：“大师之言，直达时弊，入木三分，真惊世卓见也！”

二人正谈得投机，只见秦济进来向着韩愈禀道：“刚才县丞崔大人来问，说晚上老爷前去连江上观看叉鱼，车马他们已经备妥，问几时动身？”

韩愈听后，向着秦济道：“你去告诉崔大人，让他安排决定就是。”

秦济听后，转身退出。韩愈向着灵师道：“大师今天来到正巧，晚上我们一块到连江上去看叉鱼如何？”

那灵师听此大惑不解，看着韩愈道：“怎么晚上去看叉鱼？这晚上如何叉鱼？又有何观看之处？”

韩愈见此，知灵师不知其中原因，便道：“大师博览广识，周游天下，看来也有不知之处！本职原来也觉跷蹊，后来一问方知根底。原来这连江之中生长着一种鲢鱼，平时多在下游和南海一带觅食；一到春天，便成群结队地逆水而上，游到这阳山江段，产卵繁殖。特别是二月中旬，是鲢鱼产卵繁殖的高峰期，而且这些鲢鱼的产卵多在晚上。一到夜里，满江的鱼群互相追逐，在江面上翻腾跳跃。故当地百姓便乘此时机，驾着舟船，烧上火把，一齐到江中去叉鱼。那满江的鱼群跳跃；满江的舟船穿行；满江的火把照耀，甚是壮观。”

灵师听后，大感奇异，道：“原来如此！贫僧云游天下，也到过不少地方，大人说此盛况奇观，还是第一次耳闻！今晚倒要一睹为快。”韩愈欣喜地道：

“大师若要一同前往，那将更加有趣。”说罢，即让刘师命去准备行装。

晚上，韩愈携同灵师和刘师命、窦存亮等人，在崔宏的陪同下前往连江观看叉鱼。沿途只见前往捕鱼和观看之人，成群结队，络绎不绝。大家来到江边，果见两岸数里之遥，人如潮涌；江中舟船碰撞，拥塞江面；岸上和水中，火把灯笼连成一片，照耀如同白昼一般。

韩愈等人一到江边，岸上观看的百姓便高兴地欢呼着拥了过来，韩愈忙拱手向大家致意。只见赵老汉带着小孙子，和几个老者也在人群之中。韩愈笑道：“老爹今晚也来观看叉鱼？”

赵老汉笑道：“今天寨子里的年轻人都来捕鱼，小孙子非要来看热闹不可，我们几个老哥儿们一商量，就一块来了。”

韩愈望着满江的舟船和灯光，向着赵老汉道：“这么多人来捕鱼，能捕得到吗？过去年年是否都是这样？”

“能，能！”赵老汉高兴地道，“今年这捕鱼的人比往年少多了，而观看的人却比往年多了几倍。”

“这是为何？”韩愈不解地问道。

赵老汉道：“往年一到这时，百姓们多数人都在闹春荒，不是外出逃饭，就是到山上去采挖野菜，或者全家出动来到这连江之上，叉几条鱼回去充饥，谁还有心思去看别人捕鱼！可今年却大不相同，大人到任以后，治理了“三害”，解放了奴隶，废除了高利贷，使百姓们无忧无虑，安心于农桑。现在是家家粮米充足，不愁吃穿，谁还会全家出动来到这江中捕鱼为生？今到江中捕鱼之人，多数是兴趣所好，或是互相比赛技艺斗乐，故而观看者多，而捕鱼者少。”

韩愈听后方明原因，不住地点着头。说着，同灵师等人走到江边，只见江中鱼群游动，尺把长的大鱼在江面上窜上跳下，在火光中闪动着银色的亮光。那些叉鱼之人，有的驾着舟船，有的撑着竹筏，还有不少人光着身子浸在水中，手握钢叉、钩刀，又扎又打。灵师惊奇地向着韩愈道：

“这叉鱼景象实在是壮观，乃贫僧第一次所见，不枉到此一游。”正说着，只见七八条青壮汉子，穿着短裤，光着臂膀，撑着三条竹筏，追赶着一鱼群来到眼前江面。只见那三条竹筏转了个圈，将鱼群围在中间，筏上之人手持钢叉竹镖，齐向鱼群扎去。刹时，每人手中各挑着一条银光闪闪的大鱼，抛到筏上，韩愈和灵师见此精彩场面，不由得连声喝彩！

三条竹筏将那鱼群围捕之后，一齐划到岸边，只见筏上之人每人抱着一条大鱼，跳到岸上，来到韩愈面前，向着韩愈躬身道：

“请大人赏脸，收下我等心意！”说着将鱼放在大家面前。只见那些鱼每条都有三尺多长，浑身银白，在地上不停翻滚跳动。韩愈向那几个人仔细一看，原来是陶勇等人，忙笑道：“原来是你们，我说怎有些面熟！今天捕了多少鱼？”

陶勇看了看身边的五六个同伴，向着韩愈道：“不多，每人捕有百十条。”

灵师听后不由一惊，向着陶勇道：“阿弥陀佛！你们捕了这么多鱼，能吃得完吗？”陶勇道：“我们那能吃这么多鱼！大家叉鱼是为了比赛着玩，这鱼回去后，都是送给了邻居和朋友。”

灵师听后点了点头，向着韩愈道：“看来刚才那位老丈所言，一点不虚！”陶勇向着韩愈拱手道：“大人请在此观看，我们告辞了！”说罢和随行伙伴一起转身跳上竹筏，将竹篙一点，那三只竹筏像脱弦之箭，离岸而去。

韩愈等人看罢叉鱼，回到县衙已是午夜四更多天。第二天，灵师向着韩愈道：“昨夜江上奇观，真乃令人惊叹不已！大人能否就此赋诗一篇，送与贫僧，以供赏玩。”

韩愈笑道：“大师若不嫌本职手笔低劣，遵命就是。”说罢，遂展纸于案，提笔写了“叉鱼”二字，然后略一思忖，便一气呵成。灵师接过诗稿看时，只见韩愈写道：

叉鱼春岸阔，此兴在中宵。大炬燃如昼，长船缚似桥。深窥沙可数，静榜水无摇。刃下哪能脱，波间或自跳。中鳞怜锦碎，当目讶珠销。迷火逃翻近，惊人去暂遥。……

灵师看罢，拍案叫绝。三日后灵师辞去，韩愈率刘师命、窦存亮等人，将其送至连江码头登舟方回。

晚上，韩愈回到县斋，想到灵师才华横溢，高情远致，因仕途多不得志，便一怒之下循入空门，致使其卓越才华，满腹经纶难为朝廷所用。联想当今，佛道盛行，圣教冷落，纲常废弛，多少像灵师这样的贤才高士，频频沦落佛门。目今：四海良田多为寺庙所占，国库州府，钱粮日渐亏空。甚感惋惜和忧虑。遂展纸于案，赋《送灵师》一首，以抒胸中之感。其词曰：

佛法入中国，尔来六百年。齐民逃赋役，高士著幽禅。官吏不之制，纷纷听其然。耕桑日失隶，朝署时遗贤。灵师皇甫姓，胤胄本蝉联。少小涉书史，早能缀文篇。中间不得意，失迹成延迁。……

韩愈写罢，念了一遍。想到自己和灵师多有相近之处：回顾自己半生，虽有凌云之志，满腹经纶，然命运多舛，仕途坎坷，难遇明主伯乐，致使报国之志难酬。今后新皇即位，能否推行新政，中兴大唐，使自己以展宏图，眼下还吉凶难料。不觉感慨万千，遂又展纸赋《县斋有怀》一篇，不免一阵惆怅之情袭上心头，遂信步走出书斋，正好迎面碰上刘师命，二人便相携来到衙前。只见一少年书生，肩负行装，风尘仆仆从远处而来。韩愈暗道："此人英姿飒爽，看来非本地之人。"

那人走到二人面前，拱手道："请问先生，此处可是县衙？"

韩愈点头应是，看着那书生道："请问公子找县衙何事？"

那人将韩愈和刘师命上下打量了一番道："在下乃岭南人氏，姓齐名毛，欲拜令宰韩大人为师学文，可知韩大人在否？"

韩愈听后还未答言，一旁刘师命向着齐毛道：“这就是韩大人。”那齐毛听此，不觉大喜，忙放下行李，伏身向着韩愈下拜道：

“在下找了好几个地方才来到这里，终于找到了大人！”

韩愈忙伸手扶起齐毛道：“公子怎知本职在此？”齐毛道：“在下欲到江北求学，行至郴州，闻说大人乃当今文坛泰斗，被谪于此，故又折而南下，寻访到此。”

韩愈见此，顿扫刚才心中郁闷，高兴地携同齐毛回到县斋，召来窦存亮、区弘一同相见，并将齐毛安排在县衙住下。

不久即从连州传来消息：顺宗李诵，于二月二十四日，在丹凤楼接受朝贺，大赦天下。凡徙迁者追回；诸色逋负，一切蠲免；常贡之外，悉罢进奉；并罢宫市和五坊小儿。柳宗元任尚书礼部员外郎，刘禹锡任崇陵使判官，共协王叔文推行新政。韩愈听后心喜若狂。

三月十六日，赦书到达阳山，命韩愈赴郴州以待重新任职。此消息很快在阳山传开，百姓闻后是又喜又忧。喜的是韩愈终被昭雪；忧的是从此阳山百姓将失去一位好县令，一位救苦救难的活菩萨。

刘师命和窦存亮等人已早有所料，这几日经常在一起谈论此事，商议各自的去留问题。刘师命道：“阳山乃是自己的故土，决心留下继承韩愈的未竞事业，在阳山办好学馆，传扬圣道，以不负韩愈所望。”窦存亮和区弘、齐毛三人打算追随韩愈北上，继续向韩愈学习古文。

两天后，消息传到赵家寨和陈家庄，赵老汉和神医陈带着左右邻舍乡亲，先后来到县衙，向韩愈祝贺，并要韩愈将北上的日期告诉他们，到时一定前来送行。韩愈见此感动得热泪盈眶。

时至月底，王仲舒从连州赶来，亲接韩愈北上，并安排县里诸事。韩愈见此，只得将县衙政务交由县丞崔宏、县尉李成代管。他同刘师命长谈了一夜，决定刘师命留下办好学馆，窦存亮等人随其北行。

三月二十八日，韩愈离开阳山。这天，四乡百姓闻讯而来，拥塞县衙，夹道相送。神医陈、赵老汉及陶勇等人，围着韩愈，是又笑又哭。一直将其送到江边码头；崔宏、李成、张班头和刘师命等人，则是随着韩愈登上舟船，陪同韩愈到达连州方回。

王仲舒看到此景，感叹地道："退之真乃百姓心中之神也！"

韩愈走后，阳山百姓为感韩愈之惠，多将自己姓氏改为韩姓，把韩愈带领百姓植树造林、抵御飓风的周围之山，称为'贤令山'；并设坛四季焚香祭祀。

大唐泰斗 韩愈

文起八代之衰　道济天下之溺
“百代文宗”　“泰山北斗”

河阳柳◎著

（三）

中州古籍出版社
·郑州·

第八卷

激奋江陵道

第 54 章
郴州驿传论革新　中秋节对酒悲歌

韩愈到达连州后，停留两日，然后取道北行，四月上旬到达郴州。时张署遇赦后也赴郴州待命，二人一见悲喜交加，抱头痛哭，说不尽的悲欢离合。

韩愈与张署同其他遇赦官员，一起住在郴州的驿馆。此时从长安不断传来有关革新变法，以及朝中人事变动的消息，各种流言传闻如空中飞蝗；一场惊天动地的永贞革新，正迅速在京展开，大家无不为之振奋。

张署向着韩愈道："宗元和禹锡果然大志有成，这次革新变法，铲除了弊政，整饬了朝纲，大煞了宦官的威风。不仅罢除了进奉，宫市和五坊小儿之害，而且又释放了宫女三百人，教坊女乐六百人。这简直是空前绝后的壮举，让人难以置信！"

旁边一官员道："这次革新变法，不仅废除了弊政，打击了宦官势力，同时将一批被奸佞残害、流徙在外的忠臣良相，予以了昭雪擢迁。目前，被贬徙忠州别驾的前宰相陆贽、郴州司马前宰相郑馀庆、杭州刺史韩皋、道州刺史阳城，均已奉诏回京。"

旁边另一位官员接口道："听说王叔文擢任翰林大学士、度支盐铁转运副使兼检校司空，韦执谊为中书侍郎。这无疑大大加强了革新派的力量；但听说同时拜相的还有前宰相贾耽、吏部侍郎郑絪和高郢三人。这贾耽乃老奸巨滑之徒，过去依附宦官，与赵憬、户迈结为一党，瞒上欺下，陷害忠良，这次仍然盘踞相位；同时还听说阴险狡诈的俱文珍，摇身一变，竟投靠在李忠言的脚下，仍手握实权。看来这革新变法能否成功，还很难说哩！”

刚才接口张署发表议论的那位官吏道：“钱兄说得不错，另外还听传说，现今新立的东宫太子李纯，为人城府极深，心怀叵测。与宦官俱文珍、刘光琦、薛盈珍及翰林大学士郑絪交厚，极不赞成革新变法。据说这次册立李纯为太子，完全是俱文珍与郑絪二人出于阻挠革新变法，经过密谋，暗中蛊惑顺宗所为。当王叔文闻知此事后，深感忧虑，独吟杜甫所题诸葛亮之诗句：‘出师未捷身先死，长使英雄泪满襟。’看来这革新变法能否成功，前途吉凶还真难卜哩！”

韩愈听后，也不由心中一沉，道：“纵观历史，这革新变法历来道路艰辛，充满险阻。春秋战国时，齐国的管仲变法、魏国的李悝变法、秦国的商鞅变法，虽然都取得了巨大成就，但最后多被守旧势力所扼杀。王叔文、柳宗元等人的革新变法能否成功，只好拭目以待了。”大家说着，不免一阵惊喜，一阵忧虑。

时至五月，从京城又传来消息，王叔文等革新派欲夺取宦官兵权，保奏金吾大将军范希朝为神策军京西行营兵马节度使，韩泰为行军司马。这京西诸军为京师守备部队，历来为宦官所控制。俱文珍窥知王叔文之意，暗中联络京西诸军，从中阻挠，范希朝莫能行其令，只好怏怏回都。俱文珍由此更加怀恨革新势力。为削弱革新派力量，他一方面极力挑拨制造王叔文与韦执谊之间的矛盾；另一方面又暗中蛊惑顺宗李诵，削去王叔文的翰林学士之职，降为户部侍郎，叔文深感忧愤。大家听后，俱为之议论纷纷。韩愈不免心中更加沉重。

六月，又从京城传来消息，顺宗颁诏，免除本年以前百姓所欠诸色课利，租赋、钱帛，大家听后又为之一振。但到了七月，局势便迅速逆转，从京城传来消息说：宦官俱文珍、刘光琦、薛盈珍等人，为打击革新派力量，与贾耽、郑絪相勾结，暗中联络两川节度使韦皋，荆南节度使裴均，河东节度严绶，先后上表攻击革新变法，并力谏请太子监国。顺宗无奈，只得应允。太子李纯监国后，遂拜金吾大将军袁滋为中书侍郎，太常卿杜黄裳为门下侍郎，同平章事；

罢去郑珣瑜、高郢之相位。此时王叔文因母殁丁忧去位，王丕见大势所去，悲愤欲绝，气得卧病在床，革新变法处于岌岌可危之势。

八月四日，唐顺宗在宦官俱文珍、刘光琦、薛盈珍及朝中内外反对革新势力的逼迫下，以身体有疾为由，下诏禅位于太子李纯。李纯登基后的第三天，即罢黜王丕翰林学士之职，贬为开州司马，罢去王叔文户部侍郎之职，贬为渝州司户。王丕忧愤成疾，被赶出京城后即病死在途中。一场轰轰烈烈的革新变法，仅进行了一百四十六天即告失败。消息传到郴州，韩愈听后瞠目顿足，向着大家感叹地道：

“果不出吾所料！可叹王丕、王叔文胸怀忠烈，竟遭此下场！其苦心经营，试图通过革新变法，以振兴朝纲，消除弊政，铲除宦官之害，实现大唐中兴，竟短短几天即被扼杀，怎不叫人叹息！看来这革新变法之路是断断走不得的！”

张署道：“俱文珍阴险狡诈，心狠手辣。眼下王丕既已病死，叔文虽被贬徙渝州，但早晚恐也难脱罹难！目前最让人担忧的是宗元和禹锡等人，不知他们的处境如何！”

韩愈道：“宗元、禹锡才略纵横，渊渟岳立，把中兴大唐的全部希望，完全寄托在这革新变法之上。这次革新失败，二人不仅在仕途上将会遭到挫折，而且在精神上也会受到严重打击。看来国家又将失去一批栋梁之才了！”说罢，不由一阵叹息。这时旁边一位官吏笑道：

“诸位不须叹息，这革新变法的成功与否，与我等什么相干！既是革新成功，我等也不会因此而平步青云；现在失败了，也无损你我一根毫毛。倒是新皇登基，我等应该庆贺才是：纵观古今，所有新皇即位都要大赦天下，官升一级。看来不久朝廷的赦书就会到来，我等应该高兴才是，啊！哈！哈！”

韩愈听后心中不禁一阵厌恶，也不屑与之争辩，便怏怏回到自己的住室。

数天之后，新皇大赦天下的诏文果然到达郴州。韩愈和张署同大家一起来到州衙，郴州刺史李伯康宣读了新皇赦书和重新任命的诏文。待命的官员有的恢复了原职，有的擢迁他处，大家无不欢欣鼓舞,弹冠相贺。唯有韩愈与张署却只让移任江陵:韩愈为法曹参军，张署为功曹参军。

二人听后，都感到茫然。这法曹参军是个掌管刑狱，督捕盗贼的官员；功曹参军是个掌管考绩的官员。其不仅官职低微，而且稍与上司不合，便会受到严厉处罚。二人原想这次遇赦后能够返回京城，与家人团聚，不想竟化为乌有。

湖南观察使杨凭见此，也深为韩愈和张署感到不平和遗憾。但作为当地最高长官，他不便说什么，只能用好言将二人宽慰一番。这杨凭乃杨凝之兄，长善文辞，性格简傲，乃大历、贞元年间的文坛名流。杨凝于贞元十六年在汴州和韩愈同事于董晋，二人十分交厚，杨凝后任兵部郎中，于贞元十九年去世时，韩愈曾作《哭杨兵部凝陆歙州参》的诗以悼之;与杨凭也有往来。杨凭乃柳宗元的岳父，十分欣赏韩愈的文章性格，对韩愈十分器重。韩愈与张署在郴州待命期间,杨凭经常召二人至府衙谈论诗文,设宴相待,三人十分相契。

韩愈与张署从州衙听罢宣诏后，拖着沉重的双腿回到驿馆。晚上，张署至韩愈住室，气愤地道:“我说咱二人怎未让返回京城，而调以小小的江陵参军，原来又是俱文珍这帮阉党在作祟！”

韩愈听此，看着张署道:“此话怎讲？”

张署道:“刚才我在前面碰到吏部前来送递诏书的差办张乙，因是同乡同姓，便问及这次赦免擢迁之事。那张乙见四下无人，才说出其中缘由：言道俱文珍因怕我等回京后和革新派联合在一起，而对他们不利，便诬陷你我和王叔文原是一党；传话吏部，既不准回京，也不得擢迁。故而只给了个小小的江陵参军之职。”

韩愈听后，不由长叹一声道:“这宦官之害，何时才能结束，看来你我难有出头之日了！”一旁窦存亮、区弘等人见此，俱为之愤愤不平。

第二天乃是中秋佳节。郴州刺史李伯康、湖南观察使杨凭在州府宴请大小官吏。韩愈与张署推辞不掉，只得应邀前往。

晚上，韩愈和张署从州衙回来，窦存亮等人见二人心情不畅，三人合计后，便到街上买回时鲜瓜果及酒肴点心，摆于驿外河边，请韩愈和张署一同赏月饮酒，以解二人之闷。

韩愈与张署来到河边，只见清风微拂，纤云漫卷，黄黄的圆月时隐时现；平平的沙滩上，笼罩着一层茫茫雾霭；静静的河水好像停止了流动，偶尔响起一两声鱼儿跃出水面的声音。

大家席地而坐。窦存亮忙为韩愈和张署满满斟上酒肴，张署望着酒杯，想到远在万里之外的妻儿老母，不知她们现在情况如何，心情更加沉重，勉强端起酒杯饮了一口。酒过三巡，便不想再喝了。韩愈见张署愁云满面，担心有损身体，便向着张署道：

“俗话说：‘人生在命，富贵由天’，三十年河东，三十年河西，俱文珍能害我等一时，岂能害我等一世？只要青山在，还怕没柴烧！张兄何必为眼前之厄而过于忧愤呢！”然后又向着大家道：

“古人曰：‘对酒当歌，人生几何！’今天乃中秋佳节，我等莫虚度了这良辰美景。学生提议，咱们每人对月吟歌一曲，以助酒兴。先从张兄处开始如何？”

张署听后，深知韩愈之意，遂站起身来，望着漫天浮云和时明时暗的圆月，想到朝政腐败，宦官弄权，自己有家难归，不由感愤难抑，遂对着长空吟歌道：

愁云横空月无光，秋风阵阵透骨凉。金樽美酒难下咽，隐听老母呼儿郎。高堂稚子今何在？关山重重思断肠！

张署吟歌到此，已是泪如雨下，声音悲痛欲噎，韩愈听此也不由潸然泪下。张署望着远方，继续歌道：

自幼立下凌云志，欲扫奸佞振朝纲。焚膏继晷求圣道，披沙栋金赋华章。两举跃跃登天阙，挂金垂紫入朝堂。武功任上政声显，御史台上谏圣皇。云遮中日天子怒，雷劈傲松折栋梁。诏贬岭南八千里，聚家扫地出京壤。霜母欲绝妻儿号，中使如虎促行忙。秦岭雪拥风如剑，洞庭波起炊断粮。千辛万苦到任所，衙破室漏如逃荒。忽闻新皇赦命到，喜泪如雨心若狂。昨夜梦回慈母前，怀抱妻儿诉衷肠。醒来原是南柯会，泪如溪流湿半床。

张署还未歌完，韩愈已是泪湿衣襟。他心潮更加激动，联想到自己一腔热血，忧国忧民，为中兴大唐，研京练都，独握文柄，而竟被奸佞所忌，难酬报国之志。这次徙放岭南，受尽颠沛之苦，虽在阳山任上披肝沥胆，励精图治，使阳山百姓得以安居乐业，政声传于大江南北。然而，不仅得不到朝廷的褒奖擢迁，反而又为权奸所谗，不由愤慨尤加。但见张署已悲愤欲绝，怕张署忧伤过度，忙站起拦住张署道：

"张兄请先休息一下。待小弟也来吟歌一曲。"说罢，遂向着张署吟道：

纤云四卷天无河，清风吹空月舒波。沙平水息声影绝，一杯相属君当歌。君歌声酸辞且苦，不能听终泪如雨。洞庭连天九嶷高，蛟龙出没猩鼯号。十生九死到官所，幽居默默如藏逃。下床畏蛇食畏药，海气湿蛰熏腥臊。昨日州前捶大鼓，嗣皇继圣登夔皋。赦书一日行万里，罪从大辟皆除死。迁者追回流者还，涤瑕荡垢朝清班。州家申名使家抑，坎坷只得移荆蛮。判司卑官不堪说，未免捶楚尘埃间。同时辈流多上道，天路幽险难追攀。君歌且休听我歌，我歌今与君殊科。一年明月今宵多，人生由命非由他，有酒不饮奈明何！

韩愈歌罢，张署叹道："贤弟所言也是，但愿苍天有眼，不负你我报国之心！"说罢，端起酒来，一口喝下。

第二天韩愈至杨凭处，凭呼出一年轻儒生，向着韩愈介绍道："此仍颖州陈彤，乃昔日故友之子，聪慧好学，志向远大。欲拜大人为师，学习文章儒道，特托老夫引荐，不知可否？"

韩愈一见甚是欣喜：一是这陈彤风华倜傥，举止文雅；二是由杨凭推举引见，乃求之不得。那陈彤与韩愈见过礼后，韩愈遂询问了其学业情况，甚感满意，晚上便一同回至馆驿。

第 55 章
合江亭应邀题石　岣嵝山寻古觅胜

九月初，韩愈与张署辞别郴州刺史李伯康和湖南观察使杨凭，同窦存亮、区弘、陈彤等人取道北上。大家乘舟顺着湘江，经耒阳至衡阳。时衡阳刺史邹儒立热情接待了韩愈等人。

这邹儒立于贞元四年由进士举贤良方正科，贞元十七年，以殿中侍御史兼武功县令，后擢迁衡阳刺史。其父邹象生，乃开元二十三年进士，与古文大家萧颖士交厚，萧颖士之子萧存与邹儒立既是同辈，又是好友；与韩愈及兄韩会早有往来，并为至交。

韩愈到达衡阳的第二天，邹儒立在合江亭设宴款待韩愈与张署等人。这合江亭坐落在蒸水与湘江交汇之处的石鼓山上，乃衡阳第一风景名胜之处。旁有朱陵洞和朱陵仙府。此处山清水秀，奇峰异石。南来北往的达官权贵，名流雅士，多在此停留赏玩，赋诗题字。

韩愈随邹儒立登上合江亭，只见千岩竞秀，亭榭比连，苍松敝日，翠竹掩道。湘江与蒸水像两条飞舞的银蛇，自西南和东南两个方向奔腾而来，在山下相抱一起，然后向北翻滚而去。韩愈站在亭前，望着周围青山碧水，歌台舞榭，不由心旷神怡，顿扫胸中郁闷，高兴地向着邹儒立道：

“此处果然风光旖旎，令人有飘飘欲仙之感！”邹儒立拈着长须，笑道：“退之贤弟历来喜寻幽访古，游览名山胜水，故方携贤弟来到此处。”这邹儒立年近六旬，高冠博带，蚕眉凤目，三绺长须垂于胸前，给人以凛凛之感。

韩愈看着周围散布在苍松翠竹间的亭台楼榭，向着邹儒立道：

“听说此合江亭乃是齐映重建，可否是真？”

“正是。”邹儒立环视了一下周围道，“贞元三年，齐映由宰相贬为夔州刺史，不久转为衡阳刺史。齐映在衡期间，政声显赫，深得民心；并尽倾所积家资，在这石鼓山上种树栽竹，重新修建了这合江亭及周围的楼台亭榭，在衡阳传为佳话。”

张署接口道：“齐映乃瀛州高阳人，为人白皙长大，言音鸿爽，才略纵横，刚正不阿。由进士举博学宏词，曾任河南府参军，先后被滑亳节度使令狐彰、三城使马燧、凤翔节度使张全益辟为判官。德宗避乱奉天时，齐映先后授御史中丞、中书舍人等职，多有奇谋上奏，深得李适器重。贞元二年拜相任中书侍郎，与崔造、刘滋共同辅政。时吐蕃屡屡犯境，兵逼京师，德宗有迁都避祸之意。齐映哭拜于地，力陈迁都之弊，主张厉兵御敌，使德宗放弃了迁都之念，曾名重一时。贞元三年，左仆射张延赏为其亲属求官，齐映不允，便怀恨在心，暗中在德宗面前谗诬齐映非宰相之器，而被贬为夔州刺史，实乃为奸佞所陷！”

韩愈听后，不由叹道：“主上不明，朝政腐败，致使小人得志，奸佞横行。既是像齐映这样具有王佑之才的国家栋梁，也难逃厄运！”

邹儒立知韩愈刚正不阿，多为权佞所忌，致使仕途坎坷，壮志难酬。这次虽遇大赦，却又遭宦官暗算，心中忧愤难平。忙道：“今日我们不论国事，只游山玩水，畅叙友情。”然后指着旁边的石壁道：

“此处多有历代名人题刻，布满山岗岩间。本朝颜真卿、李白、杜甫也在此留有墨迹，很值得一看。”说着携同韩愈、张署一起来到一块石壁前，只见上面镌刻着颜真卿题写的十六个大字：

头枕九嶷，脚踏洞庭，怀抱衡岳，手揽群星。

张署道：“字如其人，颜真卿刚直不阿，豪气如虹，其字刚劲有力，大气磅礴，真有落笔风雷之势！”

韩愈看着壁上之字，向着邹儒立和张署道：“真卿所题，不仅书法高妙，而且辞彩精拔，超以象外！此十六个字，以大气磅礴之势、刚劲雄浑之力，生动形象地描绘了这石鼓山所处之位，峻拔之势，给人以海立云垂，气吞山河之感！”

邹儒立道：“真卿与家父交往甚厚，昔年学生与他也有往来。记得有一年，真卿和萧颖士大人到我家与家父谈论文章和书法，临去，萧颖士作《感秋》赋一篇，由真卿誊写于纸，赠与家父。家父爱如珍宝，至今仍深藏在舍。”

大家边说边又游览了其他镌刻，然后回到亭前。只见亭中石桌之上摆放着纸墨笔砚，两个书童侍立旁边。邹儒立向着韩愈道：“退之贤弟才茂志高，刚毅豪放；且辞致典瞻，独步文坛。今有幸相逢于此，请留下笔墨如何？”

韩愈忙道：“小弟拙劣之作，怎敢在大人面前献丑，岂不贻笑大方！”邹儒立笑道：“贤弟诗赋文章，扬葩振藻，沉博绝丽，早已蜚声京城内外，大江南北，何须太谦！请贤弟就这合江亭，为学生留一诗赋为盼。”

韩愈见此，知推托不过，只得说道：“那小弟只好从命献丑了，望大人赐教就是。”说罢，遂走到亭内石桌旁，拿起笔来，略一思忖，下笔写道：

“题合江亭寄书刺史邹君。”然后又看了看周围的红亭紫榭，青山绿水。即笔走龙蛇，一挥而就。大家围在桌旁，注目看时，只见韩愈写道：

> 红亭枕湘江，蒸水会其左。瞰临眇空阔，绿净不可唾。维昔经营初，邦君实王佐。翦林迁神祠，买地费家货。梁栋宏可爱，结构丽匪过。伊人去轩腾，兹宇遂颓挫。老郎来何暮？高唱久乃和。树兰盈九畹，栽竹逾万个。长绠汲沧浪，幽蹊下坎坷。波涛夜俯听，云树朝对卧。初如遗宦情，终乃最郡课。人生诚无几，事往悲岂那。萧条绵岁时，契阔继庸懦。胜事谁复论，丑声日已播。中丞黜凶邪，天子闵穷饿。君侯至之初，闾里自相贺。淹滞乐闲旷，勤苦劝慵惰。为余扫尘阶，命乐醉众座。穷秋感平分，新月怜半破。愿书岩上石，勿使泥尘涴。

大家看罢，一齐叫好称妙。邹儒立道：“贤弟之作，妙笔生华，意境融彻，清新俊逸，摘艳薰香，真乃绝世之作也！看后令人荡气回肠，如在梦中！”

韩愈忙笑道：“大人过奖了，小弟之作实乃夫子门前卖文章了，还望大人多多赐教才是！”

邹儒立让随从将文稿收起，命来日镌刻于亭前石上。遂让衙役从桌上撤下文房四宝，摆上酒盏菜肴，邀韩愈与张署等人入席坐下，亲为韩愈斟上佳酿。大家觥筹交错，直到晚上方归。

韩愈与张署随邹儒立回到州衙，邹儒立苦苦挽留又住了几日，方启程北上。临行时，邹儒立向着韩愈和张署道：

“衡山南麓有一高峰，名为岣嵝山。传说山顶有一神禹碑，字青石赤，形状奇伟，曾有一道人上山偶然见过。那碑上螭盘虎踞，鸾飘凤泊，字如蝌蚪，闪闪欲动。二位路过时，不妨上去一观，以证虚实。”

张署道：“此山此碑，在下也曾听人说过：岣嵝山既是衡山一高峰，也是衡山的别称。山高约一万五千尺。传说此碑乃当年大禹治水时所立，碑高三丈，为镇锁湘江，蒸水之石，时隐时现，有缘者方能看到。”

韩愈听后笑道：“此碑学生也曾闻说，甚感跷蹊。碑乃人工所造，砖石构成，有则有，无则无，岂能时隐时现？莫非怪事！这次路过，定要上山一观，以澄谬伪。”

邹儒立听后颔首道：“退之说得不错，俗话说，‘耳听为虚，眼见为实’，上去一看，自然就真相大白了。”

大家边说边步出州衙，只见一年青儒生站在衙前，见韩愈走过来，忙迎上前施礼道：“大人这几日安好？在下于此已等候多时了。”

韩愈一看，不觉惊喜道：“孟公子怎在这里？”

那儒生道：“在下到郴州去寻找大人，欲追随大人学习儒道文章，闻说大人已启程前往江陵赴任，故追赶到此。”

韩愈听后大喜，扭头向着邹儒立介绍道：“这位公子姓孟名涫，乃耒阳人氏，虚心好学，热衷儒道文章。学生在郴州待命时，汝常到馆舍求教诗文。每往必携文章数篇，读之无不精通神会，乃一奇才也！”邹儒立听后，向着韩愈道：

“人言退之桃李满天下，看来果然不差！”然后又看了一眼窦存亮等人，笑道：

“昔日夫子周游列国，所率弟子也不过数人而已；今日退之流徙岭南，沿途慕名求学者竟络绎不绝，遍布大江南北，实在令人惊叹！”

韩愈听后忙谦恭地道：“大人过奖了，学生只不过欲振圣教，复兴古文，故年轻之人闻传言而求教之，哪敢与圣人相比，岂不折煞学生也！”

儒生听后，微微一笑道：“退之这次贬徙岭南，看着是件坏事，实则倒是件好事，它将使贤弟播圣教于大江南北，栽桃李于五岭内外，其功绩不可量也！”

韩愈听后又客气了一番，遂将孟涫安排与窦存亮等人同行。大家相携来到码头，邹儒立又在江边置酒为韩愈等人饯行后，方送韩愈等人登舟北去。

从衡阳到岣嵝山约一百二十里水路，客船顺水而下，傍晚便到达了岣嵝山下。只见那岣嵝山奇峰突兀，拔地而起；山上祥云缭绕，一片苍翠。大家弃舟登岸，在山脚下寻一客栈住下。

第二天，韩愈等人早早起床，吃罢早点便向山上攀登。只见山上古松参天，秀竹袅娜，橘黄色的朝霞，将山上涂上一片金辉。

大家顺着山道拾阶而上，开始还有羊肠小道可行，渐渐道路全无，满山尽是老松古槐，荆棘怪石，竟无一丝人迹。大家只好互相拉扯着向上攀登，人人汗流浃背，气喘吁吁。约莫两个多时辰，方登上山顶。只见山顶之上，巨石林立，松涛起伏，清风阵阵，荒草凄凄。从远处不时传来阵阵猿啼之声，毫无神碑踪迹。此时大家已累得腰酸腿痛，四肢无力，个个如泄了气的皮球一样，都一屁股坐到地上。

大家休息一阵后，韩愈看了看四周，向着窦存亮等人道：“你们再到四处找找，看是否有神碑的踪迹。”窦存亮遂和区弘，齐毛等人四下寻去，过了不一会儿，大家一齐回来，向着韩愈道：“我等将整个山头搜寻了数遍，除了古松，茅草和怪石之外，什么也没有找到。”

韩愈向着张署道：“俗话说，‘十里不同俗，三里无真言’，看来这神禹碑之说不可信也。”

张署看了一眼四周，道：“这神禹碑可能根本就不存在，只是人们虚构想象而已；或者在远古时候，大禹治水，确在这里树立了个什么东西，作为标志。而不是什么传说中的龙盘虎踞，鸾飘凤泊之类的神物，后经日月变迁，而不复存在。也未可知。”

韩愈点了点头道：“张兄说得极是。”大家看看已时至中午，遂拿出干粮吃罢，只好寻道下山。

回到客栈，大家议论纷扬，都有白跑一趟，得不偿失之感。晚上，韩愈想到传说之奇，观后之憾，遂展纸于案，赋《岣嵝山》诗一首。

岣嵝山尖神禹碑，字青石赤形摹奇。科斗拳身薤倒披，鸾飘凤泊拏虎螭。事严迹秘鬼莫窥，道人独上偶见之，我来咨嗟涕涟洏。千搜万索何处有？森森绿树猿猱悲。

第 56 章
游南岳祈开重云　宿岳庙题诗门楼

第二天，韩愈等人乘马前往衡山，约一个多时辰已抵达山前。大家抬头仰望南岳雄姿，只见峰峦叠嶂，直插霄汉，半隐半现于云雾之中。

张署向着韩愈道：“此时正值秋末，天气淫雨不断，山上云多雾浓，有时一连几天笼罩群峰。看来今天这衡山又被云雾所盖，我等来得不巧，恐怕难以看见其真面目了。”

那区弘与齐毛乃南海之人，第一次来到岭北，早就闻说南岳雄伟壮观，作梦都想一睹姿容。今见群峰被云遮雾障，甚感失望，叹道：“这老天怎不为人作美，偏偏今日云雾满山，岂不让人遗憾！”

韩愈见两个年轻人现出沮丧的表情，抬头看了看天空，只见东南方向的天空云雾已经消散，暗道：“常听当地百姓所言：‘早看东南，晚看西北。若早上东南方向阴云密布，定然会大雨降临；否则就会云消雾散，变为晴天。’估计不久这山上云雾将会散去。”便向着区弘和齐毛道：

“这五岳之神最灵，待学生潜心祈祷，定能感动上苍，说不定一会儿便会云开雾散，现出南岳雄姿来。”区弘和齐毛一听，不由变忧为喜，高兴地道：“那就请先生赶快祈祷吧，以酬我等之愿。”

旁边张署见此，大惑不解，不由笑道：“退之从不信佛道，何时学得祈禳之术？莫不是在此戏弄大家不成！”

韩愈向着张署道：“君不知有句俗语叫‘病急乱投医，遇难抱佛脚’的话吗！今日为了大家能瞻仰这南岳雄姿。小弟只好暂时放弃昔日之道，一试祈禳之术了，看看灵不灵。”

张署以为韩愈是在玩弄“望梅止渴”的把戏，以振奋几个年轻人的情绪，不由心里暗笑，但表面上却道：“那就请退之赶快祈祷吧。”

此时，韩愈倒像真的一样，面向南岳，现出一副虔诚的样子，口中念念有词，默默祈祷了一番。区弘等人以为韩愈真有祈禳之术，不由个个面现严肃之色，一起望着衡山上空。韩愈自然心中有数。果然不大一会儿工夫，只见衡山之上渐渐云开雾散，约有半个时辰，已完全现出巍峨雄姿。

窦存亮等人大加惊喜，忙下马跪拜于地。区弘向着韩愈道：“先生情能感天地之怜，诚能开衡山之云，真神人也！”

张署大为惊奇，不知韩愈的祈禳是“瞎猫逮住个死老鼠，偶然碰巧”，还是真有感天动地之术。忙拍马来到韩愈面前，小声地道：“退之搞的什么鬼？怎如此灵验！”

韩愈看了看窦存亮等人，不由微微一笑，遂悄悄将百姓彦语和观察天气，今日必然放晴之事说了一遍。张署听后方明缘由。不由叹道：“退之真是有心之人也！”

韩愈看了看天空，向着张署道：“诸葛武侯曾言：为将者不仅要胸怀韬略，深知六甲，而且能晓天文地理，奇门遁甲之术，方能运筹帷幄，克敌制胜。小弟虽不用兵，但却对此颇有意尔。”张署听后，不由佩服地连连点头。

大家说着来到衡山脚下。路南是上山之道，路北是雄伟的南岳庙。韩愈向着大家道：“我们是先上山，还是先看庙？”张署道：“现在天已放晴，此机难得，不如趁此时光上山游览观看为好。”窦存亮、区弘等人久想观看山上风光，都表示赞成。大家便下马顺着山道攀登而上。

这南岳衡山乃江南第一名山：沿途奇峰秀石，烟岚云岫；苍松如墨，翠竹依依；鹿奔鹤舞，猿啼雉鸣。远远望去，只见山颠之上殿宇巍峨，流光溢彩。并随风隐隐传来钟磬之声。

大家顺着松柏掩映的小径，边往上攀登，边欣赏着四周景色。区弘向着韩愈和张署道：“听说这衡山有七十二峰，乃南国佛门圣地？可否是真？”

“是的。”张署道，“这衡山东西阔约七十余里，上有七十二座高峰。最著名的有芙蓉、紫盖、石廪、天柱和祝融五大峰。这五峰，峰峰有奇观圣景，景景有佛寺庙宇，庙庙有得道高僧，真可谓佛教圣地了。”

齐毛听后接口道：“听说这衡山还是南北气候的分界线，山北四季分明，冬日寒风凛列，大雪飞扬；而山南却冬天温暖如春，一片雪花都看不到，可否是实？”

“正是这样。”韩愈道，“这山北冬天因受北方寒流影响，气温较低，故有冰封雪飘之景；山南因寒流被衡山所挡，而且受南方较暖气候影响，故而花红柳绿，奇葩争妍。北方大雁飞到衡山后，就不再向南飞了，故有衡雁之称。”

区弘和齐毛听后，都不由频频点头。中午时分，大家登上了芙蓉峰。只见峰顶苍松敝日，殿宇巍峨，紫烟缭绕，香气袭人，钟磬之声，此起彼伏；几处金壁辉煌的寺院，隐现于苍松翠竹之中。漫山红红绿绿的进香和游览之人，三五成群，来往络绎不绝。

大家随着游人边走边看，先后游览了灵宫和罗汉堂，然后，来到一棵合抱粗的松树下。张署看了看已经偏西的太阳，向着韩愈道：“这两条腿已有点不听使唤了，肚子里也开始咕咕乱叫，我们不如在此休息一会儿，吃点东西再转。”

韩愈点头道：“你这一说，我这肚子里也有点饿了，咱们就在这里休息休息，吃了干粮再往前走吧。”窦存亮等人听后，遂停下步来，大家各自寻了个地方坐下。区弘和齐毛取出干粮，分送给韩愈和张署。陈彤和孟琯拿出水具，到溪边舀了一些泉水来，大家就着泉水吃了些干粮，休息了一会儿后，继续向前游览而来。

下午申时左右，大家来到祝融峰。只见这祝融峰与别处更有不同：不仅殿宇雄伟，而且清泉潺潺，古松横空，翠竹掩映，鹿戏鹤鸣，犹如仙境一般。大家赞叹一番后，遂进入寺内：但见紫烟升腾，钟磬齐鸣；金身佛祖脚下，跪拜着一片善男信女。

韩愈等人因不拜佛进香，便绕过大殿，转入寺庙后院。只见一僧房内坐着一眉目清秀，年近五旬的僧人，正在聚精会神地抄写着经文。大家顺着窗户往里一看，只见那僧人所写之字，端庄秀丽，刚劲有力。

韩愈看后不觉一惊，暗道：此人笔力深厚，看来定是一位读书之人,不想这深山古刹之中竟有如此高人。不由脱口而出道:“好字！真是好字！”

那僧人忽听窗外赞叹之声，不由抬头一看，见韩愈等人方领矩步，风流儒雅，也不由心里一震，忙将众人又打量了一番。韩愈向着那僧人道：“大师之字盘龙卧虎，海立云垂！能否让学生一观？”

那僧人忙站起，合掌答礼道:“多蒙施主夸赞，贫僧乃拙手涂鸦，竟让施主见笑了！施主若愿赐教时，请进僧舍奉茶。”

韩愈和张署遂交换了一下眼神，便带着窦存亮和区弘、陈彤等人进入这僧人房中。那僧人忙高兴地请大家坐下，转身到房角桌案上斟了七杯茶，用一托盘端到大家面前。韩愈等人忙又站起，从那僧人手中接过茶来。大家此时俱已有点口干舌燥，不由都呷了一口，只觉一股清香之气透彻肺腑。

张署道：“好茶！”然后向着那僧人道：“请问大师法号，在此山中已修炼几载？”

那僧人也坐到一旁的椅子上，答道：“贫僧法号诚盈，在此山中已有二十余载。”

张署一听，不由惊喜道：“什么！大师就是诚盈上人？”

那诚盈看着张署惊喜的样子，道:“施主尊姓大名？怎知贫僧！”张署向着诚盈道：

“学生姓张名署，河间人氏。大历十年在京求仕时，曾与大师为同科进士。后听说大师仕途多舛，抛却红尘，拜衡山中院大律师日希操为师，取法号诚盈。”

那诚盈上人听此，又将张署看了看，高兴地道：“我说施主怎有些眼熟，好像在哪里见过，原来是张兄！张兄今日从何地而来，到何处而去，怎有幸来到这衡山古刹？当年张兄才华横溢，高举博学宏词，官拜校书郎，后擢迁武功尉。时贫僧屡试不第，深恶官场之黑暗，便遁入空门。不想二十年后，却在此相遇，岂非天意乎！

这些年张兄官场可否得意？”

张署不觉叹了口气，遂将自己官拜御史，为奸佞所陷，贬徙临武之事简要说了一遍。诚盈听后也不由叹道：“看来张兄仕途也充满了坎坷！”然后又向着韩愈等人道：

“这几位施主尊姓大名，可是张兄的同僚挚友？”

张署指着韩愈道：“这位姓韩名愈，字退之，中原河阳人氏，乃当今文坛泰斗。贞元十七年官拜国子监四门博士，贞元十九年擢迁监察御史，后因和学生一起上书朝廷，言关中天旱人饥状。为奸佞李实所谗，同学生一起被贬徙到岭南的阳山为宰。今一同遇赦，前往江陵任职。”

那诚盈听后，看着韩愈，不由惊喜道：“原来施主就是韩愈，我说怎如此丰神逸秀，气度雄远！韩施主的大名贫僧已早有所闻，只是无缘相见。施主为官刚正不阿，主张振兴儒教，倡导古文，其盛名已传遍大江南北。前来山上游览的南来北往之人，多谈到施主之名，而赞不绝口。”

韩愈听此，忙谦恭地道：“大师过奖了，实让学生惶恐不安！”

此时，张署十分兴奋。俗话说：“他乡遇故交”乃人生“四大乐事”之一，便向着韩愈等人将昔年在长安求官之时与诚盈同居一室，同科登第，情如交臂；以及诚盈卓荦不群，高情远致的才华和品格，叙说一遍。韩愈见诚盈的性格和遭遇，与自己有不少相同之处，顿从心中泛起无限同情和好感。

那诚盈忙谦逊地淡然一笑道：“张兄过奖了，贫僧虽自幼苦读圣贤之书，也曾胸怀凌云之志，然而因性格倔强，不合时宜，难为时世所容。故而看破红尘，遁入空门，还有何才华高情可言。”

韩愈等人听后，也深为惋惜。大家又说了一阵，不觉已红日西沉。诚盈即让小和尚端来斋饭，一起用罢。晚上诚盈即安排韩愈等人在古刹歇下。

第二天早上，大家刚刚起来洗漱完毕，诚盈即敲门进来，笑道：“昨晚可否睡好？”韩愈与张署忙致谢意，俱道“甚好”。正说着，小和尚已端着早点素斋进来。诚盈即招呼大家坐下用斋。吃罢早饭，韩愈向着诚盈道：

“大师钦崎磊落，怀珠抱玉，而埋没在这深山古刹之中岂不可惜！不如同学生一块下山，为朝廷社稷效力，成就一番事业如何？”

那诚盈听后，不由淡然一笑道：“贫僧自抛却红尘遁入空门后，即把那锦绣前程、荣华富贵视若粪土。心中只有古刹佛祖，而别无他物，何言事业二字！再者，纵观当今天下，朝廷暗弱，权佞当道，如施主和张兄这样淑质英才、推群独步、胸怀忠烈之士仍壮志难酬，何况贫僧乎！”那诚盈讲到此，看了一下窗外，继续道：

“贫僧自来到这南岳衡山之上，已与这深山古刹结下了不解之缘。在这里，晨观云海日出，暮沐夕阳晚霞；听松涛鹤鸣，采山珍为食；日迎八方游客，夜诵三藏真经；既不必争权于朝，也不必夺利于市。观奸佞不惧，闻苛政无忧。抛却人间多少烦恼，何乐而不为呢！此生将终老于古刹也！”

韩愈听后，知诚盈心如寒冰，只好作罢，遂同张署等人揖别下山，诚盈将其送出山门。大家下到半山腰回首望时，隐约仍见诚盈站在山门外向他们挥手。韩愈不觉感叹万千，遂顺口吟诵道：

山僧爱山出无期，俗士牵俗来何时？祝融峰下一回首，即是此生长别离。

韩愈等人从衡山返回，来到南岳庙时，已是下午时分。这南岳庙座北朝南，面向衡山，占地约百十余庙。庙中殿宇雄伟，松柏苍翠，游人络绎不绝，钟磬之声此起彼伏。

大家随着人流进入山门，经过林阴甬道，穿越前殿回廊，来到南岳庙正殿。只见这正殿宏阔九间，朱扉碧瓦，雕梁画栋，双层飞檐，十分雄伟壮观。韩愈望着紫气映日，流光溢彩的大殿，感叹地道：“五岳之庙，规模之大，气势之雄，任何寺庙莫能与之相比也！”

张署道：“学生曾游历过东岳泰庙、西岳华庙、中岳嵩庙，发现这些庙宇的建筑规模和风格，基本相似，皆巍峨雄伟，金碧辉煌，可与天阙比美，可见我国佛教之盛也！”

区弘向着韩愈和张署道：“这五岳之称由何而来？怎如此被朝

廷所推崇？”

韩愈道：“《礼记》上曰：‘天子祭天下名山大川，五岳视三公秩次也。因其次第而祭之尔。’岳者，大也。自古以来，历代天子把我国东方的泰山、西边的华山、北方的恒山、中原的嵩山和这南国衡山，称为五岳，进行祭祀，以求国泰民安。从周朝开始，天子就用三公的礼秩来祭五岳，并到泰山和嵩山进行封禅。到了本朝，又将五岳封为王，礼秩比三公还高一等。五岳之位由此愈来愈重。西汉末年，佛教传入我国后，五岳同其他名山一样，遂为佛门所占。”

区弘和窦存亮、齐毛等人听后，频频点头。大家边说边顺着大殿一侧的甬道向后院而来，只见两厢回廊的粉墙上，绘画着各种佛释神鬼故事，其人物有青面赤发，张牙舞爪的；有慈眉善目，端坐莲花的。个个栩栩如生，给人以惊魂夺魄之感。

大家边走边看来到接引佛殿，只见三四个僧徒侍立佛前，前来进香之人将所带酒肉瓜果等供品，摆放在祭台之上，有求财许愿的，有问卜吉凶的。佛前香炉内紫烟缭绕，香气盈室。

韩愈等人随着进香之人进入佛殿，看了看地上跪拜着的善男信女，然后转向佛座两侧，欣赏着壁上的各种绘画。这时从殿后走出一老僧，看了看韩愈等人，忙趋前相迎道：

“施主欲问卜，还是求愿？”

韩愈抬头一看，只见那老僧朱颜白须，凤目皓齿，举止大度，广袖绰约。忙还礼道：“我等只随便走走，既不问卜，也不求愿。”

那老僧又将韩愈等人上下打量了一番，道：“老纳乃本庙主持，观看诸位施主神清气正，睟面盎背，气贯长虹，非等闲之辈。我这接引佛祖能预知过去未来之事；占卜吉凶祸福、前程顺逆最灵验不过！施主不妨一试。”

张署听此，见那老僧热情有礼，似得道高人；同时因自己命运多舛，屡被奸佞所谗，不知今后结果如何，颇有心动，遂向着韩愈道：“大师既然热情相邀，我等不妨一试，以不负大师之情。”

韩愈见此，遂向着那老僧道：“不知这占卜如何个求法？”那老僧道：“请问施主是问吉凶祸福，还是问仕途前程？”韩愈道：“就问前程吧。”

那老僧拿出一杯珓，递于韩愈道：“将这杯珓拿在手中，摇上三摇，默默祀告，然后掷出，便知前程如何。”

韩愈从不信占卜之术，今日只不过逢场作戏而已。遂接过杯珓，按照老僧所嘱，摇了摇，随手掷出。那老僧一看，大惊道：“果不出老纳所料，施主果然乃将相之躯，国之栋梁！将来前程似锦，必位居人臣，名重一时！”

窦存亮等人听后，便一起望着韩愈，现出振喜之色。韩愈向着老僧，不由淡然一笑道：“学生性格刚直，孤傲不群，难随世俗，故命运多舛；虽胸怀魏阙，有凌云之志，但却难有报国之门！何能位居人臣？”说到此，他不由叹口气道：

“想早年，学生四举于礼部方一得，三铨于吏部卒无成。无奈只好投笔从戎：佐董公于汴州竟遇兵变；赴彭城依建封难展所学。后几经周折，方跻身于御史台上；谁知莅任不到三个月，因言关中天灾人饥状，遂被奸佞所谗，即被贬徙到这岭南的荒蛮之地。今新皇即位，虽遇赦免，却又遭谗诬，只让移任江陵，做了个小小的参军！回想半生坎坷之路，能够保住性命不死，无衣食之忧足也；王侯将相早已不敢有望矣！”

那老僧又将韩愈看了看道：“天道昭昭，福贵在命。此乃上天所定，非人力所能为也！施主虽仕途坎坷，命运多舛，但此乃上天锤炼其志，纯洁其性而已。施主若能大志不移，奋发不息，将来定能龙腾长空，虎跃高山，其前程不可量也？”

韩愈听后，虽不深信，但在此危难之际，倒也多少有点心慰。遂道：“那就多承谢大师吉言了！”

那老僧又转身看着张署道：“此位施主仪表不凡，神色怡然，将来虽不能拜将入相，但前程远大，必官居高位，不妨也占卜一试？”张署听此，遂接过杯珓，摇了摇，轻轻掷出。老僧一看，欣喜道：“大吉，大吉，看来老纳慧眼无误也！”

张署听后，不觉面呈喜色，接着窦存亮、区弘、齐毛、孟涫、陈彤等人也都先后接过杯珓投掷，老僧各有评说，大家俱喜不自禁。

占卜已罢，老僧邀韩愈等人至厢房用茶。大家游览了一天，也都有些口干舌燥，便欣然应诺，随那老僧至厢房处。老僧令小和尚捧来香茗，大家用罢，老僧道："这岳庙后院，景色颇能怡人。各位施主可前往一观，晚上若不嫌小庙肮脏，即在此休息，明日再去不迟。老纳厨下备有素斋相待。"

韩愈等人听此，忙致谢意。遂辞别老僧，继续向后院游来。果然庙后景色与前院不同：只见假山秀石，玲珑剔透，奇花异草，娜袅多姿；红亭琼阁建于万绿丛中，清泉碧水流于白石桥下。大家看后无不称奇叫好。

大家边走边看，来到一高阁琼楼之下。只见这琼楼建在一青砖砌就的高台之上，楼高三层，朱扉碧瓦，飞檐斗拱。风铃响处，直插云天。

大家顺着扶梯登上高阁，只见阁内雕梁画栋，窗明几净。壁上绘画着各种佛家典故。大家逐层浏览后登上最高一层，凭栏四望：只见残阳如血，霞光四射；巍巍南岳，紫气萦绕。大家看罢刚下至二楼，只见一中年僧人迎着韩愈等人道："主持师伯让诸位施主就在阁内用斋，请诸位施主随贫僧过去。"

韩愈等人听后，忙致谢意，即随那僧人下至一楼，果见一旁案上摆放着十分丰盛的斋饭，两个小和尚侍立在旁。大家此时肚子里都有些饥饿，只简单客套一番，便入座动起杯盘来。

用罢晚饭后，一旁小和尚收去案上餐具，另有两个小和尚抱着凉席被褥进来，顺着楼梯送往三楼。那中年僧人尾随小和尚进来，向着韩愈道："小庙住室狭窄，十分简陋；主持师伯恐有委屈诸位施主，此阁十分干净雅致，请诸位施主晚上就在阁内休息。"

韩愈等人一听十分感动，忙又连连道谢，即随那僧人复又登至三楼。两个小和尚已在阁内点起灯烛，将凉席被褥铺整完毕，然后悄悄下去。那中年僧人向着韩愈等人道："诸位施主请休息吧，贫僧告退。"说罢，跟随着两个小和尚一同下去。韩愈和张署忙将其送至楼梯口。

韩愈等人送走中年僧人后，大家不觉又议论起主持老僧和佛释来。窦窦存亮道："这主持老僧蕙心兰质，神色怡然，看来也是一位得道高僧。"

区弘向着韩愈和张署道："佛门为何这么多奇人雅士？从蕙师、灵师，到这祝融峰上的诚盈上人，以及这南岳庙的主持长老，个个才藻艳逸，高情远致，是何故也？"

韩愈向着存高和区弘道："这件事看来好似佛门多才子，实则是国家的一大不幸。如蕙师、灵师、诚盈上人，原都是才华横溢的读书人，只因前程暗淡，多不得志；或仕途坎坷，被奸佞所陷，故愤而遁入空门。还有的则是对当今政治腐败，奸佞当道深恶痛绝，对大唐中兴失去信念，故而削发为僧，企图从佛祖那里寻找出路和归宿。致使国家失去大批栋梁之才。这些满腹经纶，怀珠抱玉之人，却不能为国家所用，岂不是件憾事！"

张署接口道："还有一点就是，我朝自开基以来，不仅把道教奉为国教，而且在全国两次掀起崇佛热潮。致使天下大建庙宇寺院，而将儒教抛弃一边；故而不少读书之人也顺波逐流，拥入寺庙，因而形成佛门人才济济之状。"

韩愈道："张大人说得极是，这是最根本的一条！"大家议论着，不觉天气已交二更。只见窗外一轮明月从东方冉冉升起，从远处不停传来时远时近的猿啼狐鸣之声。

张署道："天不早了，我们赶快休息吧，明天还要赶路呢。"

韩愈望了望窗外，只见星月掩映，淡云朣胧。遂向着大家道："睡觉，睡觉，有话明天再说。"

第二天，韩愈等人醒来时，太阳已经升起，橘红色的霞光从窗户中直射室内。大家慌忙起来，刚洗漱完毕，只见昨日那位中年僧人已领着两个小和尚，抬着早点斋饭上来。向着韩愈等人道："施主昨晚可曾睡安？"

大家忙道"甚好。"说着两个小和尚已将斋饭摆放到一旁的桌案之上。那僧人道："诸位施主请用早点，一会儿主持师伯还要过来。韩愈等人忙致谢意，大家刚用罢早点，果见主持老僧走上楼来。韩愈等人忙趋前相迎。

那老僧坐下后向着韩愈等人道："小庙虽香火兴旺，然费用颇大，故粗茶淡饭，卧榻简陋，诸位施主恐多有委屈，还望见谅！"韩愈和张署忙道:“昨天至今,多有打挠,这清茶素斋,胜似山珍海味尔!”

那老僧笑道:“只要诸位施主称意就好!”然后向着韩愈道:“老纳还有一事相求,请韩施主莫要推辞为好。”韩愈忙道:“请大师明示,只要学生能够办得到,定尽力而为!”

那老僧道:“这事不难,韩施主随手即可拈来。施主乃当今文坛泰斗,诗赋文章天机云锦,拔新领异,想请施主为这门楼留一笔墨,以映后人。”

韩愈见主持老僧热情相待,真诚相邀,颇为感动,遂道:“大师若不嫌学生之作低劣,遵命就是。”那主持老僧见此,十分高兴,忙让小和尚取来文房四宝,置于桌案之上。韩愈走到案前,拿起笔来,落笔写道:“谒衡岳庙遂宿岳寺题门楼。”然后略一思忖,接着写道:

> 五岳祭秩皆三公,四方环镇嵩当中。火维地荒足妖怪,天假神柄专其雄。喷云泄雾藏半腹,虽有绝顶谁能穷?我来正逢秋雨节,阴气晦昧无清风。潜心默祷若有应,岂非正直能感通。须臾静扫众峰出,仰见突兀撑青空。紫盖连延接天柱,石禀腾掷堆祝融。森然魄动下马拜,松柏一迳趋灵宫。粉墙丹柱动光彩,鬼物图画填青红。升阶伛偻荐脯酒,欲以菲薄明其衷。庙令老人识神意,睢盱侦伺能鞠躬。手持杯珓导我掷,云此最吉馀难同。窜逐荒蛮幸不死,衣食才足甘长终。侯王将相望久绝,神纵欲福难为功。夜投佛寺上高阁,星月掩映云朣胧。猿鸣钟动不知晓,杲杲寒日生于东。

韩愈写罢,呈与老僧。那老僧看后更加高兴,遂让旁边僧徒收下,同韩愈一起步下阁来。

第57章 过湘中书寄三友 观岳麓辞献杨凭

九月下旬，韩愈同张署携窦存亮等人，离开衡岳，继续乘舟北行。三日后到达湘中，客船至码头停下。只见岸上高楼林立，商肆比连，酒旗高挑，车水马龙。码头附近，舟船拥塞，上下之人呼朋唤友，一片喧腾。

韩愈看着眼前景象，向着张署道："这湘中地方不大，码头怎如此繁华？"

张署环视了一下四周道："这湘中虽不是湖南的重镇，但地处衡阳与长沙之间，为连水、绿水和湘江交汇之处，乃南北东西交通要冲，四方客船商舟必经之地，成为湖南一重要商物周转和贸易中心。每日从此经过和进出的船只成千上万，故而繁荣异常也。"

韩愈听后点了点头，正说着只见一官船从上游顺流而下，风驰电掣般地驶来。大家不由扭头望去，只见船头站着数人，韩愈仔细一看，船上为首一人乃是连州司户王仲舒。韩愈不由一喜，忙大声喊道："王司户，王大人？"

那船上王仲舒猛然听到有人呼唤，急扭头一看，见是韩愈，不由一愣，急叫停船。将船调过头来，向着韩愈惊喜地道："退之怎在此地？这是往哪里去？"说着船已到跟前。

韩愈也高兴地道："学生前往江陵，路过此地，王兄这是到哪里去？"此时两船已经相靠在一起，王仲舒跳过船来，望着韩愈道："学生奉诏进京，不想在这里碰见贤弟，贤弟这半年来身在何处？今往江陵何干？"然后看了看张署道："这位是？"

韩愈忙将张署向王仲舒进行了介绍，然后将自己在郴州待命半载，后遇新皇登基，为宦官所谗，调任江陵参军一事说了一遍。王仲舒听后，不由大为愤慨，遗憾地道：

“贤弟何命运多舛也！新皇嗣位，大赦天下，大小官员各有擢迁，凡贬徙流放者均迁回或擢升。学生还以为贤弟早已返回京城呢，不想贤弟至今仍在此处！”说罢，看了看张署等人，又向着韩愈道：

“这次学生进京，定为贤弟讨个公道。另外听说王涯、李建、李程三人已擢迁翰林学士。此三人皆与贤弟交厚，贤弟何不修书一封，由学生带与他们，使其代贤弟向朝廷申明曲直。”

韩愈听后，不由振喜道：“学生自贬徙岭南后，与此三人已断绝往来，不知三位何时擢拜翰林？”

王仲舒道：“广津（王涯）的情况贤弟知道，自举博学宏词，调任蓝田尉后，因不愿攀附权贵，而久时不被重用，但才名已遍播京师。表臣（李程）于贞元二十年擢拜监察御史，同年召充翰林学士，因与当朝权贵不和，翌年罢学士之职，三迁员外郎；钩直（李建）则以才名为德宗所器重，于去年擢授右拾遗。这次新皇登基后，三人先后跃居翰林学士之职。”

韩愈听后，点了点头，向着仲舒道：“此三人皆衮职之才，人中龙凤！身居翰林，当之无愧。然三人初任要职，我怎好托情相扰呢！”

王仲舒笑道：“你呀，吃亏就在特耿直！今写书与他三人，并非要他们徇私舞弊，提亲带故；而是让他们向当今申明曲直，举荐贤才，秉公行事，有何不可？”

一旁张署道：“王大人说得极是，广津、表臣他们现身居朝班，能直达天庭；况此事乃光明正大之举，绝无不妥之处。广津等人乃正人君子，定会相帮的。”

韩愈听后，沉思了片刻，向着仲舒和张署道：“那就依二位大人之言，待学生修书一封，带与他们三人。”说着同王仲舒、张署一同进入客舱。窦存亮等人忙展纸于案，韩愈略一思忖，即手书一封。然想到自己为言关中天灾民饥之情，而被李实所陷，贬徙岭南两载，经受了多少磨难；今虽被新皇赦免，但却又遭到宦官所谗。不由愤慨难抑，遂又赋诗一首，附于信后。王仲舒接过看时，只见韩愈在附诗中写道：

赴江陵途中寄赠王二十补阙李十一拾遗李二十六员外翰林三学士

孤臣昔放逐，血泣追愆尤，汗漫不省识，恍如乘桴浮。或自疑上疏，上疏岂其由？是年京师旱，田亩少所收，上怜民无食，征赋半已休。有司恤经费，未免烦征求。富者既云急。贫者固已流。传闻闾里间，赤子弃渠沟。持男易斗粟，掉臂莫肯酬。我时出衢路，饿者何其稠！亲逢道边死，停立久咿嚘。归舍不能食，有如鱼中钩。适会除御史，诚当得言秋，拜疏移阁门，为忠宁自谋？上陈人疾苦，无令绝其喉；下言畿甸内，根本理宜优。积雪验丰熟，幸宽待蚕麰。天子恻然感，司空叹绸缪，谓言即施设，乃反迁炎州。同官尽才俊，偏善柳与刘。或虑语言泄，传之落冤仇。二子不宜尔，将疑断还不。中使临门遣，顷刻不得留。病妹卧床褥，分知隔明幽，悲啼乞就别。百请不颔头。弱妻抱稚子，出拜忘惭羞。僶俯不回顾，行行诣连州。朝为青云士，暮作白首囚。商山季冬月，冰冻绝行辀。春风洞庭浪，出没惊孤舟。逾岭到所任，低颜奉君侯。酸寒何足道，随事生疮疣。远地触途异，吏民似猿猴。生狞多忿很，辞舌纷嘲啁。白日屋檐下，双鸣斗鸺鹠。有蛇类两首，有蛊群飞游。穷冬或摇扇，盛夏或重裘。飓起最可畏，訇哮簸陵丘。雷霆助光怪，气象难比侔。疠疫忽潜遘，十家无一瘳。猜嫌动置毒，对案辄怀愁。前日遇恩赦，私心喜还忧。果然又羁絷，不得归锄耰。此府雄且大，腾凌尽戈矛。栖栖法曹椽，何处事卑陬？生平企仁义，所学皆孔周。早知大理官，不列三后俦，何况亲犴狱，敲榜发奸偷。悬知失事势，恐自罹置罘。湘水情且急，凉风日修修。胡为首归路，旅泊尚夷犹？昨日京使至，嗣皇传冕旒，赫然下明诏，首罪诛共吺。复闻颠夭辈，峨冠进鸿畴。班行再肃穆，璜佩鸣琅璆。伫继贞观烈，边封脱兜鍪。三贤推侍从，卓荦倾枚邹。高议参造化，清文焕皇猷。协心辅齐圣，致理如毛輶，《小雅》咏鸣鹿，食苹贵呦呦。遗风邈不嗣，岂忆尝同稠。失志早衰换，前期拟蜉蝣。自从齿牙缺，始慕舌为柔。因疾鼻又塞，渐能等薰莸。深思罢官去，毕命依松楸。空怀焉能果？但见岁已遒。殷汤闵禽兽，解网祝蛛蝥。雷焕掘宝剑，冤气销斗牛。兹道诚可尚，谁能借前筹？殷勤谢吾友，明月非暗投。

王仲舒看罢，将书信和诗稿藏于怀中，向着韩愈道："贤弟放心，此次学生进京，定将书信转呈于广津等人，务必为贤弟讨个公道。学生因公务在身，急着赶赴京师，不能在此久留，只好先行一步了，咱们后会有期。"说罢，抱拳告辞。韩愈与张署将其送出船舱，王仲舒跨过舟去，挥手而别。

韩愈望着飞驶而去的王仲舒之船，久久停立船头，他不知道王仲舒和王涯等人能否为自己申明曲直，今后前程如何，仍然感到茫然。

三天后，韩愈等人乘舟到达长沙。长沙也称潭州，乃湖南重镇，为当时洞庭以南的政治经济文化中心。张署向着韩愈道："长沙民富物丰，商贸繁荣，三年前我等路经此地，因限期赴任，不敢停留，而今离江陵赴任时日尚早，不如在此停留几日，看看此地的风土人情；同时，昔年有一同窗好友在此，也想顺便一会，不知退之意下如何？"

韩愈听后甚合心意。此次江陵赴任，一是吏部没有限期；二是他对参军之职毫无兴趣，不愿早日到任；三是韩愈本身乃是个极爱游山玩水之人。故而走走停停，以便寻幽觅胜、观赏名山大川来消遣胸中之闷。窦存亮等人也都是好玩的，当然希望沿途能多游览一些地方，听张署说罢，便一起看着韩愈，希望韩愈能赞成张署的意见。

韩愈道："就依张大人之言，我们在此停留两日再走。"窦存亮等人听后，个个喜笑颜开，忙准备行装上岸，仍留秦济、王忠在船上守候。

大家离开码头，来到街上，果见高楼入云，商市繁华，与别处更有不同。大家游览了几条主要大街之后，来到江边一酒肆。刚刚依窗坐下，只见从门外进来三四个身着罗衣纨裤之人，个个峨冠博带，风度潇洒，后面跟着五六个仆从。韩愈一看，不觉大喜，认得为首一人乃是昔日好友杜侍御，忙站起相迎。那杜侍御一见韩愈，惊喜地不觉一愣，忙疾步上前一把抓住韩愈的手道：

“退之怎在此地？”

韩愈也高兴地道：“学生前往江陵，路经这里。杜大人何时来到长沙？”

杜侍御高兴地道：“老夫前来长沙看望几位朋友，昨日刚刚到此。”这杜侍御年逾六旬，朱颜苍须，丰容靓饰，曾官拜殿中侍御史。说罢，转身向着身边的几个人道：

“来来来，我给你们介绍一下，这位就是名闻京师，当今文坛新秀韩愈韩退之。”

旁边那几个人听后，俱现出惊喜之色，其中一儒巾广袖，风流博浪，年约四旬之人，看着韩愈道：“久闻韩大人之名，今日竟有幸相见！韩大人领新拔异，创新古文，其文章辞致典瞻，活泼流畅。在下曾有幸拜读过数篇，一扫骈文之僵死弊风，给人以清新明快、荡气回肠之感，真乃文坛之惊雷也！”

旁边另一位六旬左右，神色怡然，癯面鹤发之人接口道：“听说韩大人为官清正，刚正不阿，贞元十九年，向皇上直言关中天灾民饥状，而被奸佞所谗，贬徙阳山；在阳山两载，励精图治，奋除三害，政声显赫，百姓颂之为救苦救难的活菩萨。真乃可敬可贺也！”

韩愈听后忙谦逊地道：“诸位过奖了，实令学生惶恐不安！”

杜侍御看着张署道：“这位仁兄是？”韩愈忙进行了介绍。杜侍御道：“张大人才雄德茂，嵚崎磊落，老夫在京时常听人谈起，今日一见，果然令人刮目相看。”

张署忙道：“杜大人过奖了。大人清风高节，渊渟岳立，美名遍播京师。学生久怀慕蔺，今日方有幸一睹尊颜，真令学生振奋不已。”

那杜侍御爽朗一笑道：“张大人言过了！”说罢遂手指身边那位四十余岁，风度潇洒的儒士介绍道：“这位姓陈名旭，字朝曦，乃长沙名士。祖父曾为唐州刺史，令尊官拜芦州司户。”陈旭听后忙向韩愈等人点头致意。

杜侍御看了看那位年近六旬，癯面鹤发的老者道：“这位姓陆名毅，字致远，乃大历八年进士，曾任江阴县丞。”那陆毅忙颔首一笑。韩愈与张署忙也一一与之见礼。

杜侍御介绍完后，向着韩愈和张署道：“二位何时到的长沙，在此是公务羁留，还是随意游览？何时准备离开？”

韩愈道：“我等也是今天刚刚到此，因慕长沙之胜，故而上岸以饱眼福。张大人还想顺便看个朋友，并无公务所使，打算两日后即继续北行。”

那杜侍御听后甚喜，向着韩愈道：“这长沙西边有一岳麓山，山上景色怡人，上下各有一寺，香火极盛，碑刻林立。南来北往之人俱要前去游览赏玩；老夫也正要前往一观。不如我们一块前往，正好叙叙旧情。”

张署听后，向着韩愈和杜侍御道：“这岳麓山学生早年曾游历过：乃是山岚云岫，泉溪流泄，云道盘绕，诸峰叠秀；下瞰湘江，远眺洞庭。为长沙绝胜之地！山上之寺名为岳麓寺，又名惠光寺，山下之寺名叫道林寺。俱建筑宏伟，雕画精湛，很值得一看。”然后又向着韩愈道：

“退之可和杜大人一块前往一观。此处学生已游览多次，就不再去了，正好趁此机会去看看老朋友。”

韩愈见此，知张署同杜侍御不熟，不愿一同前往，只好作罢。便道：“若此，吃罢酒后，我们只好分道扬镳了，明日仍在码头船上相会。”然后向着窦存亮等人道：

“你们几位是随我和杜大人一块去岳麓山，还是单独游玩？”窦存亮等人见韩愈与杜侍御几年不见，相谈甚欢，不愿予以打挠，便道：“我们几个想先到橘子洲头去玩玩，然后再到岳麓山去，咱们各走各的吧。”韩愈听后，知他们之意，便道：“也好。”

用罢酒饭，大家便分道而行。韩愈随同杜侍御向岳麓山而来，只见这岳麓山苍翠欲滴，松柏掩道，飞瀑流泻，峰叠峦秀。大家顺着林荫大道来到山下，果见一巍峨寺院半隐半现于苍松翠柏之间，山门之上高悬一金字匾额，上书“道林寺”三个大字。前来进香和游览之人，进进出出，络绎不绝。

大家来到山门前，韩愈望了望高大的山门和周围的古松老柏，向着杜侍御道：“大人可知此寺建于何年？寺名与这林荫大道是否有关？”杜侍御还未回答，旁边的陆翙接口道：

“此寺建于贞观十六年，正因这林荫大道而得名。你看，这道路两边古松参天，翠柏横空，粗约数围，约有千年树龄。此寺建造之时，这林荫大道已闻名遐迩了。”

韩愈听后，点了点头道：“此道此林，也可称为长沙一绝了。”大家说着进入寺内，只见佛殿雄伟，紫烟缭绕，进香之人擦肩磨背。大家相携游罢寺前寺后，然后向山上登去。

这岳麓山虽不十分雄伟，倒也非常险俊秀拔。山上奇峰突兀，悬崖陡峭，翠竹成片，古松参天。一石阶小道盘旋而上。

大家边看边向上攀登。时虽至晚秋，但暑气尚盛，走了一会儿便已汗流满面。陈旭的仆人到路边林子里砍回几根竹子，分给大家当作拐杖。大家又向上攀登了一会儿，忽听前方传来哗哗的流水之声。众人抬头一看，只见前面悬崖下一股清泉从石缝中流出。

韩愈等人来到泉边，见有四五个游人正在泉下饮水洗脸。陈旭走了过去，用手接了一捧水扑到脸上，高兴地道：“这水真凉！”然后回过头来，向着韩愈和杜侍御道：“两位大人也来洗一洗，真是爽快极了！”

杜侍御向着韩愈道：“走，咱们也去洗一洗，凉快，凉快！”大家说着来到泉边。陈旭的家仆跑到泉下，将两条汗巾用泉水浸湿，递给杜侍御和韩愈。二人接过汗巾，将脸擦了擦，顿觉一股清凉之气直冲头顶。

大家休息了一会儿后继续向上攀登。快到山顶时，道路更加陡峭；并依着峭壁架着栈道回廊。大家扶着木栏登上栈道，只见右边是悬崖绝壁，左边是数丈深壑，都不由心中一紧。陈旭的两个仆人忙上前扶着杜侍御和韩愈。大家登上山顶时，已都累得气喘吁吁。

来到山顶岳麓寺前，大家极目四望：只见山上峰峦叠秀，林涛如海；山下亭台楼榭，比连相接，纵横交错的长沙大街小巷，像一个五彩缤纷的巨大棋盘，展放在眼前。脚下：滚滚奔流的湘江，像一条宽阔的银带，千帆万舟穿行于江面之上；那橘子洲头，竟像一把镶嵌着五色宝石的硕大织梭，挺立在大江中流。远处：广袤千里，云蒸雾绕。

韩愈看着眼前景色，不由赞叹道："妙！在这里俯瞰长沙，其胜地之险秀，市容之繁华，江流之浩荡，俱可一目了然也！"

杜侍御拈着长须，微笑着看向韩愈道："听说韩大人喜欢游览名胜，曾登临华山绝顶，此处虽然险秀，但若与华山相比，可算是小巫见大巫了。"

韩愈道："华山之险，乃惊心动魄、神惧鬼愁，让人望而生畏、谈之色变、大气磅礴之险，乃为天下之最！故有泰山之雄、黄山之秀、华山之险的说法。而这岳麓山之险，则是秀中有险，险中有秀，玲珑娇娜，如小家碧玉。可谓秀险尔！"

"绝！实在是特绝了！"一旁的陆毅接口道，"韩大人之论，如春雷凤鸣，震古烁今！将华山之凶险，岳麓之秀险，描绘得淋漓尽致，精辟剔透，真是妙极了！"

韩愈忙道："陆大人过誉了。"杜侍御笑道："韩大人胸怀丘壑，宏远微妙，故有此高论也！"大家说着进入寺内，刚转过前殿回廊，只见一丰容广袖和尚笑着迎了出来，向着陈旭道：

"大公子驾临小寺，真使小寺蓬荜生辉了！"边说边看着杜侍御和韩愈等人道："请大公子和各位施主到客堂用茶。"

陈旭向着那和尚道："主持大人有何好茶款待我等？"那和尚笑眯着双眼，道："有上等的西湖龙井，大公子和各位施主一尝便知，嘻嘻！"

杜侍御向着韩愈道："走，看看他这茶是否上等，我也有点口干了，咱们喝了茶再转。"说着携同韩愈等人，随那主持进入客堂，顿感一股清凉之气袭来。那主持忙用袖子将十分漂亮干净的椅榻又拂了拂，请杜侍御和韩愈等人坐下，喝令小和尚捧来香茶和时鲜水果，送到韩愈和杜侍御等人面前。然后向着陈旭道："大公子，这几位施主是？"

陈旭看了一眼那主持，指着杜侍御和韩愈等人，一一作了介绍。

那主持弯着腰，边听边不住点头，口中连连称颂念佛。

大家喝罢茶，吃了一些新鲜水果，休息一阵后，遂又游览了寺院周围的观瀑台、千尺崖、白鹤松等景观，不觉太阳已冉冉西沉。陈旭向着杜侍御和韩愈道："今晚我们就在这寺里住下，明晨到灵麓峰上去看日出，二位大人看可好？"

杜侍御向着韩愈道："韩大人意下如何？"韩愈忙道："请杜大人决定就是，学生谨遵号令。"杜侍御向着陈旭道："好吧，今晚就在寺里休息，你去告诉那主持和尚，让他把房子打扫干净。"

晚上，韩愈同杜侍御和陆毅、陈旭等人，谈论一阵诗辞文章和文坛兴衰之后，方分头休息，韩愈被一和尚带进一厢房客室。

他来到房间，由于今日精神过度兴奋，又引起了失眠，他躺在床上翻来覆去难以入睡。一会儿脑子里出现这几日路途所遇和今日游历长沙景象；一会儿西汉著名政论家长沙王太傅贾谊被贬和其凭吊屈原的情况，又浮现在眼前。更使他心烦地是，从前院不断传来时紧时慢的诵经之声。

无奈，他索性披衣起来，走到室外，只见天空漆黑一片，寒星闪闪烁烁；周围松柏楼阁，黑沉沉地分不清形状；远处的湘江中，时隐时现地闪动着几点渔火。被夜风吹动的满山松柏，发出阵阵波涛之声。

他望着天空不停闪烁的星斗，不禁又想到自己的命运和仕途："再有几天就要到达江陵了，这参军之职能有何作为？自己振兴儒教、宏扬古文的宿愿何日才能实现！"忽然，他想到近传湖南观察使杨凭可能擢迁京兆尹，心中猛然一动："何不向其再诉衷肠，以使其能为自己实现大志助一臂之力呢！"

想到此，他转身回到室内，将灯光重新挑亮，展纸于案，向杨凭疾书一封。然后略一思忖，又赋《陪杜侍御游湘西两寺独宿有题一首因献杨常侍》诗一首，附于书后。在诗中他写道：

长沙千里平，胜地犹在险。况当江阔处，斗起势匪渐。深林高玲珑，青山上琬琰。路穷台殿辟，佛事焕且俨。剖竹走泉源，开廊架广崖。是时秋之残，暑气尚未敛。群行忘先后，朋息弃拘检。客堂喜空凉，华榻有清簟。涧蔬煮蒿芹，水果剥菱芡。伊余夙所慕，陪赏亦云忝。幸逢车马归，独宿门不掩。山楼黑无月，渔火灿星点。夜风一何喧，杉桧屡磨飐。犹疑在波涛，怵惕梦成魇。静思屈原沈，远忆贾谊贬。椒兰争妒忌，绛灌共谗谄。谁令悲生肠？坐使泪盈脸。翻飞乏羽翼，指摘困瑕玷。珥貂藩维重，政化类分陕。礼贤道何优，奉已事苦俭，大厦栋方隆，巨川行戢剡，经营诚少暇，游宴固已歉。旅程愧淹留，徂岁嗟荏苒。平生每多感，柔翰遇频染。展转岭猿鸣，曙灯青闪闪。

韩愈写罢，看了一遍。此时天已交三鼓，前院诵经之声已经停止。他不由叹了口气，弃笔于案，再次躺到床上，直到四更方朦胧入睡。

第58章
洞庭湖风阻粮绝　岳阳楼赞颂杜甫

却说韩愈刚刚朦胧入睡，忽听有人呼唤，忙睁眼一看，只见一小和尚站在榻前。那和尚见韩愈醒来，道："施主请起，现已交五鼓，杜施主让施主到他那里去，一块上山去看日出。"

韩愈一听，猛然想起昨日大家约定，今早五鼓起床，一块上灵麓峰。便慌忙披衣起来，简单洗漱罢，即来到杜侍御的所住房间。时陈旭、陆毅也已到来，大家用罢早点即向灵麓峰而来，到达山顶时天还未大亮，只见前来观看日出的游客已黑压压地站了一大片。

陈旭带着大家选了一块比较开阔的地方站下。大约过了吃杯茶的工夫，只见东边天空渐渐露出鱼肚色，接着鱼肚色变成橘黄色的曙光和紫红色的朝霞，并慢慢向上空展开。不一会儿，在那茫茫林海与天际相接的地平线上，突然显露出一线耀眼的亮光。

"看！快看！太阳要出来了！"周围人群见此发出一阵议论。只见那亮光迅速向上跃动，由新月型迅速变为折扇型；刹时，一轮红日喷薄而起。随之将玲珑叠翠的岳麓山，滚滚奔流的湘江水和晨曦朦胧中的长沙城，全都抹上了一层金辉。

"哧！真美！"四周观看的人群，不禁发出阵阵赞叹之声。杜侍御向着韩愈道："人言天下观看日出莫过于泰山、黄山和普陀山：泰山看山中日出，黄山看云中日出，普陀山看海中日出。此三处老夫已亲临两处，然而真正让老夫动情的，还是这岳麓山上看林涛日出！"

韩愈听后道："大人宏览博物，高情远致，自然有独到之见尔。"

大家边说边步下灵麓峰。

回到岳麓寺后，韩愈因牵挂张署等人，便向杜侍御告辞。杜侍御道："韩大人有公务在身，老夫就不再多挽留了，休息一会儿后，老夫也便下山。愿韩大人今后仕途亨通，大展宏图！"

韩愈忙致谢意，道："但愿能如大人所言就好。"说罢，即揖别下山，杜侍御将其送至山门方罢。

韩愈回到客船时，张署和窦存亮等人已在船上等候。大家互道所游之景后，便开船出发。三日后来到湘江入洞庭的湖口之处。

这天从早上起天空就阴云密布，接着又刮起了西北风。船行至鹿角山时，风便愈刮愈大，同时还下起了蒙蒙细雨；湖水被风掀起的巨大浪涛，排山倒海一般直向船上扑来，客船被颠簸得忽上忽下。

韩愈渐渐感到头晕目眩，心中阵阵发呕。实然一个巨浪涌来，客船被高高抛起，又重重落下。韩愈感到心中一热，一口将早上所吃之物全部吐出，区弘和齐毛忙过来扶住韩愈。船家见此，急将客船停到岸边。

这天张署乘坐在另一条船上，见韩愈所乘之船靠岸，也转了过来，靠着韩愈的船停下。张署知韩愈有晕船的毛病，向着韩愈的船内问道："韩大人是否晕船了？"窦存亮忙走出船舱，向着张署道："正是，先生已吐了很多。"

张署看了看阴沉沉的天空和越刮越大的西北风，向着窦存亮道："这风特大，我们就停在这里避一避再走。"

船家遂将客船停在一悬崖下的避风处，谁知这西北风夹着小雨，越刮越紧，竟三四日不息，船上所带干粮俱已吃尽。此处前不着村，后不靠店，岸上乃荒山野岭，毫无人烟，连一点鸡犬之声都听不到。

船家到岸上去转了半天，回来言道："岸上全是悬崖峭壁，没有道路可行。"大家听后更加焦急。

第五天，张署见韩愈船上已无炊烟，料其已经断粮，遂让船家将本船唯有的四张烙饼，给韩愈送来两张。韩愈忙令窦存亮将烙饼切成小块，分给大家食之。窦存亮等人虽肚中饥饿难忍，但却坚决不肯，道："这两张饼是张大人送给先生的，谁知这风何时能停，留着先生以后充饥吧。”

韩愈道：“现在是非常时期，我们要有福同享，有难同当，有饭共食；只有同舟共济，才能渡过难关！每人一块饼，谁也不得推辞。”大家听后，个个感动得热泪盈眶。

分吃罢张署送来之饼后，韩愈步出船舱。这是他今天第三次走出船舱察看风势了。只见西风呼啸，阴云低压，巨浪拍岸，天水一色。鹿角山在雨雾中时隐时现，影影绰绰；岸边已经枯黄的芦苇和茅草，被凛冽的西北风吹得摇摇欲折，发出凄凉的鸣响。

这时一阵风雨迎面扑来，他不由打了个寒颤，忙退回舱内。想到昨天张署的来信，戏言让他祈祷上苍，早日风停浪息，离开这里。便展纸于案，提笔写道：“洞庭湖阻风赠张十一署”。在这里避风的几天中，因客船被风浪冲撞得摇摇晃晃，他和张署都无法到对方的船上来，每逢思念和有所议论之事，便书写于纸，让船家传来递去。他顿了顿，遂写道：

> 十月阴气盛，北风无时休。苍茫洞庭岸，与子维双舟。雾雨晦争泄，波涛怒相投。犬鸡断四听，粮绝谁与谋？相去不容步，险如碍山丘。清谈可以饱，梦想接无由。男女喧左右，饥啼但啾啾。非怀北归兴，何以胜羁愁？云外有白日，寒光自悠悠。能令暂开霁，过是吾无求。

韩愈写罢，看了一遍，令船家给张署送了过去。

第二天，风渐渐变小。大家异常兴奋。韩愈向着船家道：“这风可以开船了吗？”船家看了看仍然波涛起伏的湖水，道：“船是可以行走了，但颠簸得会很厉害，不知大人能否支撑得住？”

韩愈看了看已经断粮两日，大家饿得愁眉苦脸的样子，道：“只要船能行走，咱们就开船，我能顶得住。”窦存亮和秦济担心韩愈的身体，道：“要不，再停停看，等风息了再走？”

韩愈向着大家笑道：“这几天风浪颠簸，我已经习惯了，咱们赶快到前边找点吃的，要不，大家都会饿出病来的。”然后向着窦存亮道：“你去告诉张大人，咱们马上开船。”

窦存亮见此，知韩愈是为了大家，感动得两行热泪潸然而下，忙抬袖擦了一把，转身去传话给张署。

十月下旬，韩愈和张署到达岳阳。岳阳刺史窦庠闻讯，将韩愈等人迎至署衙。这窦庠有兄弟四人，昔年曾游学江东，并在洛阳为官，皆与韩愈的弟兄们交往颇厚。

二人一见是又喜又悲。窦庠拉住韩愈之手，久久不放，见韩愈贬徙岭南三年，现安然而归，异常兴奋；款留韩愈等人在岳阳逗留了三日，韩愈等人临行之时，窦庠在岳阳楼为韩愈设宴饯行。

这岳阳楼乃当时全国四大名楼之一，坐落于洞庭湖和长江交汇之处。楼高三层，飞檐画栋，面向洞庭和长江。韩愈和张署等人随窦庠登上岳阳楼，凭栏远眺，只见洞庭波涌连天，浩瀚无际；长江之水由西北滚滚而来，向东北浩浩而去。韩愈向着张署和窦庠不由感叹道：

“洞庭之雄阔，真乃令人为之震撼。学生曾四次从这岳阳楼下经过，惟今日有幸登上这名楼以观洞庭之雄姿！”韩愈说到此，无限感慨地道：

“遥想往昔，学生十岁时，随兄长贬徙韶州，那时风阻洞庭，曾在这岳阳楼下避风三日，时兄长忧愤难抑，无心登楼游览。十二岁时，兄长病死在韶州任上，余随嫂嫂扶兄柩北上安葬，又从这楼下经过。那时悲痛欲绝，随嫂嫂匆匆而过。前年，我和张大人贬徙岭南，再次途经这岳阳楼下，因朝廷限期赴任，在此未敢停留。”

窦庠听后，知韩愈心情不好，向着韩愈道：“退之四过岳阳楼方于今日一登，足见贤弟磨难重重。俗话说‘贵人多难’，‘苦尽甜来’！贤弟今日登了这岳阳楼后，往后定会龙腾虎跃，平步云衙。”这窦庠五旬以上，丰神逸秀，雍容儒雅。

韩愈听后淡然一笑道：“这次小弟贬徙岭南，能平安返回就是万幸。原想叔文、宗元等人能够革新成功，废除弊政，一振朝纲；谁知革新不到半年即告失败：宦官仍然把持朝政，藩镇势力更加猖獗，各种弊政复起。像我韩愈这样性格孤傲，不合时宜之人，何能龙腾虎跃！小弟已经思虑再三，这次到在江陵任上，如若不随心愿，

韩愈和张署等人随窦痒登上岳阳楼，凭栏远眺，只见洞庭波涌连天，浩瀚无际……

便要弃官而去，耕读于山野之间，平步云衢不再有所望也！”

窦痒听后笑道：“我却不信，退之能高卧东山？遥想当年，我等在一起读书论政，退之是何等地雄心壮志，英姿勃发，立誓要以中兴大唐，振兴儒教，宏扬古文为已任，今日怎会半途而废呢？”

张署向着窦痒道：“你信他的，退之把全部心血都凝聚在振兴儒教和倡导古文上，若是弃官，他这宏图大志如何实现？他说退隐，只是因为当今朝政腐败，宦官弄权，自己怀才不遇，难展所学之才，只是发发牢骚而已，何其是他的真心话！”

窦痒点了点头笑道：“退之的远大抱负，学生自然知道。”一旁的窦存亮见韩愈谈起朝政仕途，便忧愤不已，怕再次引起伤感，便趁势插言道：“听说这岳阳楼乃是当年东吴鲁肃操练和检阅水军的地方，后改建为这岳阳楼，可否是真？”

“不错。”窦痒看着窦存亮道，“赤壁大战之后不久，周瑜病故，鲁肃拜为东吴水军大督都。时三国鼎立之势已基本形成，鲁肃为抵御西边刘备的蚕食和北方曹操的来犯，在此筑坛操练水师。开元初年，唐玄宗李隆基降旨，将阅兵台改建为岳阳楼。天宝之后，这岳阳楼即闻名遐迩，成为江南一绝。”

区弘道：“听说南来北往的名人墨客，俱要到此停留游览，题诗作赋。本朝诗人李白、杜甫，也都专程到此留下笔迹？”

“是的。”窦痒道，“最有名的诗篇要数杜甫的《登岳阳楼》了。”

张署接口道：“杜甫的《登岳阳楼》大约作于大历三年，时五十六岁的杜甫，携家眷出成都，经夔州，来到洞庭湖，登岳阳楼有感而作。在诗中，他以精炼的笔墨描绘了洞庭雄伟壮阔的气象，以夙愿终偿的欣喜始，和国家多难的悲哀结。抒发了自己强烈的爱国热情，以及对漂泊生活的无奈。在诗中他写道：‘久闻洞庭水，今上岳阳楼。吴楚东南坼，乾坤日夜浮。亲朋无一字，老病有孤舟。戎马关山北，凭栏涕泗流。’”

韩愈望了望浩瀚的洞庭湖水，有感地道：“杜甫自幼受儒家思想的熏陶，以稷契自许，立志‘致君尧舜上，再使风俗淳’；一心要走“达则兼善天下’的道路。但由于当时玄宗沉溺酒色，逐渐昏庸，李林甫、杨国忠等一帮奸相佞臣相继弄权，致使杜甫的主张和大志终难实现。

其一生只做了几次小官，最后愤而弃官，隐居于巴蜀成都的浣花溪畔，病死于赴郴州的途中，岂不让人叹息！”

张署道：“杜甫是一位杰出的现实主义和爱国主义诗人。他一生由于仕途坎坷，十年困守长安和长期过着漂泊的生活，使他深刻地感受到朝政的腐败和百姓的疾苦。在他的诗中，奋力抨击了宦官弄权，藩镇割据，和各级官吏横征暴敛的弊政；揭示了百姓的疾苦和呼声。真实地再现了我大唐由盛而衰的全貌，体现了强烈的忧国忧民思想。”

窦庠道：“杜甫不仅是一位杰出的现实主义诗人，而且在诗歌的体制创新和发展上，也做出了卓越的贡献。他运用我国古典诗歌的许多体制，并加以创造性地发展，成为新乐府诗的开路人。他的五七言长篇诗，亦诗亦史，展开铺叙；而又着力于全篇的回旋往复，标志着我天朝诗歌叙事艺术的高度成就。”

“大人说得不错。”韩愈接口道，“杜甫不仅是一位伟大的现实主义诗人，而且在诗歌的发展上推陈出新，具有空前的成就。同时在诗歌的写作技巧上沉郁顿挫，富于变化。既有千锤百炼之作，又有随意挥洒之篇，形成了自己独特的风格。而且质朴通俗，脍炙人口，成为我大唐与李白齐肩的最杰出诗人之一。”

窦庠听后，点了点头，正要开口再议，只见判官周泰走过来，向着窦庠道：“酒宴已备好，是否请诸位大人入席就座？”窦庠向着韩愈和张署道：“酒菜已齐，我们边饮边谈如何？”

韩愈和张署忙点头称善。随窦庠一起转身入席就座。

酒宴之后。韩愈面对眼前的湖光山色和窦庠的深情厚意，不觉感慨万千，诗兴勃发。遂向窦庠索来纸墨笔砚，即兴赋诗一首赠与窦庠。大家看时，只见韩愈写道：“岳阳楼别窦司直。”其辞曰：

洞庭九州间，厥大谁与让？南汇群崖水，北注何奔放。潴为七百里，吞纳各殊状。自古澄不清，环混无归向，炎风日搜搅，幽怪多冗长。轩然大波起，宇宙隘而妨，巍峨拔嵩华，腾踔较健壮。声音一何宏，轰輵车万辆，犹疑帝轩辕，张乐就空旷。蛟螭露笱簴，缟练吹组帐。鬼神非人世，节奏颇跌荡。阳施见夸丽，阴闭感凄怆。朝过宜春口，极北缺堤障。夜缆巴陵洲，丛芮才可傍。星河尽涵泳，俯仰迷下上。余澜怒不已，喧聒鸣鼙盎。明登岳阳楼，辉焕朝日亮。飞廉戢其威，清晏息纤纩。泓澄湛凝绿，物影巧相况。江豚时出戏，惊波忽荡漾。时当冬之孟，隙窍缩寒涨。前临指近岸，侧坐眇难望。涤濯神魂醒，幽怀舒以畅。主人孩童旧，握手乍忻怅。怜我窜逐归，相见得无恙，开筵交履舄，烂漫倒家酿，杯行无留停，高柱送清唱，中盘进橙栗，投掷倾脯酱。欢穷悲心生，婉娈不能忘。念昔始读书，志欲干霸王，屠龙破千金，为艺亦云亢。爱才不择行，触事得谗谤。前年出官由，此祸最无妄。公卿采虚名，擢拜识天仗，奸猜畏弹射，斥逐恣欺诳。新恩移府庭，逼侧厕诸将，于嗟苦驽缓，但惧失宜当。追思南渡时，鱼腹甘所葬，严程迫风帆，劈箭入高浪，颠沉在须臾，忠鲠谁复谅？生还真可喜，克己自惩创。庶从今日后，粗识得与丧，事多改前好，趣有获新尚。誓耕十亩田，不取万乘相，细君知蚕织，稚子已能饷，行当挂其冠，生死君一访。

窦庠看罢，见韩愈诗中多流露出悲愤颓丧之意，便向着韩愈道："退之切莫为眼前之厄而悲观失望。近闻前宰相郑馀庆已重新拜相入主中书，家兄窦牟也准备出任国子监司业。待学生各修书一封给他们，令其为贤弟助一臂之力。"

韩愈听后，淡然一笑，忙致谢意。

第59章
江陵道评说革新　荆襄地踏雪闻莺

却说韩愈与张署等人辞别岳州刺史窦痒，乘舟进入大江，逆流向江陵进发。只见浩浩长江如万马奔腾，直向东方天际。客船艰难地向前行进，船家打着号子，奋力摇橹划桨，船头激起三尺多高的浪花。

这日正行之际，只见对面一客船顺流而下，船头站着一人。韩愈看时，见其身形甚觉熟悉；待到近处一看，竟是刘禹锡站立船头。不由大为惊喜，忙高声呼道：

“梦得君，梦得贤弟！”张署也大声喊道：“刘大人，刘梦得大人！”

那刘禹锡正站在船头欣赏大江景色，猛听有人呼叫，忙扭头一看，见是韩愈和张署二人，也深感惊喜，忙喝令船家调转船头过来。

两船相接时，刘禹锡跳过船来，三人都没有想到在此相遇，大家相互拉着手，高兴地热泪盈眶。刘禹锡向着韩愈和张署道：“二位兄长是否到江陵去赴任？”

“正是。”韩愈边回答，边关切地问道，“贤弟这是到哪里去？这一向可好？”刘禹锡道：“小弟前往连州赴任。”

张署接口道：“前时传说刘大人先为窦群所忌，后为宦官所陷，谪迁连州刺史，看来果然如此！”刘禹锡淡然一笑道：“人言可危，天命无情！这也是在劫难逃啊！”

韩愈向着刘禹锡道：“这次革新变法，翻天覆地，摧枯拉朽，震撼朝野！是一场你死我活的斗争，必然要引起各种守旧势力的围攻和绞杀。纵观历史，皆莫如此，这也是意料之中之事。然而其功勋之辉煌，影响之深远，必将永垂史册，为后世所颂扬！”

刘禹锡看了看东去的大江，多少有点伤感地道：“功过是非，后人自会评说。这次革新虽然失败，但却沉重地打击了宦官的势力，废除了宫市和五坊小儿之害；动摇了各地藩镇的割据之势；铲除了像李实这样的一帮奸佞之徒。可谓问心无愧，至死不觉为憾也！”

“贤弟说得极是。”韩愈道。张署接口关切地问道：“听说王丕、叔文俱遭不测，可否是真？”

“不错！”刘禹锡颇感气愤和遗憾地道，“王丕被贬出京师不久，即忧愤病死途中；叔文到达渝州后，再次遭到俱文珍所谄，被赐死在任所！”

张署听后，惋惜地道：“王丕、叔文俱乃王佐之才，可惜壮志未酬，却身遭不测，岂不令人叹息！”

韩愈关切地向着刘禹锡道：“前几天曾闻子厚也遭贬谪，现在情况如何？”

刘禹锡道：“朝中那帮新贵和阉党，视王丕、叔文、子厚和我等四人为革新祸首，必置于死地而后快。王丕、叔文被贬不久，子厚和我也先后被贬。子厚由尚书吏部员外郎贬为邵州刺史，先我一天离开京师。现在可能也在跋涉途中。”

韩愈听后，不由遗憾地点了点头。张署望了望奔流的江水和摇摇晃晃的客船，向着韩愈和刘禹锡道：“我们三人相别三载，今日在这大江之中相见，今后天南地北，不知何日才能重逢！这心中有多少话要说，而这客船之上，并非谈话之地。前面有一小镇，不如我们一同前往，寻一酒家，边饮边谈如何？”

韩愈和刘禹锡一听，甚合心意。张署即令各船家调转船头，一同顺流而下。不一会儿只见前面岸上村舍稠集，酒旗高挑，果然有一小镇。大家将船停到码头，弃船登岸，相携来到一家酒肆。店老板一见，忙擦桌移凳，笑面相迎，喝令小二打水斟茶。

韩愈和张署携同刘禹锡捡一靠窗的桌子坐下，秦济、王忠和窦存亮等人及刘禹锡所带家人，在一旁另外两张桌子坐了。张署令店家取来当地名酒和时鲜水果。酒过三巡，大家又论及革新之事，韩愈向着刘禹锡道：

“这次革新变法，开始势如破竹，犹如横扫千军之势，怎乃不到半载竟一败涂地？”刘禹锡听后，叹了口气道：

“这次革新失利，可谓天公作梗、人算失当所致！”说到此，他顿了顿道：

“首先，革新触动了阉党和各地藩镇的利益和权势，他们内外勾结，联合一起，使用各种手段，向革新力量进行了疯狂的反扑和扼杀。这是失败的主要原因；二是皇天不作美：使主张和支持革新变法的顺宗皇帝病情日益加重，在宦官和各地藩镇势力的压力下，不得不禅位于反对革新变法的太子李纯。这是革新变法失败的关键所在；三是王丕、叔文虽有王佐之才，满腹经纶，但缺少政坛权术，对俱文珍、李忠言一帮阴险狡诈的阉党认识不足，抱有幻想，致使其阴谋屡屡得逞。这也是革新变法失败的重要因素。”

张署听后向着刘禹锡道：“听社会传言：‘王丕爱钱，叔文贪权’，为朝中大臣所鄙视。王丕得势后，卖官纳贿，门庭若市，毫无忌惮。买官之人挤满丕府周围客栈。王丕将所收金银珠宝用一大柜收藏，晚上与夫人共卧柜上，以防被人盗窃。叔文母丧，匿而不发，以怕丁忧失位。”

刘禹锡听后气愤地道：“欲加其罪，何患无词！此纯属那帮保守势力和阉党欲打击革新力量，故意造谣诬谄，枉加罪名而已！王丕、叔文确非圣贤，焉能无过！但绝非他们所说那样。”

韩愈听后点了点头道：“听说后期叔文与韦执谊之间矛盾重重，执谊暗中投靠阉党，网络旧臣，收买人心，往往与叔文背道而驰。叔文骂他忘恩负义，欲以杀之，可有此事？”

刘禹锡听后，不由叹了口气道：“韩大人说得不错，确有此事，这也是革新失败的一个重要原因。韦执谊原为吏部侍郎，虽然参与了革新变法，但其人善于权术，在朝中左右逢源，摇摆不定。既想借革新之机攀取高位，又怕得罪宦官和朝中权臣，往往在重大问题上妥协变卦。这种情况也被俱文珍等人所窥透，趁机拉拢执谊，孤立叔文，从中挑拨离间，使叔文和执谊的矛盾愈演愈烈，从而严重地削弱了革新派的力量。”说到此，刘禹锡又看了看韩愈和张署道：

“叔文和执谊的矛盾不仅影响到革新变法，同时也连累到二位大人。”韩愈和张署听此，都不由一怔。刘禹锡叹了口气，继续道：

“顺宗登基后，我和子厚几次找叔文商议，欲召二位大人进京，委以重任，以加强革新派力量。叔文在同韦执谊商定此事时，执谊竟暗中向俱文珍问计。俱文珍怕二位回京后壮大革新派力量与他们不利，坚决不予同意。他向着韦执谊道：‘目前叔文有柳刘二人相助，已如山中猛虎，若韩张二人再要回京，叔文岂不猛虎添翼！那时更不将大人放在眼中了。’韦执谊也怕叔文势力增强，竟暗中予以作梗，致使二位大人之事议而不决，久困郴州。新皇嗣位后再次大赦天下，俱文珍反以此为由，将二位划入叔文一党，传言吏部不得重用，造成二位反复再次蒙冤被诌。”

张署听后，不觉气愤地道：“原来如此！”

刘禹锡道：“此事我和子厚心中甚感不安。原想通过革新变法，废除弊政，铲除奸佞，振兴朝纲，使二位早日昭雪，重返朝堂。谁知竟适得其反，不仅没有使二位受到革新变法之惠，反而被其所累，实在令人遗憾！”

韩愈道：“谋事在人，成事在天。这革新变法本身就是风险极大之举，贤弟和子厚能平安无恙就好，其他都是微不足道的。前时我和张大人曾论及此事，只要青山在，就会有柴烧！天理昭昭，是非功过，早晚自有定论。”

刘禹锡听后，点了点头道：“韩兄说得极是。”大家谈论一阵革新变法之后，韩愈遂将连州的情况向刘禹锡作了介绍。刘禹锡道：“这次革新失败，叔文既已赐死，我和子厚能否在连州和邵州任上安然无恙，还很难说！”

韩愈道：“子厚和贤弟威凤祥麟，钦崎磊落，美名播于朝野。当今皇上虽反对革新，但传说极重人才，我想不会完全听信宦官之言。贤弟和子厚会不会再次被贬，却难预料，但绝不会有性命之忧，将来定有重新腾飞之时。”

刘禹锡爽朗一笑道：“祸福在命，富贵由天，这也是不依个人意志为转移的！咱们只能骑驴看唱本，走着瞧吧！但愿我等都能如韩兄所言就好。”然后又看着窦存亮等人道：

“这几位年轻人，个个儒雅倜傥，是二位大人的什么人？”韩愈还未回答，张署接口道：“这几位年轻人都是退之的学生：一人从长安而来，二人来自南海，三人是路经衡阳和湘中时所收纳。俱是慕名追随退之的才子。”

刘禹锡听后，点了点头道：“看来韩兄矢志不移，身虽在逆境，然振兴儒教，倡导古文之宏愿未减也！”

韩愈看了一眼窦存亮等人，不由叹了口气道：“这些年轻人立志宏扬圣道，学习古文，不畏艰险，来到岭南，学生怎能拒之门外呢！这振兴文坛之希望，将来要寄托在他们的身上了！”

大家又议论了一阵后，看看天色不早，便离开酒店。挥泪登船，各向东西。韩愈望着远去的刘禹锡舟船和涛涛江水，心中不禁又涌现出一股凄凉和失落之感。

十月底，韩愈和张署到达江陵任所，第二天拜见了江陵节度使兼吏部尚书裴均。因这参军之职无甚作为，韩愈到任后甚感无聊，先后作《龙移》、《永贞行》、《五箴》、《木芙蓉》和《春雪献裴尚书》等诗赋，以消遣时日和抒发胸中之郁愤，并致力于窦存亮等人的学业。

一日，韩愈正与窦存亮、齐毛、孟湄等人谈论文章，只见秦济带着一年轻儒士进来。那儒士身背书具，一脸风尘，一见韩愈即放下行李倒身下拜，韩愈忙伸手扶起。那儒士道：“在下姓王名埙，乃太原人氏，闻说大人之名，故来请教文章。”

韩愈令其坐下，将窦存亮等人予以互相介绍。王埙道：“在下欲赴京参加明年春闱，因时日尚早，朋友告知大人乃当今文坛泰斗，现谪任江陵，故持文章数卷，前来请大人阅示指点。”说罢，即从行李中取出数篇文章，呈向韩愈。

韩愈接过文章，简略翻看了一下，见其中论述，多以孟子学说为据，颇为赏识，不觉连连点头，称赞不已。并安排王埙与窦存亮等人在驿馆住下。

时至年末，科选将即。窦存亮、陈彤、孟湄、王埙等人准备赴京应试，韩愈详嘱了科场之事后，并为四人赋诗作序饯行。在为王埙序中，他精辟地阐述了孔孟之道的形成和发展，指出在儒家的各流派中，孟子完整准确地继承了孔子的思想。欲求圣人之道，必须从孟子始。在文中他写道：

吾常以为孔子之道大而能博，门弟子不能遍观而尽识也，故学焉而皆得其性之所近；其后离散分处诸侯之国，又各以所能授弟子，原远而末益分。

盖子夏之学，其后有田子方；子方之后，流而为庄周；故周之书，喜称子方之为人。荀卿之书，语圣人必曰孔子、子弓，子弓之事业不传，惟太史公书《弟子传》有姓名字，曰轩臂子弓，子弓受《易》于商瞿。孟轲师子思，子思之学盖出曾子。自孔子没，群弟子莫不有书，独孟轲氏之传得其宗，故吾少而乐观焉。

太原王埙示予所为文，好举孟子之所道者；与之言，信悦孟子而屡赞其文辞。夫沿河而下，苟不止，虽有迟疾，必至于海；如不得其道也，虽疾不止，终莫幸而至焉。故学者必慎其所道，道于杨、墨、老、庄、佛之学，而欲之圣人之道，犹航断港绝潢以望至于海也；故求观圣人之道，必自孟子始。今埙之所由，既几于知道；如又得其船与楫，知沿而不止，呜呼，其可置也哉！

冬去春来，韩愈到江陵任所已三个多月，仍不见京中有何消息。他真有点度日如年之感，给王涯三学士的书信是否收到？郑馀庆等人向皇上推荐了自己没有？他都无从知道。

过罢正月，接连几天春雪不断。一日韩愈站在屋檐下，望着漫天飞絮，忽觉阵阵幽香飘来，投目寻去，只见厅左天井处一棵红梅正迎雪怒放。那满树的红蕊，灿若朝霞，在晶莹的雪花中傲立枝头，竞相争艳。韩愈不觉大喜，遂踏着白玉般的雪片来到梅花前，仰望着红装素裹的梅花，不觉随口吟道：

梅将雪共春，彩艳不相因。逐吹能争密，排枝巧妒新。谁令香满座，独使净无尘。芳意饶呈瑞，寒光助照人。玲珑开已遍，点缀坐来频。那是俱疑似，须知两逼真。荧煌初乱眼，浩荡忽迷神。未许琼华比，从将玉树亲。先期迎献岁，更伴占兹辰。愿得长辉映，轻微敢自珍。

第二天，雪霁天晴，碧空如洗。吃罢早饭，韩愈步出州衙，踏着积雪，信步来到野外，只见山如银蛇，岭似玉象；千树梨花竞相开放，万丛珊瑚银光闪烁。一股清凉的小风吹过，给人以爽新之感。突然，从远处隐隐传来几声黄莺的啼叫。

韩愈暗道："在长安，晚春才有莺歌燕舞之景，在这里刚刚初春，就已莺啼声声了，真乃世界之大，景象之奇也！"

他望着红装素裹的雪景，耳听远处莺声，不觉又想到自己为振兴儒教，倡导古文，到处奔走呼号，广纳四方门徒，就如这早莺一样，孤鸣无援地在天空中飞来飞去，心中不免又泛起一股惆怅之感。他仰望长空，遂脱口吟道：

朝莺雪里新，雪树眼前春。带涩先迎气，侵寒已报人。共矜初听早，谁贵后闻频。

暂啭那成曲，孤鸣岂及辰。风霜徒自保，桃李讵相亲。寄谢幽栖友，辛勤不为身。

韩愈吟罢，仰望西北长安方向，心里暗暗说道："我一定要回到京师，为实现振兴儒教、中兴大唐的宿愿，绝不能久居这荆蛮之地。"

第60章
谒古寺观杏有感　纳篁席感赠激吟

一日韩愈批改完区弘与齐毛所作文章，随手从案上拿过一本《史记》翻了翻，甚感无趣："前两天王涯从京城捎来书信，言道所寄书信诗赋均已收悉，他和李程、李建等人目前正为此奔走呼吁。看来中间还有一些阻力，需要一些时日，希望韩愈不要着急。"想到此，他不由叹了口气，信步走出书斋，来到郊外。

在韩愈的寓所附近有一金銮古寺，因年久失修，已经破败不堪。寺里住着一个年逾六旬、眇目跛足的老和尚，虽身残衣破，然腹中颇有文章。韩愈闲暇和忧愤之时，常到寺中游转，与之交谈解闷。

韩愈来到寺前，远远看见寺中杏花开满枝头，从残垣断壁间伸出墙外，不禁心中一喜，遂趋步登上台阶，推门来到杏树之下。只见那杏花白如堆雪，竞相开放，一股清香之气迎面扑来，不觉脱口吟道："芳质洁如玉，幽香飘四方！"

老僧闻声，从破殿中扶着竹杖走出，向着韩愈道："来者可是韩施主吗？请石凳上坐下说话。"

韩愈忙转身向着那老僧道："大师这一向可好？"那老僧道："无祸就是福，福就是好，好就是福！施主自那日避雨小庙，已有多日未到贫僧这里来了，这一向也好？"

韩愈道："那日学生在北边岗上踏青，被一片竞相开放、灿若金霞的迎春所迷住，竟留连忘返，突遇春雨降临，急回不得！若不是在大师这里暂避，不仅衣帽要被雨水淋湿，只怕还会闹出病来呢！"

那老僧笑道："吉人自有天相，祸福乃有定数，岂是小寺所惠！此乃施主不应有此灾也！"

韩愈听后笑道："大师苦守这破寺，不愿离去，在此甘受清苦，难道也是定数？"那老和尚沉默一阵后道："此也是定数，乃上天所赐！"

韩愈听后，走到旁边的石凳上坐下，向着那老僧道："上次听大师言道，昔日这金銮寺香火极旺，僧徒百十余人，今日何故破败成这个样子？大师为何一人留此？"

那老僧听后，双手合十，仰首长空，不由叹口气道："这都是上天惩罚，佛祖降罪所至！"说到此，他顿了顿道：

"三十年前，这金銮寺殿宇巍峨，金碧辉煌。远近闻名，僧徒多达百十余人，每日前来拜佛进香之人拥塞丹墀。然而乐极生悲，寺中有几个不法之徒，趁主持长老患病卧床之机，违犯寺规戒律，为非作歹，淫乱佛堂，为上天所不容。大殿释迦牟尼塑像，每天流泪不止。不久，佛祖降罪于众僧，寺院三次被雷火轰击，致使房倒屋塌，僧徒死伤过半，剩下之人流往他处，这金銮寺方成今日模样。"那老僧讲到此，面现凝重之色，继续说道：

"主持长老临终之时，拉着贫僧的手道：'金銮寺毁于一旦，罪在老纳！望徒儿能多行善事，感动上苍，以再造寺院。'并将镇寺之宝璎珞袈裟交予贫僧，令妥加保管，切莫落入不法之徒手中，说罢圆寂而去。不久几个歹徒闻说璎珞袈裟乃稀世之宝，价值连城。可能在我的手中，前来寺里向我索要。贫僧执意不从，那几个歹待竟对贫僧多次拷问：先挖去贫僧双目，又砍去贫僧一足。"韩愈听到此，心里顿然升起一股怜悯之情，不由将那老僧跛足眇目的瘦弱身躯，又看了看道：

"此袈裟有何稀罕之处，怎能价值连城？致使大师用性命去保护它？"

那老僧道："韩施主有所不知，这袈裟乃来自西域天竺国，用金丝银线缝织，上缀七十二颗璎珞和三十六颗夜明珠，四角各镶嵌着避风、避尘、避水、避火四个珠子。白天金光闪烁，晚上红光四射，遇风尘水火不侵。是天下寺庙僧侣所梦寐以求之物。早年峨眉山惠源长老，闻知我寺有此珍宝，要以三千两黄金兑换，我寺主持长老竟然不肯。”

韩愈听后点了点头道：“那伙歹徒是否得逞？袈裟没有被他们抢走吧？”

老僧道：“他们见我宁死不招，也无法断定袈裟真地在我手中，只好悻悻而去，袈裟方保无恙。”韩愈听后，钦佩地道：“大师真乃义烈之士也！”那老僧继续道：

“只因这金銮寺香火断绝，众僧缺吃少穿，不久即全部离去，只剩下贫僧一人。贫僧一是身躯残废，行动不便；二是主持长老临终之时有法旨，贫僧不敢有违。故只身在此，以待上天垂怜，再造寺院。”

韩愈看着那老僧道：“以大师残疾之身，生活还难自理，怎能有资再造这金銮寺？”

那老僧道：“贫僧虽身残而志不残，三十年来，贫僧为再造这金銮寺，走遍了周围几百里以内的山山水水、村村寨寨，四处化缘行善，已积下数十金之资。常言道：积抔土而成高山，汇涓流而成江海！若再有几年积蓄，贫僧就可动工重建这金銮寺了！”说到此，他向着韩愈道：

“就像韩施主一样，只要矢志不移，勇往直前，契而不舍，就一定能够实现宏扬儒教，振兴文坛的鸿图大志！将来这金銮寺也一定能够再现昔日之辉煌！”

韩愈听此，心中不觉一振，暗道：“这老僧衣不遮体，食不裹腹，眼不能观，足不便行，竟矢志不移，定要重建这金銮寺！而自己多少有点委屈，便悲观失望，打算退隐东山，与之相比实感羞愧！”便道：“大师之言如醍醐灌顶，真乃让退之汗颜难当，使退之顿然省悟。但愿能如大师之言，退子将来能实现宏扬儒教，振兴文坛之宿愿；大师能重现这金銮寺昔日之辉煌！”

“一定能，一定能！”那老僧道，“只要心诚，铁树也会开出花来！”然后顿了顿道：

“刚才听韩施主所吟：‘芳质洁如玉，幽香飘四方’之句，看是对杏花的赞美，实则是韩施主的自我写照！施主能否为这杏花再赋诗一首，留与贫僧，以为这金銮寺日后增辉？”

韩愈道：“如大师不弃，退之愿献拙作，只是此处无纸墨笔砚，难以如愿。”那老僧道：“贫僧处现有文房之物，待取来与施主。”说罢扶着拐仗转身进入破殿，拿出一卷纸和笔墨来。

韩愈忙上前接住，放到一旁的石桌上，将纸展开，拿起笔来，蘸了蘸墨水，在纸上写了“杏花”二字，然后略一思忖，遂挥笔一气呵成。其诗曰：

居邻北郭古寺空，杏花两株能白红。曲江满园不可到，看此宁避雨与风。二年流窜出岭外，所见草木多异同。冬寒不严地恒泄，阳气发乱无全功。浮花浪蕊镇长有，才开还落瘴雾中。山榴踯躅少意思，照耀黄紫徒为丛。鹧鸪钩辀猿叫歇，杳杳深谷攒青枫。岂如此树一来玩，若在京国情何穷？今旦胡为忽惆怅，万片飘泊随西东。明年更发应更好，道人莫忘邻家翁。

韩愈写罢，将诗稿念了一遍交与那老僧。那老僧高兴地连连称谢。韩愈道：“要说谢字，还得退之多谢大师。大师一番话使学生如梦初醒，顿扫心头阴云。俗话说：‘听君一席话，胜读十年书。’看来一点不假。”

那老僧道：“韩施主太客气了。”并小心翼翼地将那诗稿收起，然后蹒跚着从破殿中为韩愈捧出一杯清茶。韩愈接过茶杯，呷了一口。看看天色不早，便告辞离开古寺，那老僧高兴地将韩愈送出寺门。

韩愈回到寓所，心情颇有好转，除与区弘、齐毛等人谈论学业外，常与张署来往交游，吟诗作赋。时张署被邕管奏为判官，因患病未能赴任，韩愈常去看望。先后作《李花赠张十一署》、《寒食日出游夜归张十一院长见示病中忆花九篇因此投赠》、《忆昨行和张十一》及《赠张十一旅舍三咏》等诗篇，以抒发对张署的深厚友情和胸中之志。

时至盛夏，一日韩愈应好友江陵兵曹郑群所邀。带着区弘、齐毛前往饮酒叙谈。这郑群乃河南荥阳人，早年以进士选入吏部，先后授户县县尉，监察御史和佐鄂岳使。十年前韩愈在京求官时，二人相交甚厚，时郑群三十四岁，韩愈二十八岁。群性刚直，屡忤上司，仕途多不得志，现任兵曹之职只有从七品。他与韩愈既是故交，又是同乡，而且性格相投，同病相怜，故经常在一起饮酒谈文，评论天下。

韩愈等人一到，郑群即令家人拿出陈年老酒，与韩愈等人边谈边饮。酒过数巡，韩愈已有三分醉意。时天气炎热，韩愈脱去外衣，见郑群谈起仕途，多有沮丧之情，常常停杯不饮，不觉激情涌动，遂走到书案边，提笔写道“赠郑兵曹”，其辞曰：

樽酒相逢十年前，君为壮夫我少年；樽酒相逢十年后，我为壮夫君白首。我材与世不相当，戢鳞委翅无复望；当今贤俊皆周行，君何为乎亦遑遑？杯行到君莫停手，破除万事无过酒。

韩愈写罢，掷笔于案。郑群看后道：“贤弟所论极是，如今咱们只能以酒解忧，一醉万事休！来，大家继续喝酒。”说罢，遂与韩愈重新入座。

酒饭之后，郑群令家人抱出一竹簟，展放于客厅之中，请韩愈在上休息。韩愈体胖多汗，夏日最怕炎热，一见竹簟大喜。向着郑群道：“学生慢肤多汗，遇热惆怅，今日在郑兄处有此竹簟，这酷署无忧也！”

郑群听此，看着韩愈，疑惑地道：“这竹簟乃是夏日必用之物，难道贤弟没有所备？”

韩愈看了看竹簟，多少有点结舌地道：“这竹簟要数十两银子才能买到，学生舍下前来读书求学之人颇多，每日花费极大。故常常囊中羞涩，虽有打算，但还未购取尔！”

一旁齐毛向着郑群道：“先生自岭南以来，追随先生读书之人，多则十数人，少则五六人。每日吃喝费用，纸墨笔砚之物，多有先生开销。故先生的每月俸金，全部用在了学生们的身上，虽先生节衣缩食，仍收不敷出尔！”

郑群听后，点了点头道：“原来如此！看来退之是把全部心血都放在传播圣道，宏扬古文之上了。”说到此，郑群用无限敬佩的目光看着韩愈道：

“听说当年退之从戎汴州时，结纳张籍、孟郊、李翱为徒友，馆于城西，授以文章；三人目前不仅俱踏入仕途，而且已蜚声文坛。彭城辞官回到东都，收容侯喜、李翊、尉迟汾、李景胜等为门人，留住府中，传以圣道；此四人有三位已蟾宫折桂，金榜题名。任教国子监期间，著书《师说》，推轮捧毂，力荐十杰；使侯云长，刘述古、沈杞、李绅等人先后擢第春宫，耀耀如东升之日。贬徙阳山后，又兴办学馆、广纳门徒，追随求学者遍及大江南北、五岭内外。”郑群讲到此，向着区弘、齐毛和其他人众道：

“昔日孔夫子有弟子三千，贤人七十；今日退之也桃李满园，门徒赫赫有声尔！真当今大儒也！”说罢，转向韩愈道：

“退之的精神和毅力，实令学生感动。此竹簟学生已用多年，改日另购一新竹簟送与贤弟，以助贤弟一臂之力！”韩愈听后忙道：“郑兄家费颇大，手头也不宽裕，怎好让大人破费！”

郑群笑了笑道：“贤弟好生休息，此事交由学生办理就是了！”

晚上，韩愈从郑群处回到寓所，第二天，郑群果真令人送来一新的竹簟。书童将竹簟在大厅展开，韩愈看时，只见那竹簟崭新明亮，金光闪烁，体坚色净，凝滑无瑕。不由心中大喜，即召府中之人前来观看。

齐毛伸手摸了摸那竹簟，惊奇地道：“这竹簟晶莹如玉，光滑如脂，比先生昨日所用那张还好！”旁边的书吏程颐围着竹簟看了又看道：“此簟乃蕲州所产，为天下第一，质如琉璃，色纯藏节，价在百金以上尔！”

韩愈不禁欣喜若狂，遂赋《郑群赠簟》诗一首，令齐毛拿笔录之：

蕲州竹簟天下知，郑君所宝尤瑰奇。携来当昼不得卧，一府传看黄琉璃。体坚色净又藏节，尽眼凝滑无瑕疵。法曹贫贱众所易，腰腹空大何能为？自从五月困暑湿，如坐深甑遭蒸炊。手磨袖拂心语口，慢肤多汗真相宜。日暮归来独惆怅，有卖直欲倾家资。谁谓故人知我意？卷送八尺含风漪。呼奴扫地铺未了，光彩照耀惊童儿。青蝇侧翅蚤虱避，肃肃疑有青飔吹。倒身甘寝百疾愈，却愿天日恒炎曦。明珠青玉不足报，赠子相好无时衰。

韩愈吟罢，齐毛写完。书吏程颐感叹地道：“此簟配此诗，可谓天下双绝尔！”

韩愈高兴地向着大家道：“从此学生夏日无忧也！”

第九卷

冒险除学弊

第 61 章
奉诏令赴任太学　谈新政咏歌抒怀

唐元和元年六月初，三十九岁的韩愈终于接到朝廷的诏令，再次擢拜为国子监太学博士。这对韩愈来说既是一个巨大的振喜，又是一个难得的机遇，因为国子监太学博士不仅在官职上为正五品上，而且掌教着朝廷三品以上大员和国公王侯子孙的学业，无疑为韩愈宏扬儒教、振兴文坛提供了一个重要舞台。

六月八日，韩愈辞别江陵刺史裴均和同僚朋友，启程赴京。此时的他一扫昔日阴霾之气，他一路春风，不到半月即抵达长安。莅京后的第二天，便拜谒了宰相郑馀庆。此次韩愈重返京师，一是王涯等人四处呼吁，二是郑馀庆向宪宗进行了极力推荐。

郑馀庆一见韩愈到来，高兴地携住韩愈的手，将韩愈上下打量了一番道："郴州一别，一晃就是三载，想不到当年的英俊儒生，如今也双鬓染霜了！"

韩愈苦笑了一下道："世态炎凉，风月无情，岭南三载，学生能平安回到京师，已是天大之幸，岂能不留痕迹！"然后向着郑馀庆道："大人的白发也比三年前增多了，这一向可好？"

郑馀庆不由脸上掠过一丝淡淡沮色，忙笑道："好！好！新皇登基，万象更新，托圣上的洪福！"然后向着韩愈道：

"走，我们到后花园去，边饮酒边谈如何？这三年不见，老夫有多少话要对你说。"

韩愈忙点头称善，随郑馀庆来到后院的柳荫亭下。郑馀庆令家人取来美酒佳肴，亲与韩愈把盅洗尘。

酒过三巡，韩愈恭敬地道：“此次学生徙窜岭南三载，能够重返京师，全仗相公大人的垂青提携，实令学生终生难忘！”

郑馀庆忙道：“韩大人切莫如此说，老夫所以极力向朝廷举荐大人，完全是为国家社稷着想。”然后看着韩愈道：

“韩大人才华卓绝，壮志凌云，实乃国家台辅之器，栋梁之才。久困在荆襄荒蛮之地，实非朝廷之福尔！今虽权知国子博士，然可借此宏扬儒教，倡导古文，此乃汝大展宏图之良机也！”

韩愈听后，更加激动，向着郑馀庆道：“学生此次重返国子监，定不负大人所望，回去后即筹谋授业之策，必殚精竭虑，以报朝廷！”

郑馀庆看着韩愈振喜的样子，道：“韩大人精忠报国，发奋蹈厉，老夫完全清楚，因此才极力向朝廷予以推举。大人刚到京城，可先休息几天，看看亲朋好友，然后再着力授业不迟。”说到此，他好像还要说什么，见韩愈兴致勃勃，便将话头一转道：

“这次大人进京，虽有老夫所举，但还多亏了王涯、李程等人的奔走游说，方形成巨大呼声。否则，单凭老夫一人之力也难奏效！”说到此，不由眼中又闪过一丝忧愤之色。然后向着韩愈笑道：

“今日你我能在这里对酒畅谈，真乃人生之造化尔！昔日老夫为小人所忌，大人为权佞所谗，先后贬徙五岭南北。郴州犹可，阳山乃荒蛮之地，民不知礼仪，绅不懂王法，更兼蛊害难禁，飓风肆虐。当时老夫真担心大人的生命安危，常常忧心忡忡，难以释怀。后听说大人在阳山励精图治，奋除‘三害’，深得阳山百姓之心，老夫方放下心来。遥想那时，犹如昨天尔！”

韩愈听后，不觉叹了口气道：“学生刚到阳山时，交不懂语言，行难辩路途，食担心有蛊，卧惧怕蛇螫！可谓夜不安寐，度日如年也。后渐与当地百姓交熟，深感阳山之民虽蛮而良，虽愚可教，质朴敦厚，渴求圣道；比中原之民，更有可亲之处，竟然不忍分离尔！”

郑馀庆听后，不觉感慨地道：“凡流徙岭南之人，不是半途畏难弃官而去，就是为当地山野之民所害，能有几人显志政坛，为百姓所拥戴！然而大人在岭南如鱼得水，如龙腾云，被百姓视若神明，真乃奇人也！”

韩愈听后忙谦恭地道：“大人过誉了，这都是相公昔日栽培所至！”然后向着郑馀庆道：

“顺宗登基，大赦天下，学生到达郴州时，大人已奉诏进京，当时大家议起，莫不欣喜若狂。后宪宗立，大人复拜相秉政，可谓众望所归；大家更是奔走相告，欢呼雀跃。俱道有大人在朝为相，大唐有望也！”

郑馀庆听后，不由叹了口气道：“顺宗即位，老夫回到京师，面对百业待兴之势，真想舍下老命大干一番，以实现中兴大唐之宿愿，然而事与愿违；这次革新变法非但没有铲除宦官势力，反而使宦官势力更加猖獗。朝中无论大事小事，若没有宦官同意就难以办成。中书省简直成了虚设！”说到此，郑馀庆好像感到今天不该向韩愈说这些话。忙道：

“你刚到京不久，朝廷的事慢慢就会知道了。今天咱们不谈这个，只叙旧情如何？”

韩愈听此，心中甚感不解，见郑馀庆言语闪烁，面带窘色，想其在朝中定有不少为难之事。因初次相见，也不便多问，只好又谈了一些相互家中之事，便告辞离开郑府。郑馀庆将韩愈送出大门方回。

第二天，韩愈吃罢早点，刚刚收拾完房间，正准备出去，只见孟郊、张籍、张署三人进来。韩愈一见大为振喜，忙拉住孟郊和张籍的手，道：“你们二位何时到京，真乃想煞学生也！”说着两行热泪夺眶而出。

孟郊和张籍也激动不已，将韩愈上下看了又看。孟郊抹了一把眼泪，道：“学生在溧阳任期已满，上个月回到京候补，张兄在京任太常寺太祝，已有半年多时间了。”

张署向着韩愈道：“月初听到你擢迁太学博士的消息后，我们三人高兴地在一起痛饮了三天，搬着指头算天数，盼着你早日到京相聚。”张署同韩愈移任江陵后，先是为邕管奏为判官，因身染重疾而未能成行，后于五月初又调任京兆府为司录，早韩愈一个多月到京。

韩愈望着三人真是悲喜交加，情不自禁地道：“上天有眼！上天有眼！今日竟使我等四人又重新相聚一起，真乃人生之大幸也！我们要好好庆贺一番！”话音刚落，忽听门外传来说笑之声，大家忙循声望去，只见王涯、李程、李建等人边说笑着走了进来。

韩愈一看大喜，忙迎上前去。王涯边往里进，边向着韩愈拱手道：“恭喜！恭喜！这次终于将退之你给盼来了！”

韩愈忙与三人一一见礼，笑道：“学生今日能回到京师，多蒙诸位鼎力相肋，真真多谢了！”

王涯拉住韩愈的手，上下打量了一番道：“还好，牙齿虽掉了两颗，鬓边多了几丝白发，然身体尚健！”这时孟郊、张籍、张署等人忙趋前与王涯等人见礼。韩愈等大家寒喧罢，遂邀王涯等人步入客厅。

大家坐定后，韩愈向着王涯、李程等人道：“学生今日重返京师，虽是当今垂恩，然实乃诸位之力，学生将铭记在心，没齿不忘！”

王涯向着韩愈道：“宏中自江南捎来大人的书信后，我们三人即四处奔走为大人游说，怎奈这帮阉党极力阻挠，硬把大人划入叔文一党，在皇上左右说了大人不少的恶言，致使皇上犹疑不定，难下决心。”

李程接口道：“大人这次重返京师，若不是郑相公主持正义，极力向皇上保举，力排宦官诬陷，单凭我等三人之力也难有作为！”

韩愈向着三人道：“昨日我已拜谒了郑大人，他也谈到此事，但说到朝中之事时，却面现忧愤之色，话语闪烁，欲言又止，不知何故？”

王涯略带愤慨地道：“退之刚到京城，朝中之事还未可知。自永贞革新之后，宦官势力更加猖獗，朝中大权多为阉党把持，宦官俱文珍、薛盈珍、刘光琦等人骄横跋扈，与主书滑涣相倚为奸。中书议事，宦官高坐堂上，指手划脚。宰相杜佑、郑絪看风使舵，明哲保身，多迎合宦官之意。郑相自入中书主事之后，力排宦官之议，俱文珍、刘光琦等人将郑相视为眼中钉、肉中刺。”王涯还未讲完，李程接口道：

“听说一次中书议定盐税之事，刘光琦在堂上大放厥词，郑絪与杜佑装聋作哑，不敢与辩。郑相极为愤怒，当场将刘光琦喝斥出中书堂。事后，刘光琦向俱文珍哭诉此事，俱文珍嘿嘿冷笑道：‘居业匹夫不知天高地厚，竟敢与我等为敌，早晚要他知道我等的厉害！’”

韩愈听后，方知其中之因，点了点头道：“原来是这样！”

王涯道：“这次韩兄之事，郑相在中书省力排众议，极力举荐；朝堂上向当今力陈用人之道，皇上方予以降诏。俱文珍、刘光琦对郑相更加恼怒，说郑相结党营私，任用亲信！”

张署接口道：“大人说得不错，学生刚到京城不久，就闻说郑相与阉党抗争之事。这俱文珍、刘光琦乃奸诈阴险之徒，岂能容郑相长期扼制自己，看来郑相的处境岌岌可危也！”

王涯不由叹了口气道：“当今皇上虽英明仁慈，但处事瞻前顾后，优柔寡断，对阉党之势也畏惧三分，明知宦官弄权，但却往往偏袒忍让，看来郑相难免再次被人所谗而黜离中书！”

李程道：“当今皇上即位，原是这帮阉党伙同郑絪等人谋划所为，这些人一是认为自己拥立有功，故飞扬跋扈，狂妄自傲；二是感到他们有能力左右朝政，扭转乾坤，从而有恃无恐。我看，不仅是郑相公相位难保，说不定有朝一日，他们感到当今皇上不合心意，也敢再立他人为君！”

“李兄说得不错，”李建接口道，“去年顺宗即位后，他们感到顺宗主张革新变法，对他们不利，便策划拥立反对革新的李纯为太子，并以顺宗私疾未复和怡神保和为由，蛊胁顺宗令太子监国。不久又联络各地藩镇，内外勾结，上书朝廷，逼顺宗禅位于李纯。昔日，他们阴谋屡屡得逞，今日岂能不故伎重演！”

韩愈听后，不觉心中一惊，愤慨地道：“阉党如此猖獗，当今岂不危也！大唐何日才能中兴！”

王涯笑了笑道：“话虽这么说，但目前这帮阉党还不敢明目张胆地废立圣上。”然后向着大家道：“咱们不说这些了，还是说说如何为退之接风洗尘的事吧。”

张籍道：“我们几位原打算今天在醉仙楼为退之接风，已经派人前去预订了座位，正好大家一同前往。”王涯笑道：“这样最好，我们要好好敬退之几杯！”大家又叙谈了一阵，看看天色不早，便相携前往醉仙楼而来。

大家来到醉仙楼，张籍让酒家拿出陈酿老酒和时鲜佳肴，轮番向韩愈敬酒祝贺。大家久别重逢。谈天论地，说不尽的思念之情。杯盅交替，直到晚上方休。第二日李翱等人又来贺喜。接着是国子监昔日学子尉迟汾、李景胜、刘述古、李绅等人，闻说韩愈到京，纷至沓来看望。韩愈迎来送往，足足忙了有五六天时间。

一日，张署在家设便宴款待韩愈，并邀孟郊、张籍等人作陪。酒过数巡，韩愈向着孟郊道："东野兄这几年在溧阳可否得意，一定又有不少新作问世吧？"

孟郊听后，不由叹了口气，将手中酒杯慢慢放到桌子上道："学生这几年时运多舛，处处碰壁。这溧阳县尉之职就像是要饭化子的讨饭瓯：又脏、又破、又小。弃之难以存命；揣之实在恶心！刚到溧阳时，县令乃是一位通情达理之人，倒也罢了；谁知不久便调来一位新县令，此人乃是当今宰相杜佑的一个远方外甥，不学无术，骄横跋扈，依仗杜佑之势，每日花天酒地，鱼肉乡民，百姓无不怨声载道。学生因不愿助纣为虐，故每每进行劝阻，反而遭到他的白眼和刁难。无奈，学生只好每天出去吟诗诵月，以解胸中之闷。那县令竟以此为借口，说学生不务正业，贻误公务；竟又雇了一个书办取代学生之职，每月从学生的俸禄中扣除一半，付与那人。学生在任所简直是度日如年，勉强挨到任满。上个月来到京城后，又处处受到冷遇，实在令人愤慨！"

韩愈看着孟郊道："杜佑虽非明相，倒也是一位深通事理的读书人，昔日在淮南，徐州节度使任上时也颇有政声；如今为相多年，怎对亲属子弟竟如此放纵不管？岂不有损晚节！"

张籍道："杜佑其人，早年颇有才华，屡迁至户部侍郎。卢杞当国，恶之。出为苏州刺史，后擢岭南节度使和淮南节度使。贞元十八年徐州兵变。帝诏拜杜佑为检校尚书左仆射同中书门下平章事，兼徐泗濠节度使讨定之，曾名重一时。然而自进京以后，看到宦官势力强大和朝中你争我斗的局面，便采取了明哲保身的策略：一是对宦官实行依附和退让；二是在重大朝政问题上采取折衷回避；三是追求个人安逸生活，对部属多有放纵。永贞革新中，他看风使舵，左右逢源，既不得罪宦官，又不明着反对变法，成为双方都极力争取的中间力量。从而在革新中和革新后，一直稳坐钓鱼台，成为朝中的‘不倒翁’。”

韩愈听后，不由点了点头道：“原来如此！”

旁边的张署想到自己和孟郊一样，虽有满腹经纶，一腔热血，却难为朝廷所重用，如今已年届天命之年，仍还是一个小小的秘书之职，不由将端到嘴边的酒杯重重放到桌上道：

“如今宦官弄权，藩镇割据，官场更加黑暗。永贞革新不但没有破除弊政，反而弊政更加厉害。那些皇亲国戚、投机钻营之徒，他们不学无术，平庸无能，却可连连擢迁，高官厚爵；而我等虽金榜题名，科班出身，却仍官低职微，岂不叫人寒心！大唐何时才能中兴？我们何时才有飞腾之日？”

张署说罢，大家都心照不宣，忧愤难抑。韩愈见此，一是他刚刚擢迁太学博士之职，对前景充满希望；二是在江陵古寺受到眇目和尚的启发，激发了他逆境奋进的信念。现见大家都有些悲观失望之状，便笑道：

“二位大人所论极是有理，但依学生之见，这大唐天下和我等前程还是光明的！”说到这里，韩愈看了看大家道：

“首先，永贞革新虽未铲除弊政，但也除掉了像李实这样的一批奸佞之徒，为国家除了一大祸害；宦官弄权虽然愈演愈烈，却也废除了宫市和五坊小儿之害。不能说没有变化，这是其一。二是新皇登基大赦天下，我等方能结束流徙生涯，重新回到京师欢聚一堂。虽目前仍官低职微，然而身在京师，如近水楼台，岂无升迁之机？这是其二。”韩愈讲到此，多少有些激奋地道：

“三是目前虽然宦官弄权，藩镇割据，存在着内忧外患；然而新皇即位后，举贤纳谏，屡出新政。提出每事十议；改安史之乱后，边将由本军任命为朝廷任命。有效地削弱了藩镇的势力，大有励精图治之举。这是其三。因此，大唐中兴极有希望，大家必有腾飞之时。如今我等身为臣子，应为大唐中兴而披肝沥胆，振臂而起才是！岂能为眼前一时之厄，而悲观沮丧乎！”说罢，端起酒杯，向着张籍和孟郊道：

“来，喝酒，我们应高兴才是！”

张署知韩愈此刻正值精神振奋之际，忙站起端起酒杯道：“退之所言极是，使愚兄茅塞顿开。好！我们喝酒！”说罢，端起酒杯一饮而尽。

韩愈转向孟郊道：“大家只顾谈论朝政，还未说你这几年的新作呢？”

孟郊道：“这几年学生在任所和奔波大江南北期间，所见所闻，感受颇深，遂成几首小诗，现带在身边，不妨拿出，请诸位指正！”说着，遂从衣袋中掏出一卷诗稿来。

韩愈笑道：“东野兄是有感必发，善鸣之人。这些新诗定是惊世之作。”边说边伸手接过诗稿，打开后向着张籍、张署等人各递去数张，道：“来，来，来，大家共同欣赏！”

张署和张籍忙站起接过诗稿，笑道：“我等好久已没有拜读东野兄的大作了，今天有幸，正好一饱眼福。”张署刚翻阅了两张，便拍案而起道：“好诗！真是好诗！”

大家不由把目光一齐投向张署，张署激动地扬着手中的诗稿道：“东野兄的这首诗写得真好，把当今官府横征暴敛，百姓如牛负重，苦不堪言的现实描绘得活灵活现，入木三分，实在令人叫绝。待学生为大家念来！”说罢捧起手中诗稿高声念道：“织妇辞。”

夫是田中郎，妾是田中女。当年嫁得君，为君秉机杼[1]。筋力日已疲，不息窗下机。如何织纨素？自着蓝缕衣[2]！官家榜村路，更索栽桑树[3]。

张籍听后道：“东野兄这首诗，虽未写官府如何催租逼税，但却通过叙述农家‘筋力日已疲，不息窗下机，如何织纨素？自着蓝缕衣！官家榜村路，更索栽桑树’等句，将当今苛政和农夫的苦难生涯，刻画得淋漓尽致，实在是高！”说罢，扬了扬手中的诗稿，向着大家道：

“我这里也有一首东野兄的《闻砧》，写得更是感人，待学生读来。”说罢遂念道：

杜鹃声不哀，断猿啼不切[4]。月下谁家砧，一声肠一绝。杵声不为客，客闻发自白[5]。杵声不为衣，欲令游子悲[6]。

韩愈听罢道：“东野兄的诗，质朴而深挚，情真而不俗，发之肺腑而动辄肺腑。以白描的手法抒情写景，却能达到深刻生动，惊心动魄的境地，给人以耳目一新之感。完全摒弃了大历以来内容空洞、格调平庸的诗风；为当今诗坛树起了又一面绚丽旗帜，实在令人叹服！”说到此，他环视了一下四座，道：“今日我等相聚，何不以诗佐酒，以添雅兴？大家现已拜读了东野兄的大作，是否每人也奉上一首来？”

张署见此，忙附和道：“退之所言极是，今日我等难得相聚一起，日后说不定还要各奔东西，大家需开怀畅饮，放声高歌才是！”

韩愈此时已有几分醉意，站起身向着大家道：“今日我等饮酒赋诗，需从年长老兄处开始，张署兄今天作东，是主人，不敢先求。”边说边转向张籍道：“文昌乃是当今文坛巨匠，是否先从文昌处开始？”

张籍听后，忙谦恭地道：“学生之诗乃鹦鹉学舌，今有先生和东野兄在此，学生怎敢越前。”

韩愈笑道：“文昌兄何必特谦，大人之诗气势磅礴，清新俊逸，其《学仙》、《商女》、《勤齐》等篇章，早已四海传颂，家喻户晓。白居易曾作《读张籍古乐府》以颂之，其诗曰：‘张籍何为者？业文三十春。尤工乐府诗，举代少其伦，为诗意如何？六意互铺陈。风雅比兴外，未尝著空文。读君《学仙》诗，可讽放佚君。读君《董公》诗，可诲贪暴臣。读君《商女》诗，可感悍妇仁。读君《勤齐》诗，可劝薄夫敦；上可裨教化，舒之济万民；下可理情性，卷之善一身。’”

韩愈说罢，向着张籍道：“东野兄虽年长诗奇，然而刚才已向大家展现了数篇，文昌兄就不要再推托了。”

张籍道：“先生既如此说，学生就只好从命了。刚才拜读了东野兄的佳作，深有所动。去年学生归家探亲，沿途所见所闻，也写了几首小诗，现就其中择吟两首，供大家品评，以求赐教。”说罢，望着窗外的一株古槐，慢慢吟道：“野老歌。”

老农家贫在山住，耕种山田三四亩。苗疏税多不得食，输入官仓化为土[7]。岁暮锄犁傍空室，呼儿登山收橡实[8]。西江贾客珠百斛，船中养犬长食肉[9]。

张籍吟罢，大家心里都有些沉甸甸的。张籍顿了顿，继续吟歌道：“征妇怨。”[10]

九月匈奴杀边将，汉军全没辽水上。万里无人收白骨，家家城下招魂葬[11]。妇人依倚子与夫，同居贫贱心也舒。夫死战场子在腹，妾身虽存如昼烛[12]。

张籍吟罢，大家一阵沉默。韩愈看了看大家道：“文昌的诗犹如一幅幅百姓苦难生活的生动画卷，听后令人不寒而栗，给人以如临其境，如闻其声之感。同时文昌一面拟作古乐府，一面创作新乐府，推陈出新，已成为当今新乐府运动之主将，实在令人叹慕！”

张籍听后忙道：“先生过奖了！”这时站在一旁为大家斟酒的张署族侄阿卖接口道：

“张大人的诗能吟能唱，情深意切，写的都是老百姓亲身经历的事，大街小巷无不传咏之。如大人的《采莲曲》、《筑城词》、《董逃行》、《山头鹿》等诗篇，小人都能背诵呢！”

韩愈听后向着张籍笑道：“你看，你看，连识字不多的阿卖，都在夸赞你呢！可见文昌兄的诗感染之大！”

阿卖见韩愈表扬自己，高兴地笑眯了眼，向着韩愈道：“人人都说大人是当今文坛泰斗，文章盖世。孟大人和张大人都有诗了，下面该轮到大人你了。”

韩愈听后，向着阿卖道：“好，就按阿卖所言，我来吟，你来写如何？”

“好，就依大人吩咐。”阿卖高兴地点了点头，忙去拿来文房四宝放到桌上。韩愈端起酒杯向着张署吟歌道：

人皆劝我酒，我若耳不闻。今日到君家，呼酒持劝君。为此座上客，及余各能文。君诗多态度，蔼蔼春空云[13]。

韩愈吟到此，将杯中的酒一饮而尽，走到孟郊和张籍的身边道：

东野动惊俗，天葩吐奇芬[14]。张籍学古淡，轩鹤避鸡群[15]。阿卖不识字，颇知书八分。诗成使之写，亦足张吾军。

正在伏案抄写的阿卖，见韩愈也将自己吟入诗中，高兴地向着韩愈道："多谢韩大人！"

韩愈走到桌前，拿起酒壶，为自己和孟郊、张籍等人的酒杯中各斟上酒，然后走到席间，举起酒杯高声吟道：

所以欲得酒，为文俟其醺[16]。酒味既泠冽，酒气又氛氲。性情渐浩浩，谐笑方云云。此诚得酒意，馀外徒缤纷。

韩愈吟到这里，猛然转身，向着长空和户外，激情地吟道：

长安众富儿，盘馔罗膻荤。不解文字饮，惟能醉红裙。虽得一饷乐，有如聚飞蚊。

韩愈吟到此，激动地走到孟郊和张籍的背后，抚着二人的肩头，向着大家吟道：

今我及数子，固无莸与薰[17]。险语破鬼胆，高词媲皇坟。至宝不雕琢，神功谢锄耘。方今向泰平，元凯承华勋。吾徒幸无事，庶以穷朝曛[18]。

韩愈吟罢，众人齐鼓掌称妙。孟郊道："退之的诗纵横驰骋，海立云垂，越发令人叹服。听之犹如娓娓之侃谈，啸啸之呼号，经天纬地之宏论，翻江倒海之惊涛！真乃天机云锦也！”

张籍接口道：“观先生今日之诗，大有李白之风。李白把酒作为诗魂：每诗必酒；每酒必诗，酒愈浓而诗愈精。先生的诗不仅具有李白飘逸、豪放、雄奇、壮丽的特征，而且提出为文而酒的思想，把酒与诗溶为一体，实在是奇妙无比！”

张署笑道：“退之自幼崇仰太白的人品、才学和志向，把太白作为自己的人生楷模，自然有太白之风尔。”

韩愈听后忙谦恭地笑道：“大家过奖了！”

旁边的阿卖向着韩愈道：“大人此文可有题目？”

韩愈低头略一思忖，向着阿卖道：“就叫‘醉赠张秘书’吧。”

大家边歌边饮，直到傍晚方休。

注释

[1] 为君秉机杼：“秉”，操持。

[2] 自着蓝缕衣：“蓝缕衣”，破旧衣服。

[3] 官家榜村路，更索栽桑树：官府在路旁贴了告示，命令农家添种桑树，饲养更多的蚕，产更多的丝，织更多的纨素。“纨素”，白绢。

[4] 杜鹃声不哀，断猿啼不切：这两句是说：杜鹃的哀鸣和孤猿的啼声，若与砧声相比，都不算得悲切。

[5] 杵声不为客，客闻发自白：杵声虽不是为客人所发，但客人闻之却牵动思乡之情。

[6] 杵声不为衣，欲令游子悲：其意为，仿佛杵声不为捣衣而响，而是专为呼唤游子（客）归去。

[7] 苗疏税多不得食，输入官仓化为土：指农家所收获的粮食自己不得食，全被官府收走，积压在仓库里，腐烂变成灰土。

[8] 岁暮锄犁傍空室，呼儿登山收橡实：指秋后所有的收成全被官府拿走，只剩下空空四壁和放在墙角的农具；无奈只好带着儿子上山去采摘橡实充饥。“橡实”，橡树的果实。

[9] 西江贾客珠百斛，船中养犬长吃肉：“西江”，指桂、黔、郁三江之水，汇合后称为西江。“西江贾客”指广西做珠宝生意的商人。

[10] 征妇怨:“征妇”指出征军人的妻子。

[11] 家家城下招魂葬:“招魂”,古时迷信风俗,即招回死者的灵魂。“招魂葬”因收不到战死疆场的军人尸骨,家人只好将亡者衣冠装进棺内,将招来的灵魂一起入土埋葬,又叫“衣冠葬”。

[12] 妾身虽存如昼烛:她感到丈夫已经死去,虽然腹中还有未出生的儿子,但也没有什么希望,自己虽然活着,就像白天点灯,是多余的,表现了征妇的绝望心情。

[13] 君诗多态度,蔼蔼春空云:“态度”,神态。“蔼蔼”,茂盛。其意是张署的诗,内容丰富,就如春天空中的彩云那样,千姿百态,变化无穷。

[14] 东野动惊俗,天葩吐奇芬:“天葩”,天上的花。其意是孟郊的诗超凡脱俗,令世人震惊,就像天上神奇的花朵,散发出奇异的香味。

[15] 张籍学古淡,轩鹤避鸡群:指张籍学习古乐府诗,格调古朴淡雅,推群独步,就像一只高大的仙鹤不愿与鸡为伍一样。

[16] 为文俟其醺:“俟”,等待。“醺”,酒醉,其意是赋诗著文,需待酒醉之时为好。

[17] 固无莸与薰:“莸”,有臭味的草,指坏人。“薰”,有香味的草,指好人。

[18] 庶以穷朝曛:“曛”,日落时的余光。“朝曛”指早晨到晚上。

第62章

遇故知评说才女　饮杜康四君联句

六月下旬，韩愈正式到国子监上任。祭酒司业，博士助教，多是昔日的旧朋故友。大家一见，个个喜笑颜开，拱手相迎。韩愈踌躇满志，他一面筹划教学大计，一面令秦济到洛阳去搬取家眷。

这日韩愈刚刚授完课回至馆舍，只见一人叩门进来。韩愈仔细一看，不由大为惊喜，忙笑迎道："啊呀！张贤弟，你可来了！何时到得京城？"

只见那人爽朗一笑道："小弟收到大人的书信后，即动身前来，今日刚刚到京。"韩愈忙邀此人坐下。一旁齐毛斟上茶来，那人接过茶瓯，还未沾嘴，只见孟郊摇着蒲扇，悄悄走了进来，看了看那人道："今日有贵客在堂？"

韩愈一见孟郊到来，高兴地道："来，来，来！我给你们介绍介绍。"说罢，指着那人向着孟郊道："这位就是我常给大家说的彭城才子张彻张公子，今日刚刚到京。"

孟郊一听，忙拱手道："久闻公子大名，今日方得一见，幸甚！幸甚！"

那张彻见孟郊前额宽阔，双鬓雪白，虽骨瘦面癯，却两目灼灼发光，知是非等闲之辈，忙还礼不迭。韩愈向着张彻道："这位姓孟名郊，字东野，乃前任溧阳县尉。"

张彻一听，方知是诗坛奇人孟东野，不由惊喜地道："原来是闻名遐迩的孟大人！大人的诗超凡脱俗，扬葩振藻，清新俊逸，脍炙人口！今日见到大人，真乃三生有幸！"

韩愈邀二人坐下后，向着张彻道：“前时接到贤弟惠书，学生展读数遍，欣喜若狂，即修书以答。彭城一别，一晃就是六载，真乃想煞学生也！遥想那时：你我隔墙而居，朝夕抬头相望，柳下相携垂钓，月前一块吟歌，犹如昨天尔。贤弟这几年身在何地？是否得意？”

张彻道：“大人辞离彭城后，不久张建封卒，徐州军乱，学生即遁之东海，后辗转江南各地。贞元十九年闻说大人由四门博士擢迁御史台，学生曾来京祝贺，不料到京后却闻说大人被幸臣所谗，贬往岭南，学生倍感失望，只好怏怏而回。前时向王涯打听大人的消息，方知大人即将赴京任职，才急速向大人寄来书信一封。”

韩愈听后，不由叹了口气道：“自大历以来，宦官弄权，奸佞当道，学生性格倔强，难入时流，故命运多舛，仕途艰辛；在致贤弟的书信中已略有陈述。”

张彻接口道：“看了大人的赐鉴，方知大人这几年的悲欢离合，逆境奋进之事。大人在书中所述‘华山穷绝境，琐力摧撞莛。叠雪走商岭，飞波航洞庭’和‘荒餐茹獠蛊，守官类拘囹’之境遇，阅之令人既担忧，又振喜，真乃可歌可泣也！”

韩愈听罢，刚要答言，只听门外笑道：“这可歌可泣讲得好！”随着话音，只见张籍笑着走了进来。韩愈忙站起相迎，道：“你来得正好，我正打算着人去请你哩。”

张籍看了一眼张彻，道：“这位是？”韩愈遂将二人进行了互相介绍。

张彻听后更加惊喜，向着张籍道：“原来大人就是名扬天下的新乐府大诗人！大人的乐府诗学生已拜读收藏了数十篇，每日吟诵，视若珍宝。不想今日在此得遇大人尊颜，实在令人振喜。”

张籍过去也曾闻韩愈谈及张彻，今见其人谈吐文雅，举止倜傥，果然一旷世才子，忙与之见礼，谦逊地道：“我那几首小诗，只是茶余饭后消磨时光所为，真真地让天下人见笑了！”

韩愈看他三人一见如故，甚是高兴。大家不觉又议到韩愈在徐州之事，张籍向着张彻道：“听说张建封死后，关盼盼也随之堕楼为其殉情，可有此事？”

张彻笑道："关盼盼确是堕楼而死，但并非为张建封殉情。"

张籍听后道："这是何故？"

张彻道："张建封生前对关盼盼真可谓宠爱尤加，视若掌上明珠。不仅斥巨资为关盼盼建造了豪华无比的燕子楼，而且每天陪着关盼盼歌舞饮宴，百依百顺。关盼盼要风有风，要雨有雨，要星星，他会令人上天去摘，要月亮，他也会派人下水去捞。"说到此，他转向韩愈道：

"这些韩大人最清楚。"韩愈微微点了点头，张彻继续道：

"关盼盼对此也感恩涕零，经常山盟海誓，要与张建封同生死，共患难；然而，张建封死后第二天，留侯郑通城因久慕关盼盼的姿色，即以抚慰关盼盼为由，窜到燕子楼与盼盼厮混，这关盼盼竟又投入到郑通城的怀抱。"张彻讲到此，不由站起身来向着大家道：

"谁知消息不胫而走，此事很快传到建封之子张喑的耳中。这张喑昔年曾与关盼盼相好，后关盼盼被张建封居为独有，张喑只好忍痛割爱。当得知郑通城在其老父殡丧期间，竟暗中淫乐燕子楼时，不由勃然大怒，即召来部下几位悍将商议此事。那些悍将原都是昔日张建封的党羽，焉有不为张喑效力的，闻说此事，一个个义愤填膺，力劝张喑杀通城取而代之。于是，张喑即暗中授意这些悍将，趁郑通城不备，杀入留侯府中，将赵通城乱刀砍死，遂拥立张喑为留侯。"

张彻刚讲到此，一旁韩愈笑道："贤弟不是在杜撰吧？张建封死后，徐州军乱，武宁军杀留侯郑通城，拥立张喑为留侯，确有此事，但并未听说与关盼盼有关啊？"

张彻向着韩愈道："徐州军乱时，大人远在东都，怎知其中缘由？武宁军杀郑通城，虽是为了争夺节度使之位，但郑通城淫乐燕子楼，也并非不是诱发兵变之因。俗话说，冲冠一怒为红颜嘛！"

张籍听后，不解地向着张彻道："武宁军杀郑通城与关盼盼堕楼有什么干系？怎又会生出关盼盼为张建封殉情之说呢？"

张彻笑道："武宁军杀死郑通城后，遂拥立张喑为留侯，并表奏皇上。始，宪宗不允，令淮南节度使杜佑兼之，但军心不服，无奈，皇上只好收回成命，复拜张喑为节度使。张喑领牧徐州后，想到昔日与关盼盼的旧情，便天天到燕子楼去与关盼盼幽会。那关盼盼乃水性杨花之人，管什么老子和儿子，便又与张喑圆起旧日之梦来了！”张彻刚讲到此，一旁静听叙说的孟郊，不由冷言插话道：“天下女子有几个是忠贞之人？‘有奶便是娘’昔日杨玉环，本是寿王瑁的老婆，二人说不尽的你恩我爱，然而一朝被唐玄宗召入宫中，赐为贵妃，便什么都忘记了。即与老公公做起‘在天愿作比翼鸟，在地愿为连理枝’的美梦来。关盼盼乃烟花女流，朝三暮四也是必然的了。”

张籍听后不由点了点头道：“孟大人说得极是。然而像关盼盼这样的青楼女子，就像是富贵场中的一件玩偶，她也身不由己；为了生存，只能随波逐流，任凭命运的摆布！”说罢，向着张彻道：“后来呢？”

张彻道：“张喑热恋关盼盼不久，即被夫人王氏发觉。这王氏乃是一个有名的醋坛子，便将此事哭告于老夫人周氏。周氏想到昔日张建封迷恋关盼盼，将自己抛弃一边的情景，自然心中不快。便同王氏一起闯入燕子楼中，正巧张喑外出不在，遂喝令家奴将关盼盼从楼上扔下，可怜一代艳妓，倾刻命丧无常。周王二氏为掩人耳目，竟谎称关盼盼为张建封殉情而死。”

“原来是这样！”韩愈听后，不由惋惜地道：“真乃红颜薄命！这关盼盼虽为烟花女流，却是聪慧绝伦，不仅天生丽质，能歌善舞，而且琴棋书画样样精通，诗赋文章无有不晓！可谓徐州第一才女。学生在徐州时，一次到燕子楼去拜见张建封，她同学生谈起诗赋文章，竟讲得头头是道；李白、杜甫的诗背诵如流，就是学生的几首小诗，也能随口吟来。如此丧命，岂不可叹！”

那张彻听韩愈讲罢，不由奇怪地道：“大人昔日在徐州时，几次向张建封晋献安邦之策，俱被关盼盼所阻，使大人壮志难酬，忧愤不已，不得不辞官而去。今日怎又为她说起好话来了？”

韩愈听后，不觉叹了口气道：“昔日学生在建封处难展胸中抱负，当时多怨建封宠恋盼盼，不思报国安民，视盼盼为杨太真复生尔！后来方获知建封不于重用自己，乃是怕学生重蹈汴州之复辙。关盼盼屡屡阻挠建封采纳学生之策，现在想来也在情理之中：想那盼盼犹如急流波涛中的一片落叶，既然傍上了建封这条大船，岂肯轻易抛弃？建封若采纳学生之策，领兵前去征讨叛军，不仅要与关盼盼分离，而且还会有性命之忧，关盼盼就可能失去这座靠山，这点盼盼是非常清楚的。她既不是忧国忧民的侠义之士，也不是享食朝廷俸禄的贤臣良相，哪能去舍身取义呢！”

韩愈讲罢，张彻等人不由点头称是。大家又谈了一阵，韩愈道：“今日大家不期而遇，岂非天意！不如我们前往城外，寻一个好的去处，边饮酒边谈如何？”三人听后俱称甚善。

此时正值六月之末，暑气正盛。大家相携来到城外，只见碧空如洗，骄阳似火，人们赤膀袒胸，或手摇蒲扇，或推车挑担，来往于市井官道之上。路边不远的垂柳浓荫处，挑出一面招旗，上书“洛阳酒家”四个大家。

张籍向着大家道：“这家酒肆乃中原人氏开办，店内十分清雅干净，加上有多年陈酿杜康享客，在这一带颇有名气，不如就在此处小酌如何？”

韩愈看了看那酒家，只见粉墙蓝瓦，朱扉绿窗；房前屋后几株合抱粗的杨柳古槐，横亘半个天空，将浓浓的树荫，铺盖住整个店舍，一股清凉之气迎面扑来。不由高兴地道：“此处甚好！此处甚好！”

大家说着进入店内，只见小二笑容可掬地迎了上来，嘴里边请大家入座，边用围巾将桌凳又擦了一遍。

韩愈等人拣一张靠着窗子的桌子坐下后，那小二看了看韩愈和张籍等人，哈着腰道：“客官想喝点什么酒？要点什么菜？”

韩愈向着那小二道：“你这店里有什么好酒好菜，说来我们听听？”那小二忙道：

“酒，有关中的西凤，河东的杏花村，中原的杜康；菜，有我店独有的火烤酱牛肉，沙锅炖雏鸡，清蒸渭水蟹，红烧黄河鲤……”

韩愈道：“别的酒暂且不要，先将杜康拿上一坛来；菜拣拿手的做上七八个就是。”

那小二听后高兴地道：“好的，客官请稍坐，酒菜马上就到！”说着即转身入内。大家坐定还未说上三句话，小二已用盘子托着酒菜过来，区弘与齐毛忙站起身来接住，摆放于桌上。

韩愈拿起酒壶，亲自为张彻和孟郊等人把酒斟上，然后端起酒杯道："今日张贤弟光临京师，咱们为张贤弟到来先饮一杯！"

张彻忙站起道："在下不敢当。大人被贬岭南，历尽千辛万苦，今荣迁回京，小弟应先敬大人一杯才是！"

张籍见此笑道："你们两位就不要互相谦让了，我看今日大家有幸相聚一起，就为我们京城相会共饮一杯如何？"

韩愈见张彻执意不肯先饮，只好道："好吧！那就依张大人之言，为我们京城相会干杯！"说着，大家一起举起酒杯，互相示意后一饮而尽。

张彻饮空杯中之酒，咂了咂嘴，向着韩愈和张籍道："果然好酒！醇香浓郁，绵甜可口。"

张籍笑道："这家酒肆学生曾来过几次，特别是这陈年杜康与众不同。"

张彻复又端起酒杯，放在鼻前慢慢吸了口气，感慨地道："昔日曹孟德率八十万大军南下江东，在赤壁与孙刘联军大战之前，曾饮宴长江，横槊赋诗曰：'何以解忧，唯有杜康。'不想我等今日在此享用，此酒果真名不虚传！"

张籍向着韩愈道："传说这杜康酒乃是周平王时一个名叫杜康之人所造，不知是真是假？"

"是的。"韩愈道，"传说此人原是一个牧羊人，经常将吃剩的粥饭倒在一个树洞里，一天，他发现树洞中的这些饭菜竟散发出一股奇香味，尝之醇香甘美，遂得酿酒之秘。从此便做起了酿酒生计。"张籍听后点了点头，又向着韩愈道：

"听传说这杜康酒还有个饮后一醉三年的典故，大人乃中原人氏，可曾知晓？"

韩愈道："这个典故学生少年时已闻民间传说，讲的是杜康所造之酒，为友人饮之，竟一醉三年不醒。"

"什么？一醉三年不醒！"孟郊和张彻听后，都不由惊奇地看着韩愈。

韩愈笑道："这只是传说，世上哪有人一醉三年的，岂非怪事！"

张籍向着孟郊和张彻道："据说这杜康乃当时中原第一造酒奇

人，所造之酒香飘十里，闻名遐迩。一天有个名叫季庄的朋友来访。临去时杜康送他一坛陈酿老酒，并嘱其饮时莫超过三碗。那季庄回到家后打开酒坛，刹时酒香溢室，他不禁连饮了五大碗，竟一下醉死过去。妻儿见此，慌忙围着痛哭呼叫，竟毫无反应，到了第七天上，看看气息全无，难以生还，便按照当地习俗，只好将其装殓埋葬。”张籍说到这里，看着大家神秘地道：

“三年之后，季庄的邻人路经杜康处谈及此事，杜康一听大惊，道：‘我嘱他饮酒莫过三碗，他怎么喝了五碗，怪不得这三年没有见到他的面。’然后向着那位邻人道：‘季庄没有死，他是喝醉了酒，你回去后叫人赶快把他的陵墓发开，估计他的酒也该醒过来了！’张籍讲到这里，看了看大家，继续道：

“那邻人听后，半信半疑，回去后将此事告诉了季庄的妻儿和村里的人，大家虽不相信，但也想弄个究竟，便抱着试试看的心情跑到野外，将陵墓挖开，只见墓穴之内酒香四溢。当打开棺木一看，那季庄面色红润，犹如熟睡的婴儿一般。大家见此，深感蹊跷，忙连声呼叫，只见季庄微微睁开双眼，看了看左右，奇怪地向着大家道：‘我怎躺在这里？你们为什么把我放在棺材之中？’此时大家是又高兴又惊奇，忙将这事前前后后向季庄说了一遍。季庄听后拍了一下前额道：‘原来是这样！没想到我竟一醉三年！’”

张籍讲罢，张彻感叹地道：“这个典故真玄，怪不得杜康之酒名扬天下！”

张籍接着道：“杜康所造之酒，迅速驰名遐迩，当地官吏便将此酒作为贡品，献与周平王。周平王得知此情后，也十分惊奇，遂令杜康专为宫中酿酒，并把杜康所造之酒封为御酒，将杜康封为酒圣。”

孟郊和张彻听到此，看了看杯中香气四溢的杜康酒，都不由得连连点头，感慨不已。韩愈端起酒杯道：“张大人的典故已经讲完，来，咱们继续喝酒。”大家忙端起酒杯，互相示意后一饮而尽。

时至未时，大家都有些醉意。韩愈望了望窗外，只见柳荫婆娑，峰飞蝶舞，金蝉高鸣。他想到仕途坎坷，南窜三载，今日竟然在此与旧友相聚畅饮，不觉感慨万千，遂向着张籍等人道：

“六年前，张兄为母尽孝，隐卧东山而去；彻弟为避兵祸，潜往江南。此后两年，东野兄赴溧阳就职；学生也被贬徙阳山。不想今日我等四人竟会合于此，岂非人生之造化！此情此景怎不叫人激动万分。我们四人何不就此吟歌抒怀，以佐酒兴！”

张籍道：“先生所言极是，然而每人各吟一首倒有些俗套，不如大家即兴联句，岂不雅致。”

“这样最妙！”韩愈高兴地道。然后向着孟郊和张彻：“二位意下如何？”

孟郊点头称好，张彻忙谦逊地道：“三位大人乃诗坛巨匠，诗赋文章闳远微妙，神功妙笔，在下怎敢与大人联吟，岂不难为小弟，贻笑大方！”

韩愈笑道：“贤弟文章衔华佩实，清丽俊逸，何必过谦。”然后转向张籍道：

“这主意是你出的，还是从你这里开始吧。”说罢又向着区弘和齐毛道：“我们联吟，你俩拿纸墨将所吟之句记下。”

张籍笑道：“你看先生，这不是鞭打快牛吗！好吧，我就先来个抛砖引玉！”说罢，略一思忖，遂吟道：

离别言无期，会合意弥重[1]。

韩愈接口道：

病添儿女恋，老丧丈夫勇。

孟郊看了看韩愈，捋着山羊胡子道：

剑心知未死，诗思犹孤耸。

张彻见孟郊吟罢，想了想遂联道：

愁去剧箭飞，欢来若泉涌。

张籍看张彻吟罢，高兴地道：“联得好！”遂接口吟道：

析言多新贯，摅抱无昔壅[2]。

韩愈复接口道：

念难须勤追，悔易勿轻踵。

孟郊道：

吟巴山荦嵑，说楚波堆垄。

张彻遂接口吟道：

马辞虎豹怒，舟出蛟鼍恐。

韩愈看张彻吟罢，想到南贬之险恶，仕途之艰辛，不觉心潮澎湃，遂抢先接口联道：

狂鲸时孤轩，幽狖杂百种[3]。

张籍见此，马上接口道：

瘴衣常腥腻，蛮器多疏冗。

韩愈此时诗兴勃发，文如泉涌，不待他人接口，遂联道：

剥苔吊斑林，角饭饵沈冢。

孟郊见韩愈激情涌动，想到韩愈突贬岭南，历尽艰辛；今日擢迁太学，神采飞扬，遂接口道：

忽尔衔远命，归欤舞新宠。

韩愈听后，想到岭南虽九死一生，然今新皇即位，大赦天下，终于回到了京城，见到了离别多年的老朋友，遂联吟道：

鬼窟脱幽妖，天居觌清拱[4]。

张籍听韩愈与孟郊联吟到此，深感韩愈虽然被皇上召回京城，擢迁太学博士，但那被奸佞所谗，贬徙岭南之险景，仍然让人不寒而栗，不由插入道：

京游步方振，谪梦意犹恟。

韩愈听后，虽感贬谪之艰险，但见莅京后竟与张籍等人重新相聚，大家在一起尽情吟诗论文，评说时政，十分惬意，不愿过多地沉溺于痛苦的回忆之中。便将话锋一转，遂吟道：

诗书夸旧知，酒食接新奉。

此时孟郊也诗兴骤起，他深知韩愈之志，不待他人接口，遂向着韩愈联道：

嘉言写清越，愈病失肬肿。

韩愈见此，忙谦逊地道：

夏阴偶高庇，宵魄接虚拥。

孟郊遂联道：

雪弦寂寂听，茗碗纤纤捧。

张籍见此，与张彻对望了一下，看着他二人争着联句。只见韩愈继续道：

驰辉烛浮萤，幽响泄潜蛩[5]。

孟郊遂向着韩愈笑道：

诗老独何心？江疾有馀尰。

韩愈接口道：

我家本瀍谷，有地介皋巩。休迹忆沈冥，峨冠慚阘(上门下茸)。

张籍听韩愈吟此，知韩愈心存魏阙，胸怀天下，此不过是在故作姿态。遂笑联道：

升朝高辔逸，振物群听悚。徒言濯幽泌，谁与剃荒茸[6]？

孟郊不待韩愈开口，抢先联道：

朝绅郁青绿，马饰曜珪珙。国仇未销铄，我志荡邛陇[7]。

韩愈见此，不由笑吟道：

君才诚倜傥，时论方汹溶。格言多彪蔚，悬解无梏拲。张生得渊源，寒色拔山冢。坚如撞群金，眇若抽独蛹。

孟郊听后，知韩愈在激励大家，遂联道：

伊余何所拟？跛鳖讵能踊？块然堕岳石，飘尔若巢氄。

韩愈笑道：

龙饰垂天卫，云韶凝禁甬。君胡眠安然？朝鼓声汹汹。

孟郊听韩愈吟罢，不由叹道：“大人视当今如盛世，怀天下如己任，真乃令人叹服也！”

张彻听他三人联吟，不仅辞彩精拔，珠圆玉润，而且意略纵横，荡气回肠。不禁高兴地道：“三位大人所联，铺锦列绣，沉博绝丽。真乃神工妙力，云锦天章。犹如高天行云，江河奔涌！在下今日真是大开了眼界！更令在下钦佩的是：三位大人虽仕途坎坷，多不得志，然却胸怀天下，壮怀激烈，真乃国之栋梁也！”

韩愈听后，更加激奋，向着大家道：“今日我等相聚，乃是上天有眼！如今新皇即位，屡出新政，大有励精图治之势。我等正好一展胸中抱负，为大唐中兴而尽力！”

张籍接口道：“先生说得不错，今日我等相会一起，可谓三生有幸。这诗联到这个份上，也可算是意境融彻，硬语盘空，恰到好处了。不如到此为止如何？”

此时韩愈诗兴未尽，还要再联，只见从门外风尘仆仆进来一人，一见韩愈等人，不由高兴地道：“原来是老爷和众位大人在此！”

韩愈等人忙扭头看去，也不由大为振喜，忙站起相迎。

注释

[1] 会合意弥重：“弥”，充满、更加。

[2] 析言多新贯，摅抱无昔壅：“摅”（shū），表示、发表。“壅”（yōng），堵塞、堆砌。其意是谈吐标新立异，如行云流水；无半点陈词烂调，废话堵塞。

[3] 幽狖狭杂百种：“狖”（yòu），古书上说的一种猴。

[4] 天居觌清拱：“天居”，天子居住的地方，指京城。“觌”（dí）相见，

其意是在京城见到了志同道合，品德高尚的知己好友。

[5] 驰辉烛浮萤，幽响泄潜蛬：“浮萤”，飞的很低，光亮很小的萤火虫。“潜蛬”，躲在角落里，叫声很低的蟋蟀。其意是：虽有光，但小的如飞萤；虽有声，但弱的像蛬鸣。

[6] 徒言濯幽泌，谁与剃荒茸：“濯”（zhuó），洗沐。“剃”（tì），铲除。“幽泌”，幽静的泌河，指隐居。“荒茸”，野草，指坏人。其意是你若退隐世外，谁来惩治奸佞，辅弼朝政。

[7] 我志荡邛陇：“邛”指四川一带西部边疆。“陇”，指甘肃、青海一带，吐蕃所侵占的地区。

第63章
游终南指点山河　论办学激情满怀

且说韩愈在城外正与张籍、孟郊、张彻三人饮酒联句，忽见从门外进来一人，大家看时竟是秦济，都急忙站起相迎。这秦济原是韩愈家的老仆，与张籍孟郊等人一向很熟，半月前到东都去接取韩愈家眷，不想在此相遇。

张籍忙拉过一把椅子让秦济坐下，张彻将一杯凉茶递到秦济手中。

韩愈看着秦济道："前日接到你们来书，说是再有几天才能到京，怎么今天就回来了？夫人现在何处？"

秦济咽下口中之茶，向着韩愈道："小姐和公子急着要见老爷，夫人只好让昼夜兼程，故提前两天赶到这里。现在夫人和小姐公子，正在外边柳荫下歇息。小人是来店里为他们讨点水喝。"

韩愈一听，高兴得顾不得其他，抬腿就往店外跑去。张籍等人见此忙跟了出来。果见路边柳荫下停着两辆车子。卢夫人带着小莹、韩昶和家人建中等站在那里。一看韩愈从店里出来，都不觉一愣。韩愈边走边道："夫人一路辛苦了？"

卢夫人与韩愈分离三年，今日在此突然相遇，心中是又惊又喜。看着韩愈，忍不住两行热泪夺眶而出。诧异地问道："老爷怎在这里？"

张籍向着卢夫人笑道："夫人这一路可好？先生终于把夫人你给盼来了！"卢夫人看了看张籍等人，惊喜地道："你们怎都在这里？"

张籍笑道:“听说夫人今天到京,我们是专程到此恭候迎接的!”孟郊和张彻也上前与卢夫人见礼问好。

卢夫人知张籍是在说笑话，不由破涕为笑道:“小女子不敢当,岂不折煞小女了!”然后拉着身边的小莹和韩昶道:“莹莹和昶儿,还不快去见过你爹爹和伯伯叔叔。”

那小莹现已十岁，身体虽有些瘦弱，但却十分机灵秀丽。听母亲说罢，忙上前施礼问安。而小昶只有七岁，三年前韩愈贬徙岭南时还不满四岁，今见韩愈倒有些陌生，只忽闪着两只大眼睛，看着韩愈就是不肯向前。

卢夫人笑嗔道:“你这孩子，一路上喊着要爹爹，现在见了爹爹,竟没有话了!”

韩愈上前把韩昶紧紧抱起,不由眼睛一湿,喃喃道:“三年不见,昶儿竟长得这么高了!”然后转脸看着韩莹道:

“莹莹这几年身体可好?记得三年前爹爹被贬离京城时，你正身染重病。”

卢夫人看着韩莹道:“莹莹这几年身体一直较弱，好在还未生大病。”

一旁建中等人，待卢夫人说罢，忙上前与韩愈见礼。韩愈又问了问路上情况。孟郊向着韩愈和卢夫人道:“外面天这么热，咱们不如到店里坐下说话。”

韩愈猛然省悟，遂让建中等人携卢夫人进店歇息。

大家进入店内，张籍忙叫店家重新安排茶饭，并将韩昶抱入怀中。大家都没想到在此相见，个个欣喜若狂，互相问长道短。小昶也渐渐活跃起来，紧紧依偎在韩愈的身边。大家用罢酒饭后，方相携一同进城。

张籍、孟郊、张彻等人，随同韩愈和卢夫人回到馆舍。帮其安顿好行李后，方告辞离去。

晚上，韩愈和卢夫人送走前来看望的左邻右居后，安排莹莹和小昶睡下。此时房中只剩下韩愈和卢夫人，二人久别重逢，心中是又喜又悲。卢夫人望着韩愈两鬓白发，想到韩愈在那岭南蛮夷之地，历尽千辛万苦，心痛地道：

“老爷，这几年真是难为你了！这两鬓白发，怎么不叫人伤感！”说着，两眶热泪又涌了出来，一下扑到韩愈的怀中抽泣起来。

韩愈见此，心中也激动不已，抚着卢夫人的肩头道：“夫人，你也受苦了！学生实在是对不住夫人！这几年夫人还好吧？”

卢夫人抽泣了一阵后，抬起头来，擦了擦眼泪，看着韩愈道：“感谢上苍，我们一家总算又熬过来了！这真像做梦一样：遥想那时，老爷被立贬岭南，小女病卧在床，中使催逼我母子马上离京，真是让人不寒而栗。”说着眼睛又有此湿润。

韩愈见卢夫人情绪过分激动，忙宽慰道：“夫人不要过于伤感，过去的事就让它过去算了，大丈夫应为国家社稷着想，个人的得失祸福又算得了什么！如今新皇即位，百业待兴，大唐中兴极有希望，我们应该高兴才是！”

卢夫人听韩愈讲此，知其壮心不已，虽心中不免又泛起一股忧虑之情，但二人刚刚见面，不便多说什么，便道：“但愿新皇能近贤臣，远小人，励精图治；老爷今后能仕途顺利，鲲鹏高翔，实现济世安民之宏志！为妻即使再苦再累也心甘情愿！”

韩愈听后，不由感动地道：“夫人真乃贤明之人也！试想这些年，学生若没有夫人相濡以沫，何谈报国之志！学生真得多谢夫人了！”

卢夫人听后，不由微微苦笑一下道：“你我夫妻，鸿案鹿车，荣辱与共，何谈谢字！”二人又谈了一些家中之事，直到三更方入帐休息。

自张彻和卢夫人来京后，孟郊、张籍等人不断前来韩愈馆舍探望相聚，卢夫人常常亲自烹菜相待。去冬赴京应试落第的陈彤、孟绾等人也先后寻访至国子监。韩愈一见更加高兴，遂将他们同窦存亮一起安排在太学就读。

此时韩愈可谓事事如意，心情大悦。在外有挚友唱和，回家有贤妻相伴。发宏论于太学讲台，教雅子于堂前柳下。同时一有空闲，便与孟郊、张籍等人结伴出游，吟诗作赋，先后联作《纳凉联句》、《同宿联句》、《秋雨联句》和《城南联句》等诗篇，逐步形成了气势恢宏、风格奔放、语辞奇险的“尚奇派”诗风。

时值九九重阳这天，韩愈一早便约张籍、孟郊、张署等人，带着区弘、齐毛等前往终南山登高赏秋游玩。大家出了长安城，只见天高气爽，风晴日丽；路上游人如织，笑语飞扬。个个不觉心旷神怡，情趣盎然。

中午时分，大家路经香积寺稍作停留，即取道向终南山而来，约有一个多时辰，便来到山前。只见这终南山群峰突兀，祥云缭绕，苍松吐翠，红叶似火。山巅松柏间，隐隐现出数座寺院道观，传来微微钟磬之声。

张籍指着山上道“这终南山方圆数百里，不仅景色宜人，而且名胜颇多。特别是这翠华山，周围有三十六峰，上下有四十二景，道观寺院数十处，可谓关中又一佛道圣地！十年前学生曾登临一游。”

韩愈道：“久闻这终南山景色旖旎，佛道极盛。怎奈昔日岁月倥偬，只能远眺其外貌，而未能登临一观其内秀。今日九九重阳，我等相携来此登高赏秋，正好以酬昔日之愿也！”

张籍接口道：“先生说得不错，往日大家难得相聚一起，有此闲情逸趣，今日定要尽兴方罢。”大家边说边踏上通往山中石径。只见山路两边千岩竞秀，溪水流泻，金黄色的野菊花、紫红色的野酸枣，挂满悬崖峭壁，飘来阵阵幽香。

大家边看边行，翻过两道山梁，登上一座高岗，只见路边峭壁之上，屹立一金碧亭台。大家相携来到亭前，但见横楣之上高悬一金字匾额。上书：“望京亭”三个大字。

大家进入亭内，举目四望，只见群山起伏，林涛呼啸，山峦之中数处寺观，金光闪烁，云蒸雾绕。山下壮丽的长安城，犹如抛撒在碧波中的一片五彩珍珠；茫茫渭水，宛如一条飘游在天地之间的银色长练。

韩愈看罢。向着大家道：“古人讲：‘江山如画’，看来一点不虚！”

孟郊环视了一下周围，接口道：“只因这江山如此多娇，方引起天下无数英雄为之折腰，演绎出多少惊天动地，可歌可泣的故事来！”

“东野兄说得不错。”张籍环视了一下周围道，“纵观古今，在这秦岭之下，渭水之滨，为了这锦绣山河，文王访子牙于潘溪，武王会诸侯于盟津；周公制礼乐于镐京，方打造出周朝八百年基业。春秋战国，天下大乱，穆公厉兵称霸，商鞅舍身变法，苏秦、张仪纵横驰骋，方使强秦力扫六合，一统天下。”

张籍讲到这里，望了望眼下的长安城，继续道：“然而始皇失道，二世懦弱，天怒人怨。高祖刘邦斩青蛇兵发咸阳，樊哙舞长剑威镇鸿门；周勃、陈平谋诛诸吕。方有大汉天子传位四百余载！三国鼎立，晋分东西，南北两朝，杨广暴戾，复使群雄逐鹿，烽烟四起。我朝高祖、太宗举义旗挥师长安，扫群雄一揽九洲，致有贞观之盛世！”

张籍说罢，韩愈感慨地道：“文昌兄此论高也！古往今来，为了这江山社稷，黎民百姓，多少英雄豪杰为之苦苦争斗，方创下惊天动地的伟业，留下千古不朽的英名，使得这锦绣江山更加妩媚多姿！”

韩愈讲罢，区弘等人俱赞叹不已。大家说着走出凉亭，继续向山上登去。

约到申牌时分，大家又登上一座山梁，只见苍松翠柏之中，现出一金碧寺院。张籍指着道：“此寺乃‘碧云寺’，因寺院周围古柏参天，修竹掩映，远看如青云环绕起伏，故而得名。”

大家望着夕阳之中金光闪烁的碧云寺，俱赞叹不已，正待举步进寺，忽听后边有人喊道：“先生慢走！”

韩愈等人忙回头看时，却是窦存亮、陈彤、孟馆等人追了上来，遂停下步来。

那窦存亮等人气喘吁吁地来到面前，个个汗流满面，向着韩愈等人道：“终于赶上了诸位大人！”

韩愈不由心中一怔，不知发生了什么事，忙道：“你等如此慌慌，可有何急事？”

那窦存亮笑道：“早上我们去看先生，听说先生和诸位大人来此登山赏秋，便尾追而来。”

韩愈一听方知底里，高兴地道：“今日本想约你们一块前来，又怕误了你们的学业，故未敢招呼你们，不想你们还是来了。”大家说着进入寺内。

旁边区弘边走边向着韩愈笑道：“他们几个不仅是好玩的，而且天天都想从先生这里掏点东西。闻说先生来此登山，哪能不来呢！”

窦存亮擦了一把脸上的汗水，向着区弘道：“真是饱汉不知穷汉饥！你们天天都和先生在一起，得到了先生多少真传，哪像我们几个，虽然进了太学，岂能天天见到先生？事事向先生请教？看来这进太学还不如你们不进呢！”

区弘一听，向着韩愈笑道：“先生，你看这人。得了便宜还卖乖！当初我们几个都想进太学读书，开始祭酒大人不允，说进太学读书，必须是朝廷三品以上官员和王公大臣的子孙，我等不够条件。经先生多次说合，才让他们几个进去借读，现在倒说什么进去还不如不进呢，真真地身在福中不知福！”

旁边听他二人争论的张籍，深感奇怪，不觉停下步来，向着他二人道：“你们俩个说话，我怎么越听越糊涂！没有进太学的想进去，进了太学的倒羡慕起没有进去的，这是怎么说？”

窦存亮不由叹了口气，向着张籍道：“大人有所不知：这太学虽是大唐的最高学府，乃年轻人梦寐以求的读书之地，也是通向仕途的阶梯。然而，教学死板，习文作赋仍以骈文为样本，而且馆中多是王孙公子、纨绔子弟。这些人每日不是游荡于酒肆花巷，就是嬉闹于学馆讲堂，你想坐下认真看看书都不行。在下未进太学时，天天想着能进太学去读书，谁知进了太学却大失所望，还不如跟着先生在家学些文章呢！岂不让人遗憾！”

窦存亮讲罢，张籍方明缘由，向着韩愈道：“窦公子讲的可是实情？”

韩愈也不由叹了口气道：“情况确是如此。一是这太学为朝廷所办，只接纳王公大臣子弟，庶民百姓子弟不得入学读书。这次窦存亮等人进入太学，不知费了多少口舌；二是凡入太学读书的王孙公子，不论学业如何，三年毕业后，皆能和各地举子一样，参加礼部的科选。故而学好学坏一个样，因此不少纨绔子弟只把进太学作为镀金之路，而不去认真读书；三是教学内容为贞观年间所定，距今已沿袭了将近三百年，著文只能用骈文，为多数学子所厌恶。此种情况我已多次向祭酒大人建议予以改革，然而祭酒以关系重大，不敢作主为由而不敢采纳。”

一旁张署道：“太学中的弊端并非一日，昔日不少仁人志士多为之呼吁奔走。贞元十五年春，四门助教欧阳詹上书宰相郑馀庆，要求改革太学之弊，当时由于种种原因而未被采纳，结果欧阳詹为此忧愤难抑，请假跑到太原去转了三个多月。”

张署讲到这里，张籍接口道：“张大人说的欧阳詹上书一事，当时曾轰动整个朝野，传遍京城内外，时学生在江东也略有所闻。听说欧阳詹含愤游太原，曾作《咏说太学李尚书》、《和严长官秋日登太原龙兴寺阁野望》等诗篇三十余首，为世人所传咏。欧阳詹在太原期间曾结识歌妓李娇香，并为之忧郁而死。”张籍说到此看着韩愈道：

“事后先生还让李翱为之收撰文集，并作《欧阳生哀辞》。”

韩愈听后不禁感慨地道：“欧阳詹才华横溢，诗赋精绝，而且刚正不阿，忠义双全！贞元八年，学生与他同科及第，贞元十四年欧阳詹登博学宏词科，授国子监四门助教。贞元十五年春，学生被张建封由徐州派来京师朝正时，欧阳詹曾率四门馆学子跪伏阙前，力保学生为国子博士，因赵憬等人作梗而未果。不久即上书宰相，要求改革太学弊制，实是令人敬佩！”

张籍听后向着韩愈道：“这国子监乃是为国家社稷培养栋梁之材的地方，若如此下去，岂不误国误人！大人与当朝宰相郑大人交厚，何不再次上书郑大人以革除此弊。此举既是大人的职责，又是大人实现宏扬儒教、振兴文坛的需要，不知大人如何看法？”

韩愈听后激动地道：“学生早有此意，然而刚到京城不久：一是怕初进太学就言弊制，引起他人非议；二是郑大人虽主持朝政，但处境危艰，怕让郑大人为难，故一直犹豫未决。今听了诸位之言，使学生决心已定。为了国家社稷，个人的得失就顾不得了！这回去后便上书给郑大人，不革除弊制决不罢休！”

张籍见此忙道：“我刚才不过是随便说说，如何为好，还需先生认真斟酌才是。”

韩愈笑道：“我意已决，早晚必有此举！”窦存亮、区弘等人见此，个个振奋不已。俱道：“若先生能革除弊制，不仅是国家社稷之福，而且也是先生的不世之功呢！”大家边走边说，个个激情满怀。

第 64 章
抒豪情赋诗《南山》 举三策改革太学

大家游罢碧云寺，已是夕阳返照、雾霭升空。张署向着大家道：“凡从城内来此登山者，晚上都要借宿在这碧云寺，明天再继续攀登主峰游览。不如今晚我们也在这里住下如何？”

众人听罢俱皆称善。韩愈遂令窦存亮、区弘向寺内主持讲明意图，选了两间干净僧房住下。

第二天，大家早早起来，洗漱毕，向寺里讨了些素斋用罢，即向翠华山主峰而来。只见这翠华山早上风光与他时更有不同：但见天空彩云轻浮，山间晨雾缭绕，林间霞光四射，地下露珠闪耀；山鸡画眉鸣于峡谷，狡兔野獐戏于道旁。大家边走边看，巳时左右，方登上翠华山主峰。

这翠华山主峰，苍松参天，古柏横空。数处寺院道观比连相接；叮咚钟磬之声此起彼伏。大家站在山颠四下眺望：只见群山如巨浪翻滚，与蓝天白云相接；茫茫天际，隐隐现出长安与渭水踪迹。大家看罢，无不惊叹大自然之壮观。

游罢山上寺庙道观，回至碧云寺，已是正午时分。大家都有些疲惫不堪，便围着古松下一张石桌坐下小憩。窦存亮和区弘忙到僧舍中讨了些茶水来，与韩愈等人解渴。大家不觉又说起这两日游览终南山的见闻。区弘乃岭南之人，第一次来到北方，他望着巍峨雄伟、气象万千的终南山，更加激动。向着韩愈道：

“这北方之山雄险崔嵬，气势磅礴，与南方奇秀玲珑的青山碧水大有不同。先生从岭南归来，沿途遇山吟诵，留下了精彩笔墨。

今日何不就这终南山也赋诗一首。让我等再开开眼界。”

韩愈听后，向着张籍和孟郊道：“这终南山雄伟壮丽，乃关中第一大山，东西绵延数百余里，不仅景色绚丽，佛道极盛，而且为京师南部屏障。三年前学生贬谪岭南时，与张署大人曾于风雪之夜横穿此山。其山势之雄，道路之险，令人惊魂夺魄。学生也曾想为此山赋诗一诵，然而只恐经历肤浅，对此不能尽识，怕一叶障目，以偏代全，故未敢落笔尔。”

张籍听后向着韩愈道：“先生昔日不敢落笔，倒也在情理之中；然而今非昔比：如今先生不仅前往岭南来回两次翻越此山，而且今日又登临其巅进行游览，对此山可谓了如指掌也！现在若要下笔，定会得心应手，不至有误尔！”

区弘和齐毛忙附和道：“张大人说的很是，我们现带有文房四宝，大人何不一酬昔日之愿？”

韩愈听此，也不禁诗兴勃发，遂向着张籍等人道：“既如此，那就试试看。”

区弘和齐毛见此，忙从行囊中取出纸墨笔砚，摆放于石桌之上。韩愈提起笔来略一思忖，遂落笔写道：“南山诗”三个字，然后一挥直下。大家看时，只见韩愈写道：

吾闻京城南，兹维群山囿。东西两际海，巨细难悉究。山经及地志，茫味非受授。团辞试提挈[1]，挂一念万漏。欲休谅不能，粗叙所径觏[2]。尝升崇丘望，戢戢见相凑。晴明出棱角，缕脉碎分绣。蒸岚相澒洞，表里忽通透。无风自飘簸，融液煦柔茂。横云时平凝，点点露数岫。天空浮修眉，浓绿画新就。孤撑有巉绝，海浴褰鹏噣。

韩愈写到这里，大家不由齐声叫绝。张籍道：“先生开篇数言，即将这终南山雄伟辽阔之势、烟岚云岫之气、峰峦叠嶂之型、险峻剔透之状描绘得淋漓尽致。这头开得好！”

韩愈抬头略一思忖，继续写道：

春阳潜沮洳[3]，濯濯吐深秀。岩峦虽崒嵂，软弱类含酎[4]。夏炎百木盛，荫郁增埋覆。神灵日歊歔，云气争结构。秋霜喜刻轹，磔卓立癯瘦。参差相叠重，刚耿陵宇宙。冬行虽幽墨，冰雪工琢镂。新曦照危峨，亿丈恒高袤。

韩愈刚把这段写完，一旁张署道：“这十六句，将这终南山春天之妩媚，夏日之苍郁，秋天之绚丽，冬日之神奇，刻画得恰到好处！”韩愈未待张署讲完，复又写道：

明昏无停态，倾刻异状候。西南雄太白，突起莫间篓。藩都配德运，分宅占丁戊。逍遥越坤位，诋讦陷乾窦。空虚寒兢兢，风气较搜漱。朱维方烧日，阴霰纵腾糅。昆明大池北，去觌偶晴昼。绵联穷俯视，倒侧困清沤。微澜动水面，踊跃躁猱狖。惊呼惜破碎，仰喜呀不仆。前寻径杜墅，坌蔽毕原陋，崎岖上轩昂，始得观览富。行行将遂穷，岭陆烦互走，勃然思圻裂，拥掩难恕宥。巨灵与夸蛾，远贾期必售。还疑造物意，固护蓄精佑。力虽能排斡，雷电怯呵诟。攀缘脱手足，蹭蹬抵积甃。茫如试矫首，堛塞生怐愗。威容丧萧爽，近新迷远旧。拘官计日月，欲进不可又。因缘窥其湫，凝湛闭阴兽。鱼虾可俯掇，神物安敢寇。林柯有脱叶，欲堕鸟惊救。争衔弯环飞，投弃急哺鷇。旋归道回睨，达枀壮复奏。吁嗟信奇怪，峙质能化贸。

韩愈写到此停下笔来，若有所思。孟郊道：“这段写得生动细腻，将所见所闻逐次推出，给人以如临其境、如见其形、如闻其声之感！”韩愈望了望远处苍茫巍峨的群峰，似有无限感慨，遂伏身继续写道：

前年遭谴谪，探历得邂逅。初从蓝田入，顾眄劳颈脰。时天晦大雪，泪目苦朦瞀。峻途拖长冰，直上若悬溜。褰衣步推马，颠蹶退且复。苍黄忘遐睎，所瞩才左右。杉篁咤蒲苏，杲耀攒介胄。专心忆平道，脱险逾避臭。昨来逢清霁，宿愿忻始副。峥嵘跻冢顶，倏闪杂鼯鼬。前低划开阔，烂漫堆众皱。或连若相从；或蹙若相斗；或妥若弭伏；或竦若惊雊；或散若瓦解；或赴若辐辏；或翩若船游；或快若马骤；或背若相恶；或向若相佑；或乱若抽笋；或嵲若炷灸；或错若绘画；或缭若篆籀；或罗若星离；或蓊若云逗；或浮若波涛；或碎若锄耨；或如贲育伦，赌胜勇前购。先强势已出，后钝嗔逗譳；或如帝王尊，丛集朝贱幼，虽亲不亵狎，虽远不悖谬；或如临食案，肴核纷饤饾；又如游九原，坟墓包椁柩；或垒若盆甖；或揭若登豆；或覆若曝鳖；或颓若寝兽；或蜿若藏龙，或翼若搏鹫；或齐若友朋，或随若先后；或迸若流落；或顾若宿留；或戾若仇雠；或密若婚媾；或严若峨冠；或翻若舞袖；或屹若战阵；或围若蒐狩；或靡然东注；或偃然北首；或如火嬉焰；或若气饙馏；或行而不辍；或遗而不收；或斜而不倚；或驰而不彀；或赤若秃鬝；或熏若柴槱；或如龟坼兆；或若卦分繇；或前横若剥；或后断若姤；延延离又属，夬夬叛还遘；喁喁鱼闯萍，落落月经宿；訚訚树墙垣；巘巘架库厩[5]；参参消剑戟，焕焕衔莹琇，敷敷花披萼，闟闟屋摧霤；悠悠舒而安，兀兀狂以狃；超超出犹奔，蠢蠢骇不懋。大哉立天地，径纪肖营腠。厥初孰开张？僶勉谁劝侑？创兹朴而巧，戮力忍劳疚。得非施斧斤？无乃假诅咒？鸿荒竟无传，功大莫酬僦。尝闻于祠官，芬苾降歆齅。斐然作歌诗，惟用赞报酭。

韩愈写罢，将笔收起。张籍看后笑道："妙！这后一部分写得更妙！先从贬谪岭南两次跨越此山写起；然后以攀登绝顶，俯览群山所感展开；最后以惊叹天地造物之神奇收笔。一气连用了五十多个'或'字作比喻。真乃是气吞山河，酣畅淋漓，给人以惊魂动魄之感！"

区弘惊奇地道："先生这首诗长达二百余句，竟一气呵成，真乃是神功妙笔，巧夺天工！文中铺金列绣，辞喻横生，真可谓前无古人，后无来者啊！"

韩愈听后忙笑道："大家过誉了！"话还未说完，只听背后传来笑问声："诸位在此谈论何事？竟如此热烈！"

大家忙扭头看去，只见王涯、李程、李建等人笑着走了过来，遂一齐站起拱手相迎。张署道:“诸位来得正好,退之刚刚赋《南山诗》一首，我们正在欣赏评论呢。”

王涯向着韩愈等人笑道:“退之和诸位都是当今诗坛巨子，在文学领域拔新领异，勇辟蹊径。于李杜之后，又形成了一新的流派。这《南山诗》定是又一惊世之作！”说着走到石桌前，拿起诗稿，急急浏览了一遍，欣喜地道:“好诗！真是好诗！”然后向着李程和张籍等人道:

“此诗气势恢宏，如万马奔腾；激情横溢，若山呼海啸！辞彩精拔，沉博绝丽；钩隐扶微，奇峰突兀。可算是退之的代表作了！”

韩愈听后忙谦逊地道:“王兄过奖了。”李程接过诗稿看罢，向着韩愈和王涯道:“王大人说得不错，李白的诗奔放飘逸，神奇瑰丽，继承和发展了楚辞风骨；杜甫的诗质朴雅瞻，语言凝炼，是一位杰出的写实者，形成了我盛唐时期两大诗坛流派。而韩大人与诸位的诗，却是奇险清秀，海立云垂，具有楚辞之风，汉赋之华。特别是这首南山诗，和前时所作的《城南联句》、《秋雨联句》等诗篇，用诗歌来叙事言志，写景抒情，独树一帜。真可与屈子的《离骚》、《天问》相媲美了！”

韩愈刚要答言，旁边接过诗稿刚刚看罢的李建道:“李兄说得极是。韩大人与孟大人、张大人最近所作，已传遍京城内外。特别是《会合联句》、《城南联句》和《纳凉联句》等，更是轰动京城内外之人。他们把诸位称为“尚奇派”或“奇险派”。但也有些人不懂得诗的奥妙，说几位大人的诗，钩章棘句，奇僻艰涩，令人费解，岂不知越是美好的东西，越要去细细咀嚼，才能体会出其无穷的奇妙！”

韩愈笑道:“承蒙三位大人夸赞，诗赋文章:乃是出之心而发于情；源于行而成于思；鸣于志而显于道。故有风格各异，推陈出新之状。我和孟大人、张大人之作，纯属随心所欲，借以抒情达志而已，那敢有什么流派之望！市井所传不足为据，还望诸位大人多多指教！”

王涯笑道:“退之莫要过谦，诸位的诗，连当今几位宰相都在传抄吟诵呢，何况市井百姓！”说罢向着韩愈等人又问道：

“诸位何时到在这里？现在是上山还是下山？”

韩愈道：“我们昨天从城内出发，现已游罢山上各处，刚刚从山顶下来，准备休息一会儿就返回。”遂也问及王涯等人从何而来。

王涯道：“我们昨日到草堂寺游览，现在刚刚到此。”

韩愈邀王涯等人坐下，窦存亮又去讨来些茶水，捧于王涯等人。

大家又互相交流了两日所游观感，王涯等人揖别他们向山顶而去，韩愈与张籍等人相携下山返回。

韩愈等人返回京城时，已是夜幕降临，月悬柳梢。卢夫人亲自为韩愈捧来茶饭，韩愈草草吃罢饭后便来到书房。这次登览终南山，大家对太学弊制的议论，一直萦绕在他的耳旁，他不由踌躇满怀，遂展纸于案，提起笔来就要给郑馀庆拟写改革条陈。

卢夫人见韩愈登山回来已疲惫不堪，却不到卧室休息，反而去书房展纸疾书，甚觉奇怪。忙走过来道：“老爷登山劳累了两天，应早点休息才是，怎么还要写东西？有什么重要事情，明天再办不迟。”

韩愈向着卢夫人道：“这两天在山上，大家议起国子监的学制，深感弊端重重，误国误人，亟待改革。众人情绪激昂，建议向郑相国上书，以除弊制，从而造福国家社稷！明日学生就准备去面见郑大人，故今晚定要将这改革条陈拟写出来。”

卢夫人听罢，虽对此事有些担忧，但深知韩愈的性情，便道：“此事虽然重要，但也不在这早一日或晚一日。老爷数日劳顿，身体要紧，不如早点休息，待明日再拟写不迟。”

韩愈向着卢夫人道：“多谢夫人好意！学生这脑子里犹如万马奔腾，巨浪澎湃。若不把这条陈拟好，晚上如何能睡得下！请夫人先去安歇吧。”

卢夫人见此，知阻拦不住，无可奈何地摇了摇头道：“你呀，为了这国家社稷，真的连命都不要了！”说罢只好去给韩愈沏了一杯茶来，放到书桌上方慢慢离去。韩愈将改革条陈拟好后已是三更多天，他连看两遍，直到满意后方登床休息。

第二天一早，韩愈便带着改革条陈来到郑馀庆府第。郑馀庆一见韩愈到来，十分高兴，忙令家人捧茶赐座，向着韩愈道：

“好久没见到你来我府上了，这一向可好？最近你们的几篇联句大作，已轰动了朝野上下，赞誉之声如雷贯耳！眼下可又有新作问世？老夫正想向你讨要几首，以便闲暇时欣赏把玩。”

韩愈忙道：“大人过奖了，学生那几首联句，不过是和几位朋友，酒后茶余随意涂鸦而已，难登大雅之堂。而且有人说好，也有人说不好。”

郑馀庆笑道：“好就是好，不好我也不会说好。对于诗赋文章来说，每个人的学识眼光不同，看法也就不尽一样；更有些人眼高手低，文人相轻，把甜的说成酸的，把红的说成白的，也大有人在。同时，一个人想要搞点创新，难免会被别人说三道四，横加指责，这也是难免的。老夫在朝中也听到有人说，诸位的诗钩章棘句，艰涩难懂；更有人说诸位的诗是求奇攀险，哗众取宠等等！”

韩愈听后道：“大人说得很是，最近学生也在思忖此事，是默守成规，走别人走过的路，还是另辟蹊径，走自己的路？现在听了大人一番话，更坚定了学生在诗赋领域继续探索的决心。”

“好！”郑馀庆道，“天下之事，莫能尽如人意！现在是再好的事也会有人说不好。绝不能听到蛄蛄叫，大家就不种田了！”郑馀庆讲罢，向着韩愈问道：

“近来学馆情况如何？这太学博士之职可否惬意？你是无事不登我这‘三宝殿’的，今日到府上来，一定是有重要事情要告诉老夫吧？”

韩愈忙道：“学馆情况照常如旧。学生今日拜谒大人，就是专为学馆而来。”说着从怀中拿出所拟条陈，呈向郑馀庆，道：

“国子监自贞观设立以来，历时将近二百年，所立各项制度已远远不能适应今日情况，急需进行改革。学生草拟改革条陈数款，请大人阅示。”

郑馀庆不由一怔，忙接过书稿，浏览一遍。他略作沉思，向着韩愈道：“退之所论甚是有理，这国子监弊制确是到了非改不可的地步了。记得昔年老夫第一次为相时，四门助教欧阳詹曾上书与我，要求进行改革。那时因赵憬等人阻拦而未能成行。欧阳詹不知其因，还怨老夫不予支持；岂不知这国子监改革，事关重大，涉及朝野，直接牵动王公大臣的利益，需要皇上亲自裁定，老夫一人怎敢定夺！”郑馀庆讲到此，多少带点为难地继续道：

“如今，朝中的情况与那时更有不同；自永贞变法以来，朝中大权尽为宦官所把持，中书省议事，没有宦官同意就一件事也办不成。这改革太学之事，难度就更大了！”

韩愈听此，知郑馀庆对此有所顾忌，这是他始料之中的事。他向着郑馀庆道：“此事学生也知牵动朝野，阻力重重。而且历来改革变法凶多吉少，祸福难料。学生也曾考虑再三；虽不愿让大人为难，但此事关乎着国家社稷的千秋大业，常使学生食不甘味，寝不安席，故不得不上书给大人。而且纵观我朝，能像大人刚正不阿，为国家社稷鞠躬尽瘁的明相，能有几人？今大人在位若不能革除太学弊制，此弊制将永无革除之日也！”

郑馀庆听后向着韩愈道：“此事对老夫来说，虽有难度，但老夫无所畏惧。然而老夫所担心的是退之你的前程和安危！三年前你刚擢迁御史台，即上书朝廷，直言关中天灾人饥状，因被李实所谗，而屈贬岭南将近三载。这次返回京城，费了多少周折，而今俱文珍一班阉党还在耿耿于怀，寻找你的毛病。你刚到京不久，就要上书言太学弊制，不仅会给俱文珍等人授之以柄，而且还会得罪朝中其他王公大臣，势必造成对你的处境和前程更加不利，不知退之对此想过没有？”

韩愈听后，不觉有些激动，向着郑馀庆道：“此事学生也思忖再三：学生想，十年寒窗探求圣人之道；十年求官，搏击春场秋闱。为的就是能争得一官半职，借此宏扬圣道，振兴文坛，为大唐中兴而尽力！今日既然身为太学博士，就理应为大唐的教化育人而着想，岂能为保全官职和前程，而废弃昔日的救国之志？若要如此，岂不是舍根本而取末利乎！”

郑馀庆听此，不由得点了点头。韩愈接着道：

“如今这太学只接纳王公大臣子弟，而拒庶民百姓于门外，使天下多少良璞奇才得不到雕琢熏陶，不能为朝廷社稷所用。六馆考核制度名存实亡，凡是进了国子监的，不论其学业优劣，三年均可毕业；致使那些纨绔子弟不学无术，荒废学业，成为国家废物。同时，当今天下多崇尚古文，厌恶骈文，而六馆仍以骈文为教材，岂不误人子弟。”

韩愈讲到此更加激动，他向着郑馀庆继续道：“因此，国子监必须废除太学只接纳王公大臣子弟之制，公开招纳天下学士；建立严格的六馆考核晋升制度，凡学业不精德行不端者不得晋升，屡教不改者应开除学籍；同时，学馆应废除以骈文为教材的规定，用古文取而代之。这样国子监才能为国家培养出栋梁之材，真正成为良臣明相之摇篮！若此，学生即使这官不做，也是值得的！”

韩愈讲罢，郑徐庆不由看着韩愈道：“听退之所言，真让人震动不已！看来岭南三载，不仅没有使你意志消沉，退缩不前，反而更加壮怀激烈，忠心不逾，真乃国家社稷之福也！”然后略一思忖道：

“这样吧，明天中书省议事，老夫即提出此事，是福是祸，咱们就一块往前走吧！”

韩愈听后，高兴地道：“这下又给大人增添麻烦了，学生先代表天下学子谢谢大人了！”

郑徐庆道：“为了国家社稷，老夫也顾不得其他了！”二人又互相询问了一些近日情况。韩愈就要告辞回去。郑徐庆坚决不依，忙令家人置酒烹菜，挽留韩愈至晚方归。

注释

[1] 团辞试提挈：“挈”（qiè），举，提，如提纲挈领。在此指赋诗著文。

[2] 粗叙所径觏：“觏”（gòu），遇见。

[3] 春阳潜沮洳：“沮洳”（jǔ rù），沼泽。

[4] 软弱类含酎：“酎”（zhòu），久酿的醇酒。

[5] 巘巘架库厩：“巘”（yǎn），山峰。

第65章
倔宰相二度被贬　诤博士再次遭谗

第二天，郑馀庆带着韩愈的改革条陈来到中书。时杜佑、郑絪也已先后到来。大家互相寒暄罢，遂落下座来。郑馀庆向着主书滑涣道："内务府今日怎未见来人？"

这滑涣四十余岁，粗短的脖子上长着一张冬瓜脸。抬头向着郑馀庆回道："刚才俱公公传下话来，说今日薛公公前来；因眼下有点紧事，暂时离不开，让诸位大人稍等片刻。"

郑馀庆一听，不由现出不悦之色，道："每次议事，他们总是姗姗来迟，耽误了多少时间！"说罢，遂和杜佑、郑絪闲谈起来。大约又过了半个时辰，还不见薛盈珍到来，郑馀庆现出焦急之色，他望了望门外，向着杜佑和郑絪道：

"这内务府越来越不像话！要不，我们先议着，不等他们了？"

郑絪看了看门外，向着郑馀庆谨慎地道："还是再等一等吧，免得引起不愉快。"二人正说着，只见薛盈珍迈着方步进来，边走边笑道：

"哈哈，咱家让诸位久等了！你说这皇上的事，哪一件不得你操心……"

杜佑与郑絪忙站起拱手相迎，陪着笑道："哪里！哪里！公公日理万机，这内外两边不都是为皇上办差吗！嘿！嘿！"

郑馀庆坐在那里一动未动，好像没有看到薛盈珍进来一样。他向着杜佑和郑絪道："薛公大驾已经光临，咱们就开始吧？"那薛盈珍知郑馀庆刚正不阿，一向厌恶宦官，所以话中经常带刺。他故作大度，大模大样地坐到大堂中间一把椅子上。

杜佑和郑絪忙点头称好。郑馀庆向着一旁滑涣道：“今日有哪些事情需要议定？”

滑涣拿出一叠奏折道：“现有凤翔节度使奏章：要求增拨构筑要塞银子二十万两；淮南节度使奏章：表举陆彦为观察判官，陈靖为节度判官。”说罢看了一眼薛盈珍，继续道：

“另有内务府要求增拨纹银十万两，为皇上所用。”

郑馀庆听罢，向着杜佑和郑絪道：“两位大人意下如何，请先谈谈个人的高见？”

杜佑向着郑絪笑道：“郑大人渊渟岳立，广见洽闻，请先说说。”

“不！不！”郑絪忙道，“杜大人德高望重，崖岸卓越，还是您老先说。”

郑馀庆见他二人又在耍滑，便道：“你们两个就不要互相谦让了，要不，还是杜大人先说吧？”

杜佑见此，看了看郑絪和薛盈珍，拈着胸前苍须道：“以老夫所见，凤翔边塞乃我大唐西部门户，关系到京城的安危，确是需要加强！淮南所缺两位判官，也应该补上。”说罢看着郑絪道：“我这纯属不成熟之见，还是郑大人你说吧！”

郑絪听后忙道：“杜大人高识卓见，说的很是，下官完全赞成！完全赞成！”郑馀庆见此，微微一笑道：

“内务府要求给宫中增拨银子十万两，二位有何看法？”

杜佑看着郑絪道：“刚才是老朽先发的言，容老朽暂想一想，先听听郑大人的高见。”郑絪望着杜佑和郑馀庆忙道：

“这几日下官偶感风寒，头痛病复发，这……这脑子里混如乱麻，还是先听听二位大人的高见！”

郑馀庆知二人惧怕宦官，不敢发表看法，他不愿多与扯皮，耽误时间，便道：“你们不说，下官就说说：凤翔构筑要塞，年年花去大量钱粮，使国库日渐空虚。然而吐蕃照样袭挠我内地庶民，出入如无人之境。这种消极防御，被动挨打的局面，再也不能继续下去了！以下官之见，应立即停止构筑要塞；集中财力、人力，建立和训练一支精悍的、具有野外机动作战能力的骑兵队伍，以快制快，从而扼制吐蕃的骑兵袭挠。”郑馀庆讲到此，杜佑和郑絪互相看看，俱现出疑虑之色。郑馀庆继续道：

“淮南奏章若推举无误，可奏闻皇上，由吏部照章办理。至于内务府要求增拨库银十万两，为皇上所用，下官认为不可。按照我朝例制，宫中用度早有定数，岂可擅变！”

郑馀庆刚讲到这里，薛盈珍不由站起身来，骄横地道：“郑大人此话何意？难道内务府为皇上办差错了吗！皇上日理万机，费心劳神，该不该为皇上操办些歌舞游艺之物，让皇上高兴高兴，以保龙体康健？这些事情还能让皇上亲自安排吗？”

郑馀庆听后正色道：“目前皇上刚刚即位，国家百业待兴，正是励精图治之际，岂能引诱皇上迷恋声色乎！”

薛盈珍听后张口结舌，不由恼羞成怒，道：“你说这话也不怕烂了舌头！怎么老和咱家过不去？”杜佑和郑絪见此，忙笑劝道：“薛公公息怒，此事容大家再议、再议。”

郑馀庆也不觉有些激动，向着杜佑和郑絪道：“此事无须再议！昔日李实为迷惑德宗皇上，曾强行加征关中税赋，为宫中私用，使关中百姓怨声载道，在朝野引起轩然大波。此前车之师，后车不可不鉴。”说到此，郑馀庆看了一眼薛盈珍，继续道：

“当今皇上乃中兴之明君，岂能去追求声色之物！若此，岂不是去给皇上脸上抹黑乎？此事下官将面奏皇上，有什么好歹，下官一人承担就是！”

薛盈珍见此，冷笑道：“那好！那好！咱们骑驴看经本——走着瞧！”

杜佑与郑絪见此，忙从中进行打圆场。郑馀庆向着二人道：“这几件事我看就这样定下，明日早朝时由下官奏明皇上。”说罢从衣袋中拿出韩愈的改革条陈，向着杜佑和郑絪道：

“现有国子监太学博士韩愈，上书要求改革太学弊制，请二位大人过目。”杜佑和郑絪不由一怔，互相看了一眼，伸手接过条陈。

韩愈刚正疾恶，才华横溢，不仅诗赋文章享誉京师，而且朝野皆知是个敢言时弊的鲠骨之人。杜佑、郑絪对韩愈是早有所知：三年前韩愈初任监察御史，便直言关中天灾人饥状，在朝堂之上怒斥李实蒙蔽圣听，祸国殃民，曾轰动整个朝野，至今二人仍记忆犹新。特别是郑絪，十分欣赏韩愈的诗赋文章，对韩愈比较器重。看了韩愈的改革条陈，虽感太学弊制严重，但此事关系重大，弄不好即会遭到朝中上下的反对，不禁摇了摇头。而杜佑历来认为韩愈恃才傲物，眼中无人，锋芒特露。今见其刚回到京城，就上书直论太学之制，甚为不悦。看罢韩愈之书后，道：

“这太学之制乃历朝所用，为朝廷之根本，怎么能随便改动！所举三策岂不是儿戏！以老朽之见，应驳回才是！”

郑馀庆知杜佑对韩愈一向持有偏见，微微笑道：“杜大人所论，下官不敢苟同。太学之制为贞观时所立，距今已沿袭近三百年。其中很多方面已不能适应今日之情况，朝野上下人人皆知，谈论改革者也非止一人。韩愈所论只不过汇集大家主张而已，实为国家社稷之千秋大计，何来儿戏之说？”

杜佑一听，一时无言可答，不觉面红耳赤。郑絪知韩愈与郑馀庆交厚，而且韩愈所论词语铿锵，正气浩然，切中时弊。见二人为之争论不休，便道：

“韩愈所论，关系到国子监能否为朝廷培植出栋梁之材的大事，然而此事牵动整个王公大臣的利益，涉及国家之根本，需要谨慎处置方妥。是否先由礼部详加考察，提出议案，然后再行定夺如何？”

郑馀庆听后正要发言。一旁薛盈珍冷笑道：“这韩愈什么东西！狂妄自大，沽名钓誉。原是王叔文一党，本就不该让他进京来！现在倒好，一进京就要搞什么改革太学，岂不是又要乱政吗！”

刚才郑馀庆否决了内务府的要求，薛盈珍窝了一肚子火，正无处发泄，现见郑馀庆提出了韩愈的改革条陈，遭到杜佑的反对，暗道：“你与我过不去，我也不能让你好过。”便咧着嘴继续道：

“请问郑大人，你驳回边关构筑要塞奏折，否决为宫中增拨银两，却极力推举韩愈的乱政邪说，是何用意？莫不是心存异志乎！”

郑馀庆一听，不由勃然大怒，站起身一拍桌案道：“薛公公，你这话说得有点特过了吧！这是中书省议事，何由你在此大放厥词！韩愈所论，乃我大唐千秋大计，何来乱政之说？”

那薛盈珍不由满面通红，气急败坏地道：“什么？这里没有咱家说话的地方？”

“你说对了！这里就是没有你说话的地方！”郑馀庆威严地道，“中书省乃国家议定内政外交之重地，内务府本就不该插手过问。皇上允许你们莅会旁听已是不妥，岂容你们在此肆意指手划脚，干预朝政！”

“好！说得好！”薛盈珍站起身来，咧着嘴道，“这里没有咱家说话的地方，咱家这就走！我看你这中书省能办成什么事情？”说罢抬腿就走。

郑絪见此，慌忙站起，追着道：“薛公公，有话好说，你老怎耍起小孩子脾气来了！”那薛盈珍连理也不理。昂着头悻悻而去。

郑絪望着薛盈珍离去的背影，搓着手道：“坏啦！坏啦！”向着郑馀庆埋怨地道：“大人也太认真了，这些人得罪不起呀！”

杜佑站起身来，看了郑馀庆一眼，冷冷地道：“这下可好，薛盈珍一走，不仅我们什么事情也议定不成，恐怕还会生出其他事端来！”

郑馀庆大气凛然地道：“诸位大人不必担心，这也是下官预料之中的事。如今宦官干预朝政，已经到了天怒人怨的地步，下官对此早已深恶痛绝！箭在弦上，不得不发。此事下官将面奏皇上，一切责任由下官承担！”杜佑和郑絪听后，都不由摇了摇头。这日中书议事不欢而散。

再说那日内务府中，宦官俱文珍与刘光琦正在对座弈棋，陈弘志站在一旁观看。俱文珍微微笑着将一个黑子放至右下角，马上形成对白子的包围之势。刘光琦看着棋盘，脸上一下现出沮丧之色。一旁陈弘志拍手叫道：“高！实在是高！这下刘公彻底完了！”

刘光琦看着棋盘，懊丧地道：“这，这是咋回事？我怎么没有看到这一步！刚才咱家还占着上风，怎么一下就全盘皆输了！”

陈弘志看了看微闭双目，得意微笑着的俱文珍，向着刘光琦道：“你呀，光顾着吃子，哪知俱公是欲擒故纵，先让你占点小便宜，然后一招将你置于死地！”

俱文珍向着刘光琦道：“怎么样？服不服？要不再来一盘！”

“咱家甘败下风。”刘光琦道，“敢问俱公这棋艺怎如此高明？”

俱文珍微微一笑道：“这弈棋就如行军打仗和入朝参政一样，需要深谋远虑，运用策略才行。积咱家多年经历，得出四句话：就是眼要准，心要狠，手段要毒辣，时机要抓稳！”

俱文珍讲罢，刘光琦等人佩服得连连点头。三人刚说到这里，只见薛盈珍气乎乎地走进来。大家一看，不由一怔，不知发生了什么事情。

薛盈珍一屁股坐到一把椅子上，拿起桌上的茶水喝了一口，道：“真真地气死咱家了！”

俱文珍见此，料定今日中书议事发生了争执。刘光琦忙上前道：“薛公，这是咋啦？谁敢与咱家过不去！”

薛盈珍遂将中书议事情况说了一遍，刘光琦听后向着俱文珍道：“这郑馀庆不是反了吗！往日处处与我等为敌。今日竟敢又否决为宫中增拨库银一事，并将薛公逐出中书，还说皇上的不是！是可忍，孰不可忍啊！”

陈弘志接口道：“这郑馀庆狂妄自大，自命忠臣良相，经常扬言要夺我等手中之权。此人就是韦执谊第二。他极力推举韩愈的改革条陈，就是要步王叔文的后尘，再次篡朝乱政！我等不可不防。”

俱文珍听后，冷笑道：“看来这郑馀庆是不想再坐在中书省了！好吧，这次就成全他！”他向着薛盈珍和刘光琦等人道：

“昔日，郑馀庆多次与我等作对，一是他在朝中威望颇高，有王公大臣的支持；二是皇上十分器重于他，故我等搬他不动。今日他竟敢指责皇上的不是，否决给宫中的库银，推举韩愈的改革之策，这就势必引起皇上动怒，遭到朝野上下的反对。这是他自掘坟墓！现在搬动他这块石头的时机已经成熟。”

俱文珍讲罢，薛盈珍等人连连点头。刘光琦道：“好！我们马上去见皇上，让皇上摘掉这匹夫的乌纱帽。”

“不！”俱文珍奸笑道，“朝野尽知郑馀庆反对我们宦官参政；皇上也知中书省与内务府不和。现在直接去说还为时过早，皇上定会以为我们在互相攻讦。”

刘光琦看着俱文珍道：“那依俱公之意，该如何办好？”

俱文珍道："扬汤止沸，不如釜底抽薪。郑馀庆不是推举韩愈的改革三策吗？咱们也来个'倒郑三策'以对之！"

"什么'倒郑三策'？"刘光琦不解地看着俱文珍。

俱文珍阴险地道："第一，首先要改变皇上对郑馀庆的看法，激怒皇上。"他向着薛盈珍道：

"咱家和薛公一块面见皇上，采取以退为攻的策略，要求皇上收回内务府参与中书议事的成命。皇上肯定要问原因，薛公就将郑馀庆指责内务府引诱皇上追求声色，不思图治；皇上让内务府参与中书议事是宦官弄权，干预朝政，是大错特错等，一一奏明。然后咱家提出，为了顾及皇上的声誉和威严，内务府情愿退出朝政。从而不仅激怒皇上，而且逼着皇上定下'倒郑'决心。"

薛盈珍听后，高兴地连连点头。俱文珍继续道：

"第二，要让杜佑、郑絪一起弹劾郑馀庆。皇上听了咱家和薛公之言。定要召杜佑、郑絪询问。杜佑一向与郑馀庆不和，郑絪虽两边讨好，但胆小怕事，惧怕我等。"俱文珍说到这里看着刘光琦道：

"刘公公和陈公公二人，可连夜去到杜佑、郑絪府上，向其说明我等意图，阐明利害，并向郑絪许以：若搬倒郑馀庆，他就是当朝首辅大臣；否则，就是内务府的死对头。让其二人参奏郑徐庆专横跋扈，凌驾中书，欺君罔上，谋逆乱政之罪。"

"好！如若杜佑、郑絪一齐奏本，那皇上定然深信不疑。"薛盈珍听俱文珍讲罢，咧着嘴道。

俱文珍看了看三人，继续道："这第三是要鼓动满朝文武和皇亲国戚，一齐出来攻讦郑馀庆。"他环视了一下刘光琦等人，道：

"明日我等分别去到有子弟在国子监读书的王公大臣府上，就说郑馀庆要改革太学，凡是王公大臣子弟，要统统赶出国子监，并公开招纳天下庶民子弟入学，让他们联名上书皇上，闹得越凶越好。"

"妙！俱公这三步棋，比刚才那盘棋走的还妙！"陈弘志向着俱文珍谄媚地道，"这下郑馀庆就会上下被动，前后受敌，处于四面楚歌之中。他就是有天大的能耐，地大的利口，也难以分辩。妙！实在是妙！"

薛盈珍接口道："还有那个韩愈，狂妄自大。经常叫嚷要削除藩镇割据，铲除宦官弄权；鼓吹什么弘扬儒教，振兴文坛，很能迷惑一些人。这次一块将其除掉，以绝后患！”

刘光琦笑道：“只要搬倒了郑馀庆，韩愈将会失去靠山，就无戏可唱了。铲除此人，势如拔棵小葱，让杜佑去收拾他就行了。”

俱文珍听后道：“这韩愈也不能小视，其人是茅坑里的石头，又臭又硬，昔年李实就败在他的手里。况且此人才华横溢，诗赋文章誉满京师，在朝野上下颇有影响，就连皇上都在夸他的诗赋文章。要整倒他，也需要造点舆论，方不留口舌。可在王公大臣中散布他狂妄自大，蔑视朝臣；鼓吹改革，沽名钓誉；过去和王叔文原是一党，现在又和郑馀庆结党营私。然后令杜佑将其除掉，可万无一失。”

“高！实在是高！”俱文珍讲罢，薛盈珍、刘光琦、陈弘志等人佩服得五体投地。俱文珍昂着头，看着大厅的天花板，慢慢地道：“顺我者昌，逆我者亡！今后凡是与我等为敌者，咱家绝不心慈手软！”

再说韩愈自那日将改革条陈交与郑馀庆后，心里是既激动，又担忧。他回到家里后，日夜盼望着朝廷能采纳他的主张，立即革除太学之弊，然而却事与愿违，厄运又一次降临到他的身上。

三日后，京城突然传闻，郑馀庆被罢去相位。韩愈听后不由大惊，好似晴天一声霹雳。他马上意识到：郑徐庆被贬，可能与他有关，这太学改革将成为泡影！他回到家后辗转难宁，卢夫人见此，忙令秦济到几位朋友处打探消息。

不一会儿，秦济回来道：“外面传言四起，说杜佑、郑絪一起参奏郑大人；朝中几位王公大臣、皇亲国戚，也联名上书皇上，要求罢去郑大人的相位。听说郑大人已被贬为太子宾客。”

韩愈心如乱麻。晚上王涯不期而来，韩愈忙邀至书房，询问朝中之事。王涯道：“学生来此正为此事，退之可曾向郑相上书，要求改革太学，废除旧制！”

韩愈遂将上书经过简要讲了一遍。王涯道：“果然这样！看来不仅郑相被罢贬，退之恐怕也要遭到不测！”

韩愈听后气愤地道：“这改革太学弊制，乃是为国家社稷着想，是中兴大唐的千秋大计，怎么竟然有罪？”

王涯不由叹了口气，遂将郑馀庆在中书为改革太学弊制，与杜佑的争论，以及怒斥宦官干政；杜佑、郑絪突然一起弹劾郑馀庆独断专行，诽谤皇上；朝中王公大臣联名上书皇上，攻讦郑馀庆等，说了一遍，韩愈听后，忧愤地道：“是我害了郑大人！是我害了郑大人！”

王涯向着韩愈道：“退之先莫自责，郑相被贬是迟早的事；俱文珍一帮阉党，早就视郑相为眼中之钉，做梦都想置其死地而后快，只是没有下手的机会而已。这次中书为太学改革的争论，正好被他们所利用。”

王涯讲到此看着韩愈道：“现在郑相被罢免，已无法挽回，我担心的是他们下步将会对你下毒手，你要有个心理准备。”

韩愈听后正要答言，只见张籍从外面匆匆进来，一见王涯在此，忙与之见礼，道：“王大人也在这里。”然后向着韩愈道：“朝中的变故先生都知道了吗？”

韩愈道：“上午刚刚听说，王大人也是专为此事而来。”

张籍向着王涯道：“现在城中谣言四起，好像是冲着先生来的！”

王涯道：“谣传我也听到一些，看来这帮阉党是在打退之的主意。他们想一箭双雕，既搬倒郑相，又搞垮退之！”韩愈听后气愤地道：“他们都造了学生哪些谣言？”

王涯见韩愈十分激动，不愿多说什么，便道：“管他造什么谣言，知其用意，我们多防着点就是了。俗话说，害人之心不可有，防人之心不可无！”

张籍原是个直性人，况且与韩愈交谈向来是直来直去，从不隐瞒。现见事情严重，知王涯不便多说，便道：

“先生若问，不妨实告，但切莫为之动气。他们一是说先生恃才傲物，狂妄自大，藐视朝中大臣；二是上书改革太学是沽名钓誉，哗众取宠，拿王公大臣的子弟作垫脚石；三是诬陷先生为王叔文余党，所举三策是妄图篡朝乱政；四是诽谤先生与郑相结党营私，狼狈为奸……”张籍还未说完，韩愈已气得脸色发青，不由胸中一热，一口鲜血从口中喷出。

张籍和王涯不由一惊，慌忙一把扶住韩愈。卢夫人闻讯忙从内室跑出，见韩愈面色苍白，嘴角挂着血丝，惊得连声道：“老爷？老爷？这是咋着了！”忙用手帕为韩愈擦去嘴上之血。

王涯向着卢夫人道：“夫人莫要着急！退之是听了朝中传言，不由动气。附近若有医者，着人去请个来看看。”此时秦济、建中等俱跑了进来，一面扶韩愈躺到床上，一面着人去请郎中。

韩愈流着泪，向着王涯和张籍道：“天理何在？天理何在！他们竟如此颠倒是非，恶毒中伤！”

张籍见此，懊悔地道：“唉！这事都怪我，真不该让大人去给郑相公上书，没想到这帮阉党竟如此无耻狠毒！”

张籍还未讲完，秦济已带着郎中进来，大家忙让出地方。那郎中坐到床边，给韩愈诊完脉后，向着大家道：“大人是忧愤过度，气血攻心，无甚大碍，吃两剂药就会痊愈！”说罢，由秦济陪着到客厅去开药方。

王涯和张籍忙劝慰韩愈要多想开些。此时张署、孟郊也闻讯过来。大家劝说了半宿，韩愈方定下心来。

第十卷

斩棘撼东都

第 66 章
避诽谤分司东都　感世风著文《原毁》

且说韩愈听到郑馀庆被贬和流言对自己的诽谤，不由义愤填膺，竟口吐鲜血，昏厥在地，虽经大家抢救脱离了危险，但却病倒在床。张籍、孟郊、张署、李翱等人三天两头前来探望，区弘、齐毛乃日夜守护在韩愈身边。

一天，窦存亮、陈彤、孟湑等人又来探望韩愈。韩愈问及太学情况，只见三人吞吞吐吐，闪烁其词，不觉起疑，遂连着追问。窦存亮见隐瞒不住，只好实告道："自先生病后的第二天，我等俱被赶出太学。只因怕先生动怒，故未敢禀明。"

韩愈一听，不由气愤地道："他们为何把你们赶出？"

陈彤道："郑相被贬后，学馆流言四起，那些纨绔子弟弹冠相庆，大呼小叫，并对我等围攻辱骂。三日后，司业将我们三人召到一起，言道接中书指令：非王公大臣子孙，不得在太学读书，将我等三人逐出学馆。"

韩愈听后，沉默片刻。心情沉重地道："是我连累了你们，让你们受委屈了！"窦存亮等人忙道：

"先生切莫这样说，为了我们和天下学子，郑相才被他们诬陷罢官，先生才遭到恶语诽谤。国子监不少学子都在为郑相和先生鸣不平呢！"

两天之后，韩愈的病情稍有好转，便来到国子监，他找到司业质问，为何要将窦存亮等人赶出太学。那司业无可奈何地摇了摇头道："上命难违呀！本职只能这样，别无选择。"然后将杜佑在郑馀庆罢去相位的当天，将他召到中书严令三条：一是太学之制乃是朝廷所定，不得擅自改动；二是非王公大臣子弟，不得入太学读书。擅自破格入学者，要一律逐出；三是六馆作赋习文仍以骈文为本，不得采用他文等，叙说一遍。

韩愈听后忧愤地道："朝廷如此听信谗言，大唐何日才能中兴！"不觉流下泪来。

那司业见此，忙小声地道："退之说话千万要小心才是。听说这次俱文珍一伙要置大人于死地，多亏了郑絪从中阻拦，说了大人不少好话；皇上也闻知大人刚正不阿，文章奇秀，是个难得的人才，方免于追究。如刚才大人所言，若被人听去，参奏皇上，岂不又要惹祸上身！"

韩愈听后，知司业胆小怕事，为人谨慎，不便多说什么，只好怏怏而回。

郑馀庆被贬和朝野的流言诽语，对韩愈来说犹如一盆冷水从头顶浇下。他从江陵回来的那股跃跃欲试，踌躇满志，决心为大唐中兴而拼搏进取的热情，一下被彻底毁灭。对宦官的憎恶，对新皇的困惑，对郑馀庆的惋惜和内疚，对前途的渺茫和失望，使他义愤填膺，不能自已。

从国子监回来的第二天，韩愈去拜谒了郑馀庆，郑馀庆虽被诬陷罢职，但情绪自若。韩愈深表歉意，自悔不该上书引起这滔天大祸！郑馀庆道：

"你上书没有错，怎奈老夫性情特刚，树敌过多；新皇偏听偏信，忠奸不分，故而遭人暗算，坠入阉党的陷阱。对此老夫早有思想准备，但没料到会来得这么快。所让老夫遗憾和担忧的是，太学改革将再无时日；退之你的处境也会因此而更加困难和危险。"

韩愈听后更加感动。二人又说了些互相勉励的话，韩愈只好告辞出来。

自郑馀庆事件之后，国子监中那些或随风转舵、或胆小怕事、或攀龙附凤之人，马上对韩愈换了一副嘴脸：昔日谈笑拱手的僚友，竟变得敬而远之；尤其那些妒贤忌能之辈，更是兴灾乐祸，趁机诽谤。

此时的韩愈真有点“四面楚歌”之感。

过罢春节，韩愈精神稍有好转。然而不久，郑馀庆再次被贬，降为河南府尹；区弘、陈彤、孟涫等人，也先后离去，韩愈心情更加沉重。

一日，韩愈正在学馆散步，隐隐听到旁边几个人正在议论自己。一人道：“郑馀庆被贬往河南，这下彻底完了！”另一人道：“要不是韩愈沽名钓誉，搞什么改革，上什么条陈，他这个恩相也不会垮得这样惨！”

韩愈听此，心里像刀扎一般。刚想走开，忽听另一人又道：“你们听说了吗？这次韩愈没有被贬职，多亏了宰相郑絪和翰林学士李吉甫从中斡旋，而韩愈不但不思恩图报，反而还在背后说他二人的坏话。”

“说什么着？”一人问道。

只听那人又道：“说郑絪媚骨屈节，投靠宦官，出卖同僚，是政坛娼妓！李吉甫平庸无能，缺少文彩，徒有虚名……”

韩愈听后，不由怒火中烧。一个踉跄，险些跌倒，他忙扶住身边一棵小树，只觉嗓子和口中一股咸味，一口鲜血顺着嘴角流了出来。他真想上前抓住那几个肆意诽谤的家伙，搧上几个耳光，痛斥他们是无耻小人！然而他感到浑身无力，随之眼前一黑，便昏倒在地。

晚上，韩愈被几个学子送回家中。他面色苍白，嘴角挂着血丝。卢夫人一见，吓得手脚发软，忙扶韩愈躺到床上。窦存亮、齐毛急从书房跑进来，看着韩愈道：“先生，这是怎么啦？怎弄成这个样子？”那几位学子遂将韩愈昏倒的情况说了一遍。

张籍、孟郊、张署等人听说韩愈旧病复发，慌忙前来探视。韩愈气愤地道：“学生一心为国家社稷着想，何错之有？他们为什么要这样诽谤陷害与我？”

张籍道：“先生无错。我想，这定是俱文珍一伙阉党，看到这次没有搞垮先生，知先生在京城威望颇高，朝中有不少大臣爱惜和支持先生。故而制造谣言，挑拨离间，妄图借别人之手孤立和搞垮先生。”

张署道：“张大人说得不错，另外还有一点就是宰相郑絪、翰林李吉甫对退之你十分器重。朝野曾有传言，二人有意提携退之进入翰林。这事是真是假还说不定，但那些妒贤忌能、投机钻营、妄图向翰林挤的人，很可能把退之视为竞争对手。为了达到个人的目的，他们也会采取卑劣手段，进行造谣诽谤，挑拨二人同退之的关系。”

韩愈听后愤怒地道：“愈亦人也，岂能既傲宰相，又傲翰林！其将何求？这些人怎如此无耻之尤也！”

这日，王涯、李程、李建三人也前来看视韩愈，见韩愈情绪激动，忙又劝慰了一番。韩愈不由叹了口气道：“同僚冷嘲热讽，小人借机诽谤。这京城犹如刀山剑林；国子监竟像一座坟墓！学生真想弃官而去，远离这是非之地！”

王涯笑道：“退之何出此言，若此，贤弟的大业又怎实现？”

李程道：“我倒有个主意，退之既可暂避小人诽谤；又可继续他的宏图大业！”王涯一听忙道：“李大人有何妙计，快快讲来？”

李程道：“东都国子监，几兴几衰，目前名存实亡。中原诸省学子，不得不远徒跋涉，来京就读，十分不便。前时东都留守曾上书朝廷，要求恢复学馆，以利周边官宦之弟。朝廷因无合适人选，还未议定此事。退之何不趁此要求前往东都，承担此任，岂不两全其美！”

王涯一听笑道：“我竟忘了，这倒是一步好棋，而且郑相现在东都，退之前往，正好相互照应。”

韩愈听此，不由转忧为喜，道：“若此，学生无虞也！”李程道：“若退之愿往，可上书朝廷，请缨东行；我与王大人再从中翰旋，定能成功。”韩愈听后不觉精神一振，病也好去了几分。

王涯、李程等人走后，韩愈一面上书朝廷，一面约来张籍、孟郊、张署几个亲朋好友，告知此事。大家既为韩愈将摆脱京城小人的诽谤而高兴，同时又为大家刚刚相会，又要各分东西而惋惜。

唐元和二年夏，四十岁的韩愈接到朝廷诏令，准其分司东都，整饬恢复东都国子监学馆。并派助教侯继、薛公达二人协同前往。

六月初，韩愈辞别亲朋好友，携卢夫人等启程前往东都，窦存亮、齐毛相随而行。张籍、孟郊、张署及王涯、李程、李建、李翱等人一直将韩愈送至灞桥。

韩愈望着潺潺灞水和两岸婆娑杨柳，向着张籍、王涯等人，多少有些伤感地道：“贞元三年，学生第一次赴京参加科考时，结识好友陈羽，时二人双双落第。大约也是在这个时候，陈羽愤离长安，学生送他来到这里，曾作《落叶一首送陈羽》的诗为之饯行，不想一晃二十年过去。贞元十九年冬，学生擢迁御史台不到三个月，因上书朝廷直言关中天灾人饥状，被幸臣李实所谗，同张署、李方叔两位大人一起，被贬往岭南。时正值三九寒冬，灞水冰封，柳枯叶落。柳宗元、刘禹锡等人将我三人送到这灞桥边上，暖酒饯行，犹如眼前。”韩愈讲到此，回首望了望长安城和周围依依烟柳，无限感慨地继续道：

“没想到岭南三载，九死一生。返回京城还不到一年，又不得不离开这里。不知我等何日才能重新相聚，怎不叫人伤感！”说罢不由热泪盈眶。

王涯忙道：“退之莫忧，此东都之行，不过是权宜之计。当今皇上乃圣明之君，岂能久被阉党所蒙蔽，早晚定会发现贤弟这棵栋梁大树！”

李程也接口道：“王大人说得极是。这东都虽远离京师，但却是物华天宝，人杰地灵，藏龙卧虎之地，正是大丈夫用武之处。退之到了那里，倒可以展胸中抱负，广纳中原奇士，借以宏扬圣道，振兴文坛。那时功德圆满，政声蜚扬，返回京师，势在必然！”

韩愈听后，不由淡然一笑道：“但愿能如两位大人所言就好。”孟郊向着韩愈道：

“大人先行一步，学生在京再停几日，如不顺意，便到东都去寻找大人。”

韩愈点了点头道：“东野兄如能到东都去，那是再好不过了。”大家又互相嘱咐一番，方挥泪而别。

六月中旬，韩愈来到洛阳，第二天便带着秦济前往国子监。只见学馆门庭冷落，窗残屋破，院门可罗雀。时侯继、薛公达两位助教已先于一天到达，见韩愈到来，忙与学馆总管一起走出与韩愈相见。

韩愈随同大家进入祭酒堂。这东都学馆始建于唐高宗仪凤三年，时武则天称帝后，经常住在洛阳，遂将国子监也一分为二，设立了东都国子监。

韩愈望着冷落的馆舍，不解地向着那总管道：“这学馆怎变成这样？馆中可有学子？”

那总管有五十余岁，说话三分带笑，忙回道：“大人刚到这里，情况有所不知，这东都国子监虽为朝廷最高学府，然经安史之乱后，便衰落下来。大历年间，韩廷曾委派司业张文成、博士杜方达前来执教，曾兴盛一时。建中四年，‘四王二帝’作乱，李希烈袭挠东都，国子监再次遭受兵祸，司业博士被逐，学子四散离去。贞元十三年，董晋为东都留守、奏拜陈琳为博士、上官鸿为助教，欲重建学馆。然二人到任不久，宣武军乱，董晋奉诏入汴，重建学馆遂半途而止。至今，这国子监名存实亡，馆中多年已无学子。”

韩愈听后，方明缘由，又向着那总管道：“现在学馆都有何人？日常费用从何而来？”

那总管道：“目前学馆有儒官、杂工十余人，费用由留守府拨给。然而由于学馆已停教多年，故经费常常短缺，难以维持。”韩愈听后点了点头，然后随那总管将整个学馆查看了一遍。

翌日，韩愈携侯继、薛公达来到留守府，拜谒了东都留守兼防御使赵宗儒。这赵宗儒原为吏部侍郎，于去冬刚刚擢迁来此不久。此人乃是杜佑的门生，近年又投靠在俱文珍门下，故官运亨通，连连升迁。五日前已接到俱文珍的来函，要其挟制韩愈，不得使其执教有成。赵宗儒深知韩愈才略纵横，刚正不阿，且胸怀鲲鹏之志。二人相见毕，韩愈遂向其阐明整饬学馆的打算，并希望能得到留守府的支持和协助。那赵宗儒虽对韩愈心怀叵测，但表面上仍表示愿尽全力协助韩愈办好学馆。韩愈一听十分高兴，不觉精神为之一振。

离开留守府后，韩愈让侯继和薛公达先行回去，自己便到河南府来看望郑馀庆。郑馀庆一见韩愈，高兴地拉着韩愈道：“我估摸着这两天你就该到了，这一路可否顺利？”边说边携韩愈进入书房坐下。韩愈遂将路途情况简要说了一遍。

郑馀庆向着韩愈问道：“可到留守府去了吗？”

“刚刚去过。”

郑馀庆又道：“见到留守赵宗儒否？”

韩愈高兴地道：“见到了，看来这赵宗儒还挺正派，表示要全力协助办好学馆。”

郑馀庆听后，不由苦笑了一下，向着韩愈道：“赵宗儒的来历退之可否知道？”

韩愈见郑馀庆如此相问，不由一怔，忙道：“略有所闻，但不很清楚。”

郑馀庆不由叹了口气道：“你我至交，有话不得不实告，退之你不该到这东都来！前时听说你请缨前来东都，老夫是既高兴又担忧。这赵宗儒乃势利之徒，早年老夫为相时，此人曾千方百计来干谒讨好老夫，被老夫严词斥退；后追随杜佑左右；这几年又投靠在宦官门下。此人阴险狡诈，善于权术，人称‘笑面虎’。老夫到职以来，其表面上毕恭毕敬，暗地里却刁难使诈，拆台踢脚，使老夫进退为难，哭笑不得。退之一向刚正不阿，且与俱文珍结下仇怨，这赵宗儒岂肯善待与你？此东都之行，岂不是脱离虎口，又入狼穴！”

韩愈一听不由一惊，他在留守府的那股热劲，一下凉了半截。郑馀庆看着韩愈道：“不过退之也不要过分担忧，既来之，则安之。事在人为，只要今后遇事多加小心，谅他也奈何不了你，不过想通过留守府的支持，干一番事业，那就难说了。”

韩愈离开郑馀庆处回到学馆，他虽然对郑馀庆的谈话深信不疑，但对赵宗儒仍多少抱有一些幻想，然而三个月后，这种幻想就彻底破灭了。

开始，他将重整学馆的方案呈交给留守府，要求尽快将整修学馆的费用到位。结果经数月奔波，却一两银子也没有拿到；接着，他提出从庶民百姓中，公开招收学子的主张，然也遭到了留守府的坚决反对。正当韩愈为此而气愤不已时，在洛阳城内的官宦中，竟悄悄流传着同长安一样对他的诽谤和诬陷。一些准备到学馆来读书的官宦子弟，闻此竟怯步不敢前来。若大一个国子监，只有寥寥数名学子。

韩愈至此方如梦初醒：他叹息，他愤怒，他几次到留守府去抗争，然而却无济于事。他振兴东都学馆的鸿图，彻底失败了。

韩愈又陷入了忧愤和苦闷之中，他曾几次到河南府去找郑馀庆，诉说胸中的不平。然而郑馀庆也是泥马过河，自身难保，对此毫无办法，二人只能以酒解愁。

有人向着韩愈道："赵宗儒乃心术不正之人，大人去和他计较，难免要惹祸上身。"也有人背后说："这韩愈是个书呆子！朝廷让你来此清闲享福，每月俸银一两不少，何必无事找事，自讨苦吃！"

韩愈听后，不由更加愤慨：他想到弘扬儒教，振兴文坛，中兴大唐之伟业，暗道："蓬雀焉知鸿鹄之志呼！"晚上，他经常一人站在空旷的学馆大院中，凝望着浩瀚夜空和死寂般的馆舍，心潮如巨浪翻腾，难以平静：奸佞当道，宦官弄权，朝中尔虞我诈，一批批忠臣良相被参被贬，令人发指的流言诽谤……反复出现在他的脑海中。

一日，韩愈想到古时尧舜之圣明，周公之仁义，士大夫之高风亮节，而今日世风竟如此腐败，追根刨底，乃是因圣道衰微，仁义不行，致使争权夺利，结党营私，妨贤忌能等恶劣之风作祟。不由回至书房，提起笔来，愤作《原毁》[1]一篇，以泄胸中之忧愤。

韩愈在文章中，首先对古时的士大夫进行了高度赞美；接着无情地列举了今日士大夫的种种丑恶之行；然后以犀利的笔锋，精辟地论述，揭示了当代士大夫定要打击别人的目的和原因；最后在文章结尾中发出了愤怒的哀叹和大声的疾呼。在文中他愤慨地写道：

古之君子[2]，其责己也重以周[3]，其待人也轻以约[4]。重以周，故不怠；轻以约，故人乐为善。闻古之人有舜者，其为人也，仁义人也；求其所以为舜者，责于己曰："彼人也，予人也[5]，彼能是，而我乃不能是[6]？”早夜以思，去其不如舜者，就其如舜者。闻古之人有周公者，其为人也，多才与艺人也；求其所以为周公者，责于己曰：“彼人也，予人也；彼能是，而我乃不能是？”早夜以思，去其不如周公者，就其如周公者。舜，大圣人也，后世无及焉；周公，大圣人也，后世无及焉。是人也，乃曰：“不如舜，不如周公，吾之病也。”是不亦责于身者重以周乎！其于人也，曰：“彼人也，能有是，是足为良人矣；能善是，是足为艺人矣。”取其一不责其二；即其新，不究其旧，恐恐然惟惧其人之不得为善之利[7]。一善易修也一艺易能也，其于人也，乃曰：“能有是，是亦足矣。”曰：“能善是，是也足矣。”不亦待于人者轻以约乎！

今之君子则不然：其责人也详[8]，其待己也廉[9]。详，故人难于为善；廉，故自取也少。己未有善，曰：“我善是，是亦足矣。”己未有能，曰：“我能是，是亦足也。”外以欺于人，内以欺于心，未少有得而止矣。不亦待其身者已廉乎？其于人也，曰：“彼虽能是，其人不足称也；彼虽善是，其用不足称也。”举其一不计其十；究其旧不图其新。恐恐然惟惧其人之有闻也。是不亦责于人者已详乎！夫是之谓不以众人待其身，而以圣人望于人[10]，吾未见其尊己也。虽然，为是者有本有原，怠与忌之谓也。怠者不能修，而忌者畏人修。吾常试之矣：尝试语于众曰：“其良士，其良士。”其应者，必其人之与也[11]；不然，则其所疏远不与同其利者也，不然，则其畏也。不若是，强者必怒于于言，懦者必怒于色矣。又尝语于众曰：“其非良士。其非良士。”其不应者，必其人之与也；不然，则其所疏远不与同其利者也；不然，则其畏也。不若是，强者必说于言，懦者必说于色矣[12]。是故事修而谤兴，德高而毁来。

呜呼！士子处此世，而望名誉之光，道德之行，难已！将有作于上者[13]，得吾说而存之，其国家可几而理欤！

韩愈写罢，掷笔于案，将书稿复看了一遍，不由大声念道：“呜呼！士子处此世，而望名誉之光，道德之行，难已！”

注释

[1] 原毁：毁，诽谤，原，缘故。指当时士大夫阶层诽谤别人的原因。

[2] 古之君子：指古时士大夫阶层。

[3] 重以周：严重的周密，十分全面。

[4] 轻以约：轻松而简单。

[5] 予人也：予同余，作“我”字。

[6] 是：如此，这样。

[7] 恐恐然：很谨慎的样子。

[8] 其责人也详：责备别人非常苛刻。

[9] 其待己也廉：对自己要求很少。

[10] 不以众人待其身，而以圣人望于人：“众”应为“圣”，即用圣人的标准要求别人。

[11] 必其人之与也：必是那人的党羽、朋友等人。

[12] 说于言，说于色：“说”同“悦”。

[13] 有作于上者：居上位而有作为的人，指执政的大官们。

第 67 章
东都城喜结新雨　论“兴古”力振文坛

韩愈振兴东都学馆的宏图受阻后，虽忧愤不已，但毫不气馁。每日与助教侯继、薛公达东奔西走，四处求助，使学馆勉强得以恢复。

过罢新年不久，孟郊从长安来到洛阳，韩愈一见喜出望外。孟郊向韩愈诉说了在京候补这半年多来，毫无所获的郁闷心情；韩愈也向孟郊叙述了自己来到东都的种种遭遇。二人惺惺相惜，都有些愤愤不平。

一日，韩愈携孟郊至郑馀庆处。郑馀庆久闻孟郊的才名，也曾看过孟郊的诗，对孟郊十分赏识。今见孟郊落魄困顿，郁郁而不得志，便道：“如今世风败坏，奸佞弄权，官场尔虞我诈，充满裙带铜臭之气。你在朝中既无亲朋大员，又不愿干谒权贵，恐怕再候上两年，也难补上一官半职。老夫这水陆转运处，现有一从事空缺，虽官职不大，但每月俸禄尚可糊口，不知孟大人愿否暂且屈就？若大人愿到老夫处就职，老夫即表奏朝廷，予以诏拜，不知孟大人意下如何？”

孟郊一听，自然惊喜不已，忙道谢不迭。郑馀庆道：“若此，孟大人过两天就来上任吧。”

韩愈和孟郊都欣喜若狂，孟郊不仅有了官职，而且二人又可经常在一起谈诗论文，对二人来说真可谓是个天大的喜事。

从郑馀庆处回来后，韩愈即向卢夫人和侯继、薛公达告知此事，大家皆欢喜不尽。三日后，韩愈亲送孟郊至水陆转运处。

自孟郊到河南府水陆转运处上任后，一有闲暇，便到国子监来与韩愈吟诗联唱，韩愈虽壮志难酬，但有孟郊经常相伴，倒也多少有些宽慰。一日，韩愈正在书房与侯继、薛公达谈论馆中之事，只见窦存亮进来禀道：“门外有自称樊宗师和石洪的两位先生求见大人。”

韩愈一听，不觉大喜。他来洛阳之前就已闻说樊宗师和石洪之名，二人皆是才华横溢、文章奇秀的世外高人，与温造、卢殷、李渤、卢同四人，并称为“东都六才子”。韩愈原本打算到洛阳后就去拜访他们，因当时正忙于筹备学馆之事，故未能成行；不想这二人竟登门前来，便高兴地向着窦存亮道：“快快有请！”

侯继道：“这樊宗师字绍述，乃官宦之家出身，父曾任襄阳、江陵节度使。然本人却愤世嫉俗，淡泊名利。喜欢清居雅谈，酷爱诗赋文章。曾官拜著作佐郎。石洪，昔年曾任黄州录事参军。”侯继谈到此，向着韩愈道：

“这樊宗师在文章上特别热衷古文，与韩大人倒有许多相同之处。而且赋诗著文追新求异，诙奇险奥，艰涩怪僻，被人称为‘涩体’。”

韩愈道：“此人的文章，学生曾拜读过数篇，虽文体有些艰涩，然清新俊逸，屈艳班香，给人以险峰突兀，飞瀑流泄之感，让人耳目一新。和那些令人厌恶的骈文相比，不知要好出多少倍！”

“韩大人说得不错，”薛公达接口道，“然而世俗偏见，犹如风刀霜剑。据说樊宗师虽被称为东都六才子，然其文章多受到非议，为当今世人所不容。”

韩愈听后正要答话，只见窦存亮领着樊宗师和石洪进来，大家忙迎出书房。只见一人年近五旬，长须飘胸，凤目入鬓；另一人三旬左右，朱唇皓齿，玉面微须。二人皆方领广袖，风度翩翩。韩愈忙拱手笑道：“久闻二位高士大名。正要前去拜访求教，不想今日二位竟大驾光临！”

那年长者忙还礼道：“在下樊宗师。”并手指年少之人道：“这位是石洪兄弟，今日贸然登门，还望大人海涵！”

韩愈欣喜地道：“哪里！哪里！二位光临，真乃天赐贵人与愈也！”边说边携着二人之手，邀至书房。

大家落座后，樊宗师向着韩愈道：“去岁大人莅洛时，就想前来拜谒求教，因当时大人正忙于筹划学馆，怕有误大人公务，故未敢造次。然感慕缠怀，慕蔺之心，犹如久旱思雨，严冬趋炭，实难释怀。今见这东都学馆诸事就绪，焕然一新，方敢冒昧前来讨教。”

韩愈听后，不由苦笑一下道：“樊大人所言，真让学生汗颜，学生到此已即将一载，至今毫无建树，这东都学馆虽已勉强开课，然馆舍破旧，学子寥寥数人，哪里像是朝廷的最高学府！”

石洪听后，有些迷惑不解，便向着韩愈道：“大人奉诏分司东都，整饬学馆，好似处处受阻，甚不得意，这是为何？”

韩愈听后，不觉叹了口气。他虽痛恨赵宗儒的卑劣行径，然刚与这二人相见，不愿多谈及官场是非，便道：“此事说来话长，容学生以后慢慢告知二位。”

樊宗师虽对赵宗儒扼制韩愈一事不甚了解，但他深知官场之中互相倾轧争斗之事，见韩愈欲言又止，便向着石洪道：

“贤弟每日吟风诵月，赋诗作对，从不关心政坛风云，哪里知道这官场之险恶，创业之艰辛！”

韩愈听后向着樊宗师道：“久闻樊大人不仅文章奇秀，而且愤世嫉俗，钦崎磊落，今日一见，果然如此！”

樊宗师听后，忙谦逊地道：“大人过奖了，草民虽身在世外，然对当今朝廷之暗弱，奸佞之跋扈，小人之奸诈，乃略有所知。昔年，草民随先父在任时，曾历览官场争斗之景；后踏入仕途，又饱受尔虞我诈，勾心斗角之害，方弃官而回，隐居山林！”

韩愈听后，点了点头道：“大人说的不无道理，学生曾闻令尊一生清正，领牧襄阳和江陵之时，不仅政声显赫，而且敢于向朝廷直陈时弊，为当时权幸所不容，可叹竟早早仙逝而去。大人才高八斗，文章清奇，也不能为当今所用，实在是可惜得很！”

樊宗师听罢，爽朗一笑道：“官场之中，翻手为云，覆手为雨，祸福变化在瞬息之间。纵观古今，能有几个贤臣良相能达到善始善终？何况老父乎！更兼草民乃一愚儒书痴之人，不谙官场之道，也只能与山林诗书为伴了！”樊宗师讲到此，多少有点激动地道：

“草民虽不愿与世相争，然仍为世俗所不容！只因草民热衷古文，诽议之声竟时时不断。大人乃当今文坛泰斗，今草民前来，就是欲拜大人为师，以张古文之势！”

韩愈听后更加兴奋，高兴地道："拜师不敢，但在一起共同砌磋文章，那是学生求之不得的。大人的文章，学生已拜读过数篇，真乃扬葩振藻，清新奇秀。虽为世俗所非难，然却如雪中之红梅，初春之惊雷！不仅其幽香袭人，震天动地，而且预示着春天的到来！"韩愈讲到此，也有些激动地道：

"纵观古今，一切腐朽的东西，都不会轻易地退出历史舞台。凡是搞改革创新之人，都不可避免地要遭到守旧势力的诽谤和打击。昔年，学生因坚持和倡导古文，而被黜于中书，致使十年求仕化为泡影。去岁，学生在京因上书宰相，要求改革国子监弊制，以古文取代骈文，结果又遭到小人的诽谤和诬陷。因而，大人的文章受到他人的非议，也不足为怪，无须为之介意。"

樊宗师和石洪听后，犹如拨云见日，佩服地频频点头。樊宗师道：

"听君一席话，胜读十年书！过去每逢遇到别人非议时，常有气馁和退缩之意，现听了大人的金石之论，顿消心头迷雾，更加坚定了使用古文的信心。"

韩愈道："不破不立，不止不行！只要大家都来反对骈文，振兴和使用古文，其势就会如春日之江河，夏日之狂飚，那些守旧势力是想挡也挡不住的。古文之用，势必尉然成风！"

石洪激动地向着韩愈道："我们有几位好友：一个叫温造，此人才高八斗，藏而不露；一个叫卢殷，曾做过登封县尉；一个叫卢同，自号玉川子；还有一个叫李渤，现隐居在少室山下。四人皆是怀珠抱玉，超尘拔俗之人，不仅文章誉满东都，而且都热衷古文。改日将他们一块邀来，共同倡导古文，其力量就会更大。"

韩愈听后，高兴地道："这样太好了！若我东都儒林能齐心倡导古文，振兴文坛将指日可待也！"

此时樊宗师已是热血沸腾，他向着韩愈和石洪激动地道："我们回去后就去约会他们，这次不废除骈文绝不罢休！"

韩愈看着他俩振奋的样子，高兴地连连点头，遂又问及四人的情况。樊宗师道："温造乃书香门第出身，诗赋文章冠压群儒。然而以'世无知音'为由，多少有些孤傲不群。卢殷为贞元十三年进士，曾做过登封县尉。此人恃才傲物，清高自许，因痛恶官场腐败，不愿奉迎上司，遂弃官而回。其诗赋清新高雅，朱弦疏越。卢同，自号玉川子。此人家境十分贫寒，自幼刻苦读书，五岁便能赋诗作对，被人誉为神童。其为人极宽厚仁慈，文章辞彩精拔，珠圆玉润，乃是个披褐怀珠之人。李渤，字正君，贞元初进士及第，乃东都道德文章第一高人。去年朝廷曾诏拜其为左拾遗，被他婉言谢绝。此人与少室玉泉寺高僧韦蒙、僧荣结为好友，现隐居在少室山下。”

韩愈听后，高兴地道：“若这些奇人异士共同倡导古文，振兴文坛无虞也！”大家又谈论了一阵汉晋以来的文坛兴衰和几次大的“兴古”热潮，樊宗师和石洪方激情满怀地告辞而去。

三日之后，樊宗师与石洪携温造、卢股、卢同三人来到国子监。韩愈一见大喜，遂邀至客厅叙话。那温造年约四旬以上，方领矩步，丰容靓饰，气度高雅倜傥。卢股年近五旬，长脸宽额，神清气正，手握一把鹅毛羽扇，冉冉如武侯临世。卢同，眉清目秀，身着布衣，年约三旬，手持一本《离骚》，给人以书不离人，人不离书之感。

樊宗师将三人一一向韩愈作了介绍，韩愈望着他们五人，高兴地连连点头。樊宗师道：“李渤现在少室隐居，暂无法相邀。”

韩愈向着大家道：“学生在京时就已闻说诸位高士的道德文章，来到东都后，本想登门拜访，怎奈学馆冗务缠身，未能如愿。今日一见，真让学生振喜不已！”

温造等人久闻韩愈的大名，也曾拜读过韩愈不少诗赋文章，原本就对韩愈十分倾慕。今见韩愈仪容威严，举止大度，更加增添了几分敬慕。

卢股向着韩愈道：“去岁大人莅洛时，我们几位就想登门求教，一是因无人引荐，自感才疏身微，怕遗笑他人；二是大人公务繁忙，不敢前来打扰。昨日听樊兄之言，方释心中之虞。”

卢同道：“大人的新古文，在下已收集了数十篇，真乃是气势恢宏，扬葩振藻，给人以清新俊逸，荡气回肠之感。一扫骈文之僵死腐朽之气。特别是大人的《诤臣论》《师说》和《送李愿归盘谷序》等文章，已成为当今儒林争传模仿的楷模。”

韩愈听后向着卢同笑道：“卢君过誉了，学生那些文章，只不过是借用古文，有感而发，用以载道言志。前日樊大人与石君来此时，学生已谈及此事：文章者，一是要为弘扬圣道，推行仁义所用，即所谓传道；二是要为宣扬德政，除恶扬善，教化万民所用，即所谓解惑；三是要为百姓传播农工技能，教以谋生之道所用，即所谓授业。这就要求文章应言之有物，切合实际，并为绝大多数人所掌握和喜欢。”韩愈讲到此看了看大家道：

“而骈文却只求辞藻华丽，对仗公正，越来越脱离百姓的现实生活，成为‘竞采浮艳之词，争驰迂诞之说’的雕虫小技，完全到了颓废僵死的地步。他既不能起到传道、授业、解惑的作用，又不能为广大百姓所掌握，因此必须以古文而代之！”

韩愈讲罢，大家连连点头。温造向着韩愈道：“纵观大人文章，总体虽为古文，但又不同于先秦两汉之文章，其中有不少骈文的写作方法，这是为何？”

韩愈看了看温造，向着大家道：“我们说恢复古文，或倡导古文，并不是完全照搬先秦两汉的文章。先秦两汉文章，既有它的优长，也有它的不足。我们恢复古文，就是要取其所长，避其所短。骈文既有它的弊端，也有它的优长，我们摒弃骈文，并不是完全抛弃它，而是去其糟粕，留其精华。即将先秦两汉古文的表现手法，同骈文讲究写作技巧，追求文彩辞藻的特点结合为一体，形成新的古文。这种古文既不同于先秦两汉的古文，又完全超越了现在的骈文，而是辞事相称、善美并具的新古文。”

韩愈讲罢，大家互相看看，俱现出无限欣喜之色。卢同向着韩愈道：“骈文之弊虽人人厌恶，然当今朝廷仍以骈文考官取仕；古文虽好，却被官方禁止使用，此事如何为好？”

韩愈向着卢同道：“前日我同樊大人和石君也谈到这件事；古往今来，任何一种新事物的出现，都要受到旧势力的反对和扼杀；一切腐朽没落的东西，都不会轻易退让。它们必然要受到旧势力的呵护，这是不以人们意志为转移的。如秦国的商鞅变法、齐国的吴起变法都是这样。”韩愈讲到此转向大家道：

“这是其一。二是新事物必然要代替旧事物！无论守旧势力如何反对，如何强大，最终新事物必将战胜旧事物。这是社会向前发展的结果，是任何人也阻挡不了的。就像先秦两汉文章取代春秋战国时期的辞赋，骈文取代秦汉古文一样，今日的骈文也最终将被新古文所取代。”韩愈讲到这里，多少有点激动地继续道：

“三是任何一种新生事物的出现和光大，都要经过曲折的道路和反复的争斗，都要有一大批有识之士为之不懈地努力和英勇献身，才能取得最后胜利。纵观历史，一切改革和变法都是这样。”韩愈讲到此，振奋地道：

“如今，这骈文就如冬末之冰雪，古文运动犹如初春之惊雷。只要大家都来倡导和使用古文，那些积雪和坚冰还能不被春风所溶化？骈文难道还能不被古文所代替吗！”

韩愈讲罢，大家好似春风拂面，心如潮涌。樊宗师向着大家道：“我等皆山林闲散之人，既不赴京应试，也不入朝做官，不会像韩大人那样，昔年因使用古文而被黜于中书；现今为倡导古文而受到小人的诽谤。为了文坛的复兴和繁荣，这‘兴古’大旗要让它在东都高高飘起！”

卢同激动地道：“今后韩大人就是我们的旗手，我们都是韩大人的学生，大人怎么做，我们就怎么做，不达目的绝不罢休！”韩愈听后更加高兴。大家都有些相见恨晚之感，一直谈到日落西山方散。

第68章
谒正君为国举贤　论圣道说动李渤

韩愈自结识樊宗师等人后，遂将精力倾注在倡导古文上。大家三天两头聚合在一起谈诗论文，切磋文章，韩愈精神复又大振。孟郊闻讯后也前来相聚，遂与卢殷结为好友。

然而好景不长，倒霉的孟郊上任不到一年，晚年所生三子竟先后去世。时大的刚满十岁，小的生下只有数日。孟郊悲痛欲绝，痛作《杏殇》九首并序，以泄胸中之哀。在《杏殇》中，孟郊写道："儿生月不明，儿死月始光，儿月两相夺，儿命果不长。"在《悼幼子》中，孟郊悲吟道："负我十年恩，欠尔千行泪。"

韩愈为五十八岁的孟郊连丧三子，深表痛惜，哀作《孟东野失子》和序以表慰抚。在序中韩愈写道："东野连产三子，不数日辄失之，几老，念无后以悲。其友人昌黎韩愈，惧其伤也，推天假其命以喻之。"他在诗中写道："且物各有分，孰能使之然？有子与无子，祸福未可原。"

为了使孟郊摆脱失子之痛，韩愈经常邀孟郊外出散步。一日，二人来到城外的莎栅河边，只见天低云暗，凄风阵阵，河水时流时断，岸柳枯萎倾斜。孟郊见此，更加伤感，韩愈忙又劝慰了一番。二人不由遂作《莎栅联句》。韩愈在诗中有"冰溪时咽绝，风枥方轩举"；孟郊有"此处不断肠，定知无断处"之句。

唐元和四年春。一日，樊宗师与卢同又来韩愈处，大家谈及时政，卢同道："近闻朝廷二次下诏，擢拜李正君为左拾遗，正君仍推说有疾，不愿奉诏入京，实在是可敬可慕！”

樊宗师道：“正君乃雄才大略之人，其道德文章誉满京师。特别是宰相郑絪、李吉甫对其十分赏识，故屡次举荐于朝廷。不过老推诿不前，也非上策！”

韩愈听后暗道：“这李渤是何样之人？声誉竟如此之高！自己来到东都已将近两载，还来见到此人，不能说不是一件憾事！而且像李渤这样道德高深之人，不能为朝廷所用，也实在是可惜！”便向着樊宗师和卢同道：

“正君拒不奉诏为官，一是有违圣命；二是无益于社稷。以学生之见，不如劝其奉诏入京，既可一展胸中之才，又可为国家和百姓做些好事，岂不两全齐美！学生久想赴少室拜访正君，正好眼前有暇，不如咱们一同前往，一是可登门向正君当面讨教；二是劝其赴京就职；三是顺便赴中岳一游。不知二位意下如何？”

樊宗师与卢同也都好久没有见到李渤，多有思念之意，听韩愈讲罢，俱道甚善，三人遂商定于第二天前往少室山。

这少室山位于洛阳东南约一百五十里处，为中岳嵩山的西麓。大家从洛阳出发，经关林，过龙门，傍晚时分方来到山前。

大家举目眺望，只见这少室山峰峦叠嶂，烟岚云岫。苍松翠竹布满高岗峡谷，清泉小溪流挂悬崖松间。山花争艳斗奇，鹤鹿嘻戏和鸣。远处半山之中，隐隐现出一金碧寺院。

韩愈见此，不觉心旷神怡，高兴地道：“此真乃神仙居住之地也！学生虽为中原人氏，还是第一次来到这里。”

樊宗师扬鞭遥指远处寺观道：“那茂林松柏之间的宝塔佛殿，就是中原第一禅院少林寺，也称玉泉寺。李正君就隐居在离寺不远的玉泉潭边。”

韩愈望了望半山之中的少林宝刹，和山涧的潺潺流水，道：“此处山清水秀，景色怡人，怪不得正君不愿离开这里。”大家说着，策马顺着溪边石径蜿蜒而上。韩愈边走边向着樊宗师和卢同道：

“听说这少林寺建于北魏年间，寺中僧人个个武功高深，被誉为武林的泰山北斗，可否是真？”

“大人说得不错，”樊宗师答道，“北魏时，西域沙门高僧跋陀来到中原，孝文帝为跋陀所动，于太和十九年敕令在这少室山下建寺立庙，为跋陀所居。只因这寺院建于少室山下，周围皆松柏之林，故取名少林寺。隋文帝时将此寺更名为陟岵寺，因寺前有一玉泉，又称玉泉寺。我朝贞观初年，太宗颁诏，又将此寺复名为少林寺。这少林寺僧人历来以武功强身健体，寺中僧人个个身怀绝技。武德年间，太宗李世民率领大军与王世充、窦建德大战于东都附近，曾有少林棍僧救秦王之说。”

韩愈听后，向着樊卢二人道：“武德四年，太宗李世民率领大军，采取围城打援的战略，先擒窦建德，后除王世充，威震华夏，名垂青史，天下妇孺皆知，而这少林棍僧救秦王之说，史书却未曾记载，不知是真是假？”

卢同接口道：“此事在东都广为流传，当时秦王李世民率领李世绩、秦叔宝、程知节、尉迟恭等将领和十万大军，与王世充大战于新安至虎牢关一带。一次两军于谷水两岸对恃，李世民为摸清敌军虚实，亲自带领十余骑将士，悄悄突入敌阵。当敌军发现世民只有十余骑时，便从四面八方将其团团围住。世民身中数箭，左冲右突，拼死杀出重围时，身边只剩下一骑。看看追兵又至，正当危急之时，只见从山坳中奔出十余骑手持棍棒的僧人，个个如罗汉天降，挡住追兵大杀一阵，将秦王救下。后秦王登基后，专门下诏，将少林十二棍僧进行了封赏。”

樊宗师接口道：“如今这少林寺内还树立着秦王告少林主教碑，上面记述着寺僧救助秦王，和协助征讨王世充的事迹。”

韩愈听后点了点头。大家说着来到玉泉潭边，只见潭水清澈见底，周围苍松荫郁，秀竹依依，在对岸几棵合抱粗的古槐下，搭建着三间茅庐，房前屋后，数株牡丹正竞相开放，姹紫焉红，争奇斗妍。

樊宗师手指潭水和茅庐，向着韩愈道：“这潭就叫玉泉潭，潭那边的茅庐便是正君隐居的地方。从这里再往前走约半里路程，就到少林寺了。”

韩愈听后，不禁贪婪地看了看周围的景色，不住地连连点头。卢同忙走到前面带路，大家拉着马，顺着溪上的独木小桥过到对岸，来到茅庐前。

樊宗师边走边向着茅庐喊道："正君兄在家吗？"只见柴门开处，从茅庐内走出一人来。韩愈看时，只见那人头戴紫色逍遥巾，身披鹅黄处士氅，剑眉凤目面如玉，三绺长髯飘在胸，怀抱一卷《春秋》辞，袒襟广袖如仙翁。不由暗忖道："此真乃世外高人也！"

那李渤一看是樊宗师与卢同等人到来，忙整衣相迎，高兴地道："啊吆！樊兄、卢兄，原来是你们两位大驾光临！"然后看着韩愈，不由眼前一亮，向着樊宗师欣喜地道："这位是？"

樊宗师向着李渤神秘地道："你猜猜看，这位是谁？"

那李渤又将韩愈上下打量了一番，见韩愈器宇轩昂，雍容大度，向着樊宗师道："此君定是一位高人，山人猜不出来！"

樊宗师爽朗一笑道："这位就是大家经常谈及的当今文坛泰斗，新古文大家，东都国子监博士韩愈韩退之大人！"

那李渤听此，甚是惊喜，忙向着韩愈施礼道："原来是韩大人，我说怎如此神采英拔，气度雄远！"

韩愈忙还礼笑道："人言大人乃世外高人，今日一见，果然如此！"说罢，环视了一下周围的苍松、秀竹和田园花圃，向着樊宗师等人道：

"此处山清水秀，鸟语花香，晨观少林习武，晚听古刹钟声，真乃人间仙境也！"

李渤忙笑道："大人过奖了！"然后向着韩愈和樊宗师道："走，咱们到草堂用茶叙话。"边说边侧身请韩愈等人进入茅庐。

大家进到屋内，分宾主坐下后，李渤令书童献上茶来。韩愈看了看屋内：只见正面墙上挂着颜真卿的手书条幅，右边墙上贴着一幅《寒江垂钓图》，右边书架上堆满了各种书籍，迎面窗台上摆放着两盆盛开的兰花。浓烈的槐花香和幽幽兰花香，充满整个房间，顿感有一种清新幽雅之气。遂向着李渤道：

"大人高举深藏，担风袖月；此茅庐依山傍水，平静幽雅，真乃世外桃源也！"

李渤笑道："山人安贫寡欲，淡漠名利；深恶世风败坏，更惧官场争斗！极喜这青山绿水，田园生涯。故潜遁于此，真让大人见笑了。”

韩愈道：“学生久闻大人盛名，今日一见，果然是超凡脱俗，卓然不群，真乃人中龙凤，国之栋梁也！”

李渤听后，忙谦恭地道：“山人诚惶诚恐！大人钦崎磊落，崧生岳降，名震大江南北！山人与之相比，真乃天壤之别也！”

樊宗师见韩愈讲此，知其要劝李渤出山，便插言道：“正君兄切莫特过谦了，韩大人久慕兄长的道德学问，今日特邀在下和卢兄一块前来登门拜访：一是想与兄长切磋文章；二是欲劝兄长出山就职，为国家社稷效力。”

李渤听后，不由面呈凝重之色，向着韩愈道：“山人乃一迂腐之人，徒有虚名，其实难副，仅有舞文弄墨小技，并无治国安邦大略。今日大人亲临茅庐，实令山人喜出望外，若共同切磋文章，乃山人梦寐以求之望也；至于入朝为官，奈山人早已心灰意冷。个中情由，容山人以后慢慢告知大人。”李渤讲到此，转向樊宗师道：

“今日天色已晚，诸位一路鞍马劳顿，不如先休息休息，晚上再屈膝长谈。明日山人带大家一块到少林寺去看看，顺便拜谒一下韦蒙、僧荣两位高僧。”李渤讲到此，转向韩愈道：

“韩大人乃当今古文大家，这韦蒙、僧荣两位大师不仅擅长诗赋，而且也是极爱古文之人，经常和山人谈论古文运动和韩大人的文章，对大人十分崇慕。大家正好在一起共同切磋切磋。”

韩愈听李渤讲罢，知其不愿奉诏为官定有原因，因初次相见，不便多问，决定改日再伺机相劝。现见李渤说出少林两位高僧俱是热衷古文之人，不由更加高兴，便道：“那真是太好了！就依大人之意。”

李渤看着韩愈和樊宗师，道：“山人此处虽荒山野岭，食宿简陋，然鸟语花香，景色清新。既没有市井之喧嚣，更没有官场之争斗。诸位若不嫌弃，可在此小住几日，大家在一起尽兴谈谈诗赋文章如何？”韩愈一听正中下怀，看了看樊宗师，高兴道：“我等正有此意。”

晚饭时，李渤令书童取出陈酿老酒，揣上数样时新菜肴款待韩愈等人，一时房间香味四溢。韩愈看时，有的以前吃过，有些则见所未见。

李渤向着韩愈道：“大人久在京师府衙，吃的都是大鱼大肉，然多为过时陈物。今日来到山人之处，虽无海鲜燕窝相待，但所烹之菜皆山珍时鲜之物。大人不妨尝尝，看看味道如何？”

韩愈笑道：“学生小时曾在河阳老家住了几年，后遇‘四王二帝’之乱，随嫂嫂就食于江东，入仕后又被贬往岭南三载，所经之地多为穷乡僻壤，所食之物皆粗粝淡饭，然如大人盘中之物，则不少却是从未用过。”说罢，拿起筷子向着樊宗师和卢同道：

“来！来！来！咱们今日尝尝李大人的美食佳肴。”边说边在一个盘中夹起一块菜团，送到口中，顿觉一股清香之气，顺着喉咙，沁入肺腑。不由点了点头道：

“果然不错！清香爽口，犹如嫩肉。”然后向着李渤道：“这可是构絮蒸菜？”

“正是。”李渤道。韩愈向着李渤和樊宗师道：“这构絮蒸菜，小时在河阳老家，每年都要吃上几顿，现在已有多年没吃了。记得有一年闹春荒，村里的百姓为了充饥，将四周的构树剥得净光，只剩下光秃秃的枝干。”

李渤道：“当今天灾不断，苛捐沉重，百姓是树皮野菜半年粮。这构絮清香微甜，既是非灾荒之年，百姓也要拿它食用，何况灾荒之年！但在京师和官宦之家的餐桌上是看不到的。”

樊宗师接口道：“司马迁的《史记》中曾有这样的记载：‘独蜀出构酱’。西南巴蜀一带，老百姓还将这构絮制成果酱，其味甘美，盛传各地。”

“樊兄说的不错。”李渤道。韩愈听后点了点头，然后指着一个盘中碧绿透亮，像韭菜一样的东西，向着李渤道：“这盘是不是苦苦菜？”

“是的。”李渤道。韩愈向着李渤和樊宗师道：“除了这几个菜外，其他的学生就叫不上名字了。”

李渤用筷子指着桌子上的菜肴，一一介绍道：“这个是蒜辣猪毛菜，这个是清油枸杞芽；那个是香椿炒鸡蛋……”

韩愈很久没有吃到这些新鲜野菜了，顿感食欲大增，高兴地向着李渤道："今日这山菜稀粥，真胜似山珍海味也！怪不得大人不愿离开这里呢！"

用罢晚饭，李渤令书童收去杯盘，燃上灯烛，大家精神激昂，遂围坐一起又谈起诗赋文章来。

李渤向着韩愈道："纵观古今，文章发展到今日，历经先秦两汉之盛，齐梁八代之衰，到了亟待复兴之时。大人的文章可谓初春之惊雷，黎明之曙光，令人振奋不已！"

韩愈忙谦逊地道："大人过奖了。振兴古文并非自学生开始，早在武则天当政时，陈子昂、姚崇、宋憬等人就已拉开了改革文坛的序幕。天宝年间，萧颖士、李华、独孤及等人，相继又发起了第二次'复古'热潮。这李华乃学生之恩师，今学生力倡古文，欲振文坛，实乃秉承先师之遗志也！"

李渤道："这些'振古'先贤，山人当然知道，他们虽文章精妙，名重一时，然却势孤力单，各有千秋，形不成气候。大人的振古，与他们大有不同：一是大人并非完全复辟古人文章，而是将先秦两汉文体，与骈文的写作技巧相结合，形成了一种新的古文体裁，很易为天下人所接纳。二是大人倡导古文与宏扬儒道结合在一起，明确提出了'文以载道'，'道为文本'的思想，继承和发展了孔孟的道统学说。为复兴古文，振兴文坛，指出了明确的方向，深为当今儒林所推崇。三是大人复兴古文，不仅自己坚持不懈，不畏压力和挫折，而且培养和带领了一大批有识之士，共同为之奋斗。如名震文坛的张籍、孟东野；崭露头角的儒林新秀李翱、皇甫湜；热衷古文的侯喜、李景兴、尉迟芬等，形成了一个强大的'兴古'阵营。这是前者所无法比拟的！"

韩愈听后向着李渤道："大人过誉了，纵观我朝两次'振古'运动，其收效甚微之原因，皆由其只在少数几个大人物中进行，没有在儒林和民间广泛展开，形不成风潮和大势，故而成为昙花一现！"韩愈讲到此，环视了一下李渤和樊宗师等人，激情满怀地继续道：

"骈文自齐梁以来，历经八代，根深蒂固，只有少数几个人是搬它不动的！必须唤起天下儒士，群起而伐之，才能形成排山倒海、势不可挡之洪流。若天下文人齐用古文，那骈文将不攻自败，必然走入坟墓！因此，学生不惜抗颜为师，广纳门徒，力传圣教，就是为了形成席卷天下的振古之势！”

韩愈讲到此，李渤、樊宗师等人，都不住地连连点头。韩愈继续道：

“目前，第三次‘振古’运动已经兴起：在京，有张籍、皇甫湜、李翱等人，已经形成了一种新古文之风；在江南，有柳宗元、刘禹锡等人，他们先后举起了复兴古文的大旗；现在，我们东都儒林，振兴古文的狂飈正在形成！东野、石洪、温造等人激情高昂。这三处振古浪潮互相涌动，势必形成燎原烈火，烧遍整个神州！”

李渤听后连连点头，欣喜地向着韩愈道：“听大人这一讲，我们振兴古文的信心就更足了。”然后看了看樊宗师和卢同，向着韩愈道：

“大人曾多次提出‘文以载道’和‘修辞以明道’的主张，并把它作为振兴古文的纲领，请大人能予以明示？”

韩愈道：“以学生之见，我们所谓的振古运动，就是要继承圣人之道，建立新的儒学。以此达到治国、齐家、平天下的目的，再现尧舜之盛世。所谓圣道，就是儒家思想之精髓。即尧舜之德政；文武周公之礼乐；孔子孟轲之仁义。其内容可概括为仁、义、礼、智、信五个字。它由尧传之于舜，由舜传之于禹，由禹传之于文武周公，文武周公传之于孔子，孔子又传之孟轲。”韩愈讲到此，看了看大家继续道：

“纵观古今，圣人之道乃治国安邦之根本，得道者得天下，失道者失天下。道盛则天下治；道衰则天下乱。自孟轲之后，圣人之道便慢慢失传，故而天下纲常废驰，仁义不行。我朝自天宝以来，宦官弄权，藩镇割据，邪教盛行，战乱四起，盖天下失其圣道所至也！因此，要中兴大唐，首先就要明天道，正人心，排异端，宏扬和巩固儒道的正统地位。”

韩愈讲到这里，多少有些激动地继续道：“三教九流，著书立说，皆是为了宏扬其教义宗旨：释家传经立庙，是为了推行其佛道；道家著经说法，是为了光大其道教；儒家撰文修辞，则是为了宏扬其圣道。这是天经地义之事！因此，历代圣贤都把宏扬圣道、治国安邦作为已任。周公制礼乐，夫子著《春秋》，皆莫如此。学生出身于世代儒家，自幼受父兄教诲，立志振兴圣道。早在二十年前，学生就立下誓言：如得位，则死于官；如不得位，则修辞以明道。此乃学生宿愿也！”

韩愈讲罢，李渤深有所感，陷于沉思之中。樊宗师和卢同则欣喜难禁。卢同道：“韩大人今日之论，比在东都所谈更加精辟，实令草民钦佩之极！以大人所见，道与辞，两者应如何看待？”

韩愈道：“道乃儒家之根本，辞乃儒家之心声。本深而末茂，形大而声宏。行峻而言厉，心醇而气和。要写好文章，首先就要继承圣人之道，做仁义之人，此乃道与辞之关系也。”二人听后，不由连连点头。大家直谈到三更多天仍余兴未尽。

夜里，李渤安排樊宗师与卢同在客房休息，邀韩愈与自己同室安歇，韩愈一听正合心意，他见李渤在交谈之中多有所思，似有心动，便想趁机再劝说一番，促其尽快出山，即欣然应喏。

二人来到卧室交谈数句后，韩愈便问及李渤不愿出山的原因。李渤听后，不由叹了口气，道：“学生自幼苦读圣贤之书，常思圣人之道，虽胸无安邦治国之策，然时时想着国家社稷和黎民百姓。贞元初年，学生五次赴京求仕，历时八年之久，希望能得到一官半职，借以报效朝廷社稷。虽当时侥幸进士及第，然终因山人不愿攀附权贵而难登官场之门。”说到此，李渤多少有些感慨地继续道：

“也就在山人滞留京师之际，老家祖上遗留的数顷良田，竟为时任郑滑节度使的贾耽之侄所霸占。先父为此奔走告状三载，结果官官相护，难申曲直，老父含愤而亡！学生从京回到家中，曾立下誓言：今生再不求官，以绝为虎作伥，干伤天害理之事。后携老母来到东都，遂与宗师、石洪等人结为诗书挚友。”李渤说到这里，顿了顿，道：

“不是山人背离圣人之道，不愿报效国家社稷，实乃当今朝廷暗弱，奸佞当道，官场腐败，令人心寒意冷。”

韩愈听后，方明原因，不觉激起同感。沉默一阵后方道：“原来大人同学生一样，在仕途上屡遭挫折。昔年，学生为赵憬、卢迈等人所阻，致使十年求仕一事无成，当时学生的心情和大人一样，真想削发为僧或遁入山林。然而想到圣人之道和父兄教诲，只好将个人恩怨抛弃一边，重新另寻救国之门。”

李渤听后，叹了口气道：“大人之事，山人当时也在长安，颇有所闻。那时京城盛传大人必登博学宏词榜首，结果发榜时竟是陆复礼，都惊诧不已，愤愤不平。然而，大人为实现报国之志而锐意进取，毫不气馁，实在令天下读书人敬佩！”

韩愈听后颇有感触地道：“夫子曰：‘名不正，则言不顺，言不顺，则事不成’；孟子曰：‘虽贤圣，不得位，空言无施，虽切何补？’两位圣人所论，皆指出得位之重要。当今，要明天道，正人心，排异端，首先就要得位，达到策能施、令能行、呼有声、言有众，才能实现自己的政治主张。否则，只能是仰天空谈，一事无成。不仅宏扬圣道无望，就是振兴古文，也会被扼杀和再次失败！”

韩愈讲到此，向着李渤语重心长地道：“如大人和学生之遭遇，天下何止你我二人？不知有几多千万！朝中如赵憬、贾耽、李实之佞臣，又何止他们三个？可谓层出不穷！若不宏扬圣道，振兴纲常，何以铲除奸佞，拯救万民，再现尧舜之盛世？只有树立君臣之道，仁义之礼，铲除奸党弊政，实现王道乐土，才能使天下读书之人，公平、顺利地步入仕途，才能使黎民百姓不再像大人一样遭受贪官污吏之害！”

李渤听后，不由得连连点头。韩愈向着李渤继续道：“大人修身自洁，不与浊流合污，实乃高风亮节，无可非议。然而以学生之见，这洁身自好，与世无争，实非圣道宗旨；乃是佛老所鼓吹的脱离现实，不顾国家社稷的单纯修身之法。而历代圣贤，皆把治国安邦，作为修身养性之目的。其得道不是为了独善其身，而是为了兼济天下。故大禹治水，三过家门而不入，孔子游说列国而席不暇暖。这是其一。”韩愈讲到这里，看着李渤继续道：

“其二，即使大人有济世安邦之愿，若不得位，手中无权，身边无人；有令不能行，有策无处施，如何能实现自己的宏图大志？

俗话说：‘一个人即使浑身是铁，又能打几个钉子？’最终也只能是在家治一室，出外治一乡足也。天下之大，其结果将如苍海一粟尔，与拯救天下万民，相差远矣！”

韩愈讲到这里，李渤不由一震。韩愈看着李渤，高兴地道：“如今，朝廷请大人出山供职，此乃天赐良机与大人也！大人正好借此宏扬圣道，辅弼朝廷，翦除奸党，教化万民，为大唐中兴干一番事业，以实施自己的宏图大志！此乃利国、利民、光宗耀祖之壮举也，大人何乐而不为呢？”

李渤听后大为振动，向着韩愈道：“大人之论，高屋建瓴、振聋发聩。真如惊天春雷，金玉良言，让山人茅塞顿开，如梦初醒！容山人三思，定不负大人所望。”

韩愈听后，知李渤已被说动，方满意地登榻休息。那李渤竟一夜未眠，第二天起床后便向着韩愈道：“大人昨夜之言，令山人震憾不已。山人已拿定主意，近日即赴京就职，不干好一番事业，绝不回见江东父老！”

韩愈听后，欣喜地点了点头，道：“大人这一出山，我大唐又多了一位贤臣，百姓又多了一方青天，真乃可喜可贺！”樊宗师与卢同闻知李渤已决定出山，个个惊喜不已，更加佩服韩愈卓越的说服才能。

第69章
游少林讲授古文　观习武批斥佛老

李渤陪同韩愈等人用罢早点，即相携向少林寺而来。这少林寺位于少室山北峰下的半山间，周围苍松蔽日，翠竹掩映；门前溪水潺潺，寺后奇峰峥嵘。大家来到寺内，那少林高僧韦蒙、僧荣闻及，早已走出相迎。李渤即向二僧和韩愈等人进行了互相介绍。

韩愈看那韦蒙、僧荣二人，年令都在五旬左右，个个神清气正，举止高雅，不觉心中更加喜悦。大家随二僧进入僧堂，小和尚献罢茶后，遂谈起文坛之事。韦蒙向着韩愈道："久闻大人盛名，只恨无缘相见，今日大驾光临，真令贫僧振喜不已！"

僧荣接口道："大人乃文坛泰斗，古文大家。诗赋崎崛奥衍，独树一帜；文章推陈出新，锋发韵流。贫僧自幼酷爱诗赋文章，尤其热衷古文。然而不得要领，往往自恨文不从心。今日大人光临敝寺，正好予以赐教！"

韩愈忙道："二位大师特过谦了，学生未来东都之前，已闻知二位大师的才学大名。昨日李大人又详细介绍了两位大师的诗赋文章，皆是铺锦列绣，妙笔生花之辈。学生一生倡学古文，我们正好在一起相互切磋共勉，从而在东都兴起新的振古浪潮。"

僧荣听后高兴地道："这样太好了，贫僧多年的夙愿可以实现了。"然后向着韩愈道：

"大人的新古文贫僧已收集了数十篇。特别是《李愿归盘谷序》、《祭十二郎文》和《诤臣论》，写得情真意切，清新自然，精辟剔透，超逸绝伦，最让贫僧叹服！"

韦蒙接口道:“大人的文章汗澜卓踔,奥泫澄深。诡然而蛟龙翔,蔚然而虎凤跃,锵然而韶钧发。如长江大注,千里一道,冲飚激浪,污流不滞。真可谓震古烁今也!”

僧荣向着韩愈接口道:“这古文写作有何绝巧?请大人能予以赐教!”

此时,韩愈见韦蒙、僧荣二人,既热衷古文,又谦逊好学,不由情绪高涨,遂道:“以学生粗浅体会,古文在写作上要彻底打破骈文的束缚,需要注意把握好三点。”他看了看樊宗师和李渤,向着僧荣和韦蒙道:

“第一,要注重文章的风格。在这方面:一是论理要精辟透彻,观点要深刻鲜明。做到宏中肆外,如江河奔流,一泄万里;二是要立意新颖,奇险出新。给人以既在意料之外,又在情理之中之感;三是文章要有拔地依天,海立云垂之势,摧枯拉朽,移山倒海之力,达到铿锵有声,气贯长虹;四是要谆谆说理,娓娓言情,并将讽刺、幽默、诙谐的表现手法,融入文章之中。达到意讽辞谐,使人们在啼笑怒骂之中得到震憾和觉悟。”

韩愈讲到此,韦蒙等人俱连连点头。韩愈看了看大家,继续道:“第二,古文在写作上更要讲究技巧,注重文章的艺术美。首先文章的结构要巧妙,努力做到纵横跌岩,异峰突起,给人以其来无端,其去无迹之感。其次,要运用生动、形象的夸张、比喻手法,以增强文章的感染力和趣味性。使人如临其境,如闻其声、如见其形之效。再者,引经据典要恰到好处,既要防止典故堆砌,画蛇添足,又要善于用典阐明是非,使文章达到词华典瞻,浑然一体的地步。四是既要注重文章的自然流畅,又要讲究文章的词藻文采,从而达到扬葩振藻、摛艳薰香的效果。”

韩愈讲到这里,见大家都在聚精会神地聆听,便继续道:

“第三,古文在语言运用上也要精心提炼,务去陈言。要汇集古代诗赋文章语言之精华,形成清新自然、流畅明快、词丰意赅、辞事相称的新古文语言。使其具有更加强烈的艺术魅力和丰富的感染力。在这方面:一是语言要形象鲜明,生动感人,务去陈言套话。二是形式要丰富多彩,引人入胜,形成或简洁峭拔,或气势恢宏,或错落顿折之势；三是语言要有个性。无论写人写事，或古语、或口语，都要有各自的特色，给人以如闻其声，如见其人之感。四是语言要富于情感，努力做到情景交融，以情动人。”

韩愈讲罢，韦蒙和僧荣等人俱惊叹不已。僧荣感慨地道：“听了大人之言，方知这古文写作竟如此深妙！”

韦蒙点着头道：“地冻三尺，非一日之寒。大人的文章气势恢弘，扬葩振藻，如江河奔泄，如万马飞腾，如高山流水，如莺语燕声！原来大人钩深索隐，千锤百炼，手握无限玄机尔！”

韩愈笑道：“二位大师过奖了，学生此论乃粗浅之见，真让二位见笑了！”

李渤道：“今日天家相聚一起，可算是钟子期遇到了伯牙，高山流水得到了知音！”大家又谈及文章如何立意，如何修辞，直到午时方罢。

下午，韦蒙与僧荣陪同韩愈等人游览了少林寺景观。大家先来至大雄宝殿，只见此殿雕梁画栋，飞檐斗拱；丹墀之上，半人高的铜铸香炉内，紫烟缭绕，火光闪烁；殿内钟磬齐鸣，香气四溢；红莲宝座上端坐着释迦牟尼丈二金身。一排排善男信女，跪拜在佛脚之下，虔诚地默默祈祷着。给人以庄严肃穆之感。

大家看罢大雄宝殿，随着韦蒙、僧荣来到接引佛殿，只见地面凸凹不平，现出三排深坑。韩愈不解地向着韦蒙道：“这地面怎变成这样？”

韦蒙道：“这接引佛殿乃寺里练功之处，每逢雨雪天气，外边无法栖身，众僧皆在此处练功习武，天长日久，地面便被踏成这样。”

韩愈听后，不由感叹地点了点头。大家说着走出接引殿，来到罗汉堂。只见罗汉堂内雕塑着四排对面而坐的金身罗汉，个个形象逼真，栩栩如生。大家随着韦蒙、僧荣，边走边看，只见这些罗汉：有的慈眉善目，笑容可掬；有的怒目而视，面貌狰狞。有大腹便便，袒胸露臂的；也有骨瘦如柴，弱不禁风的。或喜、或怒、或悲、或愁，千姿百态，令人惊叹不已。

韦蒙向着韩愈道：“这罗汉堂内塑立着五百位罗汉，上首的为释迦牟尼的十大弟子，下首的乃天下得道成佛的高僧。”

韩愈听后，不禁点头道：“看来这佛门多高人也！”

大家走出罗汉堂，韦蒙手指寺院西边道：“往前约二里之地，便是寺院的塔林。那里长眠着少林历代圆寂的高僧三百多位，大家若是有兴，不妨前去一观。”

韩愈望着远处丛林之中，隐约可见的宝塔顶端，兴致勃勃地道：“常听人说，这少林寺塔林，乃天下寺院独有景象，今日正好一睹为快。”

李渤道：“这塔林十分壮观，凡到少林来者，俱要前往一游。”大家说着，便相携向塔林而来。

约有吃杯茶的工夫，大家便来到塔林。只见这塔林散布在半山腰的苍松翠柏之间，有四角型的，也有六角型的，俱为青砖方石雕筑而成。其建筑精巧玲珑，看去犹如一片擎天之柱直插云霄。韩愈见此，惊喜地道：“果然气象万千，名不虚传！”说罢，向着韦蒙和僧荣道：

“这塔林始于何年？其中宝塔怎形态不一，大小不等？”

韦蒙环视了一下塔林道：“自北魏太和十九年，西域高僧跋佗东渡中原，在此建寺后，这少林寺便成为天下高僧的云集之地。凡在寺中圆寂的僧人，都葬在这里，历时已有三百余载。因各代建筑风格不同，故其形状不一；又因其所葬僧人的职位各有高下，故所建之塔也大小不等。”

韩愈听后点了点头，道：“原来是这样。”

大家游罢塔林，返回寺内时，已是将近酉时。晚上，韩愈等人就宿于少林寺内，大家余兴未尽，又论及诗赋文章，真到三更多天方登榻入睡。

韩愈等人刚进入梦乡不久，忽被外面传来的阵阵呼号喊杀之声惊醒。听其势如千军鏖战，万马奔腾。韩愈十分诧异，坐起身向着李渤道：

“这半夜三更，怎有此呼号喊杀之声？”

李渤道："现在已四更多天，这是寺里僧人开始练功发出的呼喊声。"

韩愈听后方明缘由。李渤继续道："少林僧人自达摩祖师传授武功至今,每日四更天便要起身练功习武,已成定规。大人若是有兴，我们不妨前往一观。"

韩愈过去也曾闻说少林僧人练武之说，而未亲眼所见。现听外面呼号之声震天动地，料难再行入睡，便欣然应喏。大家披衣起床，踏着星光来到寺外，只见夜幕晨曦之中，隐约现出一片挽臂束袂的僧人，正在演练拳术棍棒，发出一片震耳欲聋的呼号声和脚踏地面的咚咚声。

韩愈看罢，向着李渤和樊宗师感慨地道："少林僧人如此矫健，数量如此之多，若能为边关所用，吐蕃和胡虏无忧也！"

樊宗师听后，深为所动，向着韩愈道："大人时时想着国家社稷，真令草民敬佩也！"

韩愈看着晨曦中漫山遍野的练武僧人，道："这些僧人都身强力壮，武功高强，每日食国家之粮，穿百姓之衣，却不能上阵杀敌，为朝廷所用，于国于民何益？天下寺庙如雨后春笋，僧徒之众难以胜数，长此下去，田园少丁，边关缺甲，国库空虚，我大唐如何能够中兴？岂不让人担忧！"

李渤听韩愈讲罢，深有感触。接口道："大人说得很是，如今皇上崇仰佛老，人们以参佛出家为荣，不仅大批青壮男女涌入寺庙，形成田地无人种，边关缺兵甲之状，而且像韦蒙、僧荣这些才华横溢的读书之人，也遁入空门，实在是可惜得很！"

樊宗师听二人讲到此，不由插言道："昔年草民在先父任所时，曾看过一份礼部文牒，上载贞元初年，全国寺院约四万余所，有僧尼二十六万五千余人；道观一千六百八十余所，有道士和女冠一万余人！这些人占据大量田地，不纳税赋、不供差役、不耕而食，实乃国家之患也！"

韩愈听后点了点头道："樊大人说得极是！这佛老不仅于国于民无益，而且鼓吹不忠、不孝、不仁不义之邪说，严重地威协着我圣道的正统地位。因此，要宏扬圣道，必须排除佛老的影响。"

李渤和樊宗师听后，都不由地点了点头。大家说着，看看天色已亮，方转身回到寺中。

韩愈和李渤等人刚进入客房。韦蒙与僧荣即尾随而来，向着大家笑道："诸位大人刚才是否前去观看操练？昨夜可曾睡好？"

韩愈和樊宗师忙道："甚好！甚好！"

韦蒙复笑道："昨夜睡得又晚，今早又被操练之声惊醒，诸位何能睡好？不过白天寺中还算清静，诸位尽可多休息一会儿。"

韩愈听后向着韦蒙道："三更入睡，五更起床，乃是常事。今日打算前往太室，就不再给寺里增添麻烦了。"

僧荣听后不由一怔，看了看韦蒙，向着韩愈和李渤道："昨日听了韩大人的精彩论断，犹如久旱逢甘霖，饥肠遇糕汤，只感相见恨晚。小僧在诗赋文章方面还有很多地方需要向大人请教。大人昨日刚刚到来，今日就要离去，这怎么能行？可否在小寺多住上几日？"

韩愈见此，遂笑道："大师特过谦了，学生昨日所论，乃孤陋之见，不足为重。只因学馆冗事缠身，还得早点回去。若大师愿继续切磋文章，来日方长，自有再见之时。"

韦蒙知韩愈掌管东都学馆，不便在此久停，想了想，便向着僧荣道：

"韩大人有公务在身，不像我们这些出家之人，来去随心所欲。贫僧倒有一个两全之策。"僧荣一听，忙道："师兄有何高见，快快讲来让大家听听。"

韦蒙道："近日寺里功课已完，不如我们陪同韩大人一块前往太室；一是大家有好长时间没有到太室去了，正好顺便看看岳庙里的几位师兄；二是可为韩大人的旅途当当向导，以尽地主之谊；三是可随时向韩大人请教学问。这样既不耽误大人的行程，又可满足师弟的求学欲望，岂不是好。"

僧荣一听，遂转忧为喜，忙高兴地道："就依师兄之言最好。"

韩愈听后也十分高兴，他也希望同韦蒙、僧荣等人多交谈交谈，以便尽快在东都各界掀起兴古热潮，但又不放心学馆诸事，不得不按预定旅程离开少室。现见二位高僧欲同自己一块前往太室，既可继续与二僧切磋文章，又得二位相陪引导，自然心中高兴。

大家用罢早斋，正准备出发，忽见樊宗师紧皱双眉，面现痛苦之状。大家忙关切地询问何故。樊宗师懊丧地道："真是不巧，草民的旧病又发作了，天公怎不为人作美！"

韩愈等人忙问是何病症，樊宗师道："草民十五年前不幸患上头痛病，当时四处请医治疗竟毫无效果，后遇到一位世外异人，开了一个约方，用了三年时间，方配得一济丸药，每逢发病之时吃上几丸，症状就会消除。近来已有两年多不曾发病了，故而此药未曾带在身上，不想今日竟突然又发病了。"

僧荣道："什么药竟如此贵重，配制竟用三年时间？"

宗师答道："此药名叫'镇痛乌金丸'，所用配料虽不十分珍贵，但却难以凑齐。其中有上元节捕捉的地龙、土元各四两，端阳节捕杀的青蛇、蜈蚣各四两，中秋节采摘的吐蕃红花和灵武枸杞各四两，重阳节采挖的长白山人参和天山灵芝各四两。然后用雨水节所降的雨水，寒露节收集的露珠，霜降节松针上的寒霜，大雪节梅花上的积雪，溶水调制而成，故十分费事。"

大家听后，不由惊叹道："原来是这样！"樊宗师向着韩愈道：

"看来草民是不能陪同大人前往太室了！如不及时回去服药，这病若再继续发作起来，其痛疼将无法忍受。"然后转向李渤道："韩大人就拜托给李兄了，望李兄一路上照顾好韩大人。"

韩愈见此，向着樊宗师道："若此，大人请速速回去，学生去到太室一观，即转回看望大人。"

樊宗师十分抱歉地道："哪，草民就先告辞了。"大家忙又向樊宗师说了一番安慰的话，先送樊宗师启程上路，然后方相携往太室山而来。

第 70 章
登嵩岳评说武后　赏奇石盛赞启母

傍晚时分，大家穿过登封县城，来到嵩山脚下，只见大小寺庙比连相接，巍峨的中岳庙，雄居于群寺之中。

大家来到庙前，只见山门高耸，古松横空。韦蒙与僧荣陪同大家进入山门，先令小和尚去通报主持长老，然后和韩愈、李渤等人顺着苍松翠柏掩映着的青石甬道，边看边向庙中而来。那庙中主持闻报，忙走出方丈相迎。

韩愈看那主持长老，只见其身披赤焰袈裟，手执璎珞佛珠；面如三春婴儿色，目似五更启明星；体态雍容庄重，银须飘洒颔下。不由暗道："看来此人又是一位释家高僧。"

那主持长老与韦蒙、僧荣见礼罢，遂向着韩愈等人笑道："诸位施主大驾光临，真让岳庙生辉了！请到方丈歇息用茶。"韩愈与李渤忙与之见礼，随那主持进入僧堂。

大家坐定后，李渤遂将韩愈等人向那主持作了介绍。那主持复将韩愈看了又看，连连点着头道："久闻韩施主大名，今日一见，果然是人中龙凤！"

韩愈听后，忙谦逊地道："大师过奖了。"然后问及岳庙有关情况，那主持一一作了回答，随后向着韩愈等人道：

"这岳庙上面的太室峰，有武后封禅之处；岳庙周围有福光寺、龙泉寺等寺院十余处。施主明日可先看看岳庙，然后再到封禅坛和各处寺观游览如何？"

韩愈等人听后，忙点头称善。正说着小和尚已送上晚斋，那主持长老陪同韩愈等人用罢晚饭后，方告辞离去。夜里，大家即在岳庙住下。

第二天上午，那主持长老早早过来，陪同韩愈等人游览了岳庙各处。这中岳庙也叫天封宫，为唐高宗李治所扩建。庙内殿宇巍峨，金碧辉煌。前后有四重殿堂，左右分三进院落，占地约二百余亩。

大家随着那主持边走边看，无不感慨万千。韩愈向着李渤和韦蒙等人道:“这中岳庙建筑之宏伟，规模之庞大，雕塑之精湛，与西岳、南岳相比，真可谓有过之而无不及也！”

李渤道:“这嵩岳庙地处中原，雄据东都之侧，为五岳之首，自然与别处更有不同！”大家边看边说，游罢整个岳庙已是午时左右。

下午，那主持长老因有事不能相陪，大家由韦蒙、僧荣相导，携同往太室峰而来。这太室峰乃是历代帝王祭天封禅之处，只见峰上苍松荫郁，紫气环绕，隐隐现出数处宫殿楼阁。大家顺着山脊石阶蜿蜒而上，待登上峰顶时，已是精疲力尽，汗流浃背。

韩愈擦了一把脸上的汗水，环视了一下周围的高大祭坛和苍松翠柏中的寺庙楼阁，向着李渤和韦蒙道:“武则天在晚年时亲自到此祭天封禅，祈求国泰民安，可也算是一位有作为的帝王了！”

李渤看了看用巨大方石砌成的封禅台，感慨地道:“武则天虽为女流，然却胸怀雄才大略，为天下男儿所不及！她虽不择手段，登上帝位，任用酷吏，滥兴重狱，然却也采取了许多重大治国方略，为我大唐盛世，作出了巨大贡献。可谓千古一帝也！”

“大人说得极是。”韩愈道，“武则天为了称帝，先后杀王皇后，黜太子贤，废中宗、睿宗两个皇帝；为了巩固自己的皇位，她任用酷吏，残酷地镇压了所有的政敌，诛杀李唐宗室及大臣数十家。而且生活奢华，挥霍无度，被世人所唾骂。然而，在她执政期间，设置科举，首创殿试，重视选拔和任用人才；同时坚决抵御了吐蕃的侵挠，收复了安西四镇，设置了北庭都护府，维护和巩固了我大唐的国家统一，而被后人所称颂。其功过是非，将是前无古人，后无来者！”

“两位大人说得不错。”韦蒙接口道。此时大家已来到武则天封禅的石碑前，只见碑上记述着武则天登山封禅的经过和盛况。韦蒙看着石碑，继续道：

“武则天不仅胸怀治国大略，而且崇仰佛道，自称是弥勒佛转世。未称帝时，曾力劝高宗偏封五岳，并于麟德二年陪同高宗，亲往泰山祭天封禅，历时达半年之久。后又鼓动高宗在这嵩山之下扩建奉天宫，准备再登太室进行封禅；不料高宗患疾归天，封禅只好中断。武则天称帝后，不仅亲自登临这太室峰进行祭天封禅，而且敕令在全国大建寺庙，广塑佛像，在我大唐又一次兴起了崇佛热潮。”

韩愈听后，点了点头道：“当今天下佛道之盛，看来与当年武则天的崇佛是分不开的。”

“大人说得极是。”韦蒙道，“邛州的乐山大佛，就是那时所建。”

“听说乐山大佛高大无比，乃以武则天的面容所雕塑，”韩愈向着韦蒙道，“不知是真是假？”

“大人说得不错，”僧荣接口道，“这乐山大佛依山凿就，高约百丈，历时达五十余年。因传说武则天乃弥勒佛转生，当时人们出于对武则天的尊崇，便将这座大佛，雕塑成武则天的容貌。”

韩愈听后，不由点了点头。大家观罢封禅台，遂向前边的其他宫殿而来。

游罢封禅坛各处景观，已是夕阳西下，晚霞满天。夜里，韩愈等人即被山上和尚安置在封禅坛下的石室中就宿。

大家来到室内，谈及历代帝王封禅之事。李渤道：“五岳封禅，最早恐怕要从周武王开始了！”

“不错！”韦蒙接口道，“当年周武王率领八百诸候，灭掉殷商后，带领文武百官和三千军兵来到这嵩山脚下，把嵩山视为天，称自已为天子。在此筑坛祭祀，祈求上天保佑周祚长胜不衰。并在这嵩山之阴，洛水之阳，建造城池，取名洛阳，作为东都。此后，历代帝王皆仿效沓至。”

韩愈道：“纵观古今，历代帝王到五岳封禅，规模最大，时间最长的，当数汉武帝刘彻了！”

“韩大人说得极是。”僧荣道，“汉武帝即位之后，厉兵秣马，奋发图治，不仅粉碎了窦氏一党的篡政阴谋，而且平息了南方诸国之乱，打通了西域道路，扫除了匈奴外患，取得了国家空前的统一和强盛。汉武帝为了确保大汉江山永固不衰，谋求自己长生不老，并显示自己的丰功伟绩，亲率文武百官前往泰山和嵩岳祭天封禅。当时沿途高结彩棚，地方官吏迎来送往，牵动数万军民；时间长达一年之久，可谓空前绝后。”

大家听后，都不由点了点头。遂又谈及各朝封禅的情况和有关趣闻，直到二更多天方洗漱准备入睡。

韦蒙洗罢手脚，向着韩愈道：“这太室山下便是龙泉寺。寺中有一神龙潭，潭内水清深邃，中有一泉涌出，夏日雷雨之时，常有神龙出现，故而得名。明日我们不妨前去一游。”

韩愈一听，知又是佛门典故，也不作深究，遂笑道：“就依大师安排就是。”

李渤听后向着韦蒙道：“听说这龙泉寺里的菩萨十分灵验，而且极爱清静。凡游人到此喧哗或亵渎神灵时，神龙就会发怒，霎时便会雷鸣电闪，暴雨突降，不知可否是真？”

僧荣接口道：“这个倒是不错。传说有一年附近有几个村野之徒，不相信菩萨会显灵，竟跑到寺里撒野叫骂，即惹动神龙发怒，突然天空乌云翻滚，雷鸣电闪，大雨倾盆而降。那几个村野之徒见此，吓得抱头鼠窜，跑到寺外一棵大槐树下躲避，结果被神龙全部劈死在树下。”

韩愈听后，不觉笑道：“若此，明日我们定要到寺里喧笑一番，看看是否属实。”大家又谈说一阵，方登榻入睡。

第二天，大家早早起床，用罢早斋即下山向龙泉寺而来，约一个多时辰，便来到寺前，果见寺旁有一碧水清潭，潭边翠竹掩映，柳荫婆娑。

大家进入寺内，主持长老闻讯，忙走出相迎，邀至僧堂用茶。韦蒙和僧荣与那主持长老皆是昔年僧友，叙罢故情后，韦蒙遂说明来意。那主持长老便陪同大家，先游览了寺中前后佛殿和各处景观，然后来到神龙潭边。只见这神龙潭四周用青石砌就。潭中微波荡漾，新荷嫩绿；中间一股泉水经潭底翻滚涌出，跃出水面若二尺有余。尺把长的红尾鲤鱼，成群结队游于水面；一见大家到来，不仅不躲避，反而从四周游集于大家面前。大家见此，俱感奇异。

韩愈向着那主持长老道："这潭中之鱼何故不惧游人？"

那主持道："这潭中之鱼极通灵性，乃神龙之家族，每年都有化为龙者；游人至此莫不顶礼膜拜，求其赐福，并投食以哺之。故潭中之鱼闻之人声，不仅不走，反而群集而至。"

韩愈听后点了点头，向着那主持道："这潭中之鱼可有人垂钓否？"

那主持一听，不由笑道："这潭中之鱼乃是神灵，谁敢到此垂钓！"

旁边韦蒙向着韩愈道："昔年武则天登太室峰封禅之时，宰相狄仁杰到此游览，曾在潭中钓得一尾金色鲤鱼，据说晚上神龙竟托梦与武则天，要降灾于大周，结果狄仁杰被武则天罚了三个月的俸禄。此后，就再也没有人敢来此垂钓了。"

韩愈听后，不由笑道："这个传说学生也略有所闻。但狄仁杰被罚是因其力谏封禅不要过分铺张，不要惊挠百姓，而触怒武则天，好像与这神龙潭垂钓无关。"

李渤道："韩大人说得不错，当年武则天驾临太室封禅之时，为武三思所惑，欲下令将奉天宫周围的百姓，迁出五里之外，以确保武则天的安全。狄仁杰认为此举将使数千名百姓抛弃家园，无处安身，有损朝廷圣德，故犯颜直谏，而受到武则天的处罚。不过后来武则天还是采纳了狄仁杰的主张，撤去了迁民诏令。但这件事经佛门传来传去，竟变成了狄仁杰垂钓被罚了！"

僧荣道："狄仁杰在此垂钓是否被罚已无法考证，不过此后人们不敢再到此处垂钓倒是实情。"

韩愈从不信邪，对神龙之说，原来就认为是子虚乌有，今见这水中鱼儿又大又肥，突然生出垂钓之念，欲借此以批佛老邪说。遂向着李渤道：

"学生一生极喜垂钓取乐，记得贞元十七年与友人侯喜、李景兴等人，常约于温洛。那温洛之水，宽不足一丈，深不到一尺，河中之鱼小的难分鳞鳍。大家一天只钓得小鱼四五尾，竟累得汗流浃背。贞元二十年，学生被贬徙岭南时，又常被好友刘师命和区宏等人，邀去连江垂钓。然而那连江之水十分湍急，鱼儿虽大，却难以下钩。如今这神龙潭水清鱼肥，正是垂钓的好地方，大家何不在此以钓为乐？”

那主持一听，不由一惊，看着韩愈道：“这！这怎么能行！难道施主不怕神龙发怒？菩萨降罪！”

韩愈不由笑道：“学生由生以来，从不相信鬼神佛老，何来降罪之有？”

那韦蒙和僧荣乃半路出家之人，与韩愈交往这几天，深感韩愈不仅胸怀大略，才华横溢，而且大气凛然，不畏佛老，越是别人怯步的地方，他越想前往一试。现见韩愈要在此处垂钓，果应昨晚之说，知阻拦不住，便将那主持拉到一边，悄悄地道：

“这位施主乃是上天文曲星临界，性格刚毅，处事果敢，将来定为国家重臣，在此一钓，料来无妨，师兄何不由他一试？”

那主持过去对韩愈也略有所闻，今见其举止大度，正气凛然，倒也敬重三分。再经韦蒙、僧荣一说，便道：“若施主真要在此垂钓，小僧也不敢强拦，但若是有何不测，莫怨小僧未事先讲明。”

韩愈听后笑道：“大师尽管放心，若有何好歹，学生一人承担就是。”

那主持见此，方令人取来钓具，交与韩愈。韩愈不由心情大悦，遂抛钩入水。那水中之鱼见鱼饵入水，还以为是在向它们投食供奉，便争抢围住吞食，钩一入水便被咬住。卢同忙上前，帮着韩愈把那上钩之鱼拉到岸上，大家看时，只见那鱼金鳞红尾，足足有五斤多重。韩愈高兴地大声笑道：

“此乃学生平生以来，所钓最大一条鱼了！”然后将鱼杆递给李渤道：

“大人也来一钓如何？”李渤见此，欣然应喏，接过鱼杆，霎时也钓起一条。说来也巧，正当韩愈等人在兴高采烈垂钓之时，忽见西北天空乌云翻滚，向上而来。那主持见此，大惊失色，向着韩愈等人道：

"不好！神龙要发怒了，大家快快停手，不要再钓了。"

韩愈往天空一看，果见镶着金边的乌云，正迅速地自西而来，并隐隐传来隆隆的雷电声，不由笑道："如今春末夏初，正是雷雨季节，天要下雨，也是正常现象，不足为怪。"

李渤看了看天空。向着韩愈道："看这雨来得极快，若将衣服淋湿也不合算。这鱼我们已经钓了不短时间，不如到此为止，免得让主持大师为难。"

韩愈见此方笑道："就依大人之言。"卢同与韦蒙等人忙上前收起渔具。大家刚回到佛堂之中，只见空中雷电大作，倾盆大雨从天而降，霹雳的雷声震得大家耳朵轰轰直响。

那主持长老望着天空，面现凝重之色，不停地默默祈祷着。大约过了半个时辰，雷声渐渐远去，雨才停了下来。

第二天，韩愈等人离开龙泉寺，来到福先寺。这福先寺有两处独特景观：一是福先塔，二是启母石。游人到此，必要登塔观石，方不枉此行。

主持长老赵玄遇，先邀大家至僧房用罢茶，然后陪着韩愈等人来到启母石旁。只见这启母石高约一丈，宽有八尺，色彩乌黑，晶莹如玉，上面镌刻着武则天所题"启母石"三个大字。

韩愈向着赵玄遇道："此石可有来历？"赵玄遇道：

"关于此石有三种传说：一是远古时代，女娲炼五彩石补天，所遗之石，石上尚留当年煅造之痕迹。二是夏禹的儿子启，在禹死后继承了禹的遗志，继续到全国各地去治水。启每次出去，启母都要送儿子到这块石旁，而且常常站在这块石边，遥望远方大道，希望儿子早点治好水归来。后人为了纪念启母，就将这块石头称为启母石。三是商末纣王失道，天怒人怨，上天遂降此石以惊之。传说此石坠地，火光四射，满天雪亮，声如雷霆，入地三分有二，后经人挖出，移至寺中。"

韩愈听后，望着启母石道："既然有三种传说，何取其一，叫作启母石呢？"

赵玄遇道:“昔年武则天封禅到此，观看了启母石后问及来历。寺中长老讲了上述三种传说，武则天道:“女娲补天只是传说，难有此事；天降奇石有点特玄，也让人闻之生畏；禹和启都是古代圣君，为后世所敬仰。就叫它启母石吧。”说罢，遂令人取来笔墨，题名于案，令工匠刻于石上，从此，这块石就独叫启母石了。”

旁边卢同接口道:“听说这启母石还有一种说法。”

韩愈听此，不由向着卢同道:“此话怎讲？”

卢同道:“这启母石除了刚才大师讲的之外，传说有一年发大水，启带着众人去抢修河道，却顾不上自己的家，结果大水将启的房屋冲塌；启母从家中逃出，被大水围困，爬上这块石头，方保住了性命。人们为了颂扬启的圣德，便将这块石叫做作启母石。”

韩愈听后点了点头，看着武则天的题名，感慨地道:“‘启母石’这个名题得好！历代帝王若都能像尧舜禹汤那样，天下何愁不国泰民安；世上的母亲若都能像启母那样，圣道何愁不施！”

大家听后，都不由地点了点头。观罢启母石后，大家来到福先塔下，只见这福先塔六角七层，朱扉碧瓦，飞檐斗拱；小风吹过，满塔铜铃响成一片。

韩愈等人由赵玄遇导引，相携进入塔内，只见塔内层层绘画着释迦牟尼和众弟子修炼成佛的壁画。个个形象生动，宛若天降。大家看后，无不为绘画精湛而赞叹不已。

经塔顶返回底层，赵玄遇向着韩愈和李渤道:“诸位施主乃当今文坛巨匠，今日游览小寺，希能留下墨宝，以为小寺增光添色！”

李渤向着韩愈道:“还是大人你来吧？”此时韩愈正值心旷神怡，情绪振奋，略加推辞，便接过小和尚递过来的笔墨，挥笔写道：

> 元和四年三月二十六日，与著作佐郎樊宗师、处士卢同，自洛中至少室，谒李正君渤。樊次玉泉寺，疾作归。明日，遂与李、卢，道士韦蒙、僧荣并少室而东，抵众寺，上太室中峰，宿封禅坛下石室。遂自龙泉寺钓龙潭水。遇雷。明日，观启母石。入此观遇道士赵玄遇乃归。闰三月三日，国子博士韩愈题。

韩愈写罢，递给赵玄遇，玄遇大喜。后此题记被模刻于天封宫的石柱上。

第二天，韩愈等人由太室山返回。赵玄遇和韦蒙、僧荣乃是故友，同时又十分崇仰韩愈的才学，遂亲送大家回到少室。

第 71 章
辟佛老著文《原道》 访李贺亲登柴门

韩愈等人从嵩山返回少室，被李渤、韦蒙又强留了一天，然后回到洛阳。第二天韩愈前去看望了樊宗师的病情，时樊宗师已基本痊愈。

韩愈从樊宗师处回来后，他想到少林僧徒之众，嵩岳寺庙之广，百姓崇佛之热，佛老危害之大，以及和李渤等人的交谈。不由感慨尤烈，决心写一篇批驳佛老的文章，以澄清是非，为宏扬儒教，巩固儒道的正统地位而呼号呐喊。经过一阵思索，遂展纸于案，作《原道》一文。

韩愈在文章开篇，首先精辟地论述了儒家之道的内容和本质，深刻揭示了儒家之道与老氏之道的根本区别和不同。他在文章中写道：

> 博爱之谓仁，行而宜之之谓义[1]；由是而之焉之谓道[2]。……凡吾所谓道德云者，含仁与义言之也，天下之公言也；老子所谓道德云者，去仁与义言之也[3]，一人之私言也。……

接着，他以犀利的笔锋，严厉地抨击了佛释弃君臣、去父子、禁生养的荒谬主张。指出儒家修身养性，是为了治国、齐家、平天下；而佛释修身养性，则是置天下、国家于度外，灭绝"天常"的荒唐行为，是夷狄之邪道。在文中，他毫不留情地批驳道：

传曰："古之欲明明德于天下者，先治其国；欲治其国者，先齐其家；欲齐其家者，先修其身；欲修其身者，先正其心；欲正其心者，先诚其意[4]。"然则，古之所谓正心而诚其意者，将以有为也[5]。今也欲治其心，而外天下国家[6]，灭其天常[7]。子焉而不父其父，臣焉而不君其君，民焉而不事其事。"

然后，他用古今对比的手术，精辟地论述了当今由于佛老猖盛，造成国库亏虚，百姓负担加重，形成民穷盗生之状。在文中，他愤慨地写道：

古之为民者四，今之为民者六[8]；古之教者处其一，今之教者处其三[9]。农之家一，而食粟者家六；工之家一，而用器者家六；贾之家一，而资焉之家六。奈之何民不穷且盗也[10]！

最后，他精辟地论述了圣人之道的本源，在文中指出：

斯吾所谓道也，非向所谓老与佛之道也。尧以是传之舜，舜以是传之禹，禹以是传之汤，汤以是传之文、武、周公，文、武、周公传之孔子，孔子传之孟轲；孟轲之死，不得其传焉。……

在文章结尾，他振臂高呼，要宏扬圣道，就要废除佛老邪教，把宣扬佛老的经书统统烧毁，将僧徒还俗为民，把所有的道观寺庙分给百姓居住，以圣人之道取代佛老之道。这样天下才能国泰民安，百姓才能安居乐业。他写道：

然则如之何而可也？曰：不塞不流，不止不行。人其人[11]，火其书，庐其居[12]，明先王之道以道之。鳏寡孤独废疾者有养也。其亦庶乎其可以。

第二天，孟郊、温造、石洪和卢殷等人前来探望韩愈。大家用罢茶后，谈到嵩岳之行，韩愈遂将昨晚所作《原道》，拿与他们观看。

孟郊看后道："大人所作，以阐述圣人之道的本源为题，彻底批驳了佛老的荒谬邪说，可以说是又一篇摒弃佛老的千古绝唱！"

石洪向着孟郊、温造等人道："大人的文章，不仅从整体上揭露了佛老祸国殃民的现实。而且从不同侧面，深刻地批驳了其荒谬邪说。文章词严典瞻，力若千钧，势如江河奔流，一泄万里！"

卢殷摇着扇子，接口道："石兄说得不错，大人的文章，首先从三个方面，对老子的去仁义之道'圣人不死，大盗不止'的奇谈怪论和鼓吹返回'太古之无事'的原始状态的谬误进行了彻底抨击。接着又从两个方面，对佛释去君臣父子的灭绝天常和置国家天下于度外的修身邪说，进行了无情批驳，真是痛快淋漓，大快人心！"

温造看罢文章，点着头道："大人的文章，不仅彻底澄清了佛老的夷道邪说，而且塞流并举，精辟地阐明了圣人之道的来原和本质，真可谓前无古人也！"

韩愈笑道："诸位过奖了，学生早就想写一篇彻底批驳佛老邪教，全面阐述圣人之道的文章，以为吾宏扬圣道，澄清邪说，以正人心所用。此次嵩岳之行，有感而发，正好以酬昔日之愿。"

孟郊道："大人三年前曾愤作《原毁》，无情地鞭挞了那些妒贤嫉能，恶意诽谤他人的卑鄙小人，有力地宏扬了人间正气。今日著文《原道》，将进而澄清佛老之谬误，使天下之人认清佛老之害，从而拨乱返正，恢复和巩固我儒道的正统地位，其功劳之大焉！"孟郊讲到这里，看着韩愈继续道：

"当今天下，因佛老作祟，奇谈怪论多矣！如人性之善恶，神鬼之吉凶，已成为黎民百姓的沉重枷锁，大人何不著文以辩之？"

韩愈听后道："东野此论甚是，学生也有此意，待吾思忖之后以度之。"

数日后，韩愈又作《原人》、《原性》和《原鬼》等文章。与《原毁》、《原道》，被后人合成为"五原"。

一日，韩愈正与樊宗师、温造、石洪等人在书房谈论文章，只见秦济进来禀道："皇甫湜大人自陆浑而来，现在客厅等候。韩愈一听大喜，忙叫快请，樊宗师等人也都现出欣喜之色。

温造向着韩愈道：“这皇甫湜可是去岁高中贤良方正能言极谏科的皇甫湜乎？”

“正是。”韩愈道。

樊宗师道：“传说这皇甫湜才华横溢，刚正鲠骨，与牛僧儒、李宗闵三人因殿试直言时弊，为宰相李吉甫所不容，三人均被黜于幕职，可否是真？”

韩愈点了点头道：“是的。去年春天，宪宗亲临宣政殿，策试能言方正直谏科，时杨于陵、李益、韦贯之、郑敬为策试官。皇甫湜、牛僧儒、李宗闵三人高中甲等，受到宪宗褒奖。因其三人殿试言直语切，直指时政之弊，为宰相李吉甫所忌恨。李泣诉于帝，三人均被黜于外任；牛僧儒贬为伊阙尉，李宗闵补洛阳尉，皇甫湜为陆浑尉。去岁，皇甫湜赴任时，曾在东都小住。”韩愈讲到这里，高兴地道：“此人聪慧异常，擅长古文，乃是学生最杰出的门生和挚友。他这一来，我们东都又多了一位志同道合之人。”

韩愈刚说到这里，只见皇甫湜已随着秦济过来，大家忙走出书房相迎。只见这皇甫湜年约三旬，额阔微须，举止潇洒，看去十分精明。那皇甫湜一见韩愈忙施礼问安。

韩愈高兴地扶住皇甫湜道：“何时到的东都？这一路可好？”

皇甫湜道：“学生刚刚来到东都，一路还算顺利。”

韩愈拉着皇甫湜的手，犹如久别重逢的亲友，道：“走，到屋里说话。”说着，将皇甫湜让进书房。大家坐定后，皇甫湜看着樊宗师等人，向着韩愈道：“这几位是——”

韩愈高兴地道：“这几位乃当今东都文坛巨子。”然后手指樊宗师等人，一一向皇甫湜作了介绍。皇甫湜欣喜地道：“诸位可是人称‘东都六才子’的青藜学士吗？”

“正是。”韩愈道。

皇甫湜高兴地道：“学生在京时，就已闻说诸位的大名和旷世之才，今日一见，果然是卓荦不群，清雅绝尘，名不虚传！”

樊宗师等人忙谦逊地道：“皇甫大人过奖了，我等均为烟蓑雨笠的山野之人，市井之传不可信也！”

皇甫湜向着韩愈和宗师等人道：“学生在陆浑时，听朋友所言，东都有一文坛新秀，名叫李贺，此人诗文奇艳绝伦，乃是一位旷世奇人，大人可曾认识？”

韩愈听后道：“此人略有所闻，但不曾谋面。”

卢同道：“草民与李贺颇有交往，此人字长吉，祖籍福昌，乃皇亲后裔。但支远流疏，家境极为贫寒。父晋肃，曾做过边疆小吏，而且早亡。长吉今年刚满二十岁，乃是一位披褐怀珠，出类拔萃的人中骐骥。其不仅聪慧异常，而且读书习文焚膏继晷，衔胆栖冰，十分刻苦。有时为求得一篇佳文，竟一连数日，通宵达旦，孜孜不倦。每次出门，总带一布囊，凡遇到胜景趣事，或得一佳句新词，便录下装入袋中，以备作诗所用。”

石洪接口道：“卢兄说得不错，李贺的诗草民曾收集了数篇，其诗浓艳新奇，词近旨远。给人以色彩缤纷，天花乱坠，摄魂夺魄之感。在诗赋领域，披奇猎艳，独树一帜，形成了一种奇艳风骨。”

温造道：“这李贺小小年纪，竟有奇志。在他的诗中有‘唯留一卷书，泥金泰山顶’之句。立誓要创造出超越自然的新奇幽美的艺术境界。不过也有人说他的诗过分雕饰，刻意求奇，流于晦涩而难懂，使人容易产生偏误和曲解。”

韩愈听后，既振喜，又遗憾，向着大家道：“如此奇人奇诗，学生来到东都已经三载，却未能相见，真真是件憾事！”

皇甫湜见此，向着韩愈道：“大人莫要着急，学生处现有李贺新作《马诗》三篇，此诗借马写人，寓意深妙，观后便知一斑。”

韩愈一听，高兴地道：“那太好了，快拿出来，让大家一睹为快。”

皇甫湜遂从行李中取出一叠诗稿，呈与韩愈。韩愈接过诗稿，飞快地浏览了一遍，不由拍案叫绝，道：“好诗！好诗！”然后扬着手中诗稿向着大家道：

“李贺的诗果然幽奇艳雅，沉博绝丽！待学生读来，大家一块欣赏。”说罢，遂念道：“第一首。”

此马非凡马，房星本是星[13]。向前敲瘦骨，犹自带铜声[14]。

韩愈念罢，樊宗师点着头道：“这首诗借用写马的瘦骨来赞颂人的坚强性格和高尚品质，实在是妙！”

温造道：“特别是这‘犹自带铜声’一句，给人以天马行空，驰骋霄汉，雷动风响之感，真有大气磅礴之势。”

韩愈点了点头，继续吟道：“第二首。”

大漠沙如雪，燕山月似钩[15]。何当金络脑，快走踏清秋[16]。

卢同道：“这首诗借写马来表达作者对自由生活的向往和追求，体现了作者的凌云之志。”

“卢兄说得不错，”石洪接口道，“这‘大漠’、‘燕山’，都是马的故乡。古乐府《陌上桑》，有‘黄金络马头’之句，此诗用‘何当金络脑’，说明此马是被人蓄养羁绊着，希望回到浩瀚的大漠，能够自由地驰骋。”

石洪说罢，韩愈继续念道：“第三首。”

武帝爱神仙，烧金得紫烟[17]。厩中皆肉马，不解上青天[18]。

樊宗师道：“这首诗借用写马来讽刺汉武帝，崇迷佛老，妄图通过炼取金丹，而达到长生不老的痴梦；同时也是对当今崇佛热的抨击。”

卢同道：“诗中‘烧金得紫烟’和‘不解上青天’之句，实在是妙！精辟地指出参佛、炼丹只能是一场空，最后得到的只不过是一缕青烟而已，即使有再多的‘天马’，也是升不了天的。”

韩愈听后，高兴地向着大家道：“李贺的诗，不仅新奇幽艳，而且意境深远，立意新颖，真是后生可畏，可喜可贺！东都有此奇人，真乃令学生振喜不已！”

樊宗师见韩愈对李贺十分常识，便道：“听说这李贺就住在城南不远，大人若是有意，草民前去请他到来如何？”

韩愈忙道：“这样不妥，看这诗篇，此人定是一位才高志远，昂霄耸壑之人，大人若是有兴，不妨我们一同前去登门拜访更好。”

樊宗师听后，点了点头道：“就依大人之言。”皇甫湜向着韩愈道：“学生因思念大人，故休假来到东都，也想见见这李贺，正好我们一块前往。”

韩愈高兴地道：“这样最好，明天我们就前去拜访。”大家谈罢李贺，韩愈遂又问及皇甫湜在陆浑的情况，直说到红日西沉，方相携往嵩岳酒家，为皇甫湜接风洗尘。

翌日，韩愈携同樊宗师、皇甫湜等人，一同乘车来到城南，寻至李贺家中。只见草房数间，庭院冷落，李母走出，将韩愈等人邀入客堂。大家坐下后，樊宗师遂向李母说明来意。

李母一听，抱歉地道：“真是不巧，贺儿早晨起来，被一个朋友邀去。诸位大人若是不急着走的话，请慢慢用茶，稍等片刻，估摸着贺儿也该回来了。”

樊宗师看了看韩愈，韩愈点了点头，表示留下等候，然后环视了一下草堂，只见不大的客堂内，悬挂着历代名人字画，四周书架上摆满了各种书籍。遂向着李母道：“老人家在此已居住几载？此室可是自家所有？”

那李母不由叹了口气道：“孀妇一家原籍福昌，贺儿自幼喜欢诗赋文章，崇慕洛阳文豪奇士。五年前，亡夫携全家来到东都，以满足贺儿之愿。此屋乃是租赁他人之室。”

韩愈听后点了点头，向着李母继续道：“长吉可曾参加乡试？”

“去岁贺儿参加了河南府的乡贡考试。”李母道，“托祖宗的荫庇，贺儿竟名中榜首，原打算今春进京应试，谁知乡里传言，说亡夫名晋肃，儿子不得举进士，以避父讳。贺儿为此伏案痛哭了三天，取消了赴京应试的打算，至今仍心情不快。”

韩愈听后，不由一怔，向着樊宗师道：“竟有此说？真是岂有此理！”

樊宗师道：“此事草民也略有所闻，实在是荒唐得很！”

卢同接口道：“李贺才华横溢，诗赋出众，去岁乡试独占鳌头，一些妒贤嫉能之人，见李贺处于自己之上，便心存恶意，造出此论。”

韩愈历来疾恶如仇，听卢同讲罢，不由心中涌起一团怒火，道：“父名晋肃，儿子就不能举进士，如果父亲名仁，难道儿子就不做人了吗？周公为天下第一圣贤，其父文王名姬昌，哥哥武王名姬发，周公的诗赋中，不是也有‘克昌厥后’的句子吗！孔子的母亲名征在，他在文章中不也说过‘宋不足征’的话吗！可见这避字之讳，纯属恶意刁难。”

樊宗师道：“大人说得极是。”正当大家议论到此，只见李贺从外面进来，身上果然背着一个布囊。李母忙拉住李贺与韩愈等人相见。韩愈看那李贺时，只见眉清目秀，前额宽阔，就是身体有些瘦弱。

那李贺一见韩愈等人，甚是惊喜，忙放下布囊，高兴地忙让母亲为韩愈等人添茶备饭。然后向着韩愈道：“几位大人的名字如雷贯耳，在下几次欲前往拜访求见，怎奈在下学识浅薄，出身卑贱，不敢贸然登门，不想几位大人竟光临寒舍，真让在下惶恐不安，振喜不已！”

韩愈看着李贺，高兴地道：“前时看到公子的大作，甚是惊喜。昨日皇甫大人前来又极赞公子之才，故今日贸然登门，以求华章飨目，探索诗赋之奥妙。”

李贺听此，忙谦逊地道：“诸位大人乃文坛泰斗，文章巨公。在下那几首小诗，乃邯郸学步，难登大雅之堂，怎敢在诸位大人面前露丑，岂不是圣人面前卖文章，不知天高地厚了吗！”

宗师道：“韩大人重才敬贤，拔新领异，欲结天下儒林同道，共振我大唐文坛。今日大人亲临柴门，是诚心与公子共同切磋诗文，以开古今文坛之新路，望公子莫要过谦。”

那李贺听后，更加激动，道：“若此，恭敬不如从命，待在下将诗文取来，请诸位大人赐教。”说罢，转身从书案上拿出一叠诗稿，呈与韩愈。

韩愈接过诗稿，送给樊宗师、皇甫湜和卢同等人每人几张，道：“来来来，大家共同欣赏。”然后将手中剩下的诗稿，遂浏览一遍：只见有抨击残暴政治的《猛虎行》，歌颂边关将士英雄气概的《雁门大守行》，和描写采玉工人悲惨命运的《老夫采玉歌》等，不由连连点头。

这时忽听樊宗师拍案叫绝道：“妙！实在是妙！”说罢，扬着手中的诗稿，向着韩愈道：“大人请看，这首《金铜仙人辞汉歌》，写得情真意切，感人泣下，实在是好！”

韩愈忙接过诗稿，不由小声吟道：

茂陵刘郎秋风客，夜闻马嘶晓无迹。画栏桂树悬秋香，三十六宫土花碧。魏官牵车指千里，东关酸风射眸子。空将汉月出宫门，忆君清泪如铅水。衰兰送客咸阳道，天若有情天亦老。携盘独出月荒凉，渭城已远波声小。

“果然是首好诗！”韩愈看罢，也不由连声叫好！向着樊宗师道：“特别是这‘天若有情天亦老’之句，写得最为精彩。”李贺听后，忙谦逊地道：“大人过奖了！”

皇甫湜待韩愈讲罢，扬着手中诗稿道：“这篇《南园》三首，写得更好，把作者胸怀天下，愿为国家统一强盛，建功立业的雄心壮志和事不遂心的感伤之情，描写得淋漓尽致，感人肺腑！待学生念来大家一听。”说罢遂吟道：“第一首。”

男儿何不带吴钩，收取关山五十州？请君暂上凌烟阁，若个书生万户侯？

韩愈等人听后，俱连连点头。皇甫湜继续吟道：“第二首。”

寻章摘句老雕虫，晓月当帘挂玉弓。不见年年辽海上，文章何处哭秋风？

接着吟道：“第三首。”

长卿牢落悲空舍，曼倩诙谐取自容。见买若耶溪水剑，明朝归去事猿公。

韩愈听后，沉默片刻，向着李贺道：“此《南园》三首何时所作，怎有读书无用之意？”

李贺道："此诗乃在下新作。去岁年末，在下欲赴京求取功名，以展报国之志。不料因犯父讳，被乡里士绅所阻，不得成行，故在下忧愤难平，一时产生弃文就武之念，方有此诗。"

韩愈听后道："原来如此！这避讳之说，纯属无稽之谈！方才已同老夫人谈及此事：昔日周公、夫子，作礼义以教天下，乃至贤之人。周公作诗不讳，孔子不偏讳二名。难道这些人能贤于周公和孔子否？说穿了，是这些妒贤嫉能之人别有用心而已！"

韩愈说到这里，看着李贺继续道："安邦治国，文武不可缺一。管仲、商鞅，使齐、秦称霸天下，横扫六合；张良、萧何助高祖伐秦灭楚，稳定乾坤；魏征辅政，方有贞观之治。这些人不都是读书万卷、胸怀韬略的文人吗？何来读书无用之说？"

李贺听后，如大梦初醒，高兴地道："大人之论，真金石之言，顿扫在下心中迷雾！"

韩愈继续道："前时，我同左拾遗李正君论及圣人之道，曾言道，儒家读书习文的目的，并非为了独善其身，而是为了治国、齐家、平天下！这是历代圣贤所为。如公子抱珠怀玉，淑质英才，乃国家栋梁之才，应为社稷百姓而奋发蹈厉，岂能因世俗偏见和流言蜚语而退缩不前乎？以吾之见，公子应敢于冲破世俗之束缚，理直气壮地去赴京求仕，将来为国家社稷和黎民百姓干一番事业，不知公子意下如何？"

李贺听后更加感动，表示绝不辜负韩愈的希望，明春一定赴京应试。

韩愈满意地点了点头，向着李贺笑道："人言公子才高八斗，数步成诗，有子建之才，今日能否即兴一吟？"

此时李贺情绪大振，也想一展才华，但在韩愈面前仍有些拘谨，道："诸位大人在此，小子怎敢班门弄斧！"

皇甫湜道："公子何必过谦，今日大家相会，犹如故友重逢，只管作来就是。"

那李贺见此，方道："诸位大人若此，在下恭敬不如从命了。今日诸位大人光临寒舍，实乃在下三生有幸，真让在下感激涕零，终生难忘！在下就以今日之事以赋之，请诸位大人进行指教！"说罢，遂走到书案前，略一思忖，提笔一挥而就，呈与韩愈。

韩愈接过诗稿看时，只见写道："高轩过"。其辞曰：

华裾织翠青如葱，金环压辔摇玲珑；马蹄隐耳声隆隆，入门下马气如虹。云是东京才子，文章巨公！二十八宿罗心胸，元精耿耿贯当中。殿前作赋声摩空，笔补造化天无功。庞眉书客感秋蓬，谁知死草生华风。我今垂翅附冥鸿，他日不羞蛇作龙。

"好！实在是好！"韩愈看后，十分振喜，向着李贺道："称我等为'东京才子'、'文章巨公'，有点过誉，但愿公子能如诗中所言，他日鹏击长空，龙腾霄汉，成为国家台辅之器！"

李贺听后，唯唯应诺。韩愈将李贺之诗交与樊宗师等人传看。大家边看边议，赞不绝口，直到午时方告辞离去。

注释

[1] 博爱之谓仁，行而宜之之谓义：博爱，无所不爱。行之宜之，适宜。指行为合乎国家和百姓利益的。如"舍生取义"、"大义灭亲"等。

[2] 由是而之焉之谓道：由，从。是，指仁义。之，往。道，指应当遵循的理，应该走的路。其意是从仁意出发向前走去，这条路就是道。

[3] 老子所谓道德云者，去仁与义言之也：《老子》书中有"绝仁与义，民复孝兹"的话。

[4] 古之欲明明德于天下者……，见《礼记大学》篇，明明德，显明其圣德。

[5] 有为也：有作为。指齐家、治国、平天下。

[6] 外天下国家：外，抛弃。指不顾天下国家。

[7] 灭其天常：天常，即天伦。指君臣、父子、师友、宾主、昆弟、夫妻等。

[8] 古之为民者四，今之为民者六：即古之为四民：即工、农、士、贾。今之为六民，除四民外又增加了释、老两类。

[9] 古之教者处其一，今之教者处其三：指古人教者就儒教一家；今之教者变成了儒、释、老三家并立。

[10] 农之家一……，奈何民不穷且盗也：其意是生产者只有一家，而消费者多达六家，弄得劳动人民缺衣少食，只好去作"盗贼"。

[11] 人其人：第一个“人”字应为“民”，唐人避太宗李世民之民讳而改用。其意是将僧道返还为四民。

[12] 火其书、庐其居：即烧毁佛老之书，把所有寺观分给百姓居住。

[13] 房星：二十八宿之一。

[14] 带铜声：形容马骨的坚劲。

[15] 燕山：指燕然山。我国西北是产马地区，大漠、燕山，都是马的故乡。

[16] 何当：安得。络脑：指马络头。

[17] 烧金：指炼丹。得紫烟：所得只能是一阵青烟罢了。

[18] 厩中马：指天马。即从西域大宛国掠来的汗血马。

第72章
掌祠部约法三章　逆宦官再结冤仇

唐元和四年六月，四十二岁的韩愈，由国子博士改任都官员外郎，执掌东都祠部。韩愈上任不到一个月，即与宦官抗衡，收回了宦官对东都寺庙的管辖权。

按照唐时《六典》，这寺观庙宇应为祠都所辖，然而由于宦官弄权，尚书敛手失职，东都寺院长期尽为宦官把持，并借以搜刮民膏，敛取钱财，在东都引起恶劣反映。

韩愈刚到祠部上任不久，就有百姓状告城北龙音寺的僧人，依仗宦官势力，强行霸占民田。韩愈对宦官弄权、佛老祸国，早已深恶痛绝。听此，甚为愤慨，遂令人前去将那寺庙主持法本传来。

这日，韩愈在祠部大堂亲审此案，谁知那主持竟有恃无恐，狂称此事已禀明内务府的王公公，祠部无权干涉寺观之事，拒不退还农田。

韩愈不由勃然大怒，道："我大唐《六典》明文规定，寺观为祠部所辖，怎无权过问？"

那主持傲慢地道："大唐有典不差，但在东都却是内务府说了算，祠部早已靠了边！贫僧只知有内务府和王公公，不知有祠部和员外郎！"

韩愈听后，不由冷笑道："汝只知有宦官干政，而不知有国法律典！不仅霸占农田，祸国殃民，而且竟敢藐视我大唐法度和本部存在。是可忍孰不可忍！若不严正国法，何以治安天下！"说罢，遂向着堂役喝道："来人！按照我大唐律条，将其杖责三十！"

两旁差役听此，遂上前如狼似虎一般，将那主持捺翻在地，不由分说，便将板子雨点般地落在他的屁股上。那主持不怎经打，还未打上二十板，已是皮开肉绽，晕头转向，只求宽恕；当堂答应退还农田。观看的百姓无不拍手称快！

韩愈此举，很快遭到宦官的指责。皇甫湜历来疾恶如仇，向着韩愈道："东都寺观成灾，僧徒不法，关键是内务省在作祟。要从根本上治理寺观，必须收回宦官对寺庙的管辖权，并限定寺庙僧徒行为，方能减少佛老之害。"

韩愈听后道："持正之言，正合吾意。学生既为祠部员外郎，就要在其位，谋其政；绝不能让佛老肆无忌惮，祸害百姓！"

皇甫湜道："若此，东都百姓将笑逐颜开也！"

韩愈遂召来从事和书记，令他们起草文书告示，颁发东都大小寺观，并呈报留守府，按照大唐《六典》，将东都各地寺观的管辖权收归祠部所有。并对寺观僧人约法三章。这"三章"是：一、限定各地寺庙的规模和人数，不得随意扩大；凡是家有父母妻女者，不得入寺为僧。二、新建寺观必须经祠部批准，并不得占用农田耕地；凡以募化，捐赠为名侵占的农田，必须如数退还给百姓，否则，将以律查处。三、各寺观庙宇所收取的香火钱，必须呈报祠部，纳入国库管理，不得擅自私用；寺观所需经费，由祠部按需拨给。一时在东都引起强烈反响。

当韩愈将寺观庙宇的管辖权收归祠部，并对佛老约法"三章"的文告，传递到东都内务省时，主掌内务省的总管王彦珍气得拍案大骂。

这王彦珍五十余岁，身体干瘦，长着一张拖鞋脸，微微下垂的八字眉下，深藏着一对黄黄的小眼睛。他龇着两颗长长的门牙，向着周围的几个太监道："反了！反了！这韩愈是吃了豹子胆？咋的！竟然搞到咱家的头上来！"

一旁嘴角长着一颗黑痣的宦官，向着王彦珍道："听说这韩愈狂妄自大，目中无人，而且十分迂腐固执，专和我们宦官作对。早在贞元十三年，他在汴州董晋帐下为幕僚时，就藐视俱总管，在董晋为俱公举行的赴京欢送宴会上，竟当着大小官吏的面，羞辱俱公公，使俱公难以下台；贞元十九年，京兆尹李实将征收关中赋税余额三千缗，献给皇上作为宫中私用，时任监察御史不到三个月的韩愈，竟上书朝廷，直指李实隐瞒关中灾情；横征暴敛，祸害百姓。并扬言李实投靠在我党门下，其所作所为均为我党所指使。”

“钱公公说得不错。”站在一旁的另一个宦官接口道，“这韩愈还狂言说，当今我大唐有三大祸害：一是藩镇割据；二是宦官弄权；三是佛老盛行。弄得朝廷昏暗、战乱不息、民穷盗生。要中兴大唐，非铲除这三害不可！并鼓吹什么要明天道，辟佛老，削藩镇，夺宦权，故而处处与我等为敌。”

王彦珍听后冷笑道：“这韩愈简直是蚍蜉撼树，自不量力，竟然拿着鸡蛋往石头上撞！”

“王公公说得特对了！”另一个矮胖宦官接口道，“这韩愈乃是茅坑里的石头——又臭又硬！不知天高地厚：他在董晋帐下为幕僚时，因与俱公作对，被俱公指使吏部扣压其任命长达两年之久，弄得他焦头烂额，狼狈不堪。在御史台上因妄指朝中大臣，在俱公的授意下，他几乎命丧蓝关道上。听说这次分司东都，也是因他鼓惑郑馀庆与我党为敌，被俱公略施小计，便让他在长安无容身之地，只好灰溜溜地来到东都。他到了洛阳后，留守赵宗儒在俱公的授意下，稍稍使了点绊脚，竟让他如水牛掉井——有力使不出来，结果四处碰壁，难逞企图。这韩愈不仅不反思悔过，接受教训，反而变本加利，愈演愈烈，今天竟敢明目张胆地骑到我等头上，真是个‘望乡台上吹胡哨——不知死的鬼’！”

正说着，只见龙音寺的主持法本、清源寺的长老戒欲、九仙庵的师太净慈、青龙观的道长玄真等人哭丧着脸进来。王彦珍看了他们一眼，示意他们坐下说话。

那龙音寺的主持法本，扶着一根拐仗，一跛一拐地走到一把椅子前坐下，向着王彦珍道：“这是怎么回事？突然从天上掉下一个韩愈来，不仅夺去了贫僧庙旁那块风水宝地，而且把贫僧打得皮开肉绽，王公公可要为贫僧作主啊！”

清源寺的长老戒欲接口道：“我们东都寺院道观，多少年来都是由内务省所管，怎么竟变成了受祠部管辖！那韩愈还约法三章，这不是要断绝我们佛老两家的生路和公公的财源吗？”

“皇上还要拜佛烧香，把我教奉为国教。”青龙观道长玄真抢着道，“他韩愈竟说什么：佛老两家是祸国殃民的邪教，同朝廷争权、争地、争人。并著文立说，鼓吹要废除我们二教。要把我等经书通通烧毁，把寺庙道观分给百姓居住，将我等之人还俗为民。这不是公然对抗朝廷吗？公公您可不能不管啊！”

王彦珍听后更加气愤，不由鼻子连着哼了两声，道：“他敢！”

九仙阉师太净慈，看着王彦珍道：“这个月的香火钱，贫僧正准备给公公送来，谁知昨天祠部派人到庵中，将所有的香火钱全部查封，说今后的香火钱，要如数呈报祠部，不得私自他用。庵中所用，需经祠部批准。这往后可如何孝敬公公您老人家！”

“师太说得不错，我们清源寺的香火钱也被查封了！”

“我们的也被封了。”戒欲、玄真几个人忙附和道。

王彦珍气得背着手，在大厅中来回走着，他没有想到韩愈的行动竟这么快，使得他措手不及。

“还有，”清源寺长老看着王彦珍道，“贫僧前几天刚刚说动几个年青人皈依我佛，准备这几天就到寺中剃度。那韩愈的文告一张榜公布，村中几个读书人竟说朝廷有告示，凡家有父母妻女者不得出家为僧，拦住这几个年青人不让到寺中来，你说气人不气人！”

那戒欲还未说完，龙音寺的法本又抢着道：“这韩愈明着是整治我们佛老两教，暗中却是冲着公公您老人家来的！像公公您这样德高望重之人，连皇上都要高看三分，他韩愈竟敢不放在眼里，真是狂妄之极！公公可不能对他太客气了！”

王彦珍越听越气，向着这几个僧徒道：“诸位请放心，咱家为你们作主就是。”然后转向一旁那个矮胖宦官道：“李公公，你到祠部走一趟，让韩愈收回什么文告‘三章’，否则，咱家绝不客气。”

“是！”那个矮胖宦官听后，忙点头答应，然后昂着头，扭着屁股离去。

当日，这个被称为李公公的矮胖宦官，带着两个小太监，昂着头，盛气十足地来到祠部，边走边叫道：“哪个是韩愈，快出来见咱家！”

韩愈闻报，甚感厌恶，料其定是为寺庙的管辖权而来，便令其在客厅候见。那矮胖宦官待韩愈到来，将韩愈上下打量了一番，咧着嘴道：

“哟！你就是韩愈？我以为是长着三头六臂哩！怎么竟敢与咱家作对？咱家今奉王公公之命，特来告诉你，让你快快收回什么文告、通令，以后莫要干涉佛老之事，否则，让你吃不了兜着走！”

韩愈看着那个矮胖宦官，不由怒火上升，冷笑道：“回去告诉你那王总管，我大唐六典明文规定，寺庙道观乃为祠部所辖，卑职不敢渎职失责，有违朝廷重托！以后祠部之事，就不必内务省代劳了！”

“什么？六典规定！”矮胖宦官咧着嘴道，“在这东都，一切都得听内务省的！王公公的话就是律典，连这点你都不知道，怎么还敢在东都为官？”

韩愈听后更加愤慨，不由怒斥道：“我大唐六典，乃国家之基石，万民之准绳。你们竟敢凌驾之上，视若无物，真乃狂妄跋扈，无法无天！我大唐毁就毁在你们这些人的手中！”

“吆！反了！反了不成！”那矮胖宦官受到韩愈斥责，不由恼羞成怒。也指着韩愈吼道：

“人家都说你是茅坑里的石头，又臭又硬，果然是一点不差！你们东都留守郑馀庆见了咱家，还要看着脸色说话，你竟敢指责咱家的不是，真是胆大包天，不知死活！”

韩愈知这些宦官有恃无恐，蛮横无礼，不愿与之多费口舌，便向着一旁的秦济道：“送客！”

那矮胖宦官见韩愈下了逐客令，竟要起刁来，他看到大厅书案上放着一叠文告通令，向着身边的两个小太监道：“去，先把那些文告给咱家撕掉，看他如何去蛊惑百姓！”

身后那两个小太监闻此，竟狐假虎威地跑了上去，一把将书案上的文告抓起，撕得粉碎，撒了大厅一地。韩愈见此，真是又可气，又可笑，便向着外面喊道：“来人哪！将这几个阉党给我轰了出去！”

门外的从事、书吏听后忙走进来，同秦济一起，连哄带推，将这几个宦官送出大厅。那矮胖宦官边往外走，边扭着头向着韩愈嚷道:“好！你，你等着！咱家和你没有完！”

那矮胖宦官回到内务省，向王彦珍将事情经过添油加醋地叙说一遍。王彦珍气得咬着牙道:“咱们骑毛驴看唱本——走着瞧，咱家早晚要他知道马王爷长的是三只眼！”从此，韩愈与宦官的冤仇越结越深，随之形成对抗之势。

第 73 章
赞元稹喜赠辛夷　闻冤情力主正义

唐元和五年正月，韩愈的好友元稹，由京城前来洛阳任东台御史。这天，东都留守郑馀庆设宴为元稹接风洗尘，洛阳大小官吏齐集留守府。宴罢韩愈与元稹又谈了一阵，方返回府中。

此时，正好樊宗师、卢同、温造等人前来相聚。大家谈及此事，卢同道："听说这元稹乃当朝第一才子，刚毅豪放，卓荦不群，诗赋文章，名重朝野，可否是真？"

韩愈道："卢君说得不错，这元稹崧生岳降，淑质英才。十五岁便进士及第，二十五岁与白居易同登'拔萃科'，当时名震京师。元和元年，二十七岁的元稹，又与白居易殿试策对第一，擢登'才识兼茂明体科'，官拜左拾遗。其以刚正不阿、欺霜傲雪而闻名于朝。元和四年，元稹由宰相裴洎提携，擢迁御史台，充剑南东道祥覆使，毅然查处了泸州监管任敬仲和东川节度使严砺等罪行，一时名震朝野。"

温造接口道："听传言，这元稹赴东川来往途中，借机访查不法官吏，先后弹劾杜兼、王绍、韩皋等大小官员数十人，平东川八十八家冤案，而震动朝野！"

"是的。"韩愈道，"由于元稹依法办案，执法如山，既为各地贪官污吏所震惧，又为朝中权幸所不容。这次元稹分司东都，就是因为其东川之行，得罪人太多，严砺死党群起而攻之；当权者以其锋芒特露、狂妄不羁为由，将其迁出京师！"

大家听后，俱赞叹不已。温造继续道："听说这元稹不仅才华横溢，而且风流倜傥，豪放不羁。入仕前曾在河中府与崔莺莺相恋，成为一段佳话！”

樊宗师接口道：“温兄说得不错，贞元十五年，元稹前往河中府。十二月，朔方道元帅、河中降州节度使浑瑊部兵变，大掠蒲州。时有前朝宰相遗孀崔氏，携女莺莺路出蒲州，遇乱，不知所托，得元稹所护佑。当时元稹二十一岁，正是风华正茂之时，为崔莺莺的倾国倾城之貌所动，而年方妙龄的崔莺莺，也为元稹的侠肝义胆和绝代才华所倾倒。二人遂暗中传情，互许终身。元稹先后作《莺莺诗》和《古艳诗二首》，以抒发当时的热恋心情。”

卢同道：“听说当时崔老夫人不同意莺莺和元稹的婚事，并从中百般阻挠？”

“是的。”樊宗师接口道，“时元稹虽进士及第，但还未入仕。那崔老夫人认为莺莺是公侯相府之女，元稹乃一白衣儒生，难以相配。贞元十七年，元稹一怒之下离开蒲州，前往长安参加吏部科选。时草民也在长安，与元稹同宿于龙虎客栈，时元稹仍暗中与莺莺书信来往。同室杨巨源为此曾作《崔娘诗》一首，而赞之。”

卢同听后点了点头，复问道：“听说元稹入仕后，嫌弃莺莺过分多情；忌恨崔母以门第取人。遂抛弃莺莺，另娶韦夏卿之女韦丛为妻，可否属实？”

韩愈听后接口道：“元稹娶韦丛为妻倒是不假，说元稹抛弃莺莺，纯属小人诽谤。当时学生在国子监为四门博士，元稹与白居易等常到国子监相谈。贞元十七年，元稹于吏部应试落第，崔母闻知后，硬将莺莺嫁给她的侄子，元稹获知后忧愤不已，痛作《古诀别词》。贞元十九年，元稹登‘拔萃科’后，经人介绍方娶韦丛为妻。”

卢同听后，感叹地道：“原来是这样！”（五百年后，元代杂剧作家王实甫，为元稹与崔莺莺的恋爱故事所感动，以元、崔故事为原型，创作杂剧《西厢记》，将其搬上舞台。）

韩愈继续道：“这元稹刚肠鲠骨，嫉恶如仇，虽被下贬东台，然锐气未减半分。说不定在东都还要有一番作为，不知哪个贪官污吏将要栽倒在他的手里！”

大家听后，禁不住对元稹又赞叹一番，遂又论及朝政和官场争斗，直到午时方散。两天后，元稹专程到祠部拜访了韩愈，自此你来我往，二人交情更加密切。

这日，韩愈与皇甫湜、卢同等人谈罢文章，正在厅前侍弄花木，只见元稹携牛僧儒冉冉而来。这牛僧儒也是韩愈的好友和学生，元和三年与皇甫湜、李宗闵三人，因殿试直言时弊，被宰相李吉甫所忌，贬为伊阙县尉，去冬改任河南府水陆转运判官，常和李宗闵、元稹等人到韩愈处聚游。

韩愈见二人到来，忙站起相迎。此时正值早春二月，满院群芳，有的含苞欲放，有的已绽笑枝头，千姿百态，姹紫嫣红。牛僧儒笑道："大人这院中，柳绿花红，满园春色；看来大人不仅热衷诗赋文章，而且也钟情这奇花异卉。"

韩愈拍了拍手上的泥土，笑道："诗赋文章出之灵感，来自生活，源于自然；山水花木，乃是诗赋文章之本也！故欲得文章之精华，这山水花木是必不可少的。"

牛僧儒道："怪不得大人喜欢名川大山，热爱种植花木，原来如此！"

元稹望着院中一盆盆争奇斗妍、幽香袭人的花卉，不由心旷神怡，赞不绝口。他来到一盆盛开的辛夷花前，只见此花高若盈丈，花如玉笔，宛若西子弄纱，又如太真出水，不由惊喜道："此花为何名，怎如此娇艳绚丽，楚楚动人？"

韩愈来到花前，看了看亭亭玉立的花姿，得意地道："此花名谓辛夷，原生于江南，也称迎春，北方人又叫它紫玉兰。"

元稹不仅性情刚毅，而且风雅潇洒，极爱山水花木。他见这辛夷花与众不同，便围着花树转了一周，现出爱不忍离之状。突然向着韩愈道："大人可能释怀割爱，将此花送与学生否？"

韩愈知元稹豪放倜傥，酷爱古玩花卉，遂笑道："送你可以，需得拿诗赋来交换方可。"

元稹知韩愈是想激他当场赋诗助兴，便道："这有何难，请笔墨侍候。"

韩愈遂令皇甫湜取来文房四宝，摆于院中石桌之上。那元稹看着辛夷花度了数步，遂走到石桌前，提起笔来，一挥而就。大家看罢，不禁连连称赞。韩愈笑道：

“真是好诗，不愧为当朝第一才子！”

元稹忙道：“大人过誉了，学生真是班门弄斧了！”说着，大家相携进入客厅，韩愈忙令书童捧上茶来。

元稹接过茶瓯，呷了一口，向着韩愈道：“近闻李管儿已来到东都，现住在樊宗师家中，大家何不前往一会儿？让李管儿弹奏一曲如何？”

韩愈听后，不由道：“李管儿怎住在樊宗师的家中？”

“管儿与宗师相交多年，”元稹道，“前时宗师进京办事，遇见管儿，相邀来到东都，故此住在他那里。”

韩愈听后点了点头。皇甫湜道：“这李管儿是何样之人，怎与诸位大人相熟？”

元稹看着皇甫湜道：“这李管儿乃两京名伎，不仅貌若天仙，能歌善舞，而且诗赋文章胜过男儿，并弹得一手好琵琶，经常出入于两京官宦之家。学生前几年在洛阳，去年在京城时，几次听她弹奏，甚是音韵动人，销魂夺魄，乃是天下第一尤人！”

韩愈向着皇甫湜接口道：“这李管儿虽为歌伎，然颇有正气，常言卖艺不卖身；虽来往于公侯之门，然出污泥而不染，濯清涟而不骄，多为诗赋弹唱而交际。被当今文士君子所赞美！要不，我们一同前往，一见便知。”

皇甫湜乃生活严谨之人，极厌拈花惹草之事，从不与女子交往。听后忙摇手道：“学生不懂音韵之妙，去了也难识好坏。”

牛僧儒笑道：“皇甫大人冰清玉洁，一尘不染，每日只知雕龙绣虎，这样不是特苦了自己吗！俗话说，‘文武之道，一张一弛’，听听歌舞，岂不更能陶冶情操？今日是一定要去的。”

皇甫湜见此，只好道：“那就一块前往吧。”

“这就对了。”牛僧儒笑道。大家遂相携往樊宗师家中而来。韩愈临行之时，安排秦济将辛夷花送到元稹府上。

这樊宗师家住城东紫微巷中，大家来到门前，只见门楼高耸，上悬代宗所赐金匾。樊宗师闻讯后已走出相迎。

大家相携进入院内，只见楼阁比连，雕梁画栋，十分豪华。二门处站着一妙龄女郎，身后跟着一怀抱琵琶的侍女。只见这女子丰容靓饰，粉妆玉砌，柳眉凤目，唇含碎玉。宛如嫦娥临凡，又似王嫱再现。韩愈一看，认得是李管儿。那李管儿一见韩愈等人到来，忙施礼问安。

元稹向着李管儿笑道："管儿何时到的东都，怎不让人通报一声？"

那李管儿莞尔一笑道："大人手握尚方宝剑，威振东都群雄，小女子怎敢轻举打扰！还望大人恕罪。"说罢又微微一笑，然后向着韩愈道：

"大人这一向可好？小女子近日作得两首小诗，正准备上门请大人赐教润色，还想再索要大人的新作一观，可巧大人今日竟大驾光临，真是小女有福了！"

韩愈听后，遂爽朗一笑道："赐教不敢当，但一睹为快，倒是学生梦寐所望。"

樊宗师在一旁道："管儿前天到此，一进门便询问大人情况，急着要去向大人索要诗篇。我说这几天大人公务较忙，过几天再去不迟，管儿方未前往。"

韩愈听后道："多承管儿厚爱。"那李管儿又寒喧了几句，方与牛僧儒、皇甫湜、卢同等人见礼，然后相携进入客厅。

大家坐定后，那李管儿面含春色，轻举莲步，佩环响处，亲自手捧香茗，送到韩愈等人面前。元稹接过茶瓯，呷了一口，向着李管儿道："今日诸位大人到此，管儿有何新曲妙赋，以飨大家？"

李管儿看了看韩愈等人道："小女子近来谱得两首新曲，诸位大人若不嫌弃，小女子愿为诸位大人奏来，不知诸位大人能否如意？"

韩愈笑道："有新曲只管奏来，大家听后，方知高下。"

那管儿遂让侍女拿过琵琶，抱于怀中，轻捺玉指，那琴声如裂金断玉，清泉流泻，霎时回荡于整个客厅。众人见此，都屏息而视，那管儿演奏一曲后，大厅之中久久余音袅袅，绕梁不绝。然后音调一转，启动樱唇，随着音律轻轻歌道：

青青水中蒲，下有一双鱼，君今陇上去，我在与谁居？
青青水中蒲，长在水中居，寄语浮萍草，相随我不如。
青青水中蒲，叶短不出水。妇人不下堂，行子在万里。

韩愈听后，不由一振。皇甫湜道："这不是韩大人昔年所作的《陇上行》吗？"

"是的。"樊宗师道，"前时管儿读大人此诗有感，遂谱成曲以歌之。"大家正说着，只见李管儿启动樱唇，又唱道：

牛吒吒，田确确[1]，旱块敲牛蹄趵趵[2]。种得官仓珠颗谷[3]。六十年来兵簇簇，月月食粮车辘辘[4]。一日官军收海服[5]，驱牛驾车食牛肉。归来收得牛两角，重铸锄犁作斤劚[6]。姑舂妇担去输官，输官不足归卖屋，愿官早胜仇早复[7]。农死有儿牛有犊，誓不遣官军粮不足[8]。

管儿歌罢，韩愈道："这不是微之（元稹）的《田家词》吗？"

"正是。"宗师道。元稹笑向李管儿："何时也将学生的小诗谱成曲了？"

李管儿道："元大人这首古乐府，既反映了百姓年年上交官粮，战争老是不停，负担日益沉重的苦难生涯；同时又赞颂了他们企盼朝廷早打胜仗，肃清外患，既使负担再重，也要努力向边关输送军粮，不使官军缺吃少穿的崇高品质，实在是感人肺腑！小女子前天刚刚谱成，不知诸位大人听后是否惬意？"

韩愈道："微之这首《田家词》谱得特好了，不仅在内容上激发人们为国家统一而战，而且曲调激昂悠扬，堪称一绝！"

元稹向着李管儿道："管儿可有自家新创的词曲，弹奏一曲我们听听？"

李管儿道："近获民间一宗冤案，小女子深感同情和不平，遂谱成一曲，不妨弹来让诸位大人听听如何？”

韩愈等人齐点头称善，那李管儿拨动琴弦，遂歌道：

贱妾名红玉，家居东门里。老父缝衣匠，常入公侯门。西邻张家子，竹梅无猜忌[9]。去岁结白首，入赘为夫婿。年初老父丧，妾代父制衣。送衣至侯宅[10]，竟遇豺狼人。好色“过街虎”，见妾起歹心。强行调戏妾，被妾咬破鼻。恶人羞成怒，砸烂妾家扉。诬父欠汝债，抢妾为奴隶。夫君与争辩，被殴一命归。妾悲诉官府，恶人使金银。一堂准妾状[11]，二堂变脸皮，三堂判妾妄，四堂用刑具。可怜民家女，有冤无处伸！夫君尸未寒，妾身伤累累。呼天天不应，哭地地无音。董宣今何在[12]？谁与把冤伸！

李管儿歌罢，众人俱被歌中红玉的冤情所动，久久无人说话。韩愈向着李管儿道：“歌中所叙之事，是真是假？发生于何朝何地？”

李管儿道：“若是歌中红玉之事，是真人真事，并且发生在当今，诸位大人敢与之伸冤吗？”

韩愈尚未回答，元稹不由愤慨激昂地道：“若是当今有此冤情，犯在学生手中，学生定严惩不贷！”

那李管儿见此，向着韩愈和元稹道：“实不相瞒，此事就发生在当今的洛阳城内。”李管儿讲罢，大家都不由一怔。

元稹不由正色道：“你说得可是当真？此女现在何处？”

韩愈也疑惑地向着李管儿道：“你一向住在长安，前天刚刚来到东都，怎知此事，莫不是在随意杜撰吧？”

“小女子不敢在诸位大人面前妄言！”李管儿也正色道，“此女现就在樊大人的府上，同小女住在一起。”韩愈和元稹见此，看了看樊宗师，樊宗师点了点头。

李管儿继续道：“事情是这样的：这次小女子从长安过来，路经潼关时，遇到此女。见其悲痛欲绝，遍体伤痕，欲上京城告状。京城衙门乃虎狼之地，她既无亲朋相助，又无金银使用，上告御状谈何容易！小女子想到元大人现在东台为御史，一向刚正不阿，疾恶如仇，而且此事发生在东都，正是元大人应管之事，就将其带回到洛阳。”

李管儿讲罢，韩愈和元稹方点了点头，韩愈向着李管儿道：“不知这个冤案出自哪个衙门，由何人审定？”李管儿向着元稹道：“审定此案的人若是当朝宰相的兄弟，皇太后的外甥，元大人敢管吗？”

此时元稹被李管儿一激，不由慨然道：“莫说宰相的兄弟，太后的外甥，就是宰相犯法，太后作弊，学生也敢面奏圣上，予以弹劾！”

“好！真不愧为名震朝野的铁面御史！”李管儿见此方道，“此案出自河南府，主判官就是河南府尹房式。”

大家一听，又是一震，没想到此案竟是河南府尹所为。这房式的父亲乃是当今国舅，表兄杜佑执掌朝政多年，而且其人投靠在阉党门下，乃当朝炙手可热之人，东都留守郑馀庆对其也畏惧三分。

樊宗师道：“管儿这次从长安回来，将此女带到府中，草民闻知此事；既为红玉不平，又为元大人担忧。此事若要查纠，必然要惊动朝野，得罪朝中权贵，势必影响到元大人的前程。若是不查，红玉冤案将永无见天之日！此事如何办好，还需大家斟酌再三。”

元稹愤然而起道：“学生身为东台御史，岂能为了官职前程，而畏缩枉法不成！这房式依靠宦官势力，仗着是皇亲国戚，骄横无忌，瞒上欺下，鱼肉百姓。学生一到东都，就有不少人要求弹劾他。学生正想着如何查纠他的罪行，不料就有了这桩案子，岂不是上天有意乎！”

韩愈向着元稹道：“这房式依仗皇亲国戚和杜佑势力，在东都贪赃枉法，为所欲为，百姓恨之入骨。学生几次曾想上书弹劾他，怎奈学生不是朝廷谏官，心有余，而力不足。今日元大人到此，正好为民除害。将来若有何不测，学生愿为大人奔走相助。”

樊宗师向着李管儿道：“我说元大人不畏权势，执法如山，必然接受此案，你还有点担心，这下可以放心了吧。”那李管儿见此，忙上前向着元稹施礼道：“小女子代红玉先谢谢大人了！”

元稹向着李管儿道：“你让红玉明天就将状纸送到东台衙门，学生定还她一个公道就是！”然后又向着李管儿笑道：“人人都说你有侠义心肠，现在看来果然不错，今日这曲子看来是不能白听的了！”

樊宗师向着李管儿道：“元大人已答应了你的事情，快将你那最拿手的曲子再弹奏几曲，以酬谢诸位大人的盛情。”

李管儿听罢笑道：“小女子遵命就是！”说罢，遂启动樱唇玉指，大厅内顿时又回荡起清音妙曲之声。

注释

[1] 吒吒：叱牛声。确确：坚硬而瘠薄的田地。

[2] 趵趵：（音 bō），牛蹄声。

[3] 珠颗谷：像珍珠一样的谷粒。其意是经过千辛万苦种植出来像珍珠一样的谷子，全部输入了官仓。

[4] 六十年来：指天宝十四年（775）的安史之乱至元和十二年（817）写此诗时。兵簇簇：兵器众多。辘辘：车声。月月：每月送军粮的车声不断。

[5] 海服：指四海之内的土地。古时在京畿千里之外的地方，向远处每五百里称作一服。

[6] 这三句是说官军把送粮的人、牛、车一起征用，最后牛被杀掉，农民只好带着两只牛角回家。没有牛，只好重铸农具，用人力耕种。斤劚：砍伐工具。

[7] 仇早复：早点复仇，将敌人打退。

[8] 末两句是说农人死了还有儿子，牛死了还有小牛，还得继续为官军服务。不遣：不让，不使。

[9] 竹梅：指青梅竹马。

[10] 侯宅：指王侯府宅。

[11] 一堂：指第一次大堂问案。

[12] 董宣：东汉初年的洛阳令。

第74章
送微之痛惜诤臣　悔浚川应召出山

五日后，元稹查得房式各项罪证，向郑馀庆禀明后，直奏宪宗李纯。李纯看后不觉大怒，遂降诏免去房式的河南府尹之职，交由刑部查处。韩愈等人闻知后俱弹冠相庆，元稹的名声在东都更是大振。

然而，大家还未高兴几天，突然传来消息：这房式到了京城后，在太后和俱文珍、杜佑等人的庇护下，竟串通刑部官员，推翻原来供词，并颠倒是非，反诬元稹狎妓争风，公报私仇，栽赃陷害。那李纯本就惧惮宦官势力，在太后和俱文珍的压力下，只得又下诏免去元稹的东台御史之职，调回京城候用。

韩愈闻知此情后，愤懑填胸，直诣郑馀庆处，要其上书朝廷，为元稹申辩。郑馀庆看着韩愈道："此事非同一般，老夫也无能为力。"

韩愈知郑馀庆这些年来，处事越来越谨慎，已不像五年前在京任宰相时，耿直无忌，对宦官的势力一再迁就退让。不禁有些激动地道："大人乃东都最高长官，主掌军政各部，对房式一案了如指掌。如今犯法者无罪，执法者倒成为罪人！这天理、王法何在？"

郑馀庆知韩愈疾恶如仇，不由叹了口气道："非是老夫胆小怕事，不主持公道，此事实是棘手难办，既使上书，也是杯水车薪，于事无补！"郑馀庆讲到这里看着韩愈，继续道：

"一是元稹锋芒特露，得罪人过多，处于四面楚歌之中；二是这房式势力太大，不仅是皇亲国戚，而且有宦官在背后为他撑腰；三是老夫虽为东都留守，然而却为朝中权幸所忌，他们视老夫为异党仇敌。若不上书还好，若要上书，反倒与元稹更加不利。”

韩愈听后，不由叹了口气，道：“若此，元稹岂不蒙冤受屈！朝廷将要失去一位栋梁之臣？”

郑馀庆看了看韩愈道：“元稹眼前可能要受点委屈，但也并非全是坏事：此事可使元稹得到磨炼，变得更加成熟和老练一些；另一方面，据老夫所知，元稹在朝中影响颇大，当今皇上对其十分赏识，这次免去元稹东台御史之职，只是应付太后和宦官的权宜之举，将来元稹还会东山再起，被朝廷所重用。”

郑馀庆讲到这里，看着韩愈，多少有些担忧地道：“老夫目前所关心的不是元稹，而是退之你。去冬你收回了宦官对寺庙的管辖权，断了他们的财路；这次又支持元稹查纠房式的罪行。两京宦官对你十分恼怒。王彦珍多次到老夫处告你的黑状，据说还准备上书朝廷弹劾你。此事不可不防啊！”

韩愈听后，虽知郑馀庆是一片好意，但对宦官的憎恶使他义愤难平，不觉慨然道：“卑职既为朝廷之臣，就要为国家社稷和黎民百姓着想，个人的安危祸福，只好置之度外了！”他见郑馀庆十分为难，又说了几句祠部的事，只好告辞而回。

三日后，元稹启程赴京。韩愈与樊宗师、皇甫湜、李宗闵、牛僧儒、李管儿等人，直送出城外二十里处。韩愈令人取来酒肴，在路边长亭为元稹把盏饯行。

元稹端起酒杯，一饮而尽，回头看了看远处的洛阳城郭，扬着手中的酒杯，大声道：“东都，别了！学生还会再来的！”

牛僧儒向着元稹道：“微子请放心前往，我和韩大人、李大人、皇甫大人已经商定，准备联名向朝廷上书，力洗大人之冤。”

元稹回头向着韩愈等人，多少有点遗憾地道：“学生原庆幸来到东都，能和诸位大人在一起谈诗论文，共振文坛。没想到这么快又要离去，实在让人有些难舍难分！”

皇甫湜道：“大人莫忧，常言道：‘三十年河东，三十年河西’，‘只要青山在，还怕没柴烧！’说不定要不了多久，我们又会重新聚在一起。但愿这次回京，不要折了鲠骨，屈服于他们的淫威，失了咱铁面御史的美名才好。”

元稹爽朗一笑道：“诸位大人请放心，学生天生钢筋铁骨，早把生死祸福抛在一边，岂能被这小小挫折所吓倒！上天若是有眼，让学生再握生杀之权，定将这些贪官污吏、奸党佞臣，扫除干净！”

李管儿端起酒杯，走到元稹面前，道：“这次大人被奸佞诬陷解职，全由小女子引起，心中实在是不安，请大人饮了这杯酒，以示小女子歉意。”

元稹接过酒杯，笑道：“此事怎能怨你？即使没有红玉一案，学生早晚也要弹劾那房式的罪行，此乃学生为官做人之道也！”

李管儿令侍女拿来琵琶，抱于怀中，向着元稹道：“大人此去，不知何日才能相见，小女子愿为大人弹奏一曲相送，不知大人意下如何？”

元稹高兴地道：“那就多谢管儿了。”大家见此，俱停止了敬酒。只见李管儿轻启玉手，拨动琴弦，那琴声与前时更有不同，听去，犹如翻江倒海，风雷激荡。随着激越的琴声，遂轻声歌道：

妖孽猖獗兮天昏地暗；东都百姓兮如临深渊。天神降临兮斩妖除怪；洛都黎民兮欢歌笑颜。

大家听此，都不由一振。只见管儿音律一转，继续歌道：

上天突变兮雷动电闪，阴风阵阵兮鬼哭狼嚎。天神遭谗兮日月无光，瀍水两岸兮泣声震天。

那管儿唱到这里，已是泪流满面。大家心中都沉甸甸的。只见管儿擦了把眼泪，用力拨动琴弦，那琴声更加高亢，遂歌道：

巍巍嵩岳兮仰天长叹，滔滔黄河兮悲歌英贤。祝我天神兮一路顺风，愿我天神兮再挥利剑。

那管儿歌罢，已是泣不成声。倒是元稹向着李管儿笑道：“你这歌声也太沉重了，学生绝不辜负你的希望。”说罢，转身向着韩愈等人道：

“送君千里，总有一别。请诸位大人都回去吧，我们后会有期！”

韩愈拉着元稹的手，无限感慨地道：“话，我们昨天都说尽了，请君多多保重！”

元稹点了点头，遂与樊宗师、皇甫湜、牛僧儒、李宗闵等人一一握别，然后跳上马，扬鞭而去。约跑出有一箭之地，忽然兜转马头，向着大家又挥了挥手，然后飞驰在尘烟之中。

韩愈等人，目送元稹慢慢消失在前方的大道上，方相携怏怏而回。

送走元稹后，韩愈的心情久久难以平静。时至仲夏，一日，樊宗师邀韩愈、孟郊、牛僧儒、李宗闵、皇甫湜和石洪、温造、卢同、李贺等人，前往关林纳凉游玩。大家游罢关帝庙，来到庙前一茶肆坐下小憩，不由谈及关羽忠义之事和当今天下英雄。

卢同向着大家道：“据说这关林埋葬的是关羽的头颅，身体乃为檀香木所制，可否是真？”

“不错。”韩愈道，“当年东吴大将吕蒙用计袭破荆州，在麦城将关羽俘获杀害。东吴为嫁祸曹操，令人将关羽的头颅送到洛阳。曹操识破东吴之计，遂用檀香木做成关羽之身，和头颅一起，按照王侯之礼厚葬于此。”

樊宗师道：“纵观古今，关羽可谓天下第一忠义之人。为了维护汉室江山和实现天下统一，他平黄巾，讨董卓，抗曹瞒，拒东吴，一生南征北战，可算是忠贞不渝也。”

牛僧儒接口道：“关羽身处乱世，却能以圣人之道为本。一生将《春秋》作为座右铭，为历代帝王和天下英豪所崇仰。他平黄巾，讨董卓，抗曹瞒，乃是忠；千里走单骑，身着旧主衣，不为高官厚禄和‘上马金，下马银’所动，乃是义；诛文丑，斩颜良，过五关，斩六将，乃是勇！世人若都能像关羽那样。天下何愁不太平统一！”

“牛大人说得极是。”韩愈道，“当今藩镇割据，天下战乱不断，实乃圣道废弛，忠孝仁义不行之故也！”

温造道："听说河北战事处处失利，大将军吐突承璀进讨王承宗，屡战屡败；左神策将军郦定进不幸阵亡，军中士气大丧。朝廷又调集河东节度使范希朝、义武军节度使张茂昭，前往河北助战。"

卢同接口道："近闻朝廷为支援河北战事，擢拜乌重胤为河阳三城及怀州节度使，负责河北战事的粮草筹办。乌上任后，为勤师支前，广招天下贤士，为帐中所用，据说已派人到东都来物色人选。"

韩愈听后，忙关切地问道："玉川子所言可属实无误？"

卢殷摇着扇子，向着韩愈道："玉川子说得不错，草民有一朋友，现在乌重胤帐下供职，前日来到东都谈及此事，言道受乌重胤所遣，特到东都查访贤士，今早刚刚离去。我已将石兄的情况向他作了介绍和推荐。"

那石洪一听，不由动气道："'己所不欲，勿施于人'，卢兄一提做官就肝火三丈，怎么将草民卖与他人！在下十年前就已超脱红尘，跳出'三界'，过着无忧无虑的桃源生活，怎么把我往'火坑'里推呢？"

卢殷向着石洪道："石君不愿做官，草民当然知道，不过那是过去的事了。自从大家结识韩大人后，每每谈及圣人之道，石兄不是常常慷慨激昂，要为大唐中兴而尽力，为天下百姓解忧吗！故而草民才有此举。"

韩愈见此，向着石洪道："卢殷兄做得很对，当今国难当头，朝廷正是用人之际。我们儒家读书修身的目的，就是为了出将入相，辅弼朝廷，拯救天下万民！否则，这读书万卷、修身养性，又有何用？"韩愈讲到这里，走到石洪身旁，语重心长地继续道：

"如石君，饱读圣贤之书，胸怀济世良策；风骨如泰山劲松，品行似蓝田温玉。若不能为朝廷社稷所用，为黎民百姓造福，岂不是暴殄天物，遗憾终生！"

韩愈讲到此，只见石洪欲言又止，面现赧色，知其已有所悟，遂转向大家道："再者，据学生所知，这乌重胤乃是一位贤臣良将，智勇双全。去年潞州节度使卢从史奉诏讨伐王承宗，竟与王承宗暗中勾结，致使官军难以取胜。时乌重胤为潞州左司马，得知此情后，遂用计将卢从史擒住，并制止了潞州军变。一时名震朝野，为宪宗所器重；今年四月，方一举擢迁为三城节度使。”韩愈讲到这里，再次转向石洪道：

“古人曰：‘良禽择木而栖，贤臣择主而事’。石君若是能去到乌公帐下，定能鹏程万里，鱼翔大海。此乃正是凤鸣朝阳之时，何乐而不为呢！”

那石洪听后，心如潮涌，但表面仍不愿服就。向着韩愈道：“此事容草民三思后再说吧。”

韩愈见此，故意笑道：“人各有志，不能强求。此事就由石兄自己决定吧。”大家又谈了一阵河北战事，方离开茶肆而回。

半月之后，一日韩愈正在书斋看书，只见卢殷过来道：“明天石洪将赴河阳幕，届时东都名流和各界朋友，将在东门外相送，请大人一块前往。”

韩愈听后，不觉一愣，道：“石洪从军，我怎么一点消息都不知道？”

卢殷道：“上次咱们关林相聚，石洪深为大人所动，决心为大唐中兴和天下百姓干一番事业，正巧我那位朋友回去后，将石洪举荐与乌重胤，乌重胤遂询问石洪的道德文章，我那朋友言道：‘石洪隐居嵩邙瀍谷之间，性格豪爽重义，生活严谨俭朴。人与之钱，不受；请与之游，未尝以事辞；劝其为官，不应。起居一室，左右尽是书籍文章。与之交谈，博古通今，口若悬河，犹如轻车熟路尔。’”卢殷讲到此，欣喜地道：

“乌重胤听此，甚是高兴。然疑虑道：‘此人乃世外高人，无求于人，怎肯为吾效力？’我那朋友道：‘大人文武忠孝，求士为国，无私于家。当今寇聚于恒，师环其疆；农不耕收，财粟殚尽。石洪既仁且勇，若以义请，委以重任，其何辞也！’”

韩愈听到此不由地连连点头。卢殷继续道：“乌重胤听后大喜，遂遣使者携聘书与马匹，于昨天来到东都。石洪既未告知妻儿，也未谋于朋友，便拜受书礼于门内，决定明天动身，前赴河阳军就职。”

韩愈听卢殷讲罢，不由欣喜地道：“浚川果然不负学生之望尔！天下君子若都能像浚川那样，我大唐无虞也！”

韩愈端起酒杯，向着石洪道：“乌公能以义取人，以贤纳士；浚川能以圣人之道为己任，立志为天下黎民而献身。此真乃可喜可贺也！”

第二天，韩愈早早起来，用罢早饭，正准备出发，只见孟郊、牛僧儒、李宗闵、皇甫湜等人闻讯后先后过来。大家相叙罢，遂携同往东门外而来。

韩愈等人来到东门外时，樊宗师、温造、卢同等人已经先于他们到达。大家刚叙上几句话，只见卢殷和河阳军使者，牵着高头大马，陪着石洪，在众乡亲的簇拥下走了过来，韩愈等人忙迎上前拱手相贺。

石洪向着韩愈道："大人忧国忧民，奋发蹈厉，实在让草民感动不已。草民将不负大人所望，决定应召入幕，誓以大人为楷模，为天下百姓和大唐的安定和统一，而尽忠效力！"

韩愈激动地一把拉住石洪的手，道："浚川真君子也，此乃朝廷之福，百姓之福，乌公之福也！"

此时，樊宗师已令人在柳荫下置酒相待。大家相携来到柳荫下，樊宗师令人为大家斟酒把盏。韩愈端起酒杯，向着石洪道：

"乌公能以义取人，以贤纳士；浚川能以圣人之道为己任，立志为天下黎民而献身。此真乃可喜可贺也！请浚川满饮此杯，以表学生之意；并祝王师早日平定河北凯旋！"

石洪听罢，激动地接过酒杯，一饮而尽，道："草民绝不负大人所望！"

此时，牛僧儒与李宗闵、皇甫湜端起酒杯，也来到石洪面前，道："我三人敬石君一杯，望石君入幕后，继续保持高风亮节，远小人，拒谗言，处处以国家社稷为重；竭力辅弼乌公振师荡贼，早定幽恒，建功立业，以不负朝廷圣命。"

石洪接过酒杯，一饮而尽，道："洪将谨遵教诲！"

樊宗师、温造、卢殷、卢同四人，待牛僧儒等人敬罢酒后，各端起酒杯，每人向石洪敬了一杯。樊宗师道："石兄到在军中，要处处以仁义行事，以百姓为天，且莫有违圣贤之礼。"

温造向着石洪道："石兄今日应召入幕，乃是我东都六才子的荣幸！昔日大家只痛恨朝廷昏暗，奸佞当道；怨怒藩镇割据，战乱不息。而很少想到国家兴亡，匹夫有责和圣人齐家、治国、平天下的宗旨。这几年，大家在韩大人的影响和教诲下，真正明白了圣人之道和做人之本。今后，若有机会，草民也会像石兄一样，披坚执锐，出生入死，干一番事业的！”

石洪听后，激动地道：“温兄若有此意，小弟到在河阳军中，定向乌公予以举荐，以酬温兄壮志！”

温造笑道：“草民才疏学浅，性格孤僻，不合时宜，虽有此意，乃无此缘也！”

韩愈听后，高兴地向着石洪和温造道：“士别三日，当刮目相看，温君有此壮志，真令学生震喜不已！将来定能成为国家的栋梁之臣。浚川到在军中，定要向乌公讲明此事。”

大家祝酒完毕，孟郊向着韩愈等人道：“这酒我们已经敬罢，是否大家每人吟诗一首，送与浚川，作为饯行之礼。以祝浚川早日建功立业！”

“好！东野大人的提议真是太好了！”温造道：“我等乃东都儒林名士，送石兄应召入幕，光有酒，没有诗，怎么能行！岂不被人耻笑！”

樊宗师道：“若此，每人就以六韵各做一首。我看就从韩大人开始，诸位意下如何？”

樊宗师讲罢，众人俱点头称善。韩愈此时也心情大悦，遂道：“若此，学生就先抛砖引玉了！”说罢，略一沉思，遂吟道：

长把种树书，人云避世士。忽骑将军马，自号报恩子。风云入壮怀，泉石别幽耳。钜鹿师欲老，常山险犹恃。岂惟彼相忧，固是吾徒耻。去去事方急，酒行可以起。

韩愈吟罢，众人齐鼓掌称妙。接着孟郊、皇甫湜、牛僧儒、李宗闵、樊宗师等，相继按韵俱各吟一首。樊宗师向着韩愈道：“今日东都名士欢聚一堂，为石兄吟歌送行，真是痛快激烈，千载难逢！还需大人为此作一序尔，以增颜色。”

韩愈见此，略加推辞，遂提笔又为之作序一篇。他在序中盛赞了石洪的高尚品德和毅然应召入幕的慷慨壮举，以及东都各界名流为之送行的盛况。欢送饯行直到午时方罢。

第 75 章
说吕炅弃道还俗　惩兵痞威慑“三藩”

一日，樊宗师与卢同前来，向着韩愈道：“前天吕公子弃母抛妻，赴王屋山学道，大人知之否？”

韩愈一听，不觉一怔，这吕公子名炅，也是东都一位才子，经常到韩愈处请教文章，韩愈对其也颇有好感。遂惊愕道：“学生不知有此事，吕炅何故出家？”

樊宗师道：“据传吕炅遇到一云游道人，自称为王屋山紫阳真人。说吕炅身有仙骨，乃上界神仙转世，若是入山修炼，定可白日飞升，长生不老。那吕炅被惑，竟随那云游道士而去。”

卢同道：“这吕炅为了出家，将新婚不久的妻子车载送回娘家。妻子在车中放声大哭，沿途围观之人拥塞于道。其临行之时，年逾花甲的老母追出门外，牵衣顿足，悲痛欲绝。那吕炅竟扯断衣袖，扬长而去！观者无不落泪指骂。”

韩愈听后，不由气愤地道：“这佛老祸国殃民，何时方能罢休！”

两个月后，吕炅身着破旧道士衣饰，游于东都，被韩愈得知。遂令人将其带入府前，使吏卒脱其道士衣冠，置以儒服，责其舍母抛妻、不忠不孝之过。并谆谆指出：“长生不老乃无稽之谈，灵妃、萧史，只不过是神活传说而已；佛老所鼓吹的修炼成仙，纯粹是灭绝‘天常’的欺世邪说，何能为信？岂是读书之人所为？……”

那吕炅被韩愈说动，深感懊悔。韩愈亲送其归家，交与其母。事后，韩愈感慨颇深，遂作《谁氏子》，以劝世人。其诗曰：

非痴非狂谁氏子，去入王屋称道士。白头老母遮门啼，挽断衫袖留不住。翠眉新妇年二十，载送还家哭穿市。或云欲学吹凤笙，所慕灵妃媲萧史。又云时俗轻寻常，力行险怪取贵仕。神仙虽然有传说，知者尽知其妄矣。圣君贤相安可欺，乾死穷山竟何俟？呜呼余心诚岂弟，愿往教诲究终始。罚一劝百政之经，不从而诛未晚耳。谁其友亲能哀怜，写吾此诗持送似？

宦官王彦珍闻知吕炅之事，妄图借此攻讦韩愈，再次闯入留守府，以韩愈强行迫使吕炅还俗为由，要求郑馀庆查纠此事。郑馀庆无奈，只好令人将韩愈请来。

韩愈与郑馀庆乃是故交，郑馀庆见韩愈到来，将其邀入客厅，用罢茶后，韩愈即问所传原因。郑馀庆不由叹了口气，遂将王彦珍几次所告韩愈的状纸，递给韩愈观看，道：

“昨日王公公又跑到这里，说你在大街之上，当众令人脱去吕炅的道士衣冠，强迫人家还俗。说道教乃是国教，当今皇上尚且拜佛求仙，祈求长生不老。你这样做乃是公然污辱国教，对抗朝廷，要求老夫查处此事。”

韩愈边听郑馀庆叙说，边观看状纸，越看越气愤，待到看完，不由向着郑馀庆道：“这些人真是无耻之尤，完全是诽谤诬陷，恶意中伤！”

郑馀庆看着韩愈道：“这些事老夫心中清楚，知你做得没错，所告无非是强词夺理，恶意攻击，想搬掉你这块石头！不过当今这些人势力太大，老夫对他们也无能为力。纵观这些年来，多少贤臣良相栽倒在他们的手里，轻者罢官流放，重者家破人亡。你虽然耿直傲岸，一心为朝廷社稷着想，然而皇上何能尽知！前次，老夫已向你谈及此事，如今朝中俱文珍一伙对你耿耿于怀，这里王彦珍又将你视为眼中之钉，有些事情不能操之过急，有些事情需要软硬相间，否则将会适得其反。”

韩愈听此，知郑馀庆有些为难，同时也为自己担心。话中似有规劝自己不要与宦官为敌之意。他对郑馀庆近些年来，对宦官势力一让再让，深感忧虑，加上二人乃是直交，言语多不忌讳，不由直言道：

“大人所言虽为学生着想，但退之不敢苟同：贞元以来，宦官势力越来越大，权倾朝野，祸国殃民。成为我大唐一害！究其原因，实乃朝廷纵容姑息，各级官吏保官求荣，追随投靠所至。若我大唐上下以吾道为本，以纲常为上，力除宦官之弊，宦官弄权何能得逞？”

韩愈讲到这里，多少有些激动地继续道：“东都所司各部，唯祠部为烦且重，日与宦官交往；这些阉党骄横跋扈，无恶不作。下官主掌祠部，岂能袖手不管，若此，岂不有违圣令！大人若是为难，下官情愿与他部调换，离开祠部就是！”

郑馀庆闻此，心中多少有些不快，微微一笑道：“你呀！还是这个脾气，老夫这是为了你好，难道还有他意？此事你看着办吧！”

韩愈听此，见郑馀庆有些不高兴，正要进行解释，只见留守府掌书记张玮进来，向着郑馀庆禀道：“淮南节度使徐逢阳进京述职，路经东都，现已到达迎宾馆。”

郑馀庆听后，向着韩愈道：“今日就谈到这里吧，还望韩大人三思为好！”

韩愈见此，只好告辞。他回到府中，想到宦官的恶意诽谤，百姓的殷切希望和郑馀庆的怏怏不快，心中如巨浪翻腾；觉得有许多事和话，需要向郑馀庆讲明。遂展纸于案，提笔写道：“上郑尚书相公启。”然后略一思忖，遂疾书道：

愈启：伏蒙仁恩，猥赐示问，感戴战悚，若无所容措；然尚有厥诚须尽露于左右者，敢避其烦黩，怀不满之意于受恩之地哉！

愈幸甚，三得为属吏，朝夕不离门下，出入五年。窃自计较。受与报不宜在门下诸从事后；故事有当言，未尝敢不言，有不便于己，辄吐私情，阁下所宜怜也。

分司郎官职事惟祠部为烦且重。愈独判二年，日与宦者为敌，相伺候罪过，恶言詈辞；狼藉公牒，不敢为耻，实虑陷祸。故前者怀状乞与诸郎官更判，意虽甚专，事似率尔，言语精神，不能自明，不蒙察允，遽以惭归，僶俛日日，遂逾累旬，私图其宜，敢以病告。鸤鸠平均，歌于《国风》；从事独贤，《雅》以怨刺；伏惟俯加怜察。幸甚，幸甚！愈再拜。

韩愈写罢，看了两遍，令人送到留守府中，心中方有所定。郑馀庆接到书后，知韩愈刚正不阿，对自己所言可能有些误解，遂又将韩愈邀至府中，说明心意，韩愈方释胸中之惑。

唐元和五年八月，李翱被岭南节度使杨于陵辟为掌书记，一同前往广州赴任。路经东都时，韩愈与孟郊前往下榻的景云山庄相送。

这景云山庄坐落在嵩山脚下，韩愈与孟郊到达景云山庄时，已是傍晚时分。李翱与韩愈既是师生，又是挚友，同时还是亲戚；与孟郊乃是多年的知己好友。大家一见，真是又喜又悲。

晚上，大家谈及这几年的相互情况，都感慨颇深。李翱向着韩愈道："大人这几年在东都政绩卓著，影响巨大，朝中不少人对大人是赞不绝口，连当今皇上对大人也颇有好评。不过也有少数人对大人仍耿耿于怀，伺机进行挑剔和诽谤。特别是宰相杜佑、宦官俱文珍，经常在皇上面前说大人的是非。"

李翱讲到这里，看着韩愈继续道："最近听说东都执掌神策军的宦官王彦珍回到京城，向皇上妄奏，说大人在东都结党营私，狂傲不羁；鼓纵元稹诬陷大臣；强迫僧人离寺还俗等。皇上虽知大人刚正无私，但慑于宦官势力，恐怕又要牵动大人的职位。"

韩愈听后，不由气愤地道："这些佞臣阉党，自己结党营私，排斥异己，顺我者昌，逆我者亡；反倒说别人结党营私，真是贼喊捉贼，无耻之尤！他们唯恐天下不乱，百姓安乐。大唐有这些奸佞之徒当政，只怕是天无宁日了！"

李翱道："这些人狼狈为奸，心黑手辣，什么坏事都做得出来，大人还是多加小心为好。"

韩愈不觉慨然道："学生自幼立下报国之志，早把个人生死祸福置之度外。在其位就要谋其政。这得官是为了报效国家和黎民百姓；难道为了保官，就舍国家与百姓的利益而不顾？这官做得还有什么意思！将来是做官，是去官，只好听天由命了！"

李翱听后，向着孟郊赞叹道："大人身处逆境，还是这个脾气，真乃令人敬佩！"

孟郊向着李翱道："看来退之这个脾气是不会改变的，要不，他也不叫韩愈了！"

韩愈不由笑道："知我者，东野也！"接着三人又谈及朝中近两年所发生的各种事情。直到夜深三更，方登榻休息。

第二天，李翱随杨于陵启程南下。韩愈与孟郊又相送一程，方洒泪而别。回到洛阳后，韩愈想到广州远在万里之外，路途千山万水，李翱不知何日方能到达，几时才能归来。不觉有感，遂提笔赋《送李翱》诗一首。其辞曰：

广州万里途，山重江逶迤。行行何时到，谁能定归期？揖我出门去，颜色异恒时。虽云有追送，足迹绝自兹。人生一世间，不自张与弛。譬如浮江木，纵横岂自知。宁怀别后苦，勿作别后思。

唐元和五年冬，由于宦官俱文珍、王彦珍等人的诽谤诬陷，韩愈终被免去都官员外郎之职，调任为河南县令。

这河南县谓之京县，管辖着东都地方事务。韩愈虽愤慨不平，然毫不气馁。到任之后，他执法如山，励精图治，不到月余，便先后惩处了三藩横行霸道、为非作歹的留守士兵；查处了神策军暗中经商、欺行霸市、打死人命一案。一时又轰动了整个东都。

先是韩愈上任的当天，即发现河南县衙积案如山，很感奇怪，便向县尉张仪询问原因。张仪道："这河南县虽为京县，管辖着东都地方诸事，然上有河南府和留守衙门，中有各部分司和内务府宦官，事情十分难办，大小案件都会受到各方的掣肘。故而许多案件长期难以结案，只好堆积下来。"

韩愈听后，点了点头道："怪不得这河南县令没人愿干，一年换了三任，像走马灯似的。"说着拿过桌上卷宗，翻看起来，只见一卷宗内的状纸上写道：

元和五年六月，郓州节度使留守处徐彪等五名军卒，酒后将我家小女莲花轮番糟蹋，直使小女痛不欲生……

韩愈看罢，不由拍案而起道：“这郓州节度使军人，竟如此无法无天，胆大妄为！”说着，将状纸递给张仪道：“你看，他们竟敢光天化日之下，在东都城内轮奸民女！”

那张仪接过状纸，看了一眼，不由叹了口气道：“大人有所不知，这东都城内，不仅有各部分司，而且驻扎着魏、郓、幽三藩节度使的后留人员。每年三藩的官吏，将军前来度假消遣，并在此购销军需物资。这些人依仗手中兵权，在东都横行无忌，为所欲为，官府无人敢问。像这样的事件年年都有，百姓叫苦不迭。”

韩愈以前也曾闻说东都三藩为非作歹，但不知如此厉害。听后不由问道：“这些人如此妄为，官府怎不予以惩治？”

张仪向着韩愈道：“这三处藩镇经常发生兵变，动不动就要起兵造反，连皇上也畏惧三分，府县哪里敢去管他！前年，郓州节度使留守军人，因不满河南府对他们霸占民田进行干预，竟将河南府两名判官打成重伤。去年幽州节度使留守人员，在大街强行低价购买货物，被百姓告到县里。河南县令传他们前来询问，这些军人竟冲进县衙，砸烂大堂，扬长而去。县令到留守府要求主持正义，严惩凶手；留守府正要查纠此事，谁知神策军王公公竟传话到留守府说：‘三镇节度使，皇上抚还抚不下，生怕他们起事，你们要是把他们给惹反了，能承担起这个责任吗！’留守府一听，吓得再也不敢追查此事了。此后，三藩军人更加肆无忌惮。”

韩愈听后，不由怒道：“原来是这样！本官倒要看看，他们这些老虎屁股是摸得摸不得！自古道：邪不压正，你越是怕它，它就越是猖獗。我看，咱们治理地方，就从整治‘三藩’留守开始。”

张仪听后，惊愕地看着韩愈道：“这不是虎口拔牙！能行吗？”

“行！”韩愈自信地道，“三藩乃东都三霸，人人怕之，而又恨之；朝廷虽惧之，而又想除之。若是将三藩治服，不仅将起到打一儆百、威慑全局的作用，而且将会得到东都各界的支持；同时也为朝廷除去心头之患。”

张仪看着韩愈，疑惑地道：“不知大人如何处置此事？”

韩愈道：“晓之以理，动之以情，施之以法。三藩为非作歹的毕竟是少数，而这些人中，顽固不化的首恶分子更是少中又少。只要坚持上述三条，以忠孝仁义感化多数，以国法军纪惩治首恶，定能达到目的。”

张仪听后，不由点了点头，道：“若此，铲除‘三藩’之害有望也！”

韩愈向着张仪道：“明日大人即持本官名柬，前往郓州留守处，传讯那五名军人到来。”张仪忙点头称“是”。

第二天，张仪来到郓州留守处，向值日偏将赵虎说明来意，并递上韩愈名柬。那赵虎看了一眼名柬，随手扔到一边，傲慢地道：“你那县令是否吃了豹子胆？竟敢管到老子头上！这几个弟兄有军务在身，不能前往。”说罢，遂喝令兵弁送客。张仪无奈，只好回来复命。

韩愈听罢张仪叙述之后，略一思忖，道：“他们不交出罪犯，也在本官预料之中；这些骄兵悍将，有恃无恐，是不会轻易认罪的，看来我们也得采取相对措施，方能奏效。”说到此向着张仪道：

“你明天召集县衙所有捕快衙役，兵分三路：一路守在郓州留守处左右，发现徐彪等人走出，立即拘捕归案；另一路在大街小巷巡查。这三镇兵痞作恶成性，必然还要横行街头。只要发现有欺压百姓，为非作歹的留守军卒，一并拘拿；第三路守护在县衙内外。一旦这些军兵不肯服法，前来闹事，即严惩不贷。”

“好！”韩愈讲罢，张仪不由佩服地连连点头。

韩愈继续道：“此事关系重大，只能成功，不能有失。通令所有衙役捕快，在此期间要做到马不离鞍，兵不解刃，严阵以待。否则，将从严处治。”

张仪高兴地向着韩愈道：“若此，罪犯将插翅难逃，我河南县衙也可保平安无虞也！”

未出三日，果不出韩愈所料。不仅将轮奸民女的徐彪等人抓获归案，而且又在大街之上拘拿抢夺民财、调戏妇女、寻衅闹事的三镇军卒二十余人，一时震惊整个东都。

这天，郓州留守偏将赵虎，纠集幽、魏留守军人近百人，来到河南县衙前，鼓噪叫骂，挥舞刀剑，声言若不放出被扣押的军兵，将放火烧毁县衙。闻讯前来围观的群众多达上千余人，一时拥塞衙前数条街道。

此时，严阵以待，全副武装的河南县衙役捕快，手执利刃，守卫在县衙四周。双方剑拔弩张，大有一触即发之势。

韩愈带着县尉张仪、县丞李正来到衙前台阶之上，他横扫了一眼阶下那些气势汹汹、挥刀弄剑的散兵游勇，威严地喝道："你们哪个是当官的，请站出来说话？"

众军卒过去也多少闻说过韩愈之名，今见韩愈仪容威严，大气凛然，一时竟无人敢于回答。那赵虎见此，狂横地道："你管谁是当官的！快把我们的弟兄给放出来。否则，老子一把火烧掉你这个鸟衙门！"

韩愈看了一眼那赵虎，只见他鸱目虎吻，虬髯如戟，手握一把鬼头大刀，知是一个鲁莽狂妄之徒，不由怒斥道："这河南县衙乃是带天子以行政令之地，围攻县衙即是谋反之举，难道你们不怕诛灭九族！"

那赵虎闻此，狂笑道："谋反？哈哈！老子早就想谋反了！不谋反，皇上能看得起老子吗？诛灭九族？"他狂傲地看了看四周军卒，向着身边一个贼眉鼠眼、身材矮胖的校尉道：

"谁敢动老子一根毫毛？啊！哈哈！"赵虎话音刚落，随即在周围士兵中响起一阵狂叫和哄笑声。

韩愈见此，不由激起一阵愤怒和痛心。他深感这些士卒纲常尽失，道德沦丧，必须晓之以理，明之以法，使其从狂傲中清醒过来。遂向着众士卒威严地道：

"刚才这位将军讲，谁敢动老子一根毫毛！此话差也！古往今来，凡图谋不轨造反作乱者，不是身败名裂，就是诛灭九族，没有一个有好下场的！"

韩愈刚讲到这里，只见那个矮胖校尉向着赵虎道："他这是在动摇军心，不要听他信口雌黄。"

韩愈看了一眼那个矮胖校尉，知其是个奸诈险恶之徒，遂向着众军卒继续道:“远的不说，就说我大唐近二十年来，建中初年，‘四王二帝’作乱，是何等嚣张，结果全被剿杀诛灭！田悦、李正己、朱滔、李希烈，没有一个善终的。贞元十二年，宣武军作乱，贞元十五年，彰义军吴少诚谋反，虽猖獗一时，最后还是全军覆没，没有一个能逃脱诛灭九族的命运！”

韩愈讲罢，横扫了一眼阶下，只见那些军卒已不像先前那样猖狂，有的竟互相在低声议论。那赵虎见此，向着韩愈吼道:“你不要拿这些话来吓唬老子，老子什么都不怕！”

韩愈看了一眼赵虎，知其是个亡命之徒，暗道，只要大多数士卒醒悟，他一人再蹦达也不足为惧，便向着众士卒继续道:

“诸位前来要求释放被关押的弟兄，这种心情本官可以理解，但你们用武力来围攻县衙，这是犯律行为。常言道:‘国有国法，家有家规，军有军纪。’徐彪等人，轮奸民女，抢夺民财，大街闹事，已触犯我大唐刑律。若不惩处，国法何在？军纪何在？我大唐何以立足？百姓何以安身？”

韩愈讲到这里，只见阶下不少士卒已垂下手中刀剑，有的还连连点头，那赵虎竟也有些目瞪口呆。矮胖校尉见此，忙向周围士卒喊道:“大家不要听他蛊惑，我们冲进县衙，就能救出被关押的弟兄！”

矮胖校尉喊罢，有不少士卒竟又举起刀剑，喊叫着就要往前冲。韩愈见此，厉声喝道:“且慢，待本官把话说完。”然后不屑一顾地看了看那矮胖校尉一眼，向着众军士道:

“诸位虽为军人，然家中也有父母妻女，若是我们家中的财产被徐彪等人抢夺，父母被徐彪等人殴打，妻女被徐彪等人调戏糟蹋，大家能愿意吗？”

此时，在众士卒中又响起一阵低低的议论声。韩愈看了看众士卒，激动地道:“今日本县惩治徐彪等人，就是为了保护东都的黎民百姓，也是为了使诸位的父母妻女，不再被像徐彪这样的恶徒所欺凌！”

韩愈讲罢，只见下面众士卒，有的面现愧疚之色，有的在互相议论，还有的正悄悄的向后退去。同时，在围观群众中也响起了一片赞叹和斥责声。那矮胖校尉见势不妙，忙向着赵虎小声道：“咱们得赶快冲进去救人，要不，这事要砸锅。”然后向着周围的士卒大声喊道：

“弟兄们，不要上他的当，搭救徐彪兄弟要紧。有种的，跟着赵将军往里冲！救出徐彪兄弟，人人有赏！”

众士卒你看看我，我看看你，竟无一人向前，就是赵虎也有点犹豫不定，那矮胖校尉向着赵虎道：“三哥，你是个英雄，今日可不能软蛋，要是救不出徐彪兄弟，今后你可怎么在人前行走，岂不被人耻笑。”

那赵虎被矮胖校尉一激，不由举起手中大刀，向着周围士卒大声喊道：“他娘的，都给我上，谁要是缩头乌龟，老子一刀劈了他！”说罢先向前跨出一步。左右有十几个士卒互相看了看，犹豫了一下后，也跟着举起了手中的刀剑。

韩愈见此，厉声喝道：“凡冲击县衙者，即是谋反，格杀无论！”话音刚落，左右衙役捕快，齐掣出刀剑，也向前跨出一步，围向赵虎等人，眼看一场血战就要爆发。

“住手！”就在这千钧一发之际，随着话音，只见众士卒背后挤上一个人来。赵虎不由一愣，那人上前一把拉住赵虎道：“你这是干什么？不想活了！赶快停手。”

韩愈看时，只见那人身着儒服，面颊清瘦，年约五旬。赵虎回头一看那人，忙道：“大哥，你怎么来了？何时从郓州回来？”

那人用手抹了一把脸上汗水，将赵虎往后拉了两步，道：“为兄刚刚回到东都，闻说你带着弟兄们到这河南县来要人，便又赶了过来。”说罢又看了一眼县衙四周剑拔弩张，严阵以待的捕快衙役，向着赵虎道：

“贤弟好糊涂，怎到这河南县衙来闹事！你可知这河南县令是谁？”

赵虎有些不解地看着那人道：“这河南县令，不就是刚刚上任的韩愈吗！”

“贤弟可知这韩愈的底细？”

这赵虎乃一介武夫，从不关心政坛之事，过去对韩愈一无所知，今日韩愈威严的仪容，大气磅礴的宏论，使他甚为震撼，不由道：“小弟不知。”

那人道：“这韩愈乃当今第一诤臣，不仅文章奇秀，标新立异，而且疾恶如仇，胸怀韬略。贞元十二年，宣武军乱，兵部尚书董晋奉命神速入汴，并以奇谋粉碎政变，安定军心，此策均出自随军的韩愈之手。贞元十五年，彰义军吴少诚作乱，时任徐泗节度使幕僚的韩愈，三次向张建封献策，要求出兵以讨之，因张建封未采纳其主张，此人竟弃官而去。贞元十九年，刚刚擢迁监察御史不到半年的他，为了替关中百姓申明灾情，竟上书朝廷，直指当朝幸臣李实之佞，而被贬徙岭南三载。”

那赵虎听此，不由眨眨眼睛，看着那人，那人继续道：“在岭南期间，他除蛊害，释奴隶，抗飓风，办学馆，被当地百姓奉为神灵。元和二年，赦免回京只有五个月的他，为了革除太学弊制，又不顾个人安危，上书宰相，而被小人诽谤诬陷。他为了避谗言，方分司来到东都。”

那人讲到这里，带着钦佩的口气道：“此人到了洛阳后，先后执掌国子监和祠部，在逆境中广结儒林名士，说动李勃出山，大兴‘振古’运动，抑制佛老横行，并公然与宦官抗衡。这样的人，不畏权势，不图私利，刚直不屈，一心为国家和百姓着想，你怎敢与他作对，岂不是飞蛾扑火，自讨苦吃！”

那赵虎听罢，不由一怔，道：“原来这韩愈如此了得！怪不得大气凛然，气势逼人。”他过去与徐彪并无深交，只因被人鼓纵，加之狂傲性格，方前来要人，原想只要到县衙前一吓唬，河南县就会乖乖放人，没想到韩愈竟针锋相对，毫不示弱，形成骑虎难下之势。不由问道：“现如今此事该如何办好？”

那人道：“这韩愈虽疾恶如仇，刚正不阿，然乃是个仁义君子，如今之计，是赶快撤回众弟兄，并向韩愈认罪道歉，方保无虞。”

那赵虎一听，为难地道：“这，这不是拿自己的巴掌打自己的脸吗？”

那人道：“大丈夫能伸能曲，常言道，识时务者为俊杰，这有何不可？你看，今日所带来的弟兄，大部已被韩愈说动，能有几人为你卖命！同时，韩愈已早有准备，捕快衙役将县衙围得像铜墙铁壁一般，你能冲得进去？恐怕贤弟还未踏进县衙半步，早已送了自己的性命！”

那赵虎不由回头一看，只见跟在身后的不过十余人，而其他人员早已远远离去；再往前一看，只见那此捕快衙役足有数百人之多，个个怒目而视，刀光闪烁，心中不由一惊。

那人向着赵虎道：“走，为兄代你求情就是。”说罢，拉着赵虎来到韩愈面前，向着韩愈施礼道：“在下乃郓州节度使参军赵瑾，这几位弟兄乃鲁莽之人，不知法度，今日之事，罪在我等，还望大人海涵！”

韩愈见此，不由心中暗喜，刚才那剑拔弩张之势，真使他万分紧张，现见赵瑾出来劝阻，方松了一口气，便向着赵瑾和赵虎道：“汝等乃朝廷军旅，国家羽翼，肩负着保国安民的重任，然而，如今你们不仅不覆行天职，反而祸害百姓，为世人所痛恨，岂不让人愤慨！”

“那是！那是！”赵瑾忙道，“大人教训得极是！”

韩愈看了看赵虎，见其默默无言，知其已理亏词穷。便道：“今日之事，诸位既然已经知错，本官也就不再追究，今后不得再有此事。”

赵瑾忙道：“请大人放心，今后绝不敢再出现这有违法度之事！”

赵虎也不好意思地道：“在下乃一粗人，不懂王法律条，今日大人一番训示，真让在下饮佩。”

韩愈点了点头道：“徐彪等人为非作歹，已触犯刑律，本官要依法惩处，汝等可有怨言？”

赵瑾道：“徐彪等人既然触犯刑律，就请大人按律处置，在下等人不敢有所非议。不过大人如能从轻发落，在下当感谢不尽。”

韩愈见此，方微露笑容，道：“只要他们能真心服法，并今后不再妄为，本官定会网开一面，从宽处治。”

“多谢大人恩典！”赵瑾忙高兴地道，“今后大人若有用得着弟兄们之时，请招呼一声就是！”然后转身向着众士卒道：“徐彪等人为非作歹，已触犯王法。韩大人以法惩处，乃是覆行公事。请大家回去，不得妄为。今后，凡有如徐彪等人横行霸道者，定以军纪处置！”

那些军卒听后，互相议论着，随即退去。矮胖校尉见事不妙，不知何时已经离开，赵瑾转身向着韩愈拱了拱手，忙拉着赵虎跟随众军卒而去。四面围观的群众见此，顿时响起一片喝彩之声。

第二天，韩愈升堂，公开审理了徐彪等人一案，按照大唐律条，分别给以流徙和杖责处罚。自此，三藩军卒竟无一人敢再胡作非为。

第76章
斩市霸为民除害　逆阉党再遭陷阱

韩愈惩治三藩之举，迅速在东都传开，洛阳百姓无不拍手称快。许多沉冤多年，无处申诉的百姓，纷纷拥到河南县衙告状鸣冤。一时，河南县衙前告状的，观看的，借机做小生意叫卖的，竟人山人海，像赶庙会一般。

这天，韩愈刚刚来到县衙，便有一民妇带着两个孩子哭到衙前。韩愈忙叫秦济传来询问，那民妇道："妾家祖居在这洛阳城的南大街，全家依靠丈夫赵大经营一家丝绸店度日。去年，神策军见这丝绸生意不错，便在妾家对面也开了一家名叫"财源堂"的丝绸店。我家的丝绸店历来买卖公平，诚信待人，货真价实，童叟无欺；而神策军所开的那家丝绸店，却欺诈哄骗，态度蛮横。故而我家店中生意兴隆，而他们店里却很少有人光顾。神策军店主钱三麻子见此，竟迁怒于我家，说我家顶了他们的生意，要我家立即搬走，不得在此经营。我丈夫与之争辩，那钱三麻子竟带人砸了我家店铺，并将我丈夫殴打致死。"

韩愈一听，不由勃然变色，他早就听说神策军在洛阳城中暗地经商，并欺行霸市，祸害百姓，没想到如此猖狂，竟致死人命。便向着那民妇道："他们何时打死你的丈夫？可有人证物证？以前可曾报官？"

那妇人哭着道："事情发生在五个月前，街上左邻右舍都可作证。当时民妇已向县衙报了案，县令大人听说是神策军所为，吓得不敢过问，让到河南府去告状。民妇到了河南府，河南府竟说神策军乃是宦官执掌，他们无权过问，结果无人敢管。”

那妇人讲到这里，擦了一把眼泪，看着韩愈继续道：“大人到任后，马上整治了三藩之害，街谈巷议，盛传大人乃是一位铁面无私、执法如山的大清官，专为百姓申冤办事。民妇闻知后，方又前来喊冤。”

韩愈听后，不由气愤地道：“真是岂有此理，皇皇东都之地，竟然出现如此无法无天、荒唐之事。”然后向着那妇人道：

“请夫人放心勿忧，此事本官定还你一个公道就是！”说罢，遂转向秦济道：“你去请县尉张大人到来，并马上派人去捉拿凶犯，同时传齐一干人证。”

秦济将那妇人送走后，马上请来县尉张仪。张仪听韩愈讲罢，失色道：“大人刚刚到任，不知其中利害！这神策军非同三藩军卒，乃是由宦官所执掌。那丝绸店实际就是宦官王公公所开。从县衙到府衙，乃至东都留守府，大家心照不宣，都如明镜一般，只是无人敢去说破罢了。这神策军，各级官府躲还来不及，谁敢去惹它？大人要办此案，不是飞蛾扑火，自找麻烦，拿鸡蛋硬往石头上碰吗！”

韩愈听后，不由冷笑一声道：“这神策军别人怕他，本职却不怕他！他再厉害，难道还能超过皇上，凌驾于国法之上不成？本职乃朝廷命官，代天子以行王道，驭国法以拯万民！难道为了保官惜命，就置王道国法于不顾乎！”

张仪见韩愈如此耿直，不由更加起敬，但仍担心地道：“大人真要查处此案，需要谨慎小心，周密安排，以免打蛇不成，反被蛇咬。”

韩愈听此，略一思忖，向着张仪道：“你不是说宦官和神策军暗中经商吗，这说明他们还是有所忌惮。我们就以其人之道，还治其人之身，也来个暗事暗办。既惩治杀人凶犯，煞一煞神策军的威风；又让他们哑巴吃黄莲，有苦说不出，你看如何？”

张仪看着韩愈道：“不知大人如何暗事暗办？”

韩愈遂将自己的想法说了一遍。张仪听后道：“大人雄才大略，此计虽然不错，但宦官和神策军必定对大人更加恼怒。”

韩愈道：“为了国家社稷和黎民百姓，只好这样了，你赶快去做准备吧。”张仪敬佩地看了看韩愈，坚定地道：“下官一定办妥此事！”

第二天，张仪一面派人去传唤证人，一面亲自手持韩愈名柬，来到“财源堂”丝绸店。那钱三麻子以为韩愈惧怕神策军势力，请他去商谈此事，便大摇大摆地来到河南县衙。

韩愈一看，只见此人肥头大耳，满脸麻点，几根稀疏的老鼠胡子，斜插在厚厚的嘴唇四周，小小的黑豆眼，眯成了一条线。不由冷笑道：“钱老板，赵大可是被你殴打至死？”

那钱三麻子见此，不觉一愣。他过去也曾多少闻说韩愈之名，听说是个软硬不吃、疾恶如仇的诤臣，不知今日唱的是哪出戏。多少有些手脚无措地道：“这……这纯粹是刁民在诬告。”

韩愈也不与争辩，令衙役带上人证物证，怒喝道：“好个无法无天的狂徒，你欺行霸市，砸人店铺，致死人命，还不从实招来，有何话可说！”

那钱三麻子至此，方知韩愈今天不是在走过场，而是要动真格了，心里虽有些发毛，但想到有主子宦官在背后撑腰，小小的河南县令也不敢怎么样他，便傲慢地道：“是又怎么样！你敢把我咋的？”

韩愈向着衙役道：“令他画供！”那钱三麻子有恃无恐，从未将国法刑律放在心上，毫不在乎地接过笔来，在供状上画了押。韩愈见此，将惊堂木一拍，怒喝道：“来人哪！将这杀人凶犯绑赴刑场，立即正法；‘财源堂’查封充公，拿出一半钱物赔偿给赵大。”

这神策军在宦官的纵容下，横行无忌，东都百姓恨之入骨。韩愈还未说完，整个大堂内外马上响起一片欢呼声。那钱三麻子此时已感到情况不妙，向着旁边跟随的伙计道：“快，快去告知王公公，让他老人家速来救我！”

韩愈向着那个伙计威严地道：“凡在场的案犯人员，一个也不准离开。”

那钱三麻子见此，向着韩愈道：“我是神策军的人，现有腰牌在此！”说着从怀中掏出神策军的腰牌，高举到头顶之上。神气地道：“这‘财源堂’丝绸店，乃是王公公所开，你敢怎么样？”

韩愈早有预料，便厉声喝道：“大胆狂徒，竟敢盗取我神策军的腰牌，冒充我神策军之人，坏我神策军的名声！朝廷三令五申，军人不准经商做买卖。神策军怎会有你这等经商之徒，分明是欺诈本官！”

韩愈讲到这里，故意向着大堂内外高声说道：“王公公德高望重，受皇上重托，执掌这神策军多年，怎会干这瞒天过海、有违圣意、中饱私囊之事？分明是你这凶徒狗急跳墙，拉大旗，作虎皮，肆意对王公公进行栽赃诬陷。是可忍，孰不可忍！若不严惩你这恶徒，不仅赵大会含冤九泉，就是王公公也不会答应！”

韩愈说罢，转向两边衙役道：“立即行刑，凡有阻拦者，以劫持法场罪论处。”

此时，那钱三麻子已知大难临头，吓得一屁股瘫坐到地上，被刀斧手上前一把提起，架出大堂。霎时，大堂内外又响起一片喝彩声。

钱三麻子被斩首示众的消息，当天迅速传到宦官王彦珍的耳中，他气得咬牙切齿，拍案大骂。但此事要是明着闹腾，将会对他王公公更加不利，他只好打掉牙齿，暂时吞到肚里，以便寻机再行报复。

说来也巧，就在事后不久，神策军偏将蔡宏达前来拜谒。二人谈及此事。都耿耿于怀。

蔡宏达道：“我神策军连皇上都要高看三分，何时吃过这样的亏，公公何不上奏朝廷，给韩愈点厉害看看，以消我等心头之恨！”

王彦珍愤愤地道：“这事不是咱家怕他韩愈，不敢与他论争，而是现在与他较劲，对我们不利。一是他韩愈一再声称钱三麻子是盗用我神策军的名义，欺行霸市，为非作歹，打死人命。我等若要与他论争，岂不是不打自招，承认这暗中经商，欺行霸市，打死人命，是咱家和神策军所为吗！一旦此事传到皇上耳中，对我们十分不利。二是韩愈来到东都后，整饬学馆，宏扬儒道，说动隐士出山入仕，整治三藩兵痞游勇，不断传入京城，皇上近来对韩愈十分赏识，若无重大罪证上奏，不仅扳不倒他，反而会引起皇上对我们的猜疑和不满。”

王彦珍讲到这里，向着蔡宏达道：“还有一条更加重要的是，留守郑馀庆一直护着韩愈，虽然有时郑馀庆慑于我等势力，对韩愈的行为也略加干预，但一到关键时刻便替韩愈说话。去年韩愈强行收回我等对东都寺庙的管辖权，限制佛老自由发展，咱家曾上奏皇上，要求惩治韩愈，谁知郑馀庆也上书皇上，为韩愈大唱赞歌，皇上反倒怪我等不是。今年上半年，韩愈蛊纵元稹胡作非为，强迫吕炅当众还俗。咱家为此专程跑到京城，和俱公公一起上奏皇上，要求严办韩愈。不料郑馀庆又上书朝廷，大讲韩愈的功劳。结果韩愈只换了个地方，既未罢官，又未调离东都，没损半根毫毛！”

蔡宏达听后，向着王彦珍笑道：“这有何难。听说近来郑馀庆与韩愈之间已有些不合，若是在他们中间再打上一个楔子，放把火烧一烧，那郑馀庆就不会再护着他韩愈了。”

“哦！”王彦珍听后不由看着蔡宏达道，“蔡大人有何高招？如何进行打楔子？请讲讲你的主意。”

蔡宏达道：“这洛阳城西关大街，留守府有几个伤残军人，开着一家名叫‘客来悦’的小酒店，我们着几个弟兄，扮成百姓模样，前去吃酒。借机砸烂酒店，引起争斗，然后再到河南县去告状，就说留守府军人欺诈百姓，要韩愈公事公办。他要是不查办，就告他徇私枉法；他要查办，就势必得罪郑馀庆。这样岂不一箭双雕，让他们互相争斗，然后我们再寻机图之，坐收渔翁之利！”

王彦珍听后，不由拍案称妙，道：“此事就由蔡大人速速去办，若是成功，咱家定有重赏。”那蔡宏达受宠若惊，连连称是。二人又议论了一阵具体方法，蔡宏达方点头哈腰而去。

再说这洛阳城西关大街，果然有一家名叫“客来悦”的小酒店，乃是留守府两个名叫张迈、孙全的残疾军人，为照顾军中遗孀孤儿所开办。先是暗中经营，后来郑馀庆也略有所闻。虽此举有违军纪，但郑馀庆心慈手软，怜惜他们的生活凄苦，便睁一只眼，闭一只眼，也未作追究。

这天，酒店刚刚开门不久，只见从门外走进七八个摇摇摆摆，不三不四之人。店小二一看，忙迎上招呼，将其安排在靠窗的一张桌子上坐下。那几个人坐定后，点要最好的酒菜，大吃大喝起来。待到酒足饭饱之后，其中一人从怀中掏出一只死耗子，放入一碗汤内，遂大声叫骂道：

“他娘的！这是什么东西？怎么把死耗子拿来让我们吃？”

店小二闻此，忙跑过来一看，不由一惊，他马上明白：这几个人是来闹事吃白食的，不由争辩道：“这耗子不是我们汤中的，刚才在下送上这碗汤时，根本就没有这个死耗子！”

“他妈的！难道这耗子是从天上掉下来的，还是老子带来的？”其中一人边骂，边扬起巴掌，“啪”的一声，打在店小二的脸上，霎时，那小二脸上便马上红起五个指掌印。

“他娘的，拿死耗子让我们吃，还不赔礼道歉，抖什么威风？”又有两人边骂，边一把将桌子掀翻。满桌的杯盘劈里啪啦地打碎了一地。

“砸！砸他狗日的！”其他几个人边喊，边拿起凳子摔向四周。旁边正在吃饭的几个客人，吓得赶快躲到一边。

正在后堂做菜的张迈、孙全，听到叫骂和打砸之声，忙跑出来一看，不由一惊。孙全大声喝道：“住手！你们是些什么人？竟敢来此撒野？”

张迈一看，只见这些人个个横眉竖眼，凶相毕露，知非善良之辈，定是前来寻畔闹事的。便道：“诸位有话好说，怎如此无理？”

那几个人见张迈、孙全出来，料定是酒店掌柜，不容分说，上前动手就打，并贼喊捉贼地叫道：“你们还敢动手打人！”“酒店老板打人啦！……”

张迈、孙全乃是伤残之人，哪里是这些如狼似虎之人的对手，早被打翻在地。那几个人见此，竟将自己的衣服扯破，头发散开，其中一人还打破自己的鼻子，然后叫骂着冲出酒店，向河南县衙而去。

且说这日，韩愈正与孟郊、皇甫湜在县衙谈论文章，隐约听到大街之上人声沸腾，只见秦济进来禀道：“衙前有七八个百姓，个个衣服破损，披头散发，声言被留守府酒店殴伤，前来告状。”

韩愈一听，不由一怔，道：“怎么！留守府也开有酒店？竟打伤百姓？”

皇甫湜道："听人传说，好像留守府几个伤残军人，在西关大街开有一家酒店，不知是真是假。"

韩愈向着秦济道："你让那几个人进来说话。"秦济忙转身出去，不一会儿，果然带进七八个衣服不整、脸上血迹斑斑之人。韩愈看着那几个人道："你们是怎么被打的，将情况如实禀来，本官为你们作主。"

其中一人道："今早，我们兄弟几个，去到西关大街，在留守府开办的酒楼吃酒，谁知他们的酒全是白开水，饭菜半生不熟，污秽不堪，汤中还有一只死耗子，而且价钱比别的酒店贵出了三四倍。我们让他们给调换一下，他们不但不换，还动手打人，骂我们不知天高地厚，竟敢到老虎嘴里拔牙，把我们打出酒楼，求老爷为我们作主！"

韩愈一听，不由一震："郑相公一向清正廉明，对部下要求甚严，怎会出现这样的事情！"但看了看面前这几个人，确实是被殴打之状。暗道："此事说不定真是哪个不法之徒，打着留守府的幌子在为非作歹。"便向着秦济道：

"你去请张县尉前来，立即到西关大街查处此事。"并向着那几个人道："你们请回去，先将伤口包扎一下，本官一定严惩凶手，为你们讨个公道就是！"

那几个人听后，不由面露得意之色，互相看了看，随着秦济退出县衙。

皇甫湜望着那几个人的离去背影，向着韩愈道："此事看来有些蹊蹊，大人需要慎重处置才是。前几天，大人刚刚惩治了神策军暗中经商、欺行霸市一案，按理说留守府即使开有酒店，此时也应销声匿迹，以避风头，怎敢故意生事，引火烧身？岂不令人费解！再者，你看刚才这几个人，个个虎背熊腰，狼行豺声，哪像是一般平民百姓！怎会被两个残疾之人打成这样？"

"皇甫大人说得不错。"孟郊道，"同时，郑相公一向对我们有恩，这事若要张扬出去，岂不是往郑相公脸上抹黑，给人授之以柄。"

韩愈听后道："二位说的学生岂能不知，然而法律面前，人人平等，岂能因为郑相公对我们有恩，就可以徇私枉法不成！刚才那几个人，学生也觉得是伙不良之徒，有可能是被人唆使而为。然而，不管这伙人出于何种目的，只要留守府的军人确实暗中开办酒楼，并有欺诈百姓行为，作为河南县衙，就应该去管。”韩愈讲到这里，看着孟郊道：

“再者，学生认为，郑相公一生清正，既是有人经商，也是暗中背着郑相公所为，我们更应查清此事，以帮郑相公保持美名。古人曰：‘君子报恩，施之以道，而不应苟且求悦于一时尔！’”

三人正议论着，只见县尉张仪进来。韩愈遂将刚才之事说了一遍。张仪道：“下官刚走到衙前时，只见七八个衣服不整、面上血迹污秽之人，在边走边嬉笑谈说。一个道：‘这下有好戏看了！’另一个道：‘让他们互相咬吧，看这韩愈如何收场！’在下听后好生纳闷，原来这七八个人竟是来告状的。看来这里头大有文章！”

皇甫湜道：“我看这事与神策军有关，说不定是他们设的一个陷阱！”

韩愈低头略一思忖，向着张仪道：“你带人到西关亲自走一趟，先把事情弄清楚，回来我们再作主张。”张仪听后，忙拱手而去。

约莫过了两个时辰，张仪返回县衙，韩愈一见，忙问究竟。张仪道：“果不出大家所料，看来此事确是个阴谋。”遂将这些人寻衅闹事的经过讲了一遍。并道：“街上有人认得，前去闹事的，有两个就是神策军的人。”

皇甫湜听后道：“若此，这件事还需慎重处置。”

孟郊愤慨地道：“这些阉党实在可恶，竟使出如此卑鄙伎俩！大人不予理睬就是，看他们的阴谋如何得逞。”

韩愈在屋内踱了两步，看着大家道：“此事不会那么简单，他们既然设下这个圈套，不达目的，是不会轻易罢休的。常言道：‘来者不善，善者不来！’不过暂缓一下，以观其变，倒是可以的。”

孟郊等人听后，俱点了点头。

大唐泰斗 韩愈

文起八代之衰　道济天下之溺

“百代文宗”　“泰山北斗”

河阳柳◎著

（四）

中州古籍出版社
·郑州·

第77章
查军商不徇私情　申曲直上书留守

第二天，神策军偏将蔡宏达，发现韩愈派人到西关“客来悦”酒店只问了问情况后就回去了，并未对酒店采取任何惩治举动，估计自己的图谋已经败露。但此人十分阴险狡诈，他深知韩愈的性格和为人，便又想出一计，遂将那几个人叫了过来，又如此这般地吩咐了一阵。那几个人得令后，复又来到河南县衙，在衙前大声喊冤叫屈，要韩愈主持公道。

韩愈见此，十分气愤，令张仪召集三班衙役升堂，专审此案。那几个人被带上堂后，韩愈怒斥道：“汝等故意寻衅闹事，砸人酒店，还鸣冤叫屈，是何道理？”

只见其中脸上有一刀疤之人，冷笑道：“人言大人清正廉明，执法如山，说我等寻衅闹事，可有凭证？莫不是以此为借口，不敢查处此案吧？”

韩愈道：“那酒店老板乃是两个残疾之人，怎能将汝等七八个彪形大汉打成这样，分明是故意欺诈戏弄本官，是何用意，还不从实招来！”

那人奸笑道：“人言韩大人耿直无私，执法如山。我们此举就是要看看是真是假，韩大人能不能秉公办案，是不是在挂羊头卖狗肉！”

韩愈一听，不由怒火上升，正要发作，只见那人旁边长着一副板刀脸的人，咧着嘴道：“韩大人不是常讲国有国法，军有军纪，朝廷三令五申，军人不得经商与民争利吗！前几天还理直气壮地正法了钱三麻子，今天怎么对留守府军人开办酒店，竟如此客气，一再袒护包庇，是何道理？”这人还未讲完，只见后面一人高声道：

“是何道理？这不是小秃头上爬虱——明摆着的吗！还须用问？留守府是河南县的顶头上司，他敢去管吗！哪个官儿不为自己的前程着想？别看他们嘴上讲得冠冕堂皇，实际上个个背后尽干些男盗女娼之事！”

韩愈听后更加气愤，正待要训斥，只见又有一人道：“还有哪，不仅这留守府是韩大人的顶头上司，听说郑馀庆还是韩大人的恩人和好友，这韩大人能不徇私吗？”

一旁张仪见这些人如此嚣张，不由怒喝道：“住口！好一群刁民！竟敢在公堂之上，肆意诽谤诬蔑县令大人，难道你们砸人酒店，栽赃诬陷，就有理了不成？”

张仪刚讲完，只见那个刀疤脸的人用挑衅的口气道：“怎么？只许州官放火，不许百姓点灯！你们当官的可以徇私枉法，难道我们老百姓就不能办点错事？只要你们敢去查办留守府的酒楼，我们几个情愿认罪受罚；要是不敢查办留守府的酒楼，以后韩大人就不要再讲什么国法军纪了！啊，哈哈！”

“对！对！”那个板刀脸的人马上接口道，“韩大人要是害怕留守府，不敢去查办，干脆把这大堂上‘光明正大’的横匾摘下，然后关上县衙大门，回家睡觉算了！我们马上就走，到其他地方说理去！哈哈！”

韩愈听后，气得真想把这几个人捺翻在地，打上一百大板，然而，他知道这些人如此猖獗，是因为背后有阉党在策划和支持，明知是个陷阱，但事到如今，即使是刀山火海，也得往前进，便向着那几个人道：“好吧，就依你们之言。”然后转脸向着张仪道：

“马上带人前去西关，查清‘客来悦’酒楼的底细，若是留守府的军人所为，立即查封，不得有误。”

“好！这还像个清官的样子！”刀疤脸听后半阴半阳地道。

张仪见此，大惑不解：这几个人分明是用激将法来迫使韩愈往圈里跳，韩愈为何要明着上当呢？不由向着韩愈道：“这合适吗？”

韩愈道：“郑相公一向光明磊落，治军严明，既不会纵容部属违禁经商,也不会包庇犯律之人。即使这‘客来悦’酒楼为军人开办,也是他们暗中背着郑相公所为。查清此事,正好帮助郑相公整饬军纪,以正清名,郑相公定会公允相看。”

张仪听后,犹豫了一下,只好带人离开大堂。韩愈待张仪去后,转向那几个人道:“既然你们要本官公事公办,本官将责无旁贷,只好各算各的账了;你们挑衅闹事,砸人酒楼,栽赃诬陷,按照我大唐律条,每人应杖责三十,拘禁一月,并偿赔酒楼损失,汝等可有话说?”

那几个人,你看看我,我看看你,没想到竟有这样的结局,都有些目瞪口呆。韩愈向着两班衙役威严地道:“来人哪,将他们每人杖责三十,然后送往南监!”

两班衙役早就憋了一肚子火,韩愈话音刚落,便如狼似虎地扑了上去,不容分说,将那几个人拖翻在地,板子就像雨点一般落在他们的屁股上,只打得这几个人皮开肉绽,鬼哭狼嚎。

宦官王彦珍得知韩愈查封西关“客来悦”酒楼的消息后,高兴地手舞足蹈,连连夸赞蔡宏达办事精明。

张迈、孙全先是遭到来路不明之人砸了酒楼,接着又被河南县衙将酒楼查封,真是又气又急;军中几个靠酒楼救济度日的孤儿寡母,更是悲愤难抑,一起来到留守府,向郑馀庆哭诉此事:俱言韩愈为了博取清官之名,竟丝毫不顾郑馀庆的脸面,硬是将酒楼查封。

郑馀庆听后,虽知韩愈一向耿直无私,执法严明,但众口一词,也感到韩愈做得有点太过,使自己在东都难以下台;再加上前些时二人在一些细事上看法不一,心中未免有些不快。正在这时,只见掌书记张玮上前禀道:“河南府尹李素大人前来求见。”

郑馀庆听后顿了顿,向着张玮道:“让他进来吧。”然后转向张迈、孙全等人道:“你们先回去,待本职查明情况后,定给你们一个说法。”

张迈等人听后,只好哭丧着脸退了出来,正好与进来的李素相遇。这李素乃于去年春天房式倒台后,接任河南府尹之职,此人深谙官场之道,与郑馀庆交往颇厚,闲暇无事,常到留守府走动。他见这几个老弱伤残之人,擦着眼睛离去,甚感奇怪,坐下后便问及原因。

郑馀庆不由沉默片刻，遂将韩愈查封西关酒楼之事说了一遍。这李素平日为官钻营，韩愈极为鄙视。李素虽心中不乐，但因韩愈乃文坛巨匠，在东都影响颇大；而且铁面无私，清正廉明，政声显赫，百姓极为拥戴；同时与郑馀庆交厚。他为了讨好郑馀庆，平时对韩愈十分宽容客气，毫不计较。今见郑馀庆对韩愈现出不悦之色，不由心中一动，便趁机挑拨道：

“下官对此事也略有所闻，甚为大人不平！这韩愈是怎么搞的？郑相公处处关心提携他，怎么反而恩将仇报！这样故意张扬，岂不让东都百姓和上下官吏嘲笑大人；一旦此事传到京城，对大人也影响不好！”

郑馀庆听后，心中更加不快。那李素见此，不由暗自高兴，看着郑馀庆的脸色继续道：“东都官吏纷纷传言，说韩愈恃才傲物，狂妄无忌，自命为文坛泰斗，当今第一忠臣，从不把同僚和上司放在眼里。为了沽名钓誉，哗众取宠，鼓吹什么要辟佛老，削藩镇，夺宦权，弄得东都鸡犬不宁，怨声载道，今天竟然搞到了大人的头上……”

郑馀庆越听越感到不对劲，见李素话中充满诽谤之意，不由拦住话头道：“韩愈这个人老夫是清楚的，只是性格特直，不听劝说，处事太认真，不给人留情面，往往弄得上下左右不快，并非有何私图！”

“那是！那是！”李素见郑馀庆虽对韩愈不满，但内心仍护着韩愈，忙转变口气道：“还是大人心胸宽广，慧眼识人，真是宰相肚里行舟船，实在是让下官敬佩！不过那韩愈做得也确实有些过分，即使大人再宽宏大度，这韩愈也不能肆无忌惮，不给大人留一点面子。以下官之见，应着人前去查明真伪，如事情确如刚才那几个人所言，大人不妨给以警示，以免再有类似情况发生。这也是从关爱韩愈出发。”

郑馀庆听后，不由点了点头。遂令张玮到河南县去查询此事。

张玮来到河南县衙，韩愈忙邀至客厅，用罢茶后，张玮遂说明来意。韩愈一听，方知郑馀庆对此事真地有些看法和误会，不免心中一沉。遂将事情的前因后果，来龙去脉和个人的苦衷，向张玮说了一遍。张玮听后，方点着头道：“原来是这样，看来这次郑相公对大人确实有些误解。你最好能尽快当面向郑相公说明情况。”

韩愈略一思忖道：“不如这样，学生先将此事写一书启，由张大人转呈给郑相公，学生随后再赴留守府向郑相公请罪如何？”

张玮听后道：‘这样也好，就请大人快快写来。”韩愈遂展纸于案，提笔写道：“上留守郑相公启。”然后一气呵成。

韩愈在启中，首先表明了他对郑馀庆的万分敬意和日夜思谋图报的心情，论述了报恩大君子，当施之以道，而不是苟且求悦的主张，因此才有查封“客来悦”酒楼之举。接着陈述了军人的职责应该是操兵守御，而不是经商于市；西关酒楼定是不法分子盗取留守府的名义所为，自己查封西街酒楼正是代留守府以正军纪，为郑馀庆保持清名，而绝无任何私利所图。最后他在启中表示，由于自己的性格特直，不谙官场之道，常常使郑馀庆为难，如郑馀庆认为自己不称职时，自己情愿弃官离职！”

张玮接过书启浏览了一遍，感叹地道：“大人真乃昂霄耸壑，钦崎磊落之人也，此启郑相公看后，定会以释心中之怨。”

韩愈苦笑了一下道：“此事还望大人回去后，向郑相公如实禀明，学生定感谢不尽！”

“这事下官定当尽力而为，请大人放心就是。”张玮说罢，拱手而去。据说张玮回到留守府，向郑馀庆详细禀报了韩愈查封西关酒楼的原因和经过，并呈上韩愈的书启，郑馀庆看罢，深有所感，对韩愈更加器重。

第78章
送温造激情作序　祭穷鬼感慨著文

时至年末，由于石洪推荐，温造也被乌重胤召聘入幕。韩愈闻知后十分高兴，为朝廷又得一栋梁之人而振喜。

届时，郑馀庆及东都大小官吏，各界名流，又齐集洛阳东门之外为温造送行。大家把酒赋诗，为之相饯。郑馀庆在众人簇拥下，首先以四韵赋吟一首，接着河南府尹李素，以及前来送行的大小官吏，名人挚友，俱先后赋诗相送。韩愈被众人所推，激情作序以赞之。

在序中，韩愈把石洪、温造等一批有识之士比作良马，把乌重胤比作伯乐，把东都比作盛产良马的冀北大地。他热情洋溢地写道：

伯乐一过冀北之野，而马群遂空。夫冀北马多天下，伯乐虽善知马，安能空其群邪？解之者曰吾所谓空，非无马也；无良马也。伯乐知马，遇其良，辄取之，群无留良焉。苟无良，虽谓无马，不为虚语矣。

东都固士大夫之冀北也，持才能，深藏而不市者，洛之北涯曰石生，其南涯曰温生。大夫乌公以铁钺镇河阳之三月，以石生为才，以礼为罗，罗而致之幕下。未数月也，以温生为才，于是以石生为媒，以礼为罗，又罗而致之幕下。东都虽信多才士，朝取一人焉，拔其尤；暮取一人焉，拔其尤；自居守，河南尹以及百司之执事，与吾辈二县之大夫，政有所不通，事有所可疑，奚所谘而处焉？士大夫之去位而巷处者，谁与嬉游？小子后生于何考德而问业焉？缙绅之东西行过是都者，无所礼于其庐。若是而称曰：大夫乌公一镇河阳，而东都处士之庐无人焉，岂不可也？

夫南面而听天下，其所托重而持力者惟相与将耳。相为天子得人于朝廷，将为天子得文武士于幕下：求内外无治，不可得也。

愈縻于兹不能自引去，资二生以待老；今皆为有力者夺之，其何能无介然于怀邪？生既至，拜公于军门，其为吾以前所称为天下贺，以后所称为吾致私怨于尽取也。

留守相公首为四韵诗歌其事，愈因推其意而序之。

过罢新年，一年一度的送穷节到来。卢夫人让家人星用柳枝、干草扎成车船，摆于院中，并放上破衣烂衫、粗粝稀饭，请韩愈一同前来祈祭送穷。

这送穷节始于何年，已无从考究，相传在远古时代，高辛氏有个儿子喜穷乐贫；有漂亮的衣服不穿，专穿破烂的衣衫；有美食佳肴不用，专吃粗茶淡饭。人们都叫他“穷子”，不愿与他来往，害怕被他的穷气所沾染。他死后变为“穷鬼”，到了谁家，谁家就会变穷。后来，人们把穷的原因，都归罪在这个穷鬼身上，每年在他死去的日子——正月三十，便进行祭祀祈祷：富贵人家希望他不要登门；穷苦人家盼望他早点离去。并把这天称为“送穷日”。

韩愈从不相信鬼神之说，每年的送穷节都是由卢夫人操办。这几天韩愈因又与留守府发生点矛盾，心中怏怏不快。虽随同卢夫人来到前厅，但对祭祀送穷却毫无兴趣。

卢夫人见此，向着韩愈道：“我们家这些年常常仓无余粮、柜无陈衣、囊中空空，老爷知其原因否？”

韩愈一听，便知卢夫人之意。这些年来，由于老成去世，侄儿一家全投靠在他的门下，人口不断增加；同时加上孟郊、皇甫湜等人，三天两头前来相聚，吃用全由韩愈安排，家中经常是收不付出。卢夫人虽乃贤慧知礼之人，从无半句怨言，但却常常为此而忧心忡忡，希望能早点过上宽绰富裕的日子。韩愈虽然为有卢夫人这样的贤妻而骄傲，然也深为卢夫人的辛勤操劳所内疚。现见卢夫人十分重视

“送穷”这件事，不觉心中一动。便向着卢夫人打趣道：

“学生不知其中原因！夫人年年都在送‘穷鬼’，怎么越送我们家中越穷？”

卢夫人道：“这是因为穷鬼嫌我们家送他们的心不诚，故而赖在我们家中不愿离去。”

韩愈笑道：“这就怪了，每年送穷，夫人不都是沐浴更衣，焚香膜拜，拿出穷鬼最喜欢吃的饭菜、最乐意穿的衣服、绑扎出最坚实的车船，怎说我们心不诚？”

卢夫人故意道：“老爷乃一家之主，每次送穷时，不是躲的远远的，就是站在一旁说风凉话，一点诚意都没有；光是为妻一人折腾。怎能说我们老韩家有诚意？为妻若是穷鬼的话，不仅不离去，而且还要再找几个穷鬼朋友，一块过来呢！”

韩愈听后，忽有所感，他想到这些年在生活、仕途、文章和社交等方面，经常处于危机状态的情景，不由思绪涌动，便向着卢夫人道：

“我说哩，为何我们家老是跳不出穷坑，而且学生还处处碰壁，受人非难！原来是我这个当家的没有亲自送穷！今天，学生就来亲自送一送穷鬼，从此以绝穷根！”

卢夫人听此，不由“扑哧”一声笑道：“若此，这穷鬼非远离我们家不可！”

韩愈向着卢夫人和家中之人道：“既然送穷，就要将所有的穷鬼都送走。我看，咱们家的穷鬼还真不少哩，”韩愈边说，边扳着指头算着道，“恐怕至少有五六个之多！”

卢夫人见些，不由嗔道：“老爷又在说风凉话，家中有一个穷鬼就够我们受得了！哪来的五六个穷鬼？”

韩愈故意正色道：“学生说的绝非诳语，夫人若是不信，听学生一一道来：这第一个穷鬼，当然是‘财穷鬼’了，伴随学生四十余载，使学生安贫乐道，不愿攀龙附凤，追求荣华富贵。结果常常囊中羞涩；冬无轻裘，夏无锦衣；特别是在京十年求仕期间，弄得我几乎到了上街乞讨的地步！”

卢夫人笑道：“这个为妻知道，那另外几个是何东西，老爷要说得有理有据方可。”

韩愈道：“那几个穷鬼乃是这‘财穷鬼’的朋友。第一个叫‘智穷鬼’，总是缠着学生，使学生愚顽智昏，不谙官场之道。要学生刚正不阿，光明磊落，食仁饮义。结果弄得学生远小人而近君子，常常得罪权佞，而不断被人诽谤和暗算！”

卢夫人听后，不由点了点头，韩愈继续道：“第二个叫‘学穷鬼’，整日不离我身旁，要我去探讨古文，研究儒学，宏扬圣道，而不去学习什么算术历法。学生自以为继承圣道，承前启后，高出众人，成为改革文坛之旗手。结果被人讥为不合时宜，不识时务的道学者。”

卢夫人听到此，心中不觉一沉：这哪里是在数说什么穷鬼，分明是正话反说，在渲泄心中之忧愤。不由暗道：“老爷这些年不仅生活上困顿拮据，而且在仕途上坎坷艰辛，身处逆境，但仍矢志不移，奋力向前，实在是难能可贵，让人叹服！”卢夫人想到这里，只听韩愈继续道：

“这第三个便是‘文穷鬼’。他与学生形影不离，让学生写文章标新立异，独辟蹊径；钩深索隐，超似象外，而为世俗所不容。被人讥为怪奇艰涩，以文为戏，而不为官场所用，只能自嬉欣赏。第四个就是‘命穷鬼’。此鬼影与形殊，面丑心妍。让学生胸怀天下，执法如山，得利于后，责己于前。被世人骂为不懂人情世故的书呆子！”

韩愈讲到这里，看着卢夫人道：“还有第五个，此鬼为‘交穷鬼’。他使学生与朋友相交，淡如清水，直言不讳。虽然与朋友赤诚相待，有时恨不得把自己的心肝掏出来让朋友看看，然而却往往得不到朋友的理解和相应报答！”

韩愈讲罢，向着卢夫人道：“这五鬼就是学生的五大灾星，今日正好将他们一起送走，以免再继续祸害学生，连累夫人，你看如何？”

卢夫人听此，心里就像被钢刀扎的一样难受，痴痴地望着韩愈。韩愈继续道：“今日学生就代夫人来祭祀送穷吧！”说罢，遂令家人星将祭品车马安排停当，恭恭敬敬地作了三个揖，然后祈告道：

“穷鬼老兄：现在车马已备，酒食奉上，请君携朋挈友，辞故就新，启程去吧！学生对君不薄，望君再也不要赖着不走了！”

卢夫人听到此，不由泣道：“老爷就别说了，过去为妻经常埋怨老爷性情耿直，不谙人情事理，致使厄运环生。今日听了老爷之言，方真正知道老爷的心迹和苦衷。今后为妻再也不遇事埋怨老爷了，也不再拉老爷来送什么穷鬼了？”

韩愈听后忙笑道：“夫人说哪里话来，刚才之言，全是学生的肺腑之语。别人家的夫人是穿金戴银，享不尽的荣华富贵，而夫人这几年跟着学生吃苦受累不说，而且还经常担惊受怕。是学生对不住夫人！”

二人正说着，只见皇甫湜走了进来，见韩愈和卢夫人正在焚香祈祷，遂笑道：“大人怎么也相信这个？这穷字能靠这个送走吗！”

卢夫人忙笑道：“老爷他哪信这个，要不，怎老离不开个穷字。是我见他这几天闷闷不乐，硬把他拉来散散心。”然后向着韩愈道：“你快陪持正到书房说话去吧，这里由我来张罗。”

韩愈见此，忙趁机携皇甫湜离开前厅。二人来到书房，韩愈遂将刚才送穷之事说了一遍。皇甫湜听后，不由拍手笑道：“大人这‘五鬼’之论妙也！何不就此写篇送穷檄文？”

韩愈道：“刚才学生只不过逢场作戏而已，真的要写成文章，还需认真推敲斟酌才行。”

晚上，韩愈送走皇甫湜，想到白日之事，不觉心潮涌动，便展纸于案，采用人鬼对话形式，遂作“送穷文”一篇，其辞曰：

元和六年正月乙丑晦，主人使奴星结柳作车，缚草为船，载糗与粻[1]；牛系轭下[2]，引帆上樯；三揖穷鬼而告之曰：“闻子行有日矣，鄙人不敢问所途[3]，窃具船与车，备载糗粻。日吉时良，利行四方，子饭一盂，子啜一觞，携朋挈俦，去故就新，驾尘彍风[4]，与电争光。子无底滞之尤，我有送资之恩；子等有意行乎？”

屏息潜听，如闻音声；若啸若啼，砉欻嘎嘤[5]。发毛尽竖，竦肩缩颈，疑有而无，久乃可明。若有言者曰：“吾与子居，四十年余；子在孩提，吾不子愚。子学子耕，求官与名；维子是从，不变于初。门神户灵，我叱我呵。包羞诡随，志不在他。

子迁南荒，热烁湿蒸，我非其乡，百鬼欺凌。太学四年，朝齑暮盐；维我保汝，人皆汝嫌。自初及终，未始背汝，心无异谋，口绝行语。于何听闻，云我当去，是必夫子信谗，有间于予也。我鬼非人，安用车船？鼻齅臭香[6]，糗粻可捐[7]。单独人，谁为朋俦？子苟备知，可数已不？子能尽言，可谓圣智；情状既露，敢不回避！”

主人应之曰：“子以为吾真不知汝邪？子之朋俦，非六非四，在十去五，满七除二；各有主张，私立名字，捩手覆羹[8]，转喉触讳[9]。凡所以使吾面目可憎，语言无味者，皆子之志也。其名曰‘智穷’：矫矫亢亢[10]，恶圆喜方；羞为奸欺，不忍害伤。其次名为‘学穷’：傲数与名[11]，摘抉杳微[12]；高挹群言[13]，执神之机。又其次曰‘文穷’：不专一能，怪怪奇奇；不可时施[14]，祗以自嬉。又其次曰‘命穷’：影与形殊，面丑心妍；利居众后，责在人先。又其次曰‘交穷’：磨肌戛骨[15]，吐出心肝；企足以待[16]，寘我仇冤。凡此五鬼，为吾五患；饥我寒我，兴讹造讪[17]；能使我迷，人莫能间；朝悔其行，暮已复然；蝇营狗苟[18]，驱去复还。”

言未毕，五鬼相与张眼吐舌，跳踉偃仆，抵掌顿脚，失笑相顾。徐谓主人曰：“子知我名，凡我所为，驱我令去，小黠大痴。人生一世，其久几何；吾立子名，百世不磨，小人君子，其心不同；惟乖于时，乃与天通。携持琬琰[19]，易一羊皮；饫于肥甘[20]，慕彼糠糜。天下知子，谁过于予；虽遭斥逐，不忍子疏，谓予不信，请质诗书。”

主人于是垂头丧气，上手称谢，烧车与船，延之上座。

韩愈写罢，复看了一遍，方登榻休息。第二天，皇甫湜过来，看到此文，不由拍案叫绝，道：

“大人此文与扬雄的《逐贫赋》相比，更加奇崛、诙谐、生动、形象。把大人在追求上的胸怀天下，人格上的操行坚正，事业上的锐意进取，文章上的标新立异和品德上的高风亮节，描写得精彩剔透，淋漓尽致！”

韩愈听后，淡淡一笑，叹了口气道：“此文只不过是有感世俗，借机发发牢骚而已。是好是坏，由世人说去吧！”

注释

[1] 糗与粻：“糗”（qiǔ）、“粻”，炒米粉，俗话称干粮。

[2] 轭（è）：车前面套牺口的用具。

[3] 不敢问所途：不敢问你要走哪条路。

[4] 架尘彍（guō）风：指牛车驶行扬起尘土，帆得风张开。

[5] 砉（huā）欻（chu）嚘嘤（yōu yīng）：形容极快，声音细小。

[6] 鼻嗅臭香：指鬼只闻食物的味而不真吃东西。

[7] 糗粻可捐：捐作弃字。可捐，不必供应。

[8] 捩手覆羹：捩（liè），拗、扭。指鬼来捩手。把羹汤弄翻了。意思是动手就惹祸。

[9] 转喉触讳：转喉，说话。触讳，犯忌讳。是说受鬼的指使，一说话就惹人不痛快。

[10] 矫矫亢亢：矫矫，刚强。亢亢，高尚正直。

[11] 傲数与名：数，术数，历数。名，典章制度。指不重视历法、典章的研究。

[12] 摘抉杳微：摘，发。抉(jué)，剖出。指喜欢把杳远微妙的道理揭发出来。

[13] 高挹群言，执神之机：挹（yì），取。神，鬼神。机，枢机。指能掌握鬼神的机要。

[14] 不可时施，祇以自嬉：时，当时。施，施用。不可施用于当时，只能只取其乐。

[15] 磨肌戛骨：磨，同摩，抚摩。戛，敲击。指抚摩着肌肉，敲击着骨头，形容待朋友很忠心刻实，不表面敷衍。

[16] 企足以待，置我仇冤：企足，举起足跟，表示盼望。置（zhì），放置。意思是我天天举足翘望交好，他们却把我当作仇人。

[17] 兴讹造讪：讹，谣言。讪，诽谤。指造谣言，讲坏话。

[18] 蝇营狗苟：营，蝇飞的声音。苟，苟且。形容卑鄙无耻的行径。

[19] 琬琰：指美玉。

[20] 饫于甘肥，慕彼糠糜：饫，饱。肥甘，美好的食物。糠糜，糠煮成的稀饭。

第 79 章
惜李贺愤作《讳辩》 遇贾岛指点“推敲”

时值阳春三月，一日，韩愈正在书斋读书，只见秦济进来禀道：“李公子从长安归来，现在门外候见。”

韩愈一听，不由一愣：“李贺年前被他说动，前往长安参加礼部科选，何故这么快就回来了？”忙向着秦济道：“快快有请。”

不一会儿，秦济引着李贺进来，韩愈高兴地拉着李贺的手，把他让坐到一旁的椅子上，关切地问道：“这次科试情况如何？怎么这么快就回来了！”

李贺不由面现沮色，低低地道：“在下未能进入科场。”

“怎么！没有进入考场？这是为什么？”韩愈一听，不由一怔，忙不解地询问原因。

李贺道：“在下进京后，不少人看到在下的诗赋文章，俱言在下定高中无疑。同在下一起进京应试的东都几个官宦子弟，怕学生及第而影响他们，便上书给主考大人，说学生犯父名讳，不能参加科试。那主考官竟听信谗言，把学生拒之考场门外。”

韩愈一听，不由勃然大怒，拍案而起道：“这是什么道理！从古到今，历代圣贤都不避讳；我大唐法典明文规定，‘二名不偏讳’。作为主考官，怎能与圣人之道相悖，置大唐法典于不顾，去相信那些无稽之谈，而阻断朝廷贤路！”

李贺见此，不由叹了口气，向着韩愈道：“大人莫要为在下动怒，事情既然如此，看来学生这命中没有做官的缘分。大人虽为学生呕心沥血，然而这世俗偏见，犹如杀人利刃，在下虽拼命挣扎，还是难以挣脱命运之枷锁，难酬大人的厚望！此事大人为学生也操尽了心，学生将终生不忘！”

韩愈见此，忧愤地道：“一个人做不做官事小，但朝廷能不能以贤取人，天下贤才能不能为朝廷所用，此事大呀！”

二人又谈了一些京中之事，李贺方怏怏而回。

第二天，皇甫湜到来，韩愈向其谈及李贺之事。皇甫湜也甚为不平，道：“现在不仅长安，而且在东都，有不少人在这样议论：说李贺不顾犯父讳，竟然入京求仕，是不孝之举；说大人身为当今大儒，执掌东都地方官吏多年，竟然鼓纵李贺冒犯父讳，实在是荒唐之极！”

韩愈听后，不由愤慨地道：“这些人实在是可恶，不仅落井下石，而且还要再踏上一只脚！”

皇甫湜道：“这种荒谬的偏见，必须予以驳斥澄清，否则，不仅往后还会出现像李贺这样栋梁之才被埋没的怪事，而且李贺也会因此被人继续攻击和诽谤！同时，大人也会落一个纵容别人犯讳的罪名。”

韩愈道：“持正说得很是。这些世俗偏见，必须予以彻底批判和纠正。看来，我们是需要写一篇专论避讳的文章，以澄清是非！”

皇甫湜听后高兴地道：“大人说得极是！就请大人赶快动笔吧。”说罢，遂展纸于案，为韩愈磨墨润笔。

韩愈略一思忖，遂提笔写下“讳辩”二字，然后一气呵成。皇甫湜看时，只见韩愈写道：

> 愈与李贺书，劝贺举进士。贺举进士有名，与贺争名者毁之曰：“贺父名晋肃，贺不举进士为是，劝之举者为非。”听者不察也，和而唱之，同然一辞。皇甫湜曰：“若不明白，子与贺且得罪！”
>
> 愈曰：“然。”《律》曰：“二名不偏讳。”释之者曰：谓若言“征”，不称“在”，言“在”不称“征”是也。《律》曰：“不讳嫌名。”释之者曰：谓若“禹”与雨，“丘”与“蓲”

之类是也。今贺父名晋肃，贺举进士，为犯“二名律”乎？为犯“嫌名律”乎？父名晋肃，子不得举进士；若父名“仁”，子不得为人乎？

夫讳始于何时？作法制以教天下者，非周公孔子欤？周公作诗不讳[1]；孔子不偏讳二名[2]；《春秋》不讥不讳嫌名：康王钊之孙，实为昭王，曾参之父名皙，曾子不讳“昔”。周之时有骐期，汉之时有杜度，此其子宜如何讳？将讳其嫌，遂讳其姓乎？将不讳其嫌名乎？汉讳武帝名彻为“通”，不闻又讳车辙之“辙”为某字也；讳吕后名雉为“野鸡”，不闻又讳“治天下”之“治”为某字也。今上章及诏不闻“浒”、“势”、“秉”、“饥”也[3]，惟宦官宫妾乃不敢言“谕”及“机”，以为触犯。士君子言语行事，亦何所法守也？今考之于经，质之于律，稽之以国家之典，贺举进士为可邪，为不可邪？

凡事父母得如曾参，可以无讥矣；作人得如周公、孔子，亦可以止矣。今世之士，不务得曾参、周公、孔子之行，而讳亲之名则务胜于曾参，周公、孔子，亦见其惑也！夫周公、孔子、曾参卒不可胜；胜周公、孔子、曾参，乃比于宦者宫妾；则是宦者宫妾之孝于其亲，贤于周公、孔子、曾参者耶？

皇甫湜看罢道：“大人这篇文章，论理精辟，语言犀利。以圣人之道，批驳所谓的卫道者，真可谓痛快淋漓，铿锵有声，使之体无完肤也！”

韩愈道：“这些人自称为当代君子，而不务圣贤之行，偏热衷于圣贤之讳；其道德学问与先贤圣人相差万里，而避讳之举则要胜过先贤圣人，岂不可笑！可悲！可恨！”

韩愈的文章传出后，在东都迅速引起强烈反响，李贺方得到了人们的同情。

一日，韩愈正与李贺在书斋谈论诗赋，只见樊宗师与卢同冉冉而来，韩愈忙拱手相迎，并喊书童侍茶相待。

樊宗师接过茶瓯，呷了一口，向着韩愈道：“这一段大家有好长时间，没有在一块外出畅游了。今日天气晴朗，风和日丽，大人若是有暇，我等到野外踏青吟诗如何？”

韩愈听后，高兴地道：“如此甚好，学生也正想一览今年的春色。”李贺向着韩愈和樊宗师道：“这城北有一梨园寺，周围山上一片梨树。现在正是梨花盛开之际，我们不如到那里赏花吟诗如何？”

大家听后，俱点头称善。韩愈遂令秦济备了两匹马，交给李贺一匹，便与樊宗师等人一起相携出城而来。

此时正值阳春三月，大家来到郊外，只见杨柳吐翠，芳草如茵，莺啼燕舞，野花烂漫。大家不由心旷神怡，兴趣大增。约有半个多时辰，便来到了梨园寺前。只见寺院周围数片梨林，争相开放，宛如冰雕玉砌，雪拥枝头。

大家来到一处梨园前，看着满树银装素裹的梨花，俱不禁赞叹不已。韩愈向着樊宗师道：“贞元二十一年，学生在阳山时，那里正月梨花已绽放枝头。当时岭南才子刘师命，陪同学生观花踏青，学生触景有感，应刘师命所邀，遂作《闻梨花发赠刘师命》和《梨花下赠刘师命》等诗，一晃，竟过去了八年！”

樊宗师听后，望着眼前盛开的梨花，不由感慨地道：“花开花落，岁月无情！然而，大人在那危难逆境之中，竟能广交宾朋，宏扬圣道，并施惠万民，真乃令人敬佩！”

大家正说着，忽听卢同惊奇地喊道：“唉！快看，前面来一和尚，坐在驴背上，好像在祈祷作法！”

大家闻此，不由举目望云，果见迎面来一僧人，骑着一头毛驴，那人体态消瘦，年约三旬。两手比比划划，时走时停，慢慢而来。大家见此，俱感奇怪。

李贺仔细一看，不由惊喜道：“唉哟！这不是贾岛吗，怎么来到这里？”

大家一听，都不由一怔：这贾岛乃诗坛奇人，去年曾来洛阳拜谒过韩愈而未遇，后听说前往长安而去。大家不由一齐望着那僧人，现出惊奇之色。

李贺欣喜地向着韩愈道：“学生在京时，曾在张籍大人处见过此人。贾岛法号无本，字浪仙，诗词清新典雅，平淡自然，很受张大人赞誉。”

韩愈听后，看着聚精会神、比比划划的贾岛，惊喜地道：“此人学生也曾听多人谈起，祖籍乃河北范阳，家境十分贫寒，自幼酷爱诗赋文章。后为生活所迫而出家为僧。曾求学大江南北，遍访文坛高士，去秋来到洛阳，欲拜谒东野和学生。当时正好东野到江南而去，我赴京不在，故而未能相遇。”

“大人说得不错。”李贺道，“那贾岛在东都拜谒大人和东野未遇，听说大人前往京城，便尾随西去。结果到了长安，大人又离开返回，他便留在张大人处，向张大人学习新乐府诗。”

樊宗师接口道：“贾岛的诗，草民曾拜读过数篇，多以写自然风光为主，语言质朴平淡，另有一种境界。”说到此，遂向着李贺笑道：“他和公子的浓艳幽奇诗风，正好成为相对。”

卢同接口道：“听说这贾岛苦吟成痴，十分好学。他有一首叫《戏赠友人》的诗，写道：

> 一日不作诗，心源如废井[4]。笔砚为辘轳，吟咏作縻绠[5]。
> 朝来重汲引，依旧得清冷[6]。书赠同怀人，词中多辛苦。

卢同说到此，转向李贺道：“这点同李公子倒完全一样。又是一位诗坛奇人！”

正说着，贾岛已悠悠来到跟前。李贺正要上前去打招呼，韩愈见那贾岛行状，感到十分奇异，忙示意李贺不要惊动他，遂下马站于道间，看那贾岛欲以何为。那贾岛只顾低头吟哦，用手做着比比划划的推敲动作，竟一头撞在韩愈的身上，方停下驴来，忙施礼道歉。

韩愈不由笑道：“大师只顾低头吟哦，比比划划，而不知路有他人，不知为了何故？”

贾岛见问，方将韩愈认真打量了一下，见韩愈方领广袖，雍容大度，手中牵着一匹骏马，料是一位读书之人，慌忙下驴道：“小僧近得几句小诗，其中有‘鸟宿池边树，僧敲月下门’之句。这‘僧敲月下门’好，还是‘僧推月下门’好？小僧一时犹豫不决，故而反复思索，难以定夺，才有刚才之状。”

韩愈听此，不由暗道：“人言贾岛苦吟成痴，看来一点不虚。”那贾岛看着韩愈继续道：“先生可愿赐教小僧否？”

一旁李贺不由笑道：“无本大师求教大人，可有晋见之礼否？”

那贾岛虽和韩愈在说话，但脑子里还在想着“推敲”二字，根本就没有注意到韩愈身边还有樊宗师和李贺等人。现听李贺笑问，忙扭头一看，不由惊喜道：“啊哟！这不是李公子吗？你是从哪里来？到何处去？”说着便一步上前拉住李贺的手。

李贺故意打趣道：“在下是从来处来，到去处去，不知大师何时来到这东都，怎又在这里？”

那贾岛高兴地道：“小僧为拜谒韩大人，前天从长安来到东都，现就挂单在梨园寺内。正准备这两天去寻访公子，可巧在此相遇。这次务必请公子予以引荐，定要见到韩愈大人。”

李贺笑道：“见了真佛，也不知下拜！还说什么去寻访灵山！”

“真佛！什么真佛？”贾岛茫然地看着李贺，又望了望韩愈等人。

韩愈见此，遂笑道：“学生就是韩愈韩退之。早已闻说大师之名，不料今日在此相遇。”

那贾岛听此，真是又惊，又喜，又疑。他将韩愈又打量了一番，振喜地道：“小僧久仰泰斗，十年前就已闻说大人的诗赋文章，梦寐有朝一日能聆听大人的教诲，以求文章之精妙。故而从冀北来到东都，几次拜谒大人未遇；今日竟在此遇见大人，岂不是我佛有灵乎！”

韩愈看着贾岛道：“大师才华卓绝，怀真抱素。在诗赋领域摛藻飞声，独树一帜，实令儒林倾慕！去秋学生因事赴京，又匆匆返回，故未能与大师相见。为此甚感遗憾，而难以释怀！岂料今日在此得遇大师，真乃令人振喜！”

韩愈说到此，看了看贾岛，很有兴趣地问道：“刚才大师苦吟‘推敲’二字，不知此诗由何而来？”

贾岛忙道：“小僧自京而来，路经李凝隐居之处。时天色已晚，小僧踏月前去拜访，结果未遇，只好怏怏而返。故有感而发，赋得小诗一首。”

樊宗师接口道：“大师研京练都，衔胆栖冰。此诗定是一篇惊世之作，能否吟来让大家听听，然后由大人为你定夺？”

贾岛看了看樊宗师，向着韩愈不好意思地道："这，这不是让小僧出丑吗！岂不贻笑大方！"

韩愈见此，遂将樊宗师和卢同向贾岛进行了介绍，然后笑道："大师莫要过谦，你的诗大家早已拜读过，可谓清新自然，淡雅幽香，犹如出水芙蓉，雨中梨花。学生和诸位正要向大师请教呢。"

贾岛听后，忙道："大人过奖了！小僧那些拙作，实在难登大雅之堂，真让大人和诸位见笑了！"

李贺在一旁笑道："恭敬不如从命，大师就不要太谦辞了。"

贾岛见此，方道："若此，小僧只好献丑了，还望大人与诸位能予以指正！"说罢，遂吟道：

闲居少邻并，草径入荒园。鸟宿池边树，僧敲月下门。过桥分野色，移石动云根[7]。暂去还来此，幽期不负言。

韩愈听后，不由得连连点头，道："好诗！实在是好诗！短短八句，将隐者之幽居，访者之情怀，描绘得淋漓尽致，引人入胜。"

贾岛忙道："大人过誉了！"

韩愈略一思忖，向着贾岛道："还是'僧敲月下门'为好。这'敲'字有声有色，更能突出诗中意境。"

贾岛听后忙道："多谢大人指点！"

韩愈看着贾岛笑道："走吧，我们一块进城去。大师不是要拜访东野吗？不仅东野三天两头到学生衙中来相聚，而且东都文坛奇士，除了樊大人、卢处士外，还有卢殷、皇甫湜、李宗闵、牛僧儒等，也是常到学生家中来的，我们正好在一起切磋文章，共振东都文坛。"

贾岛听后，更加振喜，忙点头道："此乃小僧梦寐以求之望也，谨遵大人盛意就是。"

注释

[1] 周公作诗不讳：其意是周公的父亲文王名姬昌，哥哥武王名姬发，但周公在诗中曾有"克昌厥后"、"骏发尔私"的句子，并未避讳。

[2] 孔子不偏讳二名：孔子的母亲名叫征在，但他也说过"宋不足征"和"某

在斯”的话，也没有避讳。

[3] 今上章及诏不闻“浒”、“势”、“秉”、“机”也：其意是唐高祖皇帝的祖父名虎，太宗皇帝名世民，但如今文章和诏书并未避讳“浒”、“势”等字。

[4] 一日不作诗，心源如废井：意为一天不作诗，就觉得心灵如泉源枯竭了一样。

[5] 笔砚为辘轳，吟咏作縻绠：其意是将汲水比作写诗。辘轳，井上所架吸水的器具。縻绠，绳索。

[6] 清冷：指井水，比喻诗中的情意。

[7] 云根：古人认为云触石而出，故称石为云根。

第80章
动浪仙跳出空门　遭谗毁平调入京

韩愈携贾岛回到城内，心中十分振喜。第二天即邀来孟郊、牛僧儒、李宗闵、皇甫湜、卢殷等人与之相见。同时又把樊宗师、李贺、卢同约了过来。大家犹如久别重逢的故友，彼此说不尽的思慕之意；谈及诗赋文章，更是心潮澎湃，激情飞扬。

樊宗师向着韩愈道："今日大家相聚一起，可谓三生有幸，我们何不寻一花红柳绿之地，大家一边饮酒，一边畅谈，岂不快哉？"

韩愈高兴地道："樊大人此意最善！"

卢殷接口道："这城南洛水边，有一荷花坞，周围桃李成林，杨柳成荫；面向洛水新开一家酒肆，甚是清雅。眼下虽无出水芙蓉，但那婆娑杨柳，如雪梨花，倒可醉人，不知大家意下如何？"

众人听后，俱道甚妙。遂相携出城，向着荷花坞而来。果见洛水之滨有一硕大水塘，塘中碧波荡漾，新荷渐出：岸边杨柳依依，梨花怒放。依塘傍河新建一座酒楼。那酒楼朱扉碧窗，雕梁画栋，十分豪华。门前停着华车高马；到此游览之人，出出进进，络绎不绝。

大家下马进入酒楼，小二慌忙迎出，将韩愈等人导入楼上，拣一靠窗座位让大家坐下。此时大家兴致正浓，遂凭栏远眺：只见嵩岳飞腾，邙岭逶迤；滔滔洛水，犹如一条白练，蜿蜒由西向东，从楼下流过；两岸杨柳如烟，梨桐如火如荼。大家正观赞之时，小二已捧着酒肴上来。

酒过三巡，皇甫湜向着贾岛道："大师才华横溢，满腹经纶，怎不求取功名，为国家效力，何故遁入空门？"

贾岛放下酒杯，不觉叹了口气道：“贫僧十岁那年，父亲因家境贫寒，交纳不起赋税，被官差活活打死，母亲也因此忧愤而亡。之后，贫僧便跟随舅舅艰难度日。贞元十年，河北再次发生兵变，家中被乱军洗劫一空，舅舅也被乱军所杀。贫僧无奈，只好削发为僧！”

大家听后，都不由心里沉甸甸的，牛僧儒道：“这苛政、兵祸使多少百姓家破人亡，妻离子散，无家可归！又使多少像大师这样奇人异士，难以立足，不得不遁入空门，实在是令人痛心！”

韩愈看了看贾岛，向着大家道：“这苛政、兵祸，乃是当今悬在百姓头上的两把利剑！要摘掉这两把利剑，就必须铲除滋生它的朝政腐败、奸佞当道、宦官弄权和藩镇割据四大祸根。”韩愈讲到这里，多少有些激动地道：

“要铲除这四大祸根，非明天道、正人心、夺宦权、削藩镇不可！”

贾岛看着韩愈，似乎有些激动和茫然，他多少有些怀疑地道：“这四大祸根能铲除吗？”

“能！”韩愈坚定地道，“学生自幼就立下宏扬儒道、振兴文坛之志，其目的就是要唤醒天下有识之士，宏扬圣人之道，革除朝政之弊，建立纲常之制，实现大唐中兴！只要朝野上下一齐努力，此四大祸根一定能够铲除。”

贾岛听后，不由点了点头。韩愈向着贾岛继续道：“儒家读书、著文、修身的目的，就是为了齐家、治国、平天下。如大师饱览圣贤之书，胸怀旷世之才，如今却只能与孤灯佛影相伴，岂不可惜！以学生之见，不如弃道还俗，大家在一起共倡圣道，同振文坛；如有机会，像石洪、温造那样，去为朝廷社稷建功立业可好？”

贾岛一听，不由心中一热。他昔年出家，原为生活所迫，实非真心崇佛；现听韩愈一说，正合心意，不由激动地道：“只要大人和诸位不弃，贫僧愿还俗为民，追随大家左右，为宏扬圣道，振兴文坛，中兴大唐，以尽微薄之力。”

韩愈听后，高兴地拉着贾岛的手道：“浪仙若此，我东都儒林又多了一位奇士也！”

大家见贾岛决定弃道还俗，个个心情振奋，情绪更加高昂。遂又谈及政坛风云，文海趣事，至晚方返回城内。自此，大家便三天两头在一起聚会，贾岛与孟郊、李贺、卢同等人遂成为好友。

元和六年四月，剑南节度使兼门下侍郎、同平章事武元衡，入主中书兼崇宏馆大学士。这武元衡刚正耿直，有陆贽之风，昔年与韩愈曾有交往，对韩愈的人品文章十分赏识。

一日，宪宗在德政殿召集武元衡、杜佑、李吉甫三位宰相询问政事，当谈及当今官吏中敢言直谏、刚正不阿、政绩卓著之人时。武元衡道：

“自皇上即位以来，卧薪尝胆，励精图治，使我大唐国泰民安，政清风廉，呈现出中兴之势。上下官吏以皇上为楷模，俱心怀社稷，鞠躬尽瘁。据微臣所见：上层官吏大臣中，以郑馀庆、乌重胤、李降、裴度等人为最；中下层官吏中，当以王涯、韩愈、崔群、元镇等人为先。”

宪宗听后点了点头，向着杜佑和李吉甫道：“二位爱卿有何高见？”

杜佑看了看李吉甫，向着宪宗道：“武大人纵览全局，所言极是。郑馀庆、乌重胤身居要职多年，德高望重，稳健挺拔，对朝廷忠心耿耿；王涯、李降、裴度、崔群等人，胸怀韬略，跌宕昭彰。政绩卓著，有王佐之才。只是元稹和韩愈二人，老朽不敢苟同。”

杜佑讲到此，看了看李吉甫继续道：“此二人虽诗赋文章冠压群儒，然恃才傲物，狂妄无羁：元稹前年出使东川，去年分司东台，肆意诬陷和弹劾朝中大臣，弄得人心惶惶，鸡犬不宁，怨声载道。韩愈在东都，结党纳垢，诽谤佛老，鼓纵元稹胡作非为，东都官吏多有非议。”

武元衡听后不由一怔，知杜佑为房式一案，至今对元稹和韩愈仍耿耿于怀，便向着杜佑道：“杜大人此言差也，据下官所知，元稹东川之行，谨遵圣命，执法如山。代天子以安万民，平八十八家冤狱，惩严励等一大批佞臣，使东川百姓尽感皇上盛德；天下污吏闻之失魄丧胆，不敢妄为。这是众人皆知之事。”武元衡讲到此，向着宪宗道：“此人分司东台后，不畏权势，为民申冤，严查房式一案，东都百姓称之为天神东降。”

武元衡讲到这里，转向杜佑，多少有些激动地道：“韩愈在洛五年，整饬学馆，宣扬德政，遏制佛老横行，说动隐士出山，严惩三藩兵痞，力除军商之弊。政清风廉，推群独步，百姓赞于口而颂于道。不知大人何出此言？”

那杜佑被武元衡一驳，一时张口结舌难以回答。武元衡向着宪宗继续道：

“这韩愈硕学广识，欺霸傲雪。直亮而廉洁，博大而沈厚；守经嗜学，遂得其奥；希古为文，故得其精，实乃国家栋梁之才。然因其刚直不阿，故而常被小人诽谤。此人在东都已五年之久，以微臣之见，应召回京城，委以重任，定能为朝廷社稷做出一番事业！”

宪宗听后道：“武爱卿所言不错：元稹确是个才华横溢，敢做敢为，难得的人才；不过查处房式一案，确有方法欠妥，轻举妄动之嫌。今徙为江陵士曹参军，以使其得以磨炼，今后朝廷还要予以重用。韩愈之事，朕颇有所闻，确是个嵚崎磊落，文经武纬之人。久居东都，难展其才，可调回京城，委以要职。”

武元衡听后，高兴地道：“皇上圣明，现中书省缺一舍人，韩愈正好充任此职。”

杜佑一听，不由一怔：这中书省乃朝廷重地，其中书舍人六名，为正五品上，掌管侍奉进奏，参议表章之事。凡是朝廷诏旨敕命，皆由中书舍人拟定。若韩愈擢居此职，将来必对自己不利。便向着宪宗道：

“皇上圣恩浩荡，若惜韩愈之才，调回京城即可；中书省乃参议决断朝廷军政大事之地，韩愈狂傲不羁，常常无端非议朝政，不宜担当此职，请皇上明示。”

宪宗一听，见杜佑与武元衡的政见完全相悖，心中未免有些不快，一时竟未言语。一旁俱文珍见此，向着宪宗道：“武大人与杜大人看法不一，各持已见，皇上何不听听李大人的意见？”

宪宗见此，只好转向李吉甫道：“李爱卿对此事有何高见？”

这李吉甫为官十分精明，遇事看风使舵，左右逢源，在许多朝政大事上，往往按照宦官的意图行事，很得俱文珍的好感。过去他也十分欣赏韩愈的诗赋文章，五年前曾也打算举荐韩愈为翰林学士，当时一是由于一些拼命争夺翰林之位的人，从中造谣诽谤，挑拨他与韩愈之间的关系；二是他得知韩愈与郑馀庆交厚，为宦官俱文珍所忌恨，怕影响自己的前程，遂即放弃了对韩愈的提携。刚才武元衡与杜佑为韩愈和元稹之事争论不休，已感情况不妙，生怕将自己卷入其中；现见宪宗发问，一时不知如何回答才好。

他不由抬头看了看俱文珍，只见俱文珍正向他暗使眼色，并轻轻摇手示意，要他不要同意武元衡的意见。他深知这俱文珍与杜佑交厚，对韩愈恨之入骨，是丝毫得罪不得的。便向着宪宗道：

"以微臣之见：目前东都官吏，对韩愈是褒贬不一，难辨真伪。不如将韩愈调回京城，暂委他任，以观其行。若如武大人所言，再擢迁中书不迟，请皇上明断就是。"

宪宗听此，知李吉甫与杜佑交好，又见俱文珍向李吉甫摇手示意，沉默片刻后，方道："就以李爱卿所奏吧！大家看诏拜何职为好？"

李吉甫道：'现兵部缺一职方员外郎，是否让韩愈先任此职如何？"

这职方员外郎乃兵部下属一个司的副职，主管边塞地图档案资料，是个无足轻重的六品官员，武元衡一听，心中很不是意，但见此话由李吉甫说出，不便再行辩驳，心中不由暗暗为韩愈叫屈。

宪宗见此，便道："让吏部即日下诏，就让韩愈到兵部去吧。"俱文珍看了看李吉甫和杜佑，三人都不由微微一笑。

唐元和六年五月，韩愈正式接到吏部诏令，迁拜为职方员外郎、上骑都尉。东都官吏闻此，多为韩愈不平；韩愈自己也对此十分不解。牛僧儒、皇甫湜和樊宗师等人闻讯后，先后来到河南县衙询问此事，俱为韩愈感到愤慨和惋惜。

樊宗师看着大家道："大人这次调迁，实在让人费解！要说这调任京官，若无人举荐和提携，是非常困难的；但既然调迁入京，却又不予重用，只给了个小小的六品闲官，确实有些不大正常。"

牛僧儒接口道："武元衡刚刚入主中书，大人即被调迁入京，这可能是武大人的举荐所至。但为何平调，而且是个闲职？我看这里面大有文章，说不定又是杜佑、李吉甫和俱文珍一帮奸党在作祟！”

皇甫湜看着大家道：“牛大人说得很是，俱文珍和杜佑早已狼狈为奸，对大人心怀叵测，必置大人于死地而后快；李吉甫是个政坛商人，在关键时刻往往投靠在阉党一边。这次大人平调一事，很可能就是他们在使奸。”

韩愈听后，不由点了点头。卢同惋惜地道：“自韩大人来到东都后，我们洛阳儒林，如同久旱逢甘霖，严冬遇炭火！大家在一起谈诗论文，畅叙国事；同倡圣道，共振文坛。大家都像换了一个人似的，这是何等地惬意！去年石洪、温造相继离去，现在大人也要赴京，实在让人泄气！”

李贺向着韩愈道：“京城虽为天子脚下，然而奸佞当道，尔虞我诈，大人何必再去受他们的白眼；不如禀明留守大人，继续留在东都，大家相处一起，共振文坛，岂不是好？”

此时韩愈的心情，犹如十五个水桶打水一样——七上八下，难以自主！又像是一下打翻了二十四瓶油盐酱醋糖——是苦？是辣？是甜？说不出的味道。听了大家之言，他也想弄个究竟，便来到了留守府。

郑馀庆一见韩愈到来，忙让至客厅用茶，遂将所传朝中争论之事说了一遍。看着韩愈道：“老夫曾多次劝说退之你，遇事要三思而行，尽量莫要与朝中权贵和宦官为敌。岂不知这些人大权在握，骄横跋扈，哪能与你善罢干休！一有机会，便会置你于死地！退之还怨老夫胆小怕事，这次应该有所明白了吧！”说到这里，郑馀庆顿了顿，继续道：

“不过此事也不要太放在心上，今后若要吸取教训，谨慎行事，以退之你的才华和威望，定有飞腾之时！”

韩愈听后，虽心中不以为然，但见郑馀庆一片好意，也不便再予分争，便道：

“学生分司东都，在相公治下五年，深受大人宏恩，还未报答万一，实不想离去；同时在这里，有一大批儒林朋友相伴。大家在一起谈诗论文，共振文坛，现已到了烈火烹油、锦上注花之际，学生实不想与他们分开，而且长安虽为天子脚下，却是权幸当道，阉党弄权，小人横行，让人不寒而栗！大人能否致函吏部，将学生予以留下？”

郑馀庆一听，不由一怔，看着韩愈道：“这怎么能行！若是不进京赴任，需要上奏皇上准许，吏部怎会费此周折！再者，你这次奉调入京，武大人与杜佑进行了力争，在皇上面前说了你不少的好话；你若是不去赴任，岂不有负武大人的一片好意。还有，虽说这次调迁只是平调，但必竟是由外任迁至京官，身处天子身旁，将能更好地展示自己的报国之志。以老夫之见，还是如期赴任的好。”

韩愈听此，知木已成舟，难以挽回，只好无奈地点了点头。郑馀庆又说了许多宽慰和鼓励的话，韩愈方快快返回。

晚上，韩愈回到家中，卢夫人白天已得知韩愈调迁的消息。见韩愈心中不快，忙宽慰道：“老爷常说求官和做官，都是为了国家和百姓。只要对得起朝廷社稷和天下百姓，这个人得失祸福算不了什么！怎今日竟因平调一事而悲观气愤呢？”

韩愈不由叹了口气道：“话虽这样说，但在心理上实在难以平衡。想我韩愈怀珠抱玉，摅忠报国，分司东都五年，披肝沥胆，奋发蹈厉，然仍得不到朝廷重用，实在让人寒心！目前，学生的同年好友王涯、崔群、李降等人，俱已身居要职，如冉冉东升之日。而我韩愈调来调去，仍是个小小的六品闲官，岂不让人汗颜！”

卢夫人听后，正色道：“以贱妻之见，这官做的大小都无所谓，只要百姓拥戴，平安无事就好。但愿这次赴京，能够长期安居，就是老爷的福气了。”

韩愈听罢，不由叹了口气道：“还是夫人贤明仁厚，实在让学生感动！”

韩愈决定赴京后，牛僧儒、李宗闵和樊宗师等人轮番作东，为韩愈饯行。大家说不尽的依恋之情和互相祝愿。李贺深感韩愈的知遇之恩，决定追随韩愈学习文章；贾岛两次拜谒韩愈未遇，今刚刚相见，更是不愿分离，二人决定追随韩愈一块赴京。皇甫湜因进京有事，也一同前往。

在情感上撞击最大的要数孟郊了，自贞元八年二人在京相识后，韩愈不仅成为他志同道合的知己和诗友，而且在生活和事业上处处关心他，维护他，使他在生活的困境中和仕途的坎坷里，艰难地走了过来。特别是元和二年，他的三个孩子相继去世后，精神达到了完全崩溃的地步，韩愈的关怀、鼓励、使他站立起来。现今，韩愈已经成为他的精神支柱和生命源泉。眼下韩愈要赴京就职，离他而去，他犹如一下掉进了万丈深渊。茫然、孤独、凄凉之感，像阴云一样，笼罩在他的心头。

这几天，孟郊几乎每天都要到韩愈家中来，他心中像压了块巨石一样沉重。韩愈深知孟郊的心情，这些年，他受到的打击实在是太大了。现今已人到暮年，然却孑身一人，孤苦寂寞。他望着身体瘦弱，发须斑白，脸上布满深深皱纹的孟郊，道：

"东野莫要忧伤，学生此去，很快就会回来看你的，你也可到京城去看学生；同时这里还有僧儒、李宗闵、皇甫湜和宗师等人，大家仍可以在一起共振文坛；有什么困难，也会相互帮助的。"

孟郊望了望院中那几盆已经完全凋谢了的芍药，不由感慨地道："学生已值花甲之年，犹如风前之烛，秋后蓬蒿！原想能和大人再相处几年，以了残生，也就心满意足了；不想大人调迁入京，看来学生是没有这个福份了！"孟郊讲到这里已有些哽咽难语，他顿了顿继续道：

"但愿大人此去能时来运转，以逞鸿鹄之志！"说罢，两行热泪不由夺眶而出。

韩愈听此，也不由热泪盈眶。忙又向孟郊宽慰了一阵。卢夫人见此，也向孟郊说了一些宽心的话。

韩愈临赴京的前一天，郑馀庆在留守府为韩愈设宴欢送，东都大小官吏俱来相陪。韩愈是既感动，又无奈。宴罢，郑馀庆又留住韩愈说了良久，韩愈方回到家中。

元和六年五月下旬，韩愈由秦济跟随，携同李贺、贾岛、皇甫湜等人，一起离洛西行。郑馀庆率领东都文武官员，在西门外为韩愈饯行；牛僧儒、李宗闵、樊宗师、卢同等人，直送到城外三十里方回。

此时正值仲夏，天气十分炎热，韩愈等人晨暮行路，午时休息。这天来到潼关城下，只见关山苍茫，黄水奔流，韩愈不觉触景生情，向着贾岛和李贺道：

“记得贞元十一年夏，也是这个时候。学生在京十年求仕未果，三上宰相书被辱，含愤离开长安，路经这里时，正遇二公差扬鞭飞马入关，向皇上进献白鸜鹆。学生甚是忧愤，遂作《感二鸟赋》，以抒胸中不平，不觉一晃竟十六年过去！”

李贺道：“大人的《感二鸟赋》写得激情动人，十分精彩。学生在十年前就已背诵如流。其中有一段写的最为感人。”李贺说到这里不由吟咏道：

> 出国门而东骛，触白日之隆景，时返顾以流涕，念西路之羌水。过潼关而坐息，窥黄流之奔猛；感二鸟之无知，方蒙恩而入幸。惟进退之殊异，增余怀之耿耿。彼中心之何嘉，徒外饰焉是逞。余生命之湮厄，曾二鸟之不如；汩东西与南北，恒十年而不居；辱饱食其有数，况策名于荐书，时所好之为贤，庸有谓余之非愚！

李贺咏罢，韩愈望着潼关高高的城门，感叹地道：“当时学生看到二鸟腹中空空，毫无一策，只因长着一身美丽的羽毛，竟被采擢荐进，而自已怀珠抱玉，满腹经纶，却十年求仕，报国无门，还不如两只鸟儿，实在感慨难抑！”

大家说着进入关内，只见行人熙熙，店肆比连。秦济向着韩愈道：“我们已走了半日，不如在此休息休息，吃点东西，待天凉快时再走如何？”

韩愈看了看头顶热辣辣的太阳，点了点头。大家遂跳下马来，拉着马在街上边走边寻找合适酒店。突然，韩愈所乘之马，竟昂首长鸣起来。大家见此，俱言是个好兆头。贾岛道：

“看来这次大人进京后，定有一番作为。此马长鸣，预示着大人将要凤鸣朝阳，龙腾长空！”

李贺接口道：“大人拔新领异，欲振文坛。这烈马长鸣，也将预示着大人今后在改革文坛、振兴古文运动中，鸣震长空，波涌四海，席卷整个神洲大地！”

皇甫湜听后向着大家道：“浪仙和长吉说得很有道理，大人一生刚正不阿，疾恶如仇，敢言直谏，被称为当今第一诤臣。这烈马长鸣，我看也预示着大人进京后，将会向当今直进忠言，引项高鸣！说不定要做出一番惊天动地的事业来！”

韩愈听后，不由摇了摇头，感慨地道：“当今权幸当道，宦官弄权，他们怎能允许学生高鸣腾飞！这次进京是祸是福，还很难说，何谈作为！况且，学生今已四十有四，宦海争斗已使学生疲惫不堪，昔日壮志看来难以相酬了！”他说到这里，不由想到前朝宰相李林甫，有“立马一鸣辄斥语”的典故，不禁随口吟道：

> 岁老岂能充上驷，力微当自慎前程。不知何故翻骧首，牵过关门妄一鸣！

李贺听后不由一怔，向着韩愈道：“怎么！大人不想再为国家和百姓奋发进取了？”

皇甫湜道：“大人这是正话反说，不过是壮志难酬，愤俗疾恶，发发牢骚而已。他就像一位永不畏惧、忠勇善战的将军，别看现在这么说，一旦听到战斗号角，便会跨上战马，毫不犹豫地杀向敌人，不获全胜，是绝不会收兵的！”

李贺和贾岛听后，方点了点头。

这次韩愈进京，是如他所说“自慎前程”，还是不屈不挠，继续奋进；是明哲保身，不再“妄鸣”，还是勇辟奸佞，犯颜直谏；是默默无为，还是大展才华，凤鸣龙腾？且看第三部《正气篇》。

第三部　正气篇

第十一卷

义愤雪柳涧

第 81 章
过西岳评说往事　宿华州巧遇民怨

韩愈等人过了潼关，来到华山脚下，只见莲花、落雁、朝阳三峰直插霄汉，浮现于乱云飘渺之中。李贺望着华山之巅，向着韩愈道：

“观先生《古意》，给人以神奇、梦幻之感！其所写之奇，夸张之妙，寓意之深，情感之浓，真乃令人叹为观止！”

贾岛向着李贺道：“先生这首《古意》，可与李白的《西上莲花山》和《西岳云台歌送丹邱子》相媲美，很有些李白的浪漫诗风；而且其气势更加恢宏，意境更加瑰丽，笔法更加飘逸，想象更加丰富！”

韩愈不由笑道：“二位过奖了。李白乃我朝最杰出的浪漫诗人，其诗赋气势雄伟，惊俗骇世，以驰骋想象，姿意挥洒，描写了奇谲壮丽的世界，给人们呈现出梦幻般的神仙天地。可以说是前无古人，后无来者。学生之诗怎敢与之相提并论！”

李贺向着韩愈道：“听说先生当年登临华山，遇悬崖绝壁，惊魂夺魄，九死一生，可有此事？”

韩愈听后，看了看云雾之中的莲花峰，感叹地道：“当年学生心高气盛，而且极喜寻幽觅胜，故被学友鲍溶所邀，登临华山绝顶。谁知上山容易下山难，那日又偏遇天降暴雨，石光路滑，更兼大雾弥漫，乱云飞渡。学生本有恐高之症，又见一游人堕入绝壁峡谷，更加腿软目晕，寸步难移。想到父兄所嘱，昔日之志，不觉懊悔不已，不该为一时之兴，而冒此大险！”

贾岛接口道：“听传言说，先生在山上度不可返。曾写下绝命书，投于山下，被人拾之，送与华阴县令，华阴县令来到山下，百计取之，乃下，可否属实？”

韩愈不由笑道：“此说学生也曾所闻，纯属无稽之谈。试想那时学生困在山上，哪来的纸墨笔砚，如何写得绝命书？再者从山上到华阴县城来往百十余里，华阴县令如何能接到学生之书，又如何能前来相救，岂不荒唐可笑！”

“那先生是如何脱离险境的？”李贺看着韩愈道。

“当时学生依坐在一块大石旁，望着四周云遮雾障、茫茫深谷，追悔莫及、一筹莫展。多亏了好友鲍溶、张琰二人想出一策，向云台寺僧人借来绳索一条，系在学生腰间，他二人前后把持，学生方下得绝壁。”

“原来是这样。”李贺和贾岛听后，俱点了点头。

皇甫湜道：“市井所传，无奇不有。说不定若干年后，人们还要在这华山绝壁之处，为先生建一投书亭呢。”

韩愈听后，遂笑道：“学生乃一平凡之人，怎会为后世所关注！此种无稽之谈，用不了多久，便会烟消云散也！”

第二天傍晚，大家来到华州城驿馆，只见驿馆门前围着许多百姓，吵闹叫喊之声沸沸扬扬，驿馆院内站着不少差役捕快，个个剑拔弩张，如临大敌。

韩愈等人见此甚感诧异，慢慢分开众人进入馆内。那驿丞见韩愈等人到来，忙迎出大厅，令人接过马匹，将韩愈等人导入客房。

韩愈望了望院中的差役捕快，向着馆丞道：“此处发生了什么事？怎这么多百姓围在馆驿外面？”

那馆丞见问，谨慎地看了看门外，向着韩愈道：“几位大人从哪里来？可是到京城去？”

“我们从东都而来，正要进京公干。”皇甫湜向着馆丞道，然后指着韩愈道：“这位是新任兵部朝议郎韩愈韩大人。”

那馆丞听后，忙又向韩愈施礼道：“久闻韩大人之名，今日有幸相见。”然后又看了看院中，小声地道：“前任华州刺史阎大人，现住在小人的馆内。因其在任时横征暴敛，民怨极大，周围几个县的百姓闻知后，前来向其讨说公道。”

那馆丞刚讲到这里，忽听门外有人传唤，忙道：“诸位大人先洗漱休息，小人去去就来。”说罢，忙拱手离去。

韩愈见此，大感困惑，不由向着皇甫湜道：“这华州刺史阎济美，虽不相往来，但闻说此人极善官场之道，怎会弄得如此民愤之大？”

皇甫湜正要答话，只听门外又传来一阵呼喊和骚动之声。皇甫湜看了看院内，向着韩愈道：“这阎济美定是在华州为政不贤，做出了伤天害理之事，故而引起百姓动怒。待学生前去打探一下便知。”说罢转身出去。

不一会儿，只见皇甫湜回来，身后还跟着两位儒士。一人浓眉大眼，鼻直口方，身体颀长；另一人眉清目秀，皮肤白晰，举止潇洒。二人年龄都在三十岁左右。韩愈一看，不由现出惊喜之色。那二人迎着韩愈便倒身下拜，高兴地道：“先生这一向可好？真想煞我们了！”

韩愈忙一把扶住二人道：“你们两个怎在这里？”

那个浓眉大眼的儒士道：“我俩前往华山游玩，回来路经这里，就住在前排的客房里。刚才在院中观看，正好遇到皇甫大人，言道先生赴京就任，也住在这里。这简直是喜从天降！我二人不容皇甫大人分说，便拉着他来见先生。”

韩愈激动地拉住二人的手道：“你们二人这几年可好？这一向都在哪里？李绅他们都好吧？”

那位眉清目秀、举止十分洒脱的儒士道：“先生自分司东都后，我们这些人就各奔东西了。我和述古连着三次参加吏部铨选，结果都榜上无名，李绅于前年高中博学宏词科，现任校书郎之职。其他几位：侯云长、尉迟汾、李翊等人，进士高举后，也参加过几次吏部科试，但都名落榜外，现在不知身在何处。”

李贺和贾岛见韩愈与这二人如此亲热熟悉，料定必是昔日学子挚友。韩愈高兴地向着他俩道：“来来来，我给你们互相介绍一下。”说罢，指着那个浓眉大眼的儒士道：

“这位姓刘名述古，河东太原人氏，贞元二十一年进士，父曾官拜太子宾客。”说罢指着那位眉清目秀的儒士道：“这位姓韦名群玉，关中武功人氏，也是贞元二十一年进士，出身世代官宦书香之家，祖父曾任凤翔节度行军司马。二人皆是才华横溢、出萃拔类之人。”

刘述古和韦群玉听后忙道：“先生过奖了。”

李贺向着韩愈道：“此二位莫不是贞元十八年，先生初任国子监时，向礼部陆员外举荐的十杰吗？”

“正是，”韩愈道，“当年学生向陆员外举荐十人，经过五榜，现在已全部金榜题名。”然后转向刘述古和韦群玉，指着李贺和贾岛，也一一进行了介绍。

那刘述古和韦群玉早已闻说李贺和贾岛之名，而且拜读过二人的诗篇，久怀慕蔺之心，不想今日在此相遇，更是高兴得欣喜若狂。

刘述古道：“李公子的诗，奇艳绝伦、扬葩振藻，给人以色彩缤纷，惊魂夺魄之感；贾大师的诗，清新淡雅、珠圆玉润，读之如置身春雨梨花之中。二人的诗一浓一谈，一奇一雅，真可称为当代诗坛的‘双绝’也！实在让人羡慕！”

韦群玉接口道：“听说李公子不仅聪慧异常，而且读书习文焚膏继晷，衔胆栖冰，在诗赋领域披奇猎艳，研京练都，极力追求艺术创新；贾大师酷吟成痴，虚心好学，常常为求得一言佳句，而废寝忘食，如醉如痴。二人被世人称为诗坛两大奇人，真真令人钦佩！”

李贺和贾岛听后，忙谦逊地道：“两位公子过奖了。”

刘述古和韦群玉与李贺、贾岛见过礼后，转向韩愈道：“听说先生分司东都后，处处受到权幸和阉党的刁难与压制。虽在逆境中奋力拼搏，政绩赫然，深得东都各界赞颂，然仍被奸佞所谗，而得不到朝廷重用。不知是真是假？”

韩愈听后，不觉叹了口气，遂将这几年的情况简要叙说一遍。刘述古和韦群玉听后，俱为之愤愤不平。

大家叙说一阵，韩愈遂问及阎济美与华州百姓之事，刘述古道：“我俩也是上午才来到驿馆，正遇上百姓前来馆中找阎济美理论。阎济美其人学生早有所闻，乃是个极善投机钻营，邀功取宠之徒。平时对上司是百依百顺，极尽讨好之能事；对下属和百姓则是残酷无情，横征暴敛。当地百姓有这样的民谣：‘大王八，头朝下，看到上司像条狗！见了百姓如猛虎。’”

“唉，竟有此说！”韩愈听后不由一怔。

李贺向着刘述古不解地道:“这‘大王八,头朝下’是什么意思?”

刘述古道:“这‘大王八,头朝下’是个‘美’字,寓指阎济美。”

大家听后俱点了点头。皇甫湜向着刘述古道:“阎济美虽然无道,现已解职,闲居在驿馆之中,怎能激起如此民怨?”

韦群玉接口道:“这其中有个缘故,我俩刚来时也感到奇怪,后来一问才知底里。原来这阎济美在任时,年年巧立名目,加征税赋,百姓怨声载道,苦不堪言。去年华阴县调来一位名叫柳涧的县令,此人刚正不阿、爱民如子,到任后闻说此情,甚为愤慨,便拒绝征收以军役为名所加科赋。阎济美甚为不满。竟将柳涧停职问罪,并派出大批酷吏公差,下到华阴四乡,直接强征税赋。凡不交纳税赋的,便被抓进大牢;遇抗拒抵触者,均以谋反罪论处。弄得华阴百姓家破人亡,哭声震天动地。”

“说来也巧,”刘述古接口道,“正当此时,阎济美却突然接到调任他处的诏令,由当朝宰相李吉甫的外甥赵昌,前来接任刺史之职。这阎济美因在华州经营着几家当铺和丝绸生意,需要处理有关事宜,故暂时移居到这馆驿之中。华阴百姓闻说阎济美被调离,十分振喜。便群集来到华州府衙,向新任刺史赵昌请愿,要求去掉所加税赋,放回被关押的亲人。这赵昌和阎济美乃是同乡故友,极力为阎济美辩解,并声言所征税赋乃是前任所定,他不便进行减免。华阴百姓无奈,只好来到驿馆,找阎济美算账要人。”

韩愈听后,点了点头,感慨地道:“善有善报,恶有恶报,看来一点不假。百姓是水,既能承舟,也能覆舟。身为百姓的父母官,若不能为百姓谋利益,反而去祸害百姓,迟早是会受到百姓惩罚的!”

“先生说得很是!”刘述古等人齐道。皇甫湜向着刘述古问道:“院中来了这么多捕快衙役又是怎么回事?”

刘述古道:“华阴百姓来到馆驿,阎济美做贼心虚,吓得躲到屋里不敢出来,慌忙令家人去请赵昌。赵昌闻知后十分恼火,便带着大批衙役捕快来到馆驿,将百姓驱赶到大门以外。”

“现在赵昌就在阎济美的房中。”韦群玉接口道,“二人正在谋划如何应对请愿的百姓。听说已派人去传华阴县令柳涧前来解围。”

大家刚说到这里，只听院中又传来一阵喧嚣和动乱之声。不一会儿，只见驿丞忙忙走进来，向着大家道："华阴百姓又冲进了院内，要求两个刺史给他们一个说法。现在赵昌大人已出来，准备接见百姓。诸位若是有兴，不妨前往一观。"

韩愈历来疾恶如仇，忧国忧民，刚才听了刘述古与韦群玉的叙说，已是心中愤愤不平，现听驿丞言罢，便不顾一路劳顿，遂站起身道："走，我们出去看看。"

大家走出客房，只见院中挤满了请愿的百姓，个个衣服褴褛，面黄肌瘦，情绪激愤。人群中有怀抱婴儿、手拉孩子的妇女，也有弯腰驼背、扶杖喘息的老人。哭喊叫骂之声响成一片。

韩愈等人站在一侧廊下，只见赵昌在判官、书吏等人的簇拥下，来到大厅的台阶上，跟在身后的衙役，像恶狼一样扑上前，将阶下的百姓往后推出有五六步之远，现出一块空地来。

大家一看，只见这赵昌有四十余岁，短眉毛，黑豆眼，长着一张南瓜脸。他傲慢地横扫了一眼院中的百姓，声色俱厉地慢慢呵斥道："本官不是让你们回去吗，怎么又聚众闹事，跑到馆驿来围攻朝廷命官，难道不知这是谋反行为吗？"

院中刚刚有些平静的百姓，听赵昌这么一说，马上又响起一阵议论和骚动之声。只见前排一个五十多岁的老汉，向着赵昌道："大人，我们华阴县连年遭受灾荒，今年夏季刚刚有点收成，阎大人竟擅自增加税赋，该交的我们都交了，不该交的也要让我们交，我们老百姓可怎么活啊！"

旁边一年近四旬儒士打扮之人，接口道："你是新来的刺史大人，我们找你，你不管。现在华阴县的大牢里关满了交不起税赋之人，弄得百姓家破人亡、妻离子散！"那人说到这里，指着身边一个衣不遮体、满脸菜色、拉着两个孩子的妇女，愤慨地道：

"像张嫂，丈夫被抓进大牢，家中抛下七旬染病的老父和三个未成年的孩子，这不是把人往死路上逼吗！大家不找他阎济美找谁去？"

那赵昌不屑一顾地看了那个儒士一眼，向着大家道："阎大人征缴税赋，乃是执行公务，今年风调雨顺，夏粮丰收，虽说赋科增加了两成，此乃是为朝廷社稷和黎民百姓着想，一是军备所需，二是以备荒年所用。有何不可？”说到此，他转向那个儒士，斥责道：

“那些刁民，有粮不交，抗拒朝命，已触犯我大唐律条。阎大人绳之以法，有何不妥？”

赵昌刚讲到这里，马上便在百姓中引起一阵议论。忽听人群中有人骂道：

“看来这个新刺史也是个狗官，和阎济美是穿一条裤子的，竟说出这样没有人性的话来！”

“狗日的，官官相护！阎济美不知许了他多少银子！”

“听说他和阎济美是乡党，也是个喝人血不嫌腥的家伙！”

赵昌听此，不由恼羞成怒，向着人群横扫了一眼，冷冷地道：“你们真的要造反不成？竟连本官也敢辱骂！”

“大人，我们不敢造反，也不想造反，你就行行善，可怜可怜我们吧！”赵昌正要发威，只见人群前排一手扶拐杖，弯腰驼背、满头白发的老汉，搂着一个蓬头垢面、赤着双脚的小男孩，向着赵昌哀求道：

“请您高抬贵手，把抓去的人给放回来吧。今年俺们所收的麦子，全被阎大人给拿去了，还抓走了我那残疾的儿子和村里三十多人。家里只剩下俺这一老一少爷儿俩，这日子可怎么过呀！”那老汉边说边痛哭起来。

那赵昌看了一眼这个老汉，把脸一扬道：“这能怨谁？只能怨你们目无王法，竟敢抗捐抗税！”

“不要求他，这些当官的心，早就让狗给扒吃了！”

韩愈一看，只见人群中间有几个人在鼓动呐喊着：

“冲进去，揍他狗日的，不给他们点厉害，这些狗官是不会发善心的！”

那赵昌见此，不由冷冷一笑，向着身边的判官和衙役道：“凡是在此闹事的，统统给我抓起来，有敢抗拒者，格杀无论！”

周围的捕快衙役见此，遂掣出腰中刀剑。只听人群中又响起一阵骚动，有几个年轻人愤怒地高喊道：

“这些狗官，一不减税，二不放人，还要继续抓人，我们跟他们拼了！”

“对！跟他们拼了！拼了！”

愤怒的百姓呐喊着向前涌来，眼看一场流血冲突就要发生。韩愈等人不由一阵紧张。这时，突然从人群背后传来一声呼喊：

“住手！都住手！……”

第 82 章
贤柳涧舍身为百姓　义退之宏论慑枭官

正当赵昌下令要镇压百姓，一场流血冲突即将发生之际，忽听人群背后有人大喊住手。在场的百姓和捕快衙役，都不由一怔，遂停下脚步。只见从驿馆大门外急急忙忙跑进一个人来，在场的百姓一见，马上露出惊喜之色，忙让出一条道来。

韩愈看时，只见那人四十余岁，五官棱角分明，颌下三绺短须，脸上满是汗水。刘述古向着韩愈道：

“此人就是华阴县令柳涧。”只见百姓们高兴地同柳涧打着招呼，并互相欣喜地道：

“柳县令来了！”

“柳县令来了！我们有救星了！”

那柳涧边和百姓打着招呼，边快步来到赵昌面前，擦了把脸上的汗水，道：“下官接到大人手谕，便连忙赶来，今日怎会弄成这个样子？”

那赵昌看了一眼柳涧，很不高兴地道：“看看你们县的这些百姓，简直是一群无法无天的野人！赶快让他们离开这里，否则定严惩不贷！”

“谁是野人？”

“你们横惩暴敛，官官相护，还要继续抓人，这是哪家的王法？”赵昌刚讲罢，随即在人群中又响起一阵愤怒的呼喊声。

柳涧见此，忙转身向着院中的百姓道：“乡亲们，大家先静一静，消消气，有话咱们慢慢说。常言道，有理不在言高嘛。”

只见人群前排那个儒士模样的人，也向着周围的百姓也大声喊道："大家先不要叫嚷，听柳大人的，如果他们不减税，不放人，咱们再和他们理论不迟。"

那儒士讲罢，人群便渐渐静了下来。柳涧来到赵昌面前道："以下官之见，百姓前来请愿，为的是取消今年多征的税赋，放出被抓到牢里的亲人。这合情合理、无可非议，大人应允许才是。否则，民心丧失，其后果不堪设想啊！"

那赵昌一听，不由将脸一沉道："怎么！你是来替这些刁民说话的？竟敢用'民心'一词来要挟本官！怪不得这些刁民如此猖獗，原来是你在背后支持纵容他们！"

"下官不敢。"柳涧也不由正色道，"下官此意乃是为朝廷社稷和大人的声誉着想。阎大人擅自加征税赋，既不合朝廷法度，又伤害了百姓的利益，应该予以纠正！古人曰：'民以食为天，官以民为本'，下官既然肩负着朝廷圣命，身为华阴之令，所做所为，就要上对得起朝廷社稷，下对得起黎民百姓！请大人能予以理解。"

韩愈听此，不由得点了点头，向着皇甫湜小声地道："看来这柳涧确是个刚正贤良之人！"

那赵昌自认为有宰相李吉甫为靠山，毫不把柳涧和百姓放在眼里，他看了看柳涧，冷冷地道："本官若是不依他们的条件呢！"

那柳涧也愤然地道："大人若是既不减税，又不放人，下官也毫无办法，但这汹汹民愤，下官实难平息！如今这华州地方，十年九灾，百姓苦不堪言，犹如冬日之干柴，一旦有人生事，很易激起民变，势必危及朝廷社稷的安危。那时大人将难脱干系，还要请大人三思！"

赵昌嘿嘿冷笑两声，看了一眼院中的百姓，傲慢地道："我看谁敢造反，凡肇事者，格杀无论！"

赵昌话音刚落，只见愤怒的百姓中，有几个青壮之人大声喊道："柳大人，不要再跟这狗官磨嘴了，他是王八吃秤砣，铁了心要坑害咱老百姓！"

"这狗官一点人性都没有，上去揍他狗日的！"人群中又响起一片呼喊声，随之愤怒的人群向前涌来。

那赵昌见此，忙往后退了两步，把手一挥，只见从大厅后面跑出两队官兵，一起围向院中百姓。柳涧见此，忙上前阻拦往前拥动的百姓，并大声喊道："大家别激动，这样会出事的！"

站在前排的那个儒士也忙喊道："大家别往前挤，听柳大人的！"但这次二人的阻拦谁也不听，院中那些被激怒的百姓，前挤后推，你呼我叫，像洪水一样往前涌来。

"不好！要出事！"韩愈见此，不由一惊。皇甫湜看着周围像饿狼一样扑上来的官兵和衙役，道："这赵昌要动真的了，看来百姓要吃亏！"

"去，告诉赵昌，我要见他。"韩愈着急地向着皇甫湜道。

刘述古见此，忙向着韩愈道："听说这赵昌盛气凌人，有恃无恐，从不把同僚放在眼里，先生现在去见他，若是不领先生的情，岂不使先生受辱？"

韩愈望着混乱的人群，道："人命关天，现在也顾不得许多了！"

皇甫湜疾步来到赵昌身后一官吏面前，向着那人道："新任兵部朝议郎、上骑都尉韩愈韩大人要拜见刺史大人，请你速速通报一声。"

那人一听，不觉一愣，韩愈之名他也多少听说过，怎么现在前来拜见？不由向着韩愈等人看了一眼，略微犹豫了一下，便来到赵昌身边，低低地道："大人，新任兵部朝议郎韩愈，现在馆驿，欲拜见大人。"

赵昌一听，也是一怔。暗道："这韩愈不仅文章奇秀，享誉文坛，而且刚正不阿，闻名朝野。朝中权贵是既恨之，又怕之。怎么今日来到这里！"不由向着韩愈站的地方看了看，只见韩愈仪表威严，雍容大度，身边站着五六个举止文雅的儒士，不由心中一沉，遂向着那个官吏道："请韩大人到客厅用茶，并传令王将军、李捕头暂缓动手。"

"是！"那个官吏听后，忙转身向皇甫湜说明其意。

韩愈由皇甫湜陪同，随那官吏来到客厅，赵昌已站在门口相迎，拱手道："韩大人大驾光临，有失远迎！是什么风把大人吹到这里？"

韩愈还礼道："学生奉诏进京，路经贵地，贸然求见，还望大人海涵！”

“哪里，哪里！”赵昌故作客气地道，“大人才略纵横，嵚崎磊落，拔新领异，声震两京。本官久仰泰斗，只是无缘相见。今日大人光临，正好当面讨教文章。”说罢，遂携住韩愈之手，一同步入客厅。

大家刚坐下，只听院中又传来一阵叫喊和骚动之声，赵昌不由皱了皱眉头。韩愈见此，向着赵昌道：“不知院中这些百姓为何聚集这里，大人何故要调兵进行弹压？”

赵昌刚才听说韩愈求见，已料定是为了百姓之事，现听韩愈一问，不由动气道：“今日之事，真让大人见笑了。此乃一群刁民，借阎大人调任之机，前来寻衅闹事，本官为维护前任声誉，前来调解，竟将本官也一起辱骂攻击起来，实在是可恶之极。若不严加惩治，何保地方安宁。”

韩愈捋了捋颔下短须，向着赵昌道：“这处治百姓闹事，纯属大人的职责公务，学生实无意过问，然而，刚才学生看那些前来请愿的百姓，多是妇孺年迈之人，而且所提要求，关系到国家法度和百姓存亡，很是有理，应该予以准许。若是采取弹压，必然会造成流血冲突，不仅易激起民变，而且有损大人的清誉，不知大人如何看法？”

那赵昌听后，不由轻蔑地一笑，带着骄矜的口气道：“大人所言，本官实难苟同，若此，必将遗患无穷，势必带来三大弊端！”

“哪三大弊端？”韩愈微微笑道，“学生愿洗耳恭听。”

“第一，此加征税赋，乃前任所定，而且各地都是如此。本官一上任就将其废除，很易给人造成本官有意毁贬前任，抬高自己之嫌，从而引起对本官的非议。第二，这些被关进大牢里的刁民，俱是抗交税赋、不遵王法、妨碍执行公务之徒，若是将他们放出，势必形成法度废弛，今后如何治理地方！”

赵昌讲到这里，似乎有点自得地道：“这第三，若是这次将所增税赋取消，放出大牢里抗交税赋之人，其他人不仅会视州府行为如儿戏，而且也会效仿生事；而那些刁民更会得寸进尺。今后凡是认为州府号令与他们利益不合时，便会拒绝执行、或聚众闹事，从而形成州府有令难行，有禁不止的状况！这些不知韩大人想到了没有？”

韩愈待赵昌讲罢，不禁又微微一笑道：“赵大人所言虽不无道理，但依学生之见，这取消所加税赋，放出大牢里的百姓，不仅不会出现上述之弊端，反而还会有三大好处；否则将会带来三大祸患！”

“哦！有哪三大好处和三大祸患？”赵昌故作不解地道，“本官倒想听听！”

韩愈道：“首先，这擅自加征税赋，虽然各地都有，但毕竟有违朝廷法度；大兴牢狱，更非为官之道！此已铸成大错。大人若能将此错纠正，不仅百姓会为大人歌功颂德，而且将会充分显示大人爱民如子，体恤民意的美德；同时，大人也会得到世人‘清正廉明’、‘秉公执法’的好评。此乃我等为官之人所望也！”韩愈讲到这里，看了看赵昌，继续道：

“第二，刚才学生在院中，听到百姓纷纷议论，说大人与阎大人是乡党挚友，故官官相护，有意包庇，而压制群众。如大人秉公办事，将前任错误如实纠正，这些议论和传言，不仅将会不攻自破，还大人一个清白，而且还能更好地显示大人为官清正、不徇私情的高风亮节，大人何乐而不为呢？”

“第三，”韩愈继续道，“人是有感情的。百姓心里也有一杆秤，你对他好，他对你也会好。俗话说，‘得人心者得天下，失人心者失天下。’今天院中这些百姓找阎大人理论，就是因为他失去了人心。这件事大人若处理得当，定会赢得华州百姓之心，今后大人在华州将会一呼百应，何愁华州不治！此乃三大利也！”

赵昌听此，心中也不由一动，暗道：“这韩愈讲得倒也有些道理。”便道：“若是本官不减不放，将带来哪‘三大祸患’？”

韩愈道：“其一，若是大人有错不纠，定会激怒百姓，势必发生流血冲突，这样将会产生两种恶果：一是有人会指责大人处事不当，缺乏稳定局势和驾驭百姓的才能；二是将会引起更大的民愤，一旦有人挑动，即会发生民变。这两种结果，都会影响到大人的政绩和前程，若是被皇上得知，还会受到查处，并牵连到李相国。”韩愈说到这里，看了一眼赵昌，道：

“其二，大人若是不减不放，就是激不起民变，大人也要背上官官相护、徇私舞弊的罪名。华州离京城近在咫尺，此事很易传人朝中，不但会危及大人的清名和仕途，而且也会给李相国脸上抹黑，并带来麻烦。李相国也定会因此而责怪大人的！”

韩愈讲到这里，看着赵昌继续道：“其三，俗话说‘种瓜得瓜，种豆得豆’。民心不可欺！前车之鉴，后车之师。阎大人因失去民心而被百姓围攻，遭此大辱！大人若是不减不放，势必丧失民心，重蹈阎大人的复辙；若是激起民变，大人还会有性命之忧。学生所言绝非危言耸听，此三大祸患，大人不可不虑！”

赵昌听后，不由身子一震，暗道：“这韩愈虽是为百姓求情，但所论很是有理。此事直接关系到自己的官声和前程，刚才怎么就没有想到这些，竟然去替别人擦屁股，而给自己找罪受呢！真是聪明一世，糊涂一时！这韩愈果然是满腹经纶，看来这个人情是非送给他不可了。”便向着韩愈道：

“听君一席话，胜读十年书！韩大人此论，真乃令本人茅塞顿开！好吧，就依大人之言就是。”说罢，转向身边那个官吏道：

“去，告诉柳涧，今年所加征的赋税，全部取消，已征缴的，如数退回。因拒交税赋而被关进大牢的百姓，也一律放回。此事就由他柳涧去办理吧，从即日起，让他继续当他的县令。不过按照朝廷规定的税赋，今年是一文也不能少，否则，别怪本官不给他面子！”

韩愈听此，方松了口气。那官吏忙答应个“是”字，遂转身出去。韩愈见此，也站起身来，向着赵昌笑道：

“大人此举，真乃朝廷之福，百姓之福也！学生深表钦佩！咱们后会有期，学生先行告辞！”说罢，就要拱手离去。

那赵昌见韩愈欲去，忙客气地挽留了一番，韩愈不愿与之多谈，遂婉言辞出。赵昌将其送出客厅。一场即将发生的流血冲突，就这样被韩愈给化解了。

韩愈和皇甫湜辞别赵昌来到院中，只见院中百姓簇拥着柳涧正在离去。皇甫湜望着柳涧的背影，向着韩愈道：

“这柳涧也算个硬骨头县令了！其性格品德和大人真有些相像之处呢！”

韩愈望了望离去的百姓，感叹地道：“我朝像柳涧这样的官吏实在是太少了！天下官吏若都能像柳涧这样，我大唐何愁不能中兴，百姓又何忧不能安居乐业呢！”

“先生说得极是！”皇甫湜接口道，“然而自古以来忠贤多厄，好人难当！就像先生，虽怀珠抱玉，政声显赫，然而却常常遭到奸佞和小人的谗诬，而身处逆境！这柳涧今后命运如何，还真难说哩！”

韩愈望了望天空的落日余晖和淡淡晚霞，叹了口气道：“天下事就是这样，古往今来，有奸佞就有忠贤，奸者乱其政而损其国；贤者治其世，而修其道。岂非也是数乎！”

二人说着来到客房门前，李贺、贾岛和刘述古等人都站在那里等候，大家高兴地迎着韩愈进入客房。

刘述古欣喜地道：“先生去见赵昌，开始大家还替先生担心呢，没想到先生去了不久，赵昌竟答应了百姓的要求！”

韦群玉道：“先生才略纵横，听说当年董晋平定汴州之乱，其谋略皆出之先生之手；分司东都期间，惩兵痞、查军商、整治佛寺，得心应手，纵横驰骋。可见先生胸怀王佐之才也！”

贾岛待韦群玉讲罢，遂向着韩愈和皇甫湜问及如何说动赵昌，使其改变主意。皇甫湜遂将韩愈如何舌战赵昌，使其折服的经过，叙说一遍，大家听后无不点头叹服。

李贺向着韩愈道：“先生不是言道，‘今后再不多管闲事，招惹是非了吗？’怎么这话讲了还未过三日，今天竟又为华州的百姓去说情了？”

韩愈不由叹了口气，道：“若不制止赵昌，这院中马上就要发生流血冲突，最后吃亏的还是老百姓。学生自幼以济世安民为己任。怎能坐视不管呢！”

皇甫湜笑道：“我不是早就说过了吗：先生心里装的全是朝廷社稷和天下百姓。就像是疾恶如仇的大将军，嘴里说要息事宁人，不再多管闲事，但只要出现军情，便会马上披挂上阵，杀向敌人，而且不获全胜，决不收兵！现在你们相信了吧。”

李贺等人听后，俱钦佩地连连点头。

第83章
评新诗再论治国　送贾岛肝肠寸断

三日后，韩愈等人抵达长安。在京的亲朋好友纷纷前来相贺，大家虽为韩愈平调兵部而多有不平，但也为韩愈能重返京师而感到欣喜。

韩愈到京不久即前去拜谒了宰相武元衡，武元衡一见韩愈到来，十分喜悦，问罢一路行程后，便将兵部情况向韩愈进行了简要介绍，然后看着韩愈宽慰道：

“这次退之调任兵部，其中情节可能已有所闻。虽这职方员外郎是个无足轻重的闲职，但其在天子脚下，功过是非可直达天庭。凭着退之你的卓越才华，高风亮节，定会脱颖而出，被皇上所看重。望退之高瞻远瞩，以国家社稷为重；莫要为一时之厄，而悲观气馁，折了忠臣的鲠骨！”

韩愈听后道：“这次学生调迁京师，全仗相公大人竭力提携，虽则平调，然大人已经尽了全力。学生因性格太直，得罪人过多，故被他人诽谤诬陷已成常事。这次平调对学生来说，虽感有些汗颜，但绝不会使学生折服，而放弃做人和为官之道，这点请大人放心就是。”

武元衡听后高兴地道：“那就好！那就好！”接着又问了韩愈在东都宏扬儒道，倡导古文的情况，韩愈一一作了回答，二人直谈到天晚方罢。

韩愈回到长安后，张署和张籍真可谓是欣喜若狂，弹冠相庆。

不仅他们这三个志同道合，共创诗坛“奇崛派”的老朋友重新相聚，而且被称为诗坛“双奇”的李贺、贾岛，也相随而至。这对张籍和张署来说，更是喜上加喜。正好，韩愈在兵部是个闲职，五人便经常聚在一起谈论诗文，评说时政，好不惬意。

这日，韩愈正与张籍、李贺、贾岛等人在谈论诗赋，只见张署不期而来，大家不由论及诗坛兴衰和乐府诗的形成与发展，张署向着李贺道：

“听说李公子正在向文昌兄学习乐府诗，近来收获如何？可有佳作？”

李贺道：“张大人的乐府诗，秉汉魏古乐府之风骨，采当今诗坛之精华，形成了独具风格的新乐府。读之清新流畅，活泼婉转，令人耳目一新，实在让在下折服。在下也十分喜欢乐府诗，但不得要旨，今经张大人一指点，真有点忽如一夜春风来之感！”

李贺讲到此，向着大家道：“最近在下虽模仿张大人的新乐府习作了几首，但极不尽人意。既想拿出让诸位大人指教，又怕贻笑大方，这几日正在犹豫不决呢。”

韩愈笑道：“李公子的乐府诗本来已经辞彩精拔，现再经文昌一指点，更是锦上添花，摘艳薰香，何不拿出让大家一阅。”

张籍向着韩愈道：“李公子天资聪慧，刻苦好学，一点即通，并能举一反三，真乃诗坛奇人也！近日所作，已远在学生之上了！”

“张大人过奖了！”李贺忙谦恭地道。然后从袖袋中拿出一叠诗稿，看了看韩愈向着大家道：

“若此，在下只好献丑了：这两篇拙作，一篇是读古乐府《秦王卷衣》有感，并仿作之，名为《秦王饮酒》。待在下念来，请诸位大人指正。”说罢，遂吟道：

秦王骑虎游八极[1]，剑光照空天自碧。羲和敲日玻璃声[2]，劫灰飞尽古今平[3]。龙头泻酒邀酒星[4]，金槽琵琶夜枨枨[5]。洞庭雨脚来吹笙[6]，酒酣喝月使倒行。银云栉栉瑶殿明[7]，宫门掌事报一更[8]。花楼玉凤声娇狞，海绡红文香浅清。黄娥跌舞千年觥[9]，仙人烛树蜡烟轻[10]。青琴醉眼泪泓泓[11]。

“好！公子这首乐府诗，辞喻横生，沉博绝丽，还真有些张兄的诗风哩！”张署听后，不觉赞道。

“听公子这首《秦王饮酒》，好像似有所指？”韩愈接口道，“是否暗寓德宗李适？”

“是的。”李贺道，“德宗李适，性疑且暴，刚愎自用，且喜游宴。在下读《秦王卷衣》，颇有所感，遂似此作。”

张籍接口道：“公子这首乐府诗。前后十五句，用典达十余处，真可谓辞华典瞻，铺锦列绣，给人以满目珠玑、五彩缤纷之感，实在是好！”

李贺忙道：“大人过誉了！”

韩愈向着李贺道：“公子另一首是何内容？一并念来，让大家一起进行品评如何？”

“这一首叫《走马引》，也叫《天马行》。”李贺看了看手中诗稿道，“是在下读《走马客》有感所作。待在下念来。”说罢遂吟道：

我有辞乡剑，玉锋堪截云[12]。襄阳走马客，意气自生春[13]。朝嫌剑花净，暮嫌剑光冷[14]。能持剑向人，不解持照身。

李贺吟罢，大家都不由现出欣喜之色，张署向着大家笑道：“我大唐诗坛，写剑侠之诗，不下百余篇，俱是千篇一律，歌颂其英豪之气，唯有公子这篇《走马引》却与众不同，而是描写了其狂妄自大和意气骄矜之状，实在是推群独步，宏远微妙！”

韩愈拈着颔下短须，道：“李公子这篇《走马引》写得好，且不说其遣词用典之优劣，就其立意来看，实在是新颖，一扫我朝文坛众口一词、竭力赞美夸大剑侠作用之风。”

韩愈讲到此，向着李贺道：“当然，剑侠义士，行侠仗义，除暴安良，是应该肯定和歌颂的；但不少剑侠，只知为报私恩私怨而去拼命，是不应提倡的；更有甚者，把剑侠刺杀几个贪官污吏，作为济世安民，治理天下的希望和途径来赞颂，便是有些荒谬了！岂不知官场腐败，权佞横行，乃是圣道废弛，仁义不行所致，单靠几个侠客是无济于事的！因此必须明天道，正人心，方能从根本上消除弊政，铲除滋生这些贪官污吏、奸党佞臣的温床，从而实现国泰民安！”

“先生说得极是！”李贺听后钦佩地道。

大家议罢李贺之诗，又转向贾岛。张署笑道：“浪仙近日可有新作？是否拿出也让大家一饱眼福？”

贾岛忙道：“在下那些小诗，和李公子的大作相比，实乃天壤之别，况且近日也无甚作为，实在有些羞涩！”一旁李贺接口道：“浪仙何必太谦，前日所作《忆江上吴处士》，清新绝尘，如初发芙蓉，怎说无甚作为？何不让诸位大人一观。”

“在下那篇拙作，还在揣磨修饰之中。”贾岛忙道，“有几处极不尽人意，怎敢在诸位大人面前献丑！”

韩愈笑道：“浪仙不必拘泥，以学生看来，你那篇《忆江上吴处士》已写得辞微旨远，意境融彻，非常好了，何不拿出让两位大人予以指点。”

张署向着韩愈笑道：“浪仙新作，看来退之已经阅过，定然又是一篇好诗。”

“浪仙有个好友名叫吴俊，上个月辞离京城，前往闽越。”韩愈道，“浪仙忆之，遂成佳作，写得非常感人。”说罢，转向贾岛道：“你就拿出来，也让大家品评品评吧。”

贾岛见此，只好道：“那在下就献丑了。”说罢，遂拿出一张诗稿，看了看大家，念吟道：

闽国扬帆去，蟾蜍亏复团[16]。秋风生渭水，落叶满长安。
此地聚会夕，当时雷雨寒。兰桡殊未返[17]，消息海云端。

“好！好！这样的好诗，怎说无佳作？”张署听后，不由叫绝。

“特别是这‘秋风生渭水，落叶满长安’两句，写得好极了！”张籍也赞道。

贾岛忙道：“诸位大人过奖了！”

韩愈向着张署和张籍道：“真乃后生可畏，长吉和浪仙这几首新作，可谓闳中肆外，辞丰意雄，为我大唐文海又添一佳品也！”

李贺与贾岛听后，忙又谦虚了一番。大家遂又论及当今诗坛名流，更加兴致盎然。

时至冬初，贾岛准备回范阳老家。一是他离开冀北已有两年时间，不由泛起思乡之情；二是在韩愈等人的鼓动下，他准备参加明年礼部的科考选拔，需要先回原籍参加乡试，以取得举人资格。

贾岛启程那日，老天突然变色，一时乌云低沉，凛冽的西北风呼啸而来，大道上顿时行人稀匿；冰冷的雪粒和坚硬的沙石，被寒风裹挟着，直往人脸上扑打。

贾岛因去意已决，不顾风雪坚持要走。韩愈与张籍、张署、李贺等人只好冒着寒风，将其送至东门外，并在一家酒肆为其饯行。李贺遂托贾岛捎回家书一封；韩愈等人让其路经东都时向孟郊等人问好。

酒过数巡，韩愈向着贾岛道：“浪仙此去，不知几时方能归来，怎不让人肝肠寸断，难舍难分！望君一路多多保重，乡试罢即速速归来，以免大家悬望！”

张籍接口道：“如今科场弊端重重，乡试也不例外。浪仙虽才华卓绝，诗赋惊世，但能否一举夺魁，还很难说。如若今年乡试不第，明年务必再试，切莫灰心转意！”

贾岛边听大家嘱咐，边点头应喏。张籍讲罢，韩愈想到贾岛为追随自己学习文章，从遥远冀北来到两京，先后三次访谒自己，方于今春在洛阳相遇，并追随自己来到长安。其精神实在感人！不由激情涌动，遂离席向店家索来纸笔，赋《送无本师归范阳》诗一首，赠与贾岛。大家看时，只见韩愈在诗中写道：

无本于为文，身大不及胆。吾尝示之难，勇往无不敢。蛟龙弄角牙，造次欲手揽。众鬼囚大幽，下觑袭玄窞。天阳熙四海，注视首不颔。鲸鹏相摩窣，两举快一啖[18]。夫岂能必然，固已谢黯黮。狂词肆滂葩，低昂见舒惨。奸穷怪变得，往往造平淡。风蝉碎锦缬，绿池披菡萏[19]。芝英擢荒蓁[20]，孤翮起连菼[21]。家住幽都远，未识气先感。来寻吾何能，无殊嗜昌歜。始见洛

阳春，桃枝缀红糁[22]。遂来长安里，时卦转习坎。老懒无斗心，
久不事铅椠[23]。欲以金帛酬，举室常颇颔[24]。念当委我去，
雪霜刻以憯[25]。狞飚搅空衢[26]，天地与顿撼。勉率吐歌诗，
尉汝别后览。

贾岛看罢韩愈诗后，不觉眼含热泪道："多谢大人厚爱！大人高风如松竹，品德若嵩岳，挚情似海洋，实让在下感激涕零！在下定不负大人所望。"

贾岛说罢，张籍、张署、李贺等人，也都进行了饯诗赠言。特别是张籍和李贺与贾岛交往最深，更是情意缠绵，难舍难分。

时至巳时，韩愈看了看天色，向着张籍道："今日天气不好，时已不早。浪仙还要赶路。我们就到此为止吧？"大家听后，方离座相携走出酒肆。

韩愈等人拥着贾岛，边走边谈，不觉又送出三里多路。贾岛拦住大家，坚决不让再送，含着泪道："送君千里，终有一别，诸位大人都请回吧！"说罢，不由泪如雨下。大家又嘱咐了一阵，贾岛方挥泪而去。

贾岛离开长安，经过十日跋涉抵达洛阳。先后拜谒了孟郊、皇甫湜等人，并向李贺家中投递了书信。

三日后，贾岛辞别孟郊、皇甫湜、樊宗师等人前往河北，孟郊等人将其送至东门外，并置酒饯行。孟郊有感贾岛苦吟成痴，即席赋诗以赠。诗中有"长安秋声干，木叶相号悲。瘦僧卧冰凌，嘲咏含金痍"之句。

注释

[1]"八极"：八方极远的地方。

[2]"羲和敲日"指时间在前进。传说羲和是驾驭太阳的神，作者的意思是羲和用鞭敲击着太阳飞跑，因太阳明亮，鞭好像敲击在玻璃上。

[3]"劫灰"：劫火的余灰。此句指自朱泚，李怀光平后，天下略得太平。

[4]"龙头"：唐大极宫正殿前有铜龙，大宴群臣时将酒从龙腹装进，由龙口泻到尊中。"酒星"：酒旗星。《晋书·天文志》说酒旗星主飨宴饮食。

[5]“金槽琵琶”：琵琶上端架弦的突出部分叫“檀槽”，嵌金的叫“金槽”。“枨枨”：琵琶声。

[6]“雨脚”：雨点。“来吹笙”，因吹笙而来。其意是笙的声音如同洞庭湖上的雨声。

[7]“银云”：月光照着的云成白色，称银云。“栉栉”，排比紧密。

[8]“宫门掌事”指掌管内外宫门钥匙的宫门郎。

[9]这三句写歌舞。“花楼玉凤”指歌女。言歌声婉转。“伫”，细弱。“海销红文”，指舞衣。“海销”，即鲛绡纱，出于南海（见《述异记》)。“黄娥”，指黄衣美女。“觥”，是角制的酒器。“千年觥”，祝千秋的寿酒。

[10]“仙人烛树”：指灯火。传说仙人有烛木似梧桐，其皮脱剥如筒桂，可点燃作烛。

[11]“青琴”：古神女名，这里借指宫女。“泪泓泓”，指眼泪汪汪。

[12]“辞乡剑”：离开故处飞来的剑。传说宝剑能化龙而飞。“玉锋”，指剑锋白净如玉。“截云”，来自《庄子·杂匾·说剑》有“上决浮云”的话，用来形容剑的神奇。这两句叙述“走马客”夸耀他的宝剑。

[13]“走马客”：指剑侠之人。“意气自生春”，指得意洋洋，态度骄傲。

[14]指走马客嫌他的剑长时洁白如玉，未曾沾血，怨没有表现其勇武的机会。

[15]“不解照自身”：作者批评走马客只知用剑去杀人，却不知用剑来照一照自己。

[16]“蟾蜍”：虾蟆，是月的代称。《后汉书·天文志》注：“羿请不死药于西王母、嫦娥窃之以奔月，是为蟾蜍。”

[17]“兰桡”：木兰做的船楫。

[18]“瞰”：吃。

[19]“菡萏”：荷花。

[20]“荒蓁”：茂盛的野草。

[21]“荚”：水草。

[22]“糁”：饭粒。

[23]“椠”：记事用的木板或书的刻本。

[24]“颇颔”：形容饥饿。

[25]“憯”：同惨。

[26]“狞飚”：凶恶的暴风。“衢”，大路。

第84章
闻冤情振臂疾呼　查冤案奸党舞弊

唐元和七年初，华阴县令柳涧，被华州刺史赵昌以蛊纵百姓闹事罪，参奏朝廷。吏部未加察验，即下诏贬柳涧为房州司马。韩愈闻此，甚感惊疑。

时隔两日，皇甫湜从东都来京。韩愈高兴地邀至书房，谈罢正事后，遂问及柳涧一案，道："最近华阴县令柳涧被参，贬往房州，持正来京路经华州，对此事可有所闻？"

皇甫湜不由气愤地道："此事真乃令人发指，看来确是贤臣难为！这事完全是赵昌在发泄私怨，随意诬陷。华州上下对此议论沸扬，多为不平。"

韩愈一听，不由愤慨道："果然如此！京城朝野对此也颇有非议，学生想来定是赵昌在使奸，看来果不出所料！"韩愈讲罢，多少有点不解地向着皇甫湜问道：

"华阴百姓找阎济美理论，当时不是经赵昌之手平息的吗？而且事情已经过去了半载有余，赵昌怎会现在又翻出此事，对柳涧进行参劾问罪呢？"

皇甫湜道："先生对赵昌其人还不大清楚，此人依仗李吉甫之势，骄横跋扈，目空一切，为所欲为，到华州不久，便巧取豪夺，大肆搜刮民脂民膏，弄得华州上下无不怨声载道。"韩愈接口道：

"这点学生去年路过华州时，已有所察。"

皇甫湜继续道："柳涧历来疾恶如仇、刚正不阿，对赵昌所作所为，极为愤慨，并处处从中抵制，很快惹恼了赵昌。"皇甫湜讲到这里向着韩愈道：

“一是去年秋天，赵昌带着家眷和亲朋好友，前呼后拥，到西岳庙去进香游玩，要华阴县进行设宴接待。柳涧见此，甚为不满，道：‘华州天灾不断，百姓连糠菜都吃不饱，哪来的山珍海味相供！’便以四菜一汤相待之。赵昌大为不满，说柳涧目无上司，故意给他难堪。”

韩愈听后，不由点了点头。皇甫湜接着道：“第二件事是去年冬天，赵昌的母亲病故，通告各县大小官吏、仕商豪绅等前去吊唁。并让手下暗示：判官、县令每人不得少于银子一千两；参军、县尉等不得少于银子五百两；商肆大户不得少于二百两。华州吏民因惧怕赵昌，前往送礼吊唁之人壅塞于道。百姓气愤地道：‘老妣进棺材，儿子发横材！’而柳涧却分文未送，只让人送去了一条挽联，气得赵昌将挽联撕得粉碎。”

“好！看来这柳涧真是个政清风廉、刚正不阿之人！”韩愈听到此，不由为柳涧叫起好来。

皇甫湜接着道：“此事刚过去不久，华州有一富商的儿子，带着家奴到西岳庙游玩，竟在光天化日之下，将一民女调戏糟踏，被柳涧抓获下到大牢。那富商斥巨资买通赵昌，赵昌竟派人到华阴，要柳涧放出那富商的儿子，被柳涧严词予以拒绝。赵昌气得拍案大骂，说柳涧不知天高地厚，不懂规矩，竟敢与他为敌！”

“这柳涧真是个铁面无私、不畏权势之人！”韩愈听到此，不由赞叹道，“看来赵昌是绝不会善罢干休的！”

“先生说得不错。”皇甫湜道，“赵昌欲整治柳涧，但柳涧在华州政声颇高，百姓十分拥戴，一时又抓不住什么把柄，就把去年柳涧拒征税赋和百姓到馆驿找阎济美理论的事情翻了出来，给柳涧加了个‘蛊纵百姓闹事，毁辱朝廷命官’的罪名，参奏入朝。吏部官员多是趋炎附势之人，知赵昌乃李吉甫的外甥，竟不作察验，就将柳涧贬往房州。”

“真是岂有此理！”韩愈听后，不由拍案而起道，“若此，这柳涧岂不冤枉得很！”

“先生说得很是，如今官场腐败，世风日下，这柳涧虽有冤情，但也无可奈何！”

韩愈不由在地上踱了两步，向着皇甫湜道：“柳涧乃耿直清廉之官，若此，不仅将使朝廷失去一位栋梁之臣，而且会使天下忠贤之人闻之寒心！此事学生绝不能让赵昌等人的奸谋得逞！”

“先生有何良策以对？”

“学生打算上奏朝廷，为柳涧辩曲！”

皇甫湜听后，不由担心地道：“先生主张正义，实乃令人敬佩，但李吉甫心胸狭隘，一旦先生上奏朝廷，必然引起他对先生不满。当今朝中杜佑和俱文珍相互勾结，把先生视为眼中之钉，已结下死怨，若李吉甫再与先生为敌，恐对先生更加不利！”

韩愈听此，不由面现凝重之色，道：“持正所言，学生岂能不知！然而，如果我们明知其中有冤，但为了自己的前程和利害却无动于衷，不敢主持正义，这良心、气节何在？岂不有违圣贤之道，而和赵昌之辈同流合污了吗！这官做得还有什么意思！”

皇甫湜听此，深为所动，道：“先生真乃浩气凌云！我大唐官吏若都像先生这样，天下何有如此之多的冤狱！”皇甫湜讲到此，顿了顿，向着韩愈道：

“以学生之见，此事可否既要为柳涧辩曲，又不要过分刺激李吉甫为好。是否上疏只言华阴近在国门之外，刺史奏县令有罪，应着人察验后再定论，不应立贬坐罪？”

韩愈听后，方点了点头，道：“就依持正之意，明日学生就上疏朝廷，定为柳涧申明曲直。”二人议罢柳涧之事，又叙谈了一阵相互情况后，皇甫湜方告辞离去。

晚上，韩愈遂就柳涧被贬一事，写好奏疏，第二天一早便送至中书。可巧这日正是中书议事之日，武元衡接到韩愈奏疏一看，不觉有些愤慨，遂将奏疏递与杜佑和李吉甫道：

“两位大人请过目，现有兵部职方员外郎韩愈，就华阴县令柳涧一案，上疏予以申辩。看来，这华州刺史确有诬陷他人之嫌，柳涧一案定有冤情！吏部是应先详验后再作定论为妥。”

杜佑听说是韩愈上疏，顿然现出不乐之意，暗道：“此人怎如

韩愈听后，不由拍案而起道："若此，这柳涧岂不冤枉得很！"

此不知进退，一点教训也不吸取，竟然又敢上书逞能！”遂慢慢接过奏疏，草草看了一遍，见其中既为柳涧鸣不平，又暗责吏部处事草率，不由暗自道：“这下好了！整到了李吉甫的头上，有好戏看了！”便顺手将奏疏递给李吉甫。

李吉甫刚才听武元衡一说，便心中一怔，他过去对韩愈比较器重，也曾一度打算予以提携，没想到韩愈的奏疏竟是冲着自己而来。当接过奏疏一看，见韩愈疏中所言路经华州所遇情况，不由心中大为震动：他不相信赵昌会做出诬陷柳涧之事，更对韩愈在奏疏中所陈事实持怀疑态度，便向着武元衡和杜佑道：

“柳涧一案，前时已经议定，若要再议，也不是不可。虽然此案牵连到吏部和中书的声誉，但为了不使柳涧蒙冤，下官同意推翻再议。”

“什么推翻再议？”杜佑故意动气地道，“据传那柳涧沽名钓誉，目无上司，煽动百姓抗交税赋，又纵容刁民毁辱前任刺史，赵昌所奏岂能有假！”杜佑讲到此，看了武元衡一眼，不屑地继续道：

“韩愈历来恃才傲物，诽谤他人，经常无事生非，哗众取宠！所奏岂能相信！若此，中书和吏部所议之事，无论何人一提出异议，便推倒再来，那中书和吏部的威望何在？”杜佑说到此，看着李吉甫，带着挑拨的口味道：

“华州刺史赵昌乃李大人的外甥，况且吏部由李大人分掌。此案若要推翻再议，定会引起朝野非言，岂不有损李大人的声誉！让李大人如何立足朝堂？”

武元衡历来刚正不阿，对韩愈的人品才学深信不疑，同时对柳涧和赵昌的行为也颇有所闻，现见杜佑话中充满诽谤，挑拨之意，甚为不满和厌恶，待杜佑讲罢，便反驳道：

“杜大人所言，下官不敢苟同！且不说韩愈奏疏之中所陈诸事是否有误，但就韩愈的道德文章来说，朝野上下恐怕尽人皆知，就连当今皇上还赞其铁面无私，刚正不阿！大人怎说他无事生非，哗众取宠？岂不有违事理！”武元衡讲到这里，看了看二人继续道：

“况且韩愈在奏疏中声称，所举事实只是路经所闻，并未深究，希能察验为准；同时并未讲吏部妄断，只是说应详查后再进行坐罪，有何不可？再者，李大人虽为赵昌之舅父，并分掌吏部，但此事已经中书议定，便是中书的责任，不妥之处，应由下官承担！而且李大人在朝秉政多年，历来高风亮节，也绝不会讳病忌医，袒护自己的亲属的！”

那李吉甫虽心中万分不乐，但经武元衡一激，不得不摆出一副大义灭亲，清高超脱之相。向着杜佑道：“多谢大人好意，俗话说：‘人正不怕影子歪！’推翻再议，倒可以辨明真伪，还昌儿一个清白，下官完全赞成武大人的主张。”

杜佑听李吉甫讲罢，带着咄咄逼人的口气向着武元衡道：“如果察验后，华州刺史并非妄奏，当如何处置此事？”

武元衡也不由愤然道：“如察验后，华州刺史所奏属实，柳涧将从重处分，同时，韩愈也将连坐妄论之罪！”

“好！就依武大人所言！”杜佑不由冷笑道，“此事就让监察御史李宗爽前去查办如何？”

“行。”武元衡见杜佑也已同意重察此案，不由心中一喜。但他刚入朝不久，对李宗爽不甚了解，那知杜佑之意，便向着杜佑道：

“此事就这样定下，请杜大人告知李宗爽，令其三日内启程前往华州，查清此事，不得有误。”

当天晚上，杜佑即召来李宗爽，告知此事。这李宗爽乃是杜佑党羽，为人奸诈圆滑，深得杜佑赏识，被杜佑荐在御史台，当听完杜佑所言，不由一怔，向着杜佑道：

“此案查不得！大人怎不予以阻拦？这不是明着往李大人脸上抹黑吗！”

杜佑看着李宗爽道：“怎么！你对此案内情知详？”

李宗爽道：“华州离京城近在咫尺，此案在朝野颇有传闻。那赵昌依仗李相公之势，在华州甚不检点，到任短短半年，已是民怨沸腾。那柳涧乃一迂腐之人，只唯下，不唯上：先后与阎济美、赵昌发生冲突，但却颇得民心。这件事要是如实察验，定对赵昌不利。”

杜佑不由冷笑道：“此事老夫岂能不知，要不，怎让你前去察验此案！”

李宗爽一听，便知杜佑之意，看着杜佑道："请大人明示，在下定按照大人意图行事。"

杜佑愤愤地道："一是不能让韩愈的上疏得逞；二是不能使李大人难堪；三是要煞一煞武元衡的锐气！"杜佑讲到此，看着李宗爽道：

"老夫最恨那韩愈狂妄自大，不知天高地厚，竟敢与老夫作对！这次要让他再受点教训才好；武元衡盛气凌人，一意孤行，视韩愈为宠儿！也要让他知道老夫不是好惹的！"

李宗爽不由一笑道："这件事请大人放心，在下定给大人一个满意就是。"

"好吧！"杜佑看着李宗爽，满意地点了点头，"你后天就带人出发，老夫静等你的佳音。出发前可先去见见武元衡，不要让他看出有什么破绽。"

"是！"李宗爽答应后，毕恭毕敬地转身退出。

第 85 章
遭奸谋三进国子学　泄忧愤激扬进学篇

两日后，李宗爽带着随从前往华州。京城朝野对此顿时议论飞扬：有感到奇怪和不解的；有赞颂武元衡和为柳涧高兴的；也有嗤之以鼻，不以为然的。韩愈闻此甚为振喜。

第三天，李宗爽到达华州，此时李吉甫早已着人前来告知，那赵昌知是李宗爽前来，自然放心无虞。李宗爽到达华州之后，为遮人耳目，表面上找柳涧和当地百姓作了番查询，暗地里却和赵昌合谋，用金钱买通几个地痞，作了些伪证，然后便打道回京。

这日韩愈正与张籍、李贺在谈论诗赋文章，只见张署急急进来，大家忙站起相迎。张署向着韩愈道：

“柳涧一案的情况，大人知之否？”

韩愈一听，不觉有些愕然，看着张署道：“详情不知，刚才还和张大人在谈论此事呢，听说李宗爽前天回京，近日要向中书回禀此事。”

“情况十分不好，这次大人又吃亏了！”张署看着韩愈道，“学生刚刚得到消息，李宗爽昨天已向中书上呈了察验结果，言道柳涧目无上司，沽名钓誉，蛊惑百姓抗交税赋，纵容百姓聚众闹事，罪名成立，赵昌所奏属实无误！”

“啊！竟有此事！”韩愈一听，不由一怔。张署继续道：

“今天上午中书议事：李吉甫神气活现，杜佑搧风点火，大放厥词；武大人十分被动。最后柳涧以重罪论处，贬为封溪尉；大人你也以妄论罪连坐，罢去兵部之职，贬为国子博士！”

“真是岂有此理！事情怎会是这样！”韩愈听此，不由气得脸色发青，向着张署和张籍，愤怒地道：“天理何在！天理何在！是我害了柳涧也！”

张籍愤慨地道：“中书让李宗爽去察验此事，当时有不少人就说，这是杜佑在使奸计，必然是走走过场而已。那李宗爽既是奸滑卑鄙之徒，又是杜佑的死党，还能做出什么好事来，看来果然如此！”

李贺看着大家道：“要不，我们再次上书，向武相公奏明实情？”

张署摇了摇头道：“目前中书，李吉甫和杜佑已勾结在一起，武大人虽知其中有诈，但势孤难争；况且这次是由武大人提议，让御史台前去察验，各种证据齐全，犹如板上钉钉，木已成舟，我们如何驳得了他？”张署讲到这里，看了看韩愈继续道：

“听说这次杜佑极力想把退之兄贬出京师，多亏了武相公从中力争，方复为国子博士。武相公已经尽了全力了，即使再上书也于事无补，而且还会让武相公为难！”

韩愈不由叹了口气，愤慨地道：“朝政腐败，奸佞当道，看来你想主持点正义都不行！要做个贤臣可真难啊！我大唐何日才能中兴！”

张署向着韩愈宽慰道：“此事退之也莫过于忧愤，当今我大唐朝政腐败，奸佞跋扈，宦官弄权，藩镇割据，已成固弊，非一人之力所能改变也！此次为柳涧辩曲，不仅没有为柳涧洗刷冤情，反而加重了对其处罚，而且还搭上了自己，实在让人痛惜！”张署讲到这里，不由感慨地道：

“如今这世道是好人难为，坏人横行。退之今后凡事还是要看开点为好，切莫要太耿直认真！”

韩愈听后，虽心中不以为然，但知张署也是好意，只好默默地点了点头。大家虽对此事愤愤不平，然而却毫无办法。

柳涧和韩愈双双被贬，迅速在朝野引起不小非议，当消息传到洛阳时，东都官吏和儒林莫不为之痛惜。卢同为此赋诗五首以鸣不平。其中一首写到：“忽见除书到，韩君又学官，死生纵有名，人事始知难。烈火先烧玉，庭荒不养兰。”其二有“员郎犹小小，国学大频频”，“朝廷无谏议，谁是雪韩人”之句。

唐元和七年二月，韩愈第三次入教国子监。他既恨奸佞当道，官场黑暗，又为自己赤胆忠心、满腹经纶而得不到朝廷重用所忧愤不已。

这日韩愈来到太学，只见不少学子，有的聚在一起在谈笑聊天，有的在院中相互追逐打闹，而坐在书案上认真读书的却寥寥无几，不由心中一动，想到这次到国子监任教，看到不少学子因官场腐败、科场舞弊，而对学业极不重视的情况，甚感痛心，便将诸学子召集于馆中。

韩愈待大家坐定后，就刚才各种现象，严肃地批评了大家读书不专、荒废学业的错误。指出："业精于勤而荒于嬉，行成于思而毁于随。"并淳淳善诱道：

"当今天下，皇上圣明，贤臣辅政。只有德才兼备，才能金榜题名，为朝廷所重用。所以，我们所怕的不是朝廷不明，有司不公，而是个人的学业不精，行无所成！"

韩愈刚讲到此，只见人群中有几个学子在低声议论，并发出窃窃笑声，甚为不乐。便向着那几个学子道："你们为何发笑？不听老师教诲？"

只见那几个学子中有个叫宋琰的看了看左右，答道："先生所讲的和当前的实际情况完全相反，大家认为先生是在欺蒙大家，故而发笑！"

韩愈一听，不由向着宋琰道："此话怎讲，何谈先生欺蒙大家？"

那宋琰认真地道："当今圣道废弛，官场腐败，举枉措直，铜臭裙带之气充斥政坛，有德才者不被重用，难酬报国之志；投机钻营，附膻逐秽，庸碌无能之辈却飞黄腾达，窃居高位！当权者不以才德取人，而以门第选仕，岂不与先生所讲相违？"那宋琰讲到这里，向着韩愈道：

"就拿先生来说吧，你三进国子学府，执教我们多年，口不绝于六艺之文，手不停于披百家之篇，焚膏继晷，可谓勤也；竭力明天道，排异端，正人心，力挽狂澜，可谓劳也；标新立异，含英嚼华，推群独步，奋力倡导古文，可谓天下无双也；疾恶如仇，力张正义，为朋友剖肝沥胆，两肋插刀，可谓诚也！然而却怎么样呢？”

宋琰讲到这里，看了看大家，又向着韩愈道：“如今上司说你恃才傲物，迂腐不堪，不知进退，并不信任；朋友说你不讲情面，孤僻自赏，不愿相助。弄得你到处碰壁，动辄遭人诽谤诬陷，刚刚做了几天监察御史，就被贬徙岭南；做了几年学官，却难展其才，毫无建树；虽奋发蹈厉，政声蜚然，却得不到朝廷的褒奖擢迁，这怎能说先生所讲不妄呢！”

韩愈听此所讲，正中自己痛处，深感震撼。他痛恨当今官场腐败，奸佞当道，使自己虽怀珠抱玉，满腔热血，却难逞鲲鹏之志！然而身为学官，他只能打掉牙齿往肚里咽，从正面对学子进行引导教诲，便自我解嘲道：

“宋琰学子讲得很有道理，但这只是暂时现象和个别情况，不能作为概论。物尽其用，人尽其才，仍是天下圣贤之道。犹如匠师用其木，医师用其药，宰相用其人一样。然而，有时也难免有不尽人意的地方；如古时孟轲，虽明孔道，辙环天下，然却始终未能得到重用；荀卿大论是弘，却逃谗于楚，废死兰陵！此二人吐辞为经，举足为法，乃至圣至贤之人，还是如此，何况为师乎！”

韩愈讲到此十分激动，他虽口中这样讲，但内心却非常痛苦。在场的学子俱为他的宽大胸襟和高尚情操所感动，静静地听着他的论说。他望了望大家，继续道：

“今先生学虽勤，但还未完全精通和遵循圣人之道；文虽奇，却不能济世安邦，为天下所用；行虽修，更没有显露于众，但却朝食俸禄，岁享廪粟，子不耕而食，妇不织而衣。然圣主不加诛，宰臣不见斥，岂非幸甚！即使动而遭谤，名誉被毁，给以闲官微职，乃是理所当然也！”

韩愈讲到这里，情绪更加激动，他向着众学子道：“为师认为：若此，还去计较个人的利禄尤无，官职高低，而忘记自己才疏学浅应与职位相称，竟然还去指责别人的过失，岂不是责问匠师为何不把小椽去做栋梁，责问医师为何不拿猪苓去做长寿药吗！”

韩愈讲罢，不由眼含热泪。众学子心中更是沉甸甸的，知韩愈既是在规劝大家，也是在借此抒发胸中的积愤和痛苦，不由对韩愈更加起敬。

晚上，韩愈回到家中，想到白日和众学子的交谈，心中如波滔涌动：这些年来，小人的诽谤，奸佞的诬陷，仕途的挫折，使他壮志难酬，愤慨难抑。今日同学子交淡，虽反话正说，尽情倾吐了胸中的积愤，但他既感到痛快，又感到茫然。

他来到书案前沉思着，脑子里突然闪现出西汉辞赋家扬雄的《解嘲》和《解难》之作，不禁灵机一动："何不将今日之事，写成一篇文章，采取反话正说的方式，既抒发胸中之愤，又鞭挞那些奸佞小人，同时让朝中贤明之人能明白自己的赤诚之心！"他想到此，遂展纸于案，略一思忖，即赋《进学解》一篇。

第二天，张籍前来拜访，看到案上文章，遂拿过浏览一遍，不由拍案叫绝。向着韩愈道：

"先生这篇文章写得好！比扬雄的《解嘲》和《解难》，更尖锐深刻，诙谐感人。可与先生去年所作的《送穷文》并称姊妹篇，从不同侧面尖锐地揭示了当今朝政腐败、官场黑暗、贤能之人不被重用的弊政，读之令人震撼不已！"张籍讲到这里，多少有些激愤地道：

"此文交与学生，定为先生讨个公道！"说罢，即携文章告辞而去。很快，韩愈的《进学解》即在京城传开，迅速在朝野上下引起巨大反响，莫不为韩愈的绝代才华、高风铮骨和不为朝廷所重用而深表同情和惋惜。

第十二卷

浩然撰国史

第 86 章
李深之推轮捧毂　韩博士擢迁史官

唐元和八年二月，杜佑病故，户部侍郎李降擢迁中书侍郎，同中书门下平章事。这李降字深之，与韩愈同为贞元八年进士，后登博学宏词科，先后任监察御史、翰林学士和户部侍郎等职。其人博学多才，刚毅敢谏，深得宪宗赏识。与韩愈交往颇深，对韩愈的旷世才华、刚直性格和仕途坎坷，深为钦佩和同情。

一日散罢早朝，李降同武元衡相携走出朝堂，他知武元衡对韩愈十分赏识,便向着元衡道:“韩愈近日所作《进学解》大人观看否？”

武元衡一听，不由叹了口气，道:“韩愈胸怀大志，满腹经纶。且昂霄耸壑，摅忠报国。然而只因性格太刚，喜方恶圆，不仅时常得罪小人，而且与朝中几位权贵结下仇冤。故而常常受到谗毁而得不到重用。其《进学解》下官于前几日已经阅看，乃是韩愈借以抒发胸中忧愤而作。”

“大人说的很是。”李降也不由感慨地道，“韩愈崧生岳降，推群独步。然而半生以来，由于拒交权贵，热衷古文，而被幸臣和小人所忌,致使十年求仕竟被黜于中书;刚刚踏入仕途,便被贬徙岭南;太学执教，又遭满城非议；虽在东都政声蜚然，却因得罪阉党和皇亲国戚，而仍得不到朝廷擢迁！”

武元衡听后，不由想到前年自己虽力荐其为中书舍人，却因杜佑竭力反对，而只得平调入京；去年又因柳涧一案，几乎再次被杜佑和李吉甫逐出京师。他望了望身旁那飞檐斗拱金碧辉煌的宣政殿高大屋顶，略带愤慨道:“自古奸佞横行，贤臣多厄；看来我朝也是如此！韩愈虽怀珠抱玉，才略纵横，却不能为朝廷所重用，实在是可惜得很！”

李降见此，不由心中一喜，向着武元衡道：“听说圣上对韩愈十分器重，曾赞誉韩愈‘铁面无私，刚正不阿’。前年大人刚入中书，即保举韩愈为中书舍人，只因杜佑等人极力反对，故未能如愿。如今杜佑已经作古，大人何不再次推轮捧毂，以酬韩愈大志？”

武元衡拈着长须道：“韩愈欺霜傲雪，摛藻飞声，实乃衮职良才，台辅妙器，太学并非其久居之地，下官近日也在想着这件事，只是眼下未有合适职位相任。”

李降见此，遂道：“目前史馆人力单薄，所拟史稿虚而不详，圣上让重修国史，此事何不让韩愈来主笔。一是这修撰国史关系重大，需由刚直忠贤之人来担当方妥。韩愈性方道直，文力雄健，主意措词，有班马之风，正好胜任此职；二是通过撰修国史，可对韩愈进行提携重用，以展其才。”

武元衡听后看着李降道：“此事下官也曾想到，只是这国史修撰由李吉甫掌管，李吉甫过去对韩愈多有非议，因柳涧一案，更是对韩愈耿耿于怀，他岂会同意让韩愈担当此任！”

李降笑道：“此一时，彼一时也！这点大人尽可放心。李吉甫乃圆滑之人，向来看风使舵，左右逢源。昔日非议韩愈，乃是为了讨好阉党，迎合杜佑。今杜佑已经作古，俱文珍又久卧病榻，难以逞威，他怎会再去作恶人；柳涧一案，朝野尽传杜佑在作祟，韩愈是含冤被贬，他岂能不知；再者，李吉甫也知大人和下官与韩愈交往颇厚，十分器重韩愈。今有你我在中书，他也不会不知进退，不给一点面子。只要你我提出此事，那李吉甫定会赞成。”

武元衡听后，不由得点了点头，道：“好！就以大人之意，明日中书议事，就将此事提出。”

这日韩愈正在书斋与张籍、李贺谈论诗赋文章，只见官居中书舍人的崔群笑着进来，韩愈忙站起相迎。

这崔群也是韩愈的同年好友，昔日梁肃曾言其有台辅之才；后举贤良方正科，授秘书省校书郎，累迁至右补阙、翰林学士和中书舍人。

大家相互见礼后，崔群向着韩愈笑道：“学生今日前来，是特向退之兄道喜的！”

韩愈一听，不由看着崔群道：“学生这倒霉鬼，能平安无事就好，哪来的什么喜？”

崔群看了看韩愈，向着在座的人道：“昨日中书议事，由深之推举，武相公拍板定夺，拟任退之兄为比部郎中，史馆修撰，近日朝廷便要颁诏，岂不是喜！”

大家听此，都不觉一振，崔群接着道：

“这比部郎中，史馆修撰，为正五品上，虽无甚实权，但职位重要，直接参与朝政机密大事，并可经常与皇上接触，来往于宰辅大臣之中。韩兄即可借此以施展胸中才华。”

李贺听后，高兴地道：“上天有眼，先生终于有了摅忠报国、龙腾长空之日了！”

张籍拈着颔下长须道：“看来这李降果然一身正气，名不虚传！”

“张大人说得不错。”崔群接口道，“前几天宪宗召宰相论天下安危。李吉甫大颂天子盛德，道：‘今天下已经太平，陛下宜为乐。’李降当场予以了反驳，言道：‘现河南以北五十余州尚法令不能行；西北大戎屡扰泾、陇，烽火不断；加之水旱时作，仓廪空虚，岂能谓之太平！遽为乐哉？’宪宗退朝，谓左右曰：‘降乃骨鲠，真宰相也！’”

韩愈也不由欣然道：“今天子得元衡、深之为相，我大唐中兴有望也！深之不仅敢言直谏，而且胸怀天下，有管仲之术。前年山南节度使李琦被诛，抄没其家资数十万缗，宦官吐突承璀欲将其纳入皇宫，供皇上私用。时任翰林学士的深之，闻知后遂即上奏，道：‘李琦任节度使三载，巧取豪夺，横征暴敛，大肆搜刮民脂民膏，弄得山南哀鸿遍野，六州百姓恨入骨髓。皇上应还利于民，将抄没财帛，施与穷苦百姓，或代以租赋。百姓定会感恩戴德！’宪宗闻奏准之，使六州百姓尽颂朝廷盛恩！”

“韩兄说得不错！”崔群接口道，“当今皇上欲承高祖、太宗之风烈，多有励精图治，中兴大唐之意。去冬召集群臣问计，深之出献十策曰：皇上欲中兴大业，应尊道德，远奸佞，进忠直。与大臣言，应敬而信；与贤者游，应亲而礼；与小人处，应避其谗。使奸佞无机可乘等。深得皇上赞誉。皇上遂令搜集古今君臣成败五十例，书于屏，立于座榻左右，以为鉴。”

大家听此，不由现出欣喜之色。崔群继续道：“年内，吐突承璀为取悦于皇上，奏请在安国佛寺为宪宗立圣德碑，皇上甚喜，并要深之赋辞颂之。深之直谏不可，言道：‘圣贤与天地合德，非文字所能尽。尧舜文武皆不传其事，唯秦始皇刻石峄山。此失道之君，不足为法！”皇上然悟，深感深之之诤直，不久即拜深之为中书侍郎。”

李贺听后不由赞叹道：“朝中像李降、武元衡和先生这样的贤臣，能再多一点就好了！”然后向着崔群和韩愈道：

“听大人所言，看来当今皇上还真是一位中兴之明君哩？”

崔群不由点了点头，道：“当今皇上多有卧薪尝胆、励精图治之举，但我大唐能否中兴，可谓步履艰难，任重而道远尔！”

韩愈感慨地道：“古往今来，天下君主大多不为不明，只是往往被佞臣所蒙蔽，而分不清忠奸；有的即位之初，奋发蹈厉，重贤任能。但略有建树，便被功绩所冲昏，而崇信小人，背离圣道！能始终如尧舜文武者，实在太少。目前我朝宦官弄权，藩镇割据，弊政重重，非一朝一人所能改变也！”

李贺听后，不由点了点头。张籍接口道：“当今我朝虽有武相公、李降等一批忠贤之臣，但像李吉甫这样的奸滑之人，仍然盘据朝堂；宦官俱文珍虽命在旦夕，但薛盈珍、刘光琦、陈弘志和吐突承璀等人，仍在继续迷惑圣上，弄权朝野！是东风压倒西风，还是西风压倒东风，真乃让人喜中有忧！”张籍说到这里，转向韩愈道：

“如先生这次擢迁比部郎中，史馆修撰，确是可喜可贺，但这国史由李吉甫监修，朝中权贵多是沽名钓誉，邀功取宠之人，先生能否坚持住天理，以史修史，实施报国之志，还很难说哩！”

韩愈听后，不由点了点头，正色道：“武相公与深之既然将此任委与学生，学生定以国事为重，以史实为本，绝不辜负朝廷所望！”

大家说罢此事，遂又论及诗赋文章，崔群向着李贺道：“公子最近可有新作？让下官一观。”

李贺道：“近日虽有几首拙作，但都难尽人意。”

张籍不由接口道：“李公子淑质英才，辞彩精拔，然因父讳之嫌，却难赴蟾宫折桂，不能为朝廷所用，而时时忧愤难抑。近作《浩歌》一首，读之令人感叹不已！”说罢向着李贺道：

“长吉何不把《浩歌》拿出，让崔大人阅览指正。”李贺见此，只好取出《浩歌》诗稿，呈与崔群。

崔群接过诗稿看时，只见李贺诗曰：

南风吹山作平地，帝遣天吴移海水。王母桃花千遍红，彭祖巫咸几回死？青毛骢马参差钱，娇春杨柳含缃烟。筝人劝我金屈卮，神血未凝身问谁？不须浪饮丁都护，世上英雄本无主。买丝绣作平原君，有酒惟浇赵州土。漏催水咽玉蟾蜍，卫娘发薄不胜梳。羞见秋眉换新绿，二十男儿那刺促？

崔群看罢，不由得点了点头，向着韩愈道：“公子的诗又有进展。不过长期闲居于大人之处也非长法，不仅为大人增添衣食负担，而且也难酬公子之志。”

韩愈看了看李贺，向着崔群道：“长吉因父讳，屡遭小人谤毁，心灵受到极大创伤，不愿再博击蟾宫；欲求一官半职，长吉又不愿附就权势，故一时难酬所愿，只好暂住学生之处。”

崔群听后，略一思忖，向着李贺道：“皇家宗庙，现有一掌管君臣牌位的奉礼郎空缺，虽职位低微，但每月俸禄足可糊口，不知公子是否愿意屈就？若愿暂就此职，下官将予以推荐。这样，既可解决公子的衣食之忧，又能借此在京向韩兄学习文章，同时遇有机会，便于擢迁他职。不知公子意下如何？”

李贺听后，甚是感动，忙致谢意。崔群道：“若此，下官回去后即向吏部予以举荐。”说罢，又谈了一阵朝中之事，方告辞而去。

三日后，朝廷果然诏至，擢拜韩愈为比部郎中、史馆修撰。韩愈先去拜谢了武元衡与李降，二人均有勉励之词。元和八年三月底，韩愈正式由太学赴史馆就职。

第87章 拒贿赂秉公执笔 抗淫威以史写史

韩愈到任不久，李吉甫即以前任史官韦处厚所撰《顺宗实录》三卷，授于韩愈，言道其所撰史稿虚而不详，令其采编重修。

韩愈接到史稿后，即与史馆修撰沈传师、齐文薄等人分头进行考察修整。这日韩愈正在披阅“先帝言行录”，只见秦济进来禀道：

“老爷，外面一人，自称是前故宰相杨炎之子，前来求见。”韩愈一听不由一怔：这杨炎代宗时曾为吏部侍郎，因元载一案被贬为通州司马。德宗即位后雅其名，拜为门下侍郎，同中书门下平章事。因当政其间专横跋扈，弄权朝堂，被世人视为奸佞。其子弟很少为官。与自己也素无往来，不知今日何故前来。便道：“让其客厅相见。”

韩愈说罢，遂收起《言行录》来到客厅，只见一儒士随着秦济进来。那人一见韩愈便倒身下拜，道：“小侄杨瑞向韩大人请安！”

韩愈将那杨瑞端祥了一下，只见此人年约四旬，三绺长髯修饰得十分整齐。便道：“公子免礼，请坐下说话，不知公子来谒学生有何赐教？”

那杨瑞道：“大人才雄德茂，名震朝野。在下久仰泰斗，然无缘相见。先父昔日与韩会大人同朝为官，结为挚友，对韩会大人极为钦佩，而对韩大人更是赞不绝口，经常讲大人乃人中麒骥，旷世神童，将来必为国家栋梁，看来先父所言果然应验！”

韩愈见其满嘴奉承之词，料必有事相求，便道：“公子过奖了，你我虽萍水相交，然令尊曾名重一时，与家兄也有往来，公子不必客气，有事直说无妨。”

“那是！那是！”杨瑞听此，忙道，“韩大人崧生岳降，食仁饮义，乃我朝儒林大贤。听说近擢比部郎中，史馆修撰，小侄今日前来，一是向大人贺喜，二是有事相求。”杨瑞讲到此，看了看韩愈，继续道：“先父在位时，因朝中互相倾轧，多被他人诽谤诋毁，致使子弟难登仕途，常被世人唾骂。望韩大人重修国史时，能从实而论，去掉妄加不实之词，在下定感谢不尽！”说着竟涕泪俱下，哽咽起来。

韩愈听此，不禁想到前日观看《顺宗实录》中对杨炎的评述和朝野所传，暗道：“这杨炎当政时虽文才卓绝，但德行极差，先是追随元载结为死党，被元载荐为吏部侍郎，为元载卖官纳贿，大效犬马之劳；后拜相当政后，实行顺我者昌，逆我者亡，先后杀刘晏，贬严郢，陷源休，被朝野视为奸佞。因在传说有“王气”之地建立家庙，被德宗赐死，不由心中顿起鄙视之感。但见杨瑞痛哭流涕，便道：“不知他人对杨相公有何谤毁，公子要学生去掉哪些不实之词？”

那杨瑞听韩愈讲此，以为韩愈被其说动，便向着外面道：“把东西抬进来。”话音刚落，只见两个仆人抬着一个箱子进来，放在客厅之中。韩愈一见，不由一怔，向着杨瑞道：“这是何意？”

那杨瑞挥手让两个仆人出去，向着韩愈道：“在下知大人一向清正廉洁，两袖清风，家中生活十分拮据，小侄现备一点薄礼，略表心意，以解大人颇颔之忧。”

韩愈听此，不由正色道：“你把学生看成是何样之人？岂不是来羞辱学生乎！若此，请速速离去，莫开尊口！”

那杨瑞见韩愈动怒，不由满面通红，暗道：“人言这韩愈迂腐之极，果然如此。”便道，“大人高风亮节，实令在下钦佩，但在下实处一片好意，若大人坚辞不收，在下只好收回就是。”说罢，即向外面喊道：

“来人，”随着话音，刚才抬着箱子的二人忙走了进来。杨瑞向着他俩摆了摆手，气馁地道：“抬出去。”

那两个仆人看了看杨瑞，又望了望韩愈，十分茫然地抬起箱子，慌忙退了出去。

韩愈待那两个家仆抬着箱子离开后，向着杨瑞道：“学生平生最恨贪赃纳贿，徇私枉法之事，故有刚才之举，希公子能够谅解。有什么需要学生帮办的。只要学生能够办得到，绝不推辞。”

“那是！那是！”杨瑞多少有点难为情地道，“大人历来主张正义，疾恶如仇，朝野无人不晓！”然后向着韩愈道：

“当年元载专横跋扈，弄权朝堂，先父历来与他不和，说先父是元载一党，实属冤枉，这是其一；其二，刘晏被贬被杀，乃是因其欲立独孤妃为皇后，为德宗所忌，并非先父所陷；三是严郢、源休被参被杀，实乃御史台所为，与先父无关。还望韩大人能主持公道，予以昭雪为盼！”

韩愈听此，不由怒火上升。暗道：“这杨瑞简直是在颠倒黑白，信口雌黄！”不由冷冷地道：

“我看公子也是一位饱读圣贤之书的人，怎说出如此话来？先父文藻雄伟，曾名重一时，为世人所敬仰；推行‘两税法’，也颇得天下人欢迎。然而其弄权朝堂，天下共愤，被世人所唾弃。其功过是非，路人皆知，怎说是被他人诋毁？”

韩愈讲到此，看着杨瑞，语重心长地道：“据学生所知，先父与元载乃是同乡好友。为元载所荐，方擢居吏部侍郎；对元载是极力追随，交往甚密，怎说不和？先父擢迁中书后，因前宰相刘晏曾弹劾过元载和自己，便怀恨在心，栽赃诬陷，将其贬到忠州，并用亲信庾准为荆南节度使，授意杀之。时朝野震怒，李正已上表为刘晏鸣冤。先父心惧，忙遣心腹四处游说辩解，怎说与此无关？”韩愈讲到这里，顿了顿继续道：

“再者，先父当政时，实行顺我者昌，逆我者亡。京兆尹严郢因与先父有隙，先父竟暗示御史张著劾之；京兆少尹源休不愿按照先父的意图倒严，先父竟大为动怒。时张光晟谋杀回纥酋帅，激起回纥仇恨，先父便令源休使回纥，妄图借刀杀之，怎说不是排除异己？公子应以此为戒，吸取先父教训才是，切莫有混淆史实之念！”

那杨瑞听此，虽理屈词穷，但仍不以为然地道：“官场倾轧，不是你死，就是我活；先父此举也是迫不得已而为之。还望大人看在先父与韩会大人相交的情意上，能灵活处置，将这几件事从史册中删去为盼。”

韩愈听后，见其仍无悔悟，不由正色道："古往今来，历代俱以史修史，岂能随意篡改？莫不是让学生违背天理和圣人之道，令世人指骂不成！"

那杨瑞听韩愈讲此，知其不肯答应所求，不由恼羞成怒，也变色道："看来韩大人果然六亲不认！昔日韩会大人虽为李栖筠所荐，但却由先父推举，方擢为起居舍人；后韩会大人不幸早逝，先父也曾为之昭雪和瞻顾，今日怎一点情面都不给！"杨瑞讲到此，看了看韩愈冷笑道：

"说什么古往今来俱是以史修史，不敢篡改史实？历代哪朝国史，不是由史官之笔写出？其功过是非不是由史官的好恶所定？哪里有什么真正的以史修史，岂非欺哄小儿！"

韩愈听此，不由气得热血上涌，见其恬不知耻，操行低劣，不愿与之多言，便向着一旁的秦济道："送客！"

那杨瑞见韩愈下了逐客令，也愤愤地道："好！当今这朝野欲增删史册的，并非在下一人。在下将拭目以待，看你如何坚持天理圣道！"说罢拂袖而去。这日韩愈气得连晚饭都未用。

第二天，韩愈来到史馆，刚刚坐下，只见书吏上前禀道："现有庆安公主府的总管杜谦求见。"

韩愈一听，不觉又是一怔：这庆安公主乃是德宗之女，顺宗之妹，当今皇上的亲姑母，建中二年，下嫁给宰相卢杞之子卢房为妻。此女倔强好胜，秀外慧中。宪宗少年时，常在其膝下玩耍，对其十分崇敬，朝中大臣多仰其鼻息。韩愈暗道："昔日与她并无来往，今日怎着人登门前来，莫非也是为了国史？"便道："请他进来。"

韩愈的话音刚落，只见杜谦已迈着方步，大摇大摆地走了进来。韩愈忙拱手相迎，看那杜谦时，只见其头肥耳大，一身锦锈，年约五旬。那杜谦不屑一顾地将韩愈看了一眼，傲慢地道：

"你就是新来的史馆修撰韩愈？在下奉公主之命，特来传告与你：前宰相卢杞卢大人，乃是驸马爷的令尊，让你在修撰国史时，予以关照一二，莫要节外生枝！"

韩愈平生最恨那些附膻逐秽，狐假虎威之人。先是见其态度傲

杜谦见韩愈下了逐客令，大出所料，不由气急败坏地指着韩愈吼道：“你！你！竟敢藐视公主！真是胆大包天，不见棺材不掉泪！”

慢，大摇大摆地走进来已是心中不快，现见其口出狂言，竟直接干预史馆修撰，不由怒火上升，顿起厌恶之感。这卢杞任宰相时，专横跋扈，残害忠良，在朝野臭名昭著。前日修撰沈传师在审看《顺宗实录》时，见卢杞之传写得含糊不清。几个重大历史事件面目皆非，甚感奇怪；便来请教韩愈。韩愈和沈传师向前修撰齐文薄问及原因，齐文薄道："卢杞的传记，开始时撰写得非常详实，后来顶不住朝中权贵的压力，改了又改，故成今日的样子。"韩愈听后，甚感气愤，令沈传师重新修撰，不想今日这杜谦竟找上门来，便冷冷地道：

"请杜总管回去向公主禀明：学生受命史馆，重修国史，绝不敢有违圣命！卢大人当国时功过是非，天人皆知，自有公论。学生既不敢妄加其功，也不敢私废其过！学生定重新访察，给卢大人一个公正就是！"

"什么！重新访察！"那杜谦见韩愈说话斩钉截铁，毫无买账之意，便咧着嘴道：

"驸马爷听说你韩愈是个认死理之人，就怕你沽名钓誉，节外生枝，听信流言，给卢大人妄加不实之词。才让公主着本人前来向你打个招呼，看来果不出驸马爷所料！"那杜谦讲到这里，斜着眼睛将韩愈看了看，狂傲地继续道：

"前修撰韦处厚所撰国书三卷，想来你已经看过，关于卢大人一节，写得很好，公主和驸马爷十分满意，就以此为准，不得随意更改！公主说了：这事若办得好，绝不亏待于你，她在皇上面前给你美言几句，什么都有了！若是让驸马爷难堪，惹得公主不高兴，你可得小心自己的前程哟！"

韩愈听后，不由冷笑道："据我所知，韦处厚在修撰国史时，也是你向他打的招呼，逼他将卢杞专权跋扈，激起泾原兵变；右仆射崔宁因议其误国，被其设计杀害；年近八旬的太子太傅颜真卿因参奏其奸佞之罪，被其借李希烈之刀杀之等。从史稿中删去，致使卢杞之传写得稀里糊涂，虚而不详！"

"不错，你说对了！这是他韦处厚聪明，知道事情该如何办！"那杜谦得意地道，"这方面，你要多向他学着点！要不，自己的脑袋是怎么掉的，还不知道哩！"

韩愈见此，更加气愤，向着杜谦怒斥道：“如杜总管所言，看来这天理、王法、公道是不存在了！”

“这，你又说对了！”杜谦更加傲慢地道，“什么是天理、王法？当今皇上的圣旨就是天理、王法！公主说的、做的就是天理王法！”那杜谦讲罢，向着韩愈咧着嘴道：

“你是个读烂史书的人，古往今来，凡是不识时务、不知好歹的史官，没有一个有好下场的；北魏史官崔浩，因在国书中妄论太武帝拓跋之过，结果被诛杀全家；齐国史官因直书大臣崔抒弑君之罪而被诛灭九族。韩修撰也是个有妻子、有家室、求前程之人，这事该如何办？不会不明白吧！”

韩愈听此，不由拍案而起，向着杜谦怒斥道：“你的那些话，学生不明白，也不想明白！”然后转向站在一旁的书吏道：“送客！”

杜谦见韩愈下了逐客令，大出所料，不由气急败坏地指着韩愈吼道：“你！你！竟敢蔑视公主，真是胆大包天，不见棺材不掉泪！”

旁边书吏见此，忙上前劝解，杜谦边往外走，边听喊道：“好！你等着，我找你们的主子李吉甫去，看你有几个脑袋！”说罢悻悻而去。

第 88 章
感腐风答书刘轲　论英烈激奋作传

韩愈望着杜谦离去的背影，气得一屁股坐到椅子上。这几天发生的事情，使他气愤难抑。他过去也知史官难为，但没想到竟如此棘手。

“大人，你的书信。”韩愈刚伸手翻开桌案上的文稿，只见书吏走进来，将一封书信呈放到他的面前。

韩愈将那书信看了一眼，见是好友刘轲寄来，便拿起拆开阅看。只见刘轲在信中对他擢迁史官大加祝贺，并极力赞颂了历代史官评恶扬善，名垂青史，受人敬仰的荣耀。希望他也能和历代史官一样，褒扬忠烈，鞭挞奸佞，写出一部好的国史，流传于世。

韩愈看罢书信，想到昨天杨瑞那冷嘲热讽，悻悻而去的神色；今日这杜谦骄横跋扈，威逼利诱的表情，不由思绪万千：“若不答应他们的要求，难免会招来恶意诽谤和杀身之祸；若是答应他们，不仅有违天理公道和自己的做人准则，而且势必遭到天遣人咒，世人唾骂！”

韩愈想到这里，顿感这史官实在难当。他提起笔来，遂向刘轲复信一封，即《答刘秀才论史书》。在信中，他向刘轲诉说了自己的困惑和忧虑，论述了古往今来，天下史官“不有人祸，则有天刑”的状况，表达了自己难有作为，不想再当这个史官的感慨。

再说那日杜谦被韩愈逐出史馆后，怒气冲冲地来到李吉甫处。李吉甫忙殷勤相待，劝慰道：“总管莫要生气，那韩愈乃是有名的迂腐之人，您用不着和他计较；再说，韦处厚所撰的国书三卷，因当时朝野找他修改的人过多，致使虚误不详。皇上御览后十分不快，故令重新再修。你现在去找他，他怎敢答应于你？”

“那！难道就任他韩愈随意修撰不成？”杜谦听此，看着李吉甫，咧着嘴不高兴地道：“若此，岂不让公主和驸马爷难堪？你这个当宰相的就不怕公主怪罪！”

“总管别急吗！”李吉甫忙笑道，“那韩愈修撰好国史后，定要送给下官审阅。到时，下官亲将史稿送到公主府上，凡是公主和驸马认为不妥之处，由下官亲自予以删除，保管让公主和驸马爷满意就是。”

“好！若此，在下就放心了！”那杜谦听后方满意地点了点头，道：“在下这就回去向公主复命。”说罢昂首而去。李吉甫忙毕恭毕敬地将其送出府门。

韩愈斥杨瑞、逐杜谦和给刘轲的书信，很快在京城传开。有赞韩愈清正廉洁，不畏权势的；有说韩愈过于迂腐，不懂人情的；也有为韩愈担心的。然而韩愈的浩然正气，却使那些企图篡改史实之人，望而怯步，不敢轻越雷池半步。

一日韩愈正在翻看史料，只见崔群和元稹笑着进来。韩愈一见大喜，忙站起相迎，拉着元稹的手，高兴地道：“微子何时到京？这几年真想煞学生也！”

元稹也激动地道：“学生昨天刚刚到来，今天就被崔大人拉着来拜谒韩兄了！”这元稹因元和五年弹劾房武一案，触怒朝中权贵和皇亲国戚，先后被贬为江陵参军和通州司马，现为虢州长史。

崔群向着元稹笑道：“你说有要事要见退之面谈，邀我一起前来，怎说被我拉来？”

韩愈忙请二人坐下，道：“你们二位不论是谁邀请谁，都是贵客天降，学生是求之不得也！”然后向着元稹道：

“微子这几年情况可好？东都一别，转眼已三年过去，实令学生思慕。前几天刚刚看到你新编撰的诗集二十卷，真乃辞彩精拔，闳中肆外，阅后令人拍案叫绝！”

元稹笑道:“学生既得罪权贵，又不愿攀龙附凤，故而连连被贬，在所任之处，如水牛落井，无可事事。去秋为李景俭所邀，将昔日拙作八百余首小诗，汇集成这二十卷，聊以打发时日，定是让大家见笑了。”

崔群向着韩愈道:“微子的诗，摘艳薰香，锋发韵流，特别是新旧乐府诗和白居易的诗被世人称为诗坛双葩，在朝野广为流传，目今，就连宫中都在传咏歌唱，称微之为‘元才子’哩！”

韩愈接口道:“微子的诗，学生过去也曾拜读过不少，但看了这二十卷后，方真正感到其大气磅礴、落笔风雷之势，清新俊逸，酣畅淋漓之妙尔！”

“两位过奖了！”元稹忙笑道，“小弟这些拙作，与韩兄的奇崛、宏伟诗风相比。可谓是小巫见大巫了，韩兄这几年定有不少新作问世吧？”

崔群向着元稹道:“退之兄这几年写诗少了些，但仍有不少惊世之作，如《和武相公早春闻莺》、《送进士刘师服东归》和《奉和虢州刘给事使君三堂新题二十一咏》等，俱是奇文瑰句，超以象外，犹如海立云垂，初发芙蓉。”

韩愈忙道:“崔大人过誉了！学生那些小诗，不值一提！”然后向着元稹道:“微子有要事与学生相谈，不知有何赐教？”

元稹道:“学生这次进京，一是奉差吏部，二是闻知韩兄擢迁史馆修撰，十分振喜，有一事相托。昨日莅京后，又看到所传韩兄给刘轲的书信，心中甚感诧异。故急于一见韩兄之面。”元稹讲到此，向着韩愈道:

“韩兄在给刘轲的信中，似有对擢任史官存在畏难之意，这与韩兄昔日叱咤风云之气，摅忠报国之志，多有相悖，不知出于何故，令学生十分不解，甚萦绕于怀！”

韩愈听后，不由遗憾地道:“此信乃一时气愤所为，过后深感不妥，奈此信已经发出，不可收回。谁知竟流传于市井，实在让人汗颜！”韩愈讲罢，遂将当时情况说了一遍。

元稹听后，不由笑道:“原来是这样！我说哩，韩大人历来豪气如虹，志在社稷，怎会有此想法！这下学生就放心了！”然后向着崔群道：

“我朝有韩兄主掌史馆修撰，可谓朝廷用人之当也！韩兄定会写出一部光照日月，流芳千秋，与《史记》、《春秋》一样的国史来！”

韩愈听后，不由踌躇满志地道：“但愿天遂人意，能如微子所言就好。”然后向着二人道：“学生到职以来，观看韦处厚所撰国书三卷，又参阅了各种史料，果然韦处厚所撰国书，在许多重大事件上模糊不清，褒贬不当，难怪皇上阅后，十分不满。前日，学生已禀明李相公，并致函各部、司、州县，凡知情者，皆可举荐史料，以备修撰所用。此事还要请二位鼎力相助尔。”

元稹听后高兴地道：“学生今日前来也正为此事；一是甄济父子坚持气节，不肯依附安禄山，最后壮烈就义，希能写入国史，并为之立传；二是对张巡的评价，应主持正义，摒弃奇谈怪论，给以公正定案为妥。”

韩愈听罢，向着元稹道：“甄济父子怒斥安禄山的事情，学生也略有所闻，实乃忠烈之士，学生定将其载入史册。张巡之事，世人皆知其功高卓著，可与日月争辉，然朝野对其却褒贬不一，实在令人愤慨！”

“韩兄讲的很是。”崔群接口道，“张巡以数千之兵，抗拒数万之敌，以寡击众，以弱制强，临危不惧，死守睢阳达半年之久，方保江南万里之安；最后粮尽城破，壮烈就义。然而朝野竟有人说张巡死守一城，杀身无补；以数千之众，抗拒数万之敌，乃是以卵击石，忍残人命。有的还说张巡杀妾饷士，以人为食，不足为颂，岂非怪事！后虽经李翰愤为张巡作传，以证谬误，然非议之声至今未绝。”

韩愈接口道：“古往今来，那些贪生怕死卖国求荣之徒，为掩盖自己的丑行，往往颠倒是非，混淆黑白，攻其一点，不及其余。其目的不过是要贬低英雄，美化自己而已！”

“去年学生奉差睢阳，至今当地百姓仍在传颂张巡之事，其中有几件事十分感人。”元稹接口向着二人道，“一是安禄山攻陷河南时，谯郡太守杨万石降敌，伪任张巡为长史，令其去迎接叛军。张巡闻此，双目圆睁，须髯竖起，当众撕毁令符，大骂杨万石叛国求荣，不知廉耻。遂招幕壮士数千人，起兵讨贼。”元稹讲到这里，带着崇慕口气，向着二人道：

“二是天宝十四年，张巡率众固守雍丘，与叛军激战四十余天，城中箭矢已全部用尽，张巡令士兵缚草为人，穿上黑衣，夜缒城下。叛军在昏暗中，以为张巡前来劫营，便乱箭齐发，张巡待草人身上中满箭矢，方令扯起，得箭矢十余万支。叛军天亮时得知此情，俱懊悔不已。第二天夜里，张巡却令士兵穿上黑衣，如前缒入城下；叛军以为又是张巡用草人前来诳箭，竟嬉笑不备，结果被张巡突然挥军杀入敌营，把叛军打得措手不及，落花流水。当地百姓至今仍把张巡视为神人。”

韩愈和崔群听此，俱不由现出敬佩之色。崔群接口道：“传说张巡每逢上阵杀敌，必双目暴裂，咬碎牙齿。至德二年，睢阳被叛军攻陷，张巡和许远因伤势过重，俱被叛军俘获，贼将尹子奇问张巡何故裂眦碎齿，张巡怒骂道：‘我志欲食汝之肉，饮汝之血，怎得不裂眦碎齿！’尹子奇用刀撬视张巡之口，果然满口无一完齿。可否是真？”

“不错！”元稹感慨地道，“尹子奇看罢张巡之口，将刀放在张巡的项上，逼其投降叛军，张巡视死如归，大骂不止，结果英勇就义！”

韩愈听后，不由感叹地道：“张巡真忠烈之士也！”崔群向着元稹道：

“朝野非议张巡者，一是其固守睢阳，得不偿失，二是其杀妾饷士，过于残忍。微之如何看此？”

元稹听此，不禁有些激动，向着二人道：“此两点所论，均系颠倒是非，恶意诽谤。睢阳地处中原和江淮之间，乃江南之门户，历来为兵家必争之地。张巡死守睢阳，不仅扼制住数万叛军不能南下，使江淮万里百姓免受战乱之灾，而且牵制数万叛军于睢阳城下，保证了我大唐官军在其他战场的胜利；同时，张巡死守睢阳达半年之久，为郭子仪、张镐调动河东、河南各路大军，平定中原叛军，赢得了时间。其功绩盖世，说其得不偿失，纯粹是混淆黑白！”

元稹讲到这里，站起来，看了看窗外，向着韩愈和崔群道：“张巡以妾肉饷士，确有其事，闻之，让人悲叹痛惜；然说张巡杀妾饷士，实属谬传。这次学生到在睢阳，不少百姓谈起此事，仍感叹不已，实是悲壮感人。

韩愈和崔群听此，都把目光投向元稹，元稹感慨地道："当时张巡率数千将士死守睢阳已达半年之久，城中不仅将士伤亡殆尽，而且粮草已断绝数月。大家先是吃纸张皮草，随后杀吃战马；战马杀完了，只好张网捕雀，掘地挖鼠充饥。最后连老鼠都吃光了，将士饿得皮包骨头，连刀枪都举不起来。此时张巡的妻子童仆俱已战死城头，身边只剩下一妾霍氏，此女深明大义，情愿杀身饷士，以保睢阳，竟当堂拨刀自刎。张巡在情急之下，为暂解将士之饥，只好挥泪将霍氏之体烹之，以肉啖将士。城中将士闻之，莫不痛哭流涕，大家同仇敌忾，誓死与睢阳共存亡。最后城中将士全部战死或负伤，叛军方攻进城来。"

元稹讲罢，韩愈和崔群都沉浸在悲叹之中。停了片刻。韩愈向着崔群和元稹激动地道："张巡之事，真乃惊天地，泣鬼神！微子所谈，比李翰所著的《张巡传》，要生动，全面得多。学生不仅要将其详细载入史册，而且打算写一部张巡传后续，以驳斥谬误，悼颂英烈，激励后人！"

"好！看来学生此次没有白来京一趟！"元稹听后高兴地道，"韩兄果然还是当年的韩兄！"三人直谈到夕阳西下，崔群与元稹方告辞离去。

第89章
惜贾岛愤世疾俗　探李贺痛怜英才

再说贾岛于去冬辞别韩愈等人，经东都回到河北范阳故里，原打算参加乡试，以搏击龙门，谁知当地考官恶其出身低贱，不准其进入考场。更有一班妒贤嫉能之人，见贾岛诗赋高妙，多有寻其旧事加以诽谤诋毁。贾岛一腔热血，竟被几盆冷水泼得心灰意冷。无奈，只好重新踏上出游之路。

这日，贾岛来到怀州地界，闻说太行之阳的云台山景色怡人，山中隐居着一位世外高人，其道德文章推群独步，驰名遐迩。这贾岛最喜访贤求学，心中十分振喜，便折道向山中寻来。

这云台山地处太行南麓，山上奇峰凌云，飞瀑流泻，古松参天，幽竹苍郁，更有天下落差最大的瀑布在此。魏晋时，人称“竹林七贤”的刘伶、稽康、阮籍等人曾隐居于此。

贾岛来到山前，果见山峦叠翠，烟岚云岫；苍松秀竹布满奇峰高岗，猿啼鹤鸣响彻幽谷长空。不由暗暗点头道：“此真乃隐者之福地也！”遂沿着溪畔石径进入山中，只见道路两边松悬峭壁，泉泻深涧，千岩竞秀，浮翠流丹。

贾岛随着牧童指引，来到溪畔一奇峰之下，但见古松秀竹之间现出一竹篱茅舍。牧童指着那茅屋道：“此处乃先生之居也。”

贾岛谢过牧童，来到庐前，举手轻敲柴门。不一会儿，从茅庐内走出一书童来。贾岛即上前说明来意。那书童将贾岛看了看道：“先生不在，昨天上山采药去了。”

贾岛一听，忙问几时归来，那书童道：“先生来去无时，可能这一两日就回来，也可能要等到七八日之后了。”

贾岛听后，扭头看了看山上，只见峰刺苍穹，云飞峡谷。向着书童道：“前往山中可能找到？”

那书童不觉笑道：“这云台山方圆百十里，上有落霞峰、王母池、水帘洞、黑龙潭和望瀑台三十余处景观；又有圣王殿、玄清宫、观音堂、玉女阁等十余处道观寺院。先生进山后，不是观景吟诗，垂钓天潭；便是与老僧道人说古论今，你到哪里去找他？”

贾岛听此，望了望云遮雾障的高山深谷，甚感遗憾失望，只好转身离去。不由随口吟道：

松下问童子，言师采药去。只在此山中，云深不知处。

贾岛离开云台山后，择道向洛阳而来，打算再次拜谒孟郊，谁知到了洛阳后，孟郊为山南西道节度使郑馀庆奏为兴元军参谋，于三日前刚刚赴任而去。贾岛甚感惆怅，在洛阳停了两日后，只好怏怏向京城而来。

这天，韩愈正在书斋披阅史料，只见秦济带着贾岛风尘仆仆地进来，韩愈一见大为振喜，忙站起相迎，帮其放下行装，令秦济持茶相待。向着贾岛高兴地道：

“公子这次回去参加乡试情况如何？可否顺利？”

贾岛不由面现沮丧之色，道：“在下未能参加乡试。”

韩愈一听，大感诧异，忙问原因。贾岛不由叹了口气，道：“主考官因在下出身僧徒，有违儒道，不准在下进入考场。”

“真是岂有此理！”韩愈听后，不由气愤地道，“这世俗偏见几时才能罢休！长吉衔胆栖冰，搜奇猎艳，诗赋辞彩精拔，新颖诡异；只因所谓父讳，而被他们拒之龙门之外。今公子霄肝攻苦，苦吟成痴，诗赋扬葩振藻，清新高雅，也被他们摒弃于科场门外。二人竟同出一辙，真真让人痛心！”

贾岛也不由长叹一声，道：“在下自知出身低微，虽胸怀青云之志，但不敢有所奢望，原打算与青灯古佛相伴一生。后遇先生，方萌发报效朝廷社稷之念。看来果然是落花有意，流水无情！在下今后不再有仕途之念也！”

贾岛话还未说完，只见张籍走了进来，韩愈与贾岛忙站起相迎。张籍一见贾岛十分欣喜，拉着贾岛的手道：“浪仙何时归来？这次回去可否高举夺魁？”

贾岛不由苦笑了一下，还未回答，韩愈不由愤慨地道：“贾公子刚刚到京，这次回去连乡试都未能参加，你说气人不气人！”

“什么！未能参加乡试？”张籍一听，也不由疑惑地看着贾岛，“这是为何？”

韩愈道：“地方主考官竟以贾公子出身低贱为由，而拒绝其进入考场，致使贾公子一腔热血付之东流。”

“岂有此理！真是岂有此理！”张籍听后也不由气愤地道，“这世俗偏见葬送了多少英才奇士，何时方能铲除！”

韩愈看了看贾岛，向着张籍道：“大人说得极是，刚才学生还在和浪仙说到长吉，如今两位文坛奇人，竟先后遭到同样命运，怎不令人痛惜！”

张籍听韩愈提到李贺，不由向着韩愈道：“先生说到长吉，学生今来也正为此事：昨天学生听到宗庙府的人传说，长吉近来身体欠安，已卧病多日，学生前来想同先生一起前往探望。”

“你说什么？长吉现染病卧床？”韩愈一听，不由紧张地看着张籍。

“宗庙府的人讲，长吉近半年来身体一直欠佳。”张籍多少有些沉重地道，“不仅经常作诗通宵达旦，废寝忘食，而且心情一直悒郁低沉，使身体越来越坏。”

“我说怎很长时间没见长吉过来。”韩愈听后不由道，“长吉怀珠抱玉，久有凌云之志，却因所谓父讳，而被人诽谤攻击，难酬远大抱负，致使身心受到巨大打击和挫伤，势必酿成疾症。入京以来，学生就看他身体越来越弱，虽多次劝慰与他，但终难消除其心中忧愤。再者，长吉在诗赋创作上披奇猎艳，废寝忘食，用尽了全部心血。长此下去，即使常人，身体也会累垮，何况长吉柔弱之体！”韩愈讲到此，向着张籍道：

“长吉乃当今文坛奇人，绝不能有啥好歹！咱们马上过去，一是看看他的病情；二是再劝劝他，千万要他保重自己的身体要紧！”

“先生此言正合学生之意。”张籍听韩愈讲罢，点着头道。韩愈转向贾岛道：

“浪仙刚刚到京，一路颠沛劳累，先休息休息，我和张大人看完长吉后，回来咱们再慢慢长谈。”

“不！在下听说长吉染病，心中犹如汤煮，恨不得立即飞到长吉身边。”贾岛接口道，“咱们正好一块前往。”

韩愈看了看贾岛，不由地点了点头，道：“这样也好。”

韩愈同张籍、贾岛相携来到宗庙府，果见李贺形销骨立，病卧在床，正由好友陈商陪着在说话。

李贺一见韩愈等人过来，不由两眼放出欣喜之光，挣扎着就要坐起身来，韩愈忙上前一把扶住道：“别动，别动，几日不见，长吉怎病成这个样子？”边说，边扶李贺躺下。

李贺不由叹了口气，两行热泪不禁夺眶而出，向着韩愈和张籍道：“这几个月来，晚上老是难以入睡，精神感到恍惚不定，食欲也愈来愈差；吃了几副药，也不见有啥好转。”

旁边陈商忙移过几把椅子，请韩愈等人坐下。这陈商乃两京才子，与韩愈、张籍、贾岛等人也有交往，与李贺最善。李贺有病后，其经常前来照看，两年后进士及第。他看了看李贺，向着韩愈等人道：

“诸位大人来得正好，刚才长吉还在念叨着诸位大人，哀叹自己的命运不好。我劝说了他半天，他仍难消心中郁结，大人正好再劝劝他。”

韩愈向着李贺道：“公子应心胸放宽一些，来日方长，切莫为眼前一时之困厄而悲观失望，有损自己的身体。”

李贺看着韩愈，不觉又叹了口气，道：“老天何其不公！想我李贺，自幼苦读圣贤之书，虽无子建之才、管晏之术，然也粗通文墨，几首小诗倒也为世人所认可。怎奈命运竟如此不济。不仅被权贵拒之龙门之外，而且处处受到他人诽谤刁难。看来这皇天是非要在下的小命不可！”说罢，不由眼中又泪花闪动。

陈商走到李贺身旁，帮李贺擦去脸上泪水，向着韩愈心痛地道："长吉自从进了宗庙府以来，心情一直悒郁难消，常常悲观失望。前天在下前来看他，他将心中忧愤写成一首诗，赠给在下，看后实在令人感叹不已。"陈商说罢，遂从袖袋中拿出一卷诗稿，呈与韩愈。

韩愈忙接过诗稿一看，只见李贺诗云：

长安有男儿，二十心已朽。《楞伽》堆案前，《楚辞》系肘后。人生有穷拙，日暮聊饮酒。至今道已塞，何必须白首！……礼节乃相去，憔悴如刍狗。风雪直斋坛，墨组贯铜绶。臣妾气态间，唯欲承箕帚。天眼何时开，古剑庸一吼。

韩愈看罢诗稿，不觉心中一震，见诗中充满悲观厌世之意，遂看着李贺道："公子近来是否又遇到什么不顺心之事，这诗写得竟如此悲伤失意？"

李贺听后不由叹了口气，还未回答，旁边陈商又接口道："上元节，皇上携后宫嫔妃到宗庙上香，长吉在导引途中因错走了一步，被宦官薛盈珍当众痛斥一番。宗庙府为此扣罚了公子三个月的俸禄，使公子痛不欲生。清明祭祀中，公子已身患疾症，仍被差遣去摆放牌位，不料竟昏倒在地，将牌位打碎，又被主掌宗庙府的宦官陈弘志痛责一番，致使公子忧愤填胸，不愿立足于世，病情也一日重似一日了！"

韩愈听后方明原因，道："原来是这样！"李贺望着韩愈，忧伤地道：

"在下于这宗庙府中，虽职微禄薄倒也罢了，只是最难忍受那些阉党和小人的凌辱。那日，在下因错走了一步，事后，总管赵禄竟指着在下的鼻子骂道：'这里不是嵩阳书院，你每天不务正业，手不离书，书不离手，怎的！还想蟾宫折桂呀？你有那个命吗？别白日做梦了！'在下听后，如针刺心肺，气得三天饭菜难以下咽。"

韩愈听后，虽心里为李贺感到同情和惋惜，但俗话说"在人屋檐下，怎能不低头"。李贺这奉礼郎虽职位低下，极不称意，但谋到这个职务已是不易。正要进行劝解，只见张籍接口道：

"公子应想开一点才是，何必为此而忧愤不已，损伤自己的身体呢！当今天下乃‘势利’二字，纵观古今，凡成就大事、建不世功绩者，皆都经历过艰难磨劫：昔日姜太公也曾贩牛卖面，被人冷落；淮阳侯韩信也受过胯下之辱。长吉今日虽受点委屈，但与他们相比又算得了什么呢？”

李贺听后不禁叹了口气道：“大人所言，在下岂能不知，然胸中积愤终难消除。”

韩愈向着李贺道：“公子应把目光放得远些，历来这荣辱变化在瞬息之间。目前这奉礼郎之职只是权宜之行。常言道：‘只要青山在，还怕没柴烧？’公子怀金抱玉，自有时来运转龙腾长空之时，切莫为眼前一时之厄而悲观失意，有损身体。前时，我同崔大人、李大人谈到公子，他们都对公子十分赏识，俱有推举之意。如公子目前这多病之身，一旦诸位大人举荐要职，又如何能够胜任得了呢？”

李贺听后，深知这世道炎凉，自己既非科班出身，朝中又无皇亲国戚依靠，单凭个人才华，朋友帮助，要时来运转，平步青云，谈何容易！但他深明韩愈之意，遂含着眼泪，道：

“诸位大人的美意，在下实是感谢不尽！但愿老天能睁开双眼，长吉谨遵大人的嘱咐就是。”

这时贾岛也上前向李贺劝慰了一番。李贺得知贾岛同自己命运一样，竟连乡试都未能参加，也深为惋惜和不平。

韩愈和贾岛从李贺处回来，一进家门，便见孟郊的仆人赵二满面泪迹，风尘仆仆地坐在客厅之中，卢夫人正在与之说话。赵二一见韩愈回来，忙站起施礼。韩愈见此不觉一愣：“这赵二随孟郊前往山南赴任，今怎来到京城？”忙拉住赵二道：“赵大哥怎在这里？孟大人这一向可好？”

旁边卢夫人带着啜泣声音，向着韩愈道：“孟大人于上个月在赴任途中不幸病故，郑夫人着赵大哥前来报丧，并捎来书信一封。”说着，拿起桌上书信递与韩愈。

韩愈一听，犹如晴天一声霹雳，不由浑身一颤，他惊讶地看着赵二道：“什么？孟大人不在了？何时不在的？得的是什么病？现在人在何处？”

赵二看着韩愈，不禁泪如雨下，道："我家老爷于八月初携夫人与小人前往山南西道赴任，当行至兴元阌乡时，突染暴疾，于八月二十五日不幸去世。三日后，夫人令小人买棺将其成殓，一起返回东都。现在棺木停放在老爷的旧居。详细情况，夫人都写在信中。"

韩愈听此，犹如塌了青天，陷了陆地。他哆嗦着双手打开书信，只见郑氏在书信中向他叙述了孟郊病亡的经过，并请他帮助筹办孟郊后事。韩愈看罢书信，泣不成声道：

"天绝我也！天绝我也！可怜东野竟舍我而去！吾今后将何以处之？"

卢夫人向着韩愈道："老爷切莫如此伤感，孟大人既已离去，老爷就是哭坏了身体，也难以挽回。"

韩愈拊膺顿足，道："东野一生刿目秫心，辍怛伤悴，诗赋神施鬼设，掐擢胃肾，却穷困潦倒，难呈胸中之志。如今竟暴疾而亡，连个子嗣都未留下，怎不叫人痛心！"韩愈说到此，复又大恸，然后向着卢夫人和贾岛哭着道：

"学生这一生，结交朝野名宦，儒林奇人，可谓多也，然知己无间，亲如手足者，唯东野一人尔！今东野逝去，是上天断吾手足也！"

贾岛闻说孟郊暴亡，也心如刀割。他不仅崇拜孟郊的诗赋，而且与孟郊交往最深。今见韩愈悲痛欲绝，也不由落泪劝道："先生希节哀，莫要伤了自己的身体。"

韩愈向着贾岛泣声道："浪仙路经东都时，可曾闻说东野有何病症？怎突然就得了暴疾，说走就走了呢？"

贾岛擦了把眼泪，道："在下路经东都时，前去拜谒孟大人，只闻人说前往山南赴任，并未听说有何病症。"

卢夫人向着韩愈道："东野既已去世，不能复生。郑夫人要老爷帮助安排丧事，老爷应以处理孟大人后事为重，切莫过分沉浸于悲痛之中才是。"

韩愈听后，呜咽着道："夫人说得很是，学生现在恨不能插上双翅，飞到东都，怎奈公务缠身，难以如愿，这当如何是好？"

卢夫人道："明日把文昌请来，可共商此事。"韩愈听后点了点头，不禁又痛哭起来。

第90章
哭孟郊赠谥“贞曜” 悼东野泣血作铭

翌日，韩愈着秦济请来张籍，告知孟郊病亡之事。张籍闻后，也悲痛万分，韩愈不由再次泪洒衣襟。

张籍伤感地道：“老天何其不公！如今长吉卧病在床，浪仙被拒之龙门之外，东野竟又暴疾而去。我文坛奇士何如此命运多舛尔！”张籍讲到此，看着韩愈道：

“东野不幸猝亡，致使我文坛殒一巨星！国家折一栋梁！你我失一交臂也！从此天下再无出之肺腑，动辄肺腑，超凡脱俗之诗人了！”

韩愈泣声道：“东野不仅为诗刿目秫心，钩章棘句，再创一代崭新诗风，而且为人刚直不阿，光明磊落。其一生宁可穷困潦倒，也不愿攀龙附凤，阿谀权贵。东野逝去，使我大唐失去一位人杰也！怎不让人痛彻肺腑！”

张籍向着韩愈道：“为今东野突然作古，先生将如何处理其后事？”

韩愈收敛泪花道：“今日请文昌到来，正为商议此事：东野一生穷困，家无常物。今突然暴卒，郑氏乃一女流，恐难担当安葬之任；你我又远在千里之外，也难亲理此事。学生思忖：一是先帮其筹措安葬之资，二是山南西道副使樊宗师现在东都，想请他主持丧事，不知文昌有何良策？”

张籍听后道：“这样最好。”

韩愈接着道：“明日打算让家人建中携资随同赵二一块前往东

都；我已给樊宗师修书一封，让他在洛承办此事。”

“如此再好不过。”张籍听后点了点头。一旁贾岛向着韩愈道：“在下与孟大人交往一场，思之令人肝肠寸断，决定到灵前一吊。打算明天同建中一块前往东都。”

韩愈看了看贾岛，点了点头道：“这样也好，你到了东都，见到樊宗师等人，可说明我等心迹，让他务必办妥此事。学生也可多少有些安心了。”

第二天，贾岛等人启程前往东都，韩愈将其送至东门外。回到家后，韩愈想到与孟郊相交多年，亲如手足。孟郊虽清如冰壶、博学通儒，诗赋神施鬼设、奇葩吐芳，然五十岁上方雁塔题名，终难为权贵所容，一生穷困潦倒；更不幸的是晚年连丧三子，每日生活在愁云忧雾之中。而今竟又暴卒他乡，不禁又痛哭起来。卢夫人见此，只好多方相劝，韩愈方渐渐节哀，并将孟郊卒亡之事，告知岭南西道节度使郑馀庆和在京的亲朋好友。

一日韩愈正与张籍在书房谈论文坛轶事，只见秦济引着一人进来，韩愈一看，认得是樊宗师的家人旺儿，忙让其坐下叙话。

那旺儿坐下后向着韩愈道：“小人奉我家老爷之命，特来向大人禀告孟大人的丧事筹办事宜。”说着，从行李中拿出书信一封，呈与韩愈。

韩愈忙接过书信，拆开阅看，只见樊宗师在信中向他叙说了孟郊丧事的筹备情况和安葬日期，并要他定为孟郊书写一墓志铭，以悼慰亡灵。韩愈看罢，想到孟郊一生多舛，不觉又潸然泪下。张籍见此，遂接过书信浏览一遍，向着韩愈道：

“看来东野的丧事已筹备就绪，现离安葬日期已不远，先生应着手为东野写一墓志铭才是。”

原来前几天樊宗师曾托人捎来书信，要韩愈为孟郊撰写墓志铭，当时韩愈正在悲痛之中，一提到孟郊便泪如雨下，遂向着来人道：“东野去如断吾手足，剖吾心肺，吾怎忍心为之作铭乎！”故未能应樊宗师所邀。不想今日其又遣使前来索要。

韩愈向着张籍道：“不是学生不愿为东野作铭，实是一想到东野就肠断心碎，难以执笔。而东野一生刚正磊落，光彩照人，且辞彩精拔，震古烁今。怕一时笔力不及，挂一漏万，难以概括东野一生，故未敢承担此任也！”

张籍听罢，向着韩愈道：“先生所虑也是，然当今天下对东野了如指掌、亲如手足者，唯先生尔；除了先生能为东野作铭外，恐怕别无他人了！”

韩愈听后，不觉又落下泪来。张籍看了看韩愈，继续道：“东野不仅诗赋扬葩振藻，屈艳班香，而且一生屈鄙行鲜，欺霜傲雪。今已仙逝，应给个谥号才好？”

“给个谥号！如何给谥号？”韩愈听后，看着张籍道，“东野乃一小小参谋，如何能讨得谥号？”

张籍凝重地道：“学生所说的谥号，并非朝廷所赐，像东野这样职低身微之人。韩廷怎会给他谥号？学生的意思是我们儒林同道赠他一个谥号，以彰其一生！”

韩愈听后，不由得点了点头，向着张籍道：“文昌说得很对，送东野一个什么谥号好呢？”

“我看就送他一个‘贞曜先生’如何？”张籍向着韩愈道，“东野一生光明磊落，坚贞不屈，揭德振华，于古有光，此谥号正好是东野的人生写照。”

“好！这个谥号不错！”韩愈听后满意地点了点头，“今后就用‘贞曜先生’来称谓东野，可向儒林同道和东野的亲朋友好友告知此事，学生在为东野作铭时，就用‘贞曜先生’这个名字。”

“这样最好。”张籍听后也不由点头称善。韩愈转向一旁的旺儿道：“你先住下休息休息，待学生写好铭文后，你再带上返回。”那旺儿听后，忙站起称是，随秦济退出书房。

晚上韩愈来到书房，展纸于案，提笔为孟郊作铭。他想到与孟郊相交二十余载，二人谊切苔岑、刎颈相交。眼前不由浮现出与孟郊初识渭水、同游灞陵、汴州共振文坛、长安赋诗联句的一幕幕情景，不禁又潸然泪下。

韩愈悲泣了一阵后，擦了擦眼泪，提笔写道“贞曜先生墓志铭”

七个字，然后略一思忖，含着热泪写道：

> 唐元和九年岁在甲午，八月己亥，贞曜先生孟氏卒。无子，其配郑氏以告，愈走位哭，且召张籍会哭。明日使以钱如东都供葬事，诸尝与往来者咸来哭吊韩氏舍，遂一书告兴元尹、故相馀庆。闰月，樊宗师使来吊，告葬期，征铭。愈哭曰："呜呼，吾尚忍铭吾友也夫！"兴元人以币如孟氏赙，且来商家事，樊子使来速铭，曰："不则无以掩诸幽。"乃序而铭之。

韩愈写到这里顿了顿，接着以无限崇敬和沉痛的笔调，述说和赞颂了孟郊的高尚品质、卓绝才华和在诗赋领域搏击苦吟的精神：

> 先生讳郊，字东野。父庭玢，娶裴氏女，而选为昆山尉，生先生及二季酆、郢而卒。先生生六七年，端序则见，长而愈骞。涵而揉之，内外完好，色夷气清，可畏可亲。及其为诗，刿目鉥心，刃迎缕解，钩章棘句，掐擢胃肾，神施鬼设，间见层出。唯其大玩于词而与世抹杀，人皆劼劼，我独有余。有以后时开先生者，曰："吾既挤而与之矣，其犹足存邪！"

韩愈写到此，想到孟郊一生欺霜傲雪、披褐怀珠，因不愿依附权贵，致使仕途坎坷，终生处于穷困潦倒之中。他不禁叹息一声，遂继续写道：

> 年几五十，始以尊夫人之命来集京师，从进士试，既得，即去。间四年，又命来选，为溧阳尉，迎侍溧上。去尉二年，而故相郑公尹河南，奏为水陆运从事、试协律郎。亲拜其母于门内。母卒五年，而郑公以节领兴元军，奏为其军参谋、试大理评事。

最后，韩愈以沉痛的心情，记述了孟郊的不幸去世、安葬经过和儒林好友赠授谥号的情况：

挈其妻行之兴元，次于阌乡，暴疾卒，年六十四。买棺以敛，以二人舆归。鄩、郢皆在江南，十月庚申，樊子合凡赠赙而葬之洛阳东其先人墓左。以馀财附其家而供祀。将葬，张籍曰：先生揭德振华，于古有光，贤者故事有易名，况士哉？如曰“贞曜先生”，则姓名字行有载，不待讲说而明。皆曰“然”。遂用之。

初，先生所与俱学同姓简，于世次为叔父，由给事中观察浙东，曰：“生吾不能举，死吾知恤其家。”铭曰：

于戏贞曜！维执不猗，维出不訾；维卒不施，以昌其诗。

韩愈写罢，将铭文又看了一遍，不觉又泪湿衣襟。

第二天，张籍又来，韩愈拿出铭文让张籍阅看。张籍看罢铭文，点着头道：“先生这篇铭文真可谓是空前绝后了，其情之深，其义之重，其辞之诚，令人动辄肺腑。将东野孤傲的性格、坎坷的仕途、多舛的命运、苦吟的精神，撰写得淋漓尽致！”

韩愈不由叹了口气，道：“学生这半生，为人书写墓志、祭文不下百余篇，然最使学生动情的只有二人：一是十二郎病亡，那时学生在京候调，不能南下亲祭，只好用血泪写成祭文，让建中代学生到宣州去处理后事；再一个就是东野这篇铭文了。”

张籍道：“先生的《祭十二郎文》，乃是一篇缘情而书的‘至情’之文，被世人称为祭文中的千古绝唱！可谓字字是血，句句是泪。东野这篇墓志铭辞诚意切，可与之成为祭铭中的‘双璧’！”

“文昌过誉了！”韩愈听后，不由沉重地道，“文为心声而发，诗为情感所动。昔日十二郎之死，今日东野之卒，使学生拊膺泣血，悲痛欲绝，学生是无意为文而为文也！”

二人正说着，秦济带着旺儿进来。韩愈即将铭文和给樊宗师的书信交给旺儿，嘱咐了一番后，让其速速返回。旺儿接过书信，同秦济一起退出。

张籍待旺儿离去后，向着韩愈道："近闻朝中李降大人向皇上建议，欲召回宗元、禹锡、元稹等人入京，先生可知之否？"

"学生也略有所闻。"韩愈道，"前天崔舍人前来吊祭东野，我问及此事，崔群言道：李降十分崇尚宗元、禹锡的才学，曾向皇上建言：'叔文的永贞革新已过去十年，宗元、禹锡等人意略纵横，有王佑之才，乃国家之栋梁；自贬徙岭南至今，政绩卓著，百姓称颂；久居南疆，实非朝廷之福，宜召回京师委以重任。'据说皇上听后深感有理，但遭到李吉甫和宦官吐突承璀的反对。宗元等人能否被召回，看来还很难说。"

张籍听后道："这李吉甫早年为翰林学士时倒还清正廉明，多能主张正义；怎乃入相以来，却屡屡倒行逆施，处处与贤臣良相为敌，实在令人发指！"

韩愈听后，不由叹了口气，道："吉甫先父李栖筠，为人正直磊落，德操高洁，早年对吉甫影响颇大；且吉甫能严遵父诲，竭忠报国。然而随着官职不断升高、地位不断改变，在官场腐败之风的污染下逐渐走向其反面。这也是人生悲剧之所在！"

"先生说得极是。"张籍也不由感叹地道，"然而让人愤慨地是，朝廷竟用这样的人为相，不知要贻误多少国家大事，葬送多少栋梁人才！"

韩愈向着张籍道："昔年永贞革新，虽有些方法欠妥，但其目的和历史功绩是不可抹杀的，可叹当时在朝野守旧势力和阉党的围剿下，革新惨遭失败！不仅使胸怀管晏之术的叔文含冤而死，而且扼杀和葬送了一大批像宗元、禹锡这样瑰意琦行、叱咤风云的旷世之人，实在让人叹惜！"

"先生所言不错！"张籍不禁接口道，"但愿李大人这次提议能被皇上所采纳，宗元、禹锡等人能顺利返回京师，为朝廷所重用。"

韩愈听后不由得点了点头道："但愿如此！"二人又说了一会儿话，张籍方告辞离去。

第91章
遇知己畅谈时政　宴故交评说诗文

唐元和九年冬，韩愈坚持正义，不畏权邪，经过近两年的仰观俯察，去伪存真，基本完成了顺宗实录的重新编撰，并由比部郎中转为考功郎中知制诰，仍主掌史馆撰修事宜。

这年底，李吉甫病亡，尚书右丞韦贯之擢拜中书侍郎，同中书门下平章事。这韦贯之乃后周柱国雄八世孙，由进士擢贤良方正科。其人操清风洁、直言敢谏，由校书郎累迁至中书舍人和尚书右丞，在朝有诤臣之誉。韩愈及朝野贤良闻之，多为之振喜不已。

一日，韩愈刚刚送走张署前往河南县任县令归来，只见中书舍人崔群携同翰林学士王涯进来，韩愈忙站起相迎，欣喜地向着王涯道："广津兄是前天到京的吧？学生正要前去拜谒祝贺，不想大人竟光临寒舍。"

王涯爽朗一笑道："韩兄身负重任，公务繁忙，小弟理应前来拜谒才是！"这王涯字广津，乃韩愈同年好友，由进士举博学宏词科，先任蓝田尉，继迁左拾遗及翰林学士。元和三年，宪宗在宣政殿亲试贤良方正能直言极谏科。王涯的外甥皇甫湜同牛僧儒、李宗闵等因言直语切、直指时弊，虽擢居甲等，但却遭到宰相李吉甫的忌恨，三人均被黜为幕职；主考官杨于陵、韦贯之和王涯也同时坐贬。王涯先贬虢州司马，后徙袁州刺史。今李吉甫卒，韦贯之擢相，王涯复为翰林学士。

韩愈忙道："广津兄过奖了。学生这小小史馆修撰算得什么重任？哪济得上王兄翰林学士之朝廷要职！"

“韩兄此话差也！”王涯笑道，“这史馆修撰虽不及中书能直接为朝廷决策大事，但其却肩负着为天下判定善恶，褒贬忠奸之重任。纵观古今，能流芳千古者，唯史官也！”王涯讲到此，向着韩愈道：

“听说韩兄已重新编撰《顺宗实录》五卷，可否是真？”

“是的。”韩愈点了点头，向着崔群和王涯道：

“这《顺宗实录》写成可真不容易，不仅要将所有史料进行重新采访、披阅、考察论证，而且还要面对权贵的压力和小人的诽谤。好在有众位朋友的支持和帮助，总算可以交卷了！”

王涯听后向着韩愈笑道：“人人都说李吉甫后半生干尽伤天害理、祸国殃民之事；我看他用韩兄为史馆修撰，倒是办了件好事！”

“广津兄说得不错！”崔群向着王涯道，“纵观当今朝野，能胜任史官之职者，可谓非韩兄莫属了！”

“二位言重了！”韩愈听后忙道，“李吉甫同意学生为史馆撰修，一是皇上令其重修《实录》，他一时找不到合适人选，只好违心地把这个差事交给了学生；二是由武大人和深之的极力推荐，他不过是作了个顺水人情而已。”

王涯向着崔群道：“听说朝野不少人见退之刚正不阿，就把篡改史实的希望寄托在李吉甫的身上，为此，李吉甫收受了不少贿赂，打算在审定史稿时，满足这些人的要求。现在，李吉甫一死，这些人不仅美梦破灭，而且白白损去若干银两，正所谓偷鸡不成，反蚀了一把米，岂不令人可笑！”

“广津兄说得不错。”崔群向着王涯和韩愈道：

“李吉甫这一去世，不仅使韩兄的史稿免遭一劫，得以完整流传于世，而且更重要的是，将使大批贤臣良士能为朝廷所重用！这次深之和韦贯之两位大人说动皇上，不仅使广津兄得以返回朝堂，而且将要召回宗元和禹锡等人。”

“啊！敦诗兄说的可真？”韩愈一听，不由惊喜地看着崔群。

“前天皇上在德政殿召见武相公、深之和韦贯之等人询问政事，深之向着宪宗道：‘皇上要中兴大唐，不仅要推行新政、铲除弊制，而且更重要的是要擢犀拨象，大胆启用那些心怀忠烈，有王佑之才的贤臣良士。’韦贯之在旁也极力拥赞深之所谏，皇上听后十分满意，不顾阉党的一再反对，决定将宗元、禹锡等人召回。现在中书正在拟诏，估计过罢新年，他们就可到京了！”

“好！真是太好了！”韩愈听后，高兴地道，“这下宗元、禹锡总算熬到了头，可以离开岭南那荒蛮之地，为朝廷社稷展现其才了！”

“是啊！”王涯也感慨地道，“这次宗元、禹锡若返回京师，不仅将结束他们的十年贬徙生涯，而且将使朝堂增加一批忠良之臣，看来我大唐中兴真的有望也！”

韩愈和崔群听后，都不由欣喜地点了点头。韩愈接着向王涯询问了这些年贬徙在外的情况，王涯一一作了回答。三人乃故友重逢，尽吐胸中之事。不一会儿，卢夫人令人摆上酒宴，为王涯接风，三人直饮到日落方罢。

唐元和十年春，柳宗元、刘禹锡、元稹等人先后被召回京师。

这天中午时分，从长安东门外的大道上，缓缓驶来六七个骑马之人和数辆车子。为首二人并辔而行，这二人年龄都在四十岁以上，其中一人浓眉大眼，苍须飘胸。他看了看前方远处的城门楼，向着身旁的双眉入鬓，凤目微睁，三绺长须垂于颔下之人，欣喜地道：“到了！我们终于又回到了长安！”

那人望着前方巍峨的城楼，多少有些伤感地道：“是呀！十年了，昔日梦中的长安，今日总算真地出现在眼前了！”

这二人不是别人，正是十年前因永贞革新一案，被贬徙南疆的柳宗元和刘禹锡。柳宗元字子厚，剑眉凤目，精敏绝伦，能诗善文、热衷古文。由进士登博学宏词科。先授校书郎，后调蓝田尉，贞元十九年与韩愈等人擢拜监察御史。永贞革新中积极参与了王叔文的变法活动，被贬为永州司马。刘禹锡，字梦得，浓眉大眼，潇洒卓荦，诗文名重朝野，人称有宰相之风。贞元十九年与柳宗元、韩愈等一起擢登御史台。永贞革新中，王叔文之策多出自二人之手，为朝中权幸所忌，贬为朗州司马。

刘禹锡望了望四周满目春色，向着柳宗元高兴地道：“苍天有眼，终将不负你我对朝廷的一片忠心！”

柳宗元听后，望着大道上身着春装的红男绿女，感慨地道："这次我等被召返京，一是主上英明；二是多亏了李降和韦贯之两位大人的保举。然而当今朝政仍为阉党所把持，朝野不少人还在为永贞之事耿耿于怀；而且政坛风云变化莫测，听说李降大人极力反对宦官干政，吐突承璀视李降为眼中之钉，经常在皇上面前讲李大人的坏话。这次回京，能否以呈你我胸中之志，为朝廷所重用，还真让人有些担心呢！"

"柳兄所虑也是，小弟也有同感。"刘禹锡接口道，"不过从当前朝中情况来看，虽阉党仍在左右朝政，但皇上有时也能倾听和采纳贤臣良相的主张，不为阉党所动；同时朝中几位大臣，多是贤明之人。忠贤力量大于奸佞之势，只要朝中没有大的政治变动，我等定能为朝廷所重用。"

柳宗元听后，点了点头道："但愿能如贤弟所言就好！"二人说着已来到城门前，只见城门外站着一群官员。刘禹锡一看，高兴地道："你看，那不是退之、敦诗、广津和微之等人吗？"

"嗯，不错！正是他们。"柳宗元忙抬头仔细一看，果见是韩愈、崔群、王涯、元稹等人站在那里。韩愈等人也望见柳宗元、刘禹锡过来，忙高兴地迎上前来。前一天，大家就已得到柳宗元和刘禹锡今天到达京城的消息，便相约迎候于此。

柳宗元和刘禹锡急忙跳下坐骑，交给身后的家人，大步向前奔来，与迎上来的韩愈等人相互拥抱在一起。大家互相拉着手，高兴地热泪盈眶。韩愈紧紧握着柳宗元和刘禹锡的手，激动地道："老天有眼！老天有眼！今日终于将二位贤弟给盼回来了！"

柳宗元和刘禹锡也高兴地道："多谢诸位大人前来相迎，今日看到诸位大人，真犹如梦中也！"

崔群向着柳宗元和刘禹锡笑道："听说二位大人今日到京，我们大家便早早到此迎候，果然是紫气东来。二位大驾光临，我京师从此又多了两位文坛巨星也！"

王涯看了看柳宗元和刘禹锡，高兴地道："刚才大家还在议论二位贤弟，这十年岭南生涯，不知潇洒倜傥的两位才子，今日会变成什么样子？现在看来，虽然两鬓多了几绺白发，但仍不失昔日风华之貌，而且更加英气袭人！”

柳宗元与刘禹锡听后忙道：“大人过奖了，这都是托皇上的宏福！南疆虽乃蛮夷之地，但民风淳朴，皇恩浩荡，故我等方保无虞。”

韩愈向着崔群，王涯道：“今日二位贤弟一路辛苦，咱们先回城去，待二位安顿下来，咱们再慢慢叙谈如何？”

“好！”崔群向着韩愈和柳宗元道，“子厚和梦得回来，乃天大的喜事，咱们回城去好好庆贺庆贺！”大家边说边相携向城中而来。

柳宗元和刘禹锡回到京城后，李降、崔群、韩愈等在京好友，接连几天为之接风洗尘。与此同时，二人又先后拜谒了武元衡、韦贯之和李降三位宰相。李降等人向其介绍了朝中情况，说了许多褒奖鼓励的话，令其在馆驿候旨听诏。

柳宗元、刘禹锡二人见大家盛情相待，一扫数年压在心头的阴云。这日，韩愈和王涯、元稹在秦苑楼设宴款待二人，并邀张籍和白居易作陪。

白居易，字乐天，号香山居士。贞元十六年进士及第，官拜翰林学士、左拾遗，其人才华超凡，诗赋惊世，与张籍、元稹共同开创了新乐府诗。近年来又与韩愈交往甚厚。

柳宗元和刘禹锡久闻张籍和白居易之名，而且很喜欢他们的新乐府诗，今日一见更加振喜。酒过数巡，柳宗元向着张籍和白居易道：

“张大人的乐府诗，活泼圆转，锋发韵流，读后使人震撼不已；白大人的诗更是大气磅礴，清新俊逸，阅之令人振聋发聩，耳目一新。”

刘禹锡接口道：“张大人的《采莲曲》、《野老歌》、《山头鹿》等诗，脍炙人口，在大江南北可谓家喻户晓，人人能吟；白大人的《秦中吟》十首、《新乐府诗五十首》，更是朱弦疏越，光芒万丈。特别是大人的《长恨歌》、《琵琶行》、《卖炭翁》等诗，达到了叙事诗的空前高峰！”

张籍听后忙道：“二位大人过誉了！”白居易接口道：“二位大人瑰意琦行，超然独出，诗赋文章情景交融，闳远微妙，世人莫不瞩目。特别是柳大人的“离骚”二十篇，荡气回肠，催人泪下，实令学生叹服！学生的几首小诗，与大人的巨作相比，真可谓是小巫见大巫了。今后还要请二位大人多多指教。”

韩愈笑着道：“你们几位就不要互相谦恭了，来，咱们喝酒。”大家遂又端起酒杯一饮而尽。

柳宗元放下酒杯，向着韩愈和王涯道：“记得学生任蓝田尉时，就已拜读过白大人的《古原送别诗》，那‘离离原上草，一岁一枯荣。野火烧不尽，春风春又生。’的绝句，至今仍萦绕在耳边。当时听说此诗为白大人十六岁时所作，直惊得学生瞠目结舌，真想一睹其人，没想到二十年后的今天，我们才有幸相见。”

王涯听后向着白居易问道：“听说白大人的《古原诗》，乃是进京应试时，前往拜谒时任吏部尚书的顾少连所献旧作，可否是真？”

“此事倒是不错，”白居易笑了笑道，“贞元十六年，学生由东都前来长安求仕，将旧作文章三篇、诗赋五首献于顾尚书，希望其能予以举荐。当时顾尚书从门吏手中接过学生的拜柬，见落名为‘白居易’，不由轻蔑一笑，向着左右道：‘今日京城米价方贵，恐怕‘白居’非易也！’当其打开诗稿，看完学生这首诗后，不由脱口而出道：‘好诗！好诗！此人在京居之易也！’”

元稹笑道：“顾尚书可谓慧眼识人也！听说看完白大人的诗后，拍案叫绝，第二天便拿着诗稿找到主持贡举的吏部侍郎郑珣瑜进行了举荐，使大人当年便蟾宫折桂，金榜题名。”

“是的！”白居易也不由感慨地道，“学生与顾大人非亲非故，并不认识，其竟能极力举荐，实在难得！事后学生每想起此事，便感激不尽，庆幸自己遇到了伯乐！”

“乐天说得不错！”韩愈接口道，“这顾少连清正廉明，疾恶如仇。在朝政尚宽简，不为灼名，可算得上一位贤臣。‘四王二帝’之乱中，德宗逃幸奉天，其徙步诣谒；裴延龄专权时，朝野无敢忤者，顾少连竟以笏击裴延龄之头，道：‘段秀实笏击贼臣，今吾笏将击奸臣也！’后迁任京兆尹和东都留守。”

大家又饮了一杯酒，刘禹锡向着白居易道：“读白大人的诗，寓意深远，清新泼辣，很有些杜工部的诗风，又有些陶渊明的情趣，不知是何因？”

白居易道：“学生这半生十分欣赏陈子昂和杜工部的诗，陈子昂的诗多兴讽；杜甫的诗即事忧时。特别是杜甫的《新安吏》、《石壕吏》、《潼关吏》，对学生影响最大；另一方面，学生也非常崇拜陶渊明和韦应物的诗。因此在学生的诗中，既有‘兼济天下’的志向，又有‘独善其身’的想法。”

柳宗元听后接口道：“白大人的诗，深入浅出，清雅俊逸，意到笔随，毫无雕琢拼凑之痕迹。在当今朝野，妇孺童仆，莫不随口吟之！”

“子厚兄说得不错。”王涯点了点头道。白居易忙笑道：“诸位大人言重了，在当今天下，就诗赋文章来说，当数诸位大人了！”白居易说到此，看着大家道：

“韩大人的诗，宏伟奇崛，以文为诗，形成了推群独步的奇崛派；张大人的诗，风雅比兴，衔华佩实，开拓了一代新乐府诗的先河；柳大人的诗，色彩绚丽，锋发韵流，形成了‘枯’、‘膏’一体，‘淡’、‘浓’相宜的风格；刘大人的诗，清新谈雅，辞致典赡，推出了一代新民歌体裁，为当今世人所瞻目。特别是元大人的诗，‘寓意古题，刺美见事’，沉博绝丽，珠圆玉润，宫廷市井莫不吟唱之！”

“哈哈！讲得好！”王涯接口道，“今日诸位大人的诗，经乐天这么一点评，真可算是画龙点睛，各领风骚，恰到好处也！”

韩愈也不由高兴地道：“诗乃源于行、动于情、鸣于心肺、出于灵感。天下文章虽以圣人之道为本。但每个人的情趣、爱好、追求、经历不同，也就有了百花争艳、姹紫嫣红的流派和风格。今日我大唐文坛，可谓继李杜之后，又呈现出一繁盛高峰也！”

“退之讲得极是！”大家听后，不由连连点头。正在此时，只见崔群急急进来。大家忙站起相迎，只见崔群面色严峻，不知发生了什么，都一齐看向崔群。

第92章
论忠奸感叹李绛　惜栋梁哭送宗元

且说韩愈、柳宗元、王涯等人正在评说诗文，只见崔群面色严峻地进来，大家不知发生了什么事，便一起望着崔群。

崔群坐下后，看了看在座之人，凝重地道："告诉大家一个坏消息，朝中发生了重大变故：李绛大人被黜于中书！"

"什么！李绛大人被贬？"

"李绛为何被贬？这是怎么回事？"大家都不由惊讶地看着崔群。

"上午皇上召集中书三位宰相议事，"崔群道，"李绛大人直言相谏，怒责宦官干政，不料触怒皇上。李绛愤怒辞去相位，皇上已经准奏。"

大家听此，俱不由现出忧愤之色。王涯道："深之罢相是早晚的事，但没想到竟这么快。他一直反对宦官干政，与吐突承璀等人势不两立，这些阉党岂能让其久居朝堂？"

韩愈也不由气愤地道："皇上如此英明，怎就宠信这些阉党？凡朝中忠贤之臣，只要反对宦官弄权者，到最后不是被黜，就是丢官，真乃让人痛心！"

柳宗元和刘禹锡互相看看，面上都不由掠过一丝忧虑之色。柳宗元向着崔群关切地道："不知深之贬往何处？由谁来接替中书之职？"

"深之贬往何处还不清楚。"崔群道，"但接替深之相位之人，可能就是李逢吉。"

“李逢吉！”大家一听，又是一惊。这李逢吉字虚舟，性忌前，险谲奸诈。先为太子侍读，后擢中书舍人。其入仕后一直投靠在阉党和权贵门下，为朝野忠贤之士所不齿。崔群看了看大家，道：

“李逢吉腹怀鳞甲，媚上欺下，妒贤忌能，野心昭昭，一直窥视着朝堂相位。便趁着深之和阉党不和，遂与吐突承璀勾结在一起，在皇上面前内外夹击，极力诬陷诽谤深之，致使皇上对深之产生忌疑，而对李逢吉更加宠信。这次深之被黜，李逢吉拜相是势在必然，已成定局！”

韩愈听后，愤慨地道：“这次深之被黜，若李逢吉拜相，不知朝野又有多少良臣贤士要遭遇灾殃，看来我大唐中兴难也！”

崔群道：“学生前来告诉大家，是让大家有个思想准备，以应对朝中的变故。”大家听后，心中都有些沉甸甸的，刚才的欢乐心情，一下变得阴暗起来。

第二天即从朝中传出消息，李绛被贬为华州刺史兼潼关防御使，李逢吉擢门下侍郎，同平章事。大家闻之俱嗟叹不已。

三日后，李绛离京赴任，崔群、王涯、韩愈及柳宗元、刘禹锡、元稹等人，将其送至灞凌桥边。李绛望着随风摇曳的柳枝，向着大家道：

“诸位大人都回去吧，送君千里，总有一别。华州距国门近在咫尺，诸位有闲暇时，望到华州来作客。”然后走到崔群和王涯面前，握住二人的手道：

“两位大人身居要职，皇上对二位大人十分器重，看来用不了多久，二位大人定会成为朝中重臣。如今内有宦官弄权，外有藩镇作乱，淮西战乱未平，河北烽烟又起，年初朝廷派去征讨吴元济的十六路兵马，先后丧师辱国，无功而返。望二位大人以朝廷社稷和黎民百姓为重，辅弼皇上实现中兴大业！”

崔群和王涯听后，都不由眼睛一湿。崔群向着李绛道：“请大人放心，学生无论将来是升是降，身居何职，都会殚精竭虑，报效朝廷！”王涯也接口道：

“大人刚正不阿，摅忠报国，乃学生之楷模！学生定会像大人一样为朝廷社稷鞠躬尽瘁！”

李绛点了点头，看了看左右，向着二人小声地道:“李逢吉此人阴险狡诈,忌贤妒能,又与阉党勾结在一起,将来必然要祸乱朝堂。你二人要处处小心，时刻提防着他们，既不能让其祸国殃民的勾当得逞；同时又要防备遭他们的暗算。我大唐的兴衰前途，就寄托在你二人身上了！”

“大人言重了！”崔群和王涯忙道，“学生定谨遵大人的嘱咐，请大人放心就是！”

李绛转身向着韩愈道:“退之兄才华卓绝，文章盖世，只是性格太刚，故常常被人诽谤诬陷，难展胸中抱负，今后还望韩兄能刚柔相济才是。”

韩愈听后甚为感激，道:“多谢大人的美意，看来学生这性格是改不了啦！”李绛紧握着韩愈的手继续道:

“学生这一出国门，就不易看到韩兄的大作了，望韩兄能经常将新作寄给学生，以饱学生眼福可好？”

“若大人不弃，学生遵命就是。”

李绛同韩愈说罢，又转身来到柳宗元、刘禹锡和元稹面前，多少有些遗憾地道:“学生本打算能将三位推举给朝廷，委以重任，看来这件事学生是无能为力了，还望诸位莫要气馁。诸位才略纵横，崧生岳降，将来定会为朝廷所重用。”

柳宗元等人听后，虽知李绛被黜，必然会危及他们的前程，但见李绛如今仍关注着自己,不由更加感动。便道:“请大人多多保重！大人的恩情学生将永远不忘。无论这次回京是升是降，赤子报国之心将永远不变！”

“好！好！”李绛听后，紧紧握了握他们的手，然后挥泪而去。

送走李绛后，大家心情都有些沉重。一晃又过去月余，柳宗元、刘禹锡、元稹三人仍住在馆驿，等候着朝廷的诏令，然而从朝中传出的消息，使大家越来越感到忧愤和失望：有的说李逢吉和阉党极力反对重用永贞革新之人；有的说韦贯之和李逢吉为柳宗元、刘禹锡、元稹之事争论不休，宪宗也拿不定主意等等。

韩愈闻之，心中也十分焦虑，这日便来到馆驿询问究竟，正好崔群也在这里。大家相见罢，韩愈遂问及朝中传闻，柳宗元和刘禹锡都不由叹了口气，道：“情况正如所传那样，崔大人所来也正为此事。”

崔群接口道：“李逢吉和吐突承璀知子厚、梦得、微子三人雄才大略，担心三人入朝后对他们不利，便极力在皇上面前说三人的坏话；讲子厚、梦得胸怀叵测，乃王叔文乱党的主谋；微子狂傲不羁，蔑视朝纲。若委以重任，定会挠乱朝政。宪宗听后也犹豫难决。”

“果然是这样！”韩愈听后，不由愤慨地道，“这些人自己弄权朝堂，欺蒙圣聪，竟然贼喊捉贼，颠倒黑白，真是岂有此理！”

崔群接着道：“前天中书议事，韦贯之大人提出子厚、梦得、微子，已进京数月，且三人卓荦不群，才藻艳逸，应尽快委以重任。现翰林缺职多日，三人正好充任翰林学士和中书舍人之职。李逢吉听后，极力反对，二人直争得面红耳赤。”

“那武大人是什么意思？”韩愈听后忙问道。崔群不由叹了口气道：“先时，武大人也极力主张给三人委以重任，后听说李逢吉和吐突承璀登门进行游说，说永贞革新中武元衡被贬，乃子厚与梦得所为。现在若将二人委以朝堂重任，只能是放虎归山，后患无穷。武元衡听后，不由勾起昔日之事，未免心中所动，遂处于中立状态。”

“原来是这样！”韩愈听后，不由得点了点头。一旁刘禹锡道：“武元衡大人当时为御史中丞，因与韦执谊、王俭二人不和，为韦执谊所忌，那时我和子厚，一是年轻气盛，二是为韦执谊所惑，便同意将武元衡贬为太子右庶子。过后深感追悔莫及。”

崔群向着韩愈道：“学生前来找子厚和梦得，就是为了此事。常言道：‘大丈夫能屈能伸’，人在屋檐下，岂能不低头！二位应学学刘玄德才是。如今李逢吉傲坐朝堂，武大人执掌朝柄，三人应多登门拜谒才是，否则，后果不堪设想！而他们三人竟不以为然。”

韩愈听后，看了看柳宗元、刘禹锡和元稹。柳宗元面呈凝重之色道：

“崔大人一番好意，学生岂能不知？然而学生不愿前去拜谒有三：一是李逢吉乃势利小人，若无重金相贿，他岂肯容情？学生贬徙岭南十载，却是两袖清风，哪来的贿金？二是李逢吉阴险狡诈，与宦官狼狈为奸，朝野有识之士莫不唾弃指骂，学生虽非世外超人，但也不愿向这种人折腰。三是武元衡大人乃耿直清正之人，即使我们不去拜谒，其也会主持公道；若是前去拜谒，倒会把我等视为钻营之人，反为不美。以学生之见，还是不去为好。”

旁边元稹接口道：“柳大人说得很是，学生这一生最恨奸佞之徒，我们为官，凭的是真才实学，即使这官不做，也不能向李逢吉这样的人低头！”

“好！讲得好！”韩愈听此，不由拍案叫绝。他历来恶圆喜方，不畏权势，虽希望柳宗元、刘禹锡等人能留在京师擢拜要职，但却不赞成去向权幸讨好求荣。今见柳宗元、刘禹锡、元稹等人和自己的主张相契，十分激动，便向着三人道：

“三位贤弟高风亮节，实在令人钦佩，我想朝中有韦大人、武大人主持公道，他李逢吉就能一手遮天不成！”

崔群听此，不由摇了摇头，向着韩愈笑道：“你呀！还是这个脾气！这些年你吃亏就吃在这里！你这一来，我就知道学生今天是白跑了一趟。既然大家都不赞成前去疏通，那就只好听天由命了！”

柳宗元忙道：“崔大人的好意，学生是万分感激，绝无丝毫他意，望大人海涵。”韩愈看了看崔群，向着柳宗元道：

“子厚莫急，敦诗的性格你还不知，他是担心三位的前程，才出此下策。他比你我更痛恶奸佞之徒，若是此事放在他的身上，你就是贬了他的官，他也不会去向李逢吉折腰求情的！”

“唉！知我者，莫若退之也！”崔群听后，不由笑道，“看来我们这些人的骨头，真是有点太硬了！但愿老天能成全我们。”大家又谈论了一阵朝中之事，崔群和韩愈方告辞离去。

唐元和十年夏末，由于李逢吉和宦官吐突成璀作梗，宪宗终于作出决定，再贬柳宗元、刘禹锡和元稹三人出京。柳宗元被黜为柳州刺史，刘禹锡被贬为播州刺史，元稹再徙通州司马。

消息传出后，柳宗元、韩愈等人既感到愤慨，又在预料之中。这柳州、播州远在万里之外的南疆边陲，特别是播州，地处广州西南的崇山峻岭之中，交通十分困难。时刘禹锡有八十岁老母在堂，无法携母前往。柳宗元见此，便上书吏部，要求与刘禹锡调换任所。韩愈闻之，甚为愤慨，便约同崔群直谒韦贯之、武元衡处，为柳宗元、刘禹锡等人讨说公道。

武元衡见韩愈和崔群前来，已明来意，不由多少有些气愤地道："子厚与梦得之事，有人传说乃老夫因永贞之故，忌恨二人，不予重用，此完全是无稽之谈，是对老夫的污辱！且不说永贞之事已过去十年，当年子厚、梦得多为'二王'所惑；就子厚、梦得的卓绝才华和在岭南十载的政声，也应委以重任。"

"那是！那是！"崔群忙道，"大人高风亮节，腹能行舟，这是朝野尽知的，岂能为昔年之事耿耿于怀！"

武元衡听后，也不由叹了口气道："宗元和禹锡再次贬任岭南，实非老夫本意，但这也是没有办法的事。二位也可能已有所闻：韦大人要举荐子厚和禹锡进入翰林和中书任职；李大人和吐突总管坚决反对，非要他们重新回朗州和永州任原职不可，双方争得互不相让。皇上见此，召老夫问策，老夫感到，子厚和梦得目前留在京师，进翰林和中书已是不可能了，但让其乃回到岭南继续任司马也不公平。无奈，只好提出一个折中办法：二人既不进翰林和中书，也不再担任原职，由司马擢为刺史，仍到外地任职。皇上听后点了点头，双方才勉强同意。"

韩愈接口道："武大人一向刚正廉明，举贤任能，在朝野有口皆碑，所讲情况学生也略有所闻。现在的情况是柳州、播州均在岭南边陲，特别是播州地处崇山峻岭之中，梦得老母已八十有余，怎能随着前去赴任，望大人能奏明圣上，予以调换他处为好。"

武元衡听后，沉吟片刻，道："若此，老夫这就约同韦大人一起面见皇上，奏明此情。由岭南调换岭北犹可，但若要不离开京城，恐怕难矣！"

韩愈和崔群听后俱表示理解。三人又叙谈了一阵后，崔群和韩愈方告辞离去。

第三天，朝廷即二次降诏，刘禹锡由播州改任连州，并令他们三日内离京赴任，不得有误。柳宗元、刘禹锡、元稹和韩愈等人闻后，虽心中不平，但也无可奈何。

两日后，柳宗元、刘禹锡、元稹等人离京。崔群、王涯、韩愈、张籍和白居易等。将其送至城东灞水桥头。

柳宗元回头望了望，身后那繁华的长安城早已看不到。他向着崔群和韩愈等人感慨地道："这真像是一场梦！两个月前，学生怀着美好的憧憬和激动的心情，从这桥上回到长安，不想今日这么快又要离去了！不知何时再能回来！"说罢，不由两眼一湿。

崔群忙道："子厚莫忧，当今圣上英明卓荦，只是一时为奸佞所蒙蔽。诸位威凤祥麟，掞藻飞声，用不了多久，定会被朝廷召回。"

"召回？有李逢吉这些奸臣得宠，有阉党弄权朝堂，召回难矣！"元稹不由愤慨地道，"即使今日被召回，明日还会被再次贬黜京师！"

韩愈见此，虽心中对柳宗元等人再次被贬愤愤不平，但今日是为三人送行，忙宽慰道："诸位莫要伤感，纵观古今，奸佞虽能得势一时，却不能得势一世，昔日裴延龄、李实何其骄横，到最后还不是身败名裂、死无葬身之地吗！所谓今日刮西风，明日定会刮东风就是如此。以学生看来，当今朝堂之上，忠贤之臣仍占居上风。若敦诗、广津两位能入主中书，定能辅弼圣上扫除阴霾。那时诸位返回朝堂，将易如反掌尔！"

王涯接口道："退之说得很有道理，若是有朝一日，学生和敦诗能为皇上执掌朝政，定举贤任能，铲除奸佞，主持公道。望诸位莫忧就是。"

"若此，那就太好啦！"刘禹锡接口道，"但愿老天能成全我们！"

韩愈向着柳宗元、刘禹锡道："记得贞元十九年，学生和张署、李方叔三人，因上书直言关中天灾，被幸臣李实所陷，我三人被贬往岭南去当县令；那时是你们两人将我们三人送到这灞陵桥头。一晃十几年过去，星转斗移，当时专横跋扈的李实早已不复存在。因此，这世上的事情乃祸福交替，难以定论；诸位乃崧生岳降，人中龙凤，岂无高翔之时？"

柳宗元听后，不由苦笑了一下，道："但愿老天有眼，能如诸位所言就好！"大家又互相勉励了一番后方挥泪而别。柳宗元与刘禹锡相携至衡阳分手，互相以诗赠别。这次柳宗元离开长安后，竟老死任所，再也没有回来，与崔群、王涯、韩愈等人乃最后一别。

第十三卷

力主平叛乱

第93章
献国书擢任中枢　征淮西战和论争

再说李逢吉与宦官相勾结，蛊惑宪宗先是罢去李降宰相之职，接着又将柳宗元、刘禹锡、元稹等人赶逐南疆，一时成为京师炙手可热人物，朝野莫敢有忤者。然而他仍感到不足：李降虽罢去相位，但仍身居重镇和礼部尚书之职，这是他绝对不能容忍的；便与吐突承璀相密谋，不断在宪宗面前对李降进行造谣诽谤，妄图落井下石，将其置于死地。

一日，韩愈与崔群、王涯出游，谈及此事。崔群道："深之自认为清正无私，披肝沥胆；这次被贬谪华州后，一直心情不快，多有微词。州府之事，很少及时向朝廷奏闻；皇上往往听信李逢吉一面之辞，对深之更加不快。"

"敦诗说得不错。"王涯接口道，"深之性格刚烈，直言敢谏，与人每议及朝政，往往语言激动，不避忠奸。一些奸诈势利小人，便将深之所言，暗中告于李逢吉和吐突承璀。如此下去，深之定会授人以柄，再次遭到暗算。"

韩愈听此，深为李降担忧。回到家中，想到李降刚正不阿，才略纵横；对朝廷社稷忠贞不渝，缩地补天。可惜为奸佞所谗，贬逐京师；而且对自己输肝剖胆，契若金兰，多年来力排众议，极力举荐。不觉忧心如焚，暗道："深之乃朝廷重臣，国家栋梁；绝不能再次遭他人毒手，成为奸佞俎上之肉！"便将此意告与卢夫人。

卢夫人听此，略加沉思，向着韩愈道："深之既是国家栋梁，又是老爷至交，应该相濡以沫。为今之计，是既要让深之昂首耸立，吐哺握发，不要失了锐气，又要警惕小人，注意言辞，莫要让奸人抓住什么把柄方好。”

“夫人说得很是。”韩愈道，“同时还需要让深之将州府之事，向朝廷及时奏明，使皇上明白是非真相，以防他人从中制造事端。”

卢夫人听后点了点头。韩愈道：“学生马上给深之修书一封。说明此意。”

“这样最好。”卢夫人道。韩愈即走到案前，取来纸墨，提笔写道：“与华州李尚书书”，然后略以思忖，一挥而就，卢夫人看时，只见韩愈写道：

> 比来不审尊体动止何似？乍离阙庭，伏计倍增恋慕。
>
> 愈于久故游从之中，伏蒙恩奖知待，最深最厚，无有比者；懦弱昏塞，不能奋励出奇，少答所遇。拜辞之后，窃念旬朔不即获侍言笑。东望殒涕，有儿女子之感。独宿直舍，无可告语，展转嘘欷，不能自禁。

卢夫人看到此，不由暗忖道：“看来老爷与这李降确是情深谊厚，契若金兰。”遂往下看去，只见韩愈继续写道：

> 华州虽实百郡之首，重于藩维，然阁下居之，则为失所。愚以为苟虑有所及，宜密以上闻，不宜以疏外自待；接过客俗子，绝口不挂时事，务为崇深，以拒止嫉妒之口；亲近药物方书，动作步趋，以致和滞；为国自爱，副鄙陋拳拳之心。幸甚，幸甚！谨奉状，不宣。愈再拜。

卢夫人看罢书信，不由点了点头。韩愈道：“夫人看这样写是否可行？”

“太好啦！”卢夫人向着韩愈道，“老爷这封书信，既抒发了对深之的情谊，又提出了规劝和希望，可谓倾心吐胆，珠玉之言！深之看后，定会引以为诫，未雨绸缪。”

“但愿能如此就好！”韩愈不由叹了口气。卢夫人笑了笑，向着韩愈道，“不过这封书信若让李逢吉看到，定会对老爷怀恨在心。”

韩愈收起桌上笔砚，回头向着卢夫人道：“为了国家社稷，为了朝廷栋梁！个人的得失就顾不了许多了！”

卢夫人凝视着韩愈，不由暗道：“真乃欺霜傲雪，忠义之人也！”第二天，韩愈令秦济将这封书信送至华州。据说李降接到韩愈的书信后，感动得热泪盈眶。

唐元和十年夏，韩愈将重新修撰的《顺宗实录》五卷，进呈于宪宗审阅，宪宗看后龙颜大开。

一日，宪宗在德政殿与武元衡、韦贯之、李逢吉等人议论朝政，谈及《顺宗实录》，颇加赞赏。武元衡道：“韩愈宵旰攻苦，披沙拣金，历时两载，终于不负圣命，撰成国书五卷。此书褒贬有度，繁简相宜，可光照后世，流芳千古，为我大唐又添一重要文献！其功绩可谓不少。”

宪宗听后点了点头。道：“此书朕细细浏览了一遍，虽不少人说韩愈在书中褒贬太过，评论过于激烈苛刻。但以朕看来，还是比较公允的。众爱卿看应对韩愈如何褒奖？”

韦贯之接口道：“皇上圣明！韩愈此人濯缨濯足，气正风廉，实乃台辅之器。只因性格特刚，往往为他人所非议，故一直未被朝廷所重用。现中书缺一舍人，可让韩愈充任此职为宜。”

宪宗听后，点了点头道：“这韩愈朕也颇有所闻，不仅才藻艳逸，推尚古文，而且骨正风清，恶圆喜方。在朝野既有狂傲不羁之说，也有铁骨诤臣之名，就依众卿所奏，让韩愈到中书去吧。”

“圣上英明！”武元衡和韦贯之忙道。李逢吉虽对韦贯之所荐之人心有所忌，但见武元衡极力褒杨，宪宗对韩愈也十分赏识，便也不敢当众反对，只好违心地点头称好。

三日后，韩愈即由考功郎中、史馆修撰，擢拜为中书舍人。这中书舍人虽为正五品上，但却掌管着朝廷的侍奉进奏，参议表章，并可随班上朝，其权力比考功郎中大得多，乃京官之中的实权人物。韩愈不由精神大振，踌躇满志，决心以逞胸中大志。亲朋好友，朝野同僚，俱为韩愈振喜祝贺。

这年夏末秋初，在韩愈擢廷中书不久，朝中即暴发了一场“战”、“和”大争论。这场争论不仅关系重大，而且引发了后来震惊朝野的宰相武元衡被刺杀一案。其来龙去脉，还得从去年淮西平叛说起：

唐元和九年八月，淮西彰义军节度使吴少阳卒，其子吴元济匿丧不报，自袭父职。与河北镇州节度使王承宗、郓州节度使李师道暗中勾连，遂起兵作乱。先杀判官苏兆、大将维清；接着屠舞阳、焚叶县、掠鲁山、袭襄城，关东各地无不震骇。宰相武元衡、兵部侍郎许孟容力谏进兵讨伐，朝廷遂调金吾大将军李文通、鄂岳观察使柳公绰、忠武军节度使李光颜等十六路兵马前往征讨。

元和十年初，十六路大军南北合围，东西夹击。柳公绰三战三捷，直逼蔡州；李光颜克临颖、战舞阳、败蔡军于南颖城下。吴元济见势不妙，慌忙遣使赴河北向王承宗和李师道求援。王承宗、李师道接到元济求救书信后，担心唇亡齿寒，便立即遣使入京，表请皇上赦免吴元济。宪宗接到河北两地表章后，犹豫难决，遂召集群臣朝议此事。武元衡、许孟容和御史中承裴度，力主继续讨伐，彻底消灭吴元济叛军，以绝后患。宪宗见淮西捷报频传，也十分振喜，遂绝承宗、师道之请，并令其发兵共讨吴元济。

王承宗和李师道见此，甚是恼怒，便阳奉阴违：一面派出军队，明协官军，暗助吴元济；一面收买刺客，潜入京中，计划刺杀主战派官员。同时令人携重金入京，游说贿赂朝中大臣，以作内应；妄图颠覆朝政，扭转不利局势。

不久，王承宗、李师道先以重金买通吐突承璀和李逢吉，在朝形成“主和派”。接着以援助河阴为名，派兵突袭官军在河阴的粮草转运站，烧毁钱帛三十余万缗匹、谷米二万余石、仓房五十余间，使河阴转运站顿时化为一片灰烬。河阴转运站乃征淮诸军主要粮草屯集地，骤遭此劫，致使三军人心惶惶，不胜惊惧。一时朝野为之震动，主和之声趁机而起。

为决定征淮是战是和，这日宪宗在宣政殿再次召集文武大臣进行庭议。韩愈也参加了这场大争论。“战”“和”两派，唇枪舌剑，互不相让。

先是李逢吉进行发难。他向着宪宗和群臣道："去秋以来，皇上英明决断，运筹帷幄，皇威所指，叛军无不倒戈，因而朝廷大军所向披靡，连战连捷，实属空前。现在吴元济已伏罪认输，河北两镇也遣使多次进京求赦。俗话说'看好且收'，只要收兵罢战，对吴元济进行安抚，不仅能使吴元济归顺，而且可使河北二镇感恩图报，不生二心。我们何乐而不为呢？"

李逢吉说到这里，略带着担忧的口气继续道："二是近年来，朝廷不断征战，国库已经空虚；上个月河阴钱粮又被贼人烧毁，三军人心惶惶，斗志顿然骤减。若要再战，这钱粮从何而来？势必给国库和百姓增加重负！古人曰：'兵者，慎用之！'下官认为能不用兵时，就坚决不用，这是其二。"李逢吉讲到此，看了一眼旁边的武元衡和许孟容，继续道：

"据下官所知，这次征讨吴元济虽取得空前大捷，但前方各路将帅乃相互观望、掣肘，再战，恐难取得更大战果。河北王承宗、李师道早有叛逆之心，若朝廷不准他们请赦，他们担心吴元济被平后就会轮到他们，便会狗急跳墙，和吴元济一起作乱造反。到时朝廷就会南北受敌，我大唐将会长期陷入四面征战之中，其后果不堪设想！因此，以微臣之见，现在应及时收兵罢战为好。"

李逢吉讲罢，多少有些得意地巡视了一下周围之人，不少官员忙连连点头。宪宗也面呈疑虑之色。韩愈听此，不由心中暗暗骂道："完全是一派卖国求和之言！"这时只见武元衡跨步走出班来，向着宪宗道：

"李大人所论，微臣不敢苟同！"然后看了一眼李逢吉，向着群臣道：

"以下官之见，李大人讲得虽有道理，但不够全面。下官认为：当前吴元济已成强弩之末，幕燕釜鱼，只要集中力量，最后一击，淮西之战即可全面告捷，彻底消除我大唐数十年的心头大患！俗话说，'宜将剩勇追穷寇，不可沽名学霸王'。吴元济狼子野心，路人皆知。如果现在罢战，我军定会前功尽弃，使吴元济养精蓄锐，恢复元气，卷土重来。到那时再去征讨将为时已晚，只恐我大唐真地将永无宁日了！"

武元衡讲到这里，向着宪宗，激愤地道：“二是王承宗和李师道早已和吴元济勾结在一起。他们南北呼应。此起彼伏，与朝廷对抗。今日他们一边阳奉阴违，烧我粮草，暗助吴元济；一边又上表为吴元济求赦。其原因是兔死狐悲，担心吴元济被平，危及他们自己；其目的是在欺蒙朝廷，给吴元济以苟喘之机，使其逃脱眼前的灭顶之灾。这些拙劣伎俩，连三岁孩子都能明白，难道我们这些朝廷重臣就看不清吗！”

武元衡讲罢，周围大臣都不由连连点头。宪宗也现出关注之色。韩愈听此，简直想高声喝彩，只见李逢吉满面尴尬，现出不屑之色。

武元衡看了看大家，继续道：“第三，李大人说，‘兵者，慎用之’这话说得很好，下官也非常赞成。但目前的情况是树欲静而风不止，吴元济要夺我大唐天下，不用兵能行吗？就我个人来讲，历来不主张用兵；但是为了将来子孙后代不再用兵，为了我大唐社稷永固久安，为了使黎民百姓安居乐业，永远不再受战乱之苦，现在该用兵时就一定要用兵，而且要用好兵！”武元衡讲到此，向着李逢吉道：

“若不用兵，昔日武王何以伐纣？秦怎能统一天下？项羽、刘邦如何推翻暴秦？我大唐高祖，太宗又怎能以贞观之治，取代杨广暴戾？”武元衡讲到此，激动地向着群臣道：

“若不用兵，安史之乱何以得平？若不用兵，陛下即位以来，又怎能斩杨惠林，收夏州？斩刘辟，收剑南东、西川？斩李錡，收江东？缚卢从史，收泽、潞等五洲呢？”

武元衡讲罢，在群臣中顿时响起一片轻轻的赞誉声，宪宗也不禁连连点头。韩愈见此，只觉热血沸腾，他向着旁边的白居易小声地道：“讲得好！讲得真好！”这时满面绯红的李逢吉，竟厚着脸皮，向着武元衡质问道：

“武大人讲得绘声绘色，慷慨激昂，蛮有道理！试问：目前国库空虚，我军粮草枯竭，前方将士人心惶惶，将帅各存异心。怎能继续作战？拿什么去征讨吴元济？”

武元衡看了一眼李逢吉，向着群臣道：“前时，裴大人奉旨前往陈许二州慰问前方官兵，昨日刚刚返回。李大人所说的两件事，我看不妨听听裴大人的看法。”

武元衡讲罢，大家把目光一齐转向裴度。这裴度字中立，河东闻喜人，官居御史中承。此人身材矮瘦，但双目灼灼有光，处事睿智大度，胸怀管晏之术，在朝颇有盛名。春末夏初，宪宗为掌握讨蔡详情，令裴度视察行营诸军。裴度遂出班奏道：

“这次下官前往淮西，历时两个多月，所到之处，令人感慨颇深。前方将帅虽有少数之人作战互相观望，缩头缩尾，相互掣肘，但绝大多数将帅却是运筹帷幄，奋勇杀敌，故有连战连捷之胜利。特别是鄂岳观察使柳公绰，忠武军节度使李光颜，军令严明，身先士卒，善于用兵。蔡军莫不闻风丧胆。”裴度讲到这里，向着宪宗道：

“河阴我军粮草被毁后，三军之中虽有震动，但绝大多数将士更加同仇敌忾。只要朝廷能大力褒奖和重用像柳公绰、李光颜这样的忠勇将帅，定能使我军威大振，所向披靡！”

韩愈和白居易互相看看，更加激动。白居易小声地道：“裴大人这次淮西之行，果然大略在胸，不负圣命！”

“是的！”韩愈也小声应道，“裴大人不仅有王佐之才，而且勤于政命，慧眼识珠，将来平淮西者，非此人莫属了！”韩愈刚讲到这里，只听裴度继续道：

“目前吴元济已成幕燕鼎鱼，各处叛军如惊弓之鸟，此乃千载难逢之良机。只要我军乘胜出击，平定淮西指日可待。因此，绝不能休兵罢战，贻误战机，给吴元济以喘息之时。”

裴度讲到此，又转向群臣道：“至于国库空虚，粮草被毁之事，确是实情。但以下官看来，这国库空虚，并非完全是因对淮西征战所致。”裴度感慨地道：

“自安史之乱以来，各地藩镇，屡屡对抗朝令，海水群飞，自立为王。特别是河北、淮西两地，多年来拒不向朝廷纳粮进税；而且冀北和江南各地税赋，也被他们阻断，无法输入国库，这是造成国库空虚的主要原因。只有彻底平定河北、淮西之乱，才能从根本上解决国库亏空问题。再者，河阴粮草虽然被毁，但山南、荆南、鄂岳、宣武、郑滑等地粮草充足，可予以补充，此不足为虑也！”

“好！讲得好！”裴度还未讲完，宪宗已拍案而起道，“听了裴爱卿之言，使朕顿消心中疑虑。朕意已决，即日颁诏给各路将领，务必荡平蔡州贼患！此役仍由武爱卿督统各路兵马，许爱卿和裴爱卿协同处理平叛事宜。”

“皇上英明，臣谨遵圣喻！”宪宗讲罢，武元衡、许孟容、裴度等人忙伏身领旨。李逢吉见此，只气得垂头站立一边。韩愈和白居易互相看看，不由发出会心地微笑。

第 94 章
遭奸谋元勋丧命　动京师缉拿凶犯

早朝后，李逢吉回到府宅，他没有想到今日朝堂庭议竟使他脸面丢尽，全盘皆输。气得他一屁股坐到太师椅上，连夫人给他准备的丰盛午餐也无心食用。他咬牙大骂武元衡和裴度竟敢与他作对，誓与二人势不两立！

“老爷？吐突总管来访。”正当李逢吉躺在床上生闷气时，只见夫人走到跟前说道。李逢吉一听，不由精神一振，一下从床上坐了起来。吐突承瓘边往里进，边笑道：

“怎么？自己给自己呕气啊！划得着吗？俗话说‘宰相肚里行舟船’，这点小事就把你这个宰相给气成这个样子！”

“你看今天朝堂上那阵势，太阳竟从西边出来了！”李逢吉气愤地道，“武元衡和裴度一唱一和，皇上竟听信他们的！”

“你呀！孙猴子再能，还能跳出如来佛的手掌心？你生什么气哟？”

“皇上已经颁诏继续向淮西用兵，河北两镇我们已经许了愿，保证让朝廷罢兵，现在如何向人家交待？”

“嘿嘿！这有何难！皇上能颁诏开战，你就不能让他无人挂帅出征吗？”

“这！这怎么说？”李逢吉看着吐突承瓘道，“公公有何良策，请赐教下官？”

吐突承瓘阴险地一笑道：“郓州李师道的牙将訾嘉珍、门察二人，现还在咱家府中，眼前只有走这条路才能扭转局势。”说罢看了看左右，走到李逢吉跟前，如此这般地小声说了一阵。李逢吉听后，不由现出惊讶之色，看着吐突承璀，道：

“这！这能行吗？一旦事情败露怎么办？”

“不会的，李师道收养的这批武林高手，个个身怀绝技，现就隐藏在咱家的府中。只等我们发令，提供二人行踪就行。”

李逢吉低头想了一下，看着吐突承璀道：“好！就这么办！他不仁，咱也不义！莫怪我等心狠手辣！”

“说得好！”吐突承璀得意地一笑道，“自古以来，顺我者昌，逆我者亡，无毒不丈夫吗！这下管叫他们无人再敢言‘战’字……”

三日之后，京师突然发生一起震惊朝野之事，宰相武元衡、御史中丞裴度在早朝路上被刺。一时京城上下惊恐万状。

这日正好韩愈早朝路经这里，只见路上人喊马嘶、乱成一片。从前方隐隐传来撕裂心肺的呼救声和“抓刺客”的呐喊声。

韩愈见此，甚感惊疑。这时，只见白居易和王涯骑着马，慌慌张张迎面而来，满脸惊恐之色。一见韩愈忙道：

“退之快走！大事不好！”

韩愈见此，更加惊疑，向着二人道：“怎么回事，前面发生了什么事？”

“武相公和裴大人在前面路上被人刺杀；前去上朝的大臣，俱奔逃离去；巡街的神策军已闻讯赶往出事地点。”

韩愈听此，不由惊出一身冷汗。他望着二人道：“什么？武相公和裴大人被刺？刺客是何人？可曾抓住？”

“谁知刺客是何人，为什么要刺杀武相公和裴大人。现在满城惊恐，刺客不知逃往何处。”

“听说两位大人的侍卫已被伤数人，血流满地，尸横路旁，惨不忍睹！”

韩愈一听，不由热血上涌，愤慨地道：“这天子脚下，皇城之中，竟然发生这样的事情，两位重臣被刺！这不是反了吗？走，咱们过去看看。”

王涯一听，有点吃惊地看着韩愈，道：“现在天还未大亮，刺客是谁，躲在何处，谁也不知道。大家想躲还来不及，你怎么还有心情去看热闹？”

“哪是去看热闹！”韩愈严肃地道，“两位大人被刺，生死未知，我们同朝为官，而且两位大人乃我等挚交，理应前去救应！”

白居易向着王涯道：“韩大人说得很对，走，咱们一块过去。”

王涯见此，只好点了点头，二人遂拨转马头，随同韩愈一起向前奔去，约行有百步之遥，转过一个路口，果见前边人喊哭叫声中，两个神策军扶着裴度，正从路边水沟中出来；旁边停着已被砸烂的轿子，地上躺着三四具尸体和两个负伤的家丁。

韩愈和王涯、白居易忙跳下坐骑，跑上前搀扶住裴度，只见裴度脸上流着鲜血，身上全是血迹和泥污。大家扶裴度坐到路旁一块石头上，韩愈忙扯下一块内衣，为裴度将伤口扎住。向着裴度道：“大人，这是怎么回事？是何人下此毒手？”

裴度此时仍惊恐未定，他哆嗦着道：“这伙贼人不知从何处而来，我和武大人一前一后刚走到这里，只见五六个蒙面之人从黑暗中窜出，一齐围上前面的武大人，只听武大人的家丁狂喊道：‘有刺客！’接着是刀剑相撞的厮杀声。学生见此，顿感不妙，忙也高喊‘抓刺客’，并命家丁前去救援。还未等家丁过去，只见从黑暗又走出四五个蒙面之人，个个手握利刃，向学生扑来。他们先将跟随的家丁劗翻在地，然后举刀向轿中砍来。我看势不好，急忙从轿中走出。两个蒙面人追上来就是一刀，我不由一躲，刀砍在肩膀上，不料脚下一滑，栽倒在路边的水沟之中。贼人以为将学生砍死，便呼哨一声，消失在夜色之中，学生方保住这条性命！”

“武相公的情况如何，现在何处？”

裴度转身指着前方一群人围着的地方，道：“武大人恐怕不行了，就在前面。当时学生隐约听到武大人一声惨叫；又听贼人说道：‘杀得好，这下他再也活不成了，看他还敢与我们为敌！’”

韩愈听此，不由一阵悲痛，他向着王涯道：“广津兄先送裴大人回去，待学生到前面去看看武相公的情况如何。”

王涯点了点头，道：“退之要多加小心！”白居易向着韩愈道：“学生和大人一块过去。”裴度用手捂着伤口的地方，向着韩愈道：“你们快去吧。没想到京城之中竟有这样的强贼！”

韩愈和白居易忙辞别裴度和王涯，向前紧走有四五十步，只见地上躺坐着四五个家丁，有的已经毙命，有的身负重伤。几个神策军正在为他们察看伤情，进行包扎，武元衡横卧在路边的血泊中。

韩愈和白居易忙伏下身一看，只见武元衡眼睛圆睁，面呈愤怒和痛苦之状。鲜血已将衣服全部染红。旁边一军校向着韩愈道：“卑职闻讯赶到时，武大人已经气绝身亡！”

韩愈见此，不禁两行热泪夺眶而出，白居易愤慨地道：“这些刺客，真是惨无人道，抓住他们，非碎尸万段不可！可叹这天子脚下，竟出现这样的事情！”

这时一神策军拿过一张芦席，将武元衡的尸体盖住，韩愈转身向着一旁身负重伤、痛哭不止的家丁问道：

“大人是怎样被贼人所杀？”那个家丁抹了一把眼泪，向着韩愈和白居易道：

“今早寅时左右，大人便早早起来乘轿前来早朝。谁知刚走到这里，突然从黑暗里窜出五六个蒙面之人，举刀就砍。小人和跟随的家丁忙掣刀相迎，哪知这些刺客个个武功高强，皆是武林高手，很快将几个轿夫和三个家丁砍翻在地，小人死命保住大人从轿中出来，往前走了不到十步，即被追上来的蒙面人先将小人砍倒，又将大人砍死在地！”说罢，不禁又痛哭起来。

正说着，只见韦贯之、崔群和神策将军王士则，带着大批神策军也赶了过来。大家看到眼前惨景，俱惊疑不定，悲痛难禁。韦贯之令王士则将武元衡的尸体用车载回相府，大家在惊惶中缓缓离去，地上留下一片血迹。

武元衡被刺杀这日，京城内外阴云密布，惊恐万状。文武大员俱仓皇逃避家中，早朝不宣自废。宪宗闻知此事，惊得瞠目结舌，坐卧难宁。忙叫值日太监去传韦贯之、李逢吉询问此事。一时京中流言四起。

有的讲，武元衡和裴度得罪朝中某某，被政敌买通刺客所杀；也有的说这些刺客是淮西吴元济派遣而来，专杀朝中主战之人；还有的说昨夜看到城中到处都是身穿黑衣的蒙面人，声言要杀尽朝中所有大官！不少朝臣闻此，吓得躲在家中不敢出门。

韩愈闻之也甚感惊疑。下午，他来到中书省，只见大家面带忧虑之色，三五成群地聚在一起，小声地议论着武元衡被刺之事，一见韩愈过来，便一起围了上来，向韩愈探问武元衡和裴度被刺杀的情况。韩愈便将早上发生的情况简要叙说了一遍。不一会儿，王涯和白居易也过来谈论此事，大家各抒已见，愤慨不已。白居易道：

“以学生之见，刺杀武相公和裴度之人，定是吴元济和王承宗等人所为！”

“乐天说得不错，”王涯道，“武相公和裴大人虽在朝中有几个政敌，他们视两位大人如眼中之钉，但这些人乃政坛奸诈之徒，他们只要在暗中使脚即可，不需要明火执杖地派人进行暗杀。否则，一旦事发败露，必然暴露他们自己，他们不会这么傻。”王涯讲到这里，向着韩愈道：

“三天前，朝中对淮西战和刚刚进行了一场大争论，不想昨日就发生了两位大人被刺事件，这肯定与淮西和河北叛贼有关。”

“王大人说得不错，”白居易接口道，“吴元济和王承宗见朝廷对他们继续征剿，便釜底抽薪，派人前来刺杀武相公和裴大人。其目的有四：一是铲除朝中主战派首领；二是想杀一儆百，吓倒朝中群臣，使之不敢言战！三是给皇上一个恐吓，让其不敢轻易用兵；四是借此鼓舞其内部士气，达到苟延残喘、卷土重来的目的。”

“乐天说得极是！”韩愈听后，不由点了点头道，“不过这些人也特天真了，我大唐反对分裂割据，盼望国家统一的何止千万之众；朝堂之上，主张讨伐叛逆，严惩乱贼者，又何止武相国、裴大人二人呢！难道以此卑劣手段，就能吓倒天下人吗？真是痴儿作梦！岂不知这样更能暴露其叛国殃民的罪恶面目，使我朝野上下同仇敌忾，更加坚定讨伐他们之决心！”

旁边一年轻官吏听韩愈讲罢，向着大家道：“吴元济和王承宗远在千里之外，怎知京中之事和两位大人的行踪？我看京城之内定有奸党相应，才使贼人阴谋得逞！”

“张大人说得不错。”一个留着八字胡须的官吏，看了看左右，小声地道，“听传说这几日常有不三不四的外地人，出入于某些官员的家中，看来定与此事有关。”

崔群看了看那个官吏，向着大家道：“这件事是何人所为，有没有内应，朝廷一定会查个水落石出。在没有查出案情真相之前，大家都不要胡乱猜测，以免为人所忌！”

韩愈接口道：“山雨欲来风满楼，任何事情过后，都会留下蛛丝马迹，这件事也不会例外。只要朝廷下定决心，一定会将凶犯缉拿归案，还武相公一个公道，为死难的人报仇！”

大家正说着，只见一中使进来，向着崔群、韩愈和白居易道：“皇上有旨，请诸位大人进殿议事。”大家料定必是关于刺杀武元衡之事，三人忙转身随那中使而去。剩下的几个官吏互相看看，俱现出神秘之色。

宣政殿内，前来参加朝议的群臣，个个面呈惧色，三五成群地聚在一起，在低声议论着：

“这刺客可真厉害，突然从天而降，事先竟没有一点风声？”

“是呀！在朝堂大门前，两个重臣竟被刺杀，这也太可怕了！今后谁还敢天不亮前来上朝？”

“听说刺客武功高强，来无影，去无踪！在京城杀人，犹如囊中取物一般。”

韩愈同崔群、白居易相携进入朝堂，只见另一个官员在向着周围之人低声道：

“你们知道吗？这一定是王承宗派人所为，听说前几天王承宗的牙将张晏，带着礼品到武相公府上去求情，被武相公赶出府门。定是这些人怀恨在心，暗中下此毒手。”

“唉，诸位听说了吗？”这位官员刚说罢，旁边又一个官员向着左右神秘地道，“当时刺客将武相公砍死后，转回身来去刺杀裴大人，有个刺客拿刀向裴大人头上砍去，只见红光一闪，那个刺客被震回一丈多远，吓得扭头就走！”

韩愈等人听此，互相看看，正要上前搭话。只听吐突承璀站在御座前，操着公鸡嗓子唱道：“皇上驾到！”满朝文武大臣听此，慌忙排班而立，回到各自的位置，一时朝堂之上鸦雀无声，死一般沉寂。

宪宗李纯走到御座前坐下后，看了看下面的文武大臣，悲痛地道："武相国被刺之事，众爱卿都知道了吧？这真乃是祸从天降，折我大唐栋梁也！可恨这帮刺客，竟敢在我京城之中刺杀朝廷重臣，是可忍，孰不可忍！众爱卿有何良策高见，以雪国耻，尽可奏来。"

宪宗讲罢，众朝臣互相看看，竟面面相觑，无人敢于出班上奏。韩愈见此，甚惑不解，他真想出班以抒胸怀，怎奈历来朝堂之上都是由一二品重臣奏事，其他臣僚多是洗耳旁听，而自己既非重臣，又非言官，在这朝堂之上没有讲话的地方。正在此时，只见兵部侍郎许孟容从班中走出，向着宪宗含着泪道：

"今我大唐两位重臣被刺，实乃朝廷之大辱！武相国精忠报国，功勋卓著，突遭此难，定为河北、淮西两地贼人所为，请陛下降诏各地：一面缉拿凶犯刺客，一面督师进剿淮西，为武相国报仇雪恨！"

"此举不可！"许孟容话刚讲罢，只见李逢吉出班奏道，"武相国刚刚被刺，满朝惊恐，京师震撼，绝不可轻举妄动。以臣之见：一是应先料理武相国的后事；二是要尽快安定人心。现在刺客为何人所使？现在何处？众说纷纭，难以定夺。若要四处搜捕，问罪河北、淮西，不仅会惊扰满城百姓，而且会进一步激怒河北、淮西之贼，其后果不堪设想，望陛下明断！"

宪宗听此，不由面现疑难之色。众朝臣互相看看。竟无人敢出班予以辩驳。韩愈见此，与白居易互相对望了一下，气得热血上涌。这时只见李逢吉向着众朝臣，继续道：

"这次武相国和裴大人被刺。以下官之见，完全是二人坚持向淮西用兵所致！从而激起两处贼人怨怒，方下此毒手。若要继续向淮西兴兵问罪，势必激起更大仇怨。河北、淮西之贼，乃骄悍成性，亡命之徒。如兴兵问罪，他们必然会破釜沉舟，来个鱼死网破，与朝廷对抗到底！这……这是多么可怕啊！为了皇上和满朝文武百官的生命安全，这兴兵问罪，向淮西继续开战，是万万使不得的。"

李逢吉讲罢，不少朝臣连连点头。过去主张对淮用兵之人，现在也有些后悔莫及。李逢吉看了看左右，心中暗暗得意。这时韦贯之出班奏道：

“以臣之见，许大人和李大人所奏各有道理。下官认为，武相国被杀，此乃国家大耻，不能不查不问，必须严缉凶犯！为今之计：一是应为武大人隆重举行葬礼，以示朝廷对忠烈之臣的隆恩；二是应责令京兆府和金吾、神策两军，在全城进行搜捕刺客，务将凶犯缉拿归案，绳之以法，以慰武相国在天之灵。至于向淮西兴师问罪，可暂缓待议，请皇上明鉴。”

宪宗听后，不由点了点头，道：“韦爱卿所奏甚好。众爱卿还有何高见？”

许孟容见韦贯之所奏，虽不赞成向淮西兴兵问罪，但却主张追捕凶犯；李逢吉见虽未能阻止追查刺客，但却达到了滞止向淮西用兵的目的。两人知再争论也难完全如愿，便道：“圣上英明，就依韦大人所奏。”

宪宗看了看群臣，道：“武相国忠贞不渝，不幸为国捐躯，特追赠为司徒，谥号“忠愍”，以彰后人；金吾、神策各军和京兆府，要立即出榜悬赏，捉拿凶犯，不得有误；同时驳回王承宗朝请，待缉拿凶犯，勘清案情后，再向淮西、河北问罪。”

众朝臣听罢，齐呼“皇上圣明”，韩愈至此方心中略平。

第 95 章
上谏疏居易振臂　斥奸佞老臣动怒

第二天，韩愈约同崔群、王涯和白居易等人，先至武元衡府中进行了吊唁，然后又来到裴度家中进行探视。只见裴度的头和臂膀上，均包扎着白布，斜躺在床上。一见韩愈等人过来，甚感欣慰，忙让家人奉茶赐座。韩愈等人问安之后，遂坐于床前。

裴度向着他们道："多谢诸位大人昨日相救，今又来看顾，实令学生感激涕零！今早皇上也亲临寒舍探视，真让学生惶恐不安！"

韩愈等人听说宪宗亲自前来抚慰，俱现出欣喜之色。裴度道："这次学生大难不死，乃托圣上的洪福！只可叹武相公一身罹难，死于贼人乱刀之下，实在让人痛惜！"

崔群道："昨日皇上已经颁诏，追赠武相国为司徒，谥号'忠愍'，令户部厚葬之。并责成金吾、神策、京兆府力缉凶犯，以慰英灵。刚才我们几位又到武相公府上进行了吊唁，对府中眷属进行了安抚。"

裴度听后点了点头，道："这帮凶徒手段毒狠，而且对武相公和学生的行踪十分熟悉，看来朝中定有内奸相助。朝廷要抓获他们，恐怕要费一番周折才行。"

韩愈向着裴度道："请大人放心，这次皇上誓与淮西、河北之贼势不两立，现已布下天罗地网，就是这些凶徒有三头六臂，恐怕也插翅难飞。"

"那就好！那就好！"裴度听后，欣慰地点了点头。大家又叙谈了一阵朝中之事，韩愈等人方告辞离去。

再说宪宗下诏，一面为武元衡治丧，一面在京畿各地搜捕刺客凶犯。一时京城内外如临大敌，金吾、神策各军和京兆府衙役捕快，剑拔弩张，出入于大街小巷，搜捕于店肆宅院。大小官吏出入，俱侍卫护送，刀剑出鞘。整个长安城处于高度戒备之中。

韩愈等人见此，既振喜，又担忧，断定这次刺客难逃法网。第二天，韩愈在前往中书路上，忽然发现大街上搜捕的衙役捕快减少了许多，不少哨卡已被撤去，而且查询过往行人，也不像昨天那样认真。不由心中一怔，甚感奇怪。

韩愈来到署内，只见白居易前来拜访，正和几个官吏在一起议论着什么。一见韩愈到来，便忧愤地将几张字帖递向韩愈道：

“大人可看到过这些东西？”

韩愈接过一看，见是几张传贴，上面写着：“毋急捕我，我先杀汝”二语，心中不由一怔。白居易道：“这是昨夜大家在街上和府衙门前捡到的！”

“听说京城三品以上大员家中，昨夜都收到了这样的传贴，”旁边一个官吏接口道，“特别是京兆府和金吾、神策军三处最多。言道若要继续追捕他们，武相国就是他们的前车。”

韩愈一听，恍然大悟，不由愤慨地道：“怪不得今天大街上的搜捕行动突然放缓，原来是这样！”

白居易向着韩愈道：“听传说京兆尹裴武、金吾将军赵胜接到传贴后，老婆孩子吓得不让其出门；内务府总管吐突承璀已传出话来。为防止凶犯狗急跳墙，危及皇上安全，让京兆、金吾、神策各军暂缓搜捕。皇上也为此犹豫难决。”

“这些人真是阴险狡诈，竟又使出这种伎俩！”韩愈愤怒地道。

“这些人精得很，他们知道朝中大员，官越大越就怕死，便采取这种恐吓手法，妄图以此阻止对他们的搜捕。果然这招真灵，贴子刚刚发出，朝廷就收兵了！”

“简直是岂有此理！”韩愈不由愤慨地道，“难道皇上也被这帮贼徒吓倒了不成？哪有宰相横尸街头，而朝廷竟不敢追缉凶犯的？武相公岂不含冤九泉吗？不，绝不能让这帮凶徒的阴谋得逞！”

“大人说得很是！”白居易接口道，“学生来找大人就是为了此事。刚才我和几位大人共同商议，写了一份奏疏，准备向皇上上疏，请求力缉凶犯不贷。”说着，将一份奏折递与韩愈，道：

“大人文笔犀利，看这样写可行？”

韩愈忙接过奏章一看，只见白居易在奏章中极力论述了追捕刺客、严惩凶犯的重要性，语言激愤，浩气如虹，不由连声叫好。便向着白居易道：

“今日咱就把这奏章呈给皇上，明日早朝，皇上定会让文武大臣庭议此事。到时，我们一起出班上奏，务使皇上下定缉拿凶犯的决心。”

“好！就这么办！”白居易激愤地道。

威严的宣政殿内，群臣排班而立。宪宗李纯看了看面前的文武大臣。不由叹了口气道：

“近日京城流言四起，到处是恐吓传贴，闹得人心惶惶，满城风雨。不少官员夜不敢出户，日不敢上朝。有人向朕上奏，让暂缓缉拿凶犯，以免造成更多无辜之人被杀害。昨日朕又接到翰林学士白居易的奏疏，要朕务必力拿凶犯，以正国法。此事如何处置为宜，请众爱卿各抒己见。”

两班文武大臣互相看看，俱心有余悸，低头不语，无人敢出班再奏。李逢吉看了看左右，出班向着宪宗奏道：

“以臣之见，应暂缓缉拿凶犯为宜：一是这些刺客乃亡命之徒，俗话说‘穷寇莫追’。若使他们狗急跳墙，什么事情都能做得出来。现在武相国已经被他们刺杀。若要穷追不舍，说不定还有张大人、李大人被他们杀害；二是这些刺客是在暗处，我们是在明处，将是防不胜防，弄不好还会危及皇上的安全。”李逢吉讲到这里，看了看左右继续道：

“现在满城人心惶惶，草木皆兵。大家夜不敢出户，日不敢上朝。我们绝不能为了去安慰一个死人的亡灵，就置满朝文武百官的安危于不顾！这不是拿大家的性命去开玩笑吗？”

李逢吉讲罢，有人点头称是，也有不少人现出不屑之色。韩愈听此，甚感气愤，不由出班奏道：“下官认为李大人所论不妥，当前朝廷应着力缉拿凶犯才是！”

众大臣一见韩愈出班上奏，都不由一怔，宪宗也欣奇地看着韩愈。韩愈继续道：

“以微臣之见，刺杀武相国的凶徒乃是淮西、河北之贼。这些人一日不除，京师就难有一日相安。只要以攻为守，以迅雷不及掩耳之势，迅速将这伙凶徒缉拿归案，才能保证京城太平无事；否则将是姑息养奸，遗患无穷！”韩愈讲到此，看着宪宗，激动地道：

“二是缉拿刺客凶徒，以正国法，绝不是仅仅为武相国报仇雪恨，而是以张国法皇威！否则，堂堂一品朝廷重臣，被刺杀在京城之中，朝廷竟不敢缉拿凶犯，这王法何在？皇威何在？岂不更加助长叛贼的嚣张气焰！今日他们敢杀武相国，明日就可能去杀张相国、李相国！这才是我京城百官真正之大患！请皇上明鉴。”

韩愈讲罢，宪宗不由得点了点头，朝臣中也顿时响起一片低低的赞誉声。这时只见白居易也跨步出班，向着宪宗奏道：

“韩大人所奏乃立国之根本。眼前这些凶徒看到朝廷布下天罗地网，自感大难临头，难逃法网，故垂死挣扎，抛出恐吓传贴，妄图侥幸逃脱。当前我大唐金吾、神策各军数万之众，京兆府衙役捕快多达千人，难道还惧怕几个毛贼不成？俗话说，养兵千日，用在一时。只要朝廷严令各部缉拿凶犯，对有功者进行重赏，对捕贼不力，玩忽职守者严惩不贷，定能一鼓将凶犯缉拿归案！”

白居易讲罢。不少大臣现出欣喜之色。李逢吉甚感不快，他没有想到韩愈和白居易竟然出班上奏，与他为敌，便向着宪宗道：

“韩愈和白居易所奏，纯属腐儒之见，势必误国！再者，其二人身为翰林学士，中书舍人，既非重臣，又非谏官，其职责是侍奉进奏，参议表章，今日竟在朝堂之上哗众取宠，妄论国政，抵毁重臣！此乃有违朝廷规矩，望皇上明察！”

宪宗听后还未答言，只见许孟容走出班来，向着宪宗奏道：

“韩舍人和白翰林所奏，义正词严，精辟剔透，乃金石之言，立国之说！”这许孟容乃三朝老臣，刚毅不阿，直言敢谏，曾任尚书右丞、京兆尹和吏部侍郎，现已年过七旬，发须洁白如银。他看了看李逢吉，向着宪宗继续道：

“古往今来，哪有宰相横尸街头，而朝廷不敢捕贼者？这是我大唐奇耻大辱也！”说罢，不由掩面痛哭。

宪宗听后，也不由为之所感，向着许孟容道：“许老爱卿莫悲，朕准奏就是。如何缉拿凶贼，请许老爱卿慢慢奏来？”

许孟容收敛珠泪，向着宪宗道：“以老臣之见，应以韩舍人和白翰林刚才所奏：一是严令金吾、神策各军和京兆府捕快，限期缉拿凶犯，不得有误；凡玩乎圣命，与贼有染，捕贼不力者，应严惩不怠。二是诏告京畿各地，悬赏缉拿凶犯；京城内外，不论官宦望族，名门大家，一律不得阻挠入内搜查；凡藏匿凶犯和知情不报者，与贼犯同罪。三是裴度大人才略纵横，死不施踵，乃朝廷重器，应诏拜为相，督师缉贼和征淮事宜。”

“好！就依许老爱卿所奏！”宪宗听罢，点了点头，向着下面道，“金吾将军赵胜、神策将军王士则、京兆尹裴武何在？”

“臣在！”这三人听后，遂出班应喏。宪宗看着他们道，“汝等务必在五日之内，将凶犯缉捕归案。凡玩旨不恭者，定严惩不贷！”

“是！微臣遵旨。”赵胜、王士则和裴武三人忙恭身答道。宪宗看了看群臣，向着韦贯之道：

“裴度伤势未愈，这缉拿凶犯一事，就由韦爱卿全权处置；由中书诏告京城内外，凡藏匿贼党凶徒者，罪灭九族；捕获贼党凶徒者，赐五品官职，赏钱万贯。”

“皇上圣明！”许孟容、韦贯之、韩愈等人听后，齐拱手称颂。李逢吉是又气又根，见宪宗立意已决，只好垂头丧气地站在一边。

第二天，京城内外再次掀起大搜捕，并置赏钱于大街之上。金吾神策各军磨拳擦掌，争先恐后。刹时旅店酒肆、道观寺院、大家深宅、复壁重垣，无不入寻。未出三日，果由神策将军王士则和其兄弟王士平将王承宗部将张晏等八人摄捕归案，只走了李师道牙将訾嘉珍和门察二人。这八人经京兆尹裴武、监察御史陈中师严刑鞫问，取得供状，呈奏宪宗后，斩首于南市街头。一时，京城内外欢声雷动，大小官吏莫不弹冠相庆，京城人心方安。

皇宫侧院，内务府总管吐突承璀，正同两个太监模样的人在叙话。只见一小太监进来秉道：“李大人在门外候见。”

“嗷！说曹操，曹操就到了！”吐突承璀向着那两个太监模样的人笑道。然后转向那个小太监道：“让他进来。”

那个小太监忙转身出去，不一会儿，只见李逢吉弯腰蹑足地走进来。吐突承璀看着李逢吉道：“大人今日怎来到后院？”

“下官刚才去向皇上奏请两川赈灾之事，特顺便前来向公公请安。”说着偷眼向那两个太监模样的人看了看；只见一人扫帚眉，三角眼，脸上有条深深的刀疤，年龄在三十岁左右。另一人虎背熊腰，浓眉虬髯，年约四旬以上。二人虽宦官打扮，但举止气势犹如武林之人，心中不由一怔，好像在什么地方见过。

吐突承璀向着那两个太监模样之人道：“来，见过李大人！”那二人忙站起向李逢吉拱手施礼。李逢吉见此，甚感奇怪，向着吐突承璀道：“这两位公公一向在何处任职，看着怎有些眼熟。”

“嘿，嘿！你看他二人是太监？”吐突承璀不由微微一笑，李逢吉看了看那二人，摇了摇头，向着吐突成璀道：“像！也不像！下官看不出来。”

“你再仔细看看，他俩就是朝廷悬赏万贯、满城缉拿的刺杀武元衡凶犯，郓州牙将訾嘉珍和门察二人！”

“什么？是他们二人！”李逢吉一听，不由一惊，忙将那二人又看了看，道：“果然是訾嘉珍和门察两位将军，朝野传言二位已逃回郓州，今怎么如此装束，还在这里？”

“逃回郓州？”吐突承璀看了看訾嘉珍和门察，骄矜地微笑道：“京城内外到处张榜缉拿他们，金吾、神策二军布满大街小巷，他们能逃得出去吗？若不这样打扮，藏在这大内之中，恐怕二人像张晏一样，早已上了断头台！”

“原来是这样！”李逢吉听此，心中不由一喜：前些时，这二人曾到过他的府上，给他送去了两担金银珠宝，有过一面之交。这些天来，他一直辗转难宁，担心二人被朝廷抓获，供出他来。现见二人安然无恙，一颗心算是落了地。不禁向着吐突承璀高兴地道：“两位将军平安无事，真是可喜可贺！只叹张晏等人，死的好苦！”

“张晏等人之死，完全是京兆尹裴武、神策军王士则二人邀功取宠所为！”吐突成璀看了一眼訾嘉珍和门察道，“他们抓不住二位将军，怕皇上降罪，就将住在馆驿中的张晏等人抓了起来，进行严刑逼供，屈打成招。岂不知张晏等人乃是李代桃僵。”

“公公说得不错！”李逢吉道，“事前下官已着人急告张晏等人，让其赶快离去或躲藏起来。张晏不听，却认为自己是王承宗派来向朝廷求赦的特使，满朝文武大臣皆知，朝廷不会怀疑他们是刺客。后来看势不妙，方赶快躲匿，为时已晚。岂不知京兆府和金吾、神策抓不到真凶，就把他们当成了替罪羊。”

“这些混蛋梦想升官发财！咱们偏不让他们得逞！”吐突承璀冷笑一声，向着李逢吉道，“你和咱家见了皇上，就说这张晏不是真凶，裴武和张士则是冒功领赏；如今国库空虚，收不付出，难以拿出万贯赏金，行赏之事待以后再说。”吐突承璀讲到此顿了顿道：

“这样既可杀一杀裴武和张士则的威风，同时又可使皇上失信于天下。今后再言征讨淮西，三军将士将无人为他卖命，那时势必成为一句空话！”

“高！实在是高！公公足智多谋，实在让下官钦佩！”李逢吉阴险地道，“只是许孟容、韩愈、白居易等人，在朝堂之上，屡屡与下官作对，坏我等大事，是可忍，孰不可忍！如何将他们置于死地，方消我等心头之恨！”

“这有何难！想整治他们三人，易如翻掌！”吐突承璀轻蔑地道，“许孟容已老朽龙钟，找个机会，将其赶出京师即可；韩愈和白居易乃狂傲之徒，在朝多有非议。找个旧事，将他们逐出翰林和中书就是。”

“好！就依公公所言。”李逢吉听后，不由忿忿地道，“今后凡与我等为敌者，绝不能让其有好下场！”

第 96 章
维信义上表请赏　触奸怒被黜中书

正当朝野沉浸在庆贺破获刺杀武元衡一案的喜悦之中时，突然从朝中传出消息，许孟容调迁为东都留守，白居易贬徙江州司马。朝野闻之，无不惊讶和愤慨，俱知二人为武元衡一案，得罪李逢吉和吐突承璀所致。

韩愈获知这一情况比较早，他找到韦贯之替二人大抱不平。希望朝廷能收回成命。韦贯之叹了口气道：

"许大人和乐天被贬，这也是早晚之事！李逢吉和吐突承璀早就对二人有忌，这次为武相国一案，乐天越规上疏，许大人在朝堂之上怒责李逢吉，他们岂能罢休！"

韩愈听后，向着韦贯之道："不知他们是如何诬陷二人的？"

韦贯之看了看左右，道："许大人任京兆尹时，被宫中的两件小事所牵，为皇上所忌。此事已过去多年，这次李逢吉和吐突承璀又将此事翻腾出来，在皇上面前大加诽谤诬陷。他们原打算将许大人迁往剑南道，老夫知道后便向皇上奏道：'剑南乃崇山峻岭，荒蛮之地，许大人已年逾七旬，怎能前去赴任！'正好东都留守空缺，老夫便建议让许大人前往东都，以养天年，皇上方予准奏。"韦贯之讲到这里看着韩愈道：

"乐天的情况是：传说去年其母赏花堕井而亡，乐天曾作《新井》和《赏花》之诗。李逢吉竟将这件事上奏皇上。说乐天有失忌讳，不忠不孝，不宜在朝中任职。皇上乃大贤大孝之人，闻此十分不悦，便同意将乐天贬往江州。"

韩愈听此，不由愤慨地道："吟诗作赋，乃抒情写意，与老母堕井何干？这真是欲治其罪，何患无词！而且乐天作诗在前，其母堕井于后，怎能将其混为一谈？岂不是又一冤狱吗？"

韦贯之看着韩愈道："事情既已如此，天底下的冤狱何止乐天一人呢？以老夫看来，韩大人恐怕也难逃此厄？听说李逢吉与吐突承璀，对你也是耿耿于怀，打算早晚要给你点厉害看看，你也要多加小心才是！"

韩愈听此更加气愤。他辞别韦贯之来到白居易府宅，只见崔群、王涯也在这里。大家见礼罢，韩愈遂将韦贯之所言叙说一遍。大家俱愤慨不已。

白居易忧愤地道："朝中有这些奸佞之徒执政，我大唐危也！"然后转向崔群和王涯道：

"二位仁兄身居要职，但愿将来能除奸佞，消弊政，力挽狂澜，重振朝纲！小弟即使这辈子不再为官，也在所不惜！"

时崔群已擢户部侍郎，王涯迁工部侍郎。崔群向着白居易道："乐天莫忧，先暂到江州。只要学生和广津兄能执掌朝政，定还贤弟一个公道！"

白居易不由长叹一声，道："我大唐何故如此国运不及！大宝以来，外患不断、烽烟四起；朝内奸佞当道，层出不穷。远的不说，近些年来，继赵憬、贾耽、裴延龄之后，李实、杜佑弄权朝堂；接着是李吉甫、俱文珍狼狈为奸。这二人刚刚归天，现在李逢吉和吐突承璀又祸乱朝政，陷害忠良，实在让人担忧！"

韩愈道："圣道不振，必出奸佞！纵观古今，皆莫如此。要彻底消除外患内忧，必须宏扬圣道，振兴纲常，再现尧舜之盛世。"

"退之说得不错！"王涯接口道，"然而这宏扬圣道谈何容易！"大家又说了一阵朝中之事，都有些愤愤难平。

五日之后，白居易与许孟容相携出京赴任，崔群、王涯和韩愈等人将其送至灞陵方挥泪而别。

一日韩愈在府内与同僚闲谈，中书舍人杨嗣复道："近日京城传言颇多，说李逢吉和吐突承璀说动宪宗，以国库空虚为由，拒付缉拿刺杀武元衡凶犯的赏金。金吾、神策和京兆府的将士，对朝廷多有怨言。”

“不错，下官也有所闻。”旁边一官吏接口道，“听说金吾、神策两位将军前去户部领取赏银，户部的官员说，‘皇上有旨，此赏金不再发给’。两位将军回去一说，金吾、神策两军怨声骤起，说朝廷行事如同儿戏，今后再不为朝廷卖命了！”

韩愈听此，不由一惊，向着二人道：“两位说的可真？若此，朝廷岂不是失信于天下了吗？今后怎能令行禁止，安抚吏民？”

“韩大人说得不错。”杨嗣复道，“这样不仅神策、金吾和京兆府的有功之人怨愤不满，而且将使天下官吏和三军将士心寒意冷，对朝廷失去信念！”

韩愈越想越觉得此事关系重大，便辞别杨嗣复等人，来到户部想问个究竟。崔群一见韩愈到来，忙拱手相迎。叙礼罢，崔群向着韩愈道：“看退之兄一脸正色，今日前来定有要事相告？”

韩愈向着崔群问道：“听传说朝廷令停发缉拿刺杀武元衡凶犯的赏银，可有此事？”

“是的！”崔群点了点头。

“这是为何？”

崔群不由叹了口气，道：“这又是李逢吉和吐突承璀在捣鬼！”他看了看左右，向着韩愈道：“据朝野传言，这次张晏等人刺杀武相国和裴大人，与李逢吉和吐突承璀有关。二人对金吾、神策缉捕凶犯心怀怨忿，故在皇上面前说张晏等人不是真凶，金吾、神策是冒功领赏，蛊惑皇上不予兑现。此情是真是假难以肯定，但皇上前日已颁诏：以国库空虚为由，让户部停发赏银。”

“若此，皇上不是失信于天下了吗！”

“正是。”崔群道，“此招一箭双雕：不仅金吾、神策各部对朝廷怀怨在心，而且将使三军将士心灰意冷，对朝廷失去信念，今后再言征讨淮西，就会成为一句空话！”

韩愈看着崔群道：“绝不能让李逢吉和宦官的阴谋得逞。学生要向皇上上疏，奏明此情，讲明利害，定要皇上收回成命！”

崔群有些担心地道：“此事我已向韦大人说明利害，韦大人道，他也向皇上奏过此事，但皇上为李逢吉和吐突承璀所惑，听不进他人所谏。你若上书给皇上，不论皇上是否会采纳，都会再次得罪李逢吉和吐突承璀，此事还需三思而行。”

“学生立意已决！”韩愈坚定地道，“为了朝廷社稷，这疏是非上不可！”

崔群深知韩愈的性格，凡是他认准了的事，不管后果如何，他都不会动摇和退却。只好点了点头道：“但愿皇上能够采纳退之兄的直谏。”二人又说了一会儿话，韩愈便告辞离开户部。

晚上，韩愈回到家中，草草吃罢晚饭，便急急来到书房赶写奏章。卢夫人见韩愈思绪沉重，一到家便伏案疾书，料定必有要事，便来到书房探看。只见韩愈正在收笔，面前放着《论捕贼行赏表》的奏折。

卢夫人看了一眼表章，向着韩愈道：“朝中是否又发生了什么重大事情？老爷竟如此匆忙？”

韩愈将笔插入笔筒，遂将朝廷拒发捕贼赏银之事简要地叙说一遍，然后拿起奏章递给卢夫人道：“夫人请看这样论述可行？”

卢夫人接过奏章，浏览了一遍。只见韩愈在奏章中首先叙述了朝廷因停付赏银，而在朝野引起的波动和疑惑，恳请朝廷能如数兑现赏银，以取信于天下。在文中写道：

> 臣愈言：臣伏见六月八日敕，以狂贼伤害宰臣，擒捕未获，陛下悲伤震悼，形于寝食。特降诏书，明立条格，云有能捉获贼者，赐钱万贯，仍加超授。今下手贼等，四分之内，已得其三；其余两人，盖不足计。根寻踪迹，知自承宗。再降明诏，绝其朝请；又与王士则、士平等官：八日之制，无不行者；独有赏钱，尚未赐给。群情疑惑，未测圣心。闻初载钱置市之日，市中观者日数万人，巡绕瞻视，咨嗟叹息，既去复来，以至日暮。百姓小人，重财轻义，不能深达事体，但见不给其赏，便以为朝廷爱惜此钱，不守言信。自近传远，无由辩明。且出赏所以求贼，今贼已诛斩，若无人捉获，国家何因得此贼而正刑法也？承宗何故而赐诛绝也？士则、士平何故与美官也？三事既因获

贼，获贼必有其人。不给赏钱，实亦难晓。假如圣心独有所见，审知不合加赏；其如天下百姓及后代久远之人哉！

接着，韩愈在表章中引经据典，论述了取信于民，乃历代君王夺取天下和安定天下的基石。大唐只有取信于天下，才能平定四海，实现中兴。在文中指出：

况今元济、承宗，尚未擒灭；两河之地，大半未收；陇右、河西，皆没戎狄；所宜大明约束，使信在言前，号令指麾，以图功利。况自陛下即位以来，继有丕绩；斩杨惠琳，收夏州；斩刘辟，收剑南东、西川；斩李锜，收江东；缚卢从史，收泽、潞等五洲；威德所加，兵不污刃，收魏博等六州；致张茂昭、张愔，收易、定、徐、泗、濠等五州。创业以来，列圣功德未有能高于陛下者，可谓赫赫巍巍，光照前后矣。此由天授陛下神圣英武之德，为巨唐中兴之君；宗庙神灵，所共祐助。勉强不已，守之以信，则故地不足收，而太平不难致；如乘快马行平路，迟速进退，自由其心，有所欲往，无不可者。于此之时，特宜示人以信。孔子欲存信去食；人非食不生，尚欲舍生以存信；况可无故而轻弃也！

昔秦孝公用商鞅为相，欲富国强兵，行令于国，恐人不信，立三丈之木于市南门，募人有能徙置北门者与五十金。有一人徙之，辄与五十金。秦人以君言为必信，法令大行，国富兵强，无敌天下。三丈之木，非难徙也，徙之非有功也；孝公辄与之金者，所以示其言之必信也。昔周成王尚小，与其弟叔虞为戏，削桐叶为圭，曰：“以晋封汝。”其臣史佚因请择日立叔虞为侯。成王曰：“吾与之戏儿。”史佚曰：“天子无戏言。言之则史书之，礼成之，乐歌之。”于是遂封叔虞于晋。昔汉高祖出黄金四万斤与陈平，恣其所为，不问出入，今谋项羽。平用金楚，数年之间，汉得天下。论者皆言汉高祖深达于利，能以金四万斤致得天下。以此观之：自古以来，未有不信其言而能有大功者；亦未有不费少财而能收大利者也。

韩愈听后，向着卢夫人道："夫人所论实令学生感动，但学生已将此生交给了朝廷社稷！为了皇上能取信于天下，为了朝廷早日平定四海，实现中兴！个人的祸福安危，只好置之度外了！"

最后，韩愈在表章中阐述了自己上表的目的和愿望，希望皇上能够明察自己的忠心。

臣于捕贼之人，本无恩义。彼虽获赏，了不关臣；所以区区尽言不避烦黩者，欲令陛下之信行于天下也。伏望恕臣愚陋僻蠢之罪，而收其恳款诚至之心，天下之幸，非臣之幸也。谨奉表以闻，臣愈诚惶诚恐。

卢夫人看罢，良久沉思未语。韩愈向着卢夫道："夫人阅后有何高见？请示赐教！"

卢夫人顿了顿道："老爷的文章，主义谲谏，输肝剖胆。但此表上奏之后，不论皇上是否准奏，都会招来祸患！"

韩愈听后，向着卢夫人道："夫人此话怎讲？"

卢夫人担忧地道："皇上若是英明，此表一定准奏，将会如数向捕贼之人兑现赏金，这样势必得罪阻挠悬赏之人；如若皇上昏庸，不准老爷所奏，定会怪罪老爷干预朝政。这样正反都会惹来麻烦！"

"这点学生已有所料。"

"既然老爷早有所料，就应三思而行。"卢夫人道，"当今官场吉凶难料，今日华车高马，明日就可能身败名裂，成为了阶下之囚。如深之，身为宰相，权倾朝野，其朋莫不仰慕。只因一句话语不慎，便被贬出京师；乐天才华卓绝，诗赋盖世，皇上极为赏识。然而只因上疏直谏捕贼一事，竟为权幸所忌，马上被贬徙江州。老爷半生仕途坎坷，多遭人谗，如今多亏武相国和韦大人极力保举，才谋了个中书舍人之职。老爷目前应居安思危才好，怎能又去引火烧身呢！"卢夫人说到这里，走到韩愈身边，深情地道：

"二是听说朝中李逢吉与宦官相勾结，阴险狡诈，弄权朝堂。你前时和乐天朝堂之上与他争论，已得罪与他。现在乐天已被贬出京师，他们正想寻机整治与你，你若再上表与他们作对，岂不是飞娥扑火，自投罗网！"

卢夫人讲到此，看着韩愈道："三是老爷在朝既非重臣，又非谏官。所论之事并非老爷的职责，弄不好还会遭到朝中那些妒贤疾能之人的谗毁，老爷为何非要去找这个麻烦不可？”

韩愈听后，向着卢夫人道：“夫人所论实令学生感动，但学生已将此生交给了朝廷社稷！为了皇上能取信于天下，为了朝廷早日平定四海，实现中兴！个人的祸福安危，只好置之度外了！”

卢夫人听此，知韩愈精忠报国，坚贞不渝，不由叹了口气道：“你呀，啥时候能改改这个脾气。吸取点以往的教训才好！我就知道说了也没用。好吧！你觉得应该这样做就去做吧，但愿老天能够保佑你！”

“知我者，夫人也！”韩愈不由看着卢夫人感动地道。

韩愈的《论捕贼行赏表》上奏后，在朝中引起了不小震动。宪宗深为韩愈的精辟论断和赤胆忠心所动，遂令户部向金吾、神策和京兆尹各部兑现了赏银。然而也使李逢吉和吐突承璀等人更加怀恨在心。

果然时隔不久，有人竟向朝廷参劾韩愈：将三年前韩愈为荆南节度使裴均之子裴锷离京饯行时，在饯诗和序中乃呼裴均之字为例，说韩愈狂傲无羁，目无上司，不宜在中书任职。李逢吉和吐突承璀便以此为由，在宪宗面前对韩愈进行大肆诽谤。很快，韩愈即被逐出中书，贬为太子右庶子。

崔群得知此情后，向着王涯道：“退之不听劝告，这次又吃亏了！”

王涯不由叹了口气，道：“退之特过执著，致使仕途多厄。记得贞元十九年，退之为御史中丞李纹所荐，擢拜御史台不到三个月，因坚持上书直言关中天灾人饥状，为奸佞李实和俱文珍所忌，遂被贬逐岭南三载。元和六年，退之为武元衡所举，由东都调回长安任朝议郎，不到半年，又因为华阴县令柳涧鸣不平，而得罪杜佑和李吉甫，再次被除为国子博士。这次大家费了多少周折，经韦大人和武相国多次保举，才谋了个中书舍人之职，如今只有短短五个月，结果又被贬出。实在让人感叹不已！”

韩愈被贬，朝野尽知为武元衡一案所致，多有为之不平；而韩愈虽气愤不已，但倒显得十分坦然。消息传到卢夫人的耳中，卢夫人只微微叹了口气。

韩愈向着卢夫人，多少有点内疚地道：“实在对不住夫人，这次学生又被贬了！”

卢夫人淡然一笑，道：“贬就贬吧，这也是早在预料之中的事！自那天看了老爷的奏章后，小女子就知道会有这一天。这太子右庶子虽是个闲官，但总比贬出京师为好！”卢夫人讲到这里，看着韩愈道：

“虽然老爷被贬了官，但却保住了皇上的信誉，主持了正义和公道。对维护朝廷尊严，实现大唐中兴，却做出了重大贡献。从这点看，还是值得庆贺的，希老爷不要介意才是！”

“多谢夫人理解！”韩愈见此，心中是又酸又甜。

这年，由于武元衡被刺杀，裴度在家养病，许孟容、白居易被贬，韩愈被逐，一时主和派占据上风。淮西征战不了了之，前方各路征讨大军，相继撤回到各自驻地。

第 97 章
震京师南北起战祸　忧天下三杰论平贼

唐元和十一年冬，李贺病故，年仅二十七岁。韩愈悲痛欲绝，哀叹又一文坛巨星殒落；与崔群、王涯、张籍等人共葬之。

这年过罢春节不久，淮西叛军吴元济，经过半年休整，羽翼已丰，遂约同河北镇州节度使王承宗、郓州节度使李师道，同时起兵作乱。一时海水群飞，南北军报频传。吴元济再次袭唐州，焚陈州，掠临颍，直逼东都。王承宗攻幽州，陷沧州，窥视太原。李师道南北驰援，并派遣贼兵数百人潜入京城和洛阳。企图震挠京师，配合吴元济夺取东都。

宪宗此时方感时局不妙，遂诏拜裴度为相，统揽诸路兵马御敌。时裴度伤势已愈。即调兵遣将，再次对淮西和河北发起征讨。

三月，朝廷出库银五十万两，绢帛七十万匹，为征战所用。诏令河东、魏博、昭义、横海、义武、卢龙等六镇节度使，共讨王承宗。并诏拜宣武军节度使韩弘为征淮诸军督统，兼中书门下平章事；中使梁守谦为行营监军；敕令关东山南东道，河阳三镇、东都防御、鄂岳、淮南、宣武、义成和邓随唐等十二道兵马，再次向淮西发起征战。

四月，朝廷又诏拜闲厩宫苑使李愬为检校左散骑常侍，充邓随唐三州节度使，赴淮西作战。然而由于河北六镇各存异心，前方将帅互相观望，六路兵马一战即退，失利战报不断传入京中。正当此时，又从淮西传来消息，三军督统韩弘，竟改变初志，欲倚贼自重，并与李愬互相掣肘，而征战不力；虽有忠武军李光颜、怀汝军乌重胤连战连捷之喜报，但整个淮西战场负多胜少。接着申光节度使高霞寓所部二万余众，因轻敌冒进，为贼兵所乘，而全军尽覆。使贼势愈剿愈烈，朝野闻之无不惊骇。

六月，从东都洛阳又传来一件震撼朝野之事，郓州节度使李师道潜入洛阳城中的贼兵，趁洛阳各路兵马驻扎伊阙，以防吴元济来犯之机，企图血洗留守府，而被发觉败露。东都防御使吕元膺急调兵遣将，悬赏搜捕，共得贼徒上千人；连部下两个将军，也为李师道所收买，授予伪职。朝野无不惊惧。不料此时，皇陵庙顶又被潜入京师的贼人所毁，刍蒿粮库被烧；夜里到处是流矢飞书，恐吓传贴。一时京城之中，人心惶惶，风声鹤唳，谈贼色变。朝廷令城中百姓五户相保，以捕匿贼。主和之声再次升起。

李逢吉和吐突承璀见此，遂向宪宗道："河北、淮西之贼，互成犄角，相互策应。朝廷南征北战，而贼势愈演愈烈。如今国库空虚，久师无功。朝野人心惶惧，不如休兵罢战，只要赦免河北、淮西之罪，并加以官职；罢去裴度相位，河北、淮西自然相安。"

宪宪闻此，甚是不乐，道："河北淮西之贼，狼子野心，背信弃义，乃我大唐心腹之患，岂能赦免？裴度摅忠报国，坚贞不渝，乃我大唐中流砥柱，岂能舍其不用！"

李逢吉和吐突承璀道："如今国库亏空，前方将帅畏敌不前，相互掣肘。若继续征战，必然劳师伤财，动摇社稷！不如罢战：这样既可安定两镇，又能减轻朝廷负担。请皇上三思！"

宪宗听此，忧疑难决，遂道："此事容朕想想再议。"

韩愈自贬为太子右庶子后，虽清闲无事，然心怀朝中之事，因不断听到河北、淮西频频失利的战报，甚感忧虑。这日来到户部，想通过崔群，打探一下朝廷对南北征战的想法。正好王涯也在这里。

三人相见罢，韩愈遂说明来意。崔群道："广津兄前来也正为此事，你们二人真是不谋而合。"

王涯向着韩愈道："近日朝中主和之声颇高，李逢吉到处游说，大造舆论，皇上也举棋不定，对继续征讨两镇已有些动摇。"

"听说前方战局十分不利？"韩愈向着崔群和王涯道，"河北六路征讨兵马互相观望，进展滞缓；淮西各军相互掣肘，韩弘督战不力，可是实情？”

“不错！”崔群道，“河北六路兵马，不少与王承宗有旧：魏博节度使田正弘，卢龙节度使李正君，与王承宗原是盟友。他们各怀异心，阳奉阴违，明讨承宗，暗助贼势。故若战若离，久师无功。淮西战场，更是错综复杂，韩弘多有难处。讲韩弘欲依贼自重，乃是监军梁守谦和邓随唐节度使李愬等人对韩弘的诬陷。”

韩愈一听，不觉一愣，向着崔群道：“此话怎讲？”

崔群道：“目前韩弘虽为督统，但却受到各方掣肘：首先是监军梁守谦，此人不懂军事，却胡乱指挥。每次行营召开军事会议，他高坐帐中，指手划脚。韩弘若不按他的主意去办，他就说韩弘对朝廷有异心，便暗中向皇上进行诬告，弄得韩弘进退维谷，叫苦不迭，难以进行决策。”

“原来是这样！”韩愈听此，不由气愤地道，“怪不得朝野传闻，说韩弘欲依贼自重，不愿淮西早平，原来是宦官搞的鬼！这些监军，简直是纯害无益，就像是套在前方将帅脖子上的枷锁！官军孰能不败！朝廷怎就非用这些宦官去监军不可！”

崔群接着道：“二是邓随唐节度使李愬，其妻为皇上的姑母唐安公主，乃前朝驸马，皇亲国戚。本人恃宠骄横，刚愎自用，从不把韩弘放在眼里，对韩弘的军令拒不执行。故而形不成对淮西统一作战的局面。”

“敦诗说得不错。”王涯接口道，“此情学生也略有所闻。”

崔群看了看王涯和韩愈，继续道：“三是征讨淮西的义成军、忠武军、武宁军、鄂岳军等十二道兵马，多是兵骄将悍，难以驾驭；各节度使互相观望，各行其事。韩弘无奈，只好竭力笼络地们，以求协同作战。”

崔群讲到这里。王涯又接口道：“听崔兄这么一说，学生倒想起一件事来：前几天听人传说，韩弘为笼络李光颜，曾精心物色一美女，送到光颜军帐，光颜深为所动，表示要誓死平贼，以谢韩公。”

“不错，”崔群道，“李光颜身为忠武军节度使，足智多谋，勇冠三军，威震淮蔡。韩弘欲征淮平蔡，非得此人不可。便向大梁城中觅得一绝代佳人，遣使送到光颜军营，欲结好光颜。时光颜正在宴犒三军将领，那美妓随特使进入庭宴，只见佩环响动，光华四射，犹如西施复出、洛女重生。四座将士无不目眩神迷，啧啧称慕。”崔群讲到这里，看着二人感叹地道：

“光颜见此，不由向着来使道：‘韩公悯光颜羁旅，赐以美妓，感德诚深，但将士数万，俱弃家远来，浴血沙场。光颜身为统帅，岂忍一人独娱声色乎？’说罢竟涕泪满颊，四座无不敬服。然后转向特使继续道：‘请将美妓带回，致言韩公，光颜以身许国，誓不与贼同日月！请韩公放心就是’。特使无奈，只好又将那美女带回。”

“光颜真乃忠贤义勇之将也！”韩愈听后，不由感慨地道，“我大唐将帅若都能如光颜者，何愁贼寇不平，天下不安！”

崔群道：“如今前方战局不利，主和之声再起，而皇上又犹疑不定。整个局势真让人有些担忧！”

韩愈向着崔群和王涯道：“目前战局不利，连年征战无功。以学生看来，原因有四：一是战线太长，力量分散，朝廷南北作战，顾此失彼，不仅劳师伤财，而且处于被动局面。二是前方各路将帅各存异心，互相观望掣肘，形不成强大的围剿攻势，反而为贼人所乘。三是宦官充任监军，祸乱军营，干挠将帅决心。四是皇上经常为奸佞和阉党所惑。征战决心不大，故而今日刮西风，明日刮东风，直接影响到前方作战。”

韩愈讲罢。崔群和王涯都不由点了点头。韩愈继续道：

“为今之计：一是要缩短战线，收拢五指，攥成拳头，集中全力于淮西。待淮西平定后，再横扫河北，河北之贼必然威服，可取得事半功倍之效。二是对征战各军要严肃军令，并增强前方督统权力。三是撤销宦官监军之制，由前方将帅自行处置军政大事。四是请皇上速清君侧，铲除朝中李逢吉和吐突承璀这帮奸佞和主和派势力。这样方能平定两镇，安定天下。”

“退之说的不错，此四项确是平定河北、淮西之良策，但若要实行起来，谈何容易！”王涯听韩愈讲罢，不由感慨地道，“前两天皇上召集裴度、韦贯之、李逢吉和几位大臣共议讨贼之事。韦大人提出停止两处用兵，集中兵力专讨吴元济。皇上认为王承宗毁皇

韩愈向着崔群和王涯道：“目前战局不利，连年征战无功。以学生看来；原因有四……”

陵、烧仓廪，焚掠河北五州，乃十恶不赦之罪，不予准奏。当时韦大人一时激动，便道：朝廷若继续南北用兵，只怕要重蹈‘四王二帝’之乱的覆辙。皇上一听大怒，竟将韦大人罢去相位，贬为吏部侍郎。眼前让朝廷停止两处用兵，看来犹如登天还难！”

“广津说得不错，这取消宦官监军和清君侧，眼前看来更是难以实现。”崔群接口道，“当务之急是如何消除皇上的顾虑，增强其征讨叛贼的决心，而不被主和之声所动，这是最主要的。”

“若此也不难。”韩愈道，“我们可尽快上书或面奏皇上，一是在局势上讲明：河北之贼乃虚张声势，不足为虑；淮西之贼虽气焰嚣张，然不过三州之地，以我四海九州兵力共讨之，犹如泰山压卵。只要朝廷运筹得当，淮西指日可破；淮西一破，河北之贼定会不战自降。二是在作战方略上讲明：只要王师变消极防御为主动进攻；变分兵出击为集中优势兵力作战，就能化被动为主动，改变当前的不利战局。三是在指挥上讲清：只要充分相信和依靠前方将帅，严肃军纪号令，前方将帅自会奋勇向前，荡平两镇之敌，将易如反掌！这样皇上定会坚定讨贼信心。”

“好！就以退之之见。”韩愈讲罢，崔群向着王涯道，“你我即日面见圣上，讲明此意。”然后向着韩愈道：

“退之此论甚佳，可细细写成奏章，呈予皇上。这次定让皇上下定讨贼决心。”

“好！就这么办。”三人议罢，俱热血沸腾，踌躇满志。

韩愈离开户部后，忙赶回署衙，展纸于案，迅速拟成《论淮西事宜状》奏章一份，令书吏送往中书。

第98章
进良策退之再上书　除内奸公范急入京

德政殿内，宪宗李纯站在御案前，眼睛望着窗外，陷入沉思之中。身后御案上放着韩愈的《论淮西事宜状》的奏章。旁边垂手站立着两个年轻太监。

这李纯身材颀长，面色白晰，三绺短须垂于颔下。他回头又望了望御案上的韩愈奏章，面上现出凝重之色，不禁走到案后，坐下拿起奏章又细看起来，只见韩愈在奏章中写道：

右臣伏以淮西三州之地，自少阳疾病，去年春夏以来，图为今日之事。有职位者，劳于计虑抚循；奉所役者，修其器械防守。金帛粮畜，耗于赏给。执兵之卒，四向侵掠，农夫织妇，携持幼弱，饷于其后；虽时侵掠小有所得，力尽筋疲，不偿其费。又闻畜马甚多，自半年以来，皆上槽枥。譬如有人，虽有十夫之力，自朝及夕，常自大呼跳跃，初虽所畏，其势不久，必自委顿。乘其力衰，三尺童子可使制其死命；况以三小州残弊困剧之余，而当天下之全力？其破败可立而待也；然所未知者，在陛下断与不断耳。夫兵多不足以必胜；必胜之师，必在速战，兵多而战不速，则所费必广。两界之间，疆场之上，日相攻劫，必有杀伤。近贼州县，征役百端，农夫织妇，不得安业。或时小遇水旱，百姓愁苦。当此之时，则人人异议以惑陛下之听，陛下持之不坚，半途而罢，伤威损费，为弊必深。所以要先决于心，详度本末，事至不惑，然可图功。为统帅者，尽力行之于前；而参谋议者，尽心奉之于后；内外相应，其功乃成。昔者殷高宗大圣之主也。以天子之威，伐背叛之国，三年乃克，不以为迟。志在立功，不计所费。《传》曰：“断而后行，鬼神避之。”迟疑不断，未有能成其事者也。臣谬承恩宠……以效裨补。谨条次平贼事宜一一如后：

宪宗看到此，不由点了点头，自语道：“以三小州残弊困顿之余，而当天下之全力？其破败可立而待也”，“必胜之师，必在速战，兵多而战不速，则所费必广”，“半途而罢，伤威损费，为弊必深！”“断而后行，鬼神避之，”“迟疑不断，未有能成其事者也。”宪宗自语到此，顿了顿，颇有所得地道：

“此论倾心吐胆，辞致典赡。阅后令人茅塞顿开，豁然开朗。好！”说罢，继续向下看去，只见韩愈在奏章中从六个方面详尽论述了征讨淮西的作战方略。文中写道：

一、诸道发兵或三二千人，势力单弱；羁旅异乡，与贼不相谙委；望风慑惧，难便前进。所在将帅，以其客兵，难处使先，不存优恤。待之既薄，使之又苦，或被分割队伍，隶属诸头，士卒本将，一朝相失，心孤意怯，难以有功。又其本军各须资遣，道路辽远，劳费倍多。士卒有征行之艰，闾里怀离别之思。今闻陈、许、安、唐、汝、寿等州与贼界连接处，村落百姓，悉有兵器，小小俘劫，皆能自防，习于战斗，识贼深浅。既是土人护惜乡里，比来未有处分，犹愿自备衣粮，共相保聚，以备寇贼。若令召幕，立可成军；若要添兵，自可取足；贼平之后，易使归农。伏请诸道先所追到行营者，悉令却牒归本道，据行营所追人额器械弓矢，一物已上，悉送行营，充给所召募人。兵数既足，加之教练，三数月后，诸道客军一切可罢；比之征发远人，利害悬隔。

二、绕逆贼州县堡栅等各置兵马，都数虽多，每处则至少；又相去阔远，难相应接；所以数被攻劫，致有损伤。今若分为四道，每道各置三万人，择要害地屯聚一处，使有隐然之望，审量事势，乘时逐利。可入则四道一时俱发，使其狼狈惊惶，首尾不相救济；若未可入，则深壁高垒，以逸待劳；自然不要诸处多置防备。临贼小县，可收百姓于便地，作行县以主领之，使免散失。

“嗯！此论甚佳！”宪宗看到这里，不禁又点了点头，自语道：“若此，不仅能克服官军异地作战，不明地理和敌情之弊，而且又可变被动为主动，集中优势兵力于一役，此举可为上策！”说罢，继续往下看去。

三、蔡州士卒，为元济迫协，势不得已，遂与王师交战。原其本根，皆是国家百姓。进退皆死，诚可闵伤。宜明敕诸军，使深知此意。当战斗之际，固当以尽敌为心；若形势已穷，不能为恶者，不须过多杀戮。喻以圣德，放之使归，销其凶悖之心，贷以生全之幸，自然相率弃逆归顺。

四、《论语》曰：“欲速则不达，见小利则大事不成。”比来征讨无功：皆由欲其速捷；有司计算所费，苟务因循，小不如意，即求休罢。河北、淮西等见承前事势，知国家必不与之持久，并力苦战，幸其一胜，即希冀恩赦。朝廷无至忠忧国之人，不惜伤损威重，因其有请，便议罢兵；往日之事，患皆然也。臣愚以为淮西三小州之地，元济又甚庸愚；而陛下以圣明英武之姿，用四海九州之力，除此小寇，难易可知，泰山压卵，未足为喻。

五、兵之胜负，实在赏罚。赏厚可令廉士动心，罚重可令凶人丧魄，然可集事。不可爱惜所费，惮于行刑。

宪宗看到这里，不由暗道：“善待俘虏，瓦解贼兵；剿抚兼施，赏罚严明；胜不骄、败不馁。此三策可谓征讨叛贼之根本耳。人言韩愈胸怀韬略，文武兼备，看来果然如此！”他不由往下看去，只见韩愈在文中继续写道：

六、淄青、恒冀两道，与蔡州气类略同；今闻讨伐元济，人情必有求助之意。然皆暗弱，自保无暇，虚张声势，则必有之；至于分兵出界公然为恶，亦必不敢。宜特下诏云：蔡州自吴少诚已来，相承为节度使，亦微有功效。少阳之殁，朕也本拟与元济。恐其年少未能理事，所以未便处置。待其稍能缉绥，然拟许其承继。今忽自为狂勃侵掠，不受朝命，事不得已，所以有此讨伐。至于淄青、恒州、范阳等道，祖父各有功业，相承命节，年岁已久，朕必不利其土地，轻有改易，各宜自安。如妄自疑惧，敢相扇动，朕即赦元济不问，廻军讨之。自然破胆，不敢妄有异说。

以前件谨录奏闻，伏乞天恩，特赐裁择。谨奏。

宪宗看罢韩愈奏章，脸上不由浮现出坚毅之色。他放下奏章，昂首沉思一下，不禁自语道："好！就依韩愈所奏，这次不荡平两镇之贼，誓不罢休！"

宪宗阅罢韩愈奏章，不觉精神大振，正要起身前往后宫，只见一太监进来奏道："东都留守许孟容在殿外候旨，说有要事面奏皇上。"

"什么？许孟容从东都来京！"宪宗听后不由一怔。这许孟容调任东都，只有半载，今日未召，怎突然进京，看来定有要事。便道："宣他进来。"

那太监忙转身出去。不一会儿，只见许孟容急急进来。一见宪宗便倒身下拜。宪宗忙上前一步扶住道："老爱卿平身，几时到的京城？这次入京有何重要事情？"

"老臣刚刚到京，便进宫而来，有重要事情要向皇上面奏。"

宪宗一听有重要事情相奏，又见许孟容一脸严峻之色，不由一怔，忙道："老爱卿有何要事，竟亲自从东都赶来长安？"

许孟容看了看左右太监，欲言又止。宪宗会意，向着左右太监道："你们都先下去吧，有事再招呼你们。"那些太监见此，忙弯着腰退了出去。

宪宗向着许孟容道:“老爱卿有何重要事情请讲?”

许孟容向着宪宗道:“朝中出了内奸,与河北、淮西贼人相勾结,欲颠覆我大唐江山社稷!”

“你说什么!朝中有内奸?”宪宗一听,不由一惊,看着许孟容道,“他是谁?”

“他就是门下侍郎同平章事李逢吉和内务府总管吐突承璀!”

“胡说!”宪宗一听,不由生气地看着许孟容道,“李逢吉和吐突承璀,虽反对征战,主张与河北、淮西议合,但对朕忠心耿耿,怎会干这通敌叛国之事?”宪宗讲到此,不由激动地站起身来,向着许孟容道:

“莫不是他二人曾经参劾过你,你怀恨在心,今天也来参劾他二人,以泄胸中之愤不成?”

“不!皇上冤枉老臣也!老臣一生光明磊落,绝无此意!”

“是啊!许老爱卿一世胸怀坦荡,金声玉色,朝野尽知。今日怎无端前来参劾朝中两位重臣!你可有真凭实据?”

“老臣没有真凭实据,怎敢从东都昼夜兼程前来。”说着从袖袋中取出一叠文稿,呈与宪宗,道:“皇上请阅,这是叛贼张希朝、李万通所交待的供词。”

宪宗带着疑惑的面容接过供词,迅速浏览一遍,只见二人在供词中言道:“郓州节度使李师道,为策应淮西吴元济作乱,派遣牙将訾嘉珍、门察二人,带着价值三十万贯的金银珠宝和刺客,潜入京城。先买通宰相李逢吉和内务府总管吐突承璀,形成朝中反战派,接着由二人提供情况,于六月初由訾嘉珍和门察带领刺客,埋伏于早朝路上,将武元衡刺死,将裴度刺伤。后朝廷在京城内外悬赏缉拿刺客凶犯,吐突承璀又将訾嘉珍和门察二人藏匿于皇宫内务府中,方未被抓获……”

宪宗看罢,不由面呈疑怒之色,他向着许孟容道:“这张希朝、李万通是何许之人?老爱卿怎有此口供?”

“这张希朝乃李师道的妻舅,李万通是李师道的堂兄弟。”许孟容道,“二人被李师道派遣东都,带着数百名化装成商人和百姓的贼兵潜入城中,企图配合吴元济夺取东都。只因皇上洪福齐天,其阴谋败露。李万通和张希朝均落网被擒，方供出京城武相国被刺杀一案的真相，以及李逢吉和吐突承璀两个内奸。”许孟容讲到这里，看着宪宗道：

“为了我大唐社稷的安危，为了朝廷早日安定四海，实现中兴！老臣和防御使吕元膺大人商定：由他镇守东都，以防贼人偷袭；由老臣带着供状，星夜赶来京师，向皇上奏明此情。望皇上尽快查办奸党，以清君侧，确保我大唐江山无虞！”

宪宗听许孟容讲罢，虽不禁点了点头，但仍疑惑不解地看着许孟容道：“朕待他二人不薄：李逢吉被朕连连擢廷，位居宰相，权倾朝野，无人敢忤；吐突承璀身为内务府总管，掌管着朕的起居住行和诏敕印玺，朕对其言听计从。二人何故要背叛于朕？难道不怕事情败露，诛杀九族不成？”

许孟容向着宪宗道：“古人曰：‘厚利可使廉者动心，重罚能令恶人丧胆’。况李逢吉和吐突承璀乃奸诈势利小人，平时贪赃枉法，弄权朝堂，欺蒙圣上，为朝野所不齿。故被叛贼所看中，而贿以重金，作为内应。皇上虽对二人恩重如山，但二人一是见利忘义，卖主求荣；二是有侥幸心理，认为自己一手遮天，所作所为天衣无缝，无人知晓，无人敢问。故而里通外贼，成为皇上身边的豺狼。谁知苍天有眼，皇威浩荡，竟使二人奸情败露！”

宪宗至此，方点了点头，愤怒地道：“朕真是瞎了眼睛，没有看清这两个东西！”然后向着许孟容道：“以老爱卿之见，朕当如何处置这件事为好？”

“一是请皇上速清君侧，铲除李逢吉和吐突承璀这两个奸党。二是尽快擢迁一批德才卓著、效忠朝廷的年轻官吏充任中书。三是坚定平贼决心，采取强硬措施，荡平河北、淮西之贼，以消除我大唐心腹之患。目前督统韩弘，虽皇上诏令其统辖三军，然资历不足，难以驾驭诸道兵马。需由朝中一位德高望重，才略纵横之人代之，方能平定淮蔡，成就大业。”

“好！老爱卿今日前来，真乃及时雨也！我大唐有老爱卿这样忠心耿耿之人，真乃朝廷社稷之福尔！”

“圣上过誉了！”许孟容向着宪宗诚恳地道，“老臣老了！不中用了。裴度裴大人对朝廷社稷忠心昭昭，死不旋踵。现年富力强，胸怀韬略，皇上可委以重任。要清除李逢吉和吐突承璀奸党，扫除河北、淮西之贼，非此人莫属！”

“好！朕准奏，就依老爱卿之言！”宪宗激奋地道，“这次朕定彻底铲除内患外忧，与河北、淮西之贼誓不两立！”

第99章
唐宪宗夜访贤相府　李逢吉暗中搬救兵

这日晚上，宪宗李纯身着便装，亲临裴度府中。裴度忙将宪宗迎入客厅，亲自为宪宗捧上香茗。然后恭敬地道：

“圣上日理万机，今日天色已晚，竟光临微臣府中，是否有重大国情之事相告？”

宪宗听此，看了看左右，裴度已会意，忙令左右家人退下。宪宗不由叹了口气，遂将今日许孟容所奏之事叙说一遍，向着裴度道：“朕得知此情，忧心如焚，坐卧难宁，特寅夜前来与裴爱卿商议此事。”

裴度听罢，不由愤慨地道：“微臣对此也略有所闻。可恨二人竟忘恩负义，背叛朝廷！皇上对其是何等地恩宠！何等地信任！二人竟然干出这大逆不道，里通外贼，诛灭九族之事，实在让人发指！是可忍，孰不可忍！”

宪宗向着裴度感叹地道：“朕自认为即位以来，举贤任能，励精图治，不想竟为这两个奸人所蒙蔽，致使忠臣良相被害，剿贼久师无功，实在有愧先皇列宗！如今之计，将如何处置此事，想听听裴爱卿的主见。”

裴度见此，忙道：“圣上即位以来，卧薪尝胆，立誓中兴，举贤纳谏，恩威兼施；先后收江东，平剑南，定泽潞，服魏博六地，降彭徐五州。我大唐创业以来，列圣功德，未有能高于陛下者。可谓赫赫巍巍，光照前后也！朝中虽出此二奸，但与圣上的丰功伟绩相比，实乃高山与抔土耳；而且纵观古今，哪朝哪代没有奸佞？因此，皇上不必过分予以自责。”裴度讲到此，向着宪宗道：

“以臣之见，‘亡羊补牢，未为晚也！’从东都所抓获的贼党口供：京城所传常有行迹可疑之人出入于二人府中；以及李逢吉和吐突承璀极力阻挠抓捕凶犯，鼓动对两镇之贼休兵罢战来看，二人里通外贼，定然无疑！”裴度讲到此，激动地道：

“这里通外贼、收受贿赂、卖主求荣，暗中指使贼党刺杀朝中重臣，藏匿朝廷钦犯，条条都是诛灭九族之罪。陛下应痛下决心，铲除二奸；并远谀佞，近忠良，举贤任能。定可重振朝纲，创不世之伟业！”

宪宗听此，不由点了点头。裴度继续道：“眼下朝中，户部侍郎崔群、工部侍郎王涯，才略纵横，精忠报国，乃衮职良才，台辅妙器。前年，崔群在皇上立储上，奏罢作禳，力谏立遂王嫡为太子，避免了众皇子长嫡争立之乱；去年，魏博节度使田季安，以五万贯助开业佛祠，妄图掩盖其与王承宗谋逆之罪。崔群以‘无名之献不当受’，力谏皇上却之，为皇上所嘉纳，使田季安惶恐不安，莫敢再继续作乱。王涯，文有雅思，孤进自立，内不避亲，外不避仇。此二人可入主中书，委以重任，作为朝廷股弘。皇上可高卧无忧也！”

宪宗听罢，不由点着头道：“裴爱卿所奏甚妥。崔群、王涯二人，刚毅磊落，淑质英才，实乃台辅之器，寡人也有此意！”说罢，向着裴度继续道：

“对河北、淮西作战，裴爱卿有何良策？”

“在征讨河北、淮西上，皇上应下定不剿灭两镇之贼，绝不休兵罢战的决心。”

宪宗看着裴度，多少有些担忧地道：“目前贼势猖獗，我军久战无功；且国库空虚，前方将帅互相观望掣肘，如何能继续征战？”

裴度道：“以微臣看来，这贼势猖獗，乃是虚假现象：一是朝中主和派故意夸大敌情，借以恐吓朝中大臣和皇上，达到其休兵罢战的目的；二是前方将帅作战不力，以此作为失利的借口，进行推卸责任。一年来，我军久战无功：一是战线太长，顾此失彼；二是参战的各路兵马各存异心，互相掣肘；三是作战方略欠妥。这是造成久战无功，劳师伤财的主要原因。”裴度讲到这里，看着宪宗道：

“目前河北、淮西二镇之贼，加在一起也不过十数万之众。而我河北征讨叛军的六路兵马有二十多万，淮西十二道官军近三十万人马，只要我军决策无误，齐心协力，荡平二镇，犹如探囊取物！”

宪宗听此，不由点了点头。裴度继续道：“征讨河北六路兵马，其中魏博节度使田正弘、卢龙节度使李正道，原与王承宗是盟友。这两军阳奉阴违，明讨承宗，暗助贼势，实为贼所用。义武节度使刘总和横海节度使程执恭，也与王承宗有旧，他们为保存实力，与王承宗暗中来往，只是虚晃一枪，并未真正出兵交战。剩下昭义节度使郗士美、河东节度使浑镐，他们虽真心讨贼，但势单力孤，怕损兵折将，朝廷降罪；便也倚墙观望，虚张声势，一战即退。因此，河北讨贼，劳师无功，反费去朝廷数万钱粮。不如暂时放弃河北作战，集中钱粮兵力于淮西；淮西既平，河北之贼必然丧胆。那时再以得胜之师回讨河北，将势如破竹也！”

“嗯！不错！”宪宗听罢，不由点头道，“经你这么一说，朕倒真地明白过来。前天崔群、王涯向朕面奏讨贼事宜，朕还不以为然；昨天又接到韩愈的《论淮西事宜状》的奏章，裴爱卿所言，与他三人所论，可谓不谋而合。更加坚定了朕平定逆贼和集中兵力专讨淮西的作战决心！”

“皇上圣明！”裴度高兴地道，“不过微臣与韩愈等人所论，并非不谋而合，而是谋而相契。”

“哦！这是怎讲？”

“今天上午，韩愈也到微臣府中游说，力举征淮方略，希望朝廷能下定征淮决心。微臣所论，实乃韩愈所举之策也！”

“原来是这样！”宪宗不由得点了点头。裴度继续道：

“目前征讨淮西的十二道兵马，虽有兵力三十余万，但兵骄将悍，军令不行；且分兵防御，各行其事，故常常处于被动挨打的局面。主帅韩弘，虽效忠朝廷，但难以驾驭各军。为确保征淮取得全胜，微臣愿请缨前往淮西，亲自坐镇督战，誓死荡平蔡州之贼！”

“好！”宪宗听此，不由激动地站起身来道，“由裴爱卿亲自挂帅出征，寡人无虞也！”

裴度向着宪宗道：“陛下若准许微臣挂帅出征，微臣绝不负陛下所望，不荡平两镇之贼，誓不返朝！为了淮西征战的胜利，微臣需要皇上答应微臣三件事。”

“你讲，你讲！”宪宗振喜地道，“不要说三件，就是三十件，朕也答应！”

裴度道：“我朝自安史之乱后，君臣多有猜忌，互不信任。前方征战，多以宦官为监军。不少宦官不懂军事，胡乱指挥，干预将帅决策，经常贻误战机。微臣这次出征，请皇上能撤去宦官监军之制。”

“行！”宪宗看着裴度，点了点头道。

“二是征淮诸军，兵骄将悍，难以驾驭，为严肃军令，请皇上赐臣先斩后奏的生杀之权。”

“行！”宪宗道，“朕赐你亲笔手喻，尚方宝剑，和三百名神策军。无论前方将帅身居何职，还是皇亲国戚，凡贻误战机，违抗军令者，格杀勿论，由裴爱卿自行处置。”

“多谢皇上恩宠！”裴度继续道，“三是太子右庶子韩愈，直亮而廉洁，博大而沈厚，胸怀孙子兵法，腹有将相之才。昔年随董晋入汴和平定邓惟恭之乱，多出奇谋。只因其人刚正不阿，金声玉色，多遭小人诽谤。这次又因力主讨贼，为李逢吉和吐突成璀所不容，由中书舍人，移为太子右庶子。征讨淮西者，没有此人不可。微臣请将韩愈表为行军司马，同赴淮西。”

“行！”宪宗道，“韩愈崧生岳降，欺霜傲雪。不仅文行当朝，而且胸怀韬略，实乃文武全才。昨日其向朕奏呈的《论淮西事宜状》，朕细细看了两遍，所论精辟绝论，推群独步，忠贞之心，跃然纸上。朕完全准奏。”

“臣谢皇上隆恩！”裴度见此，十分振喜，忙伏地谢恩。宪宗趋前扶起道：

“爱卿平身！朕平定四海、中兴大唐，全托赖爱卿也！望卿莫负朕意！”

“请皇上放心！”裴度激动地道，“为了我大唐社稷永固久安，为了天下黎民百姓安居乐业！微臣将赴汤蹈火，在所不惜！定鞠躬尽瘁，死而后已，以报皇上隆恩！”

“好！好！朕能有裴爱卿，我大唐无忧也！”二人又议了一阵朝中之事，宪宗方起驾告辞。

就在宪宗李纯私访裴度府宅，制定铲除内奸，征讨淮西的大政方略之时，在李逢吉的官邸，也在秘密地进行着如何应对突如其来的事变，实现金蝉脱壳的谋划。

李逢吉向着慌慌张张前来的吐突承璀道："公公来的正好！下官这几日心惊肉跳，如坐针毡，不断接到密报：说裴度、崔群、王涯等人，最近在皇上面前极力鼓动向淮西征战，并参劾我等：韩愈上奏什么《论淮西事宜状》。皇上甚为所动，对我等十分不利。更可怕是李师道的部下将我等供出。上午许孟容专程从东都赶来京城，马上人宫面见皇上，据说专为此事而来！"

"不错。"吐突承璀道，"李师道派往东都作内应的数百人，全被吕元膺抓获，供出你我二人是他们的同党；刺杀武元衡由我们二人在背后指使。许孟容带着供状，昼夜兼程入京。皇上闻此，十分动怒。现正寅夜前往裴度府中，商议如何处置我等，咱家得此情况，忙乘机前来。"

李逢吉听此，不由吓得面如土色，看着吐突承璀。张口结舌道："完！完啦！这！这当如何是好！"

吐突承璀向着李逢吉道："看你紧张的！现在鹿死谁手，还很难说。咱家前来，就是怕你惊慌失措，不知如何应对！"

"公公有何高招，请快讲，下官若能逃脱此劫，定永世不忘！"吐突承璀向着李逢吉道：

"皇上虽然拿到郓州叛贼的口供，但向我等行贿和刺杀武元衡的訾嘉珍和门察二人，已被咱家用鸠汤送他们上了西天。现在是死无对证，他们要定我俩之罪，也并非容易！"

"什么！訾嘉珍和门察不是逃回郓州了吗？"李逢吉惊愕地看着吐突承璀，"怎说已经死去？"

"嘿嘿！让他们逃走？岂不是留下活口！将来一旦事发，不是把我们给抖搂出来了吗！"吐突承璀得意而阴险地道，"常言道：'兔死狗烹'咱家就防着这一天，果然不出所料！"

李逢吉看着吐突承璀，道："公公真乃高明之极，但朝野议论纷云，俱传言你我为叛贼内应，皇上岂能不疑？”

“当今皇上刚愎多忌，自然不会相信我们。”吐突承璀不由微微一笑道：“但皇上是个极孝顺之人，对太皇太后的懿旨，从来是百依百顺。同时唐安公主乃皇上的亲姑母，皇上一向不敢得罪与她，只要太皇太后和唐安公主为我俩说情，皇上定然不敢不依。”

李逢吉听到此，不由面露喜色。吐突承璀非常自信地继续道：“昔年太皇太后的侄子身犯重罪，按律当斩。是咱家从中斡旋，将大事化小，小事化了。太皇太后十分满意，说欠咱家一个人情，将来一旦有什么为难之事，就去找她。至于唐安公主，那就更不用说了。她丈夫李愬是你我二人极力举荐，方擢迁为左散骑常侍和邓随唐节度使。而且你还有恩与她，自然也会为我等所用。”

“不错，多亏公公提醒！”李逢吉好似沉溺大海之中的落水者，猛然看到一根救命稻草一样，高兴地道：“李愬前年在郊外射猎，将一农户庄稼踏毁，并发生口角。竟将那户农夫殴打致死。那农夫妻子将他告到京兆府，是下官将此事按下。咱们赶快进宫，去向太皇太后和唐安公主求情。”

“好！事不宜迟。咱们先到驸马府，拉上唐安公主，然后一块进宫。定要赶在皇上前面，让他们的计划落空！”吐突承璀得意地一笑道。

第 100 章
扫奸佞皇宫论战　征淮西激动京师

宪宗从裴度府宅回到宫内，只见一太监进来奏道：“太皇太后请陛下回来后，即刻到她那里去一下，太皇太后有要事相商。”

宪宗一听，不由一怔：时已夜半，太皇太后有何要事，竟来召唤？便慌忙来到坤宁宫，只见唐安公主也在那里。

这太皇太后原为德宗李适的怡妃，顺宗即位封为皇太后，宪宗登基后将其尊为太皇太后。此人十分精明强干，很得宪宗的崇敬。唐安公主乃德宗的幼女，嫁与太尉李晟之子李愬为妻。宪宗见此，不知何事，忙趋前施礼请安。太皇太后向着宪宗道：

“今日天色已晚，将陛下请来，有一事相商：刚才宰相李逢吉和内务总管吐突承璀随你姑母前来，说你要治他俩之罪，让我与他们二人讲讲情。他们二人所说不知是真是假，特请陛下过来一叙。”

宪宗一听，方明缘由，不禁血气上涌。遂将李逢吉和吐突承璀里通外贼、收受贿赂、暗中指使贼人刺杀武元衡以及藏匿贼党凶犯之事，说了一遍。太皇太后看了一眼唐安公主，向着宪宗道：

“皇上打算如何处置二人？”

“李逢吉和吐突承璀所犯，条条都是诛灭九族之罪。明日早朝，孙儿将按大唐律条，严惩不贷！”

唐安公主看了看太皇太后，向着宪宗道：“皇上欲治二人之罪，可有证据？”

“没有证据，侄儿岂敢妄杀朝中重臣！”宪宗看了看唐安公主，又将许孟容进京面奏，众朝臣纷纷所参和李逢吉、吐突承璀阻挠缉拿凶犯、竭力蛊惑休兵罢战之事，叙说一遍。

唐安公主看着宪宗道："以此还不足为凭，不知可有人证、物证？"

"王承宗的部将张宴等八人已被斩首市曹；李师道的牙将訾嘉珍和门察二人，现逃匿在外，还未归案，故暂无人证对质。"

唐安公主不由微微一笑，向着太皇太后道："如此重大案情，没有人证、物证，单凭外贼口供，怎能轻易给朝中重臣定罪？皇上所讲述的三条罪状，看来也难以成立！"唐安公主讲到这里，看着宪宗继续道：

"说二人里通外贼，收受贿赂，需要人赃俱在；说他们刺杀武元衡、藏匿凶犯，更需要人证物证。俗话说，空口无凭，岂非儿戏！"

宪宗听此，甚是不乐，不由辩驳道："武元衡被刺横尸街头，朝中大臣纷纷上奏有行迹可疑之人，出入于二人府宅；许大人光明磊落，忠心耿耿，从东都昼夜兼程送来供状，还能有假？同时，李逢吉和吐突承璀竭力阻挠追捕凶犯，鼓吹罢兵休战，其目的何在？这不是昭然若揭吗！"

太皇太后见此，向着宪宗道："皇上说得也有道理。但此案关系重大，皇上需慎之又慎！如今朝风不正，李逢吉与吐突承璀受点贿赂，可能是真。但此不足为怪；如今朝中文武大臣，有几个不贪？又有几个不行贿受贿？若要细纠起来，说不定这满朝文武都得砍头问罪！这是其一。"太皇太后讲到这里，看了看宪宗的表情，继续道：

"二是许孟容所进口供和朝中大臣所奏，不可不信，也不可全信。他们所奏所参，难免有相互倾轧，互相攻讦之嫌，皇上应三思而行。三是李逢吉与吐突承璀，历来对朝廷忠心耿耿。他们阻挠追捕凶犯，鼓动休兵罢战，也不能排除是为了满朝文武和皇上的安危，为了使朝廷不劳师伤财。以哀家看来，不会有其他意图。"太皇太后讲到此，看了看宪宗和唐安公主，向着二人道：

"四是李逢吉和吐突承璀乃朝中重臣，若以内奸处置，传扬出去，对皇上和朝廷的声誉也不好！俗话说：家丑不可外扬吗！"

宪宗听此，虽心中不以为然，但见太皇太后说的娓娓有理，十分诚恳，一时不敢辩驳。只好向着太皇太后道："以老祖母所见，孙儿当如何处置此事？”

太皇太后顿了顿，看了一眼唐安公主，向着宪宗道：“这李逢吉和吐突承璀，多年来对朝廷也做了不少好事，还是有功的。但朝中文武大臣纷纷弹劾他们，他二人也并非没有过错。俗话说，没风不起浪吗！以哀家之见；皇上若是对他二人心中有忌，感到留在朝中不放心时，可将他俩迁往外任即可，无须兴师问罪，请皇上三思。”

宪宗见此，虽知太皇太后和唐安公主所为，乃是李逢吉和吐突承璀所指使，替二人开脱罪责。但他历来对太皇太后十分尊敬，百依百顺，只好道：“孙儿谨遵老祖母的懿旨就是！”

唐安公主见此，不由脸上露出满意的微笑。

唐元和十二年七月，李逢吉被贬为剑南西川节度使，吐突承璀黜为淮南监军。王涯、崔群擢拜为中书侍郎，同中书门下平章事。

接着，诏令裴度，守门下侍郎、同平章事，持节督统征淮诸军、充任淮西宣抚处置使、兼彰义军节度使。以刑部侍郎马聪兼御史大夫、充淮西宣抚处置副使。以太子右庶子韩愈兼御史中丞、充彰义军行军司马。一同前往淮西督战。随同裴度出征的还有监察御史李宗闵、司勋员外郎李正封、都官员外郎冯宿等。

此消息传开，一时轰动整个京师。满朝文武俱为李逢吉和吐突承璀被贬而弹冠相庆，奔走相告。

崔群、王涯、韩愈和在京的同僚好友，更是欣喜若狂。大家互相设宴相贺；既为崔群、王涯、韩愈等人的擢迁而高兴，又为朝廷铲除二奸，集中兵力于淮西而振喜。韩愈更是精神振奋，踌躇满志，决心赴淮西一展胸中抱负。

这日，张籍、杨嗣复、李绅等人，在秦梦楼为韩愈和李宗闵、冯宿等置酒饯行。酒过三巡，杨嗣复道：“目前朝野人心沸腾，盛赞皇上英明卓荦。这次朝廷将李逢吉和吐突承璀逐出京师；擢迁崔群、王涯入主中书；诏令裴相国为征淮统帅，韩大人为行军司马，真是大快人心！”

李宗闵感慨地道：“李逢吉和吐突承璀相互勾结，弄权朝堂。实行顺我者昌，逆我者亡，终于善恶有报。这次二人被贬出京师，可见上天有眼耳！”

张籍接口道：“国子监纷纷传说，李逢吉和吐突成璀与河北之贼相互勾连，刺杀武元衡乃是二人在背后指使。前时在东都捕获的贼人将二人供出，听说许孟容大人为此专程入京面见圣上，弹劾二人？”

韩愈听后，点了点头，道：“朝野所传确是如此。”张籍气愤地道：“这里通外贼，刺杀朝廷重臣，乃是十恶不赦之罪。朝廷怎只将其贬出京师，而未加治罪！这是怎样讲？”

杨嗣复不由接口道：“百足之虫，死而不僵。这李逢吉和吐突承璀，多年来谄谀取宠，盘根错节，与皇亲国戚来往甚密。听说这次宪宗要治其死罪，二人竟搬来太皇太后说情。皇上无奈，只好从轻发落。”

“原来是这样！”李宗闵不由气愤地道，“看来这王法只是对老百姓有效，像李逢吉这样的奸人，也无能为力！”李绅向着大家道：“打蛇不死，反受其害。这次没有彻底铲除这两个奸人，以后二人若是重返朝堂，将遗患无穷耳！”

韩愈听此，向着大家道：“这次将李逢吉和吐突承璀逐出京师，已是不易，皇上是下了很大的决心的。虽然没有治罪，但却将其逐出京师，清除了朝中的隐患，而且为平定河北、淮西两镇铺平了道路。这是最主要的，我们应当高兴庆贺才是！”

“那是！那是！”李绅忙接口道，“特别是这次皇上下定征淮决心，昭拜裴大人为征淮大元帅，先生为行军司马，将会彻底扭转整个作战局势，为我大唐平定四海，实现中兴奠定基础。”

李宗闵向着大家道：“这次皇上擢拜先生为行军司马，乃是慧眼识珠，用当其人。先生胸怀韬略，赤胆忠心！这次征讨淮西，定能旗开得胜，荡平蔡州！”

“损之说得不错！”李绅又接口道，“先生乃久困槽枥之骐骥，这次前往淮西，将是龙腾长空，鲲鹏展翅，定能以展胸中抱负！”

韩愈听此，不禁道：“二位过奖了，学生这次随裴大人出征淮西，实乃皇上隆恩所致。学生虽不才，但愿殚精竭虑，运筹帷幄，不平定两镇，誓不返朝！”众人听此，俱颔首称颂。

这几日，韩愈一边应酬亲朋好友的祝贺，一边筹备出征事宜。不是和裴度一起商议作战方略，就是到户部和工部催拨军费粮草，每日从早忙到晚。卢夫人是既高兴，又担忧：这次韩愈擢迁御史中丞，行军司马，不仅官居三品，而且为今后大展宏图，提供了一个重要舞台；但前往淮西，必竟是去与叛军作战，随时都会有性命之忧，卢夫人甚是放心不下，而韩愈却精神抖擞，毫不把个人安危放在心上。

唐元和十二年八月，裴度与马骢、韩愈等，经过十天筹备，择日前往淮西。宪宗李纯带领文武百官，亲送他们至通化门外，并赐酒相饯。

这日通化门外，旌旗飘扬，礼炮震天。金吾、神策各军，铠甲鲜明，刀剑出鞘，排列于大街两边。前来观看和送行的百姓，前呼后拥，像潮水一样充塞街头。

裴度和马骢、韩愈，身着戎装，来到宪宗面前。背后跟随着全副武装的侍从和怀抱尚方宝剑的中军校尉。宪宗亲捧御酒为三人饯行。裴度接过御酒一饮而尽，向着宪宗道：

“此次微臣前往淮西，若不灭贼，誓不返朝！臣绝不与淮西之贼共日月！”

宪宗听罢，点了点头，不觉眼含热泪道：“此次出征，但愿裴爱卿能捷报频传，荡平贼寇。我大唐的安危系爱卿一身也！寡人将天天为爱卿祈祷上苍，保佑爱卿所向披靡，力擒贼首！到时，寡人将带领百官在这通化门外，亲迎爱卿凯旋！”

“多谢陛下隆恩！微臣必将肝脑涂地，以报皇上盛德！”

宪宗听后点了点头，然后端起酒杯赐与马骢和韩愈，看着二人道：“此次征讨淮西，全赖两位爱卿鼎力协助裴相公。望两位爱卿，殚精竭虑，运筹帷幄。不要辜负了朕的厚望！”

“请皇上放心！”马骢和韩愈激动地道，“微臣定披肝沥血，鞠躬尽瘁，不获全胜，绝不旋踵！”

宪宗听后点了点头，向着三人道：“祝你们旗开得胜，朕等着你们的捷报！出发吧！”

“臣遵旨！”裴度和马骢、韩愈听此，遂向宪宗施礼告别。然后转身跨上战马，再次回首向宪宗和文武百官拱手告别，然后带着随行将校和三百神策军，缓缓离去。宪宗和文武百官不住向他们挥手致意，面上呈现出凝重之色。

第十四卷

奇谋定淮西

第 101 章
出良策急令三军　应军令诸将赴会

裴度与韩愈、马璁率领督统行营，经过七天行程，来到东都洛阳。东都防御使吕元膺接到军报，忙从伊阙大营返回洛阳，迎接裴度等人。

宾主相见罢，吕元膺将裴度等人邀入防御使帅府。大家坐下后，裴度遂问及前方近日战况。吕元膺道："据探子所报，吴元济闻说朝廷诏拜裴相国为督统，十分震惊。正在竭力招募兵勇，扩充军备，筹集粮草，准备与官军决战。我各路征讨大军，得知裴大人督军，俱翘首以待，静候大人的作战号令。故敌我双方这几日都没有大的军事行动。"

裴度听后，转向马璁和韩愈道："看来前方各路将帅，都在等候我们的作战命令，我等需加快速度，赶往汝州大营才行。"

"那是，那是！"马璁接口道，"下步如何作战？各路兵马如何部署？裴相有何重大决策？这些，前方将帅在没有得到明确号令之前，必然不敢妄动。"

韩愈听此，略微沉思一下，向着裴度道："兵贵神速，若此，必然给叛军以喘息之机。大兵团远征作战，势在速决；需应尽快向各路征讨大军下达作战命令才是。目前我们即使昼夜兼程，赶到汝州，再通令各路将帅召开军事会议，安排作战部署，也需月余时间，势必贻误战机。"裴度等人听韩愈讲此，都不由地点了点头。韩愈看着大家继续道：

"以下官之见：现在我们应一边加快速度前往大营，一边派出快骑，昼夜赶往各路征讨大军行营，令各路将帅务必在十天之内，赶到汝州。这样，在我们到达汝州时，前方各路将帅也会先后到达，便可立即召开军事会议，部署征战事宜。使叛军猝不及防，以达到速战之目的。”

“高！韩司马此招实在是高！”韩愈刚讲罢，旁边吕元膺不由赞叹道：“这样我军即可提前半个月时间，完成军事部署和下达作战指令，为征淮作战赢得主动权。”

裴度听二人讲罢，不由面呈喜色，向着马璁和韩愈道：“好！就依韩大人之见。”说罢转向一旁的掌书记李宗闵，道：

“马上令神策军安排快骑，昼夜兼程，前往各路征讨军行营；命令各路将帅，务必于八月二十九日前，赶到汝州大营。凡逾期不到者，将以军法论处！”

“是！”李宗闵忙应喏，转身出去。吕元膺见此，高兴地道：“裴相公还未到达帅府，军令即已发出，诸路将帅定会为之震动；这次平定淮西，势在必然也！”

裴度不由凝重地道：“淮西之乱已经三载，我军久战无功：旨在作战方略欠妥；各路将帅互相观望掣肘；统帅大营指挥不力所致！此次学生定将严肃军令，力除弊端；改变消极防御的作战方略。不平淮西，誓不收兵。”

吕元膺听裴度讲罢，不由现出振喜之色，正要再说，只见掌书记进来耳语道：“酒宴已经备好，是否请诸位大人入座？”

吕元膺一听，向着裴度道：“下官略备薄酒，为相国和几位大人接风洗尘，请相国和几位大人赏脸入座。咱们边吃饭边谈如何？”

“好吧！多谢吕大人一片美意。”裴度和韩愈等人闻此，略加客气，便随同吕元膺进入宴会大厅。酒过三巡，大家遂又论及征讨淮西和贬谪李逢吉和吐突承璀之事。吕元膺向着裴度道：

“这次皇上铲除二奸，力决征讨淮西，可谓英明卓绝，功绩无限。看来不仅平定河北、淮西两镇指日可待，而且我大唐实现中兴也大有希望！”

“吕大人说得不错！”裴度道，“这几年征讨两镇，劳师伤财，久战无功。虽有前方将帅作战不力之过，但朝廷决心不大，李逢吉和吐突承璀从中作梗，也不能说不是一个重要原因。这次铲除二奸，我朝野同仇敌忾，万众一心。朝堂无奸佞掣肘，将帅无后顾之虑，两镇何愁不平！”

韩愈听后接口道：“这次朝廷清除二奸，下定征淮决心，吕大人应当首功！若无吕大人擒获李师道潜入东都之贼，获取他们的口供，皇上何能识破李逢吉和吐突承璀的真面目，又怎能铲除朝中隐患，扫除征淮阻力！”

吕元膺听后忙笑道：“韩司马过奖了！”然后转向裴度道：“当时下官擒获贼党，获取口供后，也十分震惊，没有想到朝中两位重臣，竟是内奸。忙和许大人商议此事，深感这是关系我大唐社稷安危存亡之大事。许大人方连夜进京，向皇上奏闻此事。”

马聪向着吕元膺道：“听传说当时潜入东都的贼党，企图血洗留守府，后被一兵士发现告破；吕大人竟抓获贼众上千人，可否是真？”

“不错。”吕元膺道，“当时下官正在伊阙大营，接到军报后，马上赶回东都，在全城悬赏进行大搜捕，共得贼徒六百余人，另有一百多人逃入城南山中。下官又调集衙役捕快和防御军三千余人，进山围剿。在当地百姓的配合指引下，将他们全部缉获。”

“听说擒获的贼徒中，还有不少是僧人？”马聪向着吕元膺问道，“有些人武功高强，竟刀枪不入！”

“是的。”吕元膺道，“其中一名贼酋，名叫圆静，年已八十有余，原是史思明的旧部。史氏败灭，其亡命为僧，后为李师道所网罗，阳为佛光寺主持，暗中助贼作乱。此次为兵民围捕，击战多时，方得擒获。其身刀砍不入，枪刺不进。兵民恐其逃走，用槌击胫，竟不能折，后将其置于石上，方将胫击断。

裴度不由感叹地道：“河北、淮西两镇之贼屡剿屡反，其因多为安史旧部所致。看来这斩草不净，后患无穷，果然不错！”

“裴相说得很是。”吕元膺道。裴度又问及伊阙的设防情况，吕元膺一一作了回答。裴度听后，又进行了一番抚慰称赞。晚上，督统行营即在防御使大营驻扎，第二天拂晓即向汝州进发，吕元膺一同随行前往。

五日后，裴度行营到达汝州。汝州乃征淮主力，怀汝节度使乌重胤的大营所在地。这乌重胤才略纵横，胆识过人，原为河阳三城节度使，此次吴元济作乱，朝廷感其才略，将汝州划归其辖，组成怀汝节度使，令其专讨吴元济。

乌重胤得知裴度到来，出城二十余里迎候。大家相见，各道寒喧，俱振喜不已。这乌重胤年近六旬，剑眉苍须，两眼灼灼有光。元和五年，韩愈在东都任职时，对其十分仰慕，曾规劝东都隐士石洪、温造等人，前往其麾下应招供职。乌重胤与裴度和马骢乃是故交，对韩愈也早闻其名。今日二人一见，都有相见恨晚之感。

裴度入城后，乌重胤将其督统大营，安顿在州衙之中。裴度住下后，未及休息，便向乌重胤问及前方战事。乌重胤道：

“五月以来，敌我双方各有攻防胜负。末将与李光颜大人，六月发动了陈南战役。力拨殷水西南的陵云栅。这陵云栅乃陈蔡要道，吴元济视为险阻，设置重兵把守。末将与李光颜大人两面夹击，三日破之，斩杀敌兵二万余人。接着，我军又渡过殷水，进逼郾城，淮西诸军甚为震赅。然而南部战局却十分不利。”乌重胤讲到这里，不由叹了口气道：

“高霞寓所部全军覆没后，其被贬为归州刺史，朝廷另调荆南节度使袁滋为统帅。谁知此人畏敌如虎，遇到贼兵一战即退，严令三军不得与贼兵交战。李愬出任邓随唐节度使后，与督统韩弘又发生不和，遂按兵不动。吴元济便将其精锐部队，大部调集北方，以阻挡末将与光颜所部。致使战局处于十分不利的状态。”

裴度听后，不由点了点头，面呈凝重之色。向着乌重胤道：“以大人之见，下步我军当如何作战为好？”

乌重胤向着裴度道：“目前战局不利，有三种原因：一是征讨叛军的各路兵马，分散作战，各守阵地，相互难以配合支援，形不成强大的战斗力。二是高霞寓全军覆没后，各路将帅怕重蹈其复辙，而被朝廷所降罪。故畏敌怯战，不敢主动出击。三是由于上述两种原因，从而为叛军所乘。他们集中优势兵力，南攻北战，左右驰骋，使我军处于被动挨打的局面。”乌重胤讲到此，向着裴度道：

“目前要扭转不利战局，首先必须改变我军分兵防守，各自为战的状况；把征讨叛军的各路兵马，合并为若干个集团军，统一指挥作战。二是要变全面防御为重点进攻，以快制快，集中优势兵力于一役，达到每战必胜的目的。三是要严肃军纪号令。对畏敌怯战，贻误战机者，要从严惩处。这样我军即可由被动变为主动。”

“好！大人所见果然高明。”裴度听后，不由得连连点头。

就在裴度到达汝州的同时，征讨叛军的各路将帅，也在昼夜兼程地向汝州赶来。

这日，在鲁山至汝州的山道上，由南向北，急驰着一支铁骑，像暴风雨一般的马蹄声，不时卷起一溜溜冲天尘土。这支骑兵有百十余人，个个高头大马，膘悍勇健。为首之人，金盔金甲，身着二品战袍，年约四旬。他催马疾驰了一阵，渐渐放慢速度，望了望西边挂在半空中的太阳，向着身边的部将道：

“前方是什么地方？”

“往前再走五六里，就到了三十里铺。”

“今晚就住在三十里铺。”说罢，将座下战马猛抽一鞭，那战马嘶鸣一声，遂即又昂头急奔起来。身后的百余骑将士，连忙催马赶上。

“大人，今晚不是要赶到汝州吗？怎么住在这里？”身边那个部将，催马追上为首之人，问道。

“今晚大人不进城了！”为首之人还未回答，身后一个年约五旬，留着山羊胡子的幕僚答道。那部将疑惑不解地看了看为首之人。只见为首之人白晰的脸上，浮现出骄矜和傲慢之色。

这为首之人不是别人，正是前往汝州督统大营，参加军事会议的邓随唐节度使，前朝驸马李愬。这李愬的父亲李晟，昔年战功卓著，官拜太尉和中书令。贞元九年薨，帝闻流涕，召百官就第进吊，册赠太师，谥号忠武。并将幼女唐安公主，下嫁与李愬为妻。

愬字元直，善骑射，谙谋略，以荫补协律郎。先后授太子右庶子和坊、晋二州刺史。今年五月，为李逢吉和吐突承璀所荐，擢拜为邓随唐节度使。他自认为乃名将之后，皇亲国威，从不把征淮诸将和督统韩弘放在眼中。在征淮作战上随心所欲，自行其是，遂与督统韩弘分庭抗礼。这次朝廷贬谪李逢吉和吐突承璀二人，并诏拜裴度为征淮大元帅，心中未免有所忌惮。当接到裴度军令后，不敢怠慢，急忙带着谋士陈旭、部将赵勋，向汝州大营急急而来。

约半个时辰之后，李愬一行人马飞驰来到三十里铺。暴风雨般的马蹄声和卷起的中天尘土，霎时惊起全镇的百姓。这三十里铺，乃是鲁山、宝丰、蔡州通向汝州和东都的交通要道，全镇有二百余户人家。突然见一队官兵到来，有的慌忙掩门躲避；有的惊奇地探头探脑，倚墙观望，俱现出惊疑之色。年初，吴元济进袭汝州，路经这里,将镇子洗劫一空,至今人们还心有余悸。只有几个半大孩子，站在路边，看着他们。

李愬和陈旭、赵勋，带着侍从卫队，来到村中几家客栈前面，勒马转了一圈，看了看简陋的客栈，不由皱了皱眉头。陈旭看了看李愬，道：

“大人请下马吧，再往前走，连这样的客栈也没有了。”李愬只好跳下马来，把缰绳交给身后的侍卫，来到客栈门前。那客栈掌柜见此，忙走出来，点头哈腰地将李愬和陈旭等人让入客栈。随行的百十名侍从人员，忙也纷纷从马背上跳下来，拉着战马，站了一片。一时村中人喊马嘶，鸡飞狗叫，响成一片。

第 102 章
识真伪再献良谋　动李愬激奋枭雄

话说李愬一行人马，来到三十里铺，将几家客店全部住满；战马拴满了房前屋后的所有树桩石柱。几家客栈老板忙得前后照应，应接不暇。

晚饭后，李愬召来部将赵勋，道："明日你代本帅前往汝州，参加军事会议，就说本帅一路劳顿，走到这三十里铺时突感不适，不能前往。有什么军事安排，由你代本帅应对就是。"

赵勋一听，甚感不解：这李愬明明身强体健，怎说有疾？旁边陈旭微微一笑，向着赵勋道：

"督统裴度，刚毅卓绝；司马韩愈，足智多谋。此次军事会议，不知他们唱的是哪出戏。而且这二人乃是李逢吉和吐突承璀的死对头，与大帅来往甚少，不知对大帅是否有忌。同时，前任督统韩弘对大帅多有微言，不断传入朝中，故大帅不可不防。因此，大帅不可贸然前往汝州。为稳妥期间，请将军代大帅前去参加会议，这是其一。二是大帅乃皇亲国戚，封疆大吏。裴度若是对大帅以礼相待，大帅方可听命于他；否则，将分道扬镳，各干各的。因此着将军前往督统大营，以观虚实和裴度之意，然后以决我等下步行动。"

赵勋听此，方明缘由，忙道："末将遵命，明日前往汝州，定探明实情。"李愬听罢点了点头。

这日裴度在督统大营，召集马骢、韩愈和李宗闵等人，将军事会议内容和作战部署商定后，向着马骢和韩愈道：

“此次会议和对淮作战，军事部署由韩大人安排处置；奖惩军令，由马大人掌管实施，不知二人意下如何？”

“学生谨遵大人号令。”马骢和韩愈齐点头应诺。裴度向着大家道：

“这次征讨淮西，我等务必殚精竭虑，同舟共济，彻底荡平蔡州之贼，以报圣上隆恩！”大家听罢，齐点头称“是”。正在此时，只见值日中军进来禀道：“邓随唐节度使偏将赵勋，前来求见。”

大家一听，都不由一怔，裴度向着中军道：“赵勋一行几人？李愬大人可曾同来？”

“赵勋只带着十名侍卫，李愬大人却未曾看到。”

裴度看了看韩愈等人，向着中军道：“传他进来。”

“是。”那中军出去片刻，即带着赵勋进来。赵勋进来一见裴度等人，忙施礼下拜，道：“末将赵勋，奉我家大人之命，前来大营参加会议，接受大帅将令。”

裴度一听，心中不由一惊，向着赵勋道：“李愬大人怎不来参加会议，却遣你前来，是何原因？”

“我家大人原同末将一起前来汝州，昨日行至三十里铺时，突感风寒，身体不适，无法前来。故特遣末将代其赴会。”

“原来是这样！”大家听后都不由松了口气。裴度道：“李大人身患何症，可曾请医用药？”

“我家大人只说身体不适，不知所患何症。现在客栈养息，并未用药。”韩愈听此，恍然大悟，向着裴度道：

“赵将军一路辛苦，可先到馆驿歇息。李愬大人不幸患病，现离大营不远，我等明日可前往探视，并请医诊治，大人意下如何？”

裴度听后点了点头。那赵勋忙拱手退了出去。马骢待赵勋离去，向着裴度和韩愈道：“这李愬在搞什么鬼？怎早不病，晚不病，偏偏走到这三十里铺就病了？我看这里面一定有诈！”

韩愈微微一笑，向着马骢道：“大人说得不错，这李愬之病，不是身病，而是心病。”

“什么？是心病！”马骢看着韩愈，不解地道，“这是何说？”

韩愈向着裴度和马骢道：“以学生看来，其借病滞留三十里铺原因有三：一是李愬与李逢吉、吐突承璀原是一党，十分亲善。知我等与李逢吉和吐突承璀势不两立，故对我等心中有忌，胸存疑虑；二是前时他与韩弘不和，屡抗军令，作战不力，担心大人予以追究，因而不敢贸然前来。故让赵勋前来探看虚实；三是李愬自认为自己是皇亲国戚，狂傲成性。前时因韩弘对其礼遇不够，而怀忌在心。现滞留三十里铺，也有试探裴相国对其是否以礼相待之意。若相国对其宽慰有嘉，便会伏首听令；否则也会心存异志，与我等分庭抗礼。”

裴度听此，不由点了点头。马骢看着韩愈，多少有些疑惑地道：“大人说李愬狂傲成性，想试探我等对其是否有礼，下官倒十分赞成，但说李愬对我等心存惮惧，从何说起？李愬乃皇亲国戚，前朝驸马，从不把朝中大臣放在眼中，今日怎会畏惧我等！”

韩愈微微一笑，向着马骢道：“大人说得也有道理，但俗话说：此一时，彼一时也！昔日李逢吉与吐突承璀弄权朝堂，专横跋扈。李愬依仗是皇亲国戚和李逢吉的势力，故狂傲不羁，目空一切，不把任何人放在眼中，故有对抗韩弘之举。今李逢吉和吐突承璀已经倒台，而且犯的是里通外贼之罪，他岂能不知，所以心中忌惮，这是其一。二是裴相国在朝刚正不阿，名列首辅，当今皇上十分器重，这次督统征淮，皇上亲赐生杀大权，绝非昔日韩弘可比。李愬当然明白，故不敢轻慢。”韩愈讲到这里，看了看大家，继续道：

“所以李愬接到统帅大营军令后，不敢怠误，便连夜从唐州赶来参加会议。除李光颜大人昨日到达大营外，李愬是第二个赶到汝州的。从唐州到汝州行程约六百余里，其三日便赶到，日行二百余里，可见乃是马不停蹄，昼夜兼程。若其心中不惧，何故如此迅速？”

“韩大人说得不错，”裴度接口道，“明日我们一同前往三十里铺，以解除李愬心中之虞。这次征讨淮西，能否迅速取得全胜，前方将帅同舟共济，齐心协力，乃是根本所在。而且李愬所部，担负着对淮作战的重要一面，若李愬奋力作战，将使叛军首尾不能相顾，平定淮西不难也！”

“大人说得很是！”韩愈道，“现在朝廷正乃用人之际，为了征淮大局，我们需要抛弃前嫌，舍小取大。明日到三十里铺进行探视，不仅能消除李愬的疑虑，而且对邓隋唐诸军将士，也是一个巨大鼓舞。他们定会感恩戴德，齐心协力效忠朝廷。”

马骢听后，不由笑道：“听君一席话，胜读十年书，经两位大人这么一说，下官算是真正明白了过来。”

第二天，裴度携马骢、韩愈等人，来到三十里铺。李愬得知消息，忙出村三里迎候。裴度拉着李愬的手道：

“昨闻大人身感风寒，甚觉不安，一夜未眠，今特来探视。不知病情可有好转？”

李愬见此，感动得热泪盈眶，他没有想到裴度竟会亲自前来三十里铺探视自己，向着裴度道：“下官偶感不适，暂羁客栈，打算明日即赴大营拜见大人。大人初到行营，日理万机，竟亲自前来探视，实让下官羞愧难言，感激涕零！”

裴度笑道：“大人羁旅军营，身负重任，殚精竭虑，运筹帷幄。今又日夜兼程，赶来汝州，致使积劳成疾。学生闻知后，坐卧难宁，深感痛惜，恨不能一步来到客栈探视大人，何谈感激之言！”

裴度讲罢，遂将马骢和韩愈介绍给李愬。李愬同二人一一相见，向着韩愈道：“久闻司马大名，也曾拜读过司马不少大作，对司马的道德文章深感敬佩。不想今日在此相遇，岂非天意！”

韩愈忙道：“大人少壮英雄，乃名将之后，胸怀孙子之术，腹有将相之才，大名如雷贯耳。今日一见，果然如此。”

“哪里，哪里！韩大人过奖了！”大家说着，已来到客栈。分宾主坐下后，李愬令侍从捧上茶来。

裴度呷了口茶，向着李愬道：“今日学生前来：一是探视大人的病情；二是向大人请教下步对淮作战方略，望大人不吝赐教。”李愬见此，大为感动，不由面呈赧色，向着裴度诚恳地道：

“大人如此看重下官，实令下官感动难抑！”李愬讲到此，不禁泪流满面，向着裴度道：“大人致诚相待，下官也不敢再有隐瞒：下官哪有什么病！实是对大人有所疑虑，而羁留客栈。现在看来，是下官不该多虑，实在惭愧不已！”

裴度忙宽慰道：“人非圣贤，孰能无过！智者千虑，在所必然。

望大人莫要自责！”

李愬看着裴度道：“下官昔日与李逢吉交往颇多，此次赴任，又经李逢吉举荐，朝野皆传下官为李逢吉同党。大人与李逢吉历来相悖，因此担心大人对下官有忌，不想大人竟如此胸襟宽广。再者下官与韩弘不和：对韩弘作为三军统帅，而高居于汴州城中，每日花天酒地，胡乱指挥，深为不满；故有意对抗军令，使其难堪。原担心大人会抓住此事，借机整治下官，没想到大人竟不记前嫌，从公而断，实在让下官钦佩。”

裴度向着李愬诚恳地道：“昔日李逢吉和吐突承璀弄权朝堂，满朝文武百官，谁敢不与之交往！再说，李逢吉举荐大人，完全是为了他个人的私利和前程，有其不可告人的目的。这与大人何干？而且李逢吉里通外贼，卖国求荣，乃是暗中进行，大人又怎能知晓？学生岂能将大人与李逢吉相提并论，怀忌于心乎？”

李愬听此，不禁感动地点了点头。裴度语重心长地继续道：“至于对韩督统不满，对抗军令一事，学生是这样看待的：韩督统只因年老体弱，深居汴州，作为诸军最高统帅来说，不深入前方战场，盲目指挥，确是不妥；但作为方面军将帅，不应因其未亲临前敌，指挥欠妥，就抗拒军令，这也是不应该的。若此，必然贻误战机，给敌人以可乘之隙。如果各路将帅都如此而行，全军必然败北无疑。不知学生所说对否？”

“大人说得极是！”李愬忙道，“下官只因年轻气盛，凭一时之愤，致与韩弘相抗。事后也深感不妥。下官甘愿接受大人处罚，绝无怨言。”

裴度不由笑道：“刚才学生已经说过，人非圣贤，孰能无过！古人曰：有错改之，善莫大焉！目前大人肩负着对淮作战的重任。一举一动，都关系到朝廷的安危和百姓的重托。因此，只要大人同仇敌忾，奋勇剿贼，比什么处罚都重要。学生非但不会给大人处分，而且还要向大人委以重任。”

“什么！委以重任？”李愬不解地看着裴度。

“是的。”韩愈接口道，“目前我军分兵防守，被动作战，十分不利。统帅府打算将目前十二道兵马，合并为四道，统一指挥，集中优势兵力对敌作战。”韩愈讲到这里，看了看裴度，向着李愬继续道：

“裴相国打算将山南东道节度使，和鄂岳观察使参加剿贼的军队，与大人的邓随唐军队，合并为邓随唐襄申军，由大人统一调遣指挥。”

李愬一听，又是一振，这是他更没有料到的。他不由站起身来，猛地向着裴度跪下施礼道：“大人如此看重下官，下官将誓死追随大人，不剿灭叛贼，誓不为人！天地可鉴！”

裴度忙弯腰扶起李愬，高兴地道：“有大人如此忠义，何愁蔡州不平，我大唐无忧也！”

李愬站起身来，擦了把热泪，向着裴度道：“咱们马上出发，下官这就随大人前往大营。”

“好！咱们马上出发！”

第 103 章
运帷幄调兵遣将　察端倪喜中见忧

八月底，忠武军节度使李光颜、邓随唐节度使李愬、宣武军兵马使韩公武、东都防御使吕元膺、郑滑义成军薛俊来、寿光节度使李文通、鄂岳观察使李道古、山南东道节度使军徐天盛等十二道将帅，先后到达汝州。裴度在大营分别会见了他们，并听取和征询了他们对战局的看法和下步作战方略。汝州城内，顿时将帅云集，兵马驰骋。

九月初一，裴度召集第一次军事会议。这日行营内外，旌旗飘动，戒备森严；三百名神策军铠甲鲜明，手握刀剑，巡查守护在大营周围。大堂内，各路将帅按品级分坐两排；上首桌案上，供奉着宪宗李纯的亲笔诏令和尚方宝剑。

辰时左右，裴度与马骢、韩愈相携走入大堂。两排将帅“唰”地一声同时站起；裴度走到上首案前，转身向着两排将帅横扫了一眼，面呈威严之色，道：“诸位大人都坐下吧。”

随着裴度话音，两排将帅遂坐于身后椅子上，个个屏息蹑足，目视前方。裴度又向着两排将帅看了一眼，凝重地道：“现在会议开始，宣读朝廷诏令！”

话音刚落，两排将帅又“唰”地一声站起，各向着中间跨了一步，一齐跪伏于地。掌书记李宗闵从一侍卫手中接过三柱香，交与裴度，裴度手持香火，转身拜了拜，插入案中香炉之中。然后同马骢、韩愈一起恭恭敬敬地伏地，向案上的诏令和尚方宝剑，行了三拜九叩大礼。伸手拿过诏令，转过身来，又横扫了一眼跪伏在地的各路将帅，声音严肃地念道：

> 上天承运，皇帝诏曰：特敕令中书侍郎、同平章事裴度，守门下侍郎、同平章事、持节充任淮西宣抚处置使，督统征淮诸军；敕令刑部侍郎马骢，兼御史大夫，充任淮西宣抚处置副使；敕令太子右庶子韩愈兼御史中丞，充任淮西诸军行军司马。……

裴度念到这里，顿了顿，看了一眼跪伏在地的各路将帅，继续念道：

> 为夺取淮西之战全胜，各路征讨兵马务必齐心协力，奋勇杀敌。凡违抗军令，贻误战机，畏敌怯战者，无论职位高低、皇亲国戚，督统俱可先斩后奏，格杀勿论。钦此！

裴度念罢，众将帅齐呼："吾皇万岁！万岁！万万岁！"

裴度向着众将帅道："诸位大人请起！"各路将帅闻此，方一齐站起，退坐到两旁的椅子上。

裴度也坐到上首的虎皮椅上，马骢与韩愈分坐两旁。裴度又横扫了一眼各路将帅，道："这次圣上诏令学生督统诸军，学生虽才疏学浅，然圣命难违；将殚精竭虑，鞠躬尽瘁，以尽职守。望诸位大人鼎力相助，同仇敌忾，齐心协力，荡平蔡州！"裴度讲到此，顿了顿道：

"自元和十年，吴元济作乱，朝廷兴师讨伐，历时已两年有余。虽有李光颜大人、乌重胤大人和柳公绰大人，等各路将帅奋勇杀敌，取得连战连捷的辉煌战果。但由于我军分兵防守，消极防御的作战方略欠妥；加之个别将帅畏敌怯战，指挥失当，作战不力，致使贼势愈剿愈烈，朝野无不震惧。"

裴度讲到此，又看了一眼各路将帅，只见不少人忙把头低下。裴度继续道：

"为确保这次征讨淮西的全胜，朝廷一是重新拟定了作战方略：决定变消极防御为主动进攻；变分兵把关为集中优势兵力作战。二是诏令刑部侍郎、御史大夫、马大人亲临军前，决心对作战中抗拒军令、贻误战机、作战不力者，严惩不贷！”裴度讲到这里，横扫了一眼几个低头伏首的将帅，威严地道：

“在此之前，凡违抗军令，作战不力，贻误战机者，无论何种原因，只要亡羊补牢，更章改辙，重新奋力杀敌，学生将不予追究；而且只要作战有功，学生将如实奏明朝廷，予以褒奖擢迁。今后凡继续违抗军令，玩忽职守，作战不力者，不论其职位高低，功劳大小，与学生关系疏密，学生都将以军法从事，严惩不贷，绝不手软。望诸位大人切记，好之为之！”

裴度讲罢，各路将帅的脸上，俱呈现出凝重之色。裴度看了看大家，继续道：“关于下步作战方略和军事部署，由韩司马向诸位大人传谕。”说罢，向韩愈点头示意。各路将帅闻此，俱把目光投向韩愈。

韩愈看了看各路将帅，道：“统帅府根据朝廷诏令和目前战局，结合各路将帅的作战主张，对下步作战，提出如下方略：一是彻底改变原来分兵把关，消极防御的作战部署，将分散各地的兵马撤出收拢，组成若干个集团军，每个集团军三至五万人，进行机动作战。二是改变过去各路兵马孤军作战，各自为政、无法相互协同支援的状况。将目前十二道征讨军，合并为四个战区，统一协调作战；集中优势兵力于一役，达到攻必克，战必胜。”韩愈讲到此，各路将帅俱现出欣喜和关切之色。韩愈看了看大家，继续道：

“具体方案是：东都防御使军和怀汝节度使军，合并为洛汝怀军，由乌重胤大人统一指挥；从西北方向，进攻夺取郾城、西平等地，直逼蔡州。郑滑义成军与忠武军，合并为郑许陈军，由李光颜大人统一指挥；由东北方向，进攻夺取西华、淮阳和商水等地，直逼蔡州。宣武军和寿光节度使军，合并为汴亳颖寿军，由韩弘大人统一指挥；从东部和南部，进攻和夺取项城、平舆、正阳、汝南等地，直逼蔡州。邓随唐节度使军和山南东道节度使军、鄂岳观察使军，合并为襄申邓唐随军，由李愬大人统一指挥；由西南方向，进攻和夺取泌阳、确山、遂平、舞阳等地，直逼蔡州。”

韩愈讲罢，各路将帅互相看看，都不由点了点头，现出振奋之色。韩愈继续道：

“为确保对淮西作战的全胜，统帅府要求：一是各战区内部要统一指挥，步调一致，不得各行其事；战区与战区之间，要密切配合，协调作战。二是各路征讨军，收拢组成大兵团后，各地关卡要寨，可交由地方武装守护。陈、许、安、唐、汝、寿等州与贼连接处，村落百姓俱有兵器，习于战斗，且又识贼深浅，皆能自守。可充分依靠他们，以防小股流窜之敌侵挠。三是蔡州之敌，为元济所迫，与王师交战。其进退皆死，诚可闵伤。要晓喻各路将士：当战斗之际，应奋勇杀敌；若敌势已穷，应促其投诚。凡放下兵器，不能为恶者，不得杀戮；应谕以圣德，放之使归，销其凶悖之心，贷以生全之幸。使其相率弃逆归顺。”

韩愈讲罢，各路将帅无不连连点头。裴度看了看大家，道：“韩司马已将统帅大营的作战方略和军事部署，传喻大家。为保证对淮作战的顺利进行和夺取全胜，统帅府重新拟定了军纪三章，由马大人向大家进行宣示。”

马聰听后，清了清嗓子，拿出所拟定的奖惩军令，看了看四座，遂念道：

> 为确保对淮作战军令畅通，步调一致，夺取全胜，特拟定和重申赏罚军纪如下：……

马聰念罢，各路将帅俱现出严峻之色。裴度巡视了一下各路将帅，低沉地道：

“马大人宣读的奖惩军纪，其中有‘十赏’、‘十斩’。这‘十赏’是：主动请战者赏，奋勇杀敌者赏，斩杀贼酋者赏，夺取城池者赏，严行军令者赏，协同作战者赏，支援友军者赏，瓦解敌军者赏，以少胜多者赏，爱护百姓者赏。”裴度讲到这里，又看了看各路将帅，继续道：

“这‘十斩’是：抗拒军令者斩；畏敌怯战不前者斩；贻误战机者斩；指挥失误，造成败北者斩；玩忽职守，损兵折将者斩；作战不力，丢城失地者斩；保存实力，见死不救者斩；虐待俘虏、滥杀无辜者斩；劫掠百姓、抢夺民财者斩；糟蹋妇女、德行败坏者斩。

望各位大人慎之又慎，谨遵勿忘！”

裴度讲罢，各路将帅都不由嘘了口气。他巡视了一下各路将帅，道：诸位大人对统帅府的作战方略和治军举措，有什么不同主张和良策，请各抒己见？

众将帅互相看看，只见李光颜向着裴度道：“统帅府的作战方略，十分周密完善。不仅克服了以往兵力分散，消极防御，各路兵马无法互相支援的弊端，而且可使我军主动作战，集中优势兵力于一役，达到战能胜、攻能克的目的。下官完全赞成！”

李光颜说罢，鄂岳观察使李道古接口道：“统帅府将十二道兵马，合并为四个战区，这一举措十分英明。不仅能克服以往各军孤立作战，相互难以支援协同的弊端，而且便于大兵团攻坚作战，对遏制叛军的突然袭击和夺取重要城镇，十分有利。鄂岳军完全赞同督统大营的军事部署，自愿接受李愬大人的指挥调遣。”

裴度听后，不由点了点头。这时只见乌重胤向着裴度道：“刚才两位大人所言，下官深有同感，完全赞成统帅府的作战方略和治军举措。特别是统帅府提出的‘严肃军令’、‘兵民联防’、‘瓦解敌军’三项要求，下官认为非常好。这是我军克敌致胜，夺取这次对淮作战全胜的重要基石。我怀汝各军将坚决执行。”

“好！好！”裴度听后，现出满意的表情。只见李愬接口道：“我邓随唐各军，完全拥赞统帅府的军事部署和重新拟定的赏罚军纪。保证做到令行禁止，军令畅通。今后，下官若有违抗军令，贻误战机，丧师辱国行为，愿提头来见大帅！”

“大人言重了！”李愬讲罢，裴度不禁高兴地道。接着，宣武军韩公武、义成军薛俊来、山南东道节度使军徐天盛等先后发言表态。裴度等人见此，心中十分振奋。会议至午时方散。

午宴后，马聪高兴地向着裴度和韩愈道：“没想到这次会议开得这么成功：各路将帅同仇敌忾，斗志高昂。真乃令人振喜！”

裴度也满意地道：“这次会议可以说是达到了预期目的，为夺取征淮全胜，奠定了坚实基础。可谓众志成城，朝廷洪福齐天也！”

韩愈看了看裴度与马聪，道：“此次会议虽然开得十分成功，但仍有美中不足！”

“此话怎讲？”马聰听此，不由一怔，看着韩愈道。韩愈向着裴度和马聰道：“这次军事会议，可以说是决定征淮能否取得全胜的一次关键性会议！但作为肩负东部和南部战场，主要作战任务的汴亳颖寿军最高统帅韩弘却没有来参加会议，不能说不是一件憾事；其子公武虽代其到会，但情绪低沉，心事重重，却不能不令人担忧！一旦汴亳颖寿军作战不力，势必造成全局失利，此不得不虑。”

裴度听此，不由得点了点头。马聰看了看韩愈和裴度，不解地道：“韩弘没有参加这次军事会议，是因为其身体有病，不能前来；其子公武乃宣武军兵马使，前敌剿贼副统帅，代其前来，有何可虞？”

韩愈向着裴度和马聰道：“以学生看来，这韩弘之病，也是假的。只不过是不愿来参加会议的借口而已！”

“什么！也是装病？”马聰不解地看着韩愈道。

韩愈看了看裴度，向着马聰道：“正是。”

“大人有何依据？”

韩愈向着二人道：“韩弘以身体有疾为借口，不愿来参加会议，其原因有三：一是其原为征淮大元帅，一年来，因久师无功，朝野多有非议。这次被朝廷免去督统之职，由裴大人代之，自感脸上无光，不愿屈就前来。这是其一。二是其担任督统期间，与监军梁守谦和李愬不和，受到二人的掣肘和诽谤，朝野多传其依贼自重，不愿淮西早平。朝廷对此未加澄清，而移督统之位，此虽属巧合，然其定认为是朝廷偏听偏信，对其有忌，故心中怨愤，不愿前来。这是其二。三是韩弘久居汴州，手下多骄兵悍将，历来不把朝廷放在眼中。这次韩弘自感受到屈辱，手下之将岂能不从中调唆，使韩弘产生二心？”

马聰听此，不由一震，惊疑地道：“大人说得似乎有理，但这只是推论而已，可有实证？”

韩愈看了看裴度和马聰，继续道：“韩弘因心中怨愤，不愿参加这次军事会议，让其子公武相代。公武在会议上看到裴大人治军严明，各路将帅慷慨激奋，担心其父心存异志，有违军令，贻误战机，故忧心重重，难以释怀！”

"韩大人说得不错。"裴度听后，不由点着头道，"公武这几日确实情绪低沉，似有难言之隐。"然后转向韩愈道："以大人之见，应如何处置这件事？"

"以学生看来，可先将公武叫来，问明原因，看与我等相议是否一致，然后再商议对策不迟。"

"好。"裴度点了点头，即令中军校尉去请公武到来。

第 104 章
求人和请缨赴汴　避暴雨民宅问苦

不一会儿，中军校尉将公武传来。这公武乃韩弘长子，字从偃，为宣武军行营兵马使，代韩弘掌管征淮三军。

裴度等人与公武相见罢，遂道："现召将军前来。一是想探问韩相国所患何疾，现在病情如何？二是这几日见将军忧心忡忡，闷闷不乐，不知所为何事，故放心不下。特请将军前来一叙。"

公武听后，不由叹了口气，道："父亲何曾有病，只因心情不好，被手下几个幕僚所惑，不愿前来参加会议。末将这几日见各路将帅意气风发，同仇敌忾；督统大人治军严明，担心父亲受小人蛊惑而作战不力、贻误战机。将来不仅会给这次征淮作战带来不利，而且也会违抗军令，受到惩处，使老父一世英名毁于一旦！故而心绪不宁。"

裴度听后，看了看马骢和韩愈，不由得点了点头，向着公武道："我说将军这几日为何心事忡忡，原来是这样。可见将军忠心不渝，孝心可嘉，实乃令人钦佩！"

公武向着裴度和韩愈道："父亲生性刚烈，疾恶如仇，对前时监军梁守谦的诽谤、李大人的掣肘，甚为愤慨，故心中不平，致使对朝廷失去信念。若是朝中能有人前去疏导劝慰，心中疙瘩自然解除。"

裴度听此，点了点头，向着公武道："将军此意，学生定转奏皇上，以解韩相国心中之病；也希望将军回去后，能向韩相国多多劝导，晓之大义，以确保这次对淮作战的胜利！"

“末将谨遵大人军令。”公武说罢告辞离去，裴度与马骢、韩愈将其送出大营。

马骢待公武离去后，向着裴度和韩愈佩服地道：“韩大人果然料事如神，此事当如何处置为好？”

裴度拈着颌下短须道：“大战将即，现在去让朝廷派人前往汴州，宣抚韩弘，已是来不及了。”韩愈略加沉思，向着裴度和马骢道：

“韩弘心病不除，宣武军必然作战不力，贻误战机。势必造成东部和南部战区空虚，将直接影响到整个对淮作战。目前朝廷派人前去宣抚已是来不及了，最好的办法是我统帅大营着人前去抚慰为妥。学生思来虑去，想前往汴州一趟，说服韩弘，使其全力讨贼。”

“什么！你前往汴州？”马骢一听，不由一怔，看着韩愈道，“这韩弘久居汴州，拥兵自重，且身兼宰相之职，能听你的！”

韩愈看着裴度和马骢道：“目前只有学生前去比较合适：裴相国主掌帅印，日理万机，岂能离开大营；马大人与韩弘又相交不深。因此，你们二人都不宜前往。学生一是和韩弘乃同姓同宗，过去多有往来；二是昔日学生曾在汴州任职三年，与宣武军许多将士颇熟；三是学生身为行军司马，御史中丞，这处置作战事宜，也是学生的职责。”

裴度听后，不由点了点头，向着韩愈多少有些担心地道：“从汝州到汴州，约八百余里，来往奔波颠沛，大人身体如何能受得了！而且宣武军兵骄将悍，韩弘又拥兵自重。大人前去，弄不好还会受到他们的奚落和凌辱，此事还需三思为好！”

韩愈不由凝重地道：“这次征讨淮西，宣武军担负着重要任务，韩弘乃举足轻重的人物。为了夺取淮西作战的胜利，为了我大唐社稷永固久安。这个人安危荣辱，只好置之度外了！”

“好吧，就依大人之意！”裴度听韩愈讲罢，不由感动地握住韩愈的手，道：“这下特辛苦大人了，由大人前往汴州，学生无虞也！”

第二天，各路将帅陆续离开汝州，韩愈带着秦济，随同公武一起上路前往汴州。裴度为确保韩愈一路安全，令掌书记李宗闵带领二十名神策军随同前往。并将其送出城外三里方回。

韩愈和李宗闵、秦济随同公武行至许州地界的小禹州。公武向东前往亳州宣武军行营，韩愈和李宗闵折道向北，前往汴州。公武拉着韩愈的手泣道：

“望大人千万说动家父，放弃私怨，挥师南下，共伐蔡州。末将永世不忘也！”

韩愈向着公武道：“将军请放心先回大营，做好淮西决战的各项准备，调集各路兵马粮草。学生不出十日，定有佳音传来。”

“好！一切都拜托大人了！”公武说罢，带着侍卫，挥泪催马而去。韩愈也和李宗闵扬鞭北上。

深秋的陈许地区，田间的庄稼已基本收割完毕，一片片被割去头穗的高粱和玉米杆子，在秋风中轻轻地摇晃着；路旁荒草丛丛，一片萧瑟，偶尔能看到几个憔悴的农夫，赶着牲畜，在阡陌间走动；远近几处村落，残垣断壁，十分冷落。

韩愈和李宗闵带着随从，急驰了一阵后，慢慢放缓速度。李宗闵看了看四野，向着韩愈道：“这陈许之地，乃是富贵之乡，如今竟如此荒芜凋零，实在令人痛惜！”

韩愈望了望远近几处破败的村寨，不禁叹口气道：“灾荒不断，连年战乱，加之苛捐杂税，百姓苦不堪言。他们不仅经常要遭受叛军的侵扰，而且还要被征去前方打仗，自然流离失所，奔走他乡。致使田园荒芜，村落破败。”

“大人说得不错。”李宗闵也不由感慨地道，“远的不说，自贞元十五年以来，吴少诚和吴元济父子，屡次起兵作乱，战火此起彼伏。不仅远近州县遭到袭扰焚掠，就是蔡州百姓，也深受其害：听说元济怕百姓起来造反，强令他们夜不准举灯，日不得相聚，凡违抗者，不是被砍头，就是被抓去坐牢。百姓叫苦连天，怨声载道。”

“是的！”韩愈也不禁凝重地道，“因此我们必须吊民伐罪，彻底剿灭蔡州之贼，解救百姓于水火，使他们过上安居乐业的生活！”韩愈讲到这里，看着李宗闵道：

“儒家的宗旨就是要‘齐家、治国、平天下。’我们这一生，必须为此而奋斗不息，甚至献出自己的生命！”

李宗闵听此，不由敬佩地点了点头。正要再说，只见天上突然下起雨来，豆大的雨点“噼噼啪啪”地砸到脸上。

“不好！下雨了，快走。”大家急忙扬鞭催马向前驰去。雨越下越大，只见前方不远处有个小村庄，大家遂加快速度来到村中。李宗闵向着韩愈道：“大人，我们避避雨再走吧？”

“好吧。”韩愈边说边跳下马来，和李宗闵、秦济慌忙来到附近一户人家的门楼下。随[illegible]策军也都跳下马来，忙躲站到附近的树下或屋檐下。

“这雨来得真猛。”李宗闵一边弹整身上湿透了的衣服，一边说道：“现在已到九月中旬，竟还有这么大的雨！”

韩愈抹了一把脸上的雨水，道：“天有不测风云，现在刚至晚秋，这突降暴雨也在必然。只是我们光顾着说话，没有防备罢了！”

二人正在说话，忽听背后大门“吱”的一声被拉开，从门内探头走出一位头戴斗笠，手扶竹杖的老汉来，身后跟着一个半大孩子。那老汉惊奇地将韩愈和李宗闵打量了一下，又看了看街道两边站立的神策军将士，道：

“诸位官爷，这是要到哪里去？怎淋成这样？”

“我们要到汴州公干，路经这里，不想竟遇到这场大雨。”李宗闵看着那位老汉答道，“老人家，这地方叫什么名字，可有客栈？”

那老汉见韩愈和李宗闵一身官吏打扮，却说话这样和气，他又看了看四周站在屋檐下，全身衣服都已湿透，贴在身上的将士，深感奇疑：过去经过这里的官军也好，叛军也好，不是烧杀抢掠，就是吃拿抢要。而今天这些官军，竟如此彬彬有理。忙向着韩愈和李宗闵道：

“这里叫王家庄，村中只有十几户人家，并无客栈。雨这么大，大人和官爷的衣服都湿透了，请到屋里去避一避，晾一晾衣服。”

“不啦！”韩愈扭头望了望院中不大的小土屋道，“多谢老丈美意，我们这么多人，你那屋中怎容得下！”

“不要紧。”老汉看着韩愈和李宗闵，指着旁边几户人家道，“这几户都是小老儿的兄弟和侄子家，官爷可分头到各家去避一避。”

李宗闵见此，向着韩愈道："雨这么大，不如让弟兄们暂到老乡家中避一避也好，待雨停了再走不迟。"韩愈望了望茫茫大雨，道："也好。"然后转头向着旁边屋檐下站着的一个军校道：

"马将军，你带着弟兄们到各家避一避，雨一停我们就出发，告诉大家，凡违犯军纪者，定从严处置。"

"是！"那个姓马的军校忙答应道。旁边那老汉向着身后的孩子道："狗留，快去叫你二爷和三叔开门，带这些官爷到他们屋里去躲躲雨！"

那孩子听后，忙跑着前去叫门。老汉向着韩愈和李宗闵道："走吧，先到老汉的屋里晾晾衣服，小心身体着凉。"

韩愈见此，十分感动，忙扶着老汉一块冒雨走进院内，来到屋前。只见这座小土屋又低又破：被烟火熏得漆黑的墙壁下半截墙皮已大部脱落，袒露出赤裸的土坯和圆圆的鼠洞；窗台上放着两个破罐子，屋檐下挂着一串串紫红色的辣椒和一把把高粱穗子；两扇房门又烂又旧，裂着数条二寸多宽的大口子，歪歪斜斜地半开着。屋内又暗又湿，韩愈和李宗闵一踏进屋门，便有一股浓烈的霉臭味迎面扑来。只听从里间传出一个老妇人的声音道：

"是谁来啦？"

那老汉向着里屋道："是过路的几位官爷，到屋里来避避雨。"

"官爷！哪里来的官爷？问问可知狗剩的下落？"

"知道了，你歇着吧。"那老汉边向里间说着，边搬过两个破烂不堪的椅子，用袖子擦了擦上面灰尘，请韩愈和李宗闵坐下。

韩愈和李宗闵坐下后，巡视了一下屋内，只见屋内正面放着一张断了条腿的旧桌子，墙上挂着一幅被烟火熏得看不清颜色的财神像；墙角放着一只破了个三角口的烂缸子，里面堆放着玉米和高粱，门后窗台下，用土坯垒着一个烧饭的土炉子，上面摆放着破碗烂勺。韩愈看后，不由心中一酸，暗道："这老汉家实在是太穷了！"然后向着那老汉道：

"老丈家中有几口人？屋内的可是老伴？膝下有几个儿孙？"

那老汉见问。不由叹了口气道："眼下小老儿这家中只有三口人，屋里躺着的是老伴，腿脚不方便，前年眼睛又瞎了！"那老汉讲到这里，不由又叹了口气，道：

“要说儿孙，小老儿这一生有过三个儿子、两个孙子。可眼前就剩下狗留小孙子一人！”说罢，不禁眼含热泪，忙抬手将眼泪擦了擦。

李宗闵见此，不禁问道：“老丈的儿子和孙子都到哪里去了，怎么只剩下这小孙子一个？”

那老汉道：“贞元十五年，吴少诚作乱，叛军路过这里，将村子洗劫一空。将大儿媳轮番糟蹋，大儿子双全上前争斗，被叛军乱刀砍死。儿媳也跳了井。抛下一个不满周岁的小孙子。二儿子也被叛军虏去，再也没有回来。”

老汉讲到这里，禁不住又泪流满面，只听从里屋传出老太婆的哭声道：“快二十年了，也不知二娃是死是活！”老汉顿了顿，继续道：

“前年春天，吴元济又起兵作乱，叛军又将三儿媳掠去，三儿子保顺追着叛军去要媳妇，再也没有回来，有人说是被叛军杀害了，也有人说是去当了和尚。十八岁的大孙子狗剩，为替父母报仇，遂去李光颜的忠武军当了兵，现在人在哪里也不知道。只剩下这个十二岁的小孙子狗留，和我们两个老骨头艰难度日。老婆子哭了三天三夜，结果把眼睛给哭瞎了！”说罢不禁泪流满面。

韩愈和李宗闵听此，心里都沉甸甸的，深为老汉这一家的悲惨遭遇所痛心，将晾衣服的事也给忘记了。李宗闵向着老汉道：

“老丈莫忧，我们就是朝廷派来讨伐叛军的。”并指着韩愈道：“这位大人就是征讨大军的行军司马。这次一定荡平蔡州，为你们全家人报仇雪恨！”

“谢天谢地，朝廷若能平定蔡州，俺老百姓将天天给朝廷烧香祝福！”

韩愈向着那老汉道：“老人家请放心，这次若不能平定叛贼，我韩愈绝不返回朝堂！”那老汉听后，似懂非懂，连连念佛。

韩愈遂从衣袋中掏出十两纹银，放到身旁的桌子上道：“老人家，这几两银子请收下，给老妈妈治治眼病。”

“不，不！小老儿怎能要大人的钱！”说着从桌上拿起银子，就要往韩愈的手中塞。李宗闵向着那老汉道：“老人家，你就收下吧，这是大人的一片心意。”

那老汉感动得热泪盈眶，手中捧着银子道：“您，您真是好人哪！”只听从里屋又传出老太婆的哭声道：

“两位官爷真是救若救难的大好人，一定是上天派来搭救俺老百姓的活菩萨，这大恩大德，俺们到了来生，一定变牛变马相报答！”

那老汉擦了一把眼泪，向着韩愈和李宗闵道：“两位大人今后若是见到我家狗剩，让他打完仗早点回来家看看，就说老妈妈想他把眼睛都想瞎了！”

“行，老人家请放心，学生若是见到你家孙子，一定叫他早点回来。”韩愈说罢，看了看屋外，见雨已变小，遂又向着老汉道：

“多谢老丈款留，现在雨即将停止，学生需立即上路，赶往汴州，就此告辞。”

那老汉看了看院中，道：“雨还没停，官爷的衣服也未及晾一晾，还是湿的，怎能就上路？”

韩愈握住那老汉的手道：“多谢老丈美意！学生公务在身，不敢久停。这雨已经变小，算不了什么。以后如有机会，学生一定前来看望您老人家。”韩愈说着，遂跨步走出屋门。那老汉忙手扶竹杖，将韩愈和李宗闵送到街上。

韩愈和李宗闵手携那老汉来到街上时，在左右几家避雨的神策军将士，也先后拉着战马出来，站在街上等候。这时，闻讯前来观看的百姓，围站在附近的门前树下，悄悄叙说着，俱现出欣喜的神色。

韩愈紧紧握了握那老汉的手道：“再次谢谢老人家了，请回屋里吧！”说后，从侍卫手中接过战马，同李宗闵一起翻身上去，向着周围的百姓拱了拱手，然后扬鞭催马带着侍从向前奔去。飞驰的战马，顿时溅起一溜泥点水花。

第 105 章
忆往昔峥嵘岁月　会故友商夺英豪

汴州城外，天高云淡，风和日丽；汴水潺潺，杨柳依依。官道上，花车高马，行人如织，一片祥和景象。

韩愈与李宗闵等人，经过四天的昼夜兼程，来到汴州城外。李宗闵望了望四周或推车挑担，或乘马骑驴，来来往往的行人，不禁感叹地道：

“人言汴州乃富庶之地，看来果然不假。与陈许破败荒凉景象相比，真是天壤之别！”

韩愈望着路上行人，接口道：“这几年汴州在韩弘的治理下，可以说是兵安民乐，百业振兴。仓廪谷帛如山，百姓载歌于道；而陈许之地却连年遭受战乱，故而两地截然不同也！”

“听说大人早年曾佐董晋火速入汴，并平定邓惟恭之乱，可有此事？”

“是的。”韩愈望了望远处依稀可见的汴州城墙和高大的城门楼，感慨地道：“贞元十二年，宣武军节度使李万荣卒，其部将邓惟恭企图以兵变要挟朝廷夺取节度之位。朝廷令董晋火速入汴，稳定局势。那时学生十年求仕未遂，故闲居东都，被董晋所邀，而投笔从戎，随赴汴州。”

“当时大人从军赴汴时，诗坛奇人孟郊曾赋诗相送，传遍朝野。其中有：‘志士感恩起，变衣非变性；亲宾改旧观，僮仆生新敬。坐作群书吟，行为孤剑咏。始知出处心，不失平生正。凄凄天地秋，凛凛军马令。今朝旌旗前，笑别丈夫盛。’之句，流为佳谈。”

“是的！”韩愈道，“当时正值孟郊赴京应试，折桂归来，暂羁东都。学生临行之际，故有此激越人心之诗句！”

李宗闵听后点了点头，又向着韩愈道：“据说当时董晋平定邓惟恭之乱，其谋略均出之大人之手，可否是真？”

“此话有些特过！”韩愈看了看路上行人，转过头道，“平定邓惟恭之乱，是董公决策果断，陆长源指挥有方，学生只不过是出些主意而已。当时董公入汴后，宽厚仁慈，政多疏松。邓惟恭久存异志，自认有机可乘，竟暗中策划兵变之举，被学生和陆长源窥破，即与董公商定平叛之策。在邓惟恭即将举行兵变之前，将其一举粉碎，使汴州百姓免去一场兵祸之灾。”

“听说董公平定邓惟恭之乱后，朝野俱为震动，令监军俱文珍赴京回禀此事。俱文珍临行时，董公让大人赋诗相送，大人因没按俱文珍的要求改变序文，而被俱文珍所陷害，可有此事？”

“不错！”韩愈听此，不由勾起昔日之忧愤，遂感慨地道，“那时平定邓惟恭之乱后，汴州军民无不欢欣鼓舞，学生也十分激动。虽深恶宦官弄权，但见俱文珍在平息邓惟恭之乱中颇有功绩，便应董公之命，赋诗相饯。谁知俱文珍骄横跋扈，竟不顾事实，要学生修改序文，被学生断然拒绝。俱文珍为此怀恨在心，到京后便和奸相赵憬、卢迈等人串通一气，将学生之名，从褒奖擢迁的奏章中删去，致使学生不仅没有得到朝廷的褒奖，甚至连上年呈报的任观察推官的奏表，也被赵憬扣下。学生为此忧愤填膺，竟大病了一场。”

李宗闵听罢，也不由愤慨地道：“这宦官干政，不知陷害了多少贤臣良相！皇上为何就相信他们？”二人说着，已来到汴水桥上，只见桥上推车的、挑担的，人如潮涌；桥下舟船相接，拥塞于岸。

李宗闵看了看四周繁华景象，不禁向着韩愈道：“听说大人在汴州时，与孟郊、张籍、李翱等人，共振儒道，力倡古文，掀起第三次文坛改革，遂形成热潮？”

“是的！”韩愈听此，不由现出欣喜之色，看着李宗闵道，“遥想那时，确实令人振奋！当时学生因病回到洛阳休假，孟郊带着李翱找到东都，与学生一起返回汴州。董公平定汴州后，朝廷先后委派左司郎中杨凝、殿中侍御史杜伦、孟叔度等人到汴州任职。此三人皆文坛雅士，与前来相谒的孟郊、张籍、李翱等人相聚一起。一时汴州城内英才荟萃，大家在一起谈诗论文，共倡文坛改革，至今仍令人振喜不已！”

“老爷，到汴州了！”韩愈刚讲到这里，只听身后秦济说道。韩愈忙抬头一看，果见已来到城门前，高大的城门洞上方嵌刻着“汴州”两个大字。

“唉！光顾着说话，不想已到城下！”

“进城后，我们当如何行事？”李宗闵向着韩愈问道。韩愈看了看快要落山的太阳，向着李宗闵道：

“晚上先住下，找个熟人问问情况，明天一早便去拜谒韩弘。”说罢，将身下坐骑轻轻抽了一鞭，那马便加快速度，从高大的城门下驰入城中。

韩愈和李宗闵等人驱马来到城内大街上，只见两边高楼林立，酒旗高挑，店铺商肆比连相接，叫卖之声此起彼伏。李宗闵看后，不禁道：

“好个大梁汴州！其繁华景象，不亚于东都也！”

韩愈看了看左右，也不禁赞叹道：“今日汴州，与二十年前相比，更加繁华昌盛了！看来这韩弘果然政绩卓著！”二人说着，已来到馆驿前。

大家跳下马来，那馆丞见韩愈一行人马来到，忙走出相迎。见韩愈所带的神策军与宣武军装束不同，知非本地官吏，忙邀入馆中。大家坐下后，馆丞令伙计献上茶来，又将韩愈等人打量一番，道：

“大人从哪里来？可是到府衙办差？”

“我等从汝州而来，要到节度衙门公干。”李宗闵向着那馆丞道，那馆丞一听，不由眼睛一亮，忙殷勤招待，将韩愈等人安置在上等客房。

晚饭后，韩愈向着李宗闵道：“晚上我们出去拜访一个朋友，问问韩弘近况，以便明日行事。”

“什么！晚上出去？”李宗闵听此，不解地看着韩愈道，“大人一路劳顿，应先歇息歇息。现在天色已晚，大人的身体怎受得了？

还是等明天再去不迟。”

“不！兵贵神速，明天一早，我们必须见到韩弘，说动他赶快挥师南下。因此，今晚务必弄清韩弘的近况。”

李宗闵见此，看了看旁边直向他摇头示意的秦济，向着韩愈道：“大人要去拜见的这个人是谁？身居何职？可是大人的故交好友？”

“此人名叫吴刚，乃节度衙门书吏。是学生当年的莫逆之交和全家人的救命恩人。”

李宗闵听此，不由露出欣奇目光，向着韩愈道：“此人可是二十年前，搭救夫人和小姐前往徐州避难的吴刚？”

“正是此人！韩愈不禁感慨地道：那时俱文珍为铲除陆长源等人，竟暗中策动兵变。正好学生受董晋生前所托，扶柩前往山西蒲州安葬。叛军将司马陆长源、判官丘颖、孟叔度杀害后，直扑学生府宅，欲杀害夫人和小女。多亏吴刚挺身相救，冒着性命危险，将夫人和小女藏匿到他们家中；后又带着夫人和小女逃到徐州。方保得夫人和小女两条性命！”

“这吴刚真乃侠义之士也！”

“是的。”韩愈道，“已有快二十年没有见面了，学生每想到当时情景和吴刚的侠义之行，便激动万分。这次来汴，不仅要说服韩弘挥师南下，同时也想看看昔日的患难好友！”

李宗闵听此，深为感动，不禁向着韩愈道：“好吧，既然大人殚精竭虑，不辞辛苦，学生这就陪同大人一块前往。”秦济见此，只好无可奈何地摇了摇头。

正当韩愈和李宗闵整装即要出门时，只见一侍卫近来禀道：“大人，外面有一官吏打扮之人前来拜见大人。”

“有人求见？”韩愈一听，不觉一愣。他们下午刚刚到此，怎会有人求见！便疑惑地看了看李宗闵，向着那侍卫道：“请他进来。”

那侍卫出去后片刻，便带着一人进来，韩愈一看来人，大为惊喜，忙跑前一步，拉住那人的手道：“原来是大哥你！您怎么知道学生到此？”边说边高兴地拉着那人，向着李宗闵道：“这就是我们要去拜访的吴刚大哥！”

李宗闵一听，不觉也是一愣，忙将吴刚又打量了一番，只见吴刚有五十多岁，身体较瘦，三绺苍须垂于颔下。不禁高兴地道："你就是吴刚大人？韩大人和学生正要前去拜访您呢，不想您竟然前来，真是特好了！"

吴刚紧紧握住韩愈之手，眼含热泪，向着韩愈道："在下闻知大人今天下午来到汴州，高兴地坐卧难宁，吃罢晚饭，贱内便催促在下快点来看看大人，问问夫人和小姐的情况。"说罢，又将韩愈上下打量了一遍，道：

"老了，头发都白了！"

"是呀，一晃快二十年了，怎能不老！"韩愈看着吴刚道，"大哥也比以前老了许多，但身体看来还不错。"说罢，又向着吴刚，疑惑地问道：

"大哥怎知学生今日来到汴州？"边说边将吴刚拉坐到椅子上，道："这些年大哥的全家都好吧？大哥是否还在节度衙门供职？"

吴刚向着韩愈和李宗闵道："大人从汝州出发后，忠武便令快马前来汴州告知。韩相国估计近日大人便要到达，吩咐馆驿，若大人一到，就向他禀报。下午在下正在节度衙门当值，刚好得知此事，故前来探望大人。"

"原来是这样，"韩愈听后，不禁道，"看来韩弘对学生此行，是十分重视和留意的。"

"大人说得不错。"吴刚接口道，"自朝廷诏拜裴相国为征淮大元帅，再次起兵共讨元济，韩相国便心绪不宁，忧愤难抑，故对朝廷和征淮之事十分关注。在下今日前来，一是急切想看看大人，以酬思念之苦；二来也是为了此事。"

"好，真是不谋而合！"李宗闵不由接口道，"大人欲去拜访大哥，也正是为了此事。"

韩愈向着吴刚道："大哥有何赐教，请讲？"

吴刚看了看韩愈和李宗闵，道："韩弘虽对朝廷这次诏拜裴度为征淮大元帅，免去其督统之职，而心中不快，但对征讨淮西仍念念不忘。虽对前时监军梁守谦和邓随唐节度使李愬的刁难、掣肘和诽谤，耿耿于怀，但对朝廷的赤胆忠心，却始终如故。因此心情十分复杂，处于进退两难的境地。大人这次来得正好，只要略加抚慰，便可消除其心头之怨，他定会挥师南下，共讨蔡州！”

吴刚讲到这里，看着韩愈继续到：“韩相国因心中不快，见到大人时，可能会语言有犯，说一些泄愤和过激的话。大人历来刚正不阿，望能以国家社稷为重，切莫过于介意。在下来访，正为此情也！”

韩愈听后，十分感动，道：“大哥真乃忠义之士也。韩相国前时受到梁守谦和李愬的刁难掣肘，征淮久师无功，而心情怨愤，在所难免。学生前来，对此早有所料，已把个人荣辱置之度外，岂能以韩弘的态度好坏，而计较于心乎！这事大哥尽可放心勿忧。”

吴刚听后，不禁高兴地连连点头，道：“若此，在下就放心了！”韩愈向着吴刚道：“听大哥所言，韩相国对征讨淮西十分关注，不知目前是何打算？”

吴刚道：“宣武军原征讨淮西约三万人马，由公武率领，在亳州和颖州一带，配合李光颜对叛军作战。李愬任邓随唐节度使后，与韩弘相抗衡，按兵不动，拒不执行军令。吴元济遂将南线叛军调到北线和东线，以扼制李光颜的忠武军和公武的宣武军进攻。韩弘为扭转不利战局，遂又从汴州调集二万兵马，南下增援公武；当大军行至宋州地界时，忽听朝廷移帅消息，十分气愤，遂令这二万兵马就地驻扎，以观朝廷动向。”

韩愈听此，不由点了点头道：“此情学生也略有所闻。”吴刚看了看韩愈继续道：“宋、亳、颖三州，紧临叛军东部一线，宣武军在此有精兵五万，并储备大量军械粮草。若韩相国消除私怨，挥师南下，蔡州不难平也！”

“学生这次来汴，也正是为此。”韩愈看了看吴刚道，“明日学生见到韩相国，一定说服他南下讨蔡！”

“若此，乃淮西百姓之福也！”吴刚高兴地看着韩愈道。二人又相互询问了这几年双方的情况后吴刚方告辞回去。韩愈拉着吴刚的手，一直将其送到家门前方回。

第 106 章
垂碧波韩弘难举棋　论祸福说动前督统

宣武军节度使衙门后院，韩弘坐在碧波潭边，他面色沉郁，正在凝目垂钓。身后站着参军孙粲，部将周程和判官许盛。这韩弘身材魁梧，紫面苍须，年约六旬。

昨日，驿丞前来禀报后，使他更加心绪难宁，他没有想到韩愈来得这么快，而且深知韩愈性格，估计今天上午必然前来求见，便早早将心腹三人召来，共商应对之策。

孙粲看了看许盛、周程，向着韩弘道："以下官之见，韩愈乃朝中有名的诤臣，刚直忠烈，足智多谋，力张维护国家统一，反对分裂割据。这次被朝廷诏拜为行军司马，共助裴度讨伐蔡州，其不顾颠簸劳累，前来汴州抚慰大人，大人应以礼相待为上。"

"以末将看来不可！"孙粲刚说罢，周程马上接口道："这次皇上听信宦官和李愬谗言，不分青红皂白，竟将大人的督统之职免去，实在令人愤慨。是可忍，孰不可忍！韩愈前来，定是为朝廷游说，蛊盛大人再去征讨蔡州。我们需给韩愈点颜色看看，让他们知道我宣武军不是好惹的，也让皇上明白，韩相国雄踞中原，手握重兵，今后不敢小视大人才行！"

"周将军说得很对。"判官许盛看了看韩弘道，"如今蔡州久讨不下，我宣武军驻守宋、亳、颖南北千里防线，关系到整个作战的胜负成败。若无韩相出兵，朝廷就是再派两个宰相督战，也无济于事！因此，必须让朝廷低头认错，还韩相公一个公道。否则，就和他们分道扬镳！"

韩弘听此，不觉脸上浮现出骄衿之色。只听孙粲正色道：“许大人此话差矣！前日公武大人已着人前来告知：裴度到达汝州后，在韩愈、马璁的辅佐下，礼贤下士，运筹帷幄，及时调整作战方略，并恩威兼施，折服各路诸侯。三军将帅同仇敌忾，斗志昂扬，已非昔日可比。不仅李光颜、乌重胤极力求战，就是狂傲不羁的李愬，也伏首听令，奋勇向前。”孙粲讲到这里，向着韩弘道：

“我宣武军虽举足轻重，地处东南两道战线，但只要怀汝、忠武、邓随唐各军奋力作战，平定淮西仍乃易如反掌！只不过是早一天或晚一天之事，绝非许大人所说那样。”

“那……那韩愈为何前来？”许盛听孙粲讲罢，不服气地道。孙粲正要回答，只见掌书记进来向着韩弘禀道：

“韩愈已来到节度衙门。”韩弘闻此，看了看孙粲三人，向着掌书记道：“就说本职不在。”

“那韩愈说，他乃大人故交，今日前来，有军务要事相告，并为大人疗病，现已进到府中。”

韩弘听此，只好站起身来，只见韩愈带着李宗闵已经来到后衙，向着韩弘拱手道：“相国这一向可好！”

韩弘见此，忙也还礼道：“本职因身体欠安，在此偷闲。不想司马竟大驾光临，实让本职不胜荣幸！”说着上前携住韩愈之手。

韩愈忙笑道：“自贞元十五年，学生与相国分别后，一晃将近二十余载，今日见到相国，犹如梦中耳！看来相国仍不失当年之威武！”

“老啦！不中用了！你看这两鬓白发！”韩弘边说边拉着韩愈，进入身后的凉亭。大家分宾主坐定后，侍卫献上茶来。韩弘喝了一口茶，向着韩愈道：

“大人身为征淮诸军行军司马，今日光临汴州，定是身负圣令，前来赐教老夫！”

韩愈听此，不由微微一笑，向着韩弘正色道：“赐教不敢。但学生虽不才，然十分憎恶宦官弄权，藩镇割据，故力主讨伐淮西，维护国家统一，而被圣上点为行军司马。虽学生才疏学浅，滥竽充数，然不敢有负圣命，所以方日夜兼程，来到汴州。”韩愈讲到此看了看左右，向着韩弘继续道：

“此次学生前来汴州：一是闻说相国身体不适，受裴相所托，前来探视；二是讨伐蔡州，大战将即，学生受裴相所托，前来向相国回禀作战方略，以请相国予以指教；三是学生昔年曾与相国在董公帐下供职多年。我二人情同手足，契若金兰，学生常常梦断魂萦，故借此前来一叙旧情！”

韩弘闻此，不由微微一笑，向着韩愈道：“多谢裴相国美意，本职实在承受不起，至于司马的情谊，本职将铭记难忘。”说罢看了看四座，向着韩愈继续道：

“听说裴相国豪气如虹，在京已夸下海口，这次征讨淮西，如囊中取物，易如反掌，不踏平蔡州，誓不回朝！可否是真？”

“是的！”韩愈答道，只见旁边周程、许盛俱现出惊讶和不屑之色。韩愈向着韩弘道：

“不过裴相国所讲征讨淮西如囊中取物，仍是针对朝中李逢吉和吐突承璀一帮主和派而言，是为了解除皇上所虑，坚定朝廷讨伐蔡州之决心！”韩愈讲到此，向着大家道：

“去年以来，河北征讨王承宗的六路兵马连连失利；今年五月，淮西高霞寓的二万人马又全军覆没；六月洛阳城中突然破获潜入城中，准备血洗留守府的千余名贼寇；接着京城太庙被毁，仓廪被烧。长安城内草木皆兵，朝野震惊，谈贼色变。李逢吉和吐突承璀借此极力鼓吹向河北、淮西之敌封官求和。皇上也为此举棋不定，直接影响到前方战局。为此，裴相纵观全局，高瞻远瞩，力排主和言论，指出：以我九州之众，共讨两镇之贼，犹如泰山压卵，囊中取物一般，方使朝野振奋，皇上才下定征淮决心！”

韩愈讲到这里，孙粲等人都不由点了点头，韩愈看了看大家，继续道：

“裴相国这次出征离京时，圣上将其送至通化门外，并赐酒相饯。泣道：‘为了我大唐社稷永固久安，为了黎民百姓安居乐业，不再受战乱之苦，望裴卿一定要平定淮西！’裴相见此，不禁流泪道，‘微臣若不能平定淮西，踏平蔡州，誓不回朝！’在场文武百官，莫不感动得热泪盈眶，俱赞裴相乃忠勇之臣也！”

韩弘听此，不由面上现出赧色，一时口塞难语。只见许盛向着韩愈道："听韩司马之言，这次来汴，完全是为裴度做说客而来！"

韩愈看了一眼许盛，向着大家道："学生这次来汴，既是为裴相而来，也是为韩相而来。裴相为征淮大元帅，学生身为行军司马，确保裴相的军令畅通，夺取征淮全胜，乃是学生的职责！就如各位将军应该忠于韩相一样，这是不可质疑的！"韩愈讲到这里，转向许盛道：

"然而，学生更重要的，则是为了韩相而来：一是据学生所知，前时韩相为征淮督统时，受到监军梁守谦和邓随唐节度使李愬的刁难和掣肘，致使征淮久师无功，而遭到朝野非议。故而心中不快，忧郁成疾。学生此次前来，正是为了传谕皇上对韩相的抚慰之意，和裴相对韩相的关注之情。以扫除韩相心头阴霾，解除韩相的心病。"韩愈讲罢，横扫了一眼周程、许盛，转向韩弘道：

"二是前段因监军梁守谦等人的诽谤，朝野尽传韩相依贼自重，不愿淮西早平，故剿贼不力。虽皇上英明卓荦，不为所惑，但'三人为虎'，实乃令人担忧。这次韩相若不能释去前嫌，放弃私怨，奋力征讨淮西，势必授人以柄，证明宦官的诽谤乃是实情，这样岂不使韩相的忠义之心蒙受不白之冤！而被后人所唾骂？这是学生所万万不愿看到的。故此，学生方千里奔波，前来以进忠言！"

韩愈讲到此，韩弘也不由一愣，凝目看着韩愈。韩愈向着大家继续道："三是这次淮西之战，各路将帅意气风发，同仇敌忾，唯韩相心病重重，按兵宋州。若是贻误战机，造成东线失利，不仅征淮战功将被他人夺去，而且韩相还会背上作战不力的罪名。到那时，裴相即使想掩，也是掩不住的，朝廷定会追究查办。韩相一世英明，将会毁于一旦。这是学生更不愿看到的！故此，学生才不辞辛苦，来到汴州。"

韩愈讲罢，许盛不由钦佩地点了点头；周程看了看韩弘，向着韩愈道："韩大人讲得似乎很有道理，然韩相国遭受宦官和李愬的刁难、诽谤，朝廷不仅不查不问，反而更移相国的督统之位，难道就算了不成？"

韩愈向着周程道："将军此论，乃是只知其一，不知其二；监军梁守谦，虽暗中向朝廷不断进谗，朝中阉党也借机大造舆论，然皇上明察秋毫，对韩相十分宠信；裴相也力主正义，故朝廷对宦官的非议并未理睬，何谈前来查证？”韩愈讲到这里，向着孙粲等人道：

“至于更移督统之职，这和宦官的诽谤完全是巧合。自元和十年，朝廷对淮西开战以来，先后四次更换统帅，此乃朝廷用兵所需也。纵观这次对淮作战，造成久师无功，其主要原因是宦官干政：各路将帅互相观望、掣肘；三军有令不行。故此，皇上方下定决心：一是撤除宦官监军之制；二是诏令当朝首辅裴相国，亲临前敌督战。务必激励三军，荡平蔡州。绝非是对韩相国有忌也！”

韩愈讲罢，只见韩弘脸上不禁露出欣慰之色；周程、许盛也不由点了点头。韩愈继续道：

“裴相国抵达汝州后，权衡这二年对淮作战利弊，广泛征询了各路将帅的主张，对征淮作战方略，进行了重大调整。采取了集中优势兵力作战的策略，将十二道兵马合并为四道，统一指挥作战。并将鄂岳军合并在韩相国的麾下，由韩相国统一指挥调遣。可见裴相国对韩相国的崇敬之意。”韩愈讲到此，看着韩弘继续道：

“当裴相闻知韩相身体欠安，心情不快时，便让学生立即前来探视，以解除韩相心头之忧愤。可见裴相对韩相的深情厚意耳！”

韩愈刚讲罢，只见韩弘站起身来，向着韩愈道：“今日司马一席话，真乃让本职羞愧难言。本职集在心头多日的疙瘩，一下被司马给解开了！走，咱们到客堂去，本职要与司马促膝相谈；并为司马好好接风洗尘！”

第107章 辞汴州激情满怀　返大营喜得良才

且说韩弘听韩愈讲罢，深为所动，不禁站起身来，握住韩愈的手道：“司马所论，真乃金玉良言，使本职茅塞顿开，如梦初醒！本职定挥师南下，不荡平蔡州，决不收兵，以报裴相和司马的深情厚意。”

韩愈闻此，不禁高兴地道：“由韩相亲自挂帅出征，平定蔡州指日可待也！此真乃朝廷之幸，百姓之福耳！学生回到汝州，定将韩相的高风亮节，赤胆忠心，转呈裴相和皇上。这平定淮西，韩相必将身居首功矣！”

韩弘听罢，不由笑道：“本职老矣，现在是不图有功，但求无过！只要天下安定，四海统一，朝廷内无奸佞，外无忧患，本职就心满意足了！”说罢遂携韩愈来到节度大堂。令掌书记摆上酒宴。

酒过三巡，大家又谈及征淮事宜和朝中铲除李逢吉和吐突承璀的经过，韩弘不禁感慨不已，酒宴至晚方散。

晚上，韩弘亲送韩愈等人回到馆驿，二人又叙谈一阵，韩弘方告辞离去。李宗闵高兴地向着韩愈道：

“今日大人这场论战，真是精彩绝伦，惊心动魄！开始学生见韩弘态度傲慢，其幕僚出言不逊，真为大人捏了一把汗。没想到大人义正词严，只几个回合，便使他们心悦诚服，甘心认输！真乃令人激动万分。”

韩愈听后，不禁感慨地道：“今日说服韩弘，也在意料之中：一是我们真诚前来，以理服人。俗话说，‘精诚所至，金石为开’吗；

二是韩弘本身忠贞不渝，虽有怨气，但无二心；三是统帅大营决策正确。各路将帅同仇敌忾，奋勇向前，对宣武军形成逼人之势。韩弘也有借梯下楼之意。”

“大人说得很是。”李宗闵欣喜地道，“这次征讨淮西，可以说是万事俱备，东风又起！只要韩弘挥师南下，必将对蔡州形成四面铁壁合围之势，吴元济将成为幕燕釜鱼，瓮中之鳖！荡平蔡州真地是指日可待也！”

“是的！”韩愈也不禁高兴地道。李宗闵向着韩愈又道：“看来大人与韩弘的关系确非一般，这韩弘果然是忠烈之人！”

“大人说得不错！”韩愈道，“韩弘祖籍滑州，少丧父母，由舅舅刘玄佐哺育成人。其人从小练习骑射，谙悉兵法，先为宋州南城将，继为刘全谅兵马使。贞元十五年，全谅死，军中思念玄佐，以弘才武，推立为留侯，请监军表奏朝廷，诏拜为检校工部尚书，充宣武军节度使，距今已二十余年。”韩愈讲到这里，不由感叹地道：

“贞元十六年，淮西节度使吴少诚作乱，遣使携重金至汴州，欲连待韩弘共拒朝命。韩弘遂斩来使，并发兵三万，共讨少诚。贞元十九年，郓州节度使李师古，兴兵作乱，欲袭扰郑滑等地，以重金借道汴州，被韩弘严词拒绝，并陈兵郑滑要道，使李师古不敢南犯半步。从而在朝享有美名，累迁至检校司空，同中书门下平章事。去秋征淮招讨使严绶兵败，朝廷遂诏拜韩弘为征淮诸军督统。”韩愈讲到这里，向着李宗闵继续道：

“昔日学生在董公帐下任观察推官，韩弘先后为宋州南城将和宣武军参军，与学生颇有来往。因学生深知其人，故请缨前来汴州。”

李宗闵听后，点了点头道：“原来是这样，看来大人早已胜券在握也！”

翌日，韩愈在汴州及宣武军的昔日好友宋祥、吴刚、李正等人，闻知韩愈到来，纷纷前来馆驿拜谒。大家一见，说不尽的思念之情，遂邀韩愈至城东沁园楼设宴款待，至到未时方散。

下午，韩愈乘便前往吴刚家中进行了拜谒。吴刚夫人已年过半百，昔日携同卢夫人一起逃往徐州，在一起生活达半年之久；今日一见，不觉热泪盈眶，倍感亲切。遂问及韩愈全家这些年的情况，韩愈一一进行了叙说。晚上吴刚在家中设便宴相待，二人边饮边谈，回忆当年之事，都不禁感慨难抑，直到二更多天韩愈方回。

第二天，韩愈和李宗闵决定起程返回，韩弘在节度府衙设宴相饯，并将韩愈等人送出城外十里，经韩愈再三推谢，韩弘方停下马来，向着韩愈道：

“请司马放心走好，本职不出三日，当挥师南下，亲临淮西战场，不踏平蔡州，誓不返回！”

“好！学生在汝州静候相国捷报，咱们蔡州相见，后会有期！”韩愈说罢，遂和李宗闵等人与韩弘拱手相别。韩弘目送他们远去，方回转进城。

韩愈与李宗闵等人离开汴州，快马加鞭向汝州返回。这日来到平店附近，只见路旁一家酒肆，粉墙碧窗，酒旗高挑；门前一片古槐杨柳，树荫下放着几张桌凳，甚是清新凉爽。大家急走了一阵，都有些口干舌燥，腹中饥饿。李宗闵向着韩愈道：

“我们已走了半日，现在已近午时，不如在此休息、休息，吃点东西再走？”

韩愈看了看酒肆，道：“好吧，这地方不错，我们就在这里用些午饭。”二人说着遂兜转战马，来到店前，跳下马来。

那店老板见韩愈等人到来，忙笑着迎出，看着韩愈等人道：“官爷一路辛苦，请屋里坐，内有雅间，十分干净。”

韩愈看了看树荫下摆放的桌凳，只觉清风拂面，凉气怡人，便道：“这树荫下最好，就在这外面吃些酒饭，我们还要赶路的。”

“好的！”店掌柜一边拿围巾擦抹桌凳，一边朝着店中喊道：“来客人了，快出来招待侍候！”随着话音刚落，只见从店中跑出一年轻女子和一年轻后生，一边摆放桌凳，一边笑盈盈地打来洗脸水，让韩愈等人洗脸歇息。

韩愈和李宗闵擦了擦手脸，坐到桌旁。店老板走到韩愈和李宗闵面前，笑着道：“请官爷点点酒菜，小人马上做好送来？”李宗闵向着那老板道：“你这里有什么好酒好菜：每桌酒一坛，菜八个，按三桌尽快上来。”

“行！”店老板忙答应一声，高兴地转身疾步回到店内。这时，忽听从远处传来一阵急促的马蹄声，只见从大道上飞奔而来两个骑马之人。那二人来到店前，看到韩愈等人，忙兜转坐骑，跳下马来。

韩愈等人抬头望去，只见一人身材魁硕，紫面苍须，剑眉凤目，腰悬长剑；另一人身材较短，广袖纶巾，前额宽阔，两眼炯炯如碧玉，二人年龄均在五旬左右。韩愈一看，不由眼睛一亮，忙站起身来，高兴地迎上道：

“哎哟！这不是刘叉兄长吗？你怎么来到这里！”那二人丢下坐马，高兴地跑上前来。身挂长剑之人，握住韩愈的手道：“哈哈，终于追上司马大人了！”

韩愈看着那人道：“刘兄自贞元十九年蓝关一别，至今已十五个年头，这些年游侠何方？真想煞学生也。”然后看着那位广袖纶巾，前额宽阔之人道：“这位兄台是谁？怎有些面熟？”

那刘叉不由哈哈一笑，看了看那人，向着韩愈道：“怎么！大人不认得他了？他就是柏耆啊！”

“什么？柏耆兄！”韩愈一听，不由眼睛又是一亮，将那人又打量了一下，欣喜地道：“不错，正是柏耆兄！”说罢上前紧紧握住柏耆的手道：

“自贞元元年，我们在五泉山分手后，距今已三十多年，没想到在此相遇。遥想那时，老兄风华倜傥，英俊潇洒。如今也两鬓染霜，真不敢相认也！”

那柏耆也激动地道：“天地造化，看来山人与大人有缘，故在此重逢。你我都已年逾半百，岂能不老？”

韩愈遂邀二人入桌坐下，将二人向李宗闵一一进行了介绍，然后向着柏耆道：“前些年，听说老兄仍在家乡演绎纵横家学说，现在是否大功告成？如今所为何事？你们二人怎会走在一起？又怎知学生来到这里？”

刘叉接口笑道：“柏耆兄这几年在家乡闭门修炼，现已功德圆满，准备出山为朝廷效力。上个月闻说大人奉诏征讨淮西，正好在下云游荆襄，与柏耆兄相遇，柏耆兄便拉着在下，一同到汝州去投奔大人。

不巧大人刚刚前来汴州，我二人急忙赶到汴州，结果大人又早一天辞离汴州，向汝州返回，我二人只好又尾追到此。”

韩愈一听，甚为振喜，道：“目前朝廷正是用人之际，刘兄侠肝义胆，武功高强；柏兄博学多才，胸怀韬略。若二人到大营供职，我平淮大军，又多了两位文武奇人也！”

柏耆道：“去年吴元济作乱，朝廷发十二道兵马久攻不下，山人曾到高霞寓帐下献策，高霞寓竟不屑一顾。结果二万大军全部覆没；今春山人又到严绶处拜谒，以进讨贼之计，谁知也被严绶拒之门外。官军连连失利，不禁使山人仰天长叹，怨恨苍天不赐伯乐于大唐，致使山人四十余年的心血将付诸东流！不能为拯救天下所用。谁知前不久忽得佳音，传说朝廷诏拜裴相国为督统，韩大人为司马，前来淮西督战，致使山人顿感‘天生我才必有用’。这时正好刘兄到此，便相约来找大人。”

韩愈向着二人道：“古往今来，得人才者得天下，失人才者失天下。昔日天下人才尽被秦所用，故秦能平定六国，一统天下。汉高祖刘邦善于用人，使张良、萧何、韩信俱投其麾下，并誓死效命，最后以弱胜强，败项羽于垓下，遂得汉室江山！今日二人欲投奔裴相大营，这平定淮西更加胜券在握也！”

韩愈刚讲到这里，只见店老板和年轻伙计，用条盘托着酒菜过来。大家忙站起身，将酒菜摆放到桌子上。小二和店掌柜拿起酒坛，给每人面前倒了满满一碗酒。

韩愈端起酒碗，向着刘叉和柏耆道：“今日路途，我们只简单吃碗水酒，用些便饭，待到大营后，学生再为两位老兄设宴洗尘如何？”

“好的！”刘叉和柏耆端起酒碗，和韩愈、李宗闵等人碰了碰，大家一饮而尽。刘叉放下酒碗，向着韩愈道：“李愿去年已仙逝离去，大人知之否？”

“什么！李愿已经作古？”韩愈一听，不由大惊，向着刘叉惊讶地道，“刘兄说得可真，李愿是如何去世的？”

“去春李愿到山中采药，不慎跌落山崖，竟一命归天。家童见李愿出去两天未归，寻至山中，方发现李愿尸体。”

韩愈听此，犹如青天霹雳，他想到和李愿的情谊，不禁悲声大恸。向着刘叉泣道：“刘兄是如何得知李愿的死讯？”

刘叉道：“今春在下游侠至济源境内，前往盘谷拜谒李愿，不想人去室空，荒草掩门。在下问及山中采挖蘑菇之人，方知李愿已经作古年余！”韩愈听罢，不禁泪流满面道：

“李愿一生高风亮节，博学多才，不想竟丧命山野，实在可惜！贞元十七年，学生在东都闲居授徒，李愿寻至洛阳。学生劝其出山为仕，李愿感到世态炎凉，官虎吏狼，不愿求官。其在洛相居半月，坚辞归山。临行时，学生曾作诗和《送李愿归盘谷序》相饯。”韩愈讲到此，已是泣不成声，刘叉、李宗闵忙极力相劝。韩愈顿了顿又道：

“元和五年至六年，学生在东都任职，李愿又两次到洛阳与学生相伴。我二人在一起谈诗论文，互吐衷肠，不想竟成永别！”说罢又痛哭起来。柏耆、刘叉忙又劝慰一番。韩愈向着二人道：

“遥想当年，你我等人在五泉山李华处求学，那时大家在一起狂论治国，指点江山，是何等豪迈不羁！如今李观早逝，叔文败亡，李愿今又作古，只剩下我等三人，怎不令人伤感！”

韩愈讲罢，刘叉、柏耆也不禁热泪盈眶。经李宗闵再三相劝方罢。大家因悼念故友，心情都比较沉重。韩愈更是如鱼中钩，食难下咽。大家草草吃罢酒饭后，便启程上路。

大唐泰斗 韩愈

文起八代之衰　道济天下之溺

“百代文宗”　“泰山北斗”

河阳柳◎著

（五）

中州古籍出版社

·郑州·

第 108 章
陷楚歌元济调兵　析军情退之举策

九月下旬，韩愈返回汝州。裴度一见，高兴地携住韩愈之手，连道：“辛苦了！辛苦了！”韩愈遂将说服韩弘的经过，简要叙述一遍，并将刘叉和柏耆介绍给裴度。

裴度看着刘叉和柏耆，更加振喜，高兴地道：“刘义士行侠仗义，除暴安良，誉满大江南北。本职早有所闻，不想今日在此相见，柏居士满腹经纶，胸怀韬略，乃世外高人。今日两位愿到帐前效力，真乃朝廷之福也！”说罢，看了看韩愈，向着二人道：

“二位可随司马先在大营供职，待平定蔡州之后，再表奏圣上，按功封赏，赐以官职如何？”

柏耆听后，忙道：“在下谨遵相国安排，必将殚智竭虑，报效朝廷。”刘叉看了看柏耆，向着裴度笑道：“在下只为讨伐蔡州，为民除害而来。待淮西平定，在下还要游历他方。这封赏之说，就不要提了！”

裴度听后，知刘叉乃江湖游侠之人，不愿为官，也笑道：“本职知刘义士乃忠义之士，待平定淮西，走留随义士便是！”然后携住韩愈的手道：

“走，咱们到书房，好好谈谈这一路情况。”

十月上旬，征淮诸军，向吴元济发起了全面进攻。各路将帅争先恐后，奋勇向前，捷报像雪片一样，从四面八方飞向汝州。乌重胤的洛怀汝军，调集三倍于敌的兵力，激战四日，袭破郾城，直取西平、华陂；李光颜的郑许陈军，实施运动作战，克西华、夺淮阳，直逼商水；韩弘的宋亳颍寿光军，集中五万优势兵力，连续对敌发起进攻，取项城、克正阳，直指平舆、汝南；李愬的襄申邓随唐军，采取围城打援的战法，收泌阳、逼确山，进至沙河店一带。裴度为激励前方将帅，便于指挥协调，遂将督统大营，移至刚刚收复的郾城。

在四路大军以铁壁合围之势，连战连捷，紧逼蔡州之际，不仅捷报飞传汝州，而且失利战报也频频传到蔡州。吴元济惊得坐卧难宁，急召大将董重质、参军欧阳林、偏将李佑等人商议应对之策。

董重质道："目前各路官军，不仅作战勇猛，而且改变了原来分兵防守，各自为战的方法，而集中优势兵力于一役；互相配合，联合作战。致使我军防不胜防，连连失利！"这董重质乃是吴元济的姐夫，颇董兵法，被元济封为大将军，主掌淮西诸军。他看了看元济，继续道：

"为今之计，要打破官军的铁壁合围，扭转不利局面，我军也需改变以往作战方略：一是收拢外围兵马，集中兵力固守西平，遂平、汝南、商水等军事重镇，形成蔡州四边稳固屏障。二是将蔡州城内我军主力调出，集中强大兵力于一役。只要彻底粉碎官军的一路进攻，其他三路将不战自退。"

"大将军说得极是！"参军欧阳林接口道，"目前四路官军，乌重胤的怀汝军和李光颜的忠武军，兵精将锐，骁勇善战，对我蔡州威胁最大。眼前怀汝军已逼近西平，忠武军也兵临商水城下。若这两处失守，官军将会长驱直入，直抵蔡州。因此，必须首先打破乌重胤和李光颜的进攻，方能扭转战局。"欧阳林讲到这里，看了看董重质，向着吴元济继续道：

"以下官之见，目前，乌重胤的怀汝军约三万人马，我军驻守在西平的军队，约有将近四万余人，若将蔡州守军三万余众调集西平，总兵力将达到七万，即将是官军的两倍半。这样，我军将如泰山压顶一般，砸在乌重胤的头上，即使乌重胤有三头六臂，也会被砸得粉身碎骨，仓皇败北！"

吴元济听此，不由面露喜色。只见李佑道："万万不可！这样蔡州岂不成了一座空城，若是官军派一精锐部队前来偷袭，我军如何应对？蔡州岂不危也！"

“李将军多虑了！”欧阳林看了一眼李佑，不屑一顾地道：“孙子曰‘知彼知己，百战不殆’。当前，我若以七万之众，去攻打三万之敌，乌重胤必求助李光颜前去救援，这样二人将只有招架之力，而无还手之工。其岂能抽调兵力偷袭我哉？”欧阳林讲到这里，看了看董重质，十分自信地继续道：

“当然还有东路和南路两路官军，然而，东路韩弘的宣武军，虽兵力较多，但仓促南下，立足未稳，而且远在临颖，正阳一带，不足为虑。南路李愬的邓随唐军，历来畏敌怯战，惧怕我军，而且战斗力较弱；况且李愬狂傲自大，刚愎自用，其不敢，也不会贸然前来。我蔡州何患之有！”

李佑听后，正要反驳，只见董重质道：“欧阳大人说得很是，我军只有采取南守北攻的方略，集中优势兵力，以迅雷不及掩耳之势，雷霆万钧之力，一举击破乌重胤和李光颜的进攻，方能使各路官军闻风丧胆，不战自退。从而打破他们的铁壁合围，扭转整个战局。至于韩弘的宣武军，我军可深壁高垒，扼住其进攻就行；对李愬的邓随唐军，可以现有兵力，虚张声势，与之周旋，使其不敢轻举妄动，必将万无一失。”

“两位大人所论，是只知其一，不知其二！”李佑不由冷冷一笑道，“乌重胤和李光颜，虽兵力与我军少了将近一半。但其训练有素，能攻善守，岂能一击而溃？特别是邓随唐军，李愬虽狂傲不羁，但腹有甲兵。昔日因和韩弘不和，故按兵不动，不与我军交战，决非惧怕我等。今裴度临淮督战，恩威并施，李愬欲将功补过，故奋勇当前，连克我两座城池，绝非二位大人所论，此不可不防！”

“李将军这是长别人志气，灭自己威风！”董重质见李佑出言相犯，心中很是不乐，向着李佑道：“莫不是将军有二心乎？”李佑见此，不禁激动地向着吴元济泣道：

“末将忠心耿耿，天地可鉴！若此，是断送我蔡州也！”说罢，转向董重质道：“大人若是非要孤注一掷，走此险棋，请给末将三千人马，末将愿前往遂平汝南，以防李愬前来偷袭。”

吴元济见此，深知李佑乃忠勇之人，便向着董重质道：“要不就依李将军所言，给他三千人马，让他去吧。”

“好吧。”董重质不高兴地应了一声。第二天，李佑带着三千兵马向遂平、汝南而去，董重质将驻守蔡州的三万精锐部队，全部调往西平和商水。蔡州城内只剩下老弱兵勇不到五千人。

十一月上旬，淮西叛军约七万余人，集结于西平一线。向乌重胤军发起猛攻，迅速夺取谭庄、白寺、平店等军事要地。乌重胤一面调集军队进行抵御，一面派人将情况急告统帅大营。

裴度接到乌重胤的军报后，遂与韩愈、马聪、李宗闵及柏耆等人进行商议此情。韩愈看罢军报，略微沉思片刻，向着裴度和大家道：

“从军报情况来看，淮西叛军突然增加三四万人，而且装备精良，作战有素，看来不是临时招募的新兵，很可能是驻守在蔡州的军队。”

“大人说得不错。”柏耆接口道，“据山人所知，淮西兵马原有十二三万人，前时又招募约五万人，总计不到十八万人马。其北部战区为扼制乌重胤和李光颜两军，陈兵八万，兵力最强。现已被歼灭一万多人，剩下的兵马不足七万。东部和南部战区，应对宣武军和鄂岳军的约四万人，经过几次交战，现兵力不足三万。西部因李愬前时作战不力，按兵不动，叛军只设防二万余人。剩下的三万精兵，驻守在蔡州城内，作为吴元济的羽林军。”柏耆讲到这里，十分肯定地道：

“目前蔡州百姓人心思顺，厌恶征战。吴元济要想在短时间内招募几万兵马，根本办不到。而且东西南三个战区，我军连战连捷，叛军顾此失彼，节节败退，很难抽出一兵一卒增援他处。因此，这西平、商水一线所增叛军，肯定是蔡州守军无疑！”

“若此，蔡州岂不成为一座空城！吴元济怎如此大胆！”马聪听此，疑惑地看着大家道：

“是的！”韩愈看着大家道，“现在蔡州已经成为一座空城！”

“那他不怕我军前去偷袭？”马聪看着韩愈道。

韩愈微微一笑，向着大家道：“这正是敌人自作聪明，妄图侥幸取胜的愚蠢一面。也是天赐良机与我军！”韩愈讲到这里，向着马聪道：

“淮西军一是认为乌重胤和李光颜两军对他们的威胁最大，想集中优势兵力，击溃其中一军，达到震撼其他各军的目的，从而扭转其不利战局。二是他们认为韩弘的宣武军刚刚南下，立足未稳；李愬的邓随唐军一向畏敌避战，不敢轻举妄动。因此方孤注一掷，将蔡州守军倾巢出动。此完全是他们的一厢情愿，惯用的伎俩！”

“不错！韩大人分析得很是！”裴度听到此，不由向着韩愈道，“以大人之见，我们当如何应对？”

韩愈向着裴度道：“以学生之见：一是需让乌重胤军，深壁高垒，机动作战；急令李光颜军增援乌重胤，牵制叛军进攻。使两军联合作战，将淮西十万大军，固定在西平、商水一带，不得使其返回蔡州。二是我军需调集一支精锐部队，悄悄直奔蔡州，打他个措手不及！”韩愈讲到此，振奋地道：

“俗话说，擒贼先擒王，只要我们拿下蔡州，活捉吴元济，淮西叛军将不战自降！”

“好！此计甚妙！”马骢听此，高兴地道，“这样，我们不仅能迅速平定淮西，而且将能避免三军大量伤亡！”

裴度向着韩愈道：“大人所举之策，本职完全赞同。但目前乌重胤的怀汝军和李光颜的忠武军，正在西平和商水一线与叛军血战，他们还自顾不暇，自然抽不出兵马来；李愬的邓随唐军，远在春水、确山一带，一时难以调遣。这奔袭蔡州，从哪来的兵马？”

韩愈道：“兵贵神速，时不我待。倘若吴元济发现失策，将兵马撤回蔡州，良机必然丧失。为今之计，只有将驻守郾城督统大营的兵马，抽调三千，由学生率领，前袭蔡州。除此，别无良策！”

“不妥！不妥！”韩愈还未讲完，马骢急忙接口道，“这怎么行？大人并非习武之人，况且年迈体弱，怎能上阵作战，岂非儿戏！再说这郾城大营守军，总共不到万人，而且离叛军又近；前去偷袭蔡州，至少需要五千精兵，若是将大营守军拿去一半，郾城岂不也变成一座空城？如若叛军来袭，那和蔡州还不是同样命运？这是绝对不行的！”

裴度听此，也不由点了点头，面上现出疑难之色。这时只见中军校尉进来禀道：“邓随唐军偏将陈洪，前来送呈军报，现在堂外求见。”

裴度闻此，向着中军道：“传他进来。”不一时，只见陈洪一身征尘进来，行罢礼后，遂将军报呈与裴度。裴度看罢军报，向着陈洪道：

“目前李大人的行营驻扎何处？”

“现在遂平城外的阳丰镇。”韩愈听此，不觉眼睛一亮，向着陈洪道：

“李大人的行营不是在确山吗？怎说在遂平？”

“原是在确山。”陈洪看着韩愈道，“只因确山守敌深壁高垒。一时难以得手，李大人便将军马暗中调到遂平，以寻找新的战机。”

“特好了！”韩愈向着裴度道，“李大人的邓随唐军现已到达遂平，这奇袭蔡州有人也！真是天助我也！”

裴度听此也不由转忧为喜，向着陈洪道：“李大人的邓随唐军，现在遂平有多少人马？”

“约二万余人。”

韩愈向着裴度振喜道：“学生马上赶往遂平，将这偷袭蔡州的重任，交给李愬的邓随唐军。不出五日，定拿下蔡州！”

裴度看着韩愈，多少有些担忧地道：“这长途奔袭，浴血沙场，大人这身体能行吗？”

韩愈不由正色道：“前方将士数十万，皆有父母妻子，他们不惜性命，殊死拼战！学生这身体又算得了什么？岂能贪生惜身乎！”

旁边刘叉和柏耆道：“在下随同司马一起前往，定保证大人一路平安。”韩愈向着裴度道：

“为保证南线偷袭成功，必须使北部叛军不得回师南援。大营须得一人前往乌重胤和李光颜军前，严令两军务必牵制住叛军。”

此时马骢深为韩愈所动，遂向着裴度道：“下官愿前去李光颜和乌重胤军中督战，务使两军抓住叛军不放，确保韩大人和李愬军的偷袭成功！”

“好！由马大人前去督战，学生无虞也！”韩愈高兴地向着裴度道，“我看就这么定下！平定淮西，在此一举，咱们蔡州相见！”

裴度见此，十分激动。拉着韩愈和马骢的手道：“那就有劳二位了！预祝二位一路顺利，马到成功！”

第 109 章 赴前敌调兵督战 风雪夜奇袭蔡州

且说裴度与韩愈、马骢等人，定下北线牵制敌军，南线偷袭蔡州的作战方略，并由韩愈和马骢，分别赴李愬和乌重胤、李光颜军中组织实施。大家精神振奋，摩拳擦掌，决心一举平定淮西。

第二天拂晓，韩愈携刘叉、柏耆随同陈洪一起前往李愬大营，马骢带着判官李正封前赴西平军前。裴度将二人送出城外十里，以酒相饯，拉着二人的手泣道：

"两位大人此去，将出入于刀光剑影之中，望二位大人多多保重！此次平定蔡州，胜负纯系两位大人之身也！"

韩愈和马骢也不由泣道："为了朝廷社稷和黎明百姓，此举若能荡平蔡州，学生即使粉身碎骨，也在所不惜！"大家说罢，遂挥泪而别。

经过一天一夜的急促行进，第二天凌晨，韩愈一行人马到达遂平附近的阳丰镇。李愬闻知韩愈到来，忙走出大营迎候。二人相见毕，遂相携进入大帐。李愬看着风尘仆仆的韩愈，高兴地道：

"大人冒着严寒，来到遂平，莫不是为了蔡州？"

韩愈一听不由一愣，看着李愬道："大人怎知学生来意？学生正是为袭取蔡州而来。"

李愬带着疑惑和激动的目光，看着韩愈道："大人到此，莫不是令末将前去偷袭蔡州？"

"正是此意！"韩愈也惊奇地答道，"大人怎知统帅大营的作战方略？又怎知蔡州有机可乘？”

“看来真是天助我大唐也！”李愬振喜地道，“末将昨天用计擒得叛军一员贼将，名叫李佑，原是吴元济的帐前大将，从蔡州刚刚到达遂平不久。经末将晓以大义，此人甘愿投顺朝廷，尽言蔡州虚实。讲道叛军主帅董重质刚愎自用，不听劝告，将蔡州守军全部调集到西平和商水一线，企图一举击破官军，扭转不利战局，故蔡州成为一座空城。末将得到这一情况后，正准备禀报统帅大营，拟定偷袭蔡州之策，不想大人竟为此而来，真是不谋而合！”李愬讲罢，看着韩愈道：

“督统大营的决策果然高明，不知是如何得知蔡州情况的？”韩愈遂将淮西叛军增援西平、商水一线，李光颜和乌重胤急传军报，统帅大营分析敌情，得出蔡州必然空虚的情况说了一遍。

李愬听后，不由感慨地道：“督统大营实在是高，所作分析完全正确。”

韩愈向着李愬道：“统帅大营纵览整个战局，作出了‘北线牵制敌军，南线偷袭蔡州的作战方略。’令大人率领邓随唐军，昼夜兼程，直取蔡州。”韩愈讲到这里，看了看在座之人，振奋地道：

“为了确保我‘北牵南袭’方略的成功，统帅大营已有马大人前往乌重胤和李光颜军前督战，务使两军牵制住北线叛军，不得使其回援蔡州。”

“好！这‘北牵南袭’的作战方略，正好应对叛军‘北攻南守’的作战部署。看来不出三日，我军定可拿下蔡州，擒杀贼首吴元济！”然后向着韩愈道：

“具体作战安排，统帅大营有何要求？”

“统帅大营对此次偷袭蔡州作战十分重视，要求只能成功，不能失败！这是关系到对淮作战能否迅速取得全胜的关键。”韩愈讲到此，又看了看李愬，道：

“一是部队行动要绝对保密，除几个主要将领知情外，其他将士暂不予告知；同时部队要偃旗息鼓，隐蔽前进。二是沿途遇到叛军，要尽量回避绕行，不与纠缠，以免打草惊蛇，暴露我军动向。三是速度要快。要做到风雪无阻，昼夜兼程。明晨必须兵临蔡州城下！”

“好！末将这就把几个主要将领召来，咱们马上商定行动方案！”李愬看着韩愈，踌躇满志地道，“今晚部队准时出发！”

“行！”韩愈点了点头。李愬遂让中军校尉去传来兵马使徐庆、参军陈旭、部将赵勋和降将李佑。李愬遂一一向韩愈进行了介绍，然后向着大家传谕了偷袭蔡州的作战方略。大家闻此，互相看看，俱现出惊喜之色。

韩愈向着李佑道：“闻说将军深明大义，弃暗投明，甚是可嘉！待平定淮西之后，定表奏朝廷，予以奖擢！这次奇袭蔡州望将军能出谋献策，再立战功！”

李佑不由泣道：“犯将一时不明，误入歧途，致为叛贼所驱使，虽然身不由己，然实乃有罪之人。今为李大人所不弃，不仅不杀，反而予以重用，实乃再生之父母。犯将定肝脑涂地，以报大人和朝廷！”李佑讲到此，看着韩愈继续道：

“吴元济逆天行事，祸国殃民，实乃罪大恶极。今日天怒人怨，王师连战连捷，致使其利令智昏，孤注一掷，竟将蔡州变成一座空城。此乃天灭元济之兆也！昨日，犯将已向李大人禀明，王师只要五千精兵实施偷袭，定能生擒元济无疑。不想统帅大营早已料敌如神，作出决策。若此，不出两日，定可拿下蔡州。”

韩愈听罢，向着李佑赞嘉道：“将军真乃忠义之士也，所论极佳。朝廷得将军一人，胜若十万大军也！”

“大人过誉了！”李佑忙谦恭地道，“犯将实羞愧难当！”然后又向着韩愈和李愬道：

“遂平北边有一古道，可直通蔡州。中间有一清水栅，驻有淮西军二千人，守将吴秀琳，乃犯将故交，可说其来降。我军可绕过遂平，经此道直低蔡州。”

韩愈听后点了点头。李愬向着大家道：“这次奇袭蔡州，由李佑将军率领一千人，化装成淮西军，作为先行；本官与司马大人带领五千精兵随后，今晚酉时出发；徐盛将军率领一万人马作为后应，午夜准时启程。陈旭将军带领三千人马，在遂平以南进行佯攻，大造声势，以吸引遂平敌军。”说罢向着韩愈道：

“大人看如何？”

“好！就这么定下！明天凌晨，我军务必赶到蔡州。”韩愈严肃地道，“这次拿下蔡州我邓随唐军将是首功，望大家摅忠报国，奋勇向前！”

“是！”徐盛等人齐声应道。

当日，天刚擦黑，韩愈和李愬即率领邓随唐军，在夜幕掩护下悄悄出发。部队人衔枚，马钳口，直奔蔡州。此时朔风阵阵，黑云低垂。部队刚刚抵达遂平城北，天空便飞起了雪花。

李佑带着先头部队，来到淮西军前沿处的张柴村，只见夜幕中寨墙高垒，吊桥拽起，黑乎乎的烽火台，耸立在寨墙上空，守寨的淮西军因天气寒冷，全部蜷缩在营房中取暖。

李佑带着身穿淮西军衣装的官军来到吊桥前，高声道：“我乃城中赵将军，前来巡哨，赶快开门。”那寨墙上的守军挑灯望了望，见李佑打着淮西军的旗号，忙放下吊桥，将寨门打开。

李佑带着人马涌进寨内，一面将守军营房团团围住，一面带着人马冲进院内。那开门军士见势不妙，正要叫喊，被李佑一刀劓倒在地。然后一声呼哨，身后官兵便如猛虎一般，扑向各个房间。那些偎在一起,正在烤火聊天的淮西军,还没弄清是怎么回事，就被冲进屋中的官兵，像砍瓜切菜一般，斩杀殆尽。后院有几个喂马的叛军见此，吓得慌忙跳墙往外就跑，那知墙外早已布下天罗地网，还未走出两步，即被围上来的官军，杀个净光。

李佑将寨中叛军剿杀干净后，方打开寨门，迎接韩愈和李愬大队人马通过。并将赚开寨门的经过，简要叙述一遍。李愬高兴地道：“今晚我军旗开得胜，将军当记首功！”

大军通过张柴村后，往前急走了三十余里，只见雪越下越大，天地一片灰白。刘叉望了望在风雪中艰难行进的将士，向着身旁的柏耆小声地道：“这天公真不作美：早不下、晚不下，偏偏今晚部队前往蔡州，它就下起雪来了！”

柏耆将身上雪花拍了拍，低声接口道：“刘兄此言差也！这雪下得太好了，是天助我也！”

“此话怎讲？”刘叉听此，有些不解地看着柏耆。柏耆道：“天降大雪，淮西军一是畏寒，二是料想大雪天，我军不会有啥军事行动，必然放松警惕，躲在城镇营房之中睡觉取暖，这样我军便可不受阻扰地直奔蔡州，岂不是天助我也！”

“嗯，不错！”刘叉听后，不由点了点头道，“还是柏耆兄高见！”

走在前边的李愬听此，望了望漫天飞雪，向着身旁的韩愈道：“这雪下的真是时候，看来老天已为元济敲响了丧钟！”

“是的！”韩愈也不由感慨地道，“俗话说‘瑞雪兆丰年’，这雪不仅为老百姓带来明年的好收成，而且也将会为王师带来空前大捷！此真乃我主洪福齐天也！”

大家正在悄声议论，忽见队伍慢慢停了下来。从前方隐约传来驴马叫声和嘈杂之音，大家见此，都不由一愣。不一会儿，只见一军校从前面疾步过来，向着李愬禀报道：

“前方交叉路口，发现有一支由南向北的淮西军运粮队，挡住了去路。李将军让来回禀大人，看如何处置？”

“运粮队有多少人马？”李愬听后，向着那军校问道：

“大约有辆车子；押送粮草的叛军有二三百人。”

李愬听罢，看了看韩愈。韩愈略一沉思，道：“最好不要惊动他们，部队可稍停一停，等他们过去，咱们再走。”

李愬听罢，转向那军校道：“回去告诉李将军，按韩司马的意思去办。”

“是！”那军校答应一声，忙转身匆匆离去，迅速消失在风雪中。

雪越下越大，将士们拉着战马，站在路上，像一道白色雪墙。凛冽的西北风，裹着雪花，像刀子一样吹在人们的脸上。韩愈和李愬跳下战马，焦急地注视着前方。然而过了快半个时辰，部队仍未见前进。只见前方远处，好像还出现了闪闪火光。

李愬向着韩愈道：“这样老等下去不行，末将到前面去看看。”

“走，咱们一块过去。”韩愈边说边将战马交给身后的侍卫。二人分开路上将士，疾步向前走去。约走有半里来地，来到部队前头。李愬向着一军校小声问道：

“李将军何在？”

"李将军在前面观察敌情！"那军校看了看李愬和韩愈，用手指了指前方，只见百步之外，隐约有一溜黑乎乎的东西，并清晰地传来骡马牛驴的踢蹬声和人们的说话声。

韩愈和李愬往前又走了五六十步，果见李佑带着四五个人，正隐蔽在一土堆后边，监视着敌人的行动。一见李愬和韩愈过来，不由大吃一惊，看着二人道：

"大人怎么到前边来了！这里太危险，赶快回去。一旦敌人发现我们，可怎么办？"

李愬向着李佑问道："情况怎么样？"

"情况很不好！"李佑小声地道，"这批车队，好像是前往西平运送粮草的，走到这里休息打尖。"

韩愈借着雪光一看，只见南北一溜车子横在前面大道上，上面装着满满的东西。拉车有的是骡子，有的是牛驴；赶车的车夫，披着破棉袄，袖着手，站在车旁踏着脚御寒。路边，三五成群的士兵，挎着刀剑，偎在一起，好像在吃着什么东西；交叉路口不远处有一间小茅屋，几个军校模样的人，聚在屋前，正在烤火取暖，边喝酒，边吃东西。

韩愈看罢，不由皱了皱眉头，向着李愬小声地道："看情况，这批运粮车队暂时不会走开，说不定要耽误我们的大事。"

"要不，末将带人去把他们给收拾了？"李佑见此，向着韩愈和李愬道："看来这押送粮草的敌人不多，用不了吃杯茶的工夫，就可解决战斗。"

"不行！"韩愈向着李佑道，"你看这些车夫，都是穷苦的老百姓。他们被抓来运送粮草，抛家离口，受尽凌辱疾苦。这黑天半夜，若要一打起来，必定要玉石俱焚，危及他们的性命。这是其一；二是这些人是向西平运送粮草的，夜里作战，难免会有疏漏。一旦逃走几个贼兵跑到西平一讲，岂不暴露我们的行动！"

"那！那当如何是好？"李佑为难地看着韩愈。韩愈看了看李佑，猛然看到李佑身上的淮西军衣盔，不由眼睛一亮，道：

"有了！"然后向着李愬和李佑小声道：

"李佑将军可带领一队兄弟，扮成淮西军巡哨的，前去吓唬他们一下，让他们赶快启程离开，这样我们不就能赶路了。”

“好！这办法不错！”李愬和李佑一听，都不由露出笑容。李佑遂向身后侍卫低低说了一声，那侍卫忙转身回去，不一会儿便带着一队人马过来。

李佑跨上战马，带着来人，边往前走，边厉声问道：“前边是什么人，在此何干？”

那些押送粮草的叛军一听，都不由一愣，忙手握刀剑，站起身来，看着李佑等人。李佑带着身穿淮西军衣装的官兵来到小屋前，向着那几个正在烤火喝酒的军校喝道：“这是什么地方，你们怎敢在这里烤火吃酒？”

那几个军校见李佑穿着将军衣盔，后面跟着一溜手握刀剑的将士，忙道：“我们是前往西平大营运送粮草的，因风雪太大，走到这里实在走不动了，停下来休息，休息再走。”说罢，看着李佑道：

“将军是哪一部分的？怎么也深夜到此？”

“这是遂平大营的赵将军！”李佑身旁一军校厉声道，“今夜风紧雪大，怕有敌人前来偷袭，特出城巡哨。”

李佑向着那几个军校喝道：“前方正等着粮草急用，你们却在这里避风饮酒，难道不怕有违军令？还不赶快启程上路！”

那几个军校忙含笑道：“这就走，这就走！”然后转身向着后面喊道：“出发啦！出发啦！快点！”那些押送粮草的兵勇闻此，忙熄灭篝火，吆喝车夫，驱赶着牲口一起上路前去。

韩愈望着渐渐离去的车队，不由嘘了一口气，向着李愬道：“整整耽误我们一个时辰的路程！”李佑见运粮车队已经走远，忙指挥部队赶快前进。

第 110 章
用降将巧取贼穴　设伏兵大破叛军

韩愈和李愬的邓随唐军，离开淮西军运粮队后，加快速度向前进发。大约又走有三十余里，来到一村寨前。只见这座村寨北依山梁，南临深涧，地势十分险要。李佑回转过来。向着李愬和韩愈禀道：

“前面就是清水栅镇。镇中驻有淮西军二千人，守将吴秀琳，乃是犯将的金兰兄弟。待犯将说其来降。”

“好！”李愬看了看韩愈，点了点头。韩愈向着李佑道：“将军此去，要小心谨慎，务必成功。若秀琳来降，朝廷定加重赏擢用，将军也当荣立大功也！”

李佑听此忙道：“请司马放心，秀琳若是不降，犯将必提着他的脑袋来见司马！”说罢，遂转身而去。果然不到半个时辰，只见李佑带着一人前来。那人一见韩愈和李愬，忙倒身下拜，道：

“犯将吴秀琳拜见大人。”韩愈和李愬一看，只见此人豹头环眼、虎脊熊腰，十分雄武，不由大喜。忙上前扶起秀琳。韩愈高兴地道：“将军弃暗投明，不失忠义之行，真乃可嘉可贺！这平定淮西，将军功劳匪浅！”

吴秀琳忙道：“犯将误入歧途，身负大罪，甚感惶恐羞愧！若大人不弃，犯将愿为朝廷效犬马之力，即使粉身碎骨，也在所不惜！”

韩愈听后，满意地点了点头。李愬向着吴秀琳道：“目前蔡州的情况如何？”

吴秀琳看了看韩愈和李愬，道：“大将军董重质，前天离开蔡州，前往西平督战。现在城中只有参军欧阳林，带着五千老弱残兵守城。”

“这里前往蔡州还有多少路程？”李愬看着吴秀琳又问道：“沿途可有淮西军扼守？”

“从这里到蔡州，还有六十余里，沿途并无重兵防守。这方圆四十里，乃是犯将辖区，犯将护送大军过去就是。”

“好！”李愬听后，向着韩愈道，“看来我们在凌晨赶到蔡州问题不大！”

韩愈高兴地点了点头。吴秀琳又向着二人道：“从这里前往蔡州，沿途乃丘岭荒原，道路崎岖难行，更兼大雪弥漫，可让将士点起火把前进。”

“好！将军此策甚善！”韩愈也不由高兴地道。李愬向着吴秀琳道：“将军可带少数人马，随同李佑将军一起在前面开路，其余人马仍驻守在这清水栅，以迎候我后续部队到来。”

“是！犯将尊令！”那吴秀琳忙应道，遂和李佑转身而去。李愬即传令三军：“到清水栅中寻取所燃之物，点起火把加快行进。”

部队通过清水栅后，果然道路越来越难走，而且风雪愈来愈大。鹅毛大的雪片，铺天盖地从天而降，三步之遥便看不清东西。凛冽的西北风，呼啸肆虐，卷着雪片直往脸上扑打，将士们脸上和嘴边，都结了一圈厚厚的白霜。前行不到十里，手中的火把已大部被风吹灭。人马难分高下，不时失足摔倒在地。将士们不知所往何处；又辨不清方向，心中多有疑虑悲怨。

韩愈的身上也落满了雪花，眉毛和胡须全部变成了白色。身下战马，高一脚，低一脚的，几次差点将他颠跌下来。李愬看了看韩愈道：

“风雪太大，这路又不好走。末将带着部队往前先行，大人是否找个地方避避风雪，休息休息再走不迟？”

“不！那怎么成！这点风雪算不了什么！”韩愈说罢，将身下坐骑用脚磕了一下，那马便加快了前进速度。大约往前又走了一个多时辰，已听到远处的隐隐鸡鸣之声，只见从前方传来口令，“让灭掉火把，隐蔽前进，不准高声说话。”

柏耆向着刘叉小声地道：“看情况，我们已经快到蔡州了。”

“是的。按行程来看，我们已经走了将近一百二十里地。从这里到蔡州，最多不会超过二十里。”

大家小声说着，往前又走了约半个时辰，雪慢慢停了下来，已影影绰绰，可以看到远处蔡州的高大城墙。这时部队缓缓停了下来，只见李佑急急来到面前，向着韩愈和李愬道：

“前面已到达蔡州，城外毫无设防，城中也无动静。”

李愬看了看韩愈，向着李佑道：“命令部队隐蔽前行，直抵蔡州城下。趁天色还未大亮，夺取蔡州外城。”

“是！”李佑答应一声，刚要转身，韩愈向着李佑道：“告诉三军将士，前面就是蔡州，先入城者，赏银百两，官升三级；擒杀元济者，赏银千两，官升五级！”

“是！”李佑听罢，转身而去。李愬遂让身边侍卫，传令后面部队，加快前进，直扑蔡州。后面部队闻听号令，迅速疾步向前奔去。

李愬和韩愈也拉着战马，向前赶去，只听旁边疾进的队伍中，小声地议论道：

“什么？前面就是蔡州！”

“是的，吴元济正在里面睡大觉。”

“听说蔡州是座空城，这下吴元济要完蛋了！”

“怪不得我军冒着大雪连夜前来！”

“好！立功的时候到啦！”

……

唐元和十二年十月十一日，天刚拂晓，韩愈和李愬率领的六千精锐部队，已集结到蔡州城下。只见高大的城楼和黑黝黝的城墙上，一片寂静，竟无守城之人。

李愬令部队悄悄越过护城河，凿墙为坎，逐节攀援，猱升而上，直达城楼。这蔡州分内城和外城两部分，守护外城的叛军还不到三千人，分散在长达十五里的外城周围。这南城附近守军只有五百人，只因天寒地冻，大雪封门，他们根本没有想到官军会来偷袭，只留少数几个人在城门楼上打更当值，其他将士均在城内营房中取暖酣睡。

李愬的军队分数路登上城墙，冲向敌楼。那几个当值的士兵，正在城楼内烤火取暖，见官军从天而降，吓得慌忙抽刀抵抗，已是为时太晚，早被冲进来的官军乱刀砍翻。

攀上城楼的官军，杀尽城楼上当值的叛军后，迅速放下吊桥，打开城门。李愬指挥部队像潮水一样涌进城中，一时喊杀之声震天动地。正在附近大营中熟睡的叛军，被从睡梦中惊醒，他们还未来得及穿衣操戈，已被扑进来的官军，像砍瓜切菜一般，杀得尸横遍地，血流成河。可叹这五百名守军士兵，只走了少数几人，其余均成为冤魂野鬼。

韩愈随同李愬进入城中，只见大街上到处躺着尸体，有的穿着内衣，有的竟光着身子。不由一阵心酸。忙向着李愬道：

“请大人传令三军，凡放下刀剑者，一律不得杀戳；同时不得私闯民宅，滥杀无辜。违者，定按军法从事。”

李愬闻此，即让身后侍卫去传喻三军将领。突入城中的官军，杀散守城叛军后，直向内城扑去。

且说吴元济正在内城府宅，怀抱美姬酣睡，突被撞进来的侍卫喊醒。那侍卫向着元济惊慌地道：“大人快起！大事不好，官军攻进城来了！”

“什么？官军攻进城来了？你不是在说梦话吧！”吴元济不耐烦地道，“快出去，本帅昨晚睡得晚，现在睡意正浓！”说罢，转了个身，将怀中美姬抱了抱，又呼呼大睡起来。

这时，只见参军欧阳林闯了进来，也顾不得许多，向着吴元济道：“大人快起，官军已攻破外城，正向内城扑来。”

吴元济闻此，慌忙坐起身来，惊疑地看着欧阳林道：“你说什么？官军真地进城了！他们从哪里而来？难道是从天上掉下来的！”

欧阳林着急地道：“这些官军不知从什么地方来，突然出现在城中！”这时从外面已隐隐传来震天动地的喊杀声。

吴元济至此，方确信官兵真地进了城。他吓得目瞪口呆，慌忙穿上衣服，向着欧阳林道：“这……这当如何是好？”

欧阳林道：“为今之计，一是赶快将外城东西北三处守军，调

韩愈向着李佑道："告诉三军将士，前面就是蔡州，先入城者……"

入内城，进行固守；二是着人从北门出去，前往西平召回董重质大人回救蔡州！”

“好！好！快去，快去！”吴元济惊慌失措地道。欧阳林忙转身出去；一面着人乘快马前往西平召唤援军；一面急调外城人马入内城防守。

韩愈和李愬指挥官兵，杀到内城时，欧阳林派出的传令兵刚刚离去，遂将内城团团围住。李愬一面调动人马攻打内城；一面分兵杀向东西北三处城门。一时蔡州城内人喊马嘶，杀声震天。

再说西平、商水两地，马骢到达后，即将统帅大营的“北线牵敌、南线袭蔡”的作战方略，传谕乌李两军。乌重胤和李光颜听后，十分振喜。遂调动军队深壁高垒，机动出击，进行牵制性作战，淮西军几次欲寻官军决战，均未奏效。

这日李光颜来到乌重胤大营，向着马骢和乌重胤道：“李愬的邓随唐军，这两日便要夺取蔡州。吴元济必定要召董重质回救蔡州。我军可在他回救蔡州的路上设伏，打他个措手不及。”

“好！下官也在想这个事！”乌重胤高兴地道，“这次咱们又是不谋而合！看来平定淮西，在此一举也！”

马骢听此，高兴地看着二人道：“前段我军猛攻西平、商水，使董重质来援，可谓调虎离山，致使蔡州变成一座空城。现在邓随唐军奇袭蔡州，端了叛军的老窝，董重质势必回救，我军于中途设伏，将形成攻城打援的态势！这实在是太妙了！”

“大人说得极是！”乌重胤道，“在西平至蔡州之间，有一黑松岭，我军正好在那里设伏。”

“好！”李光颜看着乌重胤道，“今晚末将带着忠武军前去设伏，这西平全线就交给大人你了！”说罢，不由握住乌重胤的手道：“一旦淮西军来攻，大人的处境将会更加困难！”

“不妨！”乌重胤道，“胜利就在眼前，老夫这肩臂能顶得住！”马骢看着二人，激动地道：“这平定淮西，全赖二位大人了！”

也就在李光颜与乌重胤商议设伏淮西军的同时，董重质也在大帐之中与几位副将议论这几天的作战情况。他前天来到西平督战，妄图以优势兵力，一举击破乌重胤的怀汝军，迫使其他各路官军后退，以达到扭转目前不利战局的目的。然而事与愿违。他焦虑地看了看几位副将，那几位副将互相看看，都现出束手无策的样子。一位副将道：

“目前乌重胤的怀汝军，深壁高垒，不与我军交战，我军几次寻找战机，均未成功。虽然我军兵马众多，但难以施展。”

旁边另一副将接口道：“这些天，我军每攻了一日，刚刚撤回，官军便派出小股部队前来袭扰，弄得我军疲惫应战，进退为难！这样长期下去，我军非被拖跨不可！”

“两位将军说得不错！”旁边又一位副将，向着董重质，无可奈何地道：“这几天李光颜的忠武军，又抽调人马前来增援乌重胤，他们互相配合，联合作战。前时被我军撕破的几个口子，现在又被他们给堵上了，使我军无法形成对他们的合围之势！”

董重质沮丧地在大帐中踱来踱去，正在此时，只见一侍卫慌忙进来禀道：“大人，蔡州来人了，在外面急着要见大人，听说官军已打入蔡州城内！”

董重质一听，不由一惊，好像晴天一声霹雳！他向着那个侍卫道：“你说什么？官军打进了蔡州城内？快！快传那人进来！”

那侍卫忙跑出去，带着一军校进来。董重质一看，只见那军校一身泥雪，见了董重质，喘着粗气，跪下禀道：

“大人，不好了！官军已打进蔡州城内，吴大人让大人赶快回救蔡州！”说着掏出欧阳林所写书信，呈与董重质。

“你说的可真？这官军是从哪里来的？”董重质听此，不由打了一个寒颤，忙伸手接过书信，边急切问道：“吴大人可有危险？”

“在下不知这官军从何而来。”那军校答道，“今早凌晨，突然南城门被官军打开，向潮水一样涌进城来。欧阳大人奉吴大人之命，让小人从北门突出，让大人赶快回援，目前城内情况和吴大人的安危，小人不得而知。”

董重质闻此，忙将欧阳林的书信看了一遍。想到蔡州守军只有五千，而内城守军还不足三千人马，一旦官军攻破内城，不仅吴元济将被擒杀，而且整个淮西军将土崩瓦解，功亏一篑。不由惊得一身冷汗。忙向着那几个副将道：

“快，快通知三军，连夜回救蔡州！”

那几个副将闻此，俱惊得目瞪口呆，忙跑步离去。一时淮西军大营，人喊马嘶，乱成一团。

午夜时分，李光颜带着忠武军一万五千人马，刚刚来到黑松岭埋伏下来，便见从西平方向无数灯光火把，像长龙一样急急而来，并隐约传来暴风雨般的马蹄之声。

李光颜见此，暗道：“来得好快，看来蔡州我军已经得手！”便向着身后侍卫道：“传令三军，弓箭强弩作好准备，以炮声为号，便一齐射杀敌军。”

那侍卫答应一声，忙转身离去。不到一杯茶时间，董重质带着淮西军已仓皇过来，只见人喊马叫，慌不择道，跌跌撞撞，如丧家之犬、惊弓之鸟。先头部队刚通过一半黑松林，前面道路已被截断。正惊疑之际，忽听一声炮响，四周万箭齐发，炮声震天，喊杀之声从四面而起。可怜这些淮西军，还没看清官军在何处，就有一半中箭身亡。

董重质惊得魂走魄散，不知有多少官军埋伏在四周。他刚要吆喊部队抵抗，不料一箭飞来，正中后脊，痛得他几乎从马上坠下。他本能地拨转马头，拼命向后逃去。

李光颜见此，把手一挥，号炮再次响起，埋伏在四周的官军，从四面杀出，像猛虎饿狼抢食一般，扑向淮西军。这些淮西军不管东西南北，只顾逃命。他们互相践踏，只恨爹娘少给自己生了几条腿，又早被官军杀死大半。

董重质带着箭伤，逃回西平时，所率三万大军，只剩下不到二百人。这一仗李光颜斩杀叛军一万二千余人，生擒俘获叛军近一万人，缴获各种军械粮草不计其数，成为征淮以来最大一次胜仗。

董重质逃入西平后，紧闭城门，不敢出来。乌重胤和李光颜遂调集两军主力，将西平围得水泄不通。

第111章
勇刘叉夺城擒元济　智柏耆请缨降蔡军

再说蔡州城内，李愬指挥邓随唐军，将东西北三处外城守军消灭后，遂调集所有兵马，集中进攻内城。吴元济吓得辗转难宁，欧阳林指望董重质来援，便将内城所有兵丁赶到城头死守。

这蔡州内城也称“皇城”。城墙全部用砖石砌就，高约二丈，十分坚固。上面修建八座敌楼，设置强弩火炮，礌木滚石，可互相射击支援。城墙外修着一丈多深的护城河，全部用石块敷砌，均在城头箭弩射程之内。李愬指挥大军攻了将近一天，城头箭矢礌石俱下，官军伤亡五百多人，也未能攻下。只见护城河内，堆满了官军的尸体，鲜血将地上的积雪，全部染成了红色。

时至申时，韩愈和李愬亲自到城前来督战，见此十分焦急，不料却惹恼了一位英雄，只见刘叉向着韩愈道：“这些叛军实在可恶，待在下夺取此城！”说罢，遂跳下战马，手提长剑，轻轻一纵，便越过护城河，来到城下。遂从腰间掏出一根丝绦，将手一扬，那丝绦如一条黑蛇，飞向城头。只见刘叉抓住丝绦，将身一纵，已登上城楼。城头十几个叛军见此，慌忙提刀来砍，刘叉将手一扬，只见白光一闪，五支银镖同时飞出，只听“啊”的一声惨叫，五个叛军应声倒地；其他叛军见此，吓得扭头就走。

刘叉转身将长剑一挥，那牵拉吊桥的铁索已被斩断。只听“乒”的一声，吊桥跌盖在护城河上。李愬见此大喊道：“弟兄们！冲进城去，擒拿元济者，赏银千两，官升五级！”

话音刚落，只见部将上官龙，手握大刀，带着数百名官军，蜂拥从吊桥上跨过，冲向城门。此时刘叉又一个飞身，从城楼上跳入城内，长剑一挥，将城门栓斩断，只听“哗啦”一声，城门被撞开。上官龙带着官军一涌而入。

此时欧阳林正在城中来回督战，见此慌忙带着十几个叛军前来阻挡。岂知这十几人面对像潮水一样的官军，简直是螳臂挡车、肉包子打狗，一下就被官军给包了饺子。欧阳林身中数刀，一命归天。上官龙带着官军迅速冲入吴元济内室。此时吴元济和妻妾子女，吓得鬼哭狼嚎，四处奔逃，乱成一片，吴元济慌忙躲入茅厕，但为时已晚，马上被官军生擒活捉而去。

韩愈随同李愬进入内城，那些没有伤亡的守城叛军，纷纷缴械投降。二人来到节度大堂，只见上官龙押着吴元济过来。那吴元济吓得爬在地上，只顾磕头求饶。

李愬看了一眼吴元济，轻蔑地一笑，命上官龙将其打入囚车。韩愈看了看元济和院中的死尸，向着李愬道：

“战事已经结束，请大人赶快出榜安民：告诉三军将士：第一，凡是淮西军在外将士的家眷，一律不得侵扰，要严加保护。第二，放下刀剑的俘虏，一律从宽处置，不得滥杀无辜。第三，凡是原任伪职的淮西官吏，只要归顺朝廷，可暂不纠办，待今后查清有无罪行时，再交刑部论处。第四，各路将士不得私入民宅，侵扰百姓。凡有违犯者，定严征不贷。”

李愬听后，点了点头，道：“大人说得很是。”遂让身后侍卫去传喻三军。

韩愈和李愬攻破蔡州，生擒元济后，一面具表派飞骑上奏朝廷；一面禀报郾城大营，迎候裴度入城。蔡州百姓得知元济已被官军擒获，家家弹冠相庆，箪食壶浆，走上街头，以慰王师，好似过年一般。

第二天，裴度率大营人马来到蔡州，韩愈和李愬忙出城相迎。裴度携住二人之手，高兴地道：“二位大人夺取蔡州，功高卓著，将永垂史册也！困扰我大唐三十余年的心腹大患，今日终被彻底铲除！”

李愬忙道：“此乃朝廷洪福齐天，大人决策英明所致；也是吴元济倒行逆施，恶贯满盈的必然下场！”

大家说着，乘马进入城中，蔡州百姓闻讯，高兴地涌上街头，夹道欢呼。裴度振喜地频频向百姓挥手致意。

大家来至节度大堂，李愬和韩愈遂将李佑等一批降将和作战有功人员，向裴度一一进行了引见，裴度高兴地大加褒奖抚慰了一番。当听到攻克蔡州内城时，刘叉单人飞身入城，斩开城门，方使官军擒获元济时，不禁大加赞赏道：“刘义士真神人也，我军能有刘义士，真乃朝廷之福耳！”

当大家议及下步作战行动时，裴度向着李愬和韩愈道：“目前蔡州虽已拿下，但周围各州县尚有叛军近十万之众，对此将如何处置，各位有何良策？”

韩愈道：“元济被擒，各州县叛军必然很快得知消息，目前正处于群龙无首，惶恐不安状态。我军当乘势进行招抚，使其归顺朝廷。如少数元济死党，不听招抚者，可以大军歼之！”

“韩大人说得很是。”李愬接口道，“当前各地的叛军，除少数元济死党外，多数将士见大势已去，均有弃暗投明之意，只要我军加以招抚，消除其后顾之虑，即可罢兵归顺朝廷。”

裴度听后，不由点了点头。道：“这招抚之举，可谓上策，既可化干戈为玉帛，避免将士和百姓大量伤亡，又可早日结束淮西之战，为朝廷省下大量军资。诸位看看如何进行招抚为好？”

韩愈听后，向着裴度道：“招抚之策，学生已运谋多日：吴元济谋反后，担心各地官吏和淮西军的将士不为其效命，便将他们的家眷，全部集中住在蔡州城内，作为人质。一旦这些官吏和将士不听号令或出现二心，便拿他们的家眷问罪；故淮西军将士和各地官吏，不得不誓死效命，顽固对抗朝廷，不敢轻易投降官军。”韩愈讲到这里，看了看李愬，向着裴度继续道：

“元济此举，今日倒可为我所用。前日我军攻破蔡州后，李大人已将所有在外的淮西军将士和官吏的家眷，保护了起来，并加以善待，现在正好用上。可让这些家眷，随同我军一起前往各地州县，招降他们的家人。”

“好！这办法不错！”裴度听后，不由赞许道，“明日即可将这些家眷请来，向他们晓以大义，许以优待条件，令其一同前去招抚。”接着，又与韩愈和李愬商定了前往各地招安叛军的具体事项。

且说柏耆见这次攻取蔡州，刘叉斩关夺城，战功卓著，也不甘示弱。见督统大营制定了招抚各地叛军的作战方略，便向着裴度和韩愈道：

“目前淮西军最多的地方，将是西平和商水两地，共约六万余人，而且元济姐夫、大将军董重质现在那里。若将这两地叛军招降，其他叛军将会效仿而归，不足虑也！”

韩愈和裴度听后，俱点了点头。柏耆向着二人道：“山人不才，愿前往两地，说其前来投顺。”

“好！由柏居士前往，大功告成也！”裴度听后，看了看韩愈，欣喜地道：“不知居士所带何人前往？需要多少兵马？打算何时动身？”

柏耆道：“据山人所知，西平、商水两地的叛军将领董成和孙晋，皆是董重质的亲信和旧部。只要降伏董重质，此二人自然归顺。目前董重质的父亲妻子和兄弟，均在蔡州城中。山人准备让其父修书一封，由其弟和山人一同前往西平。随行只需十名兵丁足也，打算明晨即可前往。”

“好！本职静候居士的佳音！”裴度说罢，略一思忖，向着韩愈道，“柏居士虽才略纵横，能言善辩，然身为白衣，前去招抚，多有不便；同时也有失朝廷威严。不如暂委以官职，待平定淮西后，再表奏朝廷，予以正式擢任，你看可好？”

“这样最好。”韩愈道。

“那就先聘为左拾遗吧？”

柏耆闻此，忙伏身拜谢。裴度扶起道：“若董重质和两州叛军降顺，居士将是大功一件也！”

柏耆激动地道：“大人请放心，不出三日，山人定让二镇叛军弃甲来降！”

翌日，柏耆带着董重质老父手书，携其弟董浩前往西平而来。再说那日董重质回援蔡州遭到李光颜的伏击后，三万大军只剩下二百余人，带箭仓皇逃回西平。西平守将董成忙接入后衙，急请医为之疗伤。

董重质惊愧交加，坐卧难宁。他既担心蔡州被陷，吴元济将被擒杀，又担心家中老父妻子遭到不测。第二天，即从蔡州传来消息，内外两城均被官军攻破。吴元济被李愬生擒活捉。董重质闻此，抚膺顿足，号啕大哭，痛不欲生。经董成再三相劝，方止哭泣，向着董成道：

“如今主上被擒，家中老父妻子生死未知，我淮西三十年的基业，竟毁于一旦，怎不让人痛断肝肠！官军下步必然要乘胜追剿我各地的淮西军，西平也危在旦夕。都怪自己求胜心切，用兵不慎，堕入官军奸谋，这当如何是好？”

董成见此，忙劝慰道：“大人莫要过于伤感自责。事已如此，不是鱼死，便是网破！昨日在下已着人前往蔡州打探消息，如果官军杀我父老妻子，并步步相逼，我当再举义旗，奋起抗战！目前我西平、商水两地尚有精兵六万，定叫他皇帝老儿不得安宁！”

二人正说着，只见侍卫进来禀道：“前往蔡州打探消息之人已经返回，现在厅外候见。”

董成闻此，急叫快传。不一会儿，只见一商人打扮之人进来。那人刚施罢礼还未站稳，董重质便急不可待地问道：

“现在城中情况怎样？我军将士家眷可曾遭到杀戮？”

那探子忙道：“官军纪律严明，攻破城后，大部分人马退驻城外，城内只有少数部队。他们占领蔡州的当天，便出榜安民，约法三章。”

“啊！”董重质和董成一听，互相看看，俱现出疑惑之色。那探子看着二人，继续道：“他们一是严命军队不得擅入民宅，侵扰百姓；二是对放下刀剑，归顺朝廷的将士，一律不准杀害；三是蔡州原任官吏，只要降顺朝廷，均不再追究往事；四是对我军在外将士的家眷，进行保护善待，不准侵犯。”

“你说得可真？”董重质听罢，不由现出惊喜之色，看着那探子道：“他们没有为难城内家眷？”

“不但没有为难！而且还以礼相待。”那探子道，“两位大人的府宅，官军还在门上贴了告示，不准任何人入内，有擅入者定严惩不贷。故而两位大人的家眷，没有受到一点委屈。”董重质听此，方嘘了一口气。向着那探子不解地道：

“这官军是哪一部分的？怎如此纪律严明？”

“听说是李愬的邓随唐军。随军督战的是什么行军司马，名叫韩愈。”

“原来是韩愈，怪不得一夜夺取我蔡州！”董成听罢，向着董重质道：

“此人末将颇有所闻，乃朝中有名的诤臣，不仅文章奇秀，而且胸怀韬略，刚正不阿。只因不愿依附权贵，常常与宦官为敌，故仕途坎坷。这次来征讨我淮西，方得了个司马之职。”

董重质听此，不由点了点头。那探子道：“大人说得极是，听说这约法三章，就是那个韩愈令办的。昨日督统裴度已从郾城来到蔡州，韩愈又向裴度献策，要招安各州县我军。小人闻此，慌忙赶回禀报。估计明后天，官军特使就会到来。”

“招安！”董成不服气地道，“没那么容易！”董重质沉思片刻，道：

“目前大势已去，况这裴度对我淮西军还算不错。是降、是抗，待明日特使来后再作决断！”说罢，就像泄了气的皮球一样，一屁股坐到身后的太师椅上。

当天晚上，柏耆到达西平。他先到乌重胤大营拜见了马聰和乌重胤，并呈上裴度书信，说明来意。二人闻此，十分欣喜。向着柏耆道：“我军攻克蔡州后，估计大营必然要对各州县叛军进行招抚，故这几日未向叛军发动进攻。看来果然不出所料。”二人讲罢，又看了看柏耆，继续道：

“不知大营如何招降各地叛军？”柏耆遂将大营的决策说了一遍。并道：“山人已带着董重质老父的手书和其弟前来，不知两位大人意下如何？”

“好！这办法不错！”乌重胤向着马聰道，“看来此策定是出之韩司马之手？”

“正是！”柏耆道，“我军一攻破蔡州，司马就让李愬大人将叛军在蔡州的家眷，保护了起来，并好言相待。这些叛军家眷，深感朝廷之恩德，便主动要求前往各地招降家人。”乌重胤和马骢听后，俱现出钦佩之色。

晚上，柏耆宿于乌重胤大营，第二天便早早来到西平城下。董重质闻报，令打开城门，放柏耆等人入城。柏耆来到西平府衙，见到董重质，拿出裴度国书，并说明朝廷之意。董重质开始仍有些犹豫难决，但经柏耆一番论说和其弟痛哭相劝，方决心归顺。董成见此，也不敢再说什么。

董重质一面让打开城门，请乌重胤和李光颜大军入城；一面派快马至商水各地，令各军速速归降。未出三日，两地六万叛军，遂放下刀剑，悉听乌重胤和李光颜处置。

五日后，柏耆和马骢、乌重胤、李光颜等人，携同董重质，及董城、孙晋一批降将，回到蔡州。裴度和韩愈、李愬等人，亲到城外相迎。大家回至蔡州府衙，裴度向乌重胤和李光颜大加褒奖了一番，对董重质等人也进行了一番安抚。遂令在节度大堂摆上酒宴。大家弹冠相庆，共贺淮西大捷！

第112章
荐谋士招安说河北　拒诏令护佑投诚军

且说柏耆说服董重质归顺后，随同马聪、乌重胤、李光颜等人回到蔡州。裴度和韩愈接入城中，设宴相庆。接着前往遂平、汝南、平舆、项城等地招抚叛军的特使，也先后随同山南东道节度使军徐天盛、鄂岳观察使李道古、宣武军兵马使韩公武、寿光节度使李文通等回到蔡州。韩弘因李愬先入蔡州，并擒得元济，羞与相见，便以身体不适为由先回汴州。一时蔡州城内欢声雷动，一连数日庆贺不断。

裴度平定淮西后，一面具表上奏朝廷，一面将吴元济打入囚车，押赴进京；并将三军将士有功人员表奏朝廷予以奖擢。一时三军上下无不欢呼雀跃。

接着裴度又与韩愈、马聪商定，为安定蔡州，先后采取了三项举措：一是废除吴元济为镇压百姓所颁行的各项旧制；二是打开仓廪，放赈饥民，对鳏寡孤独，老弱病残之人，发给衣物食品；三是对归降的十万淮西军，鉴于其多为强征而来，尽放其归家与父母妻子团聚，并发给路费。蔡州百姓竟如过大年一般，载歌载舞，俱颂朝廷之圣德。

柏耆见此，十分振喜，又见裴度暂委自己为拾遗官职，更是感激。认为建功立业在此一举，便向着韩愈道：

“如今淮西已平，元济被擒，河北王承宗必然闻风丧胆。山人感二位大人和朝廷的知遇之恩，愿持节前往河北，以三寸不烂之舌，说服王承宗归顺朝廷，不知大人意下如何？”

韩愈闻此，十分振喜道：“柏耆兄此意甚佳，学生这几日也在思忖此事，正打算让柏耆兄前往河北一趟，既可安定镇州，又可使兄建功立业！不想柏耆兄竟主动请缨前往，这真是不谋而合也！”韩愈讲到此，向着柏耆继续道：

“目前淮西既平，吴元济被擒，王承宗必然兔死狐惧，进退两难。若柏兄前往说服，其必然顺梯下楼，我军将不战而安河北也！”二人议罢，遂至裴度处，向裴度说明此意。裴度一听，正中心怀，向着柏耆欣喜地道：

“若拾遗能说动王承宗归顺朝廷，这将是不世之奇功也！不仅能迅速安定两镇，而且也会为朝廷省下无数钱粮，同时又可使恒冀军民免受涂炭之灾！”然后向着韩愈道：

“我看就这么定下，请柏拾遗做好准备，尽快启程北上。”柏耆听后，忙伏首应诺。

第二天，刘叉闻知此事，找到裴度和韩愈，道：“淮西现已平定，河北不久也将有佳音。在下的目的已经达到，明日也要游历他乡而去。”

裴度和韩愈听此，不由现出憾意。裴度向着刘叉道：“这次平定淮西，义士身立奇功，理当受到朝廷的奖擢才是，怎说要马上辞去？”韩愈也道：“你我兄弟分别多年，这次邂逅相遇，正值大战之中，戎马倥偬，难叙友情。现在大战告捷，我们正好一块好好叙叙旧谊，怎么倒说要走？”

刘叉不由豪放一笑，向着裴度和韩愈道：“在下乃山野懒散之人，不谙官场机关，更恶腐败之风，故不愿为官。这次军营之旅，完全是为了淮西百姓早日脱离战乱之苦，并非为了朝廷的奖擢！如今淮西已平，在下无忧也，理当早日离去。”刘叉讲罢，向着韩愈道：

“你我兄弟若是有缘，上天自会安排重新相聚。大人乃官场之人，身负朝廷和天下百姓的重托，在下就不多打扰大人了！打算明日即要离去，将来后会有期！”

裴度和韩愈闻此，知刘叉乃游侠之人，难以挽留，只好设宴为刘叉和柏耆饯行。第二天，柏耆向河北而去，刘叉游侠他方。裴度与韩愈将二人送出城外五里，方挥泪而别。

十月底，元济由官军押解入京，宪宗在御兴门受俘，令将元济献诸庙社，枭首市曹。妻沈氏投入掖庭；二弟三男，流配江陵。一时京师大动：百姓载歌载舞，欢腾雀跃，共庆淮西大捷，男女老幼，拥塞长安街头。

宪宗欣喜若狂，因深恶淮西屡叛：一面降诏封赏有功将士，擢拜裴度为金紫光禄大夫，赐爵晋国公，复知政事；李愬为山南东道节度使，赐爵凉国公；韩弘兼侍中；李光颜加检校司空；乌重胤晋彬国公；马骢为淮西彰义军节度使留侯。并令各路兵马撤回本镇。一面令常侍梁守谦再度为淮西监军，携尚方宝剑两口，前往蔡州颁布朝廷诏令，并诛杀蔡州降将。

消息迅速传至蔡州，裴度和马骢、韩愈等人，既高兴，又担忧。那些降将更是胆颤心寒，惶惶不可终日，多有怨愤之意。

韩愈向着裴度道："蔡州新定，人心浮动。况这些降将既已归顺朝廷，便是我大唐臣民，虽有前愆，然实为形势所迫，身不由己。除元济少数主谋和罪大恶极者外，均应销其凶悖之心，贷以生全之幸，淮西方保无虞。若要大开杀戒，必然遗患无穷，只恐淮西将永无宁日也！"

裴度历来就极憎恶宦官弄权，故这次征讨淮西，奏罢宦官监军之制。没想到淮西刚刚平定，朝廷竟又遣中官前来滥杀无辜，不由愤慨地道："真是胡闹，不知皇上又是听信了哪个奸佞的谗言，竟出此下策！待梁守谦来后，我等将以理据争，决不能让他们的妖乱得逞。"

"好！"韩愈道，"只要相国坚定不移，不被所惑，蔡州可保长治久安，不致生乱也！"

三日后，中使梁守谦，果然带着奖擢诏令和尚方宝剑，来到蔡州。裴度携马骢、韩愈和乌重胤、李光颜、李愬等人，出城五里相迎。

大家回到节度大堂，梁守谦即令焚香膜拜，向大家宣读了朝廷诏令。各路将帅俱弹冠相贺，乐不可禁。裴度遂令在节度大堂摆上酒宴，既为梁守谦接风洗尘，又为各路将帅擢迁进行祝贺。

酒过数巡，梁守谦提出诛杀蔡州降将之事，裴度还未答话，只见韩愈正色道：

“此事万万不可：一是目前蔡州新定，百业待兴。不少降将乃是才高德茂之人，只因为元济所迫，不得不对抗朝廷。如今元济被擒。这些人主动归顺朝廷，多有悔意，正好为朝廷所用。若要滥加杀戮，岂不葬送人才！”韩愈讲到这里，看了看四座，向着梁守谦继续道：

“二是这些降将，大部分在平定蔡州中，主动投诚；有的还出谋献策，协助王师收复失地，立下战功。我督统大营也代表朝廷一再向他们许诺，不再追究前愆，若现在又要对他们追究杀戮，必然使朝廷失信于天下。”

韩愈讲到这里，感慨地道：“三是我们平定淮西，不仅要解除吴元济的伪职，而且要收服淮西百姓之心，这样，淮西才能长治久安。俗话说，得人心者得天下。若现在大开杀戒，滥杀无辜，必然激起这些降将亲朋好友的怨愤，他们的子孙后代也必然怀恨在心，憎恶朝廷。复仇之火不可灭耳，淮西岂不永无宁日！”

韩愈讲罢，四座无不点头称是。梁守谦深知韩愈的性格，便尴尬地道：“这……这乃是皇上的圣谕，咱家只不过奉旨行事而已！”

裴度向着梁守谦道：“公公的苦衷，我们大家都能体谅。吴元济作乱，真正帮凶主谋者，只是少数。而多数则为其胁迫相从！对少数罪大恶极者，我们理当严惩不贷；而对大多数胁从者，将网开一面，从宽处置，给以再生之路。此乃朝廷长治久安之策也！”

“那，这事将如何处置？”梁守谦也知裴度等人对中官有忌，不敢强行横施，多少有点为难地向着裴度道。

裴度看了看四座，向着梁守谦道：“据本官所知，吴元济死党刘协庶、赵晔、王仁清等人，罪大恶极，民怨极大，可就地斩决，以正国法。其他降将，可上书申解，不予追究。”

梁守谦看了看裴度，道：“那董重质怎么办？皇上因他是吴元济的姐夫，又是叛军的大将军，是非杀不可的啊！”

“这董重质虽是吴元济的亲戚和主谋，但其：一是率领西平、商水六万叛军投顺朝廷，对招抚其他叛军起到了示范和推动作用，可以说是有功之人；二是我军前时在招降他们时，已答应其不死。故不应诛杀！”

梁守谦看着裴度道：“若此，我们当如何向皇上交待？”

裴度道：“董重质虽可免其一死，但毕竟是元济的主谋，可将功抵过，削其蔡州兵马使一职，贬到别处即可。此事还需公公向皇上奏明曲直；同时，本官还朝后，也将向皇上面奏此事。”

梁守谦听此，不好再说什么。三日后，由梁守谦监斩，将叛将赵晔、王仁清、刘协庶等十余人，斩首市曹。不久，朝廷诏至，擢拜李佑为神武将军，贬董重质为春州司户。蔡州百姓奔走相告，欢声雷动。

第二天，李光颜、乌重胤、李愬等人，先后率部离开淮西，返回原镇。裴度与韩愈、马骢，分别将他们送出城外。历时三十余年的淮西之乱，终于彻底平息。

再说柏耆携裴度手书，持节至河北镇州。王承宗已闻知淮西平定，吴元济被生擒活捉，押赴京师，惊得冷汗满身，如卧针毡。部下有劝其降顺的，也有劝其联合李师道，继续对抗朝廷的。王承宗进退维谷，举棋难定。恰逢柏耆前来招抚。

王承宗也曾闻说柏耆乃山野隐士，多才善辩，现投在裴度帐下。今持节前来，不敢怠慢，忙迎至节度大堂。柏耆遂拿出裴度书信，讲明吉凶祸福。王承宗见此，遂与几个亲信死党商议；见大势已去，担心再对抗下去，必蹈吴元济的覆辙。便决定顺梯下台，归顺朝廷。

十月下旬，王承宗具表求降；愿送二子入朝为质，并献德棣二州给朝廷，要求赦免前罪，永不再叛。

宪宗见三年来六路大军征讨无功，不仅劳师伤财，而且朝野震惧。今淮西既平，河北又降，十分欣喜。遂降诏免去王承宗的叛逆之罪，令其送子入京为质。十一月中旬，王承宗将子知感、知信和德、棣二州图纸，送至京师。宪宗大为振喜，遂下诏恢复王承宗的官职，仍令镇节成德军。一时南北两镇俱已平定，朝野一片庆贺之声。

第 113 章
辞淮西凯旋班师　过襄城激情抒怀

唐元和十二年十一月下旬，裴度的督统大营由蔡州至郾成，然后班师回朝。两州军民闻讯后，载歌载舞，夹道欢送，马骢将裴度和韩愈等人送出城外二十余里方回。

此时的督统大营，凯歌高奏，捷报频传，人欢马笑，旌旗鲜明。真可谓鞭敲金蹬响，王师凯旋归！裴度和韩愈等人，更是精神激奋，谈笑风生，欣喜之情，溢于言表。

三日后，大营来到襄城附近，只见周围山舞银蛇，红装素裹，万里晴空，白云袅袅，韩愈在马上环顾四野，不觉心旷神怡，诗兴颇发，遂轻口吟道：

> 郾城辞罢过襄城，颖水嵩山刮眼明。已去蔡州三百里，家山不用远来迎。

与韩愈并辔而行的判官李正封听后，高兴地道："好诗！真是好诗！学生已有好久没有听到大人吟诗了。大人出口成章，随手拈来，真乃令人叹服！"

韩愈也不由欣喜地道："大人过誉了！这次跟随裴相国征讨淮西，军情冗忙，那有闲情逸致去吟风颂月！今日淮西大捷，元济被擒，我大唐普天同庆，方有此雅兴尔！"

"大人说得不错！"身后李宗闵听后赶了上来，接口道，"记得九月初，我军前来淮西，路经女儿山时，裴相国踌躇满志，意气风发，决心荡平蔡州，以慰天下。曾作《东征》诗以展胸中抱负。大人闻后，遂于马上奉和一首，距今已有两个多月，没有再见大人作诗了。”

李正封向着李宗闵道：“大人奉和裴相国那首诗，大气磅礴，海立云垂，至今仍萦绕在耳际。特别是那‘旗穿晓日云霞杂，山倚秋空剑戟明。敢请相公平贼后，暂携诸吏上峥嵘。’的诗句，更是惊魂夺魄，撼天动地！”

韩愈听后，微微一笑道：“二位过奖了！”然后望了望西边如血的残阳，向着李正封和李宗闵感慨地道：“时间过得真快，大军途经女儿山，一晃即将三个来月，那时大家虽壮志凌云，豪气如虹，对胜利充满憧憬，但能否一举夺取蔡州，迅速安定淮西，实乃心中无数。此诗正是当时大家激奋、期待的心情所发。”

“大人说得极是！”李宗闵接口道，“这次平定淮西，简直像做梦一般，令人不可置信：嚣张跋扈不可一世的吴元济，一夜竟变成了阶下囚；纵横中原三十余载，令朝野震惧的十五万淮西大军，数日之内，便土崩瓦解，烟消尘灭！岂不让人思不暇顾，叹为观止！此非天助我乎！”

韩愈听此，也不由点了点头。李正封看了看李宗闵道：“这次王师迅速平定淮西，看来有些神奇偶然，好似上天有意安排。但仔细想起来，实乃吴元济恶贯满盈、利令智昏，我王师运筹帷幄、决策英明所致。”他说到这里，看了看韩愈，继续道：

“这次裴相和司马出征淮西，一出手便接连走了三步高棋，注定吴元济必败无疑！”

“啊！哪三步高棋？”李宗闵看着李正封，故作不解地问道。

“第一步：我督统大营还未到达淮西，就令飞骑通告各路将帅，前赴汝州参加军事会议。为我大军提前做好军事部署，打破叛军的作战准备，赢得了时间，造成了叛军惊慌失措，仓皇应战。”

“嗯，不错！”李宗闵道，“第二步呢？”

“第二步棋是：我督统大营针对以往失败的教训，立即调整军事部署，制定了新的作战方略，在战略上变消极防御为主动进攻；变分兵出击为集中优势兵力作战。将十二道兵马合并为四道，对叛军形成了泰山压顶，铁壁合围之势。使叛军防不胜防，处于顾此失彼、被动挨打的局面。”李正封讲到这里，看着韩愈和李宗闵继续道：

“这第三步棋是……”

“这第三步棋最为重要！”李宗闵未等李正封说下去，自己抢先接口说道：“裴相和司马以高超的胆略和气势，恩威并施，慑服李愬，说动韩弘，使南北两位铁腕人物，伏首听命，奋勇向前，形成了我王师空前的同仇敌忾、步调一致、联合作战的局势。此乃我军战胜吴元济的决定性因素，也是以往我军久师无功的根本所在。”

“正是这样！”李正封看着李宗闵，高兴地道，“看来英雄所见，不约而同！”

韩愈在马上听此，也不由道：“两位大人说得不错。纵观古今，凡克敌制胜，建不世功业者，需得天时，地理，人和三方因素。这人和最为重要！”他看了看李宗闵和李正封，继续道：

“吴元济逆天行事，涂炭生灵；王师吊民伐罪，百姓拥戴，占天时之利。但叛军深壁高垒，内线作战；王师远道而来，情况不明，却失地理之优。这两点是敌我双方都无法使对方改变的。因此，‘人和’这一条，就成为双方能否取胜的关键。此前，王师伐蔡三年，久师无功，就是因为各路将帅各存异心，互相观望掣肘所致。故今日督统大营一到淮西，便将三军将士同心协力，放在首位。”

“大人说得很是！”李正封道，“由于我军在开战之前，走了这三步高棋，这就决定了叛军必败，我军必胜的结局。随着大战开始，在我王师南北夹击，东西突破，大军直逼蔡州的形势下，叛军不得不孤注一掷，倾巢出动，以挽救其危亡的局势，致使蔡州成为一座空城。我督统大营运筹帷幄，迅速抓住战机，制定‘北牵南袭’的作战方略，立即调兵遣将，直捣贼穴，方使元济这个不可一世的元凶恶魔，一夜变为阶下之囚。十五万淮西大军，霎时荡然无存！”

走到前面的裴度，听到这里，也不禁扭回头笑道：“这淮西之战，经你们几位一说，就更加精彩生动了！”

“我们说得都是实情。”李正封向着裴度道，“这次淮西之战，取胜之快，战果之大，伤亡之少，乃是我大唐开国以来，前所未有的，可以说是天随人愿，震古烁今，空前绝后！”

大家说着，不觉西边太阳已经落山。李宗闵向着裴度道：“此地离襄城还有三十余里，是就地宿营，还是赶往襄城？”

裴度看了看韩愈，向着李宗闵道：“我们赶到襄城再宿营吧，估计襄城官员闻讯后，定在城外等候我们。”

“是！”李宗闵点了点头。大家遂加快了前进速度。这冬日天黑得特别快。大家往前又走了不到五里远近，夜幕便笼罩了整个大地。随行的神策军遂到路边捡了些干柴树枝，点起了几个火把，照耀前行。大家往前又走了约一个时辰，只见前方出现无数火光，李宗闵看了看前方，高兴地道：

“前方的亮光，好像是火把，定是襄城的官员在迎候我们。”

“不错！前方就是一片火把，看来我们已经到了襄城。”

大家边说边来到火光前。果见襄城县令杨仪带着衙役士绅，约二三百人，举着火把，站在路中，杨仪望见裴度等人过来，忙高兴地带着大家迎上前，施礼道：“下官杨仪，拜见相公大人，闻知相公班师回朝，特来迎候！”

裴度等人忙也下马，趋前扶起杨仪，道：“天这么冷，大家站在这冰天雪地相候，真太难为大家了！”

杨仪忙道：“大人一举平定蔡州，功高卓著，普天同庆！今凯旋还朝，襄城百姓闻之，莫不焚香祈祷，以迎王师，现在城中父老乡亲，俱伫立街头，迎候大人呢！”

裴度与韩愈闻此，甚为感动。大家说罢，遂相携进入城中，果见大街两边，灯笼火把连成一片；人们扶老携幼，箪食壶浆，站在寒风之中，夹道相迎。裴度等人激动地连连向他们挥手致意。

这天夜里，杨仪在县衙设宴，为裴度等人接风洗尘。襄城士绅名流，齐来相陪，纷纷向裴度等人敬酒祝贺。杨仪向着裴度和韩愈道：

“大人这次出征淮西，马到成功，一举平定蔡州，从此朝廷再无东顾之虞，天下永绝战乱之苦，我大唐将永享太平，此真乃不世之奇功也！”

裴度听后，忙高兴地谦逊道：“杨大人过奖了，此乃朝廷鸿福齐天所致，三军将帅同仇乱忾，奋勇杀敌所得；也是我淮西百姓，支援前方，配合作战的结果！本职只不过是奉天命，承民意，以尽吊民伐罪之责而已！”

裴度刚讲罢，旁边一肥头大耳的乡绅站起身来，看了看左右，咧着大嘴道：“相国这次东征，一举平定蔡州，生擒吴元济，可谓功高盖世，名垂千秋！不仅为淮西百姓解除了战乱之害，而且也为我们襄城百姓带来福音！我们从此再也不用担心吴元济来烧杀抢掠了！哈哈！”

“孟财主说得不错！”旁边一八字眉、山羊胡的乡绅站起身接口道，“这吴元济犯上作乱，无恶不作，实乃罪大恶极之人！去年侵挠我襄城时，抢走在下三匹好马，十五石麦子。今被活捉正法，真是罪有应得，大快人心！”

“两位老兄说得极是！”这位山羊胡子刚讲完，只见又一儒士打扮之人站起道：“去年吴元济犯我襄城，掠走我家刚过门不到三天的儿媳，又活活将我那十八岁的儿子打死，临走还烧了我家十间瓦房。这次王师将其全部剿灭，真是善恶有报，为草民报了血海深仇！”说罢，不由眼睛一红，两行热泪潸然而下。

裴度闻此，甚为激动，不由也站起身来，向着四座道：“吴元济倒行逆施，天怒人怨，恶贯满盈，致有今日之败亡！此不仅乃朝廷社稷之福，也是我天下百姓之幸也！今后大家可永享太平，再不用担心战乱之害了！”

裴度讲罢，四座遂响起一片欢呼之声，酒宴至夜半方散。

韩愈回到大营，激奋不已，和同宿一处的李正封畅谈一阵后，想到今晚来到襄城，百姓举火相迎，设宴相待，不由诗兴顿起，遂展纸于案，赋《同李二十八夜次襄城》诗一首。其辞曰：

周楚仍连接，川原乍屈盘。云垂天不暖，尘涨雪犹干。印绶归台室，旌旗别将坛。欲知迎候盛，骑火万星攒。

李正封看罢，赞不绝口。二人至四更多天方登榻休息。

第二天，裴度一行人马，继续登程西行。杨仪携襄城官吏士绅，直送出城外十里方回。傍晚，部队来到襄城西界地方，此地只有一家酒肆，前后数十里没有人烟，部队只好就地露营。

此时正值寒冬腊月，正是一年最冷的时候，尖利的西北风，像刀子一样吹到大家的脸上。将士们为了御寒，从周围找来枯枝野草，在帐前烧起一堆堆篝火。裴度让李宗闵将小酒店中的酒食全部买下，散与将士，大家围着篝火，边吃边聊天驱寒。

韩愈与李正封同宿一军帐。二人见天色尚早，不到安睡时间，便走出军帐，只见天上寒星闪烁，地上篝火熊熊，将士们正围着篝火说笑。韩愈同李正封信步来到一军帐前，只见五六个战士围在一起，正在高谈阔论：

"王五，你孩儿这次立了大功，回去后可要露脸了！"

"大哥说得不错！他娘的，我看这次回去，谁还敢再小看我！"

"不错！往日在家，我那婆娘总是骂我没出息，不如别人。这次老子立了功，得了赏，回去看她怎么说！"

"对！这次回去，要把爷们的架子拿出来，让你那老婆给你洗脚、捶背……"

韩愈和李正封听此，不禁互相看看，发出会心地微微一笑。只听那五六个战士继续说道：

"张三，你这赏银回去打算怎么花？是讨媳妇，还是买地？"

"买地！俺家几辈子人，椽无一根，地无一分，全靠给财主扛长工过日子。这次得了赏，回去买上二亩地，俺爹再也不用去给别人干活了！"

"唉！大个子，听说这次你随同司马大人偷袭蔡州，抓了三个俘虏，不仅立了大功，还得了二十两赏银，可否是真？"

"不错！"只见火堆边一个比别人高出半头之人，笑着道，"那天傍晚，大军攻破蔡州内城，在下随同司马大人进入城中，不料从一旁窜出三四个叛军，其中一人想对司马下毒手，在下一个箭步冲上去，手起刀落，将那人砍翻在地，剩下三人扭头就跑，在下大喝一声：'要命的，赶快投降！'那三人听后，吓得扔下刀剑，爬到地上，只求饶命！哈哈！"

李正封听此，不禁现出欣喜之色，看了看韩愈。韩愈借着火光仔细一看，认得那个大个子战士，是随同自己一起前往蔡州的侍卫，知其是在大家面前炫耀自己，不由轻轻一笑，遂来到他们的身后。

那几个战士听到响动，忙抬头一看，见是韩愈和李正封二人，慌忙站起身来，施礼道："大人还未安歇？"

韩愈看了看他们，笑道："你们谈得好热闹！冷不冷？"

"不冷！"一个脸上多少带着点孩子气的战士，笑着道，"这次我们打了大胜仗，活捉了吴元济，浑身上下都是热的！"

"是的！"旁边另一个战士接口道，"人逢喜事精神爽！这次征讨淮西，我军连战连捷，大家就像怀揣火炉喝蜜水——心里是又热又甜！这数九寒天，身上就像穿了件大皮袄一样！"

韩愈听后，看了看大家，高兴地点了点头，道："这平定淮西，大家都辛苦了，都是有功之士，朝廷和老百姓，是不会忘记大家的！"

韩愈讲罢，只见那几战士高兴地互相看看，其中一人向着韩愈道："大人，按目前我们的行军速度，再有十天时间，就可回到京城了吧？"

韩愈点了点头，向着那个战士道："再有十天时间，一定能回到长安，保证大家阖家团聚，欢欢喜喜在一起过个新年！"

那几个战士互相看看，俱现出欣喜之色。其中一个战士向着另一个战士笑道：

"王七，这下你小子可是三喜临门吆！这客你是非请不可！"

"噢！什么三喜临门？"韩愈听此，很有兴趣地看着他二人。那个战士指着王七道：

"他这次立了功，得了赏银，是第一喜；部队离京时，他老婆就要坐月子了，估计一定给他生了个白胖小子，这是第二喜；新年全家团聚，是第三喜吗！"

那个叫王七的战士笑了笑，看了看韩愈，向着那个战士道："你老哥和我还不是一样，这次得了赏，回去讨一房媳妇，再不用打光棍了……"

韩愈和李正封听此，看了看大家，振喜地道："这次我们平定蔡州，朝廷消除了心腹大患，实现了四海安定统一；百姓将会安居乐业，不再受战乱之苦；大家不仅喜事盈门，而且也将远离战场，再不用担心被马革裹尸了！用不了多久，我大唐定会重新出现太平盛世！”

那几个战士听后，更加激奋，韩愈和李正封又和他们叙谈了一阵方离开。二人回到自己的军帐后，久久难以入睡。韩愈望着帐外满天星斗和远近篝火，不禁吟道：

> 四面星辰著地明，散烧烟火宿天兵。不关破贼须归奏，自趁新年贺太平。

第 114 章
桃林夜赋诗贺元勋　长安城受诏拜侍郎

腊月初六，裴度大营过汝州，宿神龟、经连昌宫到达东都洛阳。东都留守兼防御使吕元膺出城十里相迎，并在留守府为裴度等人接风洗尘。裴度等人在洛阳休息一天后，便继续启程西行。

腊月十一，大营人马经渑池，次硖石，到达潼关东边的桃林。晚上，大家刚安好营寨，只见三匹快马自西飞驰而来。那三匹快马来到营前，向着营中哨兵喊道：

“快去通报裴相公：钦差中使董大人，奉圣上旨意，前来迎接相爷班师回朝，马上就到！”

那哨兵闻此，不敢怠慢，忙转身飞奔入帐，报与裴度。裴度与韩愈刚用罢晚饭，正在帐中闲谈，闻此甚为惊喜，遂传令三军整队出迎。

裴度和韩愈率领大营将士，刚走出辕门，只见西边大道上灯光火把，如长龙一般疾驰而来。裴度忙令三百神策军列队营前，军乐齐奏。不一会儿，那火把长龙，伴着暴风雨般的马蹄声来到营前。绚烂耀眼的火光，将周围的山川树木，全部染成了红色。只见火光中，来人个个衣甲鲜明，手举火把，在大营前分左右摆开，从中间走出三骑来。为首之人身披紫色斗篷，年在五旬左右，后面跟着两名宦官。

裴度和韩愈一看，认得是中使董承忠，忙疾步迎了上去。那董承忠忙也跳下坐骑，高兴地迎了过来，三人紧紧握在一起。董承忠看着裴度与韩愈道：

“二位大人凯旋而归，圣上欣喜若狂，令咱家代圣上前来迎候大人！”

裴度和韩愈也激动地道：“皇上龙恩浩荡，如尧舜再现，实让学生感激涕零！公公不辞辛苦，连夜前来，更是感人肺腑！”

董承忠道：“圣上自淮西平定以来，心情大悦，每日都要夸赞两位大人，盼着两位大人早日还朝，咱家岂敢怠慢圣命！”

三人说罢，裴度又引李宗闵、李正封、冯宿等人与承忠相见，然后相携在军乐声中进入大营。

大家坐定后，裴度令侍卫捧上茶来。董承忠呷了一口，向着裴度道：“咱家今日奉圣上之命，一是代圣上前来迎接二位大人凯旋班师；二是宣谕朝廷的奖擢诏令。”董承忠讲到这里，看着二人道：“现在咱们是否先宣读朝廷诏令？”

裴度忙道：“一切听从公公安排就是。”

“好！裴度与韩愈等人听旨！”董承忠遂正色道。裴度与韩愈、李宗闵、李正封等人闻此，忙弹衣正冠，走到帐中排班跪伏于地。董承忠转身从一太监手中接过圣旨，看了看裴度等人，高声念道：

奉天承运，皇帝诏曰：守门下侍郎、同平章事、充淮西宣抚处置使、金紫光禄大夫、晋国公裴度；御史大夫，淮西彰义军节度使留侯马骢；御史中丞，充淮西彰义军行军司马韩愈：

汝等奉旨督统诸军，征讨淮西，殚精竭虑，运筹帷幄，一举平定蔡州，擒获贼首元凶、功高卓著，震古烁今！从此朝廷再无东顾之虞，百姓永脱战乱之苦，使我大唐四海统一，万民安乐，此不世之奇功，将永存史册！

为嘉奖汝等战功，特加赐裴度为上柱国、晋国公，食邑三千户，赐还命符相印，速速赴京秉政；马骢为检校工部尚书，蔡州刺史，彰义军节度使；韩愈和李宗闵、冯宿、李正封等人，待回京后，另行论功奖擢。钦此！唐元和十二年十二月壬戌（七日）”

董承忠读罢诏令，遂改为笑颜，上前扶起裴度等人，道：“圣上深知诸位大人近日将凯旋，便于七日颁诏，再次予以嘉奖，并令咱家前来迎接，为裴公呈上命符相印。”说罢，从身后太监手中接过宰相印信，交与裴度，裴度忙双手接过。董承忠转向韩愈道：

“司马和三位判官，待回到京城后，朝廷将论功行赏，予以擢迁。望诸位大人暂缓几日，莫要着急；对马骢大人的擢拜诏令。”董承忠说到此看了看旁边的一位太监，道：“由张公公明日送往淮西。”那太监忙会意地点了点头。

裴度和韩愈等人听此，忙致谢意。大家复又重新入座，谈论了一阵征淮情况和近日朝中大事。裴度方安排董承忠一行人马在营中住下。

韩愈回到自己帐中，想到今日裴度既被加封，又受相印，乃喜上加喜，深为裴度高兴。不由激情涌动，遂赋《桃林夜贺晋公》诗一首，来到裴度帐中，呈予裴度。裴度看时，只见韩愈诗曰：

西来骑火照山红，夜宿桃林腊月中。手把命珪兼相印，一时重叠赏元功。

裴度看罢，喜不自禁，道：“多谢大人美意！此次征讨淮西，大人运筹帷幄，屡建奇功。学生已拟好奏章，待还朝后，当奏闻圣上，予以擢迁，不久也将扶摇蓝天也！”韩愈闻后，忙致谢意。

翌日，裴度于桃林大营设宴，款待董承忠等人。两营将校官吏齐向裴度祝贺。裴度不觉激情澎湃，遂就宴上赋诗一首，以展胸中大志和感谢皇上隆恩！众人遂相互传阅，齐声称颂。

宴罢，韩愈回到帐中，想到裴度之诗，不觉感慨万千，遂展纸于案，就裴度之诗，奉和一首，同帐李正封拿起看时，只见韩愈写道：

南伐旋师太华东，天书夜到册元功。将军旧压三司贵，相国新兼五等崇。宛鹭欲归仙丈里，熊罴还入禁营中。长渐典午非材职，得就闲官即至公。

李正封看罢，不禁脱口道：“好诗！真是好诗！与昨晚《桃林夜贺晋公》，可称为姊妹篇也。不过这后两句有点太于过谦，而且这‘得就闲官’一语，不知何说？”

韩愈见朝廷两次诏令，都没有对自己进行奖擢任命，心中未免有点揣度，故在诗中有所展露。他见李正封相问，不由微微一笑道：

“朝廷七日诏令，对裴相和淮西各地官吏都进行了重新委任，可以说这次征讨淮西的战事已经完全结束，我等已完成了历史使命！朝廷所委任学生的行军司马和诸位大人的判官之职，自然也就不复存在，而对我等新的任职还未到来，故目前我等皆为闲官也！”

“大人说得非常有理！”李正封听后，不由点了点头。

四天之后，裴度和韩愈所率督统大营，在董承忠的陪同下，回到京城。宪宗亲率文武百官在得胜门相迎。这天，长安城内彩旗飘舞，礼炮震天，家家燃放爆竹；人们箪食壶浆，涌上街头，夹道以迎旋师。

上午巳时，裴度大营从东门进入长安大街。前面是五十骑手执火铳开道的金甲神策军；中间是五十骑手握熊罴大旗和斧钺刀剑的仪仗队；后面紧跟着五十骑高奏凯旋曲，敲着得胜鼓的军乐兵。个个衣甲鲜明，精神抖擞。拥塞大街两边的观看百姓，俱延颈举踵，翘首顾望，发出阵阵欢腾喝彩之声。

仪仗过后，只见裴度身披紫色战袍，怀抱尚方宝剑，与董承忠并辔徐徐而来；后面跟着韩愈、李宗闵、李正封等人。俱是高头大马，身披锦袍，战甲裹身。

大营人马在礼炮声中来至得胜门前二百步处下马。然后步行至得胜门。只见宪宗身披锦衣大氅，上撑黄罗伞盖，在太监和禁军的护卫下，满面笑容等在那里。左右是王涯、崔群等一班文武大臣，周围排列着金盔金甲的羽林军。

裴度和韩愈率领大营将士，来到宪宗面前，一起跪伏于地，道：“臣，裴度、韩愈等，奉旨征讨淮西；今淮西平定，奉旨旋师，愿吾皇万岁！万万岁！”

宪宗高兴地跨前一步，扶起裴度等人道：“众位爱卿出征淮西，今凯旋，劳苦功高，快快请起！”

裴度与韩愈等人施罢朝见之礼，方站起身来，宪宗拉住二人的手道："两位爱卿果不负朕望！今荡平淮西，擒获贼首，使我大唐四海统一,万民安乐，此乃不世之奇功也！"

裴度忙道："这次征讨淮西，速获全胜，完全是朝廷决策英明，皇上洪福齐天所致；也是吴元济恶贯满盈、天怒人怨的必然结果；同时也有赖我各路大军同仇敌忾，奋勇作战，将帅指挥无误，战士舍生忘死。微臣等只不过谨遵圣命，以尽职责而已！"

"裴爱卿莫要过谦！"宪宗欣喜地道，"如今平定淮西，我大唐三十余年的心腹大患，已被彻底铲除；河北王承宗也派人前来求赦乞降。看来朝廷再无东顾北虞之忧，百姓永脱战乱涂炭之害！此丰功伟绩，将永垂史册！"

裴度忙道："这都是皇上圣明所致，我大唐中兴之兆！上天神灵所共佑也！"

宪宗满意地点了点头，遂转身从身边太监的玉盘中端过御酒，赐与裴度和韩愈二人，道："两位爱卿，请饮此酒，以示朕的感激之情！"

裴度与韩愈忙接过酒杯，道："谢皇上隆恩！"然后向着群臣和宪宗道："此次征讨淮西，速擒贼首，乃上天神灵所共佑，此酒应先敬上苍大地！"说罢，将酒杯高举与额齐，然后轻轻撒向四周。

宪宗点了点头，又转身端过第二杯御酒，赐与二人，二人接过酒道："此次征讨淮西，连战连捷，一举夺取蔡州，全赖三军将士同仇敌忾，浴血奋战。此酒当献给那些为国捐躯的将士们！"说罢，将酒又轻轻地撒到面前地上。

宪宗接着赐与二人第三杯御酒，裴度与韩愈接过酒杯，激动地道："这次我军平定淮西，深得皇上隆恩盛宠，方能大功成就；微臣今生今世将为我大唐社稷鞠躬尽瘁，死而后已！并祝愿吾皇万岁万万岁！祝愿我大唐万里江山永固久安！"说罢,二人方将御酒饮下。

宪宗激动地连连点头，向裴度和韩愈赐罢御酒后，又指令崔群、王涯两位宰相，代替自己，向李宗闵、李正封、冯宿等出征官吏将校一一赐酒奖抚。得胜门前一片欢腾。

中午，宪宗在宴英殿为裴度和韩愈等人接风洗尘，庆功祝贺。京师三省六部，文武百官齐来相陪。大家弹冠相庆，贺喜之声此起彼伏，酒宴至晚方散。

晚上，韩愈带着秦济回到府宅，卢夫人已令建中在半道等候多时。大家一见，真是悲喜交加，满堂欢笑，时长女韩莹也携夫婿李汉前来迎候，这李汉乃元和八年进士，现为武功尉。子韩昶、次女韩珍、四女韩挐、侄孙韩滂等俱拥立堂前。韩愈见此，更是欣喜不尽。

第二天，崔群、王涯、张籍等在京好友，纷纷前来拜访祝贺。一连几天，大家相邀于秦楼渭馆，为韩愈接风洗尘，韩愈是迎来送往，乐得合不上嘴。

唐元和十二年腊月丙子（二十一日），即韩愈回到京城后的第五天，朝廷诏至：擢拜韩愈为刑部侍郎；李宗闵为驾部郎中，知制诰；李正封、冯宿授比部郎中。一时京中传为佳谈。韩愈更是精神大振，欣喜难禁。历时三年，围绕淮西之战的政坛风云，到此划上了一个圆满句号。

第十五卷

冒死谏佛骨

第 115 章
纪丰功群臣议平淮　奉诏命退之撰碑文

过罢新年，宪宗于正月十四日在德政殿召集群臣进行廷议，共商新的一年大政方略。群臣先评论了过去一年的丰功伟绩，对平定淮西进行了高度赞颂。崔群道：

“这次收复淮西，皇上高瞻远瞩，与神共谋，决策果断，用人得当，方使我王师同仇敌忾，所向披靡；叛军惊慌失措，速被荡灭。此乃吾皇不世之奇功也！可谓空前绝后，震古烁今！我大唐创业以来，前圣功德，莫能高于此者，应明示天下，以金石纪之！

“崔大人说得不错！”王涯接口道，“这次平定淮西，裴相国运筹帷幄，用兵如神；各路将帅奋勇作战，密切协同，方使我王师连战连捷，一举荡平蔡州。其功绩如泰山嵩岳，应永垂史册，为将来法式。”

“两位大人说得极是！”去年十月新任门下侍郎、同中书门下平章事的李鄘道：“这次淮西大捷，铲除了我大唐三十余年的心腹大患，朝廷从此再无东顾之忧，百姓永脱战乱之害！此乃继我大唐收夏州、降江东、平泽潞、伏魏博、安剑南之后，又一丰功伟绩，应勒石以颂之！”

宪宗听后，不由面呈矜喜之色，道：“各位爱卿所言极是，此次平定淮西，可谓功若嵩岳，光照前后，可勒石以纪之！”然后看了看大家道：

“诸位爱卿看，这碑文由何人撰写为好？”

崔群道：“韩侍郎硕学通儒，辞彩精拔，文行当朝！非他莫属。”

“崔大人说得很是！”王涯遂接口道，“韩侍郎不仅刀笔犀利，文章纵横，而且这次亲临淮西督战，对平定淮西了如指掌，由韩大人执笔最为合适。”

“好吧，就依众爱卿之言。”宪宗听后，点了点头，转向韩愈道：“这平淮碑文，就由韩爱卿操笔吧！”

韩愈听此，十分激动，忙道：“微臣谨遵圣命！定竭尽全力，钩深索隐，以纪君相群臣和三军将士之功绩，绝不负圣命！”

“好！此事就这么定下！”宪宗高兴地道。

散朝之后，众大臣齐向韩愈致意。裴度向着韩愈道：“此次征讨淮西，历时四年之久，数次更换将帅；各路兵马均有胜负。其中关系错综复杂，功过是非难以定说。要写好碑文，实乃一艰巨重任。大人需要深思熟虑，方保无虞。”

韩愈听后，点了点头道：“多谢大人关照，学生定慎重处之！”说罢，拱手离去。裴度望着韩愈的背影，脸上不由掠过一丝忧虑之色。旁边李庸见此，向着裴度道：“大人好像对韩侍郎撰写碑文，很不放心，不知何故？”

裴度看了看已经远去的韩愈，不由轻轻叹了口气道：“这撰写平淮碑文，虽可名垂青史，但上涉朝廷天子，下牵各路诸侯，一点顾及不到，便会遭人所忌。而韩愈此人，欺霜傲雪，性格太刚，遇事直而不弯；不知又会得罪哪路神仙。是祸之福，真有点让人担忧！”

李庸听后，也不由得点了点头。

韩愈接受撰写平淮碑文后，遂钩隐扶微，斟酌构思，很快拟出草稿一份。这日正在书房推敲细节，只见书吏进来禀道：“山南东道节度使、凉国公李愬大人前来拜谒。”

韩愈一听，忙道快快有请。这李愬平定淮西后，迅速擢迁为山南东道节度使，并赐爵凉国公。新年前夕，因回朝述职谢恩，暂羁京师，现将返回山南任所，故前来向韩愈辞行。韩愈在征讨淮西中，与李愬接触较多，并亲赴邓随唐军督战，又与李愬一块奇袭蔡州，二人交往颇厚。今见李愬来访，十分振喜，忙迎出书房。

二人一见，紧紧握在一起，相互寒暄罢，遂相携进入书房。李愬向着韩愈祝贺道：“恭喜大人擢迁刑部，此真乃朝廷得管仲乐毅也！”韩愈忙道：“多谢大人奖誉，学生与先贤相差万里，岂敢相提并论，真羞煞学生也！”

“不！以下官看来，大人与管仲乐毅相比，其才略胆识，治国之道，有过之而无不及也！想这次淮西之战，若无大人运筹帷幄，屡出奇策，岂能迅速取得全胜！”

韩愈见李愬一进门便夸赞自己，心想定有要事相求，便道：“这次平定淮西：一是圣上力排非议，决策果断，用人得当；二是各路将帅同仇敌忾，协同作战，奋勇向前；三是督统大营运筹帷幄，指挥正确。学生只不过以尽职责而已，其作用微不足道也！”

“不，不，不！”李愬看着韩愈道，“下官知大人一向光明磊落，高风亮节，从不贪功自居，但也得从实而论！不可谦虚太过！今日下官前来拜谒大人：一是近日下官将返回山南，特来向大人辞行，二来也是为了此事！”李愬看了看韩愈，略带狂傲的口气道：

“这次迅速平定淮西，关键是我们一举拿下蔡州，擒获元济，使叛军群龙无首，倾刻土崩瓦解。这偷袭蔡州的作战方略，是你我二人同时提出，而偷袭蔡州，又是你我二人率领人马，一同前往。若无你我二人，蔡州如何能拿下，吴元济又怎能被擒获，恐怕皇上再决策果断，裴度再指挥正确，也无济于事！因此，你我在这次平定淮西中，应是首功！”

韩愈听此，心中不由一怔。这李愬过去倚仗是皇亲国戚，狂妄无羁，目空一切，朝野多有非议。然而在这次征讨淮西中，因裴度恩威并施，治军严明；加之其前时与韩弘相抗，屡违军令，心中多有惮惧，故暂时收敛，不敢妄为。谁知这次征讨淮西中，却受命偷袭蔡州，而且竟生擒贼首元济，从而引起朝野轰动，深得宪宗嘉宠。不仅迅速擢迁为山南东道节度使，而且还赐爵凉国公，一时竟飘飘然起来。他看了看韩愈，继续道：

“前天听说皇上让大人撰写平淮碑文，下官十分高兴，深感皇上用当其人！但又担心大人过于谦逊，而不敢如实撰写你我二人功绩，故特来相告！”

韩愈听到这里，方明李愬来意，又见其大言不惭，竟有贪天之功的邪念，不由心中涌起一股厌恶之感，遂淡淡一笑道：

“大人所言很有道理，但以学生拙见，还不敢完全苟同：这平定淮西，大人和学生确实功绩匪小，但若没有皇上力排和论，坚定平淮决心；裴相知人善用，及时调整作战方略；各路将帅互相配合，奋勇向前，岂能使叛军节节败退、蔡州形成一座空城？若没有督统大营及时采取‘北牵南袭’的作战部署，怀汝、忠武两军在北线实施牵敌作战，我偷袭蔡州岂能顺利成功？因此，从全局来看，决定淮西全胜的功绩，应该属于朝廷和各路将士！”

李愬听此，不觉一愣，他深知韩愈性格刚直，昂霄耸壑，从不把权贵放在心上，今日前来向韩愈表达心意，也颇有所忌，不仅方式宛转，而且还把韩愈和自己放在一起来谈，但还是遭到韩愈的拒绝，不禁赧赧地道：

“大人真乃德高操洁之人也，实让下官钦佩！但这平淮之碑，将流传后世，关系到大家的千古芳名，还望大人不要太过谦为好！同时，这次平定淮西，生擒元济，邓随唐三军将士风雪无阻，浴血奋战，不要冷了他们的心才是！”

韩愈听后，微微笑道：“大人的美意，学生感激不尽。至于大人和邓随唐军在这次平定淮西作战中的功绩，学生定当据实写明，请大人放心就是！”李愬听此，只好道：“那就多谢大人了！”

李愬从韩愈处返回府宅，心中十分不快，遂将与韩愈的交谈，向唐安公主叙说一遍，然后道：“这韩愈果然迂腐不堪，眉眼不开，心中只有朝廷皇上，看来这平淮碑文，必然重上轻下，很难将功绩写到下官身上！”说罢看了看唐安公主，继续道：

“此碑关系重大，镌刻完成之后，请公主多加留意，如若碑文对下官的功绩褒奖不够，可向圣上奏明，让其修改，此事万万马虎不得！”

“驸马请放心！”唐安公主不由轻蔑一笑道，“小小一个侍郎，有多大能耐，敢与驸马为敌！若这韩愈不知好歹，到时本宫定上奏皇上，让他吃不了兜着走！”

“好！若此，下官就放心了！”三日后，李愬起程，前往山南。

三月二十五日，韩愈将几经锤炼定稿的平淮西碑文，呈进宪宗，并附以《进撰平淮西碑文表》。宪宗看罢奏表，再看所撰碑文和序，只见韩愈在碑文序中写道：

天以唐克肖其德，圣子神孙，继继承承，于千万年，敬戒不怠，全付所覆，四海九州，罔有内外，悉主悉臣。高祖太宗，既除既治。高宗中睿，休养生息。至于玄宗，受报收功，极炽而丰。物众地大，孽芽其间。肃宗代宗，德祖顺考，以勤以容。大慝适去，稂莠不薅，相臣将臣，文恬武嬉，习熟见闻，以为当然。

睿圣文武皇帝既受群臣朝，乃考图数贡曰："呜呼！天既全付予有家，今传次在予。予不能事事，其何以见于郊庙？"群臣震慑，奔走率职。明年平夏，又明年平蜀，又明年平江东，又明年平泽潞，遂定易定，致魏博贝卫澶相，无不从志。皇帝曰："不可究武，予其少息。"

九年，蔡将死，蔡人立其子元济以请。不许，遂烧舞阳、犯叶、襄城，以动东都，放兵四劫。皇帝历问于朝，一二臣外皆曰："蔡帅之不庭授，于今五十年，传三姓四将，其树本坚，兵利卒顽，不与他等。因抚而有，顺且无事。"大官臆决唱声，万口和附，并为一谈，牢不可破。

皇帝曰："惟天惟祖宗所以付任予者，庶其在此。予何敢不力？况一二臣同，不为无助。"曰："光颜！汝为陈许帅，维是河东、魏博、郃阳三军之在行者，汝皆将之。"曰："重胤！汝故有河阳、怀，今益以汝。维是朔方、义成、陕、益、凤翔、延庆七军之在行者，汝皆将之。"曰："弘！汝以卒万二千，属而子公武往讨之。"曰："文通！汝守寿，维是宣武、淮南、宣歙、浙西四军之行于寿者，汝皆将之。"曰："道古！汝其观察鄂岳。"曰："愬！汝帅唐、邓、随，各以其兵进战。"曰："度！汝长御史，其往视师。"曰："广度！惟汝予同，汝遂相予，以赏罚用命不用命！"曰："弘！汝其以节都统诸军。"

曰："守谦！汝出入左右，妆惟近臣，其往抚师。"曰："度！汝其往，衣服饮食予士。无寒无饥，以既厥事。遂生蔡人，赐汝节斧，通天御带，卫卒三百。凡兹廷臣，汝择自从。惟其贤能，无惮大吏。庚申，予其临门送汝。"曰："御史！予悯士大夫战甚苦，自今以往，非郊庙祠祀，其无用乐。"

颜、胤、武合攻其北，大战十六，得栅城县二十三，降人卒四万。道古攻其东南，八战，降万三千。再入申，破其外城。文通战其东，十余遇，降万二千。愬人其西，得贼将，辄释不杀；用其策，战比有功。十二年八月，丞相度至师，都统弘责战益急，颜、胤、武合战亦用命。元济尽并其众洄曲以备。十月壬申，愬用所得贼将，自文城因天大雪，疾驰百二十里，用夜半到蔡，破其门，取元济以献。尽得其属人卒。辛巳，丞相度入蔡，以皇帝命赦其人，淮西平，大飨赉功。师还之日，因以其食赐蔡人。凡蔡卒三万五千，其不乐为兵，愿归为农者十九，悉纵之。斩元济京师。册功，弘加侍中，愬为左仆射，帅山南东道。颜、胤皆加司空，公武以散骑常侍帅鄜坊、丹、延，道古进大夫，文通加散骑常侍，丞相度朝京师，道封晋国公，进阶金紫光禄大夫，以旧官相，而以其副总为工部尚书，领蔡任。既还奏，群臣请纪圣功，被之金石。皇帝以命臣愈。臣愈再拜稽首而献文曰：

宪宗看罢序后，不由点了点头，继续往下看去，只见正文写道：

唐承天命，遂臣万邦；孰居近土，袭盗以狂。往在玄宗，崇极而圮，河北悍骄，河南附起。四圣不宥，屡兴师征，有不能克，益戍以兵。夫耕不食，妇织不裳，输之以车，为卒赐粮。外多失朝，旷不岳狩，百隶怠官，事忘其旧。帝时继位，顾瞻咨嗟；惟汝文武，孰恤予家。既斩吴蜀，旋取山东，魏将首义，六州降从。

淮蔡不顺，自以为强，提兵叫讙，欲事故常。始命讨之，遂连奸邻，阴遣刺客，来贼相臣。方战未利，内惊京师；群公上言，莫若惠来。帝为不闻，与神为谋，乃相同德，以讫天诛。

乃敕颜、胤、愬、武、古、通，咸统于弘，各奏汝功。三方分攻，五万其师，大军北乘，厥数倍之。常兵时曲，军士蠢蠢，既翦陵云，蔡卒大窘。胜之邵陵，郾城来降，自夏入秋，复屯相望。兵顿不励，告功不时，帝哀征夫，命相往釐。士饱而歌，马腾于槽，试之新城，贼遇败逃。尽抽其有，聚以防我，西师跃入，道无留者。额额察城，其疆千里，既入而有，莫不顺俟。

帝有恩言，相度来宣："诛止其魁，释其下人。"蔡之卒夫，投甲呼舞，蔡之妇女，迎门笑语。蔡人告饥，船粟往哺；蔡人告寒，赐以缯布。始时蔡人，禁不往来；今相从戏，里门夜开。始时蔡人，进战退戮，今旰而起，左飧右粥。为之择人，以收余惫，选吏赐牛，教而不税。蔡人有言：始迷不知；今乃大觉。羞前之为。蔡人有言：天子明圣，不顺族诛，顺保性命。汝不吾信，视此蔡方；孰为不顺，往斧其吭。凡叛有数，声势相倚，吾强不支，汝弱奚恃？其告而长，而父而兄，奔走偕来，同我太平。淮蔡为乱，天子伐之，既伐而饥，天子活之。始议伐蔡，卿士莫随，既伐四年，小大并疑。不赦不疑，由天子明。凡此蔡功，惟断乃成。既定淮蔡，四夷毕来；遂开明堂，坐以治之。

宪宗看罢，十分振喜。遂令工部承办镌刻诸事，将碑树于太庙一侧。并让崔群负责将碑文抄送各地州府和淮西参战将帅，以明示天下。

半月之后，工程完毕，宪宗亲率文武百官前来观览。只见这平淮碑高约三丈，纯青石勒成，耸立于巨龟背上。碑文周围，鸾飘凤泊，螭盘虎跃，十分雄伟。

宪宗看罢，十分欣喜，遂传旨京师各部官吏、王公国戚，前往瞻仰。一时在京传为佳谈。

第116章
除弊风泰斗拒“人事” 抗圣命文昌更碑文

话说宣武军节度使韩弘，当接到平淮西碑文抄本，只见韩愈在碑文中对淮西之战评论得十分公允，深为韩愈的人品和才思所动。他知韩愈一向清正廉洁，家中十分清贫，便派人向韩愈送来绢帛五百匹，作为生活资助。

这日，韩愈从署衙回到家中，见大厅之中堆放着许多绢帛，不由一怔，忙问来历。卢夫人便将韩弘所赠叙说一遍，韩愈听罢，向着卢夫人道：“这绢帛咱们不能收！”

“为什么？”卢夫人不解地看着韩愈，韩愈道：

“这韩弘过去从未与我家来往馈赠，现在突然送来这么多礼物，定是因平淮碑文而来。这次征讨淮西，韩弘身为督统，立下赫赫战功；但前时因中使梁守谦和驸马李愬的掣肘和诽谤，朝野多有非议，而韩弘也为此忧愤难平。在平淮碑中，学生据实而论，对韩弘的功绩进行了公正评价。韩弘定是有感于学生，方送此礼物前来。”韩愈讲到这里看着卢夫人道：

“学生据实评价各路将帅功绩，乃是为人之道；也是对朝廷和天下负责。怎能为此而接受他人馈赠？此岂不令人非议！这是其一；二是学生在碑文中，对韩弘和各路将帅功绩的评价，完全是出于公心，据实而论，没有半点私情。若是接收了韩弘的礼物，别人定会以为学生从中舞弊，与韩弘暗中有什么交易。这样不仅有污学生的清誉，而且也会使人对韩弘的功绩产生质疑。因此，这礼物是万万不能要的！”

卢夫人听此，不由点了点头，道：“老爷说得很对，看来这些礼品是不能收！”然后看着韩愈道：

“以老爷之见，这些东西当如何处置？”

韩愈低头思忖片刻，向着卢夫人道：“明天令人将这些东西上交户部，入公就是。”旁边秦济见此，向着韩愈和卢夫人惋惜地道：

“韩弘大人的来人讲：说老爷公私分明，这些绢帛都是韩弘大人个人的，并非公物，要老爷一定收下。而且老爷一向为官清廉，家中常常收不付出。这些东西正好填补家中所用。若要上缴国库，岂不有负韩弘大人一片心意！”

韩愈闻此，正要向秦济解释，只见张籍走了进来，韩愈忙拱手相迎，张籍看了看厅中堆放的绢帛，向着韩愈道：“刚才听你们议论甚烈，孰为何事？”

卢夫人遂将韩弘着人送来绢帛，韩愈让上交国库之事叙说一遍。张籍听罢，又看了看那堆绢帛，向着韩愈道：

“此举不妥！韩弘大人送来这些礼物，若纯属私人交情，先生如上交国库，反为不美：一是别人会说先生是有意沽名钓誉；二是朝野会以为韩弘大人在贿赂朝官，反倒使韩弘大人难堪！”

韩愈向着张籍道：“大人说得很有道理。但要细究起来，这些东西仍收不得！”

“这是为何？”张籍听此，不解地看着韩愈，韩愈不由凝重地道：

“一是韩弘大人给学生送来这些东西，看着是私人交往，但实际上是一种官场权力表现。学生若是一个平民百姓，韩弘岂会给学生送来这些东西？即使学生不是一般平民百姓，若没有身为刑部侍郎之职，并在平淮碑文中对其功绩进行如实撰写，其也不会向学生进行馈赠。”韩愈讲到这里，看着张籍和卢夫人，多少有些感慨地道：

“二是目前朝政腐败，贿赂之风愈演愈烈，究其原因，一是人们把权钱交易，看成是天经地义之事，无论官民，都把行贿受贿，作为办事的前提和基础。不论事情该不该办，都要先送人事才行。结果不能办的事，只要行贿就能办成；该办的事，若不行贿就办不成。实在令人深恶痛绝；二是那些贪官污吏，为了掩盖自己的丑恶行径，往往打着个人交往的幌子，而行索贿受贿的勾当。因此，我大唐要铲除弊政，实现中兴，就必须消除这种腐败现象！”韩愈讲到这里向着张籍道：

“这些年，朝廷虽多次颁诏要铲除腐败，但各级官吏都是嘴上讲一套，而行动上却是另一套，故腐败之风愈禁愈烈。因此，要刹住这腐败之风，各级官吏必须人人自觉从个人做起，才能奏效。学生身为刑部侍郎，执掌国家刑律法度，更应该做出表率。”

张籍听到此，不由得点了点头。韩愈继续道：“韩弘大人所送东西，虽属个人私交，但在目前形势下，实难区分个人正常交往与行贿受贿的界限，必然给人以钱权交易之嫌。因此应将此物上缴给朝廷。韩弘大人是个深明事理之人。他定会理解学生的用意和苦衷的。”

卢夫人听此，不由向着张籍道：“老爷就是这个脾气：即使再穷再苦，也不愿接受别人一文钱的东西。我们就成全老爷吧，明天让秦济将这些东西送到户部就是。”

韩愈听此，看着卢夫人，高兴地道：“知我者，夫人也！”

张籍见此，不由笑道：“先生和夫人，真乃是志同道合的天生一对，实乃令人羡慕！不过上缴国库倒也可以，但最好先上奏朝廷，听听皇上意见为好。”

韩愈听罢，略一思忖，道：“就依张大人的主张。”

第二天，韩愈令秦济将这五百匹绢帛，全部送交户部。并向宪宗上呈了一份《奏韩弘人事表》的奏疏，其辞曰：

> 右臣先奉恩敕撰《平淮西碑文》，伏缘圣恩，以碑本赐韩弘等。今韩弘寄绢五百匹与臣充人事。未敢受领，谨录奏闻，伏听进止，谨奏。

两日后，宪宗接到韩愈表疏和户部侍郎李建所奏，甚感新奇，遂与裴度和崔群等人商议此事。裴度道：

“韩愈家人众多，且投在其门下拜师求学之人甚众，日开销巨大，单凭其一人俸金度日；而本人又清正廉洁，故生活十分拮据。不少朋友想予以帮衬，但都被其谢绝，故有今日之事。”

崔群接口道:“韩愈此人,洁身自重,风清节亮。前年任史馆撰修,前宰相杨炎之子想让韩愈在国书中为其父美言几句，给韩愈送去纹银万两，作为酬金，不仅被韩愈当场退回，而且还将其痛责一番。在朝野传为佳谈。”

宪宗听后，深为韩愈的清正廉洁所动，不禁道:“我大唐各级官吏，若都能像韩愈这样，何愁弊风不除，中兴不至！”说罢，遂传旨将韩弘所赠之物，全部赐还给韩愈，并令户部送到韩愈府宅。

第二天，韩愈接到诏令和户部送来的韩弘所赠之物，深感皇恩浩荡，遂又上呈《谢许受韩弘物状》。其内容为:

> 臣某言：今日品官第五文嵩至臣宅，奉宣圣旨，令臣受领韩弘等所寄撰碑人事绢者。恩随事至，荣与幸并，惭抃怵惕，罔知所喻。
>
> 伏以上赞圣功，臣子之职；下沾群帅，文字所宜。陛下谦光自居,劝励为事,各赐立功节将碑文一通,使知朝廷备录劳效。韩弘荣于宠赐,遂寄绢帛与臣。于臣何为,坐受厚贶?恩由上致,利则臣归，惭戴兢惶，举措无地，无任感恩惭恳之至。

此事很快在朝野传开，俱赞韩愈之风节。

再说平淮西碑文抄本，送至山南东道节度衙门，李愬看罢，不由勃然大怒。向着左右道:

“果然不出本帅所料，这韩愈所撰碑文，大讲朝廷和裴度功劳，极赞韩弘和乌重胤、李光颜等人战绩；却对本帅平淮首功，寥寥数笔带过。是可忍，孰不可忍！”说罢，遂写一奏折，连同碑文抄本，令人连夜送进京城，要唐安公主参奏韩愈，修改碑文。

唐安公主接到李愬奏折和碑文一看，也不由怒火上冲，遂打道入宫，直往宪宗处来谗告韩愈。此时宪宗正在德政殿与宰相李庸、工部侍郎程异商议修缮麟德殿，疏浚龙首池之事。自去冬淮西平定后，朝野欢声雷动，各地藩镇纷纷上表，齐贺宪宗神武圣德，称其为天下第一圣君。宪宗见淮西平定，河北归顺，四海统一，也自认功盖天地，便以中兴明君自居，遂有骄奢之念，便欲大兴土木。现见唐安公主面带怒色闯进宫来，不由一怔，忙起身相迎，并扶唐安公主坐到旁边的椅子上，关切地道：

“姑母今日上殿有何要事请讲？侄儿定为姑母作主就是！”那唐安公主不由眼睛一红，道：“太庙的平淮西碑文，皇上可曾看过？”

“侄儿看过。”宪宗见此，忙道，“此碑文乃当朝文豪韩愈所撰，由侄儿亲自审定。怎么？此碑文有什么不妥之处？”

“本宫知道这碑文是那韩愈所撰，要是其他人定不会如此！”唐安公主愤愤地道，“此碑文完全不实，是在愚弄天下！”

宪宗一听，不由一愣，又见唐安公主怒容满面，他知道这位姑母一向争强好胜，工于心计，而且深得太皇太后的宠爱，就连自己的母亲皇太后，也对她惧怕三分，不敢轻易得罪于她，忙道：

“姑母请先消消气，这碑文有何不妥之处，请赐教侄儿，侄儿定给姑母一个公道就是。”

唐安公主激动地道：“你看这碑文：一是从头到尾，大讲朝廷宰相之功；却叙述前方将帅战绩甚少！当然，这次平定淮西，首先应归功于皇上圣明，这是无可非议的；但将功劳记在宰相身上不妥，这是其一。”唐安公主说到这里，看了一眼旁边的李庸，道：

“二是碑文在叙述前方将帅功绩时，面面俱到，平分秋色。而且还突出了对韩弘、乌重胤、李光颜等人的赞颂，这也与事实不符！”唐安公主讲到这里。带着委曲的声色道：

“朝野尽知：这次征讨淮西，韩弘倚贼自重，不愿淮西速平。是驸马爷率领孤军，雪夜偷袭蔡州，一举擒获元济，方取得淮西空前大捷！若是没有驸马爷雪夜奇袭蔡州，他裴度也罢，韩弘也罢，乌重胤、李光颜也罢，恐怕现在仍在淮西同叛军周旋，何能凯旋回朝，加官进爵？而碑文中对驸马爷的功绩，却只轻描淡写地提了一下，而且与他们这些人相提并论，实在让人气愤！”

宪宗听此，虽心中不以为然，但慑于唐安公主的长辈身份，便笑道：“姑母请息怒，看有伤贵体，韩愈这样撰写，定有他的道理，而且满朝文武大臣观后，俱称颂不已，无人提出异议。”

“韩愈这么撰写有他什么道理？”唐安公主向着宪宗道：“听说

这韩愈乃是裴度一党，前往淮西乃由裴度举荐，故在碑文中大书君相之功，明着是颂扬皇上，实际是突出裴度，以报举荐之恩！”唐安公主讲到这里，带着轻蔑的口气道：

“至于满朝文武俱称颂不已，无人提出异议，这也不足为奇：一是裴度乃朝中首辅大臣，一人之下，万人之上，手握朝柄，谁人敢去惹他，自然称颂不已；二是当今世风败坏，朝中之人多是看风使舵，趋炎附势，即使这碑文写的再坏，只要与己无关，谁去指责议论？因此，这赞声如雷，众口一词，说不定其谬误、危险更大！只不过是在欺瞒圣聪而已！”

宪宗听到这里，不觉一怔。唐安公主看着宪宗，眼珠一转，带着挑拨的口气继续道：

“韩愈在碑文中故意抬高裴度，贬低驸马，本宫不恼，恼的是他们别有用心，想将裴度等人凌驾于皇侄之上。现在长安城中，俱传裴度之功，无人讲皇上之明。若此，将来必然形成相臣功高盖主之势，皇上不可不虑；同时，碑文中大讲裴度如何施惠蔡民，京中传言，蔡州百姓只知有裴度，而不知有皇上，这不是谋逆之举吗！”

宪宗听此，虽感唐安公主讲得有点危言耸听，但也觉得有几分道理，不由面现凝重之色，看着唐安公主。唐安公主见此，不禁心中暗自高兴，向着宪宗继续道：

“俗话说，‘近不近，骨肉亲，打断骨头连着筋’，此事别人即使看得出来，也不会向皇上进言，只有本宫不怕他们，为了皇上和朝廷社稷，才前来向皇上说明实情，请皇上三思！”

这宪宗刚即位时，励精图治，决心中兴，常以“兼听则明，偏听则暗”，作为座右铭，遇事颇能听取众朝臣的意见，并提出“每事十议”的主张。后经平剑南、定魏博、降江东之后，逐渐刚愎自用起来。特别是这次平定淮西，降服河北，更加狂傲专断，遇事偏听偏信。现听了唐安公主一番话，不由心中顿起疑虑，便道：

“此事好办，侄儿将那韩愈召来，让他再撰写一次，将驸马爷的功绩详尽书明，把这碑文换掉就是！”

旁边李庸听此，不由一惊，只见唐安公主高兴地道：“还是皇上英明卓荦！驸马爷若得知此情，定会鞠躬尽瘁，誓死为皇上效命的！不过皇上可不许反悔啊！”

宪宗不由骄矜地微微一笑道：“侄儿心中明白，请姑母放心就是。”唐安公主见此，方转忧为喜，乐滋滋地告辞而去。

宪宗将唐安公主送出德政殿后，令太监去召韩愈前来。旁边李庸担心地道：

“这重新立碑，非同小可！况且韩愈乃刚直之人，听说年初驸马爷临离京时，曾去拜谒韩愈，希望能将自己的功德多写一点，结果被韩愈当场拒绝。现在碑已立就，要推倒重来，恐怕韩愈不会答应。”

宪宗不由骄矜地一笑，道：“李爱卿是只知其一，不知其二；这韩愈虽然耿直，但此次是朕让他重新撰写，他难道还敢抗旨不成？再说，朕对他韩愈是宠幸有加，不到一年时间，他便连升两级，由太子右庶子，一跃成为刑部侍郎，这在众大臣中，也是很少有的，难道他能知恩不报！一点面子也不给朕？”

李庸听后，他深知韩愈风骨，对宪宗的话虽心中不以为然，但见宪宗充满自信，便道：“皇上圣明，但愿能如皇上所言就好！”

再说韩愈这日正在府衙办差，只见中使前来召传。不知何事，慌忙来到德政殿。宪宗见韩愈到来，遂说明其意。韩愈一听不由一怔，甚感诧疑不解，遂向着宪宗道：

“这怎么能行！碑文原是经皇上审定，满朝文武大臣并未提出异议；同时现已镌刻完毕，立于太庙多日。今再推倒重来，岂不引起朝野非议，成为天下笑柄！”

宪宗看了看韩愈，心中多少有些不悦，道：“近有人向朕参奏，讲碑文叙述君相功绩多，记载各路将帅战绩少；叙述乌重胤、李光颜等人事迹多，记载偷袭蔡州、擒获贼首吴元济的李愬功绩少；叙述丞相宣抚蔡州，百姓歌功颂德者多，记载朝廷恩威四方，光照前后者少。故而需要重新推倒再来！”

韩愈听此，想到前时李愬临离京时登门拜谒所提要求，料定必是李愬和唐安公主为邀功取宠，蛊惑宪宗所为，不觉心中涌起一股怒气。向着宪宗道：

“此参奏之人，除了驸马李愬大人和唐安公主外，不会再有其他之人。所谓‘三多三少’，纯属颠倒黑白，无中生有！说白了，就是嫌碑文中没有大书他们的功绩，而未能达到其贪天之功的目的，故而心中有忌罢了！”韩愈讲到这里，看了看宪宗和一旁的李庸继续道：

“这碑文序中的第四、五两节，正文的第三节，全部用来叙述各路将帅同仇敌忾，共讨元济之事，怎说记载各路将帅战果不多？序中第五节，专门记述了十月壬申，‘愬用所得贼将，自文城因天大雪，疾驰百二十里，用夜半到蔡，破其门，取元济以献，尽得其属人卒。’又怎说记载李愬的功绩不详呢？再者，其正文第二节，第四、五、六三节，均记载论述了天子神武圣德之功，和蔡州百姓的感天动地之情，又怎说叙述朝廷恩威四方，光照前后不足呢？”

宪宗听此，一时口塞，难以作答。韩愈看了看宪宗和李庸，继续道：“当然，在碑文的序和正文中，都几次提到裴度之事，然而这确是实情！若没有裴相亲临淮西督战，岂能将圣上旨意传谕各路将帅；各路将帅若没有裴相恩威兼施，又怎能抛却私怨，同仇敌忾，协同作战，奋勇杀敌呢？若没有裴相将圣上作战方略付诸实施，改变过去分兵御敌、消极防御的作战方法，怎能集中优势兵力，对叛军形成泰山压顶之势，取得连战连捷的有利战局呢？再者，若没有乌重胤、李光颜两军的奋勇作战，蔡州岂能变成一座空城；若没有裴相及时把握战机，采取‘北牵南袭’的作战方略，邓随唐军岂能有机可乘，顺利夺取蔡州？因此，对裴相的记述，不是太过，而是十取其一。”

宪宗听此，不由为韩愈的论述所动，正要予以认同，猛然唐安公主所奏：“功高盖主，遗患无穷！蔡州百姓只知有裴度，而不知有皇上”之言响在耳边。不禁下定决心，向着韩愈道：“朕意已决，不必再言，就请侍郎回去修改碑文吧。”

韩愈见宪宗竟如此武断，也不由正色道：“微臣才疏学浅，头脑愚钝，难深明圣意，此事实难从命，望皇上宽谅！”

宪宗见此，更加不快，暗道：“人人都说这韩愈恃才傲物，迂腐不堪，果然不错！”便冷冷地道：“好吧，那你就请回吧！”

韩愈听此，不由满腹忧愤。只好退了出来。

宪宗望着韩愈离去的背影，向着李庸气愤地道：“你看这韩愈，果然不出你的所料，真是又臭又硬，狂妄之极，竟敢抗旨不遵！”李庸看了一眼韩愈离去的身影，向着宪宗道：

“皇上不必为此生气，这韩愈在朝野是出了名的硬骨头，凡是他认为不妥之事，你就是砍下他的脑袋，他也不会认输低头的！”李庸讲到这里，看了看宪宗，继续道：

“不过此人虽有些迂腐，但才高八斗，正气如虹，忠心不渝，在朝野久有诤臣之名。这次出征淮西，据说裴度之策，多出之其手；而且其亲赴汴州说服韩弘；冒雪到李愬军中督战，同李愬一起雪夜奇袭蔡州、立下汗马战功。而在平淮碑文中，却一字未提自己，可见其人高风亮节，光明磊落！皇上应为得其人而高兴才是！”

宪宗听此，不由嘘了口气，向着李庸道：“此事朕已经答应姑母重撰碑文，推倒再来。现在韩愈不干，当如何是好？”

李庸笑了笑道：“此事若皇上主意已决，可令他人撰写就是，不必非让韩愈再来修改碑文。俗话说，‘强扭的瓜不甜’，韩愈他内心不愿修改，你就是硬令他修改，也改不出啥结果来！”

“这修改碑文，需要才华横溢之人才行，”宪宗看着李庸道，“谁人能担当此任？”

“现翰林学士段文昌，辞彩精拔，文章玄妙，可担当此任。”

宪宗听后，思忖片刻，道：“就由文昌来重撰碑文吧，此事就交给爱卿你了。”李庸忙答应称是。

半个月后，段文昌将重新写好的碑文呈与宪宗，碑文按照宪宗之意，删去了大部分对裴度的叙述，突出了李愬的战功。宪宗看后，将碑文交与工部去承办。工部侍郎李建只好率领工匠来到太庙，用绳索将石碑拉倒，磨去韩愈的碑文，将段文昌所撰碑文刻上。一时，此事轰动整个朝野：人们奔走相告，议论哗然，俱道朝中定是出了奸佞，宪宗为谗言所惑。

韩愈闻知此情，愤慨难抑，本想上殿予以争论，被裴度和崔群等人所阻，只好强压怒火，由他们而去。

这次平淮碑文虽被宪宗更换，但韩愈的文章已流传朝野，为天下文人墨客所称颂。苏东坡在诗中感慨地道：“淮西功德冠吾唐，吏部文章日月光，千载断碑人脍炙，不知世有段文昌。”

第117章
华山女妖艳动京师　柳方士惑君着紫衣

宪宗自平定淮西后，骄奢之心愈来愈烈。元和十三年春夏，先后降诏浚龙首池，筑承晖殿，大兴土木。佞臣判度支皇甫鏄、盐铁使程异，遂迎合上意，屡进奸谋，宪宗甚是宠幸。

八月，皇甫鏄晋户部侍郎，程异擢工部侍郎；九月，二人同时拜相，擢中书门下平章事。这二人更是沆瀣一气，狼狈为奸，多举暴敛之策，朝野无不惊骇。裴度和崔群、王涯多次极谏，宪宗不仅不纳，反而多有厌忌之意。不久，便黜王涯为剑南东川节度使。韩愈见此，甚为忧愤。

时至秋来，宪宗不仅任用佞臣大兴土木，而且逐渐沉溺于歌舞酒色和拜佛求仙之中。一时在京师又迅速形成一股新的崇佛求仙热。大街之上，到处是传经布道的僧徒和方士。宪宗和后宫嫔妃，甚至将僧人道士召入宫中诵经祈祷。撞钟吹螺之声，响彻皇城内外。

这日韩愈退朝回衙，与比部郎中冯宿同行，只见前方道路拥塞，上千名百姓簇拥在一高坛之前，观看坛上一年轻道姑在布道说法。二人来到坛前一看，只见坛上那道姑年方二八，浓装艳抹。头上戴一顶盘螭紫金冠，上罩蝉翼白纨纱；身上穿一件广袖紫霞衣，腰系闪闪黄丝绦。两道娥眉长入鬓，一双凤目含秋波；面似三月桃花绽，口如四月樱桃红。冯宿见此不由道：

“原来是这个妖女在此作祟！”

“你知道此女？”韩愈看着冯宿问道。

“此女乃华山道姑，上个月奉师命下山来到京城，住在城南碧云观中。”冯宿道，“此女不仅鼓吹长生之术，而且善用妖颜惑众。自到京后，每日前往观中听其传道之人，成千上万，挤破门槛，常常观内观外人山人海。竟将周围几家寺院之中拜佛听经之人，全部吸引过去，弄得这几家寺院门可罗雀。不少富家子弟，闻此女妖艳，如蝇逐臭，蜂涌而至；大多并非信道，而是观其姿色。据说此女每讲到精彩之处，周围之人便欢声若狂，齐把金银首饰投向女身前后，地上所积金银珠宝厚达尺余。今日此女竟将传道之坛移到这长安街上。”

韩愈听此，忽有所思，向着冯宿道：“听说前几日，皇上和太皇太后，将一个女道士召进宫中，在德政殿传道讲法三天。皇上亲自赐宴陪餐，并赠送金银珠宝价值万贯。那女道士莫非就是此女？”

“不错，就是这个华山女。”冯宿看了一眼坛上之人，向着韩愈道：

“据说此女由皇甫鎛和宦官陈弘志推荐给皇上，皇上一见，龙颜大开。这华山女深知皇上之好，遂百般迎合圣意。”冯宿讲到这里，看了看左右，低声地道：

“据说皇甫鎛向皇上谄媚道：‘此女乃是得道仙姑，为上天嫦娥转世，若与之阴阳交合，取阴补阳，可延年益寿，长生不老。’皇上闻此大喜，竟让这华山道姑陪侍了三夜，结果被皇后得知，将陈弘志臭骂了一顿。”

“真是荒唐之极！”韩愈听后，不由愤慨地道，“皇上如此英明，竟被这帮奸佞小人所蒙蔽，实在让人痛心！”

“大人说得很是！”冯宿也忧愤地道，“自淮西平定，河北归顺，皇上竟被一时胜利冲昏头脑。这半年多来，厌直谏、喜奉承、远忠贤、近佞臣，朝政之事，多听信皇甫鎛和程异两个奸佞之言。裴相和崔群俱被冷落到一边。上个月又将吐突承璀从淮南召回宫中，仍委以内务府总管之职。这吐突承璀入宫后，便与皇甫鎛和程异勾结在一起，尽将皇上往黑道上引。听说郓州李师道闻此，竟有趁机作乱之势，实在让人忧虑！”

“大人说得不错！”韩愈也不由面现凝重之色道，“皇上自以为功盖天地，遂生骄奢之念，不仅大兴土木，沉溺酒色，而且崇信佛老，喜谀恶谏。李师道乃阴险狡诈之徒，屡叛成性，前时因元济被擒，淮西平定，河北王承宗乞降，见大势所趋，不得不归顺。今见皇上远贤臣、近小人，沉溺酒色，朝政日渐混乱，认为有机可乘，便又骚动起来，此真乃我大唐之不幸也！”

二人说着，已分开众人来到坛前。只见那华山女手执佛尘，脚踏红毯；眉飞色舞，双目送情。翩翩如瑶池仙姬从天而降。坛前坛后围观之人，个个翘首延项，瞠目垂涎，不时发出雷鸣般的喝彩之声。只见一身着纨衣之人，挤到坛前，将一包银子送到那华山女脚边，仰着脸道：

“在下王富，向仙姑献上白银三百两，以表心意，祈求我家生意兴隆，年年发财！”

只见那华山女笑着弯下腰来，用纤纤玉手，轻轻在那王富的头和脸上抚摸了一阵，道：“上天将赐给你金山银山，富贵万年！”

旁边一华贵女子见此，遂从头上拔下金钗，手上退下玉镯，放到华山女脚前，道：“求仙姑保佑我家老爷官运亨通，年年高升！”

那华山女看了一眼金钗玉镯，向着那夫人道：“夫人一心向道，上天定会保佑你家老爷拜将入相。福如东海，寿比南山！”

韩愈见此，不由厌恶地皱了皱眉头，令秦济分开人群，催马过去。晚上，韩愈想到白日所见和京城近来逐渐出现的崇佛热，不禁思绪难平，遂展纸于案，赋诗《华山女》一首。其辞曰：

街东街西讲佛经，撞钟吹螺闹宫廷。广张罪福资诱胁，听众狎恰排浮萍。黄衣道士亦讲说，座下寥落如明星。华山女儿家奉道，欲驱异教归仙灵。洗妆拭面著冠帔，白咽红颊长眉青。遂来升座演真决，观门不许人开扃。不知谁人暗相报，訇然振动如雷霆。扫除众寺人迹绝，骅骝塞路连辎軿。观中人满坐观外，后至无地无由听。抽钗脱钏解环佩，堆金叠玉光青荧。天门贵人传诏召，六宫愿识师颜形。玉皇颔首许归去，乘龙驾鹤来青冥。豪家少年岂知道，来绕百匝脚不停。云窗雾阁事慌惚，重重翠幔深金屏。仙梯难攀俗缘重，浪凭青鸟通丁宁。

时隔不久，京城中又来了一位名叫柳泌的“神仙”，这柳泌原是一云游方士，专以愚弄百姓、骗取钱财为业。时闻宪宗崇佛迷道，欲求长生之法，深感天赐良机，便巧装打扮，来到京师，自称为终南山得道真人，奉玉皇大帝敕令，下界度升有缘之人。称自己所炼金丹，常人服之可延年益寿，有缘之人食之能白日飞升。一时又轰动整个京城。

再说宪宗自与华山女厮混之后，对佛老更加如痴如迷，一发不可收拾。皇甫鎛与吐突承璀见此，为讨宪宗高兴，遂将柳泌之事奏闻。宪宗听后，喜出望外，即将柳泌召入宫中。那柳泌一见宪宗，故作惊讶地道：

“皇上果然乃真龙天子也！由上界太虚真人转世，与小仙前生有缘。若是服用小仙的金丹，定可长生不老，白日飞升，重返天庭！”

宪宗听此，欣喜若狂，要柳泌速炼金丹。那柳泌暗道：“天下传说：‘一任州府官，十万雪花银’，何不趁此时弄个官当当，岂不比这装神弄鬼来钱容易。”便故弄玄虚地道：

“天下所谓长生不老之药有三：一是由松子、人参所炼，人若服之可强身健体；二是由一般人参、灵芝所炼，人若食之可延年益寿；三是由长白山天池边的千年人参和天台山的万年灵芝所炼，人若服之，不仅能返老还童，而且可长生不老。”柳泌讲到此，看了看皇甫鎛，向着宪宗继续道：

“以往天下仙道所谓长生不老之药，均为前两种而已，故而虚妄不灵，犹如水中之月、镜中之花。所以未见有长生不老者。唯有小仙所炼金丹，乃是第三种妙药。也是皇上有福，可巧小仙去岁云游长白天池，竟得一千年人参，现在只差天台山万年灵芝，便可开炉炼丹了。”

宪宗一听，向着皇甫博道：“快快拟诏，令人到天台山去采取万年灵芝。”

“不，不！”柳泌轻轻一笑，拦住道，“如此使不得！”

“为何使不得？”宪宗看着柳泌，不解地道。

“这万年灵芝乃上等仙品，稀世之物！”那柳泌故作神秘地说道，“人若食之，即使不长生不老，也可延年益寿。若派人前去采取，定会被调包偷换，以伪充真。哪还能炼出长生之药？”柳泌讲到这里，偷眼看了看宪宗和皇甫镈，只见二人不由点了点头，便继续道：

“而且这天台山万年灵芝，乃摄天地之灵气、日月之精华所长成，已经成精。故而散之为气、聚而为形；非常人所能遇到，又怎能采取得来？”

“这当如何是好？”宪宗听此，不由遗憾地看着柳泌。皇甫镈看了看柳泌，向着宪宗笑道：“这有何难，让柳神仙前去便是！”

“对，对！就请大仙辛苦一趟，前去如何？”

柳泌听此，故作为难地看着宪宗道：“小仙很愿为皇上效命，但也是力不从心，即使去了也采取不来！要不，这万年灵芝早已被小仙拿到手中了。”

“这是为何？”宪宗疑惑地看着柳泌，柳泌向着宪宗道：

“要采取这万年灵芝，需要有两个条件：一是须为当地山川河流主宰；二是具有仙骨慧眼。方能看到这万年灵芝，并将其镇住采取。此两条缺一不可。小仙虽有仙骨慧眼，能看到那万年灵芝，但不是当地主宰，镇不住那灵芝，故而采取不来！”

宪宗听此，不禁又有些丧气，皇甫镈见此，不由灵机一动，向着宪宗道：

“这事好办，可将天台州刺史调往它处，让柳神仙前往天台州任职，专务采药炼丹之事，岂不是好！”

宪宗听此，看着皇甫镈道：“这能行吗？”

“怎么不行！”皇甫镈谄媚地道，“用一个小小刺史之职，为皇上换回长生不老之药，有何不可！”

宪宗听后，不由点了点头，道：“爱卿所言甚是，就由爱卿拟诏，擢拜柳神仙为天台州刺史，赐予紫衣金带，三日后前往天台州赴任，务必在百日内炼出长生不老之药。”

“小仙遵旨！”那柳泌听此，高兴地忙伏地谢恩。

柳泌委以天台州刺史一事，迅速在朝野传开，文武百官无不震骇。次日早朝，裴度首先出班奏道：

“臣闻皇上诏拜方士柳泌为天台州刺史，此事万万不可！纵观古今，未曾有佛老方士封官入仕者。昔秦皇汉武，历代君主，崇佛求道者不少，但还未听说有哪一位方士被诏拜为地方长官，前去管理一州一县政务。若此，岂不乱了法度。请皇上三思，收回成命！”

宪宗听此，有些不乐，道：“让柳泌去任一个小小刺史，便能为朕求得长生不老之药，这有何不可？前人没有做过的事，难道朕就不能去做吗？若此，朕如何能做出惊天动地之事，创立不世之奇勋呢？”

韩愈见此，不由出班奏道：“皇上乃中兴之明君，所做所为，震古烁今，空前绝后，实乃令天下人敬佩。但擢迁方士为刺史，乃荒唐之举，实在不妥！”

宪宗见韩愈也出班上奏，更加不快。道：“方士虽为道家，乃也是我大唐子民，只要对朝廷社稷有利，有何不妥？”

韩愈正色道：“方士道家之术，乃荒谬骗人邪说，对国家和百姓纯害无益。古往今来，有谁亲眼见过世上有长生不老，白日飞升之事？历代君主，多有崇仰佛道，祈求长生不老者，但又有哪一位帝王，因拜佛求仙而长生不老呢？他们不仅没有返老还童，长生不老，而且还为佛道所误！”

“简直一派胡言！”宪宗听此，不由面呈怒色。皇甫鏄见此，看了看宪宗，出班向着裴度和韩愈道：

“皇上贵有天下，乃一国之尊，任用一个方士，有何大惊小怪！若是柳泌为皇上求得长生不老之药，岂不是朝廷社稷之幸！天下百姓之福！难道你们不想让皇上返老还童、长生不老吗？”

韩愈听此，不由怒火填膺。他知道这些事情，都是由皇甫鏄和吐突承璀这些奸佞蛊惑所为，正要予以驳斥，只见崔群出班奏道：

“裴相和韩大人所奏甚是，皇上身体康健，关乎我大唐中兴大业，牵系满朝文武和天下百姓之心。但佛老方士之术，纯属欺妄之说，不仅不能强身健体，延年益寿，而且还会将人引入歧途，有损身心健康。请皇上明鉴！”

宪宗看了一眼崔群，向着群臣道：“朕意已决，此事不必再议！”然后转向皇甫鏄道：

“让柳泌速到吏部办理印信文牒，三日内前往天台赴任，不得有误！”

“是！微臣遵旨。”皇甫鏄见此，忙弯身答道。然后偷眼看了看裴度，脸上不由现出得意之色。

裴度和韩愈见此，深感忧愤，正要再上奏争论，只见吐突承璀趋前唱道：“皇上有旨，其他事情明日再议，退朝。”大家见此，只好忧心忡忡地离开朝堂。

第 118 章
迎佛骨沸腾长安城　表虔心狂众舍肉身

时至年末，京城拜佛求仙之热，愈演愈烈，达到顶峰。大街之上到处是讲经布道的僧徒和方士；佛陀道士堂而皇之地出入于皇宫内院之中。

这日宪宗在德政殿内，由吐突承璀和陈弘志陪同，正在倾听五台山僧人玄吉讲演《金刚经》。这玄吉自称为五台山得道高僧，能预知过去未来之事，度化苍生超凡入圣之能，被吐突承璀荐与宪宗。

那玄吉和尚讲罢一段经文后，向着宪宗道："自我佛如来创立释教以来，历经万劫，传播四大部州；座下有三千诸佛、四千揭谛、五百罗汉、八百比丘。其佛法无边，广度天下有缘之人。入我门者，可大彻大悟，超脱红尘，得长生不老，罗汉之体；悟他人者，可救苦救难，普度众生，使三界生灵免遭轮回之苦，永享极乐富贵；功德圆满者，可金莲护体，舍利满身，成为三界之尊，万劫不坏之体！"那玄吉讲到此，看着宪宗道：

"若人主向佛，不仅可超凡入圣，长生不老，而且可降福天下，使社稷永固、国泰民安、帝祚祥瑞。"

宪宗听此，更加振喜。这时陈弘志上前道："现有凤翔法门寺功德使，在宫外候旨求见。"那玄吉听此，向着宪宗道：

"法门寺功德使前来，定为佛骨舍利开光之事，此乃皇上之福，天下之幸也！"

"这佛骨舍利开光，朕少年时也曾听说过。"宪宗向着玄吉道，"怎说乃我大唐之福，天下之幸呢？"

那玄吉笑道："皇上莫急，待那功德使到来，自然明白。"

宪宗闻此，忙向陈弘志道："快快有请，宣那功德使前来进见。"陈弘志忙转身出去，不一会儿果然带一和尚进来。那和尚一见宪宗，忙合掌道：

"小僧玄空，乃法门寺功德使。奉我寺主持玄静大师之命，特来向皇上奏闻我寺护国塔内佛骨舍利开光一事。"

宪宗向着那功德使道："何为佛骨舍利开光，请详细奏来？"

那功德使道："我法门寺护国塔内，现供奉着佛祖释迦牟尼指骨舍利一颗，每三十年开光一次。凡开光之年，天降祥瑞，五谷丰登，国泰民安。明年正月，适逢开光之期，特来向皇上奏明。"

宪宗向着那功德使道："噢！这佛骨舍利传说纷纭，究竟由何而来，怎如此玄妙？"

那玄空道："当年我佛如来，历经万劫，来到灵山菩提树下，坐参佛法，大彻大悟，修成万丈佛光金身。其肉体除一节指骨、半块头骨、四颗牙齿外，化为十万八千朵莲花、八万四千颗舍利，被众弟子供奉于金瓶之中。三百三十三年后，距今约一千零五十六年前，当时的孔雀王朝阿育国王作出决定，为宏扬佛法，让佛光普照环宇，令我佛三千弟子、四千揭谛、五百罗汉、八百比丘，将这八万四千颗舍利，分送至四大部洲，供奉于名山古刹之内。"宪宗听此，不由聚精会神地看着那功德使，玄空看了看宪宗，继续道：

"秦始皇四年，孔雀王朝圣僧释利房，率领十八名高僧，携带佛祖指骨和十九颗舍利，以及三百部经卷，经过三年艰苦跋涉，首次来到东土中国，以传布佛法。但当时因遭到秦宰相吕不韦的反对和遏制。释利房等人只好将这佛骨舍利，埋藏于古周原的美阳城附近，即今日的凤翔县，然后十八人分道四路，向东西南北四个方向，悄悄传道而去。"

那功德使讲到这里，顿了顿，看着宪宗道："又时隔三百九十年，即东汉桓帝建和二年，西域安息国圣僧安世高，来到中国，住在古周原的美阳城外。一天夜里，忽见窗外红光冲天，霞光万道，甚感奇异，急走出室外观看：只见附近不远处平地射出万道金光，五彩缤纷，直冲斗牛。认得是佛祖舍利之光，只惊得狂喜如痴；遂急奔洛阳，告与桓帝。时桓帝极崇我佛，闻之大喜，即令安世高带领人马回到美阳城，取出佛骨舍利，送至京都洛阳。汉桓帝遂令工匠在宫中建造浮屠，用金银塑成佛身，将佛骨舍利供奉于皇宫大内之中，亲自率领文武百官顶礼膜拜。”宪宗听那功德使讲到此，也不由现出惊异之色。那功德使看了看宪宗，继续道：

“汉桓帝为使佛光普照华夏，使四海无波，八荒臣服，便诏令在全国各地建造佛塔寺院，将这佛祖舍利分供于华夏各地。当时圣僧安世高首先在美阳城外埋藏佛骨舍利的地方造塔建寺，将佛祖指骨安放在塔下的地宫中，这就是今日的法门寺和护国塔。接着，西晋的会稽塔、东晋的金陵长千塔、石赵山的晋州东城塔等先后落成，将这十九颗舍利，分供于塔中。从此，我佛教便在中国大地迅速光大。”

“原来是这样！”宪宗听后，不由得点了点头，然后向着玄空道：“这佛骨舍利为何三十年一开光？可是自我朝开始？”

“是的。”那功德使玄空向着宪宗道：

“我朝太宗皇帝即位后，为‘变焰火于青莲，易苦海于甘露，使亡灵于极乐’，国运长久，社稷永固。遂在昔日七大战场建立佛寺，超度亡灵；并诏令岐州刺史张德亮重建被战火焚毁的法门寺和护国塔。张德亮在重建佛塔时，一天夜里，佛祖忽从西天而降，霎时红光满天，芳香四溢，天花飘坠。张德亮见此，只惊得目瞪口呆，忙伏地跪拜。只听佛祖在空中说道：‘此地宫可三十年一开，将舍利示与众生：届时道俗生善，谷稔而兵戈息’，说罢，冉冉而去，其芳香经久不息。”玄空讲到这里，看了看宪宗道：

“第二天，张德亮即将此事奏闻太宗，太宗大为惊奇，遂颁诏将地宫中的佛祖舍利请出，遍视道俗，每日观者达数千人之多。有一盲人，积年目瞑，努眼直视，忽然明睁，如同常人。京城内外无不奔告。此时法门寺上空，祥云飘浮，瑞气环生，霞光万道。这年风调雨顺，禾生双穗，四海臣服，国泰民安，被后人称为贞观盛世！”

宪宗听此，不由得点了点头，皇甫镈见此，看着宪宗，谄媚地道：“此说民间多有流传，史书上也略有记载。”

那玄空看了看宪宗，继续道：“显庆四年，高宗皇帝依照佛旨，诏令第二次开启地宫，亲迎佛骨舍利到皇宫供奉，历时达三年之久，于龙翔二年，方将佛骨舍利送回法门寺。从此遂成定规，每三十年开光一次。随后，武则天皇后和肃宗、德宗皇帝于开光之际，都先后迎奉佛骨舍利于京都。”

玄空讲到这里，看了看宪宗和皇甫镈，继续道：

“我寺佛骨舍利至今已开光六次，每开光之时，如佛祖降临，其上空佛光万道，瑞气环绕，芳香阵阵，天花飘坠。凡人若观之，可消灾祛祸，万事呈祥；死后进入极乐世界，来世转为大富大贵之人。人主若视之，可延年益寿，国运长久，社稷永固！”

宪宗听此，精神更是大振。旁边玄吉见此，向着宪宗道：“皇上欲长生不老，国泰民安，此乃天赐良机！何不效高宗、肃宗之行，将佛祖舍利，迎入京城。皇上不仅可亲眼目睹佛祖舍利，而且能让京师百姓、文武百官进行拜祭瞻仰，岂不是好！”

宪宗听此，连连点头，向着那功德使道：“朕欲将佛祖舍利迎入京城，亲自膜拜，可行？”

“阿弥陀佛，善哉，善哉！”那功德使高兴地道，“若此，我佛必降祥瑞于大唐，皇上不仅可返老还童，与天地同寿，而且天下将会风调雨顺，万民安乐！”

“好，好！若此，真乃天赐我大唐之福也！”宪宗好似看到佛祖从天而降，自己飘飘将要脱凡入圣一般，振喜地向着吐突成璀和陈弘志道：

“此事就由你们两位去承办。明年正月佛祖舍利一开光，就马上差人前往法门寺迎取。”然后转向皇甫镈道：

“让礼部诏告京畿各地，不论官绅庶民，凡佛骨舍利开光之际，都要焚香膜拜；迎取佛祖舍利所经之地，要高搭彩棚，张灯结彩，由当地官员带领百姓亲自迎送，不得有误！同时，令京畿各寺院做好准备，迎取佛骨到京后，各寺院要递迎供奉。”

“微臣遵旨。”皇甫镈忙高兴地答道。

新年前后，朝廷迎取佛骨之事，遂轰动整个京师。一时朝野议论哗然；百姓奔走相告。那些拜佛求道的善男信女，更是激动万分，竭力筹措此事。韩愈见此，甚感忧虑。

正月初八，吐突承璀令宦官杜英奇，带领三十名宫女和太监，在羽林军的护卫下，手执香花幢盖，用彩驾前往凤翔去迎取佛骨。沿途二百余里彩棚高搭，笙乐迎送；各级接送官史和观看膜拜的百姓，拥塞道途。

正月十三日，迎取佛骨的车杖回到京城。长安城内，彩棚比连，红灯高挂，红毡铺地。从四乡前来观看和膜拜佛骨的百姓，如春潮一般涌上街头。那些趁机讲经布道的僧人、散钱施舍的信徒、叫卖香花祭品的商贩、充斥大街小巷。鞭炮声、诵经声、螺号声、震天动地。人们精神振奋，热血沸腾，如痴如狂，简直忘乎所以而不能自拔。车仗还未来到面前，道路两边的百姓，已头顶香花，跪伏满地。

载着佛骨舍利、镶金挂银、流光溢彩的车驾，在香花幢盖的簇拥下，顺着长安西大街，缓缓从人们的头顶上经过，来到皇城安福门外。时宪宗李纯率领后宫嫔妃、文武百官，在吐突承璀和陈弘志的簇拥下，正迎候在那里。此时安福门外，笙乐高奏、礼炮齐鸣、螺号阵阵。只见法门寺功德使玄空和尚，在杜英奇的陪同下，手捧装着佛骨的金盒，从彩驾上走下，后面跟着二十名护驾高僧。

宪宗和文武百官、后宫嫔妃见此，忙分列两边，跪伏迎接。那功德使面呈庄重之色，在杜英奇的导引下，捧着佛骨金盒，进入皇宫内苑。后面跟着前去迎取佛骨的太监和宫女。宪宗和后宫嫔妃，待仪仗过完，在陈弘志的指引下，方尾随其后转回皇宫。韩愈和李程并肩站在百官队伍中，望着这隆重场面，现出忧虑之色。只见吐突承璀向着文武百官道：

“皇上有旨，请诸位大人暂且回去，明日早朝，在德政殿参拜佛骨舍利，不得有误！”

众大臣听此，互相看看，方嘘了一口气；俱现出或惊奇、或疑虑、或欣喜、或淡漠之色。李程看了看左右，向着韩愈道：

“我大唐怎如此多灾多难！天下刚刚安定，这佛患又起。皇上为小人所惑，整日沉溺于拜佛求仙之中，将政务抛到一边。今日又将这佛骨弄到宫中，看来这中兴大业，将要付之东流了！”

韩愈望了望周围满目彩带、红灯和沸腾的围观百姓，不禁忧愤地道:“若这样长期下去，朝廷不能励精图治，百姓不思农工生业，我大唐岂不危也！学生明日早朝，定要直谏皇上，晓以利害祸福，绝不能让这佛患再继续下去了！”

一旁崔群见二人在低声私语，面现忧虑之色，走过来道:“两位大人在谈论何事，竟如此沉重？”

“我们在谈论这迎取佛骨之事。”李程向着崔群道，“韩大人准备明天早朝，向皇上当面直谏迎奉佛骨之事。”

“什么？当面直谏！”崔群看着韩愈道，“此事万万不可！目前皇上正在兴头之上，把长生不老、国泰民安，完全寄托在这佛骨之上，你现在去当面直谏，岂不是给他当头泼了一盆冷水，他哪能听得进去？不仅达不到直谏的目的，反而会引起皇上的不满和震怒！”崔群讲到这里，看了看韩愈，道：

“尤其是韩兄，更是不能去当面直谏。去年夏天，为修改平淮碑文一事，皇上已对韩兄不快，多次言道韩兄恃才傲物，抗旨不遵，不把皇上放在眼中。年内，韩兄赋诗《华山女》，很快传入宫中，皇甫鏄和吐突承璀在皇上面前说韩兄是在诽谤皇上，诋毁朝廷。接着又当朝阻谏委任柳泌为天台州刺史。皇上对韩兄更加怀忌在心，正想着找韩兄的不是。现在韩兄若是当面直谏，岂不飞蛾扑火，自找祸端！”

韩愈听罢，不禁忧愤地道:“没想到皇上变化竟如此之大，若是这样下去，我大唐中兴大业岂不付之东流！作臣子的若为保官惜命，而视若罔闻，岂不有违忠贤之道？”

崔群看了看韩愈，道:“韩兄的忠心高节，实在令人钦佩，但在此时由韩兄去向皇上直谏，非但不能阻止皇上拜佛求仙之行，反而会事与愿违，招来杀身之祸。常言道，作为贤臣，不仅敢谏，而且会谏，这样才能使自己的正确主张，得以实施。在目前情况下，若要向皇上直谏，只能是适得其反！以学生之见：待皇上这几天兴头过去，冷静下来，再奏明其中利弊，将会收到更好的效果！”

李程听此，向着韩愈道:“崔大人说得很有道理，我看咱们暂时先忍一忍，待此风过后再直谏不迟。”韩愈见此，知二人俱是好意，只好道:“那就暂依二位大人所言吧！”

“这就好！这就好！”崔群见此，方点了点头，向着韩愈道，“韩兄一定要谨记学生之言。”说罢方拱手而去。

韩愈和李程送别崔群，结伴来到大街之上。只见街上观看膜拜佛骨的百姓，虽散去大半，但到处还是谈论佛骨之人和讲经布道的僧徒方士。大家声色飞扬，情绪激奋，都有一种跃跃欲仙的情景。

二人相携在街上走了不到百步，只见迎面走过来十几个善男信女，每人头上顶着个火盆，红红的火焰、灼热的火盆，将他们头上的发皮烤得直冒白烟，发出浓烈的焦臭味。这些人虽痛得龇牙咧嘴，但谁也不敢说痛。韩愈见此，不由心中一颤，向着李程道：

“这是何意？”李程望了望这些人道，“听说此为‘焚顶’，用火烧去发毛，可以消灾祛祸。”李程刚说到这里，忽听从左边人群中传来一阵叫喊之声：

“快来拾呀，快来拾呀！在下代佛祖布施，普济芸芸众生！”

韩愈和李程一看，只见人群中一四十左右的富豪，摇晃着肥胖的身子，带着两个家丁，手中拿着铜钱，正边喊边撒向四周人群。周围那些身穿破衣烂衫、赤脚垢面的老人和孩子，爬在地上，争抢着拾取地上的铜钱，互相被踩得哇哇乱叫。

韩愈见此，不禁又皱了皱眉头，这时从不远处又传来高声吆喝声：“本财主今日代佛祖舍施一千缗，以示对佛祖的虔诚之心，大家快来领钱啊！”声音刚落，只见在这边地上捡钱的人，便一哄齐向那边跑去。

这时，李正封和冯宿也走了过来，四人相见罢，看了看前面那两个争相布施之人。冯宿道：

“这些人平时盘剥百姓，丧尽天良；现在却假仁假义，替佛舍财，说什么行善积德？事过之后，不知又要如何榨取百姓的血汗，岂不令人发指！”

李正封看了看四周，接口道：“自正月初十开始，京城到处在筹办迎取佛骨之事，四街所有货栈的红绫香花，全被购买一空。宫中太监见此，竟把多年积存的废旧绸绢，拿到市上去高价出售。富裕人家倒也罢了，只可怜那些穷苦百姓，身上无御寒之衣，腹中无充肌之食，还得东挪西借去筹办佛事。”李正封说到这里，向这大家道：

“昨日学生在街上，见一满头白发，骨瘦如柴的老大爷，带着一个衣不遮体的小孙子，将半篮鸡蛋卖掉，换回三尺红绫和一束香花。学生看着那赤着双脚、冻得浑身发抖的小孙子，向着老大爷道：‘为何不把钱给孩子买双鞋，却去买那红绫和香花有什么用？看孩子冷的！’那老大爷看着我，不解地道：‘这红绫和香花是给佛祖买的，只要佛祖高兴，就会降福全家，小孙子将来就能绫罗满身，吃香喝辣，再不会挨冻受饿了！’你说可笑不可笑！”

大家说着往前又走了有一箭之地，只见前面围了一大堆人。四人来到跟前一看：只见三四个僧人正在给人身上烙字。一个十三四岁的小男孩，看着僧人手中红红的烙铁，退着不肯向前，朝着身后的老太婆道：“奶奶我怕！”只见那个手拿烙铁的胖僧人，狞笑道：

“怕什么？有佛祖保佑，一点都不痛！来！打上这个‘佛’字，佛祖就会天天在你身边，保佑你长命百岁、逢凶化吉！以后就再也不用怕妖魔鬼怪缠身了！”

这时一青年汉子挤上前，将那小孩看了一眼，向着僧人傲慢地道：“信佛就要虔诚！”边说边拉开上衣，露出胸脯，只见右胸上显露出一个火印的“佛”字。他指着左胸向着那个胖僧人道：“来，给这里再赐一个。”

那个手拿烙铁的僧人，看了看那汉子，毫不犹豫地将烧得发红的烙铁，放到他的左胸上，只听“哧”的一声，迅速腾起一股白烟，发出一股难闻的焦肉味。只见那汉子马上变了脸色，豆大的汗珠从前额上直滚下来，痛得他将牙齿咬得嘣嘣直响。

旁边那个孩子见此，吓得扭头要走，被那僧人一把抓住，拿着烙铁就要往手臂上烫。那小孩吓得惊叫道：“我不要，我不要！”

韩愈见此，不由热血上涌、怒火填膺，向着那个僧人猛喝道：“住手！”

那三个僧人听此一喝，不由一怔，忙抬头一看，只见韩愈等人身着紫衣金带，面色严峻地来到面前，不知所为何事。忙放开手中的孩子，看着韩愈等人道：“你……你们要干什么？”

韩愈看着那三个僧人，不由怒斥道："你们是何处僧徒，竟敢在这京城之地，蛊惑百姓，伤残人身，难道不怕王法治罪？"

那三个僧人互相看看，感到十分茫然和奇怪；在这大唐天下，连皇上都嗜佛如命，竟然还有敢蔑视、训斥他们之人！不禁有恃无恐地：

"什么？王法！这是当今皇上让我们做的，是给这些百姓消灾赐福！"

"一派胡言！"韩愈不由怒喝道，"且不说你们这些邪教的欺妄之论，就奉教而言，也需个人志愿。这小儿还未成年，怎竟要强行残伤他的身体？难道这不是违犯我大唐律条吗？"

那僧人见韩愈面色严峻，正气浩然，且身着三品朝服，料想非等闲之人，不由心中有些发虚，但仍硬着胆子道："你是何人，竟敢与皇上作对，阻挠佛祖赐福？"

"这是刑部侍郎韩愈韩大人！"冯宿见此，向着那几个僧人道："韩大人乃执掌我大唐刑律的重臣！怎么？你们这些佛老僧徒，难道就不服我大唐王法了吗？"周围百姓听到刑部侍郎韩愈之名，都不由把目光转向韩愈，现出欣奇的表情。

韩愈在京师不仅文章奇绝，而且是有名的诤臣，在百姓中早已传为佳话。那几个僧人闻此，也不由一惊，他们也曾听说过韩愈之名，知其一向反对佛老，宏扬儒道。连名山高僧也都畏他三分。忙道："小僧不敢，大人不让赐字，不赐就是。"

韩愈见此，转向周围百姓道："这佛教乃西方传入我国，让人上不报效朝廷；下不侍奉父母，如何能造福子孙后代？所谓佛祖释迦牟尼，和我们一样，也是父母所生的凡人，现在已死去多年，只剩下几节指骨，如何能消灾祛祸？降福人间！请大家不要为其所惑，还是回家安心农工，才能丰衣足食！"

那些百姓听此，互相看看，有的点头称是，有的面呈疑惑之色。李程向着韩愈道："走吧，如今皇上崇佛，百姓效之，佛患已深入骨髓！三言两语，无济于事。"

大家离开赐字僧人，来到一十字路口，只见一高台之上，也有几个僧人正在给人赐字。突然一年轻汉子跳上高台，从僧人身旁的火盆中抓起一块正在燃烧的炭火，拿在手中，在台上转了一圈，然后将炭火放回盆中。红红的炭火，将手指烧得直冒青烟。只听那汉子咧着嘴道："一心向佛，不怕烧断手指……"

"这算什么？看我的！"那汉子还未说完，只见又一虬髯大汉，窜到台上，脱下棉衣，袒露出臂膀，从腰中抽出一把刀来，"刷"地一声，从臂膀上割下一块肉来，举到头顶，鲜血顺着手臂流了一身，只见那虬髯大汉咬着嘴唇，哭笑难分地道："为……为了佛祖，小人愿献上肉身！"说罢，将那血淋淋的肉块，扔到火盆之中……

"真是愚昧之极！"冯宿不由痛心地道。李正封看了看周围如痴如狂的善男信女，忧愤地道：

"这样下去，如何得了！现在人们不仅抛弃事业，沉溺佛事，而且焚顶烧指，割肉敬佛；将来互相仿效，还会断臂杀身，以酬佛事，岂不伤风败俗，传笑四方！"

韩愈见此，更加愤慨难抑。李程望了望韩愈，担心再次激起他的直谏之念，便向着大家道："走吧，过两天，这佛骨开光一过，崇佛之热自然就会冷下来的。"

第 119 章
除弊事冒死谏佛骨　犯帝颜立贬谪潮州

且说韩愈晚上回到家中，想到白天宪宗率领文武百官迎接佛骨、京城百姓焚顶烧指、烙字剔肉，争相奉佛的情景，不禁打了个寒颤。暗道：“正封说得很对，这崇佛之热如若再发展下去，皇上将会进一步废弛朝政；百姓将有更多迷失前途之人！不仅将会给国家社稷带来灾难，而且也将严重阻碍振兴儒教大业。若此，我大唐何以中兴？百姓又怎能安居乐业！”

韩愈想到这里，不由望了望窗外，胸中如巨浪翻腾。不禁暗道：“眼前京城出现的这股崇佛狂潮，完全是上行下效，由皇上拜佛求仙，迎取佛骨所造成，绝不能再任其发展下去了！个人的安危事小，国家的兴亡事大！即使这官不做，也要谏阻皇上的愚昧之举……”

韩愈想到这些，便疾步来到书房，遂展纸于案，挥笔写道“论佛骨表”，然后略一思忖，遂拟成奏章一份。

再说卢夫人见韩愈从署衙回来忧心忡忡，草草吃罢晚饭，便到书房去伏案疾书，料定朝中又发生了重大事情。她将身患重病的小女韩挐安顿睡后，便悄悄来到书房探视，只见韩愈已将奏章写完，正在收笔。卢夫人走到韩愈身边，看了看桌上的奏章，向着韩愈关切地道：

“今日老爷心绪不宁，一到家就伏案撰写奏章，莫不是朝中又发生了什么大事？”

韩愈向着卢夫人忧愤地道：“如今皇上一心向佛求仙，不仅荒废朝政，而且今日又派人将凤翔法门寺的佛骨迎到宫中，引动京畿百性，弃业向佛，焚顶断指，达到疯狂程度，直接危及国家社稷。学生现拟就奏章一本，准备明日早朝直谏皇上！”说罢，将桌上奏章拿与卢夫人阅看。

卢夫人听此，不由一震，忙接过奏章打开看时，只见韩愈在奏章中写道：

> 臣某言：伏以佛者夷狄之一法耳。自后汉时流入中国，上古未尝有也。昔者黄帝在位百年，年百一十岁；少昊在位八十年，年百岁；颛顼在位七十九年，年九十八岁；帝喾在位七十年，年百五岁；帝尧在位九十八年，年百一十八岁；帝舜及禹年皆百岁；此时天下太平，百姓安乐寿考，然而中国未有佛也。其后殷汤也年百岁，汤孙太戊在位七十五年，武丁在位五十九年；书史不言其年寿所极，推其年数，盖也俱不减百岁。周文王年九十七岁，武王年九十三岁，穆王在位百年；此时佛法也未入中国，非因事佛而致然也。汉明帝时，始有佛法，明帝在位才十八年耳，其后乱亡相继，运祚不长。宋、齐、梁、陈、元魏已下，事佛渐谨，年代尤促。惟梁武帝在位四十八年，前后三度舍身施佛，宗庙之祭，不用牲牢，昼日一食，止于菜果，其后竟为侯景所逼，饿死台城，国亦寻灭。事佛求福，乃更得祸；由此观之，佛不足事，亦可知矣！

卢夫人看到此，不由大惊，暗道：“皇上沉溺佛事，欲得长生；老爷在这奏章之中，引古据典，大讲事佛求福，反得其祸，国运俱不长久。皇上岂能相容。”卢夫人想到此，不禁继续往下看去，只见韩愈在奏章中继续写道：

> 高祖始受隋禅，则议除之。当时群臣材识不远，不能深知先王之道，古今之宜，推阐圣明，以救斯弊，其事遂止，臣常恨焉。伏惟睿圣文武皇帝陛下，神圣英武，数千百年以来，未

有伦比。即位之初，即不许度人为僧尼道士，又不许创立寺观，臣常以为高祖之志必行于陛下之手；今纵未能即行，岂可恣之转令盛也？今闻陛下令群僧迎佛骨于凤翔，御楼以观，舁入大内，又令诸寺递迎供奉。臣虽至愚，必知陛下不惑于佛，作此崇奉，以祈福祥也；直以年丰人乐，徇人之心，为京都士庶设诡异之观，戏玩具耳。安有圣明若此，而肯信此等事哉！然百姓愚冥，易惑难晓，苟见陛下如此，将谓真心事佛；皆云："天子大圣，犹一心敬信；百姓何人，岂合更惜身命！"焚顶烧指，百十为群；解衣散钱，自朝至暮；转相仿效，惟恐后时；老少奔波，弃其业次。若不即加禁遏，更历诸寺，必有断臂脔身以为供奉者；伤风败俗，传笑四方，非细事也。

卢夫人看到此，不由暗道："此段所论，惊心动魄，虽主义谲谏，然皇上已被佛患所惑，岂能听得进去！"她顿了一下，继续往下看去：

夫佛本夷狄之人，与中国言语不通，衣服殊制，口不言先王之法言，身不服先王之法服，不知君臣之义，父子之情。假如其身至今尚在，奉其国命，来朝京师，陛下容而接之，不过宣政一见，礼宾一设，赐衣一袭，卫而出之于境，不令惑众也；况其身死已久，枯朽之骨，凶秽之余，岂宜令入宫禁？孔子曰：'敬鬼神而远之。'古之诸侯行吊于其国，尚令巫祝先以桃茢祓除不祥，然后进吊。今无故取朽秽之物，亲临观之，巫祝不先，桃茢不用，群臣不言其非，御史不举其失，臣实耻之。乞以此骨付之有司，投诸水火，永绝根本，断天下之疑，绝后代之惑，使天下之人知大圣人之所为，出于寻常万万也；岂不盛哉！岂不快哉！佛如有灵能作祸祟，凡有殃咎，宜加臣身；上天鉴临，臣不怨悔。无任感激恳悃之至，谨奉表以闻。臣某诚惶诚恐。

卢夫人阅罢，只惊得目瞪口呆，不由出了一身冷汗，向着韩愈道："老爷此举万万不可！这奏章千万不能上呈皇上：如今皇上一心向佛求仙，梦想长生不老，你在奏章中引古论今，竟讲什么‘事佛愈谨，年代尤促’，‘事佛求福，反得其祸’，要将佛骨‘投诸水火，永绝根本’必然引起皇上震怒，招来杀身之祸！”

韩愈闻此，知卢夫人担心其安危，不由沉默片刻，正要解说，只见卢夫人眼含热泪，继续道：

“如今皇上已非昔日，自淮西平定后，居功自傲，刚愎自用，远忠贤，近小人，听不进半点不同意见，连功高卓著的裴度、能言善辩的崔群所言，都听不进去，俱被冷落到一旁。你这奏章虽忠心赤胆，光照日月，泣鬼神、动天地，但言辞尖锐，横加阻谏，像一盆冷水泼到皇上的头上，他岂能容你？”

卢夫人讲到这里，看着韩愈道：“听说老爷年内所赋《华山女》之诗，已传入宫中，皇上看后十分不快；前时又极谏任用方士柳泌为天台刺史，皇上更是耿耿于怀。现在若再将这奏章呈上，定会火上加油，激怒皇上，请老爷三思！”

韩愈听罢，看着卢夫人道：“夫人所言，学生也思虑再三，岂能不知！但目前京城崇佛之热，已达到登峰造极的程度，若不加以制止，势必给我大唐社稷和黎民百姓，带来不可挽回的灾难：一是皇上沉溺佛道，荒废政务，不仅中兴大业将毁于一旦，而且外藩也会乘机作乱，再起战祸；二是百姓上行下效，将会有更多的人迷失前途，抛弃生业。不仅农工颓废，难为衣食，而且将危及我大唐根基；三是目前狂热的百姓，不仅烧顶断指，络身剔肉以奉佛事，将来还会断臂脔肉，舍身向佛。这样不仅将使百姓陷入痛苦深渊，而且伤风败俗，遗笑他方，后患无穷！四是更严重地是，佛老的猖獗，将会严重地影响到圣道的宏扬和正统地位。”韩愈讲到此，不由慨然道：

“俗话说，‘武死战，文死谏！’作为大唐臣子，岂能贪生怕死，保官惜身，而置国家社稷安危于不顾！学生若是武官，看到战场上要死人，难道就不去上阵杀敌了吗？”

卢夫人听此，知韩愈忠贞不渝，绝不会退缩回头，不由两行热泪潸然而下。向着韩愈道：

“夫君的抱负和气节，为妻心如明镜，只是眼前小女重病在身，湘孙不知身在何处，昶儿又远在东都读书，老爷年迈多病，如何能经得起再有变故？这奏章若要呈上，皇上定然降罪无疑，怎不让为妻忧心如焚，惊恐难当！”

卢夫人说到这里，擦了把眼泪，继续道：“记得十五年前，老爷为关中天灾，上书朝廷，被立贬岭南三载，全家在风雪之中被赶出京城，至今仍令人不寒而栗。看来今日我们全家难免又要重蹈覆辙！”说罢，泪如珠下。

韩愈见此，心情也不禁有些沉重，向着卢夫人道：“夫人莫忧，先去休息，照看好挐儿，容学生再仔细想想。”卢夫人看了看韩愈，知其难以挽回，只好掩面而去。

翌日，德政殿内，紫烟缭绕，钟声响动。正中御案之上，供奉着佛骨舍利。法门寺功德使玄空和尚，带着十名僧徒侍立在左右。

辰时左右，宪宗李纯在吐突承璀和陈弘志的导引下，率领文武百官，排班近前，准备参拜佛骨。只见韩愈从班列中走出，向着宪宗道：

“臣韩愈，有本上奏！”

众大臣见此，都不由一怔。崔群和李程暗道：“坏了！坏了！这韩愈怎不听劝阻，果然要犯颜直谏！这当如何是好！”

宪宗看了一眼韩愈，很不高兴地道：“韩爱卿，你没看大家正在参拜佛骨舍利吗？有什么本章，明日再奏不迟。”

“臣正为参拜佛骨一事启奏！”

宪宗一听，不由看着韩愈道：“所奏何事？将本呈上。”

韩愈将奏折从袖袋中拿出，呈向宪宗。陈弘志走过来，冷冷地看了韩愈一眼，接过奏折，转身交与宪宗，宪宗不悦地打开奏折一看，不由渐渐面呈怒色。众大臣见此，互相看看，不知韩愈在奏章中所陈何事，俱现出惊疑之色。

宪宗将奏章还未看完，便怒不遏地摔到地上，向着韩愈怒喝道：“大胆韩愈！一派胡言，竟敢诋毁佛祖，诅咒寡人，真乃狂妄之极！

韩愈看了皇甫鎛一眼，向着宪宗和群臣大声道：“若是佛祖真地有灵，能作祸祟，凡有殃咎，臣愿一身承担！请皇上下旨，将佛骨投之水火，永绝后患，臣死而无憾！”

来人哪，将韩愈给我拿下！”

众大臣见此，一时俱惊得目瞪口呆。只见四名羽林军，从殿外飞速而至，扑向韩愈。

“慢！”韩愈看了看进来的羽林军，面色严峻地向着宪宗道：“臣有话要奏，容臣把话讲完，甘愿领罪！”

宪宗愤怒地看着韩愈道：“自东汉以来，天下莫不祈佛降福，以保国泰民安！今日佛骨舍利开光，朝野振喜，京城欢动，祥瑞之气满我中华！你却逆天而行，在奏章中恶语诽谤，横加指责，还有何话可言？”

韩愈此时已将生死置之度外，大气凛然地道：“佛乃西方之物，自传入我国后，教人上不尽忠于朝廷，下不孝顺于父母；不劳而食，祸国殃民；与我圣教相对抗！实乃国之毒瘤也！”

众大臣听此，更是一惊，韩愈向着宪宗继续道：“我朝高祖创业之际，曾首议除去佛患，方使我朝出现贞观之盛世；陛下即位之时，也曾下令限制佛老，不准再建寺院，度人为僧。致使我大唐呈现中兴之势！”宪宗听此，不由哼了一声，韩愈继续道：

“如今皇上崇佛向道，天下百姓莫不效仿追随，致使我朝崇佛之热达到空前绝后的程度。许多百姓不思农工生业，整日沉溺于拜佛求仙之中；更有甚者，焚顶烧指、断臂腐身，以求佛祖保佑。若此下去，朝政废弛，农工颓败，中兴大业将付之东流，我大唐岂不危也！”

宪宗听到这里，只气得面色发白，向着韩愈道：“你这是危言耸听，还不闭口！”裴度见此，已惊得出了一身冷汗，忙向韩愈摇手示意，要他不要再讲。韩愈好像没有看到，向着宪宗继续道：

“请皇上容臣将肺腹之言讲完，这佛骨乃凶秽之物，岂能降福人间？现将其迎入京城，供奉于这金殿之上，令君臣顶礼膜拜，更是不妥！若佛祖如来不死，奉其国君之命，前来我国朝觐，在这金殿之上予以召见接待，倒还罢了。而今其已成朽骨，岂不被他人耻笑！如今我大唐百业待举，皇上立志中兴，只能是励精图治，奋发蹈厉；岂能祈求佛老恩赐！其结果只能是缘木求鱼，饮鸩止渴！请皇上三思！”

一旁皇甫鎛见此，生怕宪宗为韩愈所动，便阴险地向着韩愈道：“韩大人如此诋毁佛祖，阻挡皇上拜佛求仙，莫不是害怕皇上长生不老乎？”

韩愈听此，不屑一顾地看了皇甫鎛一眼，向着宪宗道：“纵观历代圣贤：黄帝、少昊、尧舜禹汤，都活了百岁以上；文王武王，也活了九十多岁，而他们都没有向佛。而东汉以后，佛入我国，明帝信佛，在位只有十八年，其后乱亡相继，运祚不长。宋、齐、梁、陈、元魏以下，事佛愈谨，年代尤促：梁武帝三度舍身施佛，结果被侯景所逼，饿死台城，国也寻灭。由此可见，事佛求福，乃更得祸，佛不足事也！”

“简直是狂妄之论！”宪宗听此，更加气愤，皇甫鎛趁机火上浇油，向着韩愈道：“韩大人如此逆佛，难道是想让佛祖降罪与我大唐不成？”

韩愈看了皇甫鎛一眼，向着宪宗和群臣大声道：

“若是佛祖真地有灵，能作祸祟，凡有殃咎，臣愿一身承担！请皇上下旨，将佛骨投之水火，永绝后患，臣死而无憾！”

“快！将韩愈给朕推出午门斩首！以向佛祖谢罪！”宪宗愤怒地喊道。韩愈不由仰天长叹，道：“可叹我大唐，将毁于佛患也！”说罢，被羽林军推着向殿外大步走去。

众大臣见此，俱惊得瞠目结舌，崔群慌忙上前跪下奏道：“请皇上息怒，韩愈所奏，虽语言激烈，然是实情。其赤胆忠心，朝野尽知，念其对皇上忠贞不渝，望予以宽恕！”

宪宗气得面色苍白，不由哼了一声。皇甫鎛看了看宪宗，向着崔群，用挑拨的口气道：“这韩愈恃才傲物，居功自傲，屡屡诽谤朝政，抗旨不遵。今日竟敢口出狂言，诋毁佛祖，诅咒圣上，是可忍，孰不可忍？怎能宽恕！”

宪宗看了一眼崔群，道：“这韩愈太狂妄了，身为人臣，竟然不把朕放在眼里。说朕奉佛太过犹可，竟说什么事佛求福，乃更得祸，并用东汉以来，那些帝王越奉佛越短命的话，也诅咒寡人！如此不忠之臣，若不严惩，如何能正君臣之礼？”

裴度见此，忙上前跪奏道：“韩愈性情刚直，忠心耿耿，今冒死进谏，虽语言过激，有失分寸，但实为朝廷社稷着想。皇上乃中兴之明君，常以从谏如流而享誉中外；还望皇上效太宗魏征之事，免其死罪！”

李庸忙也上前跪下接口道：“裴相说得很是，韩愈虽狂傲不羁，屡犯圣怒，但才略纵横，刚直不阿，实乃我大唐栋梁之材，皇上一向重贤任能，犹如太宗在世。望皇上能赦免韩愈死罪！”

“请皇上恩赦韩愈死罪！”众大臣见此，忙一齐跪伏在地，为韩愈求情。

宪宗听此，看了一眼跪伏在地的群臣，稍微消了口气。崔群见此，看了一眼御案上供奉的佛骨，不由灵机一动，向着宪宗道：

“今日乃佛骨舍利开光吉祥之期，又是皇上和满朝文武参拜佛骨舍利的喜庆之时，若斩杀大臣，定与朝廷社稷不利，请皇上明鉴！”说罢，转向守候在佛骨旁边的功德使道：

“玄空大师，你说是也不是？”

那功德使见三位宰相都在为韩愈求情，知韩愈也是一位举足轻重的朝中重臣，忙道：“在此佛骨舍利开光之际杀生，实在是大大不利！”

宪宗见此，知韩愈虽恃才傲物，出言不逊，但确系忠贞之臣；又见裴度等人求情，也惮此时诛杀大臣，与自己不利。便道：“既然诸位爱卿都为韩愈求情，玄空大师也讲在此佛骨舍利开光之时杀生不利，那就暂且赦免韩愈的死罪，大家都平身吧。”

“谢皇上隆恩！”裴度等人听此，方松了一口气，一齐站了起来。宪宗向着群臣道：“韩愈的死罪可免，但活罪难饶！此人特狂，不宜留在朝堂，当立即贬出京师。诸位看徙移何处为好？”

皇甫鎛见此，怕裴度等人袒护韩愈，忙抢先奏道：“岭南潮州，现缺一刺史，可让韩愈戴罪前往任职，以观后效。”

宪宗听后，点了点头，道：“好吧，令其即日离京，没有朕的旨意，不得回朝！”说罢，横扫了一眼群臣，威严地道：

“今后，凡诋毁佛祖、抗旨不遵者，当以悖逆之罪论处！”然后转向吐突承璀道：

“参拜佛骨舍利开始吧。”

“遵旨！”吐突承璀得意地应道，转身向着文武大臣高声喝道：“参拜佛祖舍利开始！”

随着吐突承璀的声音，德政殿内又响起钟磬之声；两班文武大臣忙整衣正冠，诚惶诚恐地跪伏于地……

第 120 章
辞病女肝肠寸断　赴贬途心系魏阙

再说韩愈当时被羽林军推出午门，褫去朝服，绑于行刑柱上，自感将要为国尽忠，不禁仰天长叹；忧愤当今昏暗，奸佞弄权，佛患祸国。不一会儿，只见陈弘志走了出来，看了一眼韩愈，兴灾乐祸地道：

"韩大人，怎么样？这下满意了吧！"

韩愈望了一眼陈弘志，厌恶地把头转向一边。那陈弘志知韩愈乃鲠骨之臣，不由鼻子哼了一声。道：

"现在知道马王爷是三只眼了吧？以后别再那么狂了，好像大唐缺了你，太阳就不出来了似的！"说罢，转向看押韩愈的羽林军道：

"皇上有旨，将韩愈放了！"

"是！"那几个羽林军忙将韩愈从行刑柱上取下，陈弘志向着韩愈道："韩愈接旨！"

韩愈见此，不由眼前一亮，料定必是裴度等人求情，他看了一眼陈弘志，慢慢跪伏于地。陈弘志暗道："此人真是个不怕死的主！"遂道：

"皇上口喻：韩愈狂妄不羁，屡抗圣命，诋毁佛祖，诅咒朝廷，本应斩首示众，以正君臣之礼，但念其往日对朝廷社稷还算忠诚，经众朝臣保奏，特赦其死罪，贬为潮州刺史；限即日离京赴任，不得有误！今后没有朝廷旨意，不得回京。钦此！"

韩愈听罢，半天方应道："谢主隆恩！"此时，他心中是又喜又愤，感到像掉进冰窖一样，浑身寒冷难禁。陈弘志看了一眼跪伏在地的韩愈，狞笑道：

“韩大人，都听明白了吧？以后别再和皇上较劲了，回家准备准备，赶快赴任去吧！”说罢，转身哼着小曲离去。

再说卢夫人早起送韩愈上朝后一直坐卧难宁。虽然韩愈临行之时，她一再叮嘱莫要犯颜直谏，但就韩愈的性格，料定其必将奏章上呈皇上。刚过辰时不久，只见跟随韩愈上朝的秦济，满头大汗地跑回来，卢夫人一看，不由一惊，只见秦济惊恐地道：

“夫……夫人，大……大事不好！老爷出事了！”

卢夫人见此，已感到大祸临头，向着秦济道：“慢慢说，老爷怎么样了？”

“皇上早朝，率领文武大臣参拜佛骨，老爷当廷直谏，触怒皇上，被绑赴午门，要斩首问罪！”

卢夫人闻此，犹如青天一声霹雳，不由浑身一颤。她虽已料定必有此结果，但没有想到会遭此重刑，不由一阵晕厥。秦济和秋菊忙一把扶住。卢夫人不由悲痛欲绝，向着秦济道：

“快，快，带我去见老爷一面。”边说边不顾一切地往外就走，秦济和秋菊忙左右紧紧相扶。

大家刚来到钟楼前，只见韩愈面色忧愤，骑着马迎面而来。后面跟着小厮春儿。卢夫人见此，不由惊喜难禁，喜出望外，忙迎上前破涕为笑道：

“老爷回来了！谢天谢地！真吓死为妻也！”

韩愈见卢夫人前来相迎，早也跳下马来，向着卢夫人道：“学生让夫人受惊了，实在惭愧！”

卢夫人看着韩愈，悲喜交加，眼噙热泪道：“老爷怎么回来的？听秦济说皇上要降重罪与老爷，吓得为妻魂销魄散，六神无主！忙赶了过来。”

韩愈不由仰天长叹一声，携同卢夫人边往回走边道：“皇上要斩首学生，多亏了裴度、崔群和满朝文武大臣的保举，方免除了学生的死罪！不过，也罢了学生的刑部侍郎之职，贬往岭南的潮州去做刺史，限即日就要离开京城！”

卢夫人听此，向着韩愈道：“只要老爷没有性命之灾就好，贬徙外任，这也是预料之中的事。只是小女挐儿重病在身，昶儿远在东都，湘孙不知身在何方，无人照顾老爷，老爷又体弱多病，如何经得起万里跋涉之苦……”

韩愈听此，不由望了望碧空白云，忧心地道：“学生早已将个人生死置之度外，这贬徙岭南不足为惧。只是挐儿重病在身，如何能经得住这场灾难！是学生对不住挐儿！”

卢夫人扭头向着韩愈道：“老爷不要过于自责。自古忠臣多难，这次老爷能保住性命，已是全家之福！老爷一心为着朝廷社稷和黎民百姓，挐儿会理解老爷的。”大家说着，已回到家门前。

卢夫人将韩愈接到家中，含着眼泪，指派家人给韩愈准备行装。韩愈来到书房，他望了望书架上摆放的一层层书籍，不由暗道：

“书啊！别了，我的挚友和师长！学生被贬往万里之外的潮州，马上就要出发。此往潮州，路途茫茫，千山万水，只好把你们留在这里了！但愿我们以后还能再相见！”

他环顾了一下书房，这里是他入京七年来读书、写作和休息的地方。他看着书案上的纸墨笔砚，不由思绪翻腾：“在这里，他曾怀着忧愤的心情，用自嘲的笔法，写下了令人震撼的《进学解》；以战略家的目光和胸襟，用精辟的论断，赤诚的语言和忧国忧民的情感，撰写了劝谏皇上行信天下的《论捕贼行赏表》和讨伐叛军的《论淮西事宜状》。从而无情地抨击了朝中的奸邪势力，坚定了朝野征讨淮西的决心与信心，为平定淮西、降服河北，实现大唐统一奠定了基础……”

韩愈想到这里，无不感慨地叹了口气。这时秦济和春儿进来，准备为韩愈收拾所带书籍。韩愈猛然想到小女挐儿，忙来到挐儿房间，只见挐儿面色憔悴地躺在床上。一见韩愈进来，欠了欠身子，想坐而没有坐起来。

韩愈忙上前扶住道:“别动,别动!”说着坐到挐儿床边。这挐儿是韩愈的四女儿,时只有十二岁,如今身患痨症,已经病入膏肓,性命危在旦夕。她刚刚听说韩愈被贬之事,看着韩愈,两行眼泪像断了线的珠子一样滚了下来。声音低弱地道:

“爹爹,你又要受苦了!听说潮州在很远很远的地方,孩儿真怕再也见不到爹爹了!望爹爹一路多多保重!”说到这里,不禁又咳嗽起来。

韩愈看着挐儿病情沉重的样子,不由心中一阵颤悸,两行热泪潸然而下。挐儿咳嗽一阵后,吐出一口血痰,韩愈忙伏身用手帕擦去其口角血迹,心里像撕裂一样难受,暗道:“看来小女命不久也!”

韩愈待挐儿喘息安定下来后,向着挐儿愧疚地道:“是爹爹不好,让你和妈妈跟着爹爹担惊受怕;现在你有病在身,爹爹不仅不能照顾你,而且还要远离你们而去,说不定你和妈妈也要被赶出京城。实在让爹爹心中不安!”说着,眼泪又夺眶而出,掉落在挐儿的身上。

挐儿见此,吃力地伸出小手,为韩愈擦去眼泪;强打笑颜,向着韩愈道:“爹爹是天下最好的爹爹!伯伯和叔叔都说,爹爹是不畏权势,清正廉明,一心为天下百姓办事的大忠臣!挐儿为能有你这样的好爹爹而骄傲和高兴!望爹爹放心前往潮州,挐儿不怨恨爹爹……”

“好!挐儿真是爹爹好女儿!”韩愈紧紧握住挐儿的小手道,“在家一定要听妈妈的话,按时吃药,把病养好,等着爹爹回来!”说着不由心中一颤,两行眼泪又滚落下来。

“爹爹,你怎么又哭啦!挐儿听爹爹的话就是,一定等爹爹回来。”韩挐刚说到这里,竟又猛烈地咳嗽起来。卢夫人听到韩挐的咳嗽声,慌忙跑了进来,轻轻在挐儿胸部推拿了一阵,待挐儿停止咳嗽后,心痛地看了看挐儿,向着韩愈道:

“老爷,文昌和冯宿、李宗闵几位大人,前来为老爷送行,现正在客厅等候。老爷的行装已准备就绪,这次还让秦济和春儿一块跟随老爷去吧。秦济虽年令大些,但比较老成,而且对南方的情况也比较熟悉。”

韩愈点了点头，向着卢夫人道："学生这一走，家里这一摊子就又交给夫人你了。学生担心的是朝中那些奸佞，不会到此罢休，说不定连你们也要被赶出京城。眼下，昶儿远在东都念书，湘孙不知飘游何方，你一定要照顾好挐儿啊！"

卢夫人看了看韩挐，难过地道："为妻谨遵老爷的嘱咐就是！老爷快到前厅去吧。"

"爹爹，你，你去吧，挐儿等着爹爹早日回来！"韩愈望着眼含热泪韩挐，心中如刀割一般，他紧紧握住韩挐的小手道："好孩子，一定要等着爹爹回来啊！"说罢，站起身来，深情地又看了看韩挐。他知道，这可能就是最后的一面，然后恋恋不舍地转身离去。

韩愈来到客厅，只见张籍、李宗闵、冯宿等人正在气愤地低低交谈着。一见韩愈出来，忙一起站起相见。

张籍向着韩愈愤慨地道："当今皇上是怎么啦？竟然昏庸到这种地步，一点忠奸都不分！国子监的学生闻知此事，都气得像炸了锅，俱为先生鸣不平！"

"如今皇上同刚即位时，完全变成了两个样！"李宗闵气愤地接口道，"不仅远贤臣，近小人，而且刚愎自用，每日沉溺入酒色佛道之中。这次韩大人被贬，满朝文武的心都凉了！"

大家刚说到这里，只见两个宦官摇摇摆摆地走了进来，看了看大家，向着韩愈道：

"皇上有旨，让韩大人赶快启程上路，不得有误！"说罢，把脸一扬，一屁股坐到厅前的一条登子上。

卢夫人见此，忙走出来，向着那两个宦官道："请公公厅内用茶。"

那两个宦官将卢夫人看了一眼，道："咱家忙得很，请韩大人赶快上路，咱家等着回去交差呢！"

卢夫人见此，忙令秋菊捧出两杯茶来，放在两个宦官面前；然后包了二十两银子，递给两个宦官，道："天气太冷，请公公回去喝杯酒，暖暖身子！"

那两个宦官接过银子，用手掂了掂，装入袖袋，道："好吧，你们不要耽误了启程，咱家这就回去复命。”说罢，站起身来，看了大家一眼，扭着屁股离去。

“呸！什么东西！”冯宿望着那两个宦官的背影，不由骂道，“真是狗仗人势！皇上硬是让这些阉党给弄坏的！”

那两个宦官可能听到冯宿的骂声，不由回头将冯宿看了看。这时只见李正封急急走了过来，大家见礼罢，李正封向着韩愈道：

“裴相让学生来告诉大人，要大人早点启程，以免为奸人所谗，引起皇上不快。裴相和崔相，已往城外等候，为大人送行。”

韩愈听后，向着大家道：“感谢诸位前来送行。请大家都回去吧，以免为学生所累，被奸人所忌。望大家竭尽全力，辅弼皇上，实现中兴大业！”

这时秦济和春儿牵着马，赶着装载行李的车子，已来到院中。李宗闵向着韩愈道：

“大人连死都不怕，难道我们还怕被牵连不成？今日一定要送大人一程！”韩愈听此，不由感动得热泪盈眶，道：“那就多谢谢诸位了！”

长安城外，朔风怒号，乌云低垂；路边凋零的树木，在寒风中抖嗦着赤裸的身肢，发出凄凉的哀鸣。

韩愈在张籍、李宗闵、冯宿、李正封和卢夫人等人的陪同下，来到灞凌桥头。只见裴度，崔群和李程等人，已等候在那里。大家见礼罢，遂相携进入路边长亭。

裴度令侍从从食盒中取出酒肴，与韩愈饯行。酒过三杯，大家心情都十分沉重。崔群有话要说，看了看随行之人，示意裴度和韩愈步到长亭一角，向着韩愈痛惜地道：

“退之请安心地走吧。潮洲虽乃荒蛮之地，但却远离京都这是非之地，倒可省去许多烦恼！如今皇上越来越宠幸小人，朝中之事完全听信皇甫镈和程异两个奸佞。而且吐突承璀回京后，死灰复燃，弄权朝堂，学生也深感心灰意冷，早晚要辞去这宰相之职！”

“崔兄此意差也！”韩愈听崔群讲罢，不由道，“如今皇上为小人所围惑，不仅沉溺酒色佛老，而且居功自傲，荒弛朝政，中兴大业看着将要付之东流！裴兄和崔兄乃我大唐中流砥柱，目前朝中只有二位大人能支撑这座大厦。因此，绝不能灰心泄气，遇难而退；越是奸佞作祟，越要奋力拼争！否则，这些年我朝野上下殚精竭虑，励精图治，所取得的成果，岂不毁于一旦？大唐中兴将会变为泡影！学生今日犯颜以死相谏，就是为了这个！”

韩愈说到这里，一阵狂风吹来，将地上的石子和沙子卷起，扑打到他们的身上和脸上。三人忙侧了侧身子，待那狂风过去，韩愈向着裴度和崔群，无限忧虑地继续道：

“目前最让学生放心不下的，就是朝中奸党作祟，佛道祸国，皇上为小人惑乱！望崔兄能以朝廷社稷为重。为大唐天下当好这个宰相！”

“韩大人说得很是！”裴度面色凝重地道，“如今皇上远贤臣，近小人，听不进半点不同意见，实在让人忧心！最近学生不断接到魏博，平卢、横海等地军报，说李师道起兵作乱，学生已向皇上提出用兵之策，然而皇上正陶醉在胜利之中，不以为然，实在令人疾首。因此，为了大唐社稷和天下百姓，我们必须紧握朝柄，绝不能让小人的奸谋得逞，使大唐中兴毁于一旦！”

崔群听此，感慨地道：“韩兄对朝廷一片忠心，反遭到如此横祸，不仅毫无怨言，而且还一心想着朝廷的安危，真乃令人感动敬佩！好吧，学生就依韩兄之言就是！”

韩愈听后，方点了点头。这时一只寒鸦从远处飞来，落到桥头一棵被风吹得摇摇晃晃的柳树上，向着四周“啊”、“啊”地叫了几声，然后又展翅向别处飞去。韩愈望了一眼那只寒鸦，向着裴度和崔群道：

“不过，两位大人在朝，也要时刻小心。皇甫镈和吐突承璀阴险狡诈，狼狈为奸：皇甫镈乃势利小人；吐突承璀阴险毒辣，老谋深算。特别是吐突承璀，这次东山再起，绝不会对前事善罢甘休，必然要借机报复。眼下皇上刚愎自用，偏听偏信，很易被他们所惑，请二位大人既要主张正义，又要处处留意才是！”

裴度望了望冻结的灞水和灰暗的天空，不由感叹地道：“韩大人今日之举，对学生震动很大！学生与韩大人的风骨相比，实感惭愧不如！为了大唐社稷和天下黎民，今后定将如大人这样，精忠报国，力除弊政，即使粉身碎骨，也在所不惜！”

裴度讲到这里，看着韩愈继续道：“韩大人先到潮州赴任，学生和崔大人在朝定向皇上奏明大人的忠贞之心，一旦皇上醒悟，便马上召大人回京。”

“那就多谢二位大人了！”韩愈听后，多少有些激动地道，“怎奈学生这两年身体越来越差，谁知能否等到那一天！”

“能！一定能！”崔群道。三人边说边转回身来。韩愈望了望黑沉沉的天空，向着裴度等人道：

“天快要黑了，诸位大人都回吧，朝廷的安危，全靠大家了！”裴度也望了望彤云密布的天空，向着韩愈道：

“这天说变就变了，看来很快就会有一场大雪降临，大人一路要多多保重！”

韩愈不禁感慨地道：“天有不测风云，人有旦夕祸福，此乃天地之常情也！望诸位都要保重！”说罢，来到卢夫人面前。此时卢夫人眼含热泪，长女韩莹夫妇和侄孙韩滂侍立在卢夫人左右。韩愈向着卢夫人道：

“学生这就要上路了，望夫人多多保重！”

卢夫人望着韩愈，好像有千言万语要说，但却只点了点头。韩莹不由两眼垂泪，向着韩愈道：“爹爹路上一定要多多保重，到了住所，就给妈妈和我们来信。”

韩愈点了点头，向着身体比较瘦弱的韩滂道：“滂滂在家要好好读书，眼下湘子和你昶叔都不在家，你要多帮奶奶做些事。”这韩滂乃老成的次子，今年刚刚十七岁，听后忙道：

“请爷爷放心，一路多保重，孙儿一定谨遵爷爷的吩咐！”韩愈看了看韩滂，然后与裴度等人一起走出长亭，从秦济手中接过马缰绳，颤着两腿，爬到马背上。卢夫人见此，不由掩面痛哭起来……

欲知韩愈能否顺利到达潮州？在潮州作了那些惊天动地的事情，被潮民视为神人？后又如何宣抚镇州，勇夺三军之帅？并擢拜京兆尹和两任吏部天官。请看第四部《尽瘁篇》。

第四部　尽瘁篇

第十六卷
风雪渡蓝关

第 121 章
蓝关道风雪见真情　秦岭山韩湘救泰斗

浓厚的乌云，像黑沉沉的锅底，扣压在人们的头顶上，简直要把人砸入十八层地下。凛冽的西北风，裹挟着石子和沙子，拼命地肆虐咆哮着；用它那千万只像利剑一样的手指，妄图撕碎路上的一切行人。

这是通向蓝田的荒漠古道：韩愈和秦济骑在两匹老马上，后边跟着拉着行李的马车，他们顶着刺骨的寒风，艰难地向前移动着。灞陵那古桥、长亭、衰柳，已被远远地抛在身后；周围是一片灰蒙蒙的荒原，残雪、土岗和影影绰绰在寒风中拼命挣扎着的古槐、老榆和朽木。

韩愈不由抬头看了看灰暗的天空，又回头望了望那早已看不到踪影的长安城；心中是又酸又冷，像重重压了块石头一样。他不禁又叹息了一声，上午金殿上那一幕幕惊心动魄的情景，又浮现在他的脑海之中。……

“如今皇上竟如此刚愎昏愦，不仅沉溺于佛老酒色之中，而且听不进半点忠言。我大唐中兴大业，看来要毁于一旦了！”

韩愈想到此，不由面上呈现出忧虑之色：“佛患！可怕的佛患！皇上废弛朝政；百姓抛弃生业；忠孝仁义被冷落践踏！我大唐真地危也！”

他扭头又望了望长安方向，心中暗暗祝道：“但愿裴相国和敦诗能顶住压力，紧握朝柄，力排奸邪，撑住这大唐江山！……”

“奶奶，往边处靠靠，看马碰着你。”韩愈正在沉思，猛听旁边人声，忙扭头一看，只见路边一个十三四岁的讨饭小女孩，左手挎着个破篮子，右手搀扶着一白发苍苍的老太婆，在寒风中艰难地行走着。见韩愈等人过来，忙让出道来，站在一边。

韩愈看着那骨瘦如柴、颤颤巍巍的老妇人和衣不遮体、满面泪痕的小女孩，不禁脑海中再次浮现出挐儿那痛苦、绝望，但又强装笑脸的面容……

“挐儿，我的挐儿！你现在病情如何？”韩愈不由心中打了个寒颤。“是爹爹对不住你，让你在病痛中又受到惊吓，更增加了你的病情。说不定明天他们会将你和妈妈赶出京城……”

“老爷，下雪了，请把斗篷披上吧！”韩愈正在痛苦中思索，只听秦济在旁边说道。

韩愈望了望天空，只见纷纷扬扬的雪花，从天而降。他没有去接秦济手中的斗篷，不禁回头又望了望那一老一少的两个讨饭之人，只见风雪中二人的身影已模糊不清。

“天灾、战乱、佛患！我大唐何时才能中兴？百姓何时才能安居乐业？”韩愈心中暗道，“为了大唐，为了天下的黎民百姓，个人的安危，妻子儿女的祸福，只好抛在一边了！”

“老爷，雪下大了，你把斗篷披上吧。”韩愈听到秦济二次催促，方伸手接过秦济递过来的斗篷，披在身上。

雪越下越大。刚才还是纷纷扬扬的雪花，一下竟变成了鹅毛大雪，铺天盖地从天而降；周围万物，顿时失去踪迹，被漫天大雪所笼罩。

韩愈不由心中一动，忙勒住马，向着秦济道：“不好！雪这么大，此地前不着村，后不靠店。那一对讨饭的老人和小孩，身上缺衣，腹中无食，非冻死在这路上不可！你快拿两件衣服和干粮，给他们送过去。”

“这！”秦济扭头看了看，只见天地茫茫一片，什么也看不到。担心地向着韩愈道：

“天就要黑了，这里离前面四十里铺，还有很远的路程；那两个讨饭人已离我们很远，若要回去给她们送东西，势必耽误我们的行程。”

“人命关天，我们岂能见死不救？”韩愈望着漫天大雪道，“你快去吧！”

秦济见此，只好从马上跳下来，忙从车上行李中取出两件旧衣服和一包干粮。韩愈向着秦济道：“雪大路滑，路上要小心；我们慢慢往前走，等着你就是。”

秦济深为韩愈所动，忙跳上马，拨转马头，往回跑去，迅速消失在大雪之中。

道路已被大雪完全覆盖，茫茫四野，难以分辨东西南北。那两个讨饭的祖孙二人，在风雪中互相搀扶着，高一脚，低一脚地艰难向前移动着。阵阵狂风裹着雪花，扑打到她们的脸上和身上，二人的头和身上落满了雪花，简直成了雪人。小姑娘脚上的草鞋已经破烂得只剩下一半，被冻烂的脚上裂着长长的口子，鲜红的血迹，印留在雪地上。

老妇人颤抖着身子，往前又移动了两步，再也走不动了，脚下一软，连同小姑娘一起摔倒在雪地上。那小姑娘坐起身来，哭着道：“奶奶？你怎么了？”边叫边往起拉那老妇人，但怎么也拉不起来。

那老妇人喘着粗气道：“妮……妮子，奶……奶奶我看来是不行了！”

“不！奶奶，你别说这吓人的话！”小姑娘边哭边死命地拉着老妇人的胳膊。那老妇人喘着气道：

“奶奶这病越来越重，加上一天来没吃过 点东西，直觉得头晕目眩，浑身寒冷无力。”那老妇人说到这里，顿了顿，看着小姑娘继续道：

“妮子，苦命的孩子！你妈去世得早，你爹爹那没良心的东西，丢下我们不管，一个人去当了和尚。我们老陈家就剩下你这条根。老天爷竟不长眼，这雪越下越大，你……你快逃条活命去吧！要不，咱们俩人非都冻饿死在这路上不可！”说着，伸出颤颤抖抖、像鸡爪一样的手，去解自己的破烂上衣扣子，道：

“妮……妮子，奶奶不行了，快把奶奶这件棉袄脱……脱下来，你穿……穿上，快走……走吧！”

“不！奶奶！要死，我们死在一块！”小姑娘哭着，忙握住老妇人的双手。

正当二人抱在一起，绝望地等待着死神降临时，忽听从前方传来急促的马蹄声，小姑娘忙抬头望去，只见秦济已催马来到面前。

秦济见此，慌忙跳下马来，向着小姑娘道：“老人家怎么回事？”

小姑娘见此，好像看到了救星，向着秦济道：“我奶奶本来身患重病，加上一天来未吃东西，又冻又饿，看来快不行了！”说罢又痛哭起来。

秦济忙道：“别怕，别怕。”边说边打开手中包袱，拿出两件棉衣，披到老妇人和小姑娘的身上。然后又从包袱中掏出两个馒头，递给小姑娘道：“快，你和奶奶把它吃了，就会好的。”

那老妇人望着秦济，惊疑地说不出话来，她感到不可思议，又好像是在梦中，竟不知所措。秦济向着老妇人道：

“老人家，快吃吧，这是我们家老爷让给你们送来的……”

那老妇人这时好像醒转了过来，忙接过馒头，使劲咬了一口，确信不是在做梦，看着秦济道：

“你家老爷？……”

“就是刚才从这里过去的。”秦济看着那老妇人道。

“他是谁？莫不是上天派来搭救我们的活菩萨！”

“我家老爷是当朝刑部侍郎韩愈，韩大人，因得罪皇上，被罢了官。现贬往潮州去做刺史。”

“韩愈，韩大人！”小姑娘一听，停下口中的馒头，向着秦济道：“莫不是朝中有名的忠臣，去年领兵去平了淮西的那个韩大人？”

“正是！”

小姑娘听后，惊喜地向着老妇人道：“奶奶，我们真地遇到了好人，这下有救了！”然后向着秦济惋惜地道：

“上午我们在路上听人传说，韩大人反对佛老祸害百姓，向皇上直谏，要烧毁佛骨，以绝后患！结果被皇上定了杀头之罪。最后因满朝文武大臣讲情，才赦免死罪，贬出京城，看来果然是真！”

“小姐说得不错。”秦济听后点了点头。那老妇人听后，也不由气愤地道：“这是什么世道，越是好人越得不到好报，这老天爷咋不长一点眼啊！”

秦济看了看天，把手中的包袱递给那个小女孩道：“这里面还有几个馒头，你们拿着，休息一会儿，赶快往前走吧，要不，夜里会冻死在这雪地里！天不早了，我得赶快去追赶老爷。”

那老妇人见此，忙从地上爬起来，跪在雪地上，向着秦济连连磕头道：“官爷慢走吧，您真是俺救命的大恩人！”

小姑娘接过包袱，也跟着跪在地上道：“您和韩大人真是好人，老天爷一定会保佑你们的！”

秦济顾不得和她们多说，忙转身跳上马，扬鞭而去。身后仍回响着那小姑娘的感谢和祝福之声。

秦济追上韩愈时，天已经黑了下来。韩愈急询问了那二人的情况，秦济遂将那老妇人和小姑娘的情况叙说一遍。韩愈听后不由道：

“天灾、佛患，这老百姓的日子可真苦呀！我们若和他们比一比，再大的冤屈，也算不得什么！”

雪仍在继续下着，风也越刮越大。约莫定更天气，大家才来到四十里铺，找一家客栈住下。

晚上，韩愈躺在床上，久久难以入睡。窗外那呼啸的西北风，吹得门窗哗哗乱响，不时从远处传来野狗的阵阵狂叫声。他翻了个身，看着雪光映得有些发白的窗户，不禁想到十八年前，他被贬徙阳山，路经这里的情景……

“真快！一晃十八年过去了。记得当时，也是这样风雪交加的寒冬，自己和张署、李方叔三人被贬出京师。那时自己刚刚擢迁监察御史三个月，因向皇上直谏关中灾情，而被佞臣李实所谗……”

这时，店外好像有人在走动经过，并伴有隐隐约约的哭声。韩愈不由侧耳细听，那哭声渐渐远去。

“唉，记得那次路过这里，因关中大旱，到处是逃荒要饭的饥民。自己和张署来到这饭店之中，刚要了两碗面条，还未动口，就被围在四周的讨饭难民抢去；几个蓬头垢面、衣不遮体的半大孩子，为抢食掉在地下的几根面条，被踩得哇哇直叫。为此，自己把饭店里的所有馒头全部买下，散给了他们……”

韩愈想到此，不由叹息一声。张署又出现在他的面前……

“张署，这位刚直不阿、德高操洁的贤臣良友，虽才华卓绝，但因和自己一样，不愿攀龙附凤，投靠权贵，最后只做了个小小的河南县令，竟病死在任所！”

远处一阵狗叫声，打断了他的回忆，隔壁房间，秦济和春儿的阵阵鼾声，不断传来。他使劲把眼闭上，但还是难以入睡。他一会儿想到朝中之事；一会儿卢夫人和挐儿的身影又出现在他们面前；一会儿又想到潮州：不知潮州是何种情况？直到四更多天，才朦胧合上眼睛。

第二天凌晨，风和雪都渐渐停了下来，地上的积雪足有一尺多厚，秦济走到门外看了看，向着韩愈道：

“雪这么深，路上如何行走，不如暂停两天，待雪消了一些，再走不迟。”

韩愈看了看灰蒙蒙的天空，道：“看这天气，说不定这雪还要继续下。三两日内何能放晴？我等圣命在身，岂不耽误了行程？还是赶路要紧，用罢早饭，咱们就出发。”

秦济听此，只得让店家拿出早点，大家用罢，便踏着尺把厚的积雪上了路。

此时的山川河流、广袤原野，俱被大雪所覆盖。天地茫茫连成一片，分不清哪是道路，哪是田园。韩愈等人只好深一脚浅一脚地摸索着向前走去。经过一天的艰难跋涉，天快黑时，才赶到蓝田县城。

韩愈所乘之马，经过几次滑倒后，再也不肯向前。春儿用力推拉，那马只在原地转动，就是不往前走。

半夜时分，突然又刮起了西北风。第二天一早，黑沉沉的天空，竟又飘起了雪花。

秦济向着韩愈担心地道：“从这里到蓝关，全是山路，本就坡陡雪滑，如这雪再要下大，何能翻过山去？请老爷三思。”

韩愈望了望天空，不由叹道：“如今朝廷小人得宠，皇上偏听偏信。如若误了行程，定会让裴相国为难！还是上路吧。”

秦济无奈，只好令春儿整装出发。中午时分，大家进入秦岭山中，只见山风怒号，路上积雪深处竟达三尺多厚。车马走在上面一步一滑。

韩愈和秦济只好从马上下来，牵着马往前行进。谁知往前行了还不到三里地，空中雪花竟变成了鹅毛大雪，铺天盖地从天而降，十步之外，便看不清东西。

大家见此，不由暗暗叫苦。不到一个时辰，地上的积雪便又增厚了半尺，直没到膝盖以上。呼啸的山风，卷着雪块，不时扑打到大家的身上和脸上，大家几乎变成了雪人。

韩愈等人只好互相搀扶，跌跌撞撞往前又走了一个多时辰，个个已是精疲力竭，人困马乏。突然，一阵狂风挟拥着漫天雪块迎面扑来，韩愈所乘之马，惊得往后连退数步，再也不肯向前。春儿忙过来，用力帮着推拉那马，那马只在原地转圈，就是不往前走。

韩愈不由叹道：“看来今天，我们要葬身在这深山大雪之中了！”

“爷爷！爷爷！”正当大家绝望之时，只听背后有人呼喊。韩愈不由一振，忙扭头看去。只见风雪中一人骑着快马，急速赶来。转眼快马来到跟前，从马上跳下一位后生，向着韩愈道：

“爷爷，孙儿来送您老人家来了！”

韩愈一看，只见来人二十余岁，浓眉大眼，唇红齿白，原来是侄孙韩湘，不由惊喜万分。

这韩湘乃韩愈侄儿老成的长子。老成死后，由韩愈抚养成人。其自幼聪慧绝伦，但不喜读书，极崇黄老仙道。三年前离家出走，不知所往。

韩愈向着韩湘高兴地道：“湘儿从何而来？怎知爷爷来到这里？

这几年你到哪里去了？叫爷爷好想！”

韩湘忙上前将韩愈身上的雪花拍了拍，从怀中掏出一个酒葫芦，递给韩愈道：“爷爷，先喝口酒，暖暖身子，容孙儿慢慢告知。”

此时韩愈是又累、又冷、又饿。浑身像掉进冰窖里一样，忙接过葫芦，打开盖子，喝了一口，只觉芳香满口，腹中火热。

韩湘待韩愈喝罢，遂将酒葫芦转给秦济等人解寒，然后向着韩愈道：“孙儿说了，爷爷请勿生气。只因孙儿憎恶朝政腐败，奸佞当道，官场黑暗，故不愿读书求仕，这些年修道于终南山中。昨日偶然下山，闻知爷爷因谏迎佛骨，被贬往潮州。孙儿想那潮州乃南疆荒蛮之地，远在万里之外，爷爷年迈多病，怎能经得住千山万水长途跋涉，故前来护送爷爷。”

韩愈听此，真是又喜又忧。忧的是韩湘竟违背家训，弃儒从道；喜的是在这危难之际，他竟冒着生命危险前来相送。不由热泪盈眶道：

“在这个时候，爷爷还说什么生气不生气的话！只要能见到你，爷爷比什么都高兴！”

韩湘看着韩愈道：“爷爷赤胆忠心，风清操洁，为朝廷和百姓，披肝沥胆，视死如归，真使孙儿感动羞愧！当孙儿得知爷爷的情况后，恨不能插翅飞到爷爷的身边！”然后看了看满天大雪和秦济等人，道：

“这秦岭大山，纵深百里，风雪如此之大，爷爷怎不顾性命，竟冒死进山！岂不白白送掉性命？”说着从马上取下一个包裹来，道：

“孙儿在山前饭店，买了一笼热包子，用被子包了，带了过来。大家吃了方能抗住这大雪严寒，要不，今晚非冻死在这深山风雪之中不可！”

韩湘边说边打开包裹，只见里面的包子，还冒着腾腾热气。大家此时是又饿又累，见了热气腾腾的包子，真如久旱逢甘露，冰天遇炭火，顾不得多问，遂大口吞吃起来，顿觉浑身充满精力。

韩湘又将所带食物，把几匹马也喂了喂，向着韩愈和秦济道：“我们赶快出发吧，争取早点赶到蓝关。”

秦济抹了一下嘴，向着韩湘道：“喝了公子的酒，又吃了公子的包子，这浑身上下热乎乎的，天黑后定能赶到蓝关！”

韩愈欣慰地向着韩湘道：“今日多亏湘儿前来，要不然，我等性命休也！”大家说着，遂整顿行装，顶着风雪，继续向前走去。

第 122 章
宿蓝关赋诗赠侄孙　南遣路病女丧层峰

雪慢慢下得小了。约莫三更多天，韩愈一行人马才艰难地来到蓝关。此时大家已精疲力竭，眉毛、胡子和脸上结满了冰花，衣服被冻得像铁板一样。

韩湘敲开一家客栈，店老板一见他们，甚感惊奇，忙安排韩愈等人取暖住下，韩湘急令店家生火造饭，大家用罢饭后，已是四更多天。

这晚，韩湘同韩愈同宿一室。韩愈向着韩湘道："今日若非湘儿，我等必葬身于深山大雪之中矣！"

韩湘看着韩愈道："爷爷何苦如此性急？风雪这么大，竟敢翻越这秦岭大山，真是不要命了！"

韩愈不由叹了口气道："只因佛老为患，当今沉溺长生，百姓废弃生业；爷爷我忧心如焚，因犯颜直谏，被皇上降下重罪。多亏裴丞相和崔大人保奏，方赦去死罪，贬往潮州。今若耽误了行程，不仅会给朝中奸佞小人授之以柄，而且也将使裴崔两位大人为难。故此才冒险进入这秦岭大山，没想到这风雪竟如此之大！"

韩湘看了看韩愈道："如今皇上刚愎昏愦，宠幸小人；爷爷半生为官，为朝廷披肝沥胆，殚精竭虑，政声蜚然。如今却几乎丢掉性命，实在让人寒心！不如这官不做，随孙儿了道山林，岂不痛快……"

韩愈听此，不由正色道："湘儿何出此言！想我韩家世代为官，秉承圣道，以齐家、治国、平天下为己任。即使为国家社稷粉身碎骨，也在所不惜，何言了道山林？”韩愈讲到此，看了看韩湘，继续道：

“你不愿读书求官，弃儒从道，已是违背家训，怎又来劝爷爷行这不忠不孝之事！若此，你速速离去，爷爷我全当没有你这个孙子罢了！咱们分道扬镳，各走各的路！”

韩湘见此，忙笑道：“爷爷莫生气，孙儿乃戏言尔！爷爷自幼立下凌云奇志，一生宏扬儒道，改革文坛，独排佛老，力除弊政，誓死济世安民，早把个人的生死富贵置之度外，孙儿岂能不知？只不过是为爷爷感到不平而已。”

韩愈听此，方消怒气，向着韩湘道：“我们韩家，历代以宏扬圣道，忠君报国为己任。爷爷我这一生：明天道、振文坛、除弊政、辟佛老，朝野尽知。昔年，曾十载赴京求仕，并东谒郑滑、西投凤翔、先后从戎于汴徐两地，受尽了奔波凌辱之苦。其目的就是为了踏入仕途，实现自己的报国之志！今日怎能为一时之厄、而见异思迁，弃官而去呢！”韩愈讲到此，无限感慨地继续道：

“若要为了个人的安逸，咱们韩家祖上留有良田数顷，旧宅数处，足以丰衣足食。何须非要前往深山老林不可？望湘儿能继承爷爷志向，为朝廷社稷和天下百姓，干一番事业才好！”

韩湘听此，深为韩愈所动，暗道：“原想劝爷爷弃官从道，不想反被爷爷折服！”遂道：“孙儿谨遵爷爷的教训就是，今后定认真读书，力争将来蟾宫折桂，为朝廷社稷出力！”

韩愈听罢，不由转怒为喜道：“若此，真乃我韩家之幸也！你爷爷、奶奶和你父亲在天之灵，也会感到欣慰的！”四年之后，韩湘果然进士及第，并官至大理丞，这是后话。韩愈说到这里顿了顿，向着韩湘继续道：

“过了蓝关，路就好走了，有你秦爷爷和春儿相伴就行了。你赶快回去看看你奶奶和母亲。这几年你不在家，她们想你都想疯了！然后在家好好读书，以应礼部科选。”

韩湘看着韩愈道：“此往潮州八千余里，而且潮州乃荒蛮之地，听说那里民不知礼仪，绅不懂王法，人们说话犹如鸟叫；更兼飓风不断，瘴气蔽日。眼下，秦爷爷年事已高，春儿年纪尚幼，怎能应付各种事变，照顾好爷爷？孙儿已打定主意，护送爷爷前往潮州。”

韩愈听此，十分激动，想到这几日所发生的惊心动魄之事，不禁心潮澎湃，遂让韩湘从行李中取出文房四宝。当即赋诗一首，赠与韩湘。韩湘接过诗稿看时，只见韩愈写道：

左迁蓝关示侄孙湘

一封朝奏九重天，夕贬潮州路八千，欲为圣明除弊事，肯将朽骨惜残年。云横秦岭家何在？雪拥蓝关马不前。知汝远来应有意，好收吾骨瘴江边。

韩湘看罢，不觉热泪盈眶，道：“爷爷请放心，孙儿一定保护爷爷平安到达任所；爷爷洪福齐天，忠君爱民，上天一定会保佑爷爷的！”

韩愈向着韩湘道：“爷爷老了，即使葬身潮州，也无所畏惧！只是朝中皇上昏暗，奸佞得宠，佛患难除；爷爷振兴儒教，改革文坛的大业未竟，实让爷爷放心不下！”

韩湘见此，忙又宽慰了一番；二人登榻安睡时，天已将近五更。第二天，雪虽然停了下来，但天空仍是阴沉沉的，韩愈唯恐耽误行程，不顾年迈体弱，冰天严寒，遂又催促大家上了路。

韩愈因谏迎佛骨，被贬出京师，在朝野引起了不小震动。宪宗将佛骨在宫中供奉三日后，令杜英奇将其送回法门寺。

这日宪宗在春坤宫，由赵贵妃和陈弘志陪同，正在观看歌舞，只见吐突承璀带着一道童进来，走到宪宗身边，欣喜地小声道：“天台州刺史柳泌，已将仙丹炼成，现派人送来。”

宪宗一听，不由大喜，看着那道童道：“仙丹何在？快拿来让朕一观。”

那道童忙从怀中掏出一金色葫芦，呈向宪宗。陈弘志趋前一步，接过葫芦，递给宪宗。宪宗高兴地将葫芦打开，只见一股香气迎面

扑来,遂将葫芦中仙丹倒出两丸于手中。只见红光闪闪,有杏仁大小,不由道:

“好！这柳泌果不负朕望！”

吐突承璀偷眼看了看宪宗，道:“柳泌言道：此仙丹有起死回生之妙，每日一丸，九九八十一天后，便可脱胎换骨，返老还童，长生不老！”

“好！好！”宪宗满意地道，“朕终于拿到了长生不老之药！”然后看着吐突承璀和陈弘志，道:“这都是诸位爱卿的功劳！”

陈弘志忙道:“这是皇上仙根深厚，洪福齐天，方感动上苍，使柳神仙降临我大唐。我等只不过是为皇上以尽忠心而已。”

吐突承璀看了看宪宗，故意向着陈宏志道:“当初皇上委任柳泌为天台州刺史时，裴度和崔群、韩愈等人还极力反对，若是那时听信他们之言，皇上何能得到这长生不老之药！”

“吐突总管说得不错！”陈弘志听此，已明吐突承璀之意，忙看着宪宗接口道:“他们这些宰相大臣，声声讲什么忠君报国，朝廷社稷；可对皇上的安危却一点都不放在心上。今天一个上书，明天一个直谏，千方百计阻绕皇上拜佛求仙，长生不老！真是让人气愤！”

宪宗听此，不由想到韩愈谏迎佛骨之事，扭头向着吐突成璀问道:“那韩愈贬往潮州，按时离京了吗？”

“离是离了，不过其家眷还在京中。”吐突承璀阴险地向着宪宗道，“按照我大唐惯例，凡是贬官，其家眷一律要遣出京城的。”

“对这些目无君臣之礼的狂妄之人，绝不能姑息！”宪宗向着吐突承璀道，“明天将韩愈家眷，全部遣出京城。”

“奴才遵旨！”吐突承璀高兴地应道。陈弘志见此，看了看吐突承璀，趁机向着宪宗道:

“听传说，韩愈这次犯颜直谏，诽谤佛祖，诅咒皇上，乃为比部郎中冯宿所蛊惑。”

“嗯！竟有此事？”宪宗不由脸色一沉。

“不错！”吐突承璀接口道，“这冯宿与李降、崔群、韩愈等人，乃是同年进士。遂结为朋党，也是一个狂妄之徒。”

“原来是这样！”宪宗不由动怒道：“朕这一生，最恨朋党作乱。此人也不能留在京中！”

“皇上圣明！”吐突承璀和陈弘志不禁得意地相视一笑。

就在韩愈被贬后的第七天，中书突然降诏，黜冯宿为歙州刺史；随之，中使拥至韩愈府宅，勒令全家迁出京城。

卢夫人望着病榻上的挐儿，心如刀搅，悲愤难仰。然而皇命难违，只好将病情垂危的挐儿，抬到车上，全家人冒着凛烈的寒风，踏着冰雪离开了长安。

卢夫人同三女韩珍坐在一辆车内，怀中抱着挐儿。只见挐儿脸色苍白，不断咳嗽和喘着粗气。挐儿咳嗽一阵后，向着卢夫人问道：

“妈妈，我们这是到哪里去？”

“去往潮州，和你爹爹在一起。”

“潮州？好！挐儿我又能见到爹爹了！”说着，又不停地咳嗽起来。

“不要说话，躺在妈妈的怀里睡吧！”卢夫人看着挐儿病情沉重的样子，不由两行热泪潸然而下。

“夫人慢行……”正当卢夫人和挐儿说话时，忽听背后传来叫声。她忙打开车窗布帘探头望去，只见数人骑着马边喊边追了过来。

卢夫人让建中停下车来，那几个人已来到车前。卢夫人一看，竟是裴度带着随从。忙将挐儿交给三女韩珍抱着，遂从车上跳下。只见裴度喘着粗气道：

“学生刚到华州去了两天，不想夫人全家竟被他们遣出京城，真乃令人气愤！学生闻知后，特赶来相送。是学生没有照顾好夫人一家！”

卢夫人不由叹息一声，道：“多谢大人关照！如今皇上宠幸小人，偏听偏信。即使大人在朝，又能如何？”

裴度不由愤慨地道：“皇上如此不明，我大唐危也！”然后向着卢夫人问道：“不知夫人全家现往何处？”

卢夫人望了望茫茫雪原，道：“如今老爷贬往潮州，传说那里瘴气蔽日，飓风肆虐，百姓缺少教化。老爷身体又不好，如何能经受的住。妾打算带领全家，一起前往潮州，互相也好有个照应。”

裴度听后，点了点头道：“夫人说得也是，不过此往潮州八千余里，沿途山恶水险，你们妇孺之人，如何能够去得到？要不，学生派人护送夫人前往？”

“不啦！多谢大人的好意！”卢夫人道，“如今大人身负重任，关系到朝廷社稷的安危，绝不能给那些奸佞之徒以可乘之机！此事就不再给大人增添麻烦了。”

裴度听后也不由叹了口气，道：“如此，请夫人一路多多保重。此往潮州，路经襄州、江陵和长沙等地，这些地方的节度使和观察使，都是学生昔日的同僚好友，我这里有给他们的书信，夫人可带上，路上遇到什么困难，可找他们，他们定会帮忙的。”说着令侍卫拿出几封书信，交与卢夫人。

卢夫人接过书信，十分感激，遂又说了许多道谢的话，方登车上路。裴度望着他们已经远去，方拨转马头回城。

茫茫秦岭中，卢夫人带着侄孙韩滂，女儿韩珍、韩挐，以及家人建中、梦菊等，艰难地向前行进着。

这天，他们经过艰难跋涉，终于翻过秦岭大山，来到商南县境内。此时，韩挐的病情更加恶化，已经有一天多吃不进东西了，嘴中不住的咳嗽，吐出一口口鲜红的痰血，头无力地垂靠在卢夫人的怀中。

卢夫人看着病情垂危的挐儿，知其凶多吉少，将挐儿紧紧抱在怀中，流着泪道：

“挐儿，你一定要坚强地挺住。再有几天，我们就追上你爹爹了，你爹爹在等着我们呢！啊！”

韩挐微微睁开眼睛，嘴角挂着血丝，看着卢夫人，张了张嘴，声音微弱地道：

“妈……妈妈，挐儿不……不行了，看来见……见不到爹……爹爹了……”话还未说完，头一歪，便又晕倒在卢夫人的怀中，一股鲜血，从嘴角慢慢流出。

“挐儿！挐儿！”卢夫人见此，忙边哭边呼叫着。韩珍也哭着道：“妹妹，你醒醒？你醒醒呀？”

建中闻听卢夫人哭叫声，忙把车子停了下来。卢夫人向着建中道：“快，你到附近看看，有没有医生，挐儿的情况不好！”

建中听后，忙向四周看了看，只见周围除了沟壑、山崖、雪原之外，连个村庄的影子都看不到。便向着卢夫人道：

“这附近没有村庄，我到前边去看看。”说着便向前跑去。

这时，后边车上的韩滂、梦菊等人也都闻讯跑了过来。卢夫人望着骨瘦如柴、面色苍白、昏迷不醒的韩挐，简直心如刀割：她恨老天无情，恨朝中奸佞歹毒；为小小年纪的挐儿，便遭此厄运而痛心疾首！两行热泪，不停地洒落在挐儿的脸上。

突然，挐儿微微动了一下，像是要咳嗽，但没有咳出来，头一歪便不动了，又一股鲜血顺着嘴角流了出来。

卢夫人见此，知情况不好，忙又惊恐地喊道：“挐儿，挐儿！你醒醒，你醒醒，别吓妈妈啊！”韩珍也哭道：

“妹妹，你不能走，我们快要见到爹爹了！”

这时建中从前面跑回来，卢夫人急不待地问道：“找……找到医生了吗？”

“没……没有！”建中沮丧地道，“小人往前跑了五六里地，连个人影都没有碰到。”说罢，看了看卢夫人怀中的挐儿，向着卢夫人道：

“要不，我们快点往前赶，看能否到前面驿站找个医生……”

卢夫人点了点头，看了看怀中的韩挐，不由两行热泪又潸然而下，道：“苦命的挐儿，看来已经不行了！咱们快点往前走吧。”大家随即跳上车，使劲打着马儿往前跑，向前又疾走了约二十余里，方来到层峰驿站。

此时韩挐已病死在卢夫人的怀中。卢夫人望着脸色苍白、嘴角挂着血丝、身体已经变凉的挐儿，悲痛欲绝，几乎晕了过去。

建中将挐儿的尸体抱进驿站，安排卢夫人住下；找到店老板，让其给挐儿买口棺材。那店老板道:“此地周围二三十里没有人家，哪里买得棺木?”

建中无奈，只好寻些藤条来，将挐儿的尸体裹住。第二天，葬于驿站附近的山洞之中。

卢夫人望着埋葬挐儿的山洞和供奉在洞前的一盘冰凉饭菜，肝肠寸断，泣血捶膺。经韩珍、梦菊和建中苦苦相劝，方回到驿站，一连几天惙怛伤悴，悲痛难禁。

第 123 章
邓州界触景抒情怀　泷水舟感叹明心志

再说韩愈离开蓝关后，经商州、武关，于正月底到达南阳地界。此时已值初春时分，只见田间麦苗青翠，油菜金黄；到处是忙于春耕的农夫和耕牛。远近杏花如雪、新柳吐翠，行人如织，更有春鸠声声不断。

韩愈在马上望着眼前春色，不觉心旷神怡，顿时忘却那压在心头的愁怨。他扭头向着韩湘道：

“春天终于来了！严冬总算过去！回想那蓝关风雪，真让人不寒而栗。”

韩湘望了望四周的春耕景象和烟柳桐花，无限欣喜地道：“我们不仅送走了严冬，迎来了春天，而且也把那秦岭商山抛在了身后！再有几天我们过了襄州、荆门，就到江南了！”

走在后边的秦济接口道：“等过了大江，这路程就走了一半，再往南走，离潮州就不远了。”

“是啊！我们越往南走，离任所就会越来越近。”韩愈不由感慨地道，“看来，咱们要在南国了却余生了！”说罢，不觉有感，随于马上吟道：

> 南阳郭门外，桑下麦青青，行子去未已，春鸠鸣不停。秦商邈既远，湖海浩将经。孰忍生以戚？吾其寄余龄。

韩湘听韩愈吟罢，不禁高兴地道："爷爷出口成章，真不愧为当代文坛大家！"

韩愈不由道："诗乃情感所生，灵感所发；源于神思，成于勤奋。既非求之不得，也非凭空得来。盖须苦读圣贤之书，遍求诸家之妙，方能得心应手，随意拈来！"

韩愈讲到这里，向着韩湘道："正所谓：'地冻三尺，非一日寒。'只要努力，将来你也会出口成章，超越爷爷的！"

韩湘听后道："爷爷乃当今文豪，可谓前无古人，后无来者，岂是孙儿所能攀及的？"

韩愈听后，道："天下没有办不到的事，俗话说：'天下无难事，只怕有心人。'你只要刻苦努力，矢志不移，自己的目的一定能够达到；将来定能超过爷爷！"大家说着，不觉又走出数里。

韩愈一行人马，经过南阳后，第三天来到邓州地界。半夜时分，天空竟下起雨来；早上起来，雨虽已停止，但地上和草木仍是湿漉漉的。

大家走出驿馆，只见远山近岭，苍碧如洗，清晰得如在眼前；路边新柳和田间麦苗，娇翠欲滴，挂满晶莹水珠，宛如出水芙蓉一般；周围空气，清新含香，令人心旷神怡，飘飘欲飞！

韩愈望了望四野，不禁欣喜地高呼："好雨！真是好雨！"然后转向韩湘和秦济道："这雨下得太好了！"

秦济看了看泥泞不堪的道路，和头戴斗笠，被滑得歪歪趔趔的匆匆行人，不解地向着韩愈道：

"这雨下得有什么好？路上一走一滑的！若要继续再下，非耽误我们的行程不可。"

韩愈看了看秦济道："这天上下的不是雨！是黄金！是粮食，是老百姓的命啊！俗话说：春雨贵如油！现在正值春耕春种之际。这场雨不知要给老百姓带来多少福音！我们在路上踏点泥，算得了什么！"

秦济听后还未答话，只见韩湘接口道："爷爷和秦爷爷说得都有道理：爷爷身为朝廷贤臣，想的是济世安民，天下百姓，自然盼着风调雨顺，五谷丰登，万民安乐；而把个人安危祸福置之度外，故有连呼好雨之举。”然后向着秦济道：

“而秦爷爷呢，他的天职则是照顾好爷爷，保护爷爷平安到达潮州。因此担心这风雨有阻行程，故而对爷爷连说好雨，而感到奇怪不解。”

韩愈听后，点了点头，向着韩湘道：“湘儿说得很是！同样是一件事，只因人们的立足点不同，看法也就完全两样。正所谓仁者见仁，智者见智！”韩愈讲到这里向着韩湘和秦济道：

“昔日太宗时，许敬宗当政，他说得一段话很有道理：当时反对他的人很多，太宗就问他何故，他答道：‘皓月当空，路人爱其明，而盗者却恨其亮；春雨如酥，农夫欣喜若狂，而路人则怨声载道。’许敬宗这段话就讲明了这个道理。有时人们去反对和赞颂某件事，并非这件事情的本质是好是坏，而是人们各取所需而已！”

大家正说着，天空竟又飘起了雨丝，路上更加泥泞。

下午，大家来到邓州十里铺驿站，刚刚住下不久，只见门外进来两名公差，背上背着公文袋，手中拉着浑身淌着汗水的马匹。

韩愈一看，认得是朝廷传递公文的信差。那二人将马匹交与店家，扭头看了看韩愈等人，忙拱手致意道：“诸位兄台请了！”

韩愈等人忙也还礼问好。那两名信差取下身上的公文袋，放到桌案上，向着韩愈等人道：“今日有幸，我们同宿一个驿站，兄台是从哪里来，到何处去？”

韩湘道：“我们从京城而来，要到江南走公干。”然后指着韩愈道：

“这是刑部侍郎韩大人，要到潮州去赴任。”

“韩大人！”那两名信差听此，不由惊喜地看着韩愈道，“莫不是向皇上谏迎佛骨的韩大人吗？”

“正是！”韩湘道。

那两名信差看着韩愈，敬佩地道：“韩大人真是个大贤臣，京城的吏民，都在为韩大人鸣不平呢！说韩大人被贬，是朝廷的一大损失！”

韩愈听此，不由向着那两名信差道：“二位过奖了！”

其中一年龄稍长，留着八字胡子的信差向着韩愈道：“大人文章奇秀，忠君爱民，刚正不阿。京城百姓俱传大人乃天上文曲星下降：赤面、凤目、身长八尺！今日方有缘面见大人。”

韩愈听后，不觉一笑道：“市井所传，光怪离奇，捕风捉影，不足为信！”然后向着二人道：

“今日二位所传何种公文？朝中可有甚大事？”

旁边年龄较轻的那个信差答道：“李师道再次作乱后，裴相多次进策，朝廷方采纳裴相主张，于上月中旬，调山南东道节度使李愬为武宁军节度使；怀汝节度使乌重胤为横海节度使，专讨李师道。”

八字胡接口道：“正月下旬，李愬的武宁军、乌重胤的横海军与魏博节度使田弘正军相配合，从三面对李师道发起进攻，取得了连战连捷的胜利，朝廷闻报大喜，令传谕各地州县，进行庆贺。”

韩愈听后，不禁大喜，道：“李愬谙悉兵法，乌重胤治军有方，田弘正胸怀韬略。朝廷用此三人，河北、山东无忧也！”

“大人说得很是！”旁边那个年轻信差接口道，“看来要不了多久，三路大军就会直捣郓州；平定河北山东将指日可待尔！”

大家议论了一阵战事，突然那个年轻的信差向着韩愈道：

“大人家中之事知之否？”

韩愈见问，不由一愣，忙关切地道：“不知差官所说何事？”

那信差道：“大人离开京城不久，家眷也被中使勒令遣出京师，听说尾追大人而来。”

韩愈等人闻此，俱不由一惊。韩愈忙向着那信差道：“两位差官说得可真？她们是何时被遣出京师的？”

“大约是正月二十三四吧。”那位年青的信差答道，“听传说宦官吐突承璀和陈弘志，在皇上面前说了大人不少坏话，皇上一怒之下，遂下诏将大人家眷立即遣出京师。同时也将比部郎中冯宿贬为歙州刺史。”

韩愈听后，不由愤慨地道：“果然不出所料，这帮阉党不赶尽杀绝，是绝不会罢休的！家眷被遣，冯宿被贬，也在预料之中，只是小女病情垂危，怎能经得住贬徙颠沛！只怕小女要因我而命丧黄泉了！”说罢，不由泪如雨下。

秦济见此，也不禁为之伤感。韩湘愤怒地道：“当今皇上竟如此昏庸，完全听信这帮阉党蛊惑，看来大唐天下危也！”

两位信差见此，深感言语有失，致使韩愈等人忧愤难抑，忙宽慰相劝。

韩愈擦了把眼泪，向着两名信差道：“是我连累了她们，想那秦岭商水，风雪弥漫，冰封雪拥，我等还寸步难行，她们乃妇孺病危之人，如何能经受得住？岂不让人肝肠寸断！不知她们现在走到何处？”

秦济和韩湘见韩愈悲愤难禁，只好压住心中愤慨，忙好言相劝，韩愈方暂收珠泪。

晚上，韩愈久久难以入睡；他一会儿想到朝中宦官弄权，奸佞得宠，皇上沉溺酒色佛道，中兴大业将毁于一旦；一会儿又想到卢夫人和全家被遣出京师后，不知现在走到何处；一会儿又想到裴度艰难支撑朝政和河北山东战事……

韩愈在屋内踱来踱去，头脑如巨浪翻腾，暗道：这次朝廷若能讨平李师道，定会举国庆贺，大赦天下，到那时自己说不定将会被朝廷赦免，召回京师。他想到此，不由眼前一亮，遂展纸于案，赋《次邓州界》诗一首：

潮阳南去倍长沙，恋阙那堪又忆家。心讶愁来惟贮火，眼知别后自添花。商颜暮雪逢人少，邓鄙春泥见驿赊。早晚王师收海岳，普降雷雨发萌芽。

第二天，韩湘向着韩愈道：“如今奶奶、母亲，已被朝廷遣出京城，追赶我们而来。不如我们在此等候几天，待奶奶她们到来，再走不迟，互相也可有个照应。”

韩愈听后，不由叹了口气。道："雪拥蓝关，九死一生！我们都未停下，现在怎好在此久等？而且你奶奶她们现在可能已过了商州，度过了最艰难的时期。越往南来，路就越好走了，就让她们慢慢跟着来吧，咱们还是赶路要紧。"

韩湘见此，只好招呼大家继续上路。

三月初，韩愈一行人，经江陵，过长沙，到达韶州地界。

这天，大家来到乐昌的泷水码头，换乘客船，顺流南下。只见岸边奇峰突兀，怪石横空；江中波涛汹涌，险礁林立。大家坐在船内，就像骑在一匹脱缰的野马背上，忽上忽下，颠簸难禁。

韩湘手扶船舷，望着江水撞击礁石，击起冲天的水花，向着韩愈道："这泷水如此险恶，爷爷要抓牢船舷，小心才是！"

韩愈见此，不由想到十五年前，他被贬谪阳山，路经贞女峡和同冠峡时的情景，向着韩湘道：

"这泷水真有点像阳山的连江，当年我和你秦爷爷到阳山赴任，乘船从连州顺流直下，路经贞女峡和同冠峡，那江中尽是暗礁险滩，船一会儿被抛到天上，一会儿又跌入深潭；客人无不提心吊胆。至今想起仍心惊胆颤。"

秦济接口道："记得老爷过了此峡后，感慨莫深。曾赋诗《贞女峡》和《同冠峡》。小人曾记得其中有几句是：

江盘峡束春湍豪，雷风战斗鱼龙逃。悬流轰轰射水府，一泻百里翻云涛。漂船摆石万瓦裂，咫尺性命轻鸿毛。"

"噢！秦爷爷也会吟诗嚼字了！"韩湘听此，不由欣喜地看着秦济道。

秦济笑道："俗话说，近朱者赤，近墨者污吗！在下跟随老爷几十年，就是一年学会一句，也应会吟好几首诗了！"说罢看了看韩愈，又向着韩湘道：

"当年老爷吟罢此诗后，船工老大听后振喜若狂，非让老爷将这两首诗赏给他不可，说是回去让他那小孙子也学着吟诵，老爷当即予以答应。船到阳山后，那船家立等老爷把诗抄录与他，方高高兴兴地拿着诗稿离去。”

大家刚说到这里，只见从船舱里走出一位官吏，看了看韩愈和韩湘等人，拱手道：

“诸位请了！听说话，大家好像是北方之人，可是第一次路经这里？”

韩愈一看那人，见其年约四旬，身体短胖，圆圆的脸上长着一双斗鸡眼，几根稀疏的老鼠胡，挂在嘴角两边。忙也还礼道：

“是的，我等从京城而来，是头一次来到这里。”

那个官吏微微一笑道：“这泷水西出临武桐柏山，流至这乐昌方通舟楫，沿岸崖峻险阻，岩岭干天，交可云蔚，霾天晦海，名为泷水。从乐昌至曲江，约一百二十里水路，皆是悬湍回注，崩浪震山。过了韶州府后，这江水方稍缓尔。”

韩愈听后向着那官吏道：“看来大人对这泷水十分熟悉，请问大人官署何地，所任何职？”

那官吏见问，多少有点自得地道：“本官乃岭南节度衙门，水陆转运从事是也，专管这泷水河道诸事！”

韩愈听此，见是岭南当地官员，便询问道：

“大人既为岭南节度衙门官员，定知潮州情况。学生当有一事请教：这里到潮州还有多少路程？需要几日方能到达？那里的风土人情如何？”

那从事听此，斜着眼把韩愈等人又看了看，傲慢地道：“客官何问之愚也！本官虽为岭南官员，执掌这泷水河道，但此地与潮州相隔千里，怎能知晓那潮州之事？莫不是向京城之人，询问东吴之事乎！”

韩愈听此，不由暗道：“此人说话如此无理。”不禁笑道：“学生所问虽愚，但大人所答也非智也！虽然大人坐镇泷水，但那潮州乃为岭南所辖，大人岂无前往办理公务，或得知那里情况之由；就是东吴之地，乃天下旅游之乡，多有京城之人前往办差和游历，难道京城之中就无熟知东吴之人乎？”

那官吏听此，不由一愣，忙笑道：“客官所言甚是，本官刚才所言，纯属戏尔。潮州之地，学生经常前往，距此约三千余里。那里瘴气巨毒，雷电猖虐，鄂鱼大如舟船；州南百里，便是大海，海天相连，飓风不断，甚是惊心动魄！”

那官吏讲到这里，看了看韩愈等人道：“客官询问潮州何意？此地乃岭南最荒蛮之处，只有朝廷重犯才贬谪到那里。诸位并非犯官，何须细问？”

韩愈听此，不由面呈凝重之色，道：“学生正是朝廷贬官，现要到潮州去赴任！”

那官吏听韩愈说自己也是贬官，马上现出傲慢和不屑之色，把韩愈又看了看，道：“我说诸位怎如此关切潮州情况，原来是贬到那里去的犯官！看来诸位这官做得不怎么样啊！”

韩湘见此，甚为恼怒。暗道：“此真乃势力小人也！”便向着那官吏道：“我家爷爷乃朝中第一忠臣；为了朝廷社稷和黎民百姓而犯颜直谏，故被贬谪！你怎知这官做得不怎么样？”

那官吏听此，不由奸黠地一笑，向着韩湘道：“天下的贬官，没有一个不说自己是冤枉的！就如你刚才所言：这位大人被贬，是因为犯颜直谏。本官不知这位贬官原身居何职，然朝中上有宰相，下有御史，自能辅弼皇上除弊兴利。这位贬官何须自不量力，越俎代庖，去犯上直谏呢？岂不是到太岁头上动土，咎由自取乎？”

韩湘听此，更加愤慨，不禁斥责道：“你这是什么言论！身为朝廷官吏，百姓父母，就应精忠报国，为朝廷社稷赴汤蹈火，在所不惜。何谓自不量力，咎由自取？”

那官吏不由冷笑道：“古往今来，官民不论高下，具应各守其职，各尽其责，方能国泰民安；若人人都去搞什么犯颜直谏，岂不乱了纲常法度吗？”那官吏讲到此，看了韩愈一眼，咧着嘴道：

“即使这位贬官犯上直谏，有功无过，难道在朝中就无其他过错吗？其一举一行都完全符合圣人之道乎？有没有口讲仁义道德，表面上冠冕堂皇，而暗中行些那奸巧败伦之事？”

韩愈闻此，不由一振，暗道：“此人虽态度傲慢，说话刻薄，但却不无道理。”未待韩湘开口，便向着那官吏道：

“大人说得很是，使学生大彻大悟，甚感羞惭！学生为官二十余载，虽殚精竭虑，披肝沥血，但现在看来，与先贤相比，实乃差距甚远，与国之宏恩也难报之万一；原认为自己忠心为国，反被降罪贬职，心中多有怨愤。现在看来，未被朝廷从重治罪，而只贬来潮州，乃是天大之幸也！敢不自贺！”

那官吏听此，不由一愣，他刚才所言，只不过是想拿韩愈这个贬官来奚落一番，开开心而已，没想到韩愈竟被自己所动！他望着韩愈，真有点迷惑不解！

韩湘见此，也十分纳闷：明明这泷水小吏是在挖苦取笑韩愈，而韩愈竟当成真的，反而向他道谢。韩湘原本想很很斥责那泷吏一番，现在倒不好再说什么了。

客船顺流直下，势如脱缰野马，离弦之箭。傍晚时分便到达始兴江口码头，大家遂宿于码头客栈。

韩湘向着韩愈道：“今日那泷吏狂妄自大，出言不逊，爷爷为何反向其低头致谢，这是何意？”

韩愈不由叹了口气，道：“爷爷自贬离京城后，一直忧愤难抑，深怨皇上不明，小人使奸，自己一颗忠心，满腔热血，竟遭此恶报！今日听了那泷吏之言，虽其心怀恶意，但所言却震聋发聩，令爷爷茅塞顿开，豁然开朗。故不仅不怨，反而感激相谢尔！”

韩湘听罢，方多少有所感悟。韩愈想到那泷吏之言，遂叫春儿取来纸墨，挥笔赋诗《泷吏》一首，以抒胸中所感。

第124章
韶州府盛情托眷属　增江口挥毫示湘孙

第二天，韩愈等人乘船来到韶州府所在地曲江，刺史张蒙亲到码头相迎。这张蒙与韩愈乃是故交，两年前知韶州牧。二人一见紧紧握在一起。

张蒙看着韩愈道:“上个月接到朝廷牒报，言大人谪任潮州。学生甚感痛惜，深怨当今昏暗不明！遂派差役打探大人的行程日期。昨日又接到乐昌县来报，说大人今天即可到达这里，学生喜不自禁，便一早来到这码头相候。”

韩愈也不由感慨地道:“记得前年大人离京来此赴任，学生将大人送至灞陵桥头，感叹今后再难相见，不想今日竟在此地相逢！岂非数乎？”

二人说着，相携乘车来到州衙，张蒙遂令设宴相待。酒过三巡，张蒙向着韩愈道:“牒报上讲大人犯上妄论，诽谤佛祖，诅咒皇上，阻扰朝廷迎奉佛骨，有失君臣之礼！学生当然不信。但事情究竟如何？大人怎会被贬谪到潮州而来？”

韩愈听后，不觉叹了口气，遂将宪宗沉溺酒色佛道，先拜方士柳泌为天台刺史；接着又迎奉佛骨于京师。致使朝政荒废，百姓抛业残身，以奉佛事。自己因忧国忧民，犯颜直谏，而触怒宪宗，结果被降下重罪，后经裴度等人保奏，方免去死刑，贬来潮州之事，说了一遍。张蒙听后，不由愤慨地道:

“当今皇上竟如此昏庸，看来我大唐中兴大业，真得要付之东流了！大人为朝廷社稷和黎民百姓，竟不顾个人安危，冒死犯颜直谏，真乃鲠骨之臣，令人敬佩！我大唐能有大人这样的诤臣，真乃国家和百姓之福也！”

“大人过奖了！”韩愈听后，忙谦恭地道，“昔日大人为力讨淮西，不是也不顾奸相李逢吉的淫威，而上书直谏吗！结果被李逢吉所忌，罢去左拾遗之职，贬到这韶州之地。你我志同道合，所行完全相似尔。这也是我等忠贤之臣的必须结局。”

张蒙激动地道：“大人说得不错，想那时，李逢吉与宦官吐突承璀相互勾结，极力鼓吹罢兵求和；皇上也举棋不定。满朝文武，除裴相和大人少数几个人外，多数慑于李逢吉的淫威，而不敢言语。学生一时忧愤难抑，遂上书皇上，力主对淮用兵，结果为李逢吉所不容！”

韩愈道：“当时大人被贬，满朝文武俱知为李逢吉所忌，多为之不平；但敢怒而不敢言。没想到善恶有报，在你被贬不久，李逢吉和吐突承璀即阴谋败露，皇上本要严加惩治，但因后宫掣肘，只好将二人逐出京师。”

张蒙听后感叹地道：“看来我大唐国运未尽，苍天垂怜，致使奸佞事情败露，裴相和大人得以挥师淮西，一举平定蔡州！”然后又向着韩愈道：“听说吐突承璀于年前又被召回宫中，仍然执掌内务府总管之职，可否是真？”

“是的！”韩愈不由叹了口气道，“这次皇上极力拜佛求仙，就是吐突承璀与皇甫镈等人从中作祟。”

张蒙听后，也不由现出忧愤之色，道：“打蛇不死，必被其害，将来皇上只恐也难脱其祸患！”张蒙说罢，向着韩愈道：

“不说朝中之事了，一说起这帮奸佞就叫人气愤！还是说说咱们的吧：学生前年一到韶州，就听人传颂令兄韩会大人之事，此地百姓把令兄视为神圣进行祭拜，实在让人敬佩！好像当时大人也随令兄在这韶州吧？”

“不错！”韩愈见张蒙提到兄长韩会，不由感慨地道：“那时兄长在朝为起居舍人，因元载一案，被贬来韶州，时学生只有十岁，随兄嫂来到此地。”

“当地百姓讲：韩会大人一到任，便除恶霸，减税赋，释奴隶，修水利，为百姓办了许多好事。”

“是的！”韩愈道，“余兄韩会，不仅文行当朝，才华卓绝，被人称为‘四夔’之首，而且刚正不阿，为官清廉，很得当地百姓的爱戴！可惜寿命不长，因忧愤和操劳过度，到任刚刚两年，便病死在这韶州任上！”韩愈讲到此，想到兄嫂对自己的抚育之恩，不由两眼一红，潸然泪下。

坐在旁边的韩湘见此，也不由泪洒衣襟。

张蒙待韩愈收住泪珠，向着韩愈关切地问道：“大人被谪任潮州，家眷现在何处？”

韩愈见问，不由面呈忧虑之色，遂将家眷被逐出京师，现在尾随而来的情况说了一遍。张蒙听后，也不由愤慨地道：

“我大唐毁就毁在这帮阉党手中！可叹皇上何等英明，如今竟被这帮小人所惑，实在让人痛心！”张蒙讲到这里，看着韩愈道：

“潮州乃岭南最荒蛮之地，绅不懂王法，民不知礼仪；更兼瘴气弥漫，飓风不断，环境十分险恶。家眷到在那里，如何能受得了！而且从这里到潮州，沿途尽是崇山峻岭，急流险滩，十分难行。他们乃妇孺之人，又如何能穿越过去？”

韩愈听此，也不由叹了口气道：“大人说得很是，学生也在担心此事。然而圣命难违，家眷被遣出京城，又无其他容身之地，只好尾追学生而来。看来只能听天由命了！”

张蒙略一思忖，抬头看着韩愈道：“大人看这样可好：嫂夫人和家眷过来后，可先住在学生这里，待大人到任后，以观局势变化再说：若朝廷能诏赦大人回京时，家眷就不用再往潮州了；若朝廷不予诏赦，那时再过去不迟，不知大人意下如何？”

韩愈一听，不由大喜，然想到此举定会给张蒙带来不少麻烦，便道：“多谢大人美意，此举虽善，但必然要给大人增加不少麻烦和负担！这样如何能行？”

张蒙听此，不由激动地道：“只要韩兄信得过我张蒙，说什么麻烦不麻烦！韩兄为了朝廷社稷和黎民百姓，连性命都不要了，难道学生为了大唐忠臣和朋友，就不能尽以微薄之力乎！”张蒙讲到这里，看着韩愈继续道：

“同时，学生家人甚少，只有拙荆一人闲居在此，十分孤寂，若嫂夫人和家眷住在这里，她们倒可互相照应为伴，岂不两全其美。而且学生多年俸禄，颇有积蓄，足以供应她们生活所资，不会有什么难处，大人尽可放心就是！”

韩愈听此，十分感动，忙致谢意。道：“大人此举，真让学生感激涕零，永世不忘！学生的家眷就拜托给大人了？”

张蒙道：“你我二人同朝为官，志同道合，乃刎颈之交，说什么谢字！请大人给嫂夫人留下书信，学生好予以款留。”

韩愈闻此，忙修书一封，交与张蒙。二人又叙谈一阵，韩愈急于登程，张蒙只好将其送到码头。

韩愈辞别张蒙后，乘船继续南下，傍晚时分来到州南八十里地的宣溪。大家刚刚登岸于码头客栈住下，只见两名公差驾着快舟，飞驰赶来。那两名公差寻到韩愈住处，向着韩愈道：

“小人乃韶州府公人张元、宋刚，奉我家大人之命，前来向大人奉上纹银二百两和书信一封，请大人阅收。”

韩愈一听，忙接过书信，打开一看，只见张蒙在信中言道：上午相见，因事急疏忽，有失馈赠，甚感歉意！特着人送上纹银二百两，以资路途所用。同时后附旧文五篇，要韩愈阅示指正……

韩愈看后，很是激动，遂让春儿取来纸墨，为张蒙复信一封。此时只见门外红日西沉，鹧鸪声声，想到张蒙与己志同道合，情深义厚，今又主动要求收留照顾家眷，甚是感激，希望张蒙能经常书信来往，共论诗文。遂又赋诗两首，附于信后。大家看时，只见韩愈写道：

韶州南去接宣溪，云水苍茫日向西。客泪数行元自落，鹧鸪休傍耳边啼。

兼金那足比清文，百首相随愧使君。俱是岭南巡管内，莫欺荒僻断知闻。

韩愈写罢，将书信和诗稿装入信袋，并拿起桌上张蒙所赠银子，一块交给张元、宋刚两名公差，道：

“请将此信和银子一并交给张大人，并代我向张大人致谢意。张大人文章留下，银子退回。请告诉张大人：学生清贫成癖，从不接受朋友馈赠；而且家眷到了韶州后，也需要许多花费。如张大人盛情难却时，希多书信来往，比送这些银子要强多了！”

那两名公差无奈，只好拿着书信和银子告辞而去。

韩愈送去韶州两名公差后，第二天继续乘船南下。这日行之广州清远县境内，突遇飓风相阻，只见狂风大作，雷电交加，大雨如注。江面顿时巨浪滔天，客船被颠簸得上下震荡欲裂。

船家慌忙把客船停靠在码头避风，韩愈等人见此，无不心惊胆颤。第二天，飓风仍然不止，韩愈十分焦急，便走到船头观看。正当此时，只见一高大官船，慢慢来到面前，船上之人，不住四处张望，好像在寻找什么。只见为首一人，向着韩愈看了看，忙拱手道：

“请问阁下，可是从京城而来？前往潮州而去？”

韩愈听此，不由一怔，忙仔细一看，只见那人羽扇纶巾，广袖博带，三绺长须飘于胸前，年约四旬。忙还礼道：

“学生正是从京城而来，要到潮州而去！”

那人听后，不由惊喜难禁，向着韩愈道：“阁下可是韩侍郎韩大人？”

“正是！学生乃韩愈。”韩愈见此，甚感奇疑，不由向着那人道，“客官是……？”

那人高兴地道：“学生姓元名集虚，受我家主公裴行立裴大人所遣，特来迎候大人！”

韩愈一听，不由大喜：这元集虚乃江淮名士，才华艳逸，辞彩精拔，与白居易交善。三年前从幕于岭南桂管经略使裴行立帐下，时白居易有《送元十八出庐山从事南海》之诗。韩愈久闻其名。桂管经略使裴行立与韩愈乃是故交好友。

元集虚遂令侍从将船与韩愈的客船靠在一起，跳过船来，向韩愈重新见罢礼道：

“裴大人闻知大人被谪潮州的消息后，十分担心大人的安危，急令学生前来迎候看望大人，学生离开桂州后，经阳水、浔江、郁江、浈水，来到这里。”

韩愈向着集虚道：“大人怎知学生到达这里？又怎认得学生？”

元集虚道：“学生根据大人行程计算，预计这几日可能要来到这里，故由清歧镇逆流而上，寻访到此。学生临来之时，裴大人告诉学生，言道大人体胖轩昂，鬓白须稀，年在五旬左右。故学生在船上望见大人，便有似曾相识之感。”

韩愈听后遂携元集虚进入客舱，向韩湘等人进行了介绍。元集虚望了望客船，只见陈设简陋，客人拥挤，便道：“大人怎乘此客船？这船如此人多，起居多不方便！”

韩愈看了看客船，笑道：“此乃行路，又非久居，何须讲究许多？前几天在韶州，张大人非要派船相送，被学生予以拒绝。”

元集虚道：“人言大人政清风廉，德高操洁，看来果然不虚！”然后看了一眼韩湘和秦济，向着韩愈道：

“让大家把东西收拾一下，搬到我那船上去，咱们边走边谈如何？”

韩愈见此：一是他所乘坐的这条客船不仅陈旧，而且确实太小，经不起风浪颠簸；二是久慕元集虚之名，今日一见如故，真想在一起促膝畅谈。便高兴地点头道：“这样也好，只是有累大人了？”

元集虚忙道：“学生来此，就是为了迎奉大人，怎说有累二字！”说罢遂招呼本船差人，帮着秦济和春儿，遂将韩愈的行李搬到官船之上。

韩愈等人来到集虚船上后，元集虚遂拿出两包东西和一捆书籍，指着向韩愈道：

“这一包中药和书籍，是裴大人送给大人的，言道岭南和潮州之地，瘴气十分厉害，大人可常服此药，便可抵御瘴气侵袭；大人初到岭南，必心情烦闷，此书聊可解闷怡情。”

韩愈听此，深为感动。集虚又指着另一包东西道：“这一包是柳宗元大人让带给大人的。学生来时，路经柳州，宗元大人让学生将这包东西捎给大人。”

韩愈听说是柳宗元让给捎来的东西，高兴地道：“宗元现在情况如何？又有三年多没有见到宗元了！”边说边打开包裹，只见是一包腌制的蛤蟆肉，不由一愣。

集虚见韩愈愣神，便笑道：“柳大人还有一封书信与大人，一看便知其意。”

韩愈忙接过书信，打开一看，只见柳宗元在信中对他贬谪潮州，表示了极大关切和痛惜；并劝其放开胸襟，振奋精神，莫要被眼前一时困厄所难倒；同时希望他走乡随俗，尽快适应岭南的生活习俗，与当地百姓打成一片。在信中向他详细介绍了岭南的生活特点，特别是如何食用蛤蟆肉的方法和感受，信后还附了一首食蛤蟆肉的诗。

韩愈阅罢，不禁大悟，向着元集虚道：“子厚真乃致诚之人也！知我者乃子厚也！”

元集虚道：“柳大人刚刚贬来南方时，不仅忧愤难平，而且生活也极不习惯；后逐渐放开胸怀，与当地百姓融为一体。率领当地百姓开荒种地，兴办教育；前年又释放奴隶三千余人，深受当地百姓爱戴。”

韩愈听后，点了点头道：“宗元才略纵横，文行当朝，雄浑雅健，似司马子长、崔蔡不足多也！实乃国之栋梁。只因永贞革新一事，而被当朝权幸所忌，贬徙岭南已有十四个年头，实在让人叹惜！”

元集虚听此，也不由为柳宗元的卓绝才华和长期贬徙所惋惜。二人遂又谈及诗赋文章和文坛改革，都有相见恨晚之感。

飓风一连刮了三天，第四天方渐渐变小。韩愈与元集虚等人遂起程继续南下，两日后到达广州。

韩愈在广州停了一日，前去拜谒了时任广州节度使的孔戣。孔戣与韩愈颇有交往，其曾为国子监祭酒，元和十二年拜御史大夫，广州刺史、岭南节度使。不巧孔戣南巡琼州不在，韩愈拜谒未遇，便于当日继续顺珠江南下。

第三天，韩愈等人到达扶胥。扶胥乃东江与珠江的交汇之处，在这里，韩愈将溯东江而上，前往潮州。元集虚不便再送，只好举酒饯别。二人从清远相携到此，朝夕相处，一块榻食，将近十日。彼此互相倾慕，以诗唱和，此时都有些难舍难分之感。

韩愈眼含热泪为裴行立和柳宗元各写了一封回书，表达了对二人的谢意，交集虚带回。然后望了望船外，只见远处屯门高耸，影影绰绰；宽阔的珠江水面，烟波浩渺，惊涛拍岸。不禁心潮澎湃，遂又赋诗两首，赠与元集虚；元集虚接过看时，只见其一曰：

寄书龙城守，君骥何时秣？峡山逢飓风，雷电助撞捽。乘潮簸扶胥，近岸指一发。两岩虽云牢，木石乐飞发。屯门虽云高，亦映波浪没。余罪不足惜，子生未宜忽。胡为不忍别？感谢情至骨。

元集虚看罢，深为所动，接着又往下看去，只见第二首写道：

吾友柳子厚，其人艺且贤。吾未识子时，已览赠子篇。寤寐想风采，于今已三年。不意流窜路，旬日同食眠。所闻昔已多，所得今过前。如何又须别，使我抱涓涓？

元集虚览后不禁泪洒衣襟，道：“今日与大人惜别，不知何日再能相见，这十日相处，何其短也！学生真想追随大人前往潮州而去！”说罢，不由大恸。

韩愈也不禁泪沾衣襟，道：“大人才思卓绝，高风洁操，裴行立为朝廷股肱，柳宗元乃当今人杰。大人在其麾下，将来前程不可量也！今学生被贬潮州，往后祸福难料，虽有助大人腾飞之心，但无助大人驰骋之力！”说罢，遂又赋诗一首，赠与元集虚，元集虚看时，只见韩愈写道：

读书患不多，思义患不明，患足已不学，既学患不行。子今四美具，实大华亦荣。王官不可阙，未宜后诸生。嗟我摈南海，无由助飞鸣。

元集虚阅罢，更是感激万千。第二天，韩愈等人换乘客船东去，元集虚方折转返回桂州。

韩愈等人与元集虚辞别后，溯东江而上。这日傍晚来到增江口，准备到附近村中投宿。只见周围到处是茫茫水泽。

韩愈所乘客船来到村中，但见低处房屋尽被江水淹没，只露出尖尖屋顶；高处的房屋，江水也漫至门窗一半。鸡犬俱蹲伏于房顶之上，人们来往于水泊之中。

韩愈见此，十分伤感。客船来到一户人家房前，只闻屋中小儿啼哭，大人叹息。韩愈在韩湘搀扶下，从船上跳下，来到屋内。只见屋中水盈三尺，桌凳什物俱飘浸在水中。一骨瘦如柴的老汉，带着一个满面泪痕，只有三四岁的小孙子，蹲坐在床头之上，一见韩愈等人进来，俱瞪着疑惑的眼睛，看着他们。

韩湘忙上前说明大家乃是过路客人，想在此借宿一晚的意图。那老汉望了望屋中的积水，为难地道：

“客官从远方而来，本应款留招待才是，怎奈这屋中尽是积水，连个立足的地方都没有，如何能够款留客官！”

韩愈见此，向着那老汉道：“这村里为何到处是水？”那老汉不由叹息一声，向着韩愈道：

“俺这村子地处三江之口，因地势较低，每逢飓风到来，潮水便顺着东江倒灌进来，故村子被淹，街道行舟，致有眼前之状！”

韩愈听后，向着那老汉道：“如此，大家何不搬到高处去住？”

那老汉不禁又叹息一声，道：“这周围几十里都是低洼水泽；况且村子里的人，多是江边捕鱼为生的渔民，或在江边码头谋生之户，离开这里如何生计？”

韩愈听此，望着那老汉道：“像这样的飓风水灾，一年能有几次？”那老汉道：“这里一年到头，飓风不断，常年大都是这样！”

韩愈听后，无限同情地摇了摇头，暗道：“这里的百姓，为了生计活命，只好常年忍受着飓风和潮水的肆虐侵害，真是太苦了！”他只好向那老汉告辞，退出房门。

晚上，大家宿于客船之上。韩愈望着四周茫茫水泽和天上闪烁的星斗，久久难以入眠。韩湘走过来，向着韩愈道：

“爷爷，天不早了。你就靠在船舷上睡一会儿吧。”

韩愈不禁感慨难抑：他既为百姓的苦难所同情，又为自己今后的处境所忧虑，遂让韩湘取来纸墨，就着昏暗灯光，赋诗两首，递与韩湘。韩湘看时，只见韩愈写道：

宿增江口示侄孙湘二首

云昏水奔流，天水漭相围。三江灭无口，其谁识涯圻？暮宿投民村，高处水半扉。犬鸡俱上房，不复走与飞。篙舟入其家，暝闻屋中唏。问知岁常然，哀此为生微。海风吹寒晴，波杨众星辉，仰视北斗高，不知路所归。

舟行亡故道，屈曲高林间，林间无所有，奔流但潺潺。嗟我亦拙谋，致身落南蛮。茫然失所诣，无路何能还？

韩湘看罢韩愈之诗，深为韩愈的忧国忧民之心所感动，忙又宽慰了一番。二人又谈论了一阵眼前之事，直到三更多天，韩愈方朦胧睡着。

第十七卷

施惠潮州城

第125章
莅潮州惊闻鳄患　查民情决心除害

唐元和十四年四月二十五日，韩愈经过将近一个月的艰难跋涉，由广州经东莞、惠州、海丰、揭阳等地，终于到达了潮州。

这天韩愈等人来到潮州郡西的湫水边，只见江水滔滔，翠竹掩映；周围群山苍茫，烟霏露结。秦济擦了一把脸上汗水，欣喜地向着并辔而行的韩湘道：

“谢天谢地！我们终于到达潮州了！”

此时韩湘头上扎一条青色包巾，身穿一件蓝色长衫，腰系一条紫色丝绦，背插一把紫鞘宝剑。他望了望湫水东岸的潮州，不由感叹地接口道：

“这潮州实在是太偏僻遥远了！从京城到此，真可谓是穿越万水千山，经历千难万阻！使人谈之心惊，想之胆寒！”

走在前面的韩愈听他二人交谈，不由道：“今日我们能平安到达潮州，乃是托圣上洪福，承上天垂怜！但愿到达潮州后，能广施教化，宣谕圣道，将朝廷圣德布于万民，方不负这万里之行！”

大家说着来到渡口，只见行人多袒胸露臂，披发垢面，说话如同鸟语；并神色紧张，不时注视着江面。

韩愈等人登上渡船，那些百姓看着他们，俱现出敬畏之色。只见船头摆放着神牌供品，上书“南海鳄神之位”六个大字，牌位前的香炉内紫烟缭绕，火光闪闪。大家见此甚感奇怪，韩湘向着船老大道：

“这南海鳄神是哪路神仙？船上为何供奉于它？”

那船老大看了看韩愈等人，又望了望江面，小心地道：“看来客官是初到此地，不知俺这里的情状。这南海鳄神，乃是南海龙王的外甥，很早以前乘大潮来到俺这湫水之中，其身长数丈，口如簸箕，身上披着厚厚的鳞甲，经常三五成群爬到岸上吞食牲畜行人；在江中一旦发怒，便会掀翻舟船，将客人当作点心食之。为保渡船安全，故须每天焚香祭祀，并献以鸡鸭猪羊供品！”

那船老大刚说到这里，只见不远处江面上，突然波涛涌动，三条像娃娃鱼似的东西，慢慢游了过来。每条足有两丈多长，嘴里露出尖利的牙齿。

“鳄神来了！”船上旅客见此，俱现出惊恐之色。船老大向着韩愈等人道：“大家站在船中，不要乱动。”说罢，忙将船头供奉的三只捆着双腿的活鹅，抛到江中。

大家看时，只见那三条鳄鱼，张开血盆大口，还未等三只大鹅落到水面，便一条一只，将其一口咬住，猛地将头一摆，吞入腹中，慢慢沉入水下。顿时江面上泛起一片血水，浮起几根白色的鹅毛。

韩愈见此，不由一惊。韩湘笑道：“我当是何方神圣！原来是几条鳄鱼在此作怪！不足为惧！”

韩愈向着韩湘道：“这鳄鱼过去吾也曾见过多次，但从未遇到过如此凶猛硕大之物！”那船家听韩湘口出狂言，忙道：

“客官莫要妄语，若是被鳄神听到，定会大祸临头！”

韩湘不由笑道：“此类畜牲，有什么可怕，若是遇到学生，定取其性命！”

那船家听此，以为韩湘在哗众取宠，乱夸海口，不由摇了摇头，赶忙离开。

大家渡过湫水，向州衙而来。秦济边走边向着韩湘道：“公子难道不怕这鳄鱼？”

韩湘不由笑道：“这些畜牲有什么可怕？前年学生云游至崆峒山，当地百姓讲山中有一蟒蛇大仙，不仅将周围的耕牛、猪、羊吃尽，而且来往行人俱葬身其腹；百姓无奈，只好背乡离井，逃避它处。学生闻之，不由义愤填膺，决心为百姓除害，便寻至山中，果见一巨蟒长约数丈，头大如斗，眼若悬铃，身有水桶粗细。一见学生，便卷起一阵狂风扑来，张开簸箕大口，就要吞食学生。学生见此，待那大蟒扑到面前，迅速祭起青锋剑，刺入那大蟒口中。那畜牲痛得将尾巴拼命一摆，竟打折三棵合抱粗的松树，最后瘫死在学生面前。”

“嗯！没想到公子竟有如此手段！”秦济听后，不由赞叹道。韩愈也不禁欣喜地看着韩湘道：

“湘儿这几年在外看来学了不少东西！”

“爷爷说得不错！”韩湘道，“孙儿师傅乃终南山紫阳洞纯阳真人，不仅传授孙儿三十六路青锋剑法，而且教孙儿除暴抑强，济世安民。与爷爷宏扬的圣道，可谓殊路同归呢。”

韩愈听后，不由正色道：“你那师傅，说到底也还是个黄老信徒，所推崇宣扬的仍是黄老之术，怎能与圣人之道相提并论？”

韩湘听此，猛然发现自己说露了嘴，不由伸了伸舌头，忙笑道：“爷爷说得很是，孙儿一时把持不住，说走了板。”

秦济见此，忙插浑道：“公子除了斩杀这大蟒外，还有何济世安民之事？说来让老奴听听？”

韩湘闻此，忙向着秦济道：“去年学生云游至山东青州地界，来到一村中，只见一户百姓正在张灯结彩，筹办喜事。学生便来到这家贺喜，并想讨杯喜酒吃。谁知那家之人竟哭哭啼啼，好似办丧事一般。学生甚感奇怪，忙询问究竟，原来是娶亲花轿路经村南卧虎岭时，被山中草寇将新娘掠去，故全家如丧考妣，悲痛难禁。学生听此，不由怒发冲冠，遂赶到山前。当时那山中大王，正逼着新娘与他成亲，被学生一剑砍下头颅，其他喽罗见此，吓得四散逃命。学生遂一把大火烧掉那山贼巢穴，将那新娘带回村中。那户人家见新娘被学生完好带回，围着学生连连磕头致谢。”

秦济听此，不禁赞叹道：“公子真行！不愧为我们韩门之后！”韩愈看了看韩湘微微一笑道：

“此不过是匹夫之勇尔；真正的英雄，是能够辅弼帝王，安邦治国，平定天下，流芳百世！此方为我韩门所求也！”

“爷爷说得极是！”韩湘忙答道，“孙儿定遵循爷爷的教训就是！”大家说着已进入城内，韩湘遂向人问明路径，大家直奔府衙而来。

韩愈到达府衙后，司马崔成、判官董轩、司户赵轲等人忙齐来参见。这潮州前任刺史在一年前已调任他处，由司马崔成暂理州务。韩愈只简单询问了有关州务外，便令他们各司其职，暂且退下。

第二天，韩愈不顾秦济和韩湘反对，即召来司马崔成、判官董轩，让他们一块随同自己下乡察访。二人一听，甚感吃惊，董轩向着韩愈道：“大人昨天刚刚到任，这一路鞍马劳顿，应该休息几天再说，怎么今天就要下乡察看！”

崔成接口道：“俺这潮州一年多来没有刺史，由下官暂理州事。大人休息几天后，待下官将这州中诸事，向大人细细回禀后，再下去察访不迟。”

韩愈向着二人道：“本职身负朝廷圣命，不敢有一刻懈怠！个人劳累事小，百姓疾苦事大。我们能早一天体察民情，将皇上恩德布施与民，潮州百姓就能早一日安居乐业！此乃本职之望也！”韩愈讲到此，向着崔成道：

“至于州中之事，咱们正好边走边谈，你看如何？”

那崔成闻此，大为所动，只好点头应诺，遂传唤两名差役相随。韩湘见此，知阻拦不住，只好随同韩愈一块下乡而来。

大家走出城来不远，只见路边刚刚筑起一座新坟，一年轻妇人带着两个半大孩子，正跪在坟前痛哭祭奠；旁边站着一群手持锄锹的百姓，好像是帮助埋葬死人的村民。

大家来到跟前，只见那些围观的百姓，望着新坟和痛哭欲绝的妇人，在低声叹息议论着：

“唉！这孙二死得真惨！连一根尸骨都未能留下！”

“他哥去年被鳄鱼所伤，还留下个头颅，可他……”

“唉！这老天爷也不长眼，兄弟俩怎都被这鳄鱼给毁了！剩下这孤儿寡妇，今后可怎么过呀！”

韩愈闻此，不由一震，忙上前询问究竟。那几个百姓抬头看了看韩愈，见其半官半民打扮，后面跟着府衙差役，不由现出疑虑之色。崔成向着那几个百姓道：

“这是新来的刺史韩大人，今天下乡察访，在向你们问话，这死者乃何人？是怎么死的？”

那些百姓见说是新来的刺史大人，都不由一愣，忙互望看看。其中一年长者向着韩愈道：

“回禀大人：这死者叫孙二，家就住在前面的恶溪岸边。两天前被鳄神吞食，只留下一件破衬衣和两只草鞋，今天大家只好将其衣服和草鞋埋葬在这里，以便祭奠。”

韩愈听后，不由看了看新坟和爬在坟上痛哭的妇人和孩子，向着那老者道：“这鳄鱼是否经常上岸伤人？”

那老者不由叹了口气道：“是的，这几年中，俺这地方已伤了十几条人命；其他地方伤得更多。孙二他哥哥孙大，就是去年被鳄鱼所伤。”

“那大家为什么不远离河岸？”韩愈听此不由向着老者道，“或者采取一些防范措施呢？”

旁边一中年男子，看了看韩愈接口道：

“大人刚刚来到我们这里，还不大清楚我们这里的情况，这恶溪乃是我们的命根子，祖祖辈辈住在河两岸，靠打鱼和种田为生。若是离开这里，大家可怎么活呀！”那人讲到这里看了看韩愈，继续道：

“防范！怎么个防法？前几年大伙商量着，掏钱请了个猎户前来捕杀这鳄鱼，结果那猎户也被这鳄鱼咬伤。随后来了一位道长，他说这鳄鱼是神，得罪不得，只要每天大家用猪羊供奉它，它就不伤人了；若是大家对它不敬，只要鳄神一发怒，定会上岸伤人。故而谁也不敢再提捕杀鳄鱼之事了。”

韩愈听此，不由面呈凝重之色，道:“真是岂有此理！”那长者身后一年轻后生气愤地道：

“这鳄神一点慈悲心肠都没有！大家天天祭祀他，这鸡鸭猪羊也不知喂了他多少，村里一年到头三番五次来收取祭祀钱，结果这鳄鱼是越祭越多，现在是三天两头上岸来伤人！”

“莫要胡说！”那年轻汉子刚讲到这里，年长者忙制止道:“孙二被鳄鱼所伤，是他对鳄神不敬，故而遭到鳄神的惩罚。”

那青年汉子听此，不服气地道:“什么鳄神？这都是那个老道的骗人把戏！”

韩愈听此，甚惑不解，向着崔成道:“这老道是怎么回事？”

崔成看了看那个青年汉子，向着韩愈道:“大人到此，可能已有所闻，很早以前，俺这湫水之中从南海来了一群鳄鱼，后经常上岸吞食牛羊人畜。这些年来更加厉害，吓得百姓不敢再到河里捕鱼，河边种田，致使田地荒芜，百姓流离失所，生活更加穷困，遂把这湫水称为恶溪。前年来了一位道长，自号清风真人，言道这鳄鱼乃是南海龙王的外甥，被龙王派遣到此，是这湫水的河神。只要每天供以猪羊酒食，便不会再伤害人畜。当地几位乡绅闻此，便到县衙请愿，遂由那道长主持，在这湫水两岸，每隔五百步设一祭坛，进行祭祀，费用由百姓均摊，至今已三年时间。”

韩愈听此，不由气愤地道:“真是胡闹！鳄鱼乃水中畜牲，岂能因祭祀而不伤人畜？”然后向着崔成道：

“这附近可有祭坛？”

“有。”崔成道，“从这里往前再走半里路，就到了湫水边，那里往左三百步处，就有一个祭坛，每月逢五、逢十，那道长便要亲自登坛祭祀作法，要不，我们过去看看？”

“好。”韩愈点了点头，然后向着那几个百姓道，“这鳄鱼乃水中畜牲，不通人性，何来神者？本职定为大家除去这鳄鱼之患，请大家放心就是！”说罢，转向韩湘道：

“这孙二一家只剩下孤儿寡妇，今后日子定难维持，你身上若带有银子时，先给她几两，以解暂时困厄。”

韩湘听后，深为所动，忙道："孙儿身上正好带有纹银十两。"说着从袖袋中拿出一锭银子来。

"那就全部给她吧。"

"孙儿遵命！"韩湘说着，遂走到坟前，将那妇人扶起，说明其意，把银子塞到那妇人手中。那妇人见此，爬在地上，直向韩愈等人磕头致谢。

韩愈忙让韩湘扶起那妇人和孩子，然后向着周围的百姓拱手道："大家这几年深受鳄鱼之害，本职定为大家解除此患，请大家静候佳音就是！"说罢，与崔成等人转身离去。

那些百姓看了看韩愈等人，又望了望那妇人手中白花花的银子，不由现出惊喜、疑惑的神情，赞叹道：

"若是真能把这鳄鱼除掉，咱们可算是烧了高香了！以后到河里捕鱼、田里耕种，再也不用提心吊胆，怕被鳄鱼所伤了！"

"唉！谁知这位大人说的是真是假！鳄鱼那么厉害，他怎么除呀？弄不好得罪了鳄神，到头来吃亏的还是咱老百姓……"

"我看这位大人不像是说大话之人！他说能除掉，就有除掉的办法！"

"若此，那位道长就没戏好唱了！哈哈！"

韩愈和崔成等人离开那几个百姓后，向前走了约半里多路，便来到河边。只见湫水两岸稻田荒芜，野草丛生，十分荒凉。崔成向着韩愈道：

"这湫水两岸土地肥沃，灌溉方便，原来都是上好的农田，听老几辈人讲，自从鳄鱼出现后，百姓们便不敢再来耕种，只好荒废在这里。"

韩愈见此，更加坚定了除掉鳄鱼的决心。向着崔成道："咱们回去，好好合计一下，看如何除掉这鳄患。"韩愈刚讲到这里，只听一差役惊呼道：

"不好！快看，鳄鱼来了！"

大家不由一惊，忙扭头一看，只见一条两丈多长的鳄鱼，已爬上岸来，瞪着狡黠，可怕的小眼睛，正望着他们。

“快走！”崔成见此，一把拉住韩愈就往后退，就在此时，那鳄鱼突然张开大口，猛地向他们扑来。两名差役急忙掣出腰刀，将韩愈护住。

“不要怕！看学生收拾这畜牲！”大家正在紧张之时，只见韩湘轻盈笑道。慢慢从背上抽出青锋剑来，向着鳄鱼迎头走去。大家见此，都不由一惊。崔成忙喊道：

“公子小心！那鳄鱼身上刀剑不入！”那鳄鱼见韩湘竟向自己走来，好像看到一块鲜美的肥肉，高兴得眼泪直流，张开簸箕大口，就向韩湘猛地扑来；眼看就要吞住韩湘，大家都不由发出一声惊叫。就在这一刹那间，韩湘将脚轻轻一颠，只见青光一闪，人已不知去向，那鳄鱼竟扑了个空，一头扎到地上。大家也不由跟着一怔，就在此时，只听半空中传来韩湘的声音：

“畜牲看剑！”

大家忙抬头看时，只见韩湘在离地十余丈高的半空中，头朝下，脚在上，手握长剑，俯冲而下。剑随声至，像闪电一般，一道白光，直射入那鳄鱼头顶。

大家不禁一声惊呼，再看时，韩湘已双脚落地，手中长剑像串冰糖葫芦一般，从鳄鱼头顶穿过。他将手中长剑轻轻一挑，那条两丈多长的巨鳄，竟被他用剑串着举到头顶。只见他将剑轻轻一挥，那条鳄鱼在他头顶像车轮一样，迅速转了两圈后，就像离弦之箭，被抛出五十多步远，落入湫水之中，霎时，那水中泛起一片血迹。

“唉呀！真厉害！”

“我的天，简直是神人！”崔成、董轩及两名差役见此，直惊得目瞪口呆，不由赞叹道。

韩愈见此，也不由心中一阵惊喜，他没有想到韩湘竟有如此武功，不禁向着韩湘微笑道：“湘儿还真行！”

韩湘忙笑道：“此乃雕虫小技，让爷爷和大家见笑了！”说罢，遂将手中宝剑轻轻吹了吹，插入背后剑鞘之中。

第126章
顺民意“明修栈道” 除鳄患“暗渡陈仓”

韩湘以腾空俯冲之式，用长剑刺穿巨鳄头颅，将其杀死。其快若霹雳闪电，前后在瞬息之间，使崔成、董轩等人，俱瞪目结舌，惊叹不已。

大家边说边离开这里，往前又走了有二百多步，已听到锺磬和祀祷之声。大家转过一片竹林，只见柳荫处现出一祭坛，坛上站一方士，手持拂尘，正在挥舞作法。前面桌案上摆放着香花令牌，后面站着两名手执木剑的道童；祭坛左右，围站着十几个观看的百姓。

韩愈一行人来到祭坛前，正在主持祭祀的几位乡绅认得崔成、董轩等人，慌忙迎了上来。崔成指着韩愈，向着他们介绍道：

“这是新来的刺史韩大人，今日下乡前来察访。”

那几位乡绅听此，忙向韩愈施礼问安。韩愈看了看祭坛，向着那几个乡绅道：“你们是哪个村的百姓，在此祭祷何事？”

其中一年近五旬、肥头大耳、一身罗衣的乡绅，向着韩愈道：“回禀大人：我等乃河东村百姓；小人姓蒋名仁贵，为本村里正。大家正在祭祀鳄神，以保护全村百姓平安！”

韩愈看了一眼祭坛上那位道士，向着蒋仁贵道：“台上作法的可是清风真人？”

“不是。”蒋仁贵忙答道，“清风真人这些时没有过来，坛上作法的是他的徒弟。”

韩愈向着崔成道：“请大人把那个道士叫过来！”

“是！”崔成遂令身后公差去传那道士过来，那道士来到韩愈面前，忙稽首道：“小道参见大人。”

韩愈看了一眼那道人，见其年近三旬，颔下微须，便道：“你是何方人氏？从道几载？为何在此作禳？”

那道士多少有些畏惧地道：“小……小道乃中原人氏，学道已有八九载，被师傅差遣在此祭祀鳄神。”

“你师傅现在何处？”

“不……不太清楚！可……可能在太清观内饮……饮酒吧。”

韩愈横扫了一眼那几个乡绅和垂手而立的道人，面呈凝重之色道：“这河中鳄鱼，乃水中畜牲，就像山野之中的虎狼一样，以捕杀它物为生，不通什么人性，岂能通过祭祀而改变其贪婪、凶残之性，而不伤人畜乎？这岂不是痴儿做梦，欺骗愚弄百姓么？”

那几个乡绅听此，都不由一愣，互相看看，俱感到茫然无措；周围百姓闻此，也都关注地看着韩愈。韩愈望了望四周百姓，继续道：“据本职所知，自三年前大家开始祭祀这鳄鱼以来，河中的鳄鱼不仅没有减少和停止吞食人畜，而且越来越厉害，就在两天之前，你们村的孙二，继他哥哥孙大之后，又惨死在这鳄鱼之口！”韩愈讲到这里，只见周围百姓不少连连点头，低声议论起来。

韩愈看了看大家，继续道：“因此，对付这河中的鳄鱼，就像对付山野的虎豹豺狼一样，只能将其捕杀，才能消除其患！”

那几个乡绅和不少百姓听此，不由现出惊疑之色，韩愈看了看他们，知其心有疑惧，继续道：

“本职奉天子之命，前来潮州安抚万民，实施仁政，定采取良策，铲除这鳄鱼之患！”韩愈讲罢，转向蒋仁贵和那个道士道：

“这祭祀鳄鱼之事，就到此为止，把猪羊供品还给大家。”然后又转向崔成道：

“请大人通告海阳县和沿河村民，从今以后，不得再行祭祀鳄鱼之事！”

“是。”崔成忙答应道。然后转向那几个乡绅和垂手而立的道士：“你们都听清楚了吧，就按韩大人指令办，不得有违！”

那几个乡绅听后，互相看看，见韩愈神态威严，不敢有犯，只得点头应诺，周围百姓，除少数几人面呈疑虑之色外，俱皆欣喜难禁。

晚上，河东村里正蒋仁贵和那清风道长之徒，慌忙来到太清观，向清风真人告知此事。这清风真人五十余岁，长着一对八字眉，金鱼眼，高高跷起的蛤蟆嘴边，挂着两条长长的胡须。他本是中原落霞山道人，三年前因在西霞村借禳神祛鬼之名，奸污一名村妇，而被当时云游至此的韩湘碰见，给狠狠教训了一顿。他看在中原难以立足，便跑到这荒蛮之地的潮州而来。

那清风真人听罢二人叙述，不由低头思忖片刻，向着蒋仁贵问道："那韩愈可是从京城而来？"

"是的。"蒋仁贵道，"听传说此人原为刑部侍郎，因向皇上谏迎佛骨，而被朝廷贬谪到此。"

清风听此，不由倒抽了一口冷气，向着蒋仁贵道："看来此事不妙！这韩愈乃当朝有名的忠臣，不仅文章冠压群儒，而且一生最恨佛释我道。这次来到潮州，岂容我等随意祭祀鳄神？"那清风真人说到这里，看着蒋仁贵继续道：

"若是不准祭祀鳄神，这鳄神不仅会发怒，要加倍降灾给潮州百姓，而且也断了我等的财源！现在你我每年都能从这香火钱中，得利几百两银子；若是这祭祀一停，我们吃喝什么？"

"那……那该如何办才好？"蒋仁贵也不由沮丧地看着清风真人。

清风真人望了望房顶的天花板，转向蒋仁贵道："若是州府不准祭祀鳄神，各村的乡绅里正，都会失去一项进钱门路，他们一定十分关注此事。我们可将附近村镇的乡绅里正联合起来，带着百姓，一块到府衙去请愿，逼着那韩愈收回成命，若此方保大家无虞。"

"那……那各村的百姓能听我们的？韩愈岂会答应百姓的请愿？"

"能！"清风真人阴险狡诈地一笑道，"只要在百姓中先散布些谣言，不怕百姓不听我们的。就说州府禁止祭祀鳄神，并准备捕杀鳄鱼，鳄神已经发怒，要变本加厉地对百姓进行报复；若州府不收回禁令，就要将湫水两岸的人畜吃净！二是可说这韩愈是被朝廷暂时贬谪到此，一两年后就会调走，若现在得罪了鳄神，将来他韩愈一走，吃亏的还是咱潮州的老百姓！这样，那些百姓岂能不怕，定会为我等所用。”

“嗯！道长说得不错！”蒋仁贵听此，不由地点了点头。那清风真人继续道：

“这韩愈乃是当朝第一腐儒，十足的道学者。其张口国家社稷，闭口黎民百姓，把百姓当作天，立誓要执政为民；只要是老百姓的事，他都会不顾命地去办。因此，只要老百姓一去请愿，绝对没有不答应的事！”

“那……那太好了！”蒋仁贵高兴地道，“在下这就前到沿河各村去说明此事。”

“好！”那清风真人满意地点了点头。

再说韩愈察访罢四乡，回到州衙，遂召集崔成、董轩、赵轲等人，商议铲除鳄患之事。

崔成看着大家道：“这鳄鱼之患，不仅害苦了百姓，而且也成为州府多年来的头痛之事。若是能够彻底铲除，将是为潮州百姓办了一件大好事。其功德将永垂千秋，为万民所歌颂尔！”

“崔大人说得不错！”董轩接口道，“不过要铲除这鳄鱼之患，也非易事：一是这些年百姓受那清风真人蛊惑，把鳄鱼当作神来敬，若是进行捕杀，定会引起百姓反对；二是这鳄鱼极其凶残，身上刀枪不入，弄不好反会被其所伤。如何进行捕杀，还需有良策才行。”

韩愈听此，不由点了点头。一旁韩湘不由笑道：“这有何难！州府可先贴出告示，晓喻沿河百姓，禁止进行祭祀；然后可调集州府衙役，令其沿河捕杀，何患其鳄鱼不除？”

崔成听后，看了看韩湘，道：“以公子神力，杀死几条鳄鱼，犹如举手之劳，并非难事。但这湫水南北长达数百里，沿岸皆是沼泽深草，鳄鱼藏匿其中，捕杀十分困难。同时人们谈鳄色变，畏如猛虎，州府衙役也不例外，遇到鳄鱼，便会惊慌失措，无人敢于上前，如何进行捕杀？”

韩愈静静听着他们的议论，只见司户赵轲，拈着仁丹胡子接口道：“这鳄鱼是必须要铲除的，但也需安定百姓之心，不使其犯疑。要不，我们为百姓办了好事，恐怕还会遭到百姓的反对。”赵轲说到这里，看着韩愈道：

“以下官之见，我们是否在表面上仍装着赞成祭祀鳄鱼之事，而在暗中却安排对鳄鱼进行捕杀！”

韩愈听此，不由心中一动，遂将眼光看向赵轲。董轩闻此，不禁疑惑地向着赵轲道：

“大人所言，下官甚惑不解。这捕杀鳄鱼如何能在暗中进行？”

那赵轲看了看董轩，笑道：“董大人可知晓农夫捕杀田间蝼蛄之事乎？”

“这鳄鱼并非蝼蛄，两者有何相干？”董轩不屑地道。

赵轲微微一笑，正要回答，只见崔成高兴地接口道：“赵大人说得不错，这鳄鱼虽非蝼蛄，但其捕杀方法倒可借鉴。”

崔成刚讲到这里，只见一衙役进来，向着韩愈禀报道：“大人，现在河东村、河湾村、沙头镇几个村的乡绅里正和清风道长带着许多百姓，来到府前求见。”

大家一听，都不由一愣。韩愈闻此，已知来意，遂向着那差役道：“令其在府中院内稍候，本职马上就到。”

“是！”那差役答应罢忙转身离去，崔成向着韩愈道：“这些人前来，定是受清风真人蛊惑，为禁祭鳄鱼之事而来。”

“大人说得不错！”韩愈道，“前天我们通告沿河各村，不得再行祭祀鳄鱼，这些乡绅里正看到借以生财之道被断，在那清风道士的蛊惑下，必然前来请愿纠缠！”韩愈说罢向着大家道：

“走，我们一同过去，看看他们说些什么？”

大家遂点头称是，跟着韩愈来到府衙前院，果见河东村的里正蒋仁贵和几个乡绅模样之人聚在那里，正围着一道士在低声议论，周围跟随着百十名群众。一见韩愈等人出来，忙停下说话，一齐看着韩愈。

韩愈看了一眼站在前面的几位乡绅和那个道士，拱了拱手道：“诸位前来府衙，不知有何赐教，请讲无妨；本职初来乍到，定以百姓利益为重，大家有什么要求，本职定给大家一个满意的回答。”

韩愈讲罢，只见那几个乡绅互相看了看，其中一身着纨衣，留着三绺长须的乡绅，施礼道：

“在下乃沙头镇里正东方仪，昨接府衙通告，不让再行祭祀鳄神，准备捕而杀之。百姓闻之，莫不惊慌震骇，奔走相告。在下思之：大人初到俺这潮州，还不了解当地情形，见几个百姓被鳄鱼所伤，定然义愤填膺，急于为百姓办善事，方出此策。大家故此前来，以说明情况，陈以利害，希望大人能从长计议，收回成命。”

东方仪讲到这里，韩愈还未答话，只见那清风真人接口道：

“这湫水鳄神，乃南海龙王的外甥，被龙王封在此地为神。虽时有伤害人畜之事，乃是这些人对鳄神不敬，故受到鳄神的惩罚。大人若不让祭祀鳄神，并对鳄神进行捕杀，定会亵渎和激怒神灵，必然给潮州百姓带来更大的灾难！大人讲要以百姓为重，此举恐怕是事与愿违，背道而驰吧！请大人三思！”说罢，向着左右的百姓，故意道：

“大家说是也不是？”

那几个乡绅里正闻此，忙一齐跪下道：“请大人收回成命！”

周围的百姓见此，遂跟着跪了一地。其中一白胡子老者，向着韩愈哀求道：

“大人，您要捕杀鳄鱼，为百姓除害，我们从内心感谢你，但这鳄鱼满江都是，能捕杀完吗？再者，大人若是明年后年一旦上调回京，这鳄神就会找我们老百姓进行报复。到那时，吃亏的还是我们大家！你就可怜可怜我们吧！”

韩愈闻此，不由心中一怔，暗道：“看来当地百姓受这道士的毒害颇深，而且这两日其在下面又搞了不少鬼，要铲除这鳄鱼之患，只能智取，不能强行，只有采用赵轲的办法了。”韩愈想到此，遂上前扶起那位白胡子老者，向着大家道：

“乡亲们请起，本职答应大家的请求就是！”边说边又扶起那几位乡绅，然后向着周围的百姓道：

“本职到任后，看到鳄鱼伤残生灵，甚是痛心，故决心捕而杀之，为我潮州百姓解除鳄鱼之患。今听了大家之言，本职决定收回成命！”

那几个乡绅和周围百姓听此，俱欣喜难禁；而清风真人见韩愈答应得如此爽快，竟大出所料，不由现出茫然和疑惑之色。

韩愈看了一眼清风真人，向着大家道：“为了潮州百姓的安乐，本职不仅要收回成命，而且还要亲自祭祀鳄神，以解除鳄鱼之患。”

那些百姓听此，更是振喜不已；崔成和韩湘等人都不由一愣，深感不解，不知韩愈是何用意。蒋仁贵见此，高兴地道：

“大人若是亲自登坛祭祀，鳄神定会感恩戴德，不敢再伤害人畜，此真乃我潮州百姓之福也！”

韩愈看了蒋仁贵一眼，向着大家道：“本职受天子之命，来到潮州，宣施圣德，定拯救百姓于水火！不仅要祭祀鳄神不得伤害百姓生灵，而且要让其退回大海，使我潮州永绝其患！”

“若此，真乃我潮州百姓之幸尔！”东方仪振喜地向着韩愈道，“我潮州百姓，将会世世代代感谢大人的大恩大德！”说罢，看了一眼清风真人，道：

“大人不仅收回了成命，而且还要亲自祭祀鳄神，道长这下可以放心了吧？”

那清风真人望了望韩愈，他没有想到事情会这样顺利。总感到其中有诈，但又弄不清原因，只好跟着百姓退出府衙。

韩愈和崔成等人送走请愿的百姓后，回到议事堂，韩湘急不可待地向着韩愈道：

“爷爷怎突然改变了主意，不仅要收回成命，而且还要亲自祭祀鳄鱼！这是怎么回事？难道任其祸害百姓不成？”

“是啊！”崔成也不解地向着韩愈道，“刚才我们还商量着如何捕杀鳄鱼之策，大人怎么一下改变了初衷？我们刚才的议论不是白费了吗？”

韩愈看了看他们着急的样子，只见唯有赵轲一人在点头微笑，不由凝重地道："这铲除鳄鱼之患，乃是本职既定方略，岂能轻易改变！刚才本职讲收回成命，并要亲自祭祀，乃是实施铲除鳄患之策略尔。"

韩湘和崔成听此，更加迷惑不解。崔成向着韩愈道："下官愚钝，不解大人妙计，请大人明示？"旁边赵轲不禁接口道：

"大人此举乃是'明修栈道，暗渡陈仓'之策！"

"赵大人说得不错！"韩愈看着大家道，"眼下一是百姓受那清风真人毒害太深，对我们捕杀鳄鱼，铲除鳄患顾虑重重，若是强行，定会激起民怨。二是这鳄鱼十分凶残，若是调动州府衙役前去捕杀，也非易事。三是我们公开捕杀鳄鱼，定会遭到那清风道士的百般阻挠，他定会从中造谣生事，使我们的举措难以实行。故此，必须改变我们的策略，即按照刚才赵大人所言，采取'明修栈道，暗渡陈仓'的办法进行；既为百姓铲除鳄鱼之患，又不使百姓发生误会。"

这时崔成猛然省悟，向着韩愈道："大人的意思是明着收回成命，并由大人亲自去祭祀鳄鱼，然后暗中却对鳄鱼进行捕杀？"

"不错！"韩愈道，"我们可用农夫捕杀蝼蛄的办法，将祭品用毒药炮制，放置河边，那鳄鱼食后，定会中毒而亡。"

"好！这办法真是特妙了！"董轩此时也不禁高兴地道，"它既可铲除鳄患，又能使百姓消去担忧；同时还能让那清风真人哑巴吃黄莲，有苦说不出！"

"那老道虽是哑巴吃黄莲，但也不一定看不出这其中的玄机。"赵轲拈着仁丹胡子道，"他若是从中进行阻挠，还会给我们带来不小麻烦！"

韩愈听后也不由点了点头，道："刚才在院中，那清风真人直扑闪眼睛，好像甚感疑惑。对此人我们还得想点对策才是！"

一旁韩湘听此，向着韩愈道："此事请爷爷尽可放心，这牛鼻子就交给孙儿来对付，定叫他乖乖离开这里。"

韩愈看了看韩湘道："他能听你的？"

韩湘道："这清风真人乃中原人氏，原在北方江淮一带为非作歹，三年前曾被孙子教训过一顿，不想这几年竟跑到这潮州来兴风作浪。”

“好！若此，我们大事成也！”韩愈高兴地道。然后大家又商议了一阵具体实施办法：由赵轲负责暗中购置毒药；董轩准备猪羊祭品；崔成安排搭建祭坛和有关事项。大家不由踌躇满志，摩拳擦掌，决心为铲除鳄鱼之患大干一场。

第 127 章
降妖道韩湘扫障碍　守信义退之亲祭鳄

这是潮州郡东的笔架山南麓，在苍松秀竹之间，隐现出一太清观。观内琼楼依山，曲廊环水，芭蕉摇曳，泉水叮咚。在月色中显得十分幽静。

突然一道青光闪过，好似一个人影飞至观后，来到清风真人的卧室窗外。此时这清风真人正坐在桌旁独酌闷酒，桌上摆着四样小菜和一坛绍兴陈酿；不远处垂手站立着前几天在湫水旁边祭祀鳄鱼的那个徒弟，心绪不宁地看着清风真人。

只见那清风真人伸手端起桌上酒杯一饮而尽，眼睛痴痴地看着酒杯，忧心忡忡地自言自语道：

“这太不可思议了！完全不像他韩愈的行为！”旁边那个徒弟，怯怯地看着他的脸道：

“师傅说说得不错，我们在中原时，常听人说，这韩愈乃是从不拜佛烧香之人；其一到潮州，就声言要铲除鳄患，为百姓除害。怎么今天竟突然改变了初衷，不仅收回了成命，而且还要亲自祭祀鳄鱼呢？”

那清风真人听此，不由看了那个徒弟一眼，把酒杯往桌上重重一放，道：“这里面一定有鬼，莫非那韩愈害怕百姓反对，竟阳奉阴违不成？使我们无法进行阻拦！”

“师傅说得很有可能！”那个徒弟道。

“若此，我们这几年的苦心经营，岂不付之东流！”那清风真人不由抽了一口冷气道，“这几年，我们来到潮州，借祭祀鳄鱼，要风有风，要雨有雨；吃香的、喝辣的，若是这鳄鱼被他们捕杀和赶走，百姓不再祭祀鳄鱼，岂不断了我们的生路？”

“师傅说得不错！”

“不行！绝不能让他们的图谋得逞！”那清风真人刚说到这里，只听“叭”的一声，从窗外飞进一颗石子，正好打在桌上的酒杯上，那酒杯一下被打得粉碎。

“不好！有人！”那清风真人不由一惊，忙顺手掣出墙上挂着的宝剑，惊慌地望着窗外，只见窗外月光如洗，树影婆裟，传来低沉的猿啼和蛙鸣之声。

“谁！”他不由紧张地喝问一声，见无人答应，便提着宝剑走出房门，来到院中，只见空中繁星闪烁，残月高悬，周围黑乎乎的，只有附近的苍松和竹林，在夜风中发出沙沙地响声。

跟在身后的徒弟，望了望四周，奇怪地道：“这深更半夜，怎会有人来到观内，莫非有鬼不成？”

清风真人听此，不由心中一颤，暗道：“莫不是遇到了什么高人！”他看了看周围，见无甚异常现象，方转身准备回往房内时，突然好似有一股小风从头顶吹过，忙向上一看，见什么也没有，刚回到屋内，只听那徒弟看着他惊叫道：

“师傅，你……你头上的紫金冠哪？”

清风真人听此，忙伸手一摸头顶，紫金冠已经不在，不由心中一惊。再看那徒儿时，头上绾发结的簪儿，也不翼而飞，几绺头发已经散落下来。二人俱惊得口瞪口呆。

“哈哈！不用紧张，你们的金冠和簪子都在这里！”

二人听此，忙扭头一看。只见刚才清风真人饮酒的桌旁，端坐着一年轻道童，手中拿着清风真人的紫金冠和徒儿的簪儿，正在观赏把玩。

“你……你是何人？”清风真人见此，惊得出了一身冷汗，“这金冠何时被他摘去？自己竟毫无觉察！”再看那道童时，竟有些面熟，好似在什么地方见过。

那清风真人又把道童仔细看了看，不由心中更是一惊："坏了！真是冤家路窄，怎么此人今天竟来到这里！"不由惊恐地道：

"你！你！你是韩湘子？"

"不错！"那道童道，"看来你还认得小道。"三年前，韩湘在西霞村，为惩治这清风真人的胡作非为，本要取其性命，只因其苦苦哀求，并表示今后定改邪从善，方只割去其一只耳朵，留下其一条性命。

那清风真人看着韩湘，疑惑震惧地问道："大……大……大仙怎来到这里？"

韩湘不由笑道："这潮州刺史乃小道的爷爷，因向皇上谏迎佛骨而被贬谪到此，故小道护送爷爷来到这里。"然后看着那清风真人，正色道：

"你在中原为非作歹，欺诈良善，怎不思悔改，竟又跑到这潮州来兴风作浪，愚弄百姓，搞什么祭祀鳄神，干此伤天害理之事！今日还有何话可说？"

那清风真人对韩湘已是闻声丧胆，忙"扑咚"一声跪伏在地，哀求道："是小道一时糊涂，为生活所计，故行此不义之事，还望大仙高抬贵手，再放过小道一次。小道知韩大人乃摅忠报国、执政为民的忠贤之官，定会为百姓铲除这鳄鱼之患。今日大人在州衙讲要亲自祭祀鳄鱼，定是怕引起百姓误会，方行此举。小道现知大仙在此，绝不敢从中阻挠，明天即离开这里，今后再不敢胡作非为了！"

韩湘本是个极善之人，现见这清风真人苦苦哀求，已经认错，表示定痛改前非，顿起恻隐之心，便道："既如此，小道就再放过你一次，明天速速离开这潮州，今后不得再行此不义之事！"

"是！是！"那清风忙连口答应，从地上爬了起来。韩湘看了看清风，道："今后若再祸害百姓，轻者将割去你那另一只耳朵；重者定取汝等性命。"说罢，指了指院中一块两丈见方的巨石，道：

"你二人看那块顽石。"说罢，挥手一掌，突然照着那巨石迎空劈去，只见一股狂风夹着一道白光射去，十丈之外那块巨石顿时在一声巨响和火光四射中四分五裂。

韩愈遂迈步上前……拿出祭文，高声念道……

“啊呀！”清风真人和他那徒弟见此，都不由一声惊叫，韩湘微微一笑，道：“你二人若是再敢胡作非为，这块巨石就是你们的下场，我看你二人的脑袋，不会比这石头更硬！”

“不敢！不敢！小道定遵照大仙的训示，今后再不敢妄为了！”

韩湘道：“好吧！但愿你们说话算数，好自为之！咱们后会有期。”说罢，一道青光一闪，人已不知去向，那清风真人见此，只惊得半天说不出话来。

三日之后，韩愈命崔成、董轩用砒霜、鸩毒炮制猪羊若干，沿湫水两岸，每隔五百步放置一猪一羊。

韩湘向着韩愈道：“那清风老道已被孙儿赶走，这祭祀鳄鱼之事已无人张罗，自然兴不起大浪。爷爷何必还要违心地亲自去祭祀呢？”

“是啊！”秦济也道，“老爷一生最恨佛释黄老，从不拜佛烧香，不需要再去难为自己了。”

韩愈听此，不由正色道：“余何愿前去祭祀呢？但为了这潮州的百姓，我们不得不如此：一是咱们既然已经答应了百姓，就要言必信，行必果，说到办到，这样百姓才能相信官府，达到令行禁止，一呼百应。二是虽然那清风道士已被赶走，但其在百姓中的流毒还在，人们把鳄鱼视为神灵，将消除鳄患，完全寄托在祭禳之上；我们若是改变承诺，百姓必然惊慌不安，怨声沸腾。三是我们祭祀鳄鱼，乃是为了掩人耳目，达到实施暗中捕杀鳄鱼的目的。只要郑重其事，大张旗鼓地去‘明修栈道’，才能保证‘暗渡陈仓’的成功！”

韩湘和秦济听后，俱为韩愈一心为百姓着想的精神所动，秦济向着韩湘感叹地道：

“老爷一生从未拜过佛，烧过香，看来今日为了潮州的百姓，是要破这个例了！记得八年前，老爷在东都任河南令时，有一年正月的送穷节，夫人非拉着老爷一块祭送穷鬼，老爷无奈，只好跟随夫人来到院中，谁知老爷将祭禳穷鬼，竟变成了对世俗偏见的抨击；变成了对自己半生难酬报国之志的愤泄。夫人听后大为所动，从此再不让老爷去烧香祈禳了。”

韩湘听后，不由感慨地道：“爷爷为了国家社稷和黎民百姓：在京不顾个人安危，冒死去犯言直谏，阻止迎奉佛骨；但到了这潮州，为了安定民心，铲除鳄患，竟又违心地去祭祀鳄鱼！真是难得，让人敬佩！”

“公子说得不错！”秦济看了看离去的韩愈背影道，“这几十年，老奴跟着老爷，算是明白了一个道理：凡是有利于百姓的事，他就干；凡是不利于百姓的事，他就坚决反对。老爷无论是在京谏迎佛骨，还是在这潮州祭祀鳄鱼，其目的只有一个：就是为了国家社稷，为了黎民百姓，为了实现他那报国之志！”

“秦爷爷说得极是！”韩湘听后，不由得连连点头。

这日，韩愈率领崔成、赵轲、董轩和海阳县令徐晋，在韩湘、秦济的跟随下，来到湫水岸边。那河东村里正蒋仁贵、沙头镇里正东方仪、河湾村里正徐尚礼等人，已在那里等候多时，大家相见罢，遂相携来到坛前。

东方仪向着韩愈钦佩地道：“大人一言九鼎，信义凌云！今日果然前来祭祀，真乃令草民敬佩！潮州百姓能有大人为令，真乃三生有幸也！”

徐尚礼看了看东方仪，多少有些尴尬地向着韩愈接口道：“人言韩大人从不相信佛老，今日为了俺潮州百姓，竟然改变初衷，亲自来登坛祭禳，此真乃我等之福尔！”

韩愈不由谦恭地一笑道：“二位过奖了！本职奉天子圣喻，来此作吏，当以国家社稷和黎民百姓的祸福为重！个人信仰事小，百姓安乐事大！此乃为官之根本也！”

韩愈讲到此，故意巡视了一下左右，向着东方仪等人道：

“今日怎未见清风道长前来？”东方仪道，“清风道长昨日突然接到师兄来书，说有要事相召，已于当日离开潮州而去，故未能前来。”

河东村的里正蒋仁贵，忙接口道：“清风道长临走之时，让其徒弟传告大家，说大人乃当朝重臣，上界文曲星临凡，是上天派来拯救俺潮州百姓的，让一切听从大人的安排号令。”

韩愈听后，方信韩湘所言无误。此时四乡百姓和城内官民闻说刺史大人亲自登坛祭祀鳄神，甚感新奇，俱纷纷前来观看，一时祭坛周围人如潮涌。韩愈见此，为防意外，令崔成安排衙役捕快，以强弩和利刃设伏于祭坛左右，以防鳄鱼上岸伤人。

时至巳时，韩愈在崔成、韩湘护卫下，带着秦济登上祭坛。崔成先走到坛中，高声喝道："吉时已到，祭祀开始！"

话音刚落，只听祭坛左右，百十杆火铳一齐鸣放，霹雳之声震天动地。

火铳之声停息后，崔成继续道："现在请潮州刺史韩大人主持祭祀，宣读祭文。"

韩愈遂迈步上前，从秦济手中接过香火，拜了拜，插入案上香炉之中，令秦济传令将猪羊供品放置江边，然后拿出祭文，高声念道：

维年月日，潮州刺史韩愈，使军事衙推秦济，以羊一猪一投恶溪之潭水，以与鳄鱼食，而告之曰：

昔先王既有天下，列山泽，罔绳擉刀，以除虫蛇恶物为民害者，驱而出之四海之外。及后王德薄，不能远有，则江汉之间，尚皆弃之以与蛮夷楚越，况潮岭海之间，去京师万里哉？鳄鱼之涵淹卵育于此，亦固其所。今天子嗣唐位，神圣慈武，四海之外，六合之内，皆抚而有之；况禹迹所掩，扬州之近地，刺史县令之所治，出贡赋以供天地宗庙百神之祀之壤者哉？鳄鱼其不可与刺史杂处此土也！

刺史受天子命，守此土，治此民，而鳄鱼悍然不安溪潭，据处食民畜熊豕鹿獐，以肥其身，以种其子孙，与刺史抗拒，争为长雄；刺史虽驽弱，亦安肯为鳄鱼低首下心，伈伈睍睍，为民吏羞，以偷活于此邪！且承天子命以来为吏，固其势不得不与鳄鱼辩。鳄鱼有知，其听刺史言：

潮之州，大海在其南，鲸鹏之大，虾蟹之细，无不容归，以生以食，鳄鱼朝发而夕至也。今与鳄鱼约：尽三日，其率丑类南徙于海，以避天子之命吏。三日不能至五日，五日不能至七日，七日不能，是终不肯徙也，是不有刺史，听从其言也；不然，则是鳄鱼冥顽不灵，刺史虽有言，不闻不知也。夫傲天子之命吏，不听其言，不徙以避之；与冥顽不灵而为民物害者：皆可杀。刺史则选材技吏民，操强弓毒矢，以与鳄鱼从事，必尽杀乃止。其无悔！

韩愈念罢祭文，遂传令将所陈猪羊供物投入江中。只见江中那些鳄鱼，群聚争而食之，一时波涛翻滚，浊浪滔天。所投猪羊等物，迅速被抢食贻尽。众人见此，无不骇然。

说也奇怪，这日当晚，湫江上空突然暴风骤起，雷电大作。有人望见水中那些鳄鱼，俱挣扎着顺江流而下，三日之后，湫水之中竟无鳄鱼踪迹。人们奔走相告，莫不交首称奇，弹冠相贺。

河东村里正蒋仁贵见此，甚感奇异，既沮丧，又无奈，只好携同沙头镇里正东方仪、河湾村里正徐尚礼等人，带着四乡百姓，到府衙来向韩愈报喜致谢。崔成、董轩见此，俱为韩愈的睿智大略而振喜鼓舞。

韩愈莅潮不到月余，即铲除了鳄鱼之患，迅速在官民之中传为佳话，后人为纪念韩愈，将湫水改名为韩江，并在韩愈祭除鳄鱼的地方，建亭立碑，予以纪念。其碑树立在驯服的鳄鱼身上，上镌祭鳄文，面对江波烟柳，成为今日潮州八景之一。

第128章 遇大颠一见如故　察州学力主兴教

韩愈祭除鳄患，在潮州迅速传为佳话，人们奔走相告，焚香膜拜，将韩愈视为神人。

时至五月末。天连降淫雨，稻粟不熟，蚕不得老，百姓心如汤煮。四乡里正乡绅带着百姓,纷纷前来州衙,请求韩愈再度祈祷上苍,以保稻蚕早熟。

韩愈见此，甚感忧心和困惑。他内心清楚：前时祭除鳄鱼，乃是故弄玄虚，遮人耳目而已。此中情由，百姓不知，他又不能说破。他清楚这连绵淫雨，乃是自然现象，非人力所能左右，甚感为难。

崔成见韩愈忧心忡忡，便道："大人所虑，可是为祈祭放晴之事乎？"韩愈点了点头，向着崔成道：

"这淫雨不断，稻蚕难熟，势必造成粮食歉收，茧丝减少；不仅会影响到百姓的衣食生计，而且也会给国家税赋带来麻烦，故而本职对此十分忧心。近日四乡百姓前来让本职祈祷上苍,以求放晴；岂不知本职一生最恨这祈禳之事，前时祭祀鳄鱼，只是逢场作戏而已；而且这刮风下雨，并非人力可为，怎不叫本职为难？"

崔成听罢，向着韩愈道："大人前时祭除鳄鱼之后，百姓已把大人看成是能通天入圣、法力无边的神人，故而把消除淫雨之灾，完全寄托在大人身上。同时，以往每逢旱涝天灾之时，州府官吏也都要带着百姓进行祈禳。为了不使百姓失望，大人不妨再次逢场作戏，进行一试。"

韩愈听后，沉思片刻，道：“为了安定民心，本职只好‘死马活治’，违心地再来演一回戏了！”说罢，又向着崔成道：

“不知这祭祀要祈祷何方神灵，如何进行祭祀？”

崔成道：“这风雨雷电，乃由南海龙王掌管，谓太湖之神。以往凡祈风求雨，都是祭祀此神。其方法：一是直接到南海边上祭祀；二是在郡郊设祭。”

崔成讲到这里。看了看韩愈，继续道：

“到海边祭祀，来回需要数日时间；而且眼下连日淫雨，道路十分难行；不如就在这郡郊设祭为好。”

韩愈听后，点了点头，遂令崔成去筹备有关事项。

三日之后，韩愈带领州府大小官吏，来到郡南郊外，亲祭太湖之神。四方百姓闻此，纷纷前来观看，祭坛周围人山人海。

韩愈在崔成、韩湘、秦济的陪同跟随下，登上祭坛，焚香膜拜后，遂拿出祭文念道：

> 维年月日，潮州刺史韩愈谨以清酌腶脩之奠，祈于太湖神之灵曰：
>
> 稻既穟矣，而雨不得熟以获也；蚕起且眠矣，而雨不得老以簇也。岁且尽矣，稻不可复种，而蚕不可以复育也。农夫蚕妇将无以应税赋继衣食也。非神之不爱人，刺史失所职也。百姓何罪，使至极也！神聪明而端一，听不可滥以惑也。刺史不仁，可坐以罪；惟彼无辜，惠以福也。划劙云阴，卷日月也。幸身有衣，口得食，给神役也。充上之须，脱刑辟也。选牲为酒，以报灵德也；吹击管鼓，侑香洁也；拜庭跪坐，如法式也；不信当治，疾殃殛也。神其尚飨！

祭祀结束后，韩愈在崔成、韩湘等人陪同下返回城内。当行至十字路口时，只见一僧人迎面姗姗而来。韩愈举头一看，只见那僧人身披赤色袈裟，手持莲花锡仗，面癯色润，银须飘飘，年约六旬。

只是两颗虎牙露于唇外，面貌显得十分丑陋。

韩愈见此，不由皱了皱眉头。他历来厌恶僧道，又见这僧人相貌狰狞，暗道："此人一脸凶相，定非良善之辈；若有朝一日，被吾拿住把柄，定先敲去其两颗犬牙……"

那僧人见韩愈看了看自己，现出不屑之色，也将韩愈看了看，微微一笑，仰首而去。

回到府衙，韩愈同崔成谈起那个僧人，崔成道："此人虽面貌丑陋，但却满腹经纶，道德高深，被人称为神僧。"

韩愈一听，不由一愣，忙道："大人认得这个和尚？"

"认得，认得！"崔成道，"潮州百姓，没有不知此人的！此人法号大颠，乃潮阳县灵山寺的主持僧人。"

"啊！此人就是大颠和尚！"韩愈听此，不由一惊。他来到潮州之后，便已闻知大颠之名。这大颠和尚乃中原颖州人氏，聪慧好学，博览广识；出家后云游来到潮州。贞元七年，其在潮阳县的幽灵山募化建造灵山寺。随之学者云集，被传授法者达数千余人。

崔成道："这大颠和尚不仅殚见洽闻，辞彩精拔，而且超尘脱俗，高情远致。在潮阳被百姓奉为神人，前往拜经求学之人，接踵擦背，踏破山门。听说近日来到潮州，挂单在郡西的开元寺内。"

韩愈听此，高兴地连连搓手，道："本职早慕其名，怎奈无缘相见，今日在大街之上迎面相逢，竟然不知，岂非憾事！"

崔成见此，忙道："大人若是想见这大颠和尚，十分容易，明日着海阳县传他到来便是。"

"不！不！"韩愈忙道，"不是去传，而是去请！"

旁边韩湘见此，甚感不解，向着韩愈道："爷爷一向最厌恶佛老之徒，怎今日突然对这大颠和尚改变了态度，竟要请他前来？"

韩愈向着韩湘道："爷爷喜欢大颠，并非改变吾道，崇其法也；而是喜其文辞人品尔！"然后向着崔成道：

"待本职修书一封，明日令海阳县请那大颠到府衙一叙。"说罢，遂走到案前，提笔写道：

愈启：孟夏渐热，惟道体安和。愈弊劣无谓，坐事贬官到此，久闻道德，切思颜见。缘昨到来，未获参谒；傥能暂垂见过，实为多幸。已帖县令具人船奉迎，日久伫瞻，不宣，愈白。

韩愈写好书信，交与崔成，令其速速送交海阳县令。崔成接过书信，忙笑着离去。

第二天，那大颠和尚应邀前来，韩愈高兴地将其迎入书屋。大家分宾主坐下后，韩愈仔细一看，不由一愣：那大颠口中两颗虎牙竟然不见，甚感蹊跷；不禁向着大颠看了又看。

那大颠见此，微微一笑道："大人要寻的东西在此。"说着从袖袋中掏出一个布包，打开后捧向韩愈。韩愈一看，只见包里放着两颗长长牙齿。不由一惊，疑惑地看着大颠道：

"这！这！这是怎么回事？昨日还见这牙齿长在大师的口中，怎今日竟放在这包中？"

那大颠微微一笑道："老衲是遵照大人之意行事！昨日大人一见老衲，就想为老衲清除这两颗败坏门风的可恶之物。老衲回去想了一夜，觉得还是应该由老衲自己来'清理门户'为好。故于今晨起来，将其敲下。"

韩愈一听，甚感歉意。忙道："昨日学生偶遇大师，未识真人之面！因学生历来不喜佛老之人，猛见大师双齿外露，顿萌生奇想，不意竟被大师窥破，真让学生汗颜难禁！深感歉意！"

大颠遂笑道："大人此举，其功德莫大焉！老衲应感谢大人才是！说什么歉意二字？老衲这两颗虎牙，纯害无益，早就应该拔去：其不仅影响老衲形象，而且也给人以憎恶之感！记得五年前，老衲到一百姓家中去化缘，小儿见之，竟吓得哇哇大哭；去年，老衲又到一户人家去做佛事，那家主人因老衲这两颗虎牙特丑陋，竟不让老衲入内。老衲虽多次想拔掉它，但总难下决心。昨日遇到大人后，从大人的眼神中，使老衲顿感对这两颗牙齿，再也不能'姑息养奸'了！方下定根除的决心。这难道不应该感谢大人吗！"

韩愈听此，对大颠更加敬佩，隧道：“人言大师乃得道高人，看来果然不虚！今日能请大师当面赐教，真乃三生有幸也！”

大颠忙道：“大人过誉了，实令老衲惶恐不已！大人凤叹虎视，斗重山齐，乃当今文坛泰斗，一到潮州便为百姓祭除鳄患，盛名已传遍潮州各地。老衲在山寺闻此，甚感惊奇，故云游到此，以观虚实，并想当面向大人请教文章。”

韩愈闻此，不由笑道：“大师言重了，真人面前不说假话，学生一生从不信奉佛老之道，更不懂祈禳之术。那鳄鱼乃水中畜牲，不通人性，岂能听从学生号令？”

“大人说得不错！”大颠看着韩愈道，“老衲也甚感蹊跷，不知大人是如何将这鳄鱼铲除的？”

韩愈听后，遂将祭除鳄鱼的经过，叙说了一遍。那大颠听后，不由赞叹道：“大人不仅胸怀社稷，以民为天，而且睿智大略，瑰意琦行，真乃让老衲叹服！我大唐能有大人这样忠贤之臣，真乃百姓之福也！”

韩愈忙道：“大师过奖了！”那大颠继续道：

“听传说大人乃是为了谏迎佛骨，为当今所忌，被贬谪到此，可否是真？”

“是的！”韩愈点了点头，随将被贬经过，简要述说一遍。大颠听后，不由感慨地道：“当今昏暗，权幸得宠，致使像大人这样忠贤之臣，也难久立朝堂之上，怎不叫人痛惜！”

韩愈听后道：“纵观古今，凡忠贤之臣，皆莫如此，故有‘文死谏’之说！”然后向着大颠道：

“不说这个了，听说大师乃中原人氏，出身于书香世家，不知何故坠入空门？怎又来到这潮州之地？”

那大颠听此，不由面呈凝重之色，道：“这都是过去的事了，老衲的身世很少与人提起，今日得遇大人，真有一见如故之感，故不敢不如实相告。”大颠说到这里，不由叹了口气道：

“老衲祖居颍州，姓陈名华，祖父官至房州司户，父亲曾做过襄州参军。老衲青少年时也曾饱读圣贤之书，胸怀报国之志。正当老衲准备赴京求仕之际，却不料家中大祸临头：先父因得罪上司，被诬陷打入死牢。老衲虽四处托人营救，结果耗尽家中所有资产，也未能为老父洗刷冤情；最后老父含冤屈死在狱中。致使老衲愤慨难抑，便一怒之下，遁入空门之中！”

那大颠讲到这里，不禁又叹了口气，继续道：“老衲先是出家于天泉寺，怎奈那寺院风气不正，庙中僧徒多为市井无赖流入，每日吃酒闹事，祸害乡里，周围百姓恨之入骨。老衲见此，甚感痛心，决心找一清净之地，便云游来到这潮州地界。一日，老衲行之潮阳幽灵山下，只见那幽灵山紫气环绕，烟岚云岫，是块仙山圣地，便结草为庐，劈石为垣，经过十年募化，方建成如今的灵山禅院。”

韩愈听后，不由点了点头，道：“原来大师竟有如此遭遇和经历，怪不得大师渊渟岳峙，高情远意！”

大颠道：“老衲既痛恨当今朝政腐败，官场黑暗；又厌恶那些为非作歹，祸害百姓的释教败类。故潜遁到这南海荒蛮之地，并以传播仁义，宏扬善德为己任，以拯救百姓于水火！”

韩愈听后，对大颠更加钦佩，二人都有相见恨晚之感。大颠向着韩愈道：“老衲自幼崇仰儒道，热衷古文；今虽遁入空门，然初志未敢移也！大人乃当今文坛泰斗，古文大家，老衲在中原时已有所闻。今日前来，也是想拜大人为师，以讨教文章之精妙，望大人莫吝赐教为好！”

韩愈听此，更加高兴，忙道：“学生一生将宏扬儒道、振兴文坛作为己任，赐教不敢，但在一起共同切磋，乃学生之所望也！”二人遂就文坛改革、古文创新谈论起来，直到晚饭时仍兴致未尽。

韩愈自遇到大颠后，精神为之大振，遂将大颠留住府衙。每日公务之后，便与大颠促膝交谈，有时竟通宵达旦。旬日之后，大颠方恋恋不舍地离去。

一日韩愈携同崔成、赵轲、韩湘等人巡察乡里，当路经城南州学时，只见学馆残垣断壁，门窗破烂；院内荒草丛生，狐兔奔窜。

韩愈见此，不由心中一震，向着崔成道：“这学馆怎变成这样？”

崔成看了看房倒屋塌的校舍，道："这学馆大历初已经停办，至今已有四十余年，故变成这个样子。"

韩愈不解地道："这学馆乃是将相之摇篮，治世之根基，州府为何停办？"崔成道：

"潮州乃偏僻小州，一是赋税有限，难以支付学馆之费用；二是这里读书人很少，原先两个教师因故离去后，再也找不到合适教书之人；三是百姓认为种稻养蚕，靠的是勤快和力气，这读书用处不大。因而前来上学读书之人甚少，故而只好将这学馆关闭。"

"真是胡闹！"韩愈听后，不由遗憾地道，"这样若长期下去，百姓不都成了文盲？人们目不识丁，不知礼仪，不懂王法，不晓天文地理；这潮州百姓岂不愈来愈愚昧无知，何时才能改变这落后荒蛮之状！"

"大人说得不错！"赵轲接口道，"自州学废弃以来：四乡无读书之人；州县无讲学之声。人们目不识饮酒之礼，耳不闻《鹿鸣》之歌；忠孝仁义不宣，礼乐刑律不闻。近五十年来，整个潮州竟无一人应试于王庭，更不要说金榜题名了！"

韩愈听罢，向着崔成和赵轲道："夫子曰：'道之以政，齐之以刑，则民免而无耻；不如以德礼为先，而辅以政刑也。'古往今来，治国安邦，非德礼不可；欲用德礼，未有不经学校师弟子者。这州学需要尽快重建恢复才是。"

崔成看了看败壁颓垣的校舍，多少有些担忧地道："大人说得不错，要治国安邦，首先就要以礼仪圣德教化万民。这兴教办学乃是根本之举。但从眼下的情况来看，要恢复重建这州学，一是修缮校舍，需要有一大笔银子；二是恢复学馆，需要有一定数量的教书先生；三是主持学馆，还得有一位德高望重，满腹经纶之人。目前这三条都有难度，需要认真筹划才行。"

韩愈听后，不由得点了点头。一旁赵轲道："崔大人所虑不无道理，目前要恢复州学，恐怕最困难的要是经费了。这教师和主办之人，下官倒是有个人选，可以充当此职。"

韩愈听此，不禁眼睛一亮，看着赵轲道："此人是谁？快说说看？"

赵轲道："此人乃大历十三年乡试第一名举子，与下官同姓同宗，姓赵名德，字乐善。只因其人性格孤傲，不愿投靠权贵，故穷居僻壤五十余年。"

韩愈听此，不禁振喜地道："你说的这人，本职一到潮州，就闻人谈及，说此人冰清玉洁，披褐怀珠，不仅高才远识，硕学通儒，而且金声玉色，瑰意琦行。乃潮州第一高举深藏、烟蓑雨笠之人。若此人愿出山屈就，这恢复和主持州学有人也！"

"大人说得不错！"赵轲道，"这赵德崧生岳降，卓荦不群，久怀报国之心，且热衷办学事业；只要大人请他出山，他一定会竭尽全力来筹办学馆的。"

"好！就这么办！"韩愈高兴地道，"回去后，咱们好好合计一下，经费问题慢慢想办法解决，先去请赵德出山再说。"

崔成和赵轲听后，都不由振喜地点了点头。

第 129 章
聘良师访请赵德　建乡校尽捐俸金

在潮州郡北的笔架山下，松竹掩映，飞瀑流泻，奇石凌空，异花飘香，依山傍水搭建着三间茅庐，处士赵德就隐居在这里。

这日，韩愈在崔成、赵轲和韩湘的陪同下，专程前来登门访谒。大家乘马来到庐前不远处，只见江边一颗千年桂树下，端坐一头戴斗笠的老叟，正在凝目垂钓。赵轲看了看那人，向着韩愈道："那垂钓之人，便是赵德。"

韩愈闻此，忙高兴地跳下马来。大家来到赵德背后，赵轲边走边高声喊道："乐善兄？韩大人看你来了！"

那赵德闻听喊声，慌忙转身站起，见韩愈等人来到茅庐，甚感惊喜，急忙拾阶来到岸上，向着韩愈等人施礼道："大人日理万机，怎今日有暇，来到这山野之地？"

韩愈边还礼，边凝目一看：只见这赵德年近六旬。布衣草履，面容清癯，三绺苍须垂于颌下。不由环视了一下四周，向着赵德道："此地山明水秀，鸟语花香，真乃世外桃源也！本职闻说此处景色怡人，特来一观，也想高卧于此尔！"

那赵德听此，知韩愈是在说笑话，也笑道："大人乃国之栋梁，朝廷股肱，肩负着治国安邦的重任，岂是高举深藏之人？"

韩愈笑了笑道："先生过奖了！"然后看了看赵德身后的鱼篓，道："今日手气如何？所钓可丰！"

赵德也回头看了看空空的渔篓，不由叹了口气道："草民时运不佳，手气太坏，虽然这河中之鱼不少，但草民自垂钓以来，还未钓得一条！”

“哦！竟有这事！”韩愈一听，甚感奇怪，向着赵德道，“先生每日垂钓于此，岂无上钩之鱼？”

这时只见崔成走到赵德身边，看了看赵德的钓杆，不由笑道：“以赵先生这样的钓法，恐怕再钓上三年，也难钓住一条！”

“这是为何？”韩愈听此，不解地看着崔成。崔成遂从赵德手中拿过渔杆，向着韩愈道：“大人请看，这样的渔杆，能钓得住鱼吗？”

韩愈一看，只见赵德的渔杆上并无渔钩，只是一根直直的铁针，不由恍然大悟，道：“原来是这样！”然后向着赵德道：“先生为何如此？”

赵德看了看鱼钩，道：“草民一生性格乖僻，只愿直中取，不愿弯中求，故而如此也！”

一旁韩湘见此，不由笑道：“看来先生竟有飞熊之志，欲学那姜太公垂钓蹯溪尔！这直钩虽钓不住江河之鱼，但却能钓得将相王侯！”

那赵德听后，看了看韩湘，道：“这位公子所言，真羞煞草民也！别说将相王侯，就是九品小吏，草民也不敢有所望也！”

赵轲听后，不由笑道：“韩公子说得不错，今日大人前来，犹如文王渭水访子牙，皇叔南阳谒诸葛尔！”然后向着赵德道：“大人今日来访，就是欲帮乐善兄钓取将相王侯尔！还不快请大人到屋内说话？大人有要事欲与乐善兄相商。”

这赵德虽隐居山林，但对韩愈的才学人品、贬谪潮州和祭除鳄患等事，却了如指掌。今见其亲自登门前来，料定必有要事，听赵轲讲罢，忙放下鱼杆，邀韩愈等人进屋用茶。

韩愈抬头望了望如巨盖一样的桂花树冠，和树下的石桌石凳，道：“这地方最好！山青水碧、凉风拂面、花香沁肺、浓荫蔽日；我们就在这树下边乘凉边谈如何？”

赵轲知韩愈慢肤多汗，最怕炎热，一路走来，已是汗湿衣衫，这树下正好乘凉。便道："这样也好。坐在外面既能观赏周围景色，又可乘凉解暑。"

赵德见此，忙将石凳用袖子拂了拂，请韩愈等人坐下，然后到屋内端出几杯茶来，捧与韩愈等人。

大家吃罢茶后，韩愈向着赵德道："今日大家前来，是想请先生出山，为朝廷百姓办一件功在千秋之事？"

赵德听后，已大约知晓韩愈之意，但仍谦逊地道："草民乃山野之人，孤陋寡闻，才疏学浅；且性格倔强，不入时流，难有作为。不知大人欲差遣何事，只恐有负众望！"

韩愈道："自我大唐开国以来，礼仪盛行于四海，天下遂有贞观之盛世。然自天宝以后，海水群飞、藩镇割据，遂出现安史之乱、民不聊生之状；盖圣教废弛之故也。因此欲中兴大唐、治国安民，非振兴儒教、广施教化不可。我潮州虽地处南海边陲，但仍是天子臣民，朝廷疆土，岂能例外？然而自大历以来，州学废毁，儒教不行。形成民不闻有读书之声，绅不知有《鹿鸣》之歌的状况！实在令人痛惜！"

韩愈讲到这里，向着赵德道："为使我潮州民富邦安，达到百姓知书达礼，仁义行于四乡，本职决定重建恢复州学，想请先生出山担当此任，不知先生意下如何？"

赵德听此，不由振喜地道："大人若能恢复州学，可谓给潮州百姓又办了一件天大的好事！"赵德讲到此，多少有些激动地道：

"十年前，草民曾三次上书州府，希望能恢复州学，草民愿奉献微薄之力，但结果如石沉大海，竟无回音，致使草民一腔热血化为乌有！草民一怒之下，便山栖谷饮到这笔架山中。今日大人若决心恢复州学，草民虽不才，愿尽毕生之所学，助大人一臂之力！莫说大人亲自登门前来，就是大人不来，草民闻知时，也要主动前来请缨任教的！"

韩愈闻此，十分振喜，道："能有先生出山，本职无忧也！"赵德向着韩愈继续道：

"这重建州学，有两个问题需要解决，大人可能已有所虑：一是教书先生；二是办学经费。教师问题，草民可帮大人解决。昔日有几个朋友，俱是德高操洁、满腹经纶之人。草民可将他们召来，聘为教师即可；只是这经费问题，草民囊中空空，却无能为力，还需大人设法予以筹办。”

韩愈听后，更加高兴，向着赵德道：“教师问题由先生来解决，经费问题由学生来筹集；争取在两个月内，将学馆恢复起来，你看如何？”

“好！草民遵命就是！”

“那先生什么时候出山就任此职？”

“今天草民将这里东西收拾一下，明天就到州衙听令。”

“好！咱们一言为定！”韩愈满意地道。

韩愈等人从赵德处返回时，已是午时过后。下午，他将崔成、赵轲二人召至书房，商议如何筹措办学经费之事。崔成首先道：

“我潮州虽属州郡，然地处南海偏僻之乡，州小赋微，每年所收除例行开支外，所剩无几。这恢复重建州学，需修缮校舍，置办桌凳，购买书籍，少说也得数百缗银子，确是个难题。”说到这里，转向赵轲道：

“赵大人掌管州府钱粮收支，不知府库目前能拿出多少？”

赵轲拈着山羊胡子道：“今日下官将府库盘查了一下，眼下能够挤出使用的钱粮，也只有百十缗左右，与恢复学馆所用，还差一半之多。”

韩愈闻此，略一思忖，向着二人道：“这学馆是一定要兴办的！先把这百十缗用上，剩下不足部分，由本职想办法解决就是。”

崔成与赵轲听此，甚感纳闷，不知韩愈有何良策。韩愈向着赵轲道：“明日赵德来后，就由大人协助其筹办此事可好？”赵轲听后，忙点头应诺。

韩愈又和崔成、赵轲商议了一阵筹办州学的具体事项后，方送二人离去。然后令春儿找来秦济，询问这几个月的俸金使用情况。

秦济一听，甚感奇怪：过去韩愈是从不过问家中收支情况的，怎今日竟问起俸金之事，便道：“老爷的俸银每月为十二缗零四百文，自四月到任至今，已三个月整，共得俸银三十七缗零二百文。因夫人他们滞留韶州，故这笔银子未予动用，不知老爷问其何故？”

韩愈听后，顿了顿道：“目前重建州学，急需银两使用。因府库空虚，还缺少百十缗银子，你可将这笔银子交与司户赵大人；不足部分，可再予支俸银五个月，以凑成百缗之数。”

秦济听此，大惑不解，向着韩愈道：“老爷一向为官清廉，家中常常收不敷出。现在因夫人不在任所，故略有节余。若夫人一旦到来，全家百十口人，仅老爷一人俸金怎能够用？现在将这俸银捐出，将来夫人她们到来后可怎么办？”

韩愈听此，向着秦济道：“这恢复州学，乃关系到潮州的长治久安和百姓子孙万代之大事！我们既为潮州的父母官，就要以民为本，千方百计办好此事。现在先将这银子用上，将来夫人她们来后，有什么困难，到时再想办法解决就是。”

秦济听此，知韩愈一心为百姓着想，再说也无用，只好将银子如数交给赵轲。那赵轲和崔成闻知此情，俱感动得热泪盈眶，遂也为州学捐出钱物。

第二天，赵德如期来到州衙，韩愈十分高兴，遂携同赵德又来到学馆，详细察看了州学的现状，并制定了重建方案。那赵德见此不由热血沸腾，踌躇满志，决心一展其才，办好学馆。

很快，韩愈捐资重建州学的消息，不胫而走，传遍整个潮州。人们奔走相告，赞颂于道，不少人闻此，也主动捐钱捐物，使州学重建工程顺利迅速展开。

时至八月，学馆重建工程已近尾声；赵德聘请的几位教师也已到任。这几个人皆是博学通儒、德高操洁之人，韩愈一见十分欣喜，遂将他们同赵德一起安排在州衙暂住。

这日，韩愈带着韩湘来到学馆察看，只见学馆门前人来人往，进进出出；新修建的学馆门楼焕然一新，上悬着韩愈亲笔书写的“潮州学堂”四个金字匾额，在阳光下闪闪发光。

韩愈看了看金字匾额，不由高兴地点了点头。二人进入馆内，只见院中之人有的在整修桌凳，有的在平整地面，有的在栽种花草树木，一片繁忙景象。两边新建的课堂已经完工，几个工匠正在油漆门窗；中间大厅刚刚粉刷结束，朱扉碧窗，清新明亮。赵德正指挥着几个工人在打扫台阶，搬送桌凳。一见韩愈到来，忙迎了过来。

韩愈望了望整修一新的校院，向着赵德欣喜地道："几日不来，这学堂竟又换了一副模样！看来用不了几天，即可全部竣工了。"

"是的！最多再有三五天，工程就可全部结束。"赵德忙高兴地道。

"好！只要整修结束，就马上开学！"韩愈边说，边回头看了看院中正在忙碌的人们，然后转身向着赵德道：

"开学诸事准备的怎么样？估计能来多少学生？"

"准备基本就绪。"赵德答道，"桌凳除原有的维修后，又新增添了五十张；'四书五经'各印置了一百本，其他书籍正在印制之中。"赵德讲到这里，振喜地继续道：

"看来前来读书的学生，要超过百人之多！"

"啊！竟有这么多？"韩愈一听，也不由惊喜地看着赵德。

赵德高兴地道："因这州学已停办多年，加之在百姓中有一种读书无用的说法，开始大家都认为不会有多少人来读书，能有三四十人就不错了。谁知几位先生到四乡一说，竟大出我等所料，百姓高兴地道：'大人把自己的俸金都拿出来为我们办学堂，让我们读书识字，学习礼仪王法，我们怎能不知好歹，还能不让子孙去上学读书！'这几天学馆还未开学，前来报名上学的人，就已挤满了门前！"

韩愈听后，连说："好！好！"不由感慨地道，"百姓是最可贵的，只要你为他们着想，他们就会一呼百应，跟着你走！"

"大人说得极是！"二人说着，一同走进大堂，只见墙边堆放着各种书籍。韩愈走上前拿起一本，认真翻看了一下，高兴地道：

"这书印得不错，可以和京城的印刷相媲美！"赵德看了看那一堆书籍，道：“为印置这些书籍，李秀才专程跑到海阳，在那里整整忙了一个多月。”

韩愈听后，点了点头道：“书是教学之本，绝不能有半点差错。”二人边说边离开大堂，来到学馆后院。只见两边厢房内，搭建着一排排床铺，后面裙房内，几个工匠正在忙活着，赵德指着房内的床铺道：

“这两边厢房中，设置床铺五十余张，可供四乡和外地前来读书的学生居住和休息。”韩愈听后满意地点了点头。遂来到后裙房门口，只见那些工匠正在垒砌炉灶。赵德道：

“这几间房子是厨房和餐厅，可供百十人用餐。”韩愈看了看那几个正在忙碌的工匠道，“你们是哪个村的，干活的工钱都付给你们了吗？”

“付了！付了！”那几个工匠忙停下手中活计，向着韩愈道，“开始一文钱也不少，不过这几天我们是一文钱也不要！”

“这是为什么？”韩愈一听，不由好奇地问道。那几个工匠道：“听说大人为我们老百姓重建学馆，拿出了全部俸金，我们大伙闻知后，一商量，决定不再要学馆一文钱工钱！”

韩愈听后，不由感动得连连点头。赵德向着韩愈道：“这两个月来，由于四乡百姓纷纷向学馆捐钱捐物；加之前来做工的人不少拒收工钱，原先筹措的二百缗钱粮，只用了一多半，还有数十缗剩下来未用。前天崔大人和赵大人商定，准备将这剩余部分退还给大人。”

韩愈听后忙道：“不用，不用！本职一人在此，花费甚少。这俸银放在身边也无甚用项！”韩愈讲到这里，略一思忖，道：

“这样吧，此地百姓生活十分贫苦，子弟前来上学，必定是节衣缩食，带着干粮前来。学校将来可免费为他们提供一顿午餐。这些钱就作为此项开支吧。”

那赵德听此，不由感动地道：“潮州百姓能有大人为宰，真乃三生有幸也！”

从学馆回来，韩愈激情难平，想到赵德沈雅专静，满腹经纶；且深谙圣人之道，力排佛老邪说；并一心倾注在办学上，是个难得的人才，应予以推举重用才是。潮州百姓齐心协力兴教办学，目前这州学重建即将完工，应上报节度府衙和朝廷，以便得到支持。遂展纸于案，提笔撰成《潮州请置乡校牒》一文，令差役呈报节度衙门。其辞曰：

孔子曰："道之以政，齐之以刑，则民免而不耻；不如以德礼为先，而辅以政刑也。"夫欲用德礼，未有不由学校师弟子者。

此州学废日久，进士明经，百十年间，不闻有业成贡于王庭，试于有司者。人吏目不识乡饮酒之礼，耳未尝闻《鹿鸣》之歌。忠孝之行不劝，亦县之耻也。夫十室之邑，必有忠信；今此州户万有余，岂无庶几者也？刺史县令不躬为之师，里闾后生无所从学。

尔赵德秀才，沈雅专静，颇通经，有文章，能知先王之道，论说且排异端而宗孔氏，可以为师矣。请摄海阳县尉，为衙推官，专勾当州学，以督生徒。兴恺悌之风。刺史出己俸百千以为举本，收其赢余，以给学生厨馔。

八月底，潮州学堂经过一个多月的重建筹备后隆重开学。这日韩愈亲至学校，四乡百姓为庆贺学馆重建落成，敲锣打鼓，载歌载舞，云集学馆四周。一时学馆内外，竟人山人海，如赶庙会一般。

韩愈高兴地和前来祝贺的四乡里正乡绅拱手致意。河湾村徐尚礼、沙头镇上官仪等，俱亲送子孙前来上学。上官仪高兴地向着韩愈道：

"俺潮州百姓几世修来的福气！竟遇到大人这样好的官，不仅为我们祭除了鳄患，而且还拿出自己的全部俸金，为我们重建学堂。俺潮州百姓将世代不忘也！"

徐尚礼接口道:“这兴教办学，乃强国富民之根本！今后俺潮州百姓，绝不忘大人的恩德，定世世代代重教育人，让潮州和中原一样，成为书香之邦！”

韩愈听后，不由得连连点头。自此，潮州百姓遂兴起读书求学之风，在南海边陲独树一帜。

第 130 章
观河运巧设水布　冒风雨视察灾情

一日，韩愈与崔成、赵轲等人正在书斋商议州务，只见秦济进来禀道：“现有岭南节度使书吏，带着两名差役，奉孔大人之命，前来看望大人，现正在客厅候见。”

韩愈一听，不由大喜，忙道快请。这潮州乃为岭南所辖，节度衙门来人：一是上差，不能怠慢；二是节度使孔戣与韩愈乃是故交。韩愈来潮路经广州时，因孔戣南巡琼崖不在，未能相见，今日差人前来犹如孔戣亲临，倍感亲切。

不一会儿，秦济带着那书吏到来，韩愈忙携崔成、赵轲迎到户外，大家见礼罢，遂相携进入书斋。韩愈令春儿献上茶来，高兴地道：

“大人前来，一路多有辛苦！孔大人这一向可好？”

“好！好！”那书吏呷了一口茶道，“我家大帅从琼崖返回后，得知大人谪任潮州，很是放心不下，特遣下官前来探视，并送来纹银二百两，略表心意。”说罢，令随从呈上一包银子，放到韩愈面前的书案上。然后又从身上拿出一封书信，递向韩愈道：

“大帅对韩大人十分关切，言道大人赴任路经广州时，因他南巡而未能相见和款待，甚感遗憾！同时大帅言道大人家中人口众多，且又清正耿直，故生活十分拮据。每月为大人另增俸银五十缗，以供家用。具体详情都写在信上。”

韩愈边听那书吏叙说，边阅看书信，只见孔戣在信中向他表达了殷殷关切之情，并详细介绍了岭南的风土人情和潮州情况，希望他能放开胸怀，保重自己。书信最后言道：因潮州地处南疆，州小俸薄，虑有阙乏，每月另给俸银五十缗，以补不足。韩愈阅罢，感动得热泪盈眶，向着那书吏道：

“孔大人真乃仁义之君也！真让学生感激涕零！不过学生家眷现滞留韶州，还未来到任所；学生虽俸银不多，但每日费用甚少；而且这潮州使宾罕至，所赠之物实无所用。还请大人原物带回，禀明孔大人便是。”

那书吏忙道：“这是大帅之意。下官不敢有违！否则，大帅定怨下官不会办事！”韩愈见此，想了想道：“大人说得也是，这样吧，既然孔大人盛情难却，这笔银子就暂时留在州衙，以备后日他事公用。”

那书吏见此，暗道：“人人都说这韩愈政清风廉，轻财重道，看来果然不假！”不由向着韩愈道：“大人真乃道德高深之人也，实在让下官钦佩！”

“大人过奖了！”韩愈忙谦逊地道。那书吏又问及韩愈赴任以来的情况，韩愈遂将到任以来祭除鳄患、兴办州学等事，略述一遍。那书吏听后，连连点头称赞，道：

“大帅原担心大人到任后，不习这岭南风俗，难禁炎湿和飓风之患；且又怀忧愤之情，定萎靡不振，意志消沉。不想大人一到任，便做出这惊天动地的伟绩来！真真让人难以置信！下官回去后，定如实向大帅禀明，大帅定会以释心中之虞，并具本上奏朝廷的。”

“那就多谢大人了！”韩愈听后，深表谢意。那书吏又问及韩愈被贬经过，韩愈又将谏迎佛骨之事略叙一遍，那书吏听后感慨莫深。大家又叙谈一阵，韩愈遂令秦济安排酒饭，为那书吏接风洗尘，并邀崔成、赵蚵、董轩等人作陪。

饭后，韩愈亲送那书吏到馆驿休息。回来后，他想到孔戣所赠，感慨难禁，遂展纸于案。向孔戣修书一封。在信中他写道：

伏奉七月二十七日牒：以愈贬授刺史，特加优礼，以州小俸薄，虑有阙乏，每月另给钱五十千，以送使钱充者。开缄捧读，惊荣交至；顾己量分，渐惧益深。欲致辞为让，则乖伏属之礼，承命苟贪，又非循省之道：进退反侧，无以自宁，其妻子男女并孤遗孙侄奴婢等，尚未到官。穷州使宾罕至，身衣口食，绢米足充，过此以往，实无所用。积之于室，非廉者所为；授之于官名且不正。恃蒙眷待，辄此披陈。

第二天，那书吏告辞返回，韩愈将书信交于那书吏，并送出城外三里方罢。

韩愈送走书吏回到署衙，刚坐下不久，只见秦济进来禀道："现有河湾村里正徐尚礼、沙头镇里正上官仪，前来求见。"

韩愈一听，忙道快请。不一会儿，那上官仪和徐尚礼随着秦济进来。韩愈忙邀至客厅，令春儿捧上茶来，笑向二人道：

"这一向二位可好？自那日学馆我们相见后，二位又有不短时间没有到府衙来了！这些时，民间情况如何？可有何冤情和新闻之事？"

上官仪呷了口茶道："大人自到潮州以来，祭除鳄患，祈开淫雨，兴办学堂。上下政通人和，百姓安居乐业；大家莫不赞于口，而颂于道！真可谓祥和盛世也！"

"是的！是的！"徐尚礼听上官仪讲罢，忙也接口道，"特别是大人捐出全部俸金，重建恢复州学，使俺潮州重起读书之声，再现《鹿鸣》之歌，百姓俱交口赞颂！此乃不世之功德也！"

韩愈听后，忙笑道："二位言重了！此乃学生应尽之责！"上官仪看了看徐尚礼，向着韩愈道："我们二人今日前来，有一事想请大人定夺，不知当讲与不当讲？"

"当讲，当讲！"韩愈闻此，忙道，"只要学生能办得到的，绝不推诿。"

上官仪道："大人自到任以来，广施仁政，宣谕圣德，以礼仪治理州郡。使俺潮州呈现出一派祥和景象！然而在这湫水之上，来往放排工人，却赤身露体，很不雅观，实在有伤风化；与大人所倡导的礼仪之邦，极不和谐相称；而且四乡妇女多有怨言。想请州府发一告令，予以制约，不知是否可行？”

韩愈一听，甚感不解，忙问这放排工人为何赤身裸体。徐尚礼接口道：“这湫水自古以来，为南北水运通道，特别是到了秋天，上游木石货物，多顺流运送至下游各地。放排工人因天气炎热和衣服常被水浪打湿，故赤身露体，不穿衣服。”上官仪接口道：

“近些年，由于江中鳄鱼为患，水运渐废，大人到任后祭除鳄患，这水运便又恢复起来。那些放排工人，赤身露体，来往于道，实是不雅！”

韩愈听此，不由正色道：“这怎么行！人非禽兽，岂能不顾羞耻！这湫水两岸，集镇相连，路人如织，男女老幼，来来往往。这赤身裸体，成何体统！二位所言极是，明日本职即通告沿河放排工人，今后不得再赤身裸体，违者定严惩不贷。”

“这样太好了！”上官仪和徐尚礼闻此，互相看看，高兴地连连搓着手道：“若此，大人又为沿河百姓办了件大好事。”

韩愈道：“凡是有利于百姓的事，只要能办得到，我们就要坚决办好！”二人又叙说了一阵，方高高兴兴地离去，韩愈将二人送走后即着春儿请来司马崔成，令其速办此事。

数日之后，赵轲向着韩愈道：“自州府贴出禁止江上放排工人赤身后，四乡百姓莫不拍手称快，但那些放排工人却怨声载道，叫苦不迭，不少人身上已生出湿疹，患上风湿病。”

韩愈听此，不觉一愣，遂道：“竟有此事！走，咱们到江边去看看。若此岂不害了江上放排之人！”

说罢，遂带着赵轲和韩湘来到江边。只见湫水之上舟船来往如梭，木排首尾相接，犹如长龙一般；人们熙熙攘攘，一派繁忙景象，与自己刚来潮州，路经这里时大不相同，不由十分振喜。

韩愈等人来到码头，只见江中那些木排上的工人，俱穿着湿淋淋的衣服，紧紧贴在身上。韩湘看了看木排上的工人，向着韩愈道：

“天气这么炎热，这些人每天穿着湿衣服干活，那能不闹出病来！”赵轲望着那些工人道：

“若是不让他们穿衣服，实在是有伤风化；穿了衣服，又会闹出病来！俗话说‘鱼和熊掌不能兼得’，这确是个难事。”

这时来往行人见韩愈等人到来，纷纷停下观看。韩愈向着刚刚上岸，身上穿着湿漉漉衣服的两名放排工人道：“你们是什么地方的人？在这河上干了几年？”

那两人互相看了看，多少有点拘谨地道：“我们是梅州之人，在这河道上已干了十年。”

韩愈又向着那二人道：“州府通令，不准河工赤身露体，需穿着衣服干活，你们看可行？”

那二人又互相看看，其中一人向着韩愈道：“我们这些放排工人，整年生活在江上，若让穿着衣服干活，这湿衣服整天贴在身上，就向被捆着放在蒸笼里一样。长此下去，非都闹出病来不可！”说着，手指旁边那个工人道：

“李四身上已经长满了湿疹，每天疼痛难禁。”韩愈听后，看了看那李四，不由点了点头。

这时旁边一位三十多岁的妇女，看了看那两个放排工人，不满地道：“你们穿着湿衣服就不高兴；难道光着身子，来来往往就舒服了？”说着指了指身后几个年轻姑娘，道：

“你看看，这河边路上，到处是大姑娘、小媳妇，你们光着屁股，也不嫌害臊？”

那两个工人听此，多少有些委屈地道：“谁愿意光着身子干活？这不是没有办法吗！”

那妇人向着韩愈道：“远古时候，人们没有衣服穿，还拿块兽皮和树叶遮遮羞处；可他们连古人都不如？还好意思说哩！”

韩愈一听，不由心中一动，向着赵轲道：“这位大嫂讲得很有道理。大人看这样可好：为了既不使这些放排工人，赤身裸体，有伤风化；又不会使他们常年穿着湿衣服闹出病来。可将衣服换成两块布。遮住前后羞处。这样既可通风透气，不致造成身体湿疹，又可遮住羞处，不伤风化。你看可好？”

赵轲一听，不由眼睛一亮，道：“大人此举实在是高！这办法太妙了！”韩湘也不由高兴地道：“爷爷这办法真可谓一举两得，双全齐美！鱼和熊掌俱可兼得也！”然后又向着韩愈道：

“这遮羞布总得有个名字方好，以便百姓称谓？”韩愈看了看江上一排排木筏激起了水浪，便道：“就叫它‘水布’吧。”

周围之人听此，都不由高兴地连连称好，那两名工人欣喜地道：“若此，我们无忧也！”

大家从江边回来，韩愈遂令崔成通告沿河各放排工人，照此办理。那些放排工人闻此，俱高兴地欢呼雀跃，齐赞韩愈之明德。

时至九月中旬，一连数日飓风不止，大雨滂沱，街道之上尽是积水。崔成向着韩愈道：“这数日大雨，看来湫水两岸又要遭灾了！”

“哦！”韩愈闻此，不由一怔，向着崔成道，“大人此话怎讲？”

崔成道：“每年夏秋之季，俺这潮州飓风频发，大雨不息：一是海水倒灌；二是山洪下泄。这湫河之水，便会溢上岸来，淹没农田。即将收割的稻粟便被所毁，百姓往往叫苦不迭。这几日大雨比往年更加厉害，看来今年的灾情一定不小！”

韩愈听后，不由心中一沉，道：“原来是这样！走，我们到江边去看看。”崔成听此，不由一惊，看着韩愈道：“这怎么行？雨还未停止，这路上都是积水，怎么行走？”

韩愈望了望外面还在不停下着小雨的天空，道：“这雨已经小了，听你刚才一说，我这心里就像压了块石头一样，不去看个究竟，今天晚上这觉也睡不好。”

崔成听此，知韩愈把百姓的事看得比天还大，心中想的都是百姓的祸福得失。只好道：“若此，待下官去传两名差役过来，我们一同前往。”韩愈听后方点了点头。

韩湘见此，忙去给韩愈取来斗笠蓑衣，披到韩愈身上。大家相携走出州衙，只见街上洪水奔流，树木房屋不少被毁，一片狼藉景象。

大家撩起上衣，挽起裤腿，踏着泥水来到城外，只见湫水两岸洪水滚滚，一片汪洋；稻禾庄稼全部浸没在白茫茫的水中。不少百姓冒着大雨，正在洪水中抢收还未完全成熟的稻粟。

韩愈见此，不由心中一震，向着崔成道："这里是否年年都是这样？"

"是的。"崔成道，"老百姓辛辛苦苦种的庄稼，往往因这水灾化为乌有；这也是俺潮州百姓穷困的原因之一。"

"那为什么不在这湫水两岸筑起堤坝，挡住洪水泛滥？"韩愈望着被洪水淹没的农田，不解地问道。

崔成望了望茫茫洪水，不由叹了口气道："这沿河筑堤，工程浩大，需要大量钱粮才行；州府哪来得这项开支？故而历届刺史大人都是到此看看，只能望水兴叹，不了了之！"

韩愈听此，不由感慨地道："事在人为，天下没有办不成的事！这河水年年泛滥，给百姓带来多大灾难！身为百姓的父母官，若不能为百姓治理这水患，这官当得岂不亏心！"韩愈讲到这里，向着崔成道：

"远古时代的大禹，为了给天下百姓治水，竟三过家门而不入；禹死后，其子启继承大禹遗志，仍治水不息。有一年发大水，他不顾家中老母安危，带着百姓昼夜守护在河道上，结果大水冲入他的家中，八十岁的老母从家里逃出，爬到门前一块大石上，方保住了性命。后人为赞颂和纪念禹和启为百姓忘我的治水精神，便将这块石头称为'启母石'，现还存放在中原嵩山的福先寺中。"

"大人讲得不错！"崔成道，"天下官吏若能都像尧舜、禹汤那样，世上灾难何患不除，百姓岂无安乐之日？"

韩愈激动地道："我们回去后，好好商量一下，这水患一定要予以治理；至于钱粮之事，我们想办法解决就是！"

"好！"崔成听此，也不禁激动地道，"若是能治住这水害，俺潮州百姓可算是又烧了高香了！定会世世代代感激大人呢！"

第131章
聚众谋三策筹资金　亲勘察治水绘宏图

却说韩愈冒雨察看罢湫江水灾回到府衙后，遂召集司马崔成、判官董轩、司户赵轲和海阳县令徐晋到来，商议治理湫水之事。

大家听罢韩愈治理湫水的设想后，是既兴奋又担心。赵轲道："这湫水之灾，乃我潮州百姓一大祸患，也是历届州府想办而不敢办的事情！若能予以治理，其功可与祭除鳄患、兴教办学相媲美！"

董轩看了看大家，担心地道："这治理湫水虽是件好事，但要沿河修堤筑坝，并非易事！要比祭除鳄患，重建州学工程大得多。不仅需要一大笔钱粮，而且挖土筑堤，还要毁坏庄稼，占用农田，这里面的麻烦事多得很，需要有个妥善办法才行，否则，只能是说说而已！"

韩愈听后，不由点了点头，道："二位大人所说不错：一是这治理水患，乃是关系到百姓根本利益的大事，是非办不可的；二是这项工程耗资巨大，牵涉面较宽，需要周密计划，上下齐心协力才行！"他说到这里看了看在座之人，继续道：

"在这方面有三个问题需要解决：一是资金钱粮如何筹集；二是工程如何进行；三是涉及青苗和占地如何赔偿处理。请大家各抒己见，谈谈自己的看法。"

崔成看了看左右，向着韩愈道："这修堤治水，乃是为百姓办好事，涉及青苗和占地之事都好办，最主要的还是资金钱粮的筹集。"

韩愈听后点了点头，只见赵轲拈着长须，沉思片刻，向着韩愈道："关于资金钱粮的筹集，下官倒有个想法，不知是否可行？"大家闻此，都不由看向赵轲。赵轲继续道：

"这治理水患，乃是一项利国利民的公益事业，是否可采取谁受益、谁负担的办法：由州县拿一部分；百姓们分摊一部分；动员有钱的商贾富户再捐助一部分来解决。"

韩愈听此不由微微笑着点了点头，只见董轩疑惑地看着赵轲道：

"让老百姓分摊一部分，怎么个分摊？现在这人，富者一毛不拔，不愿出；穷者连锅都揭不开，没钱出。他们岂能把钱给你？"

赵轲看了一眼董轩，不由微微一笑，道："董大人莫急吗，听下官把话说完。"然后向着大家继续道：

"这湫水两岸有良田数千顷，尽是上好的沃土。每年水灾造成巨大损失，若是治理了水患，这两岸百姓得益匪浅。让他们出点钱粮，他们绝不会有啥怨言！"赵轲说到这里，看了看董轩一眼，继续道：

"这修堤筑坝，一是靠钱，二是靠人。我们可采取有钱出钱，有力出力的办法来进行。"

"这办法不错！"崔成听后，不由点了点头，向着赵轲道，"不知这有钱出钱，有力出力，如何实施，大人可有良策？"赵轲向着韩愈道：

"下官估计：修筑这拦洪堤坝，两岸按十里计算，计土工约十万个，需要钱粮一千缗左右。这湫水两岸的农田有上千顷，先按每亩农田十文钱均摊收取。土地多的多拿，土地少的少拿，将来不够时再进行分摊。凡穷苦百姓无钱交纳者，可以出工顶钱，每天按十文工钱计算，多干的还可以多得。"

"好！这办法不错！"韩愈听后不禁拍案而起道，"赵大人所言甚善，我看咱们就按这办法进行，采取三条渠道筹措资金。"然后转向海阳县令徐晋，道："这修堤治水乃是百姓的大事，州县都要尽最大力量，多拿一些钱粮出来，大人意下如何？"

"行。"徐晋忙点头答道。韩愈接着转向大家道："这治理湫水，工程巨大，而且牵涉面较广，州县要上下协力，办好此事。整个工程由崔大人为总管，赵大人和徐县令为副总管，负责具体实施。不知三位大人意下如何？”

“谨遵大人吩咐，下官定竭力办好此事！”崔成等人忙答道。韩愈看了看大家，继续道：

“至于修筑堤坝所损坏青苗，占用农田，如何赔偿，崔大人和徐县令可先商议个办法，我们下次会议再定；后天，由州县共同召开有四乡里正、工商富豪参加的治水筹备会，传谕治水方案，安排筹资事宜；秋收一结束，咱们马上动工开始！诸位看怎么样？”

“行！”大家听此，都不由热血沸腾。

九月十五日，潮州治理湫水筹备大会在州衙大堂召开。从四乡前来参加会议的乡绅里正、工商巨头，互相拱手寒喧，交首探问，欢聚一堂。

巳时左右，韩愈在崔成、徐晋的陪同下来到会场，顿时沸腾的大堂便安静下来。韩愈望了望与会人员，道：

“今日将诸位请来，有一事与大家共商：大家来时，路上可能已经看到，这湫水两岸白茫茫一片，千顷良田尽为洪水所淹没；大家辛苦一年所种植的稻禾，大部分将付诸东流！据说年年都是这样，不仅百姓叫苦不迭，本职闻此也甚感痛心！”韩愈讲到这里，看了一眼在座之人，只见大家俱现出关注之色，遂继续道：

“为此，本职决心治理这水患！近日与几位大人商定，计划沿湫水两岸修筑堤坝，以阻洪水，为百姓彻底解除水患之忧。不知诸位意下如何？想听听大家的意见。”

那些乡绅里正听此，俱现出惊喜之色，随即议论起来。只见沙头镇里正上官仪站起身来，向着韩愈振奋地道：

“这湫水年年泛滥，成为我潮州又一大害！多少世代以来，百姓们都盼着能够予以治理！然而几百年，上千年过去了，这种盼望却遥遥无期，终难实现。今日大人欲治理这湫水之灾，实现大家的千年梦想，我们潮州百姓是一千个赞成，一万个支持！”

“上官兄说得极是！”上官仪刚说罢，河湾村里正徐尚礼马上站起接口道：“这治理湫水，是为我们潮州百姓又办了一件大好事，是大家早就想办，但又无法办到的事！其工程浩大，费用难筹，不知州府是如何打算的，这钱粮如何筹措？”

徐尚礼讲罢，与会人员俱现出关注之色，一齐看向韩愈。韩愈看了看大家道：“这治理湫水，不仅关系到百姓的世代利益，而且工程巨大，需要巨额钱粮。这也是已往历届州府不敢承办和今天会议要与大家商议的主要问题。州府打算，其费用一是州县各拿一部分；二是百姓们分摊一部分；三是鼓励工商有识之士捐助一部分。具体办法请崔大人给大家讲一讲。”

韩愈说罢，众人不由齐把目光又转向崔成。只见崔成看了看大家，遂将谁受益谁负担的筹资原则和方法；及有钱出钱，有力出力的要求讲了一遍。大家听后，遂响起一片低低的议论声，只见河东村里正蒋仁贵看了看左右，向着崔成道：

“这……这治理水患，我们赞成，是否每亩摊派十文钱多了一些，能否公家多拿一点，嘿嘿！”说罢，又看了看左右，道：“大家都说说，大家都说说！”

只见旁边一满脸横肉的乡绅道：“蒋员外说得很是，这些年旱涝不断，稻禾歉收，这家中老的老，小的小。每日开销甚大。在座的谁家没有几顷地，一下要拿出好几吊银子，确实有点困难！”

“还有哪！”这个满脸横肉的乡绅刚说完，后排一身着儒衣之人站起道：“听说有的地方，官府打着治水的旗号，年年摊派收取钱粮，可水没治住，钱却进了个人的腰包！”那人讲到这里，看了看左右，向着韩愈继续道：

“我们知道韩大人政清风廉，一心为百姓办事，但下面那些办事之人，岂能都是吃素的？怎能确保这些钱不被他们私吞？都用到治水上，让我们放心才好！”

韩愈认真听着他们的发言，有时皱了皱眉头，有时又点头微笑。待他们讲罢，方站起道：

“诸位所讲甚好，有的说出了心中的疑虑，有的提出了很好的建议。本职就大家所言，讲三点看法：第一，这治理水患，乃是关乎我们千家万户的公益事业，咱潮州州小赋薄，财力有限，必须依靠大家的力量，才能办成这巨大工程；第二，治理水患，乃是功在千秋，利在眼前之事，从州县到咱们每家每户，都要做出奉献才行，否则，这治水工程将永远办不成！现在我们紧一紧，拿点钱，把水患治理了，将来子孙万代就会永远受益！”

韩愈讲到这里，只见下面之人不住频频点头，他看了一眼蒋仁贵和那个胖乡绅，继续道：

“前两天，岭南节度使孔大人，赠送本职纹银二百两，同时因本职家人众多，恐有阙乏，又每月增拨俸银五十缗给本职，这些钱本职决定全部捐给治水工程！”

韩愈讲罢，顿时又在全场引起一阵赞叹声。韩愈待议论小歇，继续道：“第三，刚才那位先生讲，担心这治水之钱流入个人腰包，这种担心不为过分，在很多地方确实存在这种现象。为了保证每一文钱都用在治水工程上，州县一是有崔大人、徐县令亲自审批每一项开支；二是每五天公布一次收支帐目；三是请大家推选出数名德高望重之人，参加工程管理，监督工程的收支进出。一旦发现有牟取私利中饱私囊者，定严惩不贷！”

韩愈讲罢，遂在会场中又响起一片热烈赞誉声。只见上官仪站起身来，激动地道：

“听了韩大人的这番话，我们心中更加有数了，韩大人不仅为我们筹划治水工程，而且把朋友馈赠的钱财都捐献出来！难道我们自己的事情，还不应拿出钱来吗？”上官仪讲到这里，看了看左右，继续道：

“本人有田产三顷零四十亩，按每亩十文收费，共计三缗零四百文银子，本人将一文不少，按期交给州县，另外再捐助纹银一百两给治水工程！”

“好！上官先生主动捐助治水工程，真乃令人敬佩！”韩愈听后，高兴地鼓励道：“本职表示衷心感谢！”韩愈讲罢，只见河湾村里正徐尚礼马上站起道：

“这治理水患，乃是为子孙万代造福。现在每年水灾损失巨大，我们所分摊的治水费用，要不了三年两载，就可全部收回，这是一本万利之事！我们还有什么可说的！本人有田五顷，计费约五缗银子，除按期上交外，也向工程捐助银子一百两，绝不落在上官兄之后！”说罢，看了看上官仪。

“好！好！”韩愈见此，更加高兴。这时只见后排刚才发言，身穿儒服之人，站起道：

“刚才草民一听说出钱治水，就想到其他地方一些官府，借为百姓办事之名，行中饱私囊之实的情形，甚是担心。现听了韩大人的三条保廉举措，立释心中之虞。草民有田产两顷零三十亩，所摊钱粮二缗零三百文，草民不敢与上官兄和徐财主相比，除按时交纳外，另捐纹银五十两给工程！”

“谢谢！谢谢大家的支持！”韩愈听后，忙致谢意，崔成和赵轲见此，也不由激动万分，喜笑颜开。韩愈看了看大家，振喜地道：

“刚才听了几位乡绅的发言和捐助，使本职感慨难抑，有大家的鼎力相助和慷慨解囊，这治理湫水无忧也！”韩愈讲到这里，转向崔成和徐晋道：

“你们商议一下，这治水工程结束后，要在这江边建立功德牌，凡是捐助治水钱粮者，俱镌名于上，以彰千古！”

崔成与徐晋听后，俱点头称是，全场之上又响起一阵欢腾之声。随之，那些与会的乡绅里正、商贾富豪，俱纷纷站起表态捐献。崔成等人见此，高兴得神采飞扬，笑眯了眼睛。

治水筹备会后的第二天，韩愈不顾身体有疾和秦济阻拦，又带着崔成和徐晋等人，来到湫水两岸勘察治水方案，此时虽飓风和大雨已停息数日，但两岸洪水还未完全消退，低洼之处仍是一片汪洋。

大家挽着裤腿，踏着泥泞，沿着湫水两岸边走边看。此时虽值九月中旬，但潮州地处岭南，仍然烈日如火，炎热难禁，大地被烤得直冒青烟，闷热得如蒸笼一般。中午时分，大家来到城南，只见一片低洼水泽挡住去路。

崔成看了看满面汗水，气喘吁吁的韩愈道：“这水中杂草丛生，深浅难测，淌过去十分危险；绕过去又需走很远的路。不如暂且回去，等过两天这水落下后再来察看不迟。”

韩愈望了望四周，道：“这一片地势低洼，河道弯曲，地形十分复杂。此段堤坝如何修筑，需要详细勘察，才能作出方案。而且工程图纸需要尽快画出，咱们还是蹚水过去吧。”

崔成看着韩愈有些发白的面容，担心地道：“大人这几日身体欠安，天气又这么热，我们已跑了一个上午，若从水中过去，大人这身体怎受得了，有个闪失可怎么办？”

“多谢大人关照！”韩愈向着崔成勉强笑道，“俗话说‘不入虎穴，焉得虎子！’我这身体能顶得住。”说着，遂撩起上衣，又将裤腿向上挽了挽，首先向水中走去。韩湘一看，忙上前扶住。崔成与赵轲见此，俱为韩愈的认真态度和奋不顾身的精神所感动，忙也跟着跳到水中。

韩愈扶着竹杖，在水中边走边和崔成等人指点交谈，蒸气和热浪不住地向他扑来，他渐渐感到头晕目眩，心中发慌，不由眼前一黑，便一头向水中栽去。韩湘慌忙一把扶住时，衣服已被湿透弄脏。

崔成等人不由心中一惊，忙和韩湘一起，将韩愈背到高岗之上。只见韩愈脸上苍白，汗流全身，大家不禁一阵心酸。赵轲道：“大人本来有疾，又奔走了一个上午，怎禁得住这烈日蒸烤，这是严重中暑！”

韩愈醒来后，还要继续再往前勘察，经大家再三劝阻后，方返回府衙。当晚便高烧不止，竟一连病了数日。

时至九月末，稻粟已收割完毕。韩愈病情稍有好转后，又带着崔成等人沿江经过数日勘察，制定出了详细的施工方案。十月一日，治理湫水工程拉开战幕。

这天，韩愈带着州县大小官吏，来到湫水两岸，亲自参加筑堤施工。只见河内河外，人欢马叫，人如潮涌。那些前来做工的四乡百姓，或挑担、或推车、或挖土、或排水；按照指定地段，在热火朝天地大干着。

韩愈望着湫水两岸，龙腾虎跃，人山人海的施工百姓，高兴得满脸堆笑。他脱去外衣，从春儿手中拿过铁锹，就往河里跳。一旁赵轲忙上前拦住道：

“大人这身体刚刚痊愈，今天来到工地，就是对百姓的最大鼓舞，且莫再到河里去干活了！若要再累出病来可怎么办？”

韩愈笑道：“我的病已经好了，少干一会儿不会有啥事。”边说边已下到河中。韩湘见此，忙提着两个箩筐来到韩愈跟前，韩愈遂弯腰挖了一锹泥土，装入筐中。周围的官吏和衙役见此，忙都跟着跳入河中，大干了起来。

不一会儿，崔成和徐晋赤着双脚，一头大汗地走过来。这几天，二人是既筹措资金钱粮，又安排各村的施工地段，忙得跑前跑后，昼夜不闲。韩愈见二人过来，高兴地道：

“各项工程都安排就绪了吧？今天来上工的有多少人？”

“都安排好了！”崔成擦了一把脸上的汗水道，“各村的工程款全部到位；凡是贫困家庭没钱交纳工程款的，都核定了具体出工天数，并公布于众。凡前来做工的百姓，每天免费供应一顿午饭；下午收工时，遂发给当日工钱。”

“好！”韩愈听后，高兴地点了点头。徐晋接口道：“刚才我们到各村工地去看了一下：今天出工的人数不下两万人。有不少百姓是全家出动，上至六七十岁的老人，下到十二三岁的孩子。他们说这是给自己干活，给子孙后代造福，有多大力，就要出多大力！”

“好！好！”韩愈听后，更加高兴。崔成感慨地道：“若要像今天这样，这第一期工程，要不了一个月，就可全部竣工！”

韩愈欣喜地望了望湫水两岸像长龙一样的施工人群，放下手中铁锹，搓了搓手上的泥土，向着崔成振喜地道：“走，咱们一块到前面看看百姓施工！”韩湘见此，忙放下手中箩筐，搀扶着韩愈来到岸上。

那些正在干活的百姓见韩愈挽着裤腿，一身泥土地走了过来，俱停下手中活计，欣喜地望着韩愈赞叹道：

“这就是韩大人？你看一身泥土，和我们一样来修河堤！”

“真是个大好官！一心为咱们老百姓着想，咱潮州老百姓算是有福啦！”

“你知道吗？这韩大人为了重建州学，把全部俸银都捐给了学堂；这次为修筑河堤，治理水患，又把朋友赠送的银子，全部捐献了出来！”

“世上怎有这样的好官！莫不是天上的神仙下降，来搭救咱潮州的百姓吧？……”

韩愈等人边走边看来到沙头镇工地。上官仪见韩愈到来，忙迎了上来，望着韩愈一身泥土，关切地道：

“听说大人身体欠安，今天怎又亲自前来参加修筑堤坝？”

韩愈不由笑道：“前时偶染小恙，现已基本大好；眼下全州百姓都在工地如火如荼地修筑大堤，本职岂能高卧病榻乎！”说着，看了看正在施工的百姓，道：

“你们镇分了多长地段？今天出工多少人？到月底能完工吗？”

上官仪随着韩愈边走边道：“我们镇分了三百丈长，今日到工地干活的正式工八百零五人，临时工三百余人；到月底完工没问题！”

“哦！怎么还有正式工和临时工之分？”韩愈听后，不由很感兴趣的问道。

“是这样的。”上官仪道，“这八百零五人，是正式来做工或顶工程集资款的，每天必须是晨来暮归，为正式工；另外三百余人，多为老弱妇孺之人，是自愿前来干活的，可随来随去，镇里只管饭，不给工钱。”

“哈哈！原来是这样！”韩愈一听，不由欣喜地道，“不过既是临时工，只要干了半天活以上，也应该给些工钱，按劳付酬吗！”

“那是，那是！”上官仪忙道，“还是大人考虑得周全，一心为着百姓着想！”

韩愈看了看四周正在干活的百姓，向着一位年逾花甲，正在平整道路的老汉道：“老爹贵姓？今年多大高龄？家中有几口人？种了几亩田？今天家里来了几个人？”

那老汉直起腰来，向着韩愈道：“小老儿姓李，今年已六十有五；家中有两个儿子、儿媳和三个孙子、两个孙女，共十口人，种了三十亩薄田；今天全家都来了。”说着指了指正在干活的人群道：“那在河中挖泥的是大儿子，挑担的是二儿子，旁边正在装筐的是两个儿媳；这边抬着筐子跑的，是两个小孙子。”

韩愈顺着李老汉的手指望了望，笑着道：“老爹是正式工，还是临时工？”

“临时工,临时工！”李老汉道,“只有两个儿子和儿媳是正式工，他们是来干活顶治水款的；小老儿和两个孙子都是自愿来干，尽义务的！”

“老爹自愿来修河堤不吃亏吗？”韩愈看着那老汉故意问道。李老汉正色道：“吃什么亏？这修堤治水，是我们人老几辈做梦都盼着的事，现在终于实现了，过去想干还干不成哩！再说，大人为我们老百姓治水灾，把朋友给的钱都捐了出来，我们出点力算什么！”李老汉说到这里又看了看湫水两岸的干活人群，振喜地道：“只要修起了这河堤，挡住了洪水，将来子孙万代再也不用担心这江水泛滥，农田被淹了，你说吃亏不吃亏？前几天，当大家听说大人要带领百姓治理水灾，全镇人高兴得敲锣打鼓，欢呼雀跃，天天为大人念佛呢。今天全镇有一半人家，锁上房门，全家来到工地。”

韩愈听此，高兴地连连点头，道：“谢谢大家！谢谢大家！由大家齐心协力，这洪水一定能够治住！”

韩愈同那老汉说罢，又与上官仪交谈了一阵方离开沙头镇工地，他没有想到百姓的劲头这样大，高兴地频频与迎面相遇的百姓打着招呼。

第132章
双旌山亲手植橡木　州学堂挥毫“鹦鹉赋”

韩愈带领潮州百姓，采取三条筹资渠道，亲自勘定治水方案，不到月余时间，便迅速在湫水两岸，筑起十里多长的拦洪大堤，锁住了洪水之患。潮州吏民无不交口称赞，对韩愈更加敬佩。

一日，韩愈携韩湘来到州学察看，只见赵德和几个先生，正带着学生在笔架山上种植树木。一见韩愈到来，忙拱手相迎。韩愈看了看漫山遍野的植树学生，欣喜地道：

“‘十年树木，百年树人。’看来先生是两者齐举也！”赵德忙道，“这种树育人，虽为两件不同之事，但其性质和意义却完全相同，都是为国家培育栋梁之材。”

“先生说得不错！”韩愈望了望植下的树苗，道：“这广植林木，不仅能绿化家园，培植栋梁之材，而且可抵御风沙，减少飓风灾害；同时又能锻炼和培养学生的健康体魄，可谓一举三得也！”

“大人说得很是！”赵德也不禁感慨地道。韩愈从地上捡起一棵树苗。看了看道：

“记得十年前，学生在阳山为令，那地方一到夏秋之季，便飓风频发,毁坏农田房屋。被百姓称为‘阳山三害’,学生见此十分忧心。当地一老农告诉学生：只要将周围山上都栽上树木，就能治住飓风。学生遂动员全县的百姓上山植树，仅当年就植树一百多万株，不知现在情况怎么样了！那些树木是否已经成林，飓风是否有所减小？”

赵德听后，感慨地道：“这植树也和育人一样，不仅要年年不断，而且还要精心维护培养，才能使其茁壮成长，成为参天森林，方能为百姓做出贡献！大人离开阳山后，其他县令能否继续描绘大人的宏图，直接关系到这些树木的命运。”

韩愈听后，不禁点了点头。拿起手中的树苗看了看，道：“这棵树苗是什么树？”

“是棵橡木。”赵德看了看那棵树苗道，“这种树现在已非常稀少。”

韩愈听后，不由一振，向着赵德道：“听百姓传说，这橡木为‘文树’或‘儒树’，种植此树者，家中必出文人和秀才，可否是真？”

赵德听后，不由点了点头道：“大人说得不错，俺这潮州历来有这种说法，相传昔日孔夫子周游列国，在此树下聚徒讲学，当夫子讲到精妙之处时，忽然满树繁花怒放，香飘数里之外。夫子大悦，道：‘此树开花，乃吉祥之兆。我道将昌盛光大，天下必文士辈出！’遂将此树称为儒树。之后，其弟子散居诸国，此说遂传之潮州。从此官宦富豪之家，多栽种此树，希望能出个文人状元，以光宗耀祖。”

赵德讲到这里，不禁有些憾意地道：“可近五十年来，由于州学废毁，人们对读书渐渐失去兴趣，这橡木也就种得少了。”

韩愈听后点了点头，道：“此种传说，虽纯属虚构，然而却是人们的一种美好愿望。”说罢拿着树苗，走到双旌峰下一块平地中央，道：

“这块地方不错，背靠青山，面向碧水，俯瞰整个潮州城。我们把这棵橡木栽在这里，借借这个传说的吉言，让它预示着我们潮州的教育事业兴旺发达，文人辈出无穷！”

“大人这个提议太好了！”赵德闻此，高兴地道。遂去拿来一把铁锹。韩湘忙接过铁锹，在韩愈站的地方挖了个坑；韩愈遂将树苗亲手栽下。

赵德看了看栽下的橡木，高兴地道：“大人乃当今文坛泰斗，亲手植下这棵橡木，将来俺潮州定会儒教大盛，成为书香之邦！”

“若能这样，乃学生之所望也！”韩愈也不禁欣喜地道——据说这棵橡木成活后，生长茂盛，形如华盖，花开红白，香飘十里之外；凡花盛之年，潮州必科举大丰。百姓遂有以花之繁稀，卜科名盛衰之传俗。宋淳熙十六年（1189年），知军州事丁允元，将城南的文公祠迁建于橡木之后，从此这里遂成为潮州吏民祭拜韩愈的圣地。邑人郑兰枝曾赋诗歌之曰：

高植一株耸翠峦，侍郎手泽依栏干。根深八月蟠祠古，叫毓双旌度岁寒。授影参差侵曲水，奇花多少映祠坛。为人若问科名事，游指芳林旧姓韩。

韩愈植罢橡木，随同赵德来到学馆，赵德忙将韩愈邀入大堂。

大家用罢茶后，韩愈抬头看了看大堂陈设，只见两边墙上各挂着一幅名人字画，窗下书架上摆放着各种书籍；但正面墙上却是空着，不由向着赵德笑道：

"先生，这正面墙上何故空着？"

赵德看了看墙壁，向着韩愈道："此处正要请大人予以帮忙？"

韩愈一听，不解地看着赵德，道："此话怎讲？"

赵德道："此大堂乃学馆议事之处，正面墙上需悬挂一幅文豪大家的作品，方能相称。草民寻觅多日，未能如意。前日，几位先生在此相议，俱言大人乃当今文坛泰斗，不仅文行朝野，而且为我潮州主宰，想请大人在此留下墨宝！不知大人可否愿意？"

韩愈听罢，不由笑道："学生对书法并无深究，所书纯属随意涂鸦，难登大雅之堂，岂不遗笑他人！"

"大人特过歉了！"赵德认真地道，"大人之字，遒劲郁勃，潇洒奔放。具有真卿之风骨，张旭之神韵，褚遂良之英气！行草相间，浩气溢于笔端。请勿推辞为盼。"

一旁韩湘见此，向着韩愈道："赵先生真心相邀，我看爷爷之字，龙飞凤舞，大气磅礴，乃是当今天下最好的！就答应赵先生吧。"

韩愈听此，不由看了看那正面墙壁，道："既是让学生献丑，此处需有一幅辞赋为好，学生一时从哪里寻来？"

"有！有！"赵德见此，不禁高兴地道，"大人若是愿意挥毫，草民这里有一现成辞赋。"说着，从书案中拿出一纸，递向韩愈道：

“前日大家议论及此事，共推王维的《白鹦鹉赋》为好，草民已抄录于此。”

韩愈接过《白鹦鹉赋》，不由笑道：“此赋王右丞写得实在是好，学生也甚爱之，挂在此处最妙！”

赵德道：“王维一生善工于诗，然而这篇辞赋却写得相当惊人！”

“是的！”韩愈道，“王右丞在诗歌上的成就，可与李杜相媲美，不论其边塞诗或山水诗，都有不少脍炙人口的佳作。特别是他的边塞诗，多能以慷慨激昂的情调，抒发将士为保卫疆土而献身的英雄气概；他的山水诗，继承了谢灵运的诗风，但又抛弃了谢诗的晦涩堆砌的缺点，达到了很高的造诣。”

“大人说得极是！”赵德道，“特别是王维的《山居秋暝》中那‘空山新雨后，天气晚来秋。明月松间照，清泉石上流’之句，和《使至塞上》的‘征蓬出汉塞，归雁入胡天。大漠孤烟直，长河落日圆。’等句，写得精彩绝伦，空前绝后，给人以身临其境之感！”

“是的。”韩愈看了看手中的《白鹦鹉赋》道，“王维的《鸟鸣涧》、《九月九忆山东兄弟》和《送元二使安西》等，写得更是感人。特别是那‘渭城朝雨浥轻尘，客舍青青柳色新。劝君更尽一杯酒，西出阳关无故人’和‘独在异乡为异客，每逢佳节倍思亲’之句。让人情动神往，铭心难忘！”韩愈讲到这里，顿了顿，继续道：

“不过，王右丞虽在诗歌领域震古烁今，但在政坛和仕途上却不尽人意。他的后半生不仅过着亦官亦隐的安逸生活，而且安禄山陷两京后，竟受伪职；晚年更是‘长斋奉佛’，遁入参禅悟道的空门之中，实在让人遗憾！”

“大人说得不错！”赵德道，“王维出身豪门，自幼受佛释影响颇深。他的名和字，均取之《维摩诘经》中的维摩诘居士。维摩诘是佛门弟子，却过着世俗贵族的奢华生活；王维的实际生活跟维摩诘很相似，不仅以‘维’为名，而且取字‘摩诘’。”

韩愈听后，不由感慨地道：“人无完人，金无足赤，不说这些了！”说罢，遂走到案边。这时韩湘已将墨磨好，赵德忙展纸于案，将笔润了润，递给韩愈。

韩愈挽起衣袖，略一思忖，遂挥动管毫，一气将此赋呵成。只见所书，每字有四五寸大小，行草相间，酣畅淋漓，飘若游云，矫若惊龙。

韩愈书罢，赵德高兴地手舞足蹈，连连叫绝。第二天即请来工匠，将此书装裱后，悬挂于大堂中央。据说此事很快在潮州传开，远近官吏闻此，纷纷前来观赏临摹，遂成时风。清李调元在《题韩祠诗》中感慨地写道："官吏尚镌鹦鹉字，儿童能诵鳄鱼文。"

此后，由于岁月变迁，几经周折，此赋流至广州。雍正年间，潮州知府龙为霖以重金购归，勒石于韩公祠东。不久，后人又将其迁至潮州西湖的"景韩亭"中。此是后话。

韩愈从学馆回来后，崔成向着韩愈道："过去每年秋收之后，州县官吏都要到海边去祭祀太湖之神：一是还愿昔日许诺；二是以求来年风调雨顺。今年大人是否前往？"

韩愈虽对祭神祷告不感兴趣，但想到海边就是潮阳县，离灵山寺不远，大颠去后已有数月，甚是思念，正好借此前往一谒。便道："既是年年如此，今年我们也还去吧。正好顺便到灵山寺去看看大颠和尚。"崔成听此，遂去准备祭祀事项。

三日之后，韩愈带领崔成、赵轲、徐晋等人，在韩湘、春儿的跟随下，顺湫水而下，傍晚时分到达潮阳县。潮阳县令郑筠，已事先接到通报，等在城外迎候。大家相见罢，遂相携进入城内，晚上郑筠在县衙为韩愈等人置酒洗尘。

第二天一早，大家来到海边，只见浩瀚大海，波涌连天，腥风吹拂，惊涛拍岸。郑筠已令人在海滩之上设下祭坛。巳时左右，韩愈率领州县大小官吏登上祭坛，在锺磬音乐声中，亲自焚香设祭，手捧祭文念道：

维年月日，潮州刺史韩愈谨以清酌庶羞之奠，祭于太湖之神。

维神降依兹土，以庇其人：今兹无有水旱雷雨风火疾疫为灾，各宁厥宇，以供上役；长吏免被其谴。赖神之德，夙夜不敢忘。谨具食饮，躬斋洗，奏音声，以献以乐，以谢厥赐，不敢有所祈，尚飨！

祭罢太湖之神，韩愈等人随郑筠返回潮阳县城。下午，韩愈向郑筠言道，欲前往灵山寺拜谒大颠之意，郑筠欣喜地道：

“下官正要请大人前往灵山寺一游，这下我们是不约而同了。”韩愈听此，遂问及灵山寺的位置和离城远近，郑筠道：

“这灵山寺坐落在城西五十里的幽灵山上，寺院宏伟，佛事极盛；周围景色旖旎，紫气环绕，乃岭南第一名胜之处；而且主持大颠和尚，满腹经纶，高雅绝俗。前往拜佛求学之人，络绎不绝，踏破山门！”

韩愈听后道：“这大颠三个月前曾前到潮州，与本职促膝交谈数日，果是一位佛门高人！不仅文章奇秀，而且德高操洁，谈吐风雅，实是难得之奇人！”

郑筠点了点头道：“大人说得不错，明日下官陪同大人一块前往。为大人牵马引路。”韩愈听后十分喜悦。

第二天，崔成、徐晋等人因游过灵山寺多次，且急于回去办公，不愿再到灵山寺去。韩愈便让他们先行返回；自与赵轲、韩湘随那郑筠乘马前往灵山寺而来。

午时左右，大家来到幽灵山下，果见此山奇峰叠秀，祥云环绕；松柏参天蔽日，奇花飘香沁人；潺潺溪水流于青石，哗哗飞瀑悬于崖间。大家望着这碧山秀水，无不赞叹称奇。

韩愈在马上边往前走，边向着郑筠欣喜道：“这幽灵山，恬静幽雅，灵气横溢，可谓名副其实。怪不得大颠要在此处结庐建寺也！”

“大人说得不错。”郑筠道，“此处山岚云岫，奇花争艳，鹤鹿嬉戏，猿啼莺歌，确是人间仙境。那大颠云游到此，便与此山结下不解之缘。”

大家说着，又转过两个山口，只见远处苍松翠柏之间，现出一座禅院；并隐隐传来锺磬之声。郑筠扬鞭遥指道：“前方就是灵山寺。”

大家催马来到寺前，果见这灵山寺与他寺更有不同，只见：山门高耸，古松掩窗随风动；殿宇巍峨，鹤栖阶前朝天鸣；祥云盘绕上空，霞光横穿林间。

大家正欣赏着这寺院景色，只见那大颠和尚已闻讯迎出山门。向着韩愈笑道：“我说今日怎紫气东来，鹤鸣不断，原来是贵人大驾光临，此真乃山寺之荣幸也！”

大家见罢礼后，韩愈欣喜地道：“大师府衙一别，一晃数月过去，学生梦绕魂牵，思之若渴，实难忘怀！昨日到海边祭祀太湖之神，特顺道前来看看大师，以酬宿愿！”

大颠也道：“贫僧何尝不是这样？本想再度一谒，因闻说大人正在带领百姓治理水患，怕有碍公务，故未敢启程！”二人说罢，遂相携进入山门。

下午，大颠陪同韩愈等人观看了灵山寺的前后殿堂，晚上韩愈等人宿于山寺，与大颠畅谈之三更方登榻休息。第二天，大颠又陪同韩愈等人游览了幽灵山的各处景观，三日后，韩愈等人方回。

第 133 章
遭奸谗内移任袁州　离职前奋力雪民冤

且说韩愈在灵山寺游览两日，夜夜与大颠促膝长谈。第三天方辞别大颠，返回潮州。大颠恋恋难舍，亲送韩愈至海边。

韩愈回到潮州不久，即从长安传来一个令他既振喜又遗憾的消息，他将被移任到袁州去做刺史。这年秋天，也就在他带领潮州百姓竭力办学馆、治水患之际，在京城的朝堂之上，也为他的任用擢迁之事，展开了一场激烈争斗，他再次遭到奸佞所谗，被抛向了袁州。

事情还得从两个月前说起，这年的七至九月，宪宗李纯先后接到韩愈的《潮州刺史谢上表》、《贺册尊号表》和孔戣关于韩愈莅潮后除鳄鱼、兴教育的奏疏，深为韩愈的勤政爱民、精忠报国精神所动，对贬谪韩愈到潮州颇有悔意。

一日，宪宗在德政殿与宰相裴度、崔群、皇甫镈等人议政。宪宗向着众人道："朕近读《玄宗实录》，见开元初明皇锐意求理，励精图治，至十六年后，稍似懈倦；开元末又不及中年，何也？"

崔群历来敢言直谏，因近两年来宪宗迷恋酒色，崇信佛老佞臣，遂对曰："玄宗少历民间，身轻迍难，故即位之初，知人疾苦，躬勤庶政；加之姚崇、宋璟、苏頲、卢怀慎等人守正辅弼，孜孜献纳，故致治平。及后承平日久，安于逸乐，渐远端士，而近小人。宇文融以聚敛媚上心，李林甫以奸邪惑上意；加之以国忠，故及于乱。愿陛下以开元初为法，以天宝为戒，即社稷无疆之福也！"

旁边皇甫镈听后，不由面红耳赤，知崔群在借古讽喻自己，不禁暗暗骂道："不知死活的狂徒，竟敢屡屡与老夫为敌，早晚要让你知道老夫的厉害！"皇甫镈刚想到这里，只见宪宗又道：

"近接岭南节度使孔戣奏疏，言道韩愈谪贬潮州后，励精图治，广施教化，除鳄患，建州学，政声入云。百姓莫不赞于口，而颂于道。而且韩愈在前时的谢表中，也一再表示痛悔之意。不该妄论佛骨，有失君臣之道。朕怜其忠心可悯，英才难得，欲召回京师，重新任用，不知众卿意下如何？"

"皇上圣明，所言极是！"裴度听后大喜，忙道，"韩愈谏论佛骨，虽语言激烈，有犯君颜，但忠心可昭日月，实为大唐社稷和黎民百姓着想。速召回京，乃朝廷社稷之福也！"

崔群忙也接口道："韩愈昂霄耸壑，欺霜傲雪，且胸怀王佐之才，腹有安邦之术。故入潮数月，即铲除鳄患，恢复州学；宣圣德于南疆，施教化于蛮夷。实乃国之栋梁也！皇上若赦去其过，召回朝堂之上，可谓皇上圣明知人，有尧舜、太宗之圣德耳！"

宪宗听罢，不由点了点头，正要表态，只见皇甫镈道："下官认为不可！"这皇甫镈以谄媚欺蔽取得相位，与宦官陈弘志、吐突承璀等狼狈为奸，专一蒙蔽宪宗，弄权朝堂。现见宪宗有召回韩愈之意，裴度崔群极力拥赞，不由心中一惊：他知道韩愈乃当朝第一诤臣，不仅政声蜚然，而且敢言直谏。若是回到朝堂，与裴度、崔群联手一起，对自己更加不利。便向着宪宗道：

"韩愈虽对朝廷忠心耿耿，胸怀安邦之才，然其人恃才傲物，狂妄不羁，屡犯圣颜。陛下若怜其才，感其忠，可内移他郡即可；无需调其回京。否则，朝堂之上，将永无宁日也！"

宪宗闻此，沉吟未语。身旁陈宏志小声地道："这韩愈狂妄成性，目无皇威。虽在谢表中严词自责，然此不过是形势所迫，韬晦之计。如今朝中君明臣和，一派祥和景象；这韩愈若是回到朝堂，不知又会生出什么事来！请陛下三思！"

这宪宗历来崇信宦官之言，现听陈宏志讲罢，遂道："那就先让韩愈内移一郡吧，诸位看放置何处为好？"

皇甫镈听此，不由心中一喜，忙抢先道："现江西袁州缺一刺史，可让韩愈移至袁州为好。”

裴度与崔群见此，既为皇甫镈和陈宏志的谗毁所愤恨，又为韩愈不平和叹惜。正要再奏，只见宪宗道：“好吧！就依皇甫爱卿所奏，让韩愈先到袁州去吧。若在袁州仍治理有声，再另行擢迁。”

裴度与崔群见此，知难以挽回，只好暗暗为韩愈叫屈。

唐元和十四年十一月下旬，韩愈正式接到移任袁州的诏令。潮州上下吏民，既为韩愈高兴，又为韩愈的调离而失望和惋惜。

韩愈移任袁州虽为平调，但袁州地处岭北，较潮州自然条件要好得多，而且更重要的是袁州离韶州不远，北移袁州即可与家人团聚，这对韩愈来说不能不是一个巨大的惊喜。虽然他莅潮七个多月，已与潮州百姓结下了血肉相依之情，但对贤妻和爱女的思念，令他不禁心动神飞。

这日，韩愈刚送走前来传递诏令的官差，正与崔成、赵轲、徐晋等人在谈论调任之事，只见赵德也闻讯前来。大家见礼罢，赵德遂向着韩愈关切地问道：

“听说大人要移任袁州，可有此事？”

“是的。”韩愈听后，点了点头道，“传递诏书的公差刚刚离去。”

赵德听后不由叹了一口气道：“大人这一去，从此潮州再无刺史也！”

一旁崔成闻此，向着赵德奇怪地道：“大人北移，不仅离京城又近了一步，而且即将和家人团聚，我们应为大人高兴才是，先生何故叹息？同时，大人北移，朝廷还会另派刺史前来，怎说潮州从此再无刺史？”

赵德不禁又叹息一声，向着崔成道：“大人北移，我潮州百姓将从此失去大人的德政和恩惠，岂不让人痛惜！大人此去，虽然朝廷还会再派刺史前来，但再也不会有大人这样德高操洁、掞藻飞声、以民为天、励精图治之人了！若是那郡令太守不如大人，有刺史岂不是和无刺史一样吗？”

崔成听此，好像有点似懂非懂地看着赵德。旁边赵轲接口道：“乐善兄讲得不错，昔日大人在东都为温处士赴河阳军作序中曾写道：‘吾所谓空,非无马也;无良马也。’‘苟无良,虽谓无马,不为虚语也。’今乐善兄所言，岂非此意乎？”

“大人说得极是！”赵德道。大家刚说到这里，只听外面传来阵阵吵杂之声，只见秦济进来，向着韩愈禀道：

“衙前来了一群百姓，言道河东村王三上吊自杀，前来报案。”

大家一听，都不由一愣。韩愈忙道：“王三何故上吊？”

“好像是王三欠了谁家的钱，女儿被拉去顶债。”秦济道，“王三不依，与之发生争执。后竟寻了短见。”

韩愈听此，不由愤慨地道：“去传那些百姓进来问话。”

“慢着！”秦济听后刚转身要走，崔成忙拦住秦济，向着韩愈道，“大人即将移任袁州，需要做些准备；这人命案子，错综复杂，不知要牵动何人。大人就不要染手此案了,交由海阳县去查办就是。”

韩愈向着崔成道：“多谢大人好意！学生虽已接到诏令，但还未离任；查处此案，乃是本职之责，岂能推诿不管！况且此乃人命关天的大案，更不能视而不见，无动于衷！”说罢，又向着秦济道：“你快去传他们到院子中来。”那秦济听后，只得转身离去。崔成见此，感动地道：“大人真乃我官吏之楷模，百姓之再生父母也！”

正说着，秦济已带着十几个百姓来到院中。韩愈忙走出书斋，令春儿搬出几个凳子，让其中几个年长之人坐下说话。然后向着他们道：

“王三为何上吊？请诸位详细说来，本职定为其讨个公道。”

那几个人互相看看，其中一年长之人道：“草民俱是王三的邻居，王三老伴去年下世，膝下只有一女，名叫小翠，年方一十五岁；只因王三去年给老伴治病和办理丧事，欠下蒋财主一笔阎王债，小翠便成为蒋财主的奴仆。前天，蒋财主派管家吴富到王三家中要人，双方发生争执。昨天一天未见王三出门，今日草民到他家中一看，王三竟已上吊，故特来向大人报案。”

韩愈听此，暗道：“定是那蒋财主抢其爱女，致使王三痛不欲生，方走上绝路。”遂向着崔成道：“这是人命大事，走，带上仵作，我们一块过去看看。”

崔成见此，知拦阻不住，忙着人去传唤仵作，随同韩愈一块向河东村而来。

大家来到村中，进到王三家中一看，只见王三已被邻居从梁上取下，放在地上。韩愈走上前，掀开盖在王三身上的烂草席一看，只见王三身上满是血污，不由心中一愣，遂叫仵作上前验尸。那仵作将王三尸体察看一遍，向着韩愈道：

“王三并非上吊而亡，而是死后被人挂在梁上。以在下看来，这王三是被殴打致死。”

韩愈闻此，不由一惊，向着周围的围观百姓道：“王三是如何死的？你们中间可有知情者？”只见其中一年轻汉子气愤地道：

“去年王三老汉为给老伴治病，向蒋财主借了五十文钱，到今年连本带利共一百文。王三已还了蒋财主八十文，还欠下二十文未还。前天，蒋财主管家吴富，带着家丁来到王三家中，说王三借债过期未还清，女儿小翠已成了蒋财主的奴仆，拉着小翠就走，那小翠哭喊着死活不去。这王三老汉就这么个独生女儿，原指望招个上门女婿，好给自己养老送终。忙跪在地上苦苦哀求：说过两天一定将所欠之钱全部还清。那管家吴富竟昂着头不予理睬，喝令家丁将小翠带走。王老汉见此，上去拉着女儿不放。吴富竟抬腿一脚，将王老汉踢翻在地，正巧撞在院中的石桌上，王三老汉当场挣扎了几下，便惨死在血泊之中。那管家见此，弯腰看了看，竟拉着小翠，扬长而去。”那青年汉子讲到这里，向着韩愈奇怪地道：

“谁知当天晚上，王三的尸体竟不知去向；今天早起，大家到王三家中一看，这尸体竟然自己回到家中上了吊。”韩愈听此不由气愤填膺，向着崔成道：

“此乃强抢民女，殴打致死人命，后又伪造自缢现场，妄图逃脱罪责之凶杀案，实乃奸恶之徒所为！传令立即捉拿蒋财主和管家吴富到案。”

崔成听此，迟疑一下，方嘱咐身后衙役去传唤案犯之人。在返回路上，崔成向着韩愈道：“大人可知蒋财主其人乎？”

“学生不知！”韩愈听此，不由看着崔成问道，“这蒋财主有何靠山不成？”

崔成道：“这蒋财主名仁贵，乃是这河东村的里正，家有良田数十顷，奴隶不计其数，为潮州第一富豪。其妻舅乃江西观察使衙门判官。一说大人便知此人。”

韩愈一听，不由道：“原来是此人！我说怎如此无法无天！当初与那清风道士狼狈为奸，以祭祀鳄鱼为名，骗取百姓钱财的是他；后蛊惑百姓到州府请愿，要本职收回成命的也是他；前时我们采取筹资治水，在会上鼓动他人拒绝出钱的还是他！看来此人确是个有恃无恐，为富不仁之徒。”

“大人说得不错。”崔成道，“此人十分奸恶，大人查办此案，需要分外慎重，以免打蛇不死，反受其害。”

韩愈听后，不由冷笑道：“小小一个地方豪绅和一个节度判官，有什么可惧？难道他比当今皇上还威风？比奸相李逢吉、皇甫镈还阴险凶恶不成？本职这次倒要煞一煞他的威风！”韩愈说罢，顿了顿，又向着崔成道：

“这案子好像是因王三借债未还清，蒋仁贵欲拿他女儿为奴而引起。难道这潮州也有蓄奴之风？”

“有！有！”崔成道，“这岭南各地均有蓄奴之弊，而且潮州更甚。”

“哦！”韩愈听后，不由一惊道，“这是何故？”

崔成道：“俺这潮州只因地处岭南荒蛮之境，朝廷鞭长莫及，王法礼仪不行，故这蓄奴之俗至今未能破除。形成目前状况的原因有三：一是因潮州百姓比它处更加贫穷，故借债还不清沦为奴隶的就更多，就像王三女儿一样。二是在潮州，父母是奴隶者，其子女一生下来便成为奴隶，称为‘家生子’，这些人将世代为奴，难逃厄运，使奴隶人数不断增加。三是在俺这里，奴隶就像牲畜一样，可以随意买卖。一些有钱的乡绅富豪，就将那些失去生计的穷苦百姓，买来变成奴隶，以驱使他们为自己种田做工。因此，俺这潮州的奴隶便越来越多。”

“原来是这样！”韩愈听后，不由正色道，“自秦汉以来，历朝俱明令废止蓄奴之制，这潮州虽属荒蛮之地，但也系朝廷疆土，岂能任其长期如故，成为套在百姓身上的枷锁？学生一定要破除这蓄奴之弊，解救百姓于倒悬！”

崔成听此，不由振喜地道：“若此，是大人又为潮州百姓办了一件大好事，只是大人即将离任北移，恐怕已来不及了！”

“不！学生不办好此事，绝不离开潮州！”崔成听此，不禁钦佩地看了看韩愈。

大唐泰斗 韩愈

文起八代之衰　道济天下之溺

“百代文宗”　“泰山北斗”

河阳柳◎著

（六）

中州古籍出版社

·郑州·

第134章
惩恶绅严令释奴隶　别潮州断肠留官衣

韩愈回到府衙的第二天，即传齐有关案犯证人，准备开堂审理王三一案。潮州百姓闻说韩愈亲自审案，俱前来观看。一时大堂门前人头攒动。

那蒋仁贵虽有恃无恐，十分奸恶，但见韩愈政清风廉，才雄德茂，心中颇有惧惮。故前天闻知管家吴富将王三殴打致死，忙连夜令人伪造了个王三自缢的现场，企图减轻罪责。

昨天，他获知韩愈亲自到王三家中验尸查案，已感大祸临头，急得在屋内团团打转。夫人钱氏见此，不解地道：

“老爷身为里正，在潮州乃豪绅之首，况且有我兄弟在江西衙门为官，听说那韩愈即将调任袁州，难道他一点面子都不给老爷！还会对老爷动真的？”

蒋仁贵沮丧地道：“夫人有所不知，这韩愈非同他人，乃是当朝有名的诤臣，是个认死理的硬骨头，从不把朝野权贵放在眼里，他连皇上的过错都敢当众指责，难道还会惮惧你家兄弟不成？”

“那！那可怎么办？”钱氏听此，也有点着慌，道：“老爷总得想想办法，总不能坐以待毙吧？”

二人正在发愁，只见一旁管家道：“听说这韩愈虽然是个迂腐的道学者，但对百姓的请求没有不允的。沙头镇的上官仪、河湾村的徐尚礼与那韩愈交往颇厚，老爷何不请他二人前去为老爷求个人情。这事说不定会大事化小，小事化了。”

蒋仁贵听此，眼睛不由一亮，忙让吴富去请二人到来。上官仪和徐尚礼来到蒋仁贵的家中，问及何事如此惊慌。蒋仁贵遂将王三之事简略叙述一遍，二人听后，都不由大惊。

上官仪道：“蒋兄怎做出此等事来？这人命关天之事，岂能说说就可罢休不成？”徐尚礼也接口道：

“要是别人，倒还好说。这韩愈虽然与我等交往颇善，但此人刚正不阿，风清操洁，在大是大非面前是一是一,二是二的，让其徇情恐怕很难。”钱氏听此，忙道：“只要那韩大人不给老爷治罪，我们情愿将那小翠放回，并赔一些银子与她，只求二位看在与老爷多年交往的情分上，一定要前去说一说。”

二人见此，只好道：“那我们就前去试试看吧。”

今早，韩愈刚刚起床，那上官仪和徐尚礼便联袂来访。韩愈听二人说明来意，遂将王三被殴伤致死的经过说了一遍。二人听后，也深感愤慨和惋惜，俱道因受蒋仁贵所托，不得不来，请韩愈依法论处就是。

这日巳时左右，审理王三一案开堂。韩愈端坐公堂之上，崔成、徐晋分坐两边。蒋仁贵和吴富等人在深沉的堂威声中被带进大堂，忙跪倒在地。

韩愈看了一眼蒋仁贵和吴富，只见二人满脸沮色，昔日威风荡然无存。便威严地道：“王三是如何死的，你二人可从实招来？”

那蒋仁贵此时已知在劫难逃，忙将事情的前因后果如实说了一遍。韩愈听后，知其不敢隐瞒，遂将证人和仵作传上堂来，取了证言和验尸记录，令蒋仁贵等人在供状上画了押。然后向着蒋仁贵道：“我朝《六典》明文规定，杀人者偿命；各地官绅不得买卖蓄养奴隶，尔等逼人为奴，竟致死人命，可知罪否？”

那蒋仁贵忙道：“在下知罪，不过王三之死，实乃误伤，并非有意杀害，还望大人从宽处置；这买卖奴隶，以人抵债，在岭南各地都是如此，还请大人明鉴，从轻发落。”

韩愈见此，道：“这王三之死，虽属误伤，但情节可恶，后尔等又伪造现场，妄图逃脱罪责，其应罪加一等。但念尔等认罪还算主动，故本职从轻发落。”韩愈说到这里，横扫了他们一眼，继续道：

“一是马上放回民女小翠，并赔偿王三安葬费和小翠生活费纹银五十两；二是凶手吴富杖责三十，发配琼崖充役。尔等可愿意？”

“愿意！愿意！”蒋仁贵忙磕着头道。韩愈横扫了他们一眼，继续道：

“蒋仁贵身为里正，竟逼人为奴，致死人命，已触犯我大唐刑律，按典应杖责三十，牢禁五年。现念其认罪尚好，改判为罚交纹银二百两，由府衙施舍给穷苦百姓。并释放家中所有奴隶，今后不得再逼人为奴、买卖奴隶。汝可答应？

“答应！答应！”蒋仁贵忙又磕头应诺，韩愈看了一眼蒋仁贵，向着左右道：

“这买卖蓄奴之俗，乃有悖我大唐律典，我潮州从即日起将废除此俗，一是家有奴隶者，不论何人，一律放回；并不得索要身价。凡十天之内不放人者，州县若查到后，将按律论处。二是今后不得再逼人为奴和买卖奴隶，凡违者定严惩不贷。”

韩愈讲罢，只见大堂外围观的群众中，马上发出一阵赞誉之声。韩愈看了一眼大堂内外面呈惊喜之色的吏民，向着崔成道：“明日即通告各县和贴出告示，限十天之内释放所有奴隶，凡逾期不放者，将从严治罪。”

“是！”崔成忙点头应诺。

这次韩愈在即将离任潮州之际，不仅审定了王三一案，为王三讨回了公道，而且严令废除了潮州数千年的蓄奴之俗，使潮州百姓彻底摆脱了奴隶制的枷锁。百姓对韩愈更加感激。

两天之后，韩愈在崔成和赵轲的陪同之下来到湫水河边。莅潮八个月来，他对这块热土已经怀上了深深的情感，想在临离开之前，再看看他曾经为之付出过巨大心血的地方。

在韩湘的搀扶下，韩愈登上刚刚竣工不久的拦洪大堤，他极目四望，只见新修的大堤如两条巨龙，伏卧在湫水两岸；河中碧波滔滔，放排工人，身着水布，唱着山歌，推着水浪，飞驰而过。他不由感慨万千：

——在这里，他为了给百姓铲除鳄患，曾采取“明修栈道，暗渡陈仓”的办法，违心地上演了一场祭除鳄鱼的闹剧！

——为了广施教化，推行礼仪，并解除放排工人之忧，他亲临江边，访疾问苦，实地考察，巧设水布。

——为了根治这湫水之患，他不顾身体有疾，冒着风雨察看灾情；顶着烈日堪定筑堤方案，竟累倒在这江边茫茫泥沼之中……

“别了！潮州的山山水水！”他想到这里，不由心中涌现出一股难以控制的眷恋之情，顿觉有一种惆怅之感。

崔成望了望韩愈多少有些心情沉重的面容，感慨地道：“大人莅临潮州短短八个月，竟使俺这潮州山变、水变、人也变，潮州百姓将会世世代代永远不忘！”

“崔大人说得不错！”赵轲望着湫水和大堤，接口道，“大人这一离去，潮州百姓将会万分痛惜！定会世代对大人顶香膜拜！”

韩愈听此，不由心中更加沉重，向着二人道：“两位有些言重了！本职莅潮州八个月来，虽为百姓做了点好事，但这既是应尽之责，也是大家鼎力相助，奋发蹈厉的结果！现在学生看到这一草一木都感到亲切，真有点难舍难分，实不愿离去，怎奈弱妻幼女远在韶州，不知他们近况如何，又实实放心不下，故不得不往！”韩愈说到这里，不觉有些语咽，他顿了顿，向着二人继续道：

“学生走后，还望二位以潮州百姓为重，殚精竭虑，把潮州治理得更好，以不负百姓所望。”说罢，眼睛不由一湿。

崔成和赵轲见此，也不禁心里沉甸甸的，忙道：“请大人放心，下官定以大人为楷模，不论将来朝廷派何人前来为刺史，下官都会精诚配合，竭力为百姓办事的！”

韩愈听后，点了点头。大家说着，走下湫水河堤。

韩愈同崔成、赵轲离开湫水河堤后来到州学。赵德见韩愈等人到来，忙邀入大堂，捧上茶来，韩愈呷了一口茶，向着赵德道：

“这两日学生思来想后，实难与先生分离，想请先生一块到袁州去任职，不知先生意下如何？”

时赵德已被委任为海阳县尉兼潮州推官，并专务州学事宜。他听后，不由微微笑道：“多谢大人美意，下官前日闻说大人要离开潮州，真有天塌地陷之感，当时曾想追随大人前往袁州，时时聆听大人的教诲。可近两日冷静一想，还是留下为好。”赵德讲到这里，不禁感慨地道：

“一是下官久居山野，不谙官场之道，害怕跻身于尔虞我诈的官场争斗之中；二是这潮州学堂废毁五十余年，今日方刚刚恢复，就像一棵种下不久的小树，需要及时浇水培土一样。学堂离不开下官，下官也离不开学堂。下官热衷教育事业，决心将毕生精力献给潮州的学子们。”

韩愈听后，不由点了点头，钦佩地道：“先生真乃道德高深之人也！若此，学生也不强求，潮州的兴教安邦大业就靠先生了！”说罢，遂走到案前，提笔赋诗一首，赠予赵德。赵德接过看时，只见韩愈诗曰：

别赵子

我迁于揭阳，君先揭阳居。揭阳去京华，其里万有余。不谓小郭中，有子可与娱。心平而行高，两通《诗》与《书》。婆娑海水南，簸弄明月珠。及我迁宜春，意欲携以俱。摆头笑且言，我岂不足欤？又奚为于北，往来以纷如？海中诸山中，幽子颇不无。相期风涛观，已久不可渝。又尝疑龙虾，果谁雄牙须？蚌蠃鱼鳖虫，瞿瞿以狙狙，识一已忘十，大同细自殊。欲一穷究之，时岁屡谢除。今子南且北，岂非亦有图？人心未尝同，不可一理区。宜各从所务，未用相贤愚。

赵德阅罢，不禁珠泪横流。向着韩愈道：“知我者，大人也！下官绝不负大人所望，定以大人为师，鞠躬尽瘁，兴学重教，让圣道在潮州兴化光大！”

“好！好！”韩愈高兴地道，“若此，潮州定会成为南海书香之邦！”

三日后，韩愈启程离开潮州。经广州前往袁州赴任。闻讯前来送行的百姓拥塞于道。从州府到渡口的道路上，站满了扶老携幼的人群。人们惙怛伤悴，延颈举踵，向着韩愈致意。

赵德和上官仪、徐尚礼等一帮乡绅里正，更是一早便来到州府，流着眼泪陪同韩愈走出府衙。韩愈刚来到街上，便被前来送行的百姓围住，为首一老者向着韩愈道：

“大人还认得草民吗？”然后指着周围之人道，“我们都是河东村的百姓，闻说大人今天要走，特来为大人送行！”

韩愈仔细一看，认得是刚到潮州下乡察访时，在路边遇到帮助埋葬被鳄鱼所吞吃的赵二那些人。忙道：“大爹这一向可好！村里这半年多再没有被鳄鱼伤害之人了吧？”

“没了！没了！”那老者高兴地道，“自从大人祭除了鳄患，这湫水之中连个鳄鱼的影子都没有了。百姓们安居乐业，都在天天为大人念佛哩！”

韩愈听此，不禁满意地点了点头。那老者指着身旁手提竹篮，带着两个孩子的妇人道：“这是赵二的婆娘，听说大人要走，昨夜煮了一篮咸鸭蛋，说让大人带着路上吃；我说大人乃是官家，路上岂无吃喝之处？她说大人是她和孩子的救命恩人，这是她们母子的一点心意，非让我带她们前来不可！”

那妇人听老者说罢，忙含着眼泪，将竹篮捧到韩愈面前，扑咚一下跪下道：“请大人收下勿弃！”

韩愈忙弯腰扶起那妇人，连道谢谢。然后从那妇人篮子中拿出一个鸭蛋，道：“本职留下这一个，就算大嫂的盛情全领了！剩下的，大嫂请带回，让孩子吃罢，就算是本职送给他们的。”

那妇人听此，不禁热泪盈眶。那老者又指着身边穿着孝服的一年轻姑娘道：“这是小翠姑娘，前天村里将其父亲王三安葬入土。听说大人今天要走，非要前来当面向大人道谢不可！”

韩愈抬头一看，只见那小翠眼含珠泪，荆钗布衣，年约十五六岁的样子。那小翠听老者说罢，也"扑咚"一声跪倒在韩愈面前，啜泣道：

"多谢大人救命之恩！大人为俺爹申了冤，又搭救俺出了苦海，俺下辈子一定变牛变马报答您！"

韩愈忙一把扶起小翠，道："不要哭，应该高兴才是！这都是本职应该做的。"然后向着那老者道：

"村里的奴隶都放回来了吗？"

"放回来了！都放回来了！"那老者高兴地道。然后又指了指周围的人群道："这些人都是奴隶，有的还是家生子，人老几辈都是奴隶，像牲口一样，现在全自由了！"

那些人听老者讲罢，便"扑咚"一声，一齐向韩愈跪下。连呼："谢谢韩大人，您的大恩大德，俺潮州人将永世不忘！"

韩愈忙道："大家都快起来！"边说边向前将他们扶起。那老者向着周围百姓道：

"天不早了，让大人上路吧。愿大人一路顺风！"周围百姓听此，忙左右分开，给韩愈让出一条道来。韩愈见此，只觉身上热血沸腾。他真有点不愿离开这些可亲可敬的潮州人。

韩愈在崔成、赵轲、董轩、徐晋和赵德、上官仪、徐尚礼等人簇拥下，从欢送的人群中通过。当来到大街十字路口处，又被前来送行的沙头镇百姓围住。只见李老汉领着两个儿子和三个孙子，跨前一步，向着韩愈道：

"大人乃我们潮州百姓的大救星，不仅为我们除去了鳄患，还为我们治理了水害，我们潮州百姓将世代不忘大人的恩德！"说罢，从儿子手中拿过一个篮子，捧向韩愈道：

"我们穷苦百姓，没有啥送给大人；这是今早刚蒸的新鲜年糕，请大人带上，一旦路上吃饭不应时，可先充充饥，略表我们一点心意！"

韩愈见此，忙道谢谢。向着李老汉道："学生已备有干粮，这些请老爹拿回去，给孩子们吃吧。”然后又向着李老汉问道：“这次修筑河堤，老爹全家出了多少个工，治水款全顶够了吗？”

“够了！够了！”李老汉高兴地道，“两个儿子和媳妇做了二十多天。计得工钱一千二百多文，除扣去治水款三百文外，还净落七百多文，全家人高兴地合不拢嘴。”

“这就好！这就好！”韩愈听后欣慰地道。

大家揖别沙头镇百姓，刚向前走了数步，只见道路两边站着百十名学子，一见韩愈到来，便一起挥手致意。只见两名十五六岁的孩子，手中拿着一迭诗稿文章，跑到韩愈面前，向着韩愈施礼道：

“这是我们州学十名学子作的文章，送给大人，作为我们为大人送行的礼物！”

“好！好！”韩愈见此，大为振喜。忙伸手接过诗稿文章。那两名学子继续道：

“我们潮州已有五十多年没有读书之声，是大人用自己的俸金为我们恢复了学堂，使我们重新拿起了书本。这些文章，我们虽是初学习作，写得很不像样，但将来一定会雕龙绣虎，文惊天下，成为大唐南海的书香之国！”说罢，退回原地。

“好极了！”韩愈高兴地扬起手中的诗稿和文章，向着左右的崔成和赵德道：“这礼物重似千金，比什么都宝贵！本职收下！”然后向着周围的众学子道：

“希望大家好好读书，学业有成，人人都成为国家的栋梁之才！将来齐家、治国、平天下，为我们大唐社稷和黎民百姓做出丰功伟绩，使我潮州成为文明书香之盛邦！”

那些学子听此，俱一起欢呼跳跃，齐道：“我们一定衔胆栖冰，努力读书，绝不辜负大人的希望，愿大人一路平安！”

韩愈挥手辞别众学子，来到湫水渡口。时江上那些放排工人，听说韩愈要调走，俱停下木排，在此等候观看，见韩愈到来，一齐挥手致意。韩愈望着他们身着水布的矫健身姿，也欣喜地与他们拱手相问。然后在崔成和韩湘的搀扶下登上舟船。

这时跟随前来送行的百姓，已挤满了整个码头，有的挥手，有的痛哭，有的在默默念佛祝福。韩愈站在船头，频频向岸上的百姓挥手致意。客船在吏民的欢呼声中，缓缓起锚离去。

下午，韩愈客船到达潮阳。潮阳县令郑筠已在渡口迎候。晚上郑筠设宴为韩愈接风并饯行，酒宴至二更方散。

第二天，韩愈因思念大颠决定绕道幽灵山，向大颠辞行。大家便弃舟乘马，来到灵山寺。那大颠闻说韩愈要移任袁州，竟是笑一阵、哭一阵，若癫若痴。

韩愈因赶路心切，在灵山寺只停留半天，便欲辞行。大颠痛哭流涕，抚膺顿足，如丧考妣。韩愈也回肠寸断，难分难舍。

大颠向着韩愈道："大人此去，贫僧将失去剖心析肝之挚友！你我天南地北，今生只恐再难有相见之时！大人能否与贫僧留下一物，使贫僧能经常观之，见物如见大人也！"

韩愈见此，也是激动万分，遂脱下外衣，赠与大颠。大颠接过韩愈官衣，视若珍宝，紧紧抱在怀中。据说韩愈走后不久，大颠即在潮阳建一"留衣亭"作为纪念，这是后话。

再说那大颠见韩愈去意急迫，不敢强留，挥泪将韩愈等人送出幽灵山。崔成、郑筠、赵德等人还要再送，韩愈坚持不依，大家只好含泪揖别。

韩愈谪贬潮州，历时将近八个月，至此画上了一个圆满的句号。他莅潮州短短不到一年时间，除鳄患，兴教育，修水利，释奴隶，创下了惊天地、泣鬼神的绝代政绩，被潮州百姓视为神人。潮人不仅自宋真宗咸平二年以来三次修建韩文公祠，使其成为历经八百年香火不断，占地约百亩的宏伟建筑和祈拜圣地；而且将湫水改名为"韩江"，把笔架山改称为"韩山"，把韩愈入潮所经过的码头注名为"韩渡"；同时，还把大街命名为"昌黎路"；把学校取名为"昌黎小学"。并在韩愈祭除鳄鱼的江边建立"祭鳄台"；在西湖山坡上建立存放韩愈手书《白鹦鹉赋》的"景韩亭"；在韩愈遇见大颠的地方建立"叩齿庵"，这在历代官吏中是绝无仅有的。

第十八卷

袁州泽万民

第 135 章
韶州城悲女抒忠心　南华寺访僧倡古文

韩愈离开潮州，快马加鞭，半月后到达广州，岭南节度使孔戣在府衙热情地接待了他。

韩愈在广州期间，遇到了韶州刺史张蒙派来迎候他的公差张元、宋刚二人。两人向韩愈传达了张蒙对韩愈北移的祝贺，并禀报了其家眷在韶州的情况。韩愈听后心情大悦，便决定到韶州与家人团聚后，在韶州停留游玩几日，遂向张蒙赋诗一首，令张元二人先行带回，在诗中他写道：

> 曲江山水闻来久，恐不知名访倍难。愿借图经将入界，每逢佳处便开看。

此时韩愈归心似箭，在广州只停留了一日，便辞别孔戣，继续乘舟北上，十二月底到达韶州。时张蒙已接到张元、宋刚回报，早已带着韩滂、建中等人在渡口迎候。大家一见，真是悲喜交加，珠泪横流。

张蒙拉着韩愈的手，将韩愈上下看了一遍，高兴地道："好！好！好！完好无损！这身体好像比去时更结实了些！看来上天有眼，不负忠良！"

韩愈也欣喜地道："学生虽命运多舛，处处碰壁，然上天还多少有些垂怜！虽有惊，但无险！这把朽骨看来非带回故土不可！"

此时韩滂、建中等人忙上前向韩愈施礼请安。韩愈看了看韩滂十分瘦弱的身体，不禁心中一沉，遂道："你奶奶、妈妈都好吗？"

"好！好！"韩滂抹了把眼泪道，"奶奶和妈妈，正在家中等候爷爷呢！"

韩愈点了点头，遂与张蒙一起登上前来迎接的车驾。韩滂、建中忙与韩湘、秦济见过礼后，帮其将行李搬上车子，大家遂相携离开码头。

韩愈随同张蒙来到韶州府衙，时卢夫人已接到禀报，带着家人俱在庭院等候。大家一见，更是喜不自禁，热泪滚动；想到一年前在京城生离死别的情景，及后千难万险到达这里的种种遭遇，都不由百感交集。

张蒙向着韩愈和卢夫人笑道："今日韩兄一家在此团聚，真乃可喜可贺！我们要好好庆贺一番！"

卢夫人擦了把眼泪，向着韩愈道："为妻和全家人来到这里，多亏了张大人的挽留和照顾。每天供应吃用，问寒问暖，亲如兄弟手足！否则，这南岭峥嵘，大海茫茫，我等皆妇孺之人，如何能到达潮州？这大恩大德将如何报答！"

张蒙忙道："夫人说那里话来，学生与韩兄乃刎颈之交，本应如此；况且韩兄是为了朝廷社稷和黎民百姓，方遭此厄难，学生深为感动。能为像韩兄这样忠良之臣略尽微薄之力，乃学生之幸也！何谈报答二字！"

韩愈看了看张蒙，向着卢夫人感慨地道："张大人乃当今大君子，不仅才略纵横、浑金璞玉，而且侠肝义胆、光风霁月，岂望我们报答乎？俗话说：'大恩不言谢'。这恩山情海，又何能报答得了呢！"

卢夫人听后，不由向着张蒙夫妇感动地道："若此，我们将牢记大人一家的恩惠不忘，让子孙后代，天天为大人一家念佛祝福！"

"夫人言重了！"张蒙忙笑道。大家又叙谈了一阵。张蒙道："韩兄一路劳顿，先休息一下，学生明日再于曲江阁为大人接风洗尘，现在先行告辞。"说罢拱手离去。韩愈与卢夫人欣喜地将张蒙夫妇送出大门，然后相携回到客厅。

韩愈坐下后，子侄和仆从等人，俱又分别上前与韩愈见礼问安。韩愈看了看堂前之人，不由心中一沉，向着卢夫人道：

“今日怎未见挐儿之面？前时学生几次在书信之中询问挐儿的病情，你也未与告知；挐儿现在情况如何？可有何不测？”

卢夫人闻此，不由两行热泪潸然而下，道：“挐儿她已经去世快一年了！”

“什么！挐儿她……她不在了？”韩愈闻此，犹如晴天一声惊雷：他所害怕的事情，终于还是未能避免。不禁悲痛地道：

“挐儿是什么时候死的？你们怎不告诉学生？”

大家闻此，想到挐儿之死，心里都沉甸甸的。卢夫人擦了把眼泪，遂将挐儿病死在层峰驿站的情况，简要说了一遍。韩愈听后，不禁痛哭失声道：

“是我！是我害死了挐儿也！”

卢夫人忙道：“老爷也别特难过，是挐儿她命促寿短，也怨不得老爷！就怕老爷知道了过分伤感自责，此事才未敢向老爷禀明。”

韩愈悲痛了一阵后，向着卢夫人和家人道：“挐儿之死，虽因其身体有疾，但实乃为学生之事受到惊吓和路途颠沛所致，也算是我们韩家为朝廷社稷尽忠捐躯了吧！”

第二天，张蒙在曲江阁设宴为韩愈接风洗尘，韶州大小官吏多到场相陪，酒宴至晚方散。两天后即是农历新年，韩愈虽有亡女之痛，但见新春佳节全家团圆，空前欢乐，倒也心情稍展。

岭南春来早，春节刚过，这里已是新柳吐絮，芳草如茵，花红蝶舞了。韩愈原本极喜游览名胜，加之此时心情颇佳，便决定借此游览一下韶州的奇山秀水，以抒胸中之闷气。

张蒙向着韩愈道：“这郡北有一南华寺，建于永昌元年，殿宇巍峨，景色怡人，佛事极盛。韩兄不妨前往一观。”

韩愈听罢，不由笑道：“大人若不说，学生倒是忘怀了，听说这南华寺有一得道高僧，法名秀禅，学生原欲一谒，不知大人可知此人否？”

“知道，知道！”张蒙听后不禁道，“此人披褐怀珠，风骨高雅，且貌似宋玉；原为江淮名士，风流倜傥，半途出家为僧。云游至南华寺后，便留居于此。”

张蒙说到这里，看着韩愈道：“韩兄怎知此人？”

韩愈欣喜地道：“学生在潮州，结识一佛门之人，名叫大颠，也是一位得道高僧。与学生常谈起此人，故而知这韶州有一南华寺，寺内有一和尚名叫秀禅也。”

张蒙听后，点了点头道：“这南华寺为岭南第一佛门圣地，更有高僧秀禅隐居于此，很值得一游。学生虽在这韶州为宰三载，但至今还未前往观光过，明日正好陪同大人一块前往一游。”

韩愈听后，更是喜不自禁。第二天，二人即带着韩湘、张元，相携向南华寺而来。

这南华寺坐落在韶州郡北三十里的南华山上。上午巳时左右，大家来到山前。只见这南华山奇峰叠秀、云蒸霞蔚、松柏苍郁、溪水潺潺；山中隐隐现出数处寺院道观，并随风传来微微钟磬之声。

韩愈见此，不禁向着张蒙欣喜地道：“人言韶州山明水秀，佛道极盛，看来果然如此！学生少时虽在韶州生活了三载，那时只因身为孩童，每日只知闭门读书，不晓赏游山水之乐；更兼兄长心怀忧愤，忙于政务，故很少外出。竟不知这韶州还有如此美妙之地！”

张蒙道：“这韶州地处南岭颠峰，山川相缪、奇峦高耸、江流环绕、气候湿润，溶岭南岭北景色为一体，故四季万物常青、溪流不断，致有此美景也！”

韩愈听后点了点头，大家边说边催马向山中而来。渐渐道路越来越陡峭，大家只好拉着马向上攀登。只见道路两边苍松参天，秀竹蔽日，清泉流泻，山茶怒放；远近传来阵阵猿啼鹤鸣之声。

约半个时辰，大家来到寺前，果见山门高耸，依山而立；殿宇雄伟，金碧辉煌。千年古松盘根阶前，万年虬柏横枝檐下；紫气盘绕上空，霞光撒射林间。果然又一佛门胜地。

韩愈等人遂将坐骑拴于寺前松树之下，相携进入寺内。只见院内古松横空，芭蕉掩窗；大殿丹墀之上，紫烟缭绕，火光闪闪。前来参佛进香之人，熙熙攘攘，络绎不绝。

大家看过大雄宝殿、穿过接引佛殿，经过罗汉堂，转至后院。只见一小和尚迎面走来，韩愈遂迎上前询问秀禅处所，那小和尚看了看韩愈等人，道：

“秀禅大师不在这寺中。”韩愈一听，大惑不解，向着那小和尚道，“秀禅大师不是修行在这南华寺吗？怎说不在！”

那小和尚笑了笑道：“施主看来是外地之人；这南华山上有寺院十余处，都叫南华寺。秀禅大师独身一人，在这寺后北面三里之外的落霞峰下，映月潭边，紫竹林中结庐而居，故不在这里。”

大家听此，方知原因，忙谢过那小和尚，相携往寺后而来。大家走出寺院后门，沿着山道蹊经，往前翻过两个山岗，走约三里之遥，果见一奇峰之下，现出一碧波清潭。一条清泉小溪，顺着山涧流入潭中；潭边古松荫郁参天，秀竹盈碗蔽日，依岩傍水搭建着数间茅庐。庐旁山茶争妍，芭蕉叠翠，两只白鹤栖于潭边，不时仰天发出几声长鸣。

大家见此，俱赞叹不已，遂互相搀扶着下到溪边，跨过一座小桥，来到庐前。举目一看，只见潭边松竹之下设一竹床，上卧一和尚，那和尚头耽手臂，垂钩于潭，似睡似钓，如雕塑一般。

张蒙向着韩愈道：“此僧人于卧榻之上垂钓于水，目不视它物，耳不闻杂音，倒像是一位担风袖月的隐士！”

那人听到有人到来，忙放下手中钓杆站起相迎。韩愈看时，只见那和尚唇红齿白，面如美玉，年约四旬。忙拱手道：

“大师可是秀禅师傅？”

“贫僧法号秀禅。”只见那和尚看了看韩愈等人道，“众位施主尊姓大名，何知小僧之名？请到庐内用茶。”

韩愈道：“学生姓韩名愈，字退之。”然后手指张蒙道：“这位姓张名蒙，字宏远，乃韶州刺史张大人。我们久闻大师之名，特来山中相谒。”

那秀禅听韩愈讲罢，不由眼睛一亮，惊奇地看着韩愈道：

“莫非施主就是名震朝野，纵横文坛，新古文大家韩愈韩大人吗？听说大人为谏迎佛骨，得罪当今，贬谪潮州，今日怎来到此地？”

韩愈不由淡然一笑道：“大师过誉了！学生只因妄论佛骨，被謫潮州；今受朝廷恩赦，令移任袁州，路经此地。因慕这南华山景色，又受灵山寺大颠相托，特来游赏拜谒。”

那秀禅听此，喜不自禁，振喜地道：“大颠与贫僧乃挚交道友，已有数年没有见面了，现在可好？”

“好！好！”韩愈道，“学生临离开潮州时，大颠言道：大师乃佛门高人，不仅博学广识、才藻艳逸，而且怡色柔声、超尘绝俗。要学生路过曲江时，务必到山中一谒。”

秀禅听此，振喜地道：“大人过奖了！贫僧久慕大人之名，只是无缘相见。不想今日大人竟从天而降，真乃贫僧三生有幸也！”说罢转向张蒙道：

“张大人昂霄耸壑，政声蜚然。今日大驾光临，实乃山寺之荣也！”张蒙听此，也笑道：“久闻大师之名，今日一见，果然令人惊慕！”

三人说着来到庐前，秀禅邀韩愈等人进入庐内，只见室中窗明几净，书香溢人。中间墙上挂着几幅名人字画，两边书架上摆放着各种书籍，乍看竟不像是佛门僧舍，倒像是文人书房。

大家坐下后，秀禅忙倒来四杯茶水，捧与韩愈等人。韩愈呷了口茶，向着秀禅道：“大师祖籍何地？出家已有几载？闻说大师乃满腹经纶之人，为何也遁入空门？”

那秀禅闻此，道：“贫僧乃长沙人氏，只因生性不羁，难为世俗所容，故逃脱红尘，遁入这荒山古刹之中！”

张蒙道：“听传言，大师乃为一痴情女子而出家，可否是真？”

“也有这方面的原因吧！”秀禅不由面呈凝重之色道，“贫僧青少年时，因放荡不羁，曾结识一青楼女子，那女子不仅容貌可人，善解人意，而且琴棋书画样样精通。我二人心心相映，暗许终身，然而却遭到他人诽谤和家人反对。那女子乃刚烈之人，竟为此而投河自尽；贫僧闻此，悲愤欲绝，便立誓今生不再婚娶，遂削发遁入这深山老林之中。”

韩愈等人听此，都不由现出同情和惋惜之色。大家又叙谈一阵，遂论及当今文章和文坛改革，俱有志同道合之感。秀禅向着韩愈道：

“大人乃当今文坛泰斗，今日到此，实乃贫僧之幸也！贫僧自幼喜爱诗赋文章，更加热衷古文。大人的新古文，清新奇崛，海立云垂！贫僧已收集数十篇，每日观赏临摹。今日大人到此，正好当面向大人请教其中精妙，望大人勿吝赐教！”

韩愈闻此，深为秀禅所动，不禁道：“赐教不敢，但在一起相互切磋，乃学生一生之所愿也！”韩愈说罢，向着张蒙和秀禅道：

“文章者，乃是为了抒情达意，言志载道所用。故需具备三个特征：一是辞致典瞻，文彩绚丽，善美兼备，具有强烈的吸引力。二是辞事相称，言简意明，具有强烈的震撼力。读之令人如临其境，如闻其声，如见其人，为其所动。三是语言要明快新颖，读之要顺口流畅，具有强烈的感染力。此乃作文三大要领也！”秀禅听此，不由连连点头。韩愈继续道：

“然而自魏晋以来，骈文却违背了上述三项要求，其只讲用辞用典，对仗压韵；而忽略了辞事相称和口语流畅等关键所在，沦为脱离实际，竟采浮艳之辞的文坛之弊。自我朝开国以来，先是陈子昂、张说、姚崇，后是萧颖士、独孤及、李华等人，两次发起文坛改革，其目的就是为了铲除骈文之弊，扭转文章八代之衰。”

秀禅听到这里，向着韩愈道：“上述几位名人的文章，贫僧俱收集不少；但大人的文章与他们相比，却又不尽相同；似乎其中又有不少骈文的写作技巧在内，何也？”

韩愈听后道：“骈文虽有其弊，但也有其长。我们说以古文取代骈文，并不是完全否定骈文，而是取其精华，去其糟柏；我们恢复古文，也不是完全照搬古文，而是继承和发扬其优长部分。这就是将古文的语言流畅、注重用典等写作方法，与骈文的讲究辞藻、注重美文学的写作特点，结合为一起，形成为一种新的古文体裁。这种新古文既不同于春秋、秦汉时期的诸子古文，又摆脱了魏晋以来骈文的形式束缚，而是一种辞事相称、善美并具的新的文学作品。”

“原来是这样！”秀禅听后，不由连连称妙。张蒙道：“韩兄一生为宏扬儒道、改革文坛而奔走呼号。在古文的创新和运用上，可谓震古烁今，炉火纯青也！目前这第三次文坛改革洪流，已经席卷大江南北，真真令人振喜！”

“是的！”韩愈也不禁高兴地道，“昔日学生受恩师李华所托，矢志宏扬圣道，改革文坛！那时与学生并肩为伍者，只有李观一人尔。因学生执意文坛改新，结果为朝野权贵所不容，致使学生四选于礼部方一得，三铨于吏部终无成。如今：京师有张籍、李翱、李宗闵等人；东都有皇甫湜、樊宗师、卢殷、卢同等人；江南有柳宗元、刘禹锡等人，已经形成一个势不可挡的改革洪流！”

“看来这次文坛改革定能取得全胜！”秀禅也激动地道。

“是的！”韩愈十分自信地道，“只要大家都能认识到骈文之弊，群起而攻之，骈文就会如春日之浮冰，其将会迅速被打破和融化！古文之用，就会成为滚滚春潮，势不可挡！”

秀禅听罢，不住连连点头，韩愈临行之时，秀禅向着韩愈道：“大人乃当今文坛泰斗，难得来到这深山古刹。望大人能留下墨宝，以酬贫僧渴望之情。”

韩愈听此，遂走到案边，提起笔来写道：“题秀禅师房”，然后略一思忖，一挥而就。大家看时，只见韩愈写道：

> 桥夹水松行百步，竹床莞席到僧家。暂拳一手支头卧，还把鱼竿下钓沙。

韩愈写罢，将诗稿呈与秀禅，秀禅连念数遍，爱不释手。

第 136 章
贺新皇力陈治国术　急民苦良策废陋俗

韩愈与张蒙在秀禅茅庐用罢茶后，大家遂就当今文坛改革，文章兴衰谈论起来，俱有相见恨晚之感。下午，韩愈等人离开南华寺返回城内。

第二天，张蒙又陪同韩愈游览了附近几处景观。正月初十前后，韩愈方离开韶州，前往袁州赴任。

袁州也称宜春，为江西观察使治下。韩愈到任不久。即从京城传来一件震撼朝野之事：正月二十七日，宪宗李纯竟暴卒于中和殿，二十八日，宦官陈弘志、梁守谦等人，拥立太子李恒于柩前；由司空兼中书令韩弘摄冢宰。闰正月三日，李恒即皇帝位于太极殿，是为穆宗。

此时朝野一片震骇，流言四起，俱传宪宗为宦官陈弘志与梁守谦等人所毒杀。同时阉党内部为争权夺利，发生内讧：吐突承璀欲立澧王为帝；陈弘志与梁守谦联结宦官马进潭、韦元素、王守澄、刘永偕等人，杀吐突承璀与澧王。

韩愈闻此，甚为惊疑。不久，又从京城传来消息：皇甫镈、李道古因向宪宗举荐方士柳泌，以妖术惑上，分别被贬逐崖州和循州司户；并罢黜柳泌天台州刺史之职，交由京兆府杖决处死。由段文昌为中书侍郎，同平章事，以监察御史李德裕、右拾遗李绅等充翰林学士。

韩愈闻此，振喜不已，不由仰天长叹道：“天网恢恢，善恶有报，这皇甫镈与吐突承璀，相互勾结，狼狈为奸，谄刻取荣，弄权朝堂，今日终罪有应得也！”

数日之后，朝廷诏书驰至，韩愈遂上《慰国哀表》、《贺皇帝即位表》、《贺赦表》及《贺册皇太后表》，他在表章中，引经据典，论述了治理天下的主张，对穆宗寄予了极大的希望。在《贺皇帝即位表》中写道：

> 臣闻王者必为天所相，为人所归。上符天心，下合人志，然后奄有四海，以君万邦。伏维皇帝陛下，承列圣之丕绩，当中兴之昌运；……昔者尧舜以吁嗟君臣相戒以致至治，周文王以忧勤日中不食以和万民，故能泽流无穷，名配日月。伏维皇帝陛下，仪而象之，以永多福，天下幸甚，天下幸甚！

时至三月，韩愈莅任袁州已两月有余。一日带着判官孙谦、司户周涛下乡察访，当行至南关大街时，只见数十人围在一起，观看两人在争吵斗殴。

韩愈见此，遂叫孙谦过去查问缘由，孙谦将那争吵之人带至韩愈面前。韩愈一看，只见一人肥头大耳，满身罗衣，年约四十余岁，另一人骨瘦如柴，身着儒衣，年在五旬以上。韩愈看了看二人道：

“你二人何故在大街之上争吵不休？岂不有伤教化！”

只见那胖子道：“在下姓汪名贵。”然后手指着那儒士道：“这陈百乐去年借了在下五十两银子，立契写道，若到时还不了时，原将两个家奴拿来相抵。今年到期后，其无钱相还，便将两个家奴送与在下抵债。谁知近日，他竟暗中与那家奴勾连，致使其中一人逃回他家。正好大人在此，请为在下作主，令他归还所逃匿的家奴。”

旁边那个瘦弱儒士接口道：“我家那两个奴婢，虽为下人，但小人待之甚厚；自到汪财主家后，汪财主远骂近打，百般凌辱，使其难以存活，故逃回小人之处；要小人设法为其赎身，帮其跳出火坑。小人无奈，念其旧情，又四处借贷，凑足银两，前来向汪财主为那家奴赎身，谁知汪财主坚决不依，只要人，不要钱，并扬言要处死

由于韩愈采取了合理可行的有效措施，不到月余时间，即在袁州释放奴隶七百三十一人。

那个家奴，故而发生争执。请大人可怜可怜那个家奴，保其一条性命！”

那汪贵听此，咧着嘴道：“怎的？这奴婢是我拿钱买的，我想打就打，想骂就骂，想杀就杀，让不让赎，是我的事，你管得了吗？”

韩愈听那汪贵讲此，暗道：“又是一个为富不仁之徒！”不由怒火上升，面色一沉道：“来人哪！”

“喏！”只见身后跟随的四名差役，一起来到韩愈面前。

韩愈看着那汪贵道：“将这个不知王法，没有怜悯之心的东西，杖责二十！”

那汪贵见此，大惊失色，不知何故。四名差役也莫名其妙，互相看看；见是刺史大人下令，不敢不遵，只好上前将那汪贵拖翻在地，举板打了起来。

那汪贵原想让韩愈为他作主，要回逃跑的奴隶，回去以正家法；不想竟遭此杖责，被打得晕头转向。周围百姓见此，俱感到奇怪，不知韩愈为何要打这汪财主。

二十板过后，那汪贵已是皮开肉绽，叫苦不迭。韩愈向着汪贵道：“知本府打你之罪乎？”

“在下不……不知，何……何罪之有！”那汪贵此时竟如丧家之犬一般跪在地上。韩愈看了一眼汪贵，威严地道：

“本府打你罪责有三：一是我大唐《六典》，明令禁止一切官宦士绅买卖和蓄养奴隶，你竟敢违抗不遵，这是其一；二是既已蓄养买卖奴隶，已是犯律；而奴隶也须人也，你竟敢近打远骂，百般凌辱，丧尽仁义天良，实是可恶！现已触犯我大唐刑律，这是其二；三是大街之上，你口出狂言，无视王法，争吵闹事，有伤教化，这是其三！”

韩愈讲罢，周围百姓遂低声议论起来，俱现出欣喜之色；身旁的孙谦、周涛见此，不由暗道：“人言这韩愈刚正不阿，疾恶如仇，政清风廉，看来果然不错！”那四名差役刚才还莫名其妙，现听韩愈一讲，不由俱现出敬佩之色。

那汪贵听韩愈讲罢，颤颤抖抖地道：“大人讲的这些，在下虽然也知道不对，但在俺这袁州，几千年来都是这样，奴隶可以随便买卖，就像家中的猪狗一样，可以随意打骂杀戮，官府从未加以干涉。”

韩愈不由冷笑一声道：“官府昔日未加干涉，是失于职也。今日本府受命于天子，宣圣恩于袁州，施德政于黎民；将以《六典》为准绳，视百姓为根本，不敢有违圣命也！今日将依律行事，休怪本府不讲情面。”

那汪贵至此已知遇到了耿正严官，只求宽恕饶命。韩愈道：“按照我朝《六典》，尔三款之罪，本应拘禁三年或充役边塞，念尔地处南蛮，不知王法礼仪，特从轻发落，故不再加刑。但从今之后，不得再蓄养买卖奴隶；家中奴隶要一概放回，逃走的家奴不得再行追索；并不准索要身价。你可答应？”

“答应！答应！”那汪贵此时犹如落水之狗，忙磕头不迭，旁边那位名叫陈百乐的见此，高兴地跪下道：

“大人真是青天活菩萨，为小人主持了公道。小人家中还有三个奴婢，回去后就将他们全部放回，绝不收一文钱身价。”

“好的！”韩愈高兴地道，“听你刚才所言，你那家奴卖去复还，尔竟借债为之赎身，可见汝心存仁义，实是可嘉！本府将在全州境内，予以通告褒奖！”

“多谢大人德政！”陈百乐忙感激地道。韩愈向着孙谦、周涛道：“回去后我们商量一下，这蓄奴之俗一定要彻底根除！”二人听后，遂点头称善。

韩愈回到府衙后，第二天即令判官孙谦通告各县，并张榜四乡：严禁蓄养和买卖奴隶；现有的奴隶要一律放回；并不得索要任何身价。

此通告发出不久，便在袁州引起巨大反映，穷苦百姓无不拍手称快，但在不少官吏和士绅之中却非声四起。

这日韩湘来到韩愈书房，向着韩愈道：“爷爷禁蓄奴隶之令发出后，在百姓中引起不小震动，爷爷知之否？”韩愈闻此，忙问：“情况如何？”

韩湘道:“大多数百姓连声叫好;但也有少数百姓和官吏士绅，对此颇有看法。”

过或相抵者，无条件释放;不足者，可先放回，然后再采用其他方式予以偿还，或者继续以劳役折价相抵。三是坚决废除高利贷之弊，借贷年利不得超过本金的两成，凡超过部分一律作废，不再偿付。借贷到时还不清者，可以它物和劳役相抵，但不得逼良为奴。”

“好！这办法不错！”孙谦听后高兴地道，“若是这样，不仅那些奴隶们有望放回，就是家有奴隶的富豪士绅，也无话可说。而且就连那些放贷之人，也可放心无忧了！”

“嗯！爷爷这办法不错！”韩湘听后也欣喜地道，“这样不仅解放了奴隶，而且债主们也不会感到吃亏，同时又铲除了高利贷之害，可谓一举两得也！”

韩愈听后向着二人道:“这样若行，明天就通告各县和四乡;同时州衙的大小官吏，也要一起下到各县和四乡，进行督促查访，凡违抗不行者，将予以严惩不贷！这蓄奴之俗，一定要彻底铲除！”

“好！下官立即去办。”孙谦听后，满怀信心地离去。

由于韩愈采取了合理可行的有效措施，不到月余时间，即在袁州释放奴隶七百三十一人，受到了当地百姓的热烈赞颂。

第 137 章
承托嗣痛哭柳宗元　逐旱魃祭祀袁州城

一日，韩愈正在书斋读书，只见秦济进来禀道：“桂管观察使裴行立大人着人前来求见。”韩愈闻此，不由一愣：“这桂管离此远在数千里之外，行立虽与自己交厚，但无故绝不会着人前来。定有要事相告！”忙道快请。

不一会儿，秦济带着那公差进来，韩愈忙予以赐座，让春儿捧上茶来。那差人道：“小人乃桂管衙门公人宋富，奉我家大人之命，前来向大人送上书信一封。”说着拿出一封书信，呈予韩愈。韩愈不知何事。忙接过书信拆开观看。

韩愈刚看数行，不由脸色大变，双手竟哆嗦不停，还未看完，便失声痛哭起来：“天哪！天哪！你何其不公也！”

秦济见此，不知发生了何事，惊奇地看了看那公差，向着韩愈道：“老爷节哀，何事竟如此伤感？”

“子厚去也！子厚去也！”韩愈抚膺顿足道，“苍天怎不佑英贤之人？子厚衔华佩实，昂霄耸壑，且壮年未尽，竟然与世长辞，怎不让人痛惜！”

韩湘闻听韩愈悲痛之声，不知发生何事，慌忙跑进来探问。韩愈悲痛欲绝，把书信递于韩湘，道：“子厚他去也！此乃我大唐失一栋梁，文坛殒一巨星，吾断一手足也！”

韩湘慌忙将书信浏览一遍，只见裴行立在信中言道：“柳州刺史柳宗元，于元和十四年十一月八日不幸逝世，临终遗嘱：让刘禹锡为之编撰文集；托韩愈照顾其年幼儿女，特修书哀告。”

韩湘见此，也不由心中一沉：这柳宗元不仅与韩愈交厚，竭力倡导古文，改革文坛，而且才清志高，嵚崎磊落，名震朝野。永贞元年，与王叔文、刘禹锡等人发动了震撼朝野的永贞革新变法，为世人所瞩目。他看了看韩愈，只好劝慰道：

“人命在天，此乃数也！爷爷也不要过于悲伤。”韩愈不禁顿足道：

“子厚崧生岳降，淑质英才！然才不为世用，道难行于时！被屈贬岭南一十六载，今竟匆匆而去，抛下难酬宏志和终生遗憾！”韩愈讲到这里，向着韩湘道：

“子厚与吾既非手足，又远隔千山万水；但临终之际，却遍告诸友，以寄厥子，不鄙谓余，亦托于死。可见子厚与吾情之深，信之笃也！”

韩愈说罢，已是泪湿衣襟，转向那个公差道：“子厚是怎样去世的，其家眷现在何处？”那公差道：

“柳大人去世详情，小人也不太清楚，传说是积劳成疾，后又患上了湿热症。柳大人与我家大帅交厚，我家大帅得知噩耗后，亲自到柳州去为柳大人办理了丧事。然后遣人告知连州刺史刘禹锡大人，并着小人前来向大人禀报。目前柳大人家眷仍在柳州。听说柳大人有两男二女，长子名周六，现年四岁；次子名周七，乃是柳大人去世后才出生的。”

韩愈听后，想到柳宗元之死和遗孤儿女，不觉又悲痛难禁。韩湘和秦济忙又相劝一阵，韩愈方慢慢节哀。含着眼泪又向那公差询问了柳宗元的生前情况后，方令韩湘将其送住驿馆安歇。

韩愈待那公差离去后，又拿起裴行立的书信看了看，柳宗元那音容笑貌和一生豪举复又出现在眼前：

——少年时的柳宗元，英俊倜傥，常随其父柳镇游学于两京之间；柳镇三迁殿中侍御史，辞彩精拔，热衷古文；长与韩会在一起切磋文章。

——贞元九年，柳宗元赴京求仕，金榜题名，遂与韩愈结为共倡古文、改革文坛的挚友。二人经常在一起谈论文章，评说时政，成为古文运动的统帅和主将。

——贞元十九年，柳宗元由蓝田尉擢迁御史台，竭力向时任御史中丞的李纹推举韩愈；不久，韩愈由李纹举荐，擢迁监察御史。在御史台上，二人瑰意瑜行，直谏极论，痛指时弊，为朝野所瞩目。

——永贞元年，柳宗元与刘禹锡协同王叔文，发动了震惊朝野的革新变法运动：除宫市、废五坊、贬李实……，然而由于朝野守旧势力和阉党的疯狂扼杀，革新变法很快失败；王丕、叔文先后被杀害；他和刘禹锡也被贬徙到岭南的永州和朗州为司马。

韩愈想到这里，不禁道："可叹子厚腹怀管晏之术，胸有补天之志，竟雄心难酬，抛尸异乡！"

"爷爷，还在想着柳大人之事？"正当韩愈感慨不已之际，韩湘送走那公差，从门外进来，韩愈看了看韩湘，叹口气道：

"永贞元年，子厚为了铲除宦官之害，革除朝廷弊政，实现中兴大唐之宏志，与王叔文、刘禹锡等，发动了革新变法，结果被贬徙岭南至今，致使忧愤成疾，壮志难酬，实是令人痛惜！"

韩湘听此，不禁道："听说永贞革新虽然失败，但却废除了宫市和五坊小儿之害，铲除了幸臣李实一帮奸党，其功绩昭昭，为世人所传颂。"

"是的！"韩愈点了点头，韩湘继续道，"听说当时爷爷因向皇上直言关中天灾人饥状，被幸臣李实所谗，贬徙阳山，柳爷爷曾多次向王叔文、韦执宜陈述其冤，欲此昭雪。"

"确是如此！"韩愈不禁热泪盈眶道，"当时因阉党从中使奸，致使革新派发生内讧。韦执谊怕王叔文力量增强于自己不利，故坚决反对召回爷爷，致使子厚与梦德努力落空。"

"看来柳大人真是个德高操洁、欺霜傲雪之人！"

"湘儿说得不错！"韩愈擦了把眼泪道，"余这一生相交之友可谓多也，然如子厚志同道合，肝胆相照者，则屈指可数！"韩愈说到此，无限感慨地道：

"元和九年，余受命为使馆撰修，因见朝野权贵竭力左右史馆，不由愤慨难抑，遂有弃职之想。子厚闻之，遂修书与余，畅论史官，顿释余心中之虞，并给余寄来《段太尉逸事状》，对史馆修撰进行了鼎力相助；元和十年，子厚和刘禹锡在李绛的主张下奉诏回京，结果又遭阉党和李逢吉的谗陷，再次贬往岭南的大山之中。子厚见禹锡有八十老母在堂，前往播州十分不便，便上书朝廷，要求与刘禹锡更换任所，在朝野传为佳话。”

“这柳大人真是个侠肝义胆之人！”韩湘不由钦佩地道，“记得去年我们前往潮州，柳大人知道后，专程托人给爷爷送来书信和一包蛤蟆肉，并赠以如何食用蛤蟆肉的诗稿。那种真诚之心，深厚之情，实在感人肺腑！”

韩愈听后，点了点头，无限感慨地道：“子厚不仅渊渟岳立，金声玉色，而且才藻艳逸，文行当朝。他的文章《捕蛇者说》、《蝜蝂传》、《黔之驴》和《永州八记》等，不仅写得精彩动人，而且以古文为体式，在岭南发起了新的古文运动，成为我大唐第三次文坛改革的主将。江南举子多以子厚为师。”

“柳大人的去世，看来真乃我大唐一巨大损失也！”韩湘听后，也不禁叹息道：

“余要为子厚写一祭文，到柩前以悼亡灵！”韩愈向着韩湘激动地道：“汝为爷爷把墨磨上。”

韩湘闻此，忙打开文房四宝，韩愈提起笔来，遂写道：

维年月日，韩愈谨以清酌庶羞之奠，祭于亡友柳子厚之灵。

嗟嗟子厚，而至然邪？自古莫不然，我又何嗟！人之生世，如梦一觉；其间利害，竟也何校？当其梦时，有乐有悲；及其既觉，岂足追惟！

凡物之生，不愿为材；牺尊青黄，乃木之灾。子之中弃，天脱馽羁；玉佩琼琚，大放厥辞。富贵无能，磨灭谁纪；子之自著，表表愈伟，不善为斫，血指汗颜；巧匠旁观，缩手袖间。子之文章，而不用世；乃令吾徒，掌帝之制。子之视人，自以无前；一斥不复，群飞刺天。

韩愈写到这里，已是悲痛难禁，数滴眼泪洒到纸上，韩湘见此，忙用手帕将纸上泪水擦去，韩愈含着热泪继续写道：

嗟嗟子厚，今也则亡；临绝之音，一何琅琅。遍告诸友，以寄厥子；不鄙谓余，亦托于死。凡今之交，观世厚薄；余岂可保，能承子托。非我知子，子实命我；犹有鬼神，宁敢遗堕！念子永归；无复来期；设祭棺前，矢心以辞。呜呼哀哉！尚飨。

韩愈写罢，投笔于案，不禁又悲痛失声，韩湘忙又劝慰多时方罢。第二天，韩愈令建中带着银两，随那公差一块前往柳州，悼祭柳宗元，并协助处理柳宗元后事。

时至六月，天久旱不雨，田间禾苗多被枯死，百姓心如汤煮。这日，韩愈带着判官孙谦和韩湘下乡察看，只见沿途池塘干枯，稻田龟裂，大片禾苗焦黄枯萎。百姓们有的在顶着烈日从遥远的河边担水浇灌；有的站在田头摇首叹息，韩愈见此，甚是忧心。

孙谦向着韩愈道："往年每逢旱涝，州府官吏多带着百姓祈祭城隍或仰山之神，以消灾殃。闻说大人在潮州时，曾祭除鳄患，祈止淫雨，使潮州风调雨顺，五谷丰登，今日袁州遭逢大旱，大人何不一祭？"

韩愈闻此，不由实告道："潮州之祭，纯属逢场作戏；风雨雷电乃上天自然现象，实非人力所能为！岂能以祈祷消灾乎？我们应动员百姓，引水救苗方是正道。"

那孙谦听此，一时语塞。韩湘见此，向着韩愈道："孙大人讲得也有道理，我们不妨一边组织百姓引水抗旱，一边祭神一试。这祭祷神灵虽然无济于事，但可起到两种作用：一是可体现官府与百姓息息相关之情，增强百姓对官府的信赖感；二是可起到稳定民心，增强百姓战胜旱魃的意志，不致使其惊慌失措，流离他乡。"

韩愈听此，只好点了点头道："病急乱投医，咱们就走走这个过场吧。”然后又向着孙谦道：

“不过我们绝不能因为祭神求雨，就放弃发动百姓去引水抗旱的决心。”

“那是！那是！”孙谦忙道，“我们可告诉百姓，只有大力引水抗旱，才能感动上苍，这祭祷才能有灵！”

韩愈听后，方点了点头。第二天，韩愈遂带领州府官吏，先来到城隍庙祭禳。周围百姓闻此，俱前来观看。韩愈焚香祭拜后，遂拿出祭文念道：

> 维年月日，袁州刺史韩愈谨告于城隍神之灵。
>
> 刺史无治行，无以媚于神祇，天降之罚，以久不雨，苗且尽死，刺史虽得罪，百姓何辜？宜降疾咎于某躬身，无令鳏寡蒙兹滥罚。谨告。

周围百姓听韩愈念罢祭文，不禁颔首称颂，齐赞韩愈的爱民之心。韩愈祭罢城隍，遂携州府官吏来到郡外。这袁州城外有一山，名叫仰山，据说山中之神十分灵验，能掌管风雨祸福，有求必应。韩愈遂朝山设祭，祈曰：

> 维年月日，袁州刺史韩愈，谨以少牢之奠，祭于仰山之神曰：
>
> 神之所依者惟人，人之所事者惟神。今既大旱，嘉谷将尽，人将无以为命，神亦将无可降依，不敢不以告。若守土有罪，宜被疾殃于其身；百姓可哀，宜蒙恩闵。以时赐雨，使获承祭不怠，神也永有饮食，谨告。

韩愈祭罢，百姓无不欢欣传告。说来也奇，三日之后，果然大雨普降，袁州百姓也视韩愈为神人尔。

第 138 章
忆子厚悲撰墓志　谒仲舒感叹时政

入夏以来，韩滂的身体愈来愈弱，而且又染上了湿热病，韩愈和卢夫人更加忧心。这日韩愈正在请医给韩滂诊病，只见秦济进来禀道："建中自柳州归来，现在外面候见。"

韩愈一听，忙来到客厅，只见建中一身风尘，正在客厅大口喝茶。韩愈忙询问柳州情况，建中道：

"柳大人的丧事由裴大人操办，灵柩已起程运往河东原籍；家眷也将随同前往。并选定于七月十日，归葬于万年先人祖茔。裴大人让小人返回，将详情向老爷禀明；并要老爷为柳大人写一墓志铭，速速送往河东。"

韩愈听罢，不由眼睛又是一湿。想到宗元一生虽怀珠抱玉，志若鲲鹏，但因性格刚直，不愿攀龙附凤，致使壮志难酬，身死他乡。不由两行热泪潸然而下。建中见此，忙又宽慰一阵。

韩愈擦去眼泪，回到书房，遂展纸于案，提起笔来写道："柳子厚墓志铭"五个字；想到柳氏一门忠烈卓绝；柳宗元崧生岳降，淑质英才，与自己志同道合。不禁长叹一声，遂笔走龙蛇写道：

子厚讳宗元。七世祖庆为拓跋魏侍中，封济阴公。曾伯祖奭为唐宰相，与褚遂良、韩瑗俱得罪武后，死高宗朝。皇考讳镇，以事母，弃太常博士，求为县令江南，其后以不能媚权贵，失御史；权贵人死，乃复拜侍御史。号为刚直，所与游皆当世名人。

子厚少精敏，无不通达。逮其父时，虽少年，已自成人，能取进士第，崭然见头角；众谓柳氏有子矣。其后以博学宏词授集贤殿正字。俊杰廉悍，议论证据今古，出入经史百子，踔厉风发，率常屈其座人；名声大振，一时皆慕与之交，诸公要人争欲令出我门下，交口荐誉之。

韩愈写到这里，想到柳宗元为了铲除弊政，实现大唐中兴，而极力革新变法，结果被贬徙岭南；在柳州他以民为本，励精图治：兴教育、释奴隶、倡古文，传为佳话。遂挥笔写道：

贞元十九年，由蓝田尉拜监察御史。顺宗即位，拜礼部员外郎。遇用事者得罪，例出为刺史；未至，又例贬州司马。居闲益自刻苦，务记览，为词章泛滥停蓄，为深博无涯矣，而自肆于山水间。元和中，尝例召至京师，又偕出为刺史，而子厚得柳州。既至，叹曰："是岂不足为政邪！"因其土俗，为设教禁，州人顺赖。其俗以男女质钱，约不时赎，子本相侔，则没为奴婢。子厚与设方计，悉令赎归；其尤贫力不能者，令书其佣，足相当，则使归其质。观察使下其法于他州，比一岁，免而归者且千人。衡湘以南为进士者，皆以子厚为师，其经承子厚口讲指画为文词者，悉有法度可观。

韩愈写到此，想到元和十年，柳宗元与刘禹锡再度被贬，柳宗元为解刘禹锡年迈老母难赴远任之忧，自愿与刘禹锡更换任所的侠义之举，更加激动难抑，遂写道：

其召至京师而复为刺史也，中山刘梦得禹锡亦在遣中，当诣播州。子厚泣曰："播州非人所居，而梦得亲在堂，吾不忍梦得之穷，无辞以白其大人：且万无母子俱往理。"请于朝，将拜疏。愿以柳易播，虽重得罪，死不恨。遇有以梦得事白上者，梦得于是改刺连州。呜呼！士穷乃见节义。今夫平居里巷相慕悦，酒食游戏相征逐，诩诩强笑语以相取下，握手出肺肝相示，指天日涕泣，誓生死不相背负，真若可信；一旦临小利害，仅如毛发比，反眼若不相识；落陷井，不一引手救，反挤之又下石焉者，皆是也。此宜禽兽夷狄所不忍为，而其人自视以为得计，闻子厚之风，亦可以少愧矣！

韩愈写到这里，想到柳宗元一生跌宕昭彰，卓荦不群，却为世俗所不容。虽未能拜将入相，但却使文章传誉天下！不禁感慨尤烈，接着又写道：

子厚前时少年，勇于为人，不自贵重顾籍，谓功业可立就，故坐废退；既退，又无相知有气力得位者推挽，故卒死于穷裔，才不为世用，道不行于时也。使子厚在台省时，自持其身已能如司马、刺史时，亦自不斥；斥时有人力能举之，且必复用不穷。然子厚斥不久，穷不极，虽有出于人，其文学辞章，必不能自力以致必传于后如今，无疑也。虽使子厚得所愿，为将相于一时；以彼易此，孰得孰失，必有能辨之者。

韩愈写到此，不禁长叹一声，他擦了把眼泪，最后写道：

子厚以元和十四年十一月八日卒，年四十七，以十五年七月十日归葬万年先人墓侧。子厚有子男二人：长曰周六，始四岁；季曰周七，子厚卒乃生。女子二人，皆幼。其得归葬也，费皆出观察使河东裴君行立。行立有节概，立然诺，与子厚结交，子厚亦为之尽，竟赖其力，葬子厚于万年之墓者，舅弟卢遵。遵，涿人，性谨慎，学问不厌，自子厚之斥，遵从而家焉，逮其死不去；既往葬子厚，又将经纪其家，庶几有始终者。铭曰：

是惟子厚之室，既固既安，以利嗣人。

韩愈写罢，掷笔于案，不禁又恸泣一阵，然后令建中携之前往河东，立碑于柳宗元墓前。并令其办完丧事后，携柳宗元遗孀及幼子前来袁州。第二天，建中即带着银两，匆匆出发。

俗话说，“祸不单行”。就在建中走后的第三天，韩滂的病情突然加重，一日竟昏厥几次。韩愈闻报，慌忙来到韩滂卧室，只见韩滂两眼深陷，骨瘦如柴，面色苍白，口中之气，已是进的少，出的多。

韩愈见此，心如刀割，俯身向着韩滂呼叫道：“滂儿！滂儿！你要坚强些，一定要挺住啊，可不能抛下爷爷，一个人而去啊！”说着眼泪潸然而下。

那韩滂听到韩愈的呼叫，微微睁开眼睛，向着韩愈吃力地道：

“爷……爷爷，孙儿……不……不行了！辜……辜负了……爷……爷的希……希望……”话还未说完，竟头一歪，气绝身亡。

韩愈见此，悲痛失声，连呼：“滂儿！滂儿！你醒醒，你醒醒啊！是爷爷害了你啊！”

卢夫人和韩湘见此，忙哭着把韩愈扶到一边。韩愈抚膺顿足，向着卢夫人哭道：“是我，是我害了滂儿也！滂儿本来就身体虚弱多病，若不是随我贬徙来到这岭南荒蛮之地，何能染上这湿热之症？”说罢又大恸起来。

卢夫人忙含着眼泪劝慰道：“老爷切莫如此，滂儿既然已经离去，再哭也活不过来！注意自己的身体要紧，若老爷有个啥好歹，我们这一家人可怎么过哪！”

韩愈悲痛难禁，向着卢夫人道：“苍天何故如此无情？去年夺去吾挐儿，今又夺走了滂儿，我韩愈何罪之大，欠之多也！”

卢夫人忙劝道：“老爷乃明智之人，怎如此伤感？昔日老爷为谏迎佛骨，连全家人的性命都豁出去了，今日怎为失一滂儿，竟如此悲痛？纵观古今，天下没有一个忠贤之臣，为了朝廷社稷和黎民百姓，不付出生命代价的！老爷何必苦苦自责呢！”

韩愈听此，向着卢夫人泣道：“夫人说得虽不无道理，然而学生这心里终难自平！”卢夫人令韩湘将韩愈扶回书房，安排秦济等人为韩滂治办丧事。

韩愈回到书房，想到挐儿和韩滂之死，犹如雪上加霜，不禁又大哭一场。

韩滂死后三日，卢夫人与秦济将其装棺入殓，七日后权葬于袁州城外。韩愈含着眼泪为韩滂撰成祭文，念于棺前，其辞曰：

维年月日，十八翁及十八婆卢氏，以清酌庶羞之奠，祭于二十三朗滂之灵曰：汝聪明和顺，处于辈流；强记好文，又少与比。将谓成长，以兴吾家，如何不祥，未冠而夭！吾与卢氏，痛伤可言！思母之恩，连呼以绝。执兄之手，勉以无悲。情一何长，命一何短。权葬远地，孤魂无依，沥酒告情，哀何有极。尚飨！

葬后三日，韩愈又为韩滂撰一墓志铭，令人镌刻树于墓前，其辞曰：

滂，韩氏子。其先仕魏，号安定桓王。滂父老成，后谨以文，为韩氏良子弟，未仕而死。有二子，滂其季也。其祖讳介，为人孝友，一命率府军佐以卒。二子：百川、老成。老成为伯父起居舍人会后。起居有德行言词，为世轨式。滂既兄弟二人，而率府长子百川早死，无嗣，其叔祖愈命滂归后其祖。

滂清明逊悌以敏，读书倍文，功力兼人。为文词，一旦奇伟骤长，不类旧常。吾曰："尔得无假之人邪？"退大喜，谓其兄湘曰："某违翁且逾年，惧无以为见，今翁言乃然，可以为贺。"群辈来见，皆曰："滂之大进，不唯于文词，为人亦然。"

既数月，得疾以死，年十九矣。吾与妻哭之伤心，三日而敛；既敛七日，权葬宜春郭南一里。呜呼！其可惜也已！铭曰：

天固生之邪，偶自生邪？天杀也邪，其偶自死邪？莫不归于死，寿何少多？铭以送汝，其悲奈何！

时至九月，江西观察使王仲舒在洪州滕王阁宴犒群僚，所属八州刺史俱被邀至，韩愈也应邀前往。

这滕王阁乃唐高祖李渊的儿子滕王李元婴任洪州都督时所建。此阁飞檐斗拱，雕梁画栋，十分壮观，与当时武昌的黄鹤楼、洞庭的岳阳楼，河东的鹳雀楼被世人称为华夏四大名楼。

王仲舒与韩愈乃是故交。此人清正耿直，颇有政声。昔日奸幸赵憬、卢迈、裴延龄弄权朝堂，陷害贤相陆贽；时任左拾遗的王仲舒，随同阳城一起上书德宗，怒斥裴延龄之奸，为陆贽大鸣不平，从而被贬出京。贞元十七年，韩愈贬徙阳山为令，王仲舒在连州任司户，二人相交更契。这年七月，王仲舒由中书舍人诏拜为御史中丞、洪州刺史、江西观察使。韩愈对滕王阁慕游已久，这次正好既拜访老友，又酬昔日游赏名楼之愿。

韩愈带着韩湘、秦济，经过数日行程到达洪州。王仲舒一见韩愈到来，真可谓故友重逢，倍感亲切。时二人虽为僚属，但情同手足，王仲舒每向韩愈行文，俱将牒尾“故”字，改为“谨”字；为此，韩愈曾向王仲舒上呈《袁州申使状》，令改就常式，以安下情。

当日仲舒即在府宅设宴，与韩愈洗尘。酒至数巡，韩愈向着仲舒道：“你我虽为故友，然今为上下僚属，此乃大唐之制，不可废也！前时接大人文牒，见牒尾‘故牒’字，皆为‘谨牒’字，有异于常。初不敢陈论，以为错误；后见数牒皆同，方知乃大人之仁恩也。学生深感颤惧，认为不妥，已呈文请大人改就常式，此文大人可能已经收悉。”

王仲舒笑道：“韩兄也太认真，今日韩兄虽屈就袁州，但学生仍视韩兄为侍郎也：且不说你我二人乃刎颈之交，就是韩兄若不是为了朝廷社稷和黎民百姓，去谏迎佛骨，此时不仅仍安居朝堂，而且可能已拜将入相！故此，学生视韩兄如嵩岳也！”

“大人过誉了！”韩愈忙道，“俗话说：‘走哪山，砍哪柴’。今日学生为大人治下，理应遵循上下之礼，不可有废！”然后向着仲舒道：

“大人离京不久，这两年来，朝中瞬息万变，新皇嗣位，各种传说不断，目前情况如何？”

王仲舒道：“这两年朝中可谓变幻莫测，令人瞠目：皇甫镈与吐突承璀狼狈为奸，弄权朝堂，先是罢去裴度政事，黜为北都留守；接着，又将崔群褫去相位，贬为潭州刺史、湖南观察使。”

“崔群之事，学生也颇有所闻！”韩愈不由愤慨地道，“听说当时宪宗在德政殿召宰相议政，因崔群直言相谏，为皇甫镈所不容！”

王仲舒点了点头道：“事情确是如此！庭议不久，皇甫镈遂与陈弘志、吐突承璀内外使奸，不到两个月，崔群即被贬出京师。然而宪宗自己也未能逃出这帮奸佞之手，正月二十七日，竟暴卒于中和殿！”

“传说宪宗是被陈弘志、吐突承璀等人所毒杀，可否是真？”

王仲舒看了看左右，点了点头道：“朝野所传不假：因宪宗服用柳泌所炼金丹后，性情暴躁无常，周围之人常被无端处死，陈弘志与吐突承璀怕殃及自己，便先行下手，合谋将宪宗毒杀。”

韩愈听后，不由叹道：“宪宗英明卓荦，即位之初，慨然发愤，志平僭叛，能用忠谋，不惑群议，卒有成功。自吴元济诛，强藩悍将皆欲悔过而敦顺，而宪宗竟有居功自傲之想。及其晚节，信用非人，不终其业，而身遭不测之祸，岂不令人叹息！”

王仲舒也不禁道：“综观古今，能善始善终的圣君实在不多，大多难逃此规律。而我朝玄宗与宪宗，尤甚也！”说罢又与韩愈对饮了一杯。

韩愈放下酒杯，向着王仲舒道：“这次新皇嗣位，朝野俱寄以巨大希望，不知大人有何看法？”

王仲舒凝重地道：“穆宗聪慧绝伦，犹如宪宗即位之初，秉政后先后采纳三项举措：一是将蛊惑宪宗的皇甫镈、李道古等人贬黜朝堂，并处死方士柳泌；二是擢迁了一批年轻有为的官吏，将刚正卓绝的李德裕、李绅充为翰林学士，李宗闵擢为中书舍人，牛僧儒拜御史中丞。三是将被皇甫镈等人排挤在外的一批忠臣良相，召回京师。裴度重新诏拜为司空，兼门下侍郎，同平章事，孔戣为吏部侍郎。”

韩愈听后，不由高兴地道：“若此，看来我大唐中兴有望也！”王仲舒看着韩愈继续道：

“最近听传说，裴相入朝后，即向穆宗保举韩兄，力陈韩兄被皇甫镈谗害之情。穆宗也深为韩兄惋惜。看来用不了多久，韩兄定会重返朝堂。”

韩愈听后，不禁道：“个人擢降进退事小，国家兴衰事大！只要新皇能纳忠言、远小人、用贤臣，将是国家和百姓无限之福也，学生能否返回朝堂，倒无所谓了！”

王仲舒听后，不禁钦佩地点了点头。

第 139 章
宴名楼评说“初唐四杰” 应邀请撰写新修阁记

巍峨壮观的滕王阁，高耸于蓝天白云之中。虽雕梁画栋，朱扉玉栏已有些色彩脱落，但仍不失天下名楼的雄姿。

王仲舒衣冠楚楚，笑容满面；虽年逾六旬，鬓发皆白，仍精神抖擞，带着州府高层官员和七州刺史，在悠扬的音乐声中登上楼来。这七州刺史是：江州刺史张立、饶州刺史徐靖、袁州刺史韩愈、抚州刺史许天胜、吉州刺史东方安、虔州刺史太史林、信州刺史潘文龙。

大家登上楼后一看：只见大厅正中墙上悬褂着王绪的《滕王阁赋》，两边各悬挂着诗人王勃的《序》和三十年前王仲舒所撰的《修阁记》。厅中摆放着数张精雕桌椅，上面水陆毕陈，摆满山珍海味。

大家相携先走到窗前，凭栏四望，只见眼前赣江奔腾，抚河飘逸；远处天际，微微现出浩渺无际的鄱阳烟水。大家互相指点无不惊叹不已。

韩愈与饶州刺史徐靖、信州刺史潘文龙，相携凭栏看罢，遂来到《滕王阁赋》前，只见此赋高约五尺，宽约一丈；每字有四五寸大小，行草相间，龙盘虎踞。徐靖向着韩愈道：“韩大人乃当今文坛泰斗，这王绪的《滕王阁赋》和王勃的《序》，被世人称为文坛奇葩，可与左思的《三都赋》相媲美，大人有何看法？”

韩愈拈着颔下苍须，看了一眼墙上之赋，道：“王绪此赋和王勃之序，可谓辞彩精拔，大气磅礴，犹如惊涛巨浪，海立云垂，令人望而生叹！特别是王勃的序，写得惊魂动魄，引人入胜，更加精彩感人！”

“韩大人说得不错！”潘文龙接口道，“王勃才气横溢，卓荦不群。诗文刚建清新，辞致典瞻，故有此序也，世人称其与杨炯、卢照邻、骆宾王为‘初唐四杰’。看来不为过尔！”

韩愈听后点了点头，道：“王勃等四杰，不仅诗词文章奇绝挺拔，而且勇于破旧立新、改革文坛，成为我大唐文坛之秀！其最大功绩就是敢于反对和摒弃以上官仪为首的宫廷诗人的浮艳诗风，斥其为‘骨气都尽，刚健不闻’的媚派！在我大唐的诗赋发展上，起到了承前启后的重要作用。杜工部曾盛赞他们为‘不废江河万古流！’”

“韩大人所论不错！”潘文龙正要接口再说，只见王仲舒笑着走过来道：“酒宴已经备齐，请诸位大人入席就座，咱们边饮边谈如何？”

大家闻此，齐道甚善，遂相携入席坐下。王仲舒端起酒杯，看了看四座，满面春风地道：

“学生今受皇上隆恩，令牧江南西道，虽才疏学浅，然圣命难违。今莅任洪州已两月有余，为答谢诸位大人鼎力相助，并共商治理江西大计，特将诸位大人请来，望莫嫌酒淡肴劣。这第一杯酒，先祝我大唐社稷永固，新皇万寿无疆！请大家共饮此杯！”

四座官吏闻此，忙端起酒杯，站起身来，向着王仲舒谄笑道：“多谢大人盛情美意！”然后一饮而尽。

“坐下，坐下！大家都快坐下！”王仲舒将喝罢的空酒杯扬了扬，神采飞扬地道。然后又端起第二杯酒，向着四座道：

“江西乃大家之江西也！我等身负朝廷重托，望大家以江西百姓为重，殚精竭虑，励精图治！这第二杯酒，祝愿我江南西道政通人和，繁荣昌盛，百姓安居乐业！干！”说罢，将酒一饮而尽。

在座官吏见此，齐道：“我等将鞠躬尽瘁，不负圣命！”说罢，一起将酒饮下。王仲舒端起第三杯酒，道：“在座的诸位大人，不少是学生最敬慕的师长和挚友，今日有幸在此相会，并共事朝廷。这第三杯酒，当祝愿我等友谊长存，祝愿大家仕途昌顺，鸿鹄高翔！”

“谢大人厚意！望大人多加栽培！”众人听罢，又齐声应和道。

然后将第三杯酒一饮而尽。

酒过三巡，大家飞觞献斝，人人喜形于色，满楼欢笑飞声。只见虔州刺史太史林端着酒杯，站起向着大家道："王大人斗重山齐，崧生岳降。今受天子之命，由中书省驾临洪州，领牧我江南西道，此真乃我江西数十万吏民之幸也！学生建议共敬王大人一杯如何？

"好！好！太史大人所言极是！"众官员听后，忙齐声附和，俱手端酒杯站起。王仲舒见此，忙谦恭地道："太史大人过奖了！"说罢，将酒饮下。

大家刚回坐到椅子上，只见信州刺史潘文龙也端起面前酒杯，看了看大家，站起道：

"王大人三十年前曾为洪州从事，今三十年后，身佩金紫，重返故镇，真乃可喜可贺！让我们再敬王大人一杯，祝王大人鹏程万里，永沐皇恩！"

大家闻此，复又站起。王仲舒笑着道："多谢诸位大人厚爱！"说罢将酒一饮而尽。这时只见坐在韩愈身旁的饶州刺史徐靖，看了看韩愈，向着王仲舒道：

"王公三十年前在此任从事时，曾督修这滕王阁，并留下千古绝唱《修阁记》。如今已三十年过去，这滕王阁虽然仍十分巍峨，但色彩斑驳，砖木腐朽，应予以重修才是，否则，一旦轰然倒塌，乃遗憾千古也！"

王仲舒闻此，抬头望了望楼阁和扉窗。道："徐大人言之有理，学生也有此意。然学生刚刚莅任洪州，冗事匆忙，还难顾及于此！"韩愈见此，接口道：

"这滕王阁乃天下名楼，享誉华夏。公三十年前在此为从事，为其修缮留辞；今公为邦伯，又在此阁宴犒群僚，是与此阁有缘也！希大人酌定，能早日动工为好！"

王仲舒听此，不由欣然道："若诸位大人都有此意，学生敢不从命！待选定良辰吉日，便即刻动工修葺就是。这滕王阁修缮完毕后，定请诸位大人再次到此饮宴赏光！"

大家听此，俱齐声赞和。酒宴至晚方罢。

时至冬初，一日韩愈正在书斋与孙谦议事，只见秦济进来禀报道：“江西观察使衙门的从事许政前来求见，现在客厅等候。”

韩愈一听，忙叫快请。不一会儿，那许政随同秦济进来，韩愈忙相迎赐座。令春儿献上茶来。许政呷了一口茶，向着韩愈道：

“下官奉王大人之命，前来向大人告知：滕王阁已修葺竣工，欲请大人撰写一新修滕王阁记。现有大人的书信在此，请大人阅示。”说着拿出一封书信，呈向韩愈。

韩愈闻此，不由喜出望外，忙接过书信，浏览一遍，只见王仲舒在信中言道：滕王阁已修缮一新，请他写一篇新修滕王阁记，悬挂阁中，以垂千古。

韩愈阅罢暗道：“这滕王阁乃天下名楼，先前王绪的“赋”、王勃的《序》,和王仲舒的《修阁记》。已传誉大江南北,为世人所赞颂，成为文坛不朽之杰作；今自己能荣幸撰写这新修滕王阁记，将词列‘三王’之后，成为千古佳话，实也一幸事！”遂向着许政道：

“多谢王大人美意！学生遵命就是，请许大人稍等半日，待学生撰罢后，即由大人带回。”那许政听罢，遂笑着辞往驿馆安歇。

韩愈送走许政后，孙谦见韩愈有事，也行告辞。韩愈遂展纸于案，略一思忖，遂撰成《新修滕王阁记》一篇，其辞曰：

愈少时则闻江南多临观之美，而滕王阁独为第一，有瑰伟绝特之称；及得三王所为序赋记等，壮其文辞，益欲往一观而读之，以忘吾忧；系官于朝，愿莫之遂。十四年，以言事斥守揭阳，便道取疾以至海上，又不得过南昌而观所谓滕王阁者。其冬，以天子进大号，加恩区内，移刺袁州。袁于南昌为属邑，私喜幸自语，以为当得躬诣大府，受约束于下执事，及其无事且还，傥得一至其处，窃寄目偿所愿焉。至州之七月，诏以中书舍人太原王公为御史中丞，观察江南西道，洪、江、饶、虔、吉、信、抚、袁悉属治所。八州之人，前所不便及所愿欲而不得者，公至之日，皆罢行之。大者驿闻，小者立变，春生秋杀，阳开阴闭，令修于庭户数日之间，而人自得于湖山千里之外。吾虽欲出意见，论利害，听命于幕下；而吾州乃无一事可假而行者，又安得舍己所事以勤馆人？则滕王阁又无因而至焉矣！

其岁九月，人吏浃和，公与监军使宴于此阁，文武宾士皆与在席。酒半，合辞言曰：“此屋不修，且坏。前公为从事此邦，适理新之，公所为文，实书在壁；今三十年而公来为邦伯，适及期月，公又来宴 于此，公乌得无情哉？”公应曰：“诺。”于是栋楹梁桷板槛之腐黑挠折者，盖瓦级砖之破缺者，赤白之漫漶不鲜者，治之则已；无侈前人，无废后观。

工既讫功，公以众饮，而以书命愈曰：“子其为我记！”愈既以未得造观为叹，窃喜载名其上，词列三王之次，有荣耀焉；乃不辞而承公命。其江山之好，登望之乐，虽老矣，如获从公游，尚能为公赋之。

元和十五年十月某日袁州刺史韩愈记。

韩愈写罢，看了两遍，将不尽意之处改了改；然后又给王仲舒写了封复信，以表谢意，并一块装入信袋。第二天，许政前来辞行，韩愈将《新修滕王阁记》，交与许政，并亲自将其送出州衙。

这几日，韩愈可谓喜事盈门，就在他刚刚撰写罢《新修滕王阁记》，送走许政不久，即接到吏部公文，诏拜他为朝散大夫、国子祭酒之职，复赐金紫。

全家人闻此，俱欣喜若狂。卢夫人高兴地向着韩愈道：“谢天谢地，这次我们全家终于可以返回京师了！”

韩愈虽然十分振喜，但想到莅任袁州以来，已与当地吏民结下深厚情谊，竟有些难舍之意。不由道：“未接到诏令之前，想着何时才能返回朝堂；如今真地要调任回京了，反倒有些不想离开！这潮州和袁州，虽然地处南疆，但民风敦朴，官吏真诚。与他们相处在一起，真觉得虽苦犹乐；倒比那京城金堂玉马，整天处在勾心斗角、尔虞我诈之中要强得多！”

卢夫人看了看韩愈，道：“老爷说得也是，然而这袁州必竟远离京师，而且老爷之志乃在宏扬圣道、改革文坛、中兴大唐之伟业。即使老爷将潮州和袁州治理得再好，也不过数郡而已，只有身居朝堂，才能辅弼天子，实现老爷的宏图大志！同时，这次调任回京，乃是掌管国家最高学府国子监，对老爷来说，可谓如龙得云也！”

韩愈听此，不由看着卢夫人道：“还是夫人说得有理！”

袁州吏民闻说韩愈要调任回京，争相探问嗟叹；孙谦、周涛等人更是恋恋不舍。韩愈临行那日，前来送行的吏民拥塞大街小巷。

第 140 章
江州城感叹忆萧存　西林寺怀旧谒遗孤

元和十五年十月下旬，韩愈离开袁州，带着全家前往京城赴任，月底到达洪州。王仲舒早已接到朝廷牒报，带着夫人亲自出城相迎。

第二天，王仲舒在新修的滕王阁上为韩愈接风饯行。大家相携登上滕王阁，只见新修的滕王阁流丹浮翠，金碧辉煌；韩愈所撰《新修滕王阁记》已由王中舒亲笔手书，悬挂于楼中。

韩愈望着色彩绚丽的雕梁画栋和朱扉玉栏，不禁感慨地道："这滕王阁经大人重新修缮，不仅稳如泰山，而且更加富丽堂皇，此真乃不世之功德也！"

王仲舒环视了一下楼内四周，也欣喜地道："此乃众议所为，也是韩兄的力主所成。要不，学生也难下此决心尔。"说着，二人来到韩愈的《新修滕王阁记》前，只见此赋高约五尺，宽约一丈，与王仲舒昔日所撰的《修阁记》，对望悬挂在大厅两边。

王仲舒向着韩愈道："韩兄的文章一拿来，学生即令人装挂于此，不知可否满意？"

韩愈看了看精工装裱的绢幅，向着王仲舒感激地道："多谢大人厚意，此真让学生跟着沾光了！"

王仲舒笑了笑道："韩兄乃当今文章大家，此赋悬挂于此，不是韩兄沾了这楼的光，而是这滕王阁因韩兄之赋，而更加光彩夺目也！有韩兄的奇文在此，这滕王阁将会更加驰名遐迩！"

"大人过奖了！"韩愈忙道。二人观罢楼内装饰，遂入席坐下。

王仲舒与夫人亲自为韩愈和卢夫人把盏相饯，前来陪宴的洪州几个主要官员，接踵前来向韩愈举杯祝贺。滕王阁内音乐绕梁，飞觞献斝。酒宴至晚方罢。

第二天，韩愈辞别王仲舒，启程向北，三日后到达江州。江州刺史张立在府衙热情地接待了韩愈。

这江州郡南便是江南第一风景名胜之地庐山。张力向着韩愈道："这庐山奇险峻秀，飞瀑流泻。山上山下寺观比连，佛事极盛，更有西林寺，千尺瀑、锦绣谷、白鹿书院等多处景观，大人若不急于赶路，不妨前往一游。"

韩愈听后欣喜地道："学生久慕庐山胜景，然无缘一观，今日路经此地，正好以酬昔日之愿；同时这山中有一位故知，也想趁此一谒。"

张立听此，不禁问道："大人故交何人？几时隐居于此？"

"此人一说，大人便知，乃古文大家萧颖士之子，金部郎中萧存。"

"大人说的是萧金部？此人可能已不在人世！"

"啊！大人知其详情？"韩愈听此不由一惊，忙问道："萧存何时去世？家中还有何人？"

张立多少有些惋惜地道："这萧金部文章奇秀，风清操洁。原隐居在庐山脚下的西林寺附近，乃江南第一高卧之人。其有三子，皆无禄早逝。本人寿至七旬有五，于前年谢世。传说家中唯有一女经瞻门庭。"

韩愈听罢，不由面现沮色。张立向着韩愈继续道："大人怎与这萧金部交厚，此人为何弃官隐居于此？"

韩愈不由叹了口气道："这萧存其父萧颖士，与先父和叔叔均为文坛挚友；萧存文章奇绝，与家兄韩会，梁肃、徐岱等皆乃知交。学生少时常听他们在一起谈论文章，评说时政。建中初，萧存由殿中侍御史擢拜金部郎中，那时，学生在京求仕，经常到萧存府上向其请教文章，多受其资助。"韩愈讲到这里，不禁感慨地道。

"时裴延龄窃居户部尚书之职，萧存恶其奸诈欺妄，弄权朝堂，不愿助纣为虐，遂弃官而去。有一天，学生又到他府上去，竟然人去楼空。后来一打听，才知其栖山饮谷、归隐山林！”

“原来是这样！”张立听后，也不禁有些惋惜嗟叹。韩愈继续道：

“萧存才华卓绝，文章雄健，且刚正不阿，实乃一难得人才。只因其不愿与权贵同流合污，竟老死山林，岂不令人遗憾！想我大唐有多少奇人异士，而不能为朝廷社稷所用，此乃国家最大之不幸也！”

张立听后，也深表同感。

第二天，张立带着从事杨仪和公差王六，亲自陪同韩愈前往庐山而来。卢夫人因一路劳顿，不愿出游，便和家眷留在江州休息；韩愈只带着韩湘和春儿前往。

大家离开江州府衙，乘马行有两个多时辰，方来到庐山下面的西林寺附近，只见此处苍松参天，秀竹蔽日，奇峰飞瀑之下，现出一雄伟寺院。

张立扬鞭遥指寺院道：“前方就是西林寺，此寺建于北魏时期，距今已有四百多年；殿宇雄华，佛事极盛，很值得一观，我们游罢此寺后，再去访谒萧金部的旧居如何？”

韩愈听后，遂点头称善。大家策马来到寺前，果见此寺山门巍峨，门前古松横空；殿阁辉煌，梯次依山而建。大家跳下马来，随着游览和进香之人进入山门，只见寺中奇石高耸，松竹摇曳，紫烟缭绕，锺声乱鸣。

大家刚游罢大雄宝殿等几处景观，寺中主持闻知江州刺史到来，忙将张立和韩愈等人迎入客堂用茶。韩愈趁机遂向那主持打探萧存故居所在。

那主持道：“萧处士原先住在这寺南的青龙潭边，常到寺中来谈论诗赋文章；三年前谢世后，不知家人是否搬走，诸位大人前往一观便知。”说罢，又向着张立和韩愈道：

“眼下天已午时，大人若不嫌小寺肮脏，可在寺中用些斋饭，下午再去拜谒不迟。”张立听此，向着韩愈道：“大人意下如何？”

韩愈此时不仅腹中有些饥饿，而且走了这半天的路，又在寺中转悠了不短时间，甚感劳累，忙道："这样最好！"那主持见此，遂令小和尚去安排斋饭。

大家用罢饭后，略作休息，便辞别那寺中主持，向萧存故居而来。那主持因怕韩愈等人寻找困难，遂令一老和尚在前面带路。

大家沿着溪边小经，向前行有二里多路，只见一碧波潭边搭建数间茅庐，周围松柏荫郁，秀竹掩映。那老和尚手指茅庐道："这里便是萧处士的故居，贫僧先行告退；主持长老有言：诸位施主若明天前去观看瀑布时，今晚可在寺中住下，寺中备有斋饭侍候。"说罢告辞而去。

韩愈和张立送走那老和尚后，遂牵着马来到茅庐前。韩湘走上去轻轻敲了敲柴门，不一会儿只见从屋中走出一少年儒士，年约十八九岁。看着韩愈等人，很有礼貌地道：

"诸位先生要找谁？"

"这里可是萧金部大人的家吗？"韩愈看着那少年问道。

"正是！"那少年将韩愈等人又看了看，道："先生是……"

"学生姓韩名愈，乃萧大人故友。"

那少年听此，不由两眼一亮，惊奇地看着韩愈道："什么！先生是韩愈，韩大人？快请屋里坐！"

韩愈看着那少年道："小哥是萧大人的什么人？怎知道学生？"

那少年欣喜地道："在下名叫萧鹏，萧存乃是在下的外公，常谈到大人您。"

韩愈听此，不由高兴地向着萧鹏道："你母亲可好？现在家否？"韩愈刚问到这里，只听从屋里传出一位女子的声音来：

"鹏儿，哪里来的客人，快让到屋里来说话。"那萧鹏振喜地向着屋内道：

"母亲，是韩大人来了！"说着忙将韩愈等人往屋里让。

"哪个韩大人啊？"随着话音，从屋内走出一个中年妇人来。韩愈一看，虽多年未见，但仍认得是萧存的幼女萧瑾。当年韩愈在京求仕时，萧瑾只有十三四岁，如今也是两鬓白霜了。不由欣喜地道："瑾儿，还认得叔叔吗？"

那萧瑾抬头一看，不由惊喜地道："愈叔叔！原来是你！你怎来到这里？这……这不是在做梦吧！"说罢两眼不由一湿。

韩愈忙道："学生由袁州前往京城，路经这里，特来看看你们。"萧瑾闻此，望了望张立和韩湘等人，道：

"婶婶和孩子哪？没随叔叔一块前来？"

"她们在江州府等候，没有过来。"韩愈道，萧瑾又看了看张立："这位是……都快请屋里坐。"

韩愈指着张立介绍道："这是江州刺史张大人。"那张立忙与萧瑾见礼道：

"久闻夫人乃江南才女，今日方有缘相见！"

萧瑾忙笑道："多谢大人夸赞，实折煞小女也！请大人屋内用茶！"说着将韩愈等人让进屋内。

韩愈随着萧瑾进入屋内一看，只见客厅十分宽敞明亮，正面墙上挂着名人字画，两边书架上摆放着各种书籍，一股浓浓的书香味迎面扑来，显得十分清雅。

萧瑾邀大家坐下后，遂令萧鹏捧上茶来。韩愈呷了一口茶，向着萧瑾道："贞元十一年，萧兄带领全家离开京城后，我到处打探你们的下落，两年之后，才听说你们来到这里，不想一晃三十年过去，萧兄竟已作古……"韩愈说到这里，不由眼睛一湿，道：

"这些年你们过得可好？"

那萧瑾闻此，不由面现凄凉之色，道："父亲性格刚直，不愿俯就权贵，时裴延龄横征暴敛，残害忠良，父亲一怒之下便弃官而去。离开京城时，许多亲朋都未告知。父亲来到这里后，每日吟风诵月，与山中和尚为伍，开始日子过得还算可以，不久，长兄和三兄相继患病去世，二兄漂泊在外；老父受到极大打击，晚年在忧愤孤独之中度过。"说着两行热泪潸然而下。

韩愈闻此想到萧存铮铮敖骨，佼佼才华，与自己和父兄殷殷深情，也不禁珠泪滚动，沾湿衣襟。遂向着萧瑾道：

“现在家中都有何人？三个兄长可有后嗣留下？”萧瑾不由叹了口气道：

“长兄与三兄皆无后嗣；唯次兄萧玮，原从事邑南，生有二子，今皆流落江湖，不知所在。现家中只有孀妇与犬子二人，收瞻老父家门。”说罢，看了看一旁待立的萧鹏。

韩愈听后，向着萧鹏道：“公子今年贵庚几何？所读何书？可有所作诗赋文章？”

萧鹏忙恭敬地道：“在下今年已虚度十九个春秋，所读之书，皆为爷爷生前所教的‘四书’、‘五经’和先秦两汉文章。现有拙作三十余篇，请韩爷爷过目赐正！”说罢，转身从书案上拿过一迭文稿，呈于韩愈。

韩愈接过文稿浏览一遍，只见所作诗赋文章辞致典赡，清新奇绝，不禁赞誉道：“公子的文章闳远微妙，沉博绝丽，完全是萧兄的文风，真乃可喜可贺！”然后向着萧瑾道：

“公子淑质英才，文章奇秀，可曾参加乡试？”

萧瑾摇了摇头道：“先父生前因痛恶官场腐败，不愿子嗣涉足仕途，故未让鹏儿前去应试。”

韩愈听罢，向着萧瑾道：“存兄一生刚正耿直、欺霜傲雪，不愿与权贵同流合污，实乃令人敬佩；但官场之中也并非都是如裴延龄之流，毕竟忠臣良相多于奸佞之徒。”韩愈讲到这里。看了看张立，向着萧瑾继续道：

“我们儒家读书著文的目的，就是为了齐家、治国、平天下！若不立身朝堂，何以实现宏扬圣道、拯溺万民的宏志？同时，鹏儿满腹经纶，若不能为朝廷所用，岂不可惜！因此，以学生之见，还是让鹏儿赴试的好。”

萧瑾听后，顿了顿道：“大人说得确是有理，明年乡试开始，就让鹏儿前去试试！”

韩愈听后，点了点头，大家又谈论一阵，看了看天色不早，韩愈令春儿拿过一包银子，放到桌案上，向着萧瑾道：

“此乃学生的一点心意，留给鹏儿作为学资所用吧。”

萧瑾见此，忙推让坚决不收。韩愈道：“我们两家乃是世交，瑾儿何必忒见外！昔日学生在京求仕之时，没少受存兄的接济。眼下你们母子生活如此清贫，正是用钱之际，就莫要太客气了！”

萧瑾见此，只好道：“若此，孀妇只好收下。”韩愈站起身道：“天色不早了，学生这就告辞，以后有机会，再来看望你们。”

萧瑾见此，多少有点歉意地道：“两位大人远道而来，本应置酒相待，怎奈大人来得仓促，未能准备，实是惭愧！”

韩愈忙道：“今日能见到你们母子，学生之愿足也！吃不吃饭乃是小事。”张立也接口道：“前边西林寺的僧人已备下晚饭，夫人就不要费心了！”

旁边萧鹏见韩愈要去，看了看萧瑾，上前向着韩愈道：“韩爷爷乃当代文坛泰斗，又是爷爷的挚交好友，难得到山中一来。今日离去，不知何日才能再见，请韩爷爷留下笔墨为盼！”

韩愈见此，不觉感慨不已，遂走到案前，提笔写道：“游西林寺题萧二兄郎中旧堂”，然后略作思忖，一挥而就。大家看时，只见韩愈写道：

中郎有女能传业，伯道无儿可保家。偶到匡山曾住处，几行衰泪落烟霞。

萧瑾见此，不觉眼含泪花，向着韩愈道：“多谢大人厚意，先父在天之灵，若有感知，定会含笑于九泉的！”

韩愈也不禁凝重地道：“瑾儿要多多保重，务必使鹏儿学业有成；有什么难处，可到京城去寻找学生！”

萧瑾听后，默默地点了点头。含着眼泪将韩愈等人送出柴门。

第141章
游庐山观瀑赞李白　过层峰触景哭女挐

韩愈与张立相携离开萧存故居，回到西林寺时，已是夕阳西下。那主持长老已将斋饭送到客房，无非是红烧豆腐、清蒸鸡蛋、油炸素鱼、炒炖蘑菇之类。大家用罢晚饭，遂宿于寺中。

张立向着韩愈道：“这西林寺西边便是闻名华夏的庐山瀑布，昔日李太白到此游览，曾留下不朽名篇《望庐山瀑布》，很值得一观。”

旁边韩湘接口道：“李白这首《望庐山瀑布》，写得气势恢宏，大气磅礴，读之令人荡气回肠，犹如身临其境一般！特别是第二首的“日照香炉生紫烟，遥看瀑布挂前川。飞流直下三千尺，疑是银河落九天”之句，写得更加精彩，成为脍炙人口的千古绝唱！”

“公子说得不错！”张立道，“李白的诗豪迈奔放，极善夸张。特别是山水诗，肆意挥洒，纵横驰骋，再现了雄伟奇丽、千姿百媚的自然风光，形成了其飘逸、奔放、雄奇、壮丽的艺术风格。可谓前无古人，后无来者！”

“张大人说得极是！”韩愈也不禁感慨地道，“李白可谓继屈子之后，我国又一位最杰出的浪漫诗人。他一是用夸张、热烈的情怀，书写壮丽的山河；二是以丰富的想象，奇妙的构思，描写梦幻般的神仙天地。以天斧神功之力，把个人的情感，注入到所描写的对象之中，借以抒发其豪情壮志，成为我盛唐以来，与杜工部相齐名的两位文坛巨匠！”

张立听后，不禁点了点头。大家又议及李白的诗风形成和宏图大志，直到二更多天方登榻休息。

第二天，大家用罢早点，遂辞别主持长老。沿着溪边山道，向瀑布处攀登而来。这庐山瀑布坐落在香炉峰下，遥看如银河倒悬，从天而降。

大家攀登约两个时辰，方来到瀑布前，果见这瀑布从千尺悬崖之上倾泻而下，犹如千万条玉龙跃下翠微，飞入碧潭；但见珠花四射，映出千道彩虹；声若雷震，势似万马奔腾。

大家见此，俱惊叹不已。张立感慨地道："学生虽为江州刺史，离这庐山近在咫尺，然今天还是第一次看到如此奇观！"

韩湘望着从天而降的飞流，振喜地道："李白在诗中写道：'挂流三百丈，喷壑数十里。炎欠如飞来电，隐若白虹起。初惊河汉落，半洒云天里。'看来果然如此！"

张立道："李白对这瀑布的描写，可谓汪洋恣肆，落笔风雷；不仅有'飞流直下三千尺，疑是银河落九天'的夸张和比喻，而且有'空中乱潨射，左右洗青壁。飞珠散轻霞，流沫拂穹石'之细腻刻画。实在是令人叹之！"

"张大人说得极是！"韩愈看着眼前飞瀑，也不禁点头道。大家观罢瀑布，返回西林寺时，已是午时左右。简单用罢斋饭后，即策马向山中而来。

这庐山奇险峻秀，直插云汉。上山之路，皆盘旋于悬崖峭壁和奇峰深壑之间，经常是头悬古松怪石，脚踏急流深涧。大家只好牵着马向上攀走。

韩愈见此，不觉有些心悸。向着张立道："这庐山之险，虽不及华山，但也令人心惊尔！"

张立望了望身边的悬崖峭壁和深涧急流，道："这庐山壁立万刃，飞峙江边，具有泰山之雄，华山之险，黄山之秀。历来以雄险奇秀闻名于世！今日方有切身之感也！"

大家登上山顶时，已是红日西沉，晚霞满空。只见群峰披金，林涛苍茫，乱云飞渡；滚滚大江如飘舞银带，游动在北方天际；浩翰茫茫的鄱阳湖，时隐时现，闪烁在东南群峰之外的雾霭之中。大家见此，无不惊叹天地造物之奇。

从事杨仪向着大家道："前面有一寺院，名叫圆佛寺。现在天色已晚，我们不如先借宿寺中，明日再行游览如何？"

韩愈因游览了一天，此时已是又累又渴，忙道："这样最好！"大家遂骑上马，往前又走了一阵，果见苍松古柏之中，现出一金壁寺院。杨仪遂上前敲开山门，说明来意。寺中和尚闻说刺史大人到此，忙将韩愈等人迎入寺内。

大家进入寺中一看，只见院中千年苍松盘根错节，万载古槐虬枝横空；前后数栋佛殿，巍峨萧森，十分清雅。

韩愈见此，不由暗道："好一个幽静之处！"大家随着寺中老僧转过两重佛殿，来到后院僧舍，只见院中芭蕉吐翠，秀竹掩窗，更是清雅绝尘。

大家进入房中，刚洗漱毕，小和尚已送来斋饭，此时大家是又饥又渴，随即吃用起来。

晚上，张立向着韩愈道："这庐山上面，方圆数里，皆是名胜景观，最著名的有文殊台，天池塔、锦绣谷、仙人洞、望鄱亭等。明日我们可先到这些地方一观，然后再到白鹿书院去。"韩愈听后，遂点头称善。

第二天，大家用罢早点，将马匹交由春儿和王六牵管，遂徒步向天池塔而来。大家边走边看，游罢天池塔、文殊台，来到仙人洞。这仙人洞西临深谷，处于半山绝壁之上，传说乃是仙人吕洞宾修炼升天之地，洞中供奉着吕洞宾的塑像。

韩湘看了看仙人洞，向着大家道："传说吕祖曾在这里得道飞升，看来果然不假！"韩愈看了一眼黑乎乎的山洞，道：

"此乃无稽之谈，何足为信！"韩湘听此，顿悟此言有失，忙道："爷爷说得极是！"大家游罢仙人洞，遂顺着悬崖石径，向锦绣谷而来。

这锦绣谷刀劈斧斫，奇石凌空，飞瀑流泻，古松参天；一条羊肠小道盘旋于悬崖峭壁之上，行人上下翻腾，左旋右转，犹如在半天云雾之中。

韩愈本有恐高之症，此时顿觉头晕目眩，两腿发软。韩湘见此，忙上前紧紧搀住。大家边走边看：只见沿途奇石秀峰千姿百态，被天地雕塑成“女祸补天”、“后羿射日”、“麻姑献寿”、“猿猴望海”等各种景象。

张立欣然地向着韩愈道：“这锦绣谷果然名不虚传！俗话说：无限风光在险峰，看来一点不错！”

韩愈望了望周围的奇峰怪石和绝壁深渊，多少有点心悸地道：“此处虽美，然实在是太险了，稍有不慎，便会跌入深谷，学生真有点不胜之感！”

大家游罢锦绣谷后，已是将近午时。春儿和王六已牵着马在路边等候。大家略作休息，便乘马向望鄱亭而来。

这望鄱亭坐落在庐山东南端的一座山峰上。大家来到峰下，相携登上峰顶，只见脚下林涛如海，犹如千万条苍龙翻腾；远处天际边，浮现出浩渺烟波的鄱阳水色，在娇阳下闪动着鳞波霞光。大家望着眼前的湖光山色，俱感叹不已。

大家游罢望鄱亭，张立道：“山下东边，即是白鹿洞和白鹿书院，风景十分怡人，我们现在下山，晚上便可赶到。”

韩愈望了望山中如流水一般的飞云，向着张立道：“我们到此已游览了三天，不敢再停留了，这白鹿书院我看就不再去观看了。”

张立不解地看着韩愈道：“大人这次调任京师，朝廷并未限期赴任，何故如此匆忙？再者，大人极喜名山秀水，这庐山乃是天下文人墨客慕游之地，不少达官贵人，不远万里，专程前来游历，大人路经此地，而且已经来到山中，何不游完再去？若今日半途回去，只恐今后再难有如此机会也！”

韩愈不由凝重地道：“这次赴京，朝廷虽未限期，但听说国子监已多时没有祭酒，许多事情急待操办。学生之心，早已飞回京城，真想一步回到国子监去。”韩愈说到这里，向着张立道：

“学生原想游览这庐山，一日足也，不想竟延误了三日，而且还未到头，学生实在无心再看了！”

张立见此，知韩愈心存魏阙，精忠敬业，急于回京赴任。便道：“大人真乃殚精竭虑、鞠躬尽瘁之人也！实在令人敬佩，好吧，我们这就下山。”

韩湘见此，虽未尽兴，但见韩愈坚持要回，只好将韩愈扶上坐马，寻路下山。待回到江州时，已是二更多天。

第二天，韩愈不顾疲劳，遂辞别张立，乘船溯大江向鄂州进发，张立将韩愈送至码头，方挥泪而别。

十月中旬，韩愈等人经鄂州、安州、随州、襄阳等地，到达商南的层峰驿站。韩愈在卢夫人和秦济、韩湘的陪同下，来到韩挐墓前祭奠。只见墓前枯草掩伏，荆棘丛生，落叶满地。

韩愈见此，想到韩挐小小年纪，竟为自己所累，抛尸他乡，成为野魂孤鬼，不禁悲痛欲绝，放声大恸。卢夫人想到韩挐之死，也不由珠泪满面，但怕韩愈悲伤过度，只好收敛眼泪，上前相劝。

韩愈痛哭了一阵后，方慢慢擦去泪花。卢夫人令人摆上祭品，点燃香烛，韩愈拿出祭文，颤抖着双手念道：

> 维年月日，阿爹阿妈以清酒时果庶羞之奠，祭于第四小娘子挐子之灵。
>
> 呜呼！昔汝疾极，值吾南逐。苍黄分散，使女惊忧。我视汝颜，心知死隔。汝视我面，悲不能啼。我既南行，家也随谴。扶汝上舆，走朝至暮。天雪冰寒，伤汝羸肌。撼顿险阻，不得少息，不能食饮，又使渴饥。死于穷山，实非其命。不免水火，父母之罪。使汝至此，岂不缘我！

韩愈念到这里，已是泣不成声。卢夫人忙又上前宽慰一番，韩愈方又继续念道：

草葬路隅，棺非其棺；既瘗遂行，谁守谁瞻？魂单骨寒，无所托依，人谁不死，于汝即冤。我归自南，乃临哭汝；汝目汝面，在吾眼傍；汝心汝意，宛宛可忘！

韩愈念罢，不禁又放声痛哭一阵，经大家相劝，方收住眼泪。回到驿站，韩愈久久难以平静，想到女挐之死，遂又赋诗和序一首，其辞曰：

去岁自刑部侍郎以罪贬潮州刺史，乘驿赴任。其后家也谴逐，小女道死，殡之层峰驿旁山下。蒙恩还朝，过其墓留题驿梁：数条藤束木皮棺，草殡荒山白骨寒。惊恐入心身已病，扶舁沿路众知难。绕坟不暇号三匝，没祭唯闻饭一盘。致汝无辜由我罪，百年惭痛泪阑干。

第十九卷

浩然抚镇州

第 142 章
入京师殚精图宏志　莅国学竭虑整校风

唐元和十五年十一月中旬，韩愈带着家眷回到长安。因谏迎佛骨，他被贬逐岭南整整两载。这位铁骨诤臣，文坛巨匠，望着高耸的长安城楼，不由感慨万千，虽然此时寒风刺骨，但他心中却如烈火燃烧：

“长安，我大唐的京都……学生又回来了！”他不禁热血沸腾，踌躇满志，暗道：“为了朝廷社稷和黎民百姓，这次重返朝堂，定殚精竭虑，振兴国学，以有生之年，努力实施自己宏扬儒教改革文坛的宿愿，为中兴大唐而鞠躬尽瘁……”

“爷爷，你看，城门前站着那么多官员，张籍爷爷好像也在里面。”韩愈正在遐想，只听身后韩湘欣喜地道：“他们好像是在迎候我们！”

韩愈抬头一看，果见高大的城门前站着一群官员，正笑着迎过来，远看好像是元稹、白居易、牛僧儒、李宗闵和张籍等人。不由心中一喜，忙从马上爬了下来。

“哈哈，退之兄，您可回来了！

“韩大人，一路辛苦了！”

只见这些人边疾步迎上来，边笑着招呼道。韩愈高兴地扔下手中马缰绳，抢步上前，与他们紧紧握在一起。

元稹拉着韩愈的手，上下看了看，风趣地道：“还好！这身子骨完好无损！只是头上白发又多了几根！”白居易笑着道：“韩兄洪福齐天，逢凶化吉，自有天相尔！”

韩愈忙道:“多承诸位吉言，学生大难不死，乃是托皇上的隆恩和诸位的福气!谢谢大家前来相迎!”

李宗闵看了看大家，接口道:“韩大人乃我大唐的栋梁之臣，肩负着宏扬圣道，改革文坛的重任，自然有神灵护佑尔!”

“李大人说得不错!”牛僧儒道，“先生忠心不渝，乃我大唐第一诤臣。新皇即位，百业待兴，我大唐中兴，还要靠先生这样的忠良之臣尔!”

“大家言重了!”韩愈忙道。李宗闵向着韩愈道:“裴相公本来也要前来迎候大人，只因皇上有要事召见，不能前来，特令我等代他向大人问好!”

韩愈忙道:“多谢裴相厚意。”然后环视了一下元稹等人，振喜地道:“今日大家齐聚朝堂，真乃我大唐之幸也!新皇由大家鼎力辅弼，我大唐中兴有望也!”

“先生说得不错!”牛僧儒看了看大家道，“新皇嗣位不久，即擢用了一大批忠贤之士，不仅裴相重返朝堂，而且将元大人于五月初召回，拜为祠部郎中、知制诰;白大人也被擢为主客郎中、知制诰，成为朝廷的股肱!”

韩愈听后，欣喜地向着牛僧儒道:“这次新皇嗣位，不仅将元大人、白大人两位刚正不阿、才华横溢之臣召回朝堂，委以重任，而且牛思黯（牛僧儒）也擢拜御史中丞，损之（李宗闵）晋为中书舍人，真乃可喜可贺!”

元稹爽朗一笑道:“当今皇上英明卓荦，欲效高祖太宗，此乃我等大展宏图之际也!”说罢向着韩愈道:

“退之兄这次重返朝堂，执掌最高学府，可谓皇上知人善任;韩兄正好大展其才，实施自己宏扬儒教改革文坛之宏图!”

韩愈听后，向着元稹、白居易等人道:“学生这次返回朝堂，一是皇恩浩荡;二是裴相和诸位大人竭力保举，学生将铭记不忘!”

元稹听后，不由一笑道:“此乃新皇隆恩浩荡、韩兄名震朝野所至，岂是我等人力所能为乎!”说罢，遂相携来到后边车前，与卢夫人见礼后，方相携一块进城而来。

韩愈回到京城后，不顾一路劳顿，第二天便来到国子监。司业赵敏见韩愈莅京后马上前来上任，甚为振喜。这国子监已有半年多没有祭酒，各项事情亟待操办，韩愈听罢赵敏介绍情况后，遂将几件急办之事当场拍定。

此时国子监上下学官、博士助教闻知韩愈前来莅任，多弹冠相庆，奔走相告，俱道国子监有望也！

韩愈莅京后，元稹、白居易、李宗敏、牛僧儒、张籍等人，先后设宴为韩愈接风洗尘。韩愈到京的第三天乘隙前去拜谒了裴度。裴度拉着韩愈的手，看了看道：

“谢天谢地。贤弟总算平安地回来了，此真乃我大唐之福也！”

韩愈遂向裴度道谢保举之恩，并问及当今朝政情况。裴度半喜半忧地道：“新皇励精图治，决心很大，矢志效仿高祖太宗，故采纳了不少振奋人心之策。但总观全局，仍有许多令人担忧之处！”裴度讲到这里，向着韩愈道：

“你我挚交，不妨实告：一是新皇虽立志中兴，但遇事急于求成，往往感情用事，很易被人所利用，而且对宦官更加崇信！”

韩愈听此，不由道：“听说穆宗嗣位，完全是由宦官陈弘志等人拥立而成！”

“不错！”裴度道，“当时宪宗突薨，在嗣位上发生宫变：吐突承璀和皇甫镈欲立沣王为帝。陈弘志遂联络梁守谦、韦元素、王守澄等人，杀吐突承璀与沣王，遂拥立太子于柩前。从而粉碎了一场未遂政变。穆宗因此对陈弘志等人感恩戴德，言听计从，这不能说不是一件令人担忧之事。如今吐突承璀虽已败灭，但陈弘志与梁守谦等人却继续弄权朝堂。这也是学生所虞之二也！”

韩愈听后，不由点了点头，裴度继续道：“三是阴险狡诈的李逢吉，原与宦官梁守谦交厚，近又买通陈弘志、韦元素等人。这些阉党极力在穆宗面前吹捧李逢吉，穆宗已被说动，最近准备诏拜李逢吉为相。再有几日，李逢吉就要进京而来。”裴度讲到这里，不禁担忧地道：

“昔日李逢吉与吐突承璀相勾结，里通叛贼，杀害武元衡，被我等识破，宪宗几乎要其性命；最后被贬徙到山南西道为节度使四年，现在重返朝堂，岂能善罢甘休？必然要变本加厉，祸乱朝堂，实在让人忧心！”

韩愈听此，也不由心中一沉，向着裴度道：“李逢吉乃如杨炎、卢杞、裴延龄、皇甫鏄之奸佞也，大人何不向皇上奏明？”

裴度不由叹了口气道：“学生何曾未奏，怎奈皇上为阉党所惑，反怪学生不能容人！”

韩愈听此，也不禁有些忧愤。裴度继续道：“四是今年七月以来，河北成德军乱，都知兵马使王庭凑杀节度使田弘正，自称留后，与朝廷相对抗。皇上虽令魏博、横海等军前往征讨，但却败多胜少，战局十分不利。”

“河北军乱，学生也颇有所闻。”韩愈也担忧地道：“天下刚刚平定，看来战乱又将复起！”

裴度道：“目前朝政局势就是这样，有喜也有忧。你刚刚到京，也不要太介意。目前国子监缺位祭酒多日，传论甚多，积弊不小。你先把国子监的事情办理好，将来朝中的军政大事，还需要你前来承担；这中兴大业，绝不能半途而废，你要有个思想准备。”

韩愈听此，遂将昨日到任的情况说了一遍，表示定将殚精竭虑，振兴国学，以不负朝廷所望。裴度听后，满意地点了点头。

韩愈到任后的第二天，即在司业赵敏的陪同下，对国子监各馆进行了巡察。只见各馆学子人数稀少，游荡无序，甚感不解，便向赵敏问及原因。赵敏看了看馆内散慢的学子，叹了口气道：

“这些年，朝廷对国子监极不重视；同时国子监又是个牵涉朝中王公大臣利益的是非之地。馆中学子个个手能通天；祭酒司业动辄便会受到指责和非议。故而形成：一是朝中大臣不愿到此任职；二是祭酒司业频频更换，如走马灯一般。大家到此犹如来往过客，谁也不愿招惹是非，去整饬弊端，致使国子监形成目前状况！”赵敏讲到这里，深感痛惜地道：

“目前一是校风败坏，纪律松弛！各馆学子想来就来，想走就走。一些纨绔子弟整日游荡于酒楼柳巷，无人敢管；每天在学馆读书之人，还不到在册学子的一半。二是许多王公大臣见学馆管理松弛，校风不正，而且科举能否高中，靠的是褒举和推荐，与学馆关系不大，便不让子弟前来求学。三是因学馆旧制规定不得招收平民百姓入学，那些身怀奇才鸿志，想来求学的平民子弟，却又被拒之门外。因此，按照我朝《六典》规定，国子监应置学子三百人，如今在册生徒二百人还不到，而真正每天在校读书的，还不足百人！”

“原来是这样！”韩愈听后，不由凝重地道，“国子监乃是朝廷培育治国良臣的摇篮，如此下去，怎能承担其任！俗话说：得人才者得天下，国家若无知礼通经之人才，如何能安邦定国，实现中兴大业？”

韩愈说到这里，向着赵敏道：“我看咱们治理国子监，就先从整顿校风，抓学子队伍入手。绝不能让这种现象再继续下去了！”

赵敏听此，不禁看着韩愈道：“不知大人如何整饬校风，治理学子，有何打算？”

韩愈顿了顿道：“一是要严肃馆纪校规，凡在册生徒，必须到校学习，不得擅自离开。对屡教不改，继续游荡于花街柳巷的纨绔子弟，要提出警告或给予处分。情节严重者，将予以开除学籍。二是足额招充各馆生徒。国子学馆可将文武三品以上及国公子孙，扩大为曾孙以补充；太学馆可取常参官八品以上子弟补充；四门馆可面向民间，选拔一批无资荫而有奇才异志之人补充。三是呈牒礼部，凡有资荫而不到国子监来读书的官宦子弟，一律不得参加科试。”

赵敏听后，多少有些担忧地道：“大人此三策，确实是好，但恐难以实施！如这第一条，对那些纨绔子弟，你别说开除他的学籍，就是大小给个处分，那些王公大臣也会要了你的命！这第二条中要公开向民间招收四门馆学子，岂不打破了《六典》之制？那些权贵们也不会同意！”赵敏讲到此，看着韩愈道：

“这第三条更是厉害，势必得罪朝中不少王公大臣，他们岂能容你！”

赵敏讲到这里，多少有些感慨地道："记得十五年前，大人二入国子监执教时，因上书朝廷，要求改革太学弊制，为朝中权贵所不容，因此遭到他们的诽谤和诬陷。不仅郑相公为此罢了官，而且大人也被迫避谤东都，此不可不虑也！"

韩愈听后，也不由愤慨地道："十五年前之事，学生岂能忘怀！正是因为那时学生改革太学之举遭到诽谤，才使改革未能实施，结果其弊愈演愈烈，方形成今日之局面。"韩愈讲到这里，多少有些激动地道：

"那时学生只是一个小小的博士，心有余而力不足；而祭酒司业畏缩惧怕，不敢作主；同时此举又被卷入朝中的忠奸争斗之中，故学生只好放弃了改革的梦想。如今，朝廷令学生执掌这国子监，而且新皇嗣位，志在中兴；裴相公极力主张整饬校风，故今非昔比也！"

韩愈讲到这里，环视了一下四周，道："为了朝廷社稷，为了对天下学子负责，学生决心革除这国子监之弊，从而振兴国学，以报朝廷隆恩，即使再次遭到他们的诽谤和反对，学生也在所不惜！"

赵敏听罢，十分感动，道："大人若真地不怕非议，如能革除这国子监弊端，可谓功德无量也！"

"咱们回去后再商议商议。"韩愈道："听听学官们的意见，一定要扭转目前的局面！"

"好！"赵敏听后，高兴地点了点头。

第二天，韩愈遂召集全校学官、博士助教，就整饬校风和扩充生徒队伍，进行了讨论；大家各抒己见，激情高昂，对韩愈的三项举措极力拥赞。韩愈更加坚定了革除国子监弊端的决心。遂一面将改革方案张榜公布，通告全校，一面呈文中书和礼部。

第143章
破陈规公开招学子　举贤能依才选学官

韩愈整饬国子监校风和扩充学子队伍的举措，不仅在国子监，而且在朝野迅速引起了强烈反响和重视。裴度等人力赞韩愈之举；穆宗因前时对国子监诽言不断，对韩愈所举三策也深表赞同；其他王公大臣见此，虽有个别不同看法，但也只好作罢。

三日后，韩愈查得有五名纨绔子弟，依仗祖上淫威，无视校规馆纪，继续游荡于花街柳巷，依据情节轻重：两名予以开除学籍，三名予以警告处分；并分别将其劣行公布于众，并通告其家中。那五名学子及父母，至此方追悔莫及。全校师生见韩愈铁面无私，说到办到，俱震撼不已，一时校风骤变。

过罢新年，韩愈亲自命题，向民间为四门馆公开选拔学子。这天，前来应试的儒生齐集于祭酒堂前，然后按照编号进入考场。韩愈带着司业赵敏亲临现场巡视。只见一考生衣服褴褛，面前放着一包东西。

韩愈不禁走到那考生跟前一看，只见其人所作文章字体清秀，内容丰实，遂问及姓氏籍贯，那考生忙站起道：

"在下姓郑名桐，乃武功人氏。"问及包中之物，那郑桐解开包裹，乃是七八个黑乎乎，像铁石一般的窝窝头。

韩愈见此，不由一震。郑桐道："此乃在下来往五日之干粮尔。"

韩愈不由问道。"汝忍饥挨饿，欲求国学读书。何也？"

那郑桐道："圣人之道乃立国安民之根本！在下前来求学，乃是为了得到圣人之道，掌握六艺之术，以便将来报效国家社稷。眼前虽有饥寒之虞，但前途光明，在下不惧也！”

韩愈听后，深为所动，不禁大加赞赏一番。这次考试，通过作文和答辩，为四门馆择优选拔学子五十名，使一批怀珠抱玉、求学上进的庶民子弟，被破格录入大唐最高学府。

此时，朝中大臣、王公贵胄见韩愈治学有方，遂纷纷将其子弟重新送入国子监，一时学馆人数大增。到二月底，七馆生徒俱已满员。

一日，司业赵敏高兴地向着韩愈道：“目前我国子监，不仅校风焕然一新，而且各馆人员济济，这是从来没有过的事，甚是出乎下官所料！大人真乃治学有方也！”

韩愈也不由满意地道：“事在人为，任何事情只要认真去办，就没有办不好的！”

“现在校风和生徒问题已完全解决了，而学官的问题就显得尤为突出了。”赵敏向着韩愈道：“近些年来，由于朝廷对国子监重视不够：一是学官严重缺额。现在有两个学馆没有博士，三个学馆缺少助教；其他学官缺位十余人。二是学官中不少人素质较差。这些年，吏部派遣来的学官，多是滥竽充数。有些人无处可安，便塞到国子监来。这些人很难胜任本职差事，严重地影响到教学和管理。”

“大人说得不错！”韩愈听后道，“此事学生也思虑多日，俗话说：没有合格的教师，就难以培育出合格的学生。一个学校能否办学成功，关键取决于师资质量。”韩愈说到这里向着赵敏道：

“学生准备近日就此事向朝廷呈文，尽快将缺额的学官补齐；并要求吏部在选派学官时，务以精通经传和艺能突出者为先。”

“大人想得果然周全！”赵敏听后，欣然地道，“若此，我国子监定能成为将相之摇篮！”二人议罢，韩愈遂让秘书徐亮拟文呈报中书。

五日之后，中书省在裴度的主持下将呈文批复。不仅同意国子监增补学官，而且委由祭酒韩愈自行物色人选。

韩愈见此，十分振喜。想到近些年来吏部所任学官，多循资历，不考艺能，致使不少学官难以胜任其职的状况，遂就此事又亲自呈文吏部，即《国子监论新注学官牒》，提出了选任学官的三项要求：一是所任学官必须专通经传、博涉文史、有真才实学，否则不得任用；二是新选学官必须是进士及第，或擢登五经诸科之人，乃科班出身；三是新学馆上任之前，必须加以验试，然后放上；不合格者，不予任用。

此文呈报吏部后，新任吏部侍郎孔戣阅罢十分重视，马上予以了批复。韩愈遂与司业赵敏在京师上下进行了公开物色选拔，并亲自进行验试。

这日，二人在祭酒堂刚测试罢两名应聘学官，只见秘书徐亮进来禀道："外面有一自称叫直讲的进士，前来应试学官，现在门外候见；只是此人十分丑陋，不知大人见与不见？"

韩愈听此，暗道："此人自荐前来，定有原因。"遂向着徐亮道："朝廷用人，所重唯德才尔。面貌俊丑，不能为据。请他进来就是。"

徐亮听罢，遂将那直讲带了进来。大家一看，都不由一怔：只见这直讲身高不足五尺，生得前额凸起，后脑颀长，眼斜嘴歪，头如豆包，果然丑陋异常。

韩愈令其坐下，遂问及为何前来求职，那直讲道："学生只因面貌丑陋，至今虽已及第十载，但却难登仕途；闻说大人以才选仕，故前来就试。愿为我大唐教育大业，奉献毕生之力。"

韩愈听后，点了点头道："不知汝有何专长和执教良谋，前来求试？"

那直讲道："学生五岁读书，十岁能文。精悉"四书"、"五经"，通晓两汉文章；能背诵讲解《诗》、《礼》。对大人的《师说》和《进学解》，能悟其精髓，付诸于行。"

赵敏听后，不以为然地道："汝莫要大言不惭，哗众取宠，别说背诵《诗》、《礼》，就是能讲解清晰明了，便是人中龙凤了！"

直讲闻此道："学生所言，句句是实。大人若不信，待学生为大人背来就是！”说罢，遂将《礼》背诵如流。在座之人见此，莫不惊叹咋舌。

韩愈也甚为惊喜，向着直讲道：“汝既能背诵，但能讲解否？”

直讲道：“待学生试讲之。”说罢，遂就《礼》的形成、内容梗概及精髓实质讲得清晰明了，精辟剔透。韩愈见此，十分振喜，遂向着赵敏道：

“此人虽貌不惊人，然才华出众，大人意下如何？”

赵敏此时也深为直讲所动，他深知韩愈历来重才敬贤，便点着头道：“我看可以录用，请大人定夺就是！”

“好！”韩愈满意地转向直讲道，“汝被选中了，待呈文吏部批复后，汝即可前来就职。望汝能为我大唐的教育大业，作出贡献！”

那直讲听此，高兴地连连道谢，方拜辞退出。三天之后，韩愈将按照专通经传、博学多艺、堪训生徒之标准所选拔的学官名单，呈报吏部。孔暌很快予以了任命诏拜。使国子监的学官队伍，很快呈现出一派崭新局面。

时至五月底，国子监生员济济，学官振奋，校风蔚新，一片读书之声。朝野无不赞颂韩愈治学有方。

一日韩愈与司业赵敏议罢校务，相携来到学馆食堂就餐。只见众学官围坐在桌前，谈笑用饭；唯有直讲一人，却独自蹲在墙角低着头吃饭，甚感奇怪。便问及原因，秘书徐亮道：

“因直讲面貌丑陋，众学官甚鄙之，不愿与之同桌而食，故直讲便一人躲到墙角而去。”

韩愈闻此，遂向着赵敏道：“看来人们以貌取人之弊风，在我国子监还不小呢！”赵敏看了看直讲，向着韩愈道：

“大人说得不错，国子监选拔直讲为学官后，不少人竟对此议论纷纷，说如此丑陋之人怎能为人师表！岂不有损国子监形象！”

韩愈听后，不由凝重地道：“朝廷用人，凭的是德才，岂能以貌论高下。东汉末年，西川别驾张松，因其相貌丑陋，而被曹操所冷落。诸葛亮闻此，遂将张松邀至荆州，待如上宾。结果张松向刘备尽献取川良策和地图，使刘备顺利夺取两川，形成三国鼎立之势；而曹操却失去了统一天下的大好时机，此不能不让人深醒。”

“大人说得很是！”赵敏不由点了点头。韩愈向着徐亮道：“请徐大人将那直讲请来同我们一块用餐。”

徐亮闻此，不由一愣，但马上明白韩愈之意，遂去把直讲叫了过来。那直讲见韩愈竟唤自已与其同桌用餐，不由感动得热泪盈眶。众人见韩愈对直讲如此器重，俱震撼不已，自此莫敢再有对直讲歧视之行。

这天，韩愈携赵敏来到太学馆，只见助教秦儒生正在向学子讲授《论语》，便站在窗外观看。只见那秦儒生引经据典，寓理于事，讲得绘声绘色、娓娓动听。众学子聚精会神，听得如醉如痴。讲堂之中：一会儿万籁俱寂，静若凝水，唯有儒生之声；一会儿又欢声雷动，议论沸扬。

韩愈见此，甚是振喜，向着赵敏小声地道：“秦学官如此讲课，学生易懂好记，其举妙也！”

下课后，韩愈遂将儒生召来，问其都能讲授那些书籍文章，秦儒生道：“《大学》、《中庸》、《论语》、《孟子》和《诗》、《书》、《礼》、《易》、《春秋》，下官俱能讲解。”

韩愈听后，向着赵敏道：“我各馆学官，有的不善言辞，是茶壶里煮饺子——有货倒不出；有的虽能讲会道，但却不能深知圣人之意，犹如山间竹笋——嘴尖、皮厚、腹中空。能如儒生，既善讲解，又专通圣人之道者不多矣。目前各馆多以自学为主，其效果十分不佳，不如将各馆学子会集一起，由儒生每日到各馆循环讲授，其效果将会更好。”

赵敏听此，高兴地道：“大人此举高也，这样既能向学子准确地传授圣人之道；又能消除众学子每日闭门读书的寂寞感，可谓一举双得尔！”

韩愈听后，遂转向儒生道：“七馆所学的课程不同，大人能根据各馆的安排讲学否？”

“行！”儒生遂答道。

“好！”韩愈满意地点了点头道，“自明日开始，大人可巡回到各馆讲授‘四书’、‘五经’，不知大人意下如何？”

“下官谨遵大人之命！”

韩愈听罢，遂转向赵敏道：“此事让徐秘书通告各馆，并事先作好课程安排。”赵敏忙点头应是。自此，秦儒生讲课之声，响彻各馆，众学子高兴地道：“韩公来为祭酒，国子监不寂寞也！”

第 144 章
平河北韩愈拜兵部　弄朝政逢吉傍宦官

时至七月，镇州叛军王廷凑，连败魏博，横海各路征讨大军，并攻陷冀州。朝野闻此，一片震惊。正当此时，又从幽州传来军报：卢龙军幕僚韦雍，因克扣军饷，激起兵变；乱军拥立兵马使朱克融为帅，杀韦雍，囚节度使张弘靖，遂与成德叛军相联结共拒朝命。朝野更是谈虎色变。

穆宗李恒十分震怒，遂召集文武大臣共商征讨之策。这日宣政殿内群臣齐集，肃然而立，空气显得十分紧张。穆宗环视了一下两旁的文武大臣，道：

“镇州叛贼未灭，幽州乱军又起，朝廷征讨各军连连失利。诸位爱卿有何良策，能平定河北，以解朕忧？”

众大臣互相看看，只见李逢吉走出班来，向着穆宗道：“河北诸军，自安史之乱以来，兵变不断。从代宗始，虽有征讨，皆无功而罢，往往劳师伤财，得不偿失；故此多以安抚为主。”

这李逢吉买通陈弘志、梁守谦等一帮阉党，上月由山南西道节度使诏拜为宰相后，便投靠在阉党门下，企图东山复起，再次左右朝政。他看了看穆宗，继续道：

“以老臣之见，这王廷凑乃势利亡命之徒，只要许以节度之位，加以安抚，定会息兵罢战。若镇州兵息，幽州朱克融定然孤掌难鸣，即会不战而顺，河北自然相安也！”

穆宗听此，不禁皱了皱眉头，现出疑虑之色。韩愈见此，不由暗道："这李逢吉果然贼心不死，刚刚进京，就想祸乱朝堂！"心中不由升起一股怒气，正要出班予以驳斥，只见裴度出班秦道：

"此举不可！"裴度看了一眼李逢吉，向着穆宗道，"纵观安史之乱以来，河北诸军屡叛不息，源其根本，乃安史旧部余孽所为。纠其原因：一是过去朝廷心慈手软，斩草未能除根。一有风吹草动，这些人便会死灰复燃；二是朝廷姑息养奸所至。以往对这些叛军不是严惩不贷，坚决剿除，而是采取安抚绥靖之策，致使这些人骄横成性，得寸进尺，认为朝廷软弱可欺，动不动就以兵变相要挟！"

裴度讲到这里，满朝文武俱不由连连点头。裴度看了看大家，向着穆宗继续道：

"下官认为：对待叛军乱党，必须坚决予以打击，方能使其丧胆慑服，以绝后患！"裴度看了看李逢吉一眼，道：

"目前王廷湊虽十分嚣张，并有朱克融相为呼应；我军虽略有失利，但只要朝廷上下齐心，用兵得当，平定河北易如反掌尔！"

穆宗听此，不由点了点头。李逢吉见此，不禁面呈尴尬之色，正要再讲，只见韩愈出班秦道：

"裴相国所论极是！对于河北叛贼，只能给予坚决打击，彻底摧毁其发动叛乱的根基，方能使河北长治久安；否则将会遗患无穷！"韩愈讲到这里，不仅引起穆宗的关注，而且满朝文武大臣，俱把目光看向韩愈。

韩愈继续道："昔日淮西吴元济父兄作乱三十余年，朝廷多采取安抚之策，结果愈抚愈乱。后先帝下定决心，力排和谈之议，遂令裴相挂帅督战，从而淮西遂定，再无战事。此前事之鉴，不可不师也！"

穆宗听后，不由频频点头，向着韩愈道："依卿之见。这河北当如何用兵？"

韩愈道："王廷湊和朱克融乃据数州之地，可令魏博、横海、昭义、河东、义武各军集中力量先讨王廷湊；待荡平镇州后，再挥师幽州。只要我朝野上下同仇敌忾，河北之贼不难平也！"

"好！"穆宗听此，不由排案而起道，"韩爱卿所论甚善，众爱卿还有何高策？”

此时李逢吉见韩愈提到征讨淮西之事，不觉触到痛处，顿时满面绯红。又见穆宗予以称赞，不禁暗道：“不知好歹的东西，竟敢与老夫为敌，早晚要让你死无葬身之地！”李逢吉想到这里，正要出班再奏，只见中书舍人李宗闵出班奏道：

“裴相国和韩大人所论，乃治国安邦之上策！对河北之敌，只能力讨，不能安抚，请皇上决断就是！”

裴度又出班奏道：“深州刺史牛元翼，颇通韬略，可诏拜为成德军节度使，令其专讨王廷凑。”

“好！”穆宗听后，看了看左右文武大臣道，“诸位爱卿所论，甚合朕意！朕意已决：由中书拟诏，速令魏博、横海、昭义、河东、义武各军，集中力量共讨镇州，不得有误！并诏拜牛元翼为镇州大都督府长史、充成德军节度使，专讨王廷凑。凡玩忽职守，贻误战机，畏敌怯战者，定严惩不贷！”

穆宗说罢，又环视了一下两边大臣，道：“众爱卿还有何相奏？”只见元稹出班道：

“皇上英明卓荦，有高祖太宗之风！对河北用兵完全正确！为确保河北作战的顺利进行，下官举荐朝散大夫、国子祭酒韩愈为兵部侍郎。”

穆宗听此，不由一振。这元稹自诏拜为祠部郎中、知制诰后，遂变改诏书文体，使之更加纯厚明切，为朝野所盛赞，深得穆宗的宠爱，并常召其谈诗论政。今见元稹举荐韩愈，不由欣喜地看着元稹。元稹向着穆宗继续道：

“韩大人崧生岳降，才略纵横，腹有雄兵。四年前征讨淮西，韩大人为行军司马，我军用兵方略，多出之韩大人之手，方使我军所向披靡，一举荡平蔡州，擒获元济，此乃有目共睹也！”

元稹讲到这里，周围文武大臣都不由点了点头。他向着穆宗继续道：

“目前韩大人已将国子监治理的生徒争相求学，学官竭虑授课，到处是论道谈经之声。校风一新，生员济济，可以放心地离开了；

而且兵部侍郎李绛大人去年调离后，至今仍然虚位，正好由韩大人充任。”

穆宗听此，点了点头道：“元爱卿所奏甚善，正合朕意！”然后转向裴度道：

“此事可由中书先议一议。若无不妥之处，即可诏拜韩爱卿到兵部就职。”裴度听此，自然心中高兴，忙答应称是。

再说李逢吉散朝后，垂头丧气地回到府宅。夫人见此，知其定是在朝中遇到不顺心之事，忙令人送上参汤莲羹。李逢吉连看都不看，一屁股坐到大厅的太师椅上，直出粗气。

几个如花似玉的侍妾见此，像彩蝶一样飞到李逢吉的身旁，正要上前亲热，李逢吉不由把袖子一挥，那几个侍妾吓得慌忙退了下去。李逢吉望着大厅中摆放的古玩，不禁暗自骂道：

“他娘的！今天是怎么搞的，太阳竟从西边出来了！这个跟头摔得不轻！不仅自己的主张被裴度当着满朝文武的面予以批驳斥责，而且皇上竟对裴度和韩愈的主张极力赞赏；同时还要擢拜韩愈为兵部侍郎……”

他恨得直咬牙根，晚上连夫人送上的美味佳肴，竟一口也咽不下去。脑子里不由闪现出三年前他被裴度等人揭露里通外贼、宪宗将其贬出京师的情景，不禁道：

“不好！现在裴度身居首辅，而且韩愈、元稹、白居易和牛僧儒、李宗闵等人都身居要职，与四年前更有不同；有这些人在朝，我李逢吉费了九年二虎之力回到朝堂，能有什么作为！不要说呼风唤雨，独掌朝政，就是想报昔日之恨，恐怕也难矣！”

李逢吉想到这里，不由打了寒颤，他望着门外垂手而立的两个侍从，暗道：“裴度与韩愈等人，历来与宦官为敌，那些阉党必然对裴度等人有忌，绝不会允许他们久立朝堂；自己要独掌朝政，搬倒裴度等人，非依靠他们不行！”李逢吉想到此，不觉眼前一亮。

第二天，他借故来到内务府，陈弘志与梁守谦一见李逢吉到来，已知其意，遂邀至密室。吃罢茶后，陈弘志向着李逢吉道：

“大人今日前来，有何赐教？”

李逢吉故意叹了口气，道：“下官今日前来，是向恩公辞行的。”

陈弘志看了看梁守谦，故作惊讶地道：“李大人才雄德茂，刚刚返回朝堂，皇上极为器重！将来这大唐的天下，就是您李大人的！何故说出这种话来？”

“两位恩公就莫要取笑下官了！”李逢吉像断了脊梁骨的哈巴狗一样，向着二人道：“昨日朝堂之事，两位恩公心中自然清楚，看来下官在这朝堂之上，是难有立足之地了！还不如辞去这宰相之职，告老还乡得好！”

“哈哈！人们都说宰相肚里行舟船！你这个宰相，怎么多少遇到点芝麻大的事，就想打退堂鼓了！”陈弘志不由笑着道。梁守谦看了看李逢吉，接口道：

“怎么！昔日之仇不报啦？荣华富贵不要啦？一人之下，万人之上的显赫高位不想啦？这可不是你李逢吉的性格啊？”

“唉！”李逢吉故意又叹息一声道，“不是下官不报、不想、不要！而是力莫能及啊！要不，下官也不会到二位恩公这里来。”

陈弘志看了一眼梁守谦，不由笑道：“大人的来意，咱家自然明白，你就不用再绕圈子了！常言道：一家人不说两家话，这裴度和韩愈等人，不仅是你李大人的政敌，也是咱家的死对头，在这点上，我们的利益是一致的，绝不会让其长期盘据在朝堂之上！”

梁守谦看着李逢吉，接口道：“昨日朝堂之事，李大人有三点失策之处，方遭到败北，不知李大人想到了没有？”

李逢吉听此，不由一怔，忙道：“请恩公赐教？”

梁守谦看了陈弘志一眼，向着李逢吉道：“一是你没有摸清当今皇上的心事，这是最大的失策！目前皇上刚刚嗣位，心高气盛，欲效高祖太宗，成为中兴之君。河北王廷凑作乱，皇上十分动怒，矢志务必剿灭。你在朝堂之上却公开鼓吹安抚和求和。这不是与皇上唱反调吗？”

李逢吉一听，不由吸了口冷气。梁守谦继续道：“二是你急于求成，过低估计了裴度他们的力量。如今不仅韩愈名扬朝野，身居要职，为皇上所器重；就是元稹、白居易及其门生好友李宗闵、牛僧儒等，俱为朝中重臣，深受皇上宠爱。你刚到京不久，就贸然同他们交锋，岂能不败下阵来？”

李逢吉听此，不由点了点头。梁守谦继续道：“这第三点最为关键，就是你表达意图的方式太直接明了，缺乏权术，马上便会被人识破和驳倒；成为众矢之的！这样可不行。”

李逢吉听此，不由道：“下官在岭南当了四年节度使，一切由个人说了算，随心所欲惯了，故而方有此举，请两位恩公不吝赐教。”

陈弘志向着李逢吉道：“大人要想实现自己的宏图大业，必须深谋远虑，要有政坛权术。目前面对强大的对手，需要采取‘明修栈道，暗渡陈仓’的策略方行。”他讲到这里，看了一眼梁守谦，向着李逢吉道：

“一是对河北作战，要明确表示拥护和支持；二是对裴度等人，要主动进行亲近讲和；三是要尽量接近元稹、白居易、牛僧儒等人，取得他们的信任。”

李逢吉听此，多少有些疑惑地道：“请恩公能详告此三策之妙？”梁守谦接口道：

“目前皇上心高气盛，一心要荡平河北，你必须明里顺着，才能得到他的欢心。将来就是与河北有什么来往，皇上也不会怀疑大人！这是其一。二是大人过去与裴度等人有隙，朝野不少人把大人视为奸佞。如大人能表面做出与裴度等人和好，不仅能显示大人的风节，而且也会取得皇上的好感；就是将来大人进行报仇雪恨，朝野也不会怀疑和责怪大人！”

梁守谦讲到这里，得意地看了看陈弘志。陈弘志看着李逢吉，接口道：

“三是目前韩愈在朝野威望颇高，皇上十分器重，擢迁兵部已成定局：即使大人反对，也阻拦不住，何不顺水推舟，卖个人情。此举不仅能显示大人胸襟广阔，重贤举能，而且也可麻痹对方，消除他们对大人的警惕与敌意。大人何乐而不为呢？”陈弘志讲到这里，望了望窗处，向着李逢吉继续道：

“四是元稹与裴度，表面上志同道合，但在个人利益上都是各打各的算盘,已经出现了裂痕。你可通过来往,对他们进行分化瓦解，然后各个击破。不知大人想到这些没有？”

李逢吉听此，如梦初醒，恍然大悟，不由高兴地道：“恩公此策实在是高，真让下官佩服的五体投地！只要下官能独掌朝政，以雪前耻，这大唐天下就是恩公的，下官愿效犬马之劳！”

“好说！好说！”陈弘志看了看梁守谦，向着李逢吉道：“我们也可以说是志同道合的朋友了，只要同舟共济，互相关照。这大唐天下就是我们的！啊，哈哈！”

“那是，那是！”李逢吉忙谄媚地道。

第145章
辞国学侍郎寄重望　论忠奸宗闵惹祸端

唐长庆元年七月底，韩愈在朝野一片呼声之中，被诏拜为兵部侍郎。一时亲朋好友，国子监上下，俱为韩愈高兴和祝贺。韩愈也心情激奋，踌躇满志。

司业赵敏向着韩愈道："大人莅任我国学半年多来，我国子监发生了翻天覆地的变化。今大人离去，虽乃是朝廷安危所需，但对国子监来说，不能说不是一个巨大损失！"

韩愈忙道："大人过奖了，学生莅任国子监以来。多亏大人鼎力相助，齐心图治，方使国学焕然一新！学生已向朝廷举荐大人为国子祭酒，望大人再接再厉，这国学定能办得更好！"

赵敏不由淡然一笑道："多承大人厚意，然下官深有自知自明：一是下官不是祭酒这块料，是将而不是帅，缺乏驾驭全局的才能；二是这祭酒之职，乃为朝廷重臣。下官既无大人之声望，又无朝中得力之人所荫蔽，何能擢此高位？故而不敢有所望也！"

二人刚说到这里，只见直讲和秦儒生闻讯前来。韩愈忙赐座令其坐下。秦儒生关切地向着韩愈道："全校盛传，大人已擢拜兵部侍郎，马上就要赴任，可否是真？"

韩愈点了点头道："吏部昨日已经降诏。"

秦儒生闻此，看了看直讲，不由眼睛一湿道："果然不出所料，大人这条巨龙真地要腾空而去，我国子监这潭碧水，看来又要变成死水了！"直讲也流着泪道：

“大人莅任我国子监以来，举贤任能，整饬校风，不仅使我国学名声大噪，而且也给了我直讲用武之地和无限荣光，此乃我直讲再生父母也！”说罢抬起衣袖擦了擦脸上的泪花。

“两位大人言重了！”韩愈忙道。然后向着赵敏道：

“秦大人的讲学，在各馆反映十分强烈，全校生徒和学官无不称赞叫好，我看应继续下去！”说罢又看了看直讲，道：

“直大人刻苦好学，博览广记，并且精通《诗》、《礼》。其好学敬业精神，应在全校学官中推杨光大！”

“大人说得很是！”赵敏点着头道，“学生定遵照大人旨意，办好此事。”

四人正说着，只见几名学官，带着一群学子，也闻讯前来，韩愈忙站起相迎。大家既高兴，又遗憾，俱对韩愈现出难舍之情。晚上，赵敏在祭酒堂为韩愈设宴祝贺并饯行，大家激情涌动，互相勉励，酒宴至二更多天方散。

第二天，韩愈在吏部侍郎孔戣的陪同下，来到兵部就职。这兵部自去冬李降调任东都留守后，一直没有侍郎。各司郎中武官，闻知韩愈到来，俱喜形于色，弹冠相庆，齐道韩公敢言直谏，政清风廉，腹有韬略，有韩公为侍郎，兵部有望也！河北之战定能转败为胜，化险为夷！

孔戣向着韩愈道：“大人擢拜兵部，真乃可喜可贺，正好以展大人的军事天才，施展报国之宏图！不过眼前河北战局不利，兵部的压力很大，大人可谓受命于危难之际！同时朝中变幻莫测，大人身上的担子不轻呀！”

韩愈闻此，不由凝重地道：“目前新皇志在中兴，国家兴衰，匹夫有责！朝廷既然将兵部交给学生，学生定当殚精竭虑，以尽职守，为平定河北、安定天下而鞠躬尽瘁！”

孔戣听后，不禁钦佩地点了点头。

翌日，元稹和白居易约同牛僧儒、李宗闵和张籍等人，在太白楼为韩愈设宴祝贺。大家弹冠相庆，举杯献斝。酒过数巡，白居易向着大家道：

“今日韩兄擢拜兵部，可谓众望所归！不仅皇上欣然点头，就是一向与我等为敌的李逢吉，这次也极力拥赞！”

“白兄说得不错！”元稹放下手中酒杯，向着大家高兴地道，“这次李逢吉重返朝堂，和过去是大不相同：不仅对韩兄诏拜兵部是双手赞成，而且对我等也十分亲善敬重，说我等是国家栋梁，朝廷股肱，朝廷应更多地委以重任。表示要向皇上极力举荐，实在令人振喜！”

旁边李宗闵听此，不以为然地道：“元大人所论，学生不敢苟同！这李逢吉昔日在京，投靠在宦官门下，里通外贼，弄权朝堂，大搞‘顺我者昌，逆我者亡’；并残杀宰相武元衡，乃杨炎、卢杞、裴延龄之流奸佞也！这次买通宦官，回到京师，扬言要以雪前耻；上月在朝堂之上还公开鼓吹对河北安抚求和。怎近些天来，却突然改变态度，竟与我等亲近起来！这里面定有不可告人的阴谋！”

元稹一向争强好胜，并自恃才高，从不把别人放在眼里；特别是穆宗即位后，对其诗赋文章十分赏识，常单独予以召见，更是春风得意。现见李宗闵竟在大家面前公开批驳自己，不由心中不快。同时今春李宗闵知贡举，元稹向其推荐二人，结果均未被选中，元稹为此一直心中不快；最近朝野一些落第举子，纷纷传言，说李宗闵举贡不公，将自己的一个同乡选中，元稹更是心中有气。遂面色一沉，向着李宗闵道：

“什么！李逢吉有不可告人的阴谋？你有证据吗？”

这李宗闵也是个刚正不阿之人，见元稹以长者自居，带着盛气凌人的口气质问自己，也不禁心中一沉，遂道：

“要什么证据？中国有句老话：看一个人的过去，就知道他的现在；看他的过去和现在，就知道他的将来！俗话说：狼改不了吃人，狗改不了吃屎！这恐怕连三岁小孩都懂的道理，难道大人还不清楚吗？”

元稹见李宗闵说话毫不留情面，不由把酒杯“啪”地一声往桌上一放，猛地站起身来，正要向李宗闵发火，韩愈慌忙站起，将元稹捺坐到椅子上，道："微之息怒！息怒！"然后向着李宗闵道：

"损之怎如此和元大人说话！元大人只是随意说说，你怎么就当真起来？难道元大人还不知李逢吉的为人！"

李宗闵见韩愈说话，也感到刚才语言有些不妥，遂向着元稹道："刚才学生一时激动，语言多有冒犯，请大人海涵！"

元稹气得满脸通红，一屁股坐到椅子上直出粗气。白居易忙向着元稹笑道：

"元兄也忒认真，今天是我们来为韩兄擢迁祝贺，怎能为口舌之争，伤了雅兴，让韩兄为难！来喝酒。"

"对，对，对！白大人说得极是！"牛僧儒也打圆场道，"今日咱们不论朝政，只叙友情，来，喝酒。"说罢举起酒杯。

元稹见此，虽心中有气，但想到今日是为韩愈祝贺，若要闹下去，也不恰当，只好端起酒杯，和大家碰了碰，喝了一半。然心中对李宗闵更加忌恨。

元稹和李宗闵之间的争执，很快传到李逢吉的耳中。他不由高兴地连连搓手，冷笑道："好！老天有眼，机会终于来了！老夫要让你们互相斗个你死我活！"

他很快见到陈弘志和梁守谦，将元稹和李宗闵互相猜忌争斗之事说了一遍。陈弘志听罢，微微一笑，向着李逢吉道：

"好！我们就从元稹身上作文章，想办法先把元稹拉过来，利用元稹搞掉李宗闵和裴度等人，然后再来个兔死狗烹，除掉元稹！"

李逢吉听此，扑闪着一对小眼睛，看着陈弘志道："不知恩公有何良策，能让元稹为我等所用？"

陈弘志阴险地一笑道："孙子曰：'知彼知己，百战不殆'。战场作战是这样，这政坛角逐也是这样！元稹争强好胜，恃才傲物，遇事头脑容易发热，且又极重名利地位。这是他致命的弱点，我们正好利用他这一弱点，使其成为我等手中工具！"

李逢吉看着陈弘志道："元稹虽争强好胜，好大喜功，但他与裴度、韩愈等人乃是挚交好友，契若金兰，岂能不顾友情，为我们所动？”

“狗屁！当今天下，哪有什么真正的朋友和友情？只有永恒的利益关系！”梁守谦微笑道，“只要个人利益需要，即使亲兄弟他也敢往井里推！”

“梁公公说得不错！”陈弘志道，“目前元稹自认为深得穆宗宠幸，梦想爬上宰相的宝座，我们正好来个投其所好：‘晓之以利，动之以官！’那元稹明白，要实现自己的梦想，没有我等帮助是办不到的，其必然跌入我等彀中！”

“好！恩公此策实在是高！”李逢吉听此，不由振喜地道，“下官回去，马上着手此事。”

“大人如何下手，可有胜券在握？”

李逢吉道：“近日京城一些落第举子，风传李宗闵科举不公，我们正好利用此事，说动元稹弹劾李宗闵，从而挑起他们内部争斗。”

“此事咱家也略有风闻，”梁守谦道，“京城所传皆子虚乌有，朝野尽知李宗闵知贡举，刚正无私，乃是几个纨绔子弟，为给自己落第寻找借口而已！”

“管他什么借口不借口的！”陈弘志不由冷笑道，“常言道：‘三人为虎’，只要此事能从元稹口中说出，当然元稹能写一奏章最好，李大人即可向皇上奏闻，皇上必然动怒，即使裴度为之求情，也难保住那李宗闵的官职！”

“好。李大人就从这件事上下手！”梁守谦接口道，“此事若是成功，不仅能铲除李宗闵，削去裴度一得力臂膀，更重要的是可造成裴度与元稹之间的不和与争斗，这是最重要的！”

陈弘志向着李逢吉道：“听传说翰林学士李德裕和李宗闵不和，不知是真是假？若真，这李德裕也可利用一下。”

“朝野所传不假！”李逢吉道，“当年李德裕的父亲李吉甫为相时，宪宗在宣政殿亲试贤良方正能言极谏科，李宗闵、牛僧儒、皇甫湜三人名列榜首，但因语言激烈，直指时弊，为李吉甫所不容，结果三人均被贬出外任，自此两家结下冤仇。”

“好！此人正好为我们所用！”陈弘志高兴地道。

“李德裕最近已被下官说动。”李逢吉多少有点自得地道，“俗话说‘无毒不丈夫’，这次定叫那裴度等人，上了断头台，还不知是怎么死的！”

“这就对了！”陈弘志与梁守谦微笑着点了点头。

第146章
遭奸谋屈贬强损之　送贤臣含愤赠饯诗

李逢吉从内务府回来后的第二天，便趁机将元稹邀至府中。此时大厅内轻歌缭绕，桌上摆满了山珍海味，元稹与李逢吉相对而坐。两边各依偎着一个妙龄女郎。

这李逢吉在剑南任职四年，经过精心搜刮，进京时带回十车金银珠宝，不仅购置了这套豪华住宅，而且又从江南买回数十名绝代歌女，以供玩乐。

此时元稹已有七分醉意，他望着一旁四名手执各种乐器的歌伎，点着头道："好曲！好曲！真如瑶池仙乐——不同凡响！"

李逢吉向着那些歌伎道："快把昨日新谱的元大人的《行宫》一曲弹奏上来，请大人予以品评指正！"

那四名歌女闻此，遂轻挥玉指，启动樱唇，随着悠扬的丝竹之声，向着元稹娇声歌道：

寥落古行宫，宫花寂寞红。白头宫女在，闲坐说玄宗。

元稹听罢，不由鼓掌道："此曲谱得绝妙，歌得动人，真不亚皇家帝王之音也！"

"多承大人夸赞！"李逢吉看了看那些歌伎，向着元稹道："此乃大人之诗锋发韵流，屈艳班香所至。"

元稹端起桌上酒杯，喝了一口，多少有点轻狂地道："大人过奖了！”

“不！老夫说得句句是实！”李逢吉看着元稹，故作凝重地道：“大人之诗，沉博绝丽，辅锦列绣。目前三宫六院，都在传唱大人之作，称大人为元才子！当今天子对大人的诗也是爱不释手，每日必吟之！用不了多久，大人必将再步青云，高居老夫之上尔！”

元稹听此，正中心怀，不由道：“多承大人吉言，今后还要靠大人多多提携栽培！”

“一定！一定！”李逢吉听此，不禁暗喜，遂道，“大人乃人中龙凤，国子栋梁，老夫定竭力向皇上举荐，以报大人厚意！”

“什么厚意？”元稹听此，不解地看着李逢吉道。

李逢吉故作委屈的样子道：“老夫昔日为相，有些争强好胜，曾得罪不少人。这次重返朝堂，虽竭力举办善事，以弥补过去之过，但仍得不到大家的谅解。如这次韩大人擢拜兵部，老夫深感韩大人才华卓绝，金声玉色，乃台辅之器，在中书廷议时，老夫力主予以擢拜；然而有人竟认为老夫是在施展阴谋，实在让老夫痛心！”李逢吉讲到这里，故意看着元稹，用感激的口气道：

“只有大人你敢于主持正义，不惜得罪朋友，而替老夫说话，真让老夫感激涕零！”

元稹听此，不禁想到前日与李宗闵的口角之争，顿时热血上涌，压在心中的怒气直冲头顶。他把酒杯往桌上一放道：

“什么朋友？平时说得好听，关键时刻却六亲不认，还不如路人！”

李逢吉听此，故意惊讶地道：“不会吧！大人所交朋友，如裴相国、韩侍郎、李舍人、牛中丞等，皆是光明磊落、德高操洁的正人君子，岂是那不讲情义，见利忘义的市侩小人？大人莫不是喝多了吧？”

元稹此时已有些头脑发热，不禁气愤地道：“什么喝多了！学生说的都是真话，那韩愈实在令人敬佩，裴度虽文彩稍逊，倒也罢了；只是那李宗闵满口仁义道德，处事却徇私舞弊，算什么正人君子？”

“大人小声点，莫要出言不逊！”李逢吉故意谨慎看了看门外道，“此话要是传到李舍人的耳中，你我都担当不起，必然招来祸患！这徇私舞弊之话，可不能随便乱说，要有事实证据才行！”

元稹被李逢吉一激，遂愤怒地道：“学生当然有事实根据，今春他李宗闵知贡举，竟将自己一个才疏学浅的同乡点为进士，却把怀珠抱玉之人拒之门外，此事朝野皆知，应试举子莫不怨声载道！别人怕他，学生却不怕他，正想上奏朝廷，弹劾他呢！”

李逢吉不禁心中一阵振喜，仍道：“大人切莫如此，李舍人乃裴相国的门生，有裴相国作主，点几个同乡好友为进士，算不了什么！你且莫引火烧身，昔年，大人为弹劾房式一案，被谪贬外任十年，此不可不虞也！”

元稹不由冷笑道：“今非昔比！他李宗闵也不是什么皇亲国戚，即使是皇亲国戚，学生也不怕他！”说罢，遂向着李逢吉道：“大人若是以朝廷社稷为重，请借笔墨以用！”

李逢吉见火候已到，便正色道：“好吧，既然元大人光明磊落，为了朝廷社稷，欲大义灭亲，力除弊端，老夫也顾不了许多了，愿助大人一臂之力！”说罢，向着侍从喊道：

“笔墨侍候！”

那些早已等候在门外的家仆，听到呼声，遂抬着桌案进来，放于厅中，上面摆放着纸墨笔砚。

元稹遂走到案前，提起笔来，仗着酒兴，撰就弹劾奏章一份，交与李逢吉。李逢吉接过奏章看了一遍，高兴地道：

“好！好！元大人不愧为当朝第一才子，铁面御史，此奏章珠圆玉润，正气浩然，老夫明日即转呈皇上，并力举大人！有元大人挺立朝堂，我大唐无佞臣也！来，咱们继续喝酒，一醉方休！”

元稹此时竟有些飘飘然，遂回到座上端起酒杯，一饮而尽。大厅之中遂有荡起悠扬的歌声。

第二天，李逢吉将事先说动李德裕所写的弹劾李宗闵的奏章，并同元稹奏章一起，呈与穆宗。此时穆宗欲作中兴之君，决心扫除朝政腐败，阅罢奏章，不禁大怒，向着李逢吉道：

“朕最恨这徇私舞弊之事，原以为李宗闵是个刚正操洁，风清政廉的贤臣，原来也是个奸佞之徒！朕竟被蒙蔽至今！”遂让陈弘志传旨，罢去李宗闵等人之官职，交由刑部查处。

裴度闻此，不由大惊，忙进宫为李宗闵等人申辩。穆宗因为阉党和李逢吉所惑，根本听不进裴度之言，反怪裴度袒护李宗闵。第二天早朝，韩愈与牛僧儒等人闻知李宗闵被参，极力上本保奏。穆宗仍盛怒难平，最后贬李宗闵为剑州刺史，阅审钱徽为江州刺史，杨汝士为开江令。

散朝之后，韩愈遂至裴度之处询问此事内情，裴度不由叹了口气，遂将元稹与李德裕参劾李宗闵；及李宗闵与元稹、德裕之间矛盾纠葛说了一遍。韩愈奇怪地道：

“宗闵与元稹之间有隔阂，学生也颇有所闻，前天大家在太白楼饮酒时，二人还曾发生过口角；但元稹历来光明磊落，疾恶如仇，这事已经过去，其怎又会暗中去参奏宗闵呢？看来这里面定有文章！”

裴度道：“此事学生开始也感到跷蹊，但到昨天晚上，即有人向学生禀报，说前天李逢吉曾邀元稹到他府上饮酒，据说元稹喝得酩酊大醉，到深夜方被李逢吉送回。昨天穆宗即收到元稹和李德裕参劾宗闵的奏章，这里面很可能是李逢吉在暗中使了手脚，绝不可能是一种巧合。”

韩愈听后，不由点了点头，多少有些疑惑地道：“李德裕与宗闵因十年前之事二人不和，这次借机倾轧宗闵，可以理解；元稹与宗闵乃是多年的挚交好友，怎竟能为李逢吉所动？”

裴度望了望天上飞驰的云块，道：“人最怕的是为名利权贵所动，古往今来，多少英雄豪杰，皆为此而跌倒！看来微之也难脱此数！”裴度说到这里，感叹地道：

“微之一是争强好胜，恃才傲物，因宗闵知贡举之事而耿耿于怀，很易为人所利用；二是微之这次回京后，经常出入于宫中，很得穆宗的宠信，遂萌动攀登最高权力之位的想法，便想借用宦官之力来达到目的。而阉党感到要弄权朝堂，也需要在朝中大臣中培植效忠他们的力量，故而双方关系便越来越密切。”

“原来是这样！”韩愈听罢，不由心中一震。裴度继续道：“这次李逢吉重返朝堂，开始气势汹汹，但碰了几个钉子后，便突然改变了态度，表面上与我等极力亲近和善，这不能不让人怀疑和深思！元稹突然弹劾宗闵，定是李逢吉从中挑拨使奸所至！”

“大人说得不错！”韩愈听后也不由点了点头道，“看来这朝堂之中，表面上风平浪静，但下面却是惊涛骇浪，暗藏杀机！我们不可不防！”

裴度听罢，不由心情有些沉重地道：“元稹与李德裕参劾宗闵一事，朝廷尚未公开真相，为避免造成大家相互攻斗，为他们进一步所利用，此事还需为之保密，不能将真相告诉损之。”

韩愈听后，不禁点了点头。

两日后，韩愈受裴度所托，与牛僧儒、张籍、李翱等人，在太白楼为李宗闵饯行。李宗闵忧愤难平，不住仰天长叹，向着韩愈等人道：

“此事学生实在是冤枉得很！想我那同乡，辞彩精拔，文章奇秀；上个月裴相国和段文昌还亲自调阅了他们的考卷，俱称赞不已，怎说有徇私舞弊之举？”李宗闵讲到这里，不禁愤慨地道：

“学生猜想，这暗中使奸的，定是李德裕和元稹二人！李德裕与学生历来有隙，伺机诬陷也在必然；而元稹乃是多年挚交，竟为一点私事也下此毒手，实在令人痛心！”

韩愈见此，忙劝慰道：“损之莫要忧愤和胡乱猜测，此事既然如此，还需往远处想开点。这件事是谁在使奸，目前还难下定论；以学生之见，微子虽争强好胜，恃才傲物，但一向光明磊落，疾恶如仇，绝不会干出这样之事，还望损之不要想得太多！”

“先生说得不错！”牛僧儒忙也接口道，“此事是否为李德裕所为，目前尚无证据；至于元大人，我看就更不可能了！他这个人虽然多少有点狂傲，但绝不会为了一点小事，就来陷害朋友！”

李翱也道：“大人政清风廉，朝野众口皆碑，此事昨日已传遍京城，朝中上下俱为大人鸣不平。我想用不了多久，此事定会水落石出，真相大白，还大人一个清白和公道。还望大人珍重身体要紧！”

李宗闵听后，不禁叹息一声道：“诸位大人所论，学生岂能不知！然这心中忧愤，实难消平！”

韩愈见此，遂离席让店家拿来纸墨笔砚，赋诗一首，赠与李宗闵。在诗中，韩愈用何山鸟来比喻李宗闵，用挟丸子比作李逢吉，用黄鹄比喻元稹；对李宗闵进行了婉言规劝。

李宗闵阅罢此诗，不禁潸然泪下，道：“多谢先生厚意和赐教，学生定谨记不忘也！”

三日后，李宗闵启程离京，韩愈与牛僧儒、张籍、李翱等人。将其送出城外十里方挥泪而别。

第147章
借平叛逢吉施奸谋　安河北裴度再出征

李逢吉在宦官的授意下，采取挑拨拉拢的手段，策使元稹和李德裕暗中弹劾，并蛊惑穆宗，将李宗闵赶出京师，一时在朝野上下引起不小震动。

裴度对此甚感忧虑和愤慨，一日见到元稹，遂就此事对元稹提出劝告，元稹在李逢吉和阉党的诱惑下，对裴度的劝告不仅听不进去，反而认为裴度偏向李宗闵，处事不公，对裴度更加忌怨。

李逢吉和陈弘志见此，十分振喜，为了进一步拉拢元稹与裴度对抗，八月底，由李逢吉和陈弘志举荐，元稹擢拜户部侍郎。此时元稹更加心高气盛，把李逢吉和阉党视为知己恩公，完全听其驱使。

时至九月中旬，河北战局更加不利，虽然朝廷诏令魏博、横海、河东等五路兵马进讨王廷凑，但各路兵马互相观望，畏敌怯战；王廷凑利用官军弱点，采取各个击破，使五路大军皆不敢向前。深州刺史牛元翼擢拜成德军节度使后，遂调集深、赵、定、恒各州兵马，约五万余人，在晋县附近与王廷凑展开激战。结果被王廷凑采用声东击西的战略，打得大败，只好带领残兵败将逃回深州。王廷凑遂挥军将深州团团围住，牛元翼惊恐万状，忙令部将徐盛带领五百精兵，突出重围，前往京城求救。一时朝野一片惊惧。

陈弘志向着李逢吉道："河北战事吃紧，这是天赐良机与大人也！"李逢吉听此，不由看着陈弘志道：

"恩公此话怎讲？"

陈弘志道："河北连连失利，皇上必然着急，明日早朝定会召集群臣庭议此事。大人可向皇上举荐裴度前往河北督战。"

李逢吉听此，不由将小眼睛扑闪了几下，猛然醒悟道："恩公此策高也！"

旁边梁守谦道："此举一是可将裴度逐出朝堂，使裴度哑巴吃黄莲，有苦说不出，朝中大权可尽归大人所有；二是裴度前往河北，将会如履薄冰，若剿贼无功，必然获罪于皇上；三是你李大人也会因举荐裴度，积极向河北用兵，而赢得皇上的好感，朝野将会视大人为主战忠臣了。"

李逢吉向着二人道："此举高是高，但裴度胸怀韬略，善于用兵，若挂帅出征，一旦平定河北，其必功高卓著，皇上将会更加器重，那时我们再要想除掉他就更加难矣！"

"哈哈！你呀！怎聪明一世，糊涂一时！"陈弘志看着李逢吉笑道："那裴度前往河北，能不能成功，还不是由你李大人来决定！"

"什么！由我们来决定？"李逢吉听此，多少有些不解地看着二人。

"对！由我们来决定！"梁守谦接口道，"打仗不仅打的是韬略和士气，而且打的是钱粮和后勤保障。昔日曹孟德在官渡与袁绍大战，时袁绍有雄兵二十万，而曹操的兵马还不到六万，结果曹操采取断其粮草的策略，把袁绍打得大败！"

"恩公说的是'釜底抽薪'？"李逢吉听此，不由眼睛一亮。

"是的！"陈弘志狡黠地一笑道，"裴度出征河北后，朝中宰相自然虚位。大人可同时举荐户部侍郎元稹为宰相，并负责对河北作战的钱粮供应。这样，元稹定会对大人感恩载德，言听计从，到时河北作战的胜负，自然取决于大人了！啊，哈哈！"

"高！实在是高！"李逢吉听此，三人不由发出会心的奸笑。

翌日早朝，穆宗果然对河北战事忧心忡忡，令文武大臣奏议平贼之策。裴度遂出班奏道：

"河北屡屡失利，究其原因：一是各路大军互相观望，畏敌怯战，从而给敌人以可乘之机；二是我五路大军缺乏互相协同作战，形不成对敌强大的攻势和震慑力。以臣之见，朝廷应选一精通韬略、忠心报国之人，委以重任，驾驭各军，统一指挥河北诸军作战，方能扭转目前不利战局。”

裴度刚讲罢，只见李逢吉出班奏道：“裴相国所论极是，老臣完全赞同。这河北五路大军，互相观望，各行其是，是造成目前失利的主要原因。”李逢吉讲到这里，故意看了看群臣，继续道：

“昔日淮西之战，开始和目前河北情况十分相似，后先帝令裴相国亲自挂帅，赴淮西督军，方使各路兵马步调一致，同仇敌忾，一举荡平蔡州，擒获元济！此朝野上下仍记忆犹新也！”李逢吉讲到这里，向着穆宗道：

“为了朝廷能早日平定河北，以解皇上之忧，老臣举荐裴相国为征讨诸军大元帅，充任河东节度使和成德招讨使，督讨河朔叛军，河北可平也！”

李逢吉讲罢，满朝文武大臣俱不禁一怔，这李逢吉昔日里通外贼，极力罢兵求和，与裴度势不两立；今日不仅对河北主张用兵，而且竟举荐裴度为帅，不禁现出疑惑和惊喜之色。穆宗也不由为之所动。

韩愈见此，也甚感跷蹊，但马上意识到这是李逢吉想借此把裴度逐出朝堂的奸谋，但李逢吉此举冠冕堂皇，名正言顺，又无法予以驳斥，不由暗道：“此人真乃奸诈狠毒之人也！”

韩愈刚想到这里，只见翰林学士，中书舍人白居易出班奏道：“裴相国和李相国所论完全正确！”这白居易刚直清正，忧国忧民，对河北战事十分关注，现听了李逢吉所奏，不知其用意，暗道：“若由裴度挂帅督军，必能扭转河北不利战局。”遂道：

“自幽、镇逆命，朝廷令诸道兵马进讨，然一年多来，屡屡失利，王师无功，盖节将太众，其心不齐。若裴相国亲自督军，则河北无虞也！”

裴度见此，虽知李逢吉心怀叵测，举荐自己是黄鼠狼给鸡拜年——没存好心！但感到河北诸军若没有一权威人物统一指挥，很难取得作战胜利。虽知其中有诈，但为了朝廷社稷和早日安定河北，决心将个人安危得失置之度外，遂出班奏道：

“臣愿挂帅出征，督军河北；望早日安定镇州，以解皇上之忧！臣与叛军定势不两立，不平定河朔，誓不还朝！”

穆宗听此，大为所动。高兴地道：“由裴爱卿督军，朕无虞也！”然后看了一眼裴度和李逢吉，道：

“朕准奏，裴爱卿可充河东节度使及镇州四面行营招讨使，督统征战诸军，务必肃清河朔之叛贼！”

韩愈闻此，虽担心裴度出征后，李逢吉必然趁机弄权朝堂，但目前裴度若不前往督军，朝野再无他人能驾驭各路骄兵悍将，河北战局将会更加不利，不禁心中难定取舍，这时只见裴度又奏道：

“目前河北之战已历时年余。诸路大军数十万人马，每日费用极大，各军多有粮草不足，军需短缺之情。要取得对河朔作战的胜利，必须加强对军需粮草的供应和保障，否则，前方军心浮动，其后果不堪设想！”

李逢吉听此，马上出班奏道：“裴相国所奏极是，这打杖能否取胜，关键是有无可靠的后方保障。户部侍郎元大人，刚直清正，才华卓绝，且忠心耿耿，老臣举荐元大人为中书门下侍郎同平章事。充任裴相国离京后的虚位，全力负责对河北作战的钱粮筹措供应之事。”

穆宗因对元稹十分宠幸，听此正合心意。遂点头道：“李爱卿所奏甚善：元爱卿辞彩精拔，风清操洁，善解朕意。由元爱卿为相，筹运粮草军需，朕无虑也！”

裴度听此，不由一怔，暗道：“这元稹虽才华横溢，诗赋奇绝，但每日沉浸于舞文弄墨，吟风诵月之中；对财税经济甚不留意，更不懂行军作战，军需钱粮之事；而且这两个月来，其完全投靠在阉党和李逢吉的门下，如何能承担其任？”不禁出班凑道：

“元大人跌宕昭彰，刚毅豪放，擢拜相位，势在必然！只是这征战军需之事，并非元大人擅长，还望皇上三思为好！”

穆宗听此，不由一怔，一时难以定夺。李逢吉慌忙出班奏道：“裴相国太多虑了！元大人渊亭岳立，卓越不群，乃台辅之妙器！其颖悟绝伦，触类旁通，这军需供应，并非布阵作战，岂能胜任不了？”穆宗听此，向着裴度道：“请裴爱卿放心，有李爱卿协助指点，此事定会万无一失。”

裴度见此，暗道：“若无李逢吉相帮倒还罢了，若是李逢吉插手，此事毁也！”本想再奏，但见穆宗立意已决，心在元稹；担心再坚持反对，不仅穆宗不悦，而且也会进一步得罪元稹，只好退回班中。不禁心中像压了块石头一样。

韩愈见此，也感有些不妥，但见穆宗已降旨称善；而且深知元稹争强好胜，虽与自己相交颇深，但若要反对，必然引起元稹的猜忌，也只好作罢，遂出班奏道：

“目前河北诸军，多心怀异志，虽有裴相公前往督战，但要取得全胜仍有难度！以臣之见，可调山南西道节度使乌重胤复为横海节度使；凤翔节度使李光颜为成德军节度使；魏博节度使李愬，久病不愈，可诏拜田弘正之子、河阳节度使田布，为魏博节度使。由此三人，从东边和南边进剿叛军，再由裴相率河东承天军，由西边攻取镇州，河北不难平也！”

穆宗听此，遂点头称善，向着裴度和李逢吉道：“就以韩爱卿所奏，速调乌重胤、李光颜、田布三人赴河北就任，不得有误！”裴度与李逢吉听此，忙点头称是。

三日之后，裴度准备赴河东太原，韩愈与白居易、牛僧儒，李翱等人，在太白楼为裴度饯行。酒宴之后，裴度向着韩愈道：

“这次河北督战，学生总有些心绪不宁；最担心的是钱粮军需问题。目前冬季将至，各路大军均粮草不足，棉衣短缺，军饷亏空。如作战物资得不到补充，势必造成军心浮动，王师将会不战自溃！”

韩愈听后，不由点了点头，道：“此事学生也有所虑！”裴度继续道：

“二是李逢吉与陈弘志等人阴险狡诈，心怀叵测；微之心高气盛，听不进不同政见，完全依附在阉党和李逢吉的身上，一旦李逢吉使奸，微之必然成为其枪手，实在让人担忧！”裴度说到这里，向着韩愈道：

“这两点是学生最为担心之处。学生走后，望贤弟在朝中务必提高警惕，以防他们使奸，学生拜托了！”

韩愈听此，也深感这次裴度出征，危机四伏，凶多吉少，但为了能使裴度放心前往便道：

“相公请勿忧心，李逢吉虽心地险恶，但在目前国难当头之际，他也不敢明目仗胆地使奸；微之虽为李逢吉和阉党所蛊惑，但其人本质不坏，一旦明白真相，定会悬崖勒马，主持正义！”

“但愿能如贤弟所言就好！”裴度听此，知韩愈是在宽慰自己，只好点了点头。

唐长庆元年十月初三，裴度离京前往河东。穆宗亲率文武百官，在东华门外为裴度饯行；韩愈和元稹、白居易、牛僧儒，李翱等人，将裴度直送至灞陵桥头。

裴度望了望河岸边快要落尽枯叶的杨柳，向着韩愈等人道：“诸位大人都回去吧，朝中之事就拜托给诸位了！”

韩愈闻此，不由心中沉甸甸的，向着裴度道：“请相公放心前往，眼下冬天已到，河朔气候寒冷，望大人多多保重，并祝大人旗开得胜，马到成功！”

“多谢贤弟吉言！”裴度看着韩愈，紧紧握了握韩愈的手，然后转向元稹道：

“前方作战靠的是后方保障，学生此去，能否完成圣命，就全靠大人你了！”

元稹虽对裴度有忌，此时见其真心相托，不禁突起恻隐之心，便道：“相公尽可放心，学生当以天为誓，定竭力办好此差！”

“那就多谢大人了！”裴度听此，紧紧将元稹的手握了握，然后又与白居易，牛僧儒等人一一话别后方登上战马挥手而去。

韩愈望着裴度远去的身影，心中不知是喜是忧，不禁涌现出一种惆怅感。

第 148 章
中奸计元稹上贼船　斥奸佞居易贬杭州

十月底，裴度到达河东并州的承天军大营。一面通令河北诸军进讨镇州；一面遣使回朝催要粮草军需。河北诸军闻知裴度亲自前来督战，俱不敢懈怠，忙挥师向前，准备与叛军决战。王廷凑闻此，急调兵遣将，予以应敌。

十一月五日，李光颜到达冀州。光颜忠勇善战，元和十四年因抗击吐蕃入侵。诏拜为凤翔节度使。当接到诏令后，马上赶赴河北，遂调集赵、定、易、深各州兵马，向镇州进袭，很快攻取辛集。

十一月初十，田布到在邢州。这田布因父田弘正被杀正在家中守丧，当接到诏令后，遂与妻子诀别，身披麻衣，昼夜兼程由河阳来到魏州。魏博诸军，多为田弘正旧部，见布到来，俱愿为之效力。李愬见布莅镇，即日交卸，遂赴东都养病，不久即殁。田布到任后，身居陋室，卖去旧产，得钱数十万两，尽散与将士，誓死复仇。遂挥师抵达邢州，连败叛军数阵，直逼元氏城下。

十一月十二日，乌重胤到达德州。元和十三年，因李师道作乱，乌重胤由怀汝节度使调拜为横海节度使，专讨李师道。去秋在与王廷凑交战中，为监军中官孙新谗诬，贬调山南西道。这次接到复拜横海节度使的诏令后，遂连夜赶至横海赴任，挥师直抵饶阳、武强。

王廷凑见此，十分震惊。一面调兵应战；一面召集幕僚商议对策。参军西门昭献计曰："扬汤止沸，不如釜底抽薪！昔日抗拒朝廷围剿，多采取买通朝中大臣和宦官，作为内应，方立于不败之地，今日不可不用此策！”

王廷凑看着西门昭道：“将军可有妙计，能使官军不战而退乎？”西门昭道：

“目前裴度赴河东督战，其人威望颇高，善于用兵，河北诸军俱威服听命；更有李光颜、乌重胤等人，皆是胸怀韬略，能征善战之人！大帅就是再有十万兵马，也难于御敌取胜！”西门昭讲到这里，看了看周围众将，向着王廷凑继续道：

“据下官所知，自李逢吉返回朝堂后，明里委屈求全，与裴度修好，暗中却投靠在宦官门下，伺机进行报仇雪恨。这次裴度出使河东，便是其暗使奸谋，将裴度逐出朝堂所为。现在李逢吉独掌朝政，绝不会让裴度出征获胜，再立战功！只要我们施以重贿，说明利害，那李逢吉定然故伎重演，与我们合作，只要李逢吉在朝中略使手脚，裴度即使再有能耐，也难有作为，这各路征讨大军，自然不战而退也！”

王廷凑听此，不由大喜，道：“将军一席话，胜若十万兵！就由将军前往长安如何？若能说动李逢吉，阻止裴度各军进攻，将军就是我镇州第一功臣，本帅将赐汝黄金千两，官升三级，子孙永享富贵！”

那西门昭听此，忙致谢意。王廷凑遂令人搜集价值十万贯的金银珠宝，交由西门昭带往长安。

十一月底，裴度与李光颜、乌重胤、田布四路大军，连战连捷的喜报迅速传入京中，穆宗闻此，龙心大悦，盛赞裴度等人之功，朝野上下也一片欢腾。

李逢吉与陈弘志见此，甚感不安。正当此时，裴度催要钱粮军需的文牒和西门昭先后到京。李逢吉和陈弘志见此，不禁转忧为喜，二人商定：一是制造借口，停止对裴度和河北诸军的钱粮供应；二是将朝廷已经运给李光颜、乌重胤、田布三军的粮草和军需物资的时间、路线告诉西门昭，让其速速返回，于半道劫取。

西门昭得此情报后，遂乘快骑，连夜返回镇州，叛军立即派出轻骑劲兵，于洛城、巨鹿、弓高等地，将运往三军的钱粮冬衣，全部截获焚毁。河北诸军，望眼欲穿的钱粮冬衣，一下化为乌有。时大雪飞降，三军身上无衣，腹中缺食，军心骤然浮动。

再说元稹接到裴度第二封催要钱粮的文牒后，来见李逢吉，商议筹措办法。李逢吉奸诈地一笑道：

“目前国库空虚，向河北三镇刚刚发去钱粮军需，眼下实无粮饷再发向河东！”

元稹道：“裴相公已再次来文告急，若无粮饷补给，前方将士必乱，征战即会由胜转败！”

李逢吉听此，不由笑道：“若此，乃是上天赐良机与大人也！”

“大人此话怎讲？”元稹听此，不由一怔，看着李逢吉道。李逢吉奸黠地一笑道：

“此次裴度出征河北，不妨实告：实乃老夫与陈公公、梁公公筹谋多日，为大人扫除晋升障碍，空出位子所为尔！裴度心中自然明白，岂能无忌？若是河北速胜，裴度凯旋回朝，对大人定然不利！这是其一。”李逢吉讲到这里，斜着眼睛看着元稹道：

“二是裴度这次如迅速平定河北，必然功高显赫，不仅会权倾朝野，就是皇上也会更加器重于他！大人这半年多来与他不和，他岂肯与大人善罢甘休？三是大人一年内由舍人擢拜宰相，连升三级。朝中大臣俱认为大人是依附宦官，攀此高位，多有非议和鄙薄。若裴度速胜回朝，他人借机弹劾，大人必相位不保！”

元稹听此，正中心病。近两个月来，朝野对他议论纷纷，恶语不断，不时传入他的耳中，真可谓有喜有忧，他不由打了个冷颤，向着李逢吉道：

“这……这当如何是好？”

李逢吉看了一眼元稹，阴险地一笑道：“这事十分好办；只要暂停对河北诸军的钱粮供应，前方诸军必乱，岂能速胜？裴度不仅征战无功，不能迅速班师回朝，而且皇上还会降罪于他！这样大人不是可以久居朝堂，安然无恙乎！”

元稹听此，不由沉默良久，道：“若此，虽与学生有利，但河北久战不平，不仅前方将士会白白流血牺牲，百姓继续遭受战乱之苦，而且也有负朝廷社稷，愧对天下百姓！这如何能行？”

李逢吉见此，不由暗道：“真是个不知好歹的东西！看来难为我用，还得使点手段！”便道：“大人真乃忠贤之臣也！可惜裴度不能重用！”然后故作凝重地道：

“对河北诸军的钱粮供应，只是暂缓，并非停止不给。一是目前国库亏空，需要由南方诸道调拨；二是时至冬日，北方天寒地冻，大雪封门，道路运输十分困难；三是河北诸军虽叫苦连天，只是借机索要，这是常有之事，各军岂无备用之物？”

李逢吉讲到这里，看着元稹道：“因此，到了明年春天，待南方各道税赋入库，再供应裴相公和河北诸军不迟。这样河北之战，虽不能速胜，但也不会失败。老夫岂能不为朝廷社稷着想？这点，你就放心好了！”

元稹听此，方半信半疑地道：“那以大人之意，裴相这催要钱粮之事，当如何处置？”

“可回复裴大人，就说眼前国库空虚，钱粮已拨给河北三军。”李逢吉向着元稹微笑道：“待南方诸道税赋入库后，即发向河东。”

元稹听后，只好点了点头。李逢吉见此，不由心中暗喜。遂向着元稹道：

“走，到我府上去。老夫近日从南方又觅得一绝妙歌伎，名叫赛西施。不仅貌若天仙，而且能歌善舞，且精通辞赋，极崇拜大人的新乐府诗，很想见见大人！”

这元稹历来豪放不羁，风流倜傥，闻此不由精神一振，遂跟随李逢吉来到他的府中，果见那赛西施有沉鱼落雁之容，闭月羞花之貌；再听歌喉，更如莺啼燕鸣，令人销魂动魄。元稹见此，如坠万丈云雾之中，竟把那裴度文牒，河北战事，抛在了九霄云外。

说来也巧，这大唐应该有事！近日不料韩愈旧病复发，竟难以理事，只好每日在家卧床静养；朝中之事竟不知晓，致使李逢吉的阴谋得逞。

白居易闻知此事，十分着急愤慨，遂寻元稹来至李逢吉的府中，只见大厅之中轻歌曼舞，酒香溢室；元稹斜靠在坐榻之上，身边紧紧依偎着赛西施，正在打着节拍，欣赏着面前四个妙龄歌伎的舞姿。

白居易见此，不禁怒火上升。李逢吉素知白居易刚正不阿，疾恶如仇。见其不速前来。忙道："白翰林今日怎有暇来到老夫寒舍？快快请坐，喝杯薄酒！"说罢向着一旁侍女道：

"快，给白翰林赐坐！"

白居易一脸怒色地道："不敢，下官没有这个福气！今日前来，是找元大人有话要说！"

那元稹见白居易一脸不高兴，忙推开身边赛西施，向着居易道："乐天请坐下，有何要事，请说无妨？"

白居易看了一眼赛西施和满屋的歌伎酒宴，向着元稹道："前方将士出生入死，浴血奋战，却身上无衣，腹中缺食；大人身为宰相，肩负着国家安危重任，竟无动于衷，却在这里花天酒地，是何道理？"

元稹听此，见白居易竟当着李逢吉和众歌伎的面斥责自己，不由脸红耳赤，心中不悦，一时语塞，难以回答。李逢吉见此，忙道：

"元大人刚刚到来，正为河北战事和军需粮草之事发愁呢！"

白居易见李逢吉屡施奸谋，不禁道："大人乃朝廷重臣，皇上股肱，应以国家社稷和黎民百姓为重，切莫为个人私怨，而置天下于不顾！"说罢，拂袖而去。

李逢吉见此，气得直咬牙根，心中骂道："好个狂徒，竟敢教训老夫！马上叫你知道老夫的厉害！"元稹被白居易一番斥责，也觉有些理亏，遂站起道：

"乐天来此一闹，这兴致全没了，学生先行告辞！"说罢就要离去。

李逢吉见此，不由奸笑道："这白居易是个有名的臭棍，你休得认真去理他！老夫早晚要替你出这口恶气！"说罢，将元稹捺坐到椅子上，道：

"来，咱们继续饮酒听歌！"边说边向旁边的赛西施递了个眼色，那赛西施见此，忙媚笑着又依偎到元稹的怀里。

两天之后，李逢吉寻其旧事，遂将白居易罢去翰林学士、中书舍人之职，贬为杭州刺史。至此，朝中诤臣贤士，被李逢吉除去大半，朝野无不为之瞠目。

时至腊月，河北一带连降大雪，各路官军粮草中断，身无棉衣，军中一片恐慌。李光颜和乌重胤只好把军队后撤，高壁深垒，以防叛军进攻。裴度见朝中迟迟不发粮饷，知是李逢吉与元稹在使奸，遂向朝廷连发三道奏章，弹劾元稹。

俗话说，祸不单行！就在此时，魏博军中突发兵变，统帅田布自杀身亡，致使战局飞转直下。原来自王廷凑劫取朝廷发给横海、魏博、成德三军钱粮后，魏博各军更是缺衣少食。田布报仇心切，不顾将士饥寒，勒令继续征战。牙将宪诚，素与王廷凑善，遂策反众将，与叛军媾和。田布见此，放声大恸，自作遗表，剖心而死。魏博各军遂拥立宪诚为留后，暗中与幽、镇叛军相连结。王廷凑趁此，大举向李光颜、乌重胤两军进攻，到十二月底，镇州叛军复克辛集、元氏。消息传到京城，穆宗大为震惊。

过罢新年，新任魏博节度使宪诚，一面与王廷凑暗中连结，抗拒官军；一面上表穆宗，要求安抚幽、镇两军，拜授朱克融、王廷凑为两镇节度使。

李逢吉与陈弘志见时机成熟，遂说动元稹，一齐向穆宗上奏，蛊惑罢兵休战。李逢吉道：

“目前国库空虚，财力已竭；李光颜与乌重胤连连败北，裴度久师无功。看来欲平定河北，只有采取安抚之策，除此别无良途。”

穆宗听此，甚感不乐，但见河北之贼愈剿愈烈，朝廷财力已经耗尽，遂向陈弘志与梁守谦问计。岂不知此二人乃是李逢吉与元稹的后台与同党，自然主张相契。穆宗不由叹了口气，只好定下招安河北两镇的决心。不禁向着陈弘志和梁守谦道：

“裴度误国，劳师无功，有失朕望！朕愧对列祖列宗也！”

陈弘志看了看梁守谦，二人不禁暗自高兴，陈弘志道：“皇上不必为此烦恼，这全是裴度用兵不当，指挥失误所至，使皇上不得不采取安抚之策。”

穆宗听此，对裴度更加不悦，遂有罢去裴度相位之意。

第二天早朝，穆宗在宣政殿降诏，擢拜朱克融为工部尚书、卢龙军节度使；王廷凑为户部尚书、成德军节度使。令中使赍诏，前往两镇宣抚。朝野见此，俱惊叹不已，皆道此乃李逢吉与元稹奸谋所为也！”

韩愈闻此，十分愤慨，不禁仰天长叹道：“有李逢吉弄权朝堂，我大唐中兴无望也！”

第149章
除忠良奸党设陷阱　拯国难贤臣抚镇州

时至二月，韩愈病情稍愈，便挣扎着来到署衙理事。他直诣元稹和李逢吉处，质问为何停发前方钱粮，致使河北作战失利；而且又蛊惑穆宗采取罢兵求和之策。元稹颇有悔意，而李逢吉却推诿抵赖道：

“前方军需钱粮，乃是由元大人承办；因国库空虚，故一时难以筹措，确是实情，老夫也无能为力！”

韩愈不由愤慨地道：“打仗靠的钱粮，俗话说：‘兵马未动，粮草先行’！如此，这河北作战岂能不败？”

李逢吉狡诈地道：“历来安定天下，一战一抚。武力若难奏效，则用和谈解决。古往今来，皆莫如此。韩大人就勿要认死理了！”

韩愈不由正色道：“是战是和，乃关系到我大唐长治久安的大计！大人执掌朝政多年，应深通此理！这次河朔两镇，以武力要挟朝廷，竟使其野心得逞，这样不仅使他们认为朝廷软弱好欺，而且将会得寸进尺，进一步抗拒朝命，河朔三镇将非唐所有也！天下和后人，岂不唾骂我等辱国无能！”

李逢吉听此，见韩愈竟明着指责自己，不禁恼羞成怒，更加不快，便道：“这罢兵休战，乃是皇上亲定！大人若有异议，可向皇上说去！”说罢，遂令侍从献茶送客。

韩愈见此，气得拂袖而去。李逢吉望着韩愈离去的背影，不禁冷笑道：“今非昔比，还敢对老夫不敬，早晚要让你死无葬身之地！”

五日之后，赴河朔宣诏的特使返回：朱克融欣然接诏，就任工部尚书、卢龙节度使之职，放回被囚禁的张弘靖等人；而王廷凑拒不接诏，并发兵继续围攻深州牛元翼。朝野闻此，顿时又出现一片哗然。

陈弘志笑向李逢吉道："苍天作美，大人铲除韩愈的时机来了！"

"恩公说的是让韩愈赴河北宣抚？"李逢吉扑闪着一对老鼠眼，看着陈弘志道。

"不错！"陈弘志阴险地一笑道，"那王廷凑性格暴戾。嗜杀成性，若韩愈前去，犹如投羔羊于虎口尔，必然被其所杀，岂不拔除大人眼中之钉，销去心头之恨！"

梁守谦一旁接口道："即使王廷凑不杀他，此时天寒地冻，那韩愈刚刚病愈，怎经得住长途颠沛跋涉，也恐难以返回朝堂！"

李逢吉听此，不禁高兴地道："恩公此举最妙，明日早朝，学生即让那韩愈前往镇州！"

且说穆宗得知王廷凑拒不接诏，乃继续攻打深州的消息后，甚是不安。翌日早朝，遂问计于文武大臣。李逢吉出班奏道：

"王廷凑拥兵自重，因朝廷讨伐其整整一年，故心怀怨愤，意欲踏平深州。为今之计，需有朝中一位重臣，前往镇州进行安抚，方能使其息兵罢战，以解深州之围！"两旁文武大臣听此，都不由一震，俱面呈惧色，不知李逢吉又要算计何人。

穆宗听此，不禁点了点头，道："看来当今之计，也只能如此了！"然后向着李逢吉道："不知朝中大臣，那位前去为好？"

李逢吉听此，不由心中暗喜，道："兵部侍郎韩大人，德高望重，腹怀韬略，且身为兵部侍郎之职，前去比较合适。"

穆宗听此，不由心中甚喜：韩愈不仅文章奇秀，而且忠心耿耿，欺霜傲雪，在朝野威望颇高。他不知李逢吉的用意，还以为李逢吉是真心在为朝廷举荐贤良，便点了点头道：

"李爱卿所奏极是，由韩爱卿前往，朕无忧也！"

两旁文武大臣见此，都不由一震，俱知李逢吉是想借刀杀人，不由互相看看，现出担忧之色。韩愈闻此，也不由一怔。只见御史中丞牛僧儒慌忙出班奏道：

“此举不妥！韩大人积劳成疾，大病初愈，如何能承担此任？再说那王廷凑乃虎狼之辈，心狠手辣。韩大人一向主张对河北用兵，王廷凑恨之入骨，岂能对韩大人善罢干休！请皇上三思！”

穆宗听此，不由沉吟难决，只见礼部郎中李翱遂也出班奏道：“朝廷出使安抚镇州，无可非议，然李相国举荐韩大人则是别有用心！”这李翱清正刚直，近见李逢吉屡施奸谋，陷害忠良，不仅将裴度逐出朝堂，拉元稹下水，而且先后将李宗闵、白居易等人贬出京师，甚为气愤；现见又要设计陷害韩愈，更加义愤填膺，遂向着穆宗奏道：

“朝野尽知韩大人刚正不阿，欺霜傲雪，与李大人政见历来向背。这前往河北乃是凶多吉少之事，李大人举荐韩大人，岂不令人感到有借刀杀人之嫌？”李翱讲到这里，看了一眼李逢吉，向着穆宗继续道：

“昔日卢杞当国，弄权朝堂，太师颜真卿屡加劝阻，致使卢杞怀恨在心。时李希烈称帝汴州，兵临东都。卢杞为陷害真卿，力举真卿前去宣抚希烈，结果被希烈囚禁三载，杀害于隆兴寺中。此前车之师，陛下不可不鉴也！”

李逢吉听此，不由面红耳赤，暗中骂道：“又是一个不知天高地厚的东西！”遂向着穆宗道：“老臣所奏，实为朝廷社稷所想，绝无半点私意，苍天可以作证！”然后看了一眼李翱，冷笑两声，用挑逗的声调道：

“韩大人前往河北凶多吉少，难道别人前往就平安无事乎？身为朝廷重臣，应为国家社稷尽忠，为皇上分忧，这才是为臣之道！难道一向忠心耿耿的韩大人，会惜身保命，畏缩不前乎！”李逢吉讲到这里，看了一眼李翱，狡诈地道：

“李大人阻挠韩大人宣抚河北，莫不是因为韩大人乃是大人的翁丈，行假公济私之实吧！”

李翱听此，气得脸色铁青，他没有想到李逢吉竟如此卑鄙阴险，正要予以驳斥，只见韩愈出班道：

“你们就不要再争了，学生愿宣抚镇州！”大家见此，都不由一怔。韩愈向着穆宗道：

“目前王廷凑继续围攻深州，一旦城破，不仅牛元翼性命不保，而且城中数万军民将会遭到涂炭！为了河北能早日平定，百姓不再受战乱之苦，臣愿前往镇州！”

“好！还是韩大人顾大局，识大体！真乃令人敬佩！”李逢吉见此，高兴地心花怒放。他未等穆宗开口，便抢先假惺惺地道。

李翱见此，不由暗暗叫苦：这明明是李逢吉设的陷阱。韩愈为什么要往里跳呢！便着急地向着韩愈道：

“王廷凑乃虎狼之人，大人前去定会遭到不测，为何非要不可为而为呢？”

韩愈此时心中自然明白，这全是李逢吉的阴谋，但如果不去。李逢吉绝不会罢休；而且安定河北的希望就会落空。便道：

“此往河北安抚，可能危机四伏，遭到不测。但做为臣子，绝不能因为有危险，就保身惜命，不敢向前！常言道：‘臣为明主而死，士为知己而亡’！为了能替皇上解忧，为天下百姓造福，学生即使赴汤蹈火，粉身碎骨，也在所不惜！”

满朝文武大臣听此，都不由现出敬佩之色，李翱流着眼泪道：“大人真乃我大唐忠烈之人也！可惜为奸佞所陷！”

李逢吉听此，气得直咬牙根。韩愈出使河北不久，李翱即被李逢吉所陷，贬为庐州刺史，这是后话。

穆宗见韩愈主动请缨，高兴地道：“韩爱卿真乃朝廷忠臣也！若河北安定，卿当是首功之人！就请卿近日持节上路吧。”

“多谢圣上隆恩！”韩愈忙跪谢道。李逢吉见此，不禁高兴地笑眯了眼。

韩愈出使镇州的消息，迅速传遍朝野，大家尽知为李逢吉所陷，亲朋好友深为韩愈的安危担忧。

韩愈拖着疲惫的身体，散朝后由李翱陪同回到家中，卢夫人望着满脸病色的韩愈，不禁两行热泪潸然而下，忙扶韩愈坐到椅子上，为韩愈递上一杯热茶。

韩愈望了一眼珠泪满面的卢夫人和站在周围，擦着眼泪的韩湘、韩昶及家中之人，道：情况你们都知道了？”

卢夫人不由点了点头，道：“刚刚听到消息。”说罢不由泪如雨下。韩愈见此，看了一眼满屋之人道：

“你们这是干什么？怎么都眼泪汪汪的！这出使镇州，虽有危险，但并非上断头台！那王廷凑也不敢怎么样学生！大家都振作起来！”

卢夫人深知韩愈的性情，擦了一把眼泪，向着建中等人道：“你们都出去忙吧，让老爷休息一下。”

建中等人听罢，方慢慢退出大厅。卢夫人向着李翱道：“刚才春儿回来告知此事，说得颠三倒四，情况究竟是怎么回事？”

李翱遂将今日朝中之事说了一遍。韩湘听罢，不由气愤地道：“又是这李逢吉在使奸，皇上为何就宠信这帮奸佞！这当个忠臣真难！每天如履薄冰，就像走在刀刃上一样！以孙儿之见，爷爷这官干脆不做算了，还不如当个老百姓安然无恙，舒心自在！”

“又在胡说！”韩愈听此，不禁向着韩湘喝斥道，“国家不保，百姓何来安乐？你生活在富贵之乡，岂知天下百姓之苦！如今河朔二镇战乱不断，百姓流离失所，横尸沟壑，何谈舒心自在？我们岂能为了个人安乐而置天下百姓于不顾乎！”

韩湘闻此，自知语言有失，忙道：“爷爷说得极是！孙儿因为爷爷的安危担忧，便说话走了嘴。”

韩愈看着韩湘道：“为国家尽忠，为百姓尽瘁，乃是我们儒家的做人之道和最高境界！湘儿不可忘也！”韩湘听后，忙点头称是。

晚上，卢夫人望着韩愈一头白发和满脸病容，心痛地道：“老爷现今年事已高，且大病初愈。这前往河朔，天寒地冻，道路难行，即使叛军不难为老爷，老爷这身体如何能承受得了！”说罢，两行热泪又夺眶而出。

韩愈望了望墙上悬挂着的颜真卿手书条幅，不禁道：“历来忠贤以国家社稷为重，昔日汉朝苏武，为抗击匈奴入侵，请缨出使西域，被匈奴囚禁十九载，而忠心不渝；我朝颜真卿，为安定天下，冒死宣抚李希烈，被囚禁三年，坚贞不渝；自作遗表，祭文和墓志铭，英勇就义！学生虽非圣贤，但也应以圣贤为镜，岂能惜身怕死！”

卢夫人听此，不禁道：“老爷这大半生以来，为了朝廷社稷和天下百姓，竭力宏扬儒教，奋力改革文坛；为铲除弊政，实现大唐中兴，不惜冒死直谏当今，而两度被贬岭南，先后献出了挐儿和滂儿两条性命，可谓无愧于国家社稷。今从岭南历经千难万险，方回到京师，还没有过上几天安稳日子，竟又要舍生冒死，去出使镇州，怎不叫为妻忧心如焚！老爷若是有个好歹，我们这一家可怎么过啊！”说罢，不禁又潸然泪下。

韩愈见此，也不禁眼睛一湿，向着卢夫人道：“这些年来，学生为了朝廷社稷，给家庭和夫人带来了太多的不幸，使夫人不仅担惊受怕，而且吃了很多的苦，学生实感有愧于夫人！更对不住挐儿和滂儿！然而为了国家这个大家，学生只能舍去咱们这个小家，夫人乃贤明之人，一定能够理解和成全学生的！”

卢夫人听此，看着韩愈的满头白发，不由痛哭道：“为妻岂不知老爷的大志，实乃不忍心也！但愿苍天能垂怜老爷，保佑老爷平安而去，平安而回！”

韩愈见此，故意笑道：“我韩愈乃大命之人，天降大任未竟，自有神灵护佑！过去每次遇难，皆是逢凶化吉；这次出使河北，苍天定会保佑学生平安无事，请夫人放心就是！”

卢夫人听此，不由擦了把眼泪，道：“你啊……”

第二天，牛僧儒、李翱、张籍等人，先后前来看视韩愈，大家的心情都十分沉重，而韩愈此时倒显得非常坦然。

三日之后，韩愈带着建中、春儿和兵部两名武官，冒着风雪启程上路。元稹因回家接取家眷不在，牛僧儒、李翱、张籍和朝中同僚，将韩愈送至灞陵桥头。

此时，乌云低垂，朔风凛冽，空中不时飘着冰冷的雪花，牛僧儒和李翱向着韩愈道：

“先生此去，吉凶难测，一定要处处小心；多多保重！”

韩愈望了望黑沉沉的天空和随风飘下的雪花，道：“四年前，学生因谏迎佛骨，也是在这个时候，冒着寒风大雪，踏上南贬之路，两年后平安回到京师。今日也是冒着风雪，前去宣抚镇州，学生定会凯旋而归，不辱使命。请大家放心就是！”说罢，和大家一一握别，然后在建中搀扶下，爬上马背，挥手而去。

大家望着风雪中的韩愈背影，不禁心中充满担忧和惆怅之感：“此去能说服叛军，平安地回来吗？王廷凑狂妄不羁，嗜杀成性，会不会杀害韩愈？韩愈会不会成为第二个颜真卿……”

第150章
惜文宗元稹请诏令 尽忠节韩公无反顾

话说元稹过罢春节，前往东都搬取家眷。这元稹于元和四年前妻韦丛不幸去世后，次年复娶安氏为妻，生女降真，暂居东都。在韩愈出使镇州的第二天他回到京师。当得知韩愈前去宣抚王廷凑时，不由大惊道：“退之休也！”

元稹遂直诣李逢吉处，质问为何遣使韩愈前往河北？李逢吉傲慢地笑道：“这是他咎由自取！让他知道与老夫为敌的下场！”

元稹听此，不由一怔，遂正色道：“韩愈刚正不阿，忠心昭昭，乃我大唐之栋梁；大人一向自命心怀社稷，以天下为重，怎说出这样话来？”

李逢吉见元稹竟敢责问自己，不由心里骂道：“真是一条喂不熟的狗！”遂冷笑道：

“谁让他与裴度结为死党，处处与老夫为敌，动不动就说老夫是奸佞，在朝中搞一言堂！老夫这是‘清君侧’，以彻底铲除裴度的党患！同时也是为了大人你着想；使你能够稳掌朝政，立于不败之地！大人怎不知好歹，还怪老夫不成？”

元稹听此，不由暗道：“人人都说这李逢吉是个奸佞，看来果然不错，可叹自己以前竟被其蒙蔽，未能识其真面目！”便道：

“大人所言，学生不敢苟同：那裴度虽然文彩稍逊，处事有些不讲情面，但大节不坏，乃我大唐中流砥柱。韩愈忠心铁骨，侠肝义胆，乃我朝第一诤臣。朝野无不敬佩！”元稹说到这里，不禁忧愤地道：

“王廷凑乃虎狼之人，韩愈历来主张对河北用兵，他岂能放过韩愈？而且韩愈大病在身，刚刚有点好转，这不是去送他的命吗？岂不使我大唐丧失一栋梁之臣！”元稹说到这里，看着李逢吉道：

“学生即使不做这个宰相，也不能昧着良心，再去断送忠良！请大人和学生一同进宫，面见皇上，请皇上收回成命，尽快追那韩愈回来才是！”

“真是痴儿说梦！”李逢吉听此，向着元稹阴险地道：“这朝中之事岂是儿戏！泼出去的水，那能收回？你呀！真是个扶不起的‘天子’！算老夫认错了人、看走了眼！”

元稹见此，也不由正色道：“大人的恩情，学生将永远不忘，但为了我大唐社稷，学生绝不能一错再错！若是大人不愿进宫去说，学生一人前往就是！”

李逢吉见元稹说出一错再错的话来，不由气得脸色发青，向着元稹吼道：“你去！你去！老夫算瞎了眼，白保你当了个宰相！”

元稹历来争强好胜，现见李逢吉出言不逊，以势压人，也不由怒火上涌，遂拂袖而去。李逢吉望着元稹离去的背影，破口大骂道：

“不知死活的狂徒，竟敢忘恩负义，背叛老夫，我要让你马上滚出朝堂！”说罢，便气急败坏地去找阉党商议对策。

这元稹离开李逢吉处后，遂进宫来见穆宗。穆宗一见元稹到来。十分欣喜，忙让一旁宦官赐座。遂问及东都之行的情况。元稹一一作了回答。穆宗听后，点了点头，向着元稹道：

“爱卿刚刚回京，就急急进宫而来，不知有何要事？”元稹忙向着穆宗道：

“学生回到京城，闻知韩愈于昨日出使镇州，特来恳请皇上收回成命，追那韩愈回来。”

穆宗闻此，不由一怔，向着元稹道：“不知爱卿何出此言？那韩愈宣抚镇州，乃是为了安定河北，解除深州之围。此乃关系到我朝廷社稷安危之大事，难道有何不妥之处？”

元稹道："安抚河北，并非不妥，只是不应让韩愈前往！"

"哦！这是为何？"穆宗不由看着元稹，元稹道：

"王廷凑乃是虎狼之人，此去宣抚能否成功，后果难料，朝中随便遣一官员前往即可，无须派遣重臣。一旦王廷凑有变，不致使朝廷失一栋梁之人。这是其一；二是韩愈历来主张对河北用兵，王廷凑恨之入骨，必然加害于他，此乃朝廷投羔羊于虎口也！"

穆宗听此，不由点了点头。元稹继续道："三是韩愈乃我大唐第一忠贤之臣。有屈原、魏征之风骨美誉，乃朝廷难得之人才；同时其人文章奇绝，力倡儒道，是当今文坛改革的主帅。朝中大臣，俱可有可无，唯独不能没有韩愈。"元稹讲到这里，痛惜地道：

"目前韩愈年迈体弱，大病在身；王廷凑嗜杀成性。此去定然性命不保！岂不使我大唐折一栋梁！皇上失一股肱！文坛殒一巨星吗！"

穆宗听罢，不觉顿悟道："元爱卿所奏十分有理，看来让韩愈出使镇州，确是不妥！然而此乃李爱卿极力保举，韩愈也自愿前往的啊？"

元稹遂道："建中四年，'四王二帝'作乱，李希烈称帝汴州，危及东都。宰相卢杞，因恶太师颜真卿，遂保举真卿宣抚希烈，结果被希烈杀害。今韩愈素与李相公政见不合，朝野皆有李相公借刀杀人之议论。"

"啊！竟有此说！"穆宗听后，不由一怔，元稹继续道：

"韩愈乃忠心铁骨之臣，虽知李相公心怀叵测，但其为了早日安定河北，为皇上解忧，拯救百姓于战火，仍不顾个人安危，毅然冒死请缨前往！"

穆宗听罢，不禁点了点头，道："看来这韩愈真乃忠贞之臣也，元爱卿所奏极是！"然后向着元稹道：

"不过朝野所传，真假难辨，未可深信；李相公也是为了朝廷社稷着想，不会有什么歹意。可令人速速去追那韩愈回来，另作安排就是。"

"是，皇上圣明！"元稹听此，正要转身离去，只见旁边陈弘志向着穆宗道：

“皇上请三思，此举恐怕不妥！”

“嗯！”穆宗听此，转向陈弘志道，“公公此话怎讲？”陈弘志看了看元稹，向着穆宗道：

“皇上若将韩愈召回，将会带来三种弊端：一是朝野会认为皇上决策轻率，从而失去皇威；二是如若再派遣他人前往，定会引起非议，说皇上厚此薄彼，处事不公，有损圣德；三是此事原由李相公携文武百官而定，若是元大人一句话便立即撤回，只恐李相公今后难以为政！请皇上思之。”

这穆宗生性多变，历来遇事没有主见。而且对宦官是言听计从，现听陈弘志说罢，也不禁点了点头，道：“公公讲得也有道理！以公之见，此事当如何处置？”

陈弘志眼珠一转道：“以奴才之见，可让韩愈继续前往镇州；但可传谕韩愈：让其至境后，见机行事，能入则入，不能入则回。这样既可保全韩愈的性命，又可不失陛下圣德皇威，达到一举两全！”

穆宗听此，不由欣喜地道：“公公此策高也！”然后向着元稹道：

“就以陈公公所奏，即可诏令韩愈至境度事从宜，不必直入！”元稹见此，只好退出，忙去追赶韩愈。

再说韩愈辞别牛僧儒、李翱、张籍等人，顶着风雪往河北而去。此时虽至二月，但仍寒风刺骨，路上冰雪一步一滑。

第三天，韩愈等人来到华州境内，此时韩愈大病初愈。身体虚弱，坐在马上摇摇欲坠。几次差点从马上摔下，多亏建中及时扶住。

参军赵勇见此，担忧地向着韩愈道：“大人病体未康，这冰雪封路，十分难行，大人怎受得了，不如住下休息几日，待病情痊愈，道路解冻后，再走不迟。”

“赵将军说得很对！”从事李琳也接口道，“我们停几日再走无妨。大人年迈体弱，且大病还未痊愈，皇上就让大人出使镇州，一点怜悯之心都没有！大人何必急着前去为他卖命！”

“你们休得乱说！”韩愈听此，不由斥责道，“我们前往镇州，为得是早日安定河北，拯救百姓于水火，此乃为臣之道也。岂能惜身不前乎？”说罢看了看赵勇和李琳，道：

“目前王廷凑日夜围攻深州，深州数万军民望眼欲穿，盼望着朝廷早日前去救援，我们怎能在此逗留不前？若是二位大人现处深州城中，当如何是想？”

赵勇和李琳听此，不由面现赧色，韩愈见此，遂用缓和的口气道：“二位大人为学生的安危着想，学生实是感激不尽，但如果我们晚到几日，一旦深州被叛军攻破，不仅牛元翼大人性命难保，只恐城中数万军民将会遭到屠戮，那时我们将成为历史的罪人，何以面对河北百姓和朝廷社稷！不知两位大人想到了没有？”

赵勇和李琳听此，大为感动，道：“大人真乃忠贤之臣也，实乃让下官钦佩！可惜皇上不明，竟为奸佞所陷！”

大家正说着，忽听从后面传来一陈急促的马蹄声，不禁回头望去，只见一队骑马官员飞驰而来。只听为首之人高声喊道：

“韩大人，慢行！”

韩愈等人遂停下脚步，待那队人马来到跟前一看。为首之人竟是元稹。韩愈心中不由大喜，忙从马上爬下来，那元稹忙也跳下马背，跨前一步，拉着韩愈的手道：

“韩兄走得好快，学生紧赶慢赶，两天才赶上大人！”

韩愈看着元稹，高兴地道：“大人何时回到京城？这急急赶来，有何要事？”

“学生昨日回到京城，闻说韩兄出使河此，甚感惊愕。”元稹喘着气道，“那王廷凑乃凶狠暴戾之人，韩兄此去定然凶多吉少。学生遂奏闻皇上，皇上已降诏，让韩兄以观局势，切莫轻易入境。故特来告知韩兄！”说罢，即拿出诏书递与韩愈。

韩愈听此，甚是感动，遂接过诏书，看了一眼，向着元稹道：“多谢大人厚意和皇上隆恩！学生既然领旨宣抚镇州，岂有贪生怕死、畏缩不前之理！”元稹素知韩愈性格，向着韩愈担忧地道：

“目前朝野尽传，韩兄这次出使镇州，乃是李逢吉借刀杀人的奸谋，想把大人变成第二个颜真卿！大人不可不防。学生昨日回到京城，便找李逢吉理论此事，李逢吉不仅不听劝告，反怪学生和他向背。无奈，学生方进宫面见皇上，奏请此事，结果又被陈弘志所阻，皇上只好降下此诏。”

韩愈听此，不由一怔，见元稹已识破李逢吉的阴谋，心中是又惊又喜，向着元稹道：

“大人果然不出学生所料：真乃忠贤之人也！终于看清了李逢吉的真面目！”

元稹听此，不由叹了口气道：“都怪学生有眼无珠，利令智昏，竟为李逢吉所蛊惑！回想这半年多来的所作所为，真有点追悔莫及！李宗闵、白居易皆是因学生之过而被贬出；河北失利，裴相公出师无功，造成目前局面，也是在李逢吉的蛊惑下，学生中断前方钱粮所至！今日大人不得不出使镇州，也与学生有关，实在让学生痛心疾首！”

韩愈听此，忙宽慰道：“人非圣贤，孰能无过，知错必改，善莫大焉！大人能识破李逢吉的真面目，真乃朝廷社稷之幸，文武百官之幸，天下百姓之幸也！”韩愈讲到这里，看着元稹道：

“李逢吉拉拢、蛊惑大人，是想把大人变成其弄权朝堂，排除异己的工具；现在大人与他向背，并揭露其阴谋野心，其定然不肯与大人善罢甘休，必然要置大人于死地，望大人要千万小心为好！”

元稹不禁慨然道：“学生自投身仕途以来，早把个人生死置之度外！目前皇上对学生十分宠信，谅他李逢吉也奈何不了学生！”说罢，向着韩愈道：

“目前最使学生担心的还是韩兄的安危！不知韩兄下步将如何行事？”

韩愈向着元稹很不放心地道：“李逢吉与阉党狼狈为奸，心狠手辣，什么坏事都能干得出来；皇上生性多变，很易被其蛊惑，还望大人莫要大意为好！”韩愈说到这里，看了看前方坎坷的冰凌道路，向着元稹道：

“至于学生的下步打算，皇上让学生度势从宜，不必直入，是皇上对臣子的仁爱；学生岂能为了惜身保命，而畏缩不前乎！请大人回去后禀告皇上，学生决心面见王廷凑，说动其罢兵归顺！即使舍身成仁也义无反顾！”

元稹听此，不禁眼睛一红道：“韩兄真乃忠烈之人也！学生来时，已料到会有这个结果。请韩兄一定要多多保重！”

“多谢大人盛情！”韩愈紧紧握了握元稹的手道，“请大人也要多多保重！”说罢，转身爬上马背，向着元稹含泪道：

“学生圣命在身，急着赶路，恨不得一步走到镇州，咱们后会有期！”说罢，拱手拍马而去。

元稹站在雪地里，望着韩愈离去的背影久久心情难以平静。

第 151 章
绝奸党微之遭贬谪　抒豪情韩愈辞元戎

再说李逢吉被元稹一顿斥责，气得咬牙切齿，大骂元稹忘恩负义，决心置其于死地，便来找陈弘志与梁守谦问计。梁守谦向着李逢吉道：

“看来这元稹不是我们道上之人，难为我等所用！不过此人现在已用处不大，俗话说：‘狡兔尽，猎狗烹’，而且这元稹知道我们的东西特多，需要尽快将其除掉，以免引起后患！”

“梁公公说得不错！”陈弘志接口道，“这元稹虽争强好胜，利欲熏心，而被我们所利用。但其狂傲不羁，受儒家思想影响特深；而且与裴度、韩愈等人交往过密，很难使其完全相背。同时当今皇上极宠幸于他，很易被其蛊惑。因此我们不能不防！”陈弘志说到这里，看着李逢吉道：

“今日元稹闯进宫里，很快说动皇上，若不是咱家及时予以阻拦，恐怕现在皇上已降旨召回了韩愈，大人的图谋岂不化为泡影！”

李逢吉听此，忙关切地道：“元稹进宫，下官知道，但不知皇上如何处置此事，故前来请教恩公？”陈弘志遂将元稹奏保韩愈之事简要叙说一遍，李逢吉听此，不由担心地道：

“皇上让韩愈度事从宜，不可轻入；若韩愈半途而归，我们的计谋岂不是要落空！”

“哈哈！你啊！”陈弘志看着李逢吉道，“他韩愈能半途而归吗？”

“这，这是为何？”李逢吉多少有些疑惑地看着陈弘志。旁边梁守谦接口道：

“陈公公说得不错：韩愈乃一腐儒，历来以‘齐家、治国、平天下’为己任，置个人生死于度外，这点我们无可置疑。他必然不惜一死，前往镇州，以舍身成仁。这是其一；二是韩愈历来以忠臣自居，他若半途而归，必然落个贪生怕死，畏敌不前，有负圣命的臭名，这是他韩愈宁死而不愿看到的！三是韩愈争强好胜，恃才傲物，对王廷凑无所畏惧。因此，他绝不会因皇上有此诏令而无功返回！”

“恩公说得不错！”李逢吉听后，不禁转忧为喜，高兴地道，“看来这次韩愈死定了！”然后向着陈梁二人道：

“不知元稹当如何处置？”

陈弘志看了一眼梁守谦，向着李逢吉道：“收拾元稹，易如反掌，略施小计便可！”梁守谦道：

“目前元稹在朝野可谓四面楚歌：一是其依靠我等。一年连升三级，爬上宰相宝座，满朝文武皆眼红涎垂，多有忌妒非议；二是李宗闵、白居易被贬，朝野俱把账算在元稹的身上，恨不得一把从马上将他揪下；三是河北失利，朝野皆传乃元稹排挤裴度，中断前方钱粮所致，骂其为奸佞。”梁守谦讲到这里看了一眼李逢吉，得意地道：

“当前朝野上下，犹如冬日之干柴，只要多少点把火，煽点风，便会熊熊燃烧起来，将元稹化为灰烬！”

“恩公说得不错！”李逢吉听后，高兴地连连点头。陈弘志看了看李逢吉，接口道：

“据咱家所知：翰林学士李绅，仍是个狂妄自大，沽名钓誉之人。此人与元稹历来不睦，御史中丞牛僧儒，乃是裴度和韩愈的学生，也是个腐儒，一向对元稹的所作所为甚是不满，常有弹劾元稹之意。可暗中策动二人参劾元稹，即使皇上对元稹进行偏袒，那元稹也难逃灭顶之灾！”

“高！恩公此策实在是高！”李逢吉听后，高兴地连连搓手，道：“这次定让那元稹尝尝背叛我等的滋味！”

三日之后，朝堂之上果然爆发了一场“倒元”风暴。首先是李绅发难。这李绅乃是前朝中书令李敬玄的曾孙，其人矮小精悍，善于心计，曾为国子监韩愈门徒，元和初进士及第，先授国子助教，后拜右拾遗。穆宗即位，擢翰林学士，中书舍人，人称“短李”。此人自命才雄敢谏，在李逢吉的暗示下，遂出班奏道：

“宰相元稹，自擢拜户部侍郎，同门下侍郎平章事以来，妄自非为，不思报国；去冬河北剿贼，其玩忽职守，擅自中断前方钱粮供应，致使王师失利，战祸难消！此乃元稹失职之过也！应予以追究惩处！”

穆宗听此，不由一怔，还未回答，只见牛僧儒也出班奏道：李翰林所言不虚：元稹自擢拜翰林学士，中书舍人以来，为谋取更高权位，妒贤忌能，陷害忠良：先以贡举不公为借口，谗诬中书舍人李宗闵等人；后又与裴度争夺相位，极力诽谤排挤裴度。裴度在河东三次牒文告急，催要粮草，其竟置若罔闻，致使裴度出师无功，难以凯旋还朝。请皇上明察！”

穆宗听此，更是一惊。他深居深宫，一切事情都是听宦官和李逢吉所奏，不知竟有此事，遂向着元稹道：

“元爱卿，这……这是怎么回事？两位大人所奏可是实情？”

元稹此时虽感突然，但马上意识到这是李逢吉在使奸谋，心中是既惭愧，又愤慨，遂出班奏道：

“两位大人所奏俱是实情，下官深感惶恐惭愧，有负皇上隆恩，愿接受任何处分！但下官所为，乃为李逢吉所蛊惑遣使，方行此不义之事，望皇上明察！”

元稹讲罢，穆宗更是深感惊愕；众朝臣互相看看，都不由点了点头。只见李逢吉出班奏道：

“元大人所奏，完全是血口喷人，嫁祸诬陷！老臣忠心报国，天地可鉴，怎会唆使其干这有悖圣恩、无情无义之事？这完全是其为逃脱罪责的信口雌黄！请皇上明鉴！”

元稹听此，不由指着李逢吉，愤慨地道：“去年你返回朝堂，为报前仇，独掌朝政，欲置裴度于死地，便拉拢学生作为你实施奸谋的工具！”

穆宗见元稹与李逢吉突然竟如仇敌，甚感奇怪，一时如坠雾海之中。旁边陈弘志见此，担心元稹在朝堂之上说出他们的奸谋，忙走到穆宗身边，小声地道：

“两位宰相在朝堂之上互相攻讦，有失大雅和威严；此事可待查明实情之后再议不迟。”

穆宗听此，只好点了点头，元稹正要当廷揭露李逢吉的奸谋，只见穆宗向着二人斥责道：“你们都不要再说了，两个宰相相互揭短，成何体统，都暂且退下！”然后看了看两边的文武大臣，道：“此事是真是假，谁是谁非，待查明后，再作处置！”说罢看了看陈弘志。陈弘志遂宣布退朝。

三日后，穆宗在陈弘志、梁守谦和李逢吉的内外蛊惑下，只好罢去元稹的宰相之职，黜为同州刺史；同时以指挥失误、粮草被劫、用兵不力等罪名，也罢去裴度的宰相之位，降为东都留守。

朝野闻此，顿时一片哗然惊骇。元稹在相位不到半年，即被罢黜：有指责其投靠阉党，丧失大节，是罪有应得；有为之不平叹息，说李逢吉卸磨杀驴，元稹不谙官场权术，竟成为其弄权朝堂的牺牲品；也有人赞叹元稹，说其能悬崖勒马，最终不与奸党同流合污，仍不失忠臣之芳名！”然而更多人则是替裴度抱不平，痛骂李逢吉与阉党祸乱朝堂，使朝中忠臣良相尽为其所陷害。

再说韩愈辞别元稹后，昼夜兼程，向河北进发。由潼关渡过黄河，经河中、绛州和太原，于二月中旬末到达河东的寿阳。时宣抚副使、驾部郎中吴丹，已于前一天从并州承天军大营赶到寿阳，在驿馆迎候韩愈。

二人相见后，韩愈遂问及河北战况，吴丹道：“王廷凑仍继续在围攻深州，李光颜、乌重胤两军已退回到景州和冀州。因粮饷不足和未接到朝廷诏令，俱未敢前去解围，深州危在旦夕。裴相公的承天军，现在集结在并州至苍岩山一带，因钱粮中断，军心浮动，故未敢轻易出战，现和叛军处于对峙状态。”

韩愈听后点了点头。吴丹虽为副使，但年内已随裴度来到河东，对朝中之事不甚清楚，甚感困惑，不由向着韩愈道：

“朝廷为何中断对前方各军的钱粮供应？叛军怎知我军运送粮草的路线和到达时间，竟被其全部劫获，致使我军变胜为败！如今为何非要向叛军乞和？这是怎么回事？”

韩愈听后，不由叹了口气，遂将李逢吉蛊惑唆使元稹扣发钱粮，谣传朝中有叛军内奸和李逢吉与阉党蛊惑穆宗罢兵求和等事，简要说了一遍。吴丹听后，不禁叹了口气道：

“果真是李逢吉和阉党在使奸！裴相公去冬离京时，就意识到这一点，故而一直忧心忡忡，看来果然不出所料！”

韩愈也不禁内疚地道：“去冬裴相离京后，学生旧病复发，竟卧床两个多月，朝中之事竟无从知晓，致使李逢吉和阉党的阴谋得逞！”

吴丹听后忧愤地道：“皇上偏听偏信，致使李逢吉和阉党的奸谋屡屡得逞！更可恨的是那元稹，裴相过去对他十分器重，结果竟忘恩负义，投靠在阉党和李逢吉门下，反而来陷害裴相公，实在令人痛心！”

韩愈看了看吴丹，道：“人非圣贤，元稹也人尔，在阉党和李逢吉的利诱蛊惑下，竟成为其帮凶和工具，实是令人遗憾！但好在其已意识到自己的受骗和过错，甚感懊悔和惭愧，已同李逢吉等人决裂。”韩愈讲到这里，看了看吴丹道：

“我们这次出使镇州，乃是李逢吉和阉党所设的陷阱，欲借王廷凑的刀来除掉我们，元稹得知此情后，遂痛斥李逢吉等人的奸谋，并向穆宗请诏，让我们观势从宜，不必入境。也可让世人谅解了！”

“若此，这元稹还不失‘铁面御史’之名，”吴丹听后不禁道，“只怕李逢吉和阉党不会放过他！”说罢向着韩愈道：

“既然皇上已经降诏，大人有何打算？”

韩愈道：“皇上降诏，乃是君之仁；我们前往，乃是臣之义！宣抚镇州的使命不敢废也！”

吴丹听罢，深为韩愈的精忠报国精神所动，遂赋诗一首，赠与韩愈。韩愈阅后不禁感慨万千，遂也题诗一首于后。其辞曰：

夕次寿阳驿题吴郎中诗后

风光欲动别长安，春半边城特地寒。不见园花兼巷柳，马头惟有月团团。

第二天傍晚，韩愈在吴丹的陪同下，来到并州的承天军大营。裴度闻报后，出营三里相迎，二人一见，紧紧握在一起。回到大营，裴度望着韩愈一身尘土和满脸病色，无限忧虑地道：

“此往镇州，凶多吉少，祸福难料！贤弟不该前来，但又不能不来！真真让人肝肠寸断！学生得知贤弟宣抚镇州的消息后，竟三日未能安寐！”

韩愈微微一笑道：“多谢相公厚意，然此也数也！国难当头，奸佞当道，作为臣子，只能以国家社稷为重而尽忠节！除此，别无选择！”

裴度看着韩愈道：“贤弟精忠报国，视死如归，怎奈皇上不明，为奸佞所惑，致使国祚危难，忠贤被陷，实在让人痛心！目前叛军穷兵黩武，王师人心浮动，斗志全失；王廷凑乃虎狼之人，大人前去定凶多吉少！以学生之见，不如暂在大营住下，以观河北局势，如王廷凑回心转意，再前往不迟。”

韩愈听此，不由叹了口气道：“多承相公美意，学生既然前来，已将个人生死置之度外了！若是前往镇州，能说服王廷凑就范，不仅河北能早日安定，而且深州数万军民可免遭涂炭之灾。因此，学生故昼夜兼程前来，岂能停止不前！”

裴度深知韩愈的铁骨忠心，不禁点了点头道：“贤弟真乃我大唐之忠贤也！实让学生钦佩，但愿苍天能保佑贤弟马到成功，凯旋！”

晚上裴度在大营设宴，为韩愈等人接风洗尘，只见桌上只有六个菜肴，裴度向着韩愈抱歉地道：“因军中钱粮已中断多日，故上下只得节衣缩食，要求将帅与士兵同甘共苦。凡迎来送往，只准四菜一汤，今日贤弟从京城而来，这六菜已是破例了！”

韩愈听此，不由感慨尤加。酒至半酣，大家谈到这几年朝中变化，韩愈贬谪岭南，裴度几经沉浮，都不禁感慨难抑。韩愈遂离席赋诗一首，赠与裴度。裴度忙接过看时，只见韩愈写道：

奉使镇州行次承天行营奉酬裴司空相公

窜逐三年海上归，逢公复此著征衣。旋吟佳句还鞭马，恨不身先去鸟飞。

裴度看罢诗稿，不觉潸然泪下，遂道："贤弟明知山有虎，偏向虎山行！我大唐能有贤弟，真乃朝廷之幸，百姓之福也！"

第二天，韩愈不顾疲劳和危险，力辞裴度继续上路。裴度无奈，只好将韩愈送出大营二十里，方挥泪相别。

此时朔风凛冽，乌云低沉，随时都会大雪突降。韩愈骑在马上，看了看周围群山，不禁回头又望了望已经看不清面目，还在挥手致意的裴度，心中顿然涌起一股惆怅感：

"前方，再有三天路程，就到镇州了。镇州，这个屡叛不息，杀气冲天的河北重镇，现在情况如何？此次能说服叛军，不辱使命吗？他心中好似胜券在握，又好似一点把握也没有。"

中午时分，韩愈等人来到一个小镇休息，只见镇中驻扎着许多军队，吴丹道："这里是承天军的一个粮草屯集地，附近住着三千守护部队。"

大家正说着，只见两骑快马从后面飞驰而来，那快马来到跟前，从马上跳下两个人来，韩愈一看，认得是裴度的侍从张虎，不由心中一怔。只见那张虎提了个包袱，向着韩愈道：

"大帅看天气要变，怕大人受冷，让小人给大人送来一件裘衣。"边说边将那包裹递向韩愈。

韩愈见此，十分感动，忙接过包袱，交与春儿，那张虎继续道：

"大帅还让小人转告大人，若大人有兴，让再赋诗一首，由小人带回。"

韩愈闻此，知裴度怕他路上寂寞，想借此激发他的情趣，甚是感激，遂令春儿取来纸墨笔砚，略一思忖，遂赋诗一首，交给张虎，张虎看时，只见韩愈诗曰：

镇州路上谨酬裴司空相公重见寄

衔命山东抚乱师，日驰三百自嫌迟。风霜满面无人识，何处如今更有诗？

张虎看罢，高兴地将诗稿装入怀中。韩愈向着张虎道：“请代我向你家相公致谢，此情学生将铭记不忘。”

那张虎忙点头应诺，同侍从跳上马背，拱手扬鞭而去。

第 152 章
察军情感慨怜将士　闻民怨立誓降贼兵

韩愈目送张虎走后，遂继续上路，不一会儿，黑沉沉的天空，竟飘起鹅毛雪片。春儿忙取出裴度所赠裘衣，披在韩愈身上。

傍晚时分，大家来到故关（后称娘子关），只见道路两边军营比连，岗哨林立；过往行人盘查甚严。守将尉迟雄闻报，与副将秦亮忙将韩愈等人迎入关中军帐。

韩愈等人脱下风衣，抖掉身上雪花；尉迟雄遂令侍卫取来一盆炭火，让韩愈等人取暖。赵勇向着尉迟雄道：

“二月将尽，此地怎大雪飘飘，寒冷如冬日？”尉迟雄看了看从天而降的鹅毛大雪，不禁叹了口气道：

“这老天也不为人作美：去冬以来，粮草中断，棉衣短缺；而它却大雪不断，气候异常寒冷。现在已将近三月，仍大雪飘飘，实在让人痛恨！”

韩愈听此，不由望了望雪地里站着的哨兵，只见他们衣服单薄，站在雪地里，不停地搓着手，踏着脚取暖。便向着尉迟雄道：

“将士们都住在什么地方？可有房屋以避风雪？”

“房屋！”尉迟雄不由苦笑一下道，“这三关前后数十里，皆是崇山峻岭，悬崖深壑，渺无人烟，哪来的房屋？”

“那部队都住在军帐里？”赵勇接口问道。

“那有许多军帐？”尉迟雄道，“去秋与叛军几次交战，军需辎重丢失大半；原指望朝廷能及时补充，谁知竟一文钱都不给。裴相公又严令将士不得掠挠百姓。故军中帐蓬三成还不到一成。”

“那，这冰天雪地，将士们如何御寒休息？”韩愈不禁疑惑地看着尉迟雄？

“白天大家只能晒晒太阳取暖，晚上便相互挤在山坳的避风之处！”

韩愈听此，不由心里沉甸甸的，暗道：“这前方将士真是太苦了！”尉迟雄向着韩愈道：“皇上也不知是怎么想的，战又不战，退又不退，简直不把将士的性命当一回事！去冬以来，已有很多将士因冻饿而死。若要再这样下去，部队非乱不可！”

旁边吴丹接口道：“朝廷已定下安抚镇州之策，韩大人这次前往镇州，就是要说服王廷凑休兵罢战，到时，三军将士便可撤回军营了。”

“安抚？”尉迟雄不禁气愤地道，“河北诸军久叛成性，得寸进尺。只有彻底剿灭其余孽，才能达到长治久安；否则只能是愈抚愈乱，后患无穷！”

秦亮接口道：“看来朝中定是又出了奸佞！去冬以来，对叛军作战竟釜底抽薪，中断钱粮供应；我军稍有失利，便采取安抚之策，实是让人担忧！”然后向着韩愈道：

“王廷凑狂妄暴戾，嗜杀无忌，大人前往只恐凶多吉少，千万要小心才是。”

韩愈听后，向着尉迟雄和秦亮道：“多谢二位厚意！走，带学生到下面军营中去看看。学生身为兵部侍郎，对前方将士生活如此艰苦却不甚清楚，实是惭愧的很！”

吴丹看着韩愈的疲惫面容，道：“大人有病在身，且又奔波了一天，还是休息休息吧，要不，明天再去察看不迟。”

“不，学生能行！”韩愈道，“明天我们还得早早起来赶路呢！”

尉迟雄见此，十分感动，道：“要不，我们就在附近走走？”

“好！请大人带路。”韩愈点了点头道，然后跟随尉迟雄走出军帐。只见四周大雪弥漫，已看不清山川和道路。

韩愈随着尉迟雄向右走有五十步远近，来到一悬崖下，只见依着石壁，用棍棒树技搭建着数个像窝棚一样的军帐。

大家进入窝棚，只见十几个战士正挤在一起烤火取暖，一见韩愈等人进来，忙站起身来。韩愈一看，只见这些将士身上衣服单薄，有的披着块兽皮，有的腰中系着条破布。个个面黄肌瘦，形如囚徒。韩愈见此，不由心中一酸，暗道："这些将士为朝廷社稷出生入死，如今竟像讨饭花子一般，若此，怎能去上阵杀敌！"尉迟雄看了一眼那些将士，指着韩愈道：

"这是兵部侍郎韩大人，前往镇州去宣抚王廷凑，路过这里；听说大家缺衣少食，十分关切，特来看看大家。"那些将士听此，不由一齐看着韩愈，俱现出惊喜之色。

韩愈向着他们道："大家都辛苦了！学生这个兵部侍郎没有当好！这次前往镇州，定说服王廷凑休兵罢战，让大家早日回到军营，不再受这风霜之苦。"

那些将士听此，互相看看，不禁喜形于色，其中一名满脸胡须的大兵，向着韩愈道：

"这早一天回去和晚一天回去都无所谓，军人的天职就是打仗吗！只是这身上无衣、腹中无食让人受不了。我们为朝廷打仗卖命，不知朝廷为什么不发军饷粮草给我们？"

"听说朝中出了奸佞，要陷害裴相公，"旁边另一个士兵接口道，"他们害怕我们打胜仗，故意停发钱粮给我们，不知是真是假？"

韩愈闻此，一时难以回答，看了看那两个军士道："这里面的情况非常复杂，一两句话也说不清楚；不过学生回到朝中，定让皇上如数将粮饷发给大家，请大家再忍耐几日。"

"大家让一让！"韩愈刚讲到这里，只见两个士兵，抬着一个饭桶，提着个竹篮，从棚外边说边进来，一见韩愈等人，忙停下脚步。

韩愈看了看那饭桶，道："你们现在开饭？"

"是的。"尉迟雄道，"因粮食不足，现在是一天两餐，午饭和晚饭合在了一起。"

韩愈走到饭桶前，只见里面是半桶酸菜汤，竹篮里放着像铁块一样的窝窝头。不禁皱了皱眉头，向着尉迟雄道：

“这些饭菜，将士们能吃饱吗？”

尉迟雄摇了摇头，道：“哪能吃饱！每人一顿只有两个窝窝头，一碗酸菜汤，官兵都是一个样。就这还经常断顿，吃不上呢。这几个月的粮草军费，都是裴相公在太原募捐而来的。听说裴相公把个人的俸银全部拿出来买成了粮草！”

韩愈听后，不由点了点头，暗道：“裴度真乃忠贤之臣也，可叹皇上不明，奸佞当道！”不禁脸上现出凝重之色。尉迟雄向着韩愈道：

“咱们走吧，这火头兵把饭菜分给他们后，还要到其他窝棚去。”韩愈听此，只好和那些将士告别，随同尉迟雄退出窝棚，回到军帐。

晚上，韩愈躺在军帐中久久难以入睡。他一会儿想到朝中李逢吉弄权朝堂；一会儿又想到深州被围困的军民和战火中那些流离失所的百姓。前方将士身披兽皮、破布，手中端着稀汤，嘴里啃着黑窝窝头的身影，不时在他眼前晃动。他不由暗道：

“此次前往镇州，就是粉身碎骨也要说动那王廷凑休兵罢战……”直到三更多天，他才朦胧合上眼睛。

第二天，雪虽然停了，但地上的积雪足有半尺多厚，远山近岭皆白茫茫一片，分不清哪是道路，哪是河川。

韩愈天未大亮就已起床，他不顾尉迟雄的挽留，催促大家草草吃点东西，就要启程上路。尉迟雄无奈，只好将韩愈等人送出关外，很不放心地道：

“前方再有三十里，就是镇州地界了，望大人一路多多保重。”

韩愈不禁感激地点了点头，遂揖别尉迟雄与秦亮，带着吴丹、赵勇等人，踏着厚厚积雪，前往镇州方向而来。这一带乃是历朝兵家交战之地，数十里不见人烟。大家向前走有约一个多时辰，方见远处出现一关隘小镇。吴丹道：

“前方已到镇州所辖的井陉县地界，穿过井陉和获鹿，就到了镇州。”大家说着来到小镇前，只见小镇高壁深垒，吊桥高拽，寨墙上架着弩弓礌石。守寨叛军望见韩愈等人到来，不知何故，忙鸣锣传号，顿时寨墙上站满了张弓持刀的叛军。

赵勇遂拍马上前，向着寨墙上高声喊道："我等乃是朝廷遣往镇州的使臣，有要事要见你家大帅，快快打开寨门，放我等过去！"

那寨上兵丁闻此，看了看韩愈等人，向着赵勇喊道："你们稍等片刻，待禀明马将军后再作定夺。"说罢，便有两个兵士转身离去；不一会儿，只见寨墙上出现一个将军模样之人，看了看韩愈等人，见其人数不多，后边并无伏兵，方令人放下吊桥，让韩愈等人过去。

韩愈在吴丹、赵勇等人护随下拉着战马，进入寨中。只见那位将军站在路旁，向着韩愈等人拱手道："请问诸位大人尊姓大名，前往镇州何事？"

吴丹看了看那个将军，指着韩愈道："这是兵部侍郎韩愈韩大人，奉皇上诏令，前往镇州宣抚王尚书大人，现有圣旨在此。"

那将军听此，不由眼睛一亮，看着韩愈道："大人莫不是力倡古文、谏迎佛骨、被贬谪潮州的韩愈韩侍郎吗？"

"正是学生！"韩愈听此，看着那位将军道："将军怎知学生？"

那人不由欣喜地道："末将姓马名龙，乃此镇守备。久闻大人之名，深慕大人的文章才华和忠心铁骨！不想今日有缘在此相见，真乃三生有幸也！"

韩愈忙道："多承将军赞誉！"那马龙看着韩愈道：

"此时大雪封门，连飞鸟都不敢出巢！大人竟冒雪前来。刚才听军士禀报，还以为他们是在妄言！看来大人果然是精忠报国、舍生忘死之人也！"

韩愈听此，知马龙是个正义之人，便道："学生一是身负圣命，不敢有误！二是想早日面见王大人，尽快结束这场战争，使河北早日安定，让百姓摆脱战乱之苦。故学生昼夜兼程到此，一刻也不敢稍停也！"

那马龙听此，敬佩地看着韩愈道："大人来得正好，这仗再也不能打了！到最后吃亏的还是老百姓和当兵的！也不知那些大官们是怎么想的，为什么拿大家性命不当一回事，非要争权夺利，打仗不可！但愿大人能早日说服王大帅，化干戈为玉帛，此乃河北百姓之望也！”

“看来将军所见和学生完全相同！”韩愈高兴地道，“只要我们共同努力，这战乱一定能够早日平息！”马龙点了点头，看了看韩愈和随行之人道：

“天这么冷，请大人和诸位到军帐中喝杯酒，暖暖身子再走不迟！”

“不啦！多谢将军美意！”韩愈望了望站在马龙身后的一群将士和肩扛刀枪的百姓，道：

“学生急着赶路，咱们后会有期！”说着和马龙拱手告别，爬上战马。马龙望着韩愈等人踏着积雪前去的身影，不由现出敬重之色。

韩愈等人到达井陉县城时，已是申时左右，只见城内城外驻满了叛军，而且还有不少衣服褴褛，扛着刀枪的百姓。

大家来到一家饭店门前，那店掌柜见韩愈等人到来，忙走出相迎。赵勇向着韩愈道：“我们就在此用些饭吧？”韩愈此时是又饥又累，遂点头称好。大家跳下马来，走进店内。那店掌柜一边擦抹桌椅，一边看着韩愈等人道：

“诸位客官从哪里来，到何处去？不是本地人吧？”

“我们从京城而来，要到镇州去公干。”赵勇答道。

“从京城而来？”那店掌柜听此，不由一怔，遂现出紧张神色。

“不要怕，我们不是来打仗的！”吴丹向着那店掌柜道。

“那是！那是！”店掌柜忙讪笑道，“不论什么人，来到我这店中都是客人，嘿嘿！”

韩愈看了看那店掌柜，道：“你这城里城外，为什么这么多扛着刀枪的老百姓？”

那店掌柜见问，忙看了看门外，不由叹息一声，向着韩愈小声地道：“这些老百姓，都是从四乡征来打仗的！”

“打仗的？”吴丹不由奇怪地道，“打仗不是有军队吗？怎么把老百姓都征来了？”

“你们是从京城来的，不知道我们这里的情况。”那店掌柜又看了看门外，道：

“自去年秋天以来，朝廷五路兵马进剿镇州，共有数十万人马，王廷凑原先只有三万兵马，又临时扩充了二万，仍远远兵力不足，便将四乡百姓强行抓来，以抵御官军。”

韩愈听此，方明原因，不禁道：“这些百姓家中有老有小，还要谋生计，让他们来打仗，他们如何生活？”

那店掌柜不禁又叹了口气道：“客官说得不错，这些从四乡征来的百姓，皆是家中主要劳力，他们被征来后，不仅家中无人照管，就是他们到此也是缺吃少穿。有的病饿而死；有的偷跑回去，被当官的抓回，不是被砍去双脚，就是被活活打死。每天哭喊惨叫之声不绝，尸首填满了城外半条沟！”

“哦！原来是这样！”韩愈听此，不由心中一颤。那店老板继续道：

“这仗再也不能打了！要不，老百姓可怎么活啊！”那店老板讲到这里，向着大家道：

“我老家七里屯有个邻居叫赵三保，家中两个儿子全被抓去打仗。一个冻饿而死；另一个偷跑回家，被抓回后，砍去双脚，活活痛死。赵老汉闻此，悲痛欲绝，也于年前忧愤而亡。家中只剩下一个带着两个孩子的儿媳妇，前两天讨饭来到城中……”那店掌柜说到这里，不由眼睛一红，忙抬袖擦了把眼泪。

韩愈听此，不禁心里更加沉重，看了看吴丹道：“这次我们一定要说服王廷凑，这战乱局面，再也不能继续下去了！”

吴丹听后，也不由心情沉重地点了点头。正说着，小二已将饭菜送上，韩愈此时竟一点食欲也没有，只简单吃了两口，便催促大家上了路。

第153章
入镇州浩然慑贼胆　惊天语正气夺贼酋

韩愈等人离开井陉，催马向前。赶到获鹿时，已是黄昏时分，便在城中驿馆住下，获鹿县令张昭闻知韩愈等人到来，忙到驿馆探望。

这张昭乃进士出身，对韩愈十分崇拜，两人相见罢，遂让店家拿来酒菜与韩愈等人洗尘。酒过三巡，张昭向着韩愈关切地道：

“王廷凑乃暴戾之人，这次连败李光颜、吴重胤和裴相公三路大军；传说朝中还有内应，更是骄横跋扈，有恃无恐，不知大人将如何处之？”

韩愈放下酒杯道：“自古邪不压正，王廷凑虽然拥兵自重，狂妄不羁，但这背叛朝廷，起兵作乱，乃是悖逆之罪，不仅将会诛灭九族，而且也会被天下人所唾骂。学生将晓之以理，动之以利，使其明白忠奸顺逆之道，是非荣耻之别。想其定会衡量利弊得失、悬崖勒马！”

张昭听后，点了点头道：“大人所论应该能使王廷凑震骇醒悟，但此人非同常人，前时中使前来宣诏，被其羞辱一番！大人还是要小心为好！”

韩愈不由凝重地道：“为臣者，应忠于职，而死于节！学生对此已早有所料，这次前来镇州，已将生死祸福置之度外了！”

张昭听此，深为所动，也对自己依贼失节而感到羞愧，不由道：“大人真乃忠烈之人也！实让学生感到敬重和自惭。”

韩愈见此，知张昭忠心未泯，从贼定有原因，便道："大人饱读圣贤之书，深明圣人之道，为何也依贼作乱呢？"

张昭听此，不由叹了口气道："学生愧对朝廷社稷和列祖列宗，终使大节不保，实是羞愧！"他说到这里，不禁内疚地道："去年王廷凑兵变作乱后，派人将学生古稀老母和三个稚子，以保护为名，劫持到镇州；并威胁学生，若不从贼，便将老母和稚子全部杀死。学生痛哭三天，无奈，只好面向长安方向跪拜九重，方答应了他们的要求！"

韩愈听后方明原因，向着张昭道："叛军中，像大人这种情况之人多吗？"

"这镇州上下官吏，皆受朝廷隆恩，谁愿背叛朝廷！"张昭感慨地道，"军政官员中，十有八九，皆是被胁迫从贼！周围各个州县，凡七品以上官员，其家眷均被劫持到镇州，如有异志或不听其号令者，便拿其家眷是问，故而大家投鼠忌器，虽有忠心，但不敢外露，只能违心地听从他们的驱使！"

韩愈听后点了点头，也不禁道："看来叛国作乱之人都是这样：昔年淮西吴元济父兄，作乱称霸三十余年，也是采用这种办法，以巩固其统治；今日王廷凑竟同出一辙！"

张昭道："目前镇州大部分官吏是'身在曹营心在汉'，盼望着河北早定，以归顺朝廷，去掉这叛臣贼寇的罪名。大人此次若能说服王廷凑：不仅使前方将士不再流血牺牲；河北百姓摆脱战乱之苦；就是上下官吏，也会弹冠相庆，感谢大人的大恩大德，此乃不世之奇功也！"

韩愈听罢，不由热血沸腾，道："听大人这么一讲，学生说服王廷凑的决心就更大了！若不使王廷凑罢兵休战，学生绝不还朝……"

第二天一早，韩愈等人便启程上路，张昭也早早赶到驿馆，将韩愈送出城外十里方回。中午时分，韩愈等人到达镇州，住进驿馆后，遂令人前到节度衙门投递公文与王廷凑。

且说那王廷凑已于前一天接到井陉县传来的军报，得知韩愈已经入境；现见韩愈到达城内，便召集部下商议应对之策。牙将西门洪道：

“朝廷被我们打怕了，方遣韩愈前来。以末将之见，先给那韩愈一个下马威，让他知道我镇州的厉害，以后朝廷再不敢小视我们！”

“西门将军说得不错！”参军魏奇接口道，“那韩愈历来主张对我河北用兵，实是可恶！这次前来，是天赐良机与我，先宰了他这只‘鸡’，给皇帝那个‘猴子’看看再说！”

王廷凑听此，不禁得意地咧着嘴点了点头。只见判官崔轩道：“不可！大帅这次起兵，原是朝廷不明，不肯接受大帅的诏拜之请；并又诬我为贼，派遣五路大军围剿进犯。乃是出于无奈！现今朝廷已赦去大帅的罪名，并诏拜大人为工部尚书和镇州之主，我们的目的已经达到。俗话说见好就收，可为上策。韩愈前来，我们正好趁梯下楼！”

“崔大人说得不错！”只见掌书记孙晟接口道，“这次我们连败官军，使朝廷不得不采取安抚之策，实乃是朝中有人帮助我们所致，若是我们的弓拉得特硬，一旦朝中有变，裴度等人再次秉政，其后果不堪设想！”

“你这是长他人志气，灭自己威风！”魏奇听孙晟讲罢，不以为然地道，“当今皇上昏庸无能，一切都是听从宦官的；只要宦官不倒，他裴度就不可能久居朝堂。即使再多几个忠臣良相，也挽救不了大唐的厄运！”

“一点不错！”西门洪看了崔轩和孙晟一眼道，“从代宗到德宗，又从德宗到宪宗，乃至今日的穆宗，他们口口声声讲要中兴大唐，结果是朝政越来越腐败，国家愈来愈穷困。五十年来，吐蕃、党项屡屡入侵，西域三府全部丢失；河南、河北战乱此起彼伏，烽烟不断。究其原因，就是宦官弄权所至。这些阉党为了保护自己的利益，必然要连结朝中奸佞，陷害忠臣良相！”西门洪讲到这里，看了看周围之人，自得地道：

“刘宴、陆贽、郑馀庆、武元衡，乃至今天的裴度，哪个忠臣良相能久立朝堂，不被陷害？杨炎、卢杞、赵憬、裴延龄、李吉甫、乃至今日的李逢吉，又有哪一个奸佞不是飞扬跋扈，弄权朝堂，不可一世！因此，诸位不必杞人忧天！”

王廷凑听此，点了点头道：“众位所言都有道理，听说这韩愈乃是一个不怕死的诤臣，有胆有识！明天他来时，先杀杀他的锐气，给他来个下马威，看看是真是假，然后再定夺顺逆不迟！”

“大帅所言甚是！”众将齐声赞附。

第二天，韩愈等人早早用罢早点，即向节度衙门而来，只见周围戒备森严，三步一岗，五步一哨，如临大敌一般。

大家来到衙前，韩愈遂让赵勇上前通报。不一会儿，从衙门内走出一个军校，向着韩愈等人道：“大帅有令，只准韩愈一人进去，其他人等不得入内。”

大家听此，不由一怔，俱现出担忧之色。韩愈微微一笑道：“诸位暂在衙外休息，学生一人进去就是。”

“这怎么能行？”吴丹很不放心地道，“一旦王廷凑有变，大人身边连个护卫之人都没有！”

韩愈笑道：“那王廷凑若要杀害我们，即使我们再增加一倍人马全都进去也无济于事！大家就放心好了！”建中见此，眼含泪花，向着韩愈道：

“老爷千万要小心，要不，小人跟着老爷一块进去，要是有个三长两短，小人就陪同老爷一块尽忠！”

“莫要胡说！”韩愈向着建中道，“余不会有事的！”说着，从李健手中接过诏令文牒，抱在怀中，然后正了正衣冠，随着那军校大步跨入大门。

韩愈来到节度大院，只见从辕门至节度大堂的甬道上，站着两排彪形军汉，个个刀剑出鞘，杀气腾腾，一见韩愈到来，只听一声号令，齐把刀剑“唰”地一声，架在甬道上方。

韩愈见此，已有所料，毫无惧色，大气凛然地从刀剑下面走过去，随那军校，登上大堂台阶。只见大厅两厢的屋檐廊下，站着数十名军校，个个手握利刃。韩愈刚踏进大厅，便听到参军魏奇阴沉沉地厉声喝道：

“来人哪！将这韩愈给我拿下！”

两厢军校闻此，俱向韩愈扑来。韩愈见此，不由怒目横扫了左右军校一眼。威严地喝道：

“大胆！我乃朝廷重臣，代天子以宣抚河北，前来诏拜王大人，谁敢动我？”

众军校见此，不由一怔，俱被韩愈的浩然正气所震慑，遂停止脚步，莫敢近前。

韩愈横扫了一眼大厅，只见王廷凑端坐在大厅正中的虎皮椅上，两旁分坐着判官牙将，不由正色道：

“王大人！这是何意？学生为大人不远千里来到镇州，竟以刀剑相迎！难道堂堂一工部尚书，威镇河北的节度大人，竟如此畏惧学生，连一点礼义都不讲了吗？”

那王廷凑先是见韩愈大气凛然地从刀剑下昂然而入，已有些佩服；现见其临危不惧，严词一激，更是乱了阵脚，忙尴尬地向着魏奇道：

“魏将军，你这是干什么？让你列队迎接韩大人，你怎么动起刀剑来了？还不让他们快快退下！”

那魏奇见此，看了一眼韩愈道：“人言韩大人忠贞不渝，视死如归，末将特以此相试尔。请韩大人海涵！”说罢向着左右军校道：“你们都暂且退下。”

“是！”那些军校听后，遂退回两边廊下。

王廷凑至此，已被韩愈的凛然正气所折服，忙站起身道：“大人受惊了！请上坐！”说着走到韩愈面前，携着韩愈的手，将韩愈让到客位上，然后向着韩愈道：

“不知大人前来有何赐教？”

韩愈至此，方缓和下面容道：“当今天子知大人乃忠良之后，有将相之才，方赦去前过，诏拜大人为工部尚书，镇州之主。前时令中使前来宣诏，不知大人为何不受，仍继续围攻深州？皇上甚是忧心，特令学生前来慰抚，以听曲衷。”

王廷凑听此，还未回答，只见西门洪向着韩愈道：“不是王大人不接诏，而是朝廷行事令人愤慨；田弘正克扣军饷，荒淫无道，激起兵变；王大人力挽狂澜，平息众怒，被众将士推举为留后。朝廷不仅不予褒奖，反而诬为叛贼，竟调动五路兵马前来围剿，是可忍，孰不可忍！”

韩愈闻此，不由正色道：“这位将军所言，学生不敢苟同：那田弘正贪污军饷，荒淫无道，应由朝廷按律条处治，岂能随意杀戮？若此，岂不乱了王法！再者，田弘正一人犯罪，应一人承担，怎一下杀他全家三百余口，更是令人痛心！朝廷岂能坐视不问？”

西门洪听此，一时语塞，竟不能回答。旁边魏奇忙接口道：“这杀戮田弘正全家，起兵抗拒王师，乃是下面各军所为，王大人是被迫而从之，实非王大人本意也！”

韩愈听此，不禁微微一笑，遂正色道：“此话讲得更是不通！王大人乃将门之后，腹有统帅三军之才，皇上方委以重任，岂能连部下都管束不了吗？这样如何能胜任节度使之职？”

韩愈讲罢，王廷凑等人不禁理亏语塞。两边廊下众叛将见此，便又一齐涌进厅来，其中一军校道：

“魏将军讲得不错！这杀死田弘正全家，并抗拒朝命，围攻深州，与王大人无关，乃是我等为王大人抱不平而为之！”

旁边另一军校接口道：“先太师（王廷凑之父王武俊）为国击走朱滔，血衣犹在！我军何负朝廷？竟视我军为叛贼，怎不叫人寒心？”

韩愈闻此，看了一眼那些军校，道：“汝等尚能不忘先太师，看来仍忠心不泯，善恶有别，这就好说！先太师精忠报国，官拜太师，名垂史册！学生就先来说说先太师之事。”

这王武俊先为成德节度使李宝臣部将，建中二年，宝臣死，子李维岳作乱，武俊杀维岳，官拜恒、冀都团练观察使。建中三年，武俊因怨朝廷封赏不公，在范阳节度使朱滔的挑动下，遂与魏博节度使田悦、青州节度使李纳共抗朝命。朱滔称冀王，王武俊称赵王，田悦称魏王，李纳称齐王。接着李希烈在汴州，朱泚在长安先后称帝，史称“四王二帝”之乱。建中四年，德宗一面命马燧、李晟、浑瑊等人调兵拒敌平叛，一面大赦天下。王武俊复归顺朝廷，进讨朱滔。“四王二帝”之乱后，武俊官拜太师及成德军节度使。韩愈遂向着众将道：

“先太师忠心不渝：先除叛贼李维岳，后败朱滔于魏州，虽有被朱滔蛊惑称王作乱之过，但其能知错就改，为朝廷屡建战功，而官拜太师，名垂千古！汝等之行，却与先太师背道而驰，怎能怪罪朝廷呢？”

那个军校听此，一时无话可说，旁边另一军校接口道：“当今天子昏庸不明，有功者不赏，作乱者高升。我们这样做，是想让朝廷不敢小视我镇州！”

韩愈看了看那名军校，正色道：“这位将军所言，更是于理不通！”然后横扫了一眼那些军校，道：

“纵观古今，凡悖逆作乱，顽固不化者，虽猖獗一时，但最后没有一个有好下场的！不是身败名裂，就是诛灭九族，遗臭万年！远的不说，就我朝而言：安禄山、史思明，虽连陷两京，席卷半个中国，但仍难逃覆灭之命运；朱泚、李希烈称王称帝，不可一世，最终难脱灭顶之灾；吴元济，李师道作乱三十余年，朝野无不惊骇，但最后竟死无葬身之地！”韩愈讲到这里，向着众军校道：

“请问这些人，有哪一个所遗子孙在世？又有哪一个有子孙后嗣在朝为官乎？”

那些军校听此，互相看看，其中一人道：“没有一人！”

韩愈看了那军校一眼道：“对！这位将军说得不错，没有一人能留下后嗣，全部诛灭了九族；再者，虽有前过，但能痛改前非，归顺朝廷者，无不高官厚禄，荫蔽子孙！”韩愈讲到此，看了一眼王廷凑和左右叛将，道：

“昔日田令公以魏博归朝廷，子孙孩童，皆为美官；王承元以

韩愈怒目横扫了左右军校一眼。威严地喝道："大胆！我乃朝廷重臣，代天子以宣抚河北，前来诏拜王大人，谁敢动我？"

此军归朝廷，弱冠为节度使；刘悟、李佑，弃暗投明，今皆为封疆大吏！这些人近在当朝眼前，可以为证！”

韩愈讲罢，只见那些军校互相看看，都不住频频点头，就是左右几个偏将也不由领首深思。王廷凑见此，担心韩愈将这些军校说动，于自己不利，忙向着那些军校道：

“韩大人的话都讲明了，你们都退下吧！”那些军校听此，方互相议论着退了出去。王廷凑向着韩愈道：

“侍郎前来，欲使廷凑何为？”

韩愈此时，方将悬着的心放下，向着王廷凑道：“学生这次前来，是代天子以抚慰镇州：一是请大人接受朝廷诏令，就任工部尚书和成德节度使之职，以效忠大唐社稷；二是尽快解除深州之围，使河北早日安定，消除战乱之害。”

那王廷凑听此，向着韩愈道：“不是廷凑非要围攻那深州，实乃牛元翼狂妄自大，不知天高地厚！去年秋天，其由深州刺史一下诏拜为节度使后，扬言三日踏平镇州；廷凑曾派人向他乞和，谁知其不仅不允，反将我前往深州的差使杀死！叫嚷要与我军势不两立，定要活捉廷凑赴京献阙！故此我镇州上下方同仇敌忾，立誓必除元翼，以雪此耻！”

韩愈听后道：“元翼狂妄，学生也有所闻，但大人围攻深州而不罢兵，已震动整个朝野，乃是与朝廷相对抗！当今朝野如牛元翼之才，可谓多也，朝廷一来仁爱待臣，不愿弃之；二来乃是为了城中数万军民免遭涂炭。大人欲治理河北，继承先太师之志，不可不取信于朝廷和收取河北民心也！”

韩愈讲罢，王廷凑不由点了点头，向着韩愈道：“大人所论十分有理，待廷凑思之！”韩愈见此，知王廷凑已被所动，便乘势说道：

“大人若接受朝廷诏令，休兵罢战，其利有三：一是大人将名列朝班，成为国家重臣，不仅名正言顺，光宗耀祖，使先太师之灵得以安慰；而且将荫蔽子孙，使他们永享荣华富贵，代代成为朝中之臣。二是可使河北数十万军民摆脱战乱之苦；将士们不再流血牺牲，早日返回家园，与父母妻子团聚；百姓们不再流离失所，持械戍边，遭受战火涂炭。此乃不世之功德也。河北百姓定会歌功颂德于大人！三是朝廷社稷可解除内顾之忧，集中力量以对付吐蕃、党项等外敌入侵，尽快收服我安西三府；同时又可减轻国家因连年征战给天下百姓带来的沉重赋税。此于国、于民、于己，均为上上之策！”

韩愈讲罢，众将无不点头颔首。韩愈看了一眼王廷凑，继续道：“大人若是不接受诏令，继续抗拒朝命，不仅学生，只恐满朝忠烈之臣都不会答应！为了国家统一和长治久安，也为了河北数十万军民不再受战乱之害，学生定向朝廷请缨，与大人以决高下！”韩愈讲到这里，横扫了一眼众将，向着王廷凑道：

“年内我镇州虽然连败朝廷四路大军，乃是因朝中有人作梗，使王师粮草中断所致，纯属一时侥幸而已。如今朝野皆知其详，必然同仇敌忾；三军将士为雪前耻，势必奋勇向前。到时五道兵马，以数十万大军前来问罪，犹如巨石压卵一般，只恐镇州不保也！那时王大人难免身败名裂，诛灭九族，成为吴元济第二！请大人试想之。”

王廷凑闻此，不由一震，向着左右将领道：“韩大人已讲得非常清楚，诸位意下如何？”只见判官崔轩道：

“韩大人所论极是，顺者前程光明，逆者死路一条！朝廷既已赦免我镇州罪名，诏拜大帅为封疆大吏，可谓名垂青史，挽回了我镇州的面子；为了河北早日安定，百姓不再受战乱之苦，请大帅早日接旨，休兵罢战才是！”

西门洪也欣喜地道：“刚才韩大人一席话犹如醍醐灌顶，使末将大为震动，如梦方醒！这接受朝廷诏拜，乃是上策，请大帅决断就是。”

参军魏奇看了看韩愈道：“既然朝廷已经低头乞和；韩大人又冒死前来宣抚。看在韩大人的面子上，末将也同意罢兵休战。不过皇上今后若要对不住大帅，末将还是要起兵造反的！”

王廷凑听此，不由拍案而起道：“大家所言正合吾意！”然后向着韩愈道：

“廷凑立意已决，决定接受诏令，罢兵休战，效忠朝廷就是！

若是将来朝廷对不住廷凑，廷凑再反不迟！”

“好！”韩愈见此，不禁高兴地道，“王廷凑接旨！”

那王廷凑闻此，忙与左右将佐离座，跪伏于大厅之中。韩愈从怀中拿出诏书，高声念道：

> “奉天承运，皇帝诏曰：为河北数十万百姓安乐，使我大唐江山永固久安，特诏拜成德军兵马使王廷凑为工部尚书、镇州刺史、成德军节度使。望其摅忠报国，励精图治，以不负朕望！钦此！唐长庆二年二月。”

韩愈念罢，遂将王廷凑等人扶起，将诏书交予王廷凑。王廷凑接过诏书，携着韩愈之手道：

“侍郎真乃忠烈之人也！实让廷凑钦佩，有韩侍郎在朝，廷凑绝不敢有异志，请侍郎放心就是！”

韩愈也笑道：“大人深明大义，弃暗向明，决意效忠朝廷，此乃国家之幸，朝廷之幸，百姓之幸也！实在是可嘉可贺！”

“哪！哈哈！”王廷凑多少有点不自然地笑道。然后向着掌书记孙晟道：“快快摆宴，与韩大人压惊洗尘！”然后又转向参军魏奇道：

“马上传令深州诸军，撤回原镇待命，不得有误！”

“是！”孙晟和魏齐听罢，齐转身离去。

由于韩愈的冒死宣抚，终使河北战乱停息。宋苏轼在潮州韩文公庙碑文中激情地赞誉道：“文起八代之衰，道济天下之溺，忠犯人主之怒，而勇夺三军之帅。此岂非参天地，关盛衰，浩然而独存者乎？”

第 154 章
抚河北凯旋返京师　再遭谗功高蒙奇冤

且说韩愈以浩然正气，陈说利害，慑服镇州叛军。王廷凑不得不接受诏拜，休兵罢战，解除深州之围。

三日后，参军魏奇前往深州接收政务。那牛元翼已于前一天带着老婆孩子逃回襄阳老家；可叹城中数千将士，只好投顺王廷凑。魏奇以深州军民久抗叛军不降为由，竟杀守将臧平等一百余人，全城上下无不惊骇！

时至五月，李光颜接到诏令，调回凤翔原镇，成德所属冀、赵、易、恒等六州，先后为王廷凑不战而所有。王廷凑虽表面上接受了朝廷的诏令，但暗中却与卢龙节度使朱克融、魏博节度使宪城连结一起，共拒朝命。河朔三镇虽名义上归顺朝廷，实则名存实亡，非为大唐所有。朝野上下无不责怨安抚之策，这是后话。

再说韩愈说服王廷凑后，于第二天离开镇州；王廷凑率大小官吏将韩愈送出城外十里。三日后，韩愈等人来到并州承天军大营。裴度一见韩愈安然归来，高兴地欣喜若狂，拉着韩愈的手道：

“贤弟真神人也！怎一到镇州，就使那王廷凑悬崖勒马，放下屠刀？”韩愈遂将说服王廷凑的经过，简要叙说一遍。裴度听后赞叹道：

“贤弟真忠勇之士也！我大唐能有贤弟，可谓朝廷之福！天下之福也！河北从此将结束战乱局面，百姓不再受涂炭之苦，此乃不世之奇功也！”

韩愈听后，不由摇了摇头，道：“以学生看来，这河北虽然暂时平息了战乱，但好景不会太长，王廷凑虽然归顺了朝廷，但河朔三镇恐难真正为朝廷所有了！”

“此话怎讲？”裴度听此，不禁看着韩愈道。韩愈感慨地道：

“这次王廷凑之所以答应罢兵休战，归顺朝廷：一是朝廷满足了他的要求和条件，使其名正言顺地拥有成德六郡之地！二是学生冒死前往，陈说利弊，使其感到归顺朝廷利大于害，方接受了诏令。三是去年以来，王廷凑在我数路大军的打击下，虽侥幸取胜，但也损兵折将,元气大伤,需要休养生息,故而借梯下楼。”韩愈讲到这里，向着裴度道：

“但王廷凑乃虎狼之人,手下诸将多是骄横跋扈,久叛成性之徒。这次河北停战，一是在王师失利的情况下进行的，不仅没有使他们得到教训，反而更加助长了他们的嚣张气焰和狂妄野心。二是停战是在朝廷的乞和、招抚下达到的，使他们感到朝廷软弱可欺，必然得寸进尺；将来一有风吹草动，时机成熟，便会再次作乱！故而不能不令人担忧！”

“贤弟说得不错！”裴度听后，也不禁点了点头道，“只叹当今不明,为奸佞所惑,竟采取这绥靖之策,只恐将来河北永无宁日也！”然后向着韩愈道：

“不过眼前河北可暂安一时，贤弟也不枉冒死前往一趟！”

韩愈听后，也多少有点欣慰地道：“是啊！这次镇州之行，虽九死一生，但还算不辱使命，也可于心稍安了！同时我前方将士即可撤回军营，大人也可班师回朝了！”

“班师回朝？”裴度听此，不由面现忧愤之色道，“学生是回不了朝啦！”

“这是为什么？”韩愈听此，不由一怔。裴度不禁沮丧和气愤地道：

“当今皇上为李逢吉和阉党所惑，竟以元稹玩忽职守、学生出师无功为由，将元稹和学生一起罢去相位！元稹贬为同州刺史，学生降以东都留守！”

“原来是这样！”韩愈听后，不由愤慨地道，“果然不出所料，此乃李逢吉的连环之计，不想此人竟如此歹毒！”

裴度听后道：“李逢吉一返回朝堂，便野心毕露，虽佯装和善，实心存奸谋。学生也有所察，但其与阉党狼狈为奸，故而防不胜防，竟使其奸谋完全得逞！”

韩愈也气愤地道：“大人说得不错：这李逢吉先是以和善的面目出现，迷惑我等与满朝文武，接着利用元稹与宗闵的间隙，挑动元稹弹劾宗闵，达到既铲除宗闵，砍去大人一条臂膀；又制造元稹与大人不和，达到一箭双雕的目的。同时抓住元稹争强好胜、求官心切的心理，以工部侍郎为诱饵，拉拢元稹上船，作为对付大人的工具！”韩愈讲到这里，不由感慨地道：

“可巧此时王廷凑连败王师，朝野震骇，李逢吉便借机将大人排挤出京，让元稹登上宰相之位。并利用元稹与大人的不和，唆使元稹中断前方钱粮的供应，造成我军不战自溃。然后借此达到三个目的：一是蛊惑皇上与叛军媾和；二是以大人久师无功为由，将大人罢黜相位；三是借此控制或铲除元稹！从而实现其独霸朝政、弄权朝堂的野心！”

裴度听后，点了点头道：“贤弟所论极是，学生这次将同贤弟一起路过回京，定向当今圣上揭露其阴谋，绝不能让其继续祸乱朝堂！”

“好！学生当助大人一臂之力！”韩愈不禁激动地道。

三月中旬，韩愈凯旋回到京师，穆宗大喜，亲于德政殿接见韩愈。韩愈遂将宣抚王廷凑的经过叙说一遍。穆宗高兴地道：

“卿真忠勇之臣也，朕能有卿，天下无忧也！”遂有用韩愈为相之意。韩愈走后，穆宗便向着陈弘志和梁守谦道：

“这次韩愈冒死宣抚镇州，使王廷凑归顺朝廷，不仅解除了深州之围，而且也使朕无忧于河北也！此乃不世之奇功，朕欲拜韩愈为相，不知两位公公意下如何？”

陈弘志与梁守谦听此，不由一惊。这次韩愈出使镇州，原是想借王廷凑之刀除之；不想其竟说动王廷凑，不仅没有被杀，反而凯旋回京，受到满朝文武的赞美和穆宗的宠幸，心中竟像吃了个苍蝇一样难受。现见穆宗要拜韩愈为相，便慌忙道：

“皇上不可！”

穆宗听此，不禁看着陈弘志道：“这是为何？”陈弘志看了一眼梁守谦，向着穆宗道：

“这韩愈一向恃才犯上，狂妄不羁，目无君臣之礼！只可用之，但不能重用。否则，将会祸乱朝堂！”

穆宗听此，不由看着陈弘志与梁守谦，梁守谦忙接口道：

“陈公公说得不错：贞元十九年，韩愈为李纹所荐，擢拜监察御史不到三个月，便非议朝政，诬陷大臣，被德宗贬到阳山；元和六年，其被武元衡所荐，刚刚由东都调迁回京，便诽谤朝中大员，为华阴柳涧翻案，被贬为太学博士；元和十三年，韩愈擢拜刑部侍郎还不到一年，又妄论佛骨，诋毁先帝，被先帝贬到潮州。此人若要拜相，定会使皇上不得安宁！这是其一。”梁守谦说到这里，看了看陈弘志，向着穆宗继续道：

“二是韩愈与裴度、元稹等乃是死党，与李相公历来不和。韩愈若是拜相，定会为裴度和元稹叫屈，与李相公分庭抗礼！朝中必然陷入党派之争，其后果不堪设想！请皇上三思！”

穆宗历来对宦官是言听计从，现听陈弘志与梁守谦一说，不禁连连点头，道：“以公公之见，韩愈当如何封赏？”

陈弘志看了看梁守谦道：“以奴才之见，韩愈这兵部侍郎之职已经不小，而且擢拜不久，若要加官，可听听李相公的意见为好。”

穆宗听此，略作思忖，便点了点头。韩愈虽才华卓绝，崧生岳降，功高蜚声：文彩高于裴度、李降；韬略胜过崔群、元稹；政绩在王涯之右。但因其一生反对宦官弄权，为阉党所忌恨不容，最终也未能拜相，成为史论之憾！

再说裴度入京后，遂连上三道奏折弹劾李逢吉，并两次进宫向穆宗申明曲直，韩愈也上疏为裴度鸣不平。穆宗见此，难以定夺，遂又向阉党问策。陈弘志与梁守谦遂道：

“裴度被罢相位，乃内心对皇上暗存忌恨，故弹劾李相公，借以开脱罪责，发泄私愤；韩愈乃裴度一党，自然要替他说话，皇上不可信之！”

穆宗历来没有主见，遇事多听宦官之言。便道：“以公公之见，此事当如何处置？”

陈弘志道：“这裴度居功自傲，常常凌驾于陛下之上，这次出师失利，本应从重处罚，但皇上仁爱，只免去其相位，仍除以东都留守，而其不仅不思报恩，反而心怀怨忌，嫁祸他人，实是令人愤慨，以奴才之见，应将其除以边疆外任，使其不能干预朝政为好！”

“陈公公说得不错！”梁守谦接口道，“裴度自恃功高，在朝中飞扬跋扈，结党营私，韩愈便是他的死党。目前淮南节度使空缺，可让裴度前往淮南。韩愈的奏章驳回就是！擢迁之事待以后再议。”

穆宗听后，点了点头。可叹裴度、韩愈又被阉党所陷。满朝文武皆曰：韩愈出使镇州，功高卓著，竟没有擢迁封赏；裴度还未到达东都上任，竟又被黜向淮南！俱是阉党和李逢吉在作祟，多有为之愤愤不平。

牛僧儒、李绅、李德裕等人，更是愤慨不已。三日后早朝，遂先后出班上奏，为裴度和韩愈申辩。李绅道：

“裴相公出师不利，乃是因元稹玩忽职守，中断前方钱粮所致，并非裴相公用兵失误！现元稹已被罢去相位，贬往庐州，是非曲直已经定论；不应将裴相公一贬再贬！”

李德裕也出班奏道：“韩侍郎不顾大病初愈，冒死宣抚镇州，不仅使皇上解除了北顾之忧，而且使河北数十万军民得以摆脱战乱之害，此乃奇功伟绩也！皇上应奖罚严明，予以封赏擢拜才是；朝廷不应漠漠无闻，以寒忠臣良相之心！”

“两位大人所言甚是！”牛僧儒也出班奏道，“裴相公精忠报国，德高望重，不仅胸怀治国安邦之策，而且功高卓著，乃我大唐中流砥柱，犹如马燧、李晟在世！皇上欲励精图治，实现中兴，非有裴相公辅弼不可，请皇上三思！”

穆宗听此，一时难以回答，不由望了望陈弘志和李逢吉。这陈弘志不便当朝说话，李逢吉是心中又恨又急，只得出班辩解道：

“皇上并非真心要黜贬裴相公，只因这河北失利，朝野无不怨愤，皇上只是走走过场，给天下有个交待而已；裴相公将来还是要返回朝堂的。至于韩大人，皇上正在考虑如何擢迁，只是眼下没有合适职位。”

李绅向来爱显示自己，近见满朝文武对裴、韩之事议论纷纷，多有不平，认为时机到来。见李逢吉讲罢，遂激奋地道：

“这河北失利，据朝野传闻，乃是朝中出了内奸；元稹玩忽职守，支前不力，也是为人所唆使！朝野所怨愤者，并非因裴相之失利，而是因朝中有人作梗。朝廷不仅不追查内奸主谋，反而要处罚无罪之人，这岂不是本末倒置，欲盖弥彰吗？”

满朝文武听此，都不由相视颔首，李逢吉见此，是又惊又恨，不由尴尬地道：

“李大人，这朝堂之上，并非儿戏之地，说话可要有依据！否则，是要承担诽谤诬陷之罪的！”

李绅听后，不由冷笑道：“学生历来敢说敢当，没有证据也不敢在这朝堂之上发此言论！”陈弘志听此也不由一惊，他知道这李绅天不怕，地不怕，不知会讲出什么话来，忙走到穆宗耳边道：

“皇上，这龙庭之上互相斗嘴实在不雅，有损皇威！不如让他们暂且退下，有什么政见，可具本上奏，然后再由皇上定夺为好？”

这穆宗近时因酒色过度，每日自感精神恍忽，体力不支。现见众大臣齐为裴度、韩愈说话，甚感有理，不知如何应对；现听陈弘志这么一说，正好借此收场回去休息，忙点了点头。陈弘志见此，遂向着下面道：

“皇上有旨：今日因龙体不适，早朝到此为止：大家有什么政见，可具本上奏。退朝！”

李绅正要再奏，听此大失所望。众大臣知阉党又在作祟，怕揭露其内幕，俱议论纷纷，退出朝堂。

那李逢吉见此，深感不妙，忙与陈弘志，梁守谦商议对策。只好又蛊惑穆宗，将裴度改任为尚书右仆射，仍罢去宰相之职。裴度虽滞留京中，但却成为闲官；而韩愈仍以未有合适职位为由，只褒奖一番，竟未能擢迁。

在这次事件中，李逢吉与陈弘志、梁守谦等人虽阴谋得逞，扳倒了裴度，但却更加暴露了其奸佞臣的嘴脸，遭到了满朝文武的指骂；而对牛僧儒、李绅和李德裕等人却更加忌恨。不久即蛊惑穆宗将李德裕黜为浙西观察使；并寻找机会准备将李绅和牛僧儒等人也赶出朝堂。

第二十卷
鞠躬尽职守

第 155 章
怀天下忠贞不渝　劝挚友腹中行舟

韩愈为李逢吉和阉党所谗，虽功高卓著，但却未能擢迁，朝野多为之不平。韩愈深知其因，但却不以为憾。

一日皇甫湜自东都来京，韩愈携牛僧儒、张籍等人为其接风洗尘。这皇甫湜性格刚烈，文才纵横，且狂傲不羁，乃韩愈第一得意门生。元和三年，其与牛僧儒、李宗闵三人擢登能言极谏科甲等，因语言激烈，直指时弊，为时宰李吉甫所不容，三人均黜于外任。皇甫湜被贬为陆浑尉，后累迁至工部郎中，因数忤上司，现分司东都。

酒过三巡，大家谈及河北之战，皇甫湜愤慨地道：“先生出使镇州，功高卓绝，誉满朝野，皇上竟不予封赏，实是令人难平！”

“这都是李逢吉与宦官在作梗！”牛僧儒接口道，“穆宗虽欲中兴，但为阉党所惑，竟不能遇事明察，致使李逢吉与陈弘志的奸谋屡屡得逞，实是我大唐之不幸也！”

“这次裴相公与先生又遭到这帮奸佞所陷，朝野无不瞠目！”张籍感叹地道，“想那裴相公平定淮西，力挽狂澜，功盖当世；先生出使镇州，安定河北，誉满华夏，竟得不到朝廷重用，实是令人寒心！”

“张大人说得不错！”皇甫湜不由拍案而起道，“俗话说‘臣为明君而死，士为知己而亡’，先生一片忠心，舍生忘死，竟得不到朝廷所报；而那些苟安淫乐、献媚取宠的佞臣，却高官厚禄，弄权朝堂！先生今后且莫再去为他们卖命了！”

韩愈听后，不由正色道："持正此言差也！学生冒死宣抚镇州，乃是为了平息战乱，安定河北，解救百姓于水火，岂望朝廷封赏乎！"韩愈讲到此，不禁感慨地道：

"齐家、治国、平天下，乃是我儒家的根本宗旨！古往圣贤皆以治安天下为己任！故舜巡遍天下而致死；禹三过家门而不入；夫子周游列国而席不暇暖也！此圣贤岂不知个人安乐富贵乎？实乃畏天命而忧天下也！学生虽非圣贤，但当以圣贤为楷模，岂能图名利而废圣道乎？"

皇甫湜与张籍听此。虽为韩愈的高风亮节所敬佩。但也为韩愈的愚忠和世态险恶所担忧。皇甫湜向着韩愈道：

"古之圣贤实是可敬，但高不可攀！就夫子、孟轲而言，虽游遍列国，但却道不为时用，最后只能忧郁而死！今日天下官吏，虽口中不离圣人之道，但实际上却是尔虞我诈，沽名钓誉，挂羊头卖狗肉而已！他们争权于朝，夺利于市，又有哪一个如先生所说摅忠报国呢？"

韩愈听此，不由道："持正所言虽有道理，但不够全面：纵观天下，虽圣道难行，奸邪猖獗，但正义之气始终不泯，精忠报国之士屡出不穷！远的不说，就我朝而言：太师颜真卿冒死宣抚李希烈，被李希烈囚禁三年，李希烈以宰相之职为诱饵，其竟忠心不渝，不为所动，毅然从容就义；太尉段秀实，不为朱泚的淫威所低头，用朝板猛击朱泚头部，大骂叛贼而死！当朝良相陆贽、郑馀庆、武元衡等人，为了朝廷社稷和天下百姓，几度沉浮而毫不气馁，岂不令人敬慕！何谓无人也！"韩愈讲到此，不由感慨地道：

"学生自幼立誓报效国家，至死不渝，当为天下鞠躬尽瘁，死而后已！大家为学生鸣不平，学生深表谢意，然初志不敢移也！"

众人见此，深知韩愈忠贞不渝，俱敬佩地道："先生真乃我大唐忠臣也！可惜皇上不明，不能予以重用，实在让人遗憾！"

四月下旬，秘书监严謇除为桂管观察使。这严謇先为商州刺史，后拜黔中观察使；长庆元年去职回京任秘书监，与韩愈交往颇深。这日，韩愈与裴度、牛僧儒等人，将其送至城外，并以诗酒相饯。

大家举杯相祝。韩愈想到两贬岭南；路经桂管之地，岭南那青山秀水不禁浮现眼前，遂在诗中写道：

苍苍森八桂，兹地在湘南。江作青罗带，山如碧玉簪。户多输翠羽，家自种黄柑。远胜登仙去，飞鸾不暇骖。

时裴度罢相后，虽为尚书右仆射，乃是个有职无权的闲官。他既恨奸佞弄权朝堂，又怨当今处事不明，每日里忧心忡忡。韩愈为解裴度之怨，常邀其同游相劝。

这日韩愈约裴度与张籍同游于城南曲江。这曲江乃长安第一风景名胜之地，因江水屈曲而得名。汉司马相如有“临曲江之恺洲”之名句，指的就是此地。大家相携来到江边，只见江水荡漾，杨柳袅娜，亭台依山，奇花飘香；莺啼于翠微之上，鱼翔于碧水之间。

三人随着游人，来到一酒家门前。只见轩窗盈翠，朱扉垂帘，酒旗高挑，绿柳婆娑；一股酒香迎面扑来。韩愈向着裴度道：“此处清雅幽静，我们就在此处小酌几杯如何？”裴度看了看垂柳下的酒肆，点了点头。三人遂相携跨入店内，果见里面陈设讲究，窗明几净，甚是幽雅。

那店家见韩愈等人进来，忙邀至楼上雅间。韩愈向那店家要了几样小菜和一壶西凤陈酿，亲自为裴度和张籍斟上。酒刚过三巡，裴度便放下酒杯，不想再喝了。韩愈见此，道：“相公何必整日忧心忡忡。若此，岂不弄坏了身体？俗话说：只要青山在，还怕没柴烧！这大唐天下，还要靠大人来支撑呢！”

裴度听此，不由叹了口气道：“可叹当今不明，奸佞得宠，阉党弄权！想我裴度，殚精竭虑，精忠报国，为中兴大唐，屡建奇功，如今竟被奸佞所谗，闲居家中，岂不令人愤慨！”

韩愈听此，忙宽慰道：“相公何必为此一时之厄而忧愤不已呢？纵观古今，凡忠臣良相，在功成名就之后，都难免为奸佞所谗，蒙冤于一时，昔日，淮阴侯韩信，帮助刘邦夺取天下，可谓功高卓著，竟为吕后所忌，丢掉性命；降侯周勃，除诸吕，复汉室，功盖五伯；也为小人所谗，被囚于请室。今日大人与他们相比，又算得了什么呢？”

裴度听此不禁道：“天下忠贤为国家社稷鞠躬尽瘁，出生入死，竟不为朝廷所容，岂不令人痛惜！”张籍听罢，不由接口道：

“古往今来，凡忠臣良相，功高卓著者，难免为朝廷所不容，究其原因有二：一是皇上不明，奸佞得宠，为谗言诬陷，如西汉降侯周勃，我朝刘晏、陆贽和相公等。二是皇上忒于精明，对功臣有忌而除之。如越国大夫文种，淮阴侯韩信等。这其中的原因又有三：一是这些人功高盖主。声望誉满天下，朝廷怕影响到自己皇威；二是权倾朝野，一呼百应。朝廷担心危及自己的权力和龙位；三是官高极品，身兼多职，朝廷已无位可封。故必寻机除之！”

张籍讲到这里，向着裴度和韩愈感慨地道：“故历朝以来，良臣明相皆有功成名就，退保名节之举。最有代表性的是越国大夫范蠡，他和文种辅弼越王勾践卧薪尝胆，励精图治，打败吴王夫差后，使携情人西施，辞官退隐于太湖之上；而文种迷恋高官厚禄，结果被勾践所杀。其次是汉初三杰之一的张良：他与萧何、韩信三人帮助刘邦除暴秦、败项羽，夺取天下后，竟推病高卧东山而去；而韩信官拜齐王，竟被吕后夺去性命。此三人皆功高盖世，名震华夏，刘邦赞其：‘运筹于帷幄之中，决胜于千里之外，吾不如子房；镇国家，抚百姓，给馈馕，不绝粮道，吾不如萧何；连百万之军，战必胜，攻必取，吾不如韩信。此三者，皆人杰也！’然三人最终都难逃厄运！”

韩愈听后道：“文昌所言虽有一定道理，但也不全对。自古道，忠臣为国而尽节，死而无憾！不过目前相公大人暂可学学那范蠡、张良倒也无妨。一旦皇上醒悟，朝中有变，相公还是要挺立潮头，为大唐中兴而尽忠效力的。”

裴度听此，不觉长叹一声道：“学生自幼立下报国之志，如今也只能如此了！”韩愈看了看大家，笑道：“咱们不谈这些了，来，喝酒！”

说罢，端起酒杯，裴度见此，只好将杯中之酒呷了一口，又把酒杯放到桌上。

张籍见此，看了看裴度，向着韩愈道："相公既然不想饮酒，不如我们来吟诗如何？"

韩愈见此，忙道："这样也好！"然后向着裴度道：

"今日我们做诗，就以年龄为序，请大人先开个头如何？"

裴度知韩愈与张籍之意，向着二人道："两位贤弟知学生不善文辞，若非要学生献丑，学生只好抛砖引玉了！"说罢，略一思忖，遂暗赋一首。张籍即令酒家拿来纸墨笔砚，裴度遂抄于纸上。大家看时，只见裴度写道：

感怀

城外蹭蹬骥，匣中吴鉤鸣。仰天望九重，乌云遮太清。谁言男无泪，未到伤心境。苍天何无情？竟使忠贤冷！

韩愈看罢诗稿，见裴度仍心中忧愤难抑，遂赋诗一首赠给裴度，以解其心中之忧。裴度接过诗稿一看，只见韩愈诗曰：

奉和仆射裴相公感恩言志

文武成功后，居为百辟师。村园穷胜事，钟鼓乐清时。摆脱遗高论，雕镌出小诗。自然无不可，范蠡尔其谁？

裴度看罢，深为韩愈的深情厚意所动，不禁苦笑了一下，道："还是贤弟说得有理，学生就先学学范蠡吧。"

时至九月初三，韩愈在朝野一片呼声之中，被诏拜为吏部侍郎。这吏部乃是朝中六部之首，掌管大小官吏的选拔擢迁之事，其权力仅次于宰相。

满朝文武俱为韩愈而高兴，也为韩愈执掌吏部所振喜。刚刚擢任水部员外郎的张籍闻此，遂至韩愈府宅祝贺，只见牛僧儒与李绅也先后到来。

大家相见罢，张籍向着韩愈和牛僧儒欣喜地道："这次皇上算是明白了过来，拜先生为吏部，这官场腐败之气将要休也！李逢吉和阉党怎会有此善心？”

牛僧儒接口道：“这次先生擢拜吏部，大出李逢吉和阉党所料。他们是想拦，也拦不住，只好暂且作罢。”

“哦！此话当如何讲？”张籍听后，不由看着牛僧儒道。

“前天皇上进宫，向太后请安。”牛僧儒道，“太后问及河北之事，皇上言道镇州自三月归顺以来，至今相安无事。太后听后，盛赞先生出使镇州之功，遂问及先生如何封赏，皇上不能以对，遂将阉党之意说了一遍。太后听后不禁道：‘皇上糊涂，太监之言不可不听，也不可全听；这韩愈乃我朝第一忠臣，为了朝廷社稷，出生入死，安定镇州，皇上怎能不予封赏，岂不叫天下之人骂皇上奖惩不明，冷了忠臣良相之心吗？皇上闻此，也有所悔，正巧吏部侍郎孔戣因年逾七旬，上疏请退，皇上便将这吏部侍郎之职，给了先生！”

“原来是这样！”张籍听此，不由感叹地道，“看来这郭太后真是个贤明之人！”

“张大人说得不错！”李绅接口道，“这郭太后乃是汾阳王郭子仪的孙女，驸马郭瑗的小女，自幼受家庭薰陶，深明大义！前时宦官陈弘志、王守澄，蛊惑皇上欲斥巨资重修兴庆园，被太后知道后予以阻止，道：‘目前皇上刚刚嗣位，河北未平，中兴大业未竟，皇上怎能追求声色安逸乎？’圣上听后，遂罢此举。”

牛僧儒向着大家道：“先生擢迁吏部，实是可喜可贺。但当前李逢吉独揽朝政，阉党弄权朝堂；我朝吏制弊端重重，官场充满腐败之风。要想当好这个‘天官’，看来并非易事！大人刚正不阿，风清操洁，必然为奸佞和阉党更加所忌！”

韩愈听后，不由凝重地道：“这吏部侍郎在别人看来是个望而生畏、垂涎三尺的肥缺；但在学生看来，倒是个难啃的酸果！不过朝廷既然将吏部交于学生，学生定将鞠躬尽瘁，严饬吏风，当好这个‘天官’：既不为特权厚利所误，也不为权贵淫威所动。以不负朝廷所望！”

张籍等人听此，都不由点了点头。

第 156 章
任吏部约法“三章” 除腐败严惩恶吏

三日后，韩愈赴吏部就任，孔戣一见韩愈到来，十分振喜，拉着韩愈的手道：“由大人前来接任，老夫无虑也！”然后将吏部情况，向韩愈进行了详细介绍，凝重地道：

“这吏部在外人眼中，是个神秘可畏，决定各级官吏命运的阎王殿；在内部和执政者，则把他看成是培植亲信，买官卖官、权钱交易的风水宝地。因此，古往今来，这吏部便充满了‘裙带气’、‘铜臭气’和‘暗箱气’。”孔戣讲到这里，多少有些感慨地道：

“老夫两年前莅任吏部时，也曾试图铲除这三股腐败之风，但一是老夫年事已高，勇气和魄力不足；二是内外压力特大，老夫力不从心，难以抗衡。故而此风未能消除！”孔戣讲到这里，看着韩愈欣喜地道：

“现在好了，大人乃刚正忠烈之人，不仅才略纵横，而且政清风廉。清除这三股弊风，就靠大人你了！”

韩愈听后，不禁道：“大人说得不错，这吏部因决定着各级官吏的前程和命运，历来成为大家关注和争夺之地。此三股腐败之风，已经成为历代痼疾，而令人深恶痛绝！成为朝廷社稷这个宏伟大厦的蛀虫。学生将不负大人所望，定竭力扭转此风，以报朝廷之隆恩。让天下官吏放心无虞！”

“好！好！”孔戣听后，高兴地点着头道，“不过要扭转此风，势必得罪朝中权贵和内外相关之人，他们绝不会善罢甘休，大人需要承担巨大风险才行！这点，大人要有个思想准备。”

韩愈听后，不由凝重地道：“这吏部乃是国家选拔使用人才的地方，关系到国家的兴衰和命运！为了朝廷社稷和天下官吏，个人的安危和祸福只好放在一边了！”

孔戣听后，满意地点了点头。

第二天，韩愈遂召集各司郎中、员外郎和七品以上官员叙话。大家闻知韩愈前来任职：有欣喜振奋，庆幸遇到清正上司的；有愁叹惧怕，担心韩愈追查前衍，断了进财门路的；也有不以为然，认为韩愈也人尔，常在河边走，哪能不湿鞋，将拭目以待的。

韩愈巡视了一下堂中大小官吏，只见个个面色严肃，正襟危坐。便微微清了一下嗓子道：“今日学生受天子之命，来到吏部供职；诸位大人，不少乃挚交故友，相互颇为了解熟悉。今后还望大家不吝赐教，鼎力相助，以不辱朝廷使命！”韩愈说到此，又看了看左右道：“吏部乃是朝廷选拔任用治国安邦之人的中枢要地，肩负着神圣使命。学生未来吏部之前，已听到朝野对吏部的各种传论；昨日孔大人又详细介绍了吏部的情况。在座的诸位大人，绝大多数殚精竭虑，政清风廉，精忠报国；但也不乏有少数之人徇私舞弊，以职谋私，败坏吏部名声！以致在吏部之中存在着任人唯亲、卖官沽利、权钱交易的腐败之风！”

韩愈讲到此，只见在座的不少人面现赧色，忙低下头。韩愈态度严肃地继续道：“诸位大人中不少人对学生可能有所了解：学生性格孤僻，深恶官场弊风，只知有国家和百姓，不知有亲朋和自己！决心遏制和消除这种腐败现象，在朝野为吏部树起良好形象，不知诸位意下如何！”韩愈讲罢，只见不少人相互看看，欣喜地点了点头。

“大人说得很对！”只见考功司郎中田敬看了看左右，向着韩愈道，“当前朝野对我吏部是既怕之，又恨之，原因乃是我吏部风气不正所致！此风不除，难以改变整个吏风！下官愿从严律己，严饬部属，务除此弊！”

韩愈听后，不由点了点头。只见任免司郎中崔巍向着韩愈道：“我吏部风气不正，被朝野所深恶痛绝，确是实情。究其原因，虽有我内部腐败之因，但主要还是因朝中权贵，安插亲属，卖官舞弊，干涉吏部事务所致。大人对此定早有所闻，不知将如何处之？”

韩愈听此，向着崔巍道：“大人所言，学生已有所虑，为了彻底转变吏风，学生一是将坚持任人唯贤的宗旨，选用官吏做到内不避亲，外不避仇；二是使用官吏做到公正透明，对朝中权贵所举荐人员，均按程序实行公开考核，择优录用，凡不合格的，一律不予放上；三是严格各级官吏的考核晋升制度，实行优胜劣汰；凡不称职者，不论皇亲国戚，均不予擢迁使用。”

“好！若此，我吏部扫除腐败之风有望也！”崔巍听后高兴地道。韩愈看了一眼崔巍，向着大家道：

“为此，学生将与大家共同约法三章：一是今后凡举荐选用官吏，必须坚持任人唯贤，不得徇私舞弊，违背典章。二是严禁以职谋私。选拔、安置、调动、考核官吏，必须公开公正，处以公心。不得借机敲诈勒索，收取贿赂，或故意刁难。凡相悖者定严惩不贷。三是自觉执行回避制度。不得利用手中职权，在本部门提拔安置亲属朋友。”

众人听此，俱现出欣喜和凝重之色。韩愈又看了看左右道：“学生既出此言，定言必信，行必果，望诸位能理解学生；互相监督，自觉实行，使我吏部真正成为各级官吏的满意之家！此也可谓学生的就职之言吧！”

韩愈讲罢，大家俱不禁连连点头。

韩愈自到吏部后，约法三章，严纠弊风，在朝野引起阵阵好评。一日张籍与贾岛来访，谈到吏部近况，张籍道：

“水部同事吴鹏，有一同乡名叫袁魁，八年前进士及第，连续五年到吏部候选，皆未录用。今春又前去候选，原定除以武功尉；因选调司从事向其索要好处费二百两银子，其因没钱相付，结果临行时被改为南海琼州从事。那袁魁因家中有七十老母在堂，无法前往，只好辞官在家。袁魁向人曰：韩侍郎若是早一年到吏部任职，学生岂能遭此厄运！”

韩愈听此，不由心中一沉。贾岛接口道：“张大人所言不虚，在下有一好友，名叫王彦，元和十二年蟾官折桂，文章道德盛誉一时。三次前往吏部候选，均遭冷遇。王彦无奈，只好托人到吏部探问，得到回答竟是：‘若无黄白二物，就是再候上十年，也是瞎子点灯白费蜡！’”贾岛讲到这里，看着韩愈与张籍道：

“更可气的是河东钱贵，此人才德平平，只因家中有钱，去年竟金榜题名，今年遂被选调为虢州从事。路人莫不指骂吏部之腐败！”

韩愈听后，不由凝重地道：“吏部之腐败，确实到了令人发指的地步！这几日，有不少人向学生陈述其弊，学生也深有同感，已在吏部约法三章，务必坚决除之！”然后向着张籍和贾岛道：

“你二人所讲的袁魁和王彦之事，学生将严加查处，定还他们一个公道就是！”

张籍和贾岛听此，欣喜地道：“刚才学生只不过是随便说说而已，先生若使他们能得到公正对待，那可是他们的造化了！”

第二天，韩愈来到吏部，遂召来选调司郎中崔巍，令其严查此事，崔巍听后，多少有些为难地道：

“此事下官也有所闻，但投鼠忌器，只好睁只眼，闭只眼，大人最好也莫要去管他！”

“这是为何？”韩愈听此，不解地望着崔巍，崔巍道：“这掌管选调之人，乃是当朝宰相李逢吉的外甥，姓侯名震。此人依仗李逢吉的权势，在吏部卖官索贿，为所欲为，动不动就到李逢吉处告黑状，因此无人敢去惹他。听说李逢吉与大人不和，欲置大人于死地，大人何必再去引火烧身，惹这个麻烦呢？”

“原来是这样！”韩愈听此，不由义愤填膺，道：“这李逢吉不仅自己弄权朝堂，而且竟纵容亲属干这伤天害理之事！别人怕他，学生却不怕他！这次整饬吏部腐败，就从这件事上入手！”韩愈说到这里，看着崔巍道：

“请大人立即查处这件事，一切后果由学生承担就是！为了彻底改变当今吏风，学生只好豁出去了！”

“好！大人若不惧那李逢吉，下官照办就是！”崔巍激动地道，“这件若要从严查处，不仅可还那些蒙屈官吏一个公道，而且将使我吏部上下得到震动，起到杀一儆百的效果；同时也会使朝野改变对我吏部的看法。”

韩愈听后，点了点头。那崔巍振喜地转身离去。

三天后，崔巍将事情查得水落石出，向韩愈进行了禀报。韩愈遂令人将侯震送至刑部论处，并具牒上报中书。对袁魁、王彦等人进行了重新考核安置。李逢吉闻此，气得拍案大骂，誓与韩愈不共戴天。但韩愈严纠吏部腐败，在朝野引起巨大赞誉，他一时难以下手，只好将打掉的牙齿暂时吞进肚里。

韩愈严查侯震一事，在吏部和朝野引起巨大震撼，一时人们争相传论，俱为韩愈的浩然正气所敬佩；吏部之风迅速大变。

韩愈自到吏部后，每遇官吏调迁擢黜，都要亲自接见，予以鼓励，并提出希望。不少人对此甚不理解，向着韩愈道：“昔日不论大小官吏，凡调动擢黜，都是一纸诏书即可，大人为何要亲自召见他们呢？”

韩愈听后道：“朝野官员对吏部是既怨之、又怕之，何也？乃是吏部把自己凌驾于众官之上，处事过于神秘无情！故人们对吏部是敬而远之！”韩愈讲到此，感慨地道：

“人所以畏鬼，是因为鬼不能见也。鬼若能见，则人不畏也！我们调选擢迁官吏，若能当面听听他们的曲直和要求，并动之以情理，天下官吏何对吏部畏怨之深也！”

大家听此，无不点头称是。

时至来年初春，韩愈可谓家事、国事、事事顺心。侄孙韩湘竟金榜题名，进士及第。

这韩湘随韩愈从潮州回来后，便秉承韩愈训示，认真读起书来，言道：“必搏取功名，以酬爷爷所望！”谁知这韩湘乃是个奇人，稍

韩愈冷冷一笑，道：“回去告诉王公公，……让他以后不要再操这个心了，吏部会办好此事的！”

一用心，便诗赋文章日新月异。春闱登场，竟一举成名。韩愈甚为惊喜，大呼我韩氏后继有人也，足足庆贺了三日。韩湘却不以为然，私下谓人曰：“这金榜题名，只不过是敷衍爷爷而已，岂是小道之望！”

韩愈擢拜吏部后，朝野权贵多敬而畏之，纷纷前来修好。时华州刺史兼潼关防御使许靖闻知韩湘进士及第，认为是天赐良机，便借机入京拜见韩愈，欲举荐韩湘到华州任职，从而为自己修路搭桥。

这日，韩愈正在书房阅看历年官吏的考核表章，闻说许靖来访，忙邀之客厅用茶。大家寒暄罢，许靖遂说明来意。韩愈暗道：“人言这许靖深谙官场之道，湘儿刚刚进士及第，便登门前来举荐，定是有意讨好自己，若是予以应允，虽湘儿可在京畿附近得到美官，但却要欠下许靖一个人情，日后许靖若有越规之事相求，自己当如何处置？再者，吏部选调官吏，若无特殊理由，一般新取进士都要先放到边远地区；现自己掌管吏部，若将韩湘放在京畿附近，定会被人非议。”便向着许靖道：

“多谢许大人一番好意！然华州近在国门之外，乃为众多官吏向往争夺之地；各个衙门人多为患，岂能再派遣官吏前往，而给大人增加难处？”韩愈说到这里，看了看许靖，继续道：

“再说，湘儿刚刚侥幸得中，按照我朝惯例，凡新任官吏，俱要先放到边远州县去进行磨炼。若让湘儿到华州任职，不仅有违常规，而且也不利于湘儿的成长；同时还会给人以学生有以职谋私之嫌！大人，您说哪？”

那许靖原也听说韩愈政清风廉，执法如山，但不以为然。现听韩愈讲罢，方信为真，不禁面现尴尬之色，道：“人言韩大人渊渟岳立，政清风廉，看来一点不虚，真让学生敬佩！”说罢又搭讪了几句，只好告辞离去。

韩愈谢绝许靖举荐韩湘一事，很快在朝野传开，人们对韩愈更加敬佩。是年冬，韩湘被辟为千里之外的江西幕府为从事。贾岛作《送韩湘诗》，姚合有《送韩湘赴江西从事诗》。后，韩湘官至大理丞。传说韩愈死后不久，韩湘便弃官而去，拜吕纯阳为师，继续修道，后名列八仙。此是后话。

到了五月，一年一度的各类官吏调选开始，朝野权贵俱知韩愈政清风廉，多不敢前来说情使奸；然而也有少数依仗权势，不以为然之人，仍想前来一试高下。

一日韩愈正与崔巍在府衙商议调选之事，只见从事赵尚进来禀道：“外面来一宫中太监，自称是受枢密使王公公差遣，要面见大人。”

韩愈听此不由一怔：这枢密使王公公乃宦官王守澄，新近擢登枢密使之位。其与陈弘志、梁守谦、马进潭、刘承偕、韦元素等人，昔日曾拥立穆宗，诛杀吐突承璀与沣王，被穆宗视为亲信。乃内务府六大实权人物之一，时称“长庆六宦官”。崔巍看了看韩愈道：

“这王守澄着人前来，定与这次官吏调选有关。往年每到这时，内务府的宦官都要前来安排亲属和他人，此已成惯例！”

韩愈听后，不禁疑惑地看着崔巍道：“那些宦官有多少亲属朋友，竟年年前来说情安插？”

崔巍道：“他们哪来的许多亲戚朋友！即使每人十个、八个，也早已安排完毕！如今人们俱知宦官势重，没有办不成的事。凡需调选之人，为了达到目的，都要用重金去贿赂宦官，让其来为自己谋取职位。故而这宦官说情之风便愈演愈烈，年年不断！”

“原来是这样！”韩愈一听，不觉怒火上升，向着崔巍道，“这宦官弄权，真是到了无孔不入的地步，实是令人痛恨！”

旁边赵尚向着韩愈道：“那宦官还在客厅等候，大人是见也不见？”

“让他进来！”韩愈凝重地道。赵尚转身出去，不一会儿带着一太监进来。韩愈一看，只见那人身材矮胖，圆圆的烧饼脸上，长着一双金鱼眼。边往里进，边咧着嘴道：

“这韩愈果然架子不小，让咱家等了半天！”说罢，看了看韩愈和崔威，向着韩愈道：

“哟！你就是韩愈吧？王公公让咱家转告于你：去年新科进士张元辉，让你放在渭州；另外虢州从事白跃天，让你调回京城，放到工部；还……还有山南西道……”

“不要再说了！”那宦官还未说完，韩愈便沉着脸道，“你要说的，本官都知道了！”

那宦官一听，不由一怔，看着坐着未动的韩愈，奇怪地道:“咱家还有三个人未讲，你就知道了？那好！你就按咱家的意思去办吧。要是有丝毫差错，咱家就拿你是问！要是办好了，王公公不会亏待于你的！”

韩愈冷冷一笑，道:“回去告诉王公公，你讲的这些人，本职都会妥善安置的，该放在哪里，就放在哪里，绝不敢马虎！就让王公公以后不要再操这个心了，吏部会办好此事的！”

那宦官听此，扑闪着一对小眼睛，不知韩愈说的是啥意思，便道:“那好！咱家静候佳音，这就告辞。”说罢，转身昂着头离去。

崔巍望着那宦官离去的背影，向着韩愈赞叹道:“大人真刚直清正之人也！但这宦官回去后一讲，那王守澄定然恼羞成怒，只怕对大人不肯善罢甘休！”

韩愈不由正色道:“只要学生在这吏部一天，就要向朝廷和百官负责一天！绝不能让这些阉党为所欲为！”

“好！有大人执掌吏部，这官场弊风不难除也！”

第 157 章
设陷阱一箭双雕　任京兆鞠躬尽瘁

且说那宦官回到宫中，将韩愈所言向王守澄叙说一遍，王守澄听后，不由气得两眼冒火，向着那个太监骂道：

“你个笨猪！那韩愈连话都没让你讲完，明明是在奚落咱家，你还说什么静候佳音！”

那小太监不解地道：“他……他韩愈有几个脑袋，竟敢与公公为敌，难道不怕公公废了他？”旁边陈弘志向着那个小太监道：

“这个韩愈是茅厕里的石头——又臭又硬，他连死都不怕，还怕你废了他？”然后向着王守澄道：

“看来这韩愈是王八吃秤砣——铁了心要和我们作对！好吧，咱们就骑驴看唱本——走着瞧！早晚要让他知道我们的厉害！”

时至六月，韩愈采取公开公正的原则，经过考试和按照历年来对各级官吏考核的政绩，并参照本人专长，对所需调整和安置的官员，进行了选拔和调动。朝野无不拍手称快。然而那些曾经前来说情，却未能达到目的的权贵和宦官，对韩愈却更加恼怒。

一日李逢吉进宫拜会陈弘志与梁守谦等人，王守澄向着李逢吉道：“看来这韩愈真是个不知好歹的东西，吏部侍郎之位，再也不能让他继续来坐了！”

李逢吉向着三人道：“这韩愈自到吏部后，沽名钓誉，对内搞什么‘约法三章’，对外是六亲不认，很能迷惑一些人，目前朝野对其无不赞于口而颂于道；要搬掉他，还需有个借口才行。”

梁守谦向着李逢吉道：“听说大人有个外甥，叫什么侯震，原在吏部为员外郎。韩愈一去，竟将其罢免，弄得大人在朝野名声扫地，可有此事？”

李逢吉听后，不由点了点头道：“此事学生是哑巴吃黄莲，有苦说不出，只好暂且放下。”陈弘志接口道：

“目前朝中有两个人，常常与我等作对，一个是韩愈，另一个就是李绅！此二人不除，我等难有安乐之日！”

“恩公说得不错！”李逢吉忙道。旁边梁守谦接口道：“咱家倒有个主意，可一箭双雕，将二人一起除掉！”

李逢吉闻此，不禁向着梁守谦道：“公公有何高策？说出来大家听听！”

梁守谦看了看陈弘志，向着李逢吉道：“最近京兆尹虚位，可让韩愈去任京兆尹。”

李逢吉听此，不由将眼睛扑闪了几下，高兴地道：“妙！这办法不错，确是一箭双雕之策！”

梁守谦阴险地道：“一是这京兆尹是个出力不讨好的职位，掌管着京畿地方事务，极易和三省六部发生磨擦，得罪朝野王公大臣，用不了几天，就会使那韩愈臭名远扬；二是李绅近任御史中丞，可给韩愈挂个御史大夫的职衔，挑动他二人鹬蚌相争，然后我们来个渔翁得利，一块将他们收拾之！”

“噢！如何让他们互相争斗？”王守澄不由看着梁守谦道。梁守谦遂狡黠地一笑，遂如此这般地将其阴谋说了一遍，王守澄等人听后，不由拍手叫绝。

三天后，李逢吉和陈弘志，以京兆府乃京畿重地，目前治安不佳，需要一铁碗人物方能镇住为由，蛊惑穆宗果然将韩愈调为京兆尹兼御史大夫。朝野闻此甚感蹊蹊。

韩愈接到诏令后，虽知其中有诈，但出于对朝廷的忠心，遂于两日后前往京兆府就任。吏部大小官员只好恋恋不舍地将韩愈送到京兆府署衙。

这京兆府乃是管理京畿地方事务的最高机构，负责京城内外的行政管理和安全事务，直接与三省六部、京畿驻军，及所辖蓝田、长安等二十三个州县打交道。韩愈到任的第二天，即召集司马霍天鹏、判官孔亮、贾谦、徐震等人议事。这些人久闻韩愈之名，今见韩愈莅任京兆，俱欣喜难禁。

大家寒喧后，遂议到政务。霍天鹏道："这京兆府虽权力不小，但却是个是非之地！三省六部，驻军后宫，哪一处照顾不到，便会遭到他们的诽谤和谗毁。故而历任京兆尹都是如履薄冰，没有哪一个能干的好和干长久的！大人乃刚直清正之人，到此也要有个思想准备。"

韩愈听后，不由现出凝重之色。支度营判官贾谦接口道："这京城最难对付的是内务府，那些太监三天两头打着皇上的旗号，到府中来索要钱物，若是稍微有点怠慢，轻则便会遭到他们的喝斥凌辱；重则不出三天，这京兆尹就会被调离或者罢官。除非像昔日李实和裴延龄那样，方保平安无虞！"

韩愈听后，不由一怔，暗道："人们都说京兆尹是个肥缺，没想到竟有如此难处！"韩愈刚想到这里，只见观察判官孔亮道：

"还有这京畿驻军，更是令人棘手。特别是左右神策、神威、金吾、英武、威远等六军，个个兵骄将悍，飞扬跋扈，俱为宦官掌管。每日横行街头，肇事生非，祸害百姓。若是不管，百官即会指责；若是稍加惩治，便会召来大祸：不是被那些散兵游勇辱骂殴打，就是遭到宦官的非难。实是令人难办！"

韩愈听后，不由面现凝重之色，道："这京兆府乃是负责京畿治安重地，关系到朝廷的安危和京畿百姓的祸福，岂能容阉党随意前来骚扰和兵痞游勇横行街头？若此，岂不有损我大唐法度和形象！"韩愈讲到这里，向着大家果断地道：

"今后，凡内务府前来索要钱物，一律予以拒绝；凡驻京各军在街头惹事生非者，定严惩不贷！有什么好歹，本职一人承担就是！"众人听此，俱知韩愈清正刚烈，执法如山，皆高兴地点头称是。

三日后，韩愈携司马霍天鹏、判官孔亮，不顾酷暑炎热，亲自带着衙役到大街巡察。此时正值三伏盛夏，烈日如火，路上行人莫不汗流浃背。那些商贾店肆，市民百姓，见府尹大人亲自上街察巡，俱侧目观看，交首传议。

神策、神威六军，闻知韩愈任京兆尹，竟私相谓曰："此人乃欲烧佛骨、冒死宣抚镇州之人也，刚烈忠勇，铁面无私，不可犯之！"遂敛迹街头，不敢为非。市侩街霸，闻知韩愈刚正不阿，执法如山，俱循规蹈矩，莫敢欺行霸市，祸害百姓。时虽天旱无雨，但米价不敢涨尔。

再说李逢吉与阉党合谋，将韩愈调任京兆尹后，遂亲自谒见韩愈，假惺惺地道："按照惯例，新任京兆尹，都要到御史台去参拜，老夫已向皇上请诏：一是李绅乃是大人的门生；二是大人虽为京兆尹，但却身兼御史大夫之职，故免去大人的台参之礼！"

韩愈听此，深知李逢吉不怀好意，忙道："这台参之礼已成惯例，学生虽为李绅之师，但这朝廷之礼不可废也！"

李逢吉轻蔑地一笑道："大人也忒认真了！这不与台参，并非大人一人，此早有先例：昔日桂管观察使带中丞尚不台参；京兆尹为郡国之首，所管神州赤县，岂不如桂管观察使乎？老夫为此向皇上说了多少好话，皇上方应允降诏，大人就莫要太过谦了！"韩愈听此，只好点头称谢！

那李逢吉与韩愈话别，遂又找到李绅曰："韩愈自恃是大人的先生，坚持不予台参，竟让皇上废除台参之礼，此真乃御史台之奇耻大辱也！老夫甚感不平，已向皇上多次奏明不可废制，然皇上不明，竟为太后所惑，执意孤行，实是令人气愤！"

这李绅自命不凡，从不把别人放在眼里，虽为韩愈学生，但往往轻之。现听李逢吉一番挑拨，遂肝火上升，愤愤不已，李逢吉见此，不禁暗暗高兴，又道：

"大人若是不愿受此羞辱，可亲自向皇上奏明。那韩愈视老夫为仇敌，又有裴度、牛僧儒等人为之撑腰，老夫也无能为力！"李绅听后，遂愤慨地道：

“他韩愈自恃才高，又是学生的老师，竟处处压制学生！这次学生定要与他论个高下！”随之便连续向穆宗上本，要求恢复韩愈的台参之制。

韩愈见此，甚感不乐，暗道：“不予台参，乃是皇上仁恩亲定，并非自己本意；而且以往也有先例。这李绅怎不讲一点师生之情，竟连续上本，纠缠于此！”不禁心中有气，遂也具本向穆宗申明此事。二人果然打起笔墨官司来。

时至七月，关中旱情更加严重，渭河断流，井水枯竭，秋苗多被旱死，百姓心急如焚，韩愈因天气炎热，劳累过度，旧病复发，近几天卧病在家。一日司马霍天鹏、判官孔亮到家中来探望韩愈病情并禀报府衙之事，韩愈遂问及灾情，霍天鹏道：

“京畿各州县，近日均有灾情牒报，不仅夏粮减收，而且秋苗多为旱死。府衙已按照大人训示，通告各州县要全力动员和帮助百姓取水抗旱！”

韩愈听后点了点头，霍天鹏看了看韩愈道：“另外还有……”话说了一半却欲言又止。韩愈见此，知其有事要讲，便道：

“大人有何良策以除旱魃，请讲无妨？”霍天鹏看了一眼孔亮，向着韩愈道：

“往年每逢旱涝灾害。京兆府都要带领上下官吏到城外去祭祀天地神灵，以求上天垂怜，消去灾殃。最近京畿各地的士绅百姓，纷纷到府衙前来，要求祭神禳灾。大人历来反对佛老，不信鬼神，不知当如何为好？”

韩愈闻此，不由凝重地道：“学生一生反对佛老：一是因其鼓吹去仁义，抛父母，不忠不孝的荒谬邪说；二是其不劳而食，将人引入歧途，造成边关缺甲，田园少丁，朝堂尽失良才，给国家带来巨大负担和损失；三是其妖言惑众，凌驾于圣道之上，严重地威胁到我儒教的正统地位。故学生与其势不两立！”韩愈讲到这里，向着霍天鹏道：

“然而由于百姓受佛老的毒害极深，一时难以明白过来，特别是遇到天灾人祸，往往把希望寄托在神灵的保佑上。故而为了安定人心，学生在潮州时也曾带领百姓祭除鳄患，在袁州祭祀城隍和仰山之神。今京畿大旱，人心浮动，若此，学生当亲往祭之！”

霍天鹏与孔亮闻此，不由面现欣喜之色。互相看了看道：“若此，京畿百姓定会欢欣鼓舞。我俩回去马上筹备此事，只是大人这身体能行吗？”

“能行！”韩愈道，“为了安定人心，学生这点小病算不了什么！”

第二天，韩愈不顾卢夫人的阻拦，挣扎着来到府衙，与霍天鹏、孔亮等人，带着大小官吏，先来到城外的竹林神庙祭祀。四乡百姓闻说韩愈亲自祭神乞雨，俱携老牵幼前来观看，大庙周围人如潮涌。

此时烈日当空，炎炎如火，大地被烤得直冒青烟。韩愈头顶烈日，在霍天鹏等人的簇拥下登上祭台，他大汗淋淋，呼吸紧促，拿着祭文的手在不停抖动。一旁霍天鹏见此，不禁向着韩愈关切地道：

“大人，你这身体，要不先到屋里歇一会儿，或由学生代大人来宣读祭文？”

韩愈望了望四周围观百姓的期待目光，擦了一下额头上的汗珠，道：“谢谢大人，学生能坚持得住！”说罢，遂从孔亮手中接过香烛，对着竹林神像拜了九拜，插入香炉之中，然后手捧祭文，念道：

祭竹林神文

维年月日，京兆尹兼御史大夫韩愈谨以酒脯之奠，再拜稽首告于竹林之神曰：

天子不以愈为愚无能，使尹兹大众二十三县之人，今农既勤于稼，有苗盈野，而天不雨，将尽槁以死。农将无所食，鬼神将无以为飨。国有之礼天地百祀神祇，不失其常；惠天之人，不失其和；人又无罪，何为造兹旱虐以罚也？将俾尹者不仁不明，不能承帝之敕以化正其下？闻无香惟腥，神于惠罚无差，施罪瘠于尹愈身，是甘是宜；雨则时降，神无爽其聪明，永飨于人无愧。尚飨！

韩愈念罢，已是气喘吁吁，几乎晕倒。霍天鹏与孔亮忙上前扶住，将其搀下祭坛，扶入庙中歇息。

此时韩愈面色苍白，身上衣服尽被汗水湿透。那庙中主持见此，忙捧来一杯凉茶，为韩愈解暑，看着韩愈惊讶地道：

“大人身染重病，这天如此炎热，怎敢亲自前来祭祀，岂不丢了性命！”

韩愈喝了杯凉茶，心中稍微清爽一些。向着那主持道：“这祭祀神灵，消除旱魃，关系到京畿数十万百姓的衣食性命。学生这条命即使不要，也是值得的！”那主持听此，不由得连连念佛。

霍天鹏看了看韩愈道：“大人身体有病，今天这祭祀就到这里吧？曲江祭祀待以后大人病好后，再去不迟。”

韩愈向着霍天鹏道：“这京师祭神求雨，通常都要祭祀竹林之神和曲江神龙。现曲江已经做好了祭祀准备，百姓都在那里等候。我们若是不去，岂不让百姓有失所望！”说罢，遂扶着春儿站起身来，道：

“学生这身子能顶得住，咱们过去吧，否则，他们会望眼欲穿的！”霍天鹏与孔亮见此，俱感动地忙上前扶住韩愈。

韩愈不顾身患重病，顶着烈日来到曲江时，已是午时左右。只见到处是观看等候祭祀的百姓，他们抬着泥塑的青龙，站满了祭坛四周，一见韩愈等人到来，遂发出一片欢呼之声。

霍天鹏令衙役分开人群，簇拥搀扶着韩愈登上祭台，韩愈望了望周围人山人海的百姓，不禁心潮涌动。但阵阵扑面而来的热浪，使他眼前金花闪动。他担心坚持不住，忙从孔亮手中接过香花蜡烛，祭拜后遂手捧祭文，赶快念道：

曲江祭龙文

维年月日，京兆尹兼御史大夫韩愈，谨以香果之奠，敢昭告于东方青龙之神。

他刚念到这里，只觉得头内轰轰直响。心中阵阵发慌，忙定了定神，接着念道：

天作旱灾，嘉谷将槁；乃于甲乙之日，依准古法，作神之象，斋戒祀祷。神其享佑之，时降甘雨，以惠兹人。急急如律令。

韩愈勉强念罢，便眼前一黑，昏倒在祭坛上。霍天鹏等人见此，慌忙将韩愈扶住，抬下祭台，放到树荫下，呼唤多时，韩愈方慢慢醒转过来。

第 158 章
纪忠贤竭力撰碑文　误入彀再度遭谗贬

韩愈被霍天鹏等人唤醒后，只觉天旋地转，心中发慌。周围百姓见此，闻知韩愈不顾重病在身，前来祭神求雨，都不由流下热泪，交首称赞道：

“你看，这韩大人脸色苍白，汗流浃背，大病在身还来祭神祀雨！”

“嗯！这韩大人真是个清官，为咱百姓，连命都不要了！”

“你说得不错！四年前，这韩大人为了老百姓，冒死向皇上谏迎佛骨；去年为了平定河北，不顾性命安危，又去宣抚镇州！”

大家正说着：只见一敞着胸膛，衣服褴褛的老汉，抱着个西瓜，分开人群，挤了进来，向前走了两步，“扑咚”一声跪倒在地，将西瓜举到头顶，向着韩愈和霍天鹏道：

“韩大人为我们百姓，不顾重病在身，前来祭祀求雨，真是我们的再生父母！小老儿今年种了三亩西瓜，全被旱死，只剩下一棵，结下这个瓜，就让韩大人吃一口消消暑吧，以表表我们百姓的心意！”

那老汉刚讲到这里，只见一白发老太婆，提着一篮梨子，也从人群外挤了进来，跪到那老汉一旁，捧着手中的篮子道：

“韩大人一心为我们老百姓着想，我们永远记着大人的恩德！这是我老太婆让儿子刚刚从树上摘下来的梨子，准备拿到街上去换点粮食。现在就让韩大人先吃吧！”

韩愈见此，不由心里一阵激动，他用力欠了欠身子，向着那个老汉和老太婆道：

“谢谢大家！学生这个官没有当好，让大家受苦了！”说罢，只觉心里一阵闷胀，眼前一黑，竟又晕了过去。

霍天鹏与孔亮急用冷水汗巾敷在韩愈头上，忙令衙役将韩愈抬回，周围百姓见此，遂自动让出道来。

韩愈被霍天鹏等人急急送回府宅，卢夫人一见，知道情况不好，顾不得哭泣，忙叫建中去请医诊治，韩愈方慢慢醒转过来。向着霍天鹏和孔亮道：

“两位大人都回去吧！学生不要紧！今日这祭禳之事，总算圆满地进行完毕！让百姓可以放心了！”

霍天鹏与孔亮听此，不禁深为所动，道：“大人都病成这样，还想着祭祀之事，真是心中只有百姓，而没有自己！”说罢也不由眼睛一湿。卢夫人看了看韩愈，向着二人道：

“二位大人请回吧，老爷他就是这个脾气，把朝廷社稷和天下百姓，看得比自己的命都重要！”

霍天鹏与孔亮闻此，对韩愈更加敬重，又向卢夫人宽慰一阵，方很不放心地离去。韩愈自这次祭神祈雨严重中暑后，病情更加沉重，竟一连又卧床了半个多月。

一日韩愈病情稍有好转，正在书房与前来探望的中书舍人、史馆撰修沈传师叙话，只见秦济进来禀道：

“现有柳州参军谢宁，受桂管观察使陈曾、兵马使孙季雄所遣，前来求见老爷。”

韩愈一听忙道快请。这桂管观察使陈曾与韩愈颇有交往，去年赴任后为当地百姓所请，正在为柳宗元建庙修祠，料其遣使前来，定于此事有关。

不一会儿秦济带着谢宁进来，宾主相见罢，韩愈遂问及建庙修祠之事。谢宁道：

“下官前来正为此事！目前庙祠已经建成，陈大人和孙大人让下官前来，一是向大人禀报有关情况；二是让大人为庙祠撰一碑文。”

韩愈听后，甚是喜悦。旁边沈传师向着谢宁道：“听说陈曾一到桂管，柳州吏民便上书要求为宗元立庙祭祀。陈曾深为所动，遂拨资一千两，举办此事，可否是真？”

这沈传师于元和八年，韩愈为比部郎中、史馆撰修时，曾任左拾遗兼史馆修撰，乃是韩愈的得力助手。此人精通文墨，擅长书法，在朝野颇有名望。谢宁听罢，遂道：

“大人说得不错。柳大人在桂管地区政声显扬，百姓视为神人；元和十三年，下官和判官魏忠、欧阳翼与柳大人饮于驿亭，柳大人曰：‘吾为权幸所忌，难展胸中抱负，今被贬弃于此，明年将死。死后当为神，三年后可立庙祭我！’吾三人甚奇之，第二年，大人果然仙逝而去。三年后孟秋辛卯，柳大人竟降于州衙后堂，欧阳翼与衙役数人俱见之，遂跪地膜拜；但见漫天紫气环绕，兰香浓溢，仙乐阵阵。大人曰：‘今已三年，当馆我于罗池！’说罢冉冉升空而去。我等更感奇异，当晚俱有所梦。遂具牒呈与陈曾大人。陈大人一向对柳大人十分崇慕，即令在罗池为柳大人建庙立祭。”

“原来是这样！”沈传师听后，不由感叹地道。韩愈历来不信鬼神，他知柳宗元在柳州深得民心，与部下交往颇厚，这些典故纯属部下和百姓为纪念柳宗元，方生出此法，遂凝重地道：

“子厚雄才大略，赤胆忠心，为了柳州百姓，呕心沥血，鞠躬尽瘁，实乃可歌可泣，惊天地而动鬼神！应该立庙予以祭祀，此乃上顺天心，下合民意之善举也！”

“大人说得不错！”谢宁道，“神庙落成之日，柳州官吏百姓齐往瞻仰膜拜，笙歌祭之。过客李仪酒后入神庙慢侮堂上，竟当场得疾，扶出庙门即死。”

“哦！竟有此事！”沈传师听后，不禁惊奇地看了看谢宁和韩愈。韩愈深知其中玄妙，只微微一笑，向着沈传师道：

“这碑文由学生来撰写，不过想请大人书之，你看可好？”沈传师闻此，看着韩愈担心地道：“大人这身体能行吗？”

“能行！”韩愈凝重地道，“子厚为了百姓，积劳成疾，连性命都搭上了，我这病算得了什么，难道连篇碑文都不能写！”然后向着谢宁道：

“大人先住下休息几日，看看京城的亲朋好友和附近景观，待学生将碑文撰好后，即交与大人带回可好？”

那谢宁听此，忙称善退出。沈传师也站起向着韩愈道：“若此，学生先行告辞，待大人将碑文撰好后，学生再来书之。”

韩愈点了点头，遂将传师送出书房。回来后，即令春儿磨墨展纸，提笔写道：“柳州罗池庙碑”。

他看了看纸上这六个大字，柳宗元那音容笑貌顿时又浮现在眼前，不禁热泪盈眶。他想到柳宗元一生才华卓绝，文章盖世，且德高操洁，政声显赫。在柳州施教化、释奴隶、办教育、把柳州治理的政通人和、百业兴旺，万民欢乐，遂挥笔写道：

> 罗池庙者，故刺史柳侯庙也，柳侯为州，不鄙夷其民，动以礼法；三年，民各自矜奋：“兹土虽远京师，吾等亦天氓，今天幸惠仁候，若不化服，我则非人。”于是老少相教语，莫违候令。凡有所为于其乡闾及于其家，皆曰：“吾候闻之，得无不可于意否？”莫不忖度而后从事。凡令之期，民劝趋之，无有后先，必以其时。于是民业有经，公无负租，流逋四归，乐生兴事；宅有新屋，步有新船，池园洁修，猪牛鸭鸡，肥大蕃息；子严父诏，妇顺夫指，嫁娶葬送，各有条法，出相弟长，入相慈孝。先时，民贫以男女相质，久不得赎，尽没为隶；我侯之至，按国之故，以佣除本，悉夺归之。大修孔子庙，城郭巷道，皆治使端正，树以名木。柳民既皆悦喜。

韩愈写到这里，已感到头重脚轻，眼前发黑，他定了定神想到柳州吏民对柳宗元的崇敬与爱戴。其死后竟以显灵，托梦为由，而建庙祭之，甚为钦慕，遂挥笔继续写道：

> 尝与其部将魏忠、谢宁、欧阳翼饮酒驿亭，谓曰：“吾弃于时，而寄于此，与汝等好也。明年吾将死，死而为神，后三年为庙祀我。”及期而死。三年孟秋辛卯，侯降于州之后堂，

欧阳翼等见而拜之。其夕，梦翼而告曰："馆我于罗池。"其月景辰、庙成大祭，过客李仪醉酒慢侮堂上，得疾，扶出庙门既死。明年春，魏忠、欧阳翼使谢宁来京师，请书其事于石。

韩愈写到此，深为柳宗元和柳州百姓所动，不禁感慨万千。他擦了一把头上的虚汗和眼中的泪花，伏案顿了顿，遂又写道：

余谓柳侯生能泽其民，死能惊动福祸之以食其土，可谓灵也已。作《迎享送神诗》遗柳民，俾歌以祀焉，而并刻之。柳侯，河东人，讳宗元，字子厚，贤而有文章，尝位于朝光显矣；已而摈不用。其辞曰：

荔子丹兮蕉黄，杂肴蔬兮进侯堂。侯之船兮两旗，度中流兮风泊之，待侯不来兮不知我悲。侯乘驹兮入庙，慰我民兮不嚬以笑。鹅之山兮柳之水，桂树团团兮白石齿齿。侯朝出游兮暮来归，春与猿吟兮秋鹤与飞。北方之人兮为侯是非，千秋万岁兮侯无我违。福我兮寿我，驱厉鬼兮山之左。下无苦湿兮高无干，粳稌充羡兮蛇蛟结蟠。我民报事兮无怠其始，自今兮钦于世世。

韩愈写罢，已是气喘吁吁，泪水满面，两手不停发颤。对挚友的哀悼和痛惜，对权幸的憎恶和愤慨，使他义愤难平！他看着桌上晃动的字迹，竟一下又昏倒在书案上。

卢夫人闻此，忙跑进来，将韩愈扶躺到床上，向着春儿道："老爷为何突然昏倒？"

春儿遂将韩愈为柳宗元撰写庙碑一事说了一遍，卢夫人听后，看了看书案上的碑文，方知原因，不禁两行眼泪潸然而下。

九月初，韩愈病情稍愈，便不顾卢夫人的阻拦，又来到府衙办公。一日，内务府一太监到京兆府来索要钱物，被韩愈严词斥回。陈弘志闻此，大为恼怒，遂召来李逢吉道：

“这韩愈到京兆府已三个多月，不仅断了我们的财路，弄得内务府寸步难行，而且六军将士莫敢上街走动，俱怨声载道。同时听说这韩愈在京兆府率领百姓取水抗旱，带病祭神祈雨，京畿百姓莫不赞颂于道。如此下去，岂不事与愿违！看来再不能让其在京兆府继续待下去了！”

李逢吉奸黠地一笑道：“目前时机已经成熟，这韩愈与李绅近日都向皇上具本，互相进行攻讦；我们马上进宫，就以台府不和参他一本，正好罢去二人官职！”

“好！”陈弘志听后，不禁冷笑道，“这次要让他二人知道，敢与我等为敌的后果！”

德政殿内，轻歌曼舞，穆宗李恒斜卧在坐榻之上。他面容清瘦，一脸倦意，两眼无神；面前六个妙龄宫女，在丝竹声中正翩翩起舞。

一曲歌舞罢，穆宗疲惫地把眼睛微微闭上，一旁梁守谦向旁边小太监使了个眼色，那小太监忙转身过去，捧着个托盘过来，上面放着一杯水和一个小碟，碟内放着一粒红红药丸。

“皇上，时候到了。”梁守谦向着穆宗道，“请皇上服药。”

那穆宗抬头看了一眼盘中之药，皱了皱眉头道：“这药朕已服了数月，怎未见效果？”

梁守谦弯着腰看了一眼穆宗，低声道：“那紫阳真人讲，服用此药，需要禁忌女色，皇上每天……故这药效有些损减！”

穆宗听此，显出不悦之色。梁守谦继续道：“昨日李相公进宫言道：这终南山中有位华阳真人，所炼金丹，能延年益寿，返老还童。李相公已着人前去聘请，估计这两日就可携丹进京。到时，皇上不仅可以龙体康健，而且能长生不老，与天地同寿！”

穆宗听此，不觉眼睛一亮，又看了看盘子，伸手拿过那个金丹，放入口中。穆宗刚用罢金丹，只见陈弘志带着李逢吉慢慢进来，走到穆宗身边道：

“李相公有要事要向皇上奏闻！”穆宗看了一眼李逢吉道，“李爱卿有何要事，竟大热天进宫向朕面奏？”

李逢吉忙弯着腰道："最近京兆尹韩愈，与御史中丞李绅，为台参一事，互相攻讦，扰乱朝堂，闹得沸沸扬扬，轰动整个朝野。文武百官莫不指责议论！"

穆宗听此，又皱了皱眉头道："朕已降诏，因韩愈屈就京兆，且为李绅师长，经你两次奏请，故免去其台参之礼，今后不得为例！为何二人还互相攻讦？"

李逢吉看了一眼陈弘志，向着穆宗道："这韩愈自恃宣抚镇州有功，更加狂傲不羁，有意借此宣耀自己，向李绅施威；而李绅一向目中无人，狂妄自大，认为皇上免去韩愈的台参之礼，是御史台的奇耻大辱，誓与韩愈以争高下，二人遂互不相让，恶话相牾。"

李恒听此，向着李逢吉道："爱卿身为宰相，应从中进行调解，讲明是非曲直，怎任其二人互相攻讦，有失体统？"

李逢吉故意委屈地道："微臣岂无规劝？然那韩愈不仅不听，还扬言道：'有太后做主，皇上我还不怕，还惧他李绅不成！你的话等于白说！"穆宗听此，不由脸色一沉。李逢吉偷眼看了看穆宗，继续道：

"下官又去劝说那李绅，谁知那李绅竟说皇上不明，废除韩愈台参之礼，是个儿戏，定要与韩愈以论高下！还说皇上……"李逢吉讲到这里，故意止住不言。

那穆宗听到此，更加心中不悦，道："他说朕什么？"

李逢吉看了一眼陈弘志，道："那李绅狂妄不羁，出言不逊，皇上还是不知道的好！"

"不！朕要听他说些什么！"穆宗已有些怒气，看着李逢吉道。李逢吉不觉心中暗暗高兴，遂道：

"他说皇上昏庸无能，遇事都是听别人的，每日只知吃喝玩乐！简直是个昏君，将来大唐江山非毁在皇上手中不可！"

"混账东西！"穆宗听此，不由勃然大怒，道："简直是要反了！竟敢诽谤寡人！"遂转向陈弘志道：

"传朕旨意，将李绅罢去御史中丞之职，交由刑部严加查处！"

陈弘志见此，知李逢吉所言纯属乌有，若真要查纠起来，定会露出马脚，遂向着穆宗道：

“请皇上息怒，这李绅是头犟驴，说话历来狂傲不羁，皇上不须为这样的人动气。若将他交刑部查问，不知还会说出什么话来！以奴才之见，不如把他贬黜外任算了，免得在朝中惹事生非！”

穆宗听此，转向李逢吉道：“好吧，这件事就交给你去办吧。至于韩愈！”穆宗略作思忖，道：“朕念他年迈多病，与朝廷有功，就让他还回兵部算了！”

李逢吉听此，忙高兴地道：“皇上仁恩，下官马上去办！”说罢遂与陈弘志相视微微一笑。

两日后，朝廷果然诏至，以台府不合为由，贬李绅为江西观察使，降韩愈为兵部侍郎。一时朝野大哗，皆知为李逢吉和阉党所陷。韩愈与李绅闻此，更是愤慨难抑。

第 159 章
昭冤案二度任吏部　遇宫变良相入魔掌

且说韩愈这几日因旧病复发，卧床在家，闻知为台参之事，降为兵部侍郎，深感又为李逢吉所算，不由愤慨难抑，竟口吐鲜血晕倒在床。

卢夫人见此大惊，忙呼秦济请医救治。那医生诊罢脉后，走到客厅向着秦济和卢夫人道：

“看来这次大人的病情不是很好，大人本就有疾，加上突然受到意外打击，更是雪上加霜。”卢夫人听此，不由心中一沉，两行眼泪不禁夺眶而出。

牛僧儒与张籍、韦处厚和新近擢迁翰林学士的李汉等人闻知此事，知韩愈性格刚烈，现又身体有疾，定会忧愤不已，病上加病，遂于第二天前来探视。

韩愈一见牛僧儒等人到来，不禁眼含热泪道：“可叹学生一时糊涂，竟又坠入李逢吉的圈套，岂不令人痛心！”

牛僧儒忙宽慰了一阵道：“先生和李绅因台参之事，朝野议论纷扬，各说不一。究竟内情如何？竟为李逢吉所乘，将先生和李绅双双贬降？”

韩愈听此，遂将李逢吉围绕台参之事的前后所为，说了一遍。牛僧儒听罢，不禁愤慨地道：“果然又是李逢吉在使奸！学生当面见圣上，说明真相，为先生和李绅讨回公道！”

这牛僧儒硕学通儒，刚直清正，有韩愈之风。昔年，韩弘以财帛结交中外权贵，后韩弘谢世，子公武早亡，家道败落。年初穆宗取其财薄阅视：凡中外有权势者，尽纳其贿赂，独有牛僧儒不受。穆宗甚是器重，遂擢拜其为户部侍郎。

牛僧儒离开韩愈府宅后，又至李绅处。李绅一见牛僧儒到来，甚感懊悔，遂将李逢吉蛊惑自己与韩愈抗争之事说了一遍。然后沮丧地道：

“不想李逢吉满口仁义道德，行事竟如此阴险狡诈！也怪学生一时狂傲糊涂，把持不住，竟跌入其彀中！”

牛僧儒遂将见到韩愈之事说了一遍，李绅气愤地道：“看来这李逢吉是早有预谋，设下这连环之计：既陷先生，又除我李绅，实是令人疾首！”牛僧儒道：

“大人说得不错，学生这就进宫，定为先生和大人讨回公道，雪此冤情！”说罢遂告辞而去。

这牛僧儒遂即来到宫中，向穆宗奏明真相。穆宗一听甚是惊讶，他不敢相信此事是真，向着牛僧儒道：

“李逢吉乃三朝老臣，怎会做出此事？”牛僧儒道：

“这李逢吉历来心术不正，善于权谋，且又结交内官。先帝在世时，其里通外贼，谋杀宰相武元衡，被裴度、许孟容等一帮老臣揭露。当时先帝本要从严治罪，但因其搬动后宫太皇太后和唐安公主说情，先帝无奈，只好将其贬为山南西道节度使，而其竟对斐度等人怀恨在心。皇上即位后，其用重金买通内官，方返回朝堂。这李逢吉不仅不悔改前非，反而欲将裴度等人置于死地，达到以报前仇，并独揽朝政大权的目的！”牛僧儒讲到这里，看了看穆宗，继续道：

“他先是挑动元稹弹劾李宗闵，除去裴度一得力助手；接着拉拢元稹与裴度对抗，借河北平叛，将裴度排挤出朝堂；然后利用元稹与裴度不和，蛊惑元稹中断前方钱粮供给，造成河北诸军失利、裴度出师无功，从而使陛下动怒，将二人同时罢去相位。接着又举谏韩愈出使镇州，妄图借王廷凑之刀除之，达到其铲除异己、弄权朝堂的目的。”穆宗听到此，不由现出惊疑之色。牛僧儒继续道：

“李逢吉搬倒裴度与元稹后，遂实行‘顺我者昌，逆我者亡’：李绅因当朝揭露痛斥其唆使元稹陷害裴度；韩愈出使镇州不仅未被王廷凑杀害，反而凯旋而归，受到朝廷奖擢，使李逢吉又气又恨。而且韩愈拜任吏部后，严饬吏风，罢去其索贿舞弊的外甥之职。使李逢吉更加恼怒，遂与内官一起，定下这一箭两雕的连环计。”

穆宗听此，更加惊讶，看着牛僧儒道：“爱卿所奏，简直像是在讲故事一般，若此，这李逢吉不是当朝第一奸佞吗？”

“正是！”牛僧儒凝重地道，“下官所奏句句是实，愿以性命担保！皇上若是有疑，韩愈和李绅这两日便要赴任进宫谢恩，皇上一问便知。”

“好吧。”穆宗疑惑地道，“若是爱卿所奏不谬，朕定严惩这李逢吉不贷，还那韩愈和李绅一个清白！若是所奏不实，朕决不依你！”

第二天，韩愈与李绅先后进宫谢恩，穆宗遂问及二人为何为台参一事争论不休。两人遂将被李逢吉设计陷害的来龙去脉，前因后果说了一遍。

穆宗听后，不觉大怒，方信牛僧儒所奏不虚，道：“这李逢吉当面说得好听，背后竟如此阴险狡诈，朕竟被其蒙蔽至今，实是可恼！”

穆宗遂召来陈弘志与梁守谦斥责道：“这李逢吉由你二人举荐与朕，并经常在朕的面前讲其如何忠贞贤能，原来竟是个口蜜腹剑、祸乱朝堂的奸佞之徒，岂不有负朕望！”

那陈弘志已知牛僧儒与韩愈、李绅等人进宫之事，所谋已经败露，心中多少有些紧张惧意，忙道：

“牛僧儒与韩愈乃是裴度一党，历来与李相公不和，所奏未免不实，多有朋党互相倾轧之嫌，望皇上明察！再说李逢吉虽为奴才举荐，但其所作所为乃是暗中进行，奴才身居后宫，不敢干预朝政，岂能尽知，请皇上思之！”

穆宗听后，颇感有理，顿了顿道："这李逢吉实是有负朕望，朕要从严惩处，公公看当如何处置？"

陈弘志听此，不由心中一喜，忙道："以奴才之见，此事不可操之过急，待缓缓处置为妥。"

"这是为何？"穆宗不由看着陈弘志与梁守谦。陈弘志道："一是牛僧儒与韩愈等人所奏，多有朋党倾轧之嫌，不可不信，也不可全信，需要再看一看是否属实，这是其一。二是李逢吉所作所为，大都经过皇上同意，若是此事张扬出去，倒显得皇上处事不明，有损皇上威德，这是其二。"陈弘志讲到这里，看了一眼梁守谦。继续道："三是若要认真查处李逢吉，必然牵扯到裴度、元稹等事，翻动旧案，势必震动整个朝野。望皇上三思！"

这穆宗历来缺少主见，遇事多听信宦官之言，现听了陈弘志一番论说，倒没了主意。晚上穆宗到后宫请安，郭太后见穆宗闷闷不乐，遂问及原因。穆宗即把李逢吉与韩愈，李绅之事讲了一遍。

郭太后听后向着穆宗道："牛僧儒所奏是实，昔日先帝在世时，李逢吉里通外贼，刺杀武元衡，先帝欲从严惩处，怎奈太皇太后和唐安公主从中说情，先帝无奈，只好从轻发落。当时母亲在后宫略知此情。不知皇上如何处置此事？"

穆宗道："孩儿本欲严惩李逢吉，但陈公公和梁公公却力谏不可，让缓缓再说，故此孩儿犹豫难决！"

郭太后略作思忖，她知道这宦官势力极重，并与朝中权贵连结一起，狼狈为奸，弄不好会激起变故，便道："此事可分为两步进行方为稳妥；先可撤去贬降韩愈和李绅的诏令。韩愈政清风廉，刚正不阿，执掌吏部誉满朝野，可让他继续掌管吏部。李绅虽有些狂傲，但不畏权势，敢言直谏，可委以朝堂重任。"郭太后讲到此，看着穆宗道："这牛僧儒赤胆忠心，风清操洁，是个难得的人才，可擢拜为相，辅弼皇上。然后再逐步将李逢吉铲除，这样方保无虞。"

穆宗听后，连连点头。三日后，穆宗不顾阉党反对，复拜韩愈为吏部侍郎；李绅为户部侍郎；牛僧儒为宰相，同中书门下平章事。

朝野无不为之振喜，方道这次穆宗算是办了件令人称颂之事。

唐长庆三年十月二十日，五十六岁的韩愈，再度来到吏部就职。此时韩愈因积劳成疾和多次受到精神打击，已病入膏肓。他感到腹部胀痛，饮食无味，医生诊断为肝病后期。到吏部上任不到一月，只好请假在家休息。

再说穆宗撤去对韩愈和李绅的贬降诏令，并委以重任；同时准备对李逢吉进行惩处。李逢吉见大祸将要临头，是又惊又怕，慌忙跑到后宫找宦官求救。

陈弘志道："皇上为牛僧儒和韩愈、李绅蛊惑，又经太后所动，已对李相公怀忌在心；对我等也失去信任。看来情况十分严峻！"

李逢吉听此，更加害怕，向着陈弘志与梁守谦等人道："这当如何是好，皇上若要惩治下官，不仅下官的性命不保，只怕各位恩公也要受到牵连！那时我等苦心经营所创下的荣华富贵，将要付之东流了！"

梁守谦冷冷一笑道："没有那么容易！"说罢看了看外面，见没有他人，向着陈弘志和李逢吉阴冷地道：

"他李恒不让我们好过，自己也休想好过！我们能让他当这个皇帝，也能让他当不成这个皇帝！"

李逢吉听此，不由一震，看着梁守谦道："公公此话怎讲？"梁守谦看了一眼陈弘志，向着李逢吉道：

"昔日先帝欲置我等于死地，结果被我们先下手送他上了天；今日这李恒若不知好歹，非要与我们过不去，那就让他也走走他老子的旧路！"

李逢吉听此，不由打了个寒颤。昔日宪宗之死众说纷纭。他还未深信，现听了梁守谦之言，方知是真，暗道："这些阉党果然厉害！"陈弘志看了看李逢吉道：

"如今你李相公和咱家，就像是一根绳子拴着的蚂蚱，一飞俱飞，一损俱损！大家的性命连在了一起，因此，这些事就不再瞒你了！"

李逢吉听后忙道："下官清楚！下官清楚！下官这条老命，早已交给诸位恩公了！”然后偷眼看了看陈弘志与梁守谦道：

“不知诸位恩公将如何处置此事？”

陈弘志道：“这事你就不要多问了，安心当你的宰相，到时候就知道了！”然后看了看梁守谦，向着李逢吉道：

“不过你向皇上举荐的华阳真人和长生金丹，可要按时送来哟？

“金丹？”李逢吉一听，不由现出为难之状道，“下官前时只是道听途说，以取皇上欢心。这华阳真人根本就是子虚乌有！哪来的金丹？”

陈弘志不由笑道：“李相公怎说出这样的话来，这简直不像是你李逢吉所言吗！那华阳真人是猫是狗，朝中那个大臣认识？皇上又怎知有无此人！古往今来，有哪一个方士不是自称自己所炼金丹，人吃后能长生不老，白日飞升；可又有哪一种金丹，人们吃后返老还童了呢？”

李逢吉一听，恍然大悟，忙道：“公公说得极是，下官这几日心中慌乱，竟一时失去方寸！三日后定将那华阳真人和金丹，一起送进宫来就是。”

“好！这就对了。”陈弘志听后，点了点头。

且说那李逢吉从宫中回去，遂令人用钱在山野之中觅得一人，扮成道士模样，称作华阳真人，然后拿铅汞和朱砂做成金丹，于三日后一并送入宫中。

陈弘志与梁守谦见此，自知其情，也不细问，便进献给穆宗。穆宗此时做梦都想着长生不老，见此如获至宝，对那华阳真人大加赏赐；遂洗浴进药，做起返老还童的美梦来。

说来也该这穆宗阳寿当尽。自服了李逢吉的金丹后，更加放纵色欲，未出三日，便已头晕目眩，卧床不起，郭太后见此大惊，忙让御医察看，但为时已晚。

过罢新年，穆宗已不能早朝，裴度与牛僧儒、韩愈、李绅等人见此，知大事不好，齐上表共立太子李湛监国。

正月壬申，处士张皋入拜穆宗，只见穆宗面色青黄，躺在床上，奄奄待毙，看了看李逢吉所献金丹后大惊，道：“此丹药纯属铅汞和朱砂所做，并未炼制，常人服之也要送命，何况皇上虚弱之体！请速杀晋药之人！”

那穆宗此时方知又被阉党和李逢吉所陷，不禁追悔莫及，大为震怒，正要拿李逢吉和陈弘志等人问罪，谁知当晚竟崩于寝殿，一缕亡魂含愤而去，时年只有三十岁。

穆宗突然驾崩，朝野无不震骇！第二天即由陈弘志、梁守谦、王守澄等一帮阉党，与李逢吉、牛僧儒、裴度等人，拥立太子李湛于太极殿，号为敬宗。时敬宗只有十六岁，朝政大权完全落入陈弘志与李逢吉的手中。朝野无不哗然，有人讲穆宗为金丹中毒而死；也有人说李逢吉和陈弘志阴谋败露后，怕穆宗惩治，竟先下手将穆宗毒杀！此事遂成为历史悬案。

李逢吉与陈弘志等人，在巩固住自己的权力与地位后的第一件事，就是排除异己。此时韩愈卧病在家，已不能理政，他们就把目标首先锁定在裴度和李绅身上。

长庆四年二月，陈弘志与李逢吉等人经过蓄谋策划，由梁守谦与王守澄入告敬宗，诬陷裴度与李绅在穆宗死后，欲立敬宗之弟深王椋为帝，多亏李逢吉力挽狂澜，坚持拥立敬宗，方保无虞。那敬宗童心未泯，焉知其中阴谋，竟为这帮阉党所惑，遂将李绅贬为端州司马；降裴度为山南西道节度使。朝野见之，无不瞠目咋舌。韩愈闻知此事，更加忧愤难抑。

裴度与李绅离京赴任之前，韩愈不顾重病在身，与牛僧儒和翰林学士韦处厚、李汉以及张籍等人，在秦香楼与之饯行。此时虽已初春，但仍寒风刺骨，冰雪满地。

酒过三巡，裴度望了望窗外的皑皑白雪，向着韩愈和牛僧儒道：“今日大家为学生相饯，不知何时我们再能相聚！可叹当今年幼不明。为奸佞所惑，我大唐江山实在让人担忧！诸位大人重任在肩，这大唐社稷的安危，就全靠诸位了！”然后向着韩愈道：

“贤弟要多多保重，把病养好，同时要严防这帮奸佞使奸。大唐江山和文坛改革，离不开贤弟呀！”

韩愈不禁眼睛一湿，看着裴度的满头白发道：“相公也要多多保重，奸佞能猖獗一时，但不可能横行一世！昔日裴延龄、李实、皇甫鎛是何等地嚣张跋扈，最后还不是一个个身败名裂！纵观古今，正义必然战胜邪恶，这是任何人也阻挡不住，也是改变不了的天理！别看眼前这些奸党穷凶极恶，弄权朝堂，但最终都难以逃脱天地惩罚！这大唐天下离不开相公，相公也离不开这朝堂！当今天子一旦明白过来，就会马上将相公召回来的！”

“先生说得不错！”牛僧儒接口道，“相公暂且先到山南，这次相公和李大人被贬，好像为拥立有关，学生定查明真相，奏明皇上，为相公和李大人以雪此冤！”

裴度不禁苦笑了一下道：“学生原先为奸佞所陷，而忧愤难平，后为诸位大人所劝，方决心学学范蠡、张良，以养天年，谁知还是难逃魔掌！他们非要置学生于死地不可。今年学生已六十有五，能平安度过晚年即万幸也！大家的好意，学生当感谢不尽。”

李绅也愤慨地道：“这帮奸党实是心狠手辣，丧尽天良，学生有朝一日若能返回朝堂，定与他们誓不两立！”

第二天，裴度与李绅离京赴任。韩愈扶杖与牛僧儒等人，将其送出城外，方挥泪而别。

第160章
卧病榻心系朝政　除弊风严于律己

这年三月，韩昶进士及第。举家欢欣庆贺，韩愈也不禁精神大振，病情也稍有好转。

一日，韩愈与卢夫人亲设家宴，邀请牛僧儒、韦处厚、李宗闵和张籍等人前来吃酒酬谢。这李宗闵于长庆元年为李逢吉挑动元稹所陷，贬为剑州刺史，后李绅查得事情真相，朝野尽知李宗闵蒙冤，牛僧儒拜相后，遂向敬宗奏明李宗闵之事，复拜李宗闵为中书舍人。

大家陆续来到后，先于客厅叙话，韩愈高兴地手扶竹杖，招呼大家就座吃茶。牛僧儒忙向着韩愈道：

“今日大家都非外人，先生有病在身，何必忙着招呼我们，注意自己的身体要紧。”

“牛大人说得不错！”李宗闵笑着接口道，“今日公子蟾宫折桂，金榜题名。大家一是来向先生贺喜；二是来探望先生的病情！先生坐着就是。”

韩愈笑着道：“多承诸位盛情，这次昶儿侥幸得中：一是托皇上的隆恩；二是靠诸位大人的栽培提携；三是有赖祖宗的荫德！今日大家屈驾光临，真使学生蓬荜生辉了！”

韦处厚道：“大人德高望重，誉满朝野；今日公子发策决科，高步云衢，大家理应前来祝贺！”正说着，只见工部侍郎李程、户部侍郎窦易直也笑着走进门来，大家忙起身相迎。

韩愈高兴地道：“两位大人屈驾光临，真使学生不胜荣幸！”

李程向着韩愈道：

“前日听说公子金榜高中，学生向着他人道：‘有其父，必有其子！’韩侍郎文行当朝，辞绝古今，公子定然是淑质英才，人中骐骥！”

这李程昔年与韩愈交往颇深，贞元二十年拜监察御史，秋充翰林学士；元和十年迁兵部郎中，十二年擢礼部侍郎，年底出为鄂岳观察使。元和十五年，韩愈从袁州赴京就任国子祭酒，路经江州时，曾寄书给李程以叙旧情。现听李程说罢，忙笑道：

“大人过奖了！”卢夫人见所邀之人俱已到齐，遂笑着走进来道，“酒菜已经齐备，请诸位大人入座，边饮边谈吧！”

韩愈听后，遂邀大家入席就座，韩昶忙手执酒壶，为牛僧儒等人把酒斟上，并向每人敬酒三杯。当酒至张籍处，张籍接过酒杯一饮而尽，向着大家道：

“元和六年，先生任职方员外郎，一日有急事入朝，让学生在家代为监管。时公子年方十二，竟能出言成文。学生甚奇子，授诗未过三卷，便可自为诗。与之相谈，其指书所问，深奥绝伦，学生竟往往不能答。晚上先生回来，学生喜告所感，言道公子将来必龙腾长空，成为国家栋梁之材！今日果然应验尔！”

韩昶听此，忙谦逊地道：“大人过奖了！侄儿能有今天，全赖大人昔日教导之力！”一旁李程接口道：

“张大人说得不错，记得元和十年，学生为兵部郎中时，一次到韩兄家中作客，只见公子正在反复修改一遍文章。学生一看，只见那文章宏中肆外，衔华佩实，甚是惊讶。便道：‘此文辞致典赡，沉博绝丽，公子何故还要修改？’公子道：‘此文与父亲的文章相比差距千里，父亲作文还要反复修改，何况在下乎！’当时学生深为叹服，向着韩兄道：‘此子将来不可量也！’看来果然不出所料！”

韩愈向着李程笑道：“大人忒抬举他了！这进士及第，只是人生的第一步。今后能否有所作为，其路程还长着呢！”说罢，遂举杯邀大家把酒饮下。

酒至半酣，大家不禁又论及朝政，俱为裴度、李绅愤愤不平。

韦处厚道：

“河北王廷凑见朝中奸佞得势，皇上年幼，裴相被排除在外，遂有再次作乱之势，于二月先后屠杀赵、定、易三州曾抗拒其叛乱的将士三百余人。皇上闻之，竟叹宰相无能，不能镇服河北，使天下安定！学生向皇上谏曰：‘理乱之本非有他术，顺人则理，违人则乱。陛下恨无萧、曹，今有裴度，乃管晏在世，尚不能用，何求颇、牧也！’皇上闻此，深有所悔，已有启用裴度之意！”

牛僧儒听后，不由摇了摇头道：“韦大人所言，乃是五日之前的事了，现在情况又有变化：李逢吉与梁守谦、陈弘志等人，闻知皇上有启用裴度之意，竟指使亲信散布谣言，然后以此向着皇上进谗道：‘如今市井纷传儿谣，歌曰：‘绯衣小儿坦其腹，天上有口被驱逐。’这绯衣寓意‘裴’字,坦腹寓‘度’字;天上有口寓‘吴’字，乃指吴元济被擒之事。是有意为裴度歌功颂德，鸣冤叫屈！”牛僧儒讲到这里，李宗闵接口道：

“这儿谣学生也有所闻，甚感奇怪！平定淮西已经四年，今日怎会有此儿谣？原来又是李逢吉在捣鬼！”牛僧儒看了看大家，继续道：

“敬宗听此不由一怔，看着李逢吉与陈弘志道：‘竟有此事！这儿谣从何而来？’李逢吉贼喊捉贼地道，‘这童谣定是裴度因被罢去相位，对皇上有忌，方造此流言，以发泄对朝廷的不满，让天下人咒骂皇上！’敬宗听此，顿时不乐，遂打消启用裴度之意。”

大家听此，不禁更加气愤。张籍长叹一声道：“我大唐何其不幸也！竟使这帮奸佞弄权朝堂，阴谋屡屡得逞！”韩愈看了看大家道：

“纵观古今：历朝历代，奸佞弄权，忠奸争斗，屡见不鲜，此也数也！因此：一是我们要紧握朝柄，高度警惕，与奸佞针锋相对，绝不妥协，使其阴谋不能顺利实现！”韩愈讲到这里，看着牛僧儒与李程等人道：

“大家身居要职，只要同心协力，精忠报国，这些奸佞就不可能猖獗长久！”

大家听此，俱不由点了点头。韩愈继续道：“二是皇上年幼贪玩，极易被奸佞蛊惑。大家要及时向皇上进谏忠言，晓以治国之道，揭露奸佞的阴谋。像韦大人那样，使皇上明白忠奸善恶与是非曲直，尽量少为奸党所惑。”韩愈讲到这里已有些气喘吁吁，他顿了顿，看着牛僧儒与李宗闵等人继续道：

“三是要向皇上举荐贤良，使朝政大权能牢牢掌握在忠臣良相的手中。当前最重要的是让裴相公能早日返回朝堂，以增强我等力量，从而遏止李逢吉的狼子野心。”

韩愈讲罢，已是虚汗淋淋。牛僧儒忙道：“先生所言极是！请先生放心，即使这官不做，也不能让奸党的阴谋继续得逞！”李程道：“韩兄卧病在床，仍心系朝政，我等责不容辞，定不负韩兄所望！”

韩愈听后，点了点头，大家又饮了几杯。见韩愈已有点支撑不住，不便过多打挠，遂相谢告辞。

这日，吏部任免司郎中崔巍前来探望韩愈的病情，见韩昶彬彬有礼，举之文雅，甚是振喜；当谈及诗赋文章，更是博古通今，辞致典瞻，遂向着韩愈道：

“公子才华卓荦，德行高洁，真乃人中骐骥，其前程不可量也！学生这任免司现缺一从事，想让公子前往充任，不知大人意下如何？”

韩愈听此，不由一怔，遂道：“这怎么能行！”崔巍知韩愈历来政清风廉，极厌以权谋私之事，忙解释道：

“下官举荐公子绝非他意，一是公子淑质英才，怀珠抱玉，实乃我吏部渴求之人选；二是大人积劳成疾，卧病在床，需要有人照顾。现大人膝下就公子这么一个儿子，即使留在身边，与公与私，都无可非议，岂不两全齐美！”

韩愈听后顿了顿，向着崔巍道：“大人的美意，学生深表谢意！然而此举还是万万不可！”韩愈说到此，面色凝重的道：

“一是学生去年莅任吏部时曾约法三章，凡我吏部大小官员，均不得利用职权在本部安置亲戚子弟。自己身为吏部最高长官，怎能带头违规呢？这样如何去约束他人！”韩愈说到这里，不禁感慨地继续道：

“二是当今朝政腐败，弊风难除，皆因各级官吏以职谋私，言行不一。他们口上讲的是仁义道德，而行为上却是男盗女娼，致使腐败之风愈演愈烈。因此，要除此风，各级官吏都必须从自己严格做起，我吏部应起标帅作用才是！”

韩愈讲到此，已有些气喘吁吁，崔巍见此，不禁感慨的道：“大人真乃我大唐官吏之楷模也！”韩愈顿了顿，向着崔巍继续道：

“学生这病已入膏肓，看来将不久于人世，岂能不想把昶儿留在身边？然而男儿志在四方，当为国家社稷而鞠躬尽瘁！那能忠孝两全？试想天下多少官吏，他们岂无病榻之父母？若儿女都要留在父母身边，这国家岂能安在？”

崔巍听后，深为所动，不禁道：“大人真乃我大唐忠贤之臣也！”韩愈也感慨地道：“是龙总会腾飞！昶儿若是个人才，无论在哪里，都会为天下百姓做出贡献的！”崔巍凝目望着韩愈，内心对韩愈更加敬重。

崔巍离去后，卢夫人向着韩愈道：“刚才听老爷和崔大人好像在谈论昶儿之事，不知老爷对昶儿的前程有何打算？”韩愈听后，遂将崔巍欲举荐韩昶到吏部任职一事说了一遍，卢夫人一听，不由流下眼泪，遗憾地道：

“老爷也太耿直认真了！如今朝中那个官吏不为自己和子女着想？又有哪个官员不是一上台就将自己的三亲四友，提拔安插在要害部门！大厦将倾，单凭老爷一人之力，能支撑得住吗？”卢夫人说到这里，不禁叹息一声，继续道：

“老爷一生政清风廉，为朝廷社稷和黎民百姓呕心沥血，鞠躬尽瘁，不仅两度被贬徙岭南，而且先后献出了挐儿和滂儿两条性命。如今我韩门三脉，只剩下湘儿和昶儿这两条根。湘儿去年被你拒绝许大人的举荐，辟为远在数千里之外的江西幕府，现在又要将昶儿也送往外任。你我都是快要入土之人了，难道老爷就一点也不想想自己的后事？”说着，不由两行眼泪又夺眶而出。

韩愈见此，忙道：“夫人乃深明大义之人，学生一生若无夫人理解与相助，岂能实现自己的报国之志？今日怎竟如此伤感？”卢夫人深知韩愈之病，实不愿韩昶远离，正要再说，只见秦济进来秉道：“工部李大人前来看望老爷。”

卢夫人听此，忙擦了把眼泪，向着秦济道：“快请李大人进来。”卢夫人话音刚落，只见李程已走了进来。韩愈忙站起相迎，向着李程欣喜地道：“大人来得正好，这几日真想煞学生也！”

李程与韩愈见礼罢，看着韩愈高兴的道：“气色不错！这几天感觉如何？看来大人的病好了不少？”然后转向卢夫人道：“韩兄这些天吃得是哪家医生的药？看来效果不错。”只见卢夫人眼睛红红，挂着泪珠，不禁看了看韩愈和卢夫人，奇怪地道：

“夫人何故伤感？我看韩兄的病大有好转，怎么掉起眼泪来了？”

韩愈看了一眼卢夫人，向着李程道：“刚才崔大人前来，谈到昶儿的前程，想举荐昶儿到他的司里任职，被学生拒绝，故而夫人心中不快。”

卢夫人听此，不由两行热泪又滚落衣襟，向着李程道：“大人来得正好，你给评评这个理：俗话说，忠贤用人，‘内不避亲，外不避仇’。昶儿才雄德茂，誉满京师；崔大人诚心举荐，可老爷就是不依。非让昶儿赴外任不可！现在老爷染病在身，怎不叫小女忧心如焚！”

李程听此，方明原因，他深知韩愈性格，便向着卢夫人笑道：“此事还请夫人想开一点，韩兄历来清正耿直，担心昶儿到吏部就任，会引起别人非议，这也在情理之中。”李程讲到这里，看了看卢夫人和韩愈，道：

“学生倒是有个主意，可以达到两全其美。”韩愈和卢夫人一听，不知是何办法，遂一齐看着李程。李程继续道：

“工部现也缺一从事，可让昶儿到我那里去，这样既能避免到吏部任职有违韩兄的约法三章，又能留在京师，照顾韩兄的病情，使夫人不再忧心如焚。二位看这样可好？

卢夫人听此，不由脸上露出笑容，忙向李程道谢；韩愈却摇了摇头，道："我看这样还是不妥！"

"有什么不妥？"卢夫人不禁奇怪地看着韩愈道。韩愈看了看李程，向着卢夫人道："昶儿不到吏部任职，虽然维护了吏部的回避制度，但朝廷各部官吏的使用，都需经过吏部任免，仍有'朝中有人好做官'之嫌！"韩愈讲罢，又转向李程道：

"多谢李兄的好意！以学生之见，还是让昶儿赴外任的好？夫人是个贤明之人，是会理解学生的用心的！"说罢又向着卢夫人道："夫人，你说呢？"

卢夫人深知韩愈政清操洁，再劝也难改变其主张，不由叹了口气道："那就还依着老爷的吧！只是苦了老爷和昶儿。我朝中官吏，若都能像老爷和李大人这样就好了！"说罢，只好向李程告辞，无奈地转身离去。

李程望着卢夫人离去的背影，感慨地向着韩愈道："韩兄真乃道德高深，清正无私之人也！实让学生叹服！"

韩愈谢绝崔巍和李程对韩昶的举荐，在吏部和朝野传为佳话。韩愈去世后，韩昶秉承韩愈的遗志，先后赴邠宁节度使和山南东道节度使任职。之后，官累迁至礼部、户部郎中。此是后话。

第161章
振文坛洒尽心血　殒巨星天悲地恸

时至春末，韩愈病情稍有好转，一日张籍冒着潇潇春雨前来探望。韩愈一见张籍到来，十分欣喜，看着张籍道：

“文昌何故这几日未来叙谈？”张籍取下身上雨衣斗笠，交与春儿道：

“这几日署衙事务较多，忙得难以脱身；今日天降小雨，方趁机来看看先生！”二人说着遂于厅堂坐下。张籍接过春儿递来的茶水，呷了一口，向着韩愈道：

“先生近日身体如何？”

“这几日好多了！学生准备明天就去署衙办公。”张籍看了看韩愈已经消瘦了许多的身体道：

“先生的病虽有所好转，但这身体如此虚弱，怎能胜任公务？不如再多养几天，等病情完全好了再去不迟。”

韩愈多少有些急躁地道：“学生这病看来很难一下全好，从去冬到现在，已经在家躺了好几个月。目前部里事务堆积如山，昨天崔巍大人前来，谈到一年一度的官吏调选即将开始，现在正紧张地进行着各项筹备事项，学生身为吏部侍郎，怎能老躺在家中呢！”张籍看了看韩愈道：

“先生此言差也，俗话说欲速则不达，大人病未痊愈就去办公，势必加重病情，其结果只能是事与愿违，请先生思之！”韩愈知张籍之意，不愿与之争辩，遂把话题一转道：

“学生这一卧床就是数月，很少外出。今年春色如何，大人可出去春游踏青否？”

张籍看了一眼院中几株含苞欲放的牡丹，道：“自前年学生到水部任职以来，每日冗事不断；去年郑滑黄河决口，淹了十几个州县，为防今年再度决口，入冬以来，水部上下都在忙着修筑堤坝之事，竟无闲暇出外赏春尔！”

韩愈笑道：“既是公务再忙，岂无一两日闲暇，竟连赏春都顾不上？”

张籍听此，不由笑道：“这公务繁忙只是其一，现在年事已高，兴趣大减，少年之时那种逐春之情，已经淡漠。”

韩愈听后点了点头。张籍又说了说其他事情，见外面雨点变小，便道：“这雨将要停止，学生还有些小事要办，暂且告辞，改日再来看望先生。”

韩愈见此，只好将张籍送出大门。只见天空雾霭茫茫，飘着细细的雨丝，远处柳色苍郁，如烟如云，不由深深吸了口新鲜空气，顿觉浑身轻松了许多。

韩愈送走张籍后返回到书房，不觉诗兴勃发，他已经很长时间没有作诗了，遂让春儿把墨磨上，拿起笔来，略以思忖，遂写道：

天街小雨润如酥，草色遥看近却无。最是一年春好处，绝胜烟柳满皇都。

韩愈写罢，想到张籍来去匆匆，竟连赏春踏青都顾不上。他极喜游山赏景，主张办事要有张有弛。干事情就要殚精竭虑，一丝不苟；闲暇时应该尽情地到大自然中去享受美丽的风光。遂又挥笔写道：

莫道官忙身老大，即无年少逐春心。凭君先到江头看，柳色如今深未深？

韩愈写罢，将诗稿看了一遍，然后在前面加上“早春呈水部张十八员外二首”遂让春儿将诗稿给张籍送去。

第二天，韩愈果然不顾卢夫人反对，带着病体来到吏部。崔巍等人一见韩愈到来，忙将其扶入署衙，向着韩愈关切地道：

“大人的病还未痊愈，怎能前来办理公务？有什么重要事情，我们到府宅向大人回禀就是！”

韩愈笑了笑道：“学生的病已基本好了，不能老躺在家中；再说这调选即将开始，此事关系重大，许多事情需要当场决断，怎能让大家跑来跑去呢！”

众人见此，深知韩愈对事业鞠躬尽瘁，不惜性命，只好扶着韩愈进入书房。

韩愈不顾病魔缠身，坚持每天到吏部办公，经常累倒在书案之上，调选还未完全结束，他再度病情恶化，一天竟口吐鲜血昏倒在地。崔巍等人见此，流着眼泪，将他送回家中。卢夫人一看，只见韩愈脸色苍白，嘴角挂着血丝，不禁心中一沉，忙将韩愈扶到床上。

卢夫人送走崔巍等人后，看着韩愈不禁潸然泪下，道：“老爷，你这是何苦呢？为了公务，也不能不要命哪！”

韩愈闭着眼睛休息了一阵，向着卢夫人道：“朝廷将吏部交给学生，学生怎能不拼死效力呢！况且这一年一度的调选，关系到天下多少官吏的前程和命运，学生岂能因身体有恙，就放任不管，玩忽职守吗！若是一旦出了点差错，如何能对得起朝廷社稷和天下百姓！”他说到这里顿了顿，好像是对着卢夫人，又好像是自言自语地道：

“为了朝廷社稷和大唐天下，即使这命不要，学生也心甘情愿！”

卢夫人听此，不由心中一酸，两行热泪再度跌落下来。第二天，牛僧儒、李宗闵等人闻讯前来探视，在大家的劝解下，韩愈只好再次告假在家养病。

时至八月，韩愈假满，同时由吏部承办的一年一度博学宏词科、贤良方正科和能言直谏科也即将开科选仕。韩愈带着病体，再次来到吏部。但此次他只在吏部待了半天，便昏倒在书案上。他再也无力站起来，被崔巍等人含着眼泪送回家中。

病魔在不断地摧残着韩愈，他腹部又胀又硬，全身已经发黄。医生说这是肝病的末期，卢夫人心如刀搅，虽不断更医诊断，然病情却愈来愈重。

韩愈病情不断恶化的消息不胫而走，满朝文武大臣纷纷前来探视。李翱和皇甫湜得知情况，也先后回京来看望韩愈。李汉和韩昶等人，几乎是每天守护在韩愈的身边。

一日贾岛前来探望韩愈，见韩愈病入膏肓，不由大恸。韩愈反倒劝慰贾岛："人生在世，谁无病死？然只要在有生之年，能为天下做些好事，无愧于人生，就是最大的幸福！浪仙无须为之悲憾！"然后又向着贾岛道：

"浪仙近时何为？可有佳作？"

贾岛擦了把眼泪，道："前时学生到东都去了一趟，拜谒了卢同、卢殷；并到东野先生的墓前哭祭了一番。"说着拿出一叠诗稿，捧向韩愈道："这是在下近日所作，请先生予以赐教。"

韩愈接过诗稿，浏览了一遍，只见贾岛所作的新乐府诗更加精彩，不由高兴地道："我诗坛自东野、长吉去世后，曾一度消沉，众谓天下无好诗也。今浪仙之作，可酬世人之望，使天下之人无憾也！"

贾岛听后，忙道："先生过誉了！"此时韩愈不由心情激悦，令春儿拿来纸墨，放在床前，挣扎着坐起来，赋诗一首，赠予贾岛。贾岛忙接过看时，只见韩愈写道：

赠贾岛

孟郊死葬北邙山，从此风云得暂闲。天恐文章浑断绝，更生贾岛着人间。

贾岛看罢，不禁激动得热泪盈眶，道："先生太抬举在下了！在下这一生能遇到先生，此生无他求也！"

此时韩愈已累得满头虚汗，他被春儿扶躺到床上，休息一下后，向着贾岛道：“希浪仙再接再厉，写出更好的诗来，以享世人。”贾岛擦着眼泪，连连点头，道：

“在下绝不辜负先生所望，请先生早日把病养好！”二人又谈了一阵文坛近况，贾岛见韩愈已精疲力竭，只好含泪离去。此次韩愈赠诗贾岛，竟是他人生最后的一次赋诗。

韩愈深知自己的病情不好。见卢夫人每日忧心忡忡，泪水不干。反倒劝慰卢夫人道：

“兄长韩会，德行高洁，文行当朝，每食必视《本草》，而且通晓方药；然官只做到起居舍人和韶州刺史，阳寿只有四十二岁。愈疏愚，食不择禁忌，然官至侍郎；年又出兄长十五岁，还有什么不满意呢？”

时至腊月，韩愈病情更加严重，已经几天汤水不进，每日几次昏迷。牛僧儒与李宗闵、张籍等人闻此，已知凶多吉少，慌忙前来探视，只见韩愈形销骨立，全身金黄，口中之气已是进的少，出的多，大家围坐在韩愈床前，望着韩愈不禁潸然泪下。

韩愈此时倒有些清楚，他微微睁开双眼，看了看牛僧儒等人，吃力地拉着牛僧儒与张籍的手道：

“学生，不……不行了！刚……刚才夫子与孟轲前来，向着学生道：‘韩愈，我俩奉尧舜二帝旨示，前来接你！你一生宏扬圣道，力倡儒教，改革文坛，虽大业未竟，但也殚精竭虑，奋发蹈厉，可谓不辱天命！今阳寿已尽，二帝在九天之上恭候等你……”

韩愈说到这里，已是气竭声微，牛僧儒与张籍忙伏身道：

“先生刚才是在做梦！过了新年，这病就会好了！”韩愈歇了一会儿，用力睁开眼看着大家道：

“司……司马迁说：人固有一死，或重于泰山，或轻于鸿毛。学生这一生为中兴大唐，拯溺天下，十年求仕，两度被贬，极力明天道，正人心，辟佛老，振文坛。虽不及圣人之万一，然于心无愧也！”韩愈说到这里，眼中不禁露出欣慰之色。张籍忙道：

“先生一生精忠报国，志若鲲鹏，将毕生心血全部献给了宏扬圣道和文坛改革。政声誉满朝野，文章独行当今，桃李布满天下，成为我大唐的泰山北斗！其功绩必将震古烁今，流芳千古！”

韩愈望着大家道：“学生一生虽仕途坎坷，屡遭挫折，但忠心不渝，倍受皇恩！且将获终于牖下，而未失大节！可含笑入见先人于九泉，虽死无憾也！”韩愈说到这里，用渴望的目光看着牛僧儒与李宗闵道：

“学生当今萦绕于……于怀，难以闭目的有两，两件事：一是皇上年幼，极易为奸佞所惑；朝中权佞得宠，宦官弄权；河北战乱又起，天下难以安定；裴相至今仍被排斥在外，难以返回朝堂；我大唐中兴大业，看来将要付之东……东流……”牛僧儒忙道：

“先生放心莫忧，现在养病要紧！前日学生已向皇上申明裴度与李绅的冤情。皇上道：‘近日朕查看昔日拥立奏折，裴度与李绅俱有拥立朕的奏章，看来二人果然被人所陷，朕近日即召回裴度与李绅还朝。”

韩愈听后，不禁露出喜色，道：“这就好！这就好！看来我大唐仍有希望也！”然后道：

“学生放心不下的第二件事，就是这文坛改革，如今骈文的坚冰已被打破，文坛改革之风，已吹遍大江南北，但要彻底取得全胜，还要付出巨大努力！”韩愈说到这里，看着张籍、李翱和皇甫湜道：

“当前，子厚已仙逝四年，学生也要去了！这文坛改革大业，就落在你们的肩上了！望诸位一定要再接再厉，将改革进行到底……”

韩愈说到这里，再也说不动了，慢慢闭上了眼睛。大家见此，忙惊慌地喊道：

“先生！先生！你醒醒！”

“大人！大人！你可不能去呀！”

卢夫人与李汉、韩湘、韩昶闻此，也慌忙跑进来，大家围着韩愈惊恐地呼喊着，然而韩愈的眼睛再也没有睁开。唐长庆四年十二月二日，这位杰出的唐代文学家、政治家、思想家和教育家，带着遗憾和微笑永远地离开了人间。终年五十七岁。

牛僧儒等人见此，不由悲声大恸，卢夫人与韩昶等人悲痛欲绝，一时哭声震天动地。

韩愈病逝的消息迅速传遍朝野，敬宗李恒闻之也痛惜不已，令罢朝一天；文武大臣无不流泪叹息；百姓相互传告，悲声大恸，俱道大唐折一栋梁，文坛殒一巨星。

韩愈逝世的当晚，天空突降大雪，第二天，漫山遍野一片洁白。长安吏民齐曰：此乃天地为之哭泣，山川为之戴孝。市井传言：当时有人看到韩愈乘五色华车，在阵阵仙乐声中冉冉升空而去，周围天花飘舞，紫气环绕，香气溢空……

韩愈死后，牛僧儒、李程、李宗闵、张籍与李翱、皇甫湜等人共举丧事。敬宗降诏，赠韩愈为礼部尚书，谥文（后人称韩文公）。卢夫人悲痛欲绝，率韩湘、韩昶、李汉等人哭祭于灵前。满朝文武，国子监学子，贾岛等及长安百姓齐至韩府吊祭。一时韩愈所居的靖安里，人如潮涌，悲声数十日不断。

唐敬宗宝历元年三月十二日，按照韩愈生前遗嘱，由张籍、李汉、李翱、皇甫湜携卢夫人及韩湘、韩昶等，护送韩愈灵柩回祖籍河阳安葬。长安吏民闻之，夹道哭祭，绵延竟达数十余里。

三月二十八日，韩愈灵车到达河阳。按照韩愈遗愿，于第二天安葬于城东的北邙山下。这里北靠太行，南临黄河，东依金山，西傍汶水，如苍龙卧伏。卢夫人按照韩愈生前希望，将在长安靖安里住宅的四棵松柏移栽到墓前。据说此树栽后三天，竟一齐向西南方向倾斜，大家甚奇之。卢夫人道："老爷一生精忠报国，心系朝廷社稷，此树向西南长安方向倾斜，乃显示老爷虽死，仍不忘朝廷社稷尔！"此树至今已经历一千多年的风雨沧桑，但乃有两棵苍翠挺拔，直插云天，被世人称为"唐柏双奇"。

韩愈安葬后，卢夫人带着韩湘、韩昶等人，住在陵前为之守墓百日，李汉痛作祭文；皇甫湜撰《韩愈神道碑》文，镌石立于陵前。如今此碑虽已字迹破损，但仍能透视出韩愈那辉煌的足迹。

尾　声

韩愈去世后，其情操、学说和所倡导的古文运动，如春潮一般，席卷整个神州大地。《新唐书·韩愈传》中说道："自愈没，其言大行，学者仰之如泰山、北斗云。"

在韩愈去世不久，李翱遂将韩愈一生的辉煌足迹，杰出贡献和高风亮节，撰成《韩公行状》；随后李汉也将其一生诗赋文章编撰成集，流传于世，成为古今文学宝库中一颗璀灿明珠和重要文献。

韩愈一生，在政治上极力反对宦官弄权，藩镇割据；主张铲除弊政，执政为民；竭力维护唐王朝的统一和安定。在思想上力辟佛老，振兴儒教，极力宏扬和推行"齐家、治国、平天下"的儒家思想。在文学上竭力倡导古文，改革文坛；主张"以文载道"和"道为文本"的思想。同柳宗元等人掀起了唐王朝的第三次古文运动；开辟了唐宋古文发展的光辉里程。在教育上极力授徒办学，推行"施教为先"和"能者为师"的思想，其弟子遍布大江南北，成为继孔孟之后，我国又一杰出的思想家和教育家。

苏东坡称其为"文起八代之衰，道济天下之溺"，遂成为定论。后人誉其为"唐宋八大家"之首和"百代文宗"、"泰山北斗"。

唐末宋初以来，韩愈和韩学已逐步成为文学界、思想界所推崇、歌颂和研究的对象。其文集、诠注如长空玑珠、灿若繁星。最为著名的有南宋魏怀忠的《五百家注音辨昌黎先生文集》、《外集》；廖莹中的《昌黎先生集》、《外集》、《遗文》；方崧卿的《韩集举正》和朱熹的《韩文考异》。清代顾嗣立的《昌黎先生诗集注》；方世举的《韩昌黎诗集编年笺注》；陈景云的《韩集点勘》；王元启的《读韩记疑》；沈钦的《韩集补注》，以及今人钱仲联的《韩昌黎诗系年集释》，陈寅恪的《论韩愈》等。

韩愈这位杰出的文学家、政治家、思想家和教育家，不仅在生前，而且在死后，被历代奉为清官诤臣的楷模，视为救苦救难的神人！特别是在广东的潮州、阳山，江西的宜春，河南的孟州，韩愈已成为家喻户晓的圣人，受到顶礼膜拜。在潮州，自宋代以来，人们不仅三次扩建祠庙，进行拜祭，而且将山改称韩山，将江改为韩江，并在韩愈的重大活动之处，建馆树碑，以示纪念。在孟州，自唐敬宗宝历元年（公元825）韩愈安葬后，即在墓冢之处建立墓祠，进行瞻祭；明正德年间，孟州吏民又对韩愈墓祠进行了重新修缮；清康熙二十五年（1686年），朝廷敕令第三次修建韩祠，占地约百十余亩；乾隆十五年（1750年），内阁大学士、礼部侍郎佐鹤年奉令到孟祭拜韩愈，并重修山门、飨堂、立碑以纪。

当今，韩愈和韩学这一中华民族的骄傲和文化瑰宝，更加受到各级政府的关注和推崇；韩愈和韩学研究，如雨后春笋一般此起彼伏。20世纪80年代以来，在孟州、潮州和阳山等地，先后举办了多种形式的韩学研讨会；由河南古籍出版社、江苏教育出版社先后出版了由中国唐代文学学会韩学研究会张清华先生编著的《韩愈研究》、《韩愈大传》等专著。同时由孟州市政府倡导，各界群众捐资数百万元，重新扩建整修了韩愈陵园。中央领导江泽民、胡锦涛、乔石、李铁映，以及时任河南省委书记的李长春，先后到此瞻仰题词。

纵观古今，对韩愈这位人杰评说最为卓著的是宋人苏轼。他在潮州韩文公庙的碑文中这样写道：

> 匹夫而为百世师，一言而为天下法，是皆有以参天地之化，关盛衰之运。其生也有自来，其逝也有所为。故申吕自岳降，传说为列星，古今所传，不可诬也。
>
> 孟子曰："我善养吾浩然之气。"是气也，寓于异常之中，而塞乎天地之间。卒然遇之，则王公失其贵，晋、楚失其富，良、平失其智，贲、育失其勇，仪、秦失其辩。是孰使之然哉？其必有不依形而立，不恃力而行，不待生而存，不随死而亡者矣。故在天为星辰，在地为河岳，幽则为鬼神，而明则复为人。此理之常，无足怪者。

自东汉以来，道丧文弊，异端并起。历唐贞观，开元之盛，辅以房、杜、姚、宋而不能救。独韩文公起布衣，谈笑而麾之，天下靡然从公，复归于正，盖三百年于此矣。文起八代之衰，道济天下之溺，忠犯人主之怒，而勇夺三军之帅。此岂非参天地，关盛衰，浩然而独存者乎？

盖尝论天人之辨，以谓人无所不至，惟天不容伪。智可以欺王公，不可以欺豚鱼；力可以得天下，不可以得匹夫匹妇之心。故公之精诚，能开衡山之云，而不能回宪宗之惑；能训鳄鱼之暴，而不能弥皇甫鎛、李逢吉之谤；能信于南海之民，庙食百世，而不能使其身一日安之于朝廷之上。盖公之所能者，天也；其所不能者，人也。

始潮人未知学，公命进士赵德为之师。自是潮之士，皆笃于文行，延及齐民，至于今号称易治。信乎孔子之言："君子学道则爱人，小人学道则易使也。"潮人之事公也，饮食必祭，水旱疾疫，凡有求必祷焉。而庙在刺史公堂之后，民以出入为艰。前守欲请诸朝，作新庙，不果。元丰五年，朝散郎王君涤，来守是邦，凡所以养士治民者，一以公为师。民既悦服，则出令曰："愿新公庙者听。"民欢趋之，卜地于州城之南七里，期年而庙成。或曰："公去国万里，而谪于潮，不能一岁而归，没而有知，其不眷恋于潮也审矣。"轼曰："不然。公之神在天下者，如水之在地中，无所往而不在也。而潮人独信之深，思之至，焄蒿凄怆，若或见之。譬如凿井得泉，而曰水专在是，岂理也哉？"元丰元年，诏封公昌黎伯，故榜曰："昌黎伯韩文公之庙。"潮人请书其事于石；因为作诗以遗之，使歌以祀公。其词曰：

"公昔骑龙白云乡，手决云汉分天章。天孙为织云锦裳，飘然乘风来帝旁。下与浊世扫秕糠，西游咸池略扶桑。草木衣被昭回光，追逐李杜参翱翔；汗流籍，走且僵，灭没倒景不可望。作书诋佛讥君王，要观南海窥衡湘，历舜九嶷吊英皇，祝融先驱海若藏，约束蛟鳄如驱羊。钧天无人帝悲伤，讴吟下招遣巫阳。犦牲鸡卜羞我觞，於粲荔丹与蕉黄。公不少留我涕滂，翩然被发下大荒。"

后　记

韩愈乃我国唐代杰出的政治家、思想家、文学家和教育家。曾历任唐宪宗、穆宗、敬宗时期的刑部、兵部、吏部侍郎和国子监祭酒及京兆尹；四入唐代最高学府国子监任教。先后被贬徙阳山、潮州。其一生高举振兴儒教、改革文坛的大旗，开辟了唐宋文章发展的新纪元。被后人誉为“文起八代之衰，道济天下之溺”的“唐宋八大家”之首。

韩愈和韩学，自唐宋以来，已成为文学界和史学界的重要研究和歌颂对象。韩愈被世人称为“百代文宗”和“泰山北斗”，树为清官、诤臣的楷摸。尤其在河南的孟州，广东的阳山、潮州，江西的宜春等地，人们视韩愈为神人，其影响可谓家喻户晓。

近年来，韩愈和韩学的研究风靡世界，20世纪80年代以来，由国际和国内韩学研究会所组织和发起的各种学术研讨会在香港、广州、潮州、孟州等地，如雨后春笋一般此起彼伏。并先后由江西教育出版社、中州古籍出版社出版了《韩学研究》、《韩愈大传》等多种书籍，使韩愈影响更加广泛。

然而自唐宋以来，就韩愈的学术研究书籍，可谓灿若星辰，层出不尽；但就描写其辉煌业迹的文学作品，至今却没有问世。由于韩学研究多是在少数学术专家中进行，很难为广大群众所接触，因此无法将韩愈推向国内外的广大读者和普通百姓。这不能说不是一件憾事。故而极需有一个塑造韩愈形象，为人民大众所喜闻乐见的文学作品出现。

本人酷爱文学，喜欢写点东西，1984年由部队向地方转业期间，曾利用闲暇之时创作电视剧本《洛阳牡丹》和《强项令》。1998年退居二线后，有闲涉猎韩学研究大量资料，深为韩愈的凌云奇志、逆境奋进、浩然正气和鞠躬尽瘁的精神和品质所震动，深感韩愈那种清风铁骨、拼搏进取、以民为天的高尚情操，在过去，在现在，乃至将来，都是人类所要追求和歌颂的。在不少同志的建议和鼓励下，自己决心将韩愈这一杰出的历史人物，以文学形式再现于世人面前。

2002年，自己经过搜集披阅大量资料，写出了《韩愈》的第一部“奇志篇”初稿，请孟州市政协主席、孟州市韩愈研究会会长扬丕祥先生、副会长郭云德先生和中国唐代文学学会韩愈研究会会长张清华先生进行了审阅指正，得到了他们的鼓励和支持。接着在文学造诣颇深的兄长刘荣贵先生指导下，相继完成了后三部分的创作。

目前，经过近五年的撰写增删，终于完成了这部长篇历史人物小说的撰写。全书由四部分组成，共一百六十一章，约一百二十三万字。不久将会与读者见面，使其能填补在韩愈和韩学研究和宣传上，缺少文学作品的遗憾。

本书在创作上坚持以韩愈的生平事迹为依据，以中唐真实历史事件为背景，遵照客观规律和事物逻辑，采用文学手法，对韩愈这一杰出的历史人物进行再现和塑造。在创作过程中，小说着力从三个方面对韩愈进行了塑造和描写：一是韩愈思想的形成，二是韩愈在思想、文学、教育领域的杰出贡献，三是韩愈如何成为人们心目中执政为民、鞠躬尽瘁的清官和诤臣的典范。

在韩愈思想形成的描写中，遵照“存在决定意识”的观点，从家庭熏陶、社会影响和名师教导等三个方面对韩愈进行了塑造和烘托。首先，小说一开始就突出了家庭对韩愈的教育和影响。韩愈出身于官宦儒教世家，其父亲、叔叔、兄长皆是当时崇仰儒道、热衷古文的文章大家。叔叔云卿被李白称为“文行当朝”，兄长韩会被文坛誉为“四夔”之首；而且政清风廉、美名蜚然。对韩愈从小就进行了潜移默化的影响。小说不仅描写了韩会对韩愈的身传言教，而且将韩会之死设置为误食方士之药，使韩愈在幼小的心灵中深深产生了对佛老的憎恶，萌发了辟斥佛老、振兴儒教和齐家、治国、平天下的思想。其次，小说以浓墨重彩展现了当时政坛风云和时代环境，对韩愈的思想形成产生了巨大的烘托作用。韩愈的青少时代正处于中唐的动乱时期，一是政治腐败，统治集团内部争权夺利、互相倾轧。先后出现了元载、杨炎、卢杞、裴延龄等一帮奸佞拔扈朝堂；宰相刘晏、太师颜真卿被谗陷杀害事件。二是各地藩镇纷纷抗拒朝命、自立为王，先后爆发了长达五年之久的“四王二帝”之乱。河北、河南、山东等地战乱此起彼伏，百姓流离失所，德宗李适仓皇出逃奉天，韩愈也随嫂嫂避战祸于江南宣城。三是佛老盛行，全国出现了第二次崇佛热。五台山僧人不空被封为公爵，死后追赠为司空，其所建寺观豪华如皇宫。全国各地寺庙犹如雨后春笋，百姓为佛老所惑，纷纷拆房伐木以建寺院，抛妻舍子以奉佛事。形成田园失丁、朝堂遗贤、国库空虚、民穷盗生之状。四是宦官弄权、祸乱朝政。安史之乱后，统治集团内部相互猜忌，中书议事须有宦官监听，行军作战和各地节度使皆设宦官监军，形成军政混乱，难以施令。小说特意安排了韩愈斥恶吏、观建庙、责叛军、避战乱的情节，使韩愈在如此形势下更加坚定了其治国平天下的奇志。第三，小说根据“古之学者必有师”的规律，设置了韩愈拜古文大家李华为师学文的情节。李华乃是唐朝第二次古文运动的主将，在李华的感染熏陶下，使韩愈进一步确立了宏扬儒教、改革文坛的决心。

韩愈之所以被后人尊为“百代文宗”、“文坛泰斗”和“唐宋八大家”之首，是因为他在思想上竭力辟佛老、宏扬儒道；在文学上奋勇倡导古文，改革文坛，开拓了唐宋文章发展的新纪元；在教育上抗颜为师、大力兴教，成为继孔孟之后我国又一位最杰出的文豪大儒。小说在这方面首先突出描写了韩愈辟佛扬儒的豪迈情怀，不仅再现了韩愈愤撰《原道》，从理论上批驳佛老的经过，而且生动地描写了韩愈赋诗揭露谢自然、朝堂之上阻任柳方士和冒死谏迎佛骨的惊心动魄场面，深刻揭示了韩愈“道济天下之溺”的崇高精神。

同时，小说不仅深刻描写了韩愈宁肯十年求仕不第，也不愿放弃改革文坛的宏志，而且设置了韩愈从戎汴州与张籍、孟郊、李翱共举改革文坛大旗；辞官洛阳收纳侯喜、李翊、尉迟汾、李景兴为徒传授儒道；分司东都广交李渤、石洪、温造、卢仝等儒林奇士，掀起轰轰烈烈的“倡古”热潮等场面，以浓墨重彩烘托了韩愈矢志宏扬儒道、改革文坛的壮举。再者，小说不仅描写了韩愈四入国子监任教，竭力革除国学之弊；并著文《师说》和《进学解》，从理论上阐明了“学者必有师”、“师无长幼、贵贱之别”的哲理；同时还设置了韩愈在洛阳、阳山、荆州各地广纳门徒，传授儒道、共倡文坛；在阳山、潮州采取多种措施，捐出个人俸金，大力兴办教育的生动场面。使读者对韩愈这位杰出的教育家更加清晰和敬重。

韩愈自唐宋以来，不仅被孟州、潮州、阳山的百姓视为神圣，而且自宋朝以来被历代政治家树为清官诤臣的楷摸；许多有为官吏多以韩愈为师。小说在这方面以生动感人的事实，揭示和展现了韩愈精忠报国、执政为民、鞠躬尽瘁的崇高精神。不仅设置了韩愈在御史台亲自下乡察访灾情，冒险上书朝廷为民请命，在朝堂之上怒斥奸佞而被贬徙阳山的壮举。而且以激情笔墨描写了韩愈在阳山不顾“下床畏蛇咬，用餐怕蠹毒”的险恶环境，一到任便带领百姓治理“三害”；在东都洛阳顶着“阉党”和上司的压力治理寺观、力除市霸、惩治兵痞；在潮州迅速抛弃忧愤，竭力为百姓祭除鳄患、治理水灾、兴办教育、释放奴隶的感天动地事迹。同时以崇敬的心情描写和渲染了韩愈冒死宣抚河北、勇夺三军之帅和两任吏部、抵制腐风的奇迹，有力地塑造了韩愈这一杰出封建官吏的高大形象。

本书为了使读者对韩愈有一个客观、全面、正确的了解，使韩愈的形象更加丰满和完整，对学术界一些不同看法和一些悬而未决的问题，按照客观规律进行了推理和演绎处理。一是对韩愈在潮州祭祀鳄鱼，采取“明修栈道，暗渡陈仓”的方法，阐明了韩愈祭鳄只是一种策略和手段，并非改变信仰和游戏文章。二是韩愈在两贬岭南期间，先后结识了佛门高僧惠师、灵师、大颠、秀禅等人，是否与其一生辟佛相矛盾？小说从韩愈爱慕其才华文章、欲联结各界人士共振文坛出发，回答了这个问题。三是韩愈在京十年求仕，并三上宰相书，有人讲韩愈是竭力捞取官职。小说多次展现了韩愈引用孟子“不得位，何以谋政”的话来说明自己求官的目的是为了实现其振兴儒教、改革文坛，从而达到治国平天下的宏图大志。

同时，小说在创作上注重做到前呼后应，将历史真实尽量与传说相统一。如小说前面设置了韩愈在五泉山拜师学文，结识李观、李愿、刘叉、柏耆和王叔文等人，对后面这些人的出现和故事发展，起到了铺垫和预示的作用。再如对历史上的韩湘与传说中的韩湘如何展现，小说在这方面进行了客观地处理，同时回避了对韩湘神话的描写。另如韩愈贬徙潮州后，其家眷也被遣出京城，尾随南下，但却未到达潮州，成为史论悬案。小说设置了“韶州府盛情托眷属”一章，对此进行了客观地描写。

韩愈一生辟佛扬儒、力振文坛；为官执政为民、鞠躬尽瘁；为人刚正不阿、喜方恶圆；为文标新立异、善美兼具，在我国数千年的封建社会官吏中是非常少有的。本人在创作这部小说中，深为韩愈的崇高思想、高尚情操和杰出贡献所感染。自己与韩愈在思想、才华和事业上虽有天壤之别，但在志气、正气、勇气上却有许多共同之处。故而这部小说可以说是以韩愈的精神来写韩愈。书中坚持一是从正面塑造典型人物；二是摒弃了封建迷信色彩；三是不渲染色情以吸引读者。

这部小说不久将会与读者见面，在这里，我首先要向那些支持、鼓励此书创作、出版的领导和朋友，表示最衷心的感谢！并希望热心读者对创作中的不足和问题给予批评指正。

河阳柳
2013 年 7 月